ullstein

Das Buch

Wellendingen, ein idyllisches Dorf im Südschwarzwald: Eva Seger hat Frühdienst im Krankenhaus des Nachbarorts. Ihr Mann Hans ist beruflich in Schweden, ihre Tochter, die siebenjährige Lea, ist bei Nachbarn. Dass Eva wieder schwanger ist, will sie ihrem Mann erst bei seiner Rückkehr sagen. Eigentlich ist alles in bester Ordnung – bis plötzlich der Strom ausfällt. Die Telefone stehen still, Supermarkttüren öffnen sich nicht mehr, der Verkehr bricht zusammen, Flugzeuge stürzen ab. Der wirksamste Computervirus, der je ersonnen wurde, schleudert die Welt zurück ins Mittelalter. Langsam dämmert der Dorfgemeinschaft, dass der normale Alltag Vergangenheit ist. Jeder ist sich selbst der Nächste; Freundschaft, Hilfsbereitschaft, Gerechtigkeit – all diese Werte zählen nichts mehr.
Für Eva und Hans Seger beginnt ein Überlebenskampf, auf den sie niemand vorbereitet hat. Alles andere wird unwichtig, es zählt nur eins: Sie müssen nach Wellendingen zurück, um ihre Tochter Lea zu retten. Der Weg nach Hause wird zur Reise durch die Hölle …

Der Autor

Michael Tietz ist gelernter Krankenpfleger und lebt mit Frau, Sohn und Hund im Südschwarzwald. *Rattentanz* ist sein erster Roman, ein weiterer befindet sich bereits in Arbeit.

Michael Tietz

Rattentanz

Roman

Ullstein

Besuchen Sie uns im Internet:
www.ullstein-taschenbuch.de

Gekürzte Ausgabe im Ullstein Taschenbuch
1. Auflage Dezember 2011

Umschlaggestaltung: ZERO Werbeagentur, München
Titelabbildung: Getty Images/Taxi/Jeffrey Myers
Satz: Pinkuin Satz und Datentechnik, Berlin
Gesetzt aus der Aldus
Papier: Pamo Super von Arctic Paper Mochenwangen GmbH
Druck und Bindearbeiten: CPI – Ebner & Spiegel, Ulm
Printed in Germany
ISBN 978-3-548-28393-7

Für
Tamara
und
Joscha

Denn der Tag des Herrn der Heere kommt,
über alles Stolze und Erhabene,
über alles Hohe – es wird erniedrigt.
An jenem Tag nimmt jeder seine
silbernen und goldenen Götzen,
die er gemacht hat, um sie anzubeten,
und wirft sie den Fledermäusen und Ratten hin.

Jesaja 2,12 und 20

Prolog

»Bringt das Schwein endlich raus!«

»Er soll hängen!«

»Ja! Hängt ihn auf!«

Die Rufe vor dem Gasthaus wurden lauter. Schon machten zwei Männer Anstalten, die Sache selbst in die Hand zu nehmen. Sie wollten gerade hinunter in den Gewölbekeller steigen und den Verurteilten seiner gerechten Strafe zuführen, als sich die schwere Holztür des Wirtshauses öffnete. Augenblicklich kehrte Stille ein.

Wie in der Nacht festgelegt, hatten sich fast alle Einwohner Wellendingens Punkt sechs am Abend hier versammelt, hier auf der kleinen Wiese, zwischen dem einzigen Gasthof des Dorfes und dem Ehrenbach. Nachdem sie ihn verurteilt hatten, wollten sie ihn nun auch hängen sehen. Einige Halbwüchsige standen auf Fahrzeugdächern und warteten auf das, was sie bisher nur aus Filmen kannten. Die Ziegen, denen die Wiese seit Kurzem gehörte, standen in ihrem Verschlag und beäugten das fremde Konstrukt: ein aus alten Balken zusammengezimmerter Galgen, der sich drei Meter hoch über ein mehr als mannshohes Podest erhob.

Zwei Männer führten den Gefangenen über die Straße. Die Frauen und Männer des Dorfes gaben eine schmale Gasse frei.

»Ich verfluche dich!« Eine alte Frau drängte nach vorn, versperrte den Männern den Weg und spuckte dem Verurteilten ins Gesicht. Aber der nahm den Speichel, der ihm über die Wange lief und dann vom Kinn auf seine zerfetzten Hosen tropfte, nicht mehr wahr. Es gab Wichtigeres. Er suchte etwas, was nur er verstehen konnte.

Sie stießen ihn weiter. Am Fuß der Konstruktion wartete der Pfarrer. Er hielt dem Gefangenen eine in Leder gebundene Bibel entgegen.

»Bereust du deine Sünden?«

Der Gefangene sah dem Pfarrer einen Moment ins Gesicht, dann stieß er ihn zur Seite. Er hatte es eilig, so eilig. Er stolperte die schmale Leiter hinauf und an den Rand des Podestes. Ohne Widerstand ließ er sich eine grobe Schlinge um den Hals legen. Die Sonne schien ihm ins Gesicht, ein Hahn krähte. Das Letzte, was er sah, war eine Amsel, die unter lautem Gezeter vom Dach des Gasthauses aufflog.

Dann stülpte der Henker ihm einen Sack über den Kopf.

Erstes Buch

– Ist –

Das Wort »Ist« steht für:

– die konjugierte Form des Hilfsverbs »sein« in der dritten Person Singular
– den Ist-Wert im Vergleich zum Soll-Wert
– den Ist-Bestand oder das Haben im Vergleich zum Soll (kaufmännisches Rechnungswesen)
– **den Ist-Zustand als Ausgangspunkt eines Projektes**

1

22. Mai, 01:53 Uhr, Wellendingen

Nur in Eva und Hans Segers Küche brannte noch Licht – das einzige in ganz Wellendingen. Der kleine Ort im Südschwarzwald schlief. Dass es die letzte Nacht der alten Zeitrechnung war, wusste keiner.

Eva Seger saß am Küchentisch, vor sich Brot, Butter, Wurst und Käse. Der riesige Tisch war das Zentrum des Hauses. Auf der massiven Holzplatte sortierte sich der Tag der kleinen Familie. Hier wurde gegessen und gespielt. Hier erledigte Lea ihre Hausaufgaben, rollte Eva Teig aus, las Hans seine Zeitung. Hier schmiedeten sie Pläne.

Evas Haar war vom unterbrochenen Schlaf zerzaust, und immer wieder schob sie mit dem Handrücken eine ihrer Locken aus dem Gesicht. Am anderen Ende der Küche wetteiferten die Kaffeemaschine und das Nachtprogramm des Radios.

Die Tür zum Bad war nur angelehnt. Eva hörte den so vertrauten Ablauf: Hans putzte seine Zähne, duschte und rasierte sich. Als er sich zu ihr setzte, roch er nach Rasierwasser.

Eva sah auf die Uhr; noch fünfzehn Minuten, dann musste er los. Waren fünfzehn Minuten genug für das, was sie ihm endlich sagen musste? Natürlich nicht, dachte sie, legte den Stapel Brote übereinander und zerteilte ihn in der Mitte. Wenn sie jetzt von dem erzählte, was in ihr heranwuchs, konnte sie diesen Morgen vergessen. Ebenso diesen Tag und auch den nächsten und übernächsten. Sie musste bis zu Hans' Rückkehr aus Schweden warten, dann aber musste es raus.

Hans Seger, eigentlich Johannes, verbrachte in unregelmäßigen Abständen drei, vier Tage im südschwedischen

Malmö. Hans arbeitete für ein Importunternehmen, und obwohl er Fisch und alles andere, was aus dem Meer kam, nicht ausstehen konnte – allein der Gedanke an Tintenfischringe verursachte ihm einen fast unbezwingbaren Brechreiz –, hatte er vor zehn Jahren den angebotenen Job angenommen. Abgesehen vom Fischgeruch bei seinen Einkaufstouren war er mit dieser Entscheidung mehr als gut gefahren. Fast zur gleichen Zeit hatte er damals Eva kennengelernt. Und sie hatten sich verliebt, obwohl sie verheiratet war und er selbst die eigene Hochzeit fest geplant hatte.

Eva legte die Brote in eine Dose. Wie immer schrieb sie einen kleinen Zettel. *Wir warten auf dich*, schrieb sie. Der Versuchung, *Wir drei warten auf dich!* zu schreiben und ihn so mit seiner ersten Reaktion im Flugzeug allein zu lassen, widerstand sie. Das wäre nicht fair. Sie musste ihm selbst von ihrer Schwangerschaft erzählen. Vielleicht bei einem kleinen Glas Wein.

Hans war zufrieden mit seinem Leben und seiner Ehe. Er liebte es, in dem Dorf zu leben, in dem er selbst aufgewachsen war. Wellendingen hatte kaum mehr als vierhundert Einwohner – einen Tick zu groß, um sich gegenseitig auf die Nerven zu gehen, aber klein genug, um jeden persönlich zu kennen und über ihn Bescheid zu wissen. Von hier aus war es nur ein Katzensprung in die nahe Schweiz. Die Straße von Bonndorf nach Stühlingen durchzog den Ort, Hügel umschlossen ihn und gaben Schutz vor Stürmen. Felder, Wiesen und dichte Wälder ernährten noch immer ein Gutteil der Menschen. Der Ehrenbach folgte als ungefährliches Rinnsal dem Verlauf der Straße und später einem engen, rasch die vierhundert Meter Höhenunterschied überwindenden Tal nach Südosten der Wutach und später dem Rhein zu.

Hans leerte seinen Kaffee und ging zu seiner Frau. Sie sah phantastisch aus! Der dünne Bademantel zeigte mehr, als er verbarg. Er legte seine Hände um Evas Hüften und küsste ihren Nacken. Sie roch nach Schlaf – die Gerüche ihres Tages, gepaart mit einer Prise Schweiß – und fühlte sich warm und weich an. Hans liebte diese Momente zwischen Nacht und Tag, in denen seine Frau so zerbrechlich und schutzbedürftig in seinen Armen lag.

Sie schmiegte sich an ihn und legte seine Hand auf ihren Unterleib. Natürlich konnte er noch nichts spüren, sie war erst im dritten Monat. Aber es wäre schön, wenn er Bescheid wüsste.

»Liebst du mich?«, fragte sie.

Hans lachte. »Du wirst dich nie ändern, oder? Natürlich liebe ich dich, das weißt du doch.«

»Ich höre es eben gern«, sagte Eva.

»Ich liebe dich. Und du bist die beste Ehefrau und Mutter und die weltbeste Köchin und Liebhaberin. Zufrieden?«

Eva zögerte und schien, während sie die Dose mit Hans' Broten verschloss, nachzudenken. »Na ja, zufrieden ist was anderes, aber es wird bis übermorgen reichen. Und wenn nicht, ruf ich dich einfach an.«

Sie küssten sich.

»Jetzt muss ich aber.« Nur widerwillig gab Eva ihn frei.

»Hast du deine Krawatte?«

»In meiner Tasche.«

»Deinen Ausweis?«

»Jawoll!«

»Geldbeutel?«

»Ja.«

»Mich lieb?«

»Hab ich.«

Konnte man nach zehn Jahren noch solche Sehnsucht nach einander haben? Eva sah Hans zu, wie er in seine Schuhe schlüpfte und sein Sakko nahm. Er fehlte ihr jetzt schon.

»Hier, dein Flugticket.« Sie lehnte im Türrahmen und hielt ihm das Ticket hin.

Sie war etwas über eins siebzig und hatte schulterlange, braune Locken. Wäre ihre markante Nase, die etwas Indianisches hatte und sie immer weniger störte, nicht einen Tick zu groß gewesen, hätte man sie durchaus als ganz hübsch bezeichnen können; vielleicht ein Gesicht, das zu sehen man sich freut, es aber nach wenigen Sekunden, seiner Banalität und Austauschbarkeit wegen, schon wieder vergessen hat. So aber war sie schön. Und zwar von der Art Schönheit, die keinen Betrachter unberührt lässt. Ihre Nase war dabei der eigentlich störende Telegraphenmast in einer ansonsten perfekt abgestimmten Landschaft: Er unterstrich Ebenmaß und Schönheit des Bildes, so wie Evas Schönheit erst durch den vermeintlichen Makel entstand.

»Ist alles in Ordnung mit dir?«, fragte Hans.

»Natürlich. Wieso fragst du?«

»Weiß nicht. Du wirkst, als bedrücke dich irgendwas.«

»Ich bin nur müde, vielleicht deswegen.«

Hans ging nach oben zu Lea. Die Siebenjährige schlief tief. Er deckte sie zu und drückte ihr einen vorsichtigen Kuss auf die Stirn.

»Ruf mich im Krankenhaus an, wenn du angekommen bist«, sagte Eva, als er wieder bei ihr war. »Ich habe heute und morgen Frühdienst.«

»Mach ich«, sagte Hans. »Lea ist dann nebenan?«

Eva nickte. »Ich bring sie kurz vor sechs zu Susanne.«

Susanne Faust lebte im Nachbarhaus. Immer wenn Hans kurzfristig nach Schweden musste und Eva, die im zweiunddreißig Kilometer entfernten Donaueschinger Krankenhaus als Schwester auf der Intensivstation arbeitete, Frühdienst hatte, kümmerte sich Susanne um Lea. Ihr Mann, Frieder Faust, war wie ein Onkel und Susannes und Frieders Sohn, Bubi, wie ein großer Bruder.

»Bis übermorgen«, sagte Hans, nahm seinen Autoschlüssel und öffnete die Tür. »Ich liebe dich.«

»Pass auf dich auf«, sagte Eva.

Eva fühlte sich todmüde, konnte aber lange nicht einschlafen. Sie streichelte ihren Bauch und dachte an das Kind, welches in ihr heranwuchs. Hätte sie in diesem Moment gewusst, was auf sie zukam, hätte sie dieses Kind ohne Zögern hergegeben. Hans, das wusste Eva, würde sich über das Kind freuen. Vielleicht nicht sofort, aber bald. Sie hatten sich zwei oder drei Kinder gewünscht, als dann aber Lea da war und es danach zu keiner weiteren Schwangerschaft kam, sich mit ihrer Einkindehe arrangiert. Hans deutlich besser als Eva. Und in letzter Zeit hatte er mehr als einmal gesagt, dass er froh sei, dass Lea schon so groß war. Hans war achtunddreißig, Eva vier Jahre jünger, und die Vorstellung, mit fünfzig vielleicht noch einen pubertierenden Halbwüchsigen am Tisch sitzen zu haben, gefiel ihm überhaupt nicht.

Aber er wird das Kind lieben, dachte Eva, so wie er Lea liebt und vergöttert. Er wird sich zusammen mit mir freuen – nach dem ersten Schock.

2

23. Mai, 06:58 Uhr, Wellendingen

Der nächste Morgen. Ein Mittwoch. Als das Telefon klingelte, saß Lea zusammen mit Susanne und Frieder Faust in deren Küche beim Frühstück.

»Das ist Papa!«, rief Lea und sprang auf. »Darf ich rangehen?«

Frieder Faust sah kurz von seiner Zeitung auf und nickte. Lea rannte mit wehenden Locken in den Flur zum Telefon und schlug die Küchentür mit einem lauten Knall hinter sich zu. Tassen und Gläser im daneben stehenden Schrank klirrten.

»Lea!«

»'tschuldigung!«, rief sie halbherzig, dann nahm sie den Hörer. »Papa?«, fragte sie in den Apparat, während ein abgehackter Piepton aus dem Radio die verstreichenden Sekunden bis zur vollen Stunde zählte. »Gestern haben wir Deutsch zurückbekommen und ich hatte alles richtig und Lars der Blödmann hat einen Frosch in meinem Ranzen versteckt und der ist dann durch unsere Küche gesprungen und Mama hatte mehr Angst vor ihm als ich und ich habe ihn in ein Glas gesteckt und jetzt steht er in meinem Zimmer und bringst du mir wieder Muscheln mit?« Lea plapperte ohne Punkt und Komma.

Mit dem letzten Ton des Zeitzeichens schaltete eine unsichtbare Hand am Morgen dieses 23. Mai das Radio ab.

»Papa? Papa?« Lea kam in die Küche. Fragend hielt sie Susanne das Telefon hin. Absolute Stille. Kein Besetztzeichen, kein Rauschen: nichts.

»Dein Papa ruft bestimmt noch mal an.« Susanne Faust nahm Lea das Telefon aus der Hand und brachte es zurück an seinen Platz. Frieder bestand auf Ordnung, und ein Telefon auf dem Küchentisch bedeutete Unordnung.

»Mach das Radio wieder an, wenn du schon stehst.« Frieder Faust kaute an einem Wurstbrot und studierte den Sportteil. Faust war mittelgroß, ein Zimmermann mit Stiernacken und riesigen, behaarten Händen. »Hast du nicht gehört? Mach das Radio wieder an!« Er sah kurz von seiner Lektüre auf. Wenn er etwas nicht ausstehen konnte, dann waren es zwei Dinge (neben seiner Frau, was die Zahl der unausstehlichen Dinge auf drei erhöhte): etwas zweimal sagen und auch nur einen Moment ohne die beruhigende Berieselung durch ein Radio verbringen zu müssen.

Sein Blick folgte Susanne, die wie Frieder Mitte vierzig war und ihre Blütezeit bereits weit hinter sich gelassen hatte. Wenn es denn in ihrem Leben jemals so etwas wie eine

Blüte gegeben hatte. Sie ging leicht vornübergebeugt und die dünnen, fahlen Haare bildeten keinen besonders vorteilhaften Rahmen für ihr unauffälliges Gesicht. Unauffälligkeit schien überhaupt die Maxime ihres Lebens zu sein. Schon immer versuchte sie in dem, was sie sagte, tat, anzog oder wie sie sich zurechtmachte, so unauffällig wie möglich zu bleiben.

Lea beeilte sich, um vor Susanne am Radio zu sein, und kratzte mit ihrem Stuhl über den Steinboden. Das Geräusch machte Fausts missratenen Start in diesen neuen Tag perfekt. Von den Zehen bis zu der Stelle, wo vor einigen Jahren noch ein Scheitel gesessen hatte, breitete sich unangenehm Gänsehaut aus. Faust fröstelte.

»Wo steckt Bubi eigentlich? Wollte er heute nicht zu einem Bewerbungsgespräch?«

Bubi, eigentlich Volker, war Fausts zweiundzwanzigjähriger Sohn. Ein Nichtsnutz, wenn er ehrlich war – aber offen zugeben würde er das nie. Frieder war immer stolz darauf, dass sein Spross Manieren besaß, dass Bubi wusste, was richtig und was falsch war. Vielleicht hatte er es auch zu gut mit ihm gemeint und den einen oder anderen Wunsch zu schnell erfüllt. Früher hatte Bubi seinem Vater oft am Wochenende geholfen, wenn der in Schwarzarbeit einen Dachstuhl hochzog, aber diese Zeiten waren nun schon einige Jahre vorbei. Jetzt konzentrierte sich Bubi aufs Fernsehen.

So stolz Frieder Faust früher auf sein einziges Kind gewesen war, so sehr war es ihm heute ein Dorn im Auge. Nicht, dass er Bubi nicht mehr liebte, im Gegenteil. Aber Leben und Äußeres des Bengels widersprachen in allem den Ansichten des Vaters und führten permanent zu Spannungen und Streit. Während Faust als eines von drei Kindern in Armut aufgewachsen war und sich Auto, Haus und die regelmäßigen Urlaube mit harter Arbeit und eiserner Disziplin erkämpft hatte, verfiel sein Sohn in Lethargie und Faulheit und lebte vom Geld seines Vaters. Dieser wiederum brachte es einfach nicht fertig, seinen Drohungen Taten folgen zu lassen und Bubi endlich aus dem Haus zu werfen. Was Bubi natürlich wusste und ihn die regelmäßigen Zornesausbrüche seines Vaters geduldig ertragen ließ.

Bubis Mutter, Susanne Faust, war mit ihren fünfundvierzig Jahren bereits eine alte Frau und seit einem Vierteljahrhundert an der Seite ihres Mannes. Meist war es die Rückseite, die sie zu sehen bekam. Frieder ertrug weder Widerspruch noch Diskussionen, und seine Entscheidungen traf er einsam und für alle bindend, wenn man von Bubi absah. Schließlich war er es, der das Geld verdiente. Susanne hatte sich mit dieser Ehe arrangiert und eigene Gedanken und Entscheidungen konsequent verlernt. Frieder gab ihr die Sicherheit, die sie vor ihm nie gehabt hatte. Als Kind, als Mädchen und erst recht als junge Frau hatte sie sich stets überfordert gefühlt, egal ob in der Schule, die sie mit Mühe nach acht Jahren beendete, oder im Umgang mit anderen Menschen. Sie war fleißig und konnte arbeiten wie keine Zweite, was ihr Mann schnell und richtig erkannt hatte. Aber man musste ihr immer wieder sagen, was, wann und in welcher Reihenfolge zu erledigen war. Selbst im Bett. Aber das teilten sie nicht mehr miteinander, seit sich im Sommer Faust und die Frau eines seiner Bauherren etwas zu nahe gekommen waren. Seit diesem Erlebnis mied Frieder Faust seine Frau, und die wiederum vermisste nichts.

»Ich glaube, der Strom ist weg.« Susanne kippte schon zum siebten oder achten Mal den kleinen Schalter am Radio hin und her – das Gerät blieb stumm.

Faust äffte sie nach: »Ich glaube, ich glaube … Probier halt mal, ob das Licht noch funktioniert.«

Susanne durchquerte die Küche. Leas Augen folgten ihr, während sie ihr Müsli in sich hineinschaufelte und darauf wartete, dass das Telefon erneut klingelte. Susanne betätigte den Lichtschalter. An, aus, an, aus, an, wobei ihr starrer Blick die Lampe fixierte.

»Ist gut! Lass den Schalter ganz und bring mir noch Kaffee.« Susanne gehorchte und Faust beschäftigte sich weiter mit seiner Zeitung. Dann stand er plötzlich auf und ging in den Flur.

Faust wählte die Nummer des Stromversorgers, wobei seine dicken Finger Mühe hatten, die jeweilige Taste sauber zu treffen.

»Das funktioniert doch auch mit Strom.« Susannes tonlose Stimme folgte ihm in den Flur.

»Scheiße, ja!« Er warf den Hörer auf den kleinen Schrank, auf dem das Telefon stand. Das weiße Spitzendeckchen darunter verrutschte. Susanne strich es glatt, bevor ihr Mann es bemerkte. Die Stille aus dem Telefon machte ihm Angst.

»Wo ist mein Handy?«

»Im Wagen vielleicht?«

Hinter dem Haus stand zwischen zwei geräumigen Schuppen, die Faust als Lager und Werkstatt dienten, sein Pick-up, auf der Ladefläche Werkzeug, Bretter, Helm und Zimmermannsgürtel. Faust schloss den Wagen auf und suchte im Handschuhfach nach seinem Handy.

»Hörst du das?« Susanne war ihm gefolgt, stand nun hinter ihm und sah zum Himmel.

»Nein. Ich hör nichts.« Als er aber mit dem Handy in der Hand aus dem Wagen kam, vernahm er es auch. Ein tiefes, flatterndes Brummen.

Das Geräusch kam nicht von einem Motor. Etwas Ähnliches hatte er einmal auf einem Segelflugplatz gehört, als ein Segler nur wenige Meter entfernt zur Landung ansetzte und im Vorbeiflug einen fast körperlich spürbaren Ton hinterließ. Aber dieser Laut jetzt war voller, er war bedrohlich und schwoll in Sekundenschnelle zu einem Fauchen, einem dumpfen Vibrieren an. Die Vögel verstummten. Eine Katze verkroch sich unter einem Holzstoß und die Hunde unten im Dorf suchten mit eingezogenem Schwanz und angelegten Ohren Schutz. Schatten flossen über die Dächer Wellendingens, und als Frieder und Susanne die Köpfe hoben, sahen sie nur etwa siebzig, achtzig Meter über sich den silbern schimmernden Leib einer Boeing 767. Mit offensichtlich abgeschalteten Triebwerken segelte der mächtige Koloss von Norden kommend über das Dorf. An Bord befanden sich zweihundertvier Passagiere. Der gewaltige Schatten huschte über die Dächer, schien an der Kirche kurz zu zögern und kletterte schließlich den Hang nach Süden hinauf. Dabei verringerte sich der Abstand zwischen dem eisernen Vogel und den vielen Löwenzahnwiesen immer mehr, die Maschine verlor konstant an Höhe, und das Gelände schien nach der Boeing zu greifen. Als sie schließlich den höchsten Punkt des kleinen Talkessels, in dem Wellendingen lag, erreichte, passte kaum mehr ein Einfamilienhaus zwischen Wiese und Bauch der Maschine. Sie verschwand und mit ihr das Geräusch, mit dem sie die Luft zerschnitten hatte.

»Scheiße! Susanne, was war das?!«

Susanne stand kreidebleich und mit offenem Mund hinter ihrem Mann und starrte nach Süden, wo die Maschine lautlos wie ein Gespenst verschwunden war.

»Onkel Frieder? Was war das?« Lea stand an der Tür. Sie blickte zum Himmel, und der Löffel in ihrer kleinen Hand zitterte.

»Wir müssen …« Was auch immer Frieder Faust sagen wollte, es blieb ungesagt. Die drei starrten auf die im Süden emporsteigende Rauchsäule. Sekunden später lag zuerst Rumoren, dann der Donner einer Explosion in der Luft.

Frieder wählte den Notruf der Polizei, ohne den schwärzer werdenden Rauch aus den Augen zu lassen. Der stieg in den klaren Maimorgen auf, und es dauerte lange, bis er mit den wenigen Schönwetterwolken eine Liaison einging. Eine erste Amsel begann wieder zu zwitschern, und im Dorf kläffte ein Hund dem Ungeheuer hinterher.

»Ich hab Angst.« Über Leas Wangen kullerten dicke Tränen. »Ich will zu meiner Mama.«

Susanne nahm sie in den Arm.

»Tot.« Faust klappte das Handy zusammen und steckte es in die Hosentasche.

3

07:02 Uhr, Flug Nummer HL 5681

Beim Ausfall aller Systeme befand sich der Airbus in knapp siebentausend Metern Höhe über der Schwäbischen Alb. Punkt 07:00 Uhr mitteleuropäischer Sommerzeit waren alle Displays und Anzeigen erloschen, und das monotone Rumoren der Triebwerke verstummte. Die vor sich hin dösenden Passagiere nahmen die Veränderung kaum wahr. Es war etwas ruhiger im Kabinenraum, das war auch schon alles. Vorerst.

»Es ist mir egal, Vater, wenn du es immer wieder ins Lächerliche ziehst oder in Frage stellst.« Sie schimpfte im Flüsterton und streichelte dabei Kevins Haar. Ihr zehnjähriger Sohn lag mit dem Kopf auf ihren Oberschenkeln und schlief. »Diese Welt ist eine von euch Männern gemachte Welt, und sie strotzt nur so von Phallussymbolen! Wie Hunde an jeden Baum, an jede Ecke pinkeln müssen, um ihr Revier zu markieren und sich von der eigenen Existenz zu überzeugen, so müssen Männer offenbar die ganze Welt mit ihrem geliebten Ding dekorieren. Manchmal denke ich, euch geht einer ab, wenn ihr vor einem Turm steht, der heilig in den Himmel aufragt.«

Der Angesprochene, Eckard Assauer, lächelte milde, was seine Tochter nur noch wütender machte. Ihm waren Sybillas Gedanken zwar fremd, aber nicht neu.

»Siehst du«, triumphierte sie, »du lachst mich aus!«

»Mach ich nicht«, erwiderte er der Form halber. Er wusste, wie er auf ihre Angriffe auch reagierte, es war immer falsch.

Als Professor für mittelalterliche Geschichte und Freizeitarchäologe hatte er gelernt, dass nicht auf jede Behauptung geantwortet werden musste. Manchmal sah man sich einem Gesprächspartner gegenüber, den selbst die personifizierte Wahrheit niemals hätte überzeugen können. Und Sybilla gehörte mit Bestimmtheit zu dieser Kategorie Mensch.

»Sieh doch, wie der dort drüben seinen Stift hält!« Sybilla deutete auf einen älteren Herrn, aus dessen Faust ein dicker Kugelschreiber senkrecht herausragte.

»Oder Krawatten!« (Achtung! Ihr Lieblingsthema!) »Nicht nur, dass sie wie ein überdimensionierter Phallus aussehen, ihre Spitze zeigt auch noch genau auf *ihn*. Keiner soll das gute Stück übersehen! Schaut alle her: Ich bin ein Mann und regiere die Welt!«

»Würden wir Männer in jedem Kleiderschlitz, in jeder offenen Tür oder jedem Loch in der Landschaft ein Vaginasymbol erkennen und das dann mit deiner Vehemenz angreifen – die Menschheit hätte sich längst ausgerottet.«

»Aber ...«

»Psst!« Assauer legte einen Finger auf die Lippen. »Sei bitte einen Moment still.«

Eckard Assauer musterte den Innenraum des Flugzeugs und die anderen Passagiere. Einige schliefen, andere sahen zum Fenster hinaus. Ganz hinten quäkte ein Baby. Zwei Reihen vor ihnen klopfte ein Teenager gegen den kleinen, in der Rückenlehne des Vordersitzes eingelassenen Monitor, der vor wenigen Augenblicken verloschen war, und ein japanischer Geschäftsmann klappte sein Laptop zu, wobei ihm seine Erziehung half, die Wut über den plötzlichen Computerabsturz vor den anderen Mitreisenden zu verbergen.

»Was ist denn, Vater?«

»Hörst du das nicht?«

»Nein. Was meinst du? Ich höre nichts«, flüsterte sie.

»Das ist es ja. Ich höre auch nichts.« Er legte seine Notizen auf den freien Platz neben sich und suchte nach einer Stewardess. Aber sie, die doch sonst immer irgendwo irgendwas zu erledigen hatten, schienen spurlos verschwunden.

»Was hörst du nicht, Vater? Jetzt tu nicht so geheimnisvoll.«

»Ich höre die Triebwerke nicht mehr.«

Sybilla richtete sich in ihrem Sitz auf. Erst als ihr Vater sie darauf aufmerksam machte, fiel ihr die Stille auf. Und jetzt, da sie die Stille wahrnahm, bekam diese etwas Beängstigendes.

4

07:07 Uhr, Wellendingen

Susanne Faust versuchte den Schock, den der Flugzeugabsturz zurückgelassen hatte, mit Routine zu bekämpfen. Sie war mit Lea ins Haus zurückgekehrt und hatte das Kind an den Tisch gesetzt. Dann räumte sie die Spülmaschine ein und, als sie den Knopf drückte und nichts passierte, wieder aus. Sie öffnete den Wasserhahn, um das Geschirr vom Frühstück von Hand zu spülen, aber aus dem Hahn kam nur ein kurzes, heiseres Fauchen, einige Tropfen Wasser, dann nichts mehr. Susanne starrte ihn an. Schließlich packte sie Leas Schulbrote ein und machte sich mit ihr auf den Weg in die kleine Dorfschule. Sie ahnte, dass der Unterricht heute ausfallen würde, aber sie hatte Eva versprochen, die Kleine zur Schule zu bringen. Die Schule für die erste und zweite Klasse lag im Zentrum des Ortes, unmittelbar neben dem Geburtshaus von Konstantin Fehrenbach, dem großen

Sohn Wellendingens, der in den zwanziger Jahren des letzten Jahrhunderts für ein paar Monate Reichskanzler sein durfte. Oder musste.

Im Süden, über der kleinen Hochebene, die »Obere Alp« genannt wurde, dort, wo das Flugzeug vor wenigen Minuten abgestürzt war, mäanderten Rauchschwaden in den Himmel, und wer darauf wartete, dass Sirenen in Wellendingen oder dem nahen Bonndorf Rettungsmannschaften zusammenschrien, der wartete vergebens. Es blieb still.

Frieder Faust war nach dem ersten Schrecken ebenfalls ins Haus zurückgerannt. Er hatte Bubi noch tief schlafend im Bett vorgefunden und ihm die Decke weggerissen.

Die Probleme zwischen ihnen hatten begonnen, als der Bengel anfing zu pubertieren, und das war ziemlich spät gewesen. Vor sieben Jahren hatte Bubi die ersten Pickel bekommen sowie jeweils ein dunkles Haar an seinem Kinn und am Ansatz seines »Ladykillers«, wie er ihn nannte. Damals war er bereits fünfzehn gewesen. Ein Alter, in dem andere ihre Pubertät gerade abschüttelten wie die zu eng gewordene Haut der Kindheit und sich mit stolzgeschwellter Brust langen Zöpfen und knospenden Brüsten zuwandten. Aber nicht Bubi.

»Komm!«, befahl Faust. »Mach, dass du rauskommst!«

Bubi, aus dessen Bett es streng nach Schlaf und Masturbation roch, rollte sich wie ein Embryo zusammen. »Das Bewerbungsgespräch ist auf nächste Woche verschoben«, knurrte er verschlafen und tastete nach seiner Decke.

»Vergiss das Bewerbungsgespräch. Auf der Oberen Alp ist ein Flugzeug abgestürzt. Irgendwo zwischen Golfplatz und Mauchen, schätze ich.«

Bubi war plötzlich hellwach. Es war unschwer zu erkennen, wie der schmächtige Körper sich schlagartig straffte, seine verklebten Augen aufleuchteten und es in seinem Kopf unter den strohblonden, kurzen, dünnen Haaren zu arbeiten begann.

»Zieh dich an. Ich warte im Pick-up.«

»Ich hole noch schnell meine Kamera.«

»Kamera?« Faust schien seinen Sohn nicht verstanden zu haben. »Wir nehmen noch ein paar Männer mit und dann schauen wir, ob wir da oben vielleicht noch jemanden retten können. Du wirst deine Kamera nicht brauchen.«

»Und ob ich die brauche!« Bubi behielt sein verschwitztes T-Shirt an und sprang in seine Jeans. »Die Bilder, die ich mache, maile ich ans Fernsehen und verkaufe sie. Du sagst doch immer, ich soll endlich selbst Geld verdienen.«

»Beeil dich«, sagte Faust und ging. Bubi stürzte mit der Digitalkamera in der Hand hinterher, und gemeinsam fuhren sie vom Hof.

Der 23. Mai war ein Mittwoch, und die meisten Männer hatten schon vor sieben ihre Häuser verlassen und sich auf den Weg zur Arbeit gemacht. Wellendingen selbst bot gerade noch einem Landwirt, einer Familie, die die alte Mühle betrieb, einem kleinen Bauunternehmen und ein paar Handwerkern genug Einkommen, um davon leben zu können. Die anderen waren in Firmen im drei Kilometer entfernten Bonndorf, in Donaueschingen, Waldshut oder der Schweiz untergekommen. Ein Job in der Schweiz hatte den Vorteil, dass die dort gezahlten Gehälter deutlich über dem deutschen Niveau lagen. Auch Frieder Faust arbeitete oft jenseits der Grenze, und er prahlte gern damit, dass sein Haus fast abbezahlt sei.

Frieder und Bubi fuhren von Haus zu Haus. Wer nicht bereits auf der Straße stand und zu der nahen Rauchsäule hinstarrte, kam auf ihr Hupen hin heraus. Schnell saßen auf der Ladefläche des Pick-ups neben Bubi, der den Beifahrersitz für den alten Bernhard Hall freimachen musste, Jürgen Mettmüller, Uwe Sigg und Eugen Nussberger und diskutierten über die Katastrophe. Einen Zusammenhang zum Ausfall von Strom und Telefon hatte noch keiner hergestellt. Bubi ignorierte das Gespräch, so wie die anderen ihn ignorierten. Er kontrollierte die Kameraeinstellungen und prüfte immer wieder den Akku.

»Ich sage euch, früher oder später musste das mal passieren.« Jürgen Mettmüller beugte sich zu den anderen vor. Der Rothaarige war Mitte vierzig, Förster in den umliegenden Wäldern und Hobbyimker. Seine beiden Söhne studierten in Tübingen und Dresden. »Geht ja gar nicht anders, wenn jeden Tag über unseren Köpfen einige hundert Vögel ihre Warteschleifen drehen.« Der Luftraum über dem Südschwarzwald diente in der Tat seit einigen Jahren den auf Zürich anfliegenden Maschinen als Einflugschneise. Bei schlechtem Wetter oder hohem Verkehrsaufkommen kreiste oft ein gutes Dutzend Maschinen gleichzeitig in unterschiedlichen Flughöhen. Wie Bussarde warteten sie über Wellendingen auf ihre Landeerlaubnis. »Bin nur gespannt, ob die Schweizer Entschädigung zahlen.«

»Vergiss es«, winkte Uwe Sigg ab. Sigg, Mitte dreißig und arbeitslos, war klein und untersetzt mit unbändigen blonden Locken. »Die haben ihre Flugbahnen auf deutsches Gebiet verlegt, lassen über uns ihr überflüssiges Kerosin ab, weil sie genau wissen, dass in Stuttgart oder Berlin alle die Schwänze einziehen. Sobald ein Deutscher den Mund aufmacht, heißt es gleich: fremdenfeindlich.«

»Genau.« Eugen Nussberger nickte und zog an seiner billigen Zigarre. Er inhalierte den Rauch, aber auf halbem Weg wurde dieser von einem seiner berühmten Hustenanfälle mit Nachdruck wieder hinausgeschleudert. »Genau«, röchelte Nussberger noch einmal und spie geübt etwas nicht mehr ganz flüssiges Gelbes auf die Straße. Mit nikotingelben Fingern fuhr er sich durch das graumelierte Haar und nickte. Beides – sein vielsagendes *Genau* und ein gefährlich brodelnder Husten – war so ziemlich der komplette Wortschatz des Endfünfzigers, den vor zwei Jahren der Zustand seiner Lunge in den Vorruhestand geschickt hatte.

Frieder Faust fuhr die schnurgerade, den steilen Berg Richtung Süden aus dem Dorf hinaufkletternde Straße entlang, wobei er abwechselnd sein Handy und das Navigationsgerät verfluchte. Beide Errungenschaften glotzten ihn mit schwarzem Auge an und versagten jegliche Kooperation. Streik.

Auf der Pritsche des Mitsubishis hielten sich die Männer an den Seitenplanken fest und glichen in einmütiger Choreographie die Bewegungen des Wagens aus.

Während Uwe Sigg weiter sein Wissen über die Schweizer Mentalität, deren prinzipiellen Egoismus und die Deutschfeindlichkeit aller Schweizer orakelhaft darlegte (Sigg war vor sechs Monaten von seiner damaligen Firma in Schaffhausen fristlos wegen Arbeitsbummelei gekündigt worden), während Nussberger dazu nickte und Bubi Faust eine Probeaufnahme der Rauchsäule machte, der sie sich näherten, fiel Jürgen Mettmüller beim Blick zurück über sein Dorf eine weitere, viel zu tief heranrasende Maschine auf. Sie war vielleicht noch zwei Kilometer entfernt, aber wer seit Jahren mit dem Anblick kreisender und schließlich Richtung Zürich abdrehender Maschinen lebt, der sieht, wenn etwas nicht stimmt. Und hier stimmte etwas nicht! Die Maschine schoss viel zu schnell herab! Die Lichtreflexionen wurden nicht, wie bei einer sich normal bewegenden Maschine, langsam heller, erreichten einen gleißenden Höhepunkt, um anschließend langsam wieder zu verlöschen. Die Spiegelungen flackerten wild, wie ein knisterndes Lagerfeuer, als ob der Pilot Mühe hätte, sein Gefährt auf Kurs zu halten.

Ohne den Blick von der offensichtlich abstürzenden Maschine zu lassen, stieß Mettmüller dem neben ihm sitzenden Nussberger den Ellenbogen in die Rippen. Dessen Knurren beantwortete er mit einem stummen Nicken nach Nordosten. Eugen Nussberger blinzelte. »Hab meine Brille vergessen«, brummte er und beendete den Satz mit produktivem Räuspern.

»Da! Da hinten, das Flugzeug!«

Jetzt wurden auch Bubi und Uwe Sigg aufmerksam. Im Gegensatz zu Nussberger erkannten sie sofort, was Mettmüller meinte.

»Oh, Scheiße! Die kommt direkt auf uns zu!« Bubi vergaß seine Kamera. Einen Moment starrte er mit offenem Mund auf das Flugzeug, dann hämmerte er wie wild mit beiden Fäusten gegen das Fahrerhaus.

»Vater! Vater, bleib stehen!«

»Was ist denn?« Ohne vom Gas zu gehen, öffnete Faust das schmale Schiebefenster zur Ladepritsche.

»Da hinten, Vater! Da kommt noch ein Flugzeug runter!« Bubi gestikulierte zu dem Airbus hin, die Aufregung machte seinen Mund trocken. Er hatte Angst.

Faust fuhr rechts ran. Er stieg aus, und was er sah, verschaffte ihm zeitgleich einen Kloß im Hals, feuchte Hände und ein Kribbeln im Bauch. Die Maschine raste direkt auf sie zu, und es konnte sich nur noch um Sekunden handeln, bis sie entweder über oder aber in ihre Köpfe rasen musste!

Aus dem Dorf folgten zwei Fahrzeuge, ebenfalls mit Helfern beladen. Sie stoppten auf Fausts Winken hinter dessen Pick-up. Aus einem der Wagen sprang Christian Stadler auf die Straße. Stadler, dreißigjähriger Elektriker und klapperdürr, schob seinen Hut in den Nacken und stemmte in Wildwest-Manier die Hände in beide Hüften. »Gottverfluchter Mist!«, brüllte er. »Die Kiste wird uns allen gleich die Ärsche aufreißen!«

»Wir sollten machen, dass wir hier wegkommen!«

»Dazu dürfte es zu spät sein.« Nussberger ließ, von der auf ihn zurasenden Maschine paralysiert, zum ersten Mal seit Jahren eine Zigarre im Mundwinkel ausgehen. Er starrte dem Airbus entgegen, in dem Eckard Assauer neben Tochter und Enkel saß. Nussberger und die anderen konnten nichts tun, weder verhindern noch fliehen. Sie konnten nur noch hoffen.

Das in Berlin gestartete Flugzeug befand sich im Landeanflug auf Zürich. Neben der Crew befanden sich achtundachtzig Passagiere an Bord der nur zur Hälfte ausgelasteten Maschine. Den Männern im Cockpit war schnell klar, dass diese Situation sie und ihr einstudiertes Wissen überforderte. Bei Systemausfällen existierten Sicherheitsprogramme, die im Ernstfall automatisch zum Einsatz kamen. Außerdem gab es die Verbindung zum Tower, dessen Anweisungen folgend man sich zum nächstgelegenen Flughafen lotsen lassen konnte. All diese eingeübten Verhaltensweisen gingen allerdings davon aus, dass die Kommunikation mit einer Bodenstation möglich war und dass die Computersysteme wenigstens teilweise einsatzbereit waren. Aber um Punkt 07:00 Uhr wurde aus einem der meistverkauften Modelle der Airbusflotte ein schwankendes Segelflugzeug, welches sich kaum am Himmel halten ließ und in rasendem Tempo dem Boden näher kam.

Der Flugkapitän hatte den Passagieren die Situation erklären lassen und sie von seinem Vorhaben unterrichtet, segelnd den Züricher Flughafen zu erreichen. Wie unrealistisch dieser Plan war und wie wenig er selbst an dessen Umsetzung glaubte, verschwieg er. Von Todesangst gelähmt, kamen die Passagiere seinem Befehl nach, verteilten sich gleichmäßig in den Reihen und blieben dann auf ihren Sitzen, um Gewichtsverlagerungen und damit Schwankungen der Maschine zu vermeiden.

Äußerlich ruhig, saß Eckard Assauer neben seiner Tochter. Kevin erwachte.

»Was ist los, Opa? Landen wir?«

»Noch nicht, mein Schatz«, antwortete Sybilla. Ihr Vater streichelte seinen Enkelsohn. Assauer saß kerzengerade in seinem Sitz, hellwach registrierte er alles.

Sybilla Assauer-Brehm hatte Angst. Und sie konnte den Blick nicht von ihrem Vater lassen. Scheinbar unbeteiligt saß dieser neben ihr und trotz – oder auch wegen – seiner siebzig Lebensjahre und der schulterlangen weißen Haare, die in einem ebenso weißen, kurz geschorenen Vollbart ihre Fortsetzung fanden, wirkte er wissend und stark. War er auf das vorbereitet, was allem Anschein nach bevorstand?

Plötzlich neigte sich die Maschine nach vorn, der Horizont tanzte. Jemand hatte heimlich ein Loch in den Himmel gefräst, der Airbus raste darauf zu, der rettende Luftstrom unter den Tragflächen riss ab und die Maschine stürzte wie ein Stein in die Tiefe. Menschen wurden in ihren Sitzen herumgeschleudert und hingen einen kurzen Moment schwerelos in ihren Gurten. Ebenso unvermittelt, wie der freie Fall einsetzte, wurde er heftig wieder gestoppt. Plötzlich fanden die breiten Flügel Halt, und Assauer spürte die Kraft, die ihn in seinen Sitz presste und das Blut aus seinem Kopf in die Beine trieb. Über den Passagieren sprangen Sauerstoffmasken aus ihren Verstecken, und Sybilla wurde ohnmächtig.

Assauer beugte sich weit nach vorn. Er durfte nicht bewusstlos werden, er musste Kevin beschützen. Hatte er Angst? Natürlich. Er wollte leben; auch wenn er ein alter Mann war, wollte er leben!

Viele Passagiere versuchten über ihre toten Handys Angehörige und Freunde zu erreichen, verschickten Kurznachrichten, die nie ihr Ziel erreichten. In Todesangst flüchteten sie in Stoßgebete, als die Unterseite des Airbusses am Lindenbuck, dem neunhundert Meter hohen Hausberg Bonndorfs, erste Baumwipfel berührte. Die Luft war gesättigt vom Duft nach geräuchertem Schinken, der aus der nahe gelegenen Fleischwarenfabrik aufstieg. Die Tragflächen zerteilten die Gerüche, während das Flugzeug kurz auf einem abschüssigen, steinigen Acker aufsetzte. Das Feld endete nach wenigen Metern abrupt an der Straße nach Brunnadern in einem leichten Anstieg vor der Abbruchkante zur Straße. Wie auf einer Sprungschanze wurde der Airbus zurück in die Luft katapultiert und jagte im Tiefflug Wellendingen zu. Nach fünfhundert Metern neigte sich die Maschine plötzlich nach rechts und in das von Verwirbelungen und der Luftverdrängung herrührende Flattern und Brummen mischte sich gefährliches Knirschen, als die Spitze einer Tragfläche den Boden berührte. Sie bohrte sich in die lockere Erde, die Maschine wurde nach rechts gerissen, die Nahtstellen zwischen Rumpf und Tragfläche kreischten und quietschten. Mit einem ohrenbetäubenden Knall barst Metall, und der Flügel brach ab. Nun plötzlich linkslastig, kippte die Maschine auf diese Seite, die verbliebene Tragfläche fraß sich in den lockeren Boden und warf einen Wall aus Erde, Stein und Gras auf. Die Passagiere wurden auf ihren Sitzen hin- und hergeschüttelt, mehrere Sessel rissen aus ihren Verankerungen und flogen als bemannte Geschosse durch die Kabine. Assauer packte seinen Enkel, zog ihn zu sich auf den Schoß und beugte sich über ihn. Der Sitz mit Sybilla war verschwunden!

Ein weiterer Knall, wie ein kehliges Grollen. In der linken Tragfläche hatten sich Risse gebildet, Kerosin schoss aus den noch gut gefüllten Tanks, und der Funkenflug, den die über Erde und Steine schlitternde Maschine verursachte, setzte mit einem hohlen, tiefen *Plopp* die Tragfläche in Brand. Es klang, dachte Assauer, wie das Öffnen einer Weinflasche, nur tausendmal lauter, gefolgt vom Fauchen wild um sich schlagender Flammen.

Die Männer auf der anderen Seite des Talkessels sahen entsetzt zu, wie die mit jeder Sekunde langsamer werdende Maschine immer noch viel zu schnell auf ihr Dorf zuraste. Wie flatternde Wimpel umspielten Flammen die linke Seite des Rumpfes, ehe eine zweite Detonation auch diese Tragfläche abriss und ein weiteres klaffendes Loch im Rumpf der Maschine hinterließ. Passagiere wurden herausgeschleudert. Nur um wenige Meter verfehlte der Airbus das über dem Dorf thronende Windrad.

Der Donner der Explosion wehte wie nahes Geschützfeuer zu Frieder Faust und den anderen, brach sich an den Hängen der umliegenden Hügel und kam schwächer zu ihnen zurück. Fast zeitgleich ging das Kerosin in der ersten abgerissenen Tragfläche hoch. Das Rollen der ersten Explosion noch in den Ohren, sahen die Männer, wie eine schwarze Rauchsäule aufstieg und als gewaltiger Pilz den blauen Maihimmel beschmutzte. Dann schossen Stichflammen aus dem, was einmal eine Tragfläche war. Eine leichte Morgenbrise nahm sich des Rauches an und trieb ihn nach Osten, und der Donnerschlag der zweiten Explosion erreichte die Ohren der Männer. Der Rumpf der flügellosen Maschine schlitterte weiter, drehte sich dabei in Längsrichtung um die eigene Achse, und das Heck riss ab.

Wellendingen wurde nach Nordosten hin, jene Richtung, aus der die Explosionsgeräusche über den Ort rollten, von einem steil aufsteigenden Höhenzug begrenzt. An seinem Scheitelpunkt ging dieser Höhenzug – das Hardt – in eine hügelige Hochebene über. Das Hardt war ein schmaler Waldsaum, Naturschutzgebiet, mit seltenen Orchideen. Der Torso des Airbusses rutschte, schon träge und faul, mit letzter Kraft darauf zu.

Wie eine weggeworfene Fackel schlitterte der Rumpf über ein Feld, pflügte das junge Grün keimenden Getreides unter und erreichte einen uralten, kleinen Steinbruch. Erschöpft kroch die Nase des Airbusses über die Abbruchkante und kam fast zum Stillstand. Dann neigte sie sich doch nach vorn und stürzte kopfüber in die Grube. Metall kreischte und quietschte, als es über den steinigen Grund schlitterte. Dann brachte ein dumpfer Faustschlag die Reste des Flugzeugs zum Stillstand. Wie Salutschüsse explodierten durch Hitze und den harten Aufschlag die noch unversehrten Fenster und spien winzige Granatsplitter aus.

»Wenn sie jetzt zur Seite kippt, rollt sie genau ins Neubaugebiet.« Christian Stadler hielt seinen Hut mit beiden

Händen, als sei er auf einer Beerdigung. Geistesabwesend knetete er die breite Krempe.

»Genau.«

Aber der lodernde Torso blieb mit eingeschlagener Nase an den Berg gelehnt stehen. Von seinen ehemals fast vierzig Metern Gesamtlänge waren nur noch zweiundzwanzig übrig. Diese lehnten jetzt kopfüber im alten Steinbruch und ragten etwa fünfzehn Meter über den Höhenrücken hinaus – ein loderndes Mahnmal, wacklig und furchteinflößend. Und wenn das Auge weiter nach Nordosten wanderte, sah es den breiten Graben, den die schlingernde Maschine in den Boden gefressen hatte, brennende Tragflächen und, wie von Riesenhand achtlos über das Land gesät, Körper und Gepäckstücke.

Der Absturz des Passagierflugzeuges versetzte den Maihimmel zurück in den von Gott gewollten Zustand: Ruhe. Kondensstreifen schwanden, und das Jubilieren der Vögel wurde von keinem durchstartenden Triebwerk mehr unterbrochen. Frieder Faust näherte seinen Wagen dem lodernden Wrack bis auf zweihundert Meter. Dann, sie bogen um eine kleine Baumgruppe, spürten die Männer die Hitze, und Faust stellte den Motor ab.

»Komm. Ein kleines Stück noch.« Es war Bubi, der drängelte. Er fotografierte wild drauflos und verfluchte innerlich den Geiz seiner Eltern, die ihm nur eine Kamera mit einem dreifachen Zoom geschenkt hatten.

Faust schüttelte den Kopf. »Ist zu gefährlich.« Er ließ den Pick-up zur Baumgruppe zurückrollen. Sofort nahm die Hitze ab.

»Kann mir nicht vorstellen, dass das einer überlebt hat.« Mettmüller wischte sich mit dem behaarten Handrücken den Schweiß von der Stirn.

Faust fragte: »Und wenn doch?« Aber Mettmüller zuckte nur mit den Achseln.

Nach und nach trafen aus dem Dorf immer mehr Helfer ein. Und Schaulustige. Viele waren auch beides. Einem ungeschriebenen Routenplan folgend, sammelten sie sich hinter der kleinen Baumgruppe bei Frieder Faust, Mettmüller und den anderen.

Bubi, auf der Jagd nach dem perfekten Bild, hatte die anwachsende Gruppe verlassen. Hinter Bodenwellen und Sträuchern vor der Hitze Schutz suchend, hoffte er, noch näher an das Inferno heranzukommen.

»Das muss die vierte oder fünfte Maschine sein, die hier in der Umgebung heruntergefallen ist. Und wie es aussieht«, der Neue musterte den Himmel, »wie es aussieht, hat irgendwer oder irgendwas ganze Arbeit geleistet.« Denn der Himmel war leer.

Aus einem Kleinbus stieg eine Handvoll Menschen. Es waren Mitarbeiter der Bonndorfer Fleischfabrik. Dort hatten sie alles stehen und liegen gelassen. Unterwegs hatten sie Martin Kiefer aufgelesen. Martin Kiefer war Eva Segers erster Mann. Im Gegensatz zum größten Teil seiner Umwelt war er zutiefst davon überzeugt, dass er das war, was gemeinhin als toller Hecht bezeichnet wurde. Die dunklen Haare hielt er kurz geschoren, und er achtete penibel auf die korrekte Länge seines Dreitagebartes, der ihm etwas Abenteuerliches gab, wie er fand. Außerdem kaschierten die Stoppeln sein wachsendes Doppelkinn. Dank seines Vaters und dessen florierender Offset-Druckerei war Geld kein Thema. Kiefer war mittelgroß, und sein Körper befand sich gerade in einem Übergangsstadium zwischen kräftig und fett.

Kiefer kam zu Christian Stadler. Etwas abseits spielte der nervös mit seinem Hut.

»Ganz schöner Mist das.«

»Kannst du laut sagen.« Die Freunde, sie hatten die Schulbank und ihre Pausenbrote, später dann oft die Zeche und manches Mädchen miteinander geteilt, begrüßten sich und musterten die Umgebung.

»Wie im Krieg.«

»Blöder Zufall.«

»Zufall? Komm, vergiss es! *Ein* Absturz – meinetwegen. Zwei, wenn wirklich alles saudumm läuft, aber das hier«, Stadlers ausgestreckter Finger zeigte zuerst auf die Trümmer in der Nähe, die Rauchsäule über der Oberen Alp und schließlich auf den leeren Himmel, »das hier ist kein Zufall!«

»Und das ist ja noch nicht alles.« Faust trat heran.

»Wie, noch nicht alles?«, fragte Kiefer.

»Habt ihr noch Strom in Bonndorf?« Kiefer schüttelte den Kopf. »Und funktionieren eure Telefone, eure Handys?« Kiefer zuckte die Achseln, kramte aber umgehend sein Handy hervor. Er drückte einige Tasten, doch der kleine Kasten ignorierte seine Befehle.

»Siehst du.« Faust wirkte verzweifelt. In einer der riesigen Taschen seiner schwarzen Zimmermannshose fand er seinen Flachmann, nahm einen tiefen Schluck und schüttelte sich.

»Du auch?« Christian Stadler winkte ab, Kiefer griff gierig zu.

»Ich weiß nicht, was hier abgeht«, Faust schraubte, nach einem zweiten Schluck, die Flasche langsam zu, »aber irgendwas läuft hier vollkommen falsch. Flugzeuge stürzen ab, der Strom ist weg, es läuft kein Wasser mehr, Telefone tot – selbst mein Navigationssystem streikt!«

»Vielleicht Terroristen?«

»Terroristen?« Stadler zog die Augenbrauen hoch. »Terroristen können *ein* Flugzeug vom Himmel holen, *ein* Elektrizitätswerk sprengen oder *einen* Funkturm kippen, aber so ein umfassendes Chaos?« Er schüttelte den Kopf. »Glaub ich nicht.«

»Vielleicht kommt der Strom ja bald wieder und in den Nachrichten heute Abend wird alles erklärt.« Kiefers Satz klang wie das berühmte Rufen im Wald. »Es könnte doch irgendwie von der Sonne kommen. Sonnenwinde oder so was.«

»Da steckt irgendeine Regierung dahinter«, sagte Faust, ohne Kiefer zu beachten. »Etwas so Umfassendes – das waren die Amis.«

»Oder die Chinesen.«

»Die Russen waren das.«

5

Vierhundert Tage zuvor bei Hamburg

Die beiden besiegelten das Schicksal der Welt. Keiner war sich dessen bewusst, am wenigsten sie selbst.

Und warum? Dummheit, Schicksal, Leichtsinn, eine Laune des Augenblicks? Langeweile verbunden mit zu vielen technischen Möglichkeiten? Oder Zufall, der stille Kollege Ich-lach-mir-ins-Fäustchen, der im Hintergrund seine Fäden zieht und selbst neugierig auf das Ergebnis wartet? Wenn es darum ging, die Welt zu verändern – er war zur Stelle. Nicht die Weltanschauungen von Terroristen, nicht die hehren Ziele der Tagträumer verändern den Planeten, nein, Gevatter Zufall zieht im Hintergrund die Fäden, spannt mal diesen, mal jenen für seine Pläne ein (überlässt denen anschließend auch gern den Ruhm der Geschichtsschreiber) und amüsiert sich dabei aufs Köstlichste.

Axel suchte an diesem Tag im April des Vorjahres seit Stunden im Internet. In vierzig Tagen sollten Prüfungen sein. Geschichte und, was noch viel schlimmer war, Biologie. So gut er Zahlen und Formeln verinnerlichen und nutzen konnte, so wenig waren seinem Hirn Daten und Fakten der Vergangenheit zugänglich. Und noch weniger biologische Abläufe. Konnte jedoch etwas in einer Formel zusammengefasst und in – wenn auch noch so kompliziert anmutenden – Gleichungen dargestellt werden, war er in seinem Element. Schon als kleiner Junge waren Zahlen seine Welt. Tantchen (Tante Elli, um korrekt zu sein) erzählte heute noch bei jeder Gelegenheit, wie er als Vierjähriger alle in Staunen versetzt hatte: Sie hatte ihm eine Tüte Gummibären geschenkt, und statt diese, wie es Erwachsene von einem normalen Vierjährigen zu Recht erwarten dürfen, im Handumdrehen in sich hineinzustopfen, breitete er die Bären sorgsam vor sich aus. Er sortierte sie nach Farben und rechnete anschließend vor, dass dreimal so viele rote Bären da waren wie gelbe. Und dass er jetzt zwei grüne Bären essen müsse, damit das Verhältnis zu den weißen stimme. Das war zwölf Jahre her. Aber an Axels Vorliebe für Zahlen hatte sich nichts geändert. Mit sechs bekam er seinen ersten gebrauchten Computer geschenkt, mit acht einen eigenen Internetzugang, und mit zehn hatte er sich erstmals in eine fremde Webseite eingeloggt.

Zwei Häuser weiter wohnte Friedrich Berger, der »Alte Fritz«, wie das ganze Dorf den damals schon weit über achtzig Jahre alten Mann nannte. Seit dessen Frau in den siebziger Jahren mit Hilfe eines dicken Seiles die Scheidung eingereicht hatte und ihn mit Haus, Hof und einer herrlichen Streuobstwiese alleingelassen hatte, war er immer mürrischer geworden. Für die Kinder des Dorfes, für die er selten mehr als einen Kieselstein oder Schneeball übrig hatte, waren der alte Fritz und vor allem seine Obstwiese magische Anziehungspunkte. Wenn im Spätsommer die ersten Birnen reif waren und die Säure kleiner Äpfel jede Pore im Mund zusammenzog, entwickelte sich der Obstklau im Garten des Alten zu einem wahren Wettbewerb. Wer würde das meiste Obst mitbringen? Wen würde er erwischen und, vor allem: Was würde er mit denen, die er überführt hatte, anstellen? Das Leben war ein endloses Abenteuer.

Einmal hatte Berger einen Sechsjährigen, der glücklich zwei wurmstichige Äpfel in seinen Taschen versteckt hatte, zur Strafe in einen Apfelbaum gesetzt. Und sitzen lassen. Nach drei Stunden hatte ihn seine Mutter endlich erlöst.

Axel selbst war nie ertappt worden. Vielleicht das Glück des Tüchtigen, denn Axel war einer der fleißigsten Obstlieferanten für die Kinder des Dorfes. Das wusste auch Fritz. Und einmal musste er in einen Haufen wunderschöner Äpfel, die verdächtig sauber aufgeschichtet am Fuße eines Baumes lagen, etwas eingespritzt haben. Jedenfalls lagen am selben Abend alle Kinder, die von Axels Beute gekostet hatten, mit Bauchkrämpfen im Bett. Abwechselnd hatten sie sich über die Toiletten gebeugt oder auf die Schüsseln gesetzt. Als es Axel nach drei Tagen wieder etwas besser ging, versuchte er sich in die Homepage des Versandunternehmens, dessen Lieferwagen in regelmäßigen Abständen vor dem Haus des alten Fritz hielt, einzuloggen. Nach vier Stunden war er drin, eine weitere Stunde und er hatte die Daten seines Nachbarn, und nach weiteren drei Tagen durfte sich Herr Friedrich Berger stolzer Besitzer einer nicht ganz billigen Einbauküche nennen. Nur, dass er nicht stolz war. Und in seinem niedrigen Haus ohne groß angelegten Umbau auch wirklich kein Platz für ein solches Monster war. Kein Platz für Mikrowelle, kein Platz für Gefriertruhe und Riesenkühlschrank, kein Platz für die frei im Raum aufzubauende Kochinsel.

Die Aufgabe, die Axel nun vor genau vierhundert Tagen Kopfzerbrechen bereitet hatte, erwies sich da schon deutlich schwieriger als die kleine Bestellung mit Nachbars Daten. Axel versuchte seit Stunden, sich in einen Computer seines Gymnasiums einzuhacken. Bisher ohne jeden Erfolg. Sein Plan war einfach, genial einfach, wie er selbst glaubte: Ein aus drei winzigen Komponenten bestehender Virus sollte sich im Computersystem des Gymnasiums breitmachen und, wenn nicht alles, was es so an Wahrscheinlichkeitsrechnungen gab, Makulatur war, müsste der Virus in den verbleibenden vierzig Tagen auch den Rechner mit den Prüfungsunterlagen erreicht haben. Nur drei winzige Dateien, besser: Dateifragmente, denn für sich genommen war jeder Baustein sinnlos, ja nicht einmal als Viruskomponente zu entdecken. Alle drei Bausteine aber gemeinsam auf einer Festplatte würden bald fröhlich zueinanderfinden, Hochzeit halten, sich lustvoll vereinen und anschließend mit ihrer Arbeit beginnen: Uhrenabgleich, Einstellen des Zeitzünders und, nach geruhsamen vierzig Tagen, Löschung aller vorhandenen Dateien sowie des Betriebssystems. Nur sich selbst würden sie verschonen, was eine Neuinstallation ziemlich unmöglich machen dürfte, da jedweder Versuch, den Computer wieder dienstbar zu machen, sofort von der kleinen Virengemeinschaft sabotiert werden würde!

Axel lächelte bei dieser Vorstellung.

Zwei Stunden später, er grübelte noch immer über dem Problem des Uhrenabgleichs, kam endlich Lars, sein Schulfreund. Die beiden saßen seit Jahren gemeinsam ihre Stunden im Hamburger Geschwister-Scholl-Gymnasium ab.

»Auf keinen Fall darf irgendjemand die Fragmente finden …«

»… und sie müssen sich in alles hineinkopieren, was mit dem infizierten Rechner in Kontakt steht«, ergänzte Axel. »Mails, Datentransfers auf CD, DVD, MP3 – und immer sind unsere kleinen Freunde dabei.«

»Und SMS!«

»SMS? Wie soll das funktionieren? Arbeiten Handys nicht mit ganz anderen Systemen und Prozessoren als normale Computer?«

»Das schon. Aber unsere Bausteinchen kommen damit zurecht. Wirst schon sehen.« Lars lächelte, lächelte wie jemand, der mehr weiß. »Bei den SMS jedenfalls funktioniert es wie bei den anderen Systemen auch. Bei jeder SMS oder

MMS werden Daten übertragen, an die sich unsere Bausteine dranhängen können. Und sobald alle drei Teile auf dem Handy oder Computer sind, dürften die Dinger bald hinüber sein.«

»Und mit ihnen dieser ganze Prüfungsscheiß!«, freuten sie sich.

Sie versandten in den folgenden zwei Stunden ihre drei Bausteine in drei verschiedenen Mails an Adressen ihres Gymnasiums.

Der Hausmeister, wenn er nicht gerade vor einem kleinen Loch in der Wand zum Mädchenumkleideraum onanierte, verbrachte die meiste Zeit an seinem Netzwerk-PC auf der Suche nach neuen Pornowebsiten. Ungeahndet versteht sich, schließlich betreute er das Netzwerk der Schule. In die Betreffzeile schrieben sie *Kostenlose XXX-Bilder auf Ihren PC* und waren sich sicher, dass Hausmeister Seidel ihre Mail öffnen würde.

Das zweite Steinchen bekam das Schulsekretariat. Frau Senkwitz, altjüngferlich bewachte sie ihren Direktor seit fast einem Jahrzehnt, erhielt an diesem Nachmittag eine Mail mit dem Betreff *Persönlich! Nur von Direktor Grünninger zu lesen!* Axel und Lars wussten, dass die Senkwitz diesem Verbot nicht würde widerstehen können. Sie würde ohne Zögern das Schreiben öffnen, sich über den Text (*War schön gestern Abend!*) wundern und dabei nicht bemerken, wie ein Winzling unbemerkt auf die Festplatte des Sekretariatscomputers klettert und sich häuslich einrichtet.

Frau Senkwitz bemerkte nichts, Hausmeister Seidel war durch das Abbild einer netten Blondine abgelenkt, welches Axel und Lars ihrer Mail angehängt hatten und – welch Sieg! – ihren Informatiklehrer, der den dritten Baustein erhielt, überlisteten sie mit einem angeblichen Virenschutz-Update, hinter dem sich Teilchen Nummer drei verbarg.

»Wenn alles klappt«, Axel ließ einen Streifen Kaugummi im Mund verschwinden, »gibt es in genau vierzig Tagen keine einzige funktionstüchtige Festplatte mehr im Gymnasium.«

»Voll fett!«, lobte Lars.

Vierzig Tage später schwitzten beide über ihren Prüfungen. Alle Computer des Gymnasiums funktionierten einwandfrei. Die kleine Verstimmung zwischen Direktor Grünninger und seiner Sekretärin nach der Mail hatte sich wieder gelegt. Hausmeister Seidel durchsuchte täglich sein Postfach nach weiteren kostenlosen XXX-Bildern, und der Informatiklehrer hatte das Schreiben mit dem angeblichen Virenschutz-Update längst vergessen.

»Weißt du, was wir falsch gemacht haben?« Axel zuckte missgelaunt mit den Achseln und kaute an seinem Stift. Die drei Bausteine waren ein Klacks gewesen, diese Prüfung aber war die totale Katastrophe.

Es war nur ein kleiner Schreibfehler. Nein, nicht einmal das. Es war ein Nichts, eine Null. Als sie den Zeitzünder auf vierzig Tage programmierten, hatte sich ein kleines Nichts dazugesellt und wohlerzogen hinten angestellt. Vierhundert Tage.

Ihre Mails hatten die Bausteine im Gymnasium abgeliefert und die drei Teilchen hatten sich wie befohlen eingenistet, vermehrt und ihre munteren Nachkommen an alles angehängt, was das Haus verließ. Frau Senkwitz verschickte bis zum Prüfungstag insgesamt 187 Mails an 59 verschiedene Adressaten, und sie beschrieb sechzehn Daten-CDs für sich, den Direktor und drei der angestellten Lehrer. Sie erledigte wie gewohnt vom Sekretariat aus nicht nur die Bankgeschäfte des Gymnasiums, sondern, wenn man schon mal dabei war, auch gleich ihre eigenen bei der Konkurrenzbank. Ganz gerecht verschenkte sie somit an beide Unternehmen einen kleinen Untermieter, der allein am Folgetag 417 neue Abnehmer fand. Hausmeister Seidel hatte zwar nur vier Mails im selben Zeitraum verschickt, hinterließ die Bausteine aber in allen möglichen zweideutigen Chaträumen und im Adultbereich eindeutiger Websites, von wo aus sie reißenden Absatz fanden.

Ihr Informatiklehrer arbeitete an einer Doktorarbeit zum Thema »Verlässlichkeit offener Computersysteme« und kommunizierte aus diesem Grund mit Fachleuten in ganz Deutschland, der Schweiz und Hongkong, wo der Virus sich bald in einem automatischen Mailverteiler wiederfand, der wöchentlich Interessierte in vierundzwanzig Ländern über den neuesten Stand der Virenabwehr informierte. Außerdem glich er regelmäßig seine Daten zwischen PC und Handy ab. In der Folge klammerte sich an jede seiner Telefonnachrichten ein kleiner Winzling und wartete anschließend geduldig in der Abgeschiedenheit der fremden Festplatte auf das Eintreffen von Komponente zwei und drei.

Hätte alles nach den Plänen von Axel und Lars funktioniert und wäre der Virus am vierzigsten Tag aktiv geworden, hätte es im Gymnasium und den insgesamt fünfundachtzig Rechnern weltweit, auf denen inzwischen alle drei Komponenten eingetroffen waren, leere Festplatten gegeben. Einen Tag darauf hätte es weltweit Virenschutz-Updates gehagelt und nach einer Woche wäre ihr Dreiteiler einer von vielen in den Annalen der Virenabwehr geworden. Aber so warteten noch dreihundertsechzig Tage. Dreihundertsechzig leise Tage.

Die wenigen User, die in den Folgemonaten den einen oder anderen Baustein auf ihrem Rechner entdeckten, konnten damit nichts anfangen und keine Gefahr erkennen. Ein sinnloses Dateifragment nur, ein Schnipsel – Abfall.

Gemessen an den Maßstäben der Natur in puncto »erfolgreiches Virus« war den beiden ein fast göttliches Projekt geglückt. Ihr Geschöpf breitete sich aus und nistete sich in jeden sich nur anbietenden Wirt ein. Dieser wiederum diente anschließend als Multiplikator. Ihr Virus arrangierte sich mit den diversen Systemen und Prozessoren, als sei dies die leichteste Aufgabe der Welt. Er passte sich den Gegebenheiten an, mutierte und eroberte die Welt der Bits und Bytes. Er erregte keinerlei Aufsehen, schlich sich ein, glich bei Ankunft seine innere Uhr mit der jeweiligen Rechnerzeit ab und stellte die Bombe, sobald die beiden fehlenden Freunde eintrafen, scharf. Lars kam die Idee mit der absoluten Zeit. »Jeder PC tickt etwas anders«, so sein Argument. »Damit der ganze Laden vor den Prüfungen wirklich zum Stehen kommt, muss der Virus die Rechnerzeit mit seiner inneren Uhr vergleichen und danach den Countdown bis zum großen Knall berechnen. Somit gehen alle Computer am Prüfungsmorgen um sieben aus, egal welche Uhrzeit die auf ihren Rechnern eingestellt haben.«

»Voll fett!«

28. November des Vorjahres

Die Virenkomponenten hatten einen fruchtbaren Mutterleib vorgefunden. Die Vernetzungen einer modernen Kommunikationsgesellschaft bildeten den ertragversprechenden Boden. Die drei Bauteile schwirrten einsam über die Datenautobahnen und bezogen jede nur erreichbare Festplatte. Welchem Zweck diese diente, war dabei völlig nebensächlich, und so dauerte es nicht lange und in den meisten Computern, Handys, DVD-Rekordern und MP3-Playern auf jedem Kontinent war mindestens eines der drei Teile zu finden. Einmal angekommen, reproduzierten sie sich in jeden neu erstellten Datenträger, in jede versandte Nachricht. Und sie erwarteten das Eintreffen ihrer Geschwister, um mit diesen zu verschmelzen. Und die Wartezeiten auf einer neu erreichten Festplatte wurden für den Erstling immer kürzer. Sie waren dank ihrer Unvollkommenheit von keinem Virenscanner entdeckt worden, hatten sich in fast allen Privathaushalten eingenistet und schickten ihre Brut weiter hinaus in die Welt.

Am 28. November des vergangenen Jahres gelang es dem ersten Baustein, auf der verbotenerweise mitgebrachten privaten CD von Paul-Werner Hagendorn, einem mittleren Bundesbeamten, die Tore des Bundesinnenministeriums zu passieren. Er hatte vor wenigen Wochen geheiratet. Komponente zwei und drei warteten damals bereits geraume Zeit auf seinem Computer. Von ihrer Karibikkreuzfahrt, dem Hochzeitsgeschenk ihrer Eltern, hatten sie neben einem ordentlichen Sonnenbrand, der Erfahrung des ersten Ehekrachs und einigen unbedeutenden Souvenirs auch den fehlenden Baustein Numero eins mitgebracht. Der Service der Kreuzfahrtgesellschaft, ihren Kunden an Bord das Überspielen von digitalen Fotos auf eine DVD zu ermöglichen, hatte dieser Anfang August einen Virus beschert. Den verteilte sie fortan an Besucher aus der ganzen Welt, auch an Paul-Werner Hagendorn.

Während die Kolleginnen und Kollegen nun über den gelungenen Hochzeitsbildern die Köpfe zusammensteckten, enterten die drei Teile den ersten Regierungscomputer. Ein reger Postverkehr via E-Mail und deutsche Gründlichkeit, die Kopien eines Vorganges an eine Unzahl angeblich Beteiligter verlangte, verhalfen den Komponenten zu einer raschen Verbreitung in allen Ministerien. Und von da aus ging es weiter zu befreundeten und auch weniger befreundeten Regierungsfestplatten in der ganzen Welt und natürlich nach Brüssel.

5. Mai

Die Ansteckungsgefahr der für die Versorgung der Bevölkerung als absolut lebenswichtig definierten Einrichtungen war einer UN-Studie zufolge als gering bis nicht existent zu erachten. Diese Studie wurde von einem neunköpfigen Gremium in jeweils mehrwöchigen Aufenthalten in São Paulo, Islamabad und Sydney erarbeitet.

Das in sieben Sprachen abgefasste und jeweils circa zweihundertvierzigseitige Hauptdokument wurde von einer die Fußnoten erklärenden Begleitbroschüre ergänzt. Titel wurde nach zähen Verhandlungen: »Über Gefahren und Gefährdungen einer Destabilisierung der öffentlichen, der privaten und der staatlichen Ordnung, Sicherheit und Handlungsfähigkeit, hervorgerufen mittels mutwillig, fahrlässig oder grob fahrlässig direkt oder indirekt (d.h. über Dritte, welche als Überbringer, nicht aber als Verursacher zu betrachten, zu behandeln und eventuell zu verurteilen sind) herbeigeführter Störungen der oben angeführten Bereiche und den hieraus resultierenden Folgen für das persönliche und das allgemeine Wohl und den Zustand der bestehenden Ordnung«. Die Quintessenz der Studie war die Feststellung, dass die heute existenten Sicherheitsvorkehrungen einen absichtlichen oder versehentlichen weltweiten Virenbefall aller computergesteuerten Systeme ausschließen würden.

Die Studie wurde am 5. Mai ohne große Beachtung der Weltöffentlichkeit in New York vorgestellt.

Zur selben Zeit erreichten die drei Bauteile des vor über dreihundert Tagen geschaffenen Virus' das letzte Kraftwerk in Deutschland. Ein Servicetechniker, welcher in der vergangenen Woche das Computersystem im Kraftwerk Schwedt auf den aktuellen Stand gebracht und sich dabei den kompletten Virus eingefangen hatte, installierte zusammen mit dem aktuellen Betriebssystem auch die drei Komponenten in Frankfurt an der Oder.

6

23. Mai, 07:15 Uhr, Krankenhaus Donaueschingen, Aufzug 2

Der Aufzug war vor einer Viertelstunde zwischen Keller und Erdgeschoss des dreistöckigen Gebäudes mit einem abschließenden Zittern stehengeblieben. Zeitgleich flackerten die grellen Deckenlichter, dann gingen sie aus. Ebenso das rote Schimmern der Anzeige, die soeben im Begriff gewesen war, von minus eins auf null umzuspringen. Noch ein letztes halbherziges Ruckeln, dann war Ruhe.

Thomas Bachmann stand jetzt seit fünfzehn Minuten reglos in der Mitte des vielleicht drei Quadratmeter messenden Aufzuges. Thomas war mittelgroß, dünn, hatte hängende Schultern, struppiges, schwarzes Haar und dichte Brauen. Er hatte das rasch schwächer werdende letzte Zittern um sich herum genau registriert, und im selben Maß, in dem der Aufzug langsam auspendelte, wuchs der Kloß in seinem Hals und nahm das Geräusch von viel zu schnell und viel zu heftig pulsierendem Blut in seinen Ohren zu. Thomas Bachmann schob die wulstige und weit vorstehende Unterlippe noch weiter nach vorn. Nervös knabberte er an den spröden Hautfetzchen rechts und links der kurzen Fingernägel.

Hab ich's dir nicht gesagt? Nimm nicht den Aufzug, sagte ich, aber nein, der junge Mann weiß ja Bescheid und ist völlig normal, und so wie jeder Normale muss er natürlich in diesen Stahlsarg steigen. Und jetzt? He, was ist jetzt?

»Sei still«, flüsterte Thomas. Das war Nummer zwei, die gesprochen hatte. Nummer zwei, weiblich, die (hinterher) immer alles ganz genau und natürlich besser wusste. Nummer zwei, die Stimme der Frau in seinem Kopf.

Der kleine Personenaufzug war knapp drei Meter hoch und vom braunen Boden bis zur Decke mit Aluminiumplatten ausgekleidet, ebenso die zweigeteilte Schiebetür. Wenn das Licht funktionierte, glänzte das Aluminium. Aber jetzt war es finster. In die Decke waren zwei quadratische Milchglasscheiben eingelassen. Sie verströmten im Normalfall grelles Kunstlicht, jetzt waren sie blind, wie auch die Etagenanzeige des Fahrstuhls. Daneben hing ein Notruftelefon.

Thomas stand stocksteif in der Kabinenmitte und klammerte sich mit beiden Händen an seine glänzende schwarze Aktentasche. Er versuchte sich zu konzentrieren, auf sich, seine drei Stimmen, auf Geräusche, die vielleicht zu ihm vordrangen, auf Licht – er wusste nicht genau, auf was. Aber er konzentrierte sich und das mit aller Macht. Denn sein Arzt hatte ihm bei einer ihrer letzten Sitzungen ganz klar gesagt, dass er die Kontrolle um jeden Preis behalten müsse, dass er, Thomas, in keiner Situation die Ruhe verlieren dürfe. Denn auf diesen Moment würden Nummer eins, Nummer zwei und vor allem Nummer drei nur warten, vierundzwanzig Stunden am Tag. Was die drei Stimmen in seinem Kopf aber machen würden, sollte er doch einmal die Kontrolle verlieren – auf diese Frage wusste auch sein Arzt keine Antwort, nur, dass es schlimm werden würde, die Stimmen in pausenlose Streitereien verfallen würden und er, Thomas, dann wahrscheinlich nicht mehr ambulant behandelt werden könnte, sondern wieder in eine Anstalt müsse. Und davor hatte Thomas Angst, vor der Anstalt, der Psychiatrie!

Keine Kontrolle zu besitzen war in seinen Augen nicht weiter schlimm. Man konnte sich sorglos dahintreiben lassen, was er oft genug auch ausführlich tat, und abwarten, was das Leben als Nächstes bereithielt. Und manchmal gaben ihm seine Stimmen einen Ratschlag, manchmal sogar einen brauchbaren.

Aber vor der Psychiatrie hatte er Angst.

Vor zwei Jahren, kurz nach seinem sechsundzwanzigsten Geburtstag, war er ins PZB eingewiesen worden. Gegen seinen Willen!

Das PZB, Psychiatrisches Zentrum Bodensee, wurde sein persönlicher Alptraum. Nicht etwa wegen der Medikamente, mit deren Hilfe sie die Stimmen in seinem Kopf für einige Tage fast mundtot machen konnten (welche Leere!), auch die gepolsterten Manschetten an Hand- und Fußgelenken und der dicke, mit magnetischen Schlössern gesicherte Bauchgurt waren ihm im Nachhinein egal. Was ihm aber zu schaffen machte, war das Gefühl der Ohnmacht.

Aber als sie die Medikamente reduzierten, sein Kopf klarer wurde und die Stimmen zaghaft zurückkehrten, hatte er diese eisern geleugnet. Nur seinem Arzt, Dr. Meier, der ihn ambulant hier im Allgemeinkrankenhaus in Donaueschingen weiterbehandelte, vertraute er sich manchmal an. Ihm erzählte er ein wenig von Nummer eins, der Stimme eines alten Mannes, die weise und überlegen alles begriff und über allem stand. Er war selten zu hören und wenn, dann meist nur, um Nummer zwei oder drei in die Schranken zu weisen. Nummer zwei war die Frauenstimme. Sie überlegte sich zu jedem Schritt, den Thomas unternahm, mindestens drei Alternativen. Bei ihr konnte er, während ihr Geschwätz den letzten Rest Klarheit aus seinen Gedanken spülte, immer nur verlieren. Garantiert hielt sie ihm hinterher vor, dass es ja noch Alternativen gegeben hätte und SIE ihm diese vorgeschlagen hatte und er mit den anderen Möglichkeiten auf jeden Fall besser gefahren wäre.

Nummer drei war sein Alptraum. Nummer drei war verrückt! Er hatte eine schrille, blecherne Stimme und kicherte unentwegt. Nummer drei war auch an seiner Einweisung in die Psychiatrie schuld. Thomas und seine drei imaginären Begleiter waren an diesem Tag vor zwei Jahren in Konstanz gewesen und warteten auf den Zug zurück nach Donaueschingen. Nummer drei hatte schon die ganze Zeit gelacht und auf ihn eingeredet, wie unsagbar schlecht doch diese Welt sei und dass es für Menschen wie ihn keinen Platz gäbe. Die einzig ehrenvolle Möglichkeit, dem Ganzen ein

Ende zu bereiten, sei, sich vor den nächstbesten Zug zu werfen. Nummer zwei hatte prinzipiell zugestimmt, dabei aber an durchaus brauchbare Alternativen erinnert: Man könne zum Beispiel Gift nehmen oder nach Paris reisen und sich vom Eiffelturm stürzen oder eine Guillotine bauen und sich selbst im Sinne der immerwährenden Weltrevolution richten. Man könne aber auch mit einem Fremden hier auf dem Bahnsteig einen Streit vom Zaun brechen und sich von ihm vor den Zug werfen lassen. Schließlich meldete sich Nummer eins (sein Kopfschütteln konnte Thomas in diesem Moment auf dem Bahnsteig fast körperlich spüren) und verlangte, die Entscheidung zum Thema Selbstmord wenigstens so lange zu verschieben, bis man, zu viert sozusagen, noch einmal in aller Ruhe jedes Für und Wider hierzu ausdiskutiert habe und (ganz wichtig!) die Meinung Betroffener eingeholt wäre.

In diesem Augenblick fuhr der Zug ein. Die Stimmen in seinem Kopf brachen sich Bahn und schrien und tobten: *Los, hihi, los, spring! Hihi, wir haben es gleich geschafft!*

Also ich würde den Eiffelturm vorziehen. Ich wollte schon lange einmal Paris sehen! Oh, Paris …

Nummer eins räusperte sich immer wieder, wurde aber von den anderen beiden ignoriert und übertönt.

In diesem Moment war Thomas auf dem Bahnsteig zusammengebrochen, und während der Zug mit kreischenden Bremsen zum Stehen kam, kniete er inmitten verständnislos blickender Menschen auf dem Bahnsteig. Sie strömten an ihm vorbei, und Thomas hielt sich die Ohren zu und schrie. Er schrie, so laut er nur konnte, um dem Lärm in seinem Kopf Herr zu werden, um die, die ihm seit Jahren so vertraut waren, zu übertönen. Dann kamen zwei Polizisten und trugen Thomas, weiter schreiend, weg.

Jetzt, im Aufzug, verhielten sich die drei auffallend still.

»Und? Keine Kommentare, keine Ratschläge oder Meinungen?«, fragte Thomas leise.

Ich sagte schon, dass die Treppe sicherer gewesen wäre. Sonst nichts.

Auf Thomas' Stirn bildeten sich erste Schweißperlen. Er verharrte weiter in der Kabinenmitte, als könne eine einzige unbedachte Bewegung seinerseits die Kabine zum Absturz bringen. Aber selbst wenn dieser ziemlich abwegige Fall eintreten sollte, konnte er nicht allzu tief stürzen, er befand sich bereits fast am tiefsten Punkt des schmalen Aufzugschachtes.

Schließlich wagte er eine erste Bewegung. Er streckte die Hand aus. Er wusste, dass er mit dem Gesicht Richtung Tür stand. So stellte er sich in jeden Aufzug. Jede andere Stellung hätte etwas Verschämtes, eine Bestrafung wie in der Schulzeit, wo Thomas manche Unterrichtsstunde in der Ecke, mit dem Gesicht zur Wand und allein mit sich und seinen verirrten Gedanken, zubringen musste.

Er versuchte einen kleinen Schritt nach vorn, aber Nummer zwei hielt ihn zurück.

Das würde ich nicht tun!

Thomas hielt abrupt in der Bewegung inne.

Oder bist du dir sicher, dass der Boden vor dir noch da ist? Was ist, wenn wir irgendwo im Nichts auf einer schmalen Säule stehen? He, wohin führt uns dann dein tapferer Schritt nach vorn?

Thomas wollte sich gerade ihre Worte durch den Kopf gehen lassen, als Nummer eins seine Zweifel zerstreute:

Wir sind in einem Aufzug gefangen. Und ein Aufzug hat bekanntlich vier Wände, eine Decke und einen Boden. Also los, hör nicht auf das Geschwätz.

Nummer zwei räusperte sich. Das war die ganze pikierte Antwort. Jedes weitere Wort verkniff sie sich.

Thomas erschien das Argument mit der eventuellen Säule abwegig. Aber wenn sie nun doch recht hatte? Hätte er vor ein paar Minuten auf sie gehört, wäre er jetzt im Treppenhaus. Und in Sicherheit. Er rieb seine Handflächen aneinander und atmete meditativ mehrmals mit geschlossenen Augen tief durch, um seine aufsteigende Angst zu bekämpfen. Er spürte sie deutlich, seine Angst.

Aber Thomas hatte gelernt, gegen seine Ängste zu kämpfen! In ihm wohnten viele, und er kannte sie alle. Die Angst vorm Alleinsein, Angst vor der Dunkelheit, Angst, ausgelacht zu werden, Angst vor der Psychiatrie, den Pflegern dort und dem Fixiertwerden. Des Weiteren waren da noch die Angst vor Frauen (die einzige Frau, mit der er einigermaßen auskam, war Nummer zwei), die Angst vor Neuem und Höhenangst.

Er kramte in seinen Taschen, umständlich und darauf bedacht, die Stellung in der Kabinenmitte zu halten. Die Angst rekelte sich in seinen Därmen, und er spürte ihre Bereitschaft, plötzlich in nackte Panik umzuschlagen.

Obwohl Thomas wusste, wo in seiner Hose der kleine Ball war, den er jetzt brauchte, tastete er sich zuerst doch langsam durch all seine anderen Taschen. Mit kindlicher Freude spürte er die vertrauten Gegenstände, die ihm wichtig waren. Und sie zu berühren beruhigte ihn. All diese Dinge waren ihm wichtig, so wichtig, dass er sie immer bei sich trug und für niemanden und nichts bereit gewesen wäre, auch nur einen Gegenstand herzugeben.

In seiner Gesäßtasche, dort, wo jeder andere Mann seinen Geldbeutel aufbewahrte, steckten drei Bilder. Das erste, ein aus einer Tageszeitung herausgerissenes Foto, zeigte schwarzweiß auf dünnem Papier ein altes, von Efeu überwachsenes Haus mit weißem Gartenzaun, an dem Rosen rankten. Das Bild war an einem warmen Tag aufgenommen, denn die einfachen Holzfenster standen weit offen, und auf einer ausgetretenen Steinstufe lag faul eine fette Katze. Nummer eins bestand auf diesem Bild. Es sei seine Heimat.

Nummer zwei war in eine Ansichtskarte von Paris vernarrt. Damit diese in die Tasche passte, hatte er sie falten müssen und von dem so entstandenen Falz blätterte Farbe ab. Aber noch immer konnte man den Eiffelturm als Großaufnahme und, auf kleineren und etwas schräg eingefügten Bildchen, die Seine, das Moulin Rouge, Sacré-Cœur und den Arc de Triomphe bewundern.

Nummer drei wollte hässliche Bilder. Saddam Hussein am Galgen oder einen überfahrenen Igel, dessen Därme neben ihm lagen. Aber Thomas war nicht bereit, dem nachzugeben. Da sie sich nicht auf eine weniger anstößige Abbildung einigen konnten, hatte Thomas aus einem Abfallbehälter in einem Drogeriemarkt ein Foto herausgesucht. Ein enttäuschter Kunde hatte mehrere seiner fehlbelichteten Urlaubsfotos weggeworfen. Das Bild, das Thomas für Nummer drei einsteckte, war ein unscharfes Kinderporträt. Undeutlich und verschwommen waren blonde Haare vor einem blauen Himmel zu erkennen, der Rest, die Details und das Leben in dem Bild, verschwamm mit den Farben zu einem undeutlichen Traum. Er fand, das Motiv passte zu Nummer drei!

In der vorderen rechten Hosentasche bewahrte Thomas Bachmann ein altes Fünfmarkstück auf. Man weiß schließlich nie, was kommt. Oder geht. Und an das ungültige Geldstück schmiegte sich ein kleines Stempelkissen sowie ein Stempel, wie er in jedem gut sortierten Büro zu finden ist, so einer, bei dem sich das Datum nach Tag, Monat und Jahr verstellen lässt und außerdem noch so wichtige Bemerkungen aufgestempelt werden können wie ERLEDIGT, GEMAHNT, TERMIN oder FAKTURIERT. Vorn links trug er zwei heilige Knöpfe in seiner Hose. Heilig, weil sie von den jeweiligen Hemden stammten, in denen man seinen Großvater und seine Großmutter vor Jahren beerdigt hatte. Als sein Großvater starb, war er sechs, bei seiner Großmutter elf Jahre alt, und beide Male lagen die leblosen Körper noch zwei Tage in ihrer Wohnung aufgebahrt. Wer wollte, konnte Abschied nehmen und noch eine letzte Stunde mit ihnen verbringen. Er hatte es zwar immer nur fünf Minuten allein in dem muffigen Zimmer ausgehalten, dafür aber auch als Einziger ein Andenken an ihr letztes Hemd. Thomas spielte mit den Knöpfen, bevor er endlich den kleinen hellgrünen Gummiball hervorholte. Er war nicht richtig grün. Es war ein Ball von der Sorte, die, wenn man sie einfach nur fallen lässt, fast wieder bis zur selben Höhe zurückspringen und aus diesem undefinierbaren durchsichtigen Zeug bestehen, in dem, neben winzigen Luftbläschen, verschiedene Farbstreifen eingeschlossen sind. Seiner hatte fast nur grüne Streifen. Deshalb war es sein grüner Ball.

Thomas hielt den Ball in der ausgestreckten Rechten und, obwohl dies die Dunkelheit, in der er feststeckte, in keiner Weise veränderte, schloss er die Augen. Er zählte leise bis drei, dann öffnete er die Hand und ließ den Ball fallen.

Anders als von Nummer zwei beschworen, folgte unmittelbar ein dumpfes *Plopp*. Der Ball sprang zurück, dann wieder ein *Plopp*. Und noch eines und noch eines. *Plopp*. In immer kürzeren Abständen genoss er den beruhigenden Ton, der von festem Boden erzählte, bis der Ball endlich über den Boden rollte und in einer der Ecken vor ihm liegen blieb.

Es wäre aber im Bereich des Möglichen gewesen, meldete sich Nummer zwei. *Das mit der Säule.*

Thomas nahm nun all seinen Mut zusammen. Er streckte die Hände wieder aus und wagte schließlich einen weiten Schritt nach vorn. In der Enge der Kabine stieß er fast mit dem Gesicht gegen die Aufzugtür. Seine Hände ertasteten die kalten Aluminiumplatten und den schmalen Schlitz genau in der Mitte. Thomas presste sein Auge gegen die Stelle, an der die beiden Schiebetüren zusammenstießen, konnte aber nichts erkennen. Und das einzige Geräusch war ein fernes Rauschen, das vielleicht von einem Wasserfall, ebenso gut aber auch vom Rauschen seines Blutes in den Ohren herrühren konnte. Und wenn er es sich recht überlegte, war die zweite Möglichkeit die wahrscheinlichere von beiden.

Hihi, wir sind gefangen, gefangen, sang Nummer drei und war augenscheinlich glücklich. *Wir sind gefangen, und keiner wird uns vermissen, hihi. Und jetzt bleiben wir hier und verhungern und verdursten und ersticken und werden waaaaahnsinnig! Hihi.*

7

07:17 Uhr, Krankenhaus Donaueschingen, Intensivstation

Reichlich zwei Stockwerke über Thomas Bachmanns Gefängniszelle befand sich die Intensivstation des Krankenhauses. Erwartungsgemäß waren die Notstromaggregate der Klinik angesprungen. Sie hatten nach dem Stromausfall Punkt 07:00 Uhr nur kurz gezögert, einmal kräftig durchgehustet und schließlich zuverlässig den Dienst angetreten. Seitdem dröhnten im Wirtschaftshof die kraftvollen Dieselmotoren und versorgten die wichtigsten Lebensadern der Klinik mit Elektrizität. Auf den langen, kahlen Fluren brannte nur noch jede vierte Lampe und die Patientenzimmer blieben ganz unbeleuchtet. Aber von draußen drang helles Tageslicht durch große, geschlossene Fenster, welche die Gerüche von Krankheit und Tod in den engen, mit jeweils drei Betten besetzten Räumen festhielten.

Eva Seger, die hier als Krankenschwester arbeitete, konnte sich nur schwer konzentrieren. Die Intensivstation, ein langer, breiter Flur mit insgesamt sieben Patientenzimmern, war zum Brechen voll und ständig lag der aufdringliche Ton eines Alarms in der Luft. Maschinen meldeten das Ende einer Infusion, unregelmäßige Atemzüge eines Patienten oder ein holpriges EKG. Und mit dem stromlosen Sekundenbruchteil vor dem Anspringen des Notstroms vor wenigen Minuten war es zu allem Überfluss auch noch notwendig geworden, jede der Maschinen auf ihre Einstellungen hin zu überprüfen und die ausgelösten Alarme zu quittieren. Eva Seger hatte hier in Donaueschingen ihren Beruf gelernt. Seit mehr als fünfzehn Jahren kannte sie die Klinik, zuerst war sie auf einer chirurgischen Station gewesen, seit acht Jahren nun hier. Anfangs hatte sie die viele Technik gestört, aber es war wie mit allem: War man erst einmal bereit, sich auf etwas einzulassen, waren die anfänglichen Ängste bald vergessen. Lächerlich.

Seit Leas Geburt arbeitete sie nur noch Teilzeit. Erst mit Leas Einschulung und durch Susannes Hilfe war es ihr möglich, mehr als ein oder zwei Tage pro Woche zu arbeiten.

Evas Blick wanderte aus dem Fenster, während sie ihrem Patienten, Aleksandr Glück, das Gesicht wusch.

Es war an der Zeit, dass sie Hans von ihrer Schwangerschaft erzählte. Sie hatte schon viel zu lange gewartet. Immerhin ahnte sie es seit sechs Wochen und wusste es seit vierzehn Tagen mit Bestimmtheit. Komisch, dass ihm ihre morgendliche Übelkeit noch nicht aufgefallen war. Vielleicht war sie aber auch eine bessere Schauspielerin, als sie selbst glaubte. Eva freute sich auf das Kind. Sie liebte den Gedanken an eine riesige Familie. Sofort hätte sie auf die Arbeit hier verzichtet, um einzig und allein für ihren Mann und einen Stall voller Kinder da zu sein. Sie träumte oft davon, wie es wäre, wenn an dem riesigen Küchentisch nicht nur sie, Lea und Hans, sondern noch ein halbes Dutzend weiterer Kinder säße.

Hans hatte sich mit der Situation bemerkenswert gut und schnell arrangiert. Für ihn war das Leben in Ordnung und Evas Sehnsucht nur schwer zu verstehen. Aber sobald er morgen Abend aus Schweden zurück war, wollte sie ihm reinen Wein einschenken.

Vor zehn Jahren hatten sie sich kennengelernt, sie und

Hans. Damals hieß sie noch Eva Kiefer, war Martin Kiefers Frau. Bei ihrer ersten Hochzeit war sie gerade neunzehn und heiratete den Erstbesten, wie es ihr im Nachhinein vorkam. Aber um von ihrer Mutter wegzukommen war ihr damals jedes Mittel recht. Eva hatte keine Geschwister, und ihr Vater war der unglücklichste Mensch, den sie kannte. Zwischen ihm und Mutter gab es selten ein gutes Wort. Mutter wollte mehr, wollte etwas aus ihrem Leben machen, sich verwirklichen, entwickeln und etwas darstellen. Aber dazu hatte sie, wie sie selbst vor Fremden freimütig zugab, den verkehrten Mann, einen Mann, der nicht in der Lage war, ihre Wünsche zu erfüllen, und sie dann zu allem Überfluss auch noch geschwängert hatte. Evas Mutter behandelte ihre Tochter ein Leben lang wie ein unerwünschtes Fundstück, das sich uneingeladen eingenistet hatte und einfach nicht mehr ging. Als Martin Kiefer irgendwann erschien und sein Interesse an Eva bekundete, war das Schlimmste, dass sie nun ihren Vater allein zurücklassen musste.

Eva hatte seit Jahren nicht mehr bewusst an ihren ersten Mann gedacht. Seit es Hans gab, war alles Vergangene wirklich vergangen. Als Martin damals, als er noch ihr Mann war, eine unverfängliche SMS von Hans auf ihrem Handy fand, zeigte er kurz sein wahres Gesicht. Er vergewaltigte sie auf dem kalten Küchenboden, und das Einzige, was sie sich dabei fragte, war, warum es in diesem Raum keinen Teppichboden gab. Weil es unpraktisch wäre, fiel ihr danach ein, als sie allein in der Küche saß und sich die Ohren zuhielt, während Martin zwei Stühle an der Wand über ihrem Kopf zertrümmerte. In den Minuten der Vergewaltigung aber wäre ein Teppichboden praktisch gewesen.

Plötzlich spürte sie Übelkeit aufsteigen. Sie riss sich den Gummihandschuh herunter, presste die Hand vor den Mund und stürzte nun schon zum zweiten Mal an diesem Morgen aus dem Zimmer.

Als sie zurückkam, war sie weiß wie Schnee, und der Geschmack von Erbrochenem lag auf ihrer Zunge. Sie steckte sich einen Kaugummi in den Mund.

»Ist alles in Ordnung, Schwester?«

Eva versuchte ein Lächeln. »Natürlich«, sagte sie. »Es ist alles in Ordnung.« Sie betrachtete den alten Mann. Hilflos lag der auf seinem Bett, so wie ihn Eva vor wenigen Minuten zurückgelassen hatte. Obwohl er das Schlimmste jetzt hoffentlich hinter sich hatte, war er dem Tod doch näher als dem Leben. Und trotzdem, vielleicht aber auch deswegen, spürte er, dass mit seiner Schwester heute etwas nicht stimmte.

Eva nahm ein Handtuch vom Nachtschrank und trocknete Aleksandr Glück den Rücken ab.

»Schwester?« Sie musste wieder lächeln, obwohl es in ihren Innereien noch gefährlich rumorte. Aber Aleksandr Glück sagte nicht Schwester, sondern Schwästerrr, mit einem schier endlosen Rollen am Ende. Sie liebte dieses R und wie er es mit seiner tiefen, warmen Stimme und dem typischen Akzent der Russlanddeutschen aussprach.

»Ja?«

»Warum hat vorhin alles gepiepst wie tausend Vögelein?«

»Der Strom ist weg.«

»Oh, ist er das? Das kenne ich aus Russland. Wir hatten oft tagelang keinen Strom und immer einen Berg Kerzen im Schrank. Aber bei uns brannten keine Lampen, wenn der Strom weg war.« Er zeigte mit dem Kinn auf eine flackernde Neonröhre über seinem Bett.

»Jetzt läuft das Notstromaggregat, glaube ich.« Sie leerte die Waschschüssel.

»Schade, Schwästerrr, dass Sie nicht immer hier sein können. Sie kommen so selten.«

»Ach, jetzt übertreiben Sie aber!«, antwortete Eva mit gespielter Entrüstung. »Die anderen sind doch auch alle nett.« Eva wusste aber, was er meinte. Sie – das hatte er ihr vor wenigen Tagen selbst gesagt – sie erinnere ihn an seine Frau. Ihre Art, die Wärme und Ruhe – alles wie bei seiner Frau. Und Eva würde seiner damals zwanzigjährigen Frau zum Verwechseln ähneln, heute, nach über fünfzig Jahren Ehe.

Sie wollte sich die Hände waschen, der Wasserhahn fauchte, dann war er still. Eva bewegte den Hebel der Mischbatterie hin und her, doch immer mit demselben Ergebnis – es gab kein Wasser mehr.

»Ich bringe Ihnen Ihr Frühstück.«

Auf dem Flur standen der Chefarzt, Professor Kellermann, und Stiller, ein junger Assistenzarzt, der heute auf der Intensivstation Dienst tat. Stiller wurde von allen nur Gollum genannt, und wer Tolkiens »Herr der Ringe« gelesen oder gesehen hatte und Stiller kannte, wusste warum. Stiller war klein, mager, mit viel zu lang geratenen Armen, die meist hilflos an ihm herabhingen. Er hatte leicht vorquellende Augen, und dünne Lippen verbargen nur halbherzig die nikotingelben Zähne.

»Ich werde alles notieren.« Dr. Stiller war in seinem Element. Mit wachen Augen schlich er durchs Leben, beäugte alles und jeden voller Misstrauen und war eigentlich erst mit einer Situation zufrieden, wenn es an dieser etwas auszusetzen gab. Und wenn er den Schuldigen hierfür gefunden hatte. Den Schuldigen. Den gab es immer.

»Ich werde alles notieren.«

8

07:28 Uhr, Bundesstraße 27 bei Donaueschingen

Auf der Bundesstraße, die Donaueschingen und das angrenzende Hüfingen in eleganter Schleife umkurvte, herrschte morgendlicher Berufsverkehr. Lkw-Kolonnen rollten aus der Schweiz kommend der Autobahn nach Norden zu, und umgekehrt quälten sich auf der einspurigen Strecke die Laster Richtung Süden. Dazwischen Pendler.

Ricarda Schusters Arbeitsweg führte jeden Morgen an Donaueschingen vorbei. Sie arbeitete in der mittelalterlichen Altstadt Villingens in einem kleinen Versicherungsbüro. Sie war sich sicher, heute würde sie keinen einzigen Abschluss, dafür aber zuhauf Reklamationen, Stornos und was sonst noch alles auf den Tisch bekommen. Dieser Tag musste zur Katastrophe werden! Denn beim morgendlichen Duschen war plötzlich das Licht ausgegangen. Zeitgleich versiegte mit heiserem Röcheln das Wasser. Sie stand splitternackt und nass in ihrem fensterlosen Bad und beim Versuch, die Tür zu ertasten, war sie ausgerutscht und mit dem Kinn gegen die Toilette geprallt. Aber nein, das war es noch lange nicht. Wenn ein Tag so richtig gut anfängt, geht er regelmäßig auch so weiter!

Nichts funktionierte. Kein Licht, kein Wasser, kein Radio, die Kaffeemaschine hatte ohne Strom auch keine Lust und zu allem Überfluss streikte das Telefon ebenfalls. Wenigstens sprang der kleine Volkswagen an, das Radio aber nicht. Sie legte eine CD ein. Eminem war jetzt genau richtig!

In der Stadt herrschte ein mittelstarkes Chaos, keine einzige Ampel funktionierte.

Irgendwie hatte Ricarda es geschafft, die Stadt heil zu durchqueren und sich in den Fahrzeugstrom Richtung Villingen einzusortieren. Während der Fahrt versuchte sie eine SMS zu verschicken, Eminem schimpfte mit dröhnenden Bässen über die Welt und seine Mutter, und der Lkw-Fahrer vor ihr, der auf der Suche nach einem funktionierenden CB-Funkkanal den Verkehr einen Moment unbeachtet gelassen hatte und fast in den Gegenverkehr gerast wäre, vollführte plötzlich eine Vollbremsung. Ricarda, die Augen fest auf ihr ultraflaches Handy gerichtet, raste ungebremst in den Truck. Sie sah noch aus dem Augenwinkel die fröhlich flatternde Plane mit der Aufschrift *Gut versichert?*, als der ihr folgende Transporter ihren alten VW unter den Laster rammte.

Ricarda Schuster brach sich beide Beine, vier Rippen, einen Halswirbel und den kleinen Finger. Eine Rippe hatte sich in ihre Lunge gebohrt, und aus einer klaffenden Wunde am Kopf blutete sie stark. Vier Männer versuchten vergebens, sie aus dem eingekeilten Wagen zu ziehen, während andere sich erfolglos bemühten, Polizei, Rettungsdienst und Feuerwehr zu erreichen. Wäre der Unfall eine Stunde früher passiert, hätte sich reibungslos eine eingespielte Rettungsmaschinerie in Gang gesetzt. Notärzte hätten die Blutungen gestillt und Feuerwehrmänner die Frau aus dem VW herausgeschnitten. Polizisten hätten den Verkehr um die Unfallstelle herumgeleitet und ein Rettungshubschrauber Ricarda schließlich in die nächste Klinik geflogen.

Um 7:28 Uhr aber verblutete Ricarda Schuster, ohne noch einmal die Augen zu öffnen. Der Verkehr staute sich schnell in beide Richtungen und Dutzende hilflose Männer und Frauen sahen ihr beim Sterben zu.

9

07:45 Uhr, Krankenhaus Donaueschingen, Intensivstation

Mit sichtlicher Anstrengung wuchtete Peter Tröndle die eigentlich automatisch öffnende, zweiflügelige Glastür zur Intensivstation auf. Tröndle war Verwaltungsleiter, und Verzweiflung und Entsetzen standen ihm ins Gesicht geschrieben.

»Nichts«, keuchte er, »nichts funktioniert mehr.« Er ließ sich auf einen quietschenden Bürostuhl fallen.

»Stimmt«, kam es tonlos von Stiller. Der Assistenzarzt

starrte seit Minuten auf seinen flachen, kaum zigarrenkistengroßen Westentaschencomputer. Der Monitor starrte mit schwarzem Auge zurück. Der Computer war völlig normal angesprungen, als aber das Betriebssystem hochgefahren war, zitterte plötzlich das kleine Bild, ein kurzer Moment, in dem sich unaufgefordert sämtliche vorhandenen Dateien öffneten und wieder schlossen. Dann war Funkstille.

»Was ist mit Telefon?« Professor Kellermanns Blick wanderte von Stillers kleinem Computer zu Peter Tröndle. »Kann man wenigstens irgendjemanden erreichen?«

»Nein.« Tröndle schüttelte den Kopf. »Normale Festnetztelefone funktionieren nicht. Wir haben es mit einem uralten Apparat probiert, aber auch hier tote Hose. Und mit Handys ist gar nichts zu machen. Die meisten sind völlig hinüber und die zwei funktionierenden, die wir hier im Haus gefunden haben, geben nur Knacken und Rauschen von sich.«

»Es weiß also auch keiner, was eigentlich los ist und wann wir wieder Strom haben?«

»Nein. Aber«, in Tröndles Augen flackerte Angst, »es scheint noch viel schlimmer zu sein. Die Leute berichten von mehreren Flugzeugabstürzen in der Umgebung. Richtung Blumberg steigt Rauch auf, und die Straße nach Villingen ist wohl nach mehreren Unfällen unpassierbar.«

»Also dann«, Kellermann hatte einen Entschluss gefasst, »für heute werden bis auf Weiteres sämtliche Operationen abgesagt. Stiller, Sie stecken endlich das Ding da weg und schauen, welche Patienten unbedingt bei uns bleiben sollten und welche auf normale Stationen verlegt werden können. Und stellen Sie sicher, dass es zu keinen Problemen infolge des Stromausfalles kommt.« Dann verließ er gemeinsam mit dem Verwaltungsleiter die Station. Zurück blieb ein hilfloser Stiller. Der Arzt betrachtete einen Moment den routinierten Betrieb um sich herum. Alles lief weiter. Das elektrische Licht, die routiniert arbeitenden Schwestern und Pfleger und die vertrauten Geräusche der unbeirrt tätigen medizinischen Geräte gaben ihm langsam seine Sicherheit zurück. Gollums dürrer Körper straffte sich.

Eva brachte Aleksandr Glück das bescheidene Frühstück, Brei und etwas Apfelmus. Da die Aufzüge nicht funktionierten, hatte sie es selbst aus der Küche im Erdgeschoss holen müssen. Unterwegs hatte sie mehrmals versucht, bei Susanne Faust anzurufen, aber sie bekam nicht einmal ein Freizeichen. Und auch Hans hatte sich nicht wie versprochen gegen acht gemeldet. Er rief sonst jeden Morgen an, egal ob sie zu Hause oder hier auf Intensivstation war. Heute aber klingelte kein Telefon. Für niemanden.

Die Station wurde zügig geräumt. Alle bis auf Aleksandr Glück, der noch Medikamente erhielt, die eine dauernde Kreislaufüberwachung nötig machten, wurden auf andere Stationen verlegt, denn Dr. Achim Stiller und sein Chef, Professor Kellermann, erwarteten als Folge der Flugzeugabstürze und Verkehrsunfälle jeden Augenblick Schwerverletzte. Kurz vor halb neun war man bereit.

Der Ansturm jedoch blieb aus.

Trotzdem wurden die fünf Operationssäle der Klinik eilig für Notfalleingriffe vorbereitet. Sieben Chirurgen und vier Anästhesisten hielten sich im OP-Trakt in Bereitschaft, dazu acht Schwestern und Pfleger. Die Stationen wurden durch jeweils einen Assistenzarzt betreut und wer übrig blieb, erwartete in der Nähe der Krankenwageneinfahrt die kommenden Patienten. Zwei Schwestern übernahmen vorerst die Informationsübermittlung und pendelten im Haus zwischen den Chefärzten und ihren Mitarbeitern, der Verwaltungsleitung und den einzelnen Stationen.

Aleksandr Glück musterte Eva mit einer Mischung aus väterlicher Fürsorge und Verliebtheit. »Alles ein bisschen viel für den kleinen Doktor?« Eva lächelte; *der kleine Doktor*. Das passte.

»Er mag es gern, wenn hier alles schön geordnet abläuft und er dabei das Gefühl hat, die Dinge im Griff zu haben.« Glück nickte. »Aber heute geht alles drunter und drüber.«

»Und das macht dem kleinen Doktor Angst.«

»Richtig.«

Glück zog sich seine Bettdecke bis unters Kinn. »Und Ihnen?«

»Bitte?« Eva hatte die Frage sehr wohl verstanden, aber keine Antwort parat.

»Haben Sie Angst?«

Eva war in den vergangenen zwei Stunden seit dem Stromausfall kaum zum Nachdenken gekommen. Die überstürzte Verlegung der Patienten, die Hektik, die Stiller verbreitete, ihr eigener Zustand und die permanente Übelkeit hatten sie völlig in Anspruch genommen. Quasi nebenher versorgte sie noch Aleksandr Glück. Hatte sie Angst? Machte sie sich Sorgen? Evas Blick fiel auf den leeren Himmel hinter den großen Fensterscheiben.

»Schwästerrr?«

Eva konnte nicht anders, sie musste lächeln.

»Schwester, wissen Sie, ein wenig Angst hat noch keinem geschadet. Ist es nicht ganz normal, sich zu fürchten, wenn man sich plötzlich einer unerwarteten, fremden Situation gegenübersieht?«

»Lea, meine Tochter, sie ist erst sieben. Sie ist bei einer Nachbarin. Hoffe ich.«

»Und Ihr Mann? Sie haben doch einen Mann?«

Eva nickte. Sie spürte Tränen in sich aufsteigen. Für diesen Moment konnte sie sie noch hinunterschlucken, aber sie wusste, dass der Pegel in ihr langsam anstieg und irgendwann überlaufen musste. »Mein Mann ist gestern Morgen nach Schweden geflogen. Glauben Sie, dass nur hier Flugzeuge abstürzen? Bei meinem Mann wird doch alles in Ordnung sein, oder?«

Hans saß vielleicht irgendwo in Südschweden fest. Wie

würde es für sie und wie für Hans weitergehen, sollte sich nicht alles schnell wieder normalisieren? Wie ging es Lea? Sie versuchte diesen Gedanken mit aller Macht aus ihrem Kopf zu verbannen, aber je stärker ihr Bemühen, so schien es, desto übermächtiger und klarer wurde dieser Alptraum! Weit über eintausend Kilometer lagen zwischen ihnen. Ganz Deutschland und die Ostsee.

Glück nahm Evas Hand und zog sie zu sich heran. »Darauf weiß nur Gott allein eine Antwort. Und Ihr Herz.«

»Mein Herz.« Eva starrte aus dem Fenster. »Ich weiß gar nicht, wie viele Menschen heute Morgen wohl ums Leben gekommen sein müssen. Und alles passiert hier bei uns, keine zehn oder zwanzig Kilometer entfernt! Es macht mir Angst, dass so etwas passieren kann. Und dass es hier geschieht und nicht in Amerika oder Japan.« Sie streckte sich, griff mit beiden Händen hinter den Kopf und zog den blauen Haargummi straff, der ihre braunen Locken bändigte. »Wenn ich nur anrufen könnte und wüsste, wie es Lea und Hans geht.« Jetzt konnte sie die Tränen nicht länger zurückhalten.

»Mein Mädchen, komm, setzen Sie sich einen Moment zu mir.« Eva zögerte. »Oder haben Sie etwas Wichtigeres zu tun?«

»Sie haben keine Angst, oder?« Eva folgte der Einladung und setzte sich auf die Bettkante. »Sie wirken so ruhig … als könne Sie nichts mehr erschüttern.«

Aleksandr Glück hob die Augenbrauen. Über seine Lippen tanzte ein Lächeln – und Wissen.

»Wie lange liege ich jetzt schon hier?«, fragte er.

Eva wischte sich die Tränen mit dem Handrücken ab. »Vier Wochen«, antwortete sie.

Glück war vor vier Wochen der größte Teil des rechten Lungenflügels entfernt worden. Lungenkrebs, obwohl er, abgesehen von einer riesigen Zigarre zusammen mit Schulfreunden, niemals geraucht hatte. Lungenkrebs mit Metastasen in Leber, Darm und im Gehirn, wie in einer späteren

Untersuchung festgestellt wurde. Die Diagnose war für den Einundsiebzigjährigen ein Hammerschlag. Als ob ihm im vollen Lauf jemand ein Bein stellte. Lungenkrebs. Vor der Operation machten ihm die Ärzte noch Hoffnung, sagten, er könne durchaus noch fünf, sechs Jahre leben, vorausgesetzt, das komplette Geschwür könne entfernt werden. Aber nachdem die Metastasen gefunden waren, hörte er keine konkreten Zahlen mehr, wenn er nach seiner Lebenserwartung fragte. Die Ärzte wichen seinen Fragen aus und wechselten das Thema oder vertrösteten ihn auf später. Und so verlegte er sich aufs Zuhören und Beobachten. Glück hörte zu und zählte eins und eins zusammen. Und begann zu verstehen.

Aleksandr Glück, aufgewachsen in einem sibirischen Lager, in dem während des Zweiten Weltkrieges Kollaborateure, unwichtige Kriegsgefangene und vor allem Deutschstämmige interniert waren, die generell Hochverrätern gleichgesetzt wurden, hatte früh gelernt, in der Stille der eigenen Gedanken die Dinge des Lebens zu verstehen. Und Entscheidungen zu treffen. Und so kam es für Professor Kellermann, der den Patienten noch in seliger Unwissenheit glaubte, völlig unerwartet, als der ihn bei einer der morgendlichen Visiten mit seinem Wissen um seinen baldigen Tod konfrontierte. Er bat den Chefarzt eindringlich um eine ehrliche Prognose. Kellermann legte sich auf höchstens sechs Monate fest, eher weniger.

Aber anders, als von seiner Umgebung erwartet, verfiel Glück nicht in Trauer und Resignation. Für das Gros derer, die mit einer solchen Aussage konfrontiert wurden, bedeutete das Rückzug und Depression. Sie verfielen in Selbstmitleid, und ihre Gedanken kreisten, wie die Erde um die Sonne, unablässig um die eine, nie zu beantwortende Frage: Warum ich?

Aleksandr Glück tröstete seine Frau, die, als er ihr die Nachricht versuchte schonend beizubringen, laut schreiend vor seinem Bett auf die Knie fiel.

»Wenn man, so wie ich, demnächst sterben muss, Schwester, dann verschieben sich die Relationen.« Er nahm ihre Hand. »Ich bin jetzt vier Wochen hier, und an die meiste Zeit davon kann ich mich nicht erinnern.« Glück hatte achtzehn Tage im künstlichen Koma gelegen und war von Maschinen beatmet und ernährt worden. »Keiner weiß, warum die Flugzeuge abstürzen, warum kein Wasser läuft und …«

»… der Strom weg ist und keine Computer und Telefone funktionieren«, ergänzte Eva und putzte sich die Nase.

»Aber ich weiß«, fuhr Glück fort, »dass für mich heute ein schöner Tag ist. Sie sind hier, Schwester, und da die Station wohl fast leer ist, haben Sie ausnahmsweise einmal richtig Zeit für mich. Später wird meine Frau kommen, und ich habe vielleicht noch nie einen so herrlich reinen Himmel gesehen wie heute«, sein Blick wanderte aus dem Fenster. »Nur dieses Brummen stört.«

»Das Notstromaggregat im Hof.«

Aleksandr Glück sah auf die batteriebetriebene Uhr über der Tür. Sie tickte weiter, als sei nichts geschehen, und zählte in regelmäßigen Intervallen die verfließende Zeit. »Können Sie mir einen Kaffee bringen? Ich weiß, ich soll am besten Kamillentee trinken, aber von einem kleinen Tässchen werde ich bestimmt nicht gleich sterben.«

Eva stand mit einem wiedergefundenen Lächeln auf. »Mal sehen, was ich machen kann.«

10

09:03 Uhr, Krankenhaus Donaueschingen, Aufzug 2

Zwei Kategorien von Ängsten gibt es: Eine Angst macht den Ängstlichen klein und allein, lähmt ihn und er bleibt sitzen mit seiner Angst wie das Kaninchen vor der Schlange. Die andere Angst ist eine gute Angst, die herausfordert und den Ängstlichen dazu bringt, sich zu wehren und zu kämpfen. Diese Angst macht ihn stärker und frei, während die erste Angst festkettet und den Ängstlichen dem Auslöser der Angst hilflos ausliefert.

Thomas Bachmann wusste noch nicht genau, welcher Art seine aktuelle Angst sein sollte. Noch immer war er ohne Licht, noch immer verharrte die Fahrstuhlkabine zwischen Keller und Erdgeschoss des Krankenhauses. Geräusche drangen kaum bis zu ihm vor und wenn, dann aus undefinierbarer Ferne. Um Hilfe geschrien hatte er bislang noch nicht.

Hier in der engen Kabine roch es muffig und nach kaltem Metall. Die Dunkelheit hätte ihm zwar dabei geholfen, sich an jeden beliebigen Ort der Welt zu träumen, doch waren die Gerüche im Aufzug wie ein Gewicht, das seinen Geist in die enge Kabine zwang.

Die schwarze Aktentasche unter den Arm geklemmt, ließ Thomas seine Finger über die kühlen Wände wandern. »Dinge, die du kennst, verlieren ihren Schrecken«, hatte Großmutter einmal zu ihm gesagt. Die Metallplatten der Fahrstuhlkabine stießen bündig aneinander. Sie waren mit eingelassenen Schrauben befestigt und uneben, wie gleichmäßig mit einem runden Hammer bearbeitet. Als er anschließend den glatten Linoleumboden untersuchte, fand er seinen Ball. Glücklich steckte Thomas ihn ein.

Nummer eins: *Also wenn ich du wäre, würde ich jemanden anrufen!* Thomas stutzte, dann richtete er sich auf.

Nummer drei: *Oder uns die Telefonschnur, hihi, um den Hals wickeln, hihihi. Jaaaa! Und dann musst du auf das Geländer steigen und dich in die Tiiiefe stürzen, hihi.*

Richtig! Neben den Knöpfen für die einzelnen Etagen war in fast jedem Aufzug ein Telefon. Für Notrufe. Oder diskrete Ferngespräche mit Menschen in einem Aufzug in Hamburg oder Moskau oder …

PARIS!, schrie Nummer zwei dazwischen.

Thomas suchte rechts und links der Tür nach dem Telefon. Auf der rechten Seite – *Natürlich rechts. Wenn man sich recht erhängen will, dann muss das Telefon rechts sein. Hihi, und alles wird recht, wenn's recht ist, solange es nur, hihi, rechts ist* – fand er den Apparat. Als seine Fingerspitzen aber den rauen Kunststoff des Hörers und die in sich gewundene lange Schnur entdeckten, fuhr er zurück, als habe er sich verbrannt. Wie viele Menschen mochten wohl schon damit telefoniert haben? Hunderte? Tausende?

Andererseits hatte Thomas noch nie jemanden in einem Aufzug telefonieren sehen.

Er war nervös und knabberte an seinem Daumen, wo die kleinen Wunden, die entstanden, wenn er in Gedanken verloren die Haut abnagte, nie verheilten.

Also ich würde das Dreckding da nie und nimmer anfassen! Stell dir vor, ein Tuberkulosekranker hat seinen feuchten Sabber da reingehustet. Oder Aidskranke! Wir sind hier in einem Krankenhaus, sicher gibt's da auch Aidskranke, die, mit nässenden Eiterschwielen an den Händen, gern mal irgendwo ungestört mit ihrem Lover telefonieren. Nein, nein, nicht anfassen. Bloß nicht anfassen.

Und was dann?, dachte Thomas.

Auf mich hören und in Zukunft die Treppe nehmen!

Welche Zukunft, hihi, wenn ich fragen darf?

In Zukunft auf mich hören! Und vielleicht doch um Hilfe rufen? In Filmen ist doch immer eine Klappe in der Decke. Klettern wir doch einfach alle raus.

Oh ja, Nummer drei schien begeistert, *wir klettern auf die Kabine, und wenn wir oben sitzen, peng, kommt, hihi, der Strom wieder, und der Aufzug rast in den, in den, na, in welchen Stock denn gleich? Wo sitzt unser lieber Onkel Doktor?*

»Im dritten.«

Richtig. Und das wäre dann ja wohl gaaaaaanz oben, wo

wir schön gemütlich zerquetscht werden, hihihi. Also los, worauf wartest du? Komm, kleiner Tommy, komm, lockte die schrille Stimme.

9:18 Uhr, Krankenhaus Donaueschingen

Techniker der Klinik versuchten die Fahrstühle, die sich zum Zeitpunkt des Stromausfalls in Bewegung befanden und zwischen zwei Etagen stehengeblieben waren, gewaltsam zu öffnen. Im Normalfall waren die Aufzüge in das vom Notstrom versorgte System integriert. Sie durften zwar nicht mehr benutzt werden, setzten jedoch wenigstens ihre begonnene Fahrt fort. Aber nicht heute – und keiner wusste, warum. Von den acht Fahrstühlen der Klinik, von denen sich sechs parallel zum Treppenhaus befanden, waren drei betroffen, steckten also zwischen zwei Etagen fest.

Eine Köchin saß zusammen mit einer Palette tiefgefrorener Schweinekoteletts im Lastenaufzug zwischen Küche und Tiefkühllager. Wegen der Hitze, die sie den ganzen Tag in der Küche umgab, trug sie nur eine dünne Schürze über ihrer Unterwäsche. Die enge Kabine, in welche die Holzpalette gerade eben so hineinpasste, war nach einer Stunde völlig ausgekühlt. Die Köchin konnte ihren Atem sehen. Ihre nackten Füße schmerzten zuerst, als sie sich rot verfärbten. Später nahmen sie eine erschreckende Blässe an. Als die beiden Techniker zwanzig nach neun mit zwei Brechstangen die Tür aufhebelten, saß die Frau völlig unterkühlt in der engen Kabine. Sie wurde nach draußen gebracht und langsam wieder aufgewärmt.

Die beiden Techniker mussten sich nun, mit einem flauen Gefühl im Bauch, um den zweiten Fahrstuhl kümmern, aus dem ihnen jemand antwortete. Es handelte sich um einen der drei geräumigen Lastenaufzüge an der Rückseite des Treppenhauses. Eine Krankenschwester wartete darin, eingesperrt mit einem bettlägerigen Patienten. Beide waren gerade auf dem Weg zurück aus der Röntgenabteilung gewesen, als der Strom ausfiel. Der Patient, ein massiger Hypochonder, saß aufgrund seiner immensen Körperfülle Tag und Nacht aufrecht im Bett. Das Kopfteil war maximal aufgestellt, denn nur so – und mit einer gehörigen Portion Sauerstoff, den er stets in der Nähe hatte – glaubte er einigermaßen ausreichend atmen zu können.

Für den Transport in die Röntgenabteilung und zurück befand sich eine Fünfliter-Flasche mit Sauerstoff am Kopfende des Bettes. Nach einer Stunde in der Schwebe zwischen erster und zweiter Etage war die Flasche leer.

Die unerfahrene und erst seit wenigen Wochen fertig ausgebildete Schwester beging den Fehler und nahm Herrn Banholzer, als die Flasche schon geraume Zeit leer war, die nun nutzlose Sauerstoffmaske ab. Bis zu diesem Moment hatte der Patient gleichmäßig und ruhig geatmet, waren seine Haut rosig und die faden Witze, die er ununterbrochen riss, nicht besser oder schlechter als sonst. Im Schein einer kleinen Taschenlampe, die sich am Schlüsselbund der Krankenschwester befand, erzählte er Anekdoten aus seinem Leben, riss zweideutige Witze und freute sich, wenn die Schwester dabei rote Wangen bekam. Als ihm aber die Schwester die Sauerstoffmaske abnahm, verwandelte sich sein Zustand innerhalb von Sekunden. Keinen Sauerstoff zur Verfügung zu haben war für ihn gleichbedeutend mit Atemnot, was sein Unterbewusstsein auch innerhalb weniger Sekunden umsetzte. Banholzer hechelte unvermittelt wie ein abgehetzter Hund. Das führte dazu, dass sein Blut nun tatsächlich mit weniger Sauerstoff versorgt wurde, als der Einhundertsechzig-Kilo-Mann benötigte. Seine Herzfrequenz schnellte in die Höhe, und der Blutdruck stieg in gefährliche Regionen.

Die Schwester, selbst ängstlich und mit der Situation völlig überfordert, versuchte ihren Patienten durch Zureden zu beruhigen: »Sie müssen tief durchatmen. Irgendwann wird jemand den Fahrstuhl öffnen, und dann bekommen Sie auch wieder besser Luft.« Doch damit hatte sie nur noch mehr Nahrung in Banholzers lustig knatterndes Panikfeuerwerk geworfen! Plötzlich wurden ihm die Enge der Kabine und die Dunkelheit bewusst. Seine weit aufgerissenen Augen suchten die Decke nach Lüftungsschlitzen ab. Wieder und wieder bemühte sich die Schwester, über den Notrufapparat Hilfe zu erreichen, aber das andere Ende der Leitung blieb stumm, und Banholzers hochroter Kopf verfärbte sich zügig blau. Die Krankenschwester schrie und hämmerte gegen die Metalltür. Sie brach sich mehrere Fingernägel bei dem vergeblichen Versuch ab, die Tür mit den Händen zu öffnen.

Der nun tatsächlich eingetretene Sauerstoffmangel versetzte Banholzer in Todesangst. Er griff sich an den wulstigen Hals, als könne er so mehr Luft in seine Lungen hineinlassen, sein Japsen wurde schneller und flacher. Dann setzte er sich kerzengerade im Bett auf, ließ links und rechts seine Beine heraushängen und versuchte etwas zu sagen. Was er der Welt noch hatte mitteilen wollen, erfuhr niemand mehr. Um 8:53 Uhr verschied der Hypochonder Anton Banholzer aus Vöhrenbach an einem akuten Herzinfarkt in Aufzug fünf.

Die sofort und äußerst unprofessionell ausgeführten Wiederbelebungsversuche der ihn begleitenden Krankenschwester blieben vergebens.

Als die Techniker auch diesen Aufzug gegen Viertel vor zehn endlich so weit geöffnet hatten, dass ein Mensch den schmalen Spalt passieren konnte, vermochte der Arzt, der bereits seit zehn Minuten wartete, nur noch den Tod des Patienten festzustellen. Der Arzt und die in Tränen aufgelöste Schwester verließen den Fahrstuhl, während für die Leiche Anton Banholzers aufgrund seines Gewichts und seiner Größe die halb offene Tür ein unpassierbares

Hindernis darstellte und er bis auf Weiteres in seinem Bett sitzen bleiben musste.

Langsam entspannten sich die Gesichtszüge des Hypochonders.

Beim dritten der zum Zeitpunkt des Stromausfalls in Bewegung befindlichen Fahrstühle handelte es sich um einen der kleinen Personenaufzüge. Er hing offenbar zwischen Keller und Erdgeschoss fest. Aus dem Kabineninneren waren keine Lebenszeichen zu vernehmen, auch gab es auf die Rufe und das Klopfen der Techniker keine Reaktionen.

»Halleluja, wenigstens einer, den wir nicht ruinieren müssen!«, rief einer der Männer und schlug fast zärtlich mit der flachen Hand gegen die fest verschlossene Schiebetür. Und, im Weggehen: »Ich glaub, irgendjemand würde uns die Köpfe abreißen, wenn wir den auch noch zerstört hätten.«

»Möchte nicht wissen, was so 'ne Tür kostet.« Sein Kollege zuckte mit den Achseln und wuchtete die schwere Brechstange auf seine Schulter.

Thomas Bachmann kauerte in der hintersten Ecke seiner Kabine. Er presste noch immer beide Fäuste gegen seine Ohren, obwohl das hysterische Weinen der Frau und ihre Hilferufe längst verklungen waren. Ebenso dieses grauenvolle Röcheln und Keuchen.

Nummer zwei hatte gewusst, woher diese Stimmen kamen! *Es ist der Tod, Thomas! Er kriecht durch die Aufzugsschächte und verschlingt alle, die sich zu erkennen geben!*

Ach, könnte er mich doch hören, der Toooood!, jammerte Nummer drei. *Hihihi, du – lieber, kleiner Onkel Tod, / ich wünsche mir, ich wär dein Brot! / Und jetzt beende unsre Qual, / denn heute, da sind wir dein Mahl!*, dichtete er mit mäßigem Talent.

Zuerst waren da die beiden Stimmen. Fremde Stimmen,

die nicht aus seinem Kopf zu ihm sprachen, sondern sich aus einer undefinierbaren Ferne leise Gehör verschafften. Thomas wusste nicht, ob die Stimmen von Anfang an hier waren oder ob sie erst später einsetzten. Als er sie schließlich bewusst wahrnahm, versuchte er sie zu verstehen, legte das Ohr an verschiedene Stellen der Kabinenwände und lauschte, aber die Stimmen blieben fern und unverständlich, und so verlegte er sich schließlich aufs Zuhören. Irgendwann aber verstummte die eine, die männliche Stimme. Oder verwandelte sie sich? Aus Worten wurde Keuchen, aus Sätzen Röcheln!

Hörst du die Stimme des Todes?, flüsterte Nummer drei. *Hörst du, wie er sich durch die Gedärme des sterbenden Krankenhauses quält?* Er kicherte. *Es ist der Toood! Er kommt, uns zu holen, hihi. Endlich hat er uns gefunden …*

Sei still!, fuhr Nummer zwei dazwischen. Sie hatte Angst. *Vielleicht, wenn wir uns ganz leise verhalten, übersieht er uns und geht zu den anderen. Hier ist genug Siechtum und Tod, genügend Fäulnis, die ihn anlocken sollte. Sei still, und er wird uns nicht finden.*

Thomas befolgte den Rat und verkroch sich in eine der hinteren Ecken der Kabine. Er verhielt sich still und versuchte sich klein und unsichtbar zu machen. Dann kamen ihre Schreie, ihre Rufe nach Hilfe! Und das Röcheln erstarb.

Jetzt hat der Tod etwas gefunden, hihihi. Ein leckeres kleines Frühstück vielleicht. Klingen ihre Hilferufe nicht wundervoll? So viel Angst, so viel Verzweiflung. Aaah, welch' Leckerbissen werden wir erst für ihn sein!

Thomas hörte fernes Klopfen und Hilferufe, aber sie wurden schwächer und zerflossen letztendlich in Resignation und Stille. Köstliche Stille.

Ohhh, jetzt ist er fort. Nummer drei klang ehrlich enttäuscht. *Und er hat uns vergessen.*

Vergessen! Was immer sich da in den Aufzugsschächten befand, es hatte ihn vergessen, hatte ihn übersehen und er war gerettet! Thomas klammerte sich an diese Hoffnung, und er spürte, wie neuer Mut in ihm erwachte. Er lauschte, aber alles blieb still.

Stille kann etwas Wundervolles sein, wenn sie beruhigt und vom Ende einer Bedrohung erzählt, wenn sie tröstend Ängste erstickt und sich wie eine Arznei über die geschundene Seele legt. Dann ist Stille der Rettungsanker.

Aber gerade als Thomas sicher zu sein glaubte, die Gefahr überstanden zu haben, kreischte ein ohrenbetäubendes Quietschen und Ächzen durch den Schacht. Donnerschläge fuhren dazwischen und rollten zu ihm herab. Thomas sank sofort wieder in sich zusammen. Er zitterte in seiner Kabinenecke und weinte. Er hatte Todesangst, weinte lautlos und ohne Tränen. Wie Hammerschläge tönte es, dazwischen glaubte er Stimmen zu hören, angestrengte Stimmen, die kämpften und sich mühten. Dann ein markerschütterndes Krächzen, wie von zerberstendem Metall, gefolgt vom hemmungslosen Schluchzen einer Frau.

Das Schluchzen entfernte sich. Die anderen Stimmen gingen weg.

Erneute Stille.

Trügerische Stille?

»Ist es endlich vorbei?«, hörte er sich fragen.

Nummer eins zögerte. *Vielleicht. Vielleicht auch nicht. Wir wissen nicht, was kommt und was war. Thomas,* er sah auf, als hätte er einen Gesprächspartner aus Fleisch und Blut vor sich, *wir wissen nicht, was kommt. Aber du, nur du allein, kannst allem widerstehen, wenn du nur an dich glaubst! Kraft kann nur aus dir entstehen, und nur du bist in der Lage, deine Kraft zu finden und zu nähren, Thomas! Rette uns,* beschwor ihn die vertraute, tiefe Stimme, *rette uns, indem du dich rettest!*

Wie kann einer allein nur so viel melodramatischen Sülz erzählen? Die Stimme von Nummer drei war eine Mischung aus Abscheu und Langeweile.

Du verstehst nichts davon!, rügte Nummer zwei. Und, ehrlich hingerissen: *Ich fand schön, was er gesagt hat. Ach, richtig schön.*

Donnerschläge krachten plötzlich aus unmittelbarer Nähe über Thomas herein.

Eine Stimme rief: »Hallo? Ist jemand da drin?«

Dann erneutes Klopfen, laut, aufdringlich, gefährlich.

Er hat uns gefunden, gefunden, gefunden!!!

Vielleicht sind das unsere Retter? Vielleicht aber auch nicht. Hätten wir die Treppe genommen, wie ich gesagt habe, dann ...

Komm, Tommy, hihi, rufe, so laut du nur kannst! Sag ihnen, dass wir hier auf unser Ende warten! Los, Tommy, los! Rufe. Los, ruf doch endlich!

Nein! Bleib, wo du bist, sonst bringst du uns alle in Gefahr!

Denk an deine Kraft! Nur du kannst dich retten, nur du kannst deine Kraft finden und entfalten!

Jetzt ruf doch! Biiiitte!

»Halleluja, wenigstens einer, den wir nicht ruinieren müssen!«, rief da eine Männerstimme. Es folgte ein Klatschen gegen die Kabinentür, dann entfernten sich Schritte.

Thomas blieb lange sitzen. Er zitterte, und sein Puls raste durch seinen Körper. Er hielt sich weiter die Fäuste an die Ohren und erwartete jeden Moment neue Donnerschläge, neues Weinen, Schreie, Hilferufe und quietschendes Metall.

Aber diesmal hielt die Stille an.

Nach Sekunden, Minuten oder nach Stunden, er hatte jegliches Zeitgefühl in der Dunkelheit verloren, kehrte sein Leben zu ihm zurück. Und mit ihm Hunger. Und Durst. Quälender, brennender Durst!

11

10:21 Uhr, Krankenhaus Donaueschingen, Haupteingang

Der geräumige Eingangsbereich der Klinik hatte sich währenddessen in eine Hexenküche verwandelt. Immer mehr Leicht- und Schwerverletzte kamen aus der Stadt und der nahen Umgebung. Es kamen Patienten, die sich bei dem Versuch, die offensichtlich defekten Wasser- und Stromanschlüsse zu reparieren, verletzt hatten, Menschen, denen der abrupte Verlust ihrer gewohnten Lebensumstände dermaßen zusetzte, dass sie von Angehörigen mit Herzrasen oder Atemnot eingeliefert wurden. Bei der Mehrzahl der Kranken handelte es sich allerdings um Unfallopfer.

Ausgefallene Ampelanlagen waren zwar die einzige direkte Auswirkung des nunmehr schon dreistündigen Stromausfalls, jedoch führten Verunsicherung und Angst dazu, dass Verkehrsregeln plötzlich nicht mehr anerkannt wurden, die Autofahrer unkonzentriert fuhren oder aber ein Verhalten zeigten, das ihnen im Normalfall völlig fremd gewesen wäre. Die sich schnell herumsprechende Nachricht von den abgestürzten Flugzeugen tat ein Übriges, um aus Ordnung Chaos und aus dem antrainierten Miteinander einer funktionierenden Gesellschaft ein egoistisches Gegeneinander zu machen.

Der große Wartebereich am Haupteingang hatte sich mit Leichtverletzten, vor allem aber mit Angehörigen gefüllt, die sich aus Sorge um ihre Kranken und abgeschnitten von jeder Kommunikationsmöglichkeit auf den Weg gemacht hatten, in der Klinik nach ihrem Mann, der Frau, einem Elternteil oder Kind zu sehen. Erschienen zuerst nur wenige Menschen, so strömten jetzt immer mehr in das Haus. Als nun das Stimmengewirr immer lauter und ungeduldiger wurde, sah sich der Klinikleiter genötigt einzugreifen.

Verwaltungsleiter Tröndle stieg auf einen niedrigen Tisch, von dem man eilig die Blumenkübel geräumt hatte, und versuchte Ordnung in das zunehmende Chaos zu bringen. Obwohl er nach mittlerweile fünfzehn Jahren in verschiedenen leitenden Positionen gewohnt war, vor größeren Menschenansammlungen zu sprechen, kam er sich doch seltsam vor. Er war mittelgroß, schlank und die grauen Haare, die der Endvierziger vermehrt bei sich entdeckte, hatte er letztens tönen lassen. Wie immer trug Tröndle einen tadellos sitzenden dunklen Anzug. Nur die grellgelbe Krawatte, von seiner Frau ausgesucht, wirkte dem Ernst der Lage nicht angemessen.

»Hören Sie!«, probierte er, sich Aufmerksamkeit zu verschaffen. »Hören Sie bitte! Wir haben alles im Griff!« Die Gespräche verstummten. »Ihren Angehörigen geht es gut. Der Klinikbetrieb läuft dank unserer Notstromaggregate reibungslos weiter. Auch die Versorgung unserer Kranken ist gesichert.« Das Pochen in seinen Schläfen ließ nach. Allmählich fühlte er sich wieder Herr der Lage. »Im Haus befinden sich Medikamente und Nahrung, die, sollte nicht bald alles wieder beim Alten sein, mehrere Tage reichen werden. Bitte«, er zeigte auf vier im Hintergrund stehende Krankenschwestern, »bitte, wenn Sie Angehörige besuchen wollen, wenden Sie sich an die Schwestern. Kranke oder Verletzte warten bitte hier. Wie Sie sehen«, Tröndles Blick wanderte durch den Raum, dann hatte er gefunden, wonach er suchte, »wie Sie sehen, kümmern sich hier zwei unserer erfahrenen Ärzte um die leichter Verletzten und sorgen für eine schnelle Aufnahme Schwerverletzter.« Aus den Reihen der Wartenden antwortete unzufriedenes Murmeln.

»Haben Sie auch Wasser?«, wollte eine junge Frau wissen, die mit ihrer kleinen Tochter an der Hand darauf wartete, dass man sie zu ihrem gestern am Blinddarm operierten Mann ließ.

Wasser – das bedeutete, dessen war sich der Klinikleiter

bewusst, das wirkliche Problem in der momentanen Situation. Im Wirtschaftshof der Klinik befand sich zwar noch ein Vorrat von etwa fünfhundert Flaschen Mineralwasser, womit man die etwa einhundertachtzig Patienten des Hauses sicher zwei, drei Tage mit dem notwendigen Minimum an Flüssigkeit versorgen konnte. Aber was war mit den Toiletten? Diese waren jetzt schon ein Problem, da die Patienten sie zwar weiterhin benutzten, aber nicht mehr spülen konnten. Aus dem zweiten Stock wurden bisher vier, aus dem ersten zwei verstopfte Toiletten gemeldet, und überall ekelten sich Patienten davor, den Exkrementen des vorigen Benutzers die eigenen Ausscheidungen hinzuzufügen.

»Die Versorgung unserer Patienten mit ausreichend Flüssigkeit ist kein Problem!«, antwortete Tröndle. »Fließend Wasser haben zwar auch wir nicht, aber ich denke, dass sich die Situation bald wieder normalisieren wird und …«

»Wissen Sie, was überhaupt los ist?«, wurde er unterbrochen. Er war dem Fragesteller fast dankbar. »Wissen Sie, warum nichts mehr funktioniert? Und stimmt das, was man erzählt – das mit den Flugzeugen?«

»Ja«, antwortete Tröndle »das mit den Flugzeugen scheint wahr zu sein. Es sind inzwischen zwei Überlebende schwer verletzt eingeliefert worden, deren Maschine bei Blumberg zerschellte. Sie werden gerade operiert. Und auf Ihre andere Frage: Nein, wir wissen nicht, was los ist. Wir wissen leider auch nicht mehr als Sie. Es tut mir leid.« Er klang hilflos.

12

11:23 Uhr, Donaueschingen, Polizeirevier

Viel schneller, als pessimistischste Soziologen wohl jemals vermutet hätten, brachen die gesellschaftlichen Klammern, die das tägliche Leben ordneten. Dass alles so schnell ging, war mit einiger Sicherheit den diversen Flugzeugabstürzen zuzuschreiben.

Das Zusammentreffen des totalen Strom- und Wasserausfalls mit dem Verlust sämtlicher Kommunikationsmöglichkeiten allein wäre wohl nicht in der Lage gewesen, innerhalb weniger Stunden dieses Bild vollkommener Anarchie zu malen. Die vom Himmel stürzenden Maschinen aber, die hautnah erlebten Katastrophen, bei denen Hunderte Menschen in gleißenden Feuerbällen verbrannten, das Gefühl der Ohnmacht beim Versuch, Hilfe zu rufen oder selbst zu leisten, all das führte sogar unverbesserlichen Optimisten und obrigkeitstreuen Befehlsempfängern (im Normalfall die Letzten, die ein Desaster zugaben) vor Augen, um was es sich handelte: um eine Katastrophe unvorstellbaren Ausmaßes!

Polizeihauptmeister Joachim Beck stolperte kurz nach halb elf mit gebrochener Nase ins Polizeirevier der Stadt. Sein Atem ging laut und rasselnd. Er verriegelte die Tür, lehnte sich mit dem trügerischen Gefühl der Sicherheit gegen sie und schloss endlich die Augen. Becks Nase saß, im Gegenteil zu heute Morgen, als alles noch seine anatomische Richtigkeit hatte, etwas schief im Gesicht des Achtundzwanzigjährigen. Und sie nahm langsam die Form einer blutigen Kartoffel an. Das rechte Auge war rot unterlaufen und halb zugeschwollen.

Bei seinen Kollegen war Joachim Beck angesehen. Die anfänglichen Witze über den abgebrochenen Riesen mit dem dünnen Oberlippenbärtchen, das wie ein halbfertiger Rahmen den Mund einschloss, waren verstummt. Alle akzeptierten ihn.

Von der Straße her drangen wütende Rufe in das Gebäude.

»Mein Gott, was ist mit dir passiert? Wo sind di Sario,

Wegmann und Meinhoff?« Kommissar Storm, durchtrainierter Endvierziger mit kahlgeschorenem Schädel, betrachtete entsetzt das Gesicht seines Untergebenen. Sein Blick wanderte über die zerrissene Uniform zu den Füßen Becks, an denen ein Schuh fehlte. Die Mütze des Polizisten konnte er ebenfalls nicht entdecken.

»Wo ist deine Waffe?« Das dunkelbraune Lederhalfter unter Becks linker Achsel war leer. Beck schüttelte stumm den Kopf, was er aber sofort bereute. Er erstarrte mitten in der Bewegung, hoffte, so die durch seinen Schädel polternden Schmerzen zu beruhigen.

»Haben wir noch irgendwo Eis?«, fragte er zurück und zeigte auf seinen Kopf.

Storm, Kommissar und an diesem Vormittag Dienstgruppenleiter des Donaueschinger Reviers, brachte aus dem kleinen Kühlschrank im Aufenthaltsraum eine letzte Handvoll schmelzender Eiswürfel, eingewickelt in einen Plastikbeutel. Als Beck die Hand nach dem Eisbeutel ausstreckte, den ihm der Revierleiter entgegenhielt, zerbarst eine der vergitterten Fensterscheiben. Scherben tanzten über den Boden und reflektierten das Sonnenlicht. Ein faustgroßer quadratischer Pflasterstein rollte aus und blieb in der Mitte des Raumes liegen. Fast im selben Augenblick wurde gegen die Tür des Reviers gehämmert und getreten. Die Tür zitterte und bebte, und Beck sprang von ihr weg, als habe er sich den Rücken verbrannt.

»Ist hinten alles zu?« Beck meinte den zweiten Eingang ins Gebäude, eine Doppeltür, die vom Hinterhof, auf dem die meisten hier ihre Autos und Fahrräder abstellten, durch einen schmalen Flur mit dem Revier verbunden war.

Storm drehte sich ohne eine Antwort zu geben um und rannte zum Hintereingang. Als er den kühlen Flur betrat, sah er aus dem Augenwinkel eine Bewegung. Durch die seltsamerweise weit offen stehende Tür zum Hinterhof fielen Sonnenstrahlen. Staub tanzte in dem aufgefächerten Lichtkegel, und am Boden lag eine Eisenstange. Storms Hand ging automatisch zum Halfter. Er versuchte zu erkennen, was die Bewegung verursacht hatte, und wich einen Schritt zurück, aber die kühle Hauswand hielt ihn auf. Aus dem Dunkeln traf ein Faustschlag den Kommissar präzise am Kinn. Storms Kopf knallte mit einem hohlen Geräusch gegen die Wand. Augenblicklich wurde es dunkel um ihn, seine Knie gaben nach, und langsam rutschte er auf den kalten Boden. Sein Hinterkopf hinterließ eine dünne Blutspur.

Drei Stunden vorher

Nach dem konzertierten Strom-, Telefon- und Computerausfall hatte Revierleiter Frederik Salm, seines Zeichens Erster Polizeihauptkommissar, seine Mitarbeiter zusammengerufen. Als Erstes hatte er seine Sekretärin angebrüllt, die wohl einen Tick zu lange gebraucht hatte, die Unterlagen herauszusuchen, welche Anweisungen für Stromausfallsituationen gaben. Den gewichtigen Aktenordner mit den Instruktionen hatte er ihr aus der Hand gerissen und vor sich auf den Tisch geknallt.

Insgesamt arbeiteten achtundfünfzig Polizisten in fünf Schichten im Streifendienst. Von den zwölf Frauen und Männern, die an diesem Morgen Dienst taten, befanden sich noch acht im Revier, der Rest war bereits auf Streife, bei Verkehrskontrollen und einem Einsatz in Hüfingen, wo kurz vor sieben die Haushälterin des Pfarrers die Ordnungshüter angerufen hatte, da die Kirche nun schon zum dritten Mal in diesem Frühjahr mit riesigen Graffiti verunstaltet worden war. Die acht Polizisten, fünf Schreibkräfte und vier weitere Innendienstmitarbeiter waren dem unüberhörbaren Ruf ihres cholerischen Chefs gefolgt und hatten sich im Besprechungsraum versammelt. Mit hochrotem Kopf hatte der übergewichtige und permanent schwitzende Salm in den Unterlagen gewühlt und schließlich eine seitenlange Anweisung hervorgekramt, die die Verkehrslenkung als oberste Priorität in solchen Fällen vorschrieb.

»Storm«, hatte er den Dienstgruppenleiter angefahren und dabei, wie immer, wenn er unter Stress stand, den Dienstgrad unterschlagen, »holen Sie einen Stadtplan. An allen großen Ampelkreuzungen will ich zwei Leute haben.«

»Was ist mit den Leuten, die schon draußen sind? Funktionieren die Handys inzwischen wieder?«

Die Sekretärin, Fräulein Meyer, hatte den Kopf geschüttelt.

»Sie bleiben hier im Revier, Storm, und teilen die, die zurückkommen, neu ein. Außerdem will ich«, er hatte sich den Innendienstmitarbeitern zugewandt, »dass Sie sich zum Rathaus, zur Feuerwehr, ins Krankenhaus und zum Bahnhof aufmachen. Wenn jemand etwas über dieses Chaos heute Morgen rausbekommt oder irgendwo Hilfe benötigt wird: herkommen! Fräulein Meyer, Sie setzen sich in Ihren Wagen und klappern alle Kollegen ab, die heute frei haben. Auch die, die erst zur Spät- oder Nachtschicht erscheinen müssten. Jeder, der nicht gerade tot im Bett liegt, soll sofort hier aufkreuzen. Verstanden?«

Die Sekretärin hatte genickt und wollte sich schon auf den Weg machen.

»Vergessen Sie Ihre Adressliste nicht, oder wissen Sie aus dem Kopf, wo jeder wohnt?«

»Was ist mit Streife?« Kommissar Storm hatte die Anweisungen seines Chefs auf einem Zettel notiert und sah ihn dann fragend an. »Sollten wir nicht wenigstens eine Streife rausschicken, die die Geschäfte der Innenstadt und die Banken kontrolliert?«

»Sehr gut, Storm. Aber ihr fahrt heute zu viert. Zwei Leute sind zu wenig, wenn man nicht in der Lage ist, Unterstützung zu rufen.«

So hatte jeder eine Aufgabe erhalten und machte sich mit

dem Gefühl auf den Weg, noch immer Herr der Lage zu sein oder wenigstens bald wieder werden zu können.

Hauptmeister Joachim Beck wurde zusammen mit Sarah di Sario, Werner Meinhoff und Christian Wegmann zur Streife eingeteilt. Als sie den Hof des Reviers verlassen hatten, war es bereits kurz vor neun gewesen und die meisten Hauptausfallstraßen der Stadt schon heillos verstopft. Richtung Innenstadt ging es ebenfalls nur langsam voran. Menschen standen in kleineren und größeren Gruppen zusammen. Inhaber größerer Geschäfte oder solcher mit besonders wertvollen Auslagen hatte die Sorge um ihren Besitz schon früh in die nun ungesicherten Läden getrieben. Nach und nach waren Mitarbeiter und Passanten eingetroffen, aber keiner wusste um das Warum der Katastrophe, keiner, wie es weitergehen sollte.

Der Streifenwagen wurde schon von der ersten Menschengruppe angehalten, auf die er traf. Es waren Anwohner und zwei, drei Ladenbesitzer. Beim Anblick der Uniformierten schöpften sie Hoffnung. Als ihnen aber klar wurde, dass die Gesetzeshüter genauso unwissend waren wie sie selbst, schlug die erwartungsvolle Freundlichkeit schnell in Zorn um, der sich in Beschimpfungen entlud: »Was fahrt ihr denn hier spazieren, wenn ihr von nichts Ahnung habt? Kümmert euch lieber um die Stromversorgung und die Telefone! Oder seht zu, dass die Straßen wieder frei werden, man kommt ja kaum noch irgendwohin!«

Beck und seine Kollegen fuhren weiter. Aber schon nach der nächsten Straßenbiegung wiederholte sich das Spiel. Sie wurden angehalten, zuckten bedauernd die Schultern und mussten erneut als Blitzableiter für die Angst und Wut der Menschen herhalten.

In Sichtweite wartete bereits die nächste Gruppe und aus einem der drei- und vierstöckigen Häuser, die am Ende des neunzehnten Jahrhunderts errichtet worden waren und die Straßen der Innenstadt nahtlos säumten, hatte ihnen eine alte Frau zugewunken. »Hilfe!«, schrie sie. »Ich bin überfallen worden!« und dabei wedelte sie mit beiden Armen aus einem Fenster unterm Dach und lehnte sich weit vor.

»Wenn die so weitermacht, flattert sie gleich los«, hatte Meinhoff leise gespottet. Dann, lauter und gut hörbar, hatte er der verständnislos blickenden Frau erklärt, dass sie einen anderen Auftrag hätten, dass aber, sobald alles wieder funktionieren würde, jemand vom Revier vorbeikäme.

Verfolgt von den Hilferufen und den Verwünschungen der alten Frau waren sie weitergefahren und vor der Filiale der Deutschen Bank ausgestiegen. Vor dem Haupteingang hatten sich gut zwei Dutzend Männer und Frauen versammelt, die vergebens versuchten, eingelassen zu werden. Hinter einer verschlossenen Glastür standen zwei Männer im Anzug und hatten nur mit dem Kopf geschüttelt.

»Die lassen uns nicht rein!«, schimpfte ein älterer Herr und drohte mit seiner knorrigen Faust Richtung Eingang. »Nicht mal an den Geldautomaten lassen die uns ran.«

Obermeister Werner Meinhoff, Leiter der Streife, hatte an die Glastür geklopft, während Beck, di Sario und Wegmann die Leute vorsichtig von der Tür abgedrängt und dabei beruhigend auf sie eingeredet hatten. So hatten sie es im Deeskalationsseminar gelernt. Meinhoff war inzwischen von den beiden Bankern eingelassen worden.

»Wir können die Bank nicht öffnen«, erklärten die Männer. »Abgesehen davon, dass wir ganz allein hier sind, können wir keinerlei Buchungen vornehmen. Die Computer streiken, und wir haben keine Möglichkeit, den Saldo irgendeines Kontos abzufragen. Woher sollen wir wissen, ob die Leute überhaupt was abzuheben haben?«

»Davon ganz abgesehen kommen wir an keinen einzigen Euro ran. Im Kellertresor liegt zwar reichlich Bargeld, aber die elektronischen Schlösser blockieren die Verriegelung. Ohne Strom und Computer können wir hier gar nichts unternehmen, selbst wenn wir wollten.«

Den Polizisten leuchteten die Argumente der Banker ein, nicht aber den Passanten auf der Straße. Den vielen Älteren unter ihnen, die während des Zweiten Weltkrieges und in den Hungerjahren danach aufgewachsen waren, steckte diese Kindheitserfahrung zu tief in den Knochen. Sie konnten nicht einfach nur dastehen und ruhig und im Vertrauen auf das Funktionieren der gewohnten Ordnung die weitere Entwicklung abwarten. Ihre erste Intuition war, das Eigentum zu sichern und die Vorräte zu kontrollieren. In einem Land, in dem alles zu jeder Zeit käuflich erwerbbar war, beschränkten sich die Vorräte zu Hause im Allgemeinen auf den Bedarf der kommenden zwei, drei Tage.

»Ich habe fünfunddreißigtausend Euro auf dieser Bank liegen und jetzt«, eine Frau kramte ihren Geldbeutel aus der Handtasche und hielt den Polizisten die fast leeren Fächer unter die Nasen, »jetzt habe ich nicht mal Geld, um ein Brot und Butter zu kaufen, solange es noch etwas gibt.«

Vor der Volksbank war das Problem das gleiche, ebenso bei der kleinen Innenstadtfiliale der Sparkasse. Hier allerdings war die Lage beim Eintreffen der vier Beamten ein klein wenig anders. Eine Menschentraube von vielleicht vierzig Personen drängte gegen den Eingang, der im Gegensatz zu den anderen Banken weit offen stand. Als am Morgen der Strom ausgefallen war, hatten sich zwei Angestellte der Filiale im Tresorraum befunden. Eine der Frauen wollte, als das Licht ausging und ein leises Zischen der offen stehenden Tür das automatische Schließen ankündigte, schnell noch den Tresor verlassen. Sie war im Dunkeln Richtung Tür gerannt und hätte es fast geschafft, als sie über die Geldkassette stolperte, die sie selbst vor wenigen Minuten, zum Abtransport bereit, vor die Tür gestellt hatte. Sie rutschte über den glatten Steinboden wie eine gefallene Eiskunstläuferin und blieb genau im Türrahmen liegen. Ein leises Zischen der sich schließenden Tür, dann wurde ihr Brustkorb eingeklemmt. Das Knacken der brechenden Rippen ging in den gellenden Schreien der Frau unter, die von den eisernen kalten Wänden des Tresorraumes zurückgeworfen wurden. Sie schrie hoch und unvorstellbar laut, schrie in Todesangst und von niemals erwarteten Schmerzen gepeinigt. Rippen durchspießten die Lungen, die Tür drückte weiter. Die Schreie wurden schwächer, dann löste sie verzweifeltes Japsen ab.

Ihre Kollegin hatte noch versucht, die Frau zu retten. Sie stemmte sich gegen die Stahltür, aber umsonst – die am Boden Liegende wurde langsam zerquetscht, so aber auch das völlige Schließen des schweren stählernen Monstrums verhindert. Die Blutungen in ihrem Brustkorb und die unvorstellbaren Schmerzen ließen sie nach wenigen Minuten bewusstlos werden. Zwanzig nach sieben, in dem Moment, als der Leiter dieser kleinen Filiale das Gebäude betrat, war sie tot.

Der Filialleiter, vom verzweifelten Rufen der eingeschlossenen Mitarbeiterin in den Keller gelockt, mühte sich einige Minuten vergeblich, die Tür zu öffnen. Außer Atem und mit Schweißperlen auf der Stirn versuchte er telefonisch, Hilfe zu rufen. Schließlich wusste er sich nicht anders zu helfen, als die Kunden, die bereits vor der Bank standen und an die Glastüren klopften, um Hilfe zu bitten. Er erwartete zwar noch einen weiteren Mitarbeiter, war sich aber sicher, dass sie gemeinsam immer noch zu schwach wären, die schwere Tür zu öffnen und die Frauen zu befreien. Was der Filialleiter nicht wusste, war, dass sein verspäteter Mitarbeiter mit seinem Wagen einen kleinen Unfall hatte und deshalb gedachte, diesen Tag mit seinem Überstundenkonto zu verrechnen.

Zu siebt hatten sie es bis halb neun endlich geschafft, die Tür so weit aufzuhebeln, dass die Eingeschlossenen den Tresorraum verlassen und die Leiche herausgezogen werden konnte. Danach überschlugen sich die Ereignisse.

Während der Filialleiter das Gesicht der Toten mit seinem Jackett zudeckte, war den Kunden der Inhalt des kleinen Raumes hinter der Stahltür aufgefallen. Im Lichtkegel der Taschenlampe, die der Leiter mit in den Keller gebracht hatte, sahen sie Geldpakete, Hartgeldrollen und einige kleine Goldbarren.

»Danke für Ihre Hilfe.« Der Filialleiter wollte die Menschen, die unruhig vor der Tresortür standen, nach oben schicken. »Könnte einer von Ihnen bitte zur Polizei gehen?«, hatte er gefragt.

»Wozu denn? Der ist nicht mehr zu helfen«, hatte ein Mann geantwortet, der nach Alkohol roch und sich gerade eine Zigarette angezündet hatte. »Ich würde aber gern die dreihundertvierundzwanzig Euro abheben, die noch auf meinem Konto sind.«

»Tut mir leid, aber solange die Computer nicht funktionieren, kann ich nichts auszahlen. Außerdem«, fügte er mit einem Blick auf die Leiche der Frau hinzu, »weiß ich nicht, ob die Bank heute überhaupt noch öffnet. Wäre doch ziemlich pietätlos.«

»Pietät hin oder Pietät her«, hatte der Mann mit der Zigarette herumgefuchtelt und war einen Schritt auf den Filialleiter zugegangen, »ich will jetzt mein Geld. Sofort!«

»Genau, ich will auch alles abheben!«

»Ich auch!«

»Und ich!«

Alle sieben – der Sozialhilfeempfänger, der nach Alkohol roch, ein Ehepaar Ende sechzig mit goldener Kette um den Hals (sie) und Mercedesschlüssel in der Hand (er), ein etwas verschlafen wirkender Teen, eine spindeldürre Ökotante, spätgebärend, mit dem Zwillingskinderwagen vor dem Filialeingang sowie zwei Männer einer Baufirma, die, nachdem ihnen ihr Chef heute freigegeben hatte, auf dem Weg zurück nach Hause und gerade zufällig an der Bank vorbeigekommen waren, als der Filialleiter um Hilfe rief – sie alle waren sich in ihrer Forderung nach sofortiger Auszahlung ihrer Guthaben erstaunlich einig.

»Bitte, versuchen Sie es in unserer Hauptniederlassung. Es sind doch nur ein paar Minuten von hier!« Doch sein Rat fiel auf unfruchtbaren Boden.

»Also, wenn Sie mir nichts geben wollen, hebe ich meine Kohle halt selbst ab.« Der Mann, der nach Alkohol roch, hatte seine Zigarette ausgetreten und wollte sich durch die schmale Öffnung in den Tresorraum zwängen. Der Filialleiter griff nach dem Stemmeisen, das die beiden Maurer in ihrem Auto gehabt hatten und welches beim Öffnen der Tür wertvolle Hilfe geleistet hatte. Jetzt klemmte es so zwischen Türrahmen und Tür, dass diese etwa dreißig Zentimeter weit offen gehalten wurde. Er zerrte, versuchte das Eisen zu entfernen. Das immense Gewicht aber, mit dem die Tür diesen Keil eingeklemmt hatte, machte sein Unterfangen aussichtslos.

So war es gekommen, dass der Sozialhilfeempfänger Hermann Fuchs, dreiundfünfzig, der erste Kunde dieses Morgens wurde. Dass er mit dem, was er abhob, sein Konto allerdings um fast zwanzigtausend Euro überzog, war ihm egal. Der Herr mit dem Mercedesschlüssel begnügte sich mit dreitausend Euro. Im Kundenbereich nahm er sich noch ein Blatt Papier und hinterließ dieses als Quittung auf einem der Schreibtische, ausgefüllt mit seinem Namen und Anschrift, dem abgehobenen Betrag und seiner Telefonnummer. Seine gewichtige Unterschrift nahm fast das gesamte untere Drittel des Bogens ein.

Die Nachricht, dass diese Sparkassenfiliale heute besonders großzügig auszahlte, verbreitete sich dank des ersten Kunden zügig unter den Passanten in der Nähe.

Um 9:45 Uhr war dann die vierköpfige Polizeistreife eingetroffen und hatte dem Treiben ein Ende gesetzt. Aber, wie Meinhoff und Beck im Keller der Bank feststellen mussten, war der Tresor inzwischen leer. Nur einige wenige Papiere lagen noch am Boden. Sarah di Sario und Christian Wegmann, die oben den Haupteingang sichern sollten, schafften es nur mit Mühe und gezogenen Waffen, die gierige Menge auf Distanz zu halten.

»Ach, die Geldsäcke wollt ihr beschützen, was?«, rief eine junge Frau mit einem Dreijährigen auf ihrem Arm. »Sagt uns lieber, wann der Strom wieder kommt und warum die Flugzeuge abgestürzt sind. Sagt mir, wann ich endlich Geld abheben kann und wann der Lebensmittelladen da vorn wieder öffnet!« Wütend war die Frau, deren Kind inzwischen zu schreien begonnen hatte, auf di Sario zugegangen. Die hielt ihre Waffe in Richtung der Frau.

»Seht ihr das?«, rief die Frau den Umstehenden zu. »Bedroht eine Mutter mit ihrem Kind! Und du willst Polizistin sein? Pfui, schäm dich!« Sie spuckte Sarah di Sario ins Gesicht.

Die junge Polizistin, erstmals mit einer wütenden Menschenmenge konfrontiert, hatte daraufhin in die Luft geschossen. Wegmann sprang ihr noch in den Arm, ein weiterer Schuss löste sich und noch einer und die vierte Kugel, die Sarah di Sario abfeuerte, traf einen Zwölfjährigen, der etwas abseits auf seinem Fahrrad saß und neugierig zusah, mitten in die Stirn. Er merkte nicht, dass er getroffen wurde, er fiel einfach nur mit seinem Fahrrad um.

Das Scheppern, mit dem der Drahtesel aufschlug, die glasigen Augen des Jungen und die Einschussstelle auf seiner Stirn, die wie ein drittes Auge genau mittig saß, ließen die inzwischen etwa einhundert Menschen erstarren. Es war fast völlig still, nur ein Motorroller knatterte vorbei, und von den Dächern der Häuser war das Gurren balzender Tauben zu hören, sonst nichts.

Sarah kamen die letzten Sekunden ihres Lebens endlos vor. Sie hatte den Stein langsam auf sich zufliegen sehen. Ein Mann mit Bart hatte ihn vom Gehweg aufgelesen und nach ihr geworfen. Sie sah seine Augen, die Augen eines wütenden Familienvaters, mit einem Zwölfjährigen zu Hause, dessen Fahrrad sie im letzten Winter zusammen repariert und neu lackiert hatten. In seinen Augen flackerte Hass.

Der Stein, er war oval, wie ihr auffiel, und schwarz und weiß marmoriert, zerschnitt langsam die Luft. Sie hörte das Geräusch genau, das er hinter sich herzog. Je nachdem, wie der Stein sich drehte, machte er ein lauteres oder tieferes Geräusch. Zeitlupenbilder. Zeitlupengeräusche. Als der Stein sie an der Schläfe traf, schoss ein Reflex ihrer Hand das Magazin der Heckler & Koch P7 leer. Vier Schuss befanden sich noch im Magazin, vier Treffer, fast alle in der vordersten Reihe. Dann traf sie eine Faust ins Gesicht, eine weitere in den Magen. Sie schoss weiter, aber die Waffe gab nur noch ein hohles Klicken von sich – die Sprache ihrer Wehrlosigkeit.

Als Wegmann die wütenden Gesichter der Menge sah, ließ er seine eigene Waffe fallen und hob die Hände. Eine alte Frau mit dünnen Lippen und Augen, die den Anschein erweckten, als würden sie jeden Moment aus ihren Höhlen fallen, bückte sich nach der Waffe, zielte auf Wegmann und verlagerte den Inhalt des Magazins aus der Waffe in Christian Wegmanns Unterleib. Schreiend brach der zusammen, beide Hände fest auf die Wunden gepresst. Dann überrannte ihn der Mob und stürzte sich mit bloßen Händen auf die Polizistin, die benommen auf dem Boden saß.

Von den Schüssen aufgeschreckt, hatten Meinhoff und Beck den Keller verlassen und waren in den Kundenbereich gestürmt. Sie hatten noch gesehen, wie ein Hüne, der den Anschein erweckte, einem übertriebenen Prospekt für Bodybuilder entstiegen zu sein, Sarahs schlaffen Körper über seinen Kopf hob und gegen die Scheibe neben der Eingangstür schleuderte. Die Menge hatte getobt. Meinhoff und Beck blieb kaum mehr Zeit zu reagieren, denn schon hatte man sie entdeckt und die Hetzjagd auf sie eröffnet.

Joachim Beck wurde vor einem offen stehenden Fenster

im hinteren Bereich der Bank gestellt. Er hatte die Hände über dem Kopf erhoben. Zuerst waren sie nur zu dritt und hatten ihn voller Hass abschätzig taxiert. Dann war der Bodybuilder hinzugekommen. Die anderen wichen in Erwartung des Kampfes einen Schritt zurück. Der Bodybuilder musterte Beck von oben herab. Er war fast zwei Köpfe größer und doppelt so breit wie der Polizist.

Der erste Schlag hatte Becks Nase zertrümmert, kurz und schmerzvoll. Sofort danach kam der zweite Schlag, der sein rechtes Auge mit Sternen übersäte. Becks Augapfel wurde zusammengequetscht, Äderchen platzten und machten jeden weiteren Blick durch dieses Auge für die kommenden Tage, sollte er das hier überstehen, unmöglich. Einer der Umstehenden, ein südländisch aussehender Junge von höchstens vierzehn Jahren, griff nach Becks Waffe und riss sie ihm aus dem Halfter.

Als der Bodybuilder ihn gepackt hatte und über seinen Kopf hob, hörte Joachim Beck Meinhoffs Stimme. Sein Vorgesetzter bettelte mit sich überschlagenden Worten um sein Leben. Beck flog aus dem Fenster, hörte einen einzelnen Schuss und schlug gegen eine Mülltonne. Als er sein funktionsfähiges linkes Auge öffnete, entdeckte er den Jungen, der mit seiner eigenen Dienstwaffe auf ihn zielte. Beck riss den Kopf zur Seite, gerade noch rechtzeitig, dann zerbarst der Putz an der Wand neben ihm. Gleichzeitig stieg der Hüne durch das Fenster!

Beck wusste, dass dies die letzte Chance sein würde, sein Leben zu retten. Er stolperte auf die Beine, verlor dabei einen Schuh und rannte, hinaus auf die Straße vor der Bankfiliale, auf der der Mob inzwischen den Polizeiwagen aufs Dach gekippt hatte und auf ihn einschlug. Er rannte den Weg, den sie noch zu viert hierhergefahren waren, zurück, bis er völlig außer Atem und mit brennenden Lungen endlich die Tür des Polizeireviers hinter sich ins Schloss fallen hörte und glaubte, in Sicherheit zu sein.

Du bist allein! Du bist auf dich gestellt! Niemand wird dir helfen! Diese Worte trieb der Morgen dieses 23. Mai in die Köpfe der Menschen, und die längst bezwungen geglaubten archaischen Grundtendenzen des Lebens brachen sich Bahn: Angst und Rücksichtslosigkeit. Man könnte beide Begriffe auch gegen »Selbsterhaltungstrieb« und »Das Recht des Stärkeren« austauschen.

Während die Mehrzahl der Männer, Frauen und Kinder die Nähe von Verwandten und Freunden oder Bekannten suchte, begannen einige wenige, die bisher unter den Zwängen von Gesetzen und gesellschaftlichen Normen unauffällig dahingelebt hatten, etwas Neues und äußerst Verlockendes zu entdecken: die absolute Gesetzlosigkeit. Wie menschliche Ratten witterten sie den Untergang und krochen aus ihren Verstecken.

Der Erste Polizeihauptkommissar Frederik Salm, Revierleiter, hatte das Revier verlassen, um, wie er sagte, zu Hause kurz nach dem Rechten zu sehen. Zu Fuß kam er nun zurück und hörte schon von Weitem Lärm und Geschrei.

Etwa fünfzehn zumeist junge Männer waren dem fliehenden Joachim Beck von der geplünderten Sparkassenfiliale die achthundert Meter bis zum Polizeirevier gefolgt. Als sie den verriegelten Haupteingang bemerkten, begannen sie, die quadratischen kleinen Steine des Kopfsteinpflasters herauszubrechen und nach wenigen Minuten hatte das abweisende Gebäude kein einziges intaktes Fenster mehr.

Der Bodybuilder, der Beck durch das offene Fenster der Bank geschleudert hatte, war inzwischen zum Hinterhof des Reviers geschlichen. Dieser Ort war ihm bestens vertraut. In den vergangenen Jahren hatte man ihn ganze sechs Mal verhaftet und immer wurde der Polizeiwagen hier hinten abgestellt und er von seiner Eskorte in den dunklen Flur zum Revier gestoßen.

Es waren keine großen Sachen, weswegen sie ihn mitgenommen hatten. Einmal Handel mit Anabolika, einmal Nötigung (er schwor heute noch felsenfest, dass die Kleine es genau so gewollt und ihren Spaß dabei gehabt hatte, wenn sie vor dem Richter dann auch alles verdrehte). Die restlichen Festnahmen erfolgten wegen Körperverletzung. Aber war es denn ein Verbrechen, einem Kerl, der dein Mädchen dumm von der Seite anmacht, die Leviten zu lesen? Wo käme man hin, wenn jeder das Mädchen des anderen anbaggern dürfte? Nein, da war sich Daniel Ritter, der Bodybuilder, sicher, irgendwo hört die Freundschaft auf.

Im Flur traf er auf Storm, den Dienstgruppenleiter. Ritter kannte Storm von einigen Verhören recht gut. In einem fairen Kampf Mann gegen Mann wäre Storm ein ernstzunehmender Gegner gewesen, aber Ritter hatte keine Lust auf einen fairen Kampf. Was würde das bringen, wem würde das helfen? Ihm bestimmt nichts! Also hatte er sich instinktiv für das Überraschungsmoment entschieden und Storm mit einem gezielten Faustschlag niedergestreckt. Bye-bye, Bulle, schlaf schön!

Beck spürte, dass mit Storm etwas nicht stimmen konnte. Er hätte längst zurück sein müssen!

Joachim Beck saß in einer vergitterten Mausefalle, war die Maus in diesem Spiel und umzingelt vom Mob. Durch die glaslosen Fensteröffnungen drangen wütende Rufe herein. »Kindermörder«, riefen sie und »Verrecken sollt ihr.« Steine flogen.

Beck blickte sich um. Hinter dem verschlossenen Haupteingang und den vier vergitterten Fenstern lauerte Gesindel, das nur darauf wartete, ihn zwischen die Finger zu bekommen und zu zerreißen. Der einzige weitere Ausgang führte durch die Hintertür, die Storm hatte sichern wollen. Oder hatte Storm angesichts der unberechenbaren Situation das Weite gesucht?

Becks Blick fiel auf den Stahlschrank hinter Salms Schreibtisch. Der Waffenschrank – vollgestopft mit schussbereiten MP5, Maschinenpistolen made in Germany!

Beck duckte sich und rannte durch den Raum, suchte dabei immer wieder hinter einem Schreibtisch Schutz vor den hereinfliegenden Steinen. Wie erwartet war der Waffenschrank verschlossen. Beck begann den Schreibtisch des Revierleiters zu durchsuchen, riss eine Schublade nach der anderen heraus und verstreute den Inhalt auf dem Boden.

»Suchst du den hier?«

Beck sah auf wie vom Donner gerührt. Auf der anderen Seite des Schreibtischs stand Ritter, der Bodybuilder, mit einem breiten, unfreundlichen Grinsen auf den Lippen. Seine Augen funkelten eiskalt und mit einem Anflug von Vorfreude.

»He, das hier suchst du doch! Oder etwa nicht, Bulle?!« In der ausgestreckten Hand hielt er einen Schlüsselbund. Beck erkannte daran den markanten Schlüssel zum Waffenschrank, lang und glänzend, mit einem eigentümlichen Doppelbart am Ende.

»Willst du sie dir nicht holen?« Ritter lächelte. »Komm, kannst sie haben, wenn du willst, Bulle. Musst sie dir nur holen.«

In diesem Moment flog ein weiterer Pflasterstein zwischen die Gitterstäbe hindurch, traf einen Schreibtischstuhl an der Lehne und prallte ab. Der Stuhl drehte sich zweimal um die eigene Achse, während der Stein Daniel Ritters Knöchel traf.

»Au, Scheiße noch mal!«, fluchte der Getroffene und griff sich an den Fuß.

Beck nutzte den kurzen Augenblick der Unkonzentriertheit seines Gegenübers und hechtete über den Schreibtisch. Er blieb dabei mit einem Fuß an Salms hypermoderner Schreibtischlampe hängen und stürzte kopfüber auf den Boden.

»Na, du hast es aber eilig!« Ritter lächelte böse. Vor ihm lag Joachim Beck hilflos auf dem Rücken. »Du siehst echt scheiße aus, Bulle, weißt du das eigentlich?« Durch das Fenster flog ein weiterer Stein und zerschlug Salms Lampe. »Eh, machst du dir etwa in die Hosen?« Im Schritt von Becks Hose wurde ein dunkler Fleck schnell größer. »He Leute, der Bulle bepisst sich gerade!«, brüllte Ritter und warf den Schlüsselbund auf den Schreibtisch, um für das, was er jetzt tun wollte, beide Hände freizuhaben.

»Ich an deiner Stelle hätte jetzt auch Angst«, flüsterte Ritter.

Beck versuchte, auf dem Rücken liegend und mit weit aufgerissenen Augen, von seinem Gegner wegzurobben – aber mit zwei großen Schritten war der über ihm und setzte dem Polizisten seinen schweren Lederschuh auf die Kehle. »Und jetzt? Ohne deine Knarre und deine schwulen Bullenkumpels bist du ganz schön blöd dran, he? Bepisst dich vor Angst und versuchst einfach wegzukrabbeln, was? Statt dass du kämpfst wie ein richtiger Mann!« Ritter verlagerte einen weiteren Teil seiner einhundertvierzehn Kilo in den rechten Fuß und drückte Becks Kehle weiter zu. Beck spürte den Knorpel seines Kehlkopfes knirschen. Er riss den Mund weit auf, aber das, was an Luft noch die zusammengepresste Luftröhre passieren konnte und seine Lungen erreichte, konnte bei Weitem nicht den Bedarf decken. Mit seiner Atemnot steigerte sich seine Angst, und die Angst wiederum ließ ihn noch schneller hecheln. Ritter fand Vergnügen an diesem Spiel und lockerte kurz den Druck in seinem Fuß. Wie ein altersschwacher Asthmatiker sog Beck die Luft tief in die Lungen ein, aber schon schnürte Ritters Schuh seinen Hals erneut zu. Voller Panik tasteten die Hände des Polizisten über den Boden. Einen Stein, dachte er, Gott, gib mir einen Stein! Stattdessen berührten seine Finger eine der vielen Glasscherben. Er lag halb mit dem Gesäß auf ihr, vor Ritters Blick verborgen.

»So, kleiner Bullenpisser, langsam Zeit, Lebwohl zu sagen, he? Bin mal gespannt, ob du schreien kannst, wenn es zu Ende geht. Kannst du schreien Bulle, he, kannst du?« Ritter beugte sich eine Kleinigkeit zu seinem Opfer hinab und verstärkte dabei den Druck, den sein Schuh ausübte. Die grobe Sohle drückte tief in den Hals und hinterließ dunkle Blutergüsse.

Beck packte die lange, schmale Scherbe. Er griff sie, so fest er konnte, wobei das Glas tief in seine Handfläche und die Finger schnitt. Blutstropfen quollen hervor, Beck biss sich auf die Lippen, riss seinen Arm hoch und jagte die Waffe mit aller Gewalt in Ritters Oberschenkel. Mit der anderen Hand zerrte er sich den Fuß vom Hals und rollte unter dem in die Knie gehenden Gegner zur Seite. Ritter stieß einen überraschend hohen Schmerzensschrei aus – schrill, wie das Quieken eines zur Schlachtbank gezerrten Schweins. Bevor Ritters träger Geist die Situation erfassen konnte, war Beck schon auf den Füßen und trat ihm mit dem noch beschuhten Fuß ins Gesicht. Er legte all seine Wut, seine Todesangst, seine Scham in diesen Tritt, und Ritter verlor einen seiner gepflegten Schneidezähne.

Beck war für den Bruchteil einer Sekunde versucht, nach dem Schlüsselbund zu greifen und den Waffenschrank zu öffnen – ein Blick auf Ritter, der sich gerade wieder aufrappelte und dabei seinen blutigen Zahn ausspuckte, verriet ihm aber, dass dies keine gute Idee wäre. In Ritters Augen funkelte kalte Mordlust, schon stand er wieder auf beiden Beinen.

Beck ließ die abgebrochene Scherbe fallen, die Spitze steckte noch im muskulösen Oberschenkel des Bodybuilders. Dann hetzte er im Slalom um die Schreibtische und Stühle zum Hinterausgang. Er erreichte den schmalen dunklen Flur, wäre fast über etwas am Boden Liegendes gestolpert (Storm?), als Ritter hinter ihm auftauchte und lautstark nach Unterstützung brüllte.

»Kommt her, kommt hinters Haus! Der Bulle wollte mich umbringen!«

Beck blieb keine Zeit, weiter über das Hindernis im Flur nachzudenken. Ritter war mittlerweile nur noch fünf Meter entfernt, humpelte aber stark.

Ohne einen weiteren Blick zurück begann Joachim Beck zu rennen. Er rannte mit nur einem Schuh, blutenden Händen und einer gebrochenen Nase, konnte nur mit einem Auge sehen und rannte um sein Leben. So schnell er konnte, versuchte er das Revier und die grölenden Menschen dort hinter sich zu lassen. Er rannte, bis die Lungen wie flüssiges Feuer in seinem Leib brannten, bis er endlich einen Hausflur fünf Straßen weiter erreichte und glaubte, in Sicherheit zu sein.

Als Ritter einsah, dass Joachim Beck ein verlorenes Opfer war, schleppte er sich zurück in den Gang. Vor Kommissar Storm blieb er mit einem bösen Lächeln stehen. Storm lag noch immer bewusstlos am Boden, das dünne Blutrinnsal aus seinem Hinterkopf trocknete langsam. Ritter bückte sich, packte Storm am Kragen und zerrte ihn hinter sich her wie einen Sack Kartoffeln. Vor der verriegelten Eingangstür legte er ihn ab und humpelte zu Salms Schreibtisch. Er griff sich den Schlüsselbund und öffnete den Waffenschrank.

»Geile Scheiße!«, stöhnte er, als er die blinkenden Maschinenpistolen sah. Er griff sich die nächstbeste und folgte dann den Bildern auf einem Plakat, welches innen an der Schranktür hing. Magazin einlegen und entsichern. Kinderleicht! Er fühlte sich so stark, stark wie nie zuvor. Aus der kalten Waffe strömten übermenschliche Kräfte in seine Hand und den kräftigen Körper. Sie ließen ihn fürs Erste den Schmerz im Oberschenkel vergessen. Er humpelte zurück zu Storm und stemmte ihn sich auf die Schulter. Dann schloss er den Haupteingang auf, trat gegen die Tür, die nun bereitwillig aufsprang, und ging nach draußen.

»Ich hab euch was mitgebracht, Leute!«, lachte er und warf Storm vor sich auf den Gehweg. Dann richtete er die Maschinenpistole auf den Bewusstlosen und schoss in einer langen Salve das Magazin leer.

13

13:03 Uhr, Wellendingen

Bubi Faust hatte wundervolle Aufnahmen gemacht! Er war so nah an die Absturzstelle herangekrochen, wie dies Hitze und gelegentliche kleinere Explosionen, die dem Absturz des Airbusses folgten, nur zuließen. Und er hatte fotografiert: in den Himmel schießende Flammen, aufquellende Rauchpilze, verkohlte Leichenteile, ja selbst ein zur Unkenntlichkeit verbranntes Gesicht ohne Lippen, aber mit einem Goldzahnlächeln.

Er hatte sich nach und nach vom eigentlichen Wrack wegfotografiert und war über das Feld den Spuren gefolgt, die der Rumpf in die Erde gegraben hatte. Und er nahm dabei die Kamera nur selten vom Auge.

Gepäckstücke lagen, im weiten Umkreis verstreut und zum Teil vollkommen unversehrt, neben Körper- und Wrackteilen. Und wenn er zurücksah, ragte dort der flügellose Airbusrumpf in den Himmel, schwarz verbrannt, mit leeren Augenhöhlen, aus denen Flammen züngelten. Über allem trieben Schönwetterwolken durch den Maitag, und Lerchen übertönten in einiger Entfernung bereits wieder die Geräusche des Infernos. Das waren Fotos!

Das Leben war so schön! Und manchmal auch gerecht. Eine Flugzeugkatastrophe hier, direkt vor seiner Haustür! Und er mitten dabei! Und diese Bilder! Wie viel würden sie wohl zahlen? Er wollte die Bilder mehreren Sendern anbieten. Und abkassieren! Das war vielleicht die Chance seines Lebens! Nie wieder blöde Bewerbungsgespräche, nie wieder einen Wecker stellen und Schulbänke drücken! Denn diese Bilder, er streichelte die Canon wie einen Schatz, würden ihn mit einem Schlag berühmt machen! DIE VOLKER-FAUST-REPORTAGE! Nein, besser: BUBI-FAUST-REPORTAGE! ER FÄNGT AN, WO ANDERE AUFHÖREN! MIT BUBI FAUST SIND SIE NICHT NUR DABEI, SONDERN MITTENDRIN! So könnte es werden, nein, so würde es werden!

Bubi hatte weiter fotografiert, die Gigabyte-Speicherkarte setzte keine Grenzen, kannte kein Ende. Er fotografierte auch noch, als Dorfbewohner und Leute aus Bonndorf, die zu der Absturzstelle geeilt waren, begannen, nach Überlebenden zu suchen. Zweihundert waren es vielleicht, die sich zwischen die Trümmer wagten, zweihundert Frauen und Männer, die helfen wollten.

Bubi hatte keine Überlebenden gesehen. Na ja, fast keine. Eine Frau hatte gerufen. Geflüstert. »Hilfe.« Die Worte waren wie ein raschelndes Blatt gewesen. So leise, so unbedeutend.

Bubi hatte kurz gestutzt und, das Wrack in seinem Sucher, eine atemberaubende Aufnahme geschossen.

»Hilfe!«

Etwas lauter. Eine Stimme!

Bubi hatte sich umgesehen und, zwischen Koffern, Taschen und halb unter einer großen Metallplatte begraben, eine Frau entdeckt, die noch festgeschnallt in ihrem Sessel saß. Sie blutete aus beiden Ohren. Eine Augenhöhle war leer. Mit dem anderen Auge sah sie zu Bubi hinüber und in ihrem Blick lag ihr Flehen um Hilfe. Ihre rechte Schulter war von einer Metallplatte zertrümmert und im Bauch steckte eine Stange, die bis zu ihrer Wirbelsäule eingedrungen war. Ihre Beine würde die Frau nie wieder benutzen können.

Bubi ging zu ihr. Aber nicht, um ihr zu helfen, um die

Metallplatte anzuheben oder nach Hilfe zu schreien und zu winken, bis die anderen endlich kämen. Bubi kauerte sich neben sie und wartete, bis sie genau in die Linse seiner Kamera sah, dann drückte er ab und lächelte glücklich. Denn das Leben war schön.

Frieder Faust, Jürgen Mettmüller und Eugen Nussberger saßen etwas abseits von den anderen unter einer knorrigen Kiefer. Von hier aus hatten sie einen überwältigenden Blick auf Wellendingen und die sanften Wogen des Schwarzwaldes. Frieder Faust blickte auf sein Haus. Es lag an einer kleinen Seitenstraße, nur wenig oberhalb des Ortskerns. Hier war er aufgewachsen, dort, wo früher die Ärmeren und Zugezogenen lebten. Nach dem Ende des Zweiten Weltkrieges gelangten selbst hierher, in den äußersten Südwesten Deutschlands, Flüchtlinge aus dem Osten, und ein paar von ihnen waren in dieser Straße hängengeblieben. Eine Frau mit vier Kindern kam aus Ostpreußen, ihr Mann folgte erst acht Jahre später aus russischer Kriegsgefangenschaft und einer schier endlosen Odyssee quer durch ganz Deutschland. Er hatte seine Familie wiedergefunden, aber sie fanden nie wieder zueinander. Für die Kinder blieb er ein Fremder und für seine Frau nur noch der Schatten einer längst vergangenen glücklicheren Zeit. Er nahm sich zwei Jahre später das Leben. Der Mann war Frieder Fausts Großvater.

Drei der vier Kinder verließen Wellendingen, nur Frieder Fausts Vater, der Älteste, blieb. Eine kleine Witwenrente und acht Kühe ernährten ihn und seine Mutter. Als Fausts Eltern heirateten und seine Mutter rasch nacheinander drei Kinder gebar, reichte, was die kleine Landwirtschaft abwarf, vorn und hinten nicht mehr. Frieder, jüngster Spross, musste die abgetragenen Kleider seiner Schwestern anziehen, nach der Schule mit im Stall helfen, und während der Erntezeit blieb er dem Unterricht ganz fern. Für Freundschaften war wenig Zeit, und an den spärlich gesäten Tagen, die er zur freien Verfügung hatte, war er der Prügelknabe der anderen. Selbst heute, mit Ende vierzig, hört er noch das hämische Lachen.

»Frieder heißt er, und in die Hosen scheißt er!«

»Aber ich mach doch gar nicht in die Hosen!«

»Die sehen aber so aus.« Und lachend und grölend waren sie durchs Dorf gezogen und hatten sich über ihn lustig gemacht. So hatte er gelernt, dass er allein war. Und er hatte gelernt, dass er den anderen nur dann etwas bedeuten konnte, wenn er mehr hatte als sie, wenn er es zu etwas brachte. Er schaffte mit Mühe die Hauptschule und ging im nahen Bonndorf in die Zimmermannslehre. Hier lernte er Hände und, welch überraschende Erfahrung, seinen Kopf zu gebrauchen. Er liebte es bald, seinen Händen bei der Arbeit zuzusehen, und er liebte den Anblick eines fertigen Hauses, von einem Dachstuhl aus seinen Händen gekrönt.

Nach seiner Gesellenzeit wollte er den Ort verlassen, der für ihn zum Synonym für Armut, Demütigungen und sadistische Kinderstreiche geworden war. Aber irgendwie hatten ihn die Angst vor der Welt da draußen und der Wunsch, seinen Feinden aus Kindertagen zu beweisen, wozu er fähig sein könnte, in Wellendingen gehalten. Und so riss er nach dem Tod seiner Eltern den alten, heruntergekommenen Hof ab und ersetzte ihn durch einen protzigen Neubau. Seitdem hatten die Spötteleien aufgehört, und er meinte so etwas wie Achtung in den Stimmen der anderen zu hören, wenn sie mit ihm über das Wetter oder die letzte Feuerwehrübung sprachen. So, wie er es sich jahrelang erträumte, hatte das Dorf den kleinen Verlierer in hastig abgenähten Mädchenkleidern vergessen. Ebenso den begriffsstutzigen Jungen, der er einmal war und der stets nach Kuhstall roch. Vergessen.

Aber er hatte nichts vergessen.

Frieder war jetzt geachtet. Die Menschen blieben vor seinem Haus stehen, und mehr und mehr wurde er bei neuen

Bauvorhaben im Ort und der Umgebung zu Rate gezogen oder auch gleich mit dem Projekt beauftragt. Frieder Faust war ein angesehener Mann.

Hände und Gesichter der Männer waren schwarz und glänzten von Ruß und Schweiß. Sie hatten jetzt über drei Stunden nach Überlebenden gesucht, aber bis auf eine grässlich verstümmelte Frau, in der bereits kaum noch Leben war, als Bubi sie fand und um Hilfe rief, nichts gefunden. Es war ein Wunder, dass die Frau überhaupt noch atmete.

»Meinst du, wir hätten ihr helfen können, wenn Bubi sie ein, zwei Stunden früher entdeckt hätte?« Mettmüller, dem der steile Sinkflug des Airbusses am Morgen als Erstem aufgefallen war, blinzelte in die Sonne. Er wirkte müde, und die kurzen, roten Haare des Dreißigjährigen klebten nassgeschwitzt am Kopf.

Faust hob die Hände. »Keine Ahnung. Vielleicht. Vielleicht aber auch nicht. Jetzt ist es eh zu spät. Und wer hätte ihr helfen sollen?« Gewohnheitsmäßig kramte er den Flachmann hervor und setzte an. Aber die Flasche war leer.

»Habt ihr eine Idee, was hier eigentlich los ist?« Mettmüller sah zu Faust und zu Nussberger, der an seiner Zigarre zog. »Sollten wir nicht jemanden nach Bonndorf schicken? Vielleicht wissen die im Rathaus etwas oder haben wenigstens noch ein funktionierendes Telefon?«

Faust schüttelte den Kopf und zeigte auf eine kleine Menschengruppe, die in zwanzig Metern Entfernung miteinander diskutierte.

»Da ist einer vom Rathaus dabei. Der dort«, er streckte den Arm aus, »der gerade so wild mit den Armen rumfuchtelt. Hab vorhin mit ihm gesprochen. Alles wie bei uns.«

»Und was jetzt?«

»Das ist die Frage: Was jetzt? Wenn das einer weiß, ist ihm wahrscheinlich ein Nobelpreis sicher! Oder zwei.«

»Genau«, meldete sich Nussberger, aber nur, um sofort wieder in rauchendes Schweigen zu verfallen.

»Vielleicht wenn wir wüssten, wie es anderswo aussieht, ob nur wir hier betroffen sind oder das ganze Land oder Europa ...«

»... oder die ganze Welt ...« Faust zog die Augenbrauen in die Höhe. »Daran möchte ich lieber nicht denken! Stellt euch vor, das Ganze hier ist keine lokale Geschichte, sondern geschieht weltweit, malt euch mal aus, was dann auf uns wartet!« Er schüttelte den Kopf und erhob sich.

»Was sollen wir dann deiner Meinung nach jetzt tun?« Mettmüller sah zu Faust auf.

War das die entscheidende Frage? Faust wusste es nicht, wusste keine Antwort. Keiner wusste eine Antwort, egal auf welche Frage. Abwarten? Auf Hilfe hoffen? Die Ursache finden? Und dann?

»Ich denke, ob wir nun vom Schlimmsten ausgehen oder ob wir das Beste herbeiwünschen, ist egal. Wichtig wäre, dass wir uns zusammensetzen, wir hier im Dorf. Außerdem könnte ich was zu trinken vertragen, ich bin völlig ausgetrocknet. Treffen wir uns in der Krone.«

Nussberger nickte, denn in der Krone, dem alten Gasthaus in der Ortsmitte, würde er eine Schachtel Zigarren bekommen.

»Meint ihr nicht, dass es dafür noch ein bisschen zu früh ist?« Bardo Schwab war, von den dreien unbemerkt, dazugekommen.

»Bardo? Was machst du hier? Solltest du nicht an deiner Werkbank stehen?«

Bardo nickte.

»Hab es ja versucht, aber in Koblenz sieht es genauso aus wie hier.« Er betrachtet das Trümmerfeld und schüttelte den Kopf.

Bardo, Enddreißiger und eigentlich Tischler, hatte vor Jahren den kleinen Betrieb, den ihm sein Vater hinterlassen hatte, gründlich ruiniert. Die Tischlerei wird dich immer ernähren, hatte ihm sein Vater oft genug gepredigt und damit nicht recht behalten. Zwar konnte Bardo arbeiten wie kaum ein Zweiter, sobald aber Papiere, Rechnungen und Termine mit ins Spiel kamen, setzte es bei ihm aus. Und so fand der Gerichtsvollzieher, als er eines Tages den Betrieb pfändete, neben einer wunderschönen Eckbank, an der Bardo gerade arbeitete, auch einen Abstellraum, in dem sich Rechnungen und Mahnungen in buntem Durcheinander mit Werbeprospekten und alten Tageszeitungen türmten. Seitdem hatte Bardo einen Job in der Schweiz, in Koblenz, wo er in einer Industrietischlerei im Akkord bestimmte Einzelteile eines unbekannten Großen anfertigte. Er verdiente gut dabei, und sein Schuldenberg wurde jeden Monat ein wenig kleiner.

»Punkt sieben standen plötzlich alle Maschinen still, und die Lichter gingen aus. Als dann noch ein Flugzeug Richtung Zürich herunterkam, habe ich gemacht, dass ich wegkomme!«

»Also ist es überall das Gleiche.«

Bardo nickte. »Ich hatte Mühe, überhaupt noch zurückzukommen. Das mit den Flugzeugen scheint die Leute völlig aus der Bahn geworfen zu haben.«

»Na«, unterbrach ihn Faust, »unser Stromausfall, die toten Telefone und, nicht zu vergessen, die trockenen Wasserhähne, sind ja auch nicht schlecht, oder?« Faust versuchte zu lächeln, aber es wurde eher ein hilfloses Grinsen.

»Wie sieht es auf den Straßen aus?«, wollte Mettmüller wissen. »Anne«, er zeigte zu einer Frau in der Gruppe der Diskutierenden hinüber, »ist vorhin aus Donaueschingen gekommen und meinte, dort herrsche das totale Chaos und es gäbe kaum noch ein Durchkommen.«

Bardo wusste, was Anne meinte. Er selbst war nur mit Mühe zurück über den Rhein gelangt. Die Fahrt durch Waldshut glich dann einer Odyssee, bei der er versuchte, jede Ampelkreuzung zu umschiffen, und selbst für die Fahrt übers Land zurück nach Wellendingen, die sonst nie länger als fünfunddreißig Minuten dauerte, hatte er heute über zwei Stunden benötigt. Und das auch nur, weil er Schleichwege benutzte, die den meisten anderen unbekannt waren.

»Und wieso, meinst du, ist es zu früh, sich unten in der Krone zusammenzusetzen?«, wollte Frieder wissen.

Bardo zuckte nur mit den Achseln.

»Keine Ahnung, nur so ein Gefühl. Kann mir nicht vorstellen, dass da groß was bei rauskommt. Sind doch alle total daneben.« Frieder nickte. Total daneben – das traf es auf den Kopf, genau so fühlte er sich. Total daneben. Trotzdem hatte er Durst.

»Dennoch«, er stand auf, »versuchen kann man's ja mal.«

»Genau.« Auch Eugen Nussberger erhob sich und räusperte sich geräuschvoll.

Schnell fanden sich vier Freiwillige, die mit ihren Autos durchs Dorf fuhren, hupten und die wenigen Daheimgebliebenen vom Treffpunkt unterrichteten. Punkt zwei im Gasthaus Krone. Eine Handvoll Unentwegter wollte die Hoffnung noch nicht aufgeben und im Trümmerfeld zwischen Hardt und Lindenbuck weiter nach eventuellen Überlebenden suchen, darunter Bubi. Die Bonndorfer brachen auf, um ein ähnliches Treffen in ihrer Stadt zu organisieren.

Faust, Nussberger und Mettmüller trafen als Erste in der dunklen und kühlen Gaststube ein. Der Wirt, Berthold Winterhalder, hatte die breite Ziehharmonikatür zum Nebensaal geöffnet und eilig die Stühle von den Tischen genommen.

»Glaubt ihr, es kommt überhaupt jemand?«

Seine Frage beantwortete sich schnell von selbst. Als hätten sie nur auf einen Ruf gewartet, strömten die Menschen aus ihren Häusern. Vor allem Frauen, die mit ihren Kindern zu Hause geblieben waren, und Ältere, denen die Suche am Hardt zu anstrengend schien, so dass sie diese lieber den

Jüngeren überlassen hatten, gierten nach Gesprächen und Informationen. Kurz nach zwei waren beide Stuben der Wirtschaft zum Brechen gefüllt. Frieder hatte es sich am Tresen bequem gemacht, vor sich bereits die zweite Flasche Bier.

Wellendingen besaß, seit es vor Jahren Teil der Gemeinde Bonndorf geworden war, weder einen eigenen Bürgermeister noch einen Ortsvorsteher, so dass jetzt keiner anwesend war, dem es von Natur aus zufiel, das erste Wort zu ergreifen. Schließlich erhob sich Pfarrer Kühne, und im Saal wurde es still.

»Wir wissen nicht«, begann er, »was die Ursache all dessen ist, was in den letzten Stunden geschah.« Jakob Kühne, mit seinen zweiundvierzig Lenzen der jüngste Pfarrer, den die kleine Gemeinde bis dato gehabt hatte, wirkte gefasst und ungewöhnlich ernst. Wäre man auf der Suche nach dem Sinnbild des süddeutschen Dorfgeistlichen – hier hätte man ihn gefunden. Gemütlich und durch kaum etwas aus der Ruhe zu bringen, mit einem erheblichen Bauchansatz, gesund strahlenden roten Wangen und einer Nase, deren Röte und Größe davon erzählten, dass Pfarrer Jakob Kühne durchaus auch seine Erfahrungen im Bereich der weltlichen Genüsse hatte, stand er vor seinen Zuhörern und suchte die passenden Worte. »Aber um ehrlich zu sein«, er zögerte und kratzte sich am Hinterkopf, »um ehrlich zu sein, weiß ich weder, was geschehen ist, noch, wie es weitergehen soll.« Unter seinen Zuhörern wurde es unruhig. »Aber vielleicht kann ein Gebet uns weiterhelfen. Ich weiß«, er hob beide Hände, um dem Murren, vor allem der Jüngeren, Einhalt zu gebieten, »ich weiß, dass ihr im Moment anderes im Kopf habt, aber haben wir heute nicht genug Schlimmes erlebt und genug Tod gesehen? Kann einer von euch einen klaren Gedanken fassen? Kommt, lasst uns zusammen beten, ich werde es auch kurz machen!« Damit faltete er die Hände vor seinem Bauch und senkte den Kopf.

»Herr, gib uns die Gelassenheit, Dinge hinzunehmen, die wir nicht ändern können, und gib uns den Mut und die Kraft, Dinge zu verändern, die wir ändern können. Und wir bitten dich, gib uns die Weisheit, das eine vom anderen zu unterscheiden. Amen.«

Kühne ließ einen Blick über die Köpfe der vielen Männer, Frauen und Kinder schweifen und sah, dass Bonhoefers Gebet sie tief getroffen hatte. Es hatte ihnen innerhalb weniger Sekunden klargemacht, dass augenblicklich nicht unbedingt das »Warum« im Vordergrund stand, sondern eher das »Wohin«. Schweigend suchten fast dreihundert Augenpaare den Pfarrer und warteten. Der schien aber offensichtlich der Meinung, mit einem stärkenden Gebet sei vorerst sein aktiver Teil an der Veranstaltung beendet, und setzte sich. In mehreren Ecken begann man zu tuscheln.

»Wer von euch hatte die Idee mit diesem Treffen?« Pfarrer Kühne erhob sich noch einmal und musterte die Dorfbewohner. Offensichtlich war er der Meinung, dass der Initiator dieses Treffens als Nächster sprechen sollte

»Frieder? War doch von dir, oder?«, fragt einer aus der Runde und erntete zustimmendes Gemurmel.

»Faust?« Uwe Sigg erhob sich und brüllte durch den Saal. »He, Faust, komm, sag schon, warum hast du uns zusammengetrommelt? Oder mussten wir alle kommen, um dir beim Biertrinken zuzusehen?« Sigg war mit dem Gelächter, das seine Bemerkung hervorrief, sichtlich zufrieden und setzte sich. Er strahlte und ignorierte den bösen Blick, den Faust ihm vom Tresen her zuwarf.

Mettmüller beugte sich zu Faust hinüber und flüsterte: »Komm schon, du musst jetzt irgendwas sagen, die warten alle drauf. Schließlich war das hier alles wirklich deine Idee!« Faust nickte nach kurzem Zögern und stellte die Flasche ab.

»Stimmt, es war meine Idee«, begann er und im Saal wurde es augenblicklich still. »Ich dachte …«

»Lauter!«, brüllte es aus dem Nebenraum und »Steh doch auf, Frieder!«, also erhob er sich.

»Ich dachte, ihr wisst alle, wie ich aussehe«, versuchte er es noch einmal und hatte die Lacher auf seiner Seite. »Aber Spaß beiseite: Es gab keinen bestimmten Grund, wenn ihr das erwartet, kein Allheilmittel, das euch jetzt verkündet wird. Ich bin genauso schlau oder dumm wie ihr alle.« Faust wartete auf einen weiteren Lacher, aber es blieb erstaunlich still. Seltsam, so vor den versammelten Dorfbewohnern zu stehen, schoss es ihm durch den Kopf. Wie groß war doch der Unterschied zu seiner Kindheit, als er, in den abgetragenen Sachen seiner Schwester und immer nach Stall riechend, der Prügelknabe des Dorfes war. Jetzt stand er vor ihnen und alle, wirklich alle hingen an seinen Lippen. Seit er die Schulzeit – und damit seine stotternden Gedichtrezitationen – hinter sich gelassen hatte, war er jeder Menschenansammlung, bei der er eventuell etwas hätte sagen müssen, konsequent aus dem Weg gegangen. Aber jetzt fühlte er sich ruhig und erstaunlich sicher.

»Weißt du, wann der Strom wieder angestellt wird?« Die Frage kam von Hildegund Teufel. Mit ihren siebenundachtzig Jahren lief sie immer noch täglich durch das halbe Dorf und holte ihr Kännchen Milch direkt vom Bauern. Und mit den zwei Gehstöcken, von denen keiner genau wusste, ob sie diese wirklich brauchte, war sie allen Hunden im Dorf ein permanenter Dorn im Auge und für alle Kinder das Sinnbild einer Hexe schlechthin.

»Das wüssten wir alle gern!«, antwortete statt Frieder Martin Kiefer, Eva Segers erster Mann. Er erhob sich. Als einziger Bonndorfer war er heute in Wellendingen geblieben, und keiner wusste genau warum. Schließlich gab es hier nichts, was ihn halten konnte. Jetzt räusperte er sich und kletterte auf einen Stuhl. »Viel wichtiger finde ich die Frage, wer hier, bis alles wieder geregelt läuft, das Sagen hat! Schließlich«, er musste die Stimme erheben, um die

Zwischenrufe zu übertönen, »schließlich muss jemand Entscheidungen treffen und planen, was als Nächstes zu tun ist und was nicht.«

»Und warum sollten wir das nicht gemeinsam können?«

»Genau! Und wir brauchen bestimmt keinen Bonndorfer, der hierherkommt und uns erzählt, was wir als Nächstes zu erledigen haben!«

»Wärst du wohl gern unser Bürgermeister oder so?«

»Ruhe!« Frieder Faust war auf den Tresen geklettert. »Ruhe! Jetzt seid bitte einen Moment ruhig!« Langsam wurde es still im Saal. »Es bringt nun wirklich nichts, wenn wir hier übereinander herfallen und uns zerfleischen!« Zustimmendes Gemurmel. »Sicher, das was Martin eben gesagt hat, ist bestimmt nicht unser dringlichstes Problem, aber sollte sich die Lage in zwei oder drei Tagen nicht wieder normalisiert haben, steht dieser Punkt schon auch auf der Tagesordnung.« Er sprang von seinem Podium und nahm einen Schluck, wobei ihm Susannes missbilligender Blick nicht entging. Seine Frau und die kleine Lea Seger standen Hand in Hand nahe beim Ausgang und ließen ihn nicht aus den Augen.

Lydia Albicker unterbrach ihn. »Aber mal was anderes.« Sie erhob sich und klopfte dabei etwas Stroh aus ihrem Kittel. Sie und ihr Mann waren die Letzten im Ort, die noch eine Vollerwerbslandwirtschaft betrieben. Es war Lydia anzumerken, dass sie ihren Mann nur ungern mit den Tieren allein gelassen hatte, und alle wussten, dass der seit einem kleinen Schlaganfall im vergangenen Jahr im Stall keine große Hilfe mehr war. Als ob sein linkes Bein keine Lust mehr hätte, seinem Besitzer in angemessenem Tempo zu folgen, hing es wie ein Bremsklotz an Andreas Albicker und brachte ihn regelmäßig zu Fall.

»Ich könnte Hilfe im Stall gebrauchen, wenn wir nicht bald wieder Strom haben.« Wie unangenehm es ihr war, hier das Wort zu ergreifen, sah man der Frau deutlich an.

Ihre sonst schon roten Wangen glühten, und sie sah zu Boden, als sie weitersprach: »Die Melkanlage geht nicht mehr, und Andreas und ich, wir schaffen es nicht, vierzig Kühe von Hand zu melken.«

»Weiß hier noch jemand, wie man Kühe melkt?«, fragte Frieder in die Runde. Wenige, vor allem Ältere, hoben die Hand.

»Und abgeholt hat heute auch keiner unsere Milch. Also wenn ihr was braucht, könnt ihr ja kommen. Müsst nur einen Eimer oder Flaschen oder so mitbringen.« Schnell setzte sie sich wieder.

»Stimmt es, dass in Donaueschingen geplündert wird?«

»Wie sieht es in der Schweiz aus? Haben die noch Strom?« Frieder bat Anne Gehringer und Bardo Schwab, zu berichten. Während Anne von einer ausgeraubten Bank und anderen Plünderungen erzählte, musterte Faust all die vielen Gesichter, von denen er die allermeisten seit seiner Kindheit kannte und in denen jetzt Angst und Sorge standen. Er sah Susanne, Lea hing an ihrer Hand. War Eva noch immer nicht aus Donaueschingen zurück?

Was Anne und Bardo berichteten, war nicht dazu angetan, die Menschen zu beruhigen oder Hoffnung zu verbreiten. Woanders, so die Quintessenz, sah es bedeutend schlimmer aus. Aber warum sollte es nicht auch hier schlimmer werden?

»Aber ich habe heute Nachmittag einen Arzttermin in Waldshut.« Georg Sattler, zweiundsiebzig, war seit seiner Jugend Diabetiker und musste sich vor jeder Mahlzeit spritzen. »Mein Insulin ist fast alle.«

»Vielleicht bekommst du in Bonndorf was«, schlug Mettmüller vor. »Ich will nachher sowieso rüberfahren, wenn du willst, kannst du mitkommen.«

Sattler nickte.

»Mein Mann ist noch in Freiburg. Weiß jemand, wie die Lage in Freiburg ist und ob die B 31 frei ist?«

Lea hörte nur mit halbem Ohr zu. Kuhstall, Insulin, Freiburg … sie verstand nicht, worüber die Erwachsenen sprachen. Sie wollte nur wissen, wann ihre Mutter endlich wieder bei ihr wäre. Aber keiner konnte dem Kind darauf antworten.

Wo mochte sie jetzt sein? Ging es ihr gut?

Lea zog an Susannes Hand. »Ich hab Hunger!«

»Gleich, Liebes. Wenn wir hier fertig sind, gehen wir heim, und ich koche uns etwas. Versprochen!«

Kochen? Ohne Strom? Aber das behielt Susanne für sich.

14:32 Uhr, Wellendingen, Trümmerfeld Hardt

Eckard Assauer, Professor für mittelalterliche Geschichte und Freizeitarchäologe, saß, mit dem Rücken an einen Felsblock gelehnt, inmitten blühender Orchideen. In seinen Armen hielt er ein vertrauensvoll lächelndes Kind. Seinen Enkelsohn.

Assauer summte ein Schlaflied und bewegte sich vor und zurück, ganz vorsichtig, ganz leise. Er wollte Kevin nicht wecken, denn das hier, er warf einen flüchtigen Blick auf die Reste des Flugzeuges, in das sie vor Kurzem noch voller Vertrauen in diese Zivilisation eingestiegen waren, das hier war nichts für die Augen eines Kindes. Nein, Kinder sollten schöne Dinge sehen, vielleicht diese Orchideen, aber nicht all das Leid, das sich wie ein Alptraum ringsum ausbreitete. Er wusste nicht, wie es dazu gekommen war, aber irgendwann, während die Maschine über den Boden schlitterte, waren sie mitsamt ihrem Sessel aus dem Airbus geflogen. Er hatte Kevin auf seinem Schoß gehalten und ihn an sich gedrückt, ihn beschützt.

Da hinten, auf der anderen Seite der Wiese, kletterte ein Mann zwischen den Trümmern umher. Ein Arzt? Wohl eher ein Reporter, schien es Assauer, denn der Mann fotografierte ununterbrochen. In den Abendnachrichten würden die Absturzbilder um die Welt gehen, morgen früh groß und in Farbe auf jedem Frühstückstisch liegen.

Er strich dem Kind eine Locke aus dem Gesicht und küsste es auf die Stirn. »Schlafe, mein Prinzchen, schlafe. Psst.« Hin und her, ganz vorsichtig, hin und her.

Die warme Maisonne stand hoch. Sie schien dem alten Professor auf die mageren Schultern und das schlohweiße Haar. Hände und Unterarme schmerzten, aber sonst war er offensichtlich in Ordnung. Kurz nach dem Absturz hatten sich seine Hände warm und feucht angefühlt, aber das war vergangen. Jetzt spannten seine Hände, als ob er eine zweite, zu enge Haut wie einen Handschuh übergestreift hätte. Aber er wagte es nicht, seine Hände zu betrachten, dazu hätte er Kevin loslassen müssen, und um nichts in der Welt wollte er dies. Und sie waren ihm egal, diese alten Hände.

Dem Siebzigjährigen war bewusst, dass seine Tochter den Absturz kaum überlebt haben konnte. Kurz nachdem die Tragfläche abgerissen und einen großen Teil der Außenwand genau an der Stelle, an der ihr Sitz stand, mit sich genommen hatte, war sie verschwunden. Und nichts deutete darauf hin, dass Überlebende gefunden wurden. Die vielen Menschen, woher immer sie auch kamen, waren, nachdem sie zwei Stunden zwischen den Trümmern herumgestochert hatten, wieder verschwunden. Nur vier oder fünf irrten noch zwischen den Wrackteilen und Leichen und Gepäckstücken umher, verloren, wie orientierungslose Ameisen über unbekanntem Waldboden. Einzig der Fotograf schien so etwas wie ein Ziel zu besitzen.

»Schlaf, Kevin. Schlaf, mein Kleiner. Auch wenn Mama weg ist – ich beschütze dich.« Vor und zurück, ganz leise. »Weißt du noch, wie wir letzten Sommer dein Fahrrad repariert haben?« Assauer drückte den Zehnjährigen an seine Brust. »Du warst so wild und hattest nichts anderes als

Downhillbikes und Jumpen und irgendwelche Parcours aus schmalen Brettern im Kopf. Und wenn Mama dir erklärte, dass dein Fahrrad kein Downhillbike und auch kein Mountainbike ist und dass es kein Wunder sei, dass dein Fahrrad fast jeden Tag irgendwelche Blessuren habe, hast du brav zugehört und dabei richtig verständnisvoll ausgesehen.« Assauer lächelte, und eine Träne verfing sich in seinem Bart. »Aber Opa war ja da, nicht wahr? Opa kann das reparieren!, hast du immer gesagt und bist mit deinem quietschenden Drahtesel zu mir gekommen. Oh, wie hat Mama geschimpft, als wir von deinem neuen Fahrrad beide Schutzbleche und den Gepäckträger abmontiert haben! Uncool, war dein Ausdruck, stimmt's? Gepäckträger sind uncool und was für Mädchen! Recht hattest du, an meinem Fahrrad besaß ich als Kind auch nie einen Gepäckträger.«

Ein Taubenschwänzchen umkreiste die Pieta aus Großvater und Enkel. Hektisch tanzte das Insekt hin und her, um schließlich einen langen Rüssel in reife Blüten zu stecken und dabei wie ein Kolibri in der Luft stehenzubleiben.

»Sieh, Kevin, ein Taubenschwänzchen!«

Aber Kevin blieb still.

»Pst. Schlaf. Entschuldige. Schlaf nur, ich bin bei dir.«

Assauer beugte sich über das Kind und küsste es. Vom langen Sitzen und vom Gewicht des Enkels, der auf seinen angezogenen Knien lag, schmerzten seine alten Gelenke. Die Beine kribbelten und waren kaum noch zu spüren.

»Die Sonne tut uns gut. Sie ist so warm und so rein, als würde es uns gar nicht geben. Wenn du groß bist, Kevin, und ich schon lang irgendwo dem Gras von unten beim Wachsen zusehe, kannst du zum Mond fliegen, so wie du es dir immer gewünscht hast. Oder vielleicht zum Mars, wer weiß das schon.«

Der Fotograf kam näher. Assauer wollte nicht, dass ihn jemand so ablichtete, und beugte sich noch weiter über den Jungen. »Sei ganz still, sonst entdeckt er uns.« Er wollte nicht zusammen mit seinem Enkelsohn der Anblick sein, an dem sich Hunderttausende morgen früh zwischen Zähneputzen und einem Schluck Kaffee aufgeilten. Oder aus diesem Bild die Erträglichkeit ihres eigenen Seins ableiteten. Sieh doch, die armen Menschen! Gott sei Dank geht's uns gut. Und schon ertragen sie wieder ihren ungeliebten Job, den vergessenen Partner, dieses einmalige Leben.

Assauer verschmolz beinahe mit dem Kind in seinen Armen. Der Fotograf kam immer näher. Der Professor beobachtete ihn aus dem Augenwinkel und weinte, weinte hemmungslos und voller Schmerz. »Oh, mein Kevin.« Er küsste das stille Gesicht, das friedlich und mit fest geschlossenen Augen an seiner Brust lag. Assauer kannte die schreckliche Wirklichkeit und wollte sie nicht wahrhaben. Aber der Fotograf würde sie jeden Augenblick entdecken. Es war an der Zeit, Abschied zu nehmen.

14:52 Uhr, Wellendingen, Gasthaus Krone

Bubi stieß die Beifahrertür des alten Passats auf, sprang aus dem Wagen und rannte in die Wirtschaft.

»Aber die Leichen müssen bestattet werden!«, forderte Christoph Eisele soeben zum wiederholten Mal. »Oder wollt ihr, dass im Hardt was weiß ich wie viele Leichen in den nächsten Wochen …«

»In den nächsten Wochen?! Bis spätestens morgen sind Rettungskräfte oder Militär oder auch beides hier!« Der Zwischenrufer schüttelte den Kopf. »Nächsten Wochen!«

»Sollen wir warten«, fuhr Eisele unbeirrt fort, »bis die Toten langsam vor sich hin faulen? Könnt ihr euch den Gestank vorstellen? Und was ist mit den Krankheiten? Die Krähen, die an den Leichen picken …« Einer Frau wurde übel. Sie stürzte aus dem Saal und wäre fast mit Bubi zusammengestoßen. »Die Krähen kommen auch zu uns herunter, sind ja nur ein paar Meter.« Er schüttelte den Kopf und sagte bestimmt: »Wir brauchen eine Lösung, egal, ob heute Abend die Lichter wieder angehen oder nicht!«

»Und wo sollen wir sie begraben?«

»Am besten gleich an Ort und Stelle. Wir heben eine Grube aus und Schluss.«

»Na, da wird sich der alte Frey aber freuen.« Friedbert Frey, Großbauer aus dem drei Kilometer entfernten Brunnadern, gehörte der größte Teil der Wiesen und Felder, auf denen der Airbus abgestürzt war.

»Kann er auch!«, tönte es aus dem Saal. »Schließlich sind es seine Felder, die wir aufräumen.«

»Aber was machen wir, wenn er sagt, dass wir dort niemanden beerdigen dürfen?«

»Darüber können wir uns Gedanken machen, wenn es so weit ist!«, entschied Frieder Faust. »Zuerst mal steht unsere Sicherheit im Vordergrund und unsere Gesundheit.«

»Wir sollten warten«, kam es zaghaft aus einer Ecke. »Wir können doch nicht ohne Genehmigung …«

»Und wenn es dem Frey nicht gefällt, kann er sie ja irgendwann umbetten. Wenn er mag, meinetwegen auch auf unseren Friedhof.«

»Bloß nicht, der wär ja ruckzuck voll!«

Frieder Faust nickte und tat so, als ob er seinen Sohn, der an der Tür stand und ihm aufgeregt zuwinkte, nicht sähe. »Gibt es Freiwillige für den Beerdigungstrupp?« Es wurde plötzlich still im Saal und jeder der Anwesenden versuchte sich so klein wie möglich zu machen. Selbst Christoph Eisele, der eben noch enthusiastisch auf die Seuchengefahr hingewiesen hatte, versuchte in der Anonymität zu versinken und schwieg.

»Christoph?« Faust sah sich im Saal um.

»Hier«, antwortete Hildegund Teufel und zeigte mit ihrem Stock auf Christoph Eisele, wofür sie von ihm einen nicht gerade freundlichen Blick erntete.

»Wenn keiner was dagegen hat, solltest du das Beerdigungsteam organisieren.« Aus dem Saal kam beifälliges Murmeln. »Und da es sich um keinen Job handelt, für den es viele Freiwillige gibt, wird jeder Mann aus dem Dorf einmal dabei sein müssen. Du musst nur zusehen, dass du alles einigermaßen gerecht organisierst, Christoph.«

»Von mir aus, wenn es sein muss.«

»Und wen schicken wir jetzt nach Waldshut aufs Landratsamt?«

»Wieso nach Waldshut? Bardo hat doch berichtet, wie es dort zugeht und dass die mit den gleichen Problemen zu kämpfen haben. Vielleicht ist es in Stuttgart besser? Ich finde, jemand sollte nach Stuttgart fahren.«

»Fahren?«

»Natürlich. Autos haben wir ja!«

»Und was ist mit den Straßen?« Jürgen Mettmüller erhob sich. »Wie Anne und Bardo erzählt haben, ist bereits vor zwei Stunden kaum noch ein Durchkommen möglich gewesen. Und die beiden waren auf relativ unbedeutenden Straßen zwischen relativ kleinen Ortschaften unterwegs. Was meinst du, wie es jetzt auf den Autobahnen und erst in Stuttgart aussieht.«

»Jürgen hat recht.« Frieder wirkte selbstsicher und wurde von den Dorfbewohnern offenbar in seiner neuen Rolle akzeptiert. »Selbst wenn es einer von uns bis nach Stuttgart schaffen sollte, was soll er dort? Hilfe holen? Wenn die die gleichen Probleme haben wie wir, haben sie genug mit sich selbst zu tun. Und wenn in Stuttgart und weiter nördlich die Versorgung mit Strom und Wasser noch funktioniert und die Telefone gehen, werden sie in den nächsten Tagen ganz von allein hier bei uns auftauchen.«

»Vater!« Bubi hielt es nicht mehr aus und versuchte, sich leise bemerkbar zu machen. »He, Vater!«, zischte er und winkte.

»Was ist denn?«, fuhr der herum.

»Ich habe einen Überlebenden gefunden!«

Die Nachricht schlug ein wie eine Bombe. Sofort drängten die Menschen aus dem engen Saal auf den Parkplatz vor dem Haus und umringten den rostigen Passat. Auf der Rücksitzbank saß ein alter Mann mit schneeweißem Haar, das ihm in leichten Wellen bis auf die Schultern fiel. Auch sein kurz gehaltener Vollbart war weiß. Der Mann sah traurig aus und unendlich müde.

»Schnell! Holt ihn raus!« Martin Kiefer drängelte sich nach vorn und öffnete die Tür. »Kommen Sie, wir helfen Ihnen.« Und zu den Umstehenden: »Los, fasst mit an, wir müssen ihn reintragen.«

Kiefer zog Professor Assauer aus dem Wagen, und zu dritt trugen sie ihn ins Gasthaus. »Fehlt Ihnen etwas?«

Assauer schwieg und starrte unbeteiligt ins Leere. Was ihm fehlte, würde ihm kein Mensch der Welt zurückgeben können. Sybilla. Und Kevin.

»Macht Platz!«

14

15:00 Uhr, Krankenhaus Donaueschingen

Gestern war die Welt noch in Ordnung. Strom und Wasser und Computer funktionierten so, wie sie funktionieren sollten, und für die Menschheit würde das Morgen vermutlich dem Heute und Gestern entsprechen und war nur mehr dessen logische Fortsetzung. Gestern hatten Punkt zwölf, wie jeden Mittag, die Kirchenglocken der Stadt geläutet. Heute war alles still. Blieb alles still.

Joachim Beck kannte das am Stadtrand liegende Krankenhaus aus eigener Erfahrung. Ein bei einem Einsatz gebrochener Finger war hier gerichtet und eingegipst worden, und mindestens zweimal im Monat musste er nach einer geschlichteten Schlägerei mit einem Opfer hierher oder einen betrunkenen Autofahrer einem Blutalkoholtest unterziehen lassen.

Als er jetzt aber den Wartebereich betrat, erkannte er die sonst so beschauliche Einrichtung kaum wieder!

Es herrschte heilloses Durcheinander. Menschen hetzten hinein, wesentlich mehr aber verließen die Klinik. Alles machte den Eindruck einer unkoordinierten, spontanen Evakuierung des Krankenhauses. Zeitgleich suchten immer mehr Verletzte nach Behandlung und schneller Hilfe. Beck drängelte sich an einer älteren Frau vorbei, die ihren Mann in einem Rollstuhl aus der Klinik schob. Ihr liefen Tränen übers Gesicht, und er rief vergebens nach einem Taxi.

Becks zerschnittene Handfläche war mit einer Krawatte notdürftig verbunden. Vor einer Stunde hatte sie endlich aufgehört zu bluten. Salm hatte ihm das schmale Stück Stoff um die Verletzung geknotet und ihn ins Krankenhaus geschickt.

Frederik Salm, sein Vorgesetzter und Leiter des Donaueschinger Polizeireviers, hatte auf dem Weg zurück in seine Dienststelle Joachim Beck mit nur einem Schuh, gebrochener Nase und blutender Hand an sich vorbeirennen sehen. Aus Angst vor dem Lärm, der aus dem nahen Revier zu ihm drang, hatte er sich hinter ein geparktes Auto gekauert. Erst als er halbwegs sicher sein konnte, dass Beck nicht verfolgt wurde, rannte er seinem Untergebenen hinterher.

Beck flüchtete in ein dunkles Treppenhaus und empfing seinen Chef mit kampfbereiten Fäusten.

»Beck? Ich bin es, Salm!« Erleichtert hatte Beck die Angriffshaltung aufgegeben. Er zitterte wie ein frisch geborenes Kalb am ganzen Körper. Das von seinen Fingerspitzen tropfende Blut bildete bereits eine ansehnliche Lache auf dem Steinboden.

Während er Salm von den Vorfällen in der Bank und im Revier erzählte, zerriss eine Maschinengewehrsalve die Stille. Salm zerrte sich die Krawatte vom Hals und verband Joachim Becks Hand. »Versuchen Sie, ins Krankenhaus zu gelangen, das muss genäht werden«, hatte er geraten. »Ihre Nase könnte auch einen Arzt vertragen.« Beck lächelte gequält.

»Und was werden Sie unternehmen?« Salm hatte einige Sekunden geschwiegen und durch Beck hindurchgesehen.

»Ich weiß es nicht.«

So ratlos hatte Beck seinen cholerischen Vorgesetzten noch nie erlebt. »Alles scheint vollkommen aus den Fugen zu geraten. Ich habe Angst, Angst um meine Familie, meine Mitarbeiter, die noch draußen sind, Angst um unsere Stadt, unsere Welt. Ist nur hier alles durcheinandergeraten und in Frankfurt und Stuttgart und Berlin funktioniert das Leben reibungslos und wie gewohnt? Aber wenn ja, warum hilft uns dann niemand?« Salm hatte den Kopf geschüttelt und Beck auf die schwachen Füße geholfen. »Machen Sie, dass Sie ins Krankenhaus kommen. Ich gehe zurück zu meiner Familie.«

Beck kämpfte sich bis in die Ambulanz vor, wo eine überforderte junge Ärztin den auf sie einstürmenden Patienten gegenüberstand. Alle Stühle waren besetzt, und auf den Gängen vor den vier Behandlungskabinen drängelten sich Männer und Frauen.

Eine resolute, ältere Krankenschwester nahm der jungen Ärztin das Zepter aus der Hand und begann, nach eigenem Gutdünken die Patienten zu verteilen. »Alle mit leichteren Verletzungen gehen bitte auf Station zweiundzwanzig. Bitte!« Mit gespreizten Armen schob sie einige Verletzte vor sich her. »Bitte, Sie sehen doch selbst, dass wir im Moment hier in der Ambulanz nichts für Sie tun können. Gehen Sie auf die Stationen, bitte.«

Eine rundliche Türkin mit einem schreienden Kind auf dem Arm stieß die Schwester zur Seite und rannte in eine der Kabinen. Der Vierjährige war eine unbeleuchtete Kellertreppe hinabgestürzt und blutete aus einer langen Platzwunde, die sich über die gesamte Stirn zog.

»Ich gehe nix!« Auf der Behandlungsliege lag bereits ein älterer Herr, dessen Symptome für einen Herzinfarkt sprachen. Sie drängelte ihr breites, unter einem derben Rock verborgenes Gesäß neben ihn auf die Liege und drückte ihr Kind fest an sich. »Ich gehen erst, wenn du hast geholfen!«

»Na«, die Schwester hatte Beck entdeckt, »Sie hat es aber böse erwischt. Gehen Sie auf eine Station, vielleicht ist dort noch ein Arzt. Sie sehen ja selbst, was hier los ist!« Und schon musterte sie einen weiteren Patienten und entschied, wo er hin sollte.

»Ist Dr. Stiller im Haus?«, fragte Beck. Dr. Stiller war zwar Anästhesist, aber auch der einzige Arzt des Hauses, den er von seinen Besuchen hier noch mit Namen kannte.

»Stiller?« Die Schwester überlegte einen Moment. »Ich glaube, er ist heute auf Intensivstation. Aber es kann auch sein, dass er in den OP musste.«

In den Stationsfluren bot sich Beck kein besseres Bild; überall Menschen, die eilig mit Familienangehörigen oder Freunden das Krankenhaus verließen oder in die andere Richtung unterwegs waren, um jemanden abzuholen. Dazwischen überfordertes Personal, das von Stunde zu Stunde auf seltsame Weise abzunehmen schien. Die Flure waren nur spärlich beleuchtet, und fast alle Türen zu den Patientenzimmern standen weit offen.

Die Klinik bestand aus drei Flügeln, und da, wo diese zusammentrafen, lagen Treppenhaus, Aufzüge und in jeder Etage ein geräumiger Wartebereich. Joachim Beck ging, der Anweisung der Ambulanzschwester folgend, in die zweite Etage, wo neben den Operationssälen und der Intensivstation die chirurgischen Stationen lagen. Im Wartebereich blieb er stehen.

In den Sesseln saßen Patienten, zum Teil im Bademantel und mit Infusionsständer neben sich, andere bereits fertig angezogen und mit gepacktem Koffer. Sie warteten auf jemanden, der sie abholte. Hoffnungsvoll empfingen ihre Augen jeden, der die Etage betrat.

Im Wartebereich saß auch eine alte Frau mit rundem Gesicht. Unter einem roten Wollkopftuch guckte schlohweißes Haar hervor. Im Gegensatz zu allen anderen, die das Treppenhaus im Auge behielten, saß sie so, dass sie genau sehen konnte, was auf dem Flur zur Intensivstation passierte. Ihre Finger strickten wie automatisiert an einem Socken. Sie wirkte fehl am Platz, da sie als Einzige so etwas wie Ruhe und Gelassenheit ausstrahlte.

Wegen seines ungünstigen Ausblicks war der Platz neben der Alten noch frei. Beck setzte sich.

Erstmals an diesem alptraumhaften Tag kam er etwas zur Ruhe. Beck schloss die Augen. Das monotone Klappern, das von den Stricknadeln der alten Frau kam, beruhigte ihn etwas.

Als er vor fünf Jahren aus der Nähe von Stuttgart nach Donaueschingen kam, war Joachim Beck dreiundzwanzig. Er war allein und, wie ihm beim Anblick all der Menschen um ihn herum bewusst wurde, auch bis heute allein geblieben. Es gab hier niemanden, um den er sich Sorgen machte, keinen, der sich um ihn sorgte. Eigentlich schade. Aber auch erleichternd!

Vom Treppenhaus drang Lärm herüber. Männerstimmen.

»Du solltest zu einem Doktor gehen, Jungchen.« Die hohe, aber trotzdem angenehme Stimme der Alten tanzte im Singsang der Russlanddeutschen. »Deine Gesicht sieht nicht gesund aus.« Ihre Brille saß auf der rundlichen Nasenspitze. Sie blinzelte ihn kurz über die schmale Fassung hinweg an.

Richtig! Dr. Stiller.

»Ja. Danke.« Er stand mühsam auf und schenkte der alten Frau ein Lächeln.

»Wird bestimmt wieder gut, deine Gesicht!« Sie lächelte zurück.

Die Intensivstation, auf der Dr. Stiller hoffentlich arbeitete, befand sich am Ende eines schmalen Flurs. Unterwegs passierte Beck den Eingang zu den OPs, in denen auf Hochtouren operiert wurde. Beck war gerade dabei, die zweiflügelige Milchglastür zur Station aufzuwuchten, als er hinter sich Schreie hörte. Beck drehte sich um und sah, dass der Bodybuilder, den er im Hinterhof des Reviers glaubte abgehängt zu haben, in den Wartebereich humpelte, gefolgt von drei oder vier jungen Männern. Sie lachten, während Besucher und Patienten schrien und versuchten, das Treppenhaus zu erreichen oder in die Stationsflure zurückzuweichen.

Da erkannte Beck den Jungen, der ihm in der Sparkasse seine Waffe entrissen und dann auf ihn geschossen hatte. Der Junge fuchtelte mit einer Pistole in der Luft rum. Dann zeigte einer der anderen Männer in seine Richtung!

Daniel Ritter hatte die Ärztin in der Ambulanz mit körperlicher Präsenz gebeten, ihm die Scherbe aus dem Oberschenkel zu entfernen. Seine Begleiter räumten derweil eine der Kabinen und trugen die Frau, die mit gebrochenem Bein auf der Liege lag, in den Flur.

Nach der regelrechten Hinrichtung Storms vor dem Polizeirevier hatte dort einen Moment Stille geherrscht. Die Steinewerfer, vielleicht dreißig Jugendliche, starrten auf Ritter und den durchlöcherten Polizisten zu seinen Füßen.

Ritter hatte in die Runde geschaut. He, er war der Held!

»Was glotzt ihr so? War doch bloß 'n Bulle!«

Einige traten den Rückzug an, es reichte! In jeder Hand noch einen Stein, war ein Junge mit im Schritt nasser Hose in einem Hauseingang verschwunden, während eine Siebzehnjährige mitten auf der Straße zusammenbrach und hysterisch zu weinen begann.

Der Junge mit dem südländischen Aussehen kam auf Ritter zu und hielt ihm Becks leergeschossene Heckler & Koch P7 hin. »Gibt's da drin frische Munition?« Seine brüchige Stimme holperte noch unentschlossen zwischen Kindheit und Erwachsensein hin und her.

»Klar, Mann.« Er hatte ihn MANN genannt! »Da ist 'n ganzer Schrank voll!«

Mehmet grinste, war dann über Storm hinweggestiegen und an Ritter vorbei ins Revier gegangen.

»Los, kommt rein. Ist alles da, was wir brauchen!«

Drei folgten ihm und Ritter ins Revier, um sich zu bewaffnen. Jeder Einzelne der fünf war bereits einmal Gast in diesem Raum gewesen.

Mehmet, in Donaueschingen geborener Sohn türkischer Einwanderer, hatte man mit neun Jahren erstmals festgenommen. Wegen zweier Kaugummis. Sein Vater hatte ihn windelweich geprügelt. Zuletzt brach er Autos auf und räumte aus, was sich irgendwie verkaufen ließ, oder er passte die Kleinen hinter der Schule ab und erleichterte sie um ihr Taschengeld.

Mehmet, fast fünfzehn, wirkte trotz des dunklen Flaums über seiner Oberlippe jünger. Er war klein und zierlich und hatte die schulterlangen, pechschwarzen Haare dick eingegelt und straff zusammengebunden.

Hermann Fuchs war ebenfalls in der Sparkasse mit dabei gewesen. In der Innentasche seines weiten Mantels trug der bisherige Sozialhilfeempfänger zwanzigtausend Euro in einem dicken Geldbündel. Der Start in ein neues Leben! Er konnte seine Verhaftungen wegen Trunkenheit oder Erregung öffentlichen Ärgernisses, vor allem aber die Nächte in der Ausnüchterungszelle des Reviers, nicht mehr zählen.

Mario, neunzehn, und Alex, zweiundzwanzig, waren Brüder, aufgewachsen bei ihrer Mutter, die machte, was ihre

Söhne wollten, seit Alex ihr vor neun Jahren sein Taschenmesser an die Kehle gesetzt hatte und daraufhin dann auch das erbetene Geld fürs Kino bekam. Sie waren mehr oder weniger zufällig zum Revier gekommen, angelockt vom Geschrei der Menschen.

»Du blutest, Alter.« Mario hatte sich eine Maschinenpistole über die Schulter geworfen, drei volle Magazine in die Hose gesteckt und dabei auf Ritters Bein gezeigt.

»Weiß ich, Mann. War der Scheißbulle, der abgehauen ist.«

Mario zuckte die Schultern. »Solltest vielleicht ins Krankenhaus, oder?«

Zwei Straßen weiter hatten sie einen Geländewagen angehalten, den notgedrungen sehr kooperativen Fahrer zum Aussteigen aufgefordert und waren zur Klinik gefahren.

»Lasst die Knarren hier, macht bloß 'n blöden Eindruck.«

Alex blieb im Wagen, während Daniel Ritter mit seiner unbewaffneten Eskorte die Klinik betrat. Nur Mehmet hatte sich von seiner frisch geladenen P7 nicht trennen können. Er trug sie hinten in der Hose unter seinem T-Shirt (cool!). Und Fuchs glaubte, er müsse seinen neu erworbenen Reichtum mit einer Maschinenpistole schützen, die er unter seinem Mantel versteckt hielt.

Die Ärztin lehnte sich an die Wand und versuchte ihre zitternden Hände vor den Patienten zu verbergen. Nachdem sie die tief eingedrungene Glasscherbe entfernt hatte, verband die Ambulanzschwester die Wunde.

»Sie hätten sich ruhig hinten anstellen können«, schimpfte diese. Ritter konnte sich trotz der Schmerzen ein Grinsen nicht verkneifen. »Was soll daran lustig sein? Die arme Frau, die ihr einfach auf den Flur gelegt habt, hat schon zwei Stunden gewartet! Und der Polizist vorhin hatte bestimmt schlimmere Verletzungen als Sie! Sie sollten …«

»Was für ein Polizist?«, unterbrach Ritter sie barsch und war plötzlich völlig schmerzfrei. »Wie sah er aus?«

»Klein, mit Bart. Sein Gesicht war furchtbar zugerichtet, oh ja. Und die Hand erst!«

Der Verband war fertig angelegt, und Mehmet half Ritter in die Hose. Plötzlich packte Ritter die Schwester und drückte sie gegen die Kabinenwand.

»Und wo ist er hin?« Sein bitterer Atem erinnerte die Schwester an eiternde Geschwüre. Sie wandte den Kopf ab.

»Er wollte zu Dr. Stiller. Er arbeitet auf der Intensivstation. Oder im OP.«

Beck zog hastig die Tür hinter sich zu und suchte nach einem Fluchtweg. Seit dem Morgen hatte sich die Intensivstation völlig verändert. Inzwischen waren sämtliche Betten belegt, und selbst auf dem Flur lagen zwei Patienten auf schmalen Liegen. Pflegepersonal und Ärzte – neben Stiller war ein junger Arzt im praktischen Jahr anwesend – gaben ihr Bestes, um die Patienten wenigstens mit dem Nötigsten zu versorgen. Aber es war ein fast aussichtsloses Unterfangen, denn während die Station aus allen Nähten platzte, wurden in vier Sälen Notfalloperationen durchgeführt, und es war noch immer kein Ende absehbar. Zu allem Überfluss hatte sich eine der Schwestern am Vormittag aus dem Staub gemacht. »Tut mir leid«, hatte sie sich bei Eva Seger entschuldigt, »aber ich muss nach meinen Kindern sehen!« So blieb Eva mit Stefan und einer weiteren Schwester allein zurück.

Eva beneidete ihre Kollegin um diesen Egoismus. Inzwischen war es kurz nach drei und ihre Schicht eigentlich seit zwanzig Minuten offiziell beendet. Zu Hause wartete Lea. Aber Lea, daran zweifelte Eva keinen Augenblick, war bei Susanne und Frieder in guten Händen. Hier allerdings wurde sie gebraucht.

Beck sah durch das milchige Glas mehrere Schatten näher kommen. Er wusste, wer da kam, er wusste auch, wen sie suchten, und noch besser wusste er, was sie mit ihm anstellen würden, sollten sie ihn entdecken.

»Dr. Stiller, da sind Sie ja!« Beck hatte Stiller soeben entdeckt und rannte zu ihm.

»Gehen Sie bitte in die Ambulanz«, wimmelte Stiller ihn ab. Ohne noch einen Blick an den hilflosen Beck zu verschwenden, drehte er sich um und versuchte sich an eine bestimmte Medikamentenkombination zu erinnern. Aber ohne seinen geliebten Taschencomputer war er sichtlich hilflos.

Beck flüchtete sich in ein Zimmer.

»Was wollen Sie?« Eva klang überarbeitet. »Sie sehen doch, hier geht es drunter und drüber! Bitte gehen Sie nach unten in die Ambulanz.«

»Bitte, Sie müssen mir helfen, Schwester!«, flehte Beck. Wie ein gehetztes Tier sah er abwechselnd die Krankenschwester an und zurück in den Flur. »Bitte, ich bin Polizist, und in wenigen Augenblicken werden ein paar Männer hier aufkreuzen. Bitte, helfen Sie mir! Die haben versucht mich umzubringen, haben meine Kollegen getötet!«

»Die haben was?!«

»Heißt hier jemand Stiller?« Es war Ritters Stimme, die über die Station brüllte.

Eva sah kurz nach draußen. Dann zog sie das Leinentuch von dem Toten, den sie gerade versorgte. »Schnell«, befahl sie, »legen Sie sich dazu!«

»Aber ...« Beck starrte fassungslos zuerst auf die Leiche, dann auf die Schwester. Der Tote war schlank, mit einem dicken, völlig durchgebluteten Verband am Bauch. Sein Mund stand etwas offen, und von seinen Händen, die ihm Eva über der Brust gefaltet hatte, stand der linke Zeigefinger etwas ab, war gekrümmt, als würde er Beck zu sich rufen. Dem lief ein Schauer über den Rücken. Übelkeit stieg in ihm auf.

»Wo ist dieser Stiller?!«, donnerte es aus unmittelbarer Nähe.

»Worauf warten Sie noch?«

Beck atmete tief durch, dann kletterte er in das Bett.

»Rutschen Sie weit runter, aber nicht zusammenrollen!«, befahl Eva. »Und ganz ruhig. Das Bettlaken darf sich nicht bewegen.« Damit deckte sie die noch warme Leiche und Beck, der sich eng an sie schmiegte, ab.

15

15:43 Uhr, Krankenhaus Donaueschingen, Aufzug 2

Thomas Bachmann war durch steinerne Wände und Stahl vom Rest der Welt getrennt. Er spürte in der Abgeschiedenheit seiner Kabine Angst und Unsicherheit, spürte, dass da draußen wilde Panik um sich griff. Hinter seinem schützenden Vorhang hörte er Stimmen vorüberhasten. Das Trampeln schneller Schritte. Die Wesen da draußen (waren es Menschen?), sie hatten Angst.

Angst vor was?

Sie hatten die unproduktive Angst, die Angst, die den Ängstlichen verharren lässt und einsam macht. Thomas spürte deutlich, dass es sich um eine egoistische Angst handelte, destruktiv, zerstörerisch und böse. Würde sie den Weg zu ihm finden? Sie war schon ganz nah gewesen, diese Angst, vorhin, nach den Schreien. Da hätte sie ihn beinahe gefunden. Aber etwas musste sie weggelockt haben, hin zu einem fetteren Opfer, fort von ihm.

Thomas hatte einen Schluck Tee getrunken.

Komm, hihi, trink aus! Mach's leer, es reicht ja doch nicht für die Ewigkeit! Jaaa, trink, trink schneller, schneller, umso schneller ist unser Leiden vorbei.

Er hatte Nummer drei gefolgt und getrunken, zuerst langsam Schluck für Schluck, abgesetzt und gewartet. Aber sein

Durst war nicht geringer geworden, im Gegenteil! Und so hatte er den Inhalt der kleinen Thermoskanne hemmungslos runtergestürzt. Nun, mit dem Wissen, nichts mehr zu haben, war der Durst nur noch schlimmer. Wie lange dauerte es, bis man verdurstete? Drei Tage oder fünf?

Wenn jemand in zehn oder hundert Jahren diesen Aufzug öffnet, ist nichts weiter von dir übrig als ein Häufchen blanker Knochen! Ach, wäre es doch schon so weit, wären wir doch endlich tot!

Thomas hatte seine schwarze Aktentasche ganz nah an sich herangezogen. Er drückte den silbernen Verschluss und hörte unmittelbar darauf das willige Klicken, mit dem er aufsprang. Aber ebenso leer wie seine Thermoskanne war auch Thomas' Tasche. Er tastete nichts in ihr, keine Wurstbrote, kein Taschentuch, keine Taschenlampe, noch nicht einmal ein Feuerzeug.

Wozu ein Feuerzeug? Nummer zwei war da. *Willst du dir beim Sterben zusehen? Vielleicht noch alles in Brand setzen?*

Was soll hier schon brennen, knurrte Nummer eins.

Thomas freute sich, ihn zu hören. Nummer eins beruhigte das kleine Kind in Thomas ein wenig, betrog die Wirklichkeit mit dem Gefühl der Sicherheit.

Sicherheit? In seiner Situation?

16

15:44 Uhr, Krankenhaus Donaueschingen, Intensivstation

Unter dem Bettlaken, mit dem Eva die Leiche und Beck abgedeckt hatte, verschwammen die Geräusche der Station. Einzig Ritters Stimme war laut und deutlich zu vernehmen.

»Wo ist dieser Stiller, verdammt noch mal!«

»Ja, was ist denn los?« Der Stress ließ Dr. Stiller blass und kränklich aussehen. Er strich sich mit seiner in einem Gummihandschuh steckenden Rechten die dünnen Haare aus der Stirn. »Warum brüllen Sie hier so rum?« Wie ein wütender Terrier kläffte er Ritter und seine Kumpane an. »Was wollen Sie?«

»Wo ist der Polizist?« Ritter kam ohne Umschweife zur Sache. Er sah Stiller an, kalte Herausforderung blitzte in seinen Augen.

»Was für ein Polizist? Hier war keiner, hier ist keiner und«, er machte auf den Absätzen kehrt, »es wird sicher auch keiner kommen! Leider.«

»Halt!«, brüllte Ritter. Mario und Mehmet schnitten Stiller den Weg ab und bauten sich vor ihm auf. Mehmet hielt seine P7 deutlich sichtbar.

Stiller starrte auf die Waffe. Er war kein Mann, der für Ideale, geschweige denn für andere Menschen, seine Gesundheit riskieren wollte. Er wollte alles sagen. »Ja, der Polizist war hier. Ich hab ihn in die Ambulanz runtergeschickt, weil hier alles voll ist und weil …«

»Wir kommen aus der Ambulanz, kleiner Mann!« Ritters Gesicht kam näher. »Wo könnte er hin? Uns ist er jedenfalls nicht begegnet. Habt ihr einen Notausgang?«

Stiller nickte und zeigte ans andere Ende des Flurs, wo hinter einer wuchtigen Glastür eine Stahltreppe lag. »Aber da ist keiner raus. Wir haben vor einer Stunde abgeschlossen, weil Leute hier rein wollten und …«

»Überprüf das!« Ritter nickte Mehmet zu. Dann kümmerte er sich wieder um Stiller: »Da er uns nicht entgegenkam, der einzige Fluchtweg abgeschlossen ist und da er sich ja auch nicht in Luft aufgelöst haben kann, muss der Bulle also noch irgendwo hier sein.«

Stiller zitterte.

»Niemand verlässt den Laden hier!«, brüllte Ritter. »Ihr zwei«, er zeigte auf Mario und Fuchs, »ihr bewacht den

Ausgang und wir«, er nahm Mehmet in den Arm, »wir werden mal schauen, ob wir unseren lieben kleinen Bullen hier nicht irgendwo finden.«

Beck hatte fast alles mithören können. Eva, die noch immer vor dem Bett mit der Leiche und Joachim Beck stand, war nervös. Ihr Äußeres drückte zwar Selbstsicherheit aus, aber in ihr sah es ganz anders aus.

Ritter und Mehmet durchsuchten systematisch jedes Patientenzimmer. Sie öffneten jeden Schrank, warfen Wäschestapel aus ihren Fächern und sahen unter Bettdecken nach.

Schließlich kamen sie in das letzte verbleibende Patientenzimmer, in dem eine Frau mit weit aufgerissenen Augen abwechselnd den Eingang und einen Monitor mit ihrer eigenen unregelmäßigen EKG-Kurve taxierte. Von Eva abgesehen war sie die Einzige, die wusste, wo sich der Gesuchte befand. Eva tat so, als würde sie gerade letzte Handgriffe an dem Verstorbenen erledigen.

Mehmet riss auch hier die Schränke auf und warf, obwohl inzwischen selbst er eingesehen haben musste, dass in deren winzigen Fächern kein Erwachsener ein Versteck finden konnte, die Wäsche auf den Boden. Er hatte seinen Spaß! Ritter stand zwischen den beiden Betten und hob am Fußende die Decke der Herzinfarktpatientin an. Die zog erschrocken die Beine an.

»Keine Angst, Oma. Ich guck dir schon nix weg.« Dann wandte er sich Becks Bett zu. Er griff nach dem Laken und wollte es gerade anheben, als Eva ihm den Zipfel sanft aus der Hand nahm, sich deutlich sichtbar bekreuzigte und das Laken glatt strich.

»Gerade gestorben.« Ihre Stimme war belegt, und sie flüsterte.

»Mausetot?«, wollte Ritter wissen und ging ans Kopfende. Eva nickte. Ritter und sie standen beide auf der Seite zum Fenster hin, die Seite, auf der Joachim Beck lag. Mehmet kam neugierig heran.

»Zeig mal!« Mehmet streckte seine braunen Finger nach dem schneeweißen Laken aus.

»Finger weg!«, zischte Eva. Und noch bevor Mehmet das Laken herunterreißen konnte, was er eigentlich vorhatte, schlug Eva das Tuch zurück, und das friedliche Gesicht eines Toten war zu sehen.

Lieber Gott. Mach, dass sie den Mann nicht entdecken. Beschützte mich bitte. Und beschütze Lea und Hans und das Baby. Bitte mach, dass alles vorbeigeht! Bitte! Mach alles wieder normal …

Beck wartete auf das Ende. Sie mussten ihn sehen! Sie mussten sehen, wie das Laken zitterte, wie das ganze Bett wackelte! Konnte man es nicht schon hören? Hörten sie seine klappernden Zähne? Er presste die Kiefer zusammen, schmiegte sich gegen und halb unter die Leiche. Es stank unter der Decke, stank nach Eisen im Blut, nach Urin und trocknendem Schweiß. Er würde sich übergeben! Nicht nachher, nicht später. Nein, jetzt, in diesem Augenblick würde es aus ihm herausbrechen, und sie würden ihn entdecken und töten. Beck hielt die Augen fest geschlossen. Winzige Lichtpunkte tanzten vor seinen Pupillen, und draußen, vor dem Bett, lauerte der Tod. Der Tod, neben dem er bereits lag, an den er sich schmiegte wie frisch verliebt. Sollte er aufspringen? Hätte er eine Chance, wäre das Überraschungsmoment auf seiner Seite? Aber nein, sie sind zu zweit, einer rechts, einer links. Es stank! Er wollte sich übergeben! Bitte!

Da, sein Fuß hatte gezuckt! Er hatte sich bewegt, unwillkürlich, vielleicht eine Reaktion der zum Bersten gespannten Muskulatur. Hatten sie es gesehen?

»Okay. Der scheint hinüber.« Ritter wendete sich ab und humpelte zur Tür. In seinem Gesicht spiegelten sich Enttäuschung und das schmerzende Bein. »Wo könnte er sonst noch sein? Vielleicht im OP?«

Stiller zuckte mit den Achseln.

Ritter gab seinen beiden Türstehern das Zeichen zum Aufbruch. Mehmet stand noch immer vor dem Bett mit Beck. Eva beobachtete ihn aus den Augenwinkeln und hantierte mit einer Klemme. Er wird meine Nervosität bemerken, wird sehen, was ich tue und wie blödsinnig es ist.

Aber Mehmet hatte nur Augen für das Laken, unter dem sich die Konturen der Leiche abzeichneten. Seine Augen hatten einen seltsamen Glanz bekommen, wie bei einem Kind, das ein neues Spiel entdeckt und überlegt, wie es wohl funktioniert. Nur die Kälte in seinem Blick verriet, dass er längst kein Kind mehr war.

Ein neues Spiel.

»Der Typ ist völlig im Eimer?«, fragte er, ohne dabei jemanden anzusehen. Sowohl Eva als auch Ritter, der noch auf dem Flur stand, nickten. »Ja«, antworteten sie wie abgesprochen.

»Und dann merkt der auch nix mehr, oder?«

»Nein, verdammt. Und jetzt mach, dass du rauskommst. Wir müssen weiter.«

»Cool. Dann wird er das auch nicht merken!« Und bevor Eva eingreifen konnte, hatte Mehmet Becks alte Dienstwaffe gezogen und dreimal auf das Bett gefeuert. Das EKG der Frau gegenüber begann nun völlig außer Kontrolle zu geraten, und auf dem Flur schrien Menschen. Stiller trieben die Schüsse unter ein Patientenbett, wo er sich zusammenrollte und die Ohren zuhielt.

»Du Idiot!«, schrie Ritter und packte den Jungen am Arm. »Musst du wirklich jeden auf uns aufmerksam machen, he? Mach jetzt, dass du rauskommst!« Mit diebischer Freude im Gesicht kam Mehmet Ritters Befehl nach.

»Die gibst du lieber mir«, meinte Ritter und nahm Mehmet die Pistole weg.

Die Projektile hatten in Höhe von Kopf, Bauch und noch etwas tiefer kleine Löcher in das Leichentuch gerissen.

17

16:17 Uhr, Wellendingen

Assauers Erscheinen hatte die Versammlung im Gasthaus Krone beendet. Durch den unvermuteten Fund ermutigt, wollten einige die Suche nach Überlebenden umgehend fortsetzen. Andere zog es in ihre Häuser, um dort nach dem Rechten zu sehen.

»Es ist ein Wunder, dass er fast völlig unverletzt überlebt hat!« Susanne Faust hatte das Blut an Händen und Unterarmen des Mannes behutsam abgewaschen, aber außer einigen unbedeutenden Prellungen und kleineren Schürfwunden keine weiteren Verletzungen gefunden. Assauer ließ alles teilnahmslos mit sich geschehen.

»Das Blut muss von dem Jungen sein«, erklärte jetzt Bubi. »Er hielt ein totes Kind in den Armen, dem irgendwas den ganzen Nacken aufgerissen hat.«

Phantastische Bilder!

»Was soll jetzt aus ihm werden?« Hildegund Teufel kam mit ihren klappernden Stöcken heran und betrachtete den Mann. Er tat ihr leid. »Er muss irgendwo hin. Vielleicht ins Krankenhaus nach Stühlingen?«

Faust schüttelte den Kopf. »Selbst wenn wir die paar Kilometer schaffen, bezweifle ich, dass sich dort jemand um ihn kümmern will. Schließlich fehlt ihm nichts.«

»Von dem Schock mal abgesehen«, ergänzte Susanne. Provisorisch verband sie die Unterarme des Fremden.

»Aber hier kann er nicht bleiben.« Berthold Winterhalder kam dazu und blieb mit verschränkten Armen neben Faust stehen.

»Wieso eigentlich nicht?«, fragte der. »Ihr vermietet doch Fremdenzimmer.«

Der Wirt nickte. »Das schon. Aber der sieht nicht aus, als

ob er ein Zimmer bezahlen kann. Außerdem wird er auch essen und trinken wollen, und wer weiß schon, wann alles wieder normal funktioniert. Nein, nein«, er schüttelte den Kopf, »wenn er oder irgendwer sonst für ihn bezahlen kann, von mir aus, aber so?«

»Lasst nur«, Susanne war mit dem Verband fertig und richtete sich auf, »wir nehmen ihn mit zu uns, nicht war, Lea?« Die Siebenjährige nickte.

»Oh ja. Er kann in meinem Bett schlafen!«

»Langsam, langsam!«, fuhr Faust dazwischen. Susanne zuckte zusammen. »Ich habe da sicher auch noch ein Wörtchen mitzureden!«

»Lass sie doch, Vater«, Bubi hoffte auf noch mehr Fotos, vielleicht ein Interview. »Bis wir jemanden anrufen können, der den Alten abholt, kann er doch bei uns bleiben. Die zwei Tage.«

Faust sah sich um. War denn keiner hier, der den Abgestürzten mitnehmen wollte? Aber nach der ersten Begeisterung über den Geretteten hatte sich die Menschentraube vor dem Gasthaus zügig aufgelöst. Die wenigen, die noch herumstanden, zerstreuten sich jetzt.

»Bitte, Onkel Frieder!«, bettelte Lea. »Er hat bestimmt Hunger. Und er ist doch ganz allein.«

So wie du, dachte Faust und sah sich um. Von Leas Mutter keine Spur.

Faust musterte Assauer. Fausts Haus war groß genug, der Fremde könnte diese eine Nacht im Gästezimmer schlafen. Spätestens der kommende Tag, wusste Faust, würde Klarheit bringen. Klarheit über das, was hier eigentlich geschah, über die Verantwortlichen und wer für alles geradezustehen hatte. Und den Fremden würde man dann den Rettungskräften übergeben.

»Also gut.« Lea hüpfte ausgelassen um Assauer herum. »Wenn Mama kommt, nehmen wir ihn mit zu uns! Dann darf er in meinem Bett schlafen!«

»Und wo willst du dich verkriechen, du Zwerg?«, fragte Bubi.

»Ich schlaf in Papas Bett. Papa kommt erst morgen zurück. Er bringt mir Muscheln mit.«

»Wo ist dein Papa?«, fragte Martin Kiefer, Evas erster Mann. Er hatte bisher etwas abseits gestanden und sich aufs Zuhören beschränkt.

»Papa ist in Schweden. Er kauft gaaanz viele Fische. Und für mich Muscheln.«

Faust nahm Assauers Arm. Ohne Widerstand, ohne eine Regung, ließ der sich zu Fausts Pick-up führen und stieg ein.

»Was kochst du, Susanne? Ich hab solchen Hunger!«

Bubi und sein Vater brachten Assauer in die Küche und drückten ihn auf einen Stuhl. Susanne folgte den Männern und sah sich um. War dies hier wirklich ihre Küche?! So wie jetzt hatte die Küche noch nie ausgesehen! Sie hatte gemeinsam mit Lea das Haus kurz nach dem ersten Flugzeugabsturz verlassen und war seitdem nicht wieder hier gewesen. Im Spülbecken stapelte sich noch das Frühstücksgeschirr und vor dem riesigen Kühlschrank hatte sich eine große Wasserlache gebildet. Faust und Bubi hatten den Fremden mitten durch diese Lache geführt und nur zu gern, so schien es, löste das Wasser den Schmutz aus dessen Schuhsohlen.

Ohne sich weiter um die Menschen in ihrem Haus zu kümmern, packte Susanne einen Lappen, ging auf die Knie und rutschte über den Küchenboden. Die braunen Schuhabdrücke verschwanden, und langsam ging es ihr wieder besser. Peinlich, einen Fremden in eine solche Küche zu führen! So etwas war ihr noch nie passiert!

Am Küchentisch angekommen, zog sie Eckard Assauer die Schuhe aus und trug sie vor das Haus in die Sonne.

»Machst du mir ein Brot, Onkel Frieder?«, fragte Lea. Sie

hatte wie die anderen seit dem Frühstück nichts mehr gegessen.

»Ich mach dir gleich etwas«, sagte Susanne, als sie zurückkam. »Wollt ihr auch etwas?«

»Lass das mit den Broten«, entgegnete Faust. »Wir haben noch Fleisch im Gefrierschrank im Keller. Das muss jetzt weg, bevor es verdirbt.«

Susanne ging zum Herd und probierte die einzelnen Schalter aus. An und aus, an und aus, als erinnere sie dieses Ritual an eine bessere Zeit.

»Ich werf schon mal den Grill an«, sagte Faust. Seine Frau nickte und ließ den Herd in Ruhe.

»Wie heißt der Mann, Susanne? Darf ich Opa zu ihm sagen? Oder Onkel?«

»Wir wissen nicht, wie er heißt«, antwortete stattdessen Bubi. Er hatte eine Flasche Wasser vor sich und betrachtete stolz die Bilder im kleinen Display seiner Kamera. Er war zum ersten Mal in seinem Leben wirklich stolz auf sich! Heute hatte er etwas vollbracht, etwas Einmaliges und Großes! »Er hat weder Papiere noch einen Reisepass bei sich. Wahrscheinlich kann er nicht einmal unsere Sprache.«

»Ist doch egal, wie der Mann heißt«, sagte Susanne. »Es gibt nun wirklich Wichtigeres.« Sie leerte zwei Flaschen Mineralwasser in das Spülbecken und begann das Geschirr vom Morgen zu reinigen. »Wirklich Wichtigeres.«

»Dann sag ich eben Opa zu ihm«, entschied Lea. Sie setzte sich ihm gegenüber, stützte das Gesicht in beide Hände und betrachtete Assauer.

»Aber du hast doch schon zwei Opas«, murmelte Bubi.

»Ja, Opa Willi und Opa Gerhard. Aber die sind nie da. Und sie erzählen mir auch nie eine Geschichte.«

Evas Eltern waren vor vier Jahren an den Bodensee gezogen. Altersruhesitz, mein Kindchen. Da ist das Klima um so vieles angenehmer als hier oben in den Bergen. Eva hatte es nicht bedauert.

»Der sieht aber auch nicht gerade so aus, als ob er dir viele Geschichten erzählen will«, sagte Bubi. Das Bild des weinenden Assauers, mit seinem Enkel im Arm und den Flugzeugtrümmern im Hintergrund, war das beste. Reif für ein Titelbild.

Susanne hatte den Abwasch bewältigt und ging auf die Toilette. Während sie dort saß, fiel ihr Blick auf die heutige Zeitung, die ihr Mann nach dem Frühstück immer mit hierher nahm und dann liegen ließ. 23. Mai, las sie. Dieses Datum wird also jetzt für immer mit den Flugzeugkatastrophen in Verbindung stehen. Und mit dem Tag, an dem der Strom ausfiel. »Und das Wasser!«, murmelte sie, als sie spülen wollte.

»Oder wie wäre es mit Samson?« Lea hielt den Kopf schräg und betrachtete ihr Gegenüber. Dessen Blick ging ins Leere. Lea sprang vom Stuhl und stellte sich vor Assauer, hoffte, dass er sie doch noch wahrnahm und seine Pupillen bewegte. Aber umsonst, er sah durch das Mädchen hindurch, als wäre sie ein Geist, ein Schatten am Abend.

»Ich bitte dich, Lea! Samson!«, rief Susanne aus dem Bad, wo sie sich kämmte. »Er ist doch kein Zottelbär aus dem Fernsehen!«

»Dann vielleicht Freitag? So wie in der Geschichte von Robinson, die Papa mir erzähl…« Lea brach mitten im Satz ab. Sie schlug beide Hände vor den Mund und schluckte schuldbewusst. Ihre Ohren glühten. Papa hatte gesagt, dies sei ihrer beider Geheimnis, denn Mama würde wahrscheinlich ein bisschen schimpfen, wegen der Kannibalen und so.

»Was? Dein Papa erzählt dir ›Robinson Crusoe‹? Bist du dafür nicht noch ein bisschen zu klein?«

»Nein. Außerdem hat er das mit den Menschenfressern weggelassen!« Oje, nächster Fehler!

»Oh ihr zwei«, schimpfte Susanne mit gespielter Entrüstung. Es ging sie nichts an, was ihr Nachbar seinem Kind für Geschichten erzählte. Das war deren Sache. Trotzdem fand sie, dass man einer Siebenjährigen nicht unbedingt diese Geschichte erzählen musste. Sie kannte sie selbst nur aus dem Fernsehen, Bücher gab es in ihrem und Frieders Haus keine.

»Dein Vater behandelt dich wie einen Jungen«, sagte Susanne und hatte damit nicht ganz unrecht. Hans Seger hatte sich immer einen Sohn gewünscht, einen Lausbuben mit Zahnlücke und wildem Haar, aufgeschlagenen Knien und jeden Tag einem anderen Streich im Kopf. Und so behandelte er Lea tatsächlich oft wie einen Jungen, erzählte ihr von Tom Sawyer und Huck Finn und ihren Abenteuern mit Indianer-Joe. Meist schlief Lea dabei ein oder spielte mit einer Puppe. Aber (Achtung: wichtig!) Papa war da!

»Freitag?«, fragte Lea noch einmal, nachdem Susanne und Bubi ihr versprochen hatten, nichts von ihrem Geheimnis am Abend an Leas Mutter weiterzusagen.

»Heute ist Mittwoch, Zwerg. Wenn, dann müsstest du ihn Mittwoch nennen, und das klingt blöd, oder?«

»Onkel Mittwoch?«

Susanne schüttelte den Kopf.

»Herr Mittwoch! Bitte, Susanne!«, jubelte Lea und tanzte um den Küchentisch. »Wir nennen ihn Herr Mittwoch, nur bis er wieder sprechen kann! Bitte, bitte!«, flehte sie und klammerte sich an Susannes Bein.

»Wir fragen Onkel Frieder, was er dazu meint. Und Bubi, der hat ihn schließlich gerettet.«

»Is mir egal, wie ihr ihn nennt. Is mir ganz egal«, sagte Bubi, ohne aufzusehen.

Frieder Faust stand im Unterhemd und mit einer Flasche Bier in der Hand an seinem selbst gemauerten Grill. Auf dem Rost brutzelten Steaks und mehrere Scheiben Speck. Ein Bild wie aus den besten Zeiten geordneter Kleinbürgerlichkeit. Wäre nicht das Flugzeugwrack am Horizont gewesen, hätte man durchaus auf den Gedanken kommen können, alles wäre in bester Ordnung.

Bubi saß im Schatten an der Hauswand und betrachtete auf dem kleinen Monitor seiner Digitalkamera wieder und wieder seine Aufnahmen. Aufnahmen, die er keinem zeigen wollte und die ihn mit so viel Stolz und Zuversicht erfüllten. Susanne deckte den Tisch auf der kleinen Veranda hinter ihrem Haus. Lea half dabei.

»Und er hatte nichts bei sich, keine Jacke, keine Tasche oder einen kleinen Koffer in der Nähe?«

»Nein, Vater, hab ich dir doch jetzt schon hundert Mal gesagt: Da war nichts. Außerdem, so wie das da oben aussieht, könnte man keinem irgendein Gepäckstück zuordnen.«

»Außer, man findet einen Reisepass oder Führerschein oder so. Irgendwas mit Bild und Namen eben.«

Das Fleisch war durch, und sie setzten sich zu Herrn Mittwoch an den Tisch. Frieder fand den Namen nicht schlecht.

»Irgendwie tut er mir leid«, sagte Susanne. »Schaut ihn euch doch mal an. Er sieht gepflegt aus, wie ein feiner Herr und … schlau und irgendwie klug. Und wir nennen ihn Herr Mittwoch! Vielleicht war er Arzt oder ein Lehrer?«

»Vielleicht, vielleicht, vielleicht.« Faust schüttelte den Kopf. »Ich finde, Herr Mittwoch passt. Und wenn alles gut geht, verrät er uns ja, bevor er morgen abgeholt wird, seinen wirklichen Namen. Und jetzt esst!«

Sie stürzten sich auf das Essen, und Faust merkte erst jetzt, wie viel Kraft ihn dieser Tag gekostet hatte. Dies war wirklich kein Tag für schwache Nerven gewesen und erst recht keiner für schwache Männer. Wie sie ihm alle zugehört hatten in der Krone. Und gestarrt und geklatscht, als ob das Verbuddeln der Leichen auf dem Hardt so wichtig wäre. Aber es beschäftigte die Menschen, gab ihnen etwas zu tun, dachte Faust. Es wird den Schwachen helfen, die Stunden bis zum Eintreffen der Rettungsmannschaften heil zu überstehen.

»Will er nichts?«, fragte Bubi und streckte die Hand nach

dem unberührten Steak aus, das vor Assauer langsam kalt wurde.

»Finger weg!« Faust schlug seinem Sohn mit der Gabel auf den Handrücken. »Wenn er nicht essen kann, muss es ihm eben einer geben.«

»Darf ich das machen? Bitte!«, bettelte Lea und stand schon neben Assauer. Faust schnitt das Fleisch klein und gab Lea die Gabel.

»Aber sei vorsichtig, Lea!«, mahnte Faust.

Lea hielt Assauer die Gabel mit einem ersten Fleischbrocken an die Lippen. Bereitwillig öffnete der den Mund und ließ sich von Lea füttern.

»Seht ihr, ich kann es, ich kann es!«

»Der ist doch bloß zu faul zum Essen, wollen wir wetten?« Bubi taxierte jeden Bissen, den Assauer nahm, und ärgerte sich, den Mann mitgebracht zu haben. Als ob die Bilder nicht gereicht hätten! »Wann kommt nur dieser blöde Strom wieder? Vater, ich muss die Bilder an die Sender mailen.«

»Keine Ahnung, Bubi. Aber eines weiß ich: Wenn du noch lange deine Fotos anschaust und die Kamera alle paar Minuten an- und wieder abstellst, ist der Akku bald leer. Na, dann ist wenigstens Ruhe.«

Erschrocken – an den Akku hatte er bisher keinen Gedanken verschwendet – legte Bubi die Canon zur Seite.

»Nachher fahr ich noch nach Bonndorf. Willst du mitkommen, oder«, Frieders Blick fiel auf Lea und Assauer, »soll ich uns vielleicht etwas mitbringen vom Aldi?«

»Oh, ich weiß nicht. Vielleicht ein Brot und Butter. Den Rest müssten wir noch dahaben.«

»Haben wir von allem genug? Wer weiß schon, wie lange das jetzt so weitergeht. Na, ich nehme mit, was ich kriegen kann. Ein paar Vorräte können nie schaden!«

»Meinst du wirklich, wir werden Vorräte brauchen?« Susanne wirkte mit einem Mal noch besorgter.

»Was weiß denn ich«, erwiderte Faust und trank sein Bier

leer. »Aber bestimmt werde ich nicht hier hinter meinem Haus sitzen bleiben und darauf warten, dass sich irgendwer um mich kümmert. So eine Einstellung würde dir übrigens auch ganz gut stehen, mein Sohn.« Aber Bubi lächelte nur müde.

Faust stand auf und zog sein Hemd über. »Los, Bubi, wir fahren.«

»Nein Vater, ich bleib hier, vielleicht kommt gerade jetzt der Strom wieder!«

Aber Faust blieb hart. »Nichts da, du fährst mit. Ist schließlich auch für dich, oder lebst du ab sofort nur noch von Luft und deinem unerlebten Erfolg als Reporter?«

17:58 Uhr, Bonndorf

Faust und Bubi bogen auf den Aldi-Parkplatz in Bonndorf ein. Der weite Platz war leer, und die großen Glastüren des Supermarktes, auf denen rote Stoppschilder und blaue Pfeilaufkleber den Ein- beziehungsweise Ausgang klar definierten, hatte jemand eingeschlagen. Vorsichtig stiegen sie über die Scherben und gingen in die Halle, die in mystischem Halbdunkel lag. Die Wand an der schmalen Stirnseite, da, wo sich die Eingänge befanden, bestand komplett aus Glas. Die vier Kassen und die Flure, rechts und links von mannshohen Regalen gesäumt, sahen ungewohnt aus, so ganz ohne Neonbeleuchtung, nur auf das angewiesen, was das Tageslicht hergab. Hier, nur wenige Schritte vom Fenster, reichte die Helligkeit noch aus, um Details und Kleinigkeiten zu erkennen. Aber mit jedem Schritt, den Faust und sein Sohn langsam in die Halle vorstießen, wurde es schummriger. Die gegenüberliegende Stirnseite verschwand fast völlig im Dunkeln.

Die sonst zum Bersten vollen Regale waren fast komplett leer. Am Boden lagen vereinzelt leere Packungen.

»Hallo? Ist da jemand?« Faust schrak vor dem Klang seiner Stimme zurück, welcher der hohe Raum eine ungewohnte Farbe gab.

»Wen interessiert das?« Hinter einer der Regalreihen kam eine ältere Frau hervor, in einer Hand eine Flasche Olivenöl, die sie drohend über dem Kopf schwang. »Ist eh schon alles weg, und das hier«, sie versteckte eine volle Tasche hinter ihrem Rücken, »das bekommt ihr nicht!«

Faust und Bubi tasteten sich weiter durch die Gänge, während die alte Frau eilig verschwand. Sie hatte recht – hier war kaum noch etwas zu holen! Konserven, Lebensmittel und Getränke waren bis auf den letzten Rest geplündert. Jemandem musste im Kampf um die Waren eine Flasche Essig runtergefallen sein, denn je weiter sie sich vorarbeiteten, desto beißender und intensiver stieg dessen Geruch in ihre Nasen.

»Komm, Vater, lass uns verschwinden, hier gibt es nichts mehr zu holen!« Faust nickte.

Sie verließen den Laden mit einer Tüte Salz, zwei zerbeulten Leberwurstkonserven und einer Flasche billigem Korn, die unter eine Palette gerollt war. »Na, wenigstens was«, freute sich Faust, als er die Flasche fand.

Der Anblick, der sich ihnen bot, als sie sich mit ihrem Pick-up langsam durch die Stadt quälten, war die logische Fortsetzung dessen, was bei Aldi begonnen hatte. Überall waren Menschen auf den Straßen der Kleinstadt und trugen aus Geschäften, deren Türen man gewaltsam geöffnet hatte, wahllos weg, was sie tragen konnten. Ein Mann kam gerade aus Müllers Kleider-Boutique, im einen Arm eine frühsommerlich bekleidete Schaufensterpuppe, im anderen einen Packen Damenunterwäsche. Das Schaufenster des noblen Geschäftes war eingeschlagen, und die Kasse fehlte.

Der kleine Tabakladen drei Straßen weiter bildete keine Ausnahme. Im Gegenteil, er war eines der ersten Ziele der Plünderer dieses Tages gewesen. Das altertümlich wirkende grüne Schiebegitter, das der alte Besitzer jeden Abend bedächtig schloss und das er sich standhaft weigerte zu ölen, lachte mit halb offenem, verbogenem Gittermund und lud in einen restlos leeren Laden ein. Zigaretten, Zigarren, Tabak – alles war weg. Und an die Spirituosen erinnerten nur noch saubere Kreise auf staubigen Regalböden.

Die beiden anderen Supermärkte Bonndorfs boten das gleiche Bild wie der erste. Bubi und Faust statteten dennoch jedem Geschäft einen Besuch ab, aber außer einer weiteren Flasche Schnaps und einem halbem Dutzend Konserven, die sie vor einem der Märkte in einem vergessenen Einkaufswagen fanden, gingen sie leer aus.

Auch Bonndorf hatte sich innerhalb weniger Stunden in einen gesetzlosen Raum verwandelt. Wenn das in einer Kleinstadt mit dreitausend Einwohnern möglich war, in einer Stadt, in der fast jeder jeden kannte und man sich auf den Straßen grüßte, wie würde es dann jetzt erst da aussehen, wo Anonymität und Egoismus Überlebensmaximen waren – in Großstädten wie Stuttgart, Zürich oder Berlin?

18

18:08 Uhr, Wutachschlucht

Frederick Fehrenbach aus Bonndorf starb zwei Stunden nachdem er Bekanntschaft mit einem perfekten Herzinfarkt machen durfte. Bis dahin hatte er mit Aktien gehandelt. Nur für sich und ausschließlich mit seinem Geld. Ende der neunziger Jahre – nicht wenige häuften in kürzester Zeit mit den Emissionen des Neuen Marktes Vermögen an – gehörte er zu den Ausnahmefällen, welche ihre Aktienreichtümer auch noch nach dem Zusammenbruch der Spekulationsblase besaßen. Seitdem handelte er vom heimischen PC aus.

Er kaufte und verkaufte, löste Optionen ein und bescherte sich, seiner Frau und Louis, dem elfjährigen Sohn, ein sorgenfreies Leben.

Er war den ganzen Vormittag wieder und wieder zu seinem Laptop und ans Telefon gegangen. Die Hoffnung, eines von beiden könnte wieder funktionieren, wurde schwächer und schwächer. Am Nachmittag löste er dann sein zwei Jahre altes Versprechen ein und startete mit seinem Sohn zu einer Radtour. Sie wollten am Ufer der Wutach grillen.

Louis sah den faustgroßen Stein nicht, der ihm bei der rasanten Serpentinenabfahrt den Lenker verriss. Mit vor Überraschung und sprachloser Angst weit aufgerissenen Augen flog er über das Vorderrad. Mit der rechten Schulter prallte er gegen den runzligen Stamm einer hundertjährigen Tanne. Als er den steilen Hang hinunterstürzte und mit dem Hinterkopf gegen einen Felsvorsprung schlug, verstummten seine Schmerzensschreie schlagartig. Er verlor das Bewusstsein und schlitterte ohne Reflexe und Widerstand die verbleibenden vierzig Meter bis zum Grund der Schlucht. Auf diesen vierzig Metern schlug er sich sieben Zähne aus und brach sich Nase, Jochbein und beide Arme. Mit dem Gesicht nach oben blieb er bewusstlos am Ufer der Wutach liegen, und es dauerte nicht lange, bis erste Fliegen an seinen frischen Wunden kosteten.

Frederick Fehrenbach ließ sein Mountainbike am Straßenrand liegen und rutschte seinem Sohn hinterher. Beim Versuch, das Kind zurück zur Straße zu tragen, erlitt er besagten Herzinfarkt. Der plötzliche und völlig unerwartete Schmerz ließ ihn wie ein Taschenmesser zusammenklappen. Er tastete nach seinem Handy und wählte den Notruf. Die Grabesstille, die ihm aus dem Apparat entgegenschlug, seine Schmerzen und der Anblick des Sohnes, der langsam Zentimeter um Zentimeter den Hang, den ihn sein Vater hinaufgeschleppt hatte, zurückglitt, machten ihn rasend. Hilflosigkeit, wie er, der die Sicherheit der Moderne und deren Techniken gewohnt war, sie niemals für möglich gehalten hätte, kletterte von den Fußsohlen kommend empor und paarte sich mit nackter Angst.

Er starb mit dem Telefon in der Hand neben seinem Sohn. Louis folgte ihm knapp drei Stunden später, ohne noch einmal das Bewusstsein erlangt zu haben.

19

18:17 Uhr, Wellendingen, Kuhstall Familie Albicker

Sollten Kühe eine Seele besitzen, so waren sie jetzt dabei, sich diese aus dem Leib zu schreien. Nachdem der Stromausfall das morgendliche Melken unterbrochen hatte und inzwischen bereits die Zeit für das Abendmelken näher rückte, waren die Euter der etwa vierzig Tiere prall mit Milch gefüllt. Ihr Brüllen war nicht mehr das knarrend tiefe Muh, das sie von sich gaben, wenn sie zufrieden und satt wiederkäuend im Stroh lagen. Sie schrien, weil sie Schmerzen hatten, unerträgliche Schmerzen, niemals zuvor erlebte Schmerzen! Mit gespreizten Hinterbeinen standen sie in dem offenen Stall, in dem sie sich vierhundert Quadratmeter mit dreißig Kälbern und einer stets wechselnden Katzenpopulation teilten.

Wenn er äußerlich auch nicht den Anschein erweckte, so war Albickers Hof doch ein moderner Hochleistungsbetrieb, in dem die Tiere, sobald sie ihr erstes Kalb geworfen hatten, den Regeln einer effizienten Milchproduktion unterlagen und Tageslicht nur noch durch die kleinen Stallfenster sahen. Es war billiger, das Grünfutter zu mähen und den Tieren mit einem Ladewagen in den Stall zu werfen, als sie am Morgen auf die Weide zu treiben und am Spätnachmittag wieder zu holen.

Sie standen eng gedrängt am Eingang zur Melkstraße und brüllten, brüllten, dass die Schwalben, im Anflug auf ihre Nester, die an den Balken der Stalldecke klebten, erschraken, abdrehten und irritiert über dem Stall kreisten. Das ab einer bestimmten Größe der Landwirtschaft durchaus übliche Notstromaggregat hatte Andreas Albicker immer mit Vehemenz abgelehnt. Zu teuer. Wann fällt der Strom denn schon mal länger als zwei, höchstens drei Stunden aus?

Heute, am 23. Mai zum Beispiel.

Albicker saß auf einem kleinen Schemel und versuchte, ein widerstrebendes Tier von Hand zu melken. Sie hatten Mühlviertler-Rinder, große und kräftige Tiere, robust, braun-weiß, wobei die massigen Köpfe fast immer weiß waren. Auch Lydia Albicker saß neben einem angebundenen Tier. Der Eimer unter dem Euter war zur Hälfte gefüllt, aber noch immer schrie das Tier und trat nach der Bäuerin, denn der Schmerz, den es ertragen musste, verbunden mit dem ungewohnten Melkvorgang von Hand, verwirrten das Tier und machten ihm Angst.

Lydia war wütend. Wütend auf all die Technik, die nicht funktionierte, wütend auf die widerspenstigen Tiere, vor allem aber wütend auf ihren Mann. Denn er hatte das Aggregat abgelehnt, und er war jetzt, nach seinem Schlaganfall im vergangenen Jahr, keine große Hilfe. Sie sah zu ihm hinüber. Da saß er auf seinem Schemel, eine Hand im Schoß, und versuchte mit der gesunden Rechten zu melken.

Sie hatten ihren Rinderbestand im Laufe des Winters um ein Drittel reduzieren müssen, denn die Arbeit wurde, nachdem ihre Versicherung die Kosten für einen Helfer nicht mehr weiter übernahm, für Lydia allein zu viel. Eigentlich, überlegte Andreas manchmal, während er seine Frau verstohlen beobachtete, eigentlich war es ein Wunder, dass sie dies alles schaffte, ohne sich aufzulehnen, ohne mit ihrem Schicksal zu hadern oder ihm die Schuld zu geben. Sie machte einfach weiter. Sie erledigte ihre Arbeit, immer eins nach dem andern, jetzt nur etwas hastiger als noch vor einem Jahr und abends etwas länger.

Im Laufe des Nachmittags waren Helfer aus dem Dorf eingetroffen, mit Eimern und Hockern bewaffnet. Bardo Schwab kam, hauptsächlich, um sich vor dem Bestattungsunternehmen zu drücken, welches Christoph Eisele mittlerweile fast einsatzbereit hatte. Die Krone-Wirtin, Edeltraud Winterhalder, hoffte auf einen Eimer kostenlose Milch. Selbst Hildegund Teufel wagte sich in den Stall, lehnte ihre beiden Stöcke an die Wand und befahl einem der erschrockenen Kinder, die es zu dem ungewohnten Treiben zog, ihr beim Hinsetzen zu helfen.

Als Frieder Faust und Susanne aufkreuzten, waren elf Menschen beim Melken, und das Brüllen der Tiere wurde weniger.

»Schön, dass du kommst, Frieder«, begrüße ihn Albicker und nahm mit einem Lächeln Fausts angebotenen Arm. Faust zog ihn auf die Beine. »Du hast ja sicher noch bei deiner Mutter das Melken gelernt.« Faust nickte. »Wo hast du Bubi gelassen?« Als Kind hatte man Bubi beinahe jeden Tag in Albickers Stall finden können. Mit dem ersten Hahnenschrei stand er damals auf, und im Sommer kam es vor, dass er Steinchen an das Schlafzimmerfenster der Bauern warf, weil diese, kurz nach fünf, noch schliefen.

»Bubi kann nicht (Nein, ich bleib hier! Der Strom kommt bestimmt bald wieder!), aber sollte es morgen früh noch genauso aussehen«, er wies mit dem Kinn auf die tonlose Melkanlage, »dann trag ich ihn dir persönlich in den Stall!« Albicker freute sich. Es tat gut, mit Faust zu reden.

»Willst du ein Bier?«, fragte Albicker, zog zwei Flaschen aus einem Regal und lächelte dazu wie ein Spitzbube. Eine Werkzeugkiste hatte die Flaschen vor Lydias Blick verborgen. Sie hasste es, wenn er etwas trank.

»Ich bin eigentlich zum Melken gekommen.«

»Lass nur, es sind genug Helfer hier. Und manchmal«, er

ging voran in den Raum, in dem die Melkanlage und die beiden Tanks für die Milch standen, »manchmal muss auch Zeit sein für ein paar Worte und ein Bierchen!« Sie prosteten sich zu und tranken.

»Hast dich gut geschlagen unten in der Krone«, begann Albicker und wischte sich das Kinn ab. Seit seinem Schlaganfall hatte er Probleme, aus einer Flasche zu trinken. Ein paar Tropfen gingen immer daneben.

Faust nickte. »Blieb mir kaum etwas anderes übrig.«

»Geht alles ganz schön schnell den Bach runter«, murmelte der Einundsechzigjährige und zog seine speckige Kappe auf dem Kopf zurecht. »Hast du schon mal daran gedacht, Frieder, dass dieser Zustand anhält?«

Faust zog die Brauen zusammen. »Du meinst, dass Strom und Wasser nicht zurückkommen?«

Albicker nickte und trank.

»Jetzt komm, Andreas! Sicher, vielleicht wird es länger dauern, als wir glauben, vielleicht vier, fünf Tage. Aber in höchstens einer Woche wird irgendjemand alles schon wieder hingebogen haben!«

»Und wer soll dieser Irgendjemand sein?«

»Was weiß denn ich!« Faust wirkte plötzlich gereizt. »Wir haben eine Regierung in Berlin sitzen, und in Brüssel hockt auch noch ein Berg Beamter. Die sollen jetzt mal zeigen, was in ihnen steckt. Sollten die Probleme deutschland- oder europaweit bestehen, wird es ja wohl irgendwelche Notfallpläne geben! Und dann die ganzen Energiekonzerne!« Er trank sein Bier leer und gab Albicker die Flasche zurück. »Die wissen bestimmt, wie sie die Kraftwerke wieder zum Laufen bringen!«

Andreas Albicker wollte etwas erwidern, als Jürgen Mettmüller in den kleinen Raum trat. Die roten Haare und sein käsiger Teint, von unzähligen Sommersprossen belagert, gaben ihm, egal wie ernst die Dinge waren, über die er gerade redete, immer etwas Lausbubenhaftes.

»Hier versteckt ihr euch!« Er zwinkerte den beiden zu und warf einen vielsagenden Blick auf die leeren Flaschen. »Du entwickelst dich noch zu einem richtigen Kapitalisten, Andreas«, scherzte er. »Im Stall schuftet ein Dutzend Leibeigener für dich, und du trinkst in aller Ruhe erst mal ein Bier. So lass ich mir das gefallen.«

»Die Zeiten haben sich geändert, Jürgen«, ging Albicker auf den Spaß ein. »Hast du nicht gehört, dass ab sofort jeder Dorfbewohner eine Stunde am Tag für mich arbeiten muss?«

»Das ist nur fair, schließlich hast du als Einziger im Ort noch Kühe und damit Milch und Fleisch.« Mettmüller schien über etwas nachzudenken und wurde ernst. »Habt ihr gehört, was in Bonndorf los ist?«

Die Männer nickten.

»Ich war vorhin selbst drüben«, erklärte Faust.

»Dann hast du ja das Feuer gesehen.«

»Feuer? Welches Feuer?« Faust schien wie elektrisiert. Seit seinem vierzehnten Geburtstag war er Mitglied der Freiwilligen Feuerwehr und an einem separaten Haken neben der Garderobe bei sich im Flur hingen Tag und Nacht Uniform und Helm.

»Das Schloss brennt.«

Das Bonndorfer Schloss, Ende des sechzehnten Jahrhunderts erbaut, beherbergte das Notariat, ein Museum, die Bibliothek und die Narrenstuben, eine weltweit einmalige Ausstellung über Narren, ihre Zünfte, Traditionen, Masken und Kostüme.

Faust wollte sich sofort auf den Weg machen, hoffte, noch etwas retten zu können.

»Komm«, Mettmüller hielt ihn am Arm zurück. »Vergiss es, Frieder! Selbst wenn wir durchkämen, selbst wenn wir auf die Schnelle ein paar Männer zusammenbekämen – es gibt kein Wasser!«

»Aber wir können doch nicht zusehen, wie das Schloss

abbrennt!« Faust lief zwei Schritte auf sein Haus zu und kam wieder zurück. Und noch einmal zwei Schritte.

Albicker aber nickte. »Jürgen hat recht, Frieder, wir können nichts machen. Außerdem haben wir selbst genug Probleme.«

»Richtig.« Jetzt war es an Mettmüller, zu nicken. »Deswegen bin ich gekommen.«

»Wegen was?«

»Probleme. Sven will den Bagger nicht rausrücken, der auf seiner Baustelle steht.«

Sven, eigentlich Sven-Waldemar Wünsche – er verfluchte den Tag seiner Namensgebung –, Mitte zwanzig, war im Begriff, im Wellendinger Neubaugebiet seinen Traum vom eigenen Häuschen zu verwirklichen. Heute Morgen waren nur zwei Arbeiter der Stühlinger Firma erschienen, die er mit dem Bau beauftragt hatte. Nach dem Airbusabsturz waren sie wortlos verschwunden. Eisele, der den Bagger für das Ausheben eines Massengrabes haben wollte, war von Sven mit der Begründung abgewiesen worden, dass der Bagger nicht sein Eigentum wäre und er ihn deshalb auch nicht verleihen könne. Insgeheim hoffte er aber, dass seine Arbeiter morgen wie gewohnt erscheinen würden, nur könnten sie dann, ohne Bagger, nicht mit dem Ausheben der Baugrube fortfahren. Die Leichen auf dem Hardt waren ihm egal.

»Und was habe ich damit zu schaffen?«, fragte Frieder.

»Was du damit zu schaffen hast? Hast du nichts gemerkt, vorhin in der Krone?« Faust sah Mettmüller an und verstand gar nichts. »Frieder, ich weiß nicht, warum, aber die Leute hören auf dich! Du hattest die Idee mit dem Treffen, und du hast da unten nicht schlecht gebrüllt und so etwas wie Ruhe ausgestrahlt. Sicher, es gibt bestimmt Männer im Dorf, die den Überblick bewahren könnten und in der Lage wären, solange es eben nötig sein wird, hier eine Art Bürgermeister zu mimen. Aber vorhin waren sie alle erstaunlich still. Du bist eben einer von ihnen, sie kennen dich und irgendwie«, er lächelte, »haben sie sich offenbar stillschweigend darauf geeinigt, dass du derjenige bist, den man fragt, wenn es nicht weitergeht. Mich übrigens eingeschlossen.«

20

19:51 Uhr, Wellendingen, Hardt

Frieder Faust wusste, dass er alles andere als ein Führer war. Meinte es zu wissen. Er warf einen weiteren Kronkorken aus dem Fenster seines Pick-ups und sah zu, wie Uwe Sigg stolz mit dem Bagger von Wünsches Baustelle den asphaltierten Feldweg zum Hardt hinauftuckerte und dort begann, zwischen den Trümmern des Airbusses eine Grube auszuheben.

Faust hatte nicht lange mit Sven Wünsche diskutieren müssen. Die Übermacht der Männer – neben Faust, Mettmüller und Eisele waren noch Uwe Sigg und drei andere bei Wünsche aufgekreuzt – hatte diesen schnell davon überzeugt, dass seine Baugrube auch noch einen weiteren Tag Verzug vertragen konnte. »Und solltest du Langeweile haben«, hatte Faust ihm zugerufen, »Christoph kann bestimmt noch Helfer gebrauchen.« Mettmüller hatte ihm daraufhin mit dem Ellenbogen in die Seite gestoßen und gesagt, dass vielleicht genau dies der Grund sei, warum die Leute im Dorf ihn, Faust, riefen und nicht irgendeinen anderen.

Er hatte im Pick-up das Radio eingeschaltet und den automatischen Sendersuchlauf betätigt. Nachdem alle Frequenzen fünfmal durchgelaufen waren, ohne dass aus den vier Lautsprechern etwas anderes als sphärisches Rauschen gekommen wäre, legte er eine CD ein. Und schaltete dann wieder ab.

Wie fleißige Ameisen liefen Menschen über die Absturzstelle und trugen etwas zusammen; er wusste, was es war. Frauen sammelten Gepäckstücke ein und stapelten sie auf einem Haufen. Man wollte sie unten im Ort in der Grundschule lagern, bis jemand käme, um sie für die Hinterbliebenen abzuholen. Aber im Augenblick musste man sie erst einmal vor Plünderern schützen, die bereits zwischen den Trümmern nach Brauchbarem suchten. Die Männer sammelten die Toten ein. Über Bonndorf stieg eine dunkle Rauchwolke auf, ebenso zwischen Buchberg und Eichberg, ganz am Horizont, dort, wo Blumberg lag.

Er kam mit den Veränderungen, die dieser Tag in so rasendem Tempo gebracht hatte, nicht zurecht. Alles brach weg. Wichtiges war plötzlich unwichtig, wie das brennende Schloss in Bonndorf, und Unwichtiges wichtig, wie Albickers Kühe.

Faust sehnte sich nach seiner Baustelle, nach einem Dachstuhl, an dem er arbeiten durfte. Er wollte Holz zusammenfügen, wollte tun, was die vergangenen dreißig Jahre sein Job war, wollte einfach nur Frieder Faust sein: Prügelknabe als Kind, respektiert als Erwachsener. Und sonst nichts!

Bisher waren doch auch alle ohne ihn zurechtgekommen! Wieso also dann ausgerechnet er, wieso jetzt?

Er hatte nie etwas auf die Meinung oder gar auf die Bewunderung anderer gegeben. Ihm reichte, dass sie ihn akzeptierten und anerkennend auf die Schulter klopften, wenn seine Arbeit gut war. Mehr wollte er nie; keine Öffentlichkeit, keine Vereine, keine Politik – nur seine Ruhe, die war ihm wichtig. Und ein Bier.

Vor ihm lag Wellendingen, durchflossen vom Ehrenbach, an dem er als Kind Staudämme gebaut hatte und Wasserräder rattern ließ. Er war in Wellendingen geboren, im Schlafzimmer über dem Stall seines Elternhauses, an dessen Stelle er später das eigene Haus errichtete.

Obwohl die Sonne noch eine Stunde bis zu ihrem Untergang hatte, wurden die Schatten der einzelnen Tannen am gegenüberliegenden Hang bereits merklich länger. Von dort ging es hinab ins Steinatal, und dahinter dehnten sich die Bergkuppen des Schwarzwaldes – dunkel und geheimnisvoll, schützend. Das hier, wurde ihm bewusst, war sein Zuhause. Das war Heimat.

21

19:54 Uhr, Kernkraftwerk Civaux, Frankreich

Block zwei des französischen Kernkraftwerkes Civaux explodierte kurz vor acht. Die radioaktive Wolke trieb am Abend über das gleichnamige Städtchen und seine noch neunhundert Einwohner.

22

20:04 Uhr, Krankenhaus Donaueschingen, Klinikküche

Hermann Fuchs und Daniel Ritter saßen in der Kantine.

Fuchs kannte das Krankenhaus recht gut. Bis zur Bewusstlosigkeit abgefüllt, war er bereits dreimal hier eingeliefert worden. Er schlief jeweils zwei Tage seinen Rausch aus und erkundete in einem Bademantel, den ihm die Schwestern freundlicherweise zur Verfügung stellten, Klinik und Park, bis man ihn wieder auf die Straße setzte.

Der letzte Aufenthalt lag zwei Jahre zurück. Ein alter Tattergreis, den seine Prostata und ein nerviger Köter nicht schlafen ließen, hatte Fuchs halb erfroren in einem Straßengraben gefunden. Fuchs konnte sich an diese Nacht kaum noch erinnern. Irgendwann nach Mitternacht – er würfelte mit zwei anderen Pennern, die sicher auf der Durchreise waren, in einer Bushaltestelle um den nächsten Schluck – war sein Film gerissen. Hier im Krankenhaus sagten sie ihm, dass er bis auf die schmutzige Unterwäsche nackt gewesen wäre. Er wäre zwar in eine löchrige Decke eingewickelt gewesen, aber die Füße eben nicht. Und dann hatten die Ärzte bei der Visite auf seine Füße gezeigt und ihm erklärt, dass sie die Zehen leider nicht mehr retten konnten.

Als sie nach ihrer erfolglosen Suche nach diesem feigen Polizisten zum Ausgang marschiert waren – Ritter marschierte nicht, er humpelte –, überfiel die vier zeitgleich ein unbändiges Hungergefühl. Auslöser war die Klinikküche. Durch das Notstromaggregat weiter funktionsfähig, hatten die beiden Köche und zwei Helferinnen unbeirrt Essen für Patienten und Personal zubereitet, drei verschiedene Menüs.

»Kommt, wir essen erst mal was!«, hatte Ritter entschieden. »Haben ja nichts weiter vor im Moment, oder? Hat einer irgendwelche wichtigen Termine?«

Sie hatten gelacht, und nachdem Mario seinen Bruder geholt hatte, der im Wagen vor der Klinik die Waffen bewachte, war Fuchs vorausgegangen und hatte ihnen den Weg in die Kantine gezeigt. Zu dieser Zeit, kurz nach vier, war im Regelfall geschlossen – heute nicht. Also setzte Ritter sich an einen der Tische mit Blick hinaus in den Park und legte das lädierte Bein auf einen Stuhl. Fuchs, Mario, Alex und Mehmet gingen in die Küche. Dort hantierte ein einsamer Koch zwischen riesigen Töpfen, Warmhaltebehältern und Pfannen herum. Seine Verzweiflung war ihm anzusehen. Das Patientenessen war nicht abgeholt worden, seine Mitarbeiter gegangen, und er versuchte nun – Don Quichotte mit einer überdimensionierten Suppenkelle – sein Werk wenigstens warm zu halten.

Mehmet zwang ihn mit vorgehaltener Pistole, seine Aufgabe zu vernachlässigen und ihnen einen Servierwagen mit Suppe, Kartoffeln, Nudeln, Gemüse und Fleisch (»Hast du nichts anderes als Schweinefleisch?!«) in den Speisesaal zu bringen, wo Ritter wartete.

In der folgenden Stunde aßen sie, während der Koch bei ihnen stehen bleiben musste.

»Kann ja sein, wir brauchen noch etwas«, hatte Ritter gesagt.

»Oder dein Fraß schmeckt nicht«, ergänzte Mehmet und legte die Waffe neben seinen Teller. »Wo sollten wir uns beschweren, wenn du nicht mehr da wärst!«

Der Koch, erstaunlich schlank – was kein gutes Licht auf seine Künste warf –, blieb, zur Salzsäule erstarrt, am Tisch stehen und beobachtete seine ungebetenen Gäste. Angstschweiß perlte von seiner Stirn.

Nach dem Essen rieb Ritter sein verletztes Bein und verzog das Gesicht.

»Hast du Schmerzen?«

»Das siehst du doch, du Idiot!«, antwortete Ritter. »Dieser Mistkerl von einem Bullen! Wenn ich den erwische …« Er kam nicht weiter, weil eine plötzliche Bewegung, die er sofort bereute, die Schmerzen noch schlimmer machte. Ritter schickte Alex und Mario wieder in die Ambulanz. Sie sollten Schmerzmittel besorgen.

Bis auf eine einsame Leiche waren die Räume der Ambulanz leer. Der Tote lag mit gefalteten Händen und inneren Verletzungen, die keiner mehr behandelt hatte, auf einer Trage. Kein Arzt, keine Schwester, keine Kranken. Schränke standen offen und am Boden lagen Binden, Tupfer und Medikamentenschachteln.

»Hat wohl noch einer Schmerzen gehabt.«

Alex nickte.

»Ich hab da eine Idee. Der Wagen steht doch noch draußen. Weißt du, was wir machen? Wir verschwinden mit den

Waffen und drehen auf eigene Faust ein Ding! Irgend 'ne Bank oder so! Oder wir fahren rüber nach Villingen und schauen uns dort ein bisschen um.«

Mario war schon auf dem Weg zur Tür, als ihn sein Bruder zurückhielt.

»Lieber nicht. Ritter wartet bestimmt schon!«

»Was geht uns dieser Ritter an, he? Bloß weil der einen Bullen abgeknallt hat, hat er uns noch lange nichts zu sagen!«

»Ja schon, aber ...«

»Nichts aber. Los, Bruder«, Mario boxte Alex gegen die Brust und tänzelte mit erhobenen Fäusten, wie Henry Maske in seinen besten Zeiten, um seinen Bruder herum. »Los, du und ich mit den Knarren und dem Auto – das ist es!«

»Scheiße Mann, wo bleiben die Wichser?!« Ritter schleuderte einen weiteren Teller Richtung Eingangstür. Über eine halbe Stunde war inzwischen vergangen, ohne dass die Brüder aus der Ambulanz zurückgekehrt wären. Und er hatte Schmerzen!!!

»Soll ich mal nachsehen?«, bot sich Fuchs an.

»Ach was, die sind sicher abgehauen.« Ritter lockerte den Verband, denn der saß inzwischen so fest, dass er drohte, das Bein abzuschnüren. Das Bein hatte in den letzten Stunden deutlich an Umfang zugelegt, und in der Wunde klopfte es wie ein im Keller eingesperrtes Kind, das gegen die Tür hämmert. »Die feigen Säcke sind über alle Berge, sonst wären sie längst zurück.«

23

20:18 Uhr, Krankenhaus Donaueschingen, Aufzug 2

Thomas Bachmann konnte den Druck in seiner Blase kaum noch aushalten! Es schmerzte, und er lief wie ein eingesperrtes Tier in der engen, stockfinsteren Fahrstuhlkabine umher. Zwei kleine Schritte hin, zwei kleine zurück, zwei hin und wieder zurück. Im Haus war es still. Oder meinte er das nur, weil sich alles in ihm auf seine Blase konzentrierte?

Schreien durfte er jetzt nicht! Nummer zwei hatte es verboten, denn sonst käme der Tod. Der Tod, auf den Nummer drei doch so hoffte.

Nein, er durfte nicht schreien!

Aber der Urin musste raus aus ihm, die Schmerzen wurden unerträglich. Als ob man ihm einen Dolch in den Unterleib gebohrt hätte und nun wild mit diesem in seinen Eingeweiden herumrührte. Es tat so weh. Thomas sank auf die Knie und krümmte sich vor Schmerz, sprang aber sofort wieder auf die Beine, weil diese Haltung den Druck auf seine Blase nur noch verstärkte. Er spürte, dass erste Tropfen seinen Körper verlassen hatten, und schämte sich so sehr. Er schämte sich.

Hin und her, immer zwei Schritte, nicht nachdenken, laufen, laufen, einfach nur laufen und dabei tief einatmen und wieder ausatmen. Er würde nicht in die Hosen pinkeln!

Und wenn doch?

Nimm doch die Thermosflasche. Es war Nummer zwei, die endlich von sich hören ließ. *Obwohl, mach's lieber doch nicht! Vielleicht geht ja gleich das Licht wieder an, die Tür öffnet sich und – stell dir das nur vor – vor der Tür sind Menschen, und du stehst hier im Aufzug, mit heruntergelassenen Hosen und pinkelst gerade in deine Thermosflasche. Nein, nein, lass es lieber!*

Gibt es eine Alternative?, fragte Nummer eins.

Instinktiv wusste Thomas, dass es keine gab! Sonst würde Nummer eins sie ihm verraten.

Es gab keine Alternative.

Er bückte sich und tastete nach seiner Aktentasche, die hier irgendwo liegen musste. Klick – öffnete er sie, riss die Flasche heraus und schraubte den Verschluss auf, riss ihn herunter. Er öffnete seine Hose und – es ging nicht! Thomas atmete tief ein und wieder aus. Du kannst es. Du darfst endlich.

Er presste. Er drückte, aber irgendetwas in ihm hatte Spaß daran, ihn zu quälen. So sehr er sich auch anstrengte, es kamen nur ein, zwei lauwarme Tropfen, die hohl in seine Thermoskanne fielen.

Denk nicht daran. Denk an etwas anderes.

Er versuchte es.

… Die Psychiatrie. Er wurde von Pflegern gepackt, auf eine Pritsche geworfen und an Händen und Füßen festgeschnallt. Ein Arzt beugte sich über ihn und lächelte. Stimmen. Dann ein winziger Stich in der Ellenbeuge. Gleich werden die Medikamente kommen …

Es tat so weh!

Denk an etwas Schönes.

… Konnten Vögel Stimmen hören? So wie er? …

Thomas ging in die Knie. Seine Beine waren weich. Sie wollten ihn nicht mehr halten. Wie ein mit lauwarmem Wasser gefüllter Luftballon lag seine Blase im Unterleib, machte sich breit und breiter, drückte gegen Darm und Bauchdecke, schob alles zur Seite. Der Ballon drückte auf Muskeln und Nerven.

Weißt du noch, fragte Nummer eins, *wie sie uns angesehen hat? In der Apotheke? Wir haben unsere Pillen geholt. Sie hatte ihr Haar nach oben gesteckt, und wir sahen ihren Nacken. Jedes kleine Härchen und sogar den Leberfleck hinter ihrem Ohr.*

Thomas erinnerte sich. Wie schön die Frau war. Wie verwirrt er den Kopf unter ihrem Blick senkte und sein Herz raste und … und wie er das Wasser nicht mehr halten konnte, es einfach so aus ihm herausgelaufen war, am Tresen der Apotheke.

Warme Tropfen fielen auf seine Hand.

Endlich ließ er es laufen! Und es tat ihm so unendlich gut. So gut. Thomas atmete tief und hörbar aus, der erste Laut, den er seit Stunden von sich gab.

Nummer zwei hatte sich wieder einmal geirrt, denn das Licht ging nicht an, die Fahrstuhltür öffnete sich nicht.

Aber es hätte sein können.

Der Schmerz verließ seinen Unterleib, ganz langsam, gerade so, dass Thomas diesem Gehen folgen konnte und voll Dankbarkeit wahrnahm, wie Zufriedenheit den Platz des Schmerzes einnahm. Er war gerettet!

Hättest du doch noch ein paar Minuten gewartet, jammerte Nummer drei. *Wenigstens fünf. Dann wären wir geplatzt, hihi. Ach, wär das schöööön gewesen! Dass du immer alles verderben musst, du böser, böser Junge!*

Über dreizehn Stunden dauerte nun schon seine Einzelhaft hier im Aufzug. Inzwischen hatte er jegliches Zeitgefühl verloren. Hatte die Welt sich weitergedreht? War überhaupt Zeit vergangen? Oder geschah dies alles vielleicht in einem winzigen Moment, in dem er die Augen kurz geschlossen und geträumt hatte, und kam ihm nur als dieser unendlich lange Zeitraum vor? Er wusste es nicht, wusste nicht, ob es heute oder morgen war. Oder vielleicht auch gestern. War er allein im Aufzugsschacht, oder war der Tod inzwischen näher gekrochen und suchte seine Witterung mit schnüffelnder Nase? Es war egal. Er hatte Wasser gelassen, und der krampfende Schmerz war weg. Endlich glitt er die Kabinenwand hinab und hockte sich auf den kalten Boden. Alles andere zählte nicht.

24

20:40 Uhr, Krankenhaus Donaueschingen, Intensivstation

Das Notstromaggregat im Wirtschaftshof klang bereits seit zwanzig Minuten seltsam. Wie ein Gurgelnder, der sich verschluckt und plötzlich loshüstelt. Das Hüsteln hielt einige Minuten an, ging in ein ordentliches Husten über und verstummte schließlich mit einem abschließenden Seufzer. Das war, als ein unscheinbares Ventil zersprang.

Zufall.

Die wenigen Maschinen der Intensivstation, die über einen Akku verfügten, stimmten urplötzlich lautes Wehgeschrei an und piepsten ohne Unterlass in den verschiedensten Tonlagen. Dämmerung flutete im gleichen Moment durch die Fenster und innerhalb von sechs Minuten verstarben die vier frisch Operierten, deren Leben bis zu diesem Augenblick künstlich mittels Beatmungsmaschinen in ihnen gehalten wurde.

Das dürfte die Zahl der Leichen, die sich inzwischen im Aufwachraum stapeln, auf vierundzwanzig erhöhen, dachte Eva Seger. Traurig sah sie hinüber zu Aleksandr Glück. Eva hatte seit Stunden Feierabend. Aber die Angst vor dem, was da draußen auf sie warten mochte, hielt sie zurück. Und die Kranken. Aleksandr Glück.

Sie spürte den unbändigen Drang nach Bewegung in sich, wollte über die Station hetzen, arbeiten und dabei an nichts denken. Nicht an Hans und Lea, nicht an die Flugzeuge, an den Jungen, der in das Bett gefeuert hatte, in dem sich der Polizist versteckte. Der Polizist hatte Glück gehabt, denn alle drei Projektile hatten ihn verfehlt. Eva hatte gewartet, bis die vier Männer die Station verlassen hatten. Dann holte sie den in Angst erstarrten Joachim Beck aus seinem Versteck.

Beck hatte gekeucht wie ein Erstickender, war aus dem Zimmer mit der Leiche gerannt und am Ende der Station in einem kleinen Lagerraum schluchzend zusammengebrochen. Sie brauchte zehn Minuten, bis sie den Mann so weit beruhigt hatte, dass der bereit war, ihr in den Aufenthaltsraum zu folgen und – dem da noch funktionierenden Notstrom sei Dank – eine Tasse Kaffee zu trinken.

Dr. Stiller blieb fast eine Stunde verschwunden, eine Stunde, in der Eva allein war mit anfangs dreizehn Patienten. Mehmets Ausraster war wohl der Startschuss für einen allgemeinen Aufbruch gewesen: Stefan entschuldigte sich bei Eva und ging. Die junge Ärztin verschwand, ohne sich abzumelden, und von den vier Schwestern der Spätschicht kam nicht eine.

Schließlich fand sie Stiller zusammengerollt wie einen Embryo und mit den dünnen, durchscheinenden Händen an beiden Ohren unter einem Patientenbett. Er hatte eingenässt, und als sie ihn unter dem Bett hervorholte, starrte er Eva nur mit riesigen Augäpfeln an. Gollum!

Eva machte weiter, denn die Menschen hier brauchten sie. Sie wusste, sollte auch sie noch die Station verlassen, dann war's das. Was war wichtiger – ihre Patienten, die wahrscheinlich ohnehin sterben mussten, oder Lea? Lea natürlich, aber die wusste Eva in guten Händen. Nein, nicht nachdenken. Nicht an die Fahrt denken, die noch vor ihr lag, dreißig Kilometer durch Kriegsgebiet, wie es Beck bezeichnet hatte, durch Krieg und Chaos. Die Station gab ihr im Moment noch ein zwar brüchiges, aber doch beruhigendes Sicherheitsgefühl. Hier kannte sie sich aus. Da draußen nicht mehr.

Aleksandr Glück brauchte sie! Er war der einzige Patient, dessen war sie sich bewusst, der hier noch eine reelle Überlebenschance besaß. Mit mieser Zukunftsprognose zwar, aber wenn ihm jemand half, könnte er dieses ganze unverständliche Chaos überleben. Auch deshalb blieb Eva, wegen

Glück. Und weil Joachim Beck ihr eindringlich davon abgeraten hatte, vor morgen früh das Haus zu verlassen.

»Warum gehen Sie nicht auch, Schwester?« (Schwästerrr!), fragte Glück.

Eva hatte sich im Flur, wo Glück sie sehen konnte, auf den Boden gesetzt. Sie war blass und müde und traurig. Und allein.

»Gehen Sie doch und retten Sie sich, hier gibt es nicht mehr viel zu tun.« Womit er den Nagel auf den Kopf traf.

Als die Aggregate ausfielen, waren neben Glück noch weitere sieben Patienten auf der Station. Die, die noch beatmet werden mussten, verstarben umgehend, bei den verbleibenden, zwei Frauen und ein Mann, alle heute notoperiert, würde es in ein, höchstens zwei Stunden vorüber sein. Da die lebenswichtigen Medikamente, die, von Maschinen aufs Feinste dosiert, ihren Kreislauf am Laufen hielten, ohne Strom nicht weiter verabreicht werden konnten, hatten sie keine Chance.

»Wissen Sie, Schwester, manchmal muss man an sich denken und, auch wenn es schwerfällt, einsehen, wenn es nicht weitergeht.« Eva erhob sich und ging an sein Bett.

»Sie reden wie ein alter Philosoph, wissen Sie das?« Gewohnheitsmäßig strich sie seine Bettdecke glatt. »Wie ein Philosoph, der recht hat«, fügte sie hinzu.

Glück richtete sich auf. »Unter normalen Umständen wäre das Verhalten der anderen, derer, die Sie hier im Stich gelassen haben, verwerflich. Aber, Schwester, die Umstände sind nicht mehr normal. Haben Sie sich schon mal die Frage gestellt, ob unter diesen Umständen jetzt nicht Ihr eigenes Verhalten verwerflich ist, Schwester?«

Eva sah ihn mit einer Mischung aus Zweifel und Belustigung an. »Doch, doch, Schwester! Ich finde es verwerflich, wenn Sie sich an ihre Arbeit klammern und dabei sich selbst vergessen. Gehen Sie, gehen Sie heim, zu ihrer Familie und ihrem Mann. Wohnen Sie hier in der

Stadt? Dann schaffen Sie es noch, bevor die Dunkelheit kommt!«

»Ich lebe in Wellendingen. Selbst wenn die Welt in Ordnung wäre, bräuchte ich über eine halbe Stunde mit dem Auto. Mein Mann ist gestern nach Schweden geflogen. Und meine Kleine ist hoffentlich bei den Nachbarn.«

»Sie haben ein Kind?«

Eva nickte. »Wollen Sie sie sehen?« Sie holte einen winzigen Geldbeutel aus ihrem Kittel. Sie war froh, dass sie immer auf ein paar altertümliche Papierabzüge der digitalen Bilder bestanden hatte. All die Tausend Fotos, die Hans auf einer externen Festplatte und auf DVDs speicherte, waren jetzt unerreichbar. Selbst zu bloßen Erinnerungen geworden, wie die Momente, an die sie eigentlich erinnern sollten.

Eva gab Glück ein Bild von Lea. Ein weiteres Foto zeigte Hans und Lea in einem reifen Getreidefeld. Nur ihre Köpfe schauten aus dem Goldgelb der Ähren heraus, und über ihnen strahlte die Sonne. Genau so ein Feld war es, in dem sie und Hans sich vor zehn Jahren zum ersten Mal geliebt hatten. Oder versucht hatten, zu lieben. Sie musste lächeln, was sie damals zum Glück nicht getan hatte. Sie lächelte zärtlich bei der Erinnerung an Hans' Problemchen damals im Feld.

Es hatte fünf Monate gedauert. Fünf Monate, in denen sie sich heimlich zu Spaziergängen getroffen oder leise miteinander telefoniert hatten. Fünf Monate Sehnsucht, fünf Monate schlechtes Gewissen ihren Partnern gegenüber. Hans hatte einmal zu ihr gesagt, dass sie beide – damals war außer leisen Berührungen noch nichts gewesen – schon ein seltsames Paar wären. Normalerweise würde man doch zuerst übereinander herfallen und sich dann erst Gedanken machen und über eine Zukunft reden. Oder gehen. Aber sie näherten sich einander mit Worten (Eva) und Zuhören (Hans). Und sie schrieben einander seitenlange Briefe.

Bis Hans sie entdeckte, hatte Eva die Ehe mit Martin Kiefer

als logische Fortsetzung ihres Elternhauses verstanden. Aus der Ehe ihrer Eltern waren Zuneigung und Respekt, wenn es diese Dinge denn je gegeben hatte, längst verschwunden, sie selbst hatte nie ein Familienleben im Sinne von Liebe und Geborgenheit erlebt. Und so waren die Männer, die sie unter den vielen Bewerbern aussuchte, immer einer ganz bestimmten Kategorie zuzuordnen: kühl, eher einfach in ihren Ansichten und sie waren sehr genügsam im Bett.

Als Hans ihr in einem seiner Briefe geschrieben hatte, dass er ganz genau wisse, dass sie miteinander schlafen würden, hatte ihr Herz angefangen zu rasen. Genau das wollte sie – ihm gehören. Aber sie hätte niemals gewagt, diesen Gedanken zu denken, geschweige denn, ihn auszusprechen. Zu eng saß das Korsett ihrer strengen bürgerlichen Erziehung, zu klar war die Rolle einer Frau in ihr Hirn gebrannt. Als sie Martin geheiratet hatte, war sie froh gewesen, ihrem Elternhaus zu entfliehen. Für diese Freude opferte sie die Chance auf ein eigenes Leben. Sie glaubte damals wirklich, mit Martin vielleicht nicht glücklich, aber wenigstens zufrieden sein zu können. Irgendwann würden Kinder kommen, und das kleine Reihenhaus, das sie umbauten, würde eine Familie beherbergen. Aber je mehr Martin von Kindern sprach, desto größer wurden Evas Angst und ihre Unsicherheit. Sie wusste nicht, was es war, aber irgendetwas stimmte nicht mit ihr, mit dem Leben, das sie lebte.

Dass der bloße Gedanke an einen Mann sie erregte, war ihr bis dahin noch nie geschehen. Sex war, wie Martins Sportschau-Samstag auch, ein Etwas, das zu einer Ehe dazugehörte, und genau so lief es dann zwischen ihnen auch ab: Nachdem Martin ihr tagelang vergeblich Avancen gemacht hatte, ließ Eva es schließlich irgendwann über sich ergehen, mit den Gedanken sonst wo, ohne Erregung, ohne Lust. Berührungen und Zärtlichkeiten waren ihr schon immer unangenehm gewesen. Wie sollte eine junge Frau genießen und geben können, was sie als Kind niemals erlebt hatte?

Es war ein warmer Augustnachmittag gewesen damals, als sie sich auf einem abgelegenen Wanderparkplatz getroffen hatten. Genau wie auf dem Foto, aus dem heraus Hans sie jetzt anlächelte. Sie wussten beide, dass es an diesem Tag geschehen würde, und sie hatten beide bis zum frühen Abend Zeit.

Eva hatte gewusst, dass die kommenden Stunden ihr Leben völlig verändern würden, dass sie danach niemals wieder ihren Mann an sich heranlassen könnte. Und trotzdem wollte sie Hans, wollte ihn, wie sie noch niemals zuvor etwas gewollt hatte.

Und dann konnte er nicht.

Es ging nicht, und das war fast das Schönste, was ihr hatte passieren können, dachte Eva. Denn was stattdessen seine Hände und sein Mund mit ihr taten, hatte ihr fast den Verstand geraubt. Was er ihr schenkte, war reines Glück, war das wirkliche Leben! Geschenke, ganz ohne männliche Gier nach eigener Befriedigung. Ihm war sein Versagen peinlich, und er hatte sich geärgert, dass er, wo er doch endlich am Ziel war, nicht konnte.

Eva hatte seine unbeholfene Art, damit umzugehen, amüsiert, sie liebte ihn mehr als alles auf der Welt. Und jetzt war sie endlich auch bereit, dies einzugestehen.

Eva streichelte Hans' Gesicht auf dem Foto. Ihr Herz klopfte laut, hämmerte, aufgeregt wie bei diesem ersten Mal.

»Aber eigentlich habe ich ja bald zwei Kinder«, sagte Eva und zeigte auf ihren Bauch. Glück hob die Augenbrauen, dann verstand er. Ein breites Lächeln überzog sein Gesicht.

»Das ist gut.« Er streckte die Hand nach ihr aus. »Darf ich?«

»Ich bin erst im dritten Monat, noch ganz am Anfang. Sie können noch nichts spüren.«

Trotzdem nahm sie seine dünne Hand und legte sie sich auf den Unterleib. Aleksandr Glück schloss die Augen. Für einen kurzen Moment war die Welt wieder in Ordnung, war er jung, gesund und voller Kraft und Olga, seine Frau, trug ihren gemeinsamen Sohn in sich. Es war eine kurze, überaus vollkommene Sekunde, die Eva ihm schenkte. Und sie spürte die Ruhe des Alten in sich strömen. Was war wichtig? Am Morgen hätte sie es noch gewusst, da war alles noch klar und geordnet. Es gab Wertigkeiten, die unumstößlich und sicher schienen, in Stein gemeißelt sozusagen. Aber das war lange her, fast schon ein anderes Leben. Eva durfte sich nicht fallen lassen, sie musste stark sein, stark für Aleksandr Glück, für Lea und Hans – und für das Ungeborene. Aber was war das Wichtigste? Sie selbst? Lea? Glück?

»Sie müssen auf sich aufpassen«, sagte Glück, streichelte ein letztes Mal ihren Bauch, dann zog er die Hand unter die Bettdecke zurück. Hatte er ihre Gedanken erraten? »Nur wenn Sie gesund bleiben, wird es auch das Baby sein. Nur wenn Sie Kraft haben, können Sie morgen zu Ihrer Kleinen fahren.«

»Morgen? Wird morgen alles wieder gut sein?« Sie hoffte, dass der alte Mann ihr sagen konnte, dass die Welt sich am nächsten Morgen wieder in den gewohnten Bahnen bewegen würde. Dass alles nur ein böser, böser Traum war.

»Vielleicht. Wahrscheinlich aber eher nicht.«

»Der Polizist hat erzählt, dass die meisten Straßen blockiert sind und dass in der Stadt geplündert wird. Wie soll ich da, als einzelne Frau, die dreißig Kilometer bis Wellendingen schaffen?«

Aleksandr Glück musterte sie und sagte dann: »Gehen Sie nicht davon aus, dass in ein, zwei Tagen alles wieder beim Alten sein wird. Vergessen Sie diese Illusion, dazu sind die Veränderungen viel zu einschneidend und viel zu umfassend. Wegen mir müssen Sie nicht gehen, ich freue mich, wenn Sie mir noch ein wenig Gesellschaft leisten. Wahrscheinlich wird nie wieder eine so schöne junge Frau auf meiner Bettkante sitzen.« Sie lachte und verdrehte die Augen. »Doch machen Sie sich langsam Gedanken, Schwester, was werden soll, wenn keiner kommt und alles wieder wie früher macht. Überlegen Sie sich das.«

Sie betrachtete ernst den alten Mann. Er wirkte gefasst und weise, ruhig. War dies der Zustand, den man Alter nennt? Oder war es ein Zustand, den ein Mensch erst dann erreicht, wenn sein Tod unmittelbar bevorsteht, er dies weiß und er dies akzeptiert? Glück wirkte so klug und wissend, als könnten seine Augen etwas anderes sehen, als könne er mehr sehen als sie selbst, die noch viel zu sehr dem Leben verhaftet war.

»Sind Sie jetzt eigentlich ganz allein hier, Schwester? Wo ist dieser Polizist und wo der kleine Doktor?«

»Dem Polizisten habe ich eine Hose und den Pullover eines …«, sie zögerte verlegen.

»Eines Toten«, ergänzte Glück.

»… gegeben. Er wollte in die Stadt, in seine Wohnung.«

»Schade.« Glück wirkte nachdenklich. »Mit ihm hätten Sie sich vielleicht irgendwie durchschlagen können.«

»Und Dr. Stiller liegt in seinem Büro und schläft und ist morgen früh hoffentlich wieder einigermaßen erträglich!«

Nachdem sie Stiller unter dem Bett hervorgeholt hatte, musste Eva ihm ein starkes Beruhigungsmittel geben. Sie hatte ihm eine Decke auf den Boden gelegt, ihn zugedeckt und ihm, wie einem kleinen Kind, versprechen müssen, die Tür offen zu lassen und nach ihm zu sehen.

»Was wird aus Ihrer Frau?«, fragte Eva.

Olga Glück hatte auch heute ihren Mann besucht, kurz nachdem Ritter und sein Gefolge mit viel Lärm die Station verlassen hatten. Er konnte sie beruhigen und hatte ihre weiche, volle Hand lange gehalten. Dann hatte sie, ungeachtet all des Sterbens um sie herum, ihr allgegenwärtiges Strickzeug aus der Handtasche genommen und an einem Socken weitergearbeitet. Sie hatten sich leise unterhalten, sie auf Russisch, der Sprache ihrer Kindheit, und er in seinem knarrenden Deutsch. Er bestand darauf, Deutsch zu reden, es sei eine Frage des Anstandes, schließlich lebten sie ja nun endlich im Land seiner Urgroßväter. Aber ihr war das egal, denn nur in ihrer Muttersprache konnte sie ihm alles erzählen, konnte plappern, ohne lange nachzudenken, fühlte sie sich wohl.

So hatten beide auch heute zusammengesessen – eine abgeschiedene, einsame Insel der Glückseligen.

Dann beantwortete Glück Evas Frage. »Wenn ich endlich gestorben bin, wird meine Frau Tabletten nehmen.« Eva sah auf. Glück nahm ihre Hand. »Wir haben das schon vor Jahren so entschieden, Schwester, und damals war ich noch gesund. Olga und ich, wir lieben uns seit fünfundfünfzig Jahren.« Seine Augen leuchteten, als er weitersprach. »Sie war sechzehn bei unserer ersten Begegnung und ich siebzehn.« Eva erhob sich. »Oh, Sie haben zu tun, und ich halte Sie auf mit meinem Geschwätz!«

»Nein, nein, ich wollte mir nur einen Stuhl holen.«

Der Patient im Nachbarzimmer war inzwischen verstorben. Eva ahnte es, aber sie wollte nicht mehr zu ihm, wollte nicht noch einem Menschen ein Tuch über das Gesicht legen müssen.

»Bitte, erzählen Sie weiter! Es tut gut, Ihnen zuzuhören.«

»Und ich langweile Sie wirklich nicht?«

»Nein. Im Gegenteil.«

»Und wo war ich stehengeblieben?«

»Sie wollten erklären, was es mit den Tabletten auf sich hat«, sagte Eva.

»Ja richtig! Olga und ich, wir sind inzwischen schon so lang beieinander, dass wir uns schon lange kein Leben mehr ohne den anderen vorstellen können. Sie ist mein Leben, wissen Sie, und ich bin ihres. Wir würden ohne den anderen eingehen und vor Kummer dahinsiechen. Wir waren noch so jung damals, als wir heirateten, sie achtzehn, ich ein Jahr älter. Fünfundfünfzig Jahre sind eine sehr lange Zeit, mehr, als viele Menschen leben, und in all den Jahren haben wir uns nie gestritten, fiel nie ein böses Wort. Deshalb haben wir einen kleinen Vorrat an Schlaftabletten gesammelt und uns versprochen, dass der, der das Pech hat, übrig zu bleiben, nicht lang allein sein wird. Mein Leben hätte ohne sie keinen Sinn, Schwester. Ich würde nur anderen, fremden Menschen zur Last fallen, und keiner wäre da, der nach mir sieht. Das wäre kein Leben mehr. Olga denkt genauso. Wir sind unser Leben, und an dem Tag, an dem kein Wir mehr existiert, wird leben zum Warten auf den Tod. Warum dann also nicht selbst ein wenig Schicksal spielen?«

Glück legte eine Denkpause ein und stützte den Kopf in die hohle Hand. Er sah aus wie ein alternder griechischer Dichter. Sie saßen eine Weile da, ohne zu reden.

»Haben Sie keine Kinder?«, fragte Eva schließlich.

Glück zögerte, dann antwortete er: »Wir haben zwei Söhne.«

»Sie sind nicht hier?«, fragte Eva.

»Nein.« Er schüttelte den Kopf. »Nein, Nikolaj und Wanja sind schon vorausgegangen«, erklärte er.

»Wohin voraus?«, fragte Eva, obwohl sie die Antwort ahnte.

»Dahin, wo ich sie endlich bald wieder in die Arme schließen kann«, antwortete Glück und lächelte.

»Wie …«

»Nein«, er lachte, »jetzt ist es genug! Ich rede und rede, und dabei wird es schon dunkel, und Sie haben noch nichts zu Abend gegessen!« Er drohte mit einem ausgemergelten Zeigefinger.

»Ich habe keinen Hunger.« Ihre Antwort klang halbherzig.

»Sie müssen aber etwas essen, Schwester! Wenn schon nicht für sich, dann wenigstens für Ihr Kleines.« Er sah sie an und streckte die Hand nach ihr aus. Eva ergriff sie.

In diesem einen Moment, als ob die Berührung eine Tür in ihr aufgestoßen hätte, begann sie zu weinen. Zuerst waren es nur einzelne Tränen, die ihr über die Wangen rollten, aber bald begann sie zu schniefen und schluchzte und als Glück sich zu ihr nach vorn beugte und sie mit vor Schmerzen verzerrtem Gesicht in die Arme nahm, brachen sich die Ängste und Anspannungen dieses Tages Bahn, und sie begann hemmungslos zu weinen.

»Wein nur, Schwesterchen. Weine.«

Sie hatte sich den Tag über mit Arbeit betäubt und seit dem Stromausfall nichts gegessen und nur wenig getrunken. Sich dafür aber mehrmals übergeben. Um sie herum waren zwei Dutzend Menschen gestorben, inzwischen vielleicht schon mehr, und nur Gott allein wusste, wie es in der Stadt draußen aussah, wie in der Welt. Wie bei Lea und Hans. Sie war Stunde um Stunde von einem Patienten zum nächsten gerannt, als alle anderen längst gegangen waren, und Stiller war mehr Belastung dabei denn Hilfe.

War dieser Tag die Wirklichkeit? Sie schluchzte, als sie wieder an Ritter und Mehmet dachte und wie dieser auf die Leiche nebenan geschossen hatte. War das die neue Realität? War dieser Tag so wirklich wie das Gestern, mit seinen Abendnachrichten und blühenden Wiesen und dem Telefonat mit Hans? War dies das neue Leben, waren Ritter und Mehmet, der trockene Wasserhahn und die blinden Lampen das Morgen und Übermorgen? Eva hatte so abgrundtiefe Angst, fühlte sich verlassen und einsam und wünschte, Hans wäre bei ihr und könnte sie trösten! Nein, sie wollte nicht, dass dies alles wahr sei, dass sie mit Glück hier saß, während sich ringsum die Leichen stapelten. Dies alles durfte einfach nicht wirklich sein, und deshalb war sie weitergerannt, immer weiter über die Station geeilt, für alles verantwortlich, allein verantwortlich – nur, um nicht anhalten und nachdenken zu müssen. Sie wollte nicht sehen – aber jetzt, mit geschlossenen, nassen Augen, jetzt begann sie zu sehen. Und was sie sah, machte ihr unsagbare Angst!

»Bleiben Sie heute Nacht hier. Hier sind Sie sicher.«

Aleksandr Glück schlug Eva ein gemeinsames Abendessen vor. »Kommen Sie, tun Sie einem alten Mann den Gefallen, Schwester. Es ist vielleicht mein letztes Abendessen und«, er verzog das Gesicht, »bisher habt ihr mir ja immer nur Suppe und Brei gegeben.«

»Ich weiß nicht, ob ich etwas finde. Vielleicht ist ja gar niemand mehr in der Küche.«

»Sie werden uns schon was Feines mitbringen.« Glück war zuversichtlich.

»Also gut.« Eva erhob sich. »Was wünschen Sie sich? Worauf haben Sie Appetit?«

»Weißbrot!«, kam es prompt. »Und einen kräftigen Camembert, wenn Sie welchen finden. Wissen Sie, der ist schön weich. Und dazu würde am besten ein Glas Rotwein passen. Haben die hier so was?«

Eva nickte. »Ich kann Sie wirklich allein lassen?«

»Natürlich, Schwester. Außer dem kleinen Doktor ist doch keiner mehr da, der mir etwas tun könnte, oder?«

Das stimmte. Stiller schlief noch immer, und sonst gab es keinen Lebenden mehr auf der Station. Eva war zu jedem Einzelnen ans Bett gegangen, nachdem er gestorben war, hatte den Beatmeten die Schläuche aus dem Mund gezogen und allen die Hände gefaltet. Sie tat es für sich. Und sie öffnete die Fenster einen kleinen Spalt. Sie hatte vor Jahren einmal über eine alte Frau gelesen, die, nachdem ihr Mann für immer eingeschlafen war, das Fenster öffnete, damit die Seele hinausschweben und aufsteigen konnte. Sie hatte die Geschichte nie wieder vergessen und öffnete seitdem immer das Fenster ein wenig und hoffte, dass die Seelen ihren Weg fanden.

Eva bewaffnete sich mit einer Taschenlampe. Am Eingang

zur Station kam sie am Aufwachraum vorbei, in dem zwölf Betten mit Verstorbenen standen. In manchen Betten lagen zwei oder drei Tote, zum Teil noch notoperiert, und einige lagen am Boden. Sie kam durch den Wartebereich der Etage und bog, an den Aufzügen vorbei, ins Treppenhaus ab. Gespenstische Stille herrschte in den Fluren, die meisten Türen standen offen, und nur in einer Handvoll Zimmer warteten noch Patienten still darauf, dass man sie endlich hole.

Das Leben ging manchmal seltsame Wege, überlegte Eva. Wie schnell alles doch zusammengebrochen war, wie schnell das in Jahrtausenden mühsam geschnürte Korsett, welches sich Zivilisation nannte, aus allen Nähten platzen konnte. Sie dachte an die Bilder vom Balkankrieg, auf denen sich Ende des zwanzigsten Jahrhunderts Menschen, die Jahrzehnte friedlich neben- und miteinander gelebt hatten, abschlachteten wie Tiere. Und das im Herzen Europas, nicht etwa im Irak oder im Kongo. Es wäre damals, bei den Bildern vom Krieg im auseinanderfallenden Jugoslawien, wohl kaum jemandem in den Sinn gekommen, dass das, was sich Zivilisation nannte, auch in Deutschland wie ein Kartenhaus in sich zusammenfallen könnte, sollte erst einmal eine der untersten Karten herausgezogen werden. Bisher waren es immer Kriege gewesen, die alles wegbrechen ließen. Zuerst ein Konflikt, dann Krieg, dann Anarchie und Elend und Einsamkeit. Was aber folgt, wenn das Wegbrechen zuerst kommt?

Eva schauderte.

Sie war inzwischen an der weit offen stehenden Tür zum Speiseraum angekommen. Bis auf das schwache Licht, das die untergehende Sonne zwischen den Bäumen hindurchschickte, war es dunkel. Auf einem Tisch standen einige Schüsseln und Teller und Besteck. Weiße Porzellanscherben lagen herum. Eva durchquerte den weiten Raum und ging an der langen Theke der Speisenausgabe und der alten Registrierkasse vorbei zu einer Tür. Hinter dieser Tür lag ein Flur, der Küche und Speisesaal miteinander verband. In dem fensterlosen Gang herrschte vollkommene Stille. Alles schien verlassen. Im schmalen Lichtkegel der kleinen Taschenlampe, die eigentlich dazu diente, die Pupillenreaktion Hirnverletzter zu prüfen, sah sie, dass fast alle Türen, die vom Flur abgingen, offen standen. Es gab hier mehrere sogenannte Seminarräume mit jeweils einem Dutzend Computer, an denen die Mitarbeiter der Klinik geschult wurden. Alle Monitore und Computer waren verschwunden, ein letzter zerschlagener Bildschirm lag am Boden. Auch die Schiebetür in die Großküche stand weit offen. *Betreten nur in Schutzkleidung gestattet!*, mahnte ein Schild.

Auch hier erschien ihr alles ruhig.

Vielleicht hatte der Polizist ja doch übertrieben, überlegte Eva. Vielleicht gab es doch eine Chance, noch in dieser Nacht nach Hause zurückzukehren.

Durch die Küchenfenster fiel warmes Abendlicht. Sie wollte gerade die Taschenlampe ausknipsen, als sie ein Geräusch stutzen ließ. Ein Klirren, wie wenn Glas gegen Glas schlägt. Sie blieb stehen und lauschte. Die beiden Herdreihen, mit riesigen Töpfen am Rand und ebenso überdimensionierten Kellen darüber, warteten auf den kommenden Tag. Gulliver im Land der Riesen, dachte sie mit einem Blick auf Töpfe, Pfannen und Kellen. Sie ging um den ersten Herd herum, folgte dem Geräusch. Offenbar kam es aus dem winzigen Aufenthaltsraum am Ende der Küche.

Plötzlich stolperte sie. Sie verlor das Gleichgewicht und die Taschenlampe aus der Hand und stürzte zu Boden. Sie schrie auf.

In diesem Moment wurde die Tür des kleinen Aufenthaltsraumes aufgerissen. Eva hob den Blick und sah Mehmet in die Augen. Mehmet erkannte sie sofort und brüllte: »Es ist die Schlampe von der Intensivstation!« Er suchte seine Pistole, und als er sie nicht fand, riss er Fuchs die Maschinenpistole aus der Hand und schoss eine Salve auf die

Schwester. Er hatte aus der Hüfte heraus zu hoch gezielt, und die meisten Geschosse prallten an den Gerätschaften über dem Herd ab und versetzten die Kellen und Löffel in Schwingung. Sie stießen gegeneinander und stimmten einen misstönigen Trauermarsch an. Ein Projektil zerriss eine der Neonröhren, die förmlich explodierte, und drei weitere Kugeln schlugen in die gegenüberliegende Wand, die daraufhin einige der weißen Kacheln fallen ließ.

Eva duckte sich hinter den Herd, als sie Ritters Stimme hörte.

»Spinnst du, wir brauchen sie lebend, du Idiot!« Er riss Mehmet die MP weg und stieß ihn aus dem kleinen Raum. »Los, fangt sie!«

Dass er nicht schon früher draufgekommen war, ärgerte er sich. Wo sonst, wenn nicht auf einer Intensivstation, würde es Schmerzmittel geben!

Mehmet durchquerte mit einigen kräftigen Sprüngen die wenigen Meter bis zum Herd. Eva schüttelte ihre Überraschung und das Entsetzen endlich ab, rannte zum Ausgang, während Mehmet über die Arbeitsfläche der Küche setzte, ausrutschte und auf den Boden schlug.

»Idiot!«, zischte Fuchs, der mit wehendem Mantel an ihm vorbeirannte.

Eva eilte durch den dunklen Gang, nahm die Abkürzung an den Aufzügen vorbei ins Treppenhaus. Sie sah nicht mehr zurück. Mit wenigen Schritten rannte sie zwei Etagen empor und an einem Mann im Bademantel vorbei, der rauchend im Wartebereich stand und die Asche seiner Zigarette genüsslich auf den Boden streute.

»Schwester, mein Urinbeutel ist voll!«, rief er ihr mit erhobenem Arm hinterher.

Eva rannte den fast dreißig Meter langen Flur zu ihrer Station, riss die erste der Türen auf und stand vor dem Eingang zum Aufwachraum. Aufwachraum, dachte sie, Einschlafraum wäre treffender! Sie sah sich um. Sie musste diese Tür irgendwie verriegeln, musste die drei Verrückten daran hindern, hier einzudringen! Die Tür öffnete nach innen. Wenn sie nur irgendetwas so davorlegen könnte … Ihr Blick fiel auf die Betten mit den Toten. Ohne langes Überlegen schnappte sie das erstbeste Krankenbett und rollte es quer vor die Flügeltür. Dann arretierte sie die Bremsen.

Aber wenn sie die Scheiben einschlagen, kann einer von ihnen hereinklettern.

Sie sah sich um. Aber die Regale und Schränke, die als Barrikade in Frage kämen, waren fest eingebaut. Einige Stühle und Hocker standen herum, sonst nichts.

Fast nichts!

Ohne weiter nachzudenken, bückte sie sich und packte die Leiche einer alten Frau an den Armen. Die Frau war schwerer, als Eva vermutet hatte. Sie war schon fast kalt, und als Eva sie auf die Bettbarrikade stemmte, schlugen ihre Arme wie Pendel gegen Evas Beine. Aber Eva wusste, dass dies ihre einzige Chance war. Sie musste sich verbarrikadieren, mit Leichen einmauern, um die Verrückten fernzuhalten. Sie musste das Kind retten, sich retten. Hans weiß doch noch gar nichts von dem Baby!

Ihr war schwindelig – vor Hunger, vor Anstrengung, wegen des Kindes in ihr. Aber sie ging zurück und zerrte einen Mann mit offener Operationswunde aus seinem Bett und über den glatten Boden zur Tür. Leiche um Leiche schleppte sie durch den Raum. Weiter und immer noch eine. Evas Arme schmerzten, und ihr rann der Schweiß vom Körper, und ihr Geruch vermischte sich mit dem Geruch von Tod und Blut.

25

21:32 Uhr, Krankenhaus Donaueschingen

Fuchs und Mehmet hatten den deutlich längeren Weg durch den Speisesaal genommen. Auch sie waren die Treppen hinaufgerannt, und als sie den Raucher trafen und ihn fragten, wo die Schwester hin wäre, begann dieser, über seinen vollen Urinbeutel zu schimpfen und dass er nie wieder in diese Klinik gehen würde. Mehmet rannte einfach auf gut Glück einen (falschen) Flur entlang, Fuchs folgte ihm, als Ritter den Wartebereich erreichte.

»Hier entlang, ihr Idioten!« Ritter humpelte auf Evas Versteck zu. Als er, Fuchs und Mehmet fast gleichzeitig die Tür erreichten, schraken sie zurück: durch die Milchglasscheiben hindurch grinsten sie die Grimassen der Toten an.

Eva brachte auf der anderen Seite der dünnen Tür eine weitere Tote und zerrte sie auf den Leichenberg. Da hörte sie, wie durch einen Vorhang gedämpft, den kleinen Türken.

»Die spinnt, die Tussi, die hat sie nicht alle!« Seine Stimme überschlug sich. »Die hat sich mit Toten verbarrikadiert!«

»Gut beobachtet«, lobte Ritter und humpelte einen Schritt zurück. »Komm, du schießt doch so gern.« Er hielt Mehmet die MP hin.

Der riss ihm die Waffe aus der Hand und begann unmittelbar zu ballern. Die ersten Projektile bohrten sich in die Decke, die nächsten holten große Stücke Putz von den Wänden, bevor Mehmet endlich die Tür traf. Zwei Kugeln fanden ihr Ziel, eine davon zerbeulte nur den Türrahmen, die zweite traf die rechte Scheibe. Sie durchschlug sie, und dünne Risse mäanderten wie feine Äderchen nach allen Richtungen. Dann gab die Waffe nur noch hohles Klicken von sich.

»Verdammter Dreck!«, schrie Mehmet und warf die MP zu Boden.

»Leer?«, fragte Fuchs süffisant.

»Ja, Mann, siehst du doch!«

»Und die restliche Munition ist im Wagen. Und mit dem sind Mario und Alex sicher längst über alle Berge.«

»Und wo ist meine Bullenpistole?«, fragt Mehmet.

»Die liegt unten in der Küche auf dem Tisch!«, sagte Ritter.

Mehmet rannte wie ein Verrückter den dunklen Flur zurück. Als er ins Treppenhaus einbog und die ersten sieben Stufen in einem Satz nahm, kam ihm ein Mann entgegen, den er zuerst nicht erkannte, wegen der Dunkelheit und der privaten Kleidung, die der jetzt trug. Es war der Mann, den Ritter jagte!

Vor ihm stand Joachim Beck, der Bulle!

Beck war mindestens genauso überrascht wie der kleine Türke. Beide blieben wie angewurzelt stehen. Sie taxierten sich in dem spärlichen Restlicht, das noch durch die hohen Fenster ins Treppenhaus sickerte. Keiner sagte ein Wort, keiner bewegte sich. Mehmet, fünf Stufen oberhalb von Beck, hatte den Vorteil eines Angriffes von oben auf seiner Seite, während Beck dem Teenager an Kraft und Kampftechnik überlegen war. Also stand es unentschieden.

Beck war am Nachmittag wie betäubt durch Donaueschingen getorkelt, benommen von der Todesangst, die er neben der Leiche hatte ausstehen müssen. Wäre diese Krankenschwester nicht gewesen, Ritter hätte ihn sicher erlegt wie ein kränkelndes Stück Wild.

Er war an geplünderten Banken vorbeigekommen und an Supermärkten, aus denen biedere Rentner bergeweise Toilettenpapier schleppten und Kinder sich hemmungslos an der Seite ihrer Eltern bedienten. Ein Mann, der Kleidung nach Handwerker, montierte in einem Geschäft in aller

Seelenruhe das gesamte Regalsystem ab und verstaute es in seinem Kleinbus. Vom Eigentümer oder Geschäftsführer war weit und breit nichts zu sehen. Joachim Beck taumelte weiter, vorbei an der Stadtkirche, in die Menschen strömten, um zu beten. Sie zündeten Kerzen an, die die Chancen ihrer Gebete eine Etage weiter oben verbessern sollten.

Das Fürstlich Fürstenbergische Schloss glich einem Selbstbedienungsladen. Vor dem Portal parkten Kleinlaster und Pkw mit Anhängern, und immer mehr Menschen kamen, durchsuchten die prunkvollen Säle und Aufgänge und nahmen mit, was ihnen brauchbar oder wertvoll erschien. Oder einfach nur schön.

Beck war sich der geänderten Zeiten und auch seiner Ohnmacht durchaus bewusst. Er ignorierte das Chaos und die Gesetzesübertretungen, die an diesem Tag aus vielen bisher unbescholtenen Bürgern gemeine Verbrecher machten. Selbst wenn er gewollt hätte – ohne Uniform, ohne Waffe, Dienstausweis und ohne seine Kollegen war er machtlos, allein und ein Nichts.

Er erreichte seine Wohnung. Den Schlüssel hatte er, wahrscheinlich zusammen mit seinem Geldbeutel und der Dienstmarke, irgendwo zwischen Sparkasse, Polizeirevier und Krankenhaus verloren. Mit dem einen noch vorhandenen Schuh trat er die Tür ein. Passende Schuhe hatte Eva nicht gefunden, nur eine graue Bundfaltenhose mit Bügelfalte und einen ausgewaschenen roten Pullover, die sie ihm, während er aufgeregt und zitternd in dem kleinen Aufenthaltsraum der Station Kaffee getrunken hatte, unter die Nase gehalten hatte.

»Ziehen Sie das an«, hatte Eva gesagt. »Es ist besser als das, was Sie noch am Leib haben.« Womit sie zweifellos im Recht war. Seine Uniform hing in Fetzen an ihm, teilweise blutverschmiert und kaum noch als das zu erkennen, was sie vor wenigen Stunden noch gewesen war: Symbol von Recht, Ordnung und Freiheit in diesem Land – die staatliche

Gewalt. Wo war diese Gewalt jetzt?, hatte er überlegt, als er seine Wohnung betrat. Wohin ist plötzlich der Staat?

Die vier Schmerztabletten, die Eva ihm noch in die Hand gedrückt hatte, waren zu diesem Zeitpunkt aufgebraucht. Bis auf eine. Aber dafür spürte er wenigstens seine schiefe Nase nicht mehr und konnte seine rechte Hand einigermaßen ertragen. Die Schnittwunden, die er sich zugezogen hatte, als er Ritter die Scherbe ins Bein stieß, waren noch immer unbehandelt. Dr. Stiller war unauffindbar gewesen. »Das können wir später machen«, hatte Eva gesagt. »Kommen Sie später wieder, wenn sich alles vielleicht irgendwie normalisiert hat.« Aber der Klang in ihrer Stimme hatte ihm verraten, dass auch sie nicht an eine Normalisierung glaubte.

Er hatte ein Glas Mineralwasser getrunken und damit die letzte Schmerztablette hinuntergespült. Danach war er auf dem Sofa eingeschlafen.

Gegen sieben wurde Joachim Beck von schweren Dieselmotoren geweckt. Aus der nahen Kaserne, in der die Jägerbataillone des deutsch-französischen Corps stationiert waren, rückten kleine Panzerfahrzeuge, Mannschaftsbusse und Sanitätswagen aus. Spät hatte sich die von allen Verbindungen abgeschnittene militärische Führung für den Einsatz entschieden, den sie auf Straßensperren und Patrouillen beschränken wollte. Martialisch Bewaffnete mit nutzlosen Funkgeräten an der Brust marschierten nun durch Donaueschingen, Gewehr im Anschlag, und weckten Beck.

Beck war von dem stechenden Schmerz in seiner Hand überwältigt. Es hämmerte in ihr, und sie war gefährlich angeschwollen. Und er besaß in seiner Wohnung nichts, mit dem er die Schmerzen hätte unterdrücken können. Er dachte an Dr. Stiller und hatte die schwache Hoffnung, dass der Arzt noch auf seiner Station sein könnte. Er zog sich um und warf die Kleidungsstücke aus dem Krankenhaus auf einen Sessel, suchte seine Turnschuhe raus und steckte die Gaspistole ein, die seit Jahren unbenutzt in seinem Kleiderschrank lag. Sie war alles, was ihm von seiner letzten Freundin geblieben war.

Für den Weg von der Wohnung zum Krankenhaus am anderen Ende der Stadt, ein Fußmarsch von drei Kilometern, hatte er über zwei Stunden benötigt. Er musste Straßensperren umgehen und vermied tunlichst jeden Kontakt mit den allgegenwärtigen Patrouillen. Alle Brücken der Stadt waren mit Straßensperren blockiert, und mehrere Militärfahrzeuge patrouillierten durch die Stadt und unterrichteten die Einwohner von der verhängten Ausgangssperre, die bis Sonnenaufgang Gültigkeit haben sollte.

Beck war durch Kleingartenanlagen geschlichen und hatte einen Umweg gewählt, der ihm die unbeobachtete Durchquerung der Brigach, eines der Donauquellflüsse, ermöglichte. Auf den anschließenden Bahngleisen stand seit Stunden ein Güterzug.

Beck erreichte die Klinik Punkt halb zehn und war sofort das Treppenhaus hinaufgerannt, die verletzte Hand in einer Schlinge, und dort auf Mehmet gestoßen.

»Da wird sich Ritter aber freuen«, flüsterte der Junge jetzt. Seine weißen Zähne blitzten im Halbdunkel. »Hast dich fein gemacht Bulle, was?« Er versuchte Zeit zu gewinnen und überlegte, wie er an Beck vorbeikommen könnte. Er wollte die Pistole aus der Küche! Und danach würde er sich um den Bullen kümmern.

Beck zog mit der gesunden Linken die Gaspistole aus dem Gürtel.

Mist, verdammter!, dachte Mehmet.

Er machte kehrt und setzte die Stufen hoch. Ich muss Ritter warnen!

Ohne sich noch mal umzusehen floh er vor der vermeintlichen Bedrohung durch den Wartebereich und den langen Flur zur Intensivstation entlang. Fuchs schlug dort mit einem Feuerlöscher gegen die Glastür, während Ritter unbeteiligt danebenstand und sein Bein hielt.

»Der Bulle ist zurück!«, keuchte Mehmet schon von Weitem. »Er ist bewaffnet!«

»Hast du die Pistole?«

Mehmet schüttelte den Kopf. »Die ist noch in der Küche.«

Fast zeitgleich bog Beck am Ende des Flurs um die Ecke. Er war für die drei Männer nur als schwarzer Schatten wahrzunehmen, denn die Nacht war bereits in das Haus gekrochen.

»Wir sitzen in der Falle!« Fuchs warf den Feuerlöscher gegen die Glastür und riss eine Seitentür auf. Ein Besen kam ihm aus der kleinen Kammer entgegen und im schwachen Schein seines Feuerzeuges erkannte Fuchs, dass es nur ein winziger Verschlag mit Putzutensilien war.

»Los, hier rein!« Ritter war inzwischen zu einer massiven Doppeltür gehumpelt und hatte sie mit Mühe ein Stück weit aufgezogen. »Los! Kommt schon! Schnell!«

Sie tasteten sich durch einen geräumigen Saal mit mehreren Liegen und schmalen Glasschränken. Sie befanden sich in der sogenannten Schleuse, in der die Patienten von ihren Betten auf die OP-Tische umgelagert wurden, um anschließend in die Operationssäle gebracht zu werden.

Fuchs stieß mit dem Schienbein gegen das Metallgestell eines Operationstisches. Er fluchte gotteslästerlich und ließ das Feuerzeug fallen.

Beck, die auf größere Entfernungen nutzlose Waffe im Anschlag, näherte sich ihrem Versteck. Ihm war der Aberwitz dieser ganzen Situation, vor allem aber seine Chancenlosigkeit bei einem Frontalangriff der drei, durchaus bewusst. Er durfte nicht schießen! Jedenfalls nicht aus der Entfernung, denn, das war Beck klar, sie würden am Schussgeräusch der Waffe sofort erkennen, um was für eine es sich handelte. Und der fehlende Projektileinschlag wäre dann das i-Tüpfelchen auf ihren Verdacht.

Sie waren nach links verschwunden, so viel hatte Beck noch mitbekommen. Als er an die entsprechende Stelle kam, sah er die offen stehende Tür.

26

21:34 Uhr, Krankenhaus Donaueschingen, Aufzug 2

Thomas Bachmann war erst vor wenigen Minuten eingeschlafen, als Mehmets Maschinengewehrsalve ihn weckte. Er schrak zusammen, umklammerte seine Beine und zitterte. Er fand sich weder in seinem Leben noch in seinem schwarzen Gefängnis zurecht.

Jetzt!!! Endlich!!! Jaaaaa! Nummer drei brach in Freudenrufe aus. *Der Erlöser, er ist ganz nah, hihi, so naaah! Halleluja – er kommt, uns zu massakrieren! Ja, endlich! Reiß uns die verdammten Eingeweide raus und häng sie an den Weihnachtsbaum, oh du mein Herr und Weihnachtsmann! Los, hol die Knarre aus dem Sack, hihi, und strafe uns für unsre Sünden, lieber Weihnachtsmann. Hoho.*

Thomas stieß sich beim Aufspringen den Kopf am Notruftelefon und torkelte zur Seite.

Und schon schlägt er uns mit seiner Rute den Schääädel ein, der Gute!

Thomas blieb am Boden hocken und hielt sich den schmerzenden Kopf. Von draußen hörte er undeutlich zuerst Schritte, wenig später verschwommene Stimmen. Er hatte solche Angst! Er war allein, fühlte sich so unendlich einsam und hilflos, und diese Angst, diese schreckliche Angst, sie fraß ihn auf, nagte an ihm.

Lieber, guter Weihnachtsmann / komm, wirf deine Knar-

re an! / Denn wir waren niemals brav / und nun ist Zeit für ew'gen Schlaf! Hihihi, dichtete die schrille Stimme in seinem Kopf frei nach einem alten Kinderreim.

Thomas hielt sich die Ohren zu. Und dann noch diese endlose Dunkelheit! Kein Schatten, kein Licht, kein Hoffen – nur Angst, Angst, Angst!!! Er begann zu wimmern, wimmerte leise wie ein einsames Kind, das erschöpft nach endlosem Rufen die Hoffnung aufgegeben hatte und nur noch leise weinen kann.

Hättest du doch die Treppe genommen, wie ich gesagt habe!

»Nein«, wimmerte Thomas, »bitte.«

Jedes Zeitgefühles beraubt, ohne Orientierung und Ausweg, konzentrierten sich alle Sinne in ihm auf das Hören. Und was er hörte, machte ihm Angst, mehr Angst als die Drohungen seiner Mutter, wenn er einmal wieder – Nebenwirkung eines seiner Medikamente – während des Essens eingeschlafen war (»Wir bringen dich weg!«), mehr Angst noch als Nummer drei: *Schreckliches wird mit uns geschehen, huaaah.*

Wer hatte geschossen? Und warum? Warum rettete ihn niemand? Warum ließ man ihn so allein?

Sein Wimmern wurde lauter, schon hörte man das undeutliche Schluchzen im Treppenhaus, da schrie er plötzlich aus vollem Hals …

Ja doch, zeig ihm, wo wir uns verstecken!

… Thomas sprang auf und schlug mit den Fäusten gegen die Stahltür seines Gefängnisses …

Nein! Nein! Wir stürzen ab!

… er sprang im Aufzug herum, verzweifelt, mit weit aufgerissenen Augen, die doch nur blind in die Dunkelheit starrten. Er schrie …

Lauter, hihi, wir müssen noch lauter schreien!

Nein, sei still! Oder vielleicht doch? Schrei etwas leiser, nur ein bisschen …

Lasst ihn! Er macht das schon richtig!

... schrie, bis ihm der Hals schmerzte und nur noch undeutliches Krächzen über seine Lippen kam. Noch zwei-, dreimal schlug er gegen die Kabinenwand, dann sank er auf die Knie und begann hemmungslos zu weinen. Gehört hatte ihn niemand.

Warum nur, warum?

Warum?

27

21:38 Uhr, Krankenhaus Donaueschingen, OP-Trakt

Mehmet stützte Ritter. Fuchs folgte ihnen aus dem schwarzen Raum auf einen neuen Flur, von dem aus es in die verschiedenen Operationssäle ging. Ohne Orientierung und ohne etwas zu sehen, stolperten die drei Männer ausgerechnet in den einzigen fensterlosen Raum des ganzen Traktes. Gestank schlug ihnen entgegen. Fuchs zog die Tür hinter sich zu und lehnte sich schwer atmend dagegen. Das Geldbündel war noch da. Sehr gut.

Von draußen hörten sie, wie der Bulle gegen einen der Schränke stolperte. Sie hörten sein Fluchen und den Lärm, den der zerberstende Glasschrank machte.

»Los! Weiter!« Ritter schubste Mehmet vor in die Dunkelheit, gegen einen Operationstisch.

Beck war mittlerweile auf der anderen Seite der Tür angelangt. Seine Finger ertasteten die kalte Lackierung der Tür und die harte Klinke. Und den kleinen Drehschalter genau darunter! Beck zögerte keine Sekunde. Er schloss die Tür ab und klemmte unter den nun quer liegenden Drehschalter den kleinen Wagen, den er neben der Tür gefunden hatte und in dem Spritzen, Kanülen und Ampullen lagerten.

Inzwischen hatte sich Fuchs entlang der kalt gefliesten Wände einmal komplett durch den Raum getastet. »Wir sitzen in der Falle«, schrie er.

»Blödsinn!« Ritter wollte ihm nicht glauben und humpelte nun seinerseits die Wände entlang. »Scheiße«, schimpfte er dann und stolperte zurück zum einzigen Ausgang.

Endlich fanden sie die Klinke. Mehmet drückte sie runter, warf sich gegen die Tür, zog an ihr, trat gegen sie, rüttelte und schrie – aber umsonst, der einzige Ausgang blieb fest verschlossen.

28

21:58 Uhr, Wellendingen, Hardt

Seit Stunden saß Frieder Faust nun schon in seinem Pick-up und starrte in die Landschaft. Das Ameisenheer von Eiseles Beerdigungstrupp hatte sich ins Dorf zurückgezogen, ebenso die Frauen, die zwei große Anhänger voller Gepäckstücke in die Schule gebracht hatten.

Der Sonnenuntergang vor einer Stunde war eine Symphonie auf das Leben gewesen: Glutrot versank die Sonne, und die Fetzen der Schönwetterwolken, die den ganzen Tag schon über das Land gezogen waren, leuchteten noch lang nach. Jetzt schwammen sie, graue Schatten, über den dunkelblauen Himmel. Der langsam auferstehende Sternenhimmel war klar und schön. Und voll kalter Realität, voll harter Fakten, denn es fehlten die schon so selbstverständlichen rhythmisch blinkenden Lichter der Flugzeuge. Es fehlten die Straßenlaternen unten im Dorf und es fehlte der Lichtschein der Städte im Umkreis, die zwar selbst nicht sichtbar, so doch als schwache Schimmer am Horizont oder als Reflexion in den Wolken allgegenwärtig waren. Und es fehlte eine Erklärung für das ausgebrannte Flugzeugwrack, das sich nur wenige hundert Meter entfernt aus dem Boden reckte.

Aber die Welt drehte sich offensichtlich weiter.

Es war der erste Abend einer neuen Zeitrechnung.

Jemand hatte den großen Hauptschalter umgelegt. Mit unbarmherziger Konsequenz hatte er ganze Arbeit geleistet, und aus Tag ward Nacht, aus unserem einundzwanzigsten Jahrhundert wurde im Handumdrehen finsteres Mittelalter. Aus hell wurde dunkel und aus lärmender Geschäftigkeit lähmende Ruhe.

Unter seinem offenen Fahrerfenster lagen inzwischen fünf Kronkorken, und der sechste flog gerade hinterher. Gut, dass er die Bierkiste gestern Abend nicht mehr ausgeladen hatte.

Frieder hatte von seinem über dem Dorf gelegenen Beobachtungsposten aus zusehen können, wie die Menschen am Abend wieder im Gasthaus zusammenkamen. Ab und zu hatten sich die Lichtkegel eines Scheinwerferpaares durch den Ort geschlängelt. Aber er hatte keine Lust, zu ihnen zu gehen. Er wollte seine Ruhe, seinen gewohnten Alltag. Er wollte nicht in der vordersten Reihe stehen.

Da unten verschwand das Dorf langsam unter dem schwarzen Tuch der Nacht. Das war seine Heimat, sein Geburtsort und der Platz in dieser Welt, mit dem all seine Erinnerungen in irgendeiner Weise zu tun hatten. Wellendingen war sein Anfang, war sein Weg, und vermutlich würde hier irgendwann auch sein Ende auf ihn warten. Dieser Ort und die Menschen hier hatten aus ihm den gemacht, der er heute war: ein Endvierziger, endlich geachtet und respektiert, Vater eines erwachsenen Sohnes (Frieder nahm beim Gedanken an Bubi einen tiefen Zug aus der Flasche), Zimmermann und, wenn ihm nicht bald eine gute Ausrede einfallen würde, auch noch so etwas wie Ortsvorsteher.

Ortsvorsteher! Anführer!

Blödsinn!

Morgen wird das große Lachen einsetzen! Alle werden vor ihren Fernsehern sitzen, und sie werden miteinander telefonieren und sich halb totlachen bei der Erinnerung an diesen Alptraum. Sie werden sich an ihren Schreck und die Angst, die sie heute umtreibt, nur noch dunkel erinnern, über ihr mangelndes Gott- und Staatsvertrauen lächeln und sich dafür schämen, dass sie bereit waren, auf einen wie Faust zu hören. Faust und ihr Anführer! Ha!

Er öffnete die Tür, stellte die Bierflasche auf dem Armaturenbrett ab und stieg aus, um Wasser zu lassen.

Die frische Luft und die Bewegung machten ihn schwindlig. Nur mit Mühe schaffte er es, einigermaßen ruhig stehen zu bleiben, während er in weitem Bogen Richtung Dorf pinkelte. »Ich piss auf euch, Freunde!«, murmelte er angetrunken. »Ich piss auf euch und darauf, euer Oberguru zu werden!«, und es fiel ihm sichtlich schwer, das Gleichgewicht zu halten. Er hatte sich an diesen angenehmen Zustand gewöhnt, genau wie Susanne und Bubi. Er war dabei nie volltrunken, nein, Faust wusste genau, wo seine Grenzen waren. Aber diese Grenze schlich sich jedes Jahr ein kleines Stück weiter weg. Er brauchte immer noch ein wenig mehr, um diesen Zustand seliger Schwere zu erreichen, ohne den ihm ein Einschlafen am Abend inzwischen kaum noch möglich schien.

Er sah hinauf zum Himmel, sah die Klarheit des Sternenlichtes, die Milchstraße und, ein winziger leuchtender Punkt nur, der unbeirrt von Süd nach Nord durch das Sternengewirr marschierte, einen Satelliten, vielleicht war es aber auch die vielgerühmte internationale Raumstation. Vor drei Tagen erst war von Baikonur aus eine Trägerrakete mit zwei Russen, einem Franzosen und einem Nigerianer zu den drei Langzeitastronauten der ISS gestartet.

Faust hob die Hand zum Gruß. »Arme Schweine.« Dann

kletterte er mit offenem Hosenstall zurück in seinen Pickup und öffnete die nächste Flasche.

»Prost!«

29

22:52 Uhr, Wellendingen, Gasthaus Krone

Bubi Faust war einer der etwa einhundert Menschen, die noch bis spät in die Nacht im Gasthaus Krone zusammensaßen. Unter der Decke des niedrigen Raumes hingen dicke Rauchschwaden. Der Wirt hatte die Fenster geöffnet. Das Leeren der Aschenbecher hatte er aufgegeben. Berthold Winterhalder hatte genug damit zu tun, flüssigen Nachschub aus dem Keller zu holen. Er machte den Umsatz seines Lebens, einzig sein Vorrat an Kerzen war viel zu gering. Die Frauen und Männer saßen dicht gedrängt und diskutierten die Vorkommnisse dieses Tages. Viele Familien hatten, in der Hoffnung auf eine (warme?) Mahlzeit, den Weg in die Wirtschaft gefunden, und viele waren gekommen, nur um nicht allein zu sein. Aber allen gemeinsam war der Wunsch nach Gesprächen mit Freunden und Bekannten, nach den Meinungen der anderen zu diesem Tag.

»Eines ist sicher«, sagte Martin Kiefer zu Bubi, »wenn der Laden morgen nicht wieder läuft, dann war das heute erst der Anfang.«

Der alte Georg Sattler, der neben ihnen saß, starrte trotz seiner Zuckerkrankheit in ein Glas Cola. Vom Gespräch der anderen nahm er keine erkennbare Notiz.

»Wie meinst du das?«, fragte Bubi.

»Na, der Anfang eben. Wenn wir nicht aufpassen, haben wir bald das totale Chaos. Wird lustig, wenn jeder macht was er will. Keine Aufpasser mehr, keine Polizei, kein Militär. Nur noch der Mensch, sein Wille und seine Kraft.«

»Du bist doch besoffen, Martin«, sagte der Wirt. Er stellte ein weiteres Bier vor Kiefer ab und fügte den Strichen auf seinem Bierdeckel einen weiteren hinzu. »Solchen Schwachsinn zu erzählen. Bringt doch nichts, auch noch Öl ins Feuer zu gießen. Die Leute bekommen nur Panik.« Und schon kümmerte er sich um die Gäste am Nachbartisch.

»Der Mensch, sein Wille und ...?«, fragte Bubi.

»Seine Kraft«, vollendete Kiefer und lächelte. »Kraft ist etwas Schönes. Wenn man sie richtig einsetzt, wird aus ihr Macht. Und Macht macht sexy.«

»Sexy. Du hast vielleicht Probleme.« Bubi nippte an seinem Wasser. »Ganz schöner Mist das Ganze.«

»Geht so.«

»Geht so?« Bubi verdrehte die Augen. »He, weißt du eigentlich, dass ich heute die Bilder meines Lebens geschossen habe? Und – kann ich was mit ihnen anfangen? Kann ich sie verkaufen, an irgendeinen gierigen Fernsehsender verkaufen? Morgen ist die ganze Arbeit wahrscheinlich wertlos! Morgen haben die bestimmt ihre eigenen Reporter überall hingeschickt, morgen ist mein ganzer Dreck nicht mehr aktuell – Schnee von gestern.«

»Gut möglich.«

»Soll ich dir mal was sagen, Martin? Ich dachte ein paar Stunden wirklich, das wäre meine Chance, aus diesem Nest hier rauszukommen!« Bubi kratzte sich hinterm Ohr. »Weißt du, ich hab echt keinen Bock, so zu enden wie mein Alter! Den ganzen Tag buckeln und dann, mit sechzig, wenn du Glück hast, machst du den Schirm zu und fertig. Das war's.«

Kiefer lächelte und nickte.

Die Tür wurde aufgerissen, und Christoph Eisele kam herein.

»Oh, unser Beerdigungsunternehmer kommt!« Uwe

Sigg, der, seit sie den Bagger bei Wünsche abgeholt hatten, eine Zeitlang unauffindbar gewesen war, prostete Eisele zu. »Komm her, Mann, ich geb dir einen aus!«

»Eine Dusche wäre mir lieber! Läuft denn bei niemandem mehr Wasser?«

»Geh an den Bach. Der läuft noch!«

»Oder warte, bis es regnet.«

Bubi Faust, der von dem, was um ihn und Kiefer herum vorging, nichts wahrzunehmen schien, redete weiter: »Ich hab keine Lust mehr auf die vorwurfsvollen Sprüche meines Vaters und auf meine Mutter, die den ganzen langen Tag durch das Haus schleicht und irgendwo putzt, wo es nichts zu putzen gibt, und aufräumt, wo alles aufgeräumt ist. Ständig ist sie mir auf den Fersen. Und weißt du, was das wirklich Schreckliche dabei ist? Sie sagt, egal was ist, kein Wort. Sie meckert nicht, schimpft nicht, bittet nicht. Aber sie gibt einem das Gefühl, nichts richtig machen zu können!«

»Kenn ich«, sagte Kiefer ohne sichtliches Interesse.

»Und dann dieses dämliche Flugzeug heute. Ein Geschenk des Himmels – rums, genau vor meine Haustür geschmissen! Du kannst dir wirklich nicht vorstellen, was für geile Bilder ich heute gemacht habe! Jeder hätte mir die aus der Hand gerissen und ich hätte endlich mal richtig fett Kohle machen können! Und dann wär ich abgehauen, Martin, irgendwohin. 'ne tolle Hütte, Auto und Weiber ohne Ende ...!«

»Wer sagt denn, dass die Chance vorbei ist?«, fragte Kiefer und lächelte. Wieder dieses unergründliche Lächeln, seltsam und ein wenig kalt.

»Wie meinst du das?«

Kiefer zuckte die Schultern. »Wer weiß.«

»Komm schon, mach hier nicht einen auf geheimnisvoll! Davon hab ich für heute echt genug, du! Los, sag, was hast du eben gemeint?«

»Na ja«, zögerte Kiefer, obwohl ihm anzusehen war, dass

er längst beschlossen hatte, mit Bubi darüber zu sprechen. »Stell dir vor Bubi, alles bleibt so, wie es seit heute früh ist.«

»Komm, lass den Scheiß!« Bubi Faust schien ehrlich entrüstet. »Wenn morgen früh mein Handy nicht geht, dreh ich durch!«

»Stell es dir einfach mal vor. Nur so. Nur als Hypothese. Was meinst du, wer …«

Mit einem lauten Knall stellte Sattler sein Glas vor sich auf den Tisch. Er hatte es kurzentschlossen in einem Zug leer getrunken.

»In ganz Bonndorf«, begann er heftig und hielt Kiefer dabei den Zeigefinger vor das Gesicht, »und bei keinem der sieben Ärzte dort war Insulin zu bekommen! Entweder war alles abgeschlossen oder eine Sprechstundenhilfe hat mich wieder rauskomplimentiert. ›Tut uns leid, aber Frau Doktor ist leider nicht Ihre Hausärztin‹ oder ›Nein, wir können Sie bedauerlicherweise nicht behandeln. Wissen Sie, unser Lesegerät für Ihre Versichertenkarte funktioniert gerade nicht. Kommen Sie doch morgen wieder!‹ Könnt ihr euch das vorstellen? Ich soll morgen wiederkommen! Und was ist, wenn ich morgen im Eimer bin? In der einen Apotheke haben die mir nichts gegeben, weil ich kein Rezept hatte, und die andere Apotheke war geplündert.« Ihm schien ein Gedanke zu kommen, denn plötzlich blitzte so etwas wie Hoffnung in seinen Augen auf. »Könnt ihr nicht morgen früh mit mir nach Waldshut fahren? Oder nach Donaueschingen oder Neustadt? Ist egal, wohin, Hauptsache, in ein Krankenhaus. Die haben doch immer haufenweise Insulin rumliegen. Was meint ihr, wir können auch mein Auto nehmen!«

»Und warum fährst du nicht selbst?«, wollte Kiefer wissen.

»Weil meine Augen kaputt sind – vom Zucker.«

»Und was geht uns das an?«

Sattler schien mit dieser Frage nicht gerechnet zu haben. Sein Blick wanderte zwischen Kiefer und Bubi hin und her, und Überraschung wandelte sich in Fassungslosigkeit. »Immerhin«, stotterte er, »immerhin, Bubi, kenne ich dich, da hast du noch fröhlich in die Windeln gemacht, und du, Martin, haben wir nicht letztes Jahr noch zusammen ...«

»Schnee von gestern«, unterbrach ihn Kiefer. Dann, in völlig verändertem Ton: »Aber mal angenommen, einer von uns lässt sich zu einer Spazierfahrt breitschlagen, was springt dabei raus für uns? Schließlich scheint dir dein Insulin ja immens wichtig zu sein. Und so ein alter Junggeselle wie du«, Kiefers Lächeln wurde noch eine Spur breiter, »der hat doch sicher einiges auf der hohen Kante, oder? Was meinst du Bubi, hat er oder hat er nicht?«

Bubi nickte. Er betrachtete den Alten und schien ernsthaft über die Frage nachzudenken, was Sattler die ganze Sache wert sein könnte. Sattler selbst, kinderlos und ohne Verwandte im Dorf, war von Kiefers Antwort sichtlich verblüfft. Nie wäre es ihm in den Sinn gekommen, dass jemand, den er kannte, versuchen würde, Kapital aus seiner Lage zu schlagen. Bisher war es immer eine Selbstverständlichkeit gewesen, dass man Hilfe erhielt und selbst auch half, wenn es an der Zeit war. Schließlich sieht man sich immer zweimal im Leben.

»Nun sag schon, Georg, was ist dir der Ausflug wert? Und vergiss nicht, so wie Anne und Bardo erzählen, muss es überall ziemlich chaotisch zugehen.«

Sattler war immer noch zu überrascht, um spontan auf Kiefers Angebot eingehen zu können.

»Weißt du was, Georg? Ich muss jetzt los, aber wenn du willst, komm ich morgen früh bei dir vorbei, und dann sehen wir weiter. Oder, was meinst du?« Kiefer erhob sich und ließ Geld auf den Tisch klimpern. »Also bis morgen, in Ordnung?«

Sattler nickte.

»Und was wolltest du mir vorhin erzählen?«, fragte Bubi und zahlte ebenfalls.

»Erzähl ich dir morgen. Ich hol dich ab.«

Beim Verlassen des Gasthauses liefen die beiden Männer Susanne Faust in die Arme.

»Ist Papa drin?«, fragte sie.

Bubi schüttelte den Kopf.

»Hab ihn schon seit heute Nachmittag nicht mehr gesehen.« Susanne wirkte ratlos. Sie hatte gehofft, Frieder in der Wirtschaft zu finden und ihn mit nach Hause nehmen zu können. Eckard Assauer – oder Herr Mittwoch, wie Lea ihn getauft hatte – lag reglos im Gästezimmer und starrte in die Dunkelheit, und Lea war erst vor einer halben Stunde endlich eingeschlafen. Das Kind wollte wach bleiben und auf seine Mutter warten. Susanne erklärte ihr, dass Eva sicher noch im Krankenhaus gebraucht werde und erst spät in der Nacht heimkommen würde. Vielleicht auch erst am nächsten Tag. Aber Lea ließ sich davon nicht überzeugen. Erst als Susanne sie wie eine Erwachsene behandelte und an ihr Verantwortungsgefühl Herrn Mittwoch gegenüber appellierte, wurde Lea still. Sie überlegte kurz, dann rannte sie in das Gästezimmer und legte sich auf den Boden. Susanne brachte ihr eine Luftmatratze, Decke und ein Kissen.

»Du musst auf ihn aufpassen. Und wenn er nicht schlafen kann oder Angst hat, singst du ihm einfach ein Lied vor.«

»Kann ich noch meine Kassetten anhören?«

»Die sind drüben in deinem Zimmer. Außerdem ist doch kein Strom da.«

Susanne war danach ins Wohnzimmer gegangen. Sie setzte sich stocksteif auf die vordere Sofakante und wartete. Von oben hörte sie Lea Kinderlieder singen. Einige Male nahm Susanne gewohnheitsmäßig den Telefonhörer ab, um Frieder anzurufen. Stille. Sie war ins Wohnzimmer gegangen, wo sonst jeden Abend die letzten Stunden des Tages vor dem Fernseher vergingen. Stille.

Am Nachmittag hatte sie damit begonnen, den nutzlosen Gefrierschrank unten im Keller auszuräumen. Sie hatte das Wasser aus den Fächern gewischt und die vielen kleinen Päckchen mit Gemüse, Pizzen und Tupperdosen voller Soßen und Fleisch auf einem Tisch sortiert. Nach dem dritten Fach wurde ihr plötzlich die Sinnlosigkeit ihres Tuns bewusst. Warum tat sie das? All die aufgetauten Sachen würden in zwei, drei Tagen sowieso ungenießbar sein.

»Vielleicht macht er oben an der Absturzstelle noch irgendwas oder an der Leichengrube.«

»Jetzt noch?« Susanne sah sich auf der Straße um. Es war dunkel. Zu dunkel, um draußen noch irgendetwas erledigen zu können. »Martin, kannst du mich vielleicht kurz aufs Hardt fahren? Nur schnell nachsehen, ob Frieder da irgendwo ist. Ob ihm nichts passiert ist.«

Kiefer nickte und drückte auf seinen Zündschlüssel. Auf dem dunklen Parkplatz vor der Wirtschaft, in den Fenstern standen Kerzen, die gespenstisch flackerten, blitzten die Blinker seines Audi TT zweimal auf, und die Zentralverriegelung klackte.

»Also los, steig ein«, und zu Bubi: »Wir sehen uns morgen.«

Kiefer und Susanne fuhren langsam den steilen Asphaltweg auf das Hardt hinauf. Das Fernlicht des Sportwagens schnitt für sie einen kleinen Teil der Dunkelheit aus, ein ständig wechselnder Scherenschnitt, schwarzes Papier mit einem kleinen Loch, das sich bewegte. Susanne hielt die Hände im Schoß. Schweigend saß sie neben Kiefer und suchte nach ihrem Mann.

Der Pick-up tauchte in dem Moment kurz im Scheinwerferlicht auf, als Kiefer durch ein Schlagloch fuhr und sein Wagen aufsetzte.

»Halt! Da war er, glaub ich!«

Kiefer stieß zurück, dann schaltete er den Motor ab. Im Xenonlicht vor ihnen schlief Faust mit offenem Mund, eine leere Flasche in der Hand, und schnarchte.

»Ich glaub, der hatte ein Bier zu viel«, konstatierte Kiefer und kickte die Kronkorken unter dem Fahrerfenster zur Seite.

Faust wurde kurz wach, als sie ihn mit vereinten Kräften – Kiefer zog, Susanne schob – auf den Beifahrersitz bugsierten. Dort angekommen, drehte er sich auf die Seite, legte die Hand unter seine Wange, schmatzte zufrieden wie ein kleines Kind und schlief weiter.

»Danke, Martin. Ohne dich hätte ich das nie geschafft.«

»Lässt ihn am besten im Auto schlafen heute Nacht.«

Susanne schien einen Moment über Kiefers Worte nachzudenken. Sie stand regungslos da, und ihr Blick wirkte leer. Wenn man sich mit ihr unterhielt, war es manchmal, als könne man den Weg des eben Gesagten durch ihren Kopf verfolgen. Dieser Vorgang dauerte zwei, drei Sekunden, bei komplizierteren Botschaften aber auch deutlich länger. Aber irgendwann löste sich ihre Starre und sie antwortete. So auch jetzt.

»Frieder im Auto lassen? Die ganze Nacht? Kannst du mir nicht noch helfen, ihn schnell ins Haus zu tragen? Bitte, Martin.«

Kiefer zögerte einen Moment. Es war bereits nach elf, und er wollte in sein Haus, wollte wie jeden Abend die Treppe hinaufsteigen und in die beiden Zimmer gehen, von deren Existenz nur er etwas wusste. Susanne verschwand beinahe hinter dem riesigen Lenkrad des Pick-ups und blickte Kiefer fast flehentlich an.

»Bitte.«

»Also gut. Fahr du voraus.«

Zu dritt schleppten sie Faust ins Haus. Der bekam von allem nichts mit. Bubi hatte sich rechts und links die Beine seines

Vaters unter den Arm geklemmt, Kiefer ächzte unter dem Gewicht des Oberkörpers. Susanne eilte mit einer Taschenlampe voraus ins Schlafzimmer. Sie warfen ihn aufs Bett. Susanne zog ihm die schmutzigen Schuhe aus und deckte ihn vorsichtig zu. Jetzt war sie zufrieden, jetzt würde sie die Nacht nicht allein verbringen müssen.

»Kannst doch heute Nacht gleich hierbleiben, wenn du willst.« Bubi leuchtete mit einer Kerze in den Kühlschrank, nahm sich eine Scheibe Käse und wickelte sie um eine dünne Wurst. »Und ob du nun allein in Bonndorf rumhockst oder nebenan auf dem Sofa schläfst …«

»Aber im Gästezimmer liegen schon Lea und der Fremde«, schaltete sich Susanne ein.

»Danke, aber ich will lieber in meinem Bett schlafen. Ich komme morgen wieder vorbei. Übrigens«, er machte an der Küchentür noch einmal kehrt, »habt ihr was von Eva gehört?«

Mit einem lauten Schrei fuhr Lea aus dem Schlaf. Sie schlug mit ihren kleinen Fäusten um sich. »Nein«, stammelte sie. »Bitte, Mama.«

Susanne tastete nach dem Schalter ihrer kleinen Nachttischlampe. Es klickte zweimal, dreimal, dann fiel ihr der vergangene Tag wieder ein und die dunkle Realität. Sie fand die Taschenlampe, Faust schnarchte unbeeindruckt. Susanne schlüpfte in ihre Pantoffel und ging ins Gästezimmer.

»Ist ja gut, Lea«, versuchte sie, das Mädchen zu beruhigen.

Lea, die Augen fest geschlossen und irgendwo zwischen Alptraum und wach, weinte laut und rief immer wieder nach ihrer Mutter. Über ihre roten Wangen liefen Tränen, und ihre kleine Faust traf Susanne im Gesicht.

Susanne nahm sie in die Arme, drückte sie fest an sich und lief auf und ab. »Schschsch. Es ist alles gut, Kleines. Mama ist bald wieder da … Du bist ja nicht allein.«

Susannes Stimme und ihre Nähe vertrieben den Traum und Leas Angst. So schnell, wie der Traum gekommen war, verschwand er auch wieder. Das Kind beruhigte sich und schlief in Susannes Armen langsam wieder ein.

Susanne trug sie hinüber ans Fenster, hinter dem das Schwarz der Nacht wartete.

»Mama und Papa kommen wieder, mein Kind. Sie kommen bestimmt bald zurück.« Sie schmiegte sich an Leas warmen Körper und küsste sie auf den Kopf. »Bald.«

30

24. Mai, 00:05 Uhr, Krankenhaus Donaueschingen, Intensivstation

Eva hatte darauf gewartet, dass, sobald sie die Leichen so weit weggezogen hatte, dass Joachim Beck durch das zerschlagene obere Glas hereinklettern konnte, Ritter und seine Kumpane aus dem Dunkeln hervorspringen und sich auf sie stürzen würden.

Als sie hinter ihrer Leichenbarrikade saß, abwartete und die Wut der Männer draußen im Ohr hatte, als diese dann plötzlich verschwanden und zur Dunkelheit auch noch Stille einkehrte, als der Moment kam, an dem sie aktiv nichts mehr tun konnte, da endlich wurde ihr mit einem Schlag die Ausweglosigkeit ihrer Situation bewusst. Nur durch tote Leiber und eine nachgebende Glastür von ihr getrennt warteten drei Männer darauf, über sie herzufallen. Sie zu töten. Oder sie zu vergewaltigen, einer nach dem anderen, immer wieder, bis sie den Spaß an ihr verloren hätten. Und dann erst zu töten.

Doch dann hatte sie die Stimme des Polizisten gehört.

Sie hatte sich eine kleine Taschenlampe von der Station

geholt und so hingelegt, dass sie die Barrikade ein wenig erhellte. Im Schein dieser Lampe lächelte sie eine alte Frau an. Fast mitleidig, so schien es Eva. Die Frau lag ganz oben, die Haut zerbrechliches Pergament mit dunklen Flecken. Ihr Mund war zu einem Lächeln verzogen, stand halb offen und der obere Teil der Zahnprothese hatte sich gelockert und hing jetzt schief zwischen den dünnen Lippen der Toten.

Der Polizist brauchte fast zehn Minuten, um Eva davon zu überzeugen, dass er es war. Dann endlich war sie aufgestanden. Was soll's, hatte sie gedacht, wenn die anderen auch noch da draußen sind und gleich hinter Beck hereinklettern, dann ist es wenigstens bald vorbei. Was früher beginnt, ist auch früher zu Ende. Und dass sie Ritter nicht entkommen konnte, stand in diesem Moment für sie außer Frage. Sie zog drei Leichen auf den Boden, dann brach Beck mit einem Feuerlöscher die zerbrochene Scheibe heraus und kletterte zu ihr herein.

Nur er.

Während er ihr alles erzählte – warum er hier war, von den Patrouillen in der Stadt, seiner Begegnung mit Mehmet und wie er sie im OP-Trakt eingeschlossen hatte –, ließ Eva das Loch in der Tür keine Sekunde aus den Augen. Aber es erschienen weder Ritters Fratze, in der ein Zahn fehlte, noch die Visage Mehmets. Und auch von dem Typen im Mantel war nichts zu sehen. Beck kam allein.

Um sie zu retten?

Eva wechselte ihre Dienstkleider und wusch sich wie in Trance mit Mineralwasser Blut und Angst vom Körper. Dann brachte sie Beck zu Stiller.

Stiller zu wecken wurde schwieriger als gedacht. Das Mittel, welches Eva ihm gegeben hatte und das leicht für einen Elefanten gereicht hätte, hatte den Arzt mit einem tiefen, traumlosen Schlaf ausgefüllt. Nur widerwillig erwachte er. Schließlich schnitt Eva den Plastikhals einer Flasche mit

Infusionsflüssigkeit ab und goss Stiller den Inhalt – eintausend Milliliter Salzlösung, angereichert mit diversen Mineralien und Spurenelementen – ins Gesicht. Stiller sprang auf, hustete und spuckte auf den Boden.

»Was, was wollt ihr?« Er blickte sich in der Dunkelheit um. »Wer hat geschossen? Wo sind sie?« Sein Blick hetzte umher.

Im Schein von Evas Lampe wurde der Assistenzarzt wieder zu Gollum. Die dünnen Haarsträhnen klebten ihm am Kopf, er stand leicht vornübergebeugt, wartete sprungbereit, wie ein Raubtier, das zwischen Angriff und Flucht schwankt. Seine großen Augäpfel wanderten zwischen der Krankenschwester und dem Polizisten hin und her. Dann erinnerte er sich.

Eva berichtete ihm, was geschehen war, während er geschlafen hatte.

»Und warum sind Sie noch hier?«, fragte er Beck.

»Ich bin wegen der Schwester zurückgekommen. Und wegen der hier.« Der Polizist hielt dem Arzt seine blutverkrustete Hand vors Gesicht. Diagonal über die Handfläche, eine zusätzliche Lebenslinie, die jeder Wahrsagerin in Zukunft Schwierigkeiten bereiten würde, klaffte ein tiefer Schnitt, ein zweiter verlief parallel zum ersten über die Innenseite seiner Finger. Nur der Daumen war unverletzt. Die Wundränder an den Fingern waren glatt, zwar leicht gerötet und geschwollen, aber sauber. Ganz anders in der Handfläche. Hier klafften die ausgefransten Ränder weit auseinander, weiße Schlieren dazwischen, und das Fleisch ringsum glühte.

»Das sollte in der Ambulanz ausgeschnitten und gesäubert werden«, empfahl Stiller. »Wenn die Entzündung nicht bald behandelt wird, sind Sie die für immer los.« Er zeigte auf Becks Hand.

»Ambulanz? Haben Sie mir vorhin nicht zugehört, Doktor? Es gibt keine Polizeiwache mehr, auf der Sie einen Unfall melden könnten, es gibt keine Banken mehr, wo Sie ein wenig Geld abheben können, es gibt keine Supermärkte mehr und«, Beck hielt dem Arzt seine Hand erneut unter die Nase, »es gibt auch keine Ambulanz mehr, wo ich das hier behandeln lassen kann!«

»Sie müssen ihm helfen, Doktor.« Eva richtete die Lampe auf Becks Hand. »Wenn wir nichts unternehmen, wird er die Hand verlieren. Mindestens.«

»Aber ich bin kein Chirurg! Ich bin Anästhesist!«

»Sie sind Arzt.«

»Das ist ja wohl nicht dasselbe!«

Eva leuchtete Stiller jetzt direkt ins Gesicht. »Aber Sie sind der Einzige hier, der die Kenntnisse hat, das zu behandeln. Und während Ihres Studiums haben Sie doch auch chirurgische Einsätze gehabt.«

»Das ist jetzt fast fünfzehn Jahre her«, sagte Stiller.

Beck zog den Ärmel seiner Jacke hoch. Auch der Unterarm war gerötet und strahlte Hitze aus.

»Sie werden mir jetzt helfen, Doktor!«

»Ich hole alles, was wir brauchen«, sagte Eva.

Stiller zögerte, dann gab er sich einen Ruck. »Also gut. Aber erst will ich einen Kaffee!« Stiller stapfte mit einem weiten Schritt über sein Schlaflager aus dem Büro Richtung Aufenthaltsraum.

»Kaffee?« Evas Lachen klang traurig. »Und wie wollen Sie den machen? Ich meine, so ganz ohne Strom?«

»Aber ich brauche jetzt einen Kaffee!« Stiller stand bockig wie ein kleiner Junge auf dem Flur.

»Sie bekommen Ihren Kaffee, Doktor. Versprochen. Aber erst, nachdem Sie mich behandelt haben!«, sagte Beck.

Stiller schwankte einen Moment, dann gab er sich geschlagen und tastete sich vor Beck bis in den kleinen Aufenthaltsraum der Station. Sie ließen sich auf die Eckbank fallen und warteten auf Eva, die am anderen Ende des Flurs ein Skalpell, Desinfektionsmittel und etwas suchte, womit man Becks Hand für den Eingriff betäuben konnte.

»Und die Kerle sind jetzt im OP?«, fragte Stiller in die Dunkelheit hinein. Obwohl er den Polizisten nicht sehen konnte, wusste er, dass der nickte.

»Eingeschlossen?«

»Ja.«

»Und wie können Sie so sicher sein, dass die nicht rauskommen?«

»Die Tür, durch die sie rein sind, bekommen die nie und nimmer auf!«, antwortete er mit tiefer Überzeugung in der Stimme. »Und so wie die da drin geflucht und geschrien haben, scheint es keinen zweiten Ausgang zu geben.«

»Und Fenster? Was ist mit Fenstern? Was ist, wenn die ein Fenster zerschlagen, runterklettern und dann zu uns zurückkommen?« Stillers Stimme überschlug sich. Es war eine reale Möglichkeit, die ihm da plötzlich Angst in die Brust trieb. Fenster einschlagen. Rausklettern. Zurückkommen.

Zurückkommen!

»Dann wären sie längst hier.«

Der Arzt dachte noch über Becks Worte nach, als Eva alles für den kleinen Eingriff Nötige brachte. Sie gab Stiller die Taschenlampe und breitete ein steriles Tuch auf dem Tisch aus.

»Legen Sie Ihre Hand da drauf«, forderte sie Beck auf.

»Wird es wehtun?«

»Bestimmt«, antwortete der Arzt. Er betrachtete im schwachen Schein der Lampe die Hand und verzog das Gesicht. »Ich muss die Wundränder ausschneiden, die Wunde säubern und zusammennähen.«

»Und was dann?«, wollte Beck wissen.

»Dann nehmen Sie Antibiotika und beten, dass Sie nicht noch bereuen müssen, mich hierzu überredet zu haben!«

Eva sprühte die Hand mit Desinfektionsmittel ein. Beck verzog das Gesicht, die Flüssigkeit brannte in der Wunde wie Feuer.

»Können Sie die nehmen?« Stiller hielt dem Polizisten

die Taschenlampe hin. »Leuchten Sie genau in die Wunde und, wenn Ihnen Ihre Hand lieb ist, halten Sie still dabei.« Eva reichte ihm eine kleine Spritze.

»Was ist das?«

»Scandicain.«

Das war in Stillers Augen offensichtlich Erklärung genug, denn ohne weiter auf Becks Frage einzugehen, stach er fünfmal um die Wunde herum in Becks Hand und injizierte jeweils einige Tropfen des Betäubungsmittels unter die Haut. Nach einigen Minuten fühlte die sich pelzig an.

Mit sichtlichem Unmut säuberte Stiller Becks Wunde mit einem Tupfer, dann reichte Eva ihm ein Skalpell, mit dem er die zerrissenen Ränder begradigte.

»Passen Sie auf, wo Sie hinleuchten!«

»Kommen Sie«, Eva nahm Beck die Lampe aus der Hand. »Geben Sie die mir. Und schauen Sie lieber woanders hin.«

Joachim Beck schloss dankbar die Augen, während sich Stiller fluchend und schwitzend weiter an seiner Hand zu schaffen machte. Schließlich – er war mit sich offensichtlich einigermaßen zufrieden – nähte er die Wunde mit sieben Stichen und klebte einen breiten Pflasterstreifen auf sein Werk.

»Eva gibt Ihnen gleich ein paar Tabletten Antibiotika. Nehmen Sie die die nächsten zehn Tage. Die Fäden können raus, wenn die Tabletten alle sind.« Stiller stand auf. Er kramte eine Schachtel Zigaretten und ein Feuerzeug aus seiner Hosentasche.

»Könnte ich auch eine haben?«, fragte Beck.

Stiller nickte. »Kommen Sie mit.«

»Sie können ruhig hier rauchen.« Eva, die den Tisch abräumte, zuckte mit den Achseln. »Ich glaube kaum, dass die Rauchmelder noch funktionieren. Und selbst wenn, wird niemand kommen.« Was sie sagte, klang traurig. Und endgültig. Als ob sich die Katastrophe dieses Tages auf das Funktionieren eines Rauchmelders reduzieren ließe. Und das Traurige dabei war, dass dies tatsächlich dem Ist-Zustand entsprach.

Während sie rauchten, sprach keiner ein Wort. Jeder hing seinen Gedanken nach und starrte in die Finsternis, die Taschenlampe hatten sie gelöscht. Beck grübelte über die Gefangenen im OP nach, während Stillers Gedanken bei seiner schwangeren Frau in Freiburg waren. Schließlich drückte Eva ihre Zigarette in einer Untertasse aus. Es war die erste Zigarette seit acht Jahren und sicher nicht das Beste für das Baby.

»Ich dachte vorhin wirklich, das war's. Wenn Sie nicht gekommen wären …« Sie hatte Todesangst ausgestanden, als unter der Maschinengewehrsalve die obere Scheibe der Glastür zersplitterte. Was wäre gewesen, wenn Beck nicht erschienen wäre?

»Bis auf Glück sind wirklich alle Patienten tot?« Stiller blies Rauch über den Tisch. »Sind Sie sicher, dass kein anderer noch lebt?«

Eva schüttelte den Kopf. »Ganz sicher, Doktor. Aleksandr Glück ist unser einziger Patient, sieht man von unserem Retter hier einmal ab.«

»Und was machen wir jetzt?« Beck stellte die Frage, die allen dreien im Kopf herumgeschwirrt war. Und die keiner als Erster hatte aussprechen wollen. Weil keiner eine Antwort wusste. Weil keiner wusste, wie die Welt außerhalb der Station im Augenblick funktionierte, geschweige denn, wie sie bei Sonnenaufgang aussehen würde. Wäre dann der Strom wieder da? Funktionierten die Handys? Gäbe es noch irgendeine Ordnung, einen Staat?

Über den Stationsflur drangen aus Aleksandr Glücks Zimmer tiefe regelmäßige Atemzüge zu ihnen herüber.

»Und wo bleibt jetzt mein versprochener Kaffee?«, fragte Stiller schließlich. Er fragte allerdings nur, um überhaupt etwas zu sagen. An die Erfüllung des Versprechens glaubte er nicht ernsthaft.

»Stimmt. Hätte ich fast vergessen.« Beck schlug sich mit der gesunden Hand gegen die Stirn und tastete nach der Taschenlampe. »Was dagegen, wenn ich uns ein kleines Feuer mache?«

»Hier?« Eva klang entgeistert. »Wollen Sie das Krankenhaus in Brand stecken?«

»Nein, natürlich nicht.«

Beck sah sich im Lichtkegel der Lampe im Aufenthaltsraum um, dann hatte er gefunden, wonach er suchte. Er ging zu dem metallenen Spülbecken und öffnete die Tür darunter.

»Das müsste gehen.«

»Was müsste gehen?« Stiller kam zu ihm.

»Wenn Sie den Siphon hier abschrauben«, erklärte Beck dem Mediziner, »müsste ein Feuer im Spülbecken genügend Zugluft bekommen. Haben Sie einen Topf?«

Eva schüttelte den Kopf.

»Sonst irgendein Metallgefäß? Irgendwas, das wir ins Feuer heben können?«

Arzt und Krankenschwester überlegten kurz, dann fragte Eva: »Geht vielleicht auch ein kleiner Metallcontainer?«

Beck nickte. »Egal, wie das Ding aussieht – Hauptsache es ist feuerfest und dicht.«

Eva brachte eine fünfzehn Zentimeter hohe Blechkiste mit dem Grundriss einer Computertastatur.

»Müsste gehen«, nickte Beck und erhob sich. In der Hand hielt er den Siphon. »Jetzt brauchen wir nur noch Papier und Pappe. Holz habt ihr hier sicher nicht vorrätig.«

»Doch!«, widersprach Eva. Sie ging in den Lagerraum nach nebenan und als sie wenig später zurückkam, hielt sie den Männern stolz acht kleine Regalbrettchen hin.

Stiller zerknüllte unter der Anleitung des einhändigen Beck Papier, schichtete Pappe darüber und entzündete schließlich das kleine Lagerfeuer.

»Wenn das Tröndle sehen könnte.«

»Oder Kellermann!«, freute sich Stiller, erschrak aber sofort über die eigenen kühnen Worte und Taten und sah sich um. Nein, das hier gehörte sich wirklich nicht. Das widersprach allen gängigen Regeln. Man würde den Schuldigen zur Rechenschaft ziehen.

Wie von Beck erwartet, erhielt das Feuer durch die Öffnung im Spülbecken genügend Sauerstoff. Bald knisterten die ersten Regalböden, und über die Wände und die Decke des Raumes flackerten warme Schatten. Blauer Rauch sammelte sich unter der Decke, ohne dass der Rauchmelder irgendetwas zu beanstanden hatte, und zog durch die beiden weit geöffneten Fenster nach draußen. Schließlich setzte Stiller den Container über das Feuer, während Eva zwei Flaschen Mineralwasser hineingoss.

Es dauerte fast zwanzig Minuten und brauchte weitere vier Brettchen, dann begann das Wasser zu sieden.

31

05:42 Uhr

Die Sonne beleuchtete einen Planeten, auf dem in den vergangenen Stunden die Luftverschmutzung drastisch zurückgegangen war. Sie war eines der vordringlichsten Probleme, denen das zwei Tage zuvor begonnene Gipfeltreffen der G8 galt, welches in diesem Jahr im äußersten Zipfel des russischen Reiches stattfand. Die Regierungschefs aus Deutschland, Frankreich, Großbritannien, Japan, Kanada, Italien, Russland und den Vereinigten Staaten von Amerika saßen nun zusammen mit ihren Außen-, Umwelt- und Wirtschaftsministern sowie einem umfangreichen Tross an Beratern und Mitarbeitern gemeinsam in Wladiwostok fest.

Im Irak hatte es in den vergangenen dreiundzwanzig Stunden nur zwei Selbstmordattentate gegeben, beide kurz nach acht auf einem Markt in Bagdad. Seitdem war es ruhig.

32

06:28 Uhr, Wellendingen

Die siebzigjährige Adelheid Nussberger lebte mit ihrem zwei Jahre jüngeren Bruder Eugen ein Stück außerhalb Wellendingens an der Straße nach Wittlekofen.

An normalen Tagen schlief sie meist bis gegen neun, aber heute war sie schon um fünf erwacht, was vielleicht daran lag, dass sie gestern Abend, so ganz ohne Fernseher, bereits kurz nach Sonnenuntergang ins Bett gegangen war.

Jetzt stand sie in der Küche und sah zu, wie ihr Bruder einen kleinen Campingkocher aufbaute und an eine rote Gasflasche anschloss. In Eugen Nussbergers Mundwinkel tanzte die obligatorische Zigarre.

»Bist du dir sicher, dass das Ding nicht explodieren kann?«

»Das klappt schon.«

Das Geschwisterpaar hatte seit den Kindertagen so ziemlich jeden einzelnen Tag miteinander verbracht. Bis auf die drei Jahre, in denen sie etwas mit ihrem damaligen Chef hatte. Aber das war jetzt bald vierzig Jahre her und fast schon nicht mehr wahr.

»Hab ich dir nicht gesagt, dass es klappt.« Eugen Nussberger hatte Herd und Gasflasche miteinander verbunden und eine kleine Flamme entzündet. »Pass aber auf, dass du nur so viel Wasser warm machst, wie wir für den Kaffee brauchen. Das ist unsere einzige Gasflasche, und ich weiß nicht, wie viel noch drin ist.«

Adelheid stellte einen Kessel mit Regenwasser auf den Kocher (zum Glück waren die Fässer hinter dem Haus voll) und setzte den Trichter der Kaffeemaschine, in den die Filtertüte gehörte, auf eine Glaskanne.

»Hast du dein Spray genommen?« Adelheid nickte. Seit vor sechs Jahren ihre uralte Mutter gestorben war, bekam sie in regelmäßigen Abständen Asthmaanfälle. Alles psychisch, so ihr Hausarzt. In Stresssituationen müsste sie sich einfach nur beruhigen. Medikamente brauche sie ganz bestimmt nicht. Sie hatte daraufhin den Arzt gewechselt und ihre Medikamente bekommen.

»Du bringst die Lebensmittel nachher besser in den Keller.« Adelheid Nussberger hielt eine schmierige Scheibe Wurst ins Licht, dann warf sie diese der Katze auf den Küchenboden. Ihr Bruder nickte. Er deckte den Tisch, wie jeden Morgen. Es duftete nach frisch gebrühtem Kaffee. Sie nahmen beide am Küchentisch Platz.

»Ist das unser ganzes Brot?«, fragte sie zwischen zwei Bissen. Eugen Nussberger nickte.

»Ein paar Scheiben Knäckebrot sind noch da und das eben.« Er deutete auf den winzigen Rest, der von dem Brotlaib, den er vorgestern gekauft hatte, noch übrig war.

Bis vor acht Jahren hatte Eugen Nussberger eine kleine Landwirtschaft mit zuletzt sieben Kühen betrieben, während seine Schwester im Bürgermeisteramt in Stühlingen arbeitete. Da er damals den ganzen Tag hier auf dem Hof war und die wenigen Tiere und das ganze Drumherum schnell versorgt waren, hatte es sich so ergeben, dass er den größten Teil des Haushaltes und die Einkäufe übernommen hatte. Nur zu bügeln weigerte er sich.

»Und was machen wir jetzt?«

»Selber backen«, antwortete er.

»Kannst du Brot backen? Also ich kann es nicht!« Adelheid fingerte nach ihrem Asthmaspray.

»Ich schau nachher mal in den Backbüchern nach.«

»Und womit sollen wir backen?«, nörgelte Adelheid. Sie spürte Panik in sich aufsteigen und wie diese Panik nach ihrem Hals griff und ihn zuschnürte. Sie drückte zweimal auf die kleine Dose und inhalierte die rettende Medizin. »Mal angenommen, du bekommst einen Teig hin – sollen wir den dann in die Sonne legen?«

Eugen stellte die Kaffeetasse zurück. »Im Notfall«, sagte er, »bringen wir den Teig zur Albicker hoch und fragen, ob wir unser Brot bei ihr backen können. Soviel ich weiß, hat sie noch einen alten Holzofen in der Küche.«

»Stimmt! Du bist ein Engel!« Und schon ging es ihren Atemwegen deutlich besser.

Es war ruhig heute. An normalen Wochentagen rollte um diese Zeit der Berufsverkehr zwischen Bonndorf und Stühlingen an ihrem Haus vorbei, aber in der letzten Stunde war kein einziges Auto vorbeigekommen.

»Glaubst du, es gibt wieder eine Versammlung in der Krone?« Adelheid nahm sich ganz selbstverständlich das letzte Stück Brot, bestrich es dünn mit Halbfettmargarine und legte eine Scheibe Käse darauf. »Wenn ja, könntest du doch vorschlagen, dass man im Dorf die älteren Leute irgendwie unterstützt, jedenfalls so lange, wie das Durcheinander noch anhält.«

»Unterstützt?«

»Na, mit Lebensmitteln zum Beispiel.«

»Und wo sollen die anderen diese Lebensmittel hernehmen?«

Adelheid wollte gerade etwas erwidern, als vor dem Haus ein Fahrzeug zum Stehen kam. Dann hupte jemand.

»Wer kann denn um die Zeit was von uns wollen?« Es war fünf Minuten vor sieben, fast vierundzwanzig Stunden nach dem Aus. Adelheid stand auf und ging zur Tür. Sie hatte diese noch nicht richtig geöffnet, als sie ein Faustschlag mitten ins Gesicht traf. Zeit für einen Asthmaanfall blieb ihr nicht mehr. Sie fiel einfach nur um.

33

07:00 Uhr, Wellendingen

Der normale Alltag im Dorf wandelte sich vollständig. In der Nacht hatten insgesamt siebenundzwanzig Personen eilig das Nötigste zusammengepackt. Sie verließen ihr Zuhause, weil sie sich Sorgen um Familienangehörige machten, weil irgendetwas ihnen sagte, dass sie jetzt bei ihren Eltern, Geschwistern oder Kindern sein sollten. Sie nahmen mit, was ihnen wichtig oder wertvoll schien und bepackten ihre Fahrzeuge. Sie luden die Kinder ein und verließen Wellendingen in alle Himmelsrichtungen. Ob und wann sie ihre Ziele – Stuttgart, Erfurt, Karlsruhe, Bern – erreichten, wusste keiner.

Im Stall von Lydia und Andreas Albicker trafen Nachbarn bei den brüllenden Rindern ein und halfen beim Melken. Es tat ihnen gut, sich mit etwas Sinnvollem zu beschäftigen, es tat gut, nicht allein zu sein, und sie brauchten die Milch.

Jakob Kühne, der Pfarrer, hatte der alten Hildegund Teufel, der ehemaligen Haushälterin des Pfarrhauses, eine Kanne Milch gebracht, und überhaupt schien die Verunsicherung, die der unerwarteten Notlage folgte, die Menschen eher zueinander zu treiben denn zu trennen. Jeder kannte jeden, und so war Kühne nicht der Einzige, der an Türen klopfte und sich erkundigte, ob alles in Ordnung wäre. Die Menschen rückten näher.

Christoph Eisele traf als einer der Ersten an der Grube ein. Sie hatten gestern mit dem Aushub eines circa zehn mal zehn Meter großen Loches begonnen, mit einer Rampe für den Bagger auf der einen Seite. Aber tiefer als ein bis zwei Meter waren sie nicht gekommen, dann hatte die Dunkelheit ein Weitermachen unmöglich werden lassen. Und die Erschöpfung der Männer.

»Gestern um diese Zeit war die Welt noch in bester Ordnung«, sagte Eisele mit einem Blick auf die Uhr zu Bardo Schwab. Wie viele andere hatte auch Schwab an diesem Morgen als Erstes die Lichtschalter betätigt, hatte das Telefon abgenommen und gelauscht und den Himmel nach Flugzeugen abgesucht. Was er sah – oder besser, was er nicht sah – war eindeutig. Also verwarf er den Gedanken, nach Koblenz in seine Firma zu fahren. Was sollte er auch dort?

Aus dem Dorf sahen sie Fausts Pick-up langsam näher kommen, auf der Ladefläche saßen etliche Personen.

»Hat sich gestern ganz gut geschlagen, unser Frieder.« Eisele spielte mit dem Zündschlüssel des Baggers. »Ohne ihn hätte Wünsche das Monstrum hier wahrscheinlich niemals rausgerückt.«

Bardo lachte. »Und wie er dir den Beerdigungs-Job aufs Auge gedrückt hat, war auch nicht schlecht!«

Eisele schmunzelte und nickte.

»Wäre mir zwar lieber gewesen, wenn er es selbst übernommen hätte, aber na ja – einer muss es schließlich machen.«

Christoph Eisele hatte ein paar Stunden gebraucht, um sich mit seinem Schicksal zu arrangieren. Zuerst war er wütend auf Faust gewesen, der ihm unten in der Krone, vor dem halben Dorf, keine andere Wahl gelassen hatte; er konnte schließlich, nachdem er die Idee mit dem Massengrab hatte, nicht nein sagen. Aber es war schon in Ordnung so, und sollten die Leichen hier verfaulen, würden nicht nur Tiere irgendwelche Krankheiten ins nahe Dorf schleppen, auch das Grundwasser wäre in Gefahr. Wenn es heute gut lief, könnten sie den größten Teil der Arbeit hinter sich bringen.

Sie hatten sich für sieben Uhr verabredet, und pünktlich traf einer nach dem anderen an der Absturzstelle ein. Den Männern und Frauen stand die Müdigkeit ins Gesicht geschrieben. In den Familien hatte man bei Kerzenschein bis weit nach Mitternacht zusammengesessen. Die Hoffnung, die sie beim Zubettgehen noch besaßen, hatte der heutige Morgen zerstört. Es gab keinen Strom, kein fließendes Wasser und, und, und. Manche Handys funktionierten zwar noch, aber was sollte man mit einem Telefon, wenn die zentralen Schaltstellen unterwegs schliefen? Noch konnte man das eine oder andere Gerät einschalten, alte Nachrichten lesen oder ein kurzes Spiel spielen. Aber spätestens in zwei, drei Tagen musste auch dieses Intermezzo vorüber sein – Akkus halten schließlich nicht ewig. Einzig Jürgen Mettmüller sprang fröhlich aus seinem dunkelgrünen Geländewagen. Er zog die Plane von dem vollgepackten Anhänger und präsentierte den anderen die Beute seines nächtlichen Raubzuges.

»Hat wunderbar geklappt!«, rief er. »Fünfzehn Säcke Kalk.«

Als man am Vorabend im Gasthaus zusammensaß und darüber nachdachte, wie man verhindern konnte, dass die vielen gleichzeitig verfaulenden Leichen das Grundwasser verseuchten, kam Eugen Nussberger die Idee mit dem Kalk. Andere wollten die Grube mit Planen auslegen oder die Leichen auf die andere Seite des Berges bringen, wo sie allerdings das Grundwasser der Nachbardörfer bedroht hätten.

Nussberger räusperte sich irgendwann, drückte seine Zigarre aus und sagte nur: »Kalk.«

Jürgen Mettmüller war daraufhin in der Nacht nach Bonndorf gefahren. Der Raiffeisenmarkt war zwar geplündert, aber keiner schien bis dahin besonderes Interesse am Kalkbestand gehabt zu haben.

»Das müsste reichen.« Christoph Eisele war zufrieden.

Andere hatten Planen mitgebracht und zusammen mit dem Kalk würde man das Massengrab einigermaßen sicher anlegen können.

Fausts Schädel dröhnte wie ein leeres Ölfass, das man mit

einem Vorschlaghammer bearbeitete. Susanne hatte ihn geweckt und, Routine, ein Glas Mineralwasser und zwei Aspirin auf den Küchentisch gelegt.

»Wo hast du Bubi gelassen?«, fragte Eisele, der Frieders Sohn gestern schon vermisst hatte.

»Ist schon ziemlich früh zusammen mit Kiefer weg.« Faust musterte die Grube und nickte Eisele schließlich zu.

»Habt ja ganz schön was geschafft gestern!«

»Das Schlimmste steht uns noch bevor.« Er dachte an die Leichen und Leichenteile, die noch immer im weiten Umkreis verstreut herumlagen. Ihm graute vor der Aufgabe, sie einzusammeln und schließlich, wie Abfall, in die vorbereitete Grube zu werfen.

»Wir müssen uns heute Abend wieder in der Krone treffen.« Auf Fausts Stirn erschien eine senkrechte Falte. »Lydia Albicker hat mir vorhin erzählt, dass sich irgendjemand in der Nacht bei ihr auf dem Hof zu schaffen gemacht hat. Als sie heute früh in den Stall kam, fehlten eine Kanne Milch und zwei Säcke Kartoffeln.«

Eisele lehnte am Bagger und kratzte sich am Kopf. Die Sonne schien warm auf seine Schultern. Er betrachtete den Finger des Airbusses. Ein Mahnmal.

»Von uns jemand?«

»Keine Ahnung. Kann auch einer aus Bonndorf gewesen sein. Ist sogar wahrscheinlich.«

Die beiden wurden von Markus Thoma unterbrochen, der gerade aus seinem Wagen stieg. Thoma, Lehrer an der kleinen Grundschule im Ort, unterrichtete die ersten und zweiten Klassen und hatte sich vor sieben Jahren hier ein kleines Haus gebaut. Er war sechsunddreißig und erinnerte jeden, der ihn sah, an ein zu groß geratenes Kind. Klein, fast ohne Bartwuchs und mit einem vor Gesundheit strotzenden, roten, vollen Gesicht weckte er – vor allem in den Müttern seiner Schüler – den Wunsch, ihn zu streicheln und ihm einen Bonbon zu schenken.

Seine beiden Kinder hatten in der Nacht plötzlich heftige Bauchkrämpfe bekommen.

»Sie knien abwechselnd vor der Toilette und kotzen sich die Seelen aus dem Leib!« Er sah in den Gesichtern der Umstehenden die Überraschung über seine ungewohnt derbe Wortwahl. »Entschuldigung.« Er trat mit rotem Kopf von einem Fuß auf den anderen und berichtete von seinem nächtlichen Versuch, in einer der Bonndorfer Apotheken Medikamente zu bekommen. »Alles leer geräumt.«

»Hast du eine Ahnung, wo sie das herhaben?«

Thoma nickte. »Sie haben beide aus unserem Wasserfass hinter dem Haus getrunken.«

»Geh am besten zu Eva Seger«, schlug Eisele vor. Eva war die Einzige im Dorf, die beruflich etwas mit Medizin zu tun hatte.

»Eva ist gestern nicht zurückgekommen«, sagte Faust.

»Sie ist noch in Donaueschingen?«, fragte Thoma. Faust nickte.

»In Donaueschingen oder irgendwo zwischen dort und hier.«

»Dann ist die kleine Lea ja ganz allein!«, rief Thoma, der von Hans Segers Schwedenreise wusste.

»Lea ist bei uns«, sagte Faust. »Susanne kümmert sich um sie. Zum Glück ist Lea kein Baby mehr, sie läuft praktisch nebenher.«

Faust schickte den Lehrer zu Hildegund Teufel. Wenn jemand ein Mittel gegen die Beschwerden der Kinder wüsste, dann die Alte.

»Das wäre dann der zweite Punkt auf der Tagesordnung heute Abend.«

Faust blieb am Rand der Grube stehen. Der Bagger grub seine Schaufel in den lehmigen Boden.

Die zwei Kinder werden nicht die Einzigen bleiben, die abgestandenes Wasser trinken, dachte Faust. Wenn nicht bald ein Wunder geschieht, dann war der gestrige Tag erst der Anfang der Katastrophe. Das eigentliche Desaster stand ihnen allen noch bevor! Trinkwasser, Medikamente, Nahrungsmittel, Diebstähle – die Liste ließe sich beliebig fortsetzen. Alles Dinge, um die sich jemand kümmern musste.

34

07:04 Uhr, Wellendingen

Bubi und Martin Kiefer trafen vor Georg Sattlers Haus ein.

»Na, da wollen wir doch mal schauen, ob der alte Diabetiker noch lebt!«, lachte Kiefer und sprang aus seinem Sportwagen.

Sattler öffnete die Tür, noch bevor sie klopfen konnten. Er wartete bereits seit Sonnenaufgang hinter dem Fenster. Er sah blass aus, seine Hände zitterten und auf seiner Stirn glänzte Schweiß. Er ließ die beiden Männer ein und ging vor ihnen her in die niedrige Küche.

»Also, Georg, hast du dir die Sache überlegt? Was ist dir ein kleiner Ausflug nach Stühlingen zum Krankenhaus wert?« Kiefer hatte unaufgefordert am Küchentisch Platz genommen, während Bubi im Türrahmen wartete. Ihm war es sichtlich unangenehm, so mit dem alten Mann umzugehen. Als Kind hatte er oft hier in der dunklen Küche gesessen und, während die anderen Kinder die Luft aus seinem Fahrrad ließen, Kakao getrunken.

»Zweihundert Euro?«

Kiefer stand auf. »Komm, Bubi, hier ist nichts zu machen.«

»Halt! Wartet!« Georg Sattler ging an den Küchenschrank und nahm aus einer Tasse zwei weitere Scheine. Er legte sie zu den anderen.

»Vierhundert. Mehr habe ich wirklich nicht im Haus.«

»Und was ist damit?« Kiefer deutete auf die goldene Taschenuhr, die jeder im Ort kannte und mit der der alte Mann geboren zu sein schien. Sattler wollte etwas erwidern, holte aber nur tief Luft und löste die Uhrenkette von seiner Hose. Er strich ein letztes Mal über den goldenen Deckel. Seine Mutter hatte sie seinem Vater geschenkt. *Die schönste Zeit ist die Zeit mit Dir!* stand in verschnörkelten Buchstaben auf der Rückseite, darunter die Initialen seiner Mutter.

Er legte die Uhr zu dem Geld.

Kiefer steckte alles ein.

»Also, dann mal los. Dein Taxi nach Stühlingen wartet nicht ewig.«

Bubi quetschte sich auf den unbequemen Notsitz des Sportwagens, während Sattler neben Kiefer Platz nahm. Aus alter Gewohnheit griff er nach dem Gurt.

»Brauchst du heute nicht«, winkte Kiefer ab. »Heute sind keine Bullen unterwegs.« Er gab Gas, und die drei fuhren vom Hof.

Sie verließen das Dorf Richtung Obere Alp, vorbei am Haus von Eugen und Adelheid Nussberger. Davor standen zwei Militärfahrzeuge. Die Straße war leer, und sie kamen zügig voran.

Kiefer hatte nur wenig geschlafen. Er hatte am Fenster gestanden und lange die Nacht beobachtet. Trotzdem saß er jetzt aufgeräumt hinter seinem Lederlenkrad, fuhr sicher, wenn auch einen Tick zu schnell.

Als sie um die nächste Kurve bogen, war die Straße plötzlich zu Ende! Wo bis gestern noch der glänzende Asphaltstreifen sanft gewunden mitten durch einen Golfplatz geführt hatte, war jetzt ein tiefer Graben, rechts und links aufgeworfenes Geröll und Erde. Hundert Meter neben der Straße, mitten im Golfplatz, endete die Schneise an Loch achtzehn im Wrack einer ausgebrannten Boeing.

»Mist, elender!« Kiefer trat auf die Bremse und riss das Steuer herum. Die Reifen quietschten, und der Wagen schoss zur Seite, das Heck brach aus. Kiefer riss den Lenker nach links, dann wieder nach rechts. Bubi klammerte sich an den Vordersitz, während Georg Sattler mit aufgerissenen Augen hin und her geschleudert wurde. Der Wagen sprang über den Straßengraben und landete auf einem frisch bestellten Feld. Steine und Erde flogen in die Luft und bei jeder kleinen Bodenwelle setzte Kiefers Audi TT auf. Plötzlich röhrte der Wagen heiser und laut. Der komplette Auspuff war einmal. Dreißig Meter neben der Straße kamen sie zum Stehen.

»Oh mein Gott!« Kiefer stieß die Tür auf und sprang aus seinem Wagen. Bubi kletterte hinterher und atmete tief durch, als er wieder festen Boden unter den Füßen spürte. Seine Knie zitterten, und ihm war speiübel.

»Das gibt es doch nicht! Sag mir, dass das nicht wahr ist!« Kiefers Stimme überschlug sich. Er rannte um seinen geliebten Wagen herum, und was er sah, ließ ihn vor Wut kochen. Der Kotflügel vorne rechts war halb abgerissen und stand wie eine winkende Hand vom Fahrzeug ab, die Stoßstange fehlte ganz. Hinten hing diese noch wie an einem seidenen Faden, daneben die verbeulten Reste der Auspuffanlage. Eine einzelne Schelle hielt sie am Wagen.

»Und alles nur wegen dem da und seinem bescheuerten Insudingsda!« Kiefer rannte zur Beifahrertür und riss diese auf. Georg Sattler fiel ihm mit blutender Stirn vor die Füße.

»Los! Steh auf, Mann!«, brüllte Kiefer, beide Hände in die Seiten gestützt. Er trat dem Bewusstlosen in den Bauch, dann riss Bubi ihn zur Seite.

»Komm jetzt, beruhig dich.« Bubi zog Kiefer, der in die lockere Erde trat und Dreck nach Georg Sattler warf, auf die andere Seite des Wagens.

»Ich soll mich beruhigen?«, brüllte der. »Wegen diesem alten Sack ist jetzt mein Auto ruiniert!« Er schlug mit der Faust aufs Wagendach. Bubi ging zurück zu Georg Sattler.

Sattler blutete aus einer Platzwunde an der rechten Schläfe. Bubi drehte ihn auf den Rücken und kauerte sich daneben. Er sah schrecklich aus. Wie ein Toter, dachte Bubi. Sattler war kreidebleich, sogar die Lippen schienen völlig ohne Leben, weiße Striche. Bubi suchte den Puls am Handgelenk und war erleichtert, als er unter seinen Fingern das unregelmäßige Echo eines holpernden Herzschlages tastete. »Komm! Er lebt noch! Los, wir müssen ihn ins Krankenhaus bringen!«

Martin Kiefer kam langsam um das lädierte Heck geschlendert, die Hände in den Hosentaschen. »Ins Krankenhaus.« Seine Augen funkelten. Dann deutete er auf den Graben, den die Boeing gestern Morgen wie einen Strich in die Landschaft gezogen hatte. »Klar doch, wir fahren jetzt ins Krankenhaus.« Er lachte bitter. »Und wie, bitte schön, sollen wir hier rüberkommen? Aber davon mal abgesehen«, er zog Sattlers Uhr aus der Tasche und ließ sie an der langen Goldkette durch die Luft kreisen, »was er uns bezahlt hat, reicht bis hierher und keinen Meter weiter. Sieh dir bloß meinen Wagen an!« Er deutete mit beiden Händen auf den Audi. »Was meinst du, was die Reparatur kostet! Wer, glaubst du, wird sie bezahlen?«

»Aber er muss behandelt werden. Schon wegen seines Zuckers. Er geht drauf, wenn wir nichts unternehmen!«

»Na wenn schon.« Kiefer spie aus. Dann ging er zu Bubi und nahm ihn plötzlich in den Arm.

»Jetzt hör mir mal genau zu!« Bubi versuchte sich aus Kiefers Umarmung zu lösen, aber der Ältere ließ nicht locker und zog ihn einfach zur Seite.

»Gestern Abend in der Krone wollte ich dir gerade etwas erzählen, als Sattler sich eingemischt hat. Weißt du noch?«

Bubi nickte.

»Ich wollte dir sagen, dass ich nicht daran glaube, dass alles wieder so wird wie früher.« Kiefer musste lachen. Früher, das klang schon so weit weg und so endgültig. »Ich denke, wir sollten uns auf eine neue Zeit einstellen, mein Freund.«

»Und was soll das deiner Meinung nach für eine Zeit werden?« Bubi hatte sich aus Kiefers Umklammerung befreit, trat zwei Schritte zurück und schielte nach Sattler.

»Auf jeden Fall keine Zeit für Weicheier. Und auch keine Zeit für kränkelnde Opas«, fügte er mit einem Blick auf Georg Sattler hinzu.

»Trotzdem müssen wir ihn nach Stühlingen bringen.« Bubis Forderung hatte an Schärfe eingebüßt. Es klang schwach, mehr Alibi denn Vorhaben.

»Müssen wir nicht. Er wird sowieso sterben. Hast du nicht gehört, was die anderen erzählt haben, wie es überall zugeht, was in Bonndorf los war gestern? Glaubst du wirklich, ausgerechnet das Stühlinger Krankenhaus wurde verschont? Und selbst wenn, Ärzte sind mit Sicherheit nicht mehr da!«

»Aber es ist doch der alte Sattler. Wir können ihn doch nicht einfach hier sterben lassen.«

»Und wenn es Christus persönlich wäre – wir können nichts mehr für ihn tun, sieh das doch endlich ein. Sattlers Zeit ist abgelaufen, mein Freund. Aber unsere Zeit, unsere Zeit beginnt gerade erst, Bubi.« Er setzte sich neben seinen Wagen, lehnte sich mit dem Rücken an die Tür und warf kleine Steine aufs Feld. »Wir vergeuden nur unsere Zeit, wenn wir versuchen, den Alten zu retten.«

»Und was sollen wir im Dorf sagen? Irgendjemand hat bestimmt gesehen, dass wir Sattler abgeholt haben und dann zusammen weggefahren sind.«

Kiefer lächelte und warf einen letzten Stein über den Erdwall vor ihnen. »Wir sagen die Wahrheit. Wir wollten nach Stühlingen, kamen bis hierher, wo die Straße plötzlich nicht mehr passierbar war, und hatten einen kleinen Unfall. Nur den Schluss der Geschichte ändern wir ein wenig.«

»Und wie?«

»Wir sagen einfach, Sattler sei ausgestiegen und allein Richtung Stühlingen davonmarschiert. Klingt doch einleuchtend, oder? Wir wollten ihn noch zurückhalten, aber er hat gesagt«, Kiefer überlegte kurz auf der Suche nach der passenden Worten, »er sagte, dass er unbedingt Insulin brauche, sonst hätte er keine Chance.«

Kiefer schien sichtlich zufrieden mit seiner Geschichte, nur Bubi sah skeptisch aus. In ihm stritten die Angst, den alten Mann, den er schon so lange kannte, einfach seinem Schicksal zu überlassen, und der Wunsch, den bequemen Weg einzuschlagen, den Kiefer ihm gerade zeigte.

»Trotzdem«, startete er einen letzten Versuch, »es wäre ja beinahe Mord, ihn hier so hilflos liegen zu lassen. Und was ist, wenn ihn jemand findet und Sattler dem dann die Wahrheit erzählt?«

»Nicht, wenn wir ihn da rüber in den Wald legen und mit Reisig abdecken.«

»He, er ist noch nicht einmal tot, und du willst ihn schon beerdigen! Sag mal, spinnst du, Martin?«

»Jetzt hör mir mal zu, Bubi! Hör mir zu und sei still dabei, verstanden?« Kiefer hatte Bubi an der Schulter gepackt und zu sich herumgedreht. Bubi nickte. »Wenn wir uns noch weiter mit Sattler aufhalten, verlieren wir nur unnötig Zeit, Zeit, die wir viel besser nutzen könnten. Bubi, vielleicht hast du es noch nicht kapiert, aber gestern hat eine neue Zeitrechnung angefangen! Es gibt keine Bullen mehr und keine Krankenhäuser. Keine Bank hat geöffnet und selbst wenn – in ein oder zwei Tagen werden die Leute merken, dass man Geld nicht fressen kann. Bubi, alles wird sich verändern, alles. Und weißt du auch, wer dabei gewinnen wird, wer der Sieger sein wird?« Bubi schüttelte den Kopf. »Der Stärkere wird gewinnen, Bubi! Wir werden gewinnen, wenn wir lernen, stark zu sein. Glaubst du, im Tierreich verschwendet irgendeine Ameise oder ein Reh Zeit damit, ein altes und krankes Tier zu umsorgen und am Leben zu erhalten? Nein. Und weißt du auch, warum? Weil es erstens sinnlos ist, jeder muss früher oder später sterben, und zweitens, weil jedes Tier die Zeit zum eigenen Überleben braucht. Und so wird es bei uns auch bald werden! Besser, du verstehst das jetzt und nicht erst, wenn es zu spät ist. Sattler hat keine Chance. Selbst mit Insulin nicht. Schau ihn dir doch an: Er sieht kaum noch was, letztes Jahr hatte er zwei Operationen, weil irgendwelche Venen oder so verstopft waren, und mit dem Pinkeln, hat er mir letztens erzählt, klappt es auch nicht mehr richtig. Angenommen, die Welt wäre in bester Ordnung, nur mal angenommen, dann stünden ihm, wenn er Glück hat, ja doch nur ein paar Jahre bevor, in denen jeder Arzt der Umgebung an ihm herumdoktern darf und er letztendlich doch jämmerlich krepiert. Ist dann das hier«, er zeigte auf den nahen Waldrand, »nicht der bessere Weg? Die alten Indianer sind wenigstens noch freiwillig aus ihrem Dorf marschiert und haben sich in die Wildnis zum Sterben zurückgezogen. Die wussten, was sie ihrer Gesellschaft schuldig waren. Sieh es doch ein, Bubi, die Zeiten der Krankenkassen und Rentenversicherungen waren gestern! Heute sind wir!«

Bubi zögerte noch immer. Ihm leuchteten Kiefers Worte ein, aber wollte er sie auch wahrhaben?

Kiefer holte zum Todesstoß aus: »Außerdem könnte ich mir vorstellen, dass unser alter Kamerad hier in seinem Häuschen noch die eine oder andere Überraschung für uns versteckt hat.« Er ließ die Worte in Bubi wirken.

»Du meinst, wir sollen bei Georg einbrechen?«

»Nein.« Kiefer zog die Buchstaben in die Länge. »Nicht einbrechen. Wir haben schließlich die Schlüssel.« Er stand auf, ging um den Wagen herum zu Georg Sattler, der immer noch bewusstlos in der Maisonne lag, und kam mit dessen Hausschlüssel zurück. »Ganz einfach«, sagte er fröhlich und klimperte mit den Schlüsseln. »Ganz einfach, wenn man es sich nur nimmt!«

Der innere Kampf war Bubi anzumerken. Er ging neben dem lädierten Sportwagen auf und ab und fuhr sich immer wieder durchs Haar. Es klang so einleuchtend, was Kiefer sagte, so simpel. Er musste sich eingestehen, dass wahrscheinlich alles so kommen würde, wie sein Freund es gerade prophezeite. Aber über den Punkt, der Bubi die meisten Sorgen machte, hatten sie noch nicht gesprochen.

»Was wird mein Vater dazu sagen?«

»Dein Vater?« Kiefer klang entsetzt. »Bubi, du bist ein erwachsener Mann! Du kannst tun und lassen, was immer du willst – deinen Vater hat das überhaupt nicht zu interessieren!«

»Es wird ihn aber interessieren, wenn ich in Sattlers Haus einbreche.«

»Bubi, vielleicht ist das jetzt deine Chance, endlich mal auf eigenen Füßen zu stehen. Du kannst bei deinem Vater ausziehen und dir irgendwo ein eigenes Haus nehmen. Hast du zugehört, Bubi, du kannst es dir nehmen! Wenn du willst.« Und, es klang so verführerisch in Bubis Ohren: »Ich könnte dir helfen, irgendwas aufzuziehen, wir könnten gemeinsam etwas auf die Beine stellen. Gemeinsam wären wir stark!«

Sie schleppten den bewusstlosen Georg Sattler an Händen und Füßen fünfzig Meter über das Feld bis zum Waldrand. Dort zerrten sie seinen Körper eine Böschung hinunter, bis sie zwischen zwei alten Kiefern eine geeignete Mulde fanden. Martin Kiefer durchsuchte die Taschen des alten Mannes, fand aber, bis auf ein altes Stofftaschentuch und die fast leere Brieftasche, nichts. Er nahm das Kleingeld an sich, dann deckten sie Sattler mit Reisig und Laub zu.

Als sie den Hang wieder hinaufkletterten, warf Kiefer einen letzten Blick nach unten. »Man sieht nichts.« Es war ein stolzes Resümee.

Aber es ist trotzdem nicht recht, dachte Bubi. Und schwieg.

Sie brauchten eine Viertelstunde, um Kiefers Wagen zurück zur Straße zu schaffen. Der direkte Weg, den sie bei ihrem Ausweichmanöver eingeschlagen hatten, war zwar nur dreißig Meter lang, der tiefe Straßengraben zwang sie aber, einen langen Umweg bis zum nächsten Feldweg zu nehmen. Irgendwann verloren sie die hintere Stoßstange, aber Kiefer schien das plötzlich nicht mehr zu stören. Ohne Unterlass beschrieb er Bubi die gemeinsame Zukunft in den herrlichsten Farben.

»Wir können machen, was wir wollen! Wenn du willst, suchen wir uns ein nettes Häuschen unten am Rhein aus, da ist es auch wärmer. Oder wir holen uns noch ein paar Leute, auf die wir uns verlassen können, und übernehmen gleich ein ganzes Dorf. Was meinst du, Bubi? Wäre das nichts, ein komplettes Dorf und wir vorne dran?« Er wartete Bubis Antwort nicht ab, sondern konzentrierte sich auf die letzten Meter, dann hatte der Wagen endlich wieder festen Asphalt unter den Rädern. Kiefer trat auf das Gaspedal, und der Wagen schoss mit viel Lärm davon. »Wir werden Frauen haben ohne Ende, Junge!« Kiefer schrie aus Leibeskräften. »Klassefrauen sind immer da, wo sie Erfolg und Reichtum wittern, weißt du? Sie haben einen Instinkt dafür. Wahrscheinlich angeboren.« Aber vorher muss ich mich noch um eine andere kümmern!, dachte er und trieb den lädierten Wagen fröhlich um die nächste Kurve.

Wie aus dem Nichts tauchten vor ihnen plötzlich zwei Militärfahrzeuge auf. Einer der tarnfarbenen Geländewagen raste in der Straßenmitte auf sie zu, Kiefer zog nach rechts, haarscharf zwischen einem Baum und dem entgegenkommenden Wagen hindurch. Der Audi schlingerte und kam schließlich am Straßenrand zum Stehen. Die anderen hatten weniger Glück. Einer der beiden Wagen brach zur Seite aus und raste ungebremst in eine idyllische Baumgruppe. Unter der Kühlerhaube qualmte es. Der zweite Wagen zog in einem abgehackten Ausweichmanöver um den Unfall herum und fuhr ohne anzuhalten mit Vollgas weiter.

»Was waren denn das für Idioten?!« Kiefer legte den Rückwärtsgang ein und fuhr zurück.

Sie stiegen beide aus und gingen zu dem völlig deformierten Wagen. Die zersplitterten Reste der Windschutzscheibe waren von innen blutbeschmiert, und durch das Fahrerfenster starrte sie ein Soldat mit verzerrter Grimasse an. In seinem Gesicht kooperierten Überraschung und Entsetzen einvernehmlich miteinander. Er blutete heftig aus beiden Ohren und einer frischen, sehr tiefen Wunde an der Stirn.

Der Oberkörper des Beifahrers lag unnatürlich verbogen auf dem Armaturenbrett. In der Hand hielt er eine brennende Zigarette, die bald die Finger erreichen würde.

Die beiden Soldaten waren Mitglieder des deutsch-französischen Corps aus Donaueschingen. Nachdem von ihren Vorgesetzten seit Stunden keine Befehle mehr angekommen waren, hatten sie in der Nacht ihre Straßensperre aufgelöst und waren mit einigen konfiszierten Flaschen Bier auf gut Glück davongefahren.

»Idioten!«, fluchte Kiefer und öffnete die Beifahrertür. Süßer Rauch schlug ihnen entgegen. »Die waren bekifft! Kein Wunder, dass die mitten auf der Straße unterwegs waren, die waren zugedröhnt bis über beide Ohren!«

Auf der Rücksitzbank lagen Geldscheine und Schmuck, außerdem diverse Päckchen mit verschiedenen Drogen und, Kiefer musste beim Anblick des glänzenden Metalls schlucken, drei Maschinengewehre!

»Waren keine braven Jungs, wie's aussieht.« Bubi betrachtete mit wachsendem Interesse das Geld. Der Beifahrer schielte zirkusreif über die eigene Schulter zu den Gaffern nach hinten. Boah eh, das Zeug ist echt geil!, schienen seine grünen Augen zu sagen.

Kiefer nahm eines der Maschinengewehre und drehte es voller Bewunderung in den Händen. Wenn es einmal läuft, dachte er, dann läuft es eben. Er lachte. »Ich schätze, wir haben soebenen das Startkapital in unsere Zukunft gefunden!«

Eine halbe Stunde später, sie hatten Geld, Schmuck und Waffen in Kiefers Audi umgeladen, kamen sie zum Haus von Adelheid und Eugen Nussberger.

»Warte mal!«, sagte Bubi und sah zurück. Er hatte die weit offen stehende Haustür gesehen und plötzlich ein ungutes Gefühl. »Haben die Wagen der Soldaten vorhin nicht hier vor dem Haus gestanden?«

»Möglich.« Kiefer zuckte nur mit den Schultern.

»Vielleicht gibt es hier noch was zu holen?«

Sie parkten vor dem Haus. Alles war ruhig, nur der übertrieben fröhliche Gesang einer Amsel wollte nicht recht ins Bild passen. Im Kies vor dem Haus hatten die Militärfahrzeuge tiefe Spuren hinterlassen.

Wellendingen, dessen Häuser unten im Tal noch im Schatten lagen, erschien von hier aus wie ein Ort aus einer anderen Zeit. Aus einer längst vergangenen Zeit, einem Damals, in dem es weder Straßenbeleuchtungen noch Berufsverkehr oder Flugzeuge gegeben hatte. Rechts, auf dem Hardt, erzählte das Wrack des Airbusses von einer vergangenen Zukunft und dahinter konnten Kiefer und Bubi den Bagger in der Sonne glitzern sehen und Menschen, klein wie Ameisen, die emsig irgendwas zusammentrugen.

Die Männer traten ins Haus. Kühle Stille empfing sie.

»Hallo?«, rief Bubi und erschrak beinahe vor dem Klang seiner Stimme.

»Jemand zu Hause?« Kiefer öffnete eine Tür. Es war das Wohnzimmer, ein bieder eingerichteter, dunkler Raum. Eine finstere Schrankwand nahm die gesamte Längsseite des Wohnzimmers ein. Sie reichte bis unter die Decke. Um einen niedrigen Tisch mit hellgrünen Kacheln gruppierten sich ein Sofa und zwei Sessel aus Leder, alle mit Schonbezügen versorgt. Den dicken Teppich hatte Eugen Nussberger vorgestern Abend gesaugt, und er hatte natürlich auch die Galerie der zierlichen Porzellanfiguren, auf die seine Schwester so stolz war, sorgfältig abgestaubt. Einige der Figuren lagen mit abgeschlagenen Köpfen, Armen und Beinen am Boden. Sämtliche Türen der Schrankwand standen weit offen, die Schubladen hatte jemand herausgerissen und ihren Inhalt wild im Raum verteilt. Bubi dachte an die geplünderten Geschäfte in Bonndorf, die er gestern mit seinem Vater gesehen hatte. Genauso sah es hier bei Adelheid und Eugen Nussberger aus. Die Soldaten hatten mit unglaublicher Konsequenz das Unterste zuoberst gekehrt. Der alte Nussberger wird Wochen brauchen, dachte Kiefer, um hier wieder Ordnung zu schaffen!

Aber von dem Geschwisterpaar war weit und breit keine Spur. Bubi und Kiefer gingen in jeden Raum, sahen sogar unter den breiten Betten in ihren Schlafzimmern nach – die Federbetten und Kopfkissen waren aufgeschlitzt. Selbst den Keller hatten die Soldaten nicht vergessen. Sie hatten Vorräte von den Regalen geworfen und als Kiefer die schwere Holztür aufdrückte, schlug ihm ein geruchlicher Cocktail aus Wein, eingekochten Früchten vom letzten Jahr, Sauerkraut, Weichspüler und dem Lack entgegen, den Eugen Nussberger letzte Woche gekauft hatte, um, wie jedes zweite Jahr, die Haustür auf Vordermann zu bringen.

Kiefer stand noch in dem weiß getünchten Kellergewölbe, seine Augen hatten Mühe, sich an die Dunkelheit zu gewöhnen, als er Bubis Schrei hörte. Er rannte die wenigen Stufen hinauf in den Flur und dann vors Haus.

»Bubi?«

»Hier! Hier, hinterm Haus.«

Kiefer rannte durch den kleinen Gemüsegarten, dessen akkurat angelegte Beete Nussbergers ganzer Stolz waren. Er zertrampelte zarte Kohlrabipflänzchen und die gerade keimende Bohnensaat. Als er um die Hausecke bog, blieb er wie angewurzelt stehen.

Adelheid und Eugen Nussberger, Geschwisterpaar aus Wellendingen, beide Rentner, er Kettenraucher, sie gelegentliche Asthmatikerin, mit einem beruhigenden Guthaben auf ihrer Hausbank sowie recht klaren Meinungen und Ansichten zu Politik, Nachbarschaft und den aktuellen Ereignissen, hingen, geschwisterlich vereint mit auf den Rücken gebundenen Händen und einem fingerdicken Seil um den Hals, an einem uralten Apfelbaum. Unter Adelheid Nussbergers Nase trocknete Blut.

»Schnell! Hilf mir! Er lebt noch!«

Bubi umklammerte Nussbergers Beine und versuchte, den bewusstlosen Körper anzuheben. Es gelang ihm auch, aber sollte Kiefer nicht bald handeln, wäre es nur eine Frage weniger Minuten, bis Bubis Knie unter dem Gewicht nachgeben würden.

»Los … jetzt … mach schon!«

Endlich gab sich Kiefer einen Ruck. Er zog sein Taschenmesser hervor und ging zu dem Apfelbaum.

35

07:32 Uhr, Krankenhaus Donaueschingen, Intensivstation

Aleksandr Glück betrachtete seine Schwester. In der Nacht hatte sie es sich auf dem Boden neben seinem Bett bequem gemacht. Zwar standen genügend Betten auf der Station, aber in jedem einzelnen von ihnen lag eine Leiche.

Stiller und Beck, Arzt und Polizist, hatten noch lange miteinander geredet und waren erst nach dem dritten Kaffee und vielen fruchtlosen Vermutungen über das Warum und das Wohin auf der Eckbank im Aufenthaltsraum der Intensivstation eingeschlafen. Das kleine Feuer im Spülbecken war niedergebrannt und überall roch es – statt wie üblich nach Desinfektionsmitteln und Krankheit – nach Rauch, Kaffee und Tod.

Eva Seger atmete tief und regelmäßig. Sie schlief die Angst des letzten Tages weg, sie sammelte neue Kraft, Kraft, die sie dringend brauchte. Kein Monitoralarm konnte sie mehr wecken, und es gab keine Patienten mehr, um die sie sich sorgen musste. Keine, bis auf Glück.

Mit dem biologischen Desinteresse eines alten und kranken Mannes betrachtete er die junge Frau. Er mochte ihr schönes Gesicht, und im Schlaf entspannte sie sich endlich. Die steile Sorgenfalte war von ihrer Stirn verschwunden. Aleksandr Glück spürte, dass seine Krankenschwester auch die Sorge um ihn bald los sein würde. Das Fehlen der Medikamente, die bisher als kontinuierlicher Odem das Leben in ihm gehalten hatten, schwächte ihn zusehends. Zwar hatte Eva immer wieder die Infusionen erneuert, die seine Nahrung ersetzen sollten, aber sein Herz und die Lungen waren schwach und würden – Gewissheit im Angesicht des Scharfrichters – nicht mehr lange funktionieren. Er sah zum Fenster hinaus, wo Donaueschingen langsam aus dem Morgendunst auftauchte. In der Nacht hatte es an mehreren Stellen gebrannt, Schüsse waren zu hören gewesen, aber keine Sirenen, keine künstlichen Lichter über der Stadt.

Bevor sie einschlief, hatte sie ihm noch von den Männern erzählt, die gleich nebenan in einem Operationssaal eingesperrt waren. Und von Hans hatte sie sehr lange gesprochen. Dann hatte sie versucht, ihn zu trösten. Seine Frau würde heute sicher kommen.

Er dachte ununterbrochen an sie, an Olga.

Ihre Wohnung lag im sogenannten Russenviertel Donaueschingens, am gegenüberliegenden Ende der Stadt. Hier lebten, in anonymen Mietskasernen, viele deutschstämmige Einwanderer. Mit dem Bus war sie in zwölf Minuten am Krankenhaus, aber jetzt, mit ihren schmerzenden Hüften, die ihr jeden Schritt zur Qual machten, zu Fuß durch eine

Stadt, die mit dem bekannten Gesicht Donaueschingens nicht mehr viel gemein hatte, jetzt würde sie wohl nicht mehr kommen können.

Als er sie daheim in Preobrazhenka in jenem Mai zum ersten Mal gesehen hatte, war sie das schönste Mädchen weit und breit. Das war jetzt fünfundfünfzig Jahre her, fast auf den Tag genau. Sie trug damals über dem fahlen Kleid eine Schürze mit bunten Stickereien und ein Kopftuch, das ihr weit auf den Rücken reichte.

»Olga«, flüsterte Glück und beobachtete einige Schwalben, die die Klinik umkreisten und Insekten jagten. Olga war an seiner Seite alt geworden, zwei Söhne hatten ihre schmale Taille geweitet und weiße Streifen über ihren Bauch geworfen. Aber nichts hatte den Reiz, den sie auf ihn ausübte, schwächen können – im Gegenteil. Sie war in seinen Augen immer nur noch schöner geworden. Das Leben an seiner Seite hatte Falten in ihr Gesicht gebrannt, tief und freundlich, und in ihren leuchtenden Augen, die vor Glück strahlten, wenn sie ihn sahen, wachten heute Zufriedenheit und das Wissen um ihre Liebe. Olga war immer bei ihm geblieben, egal wie schwer die Zeiten für sie auch waren. Sie war sogar mit nach Deutschland gekommen, obwohl sie dafür ihre sibirische Heimat für immer verlassen musste.

»Meine Heimat ist da, wo du bist«, hatte sie damals, als sie über Monate hinweg das Für und Wider einer Ausreise erwogen, in sein Ohr geflüstert. Sie hatte recht gehabt: Heimat war weniger ein Ort oder die Erinnerungen an diesen oder eine bestimmte Zeit. Heimat war ein Mensch, Heimat war Liebe. Und wenn einer von ihnen ging, für immer und unwiderruflich, dann würde der Zurückgelassene heimatlos und ohne Wurzeln. Deshalb die gesammelten Tabletten.

36

07:36 Uhr, Krankenhaus Donaueschingen, Aufzug 2

Du bist widerlich! Du bist ekelhaft! Wie kannst du uns DAS zum Trinken anbieten?! Nummer zwei polterte durch Thomas' Kopf und überschlug sich. Dabei hatte er doch nur einen winzigen Schluck Melissentee gekostet.

Wie spät war es wohl? Herrschte da draußen Tag, war Nacht? Gab es die Welt da draußen überhaupt noch? Vielleicht hatte sich alles im Nichts aufgelöst, und seine enge Fahrstuhlkabine war, wie Nummer drei es vor Stunden irgendwann gerufen hatte, nur ein Kääärfig, der auf immer und eeewig durch die Schleifen einer verlorenen Zeit blubberte.

Thomas hatte im Sitzen geschlafen, mit dem Rücken an der Fahrstuhltür. Eigentlich schlief er am liebsten auf dem Bauch, einen Arm unter dem Kopf, und bis über beide Ohren zugedeckt. Aber Nummer eins hatte ihm geraten, so zu schlafen, damit er sofort merke, wenn die Aufzugtür sich eventuell öffnen sollte.

Aber jetzt hatte er Durst! Und er musste kacken!

Das Letztere würde er irgendwie hinauszögern können, aber trinken musste er. Seine Kehle fühlte sich wie mit Sandpapier bearbeitet an, und wenn er an die Thermoskanne dachte, die randvoll in der warmen, schwarzen Aktentasche auf ihn wartete, wurden Thomas' Handflächen feucht. Er konnte an nichts anderes mehr denken.

Trinken.

Man konnte Wasser trinken, Wasser, das aus Flaschen kam oder dem Wasserhahn, Wasser aus einem Bach oder das Wasser, das während eines Landregens von den Blättern der Bäume tropfte. Man konnte salziges Wasser aus dem Meer trinken, aber das war nicht gut, so viel wusste er.

Trinken.

Man konnte den Geschmack des Wassers verändern, wenn man den Saft von Früchten hineingab oder Kräuter oder Zucker oder Salz. Und manchmal konnte dieses neue Wasser dann auch heilen, konnte aufwecken, böse Gedanken verscheuchen und beruhigen.

Melissentee.

Thomas tastete nach seiner Tasche und holte die Thermoskanne hervor.

Untersteh dich!

Er öffnete den Verschluss und roch. Melissentee! Es war köstlicher Melissentee, warm und mit einer winzigen Prise Zucker, gerade richtig, um den Geschmack der Kräuter zu liebkosen, um ihnen zu schmeicheln und sie hervorzulocken. Thomas liebte den Geruch von Melisse, er liebte den Geschmack und seine Wirkung auf ihn. Und er hatte so unsäglichen Durst.

Wenn du DAS trinkst, kreischte Nummer zwei, *sind wir geschiedene Leute! Ich rede nie wieder ein Wort mit dir! Hast du das verstanden?*

Herrlich, hihi, oh wie wird das schön, wenn die endlich mal die Klappe hält, hihi. Dann sind wir endlich gaaanz für uns, mein lieber, kleiner Tommy. Der andere sagt ja eh nicht viel. Dann können wir endlich in aller Ruhe unser Ende planen. Oh, trink jetzt endlich, komm!

Melissentee durfte nicht zu lange ziehen, dann wurde er bitter, und wenn die Kräuter zu kurz im heißen Wasser lagen, schmeckte er fad, weder Wasser noch Tee. Aber dieser Tee hier, der war genau richtig. Thomas wusste inzwischen, wie er seinen Tee zubereiten musste, wie viele Minuten verstreichen mussten, bevor der Idealzustand erreicht war. Den Blick auf seine Armbanduhr gerichtet, stand er dann immer in der Küche und erwartete voller Ungeduld den richtigen Augenblick.

Und der richtige Augenblick war gekommen! Sein Durst war so groß.

37

07:38 Uhr, Krankenhaus Donaueschingen, Intensivstation

Eva erwachte und wechselte als Erstes die leere Infusionsflasche. Aleksandr Glück betrachtete sie dabei fast mitleidig.

»Warum tun Sie das noch, Schwester?«, fragte er. »Sie verlängern doch nur meinen Abschied.«

»Soll ich Sie hier verdursten lassen?«, antwortete Eva mit einer Gegenfrage. Während sie eine weitere Infusionsflasche öffnete, den Inhalt in eine Waschschüssel goss und Glück das Gesicht wusch, sagte sie: »Sicher kommt heute Ihre Frau. Bestimmt«, aber hinter den Worten fehlte das Ausrufezeichen.

»Sie werden nicht ewig hierbleiben können, Schwester. Der kleine Doktor will zu seiner schwangeren Frau, und der Polizist wird auch jemanden haben, zu dem es ihn zieht. Gehen Sie zu Ihrer Kleinen, ja?«

Eva hielt im Waschen inne. »Und wie soll ich sicher nach Hause kommen?« Ihr rannen Tränen über die Wangen. Ihr war schon wieder übel, und der einzige Grund, warum sie sich heute Morgen erst einmal übergeben hatte, war, dass sie einfach nichts im Magen hatte, was rauskonnte. Sie warf den Waschlappen in die Schüssel und setzte sich auf den Boden. Das alles konnte niemand aushalten! Das war zu viel für einen allein!

»Nehmen Sie Ihr Auto oder ein Fahrrad, Ihre Füße. Es gibt viele Möglichkeiten, an ein Ziel zu gelangen. Wichtig ist nur der erste Schritt.«

»Aber was wird aus Ihnen?«

»Ich werde sterben.«

Eva schüttelte den Kopf, stand auf und leerte die Waschschüssel. »Ich werde Sie bestimmt nicht mutterseelenallein zurücklassen. Nein!« Das Ausrufezeichen war zurück und damit auch ihre Selbstsicherheit. »Mit all den Leichen ringsum und den Typen nebenan – ich bleibe auf jeden Fall, bis Ihre Frau hier ist. Vorher gehe ich nicht!!«

Wenig später saßen Eva, Achim Stiller und Joachim Beck im Aufenthaltsraum und frühstückten. Es gab Knäckebrot und Zwieback, dazu Mineralwasser und einige krankenhaustypische kleine Portionen Butter, Marmelade und Wurst. Eva hatte die Glastür zur Station hinter sich geschlossen und für einige Minuten die Aura des Todes ausgesperrt.

»Irgendjemand von uns muss Glücks Frau holen«, sagte sie zwischen zwei Bissen. »Er wirkt heute, als habe er mit allem abgeschlossen.« Stiller deutete ein Nicken an, ohne Eva dabei anzusehen, Beck reagierte überhaupt nicht.

»Hallo!« Eva klopfte auf den Tisch. »Haben Sie mich nicht gehört? Es muss jemand Glücks Frau herholen!«

Beck sah zur Seite. Was er gestern Vormittag erlebt hatte, steckte ihm noch in den Knochen. Er wollte nicht noch einmal in diese Stadt! Er wollte unsichtbar sein!

»Ich gehe.« Es war Stiller. Er zündete sich eine Zigarette an und schnippte die Asche achtlos auf den Boden. Eva und Beck sahen sich an, in Becks Augen leuchteten Überraschung und Erleichterung auf. Stiller lachte ein wenig unbehaglich und rollte die großen, hellen Augäpfel. »Ich hole seine Frau und danach fahre ich nach Freiburg zu meiner Frau.« Er stand auf und zog seinen weiten Arztkittel aus. »Sie beide sollten auch von hier verschwinden! Bei all den Leichen ist es nur eine Frage der Zeit, bis es hier stinkt wie auf einer Müllhalde. Und dass wir vor den drei Typen nebenan wirklich sicher sein können«, er strich sein fettiges Haar aus der Stirn, »wage ich zu bezweifeln.«

Stiller verließ das Krankenhaus. Im Wartebereich saß eine alte Frau, im Nachthemd und mit schlohweißen Haaren. Müde hatte sie die Hand gehoben, aber Stiller war achtlos an ihr vorbei nach draußen gerannt. Er lief zum Parkdeck unterhalb des Hubschrauberlandeplatzes, sah sich immer wieder nach allen Seiten um, als verfolge ihn jemand, und stieg in seinen knallroten Sportwagen. Die Schranke zum Parkplatz lag abgebrochen am Boden. Er jagte mit Vollgas vom Klinikgelände. An der nahen Kreuzung – rechts ging es in die Stadt und zu Olga Glück, links nach Wolterdingen – blieb er einige Minuten mit laufendem Motor stehen. Er hielt seinen nutzlosen Taschencomputer in der Hand und versuchte sich an das Bild seiner Frau zu erinnern, das Bild, auf dem sie ihm, völlig nackt, stolz ihren prallen kugelrunden Bauch zeigte. Er hatte das Bild erst vor wenigen Tagen aufgenommen und seitdem Dutzende Male betrachtet. Heimlich.

Stiller sah seine Frau in der kleinen Mansardenwohnung in Freiburg. Allein, hochschwanger. Er sah zurück zum Klinikgebäude, in dem er drei Wahnsinnige wusste, und er sah nach rechts, wo über den Dächern der Stadt dünne Rauchschwaden von den Bränden der vergangenen Nacht berichteten. Dann warf er den Computer auf den Beifahrersitz, riss das Steuer nach links und gab Vollgas. Mit durchdrehenden Rädern kehrte er der Stadt und seinem Krankenhaus den Rücken.

Eva streichelte Aleksandr Glücks Hand. Freudestrahlend hatte sie ihm von Stillers Entschluss erzählt. »Er wird es schaffen!« Sie drückte die Hand des kranken Mannes und sah ihm glücklich in die tief liegenden Augen. »Sie werden sehen, Doktor Stiller wird bald mit Ihrer Frau zurück sein.«

Glück lächelte und schloss die Augen. Er war so müde an diesem Morgen, so unsagbar müde. Fühlte man sich so, wenn das Ende nahe war? War dies der Tod? Er wollte noch nicht sterben, nicht bevor seine Frau hier war. Natürlich würde der kleine Doktor seine Frau holen. Natürlich. Und wenn sie dann endlich bei ihm wäre, wollte er wach und stark sein für sie. Solange aber wollte er noch schlafen. Nur, bis der kleine Doktor mit seiner Olga einträfe, nicht länger. Nicht für immer. Noch nicht.

38

11:04 Uhr, Wellendingen, Gasthaus Krone

Wie schon am Vortag waren am späten Vormittag die beiden Räume des Gasthauses bis auf den letzten Platz besetzt. Die Menschen drängten sich bis an die Wände der Gaststuben. Sie warteten darauf, dass Frieder Faust die Versammlung eröffnete.

Nachdem Kiefer und Bubi ins Hardt gerast waren und Faust und den anderen Männern von ihrem grausigen Fund berichtet hatten, wurden die Arbeiten an dem Massengrab kurzerhand eingestellt. Faust schickte Christoph Eisele und vier andere Männer durch das Dorf, sie sollten an jede Tür klopfen und alle Einwohner Wellendingens zum Gasthaus Krone rufen. Faust selbst fuhr mit Kiefer, Bubi und zwei anderen zum Haus von Adelheid und Eugen Nussberger.

Adelheid Nussberger hing mit toten Augen an ihrem Ast und starrte ins Leere. Die Männer schnitten sie ab, trugen den leblosen Körper ins Haus und bedeckten die Frau mit Betttüchern.

Als Faust eintrat, saß Eugen Nussberger am Küchentisch und rauchte. Die betrunkenen Soldaten hatten ihm, wie seiner Schwester, ein dickes Seil um den Hals gelegt und ihn kurzerhand aufgeknüpft. Einfach so, nur um zu sehen, wie das war.

Als Adelheid Nussbergers Füße den Kontakt zum Boden verloren hatten, war sie noch immer vom Begrüßungsfaustschlag eines der Deserteure bewusstlos. Sie bekam von ihrem Ende nichts mit. Eugen Nussberger zogen sie hingegen bei vollem Bewusstsein empor. Was ihn rettete, war zum einen die Unachtsamkeit seiner Henker, die das Seil über den aufgeschlagenen Kragen seiner Jacke legten. Zum anderen war es Bubis beherztem Eingreifen zu verdanken, dass er noch lebte.

Faust wollte Nussberger nicht allein in dessen Haus zurücklassen. Kurzerhand nahm er ihn mit ins Gasthaus.

»Ihr habt alle gehört, was heute früh oben bei Nussbergers geschehen ist.« Faust hatte sich erhoben, und augenblicklich kehrte Ruhe ein. Über dreihundert Augenpaare hingen an seinen Lippen. »Martin und Bubi haben die beiden gefunden. Wahrscheinlich waren es Soldaten, die aus Donaueschingen desertiert sind.«

»Woher willst du das wissen?«, brüllte ein Rufer. »Woher willst du wissen, dass es keiner von uns war, dass nicht ein Mörder unter uns ist?«

Faust bat daraufhin Martin Kiefer zu sich. Kiefer erzählte kurz von ihrem Ausflug mit Georg Sattler, von ihrem Beinaheunfall am Golfplatz und Sattlers überraschendem Entschluss, zu Fuß nach Stühlingen ins Krankenhaus zu gehen. Dabei sah er oft hinüber zu Bubi. Er erzählte von ihrer Begegnung mit den Soldaten und deren Unfall und wie sie schließlich das alte Geschwisterpaar gefunden hatten.

Im Saal herrschte Stille. Das Entsetzen war fast mit Händen zu greifen. Jeder hier kannte die beiden, und Eugen Nussberger spürte die Blicke zwischen seinen Schulterblättern.

»Und was soll jetzt werden?« Hildegund Teufel störte als Erste die Ruhe. Sie winkte mit einem ihrer Stöcke. »Scheint ja nicht alles so schnell wieder heil zu werden, wie wir gestern noch gedacht haben, oder? Was machen wir jetzt?«

Aus allen Richtungen kam Gemurmel.

»Wenn die beiden desertiert sind, kommen bestimmt noch mehr!«

»Wir sind denen genauso schutzlos ausgeliefert wie Nussbergers.«

»Heute Nacht wurden bei Albickers Milch und Kartoffeln aus dem Stall gestohlen!«

»Es kann jeden von uns treffen!«

»Wir müssen Posten aufstellen und uns verteidigen.«

»Na klar, wir klettern auf Bäume und bewerfen sie mit Dreck, ja?«

»Sollen wir etwa zusehen, wie wir ausgeplündert und ermordet werden? Ich werde auf jeden Fall meine Familie verteidigen, und wenn ich dabei draufgehe!«

»Wir sollten uns nachts vielleicht besser im Wald verstecken.«

»Straßensperren sind das einzig wirksame Mittel. Je weiter weg vom Dorf wir die Straßen blockieren, desto besser. So kommen die gar nicht erst in unsere Nähe.«

»Ich weiß nicht. Sollten wir nicht erst mal versuchen, mit den Leuten zu reden? Nicht jeder ist gleich schlecht und ein Mörder.«

»Natürlich nicht. Sicher ist auch der eine oder andere Vergewaltiger darunter. Hättest du Lust?«

Faust stieg auf einen Tisch und schlug zwei Pfannen, die ihm der Wirt gegeben hatte, gegeneinander. Augenblicklich herrschte Ruhe, und jeder sah zu Faust.

»Wenn wir hier alle nur wild durcheinanderreden, kommen wir nicht weiter. Und, nur für die, die es noch nicht wissen: Wir haben auch schon einige Fälle von Durchfallerkrankungen. Ursache ist wahrscheinlich abgestandenes Wasser.«

»Aber meine Frage hast du noch nicht beantwortet, Frieder. Was soll jetzt werden?«

Faust kratzte sich am Kopf und stieg vom Tisch. »Um das herauszufinden, sind wir hier.«

»Ich bin der Meinung«, Eisele war auf den Tisch geklettert, »bevor wir über irgendetwas anderes sprechen, sollten wir unserem Dorf irgendeine Organisation geben. Wir müssen uns organisieren, und das so schnell wie nur möglich. Natürlich kann in fünf Minuten der Strom wiederkommen, und wir lachen dann über das, was jetzt hier geschieht, aber«, er machte eine dramaturgisch sehr ansprechende Pause, »aber was ist, wenn der Strom auch in fünf Monaten noch nicht wieder da ist?«

Empörte Zwischenrufe im Saal.

»Keiner weiß doch, was geschehen ist, und keiner vermag die Zukunft vorauszusagen! Hätte euch vor zwei Tagen jemand prophezeit, dass wir heute alle hier zusammen sind und vor allem, warum wir hier zusammen sind, jeder von uns hätte den Rufer in die Klapsmühle gesteckt. Oder etwa nicht?«

Verlegenheit und Zustimmung.

»Komm, lass mich auch mal.« Es war Eugen Nussberger, der Eisele vom Tisch winkte. Sofort war es im Saal mucksmäuschenstill. Wenn Nussberger mehr als seinen Husten von sich zu geben hatte, das wusste jeder, war es etwas wirklich Wichtiges. Es war ein Wunder, dass der Mann noch lebte. Er rieb sich den Hals und nahm kurz die Zigarre aus dem Mund. »Wenn wir jetzt nichts unternehmen, werden wir es alle in einigen Tagen bitter bereuen!« In seinen Augen schimmerte es feucht. Er dachte an seine Schwester, die ein Leben lang um ihn gewesen war. Jetzt war er allein. Die Katastrophe hatte ihn einsam gemacht. »Wir brauchen so etwas wie einen Gemeinderat. Und die sollen dann alles organisieren. Wir müssen essen und trinken, und wir müssen uns schützen, so einfach ist das. Das war's.«

Kaum war Nussberger fertig, im Raum war vereinzeltes Klatschen zu hören und die Menschen tuschelten, da drängte sich Roland Basler nach vorn und sprang auf den Tisch. Basler betrieb seit Jahren in Bonndorf eine kleine Anwaltskanzlei und hatte sich auf den immer lukrativeren Zweig der Familienstreitigkeiten spezialisiert. Scheidungen, Unterhaltsklagen, Erbrecht – bei ihm war man fast immer richtig. Er war im Männergesangsverein, ging regelmäßig joggen und hatte als Vorstandsmitglied der Bonndorfer Narrenzunft jedes Jahr seine Kanzlei zur Fasnetszeit geschlossen. Vor drei Jahren war er auf Anhieb in den Bonndorfer Gemeinderat gewählt worden, und insgeheim liebäugelte er mit dem Gedanken, die kommende Bürgermeisterwahl für sich zu entscheiden.

Basler trug sogar jetzt noch einen seiner grauen Anzüge und eine bunte Krawatte. So, wie er auf den Tisch sprang, wirkte er frisch und energiegeladen, und er lächelte erst einmal breit jeden Einzelnen an, bevor er etwas sagte.

»Freunde, liebe Wellendingerinnen, liebe Wellendinger!«

»Liebe Wellendingerinnen, liebe Wellendinger«, äffte ihn jemand hinter vorgehaltener Hand nach. »Ist das hier 'ne Wahlkampfveranstaltung?«

Basler wartete, bis Ruhe eingekehrt war und knöpfte sein Jackett zu. »Wir alle«, er breitete die Arme aus und schien den ganzen Saal an seine breite Brust drücken zu wollen, »wir alle sind von den Ereignissen der letzten Stunden völlig überrascht und vielleicht auch ein Stück überfordert. Es ist ja nicht nur, dass plötzlich unser gewohntes Leben vollkommen auf den Kopf gestellt wurde, das allein würde ja schon reichen. Wir müssen uns auch noch mit den Folgen der Flugzeugkatastrophen auseinandersetzen und mit irgendwelchen verrückten Deserteuren herumschlagen.«

»Wissen wir doch alles! Komm endlich zur Sache!«

Basler überhörte den Einwurf, lächelte und drehte sich zu Frieder Faust um. »Wir sollten uns bei Frieder bedanken! Als die meisten von uns gestern noch unter Schock standen, hat er einen klaren Kopf bewiesen und angepackt! Komm her, Frieder!« Basler winkte Faust zu sich und begann zu applaudieren.

Faust stand sichtlich verlegen neben dem Tisch. Aus dem Saal kamen vereinzelte Bravorufe.

Basler beugte sich gönnerhaft zu Faust herab und tätschelte dessen muskulöse Schulter, während Beifall und Rufe immer weiter anschwollen. Faust ließ mit hochrotem Kopf das Lob über sich ergehen, er lächelte und fühlte sich gut. Er war in diesem Augenblick froh, niemals aus Wellendingen fortgegangen zu sein. Hier war sein Zuhause, hier gehörte er hin!

Der Beifall tat den Menschen gut. Sie applaudierten gemeinsam einem aus ihrer Mitte und fühlten sich nicht mehr so allein. Sie jubelten einem zu, der gezeigt hatte, dass man weitermachen konnte, dass man weitermachen musste. Ihre Rufe und das Klatschen vereinten sich und gingen in rhythmischen Beifall über – eine Demonstration ihrer Stärke und Einheit, und plötzlich schienen ihnen die Schwierigkeiten nur noch halb so groß, das Jetzt nicht mehr als unüberwindliches Hindernis. Eine Zukunft schien möglich.

Schließlich fand Basler, es sei nun genug, und brachte mit ausgebreiteten Armen die Masse zum Schweigen. »Danke, Frieder.« Er lächelte und entließ Faust zurück an dessen Platz am Tresen. Dann wandte er sich wieder seinen Zuhörern zu. »Wenn wir uns an Männern wie Frieder ein Beispiel nehmen, werden wir es schaffen, egal, was auch immer noch kommen mag! Es bringt doch nichts, wenn wir über das Warum nachgrübeln. Vielleicht werden wir irgendwann einmal die Ursache der Katastrophe erfahren, allerdings dürfte uns das Wissen darum keinen Deut weiterbringen. Es nützt auch nichts, wenn wir uns wie Schnecken in unsere Häuser zurückziehen und darauf warten, dass irgendjemand kommt und uns hilft. Wer sollte das sein? Wie es aussieht, ist jede staatliche Ordnung zusammengebrochen. Die Bonndorfer Polizeistation steht leer, und wenn Soldaten mordend durch die Gegend ziehen, dann könnt ihr euch sicher vorstellen, wie es jetzt anderswo zugehen mag. Was wir jetzt brauchen, ist eine Vision unserer Zukunft!«

»Wir brauchen sauberes Trinkwasser und keine Vision von sauberem Trinkwasser.«

Basler lachte kurz mit dem größten Teil des Saales. »Das ist mir auch klar«, antwortete er, »aber wenn ich Vision sage, meine ich, dass wir uns alle gemeinsam ein Ziel setzen. Wir müssen wissen, wohin wir gehen! Natürlich, jeder kann sich allein auf den Weg machen und zusehen, wie er zurechtkommt. Wir können uns meinetwegen auch straßenweise organisieren oder als Großfamilien. Aber wie auch immer, es wird schiefgehen. Vielleicht ist es uns allen noch nicht vollkommen bewusst, aber das hier ist kein Spiel! Das scheint auch keine Angelegenheit von einigen wenigen Tagen zu werden. Natürlich, wenn ich mich irre – auch gut, sehr gut sogar. Aber wenn ich mich nicht völlig täusche, müssen wir uns vorerst auf ein Leben wie im Mittelalter gefasst machen.«

Aus dem Saal kam vereinzeltes Murren.

»Ich verstehe die ganze Aufregung nicht.« Lisa Sigg erhob sich. Die Vierunddreißigjährige, Ehefrau von Uwe Sigg, schüttelte den Kopf. »Wir haben Vorräte, die reichen locker zwei oder drei Wochen und bis dahin wird die Regierung ja wohl irgendwas gemacht haben, oder?« Sie sah in die Runde.

Einige nickten ihr zu, die meisten aber schwiegen oder schüttelten den Kopf.

»Ihr habt vielleicht Vorräte, die so lange reichen. Aber was ist mit denen, die keinen Garten hinter dem Haus haben, die keine Hühner halten, so wie ihr?« Bea Baumgärtner, Vorsitzende der Wellendinger Landfrauen, war aufgestanden. Sie war klein und untersetzt, mit leuchtenden, intelligenten Augen, und obwohl ihre Haare bereits graue Strähnen zeigten, hätte keiner, der sie nicht kannte, ihre dreiundfünfzig Jahre und die drei Kinder erraten. »Nicht jeder von uns hat es so gut wie ihr, Lisa. Nicht jeder hat viele Verwandte im Ort, auf die er bauen kann. Was wird mit den Alten, was mit denen, die krank sind oder werden, was mit denen, die, wie Lea Seger, plötzlich ohne ihre Eltern dastehen? Wer kümmert sich um den einzigen Überlebenden des Flugzeugabsturzes?«

Hildegund Teufel hob ihren Stock. »Wenn Egoismus die Zukunft bestimmt, werden wir große Probleme bekommen. Bisher war es bei uns so, dass man einander geholfen hat, dass wir füreinander da waren, wenn jemand in Not geriet.«

»Bisher hatten wir aber auch genug!«, rief Berthold Winterhalder, der Wirt. »Es ist ja wohl ein Unterschied, ob man von dem gibt, was man selbst genug hat, oder ob man etwas teilen soll, was man für das eigene Überleben braucht.«

»Du hast vielleicht genug Kartoffeln in deinem Keller liegen. Aber kannst du sie auch rund um die Uhr beschützen?« Frieder Faust, der sich eigentlich vorgenommen hatte, den Mund zu halten, konnte nicht länger still sein. »Kannst du deine vollen Vorratskeller beschützen? Kannst du allein mit deiner Frau das Grundwasser sauber halten? Da oben«, Faust zeigte durch das Fenster aufs Hardt, »da liegen immer noch Dutzende Leichen und faulen bald vor sich hin. Im Augenblick bist du gesund, aber was wollt ihr machen, wenn du dir ein Bein brichst? Und was machst du, wenn deine Vorräte irgendwann verbraucht sind? Was dann?«

Fausts Einwurf erntete Applaus.

»Das ist der Kern des Problems!« Roland Basler, der noch immer auf dem Tisch stand, breitete erneut die Arme aus. »Allein sind wir nichts! Auf längere Sicht gesehen können wir nur gemeinsam überleben. Denn es geht um unser aller Überleben, so dramatisch sich das auch anhören mag. Die Situation, die wir jetzt haben, kann unsere Zukunft sein. Wir sind an ein Leben der Versicherungen gewöhnt. Gegen jede Eventualität haben wir irgendwelche Versicherungen, wir haben Gesetze und Regeln. Wenn einer wie du zum Beispiel«, er zeigte auf Uwe Sigg, »arbeitslos wurde, bekam er Geld aus einer Arbeitslosenversicherung. Die Alten bekommen ihre Rente und die Kranken einen Arzt und Medikamente. Aber was ist eine Versicherung denn anderes als ein Hilfsgarant? Und all die Gesetze, über die wir uns so oft ärgerten, das waren die Straßenkarten für unser Zusammenleben. Es war klar festgelegt, wer beispielsweise schuldig ist und welche Konsequenzen daraus für den Schuldigen erwuchsen. Nur für dieses Desaster«, er zeigte auf die toten Lampen im Saal, »nur hierfür gibt es niemanden, den wir zur Rechenschaft ziehen könnten. Und wir haben auch keine Versicherung für diesen Fall. Aber«, Basler senkte die Stimme, »wenn *wir* unsere Versicherung werden, wenn wir vorbehaltlos einander vertrauen können und uns helfen, können wir vielleicht mit einem blauen Auge davonkommen. Adelheid Nussberger hatte dieses Glück nicht, und was aus Georg Sattler wird …« Er zuckte mit den breiten Schultern. »Aber ohne die Hilfsbereitschaft von Martin und Bubi hätte Sattler mit seinem Diabetes erst recht keine Chance gehabt. Und Eugen hätte niemals überlebt!«

»Genau«, sagte Nussberger und fiel in den losbrandenden Beifall ein.

Basler streckte Kiefer und Bubi den nach oben gereckten Daumen hin und zwinkerte ihnen zu. »Wenn das, was ihr zwei für Sattler und Nussberger getan habt, Schule macht, dann haben wir als Gemeinschaft eine Chance.«

Bubi sah zu Boden.

»Er ist genauso bescheiden wie sein Vater«, flüsterte die alte Teufel dem neben ihr sitzenden Pfarrer zu.

»Und was sollen wir dann deiner Meinung nach jetzt tun?«

»Wir brauchen so etwas wie einen eigenen Gemeinderat. Vielleicht vier oder fünf aus unserer Mitte. Die müssen festlegen, wer sich zum Beispiel um die Sicherheit unseres Dorfes kümmern soll und vor allem wie. Denn es kann nicht angehen, dass das Wenige, das wir besitzen, von Bonndorfern oder von Deserteuren oder was weiß ich von wem gestohlen wird! Wir sollten auch schnellstens festlegen, wer bei Albickers im Stall mitarbeitet, denn allein schaffen die das nicht. Milch und Fleisch der Tiere aber brauchen wir alle.«

»Was ist mit denen, die dabei nicht mitmachen wollen, die keine Lust haben, ihre Vorräte zu teilen? Wollt ihr die zwingen?«

»Ich kann mir nicht vorstellen«, antwortete Basler, »dass es hier jemanden gibt, der das, was uns vielleicht noch droht, allein angehen will. Wir wollen bestimmt keinen Zwangskommunismus. Aber, und das ist ein Prinzip jeder funktionierenden Gesellschaft, wenn die Masse wegen eines Einzelnen in Gefahr gerät, muss dieser Einzelne eben zurückstecken. Und nur noch einmal, damit auch jeder weiß, worum es geht: Wir reden hier nicht über einen kleinen Stromausfall. Auch nicht über Wasserknappheit. Wir reden nicht über den Ausfall der Kommunikationstechnik. Wir reden auch nicht über einen Flugzeugabsturz. Wir reden über alles zusammen. Und es geht dabei um unser aller Überleben! Nussbergers Schicksal muss doch jedem von euch klarmachen, dass es allein nicht geht! Wir sollten jetzt Vorschläge sammeln, wer in unseren Gemeinderat hinein soll, und danach wählen.«

»Was, so schnell schon?«

»Worauf willst du denn noch warten? Wir haben nicht die Zeit für lange Diskussionen und den sogenannten ausführlichen Meinungsfindungsprozess! Wenn es heute Nacht regnet und die Leichen noch nicht beerdigt sind, weißt du, was das für unser Wasser hier bedeutet?«

»Aber was ist mit denen, die jetzt nicht hier sind? Vielleicht sollte von denen auch jemand in den Rat?«

»Kann er ja auch. Aber vielleicht erst in vier Wochen.«

»Wieso vier Wochen?«

»Ich bin der Meinung«, Basler zog sein Jackett aus, »wir sollten den Rat erst einmal nur für vier Wochen bestimmen. Vielleicht ist bis dahin alles wieder in Ordnung. Wenn nicht, haben dann auch diejenigen eine Chance, die heute nicht hier dabei sein konnten.«

»Klingt vernünftig.«

»Eene, meene, muh / und raus bist du! / Raus bist du noch lange nicht, / sag mir erst, wie alt du bist.« Lea tanzte um Assauer herum. Sie hatte auf dem Küchentisch Bubis altes Mensch-ärgere-dich-nicht-Spiel aufgebaut. »Jetzt sag doch, wie alt du bist! Bitte«, aber Assauer schwieg. Seine Gesichtszüge wirkten entspannt.

»Bist du dreißig? Ja?« Lea stellte sich vor ihn hin und fuhr mit ihrem Abzählreim fort: »Dreißig ist kein Wort und – du – bist – fort.« Sie griff nach den Würfeln.

Die Funkuhr in der Küche stand auf 7:00 Uhr, obwohl die Batterien noch voll waren.

Lea würfelte abwechselnd für sich und für ihren Mitspieler. »Tja, Herr Mittwoch, du hättest mich schlagen können. Jetzt musst du selbst raus.« Damit nahm sie einen seiner Spielsteine und setzte ihn zurück auf den Ausgangspunkt. »Eigentlich müsste ich in der Schule sein, aber Susanne hat gesagt, dass jetzt erst mal Ferien sind. Schade nur, dass Mama noch arbeiten muss und der Fernseher nicht funktioniert. Aber wenn ich gut auf dich aufpasse, hat sie gesagt, dann darf ich heute Abend meine Räuber-Hotzenplotz-CD in Onkel Frieders Auto anhören! Ich pass doch gut auf dich auf, oder?« Sie würfelte weiter, und während ihre Figuren sich allmählich im Zielraum versammelten, musste sie wieder und wieder – mit großem Bedauern natürlich – eine von Assauers Figuren zurücksetzen. Entweder weil er von ihr geschlagen wurde oder weil er wieder nicht aufgepasst und sie nicht geschlagen hatte oder weil er versucht hatte, zu schummeln. Sagte Lea.

»Schade, dass Mama und Papa nicht da sind.« Lea sah zum Küchenfenster hinaus, hinüber zum Flugzeugwrack.

»Papa muss auch immer viel fliegen. Jetzt ist er gerade in Schweden. Schweden ist gaaanz weit weg, viel weiter als Bonndorf oder Freiburg. Weißt du, wo Schweden ist? Nein?« Lea sprang vom Tisch auf, das Spiel war eh zu ihren Gunsten entschieden, und rannte in Bubis Zimmer. Zurück kam sie mit einem alten Kinderatlas. Sie schob das Spielbrett zur Seite und öffnete den Atlas vor Assauer, so dass er, hätte er denn gewollt, ihren Ausführungen genau folgen konnte. »Schau, hier ist Deutschland und ganz da unten, da, wo Onkel Frieder gestern den kleinen Punkt hingemalt hat, da ist Wellendingen. Und ganz da oben ist Schweden!« Das Kind betrachtete die Landkarte und versuchte die abstrakte Zeichnung in seine eigene Wirklichkeit umzusetzen. »Meinst du, dass Papa vielleicht morgen wieder bei uns ist? Onkel Frieder sagt, es fliegen erst mal keine Flugzeuge mehr. Deines ist ja auch abgestürzt. Siehst du«, sie kletterte auf Assauers Schoß und drehte seinen Kopf Richtung Fenster, »da, dein Flugzeug. Sieht schlimm aus, nicht?« Lea starrte über das Dorf zum Airbusrumpf hinüber. Assauers Blick schien ihr zu folgen, aber er nahm nichts wahr, er war eingesperrt in einem Zustand, der aus Reflexen und aus früh Erlerntem bestand. Er konnte schlucken und er konnte gehen, wenn ihn jemand an der Hand nahm und führte. Sein Bewusstsein aber verharrte in einer Zeitschleife, erlebte einen Moment seines Lebens wieder und wieder und immer wieder. Eine Schallplatte – von einem winzigen Kratzer in einer einzigen Rille gefangen. Aber seinem Gesichtsausdruck nach schien es wenigstens ein angenehmer Augenblick zu sein.

»Schweden ist sehr weit weg, weiter als Amerika, glaub ich, oder Afrika! Wenn ich mal größer bin, hat Papa gesagt, nimmt er mich mal mit nach Schweden! Nur mich, Mama muss hierbleiben. Das wird bestimmt lustig.« Lea saß auf Assauers Schoß, den Kopf an seine magere Brust gelehnt, und spielte mit seinen weißen Locken. Das Flugzeug da drüben machte ihr Angst. Und, dass ihre Eltern nicht bei ihr waren. Aber sie war schon ein großes Kind, und deshalb durfte sie sich von ihrer Angst nicht auffressen lassen. Außerdem war sie für Herrn Mittwoch verantwortlich.

Faust spürte den Mühlstein an seinem Hals immer deutlicher. Gestern Abend, als er in seinem Wagen einige Bier gekippt hatte, war dieser Mühlstein zum ersten Mal aufgetaucht – das drückende Gewicht der Verantwortung. Es war eine Sache, anzupacken, wenn man sah, dass etwas erledigt werden musste, es war aber etwas ganz anderes, wenn man plötzlich zum Politiker gemacht wurde, wenn man die Verantwortung für eine ganze Dorfgemeinschaft tragen sollte. Er betrachtete den Tumult um sich herum: Eilig wurden Zettel organisiert und auf den Tischen verteilt, Stifte dazugelegt. Und Bernhard Hall, den er gerade mit einem Handschlag verabschiedete, war mittlerweile schon der Achte, der ihm unter vier Augen zugeflüstert hatte, dass er, Faust, unbedingt in diesen Gemeinderat mit hineingehöre.

Aber er wollte nicht.

Helfen – natürlich! Irgendeine kleinere Aufgabe – gern. Aber in einem Rat sitzen, der Entscheidungen fällen muss, der Beschlüsse durchsetzt und bestimmt, wer was wann zu erledigen hat, im Sinne des Allgemeinwohls natürlich? Aus gutem Grund interessierte ihn Politik einen feuchten Kehricht, aus gutem Grund hatte er sich über vierzig Jahre lang aus allem herausgehalten, was irgendwie nach Verein roch. Er hasste demokratische Entscheidungswege, Wege, an deren Ziel meist der Ausgangspunkt – und damit das Warum – nicht mehr zu erkennen war.

Vor ihm stand eine der letzten Bierflaschen, die der Wirt noch in seinem Lager gefunden hatte.

Der Rat würde unpopuläre Entscheidungen treffen müssen, Entscheidungen, die manchem wehtun mussten. Das, was Lisa Sigg gesagt hatte, zeigte, dass nicht alle, deren Vorratsschränke voll waren, bereit waren, zu teilen. Der Rat würde wegnehmen müssen, um andere zu retten, die kleine Seger zum Beispiel und diesen Herrn Mittwoch. Und irgendwann, das war so sicher wie das Amen in der Kirche, käme einer auf die Idee nachzufragen, welchen Beitrag eigentlich dieser alte Mann, der nicht sprechen wollte, für das Allgemeinwohl lieferte! Und dann würde es nicht mehr lange dauern, und die Forderung käme auf, den Fremden wegzuschicken.

Faust schüttelte sich beim Gedanken an das, was danach kommen würde: Würde der Rat nicht nachgeben, sondern den Fremden im Ort lassen und weiter miternähren, so wäre es nur eine Frage der Zeit, bis diejenigen, die mit dem Fremden nicht einverstanden waren, offen rebellierten. Schickte man ihn aber fort, so würde die nächste Forderung lauten, die Alten, die ohne eigene Familie hier im Dorf lebten, zu verstoßen. Und die Kranken. Und …

Er nahm einen tiefen Zug aus der Flasche.

Was auch immer geschah, alles liefe auf endlose Diskussionen hinaus und auf zwiespältige Entscheidungen. Und überall warteten die immer bereiten Zweifler.

Faust rutschte auf seinem Stuhl hin und her, wieder hatte ihm jemand wohlwollend auf die Schulter geklopft. Woher kamen all die plötzlichen Sympathien?

Roland Basler tummelte sich derweil zwischen den Menschen. Eben war er noch im Nebensaal, dann plötzlich draußen vor der Tür, nun wieder hier. Er schien überall zu sein und hinterließ bei jedem, mit dem er einige unverbindliche Worte gewechselt hatte, das Gefühl, gerade mit dem Richtigen gesprochen zu haben. Seine jahrelangen Erfahrungen als Anwalt und Lokalpolitiker kamen ihm zugute, er wusste genau, wie er die Menschen anzupacken hatte, ahnte instinktiv, was jeder von ihnen hören wollte. Wahlkampf im Schnelldurchgang.

»Wo warst du eigentlich gestern bei unserer ersten Versammlung?«, fragte ihn Faust, als Basler sich an dessen Tisch verirrte. »Kann mich nicht erinnern, dich irgendwo gesehen zu haben. Oben beim Flugzeug auch nicht.«

»Ich war in meiner Kanzlei«, antwortete er, einen Tick zu schnell, wie Faust fand. Aber bevor dieser nachfassen konnte, war Basler schon wieder aufgestanden. »Wir sehen uns.« Er klopfte auf den Tisch. »Vielleicht im Gemeinderat?«, und mit seinem allgegenwärtigen Lächeln stürzte er sich in den nächsten Smalltalk.

Schließlich waren Stifte und die Zettel, die zur Stimmabgabe dienen sollten, verteilt.

»Aus wie vielen Personen soll der Gemeinderat bestehen?« Als wäre es die normalste Sache der Welt, war Balser erneut auf den Tisch gestiegen und ergriff das Wort. Er sah in die Runde und, außer Faust, gab es offensichtlich niemanden, der an Baslers Selbstverständnis Anstoß nahm.

»Fünf klingt doch gut, oder?« Der Vorschlag kam von Andreas Albicker.

»Auf jeden Fall eine ungerade Zahl.«

»Warum nicht neun? Dann sind auch mehr Familien vertreten.«

»Aber je mehr Personen in unserem Rat sind, desto schwieriger dürfte es sein, Entscheidungen zu fällen.«

»Ich finde Andreas' Vorschlag gut. Fünf ist nicht zu viel und nicht zu wenig.« Bardo Schwab setzte sich schnell wieder.

»Soll der Rat seine Entscheidungen einstimmig oder mit einfacher Mehrheit fällen?«, fragte Christoph Eisele in die Runde.

»Das wird der Rat dann intern entscheiden«, erwiderte Basler.

»Und was ist mit den Frauen?« Isabell Dörflinger-Perucci

erhob sich, und sofort wurde es ruhig im Saal. Wenn die Perucci, wie die zweiundsechzigjährige Schweizerin nur genannt wurde, etwas zu sagen hatte, war es zum einen wegen ihres schwer verständlichen Dialektes, zum anderen wegen dem, was sie von sich gab, immer angeraten, still zu sein. Denn keiner wollte den Grund der Lacher, die mit Sicherheit gleich folgen würden, versäumen. »Ich fordere eine Frauenquote von mindestens fünfzig Prozent! Und dass die in Wellendingen lebenden Ausländer gleichberechtigt im Gemeinderat vertreten sind!« Außer ihr gab es noch zwei weitere Schweizer, die wie die selbsternannte Künstlerin (sie malte grässliche Ölbilder) im Dorf ein kleines Haus als Altersruhesitz erworben hatten.

»Das hieße dann«, rechnete Berthold Winterhalder hinter dem Tresen vor, »dass von den fünf Gemeinderatsmitgliedern Ihrer Meinung nach drei weiblich sein sollten?«

Die Perucci nickte begeistert.

»Plus einem Schweizer. Heißt: Es gibt noch einen Platz frei zu vergeben.« Er schüttelte den Kopf.

»Darf ich also festhalten, dass wir fünf Personen wählen?«

Zustimmendes Gemurmel aus dem Saal. Basler nickte Anne Gehringer zu, sie saß an einem Tisch neben ihm. Sofort notierte sie den Beschluss. Offensichtlich hatte Basler sie kurzerhand zur Schriftführerin ernannt.

»Dann schlage ich vor, dass jeder von uns einen – und bitte nur einen! – Namen auf seinem Zettel notiert. Die fünf Personen mit den meisten Stimmen sollen dann den Job übernehmen. Wenn sie das wollen.«

Es gab keinen Widerspruch.

39

11:31 Uhr deutscher Zeit, Moskau, Roter Platz

Im Zentrum Moskaus kam es im Verlauf dieses Vormittags zu einer Versammlung von fast siebentausend Menschen. Die Ersten waren schon am frühen Morgen erschienen, in der Hoffnung, hier vor den Toren des seit gestern hermetisch abgeriegelten Kremls Antworten zu finden, Antworten, nach denen auch die russische Regierung dringend suchte. Während der Präsident und ein Großteil seines Kabinetts in Wladiwostok als Gastgeber des G8-Gipfels festsaßen, versuchte die zweite Reihe der Staatsführung wenigstens die Herrschaft über den Regierungssitz zu behalten.

In der Nacht hatten Anarchie und Gewalt die Millionenstadt regiert. Jetzt, nachdem die Schießereien verklungen waren, wagten sich die Menschen wieder auf die Straßen.

Gewohnheitsmäßig zog es diese zu der Institution, die seit Jahrhunderten ihr Leben regelte. In losen Gruppen lungerten Männer und Frauen auf den Stufen des Leninmausoleums herum, im Schatten der Kremlmauern und am Ufer der Moskwa. Sie diskutierten den Stromausfall, vor allem aber die vielen Flugzeugabstürze und das abrupte Ende moderner Kommunikation. Und sie warteten auf das Erscheinen eines Abgesandten ihrer Regierung, der ihnen sagen konnte, was geschehen war und wie es weiterginge.

Sergej Iwanow war seit nunmehr dreißig Stunden ununterbrochen auf den Beinen. Auch gestern hatte er schon das Kommando der für die Sicherheit des Regierungssitzes zuständigen Eliteeinheit inne. Wladimir Schawrow, der ihn hätte ablösen sollen, war nicht zum Dienst erschienen, wie so viele.

Mit zunehmendem Unbehagen beobachtete Iwanow die

immer weiter anschwellende Menschenmenge. Ihre Rufe waren laut, fordernd und aggressiv.

Am Haupteingang hatte Iwanow einen Großteil seiner Einheiten zusammengezogen, den Rest der Truppe befehligte er mittels Boten, die wie vor hundert Jahren von einem Teil der Festungsanlage zum anderen rannten, Lageberichte einholten und Befehle weitergaben. Die Sonne stand bereits hoch über Moskaus Türmen, als etwa siebenhundert Menschen versuchten, den Regierungssitz zu stürmen. Niemand beantwortete ihre Fragen, und während sie hier im Vertrauen auf ihre Regierung ausharrten, wurden ihre Wohnungen und Geschäfte geplündert.

11:44 Uhr deutscher Zeit gab Sergej Iwanow den Befehl zum Feuern. Siebenundzwanzig Maschinengewehre ratterten auf seinen Befehl hin ihre Magazine leer. Zwei Minuten später, als Iwanow die Folgen seines Befehls auf dem Roten Platz liegen sah, erschoss er sich mit seiner Dienstpistole.

40

11:46 Uhr, Krankenhaus Donaueschingen, Intensivstation

Evas Armbanduhr zeigte Viertel vor zwölf. Dr. Stiller war noch immer nicht zurück. Sie saß an Aleksandr Glücks Bett und hielt dessen Hand. Glück hatte in den letzten Stunden zusehends an Kraft verloren, und mit jeder Minute, die Stiller länger wegblieb, schwand sein Lebenswille weiter.

Beck hatte mittlerweile die Barrikade aus Leichen und Betten beiseite geräumt – er hatte alles in den Aufwachraum geschleppt, sich dabei mehrfach übergeben und schließlich die Tür verriegelt. Seitdem pendelte er zwischen Intensivstation und OP-Trakt. Als könne er sich selbst nicht trauen, überprüfte er wieder und wieder die Tür, hinter der er das Muskelpaket und seine Helfer wusste. Als er gegen halb neun – Stiller war gerade in die falsche Richtung davongejagt – zum ersten Mal vor der Tür gestanden war und den Riegel und den kleinen Wagen, den er unter die Klinke gestellt hatte, überprüfte, hatten seine Gefangenen ihn angefleht, sie freizulassen. Ihre Stimmen klangen dumpf durch die verschlossene Tür, wie aus einer anderen Welt.

»Sie können uns doch nicht hier drin verhungern lassen!« Das musste der Penner gewesen sein. »Bitte! Ritter ist krank, sein Bein ist entzündet!«

Sehr schön, dachte Beck, hoffentlich verreckst du daran!

Eine Stunde später, er hatte sich erneut an das Gefängnis geschlichen, hörte er den Jungen weinen. Der Penner schimpfte und schrie.

Seine letzte Visite vor zwanzig Minuten hatten sie wieder bemerkt. Der Penner hatte ihm Geld geboten. »Ich habe zwanzigtausend Euro! Ich schenke sie dir!«

»Aus der Sparkasse, wo ihr meine Kollegen gelyncht habt?«

»Komm, lass mich raus. Ritter und Mehmet kannst du behalten, wenn du mich rauslässt.« Mehmet heulte auf. »Ich werde verschwinden, als hätte es mich nie gegeben! Versprochen!«

Aber Beck hatte abgelehnt und war gegangen. Die Beschimpfungen und Flüche des Penners verfolgten Beck bis fast zur Station.

Jetzt stand er hinter Eva an der Tür zum Krankenzimmer und spielte mit einem Feuerzeug, das er unterwegs im OP-Trakt gefunden hatte. Er wollte gern weg hier. Aber er hatte Angst, allein in diese Welt hinauszugehen. Er wusste nicht, wohin, aber er wusste, dass er es nicht mehr lange in dieser Gruft aushalten würde. Doch ohne die Krankenschwester wollte er auch nicht gehen, sie hatte ihm zwei Mal das Leben gerettet.

»Wie lang wollen Sie noch bei ihm bleiben?« Er flüsterte, um den Kranken nicht zu wecken.

Aber Glück öffnete prompt die Augen. Seine Augen suchten Eva. »Der Polizist hat recht, Schwästerr«, flüsterte er. »Geht und rettet euch. Mir wird keiner mehr etwas antun.«

»Aber Ihre Frau?«

Fast schien es, als suche Eva nach einem Grund, hierbleiben zu können, als habe sie die gleiche Angst wie Beck. Angst vor dem, was da draußen auf sie wartete. Sie sehnte sich nach Lea und Hans, aber sie hatte so maßlose Angst vor dem ersten Schritt, dass sie lieber in der verlogenen Sicherheit dieser Station verharrte.

Glück schlief wieder ein, die Antwort, die er augenscheinlich auf den Lippen hatte, blieb unausgesprochen. Seine Haut war grau geworden, und in dünnen blauen Linien schimmerten Blutgefäße hindurch. Seine Nase war unnatürlich spitz und die Wangen tief eingefallen.

»Ich warte bis zwei«, flüsterte Eva mit einem Blick auf ihre Uhr. »Wenn Stiller bis dahin nicht zurück ist, gehe ich die Frau holen! Ich könnte mir nie verzeihen, wenn ich ihn jetzt sterben ließe, ohne wenigstens den Versuch unternommen zu haben.« Die Liebe seines Lebens, dachte sie und wünschte sich, dass, sollte Hans einmal, in ferner Zukunft, im Sterben liegen, für sie jemand das Gleiche tat.

41

12:47 Uhr, Krankenhaus Donaueschingen, Operationssaal 3

»Los jetzt! Einmal probieren wir es noch!« Hermann Fuchs sprang auf den Operationstisch und wischte sich die Schweißperlen von der Stirn. Mehmet funkelte ihn böse an.

Er hasste diesen alternden Penner, der nach Schweiß roch und unzählige Mitesser im Gesicht hatte. Und er hasste die Erkenntnis, dass es nur ein Entkommen gab, wenn sie zusammenarbeiteten.

Die hoch stehende Sonne hatte den kleinen Operationssaal in den vergangenen Stunden aufgeheizt wie einen Backofen. Sie schien durch die nach außen gewölbte Kunststoffkuppel in der Decke und schickte Wärme in den gekachelten Raum, Wärme, die nicht mehr entweichen konnte. Ritter lag in einer Ecke, die Augen geschlossen und unfähig, Fuchs und Mehmet zu helfen. Es war ein Hohn.

Ritter hatte hohes Fieber, und die vergangenen Stunden waren ein steter Wechsel zwischen Ohnmacht und Fieberwahn, aus Stöhnen und irrem Lachen. Sein Bein war zu einer glühenden Masse aufgequollen, prall und unförmig.

Mit glasigen Augen hatte er Fuchs am Vormittag noch beobachtet, wie der einen liegengebliebenen Leichnam vom Operationstisch gezerrt hatte. Fuchs hatte den Mann an den schlappen, grauen Armen gepackt, während Mehmet, der sich angeekelt geweigert hatte zu helfen, das Gesicht abwandte und Fuchs den Rücken zukehrte. Dumpf war der Körper auf die Bodenfliesen geschlagen, und aus dem offenen Bauch war ein Schwall übelriechender Flüssigkeit über Fuchs' Füße geschwappt. Auf einem kleinen Tischchen mit Rädern lagen auf einem grünen Tuch verschiedene chirurgische Instrumente, Skalpell, Klemmen und Scheren, alles blutbefleckt und hastig hingeworfen, als das Notstromaggregat ausgefallen war.

Gegenüber der von Beck verriegelten Tür lagen auf mehreren Regalbrettern flache Metallkisten. Mehmet hatte eine nach der anderen geöffnet: sterile Tücher und Tupfer, noch mehr Skalpelle und Klemmen und, in einer besonders langen Kiste, Instrumente für endoskopische Eingriffe. Neben den Kisten mit den Operationsbestecken standen fünf Flaschen Kochsalzlösung, von denen die Männer drei sofort getrunken hatten. Die nächste Flasche brauchten sie, um Ritters glühende Stirn zu kühlen. Die verbliebene letzte Plastikflasche stand nun einsam im Regal, und abwechselnd warfen ihr Fuchs und Mehmet begehrliche Blicke zu.

Vor zwei Stunden hatte sich in den Gestank, der aus dem Bauch des Toten aufstieg, ein weiterer, mindestens genauso unangenehmer Geruch gemischt. Ritter hatte den Kampf gegen seinen Darm aufgegeben und dessen Inhalt schließlich in seine Hose entleert. Danach war er zufrieden eingeschlafen, die Beschimpfungen, die auf ihn einprasselten, hörte er nicht mehr.

»Jetzt komm endlich her.« Fuchs wartete auf dem Operationstisch und starrte hinauf zu der Kuppel. Bisher hatte diese all ihren Versuchen, sie zu öffnen, widerstanden. Sie war von außen fest verschraubt. Auf Fuchs' Schultern stehend, hatte Mehmet im Verlauf des Vormittages mit allen möglichen Utensilien auf den Kunststoff eingeschlagen, aber immer mit dem gleichen ernüchternden Ergebnis.

»Sieh her, damit müsstest du es schaffen.« Fuchs hielt einen Trokar in der Hand, ein knapp dreißig Zentimeter langes Edelstahlrohr, vorn schräg abgeschnitten wie eine Kanüle. Es wurde durch die Bauchwand gestoßen und diente als Führung für diverse Instrumente. »Oder willst du hier verhungern und verdursten? Kannst dich ja zwischen die beiden Toten da legen.«

»Ritter ist nicht tot!« Mehmet kam auf Fuchs zu.

»Noch nicht, mein kleiner Freund, noch. Aber sieh dir deinen starken Helden doch an! Wenn kein Wunder geschieht, wird der gnadenloseste Hosenscheißer, den dieser Raum hier je gesehen hat, bald ausgekackt haben, oder?«

»Warte nur, wenn wir wieder draußen sind und Ritters Bein verheilt ist, dann, dann …«

»Was dann?« Fuchs setzte sich auf den blanken Metalltisch, musterte Mehmet und spielte dabei mit dem Trokar. Er drückte prüfend mit einem Finger gegen die Stahlspitze.

Ziemlich spitz. Verdammt spitz sogar. Er sah abwechselnd zu Mehmet hinüber und auf das Ding in seiner Hand. Es war eine Waffe. Sie lag schwer in seiner Hand und glänzte. Wenn er dem Bengel jetzt den Trokar in den Bauch rammte, hätte der nicht mal mehr Zeit, nach seinem hosenbeschmutzenden Freund zu rufen. Alles würde ganz schnell und lautlos passieren, einfach nur hinein in den kleinen Widerling und fertig. Ein Problem weniger.

Und einen Helfer weniger!

»Komm jetzt her und nimm das. Es hat keinen Zweck, wenn wir uns streiten. Allein kommt keiner hier raus, das kannst du mir glauben. Los, ich heb dich noch mal hoch und du versuchst mit der Spitze das Fenster einzuschlagen, verstanden?«

»Hm«, knurrte Mehmet und nahm Fuchs den Trokar aus der Hand. Er stieg zu Fuchs auf den Tisch und setzte sich auf dessen Schultern, dann richtete der Ältere sich auf. Mehmet hielt sich mit einer Hand an Fuchs' Kopf fest, in der anderen hatte er den Trokar. Ein falsches Wort, dachte er und betrachtete die Spitze des Rohres, und ich stoße dir das Teil in deinen elenden Schädel!

Aber Fuchs blieb still.

Er stand jetzt mit leicht gespreizten Beinen auf dem Operationstisch, und Mehmet kletterte, nun schon zum dritten Mal an diesem Tag, auf Fuchs' Schultern und streckte sich dem Deckenfenster entgegen. Oben stützte er sich mit einer Hand am Fensterrahmen ab, dann begann er den Trokar wie einen Dolch gegen den Kunststoff zu stoßen.

Erster Stoß. Da hast du's, du Bastard, dachte Mehmet, und die Vorstellung, mit dem Trokar auf Fuchs einzustechen, gab ihm Kraft.

Zweiter Stoß. Verrecke, du Hurensohn.

Dritter Stoß. Warte, bis wir draußen sind!

Vierter Stoß. Du wirst dir wünschen, deine Mutter hätte dich nie geboren!

Fünfter Stoß. Ritter wird dich auseinandernehmen!

Sechster Stoß. Und ich werde dir ganz langsam die Eingeweide rausreißen.

Siebter Stoß. Mit einem Löffel werde ich dir die Augen entfernen!

Achter Stoß. Und dann wirst du …

Mehmet packte den Trokar mit beiden Händen und schlug wie von Sinnen mit aller Kraft gegen die Fensterkuppel.

Neunter Stoß. Nimm das, du widerlicher alter Sack! Hier, das ist für dich!

Mehmet holte zu einem weiteren Stoß aus. Er schlug die Metallspitze mit aller Kraft in den Kunststoff!

Plötzlich durchzogen kleine Risse die Scheibe, und anders als bisher sprang der Trokar nicht zurück, sondern durchstieß diesmal den Kunststoff. Mehmet wurde von dem unerwarteten Erfolg so überrascht, dass er den Trokar losließ und zirkusreif mit ausgebreiteten Armen auf Fuchs' Schultern balancierte. Er ruderte mit den Armen, versuchte das Gleichgewicht zu halten. Seine Fingerspitzen berührten noch einmal den Fensterrahmen und die Decke, dann kippte er langsam nach hinten weg.

Fuchs ging instinktiv einen Schritt zurück, packte Mehmets Waden und drückte dagegen. Hätte er das nicht getan, wäre der Junge aus über drei Metern Höhe auf den harten Fliesenboden geschlagen oder, mit etwas Glück, auf dem am Boden liegenden Leichnam gelandet. So aber schaffte Mehmet es im letzten Moment, das Gleichgewicht zurückzuerlangen. Kreidebleich setzte er sich auf Fuchs' Schultern, dann ließ er sich auf den Tisch gleiten.

»He, das hast du toll gemacht!«, lobte Fuchs und setzte sich neben Mehmet auf den Tisch. »Nachher, wenn du dich ausgeruht hast, bekommst du das Fenster kaputt!«

»Nachher?« Mehmet schüttelte den Kopf und in seinen schwarzen Augen blitzte Wut auf. »Ich kletter nie wieder da hoch! Ich wäre beinahe auf den Boden geknallt, Mann!«

»Bist du aber nicht. Und es ist niemand sonst hier, der uns helfen kann. Soll ich etwa auf deine Schultern steigen, he? Du Fliegengewicht würdest zusammenbrechen, bevor ich richtig aufgestiegen bin. Kleiner, wenn du jetzt aufgibst, war's das!«

Mehmet sah zum Deckenfenster hinauf. Der Trokar steckte im Kunststoff, die Spitze draußen, das dicke Ende hing in den Raum. Mehmet schüttelte den Kopf, sprang vom Tisch und ging zum Regal mit der letzten Flasche Kochsalzlösung. Er nahm die Flasche und ein Skalpell, mit dem er den Hals der Plastikflasche abschneiden wollte, sah aus den Augenwinkeln noch einmal zum Fenster hinauf und schüttelte wieder den Kopf.

»Ich geh nicht mehr da rauf!«

Fuchs sprang vom Tisch auf Mehmet zu und riss diesem die Flasche aus der Hand. Mehmet schoss herum. Das Skalpell, das er wie einen Dolch in der Hand hielt, zerschnitt die Luft und fuhr in Fuchs' Mantel wie in weiche Butter. Fuchs zog den Bauch ein und wankte einen Schritt zurück. Aber Mehmet setzte nach, fuchtelte wild mit der Waffe herum.

»Gib die Flasche her, du alter Wichser!«, kreischte seine hohe Stimme.

»Hol sie dir doch, wenn du kannst«, flüsterte Fuchs. Er war wieder am Operationstisch angelangt. Er ging um diesen herum, ließ den tobenden Jungen dabei keinen Moment aus den Augen, und brachte so den Tisch zwischen sich und Mehmet. »Na los doch, nimm sie. Komm«, er hielt die Flasche in die Höhe, »hier ist sie. Ganz nah. Und doch so fern!«, und im letzten Moment sprang er zurück, um Mehmets Angriff auszuweichen.

Mehmet war zornig, er war wild, und es war ihm in diesem Augenblick vollkommen egal, ob er, um dieses Grab verlassen zu können, die Hilfe eines Hermann Fuchs' benötigte. Er kochte innerlich, taxierte seinen Gegner mit hochrotem

Kopf, und in ihm war nur noch Zorn – heißer, kochender, unbändiger Zorn, der nach einem Ausgang suchte.

»Gib das Wasser her, Mann!«, presste er heraus. Er lehnte sich über den Tisch und stieß mit dem Skalpell nach Fuchs. Der stand mit dem Rücken am Regal. Er beobachtete den Jungen, der, unfähig, seine Wut zu kontrollieren, planlos um sich schlug. Fuchs hielt in der Rechten die Kochsalzlösung, die linke Hand berührte etwas Kaltes – die Metallkiste mit den endoskopischen Instrumenten, die Kiste mit den Trokaren. Er griff hinein ohne Mehmet aus den Augen zu lassen. Der war inzwischen auf den Tisch geklettert und stand nun, mit gespreizten Beinen und gebückt wie ein wütendes Raubtier, über Fuchs. Bereit zum Sprung, bereit zu Töten.

Mehmet sprang, ohne nachzudenken.

42

12:48 Uhr, Krankenhaus Donaueschingen, Aufzug 2

Thomas Bachmann hatte getrunken, langsam und Schluck für Schluck. Nummer zwei hatte darauf bestanden, dass er sich dabei die Nase zuhielt.

»Warum die Nase zuhalten? Es ist doch nur Melissentee.«

Thomas knabberte an seinen Fingern, bis sie schmerzten. Sicher bluteten sie wieder, aber hier war es dunkel, und es war niemand da. Niemand, der, mit einem missbilligenden Blick auf die abgenagte Haut an den Fingerkuppen, den Kopf schütteln konnte und Thomas' Blick so zu Boden zwingen und ihm die Schamesröte in die Ohren treiben würde. Niemand, der sich über seinen Melissentee lustig machen konnte. Niemand, der ihn fragte, ob er seine Tabletten schon genommen hatte. Niemand, der wissen wollte, was er eigentlich da in der schwarzen Aktentasche, die er immer bei sich trug, für wichtige Dinge verstecke. Es war niemand da, der ihm sagte, dass er verrückt wäre, und ihn auf eine schmale Pritsche fesseln wollte, nur zu seinem Besten, versteht sich. Es war niemand da. Niemand.

Auch niemand, der ihn rettete.

Thomas klammerte sich an seine Thermosflasche.

43

12:49, Krankenhaus Donaueschingen, Operationssaal 3

Mehmet hielt das Skalpell in seiner ausgestreckten Hand und sprang. Aber wieso lächelte Fuchs noch? Wieso versuchte der nicht auszuweichen?

Während er auf Fuchs zuflog, sah er den Grund: Fuchs hielt einen weiteren Trokar in seiner Linken!

Fuchs' Hand schoss nach vorn – schnell und kalt, ohne dem Jungen eine Chance zu lassen. Fuchs duckte sich zur Seite weg und entging nur knapp dem Skalpell. Dann bohrte sich das spitze Rohr in Mehmets Brust – ein Zauberstab, der die Wut in den Augen des Jungen mit einem Schlag in Überraschung verwandelte. Fuchs ließ los und rollte sich zur Seite weg. Mehmet schlug gegen das Regal und zu Boden und griff mit beiden Händen nach dem Ende des Trokares. Der war knapp unterhalb des Herzens eingedrungen. Aus seinem offenen Ende sprudelte Blut, zu viel und zu schnell. Mehmet sah auf das Ding in seiner Brust, dann auf Fuchs. Er wollte etwas sagen, aber aus seinem Mund kam nur noch blutiger Schaum. War dies das Ende? Wieso? Wieso er, wieso nicht Fuchs?

»Dumm gelaufen, was, Kleiner?« Fuchs stand vor Mehmet und öffnete die Flasche. Er nahm einen Schluck. Das war das Letzte, was Mehmet sah. Mit offenen Augen wurde es finster, Fuchs' Lachen wurde leiser und Mehmets eigener Körper plötzlich leicht wie eine Feder im Wind.

Eine Feder im Wind.

Der Wind trug ihn davon.

Und Hermann Fuchs blieb allein zurück. Allein und ohne Helfer.

44

13:50 Uhr, Krankenhaus Donaueschingen, Intensivstation

Olga Glück sah aus wie immer. Sie ging ohne ein Wort an Eva vorbei ans Bett ihres Mannes, stellte ihre Handtasche mit den Stricksachen auf den Boden und schob das rote Kopftuch zurecht.

»Leben, lebt er noch?«, fragte sie.

Die Worte kamen schwer über ihre Lippen, eine fremde Sprache in einem fremden Land, dem Land ihres Mannes. Eva nickte und nahm die Hand der alten Frau. Eva war erleichtert. Jetzt konnte sie endlich zu Lea.

»Hat Dr. Stiller Sie also doch hergebracht! Und wir dachten schon, ihm sei etwas passiert oder er wäre einfach abgehauen.« Eva lächelte. »Wo haben Sie ihn gelassen?«

»Dr. Stiller? Ich habe keinen Doktor nicht gesehen«, flüsterte sie, entzog Eva ihre Hand und beugte sich über Aleksandr. Sie küsste dessen feuchte Stirn. Kalter Schweiß drang aus seinem Körper. Er roch nur noch wenig nach dem Mann, neben dem sie täglich eingeschlafen und aufgewacht war. Ein neuer, ein fremdartiger Geruch war dazugekommen.

»Er wird sterben«, sagte Olga Glück. Eine Feststellung, keine Frage. Sie setzte sich auf den Stuhl, den Eva ihr neben das Bett stellte, und betrachtete ihren schlafenden Mann.

Er war blass, unsäglich blass und sah müde aus, selbst jetzt noch, während er schlief. Sie nahm mit beiden Händen seine Rechte und küsste seine Finger, die Handfläche und den billigen Messingring, den er seit mehr als fünf Jahrzehnten ununterbrochen trug. »Wird Aleksandr noch einmal aufwecken?«

Eva trat zu Olga Glück ans Bett.

»Ich weiß es nicht«, antwortete sie. »Er war vor zwei Stunden das letzte Mal wach. Seitdem schläft er.«

»Wir immer gemeinsam sterben wollten«, begann Olga ohne aufzusehen und streichelte Aleksandr Glücks Hand. »Wissen Sie, Schwester, wir haben Tabletten zu Hause, die wollten wir zusammen nehmen, wenn einer ist so krank, muss er bald sterben.«

»Ich weiß. Er hat es mir erzählt.«

»Hat er das. Soso.«

»Möchten Sie etwas trinken? Wir haben noch ein paar Flaschen Mineralwasser.«

Olga Glück sah auf und nickte. Sie leerte das Glas, das ihr Joachim Beck brachte. Die letzten Tropfen träufelte sie auf ihre Fingerspitzen und benetzte damit Glücks Lippen.

»Es ist gut, dass Sie da sind. Er hat sich nichts mehr gewünscht als das und immer wieder nach Ihnen gefragt.«

»Jeder von uns wäre völlig allein, wenn stirbt der andere, Schwester. Wir haben niemanden hier.«

»Und Ihre Söhne? Ihr Mann erzählte, dass Sie zwei Söhne haben.«

Olga Glücks Augen füllten sich schlagartig mit Tränen.

»Sind tot«, flüsterte sie schließlich. »Nikolaj und Wanja sind schon viele Jahre tot.«

Eva kam sich plötzlich schäbig vor. Hatte sie den Schmerz der alten Frau mit ihrer albernen Frage wieder wecken müssen? Sie hatte doch gewusst, dass irgendetwas nicht stimmte, als Glück ihr gestern auf dieselbe Frage ausgewichen war. Sie ging leise um Glücks Bett herum zur Tür.

»Wanja war der jüngere von beiden«, begann Olga Glück und Eva blieb stehen. »Und er spielte Geige wie kein Zweiter. Sie müssen wissen, Wanja hatte Hände wie Porzellan; schneeweiß und zart, so zart wie Blütenblätter am Morgen. Er hatte die Geige als Vierjähriger von einem alten Mann im Dorf geschenkt bekommen, Schwester. Der hatte Gicht und konnte nix mehr spielen, und unser Wanja hatte das Instrument immer angestarrt, wenn er einmal bei ihm war. Der Alte brachte Wanja das Spiel bei, und ganz schnell sausten seine winzigen Fingerlein bald über die Saiten. Oh, er konnte spielen, Schwester, das haben Sie noch niemals nicht gehört. So traurig, so unsagbar traurig spielte er, obwohl er noch so klein war und noch nie etwas Trauriges erleben hatte gemusst. Die Traurigkeit lag einfach in ihm. Melancholie, haben sie später gesagt, die Melancholie hat ihn umgebracht. Seine Traurigkeit hat ihn auf den verfallenen Kirchturm in unserem Dorf getrieben und springen lassen. Da war er gerade zwölf. Gerade zwölf. Mit Händen, die noch so klein und so zerbrechlich waren. So fein waren sie gewesen. Nikolaj hat niemals nicht verwunden, dass er war nix da an diese Tag. Sonst waren sie unzertrennlich, aber an diese Tag war Nikolaj allein in den Wald gegangen, um nach einem Stück Holz zu suchen. Besonderes Holz, wissen Sie«, sie küsste Glücks Hand, »Holz, aus dem er Wanja etwas zum Geburtstag schnitzen wollte. Aber als er kam zurück aus Wald, war sein kleines Bruder tot. Nikolaj war seit diese Tag nicht mehr dieselbe. Er wurde mager und sah krank aus. Und zwei Jahre später starb er an Lungenentzündung und verließ uns. Ich glaube, er wollte lieber bei seine kleine Bruder sein.«

Olga Glück setzte sich aufrecht hin und sah zu Eva herüber, die noch immer an der Tür lehnte. Ihr liefen Tränen über die Wangen.

»Darauf haben wir uns seitdem immer gefreut: irgendwann einmal gemeinsam sterben zu dürfen und dann endlich unsere Söhne wieder in die Arme zu halten!« Sie wandte sich wieder ihrem Mann zu und lächelte müde, aber glücklich. Dann bekreuzigte sie sich. »Der Herrgott wird uns zusammensein lassen. Dann sind unsere Kinder nicht mehr allein, Kinder sollten nix allein sein, nix ohne ihre Mama, nix ohne Papa. Auch nicht im Himmel beim Herrgott.«

Eva atmete tief durch. Kinder sollten nicht allein sein … Sie musste los, Lea wartete.

Die alte Frau fuhr fort: »Ich fürchte mich nicht vor dem Tod, Schwester, der kann mir keine Angst mehr machen! Im Gegenteil: Der Tod wird mir meine Kinder geben zurück, meinen Wanja und meinen Nikolaj. Schlimm wäre es, allein hierbleiben zu müssen und auf den Tod zu warten. Das wäre wirklich schlimm.«

Joachim Beck, der im Aufenthaltsraum gesessen hatte, trat hinter Eva.

»Wir müssen los«, flüsterte er.

»Aber ich kann doch jetzt nicht …«, sie sah zuerst zu Aleksandr Glück, dann zu seiner Frau.

»Doch«, sagte Beck. »Sie müssen sogar. Sie wollten warten, bis seine Frau hier ist. Sie ist jetzt da. Und ich werde Sie nach Wellendingen zu Ihrer Tochter begleiten.«

»Der Mann hat recht, Schwester«, Olga Glück erhob sich und kam zu Eva und Beck an die Tür. Jetzt nahm sie die Hand der Krankenschwester. »Sie dürfen wegen uns nicht bleiben hier! Gott allein weiß, was noch alles geschieht. Uns kann niemand mehr helfen, wir sind am Ende von unsere Weg angekommen.«

»Aber was soll aus Ihnen werden, wenn wir weg sind? Es wird bestimmt nicht mehr lange dauern, und es werden Leute kommen, auf der Suche nach Medikamenten oder Nahrung. Und hier liegt alles voller Leichen und nebenan, in einem der Operationssäle, sind drei Verbrecher eingesperrt. Was ist, wenn die sich befreien und Sie hier finden?«

»Ich bleiben bei meine Mann, Schwester. Und wenn er gestorben, werde ich an einen Medikamentenschrank gehen, und ich werde jede Tablette nehmen, die ich finde. Und dann werden ich meinem Mann folgen.«

»Aber Sie werden sich übergeben bei so vielen Tabletten! Sie werden alles wieder ausbrechen!« Und dann hilflos hier liegen und verdursten, und es wird Stunden und Tage dauern, Ihr Sterben. Es wird ein langsamer und qualvoller Tod, es wird lange dauern, bis Sie Ihre Söhne und Ihren Mann wieder in die Arme nehmen können, dachte Eva.

In diesem Moment stöhnte Aleksandr Glück und öffnete die Augen. Seine Lider waren schwer, aber als er seine Frau sah, lächelte er. Alles war nun gut.

»Olga!«, flüsterte er. »Mein Leben.«

Sie umarmten sich, und Olga Glück weinte in seinen Armen, dann überschüttete sie das kranke Gesicht ihres Mannes mit Küssen.

Eva und Beck verließen das Zimmer und gingen in den Aufenthaltsraum. Sie setzten sich an den Tisch und rauchten gemeinsam eine ihrer letzten Zigaretten.

»Wir müssen los«, drängte Beck erneut.

Weit über dreißig Stunden war Eva jetzt hier, die längste Schicht ihres Lebens. Der Rücken tat ihr weh und um ihre Augen lagen Schatten. Beck wollte gerade etwas sagen, als Olga Glück an die Tür klopfte und um die Ecke sah.

»Entschuldigen Sie bitte, aber hätten Sie noch etwas Wasser für mich? Und eine Tuch bitte, mit dem ich seine Stirn kann abtupfen, er schwitzt so.«

»Natürlich.« Eva sprang auf und gab ihr eine Flasche Mineralwasser. Sie folgte der Frau bis an Glücks Bett.

»Er will Sie etwas fragen, Schwester.«

»Was …«

»Gehen Sie ganz nah ran. Halten Sie Ihr Ohr vor seine Mund. Er kann nur noch flüstern.«

Eva befolgte Olga Glücks Rat.

Eva Segers einziger noch verbliebener Patient sah schlecht aus, mehr tot denn lebendig. Sein Gesicht war eingefallen.

Einzig die Augen leuchteten, Augen, die nicht in dieses Bild eines nahen Endes passen wollten. Die Hand zu heben schien ihn fast all seine verbliebene Kraft zu kosten. Er berührte Evas Wange.

»Es war gut«, flüsterte er kaum hörbar, »gut, dass Sie so lange gewartet haben, Schwästerr.« Eva weinte. »Aber jetzt müssen wir uns trennen. Gehen Sie jetzt heim. Ihre Tochter braucht Sie nötiger als ich. Meine Frau wird bei mir bleiben, und sie wird mich begleiten, dahin, wohin Sie noch lange nicht hingehen müssen.« Er legte eine Pause ein. Dann: »Aber ich will nicht, dass sie leiden muss, und ich will nicht, dass sie lange allein bleibt. Geben Sie uns etwas, das uns hilft, gemeinsam zu sterben, Hand in Hand. Bitte.« Er sank zurück ins Kissen und sah sie an. Jedes Wort war ihm schwergefallen, hatte viel von der wenigen Energie verbraucht, die ihm noch blieb.

»Werden Sie uns helfen?« Olga Glück sprach ruhig und gefasst.

»Aber ich kann Ihnen beiden doch nicht helfen, sich umzubringen!«

»Doch, Schwesterchen, das können Sie. Oder ich suchen mir selbst etwas aus. Aber bei meinem Glück nehme ich wahrscheinlich das Falsche.«

»Bitte! Setzen Sie mich doch nicht so unter Druck!«

»Die beiden haben aber keine Zeit mehr.« Beck war ins Zimmer gekommen und hatte die letzten Worte gehört. »Und uns läuft die Zeit ebenfalls davon!«

Aleksandr Glück hob wieder die Hand, und Eva beugte sich zu ihm herab. »Holen Sie uns jetzt etwas, Schwester! Wir wollen gemeinsam einschlafen!« Wieder eine Pause, um zu Atem zu kommen. »Ich will nicht, dass sie leidet. Machen Sie schnell! Und dann gehen Sie selbst. Nehmen Sie Antibiotika mit, so viel Sie tragen können, und Schmerzmittel, das werden Sie in Ihrem Wellendingen brauchen.«

Eva blieb am Bett stehen.

»Ich holen mir selbst etwas!« Olga Glück stand auf und ging auf den Flur. Sie sah sich um.

»Sie haben gewonnen.« Eva folgte ihr, das Gesicht weiß wie ein leeres Blatt Papier. Sie war unglücklich. Traurig. Resigniert. »Ich bringe Ihnen, was Sie brauchen.«

Sie ging in den Apothekenraum, ein schmales Zimmer mit kleinen, mittleren und großen Schubladen vom Boden bis zur Decke. Eva kletterte eine Schiebeleiter hinauf und nahm zwei Fläschchen aus einem Fach. Aus dem Kühlschrank holte sie einen kleinen Mauserkasten mit verschiedenen Ampullen, dazu zwei Flaschen Infusionslösung. Eva weinte und wischte sich mit dem Unterarm die laufende Nase ab.

Zurück an Glücks Bett stach sie Olga eine Infusionsnadel in die Ellenbeuge. Dunkle Blutstropfen perlten heraus, bevor Eva die Infusion anschloss, dann legte sie einen kleinen Verband an. Anschließend erneuerte sie die Infusion an Aleksandr Glücks Arm. In beide Flaschen mit Kochsalzlösungen spritzte sie den Inhalt von jeweils drei kleinen Ampullen, ohne aber die Infusionsleitung zu öffnen. Danach zog sie eine milchige Flüssigkeit in zwei kleine Spritzen auf und setzte diese auf eine kleine Öffnung, wo die Infusionsnadeln aus den Armen ragten. Dieselbe Menge des Medikamentes gab sie außerdem noch in die Infusion, die sich schnell trüb verfärbte.

»Das Weiße da in den beiden Spritzen ist ein Schlafmittel. Wenn Sie sich das gespritzt haben, werden Sie innerhalb von Sekunden einschlafen.« Eva klang tonlos, und sie vermied jeden Blickkontakt mit dem Ehepaar. »Hier oben in den Infusionen ist ein Mittel, das Ihre Muskulatur lähmt, also auch den Atemmuskel. Sie müssen den Infusionsschlauch so abknicken und in der Hand halten«, sie machte es den beiden, die ihr aufmerksam zusahen und jedes Wort aufsogen, vor. »Dann drehen Sie die Infusion hier auf. Erst dann spritzen Sie sich den Inhalt der Spritzen.«

»Was geschieht dann?«

»Sie werden einschlafen. Und sobald Sie eingeschlafen sind, werden Ihre Finger die Infusionsleitung loslassen und die Lösung tropft rasch in Sie hinein. Und damit auch das Mittel, das Ihre Atmung lähmt.« Sie räusperte sich und sah zur Decke. Tränen rannen ihr über die Wangen. »Sie ersticken, ohne etwas davon mitzubekommen.«

»Das ist gut, meine Kleine. So ist es gut.« Aleksandr Glück nickte.

»Warum mache ich das?!«, schrie Eva plötzlich. Sie schluchzte. »Warum? Ich kann das nicht! Nein, ich will Sie nicht umbringen!« Sie wollte nach der Spritze an Glücks Ellenbeuge greifen, aber Beck zog sie zurück und ging mit ihr in den Apothekenraum.

»Was sollen wir mitnehmen?« Er betrachtete die Unzahl Medikamente und hielt Eva am Handgelenk fest.

»Lassen Sie mich!« Eva versuchte sich zu befreien. »Bitte. Lassen Sie mich los. Ich darf das nicht zulassen! Nein, ich bin keine Mörderin.« Sie sank neben Beck auf die Knie.

»Sie sind keine Mörderin.« Beck kauerte sich neben sie und nahm Eva in die Arme. »Ganz bestimmt nicht. Die Männer da drüben sind Mörder, aber Sie doch nicht. Für Glück und seine Frau ist es so das Beste. Sie werden sterben, so oder so. Sie machen ihr Sterben nur menschlich, mehr nicht. Und jetzt«, er stand auf, »jetzt sagen Sie mir, was ich einpacken soll.«

»Antibiotika.« Eva schluchzte, ließ sich von Beck hochziehen und zog einige Schubladen auf. Beck stopfte Tablettenschachteln und kleine Infusionsfläschchen mit weißem Pulver in einen Plastiksack.

»Keine Infusionen«, unterbrach ihn Eva. »Wann immer wir das Zeug brauchen, werden wir nichts zum Auflösen und auch keine Infusionsnadeln haben.« Sie öffnete weitere Schubladen, und Beck packte alles ein, was sie ihm zeigte. Dann rannte sie aus dem Raum, zurück zu Olga und Aleksandr Glück.

»Gehen Sie zu ihm, Schwester. Er will Ihnen Lebewohl sagen«, empfing sie Olga Glück.

Eva beugte sich über Glück, aber statt seine geflüsterten Worte zu hören, spürte sie nur den trockenen Kuss seiner zitternden, rissigen Lippen. Er weinte tonlos, und in seinen alten Augen leuchteten Dankbarkeit und Ruhe. Er hatte seinen Frieden gefunden, einen Frieden, den Eva nach diesem Tag lange würde suchen müssen.

»Danke, Schwester!« Olga Glück nahm Eva in die Arme. »Manchmal kann man sein wie eine Held, wenn man eine Menschen das Sterben macht möglich. Sie machen uns wirklich sehr, sehr glücklich, Schwester. Danke.« Auch sie küsste Evas Wange, dann schob sie die Krankenschwester Richtung Tür. »Passen Sie gut auf die Schwester auf«, sagte sie zu Beck.

Der nickte, und Olga Glück war zufrieden.

45

15:07 Uhr, Krankenhaus Donaueschingen

Eva Seger und Joachim Beck verließen am Nachmittag kurz nach drei die Intensivstation des Donaueschinger Krankenhauses.

Zur gleichen Zeit legte sich Olga Glück zu ihrem Mann in das schmale Krankenbett. Sie gab ihrem Mann den abgeknickten Infusionsschlauch in die Hand und öffnete den Rollverschluss. Den selben Vorgang wiederholte sie bei sich. Dann legte sie seine freie Hand auf die Spritze, die das milchige Narkosemittel enthielt. Beide sahen sich an. Sie waren zufrieden. Sie waren glücklich und gaben sich einen letzten Kuss.

»Ich liebe dich!«, flüsterte Aleksandr Glück.

»Ich liebe dich!«, antwortete seine Frau.

Gleichzeitig drückten sie den Inhalt der Spritzen in ihre Venen und schliefen Sekunden später Wange an Wange ein. Ihre Finger entspannten sich und gaben die Infusionsschläuche frei. Schnell tropfte der Tod in ihre Körper.

Im letzten Sommer, an einem der wenigen Tage, an denen seine Stimmen den Mund hielten und sich vielleicht ihren eigenen Gedanken hingaben (konnten Stimmen denken?), war Thomas Bachmann allein mit dem Fahrrad vor die Tore Donaueschingens gefahren. Er war am frühen Morgen aufgebrochen, ziellos und ohne zu wissen, wohin es ihn trieb. In seinem Kopf herrschte angenehme Ruhe, niemand, der ihm Vorhaltungen machte, niemand, der kritisierte. Thomas war die junge Donau entlang nach Pfohren und Neudingen gefahren. Am Vorabend hatte es ein kurzes Gewitter gegeben, und die Morgensonne schien matt durch tiefliegende Nebelschwaden. Still und träge strömte zu seiner Linken der Fluss, und Geisterfingern gleich zogen magere Bäume vorüber.

Er hatte soeben Neudingen und die Kuppel der Fürstengruft hinter sich gelassen, als er plötzlich ein regelmäßiges Klopfen hörte, ganz schwach nur, aber es war da: Klock-klock. Klock-klock-klock. Zuerst dachte Thomas, das Geräusch käme aus seinem Kopf. Er dachte an einen Streich seiner Stimmen. Er fuhr langsamer und konzentrierte sich. Klock-klock. Das Geräusch aber war real, und es kam von außen. Und es kam näher.

Er stieg vom Fahrrad, legte es ins nasse Gras am Wegrand und folgte dem Geräusch bis unmittelbar ans Ufer des Flusses. Vor ihm ragte dort ein schmaler Steg etwa einen Meter ins Wasser, darunter, von altem Schilf nur oberflächlich getarnt, eine längliche, schmale Holzkiste. Sie hing zur Hälfte im Wasser, und das Geräusch kam zweifelsfrei aus ihrem Inneren.

Klock-klock-klock.

Thomas hatte sich auf den Bauch gelegt und sich dabei gewundert, dass niemand in seinem Kopf protestierte. Er löste vorsichtig die beiden Haken, die den Kasten unter dem Steg hielten, und zog die tropfende Kiste an Land. Als er die kleine Tür am schmalen Ende des Kastens öffnete, sprang ihm eine junge Bisamratte entgegen. Thomas ließ die Kiste fallen, und das Tier rannte zuerst orientierungslos im Zickzack über die Wiese, dann stürzte es sich kopfüber in den Fluss. Ihr stetes Klock-klock-klock hatte der Bisamratte damals das Leben gerettet.

Thomas tastete nach seiner halbvollen Thermosflasche.

Eva lief vor dem Polizisten her zum Klinikparkplatz. Seit sie die Medikamente und zwei kleine Taschenlampen eingepackt hatten, aus der Intensivstation gegangen waren und damit Olga und Aleksandr Glück ihrem gewissen Schicksal überlassen hatten, war sie in sich gekehrt und sagte kaum mehr als das Nötigste. Im dunklen Kellergeschoss der Klinik hatte sie sich an ihrem Kleiderschrank umgezogen. Danach war Beck in die Küche, um Lebensmittel zu holen, während sie vor der Tür wartete. Die Erinnerungen an letzte Nacht, in der sie Ritter, Mehmet und Fuchs hier überrascht hatte, waren noch zu frisch. Sie wollte nur noch weg, weit weg. Nach Hause. Zu Lea. Die Aussicht, an diesem Abend vielleicht schon wieder in Wellendingen zu sein, Lea in die Arme zu nehmen und im eigenen Bett zu schlafen, diese Aussicht gab ihr Kraft und ließ sie alles andere ertragen – ihre Übelkeit, Aleksandr Glück und seine Frau. All das konnte sie ertragen, aber nicht vergessen.

Vor Eva Seger und Joachim Beck lagen zweiunddreißig Kilometer – ein Nichts bis gestern Morgen, heute ein Abenteuer. Sie hofften, Wellendingen mit etwas Glück zügig zu erreichen, ihnen war aber auch bewusst, dass die Welt von heute nicht mehr mit der Zeit vor dem 23. Mai vergleichbar war. Zu viel hatte sich in wenigen Stunden geändert, zu einschneidend waren diese Veränderungen.

Es war ein Wunder, dass das Krankenhaus bisher von Plünderungen verschont geblieben war. Offensichtlich rangierten Medikamente und Lebensmittel momentan noch hinter Flachbildschirmen, Bargeld und Schmuck in der Plündererhierarchie. Noch.

Joachim Beck fand in der Küche Brote und Konserven. Und er fand seine Dienstpistole! Sie lag im Aufenthaltsraum der Küche halb verborgen unter der vorerst letzten Ausgabe der BILD-Zeitung (23. Mai), auf deren Titelseite eine vollbusige Schönheit dümmlich ins Leere lächelte. SKANDAL, stand fett daneben, RENTENBEITRÄGE STEIGEN WEITER. Schön wär's, dachte Beck und steckte seine Waffe in den Gürtel. Zwei Schuss befanden sich noch im Magazin.

An Evas Kleinwagen waren alle vier Reifen zerstochen. Außerdem hatte jemand den Tankdeckel aufgebrochen und die Windschutzscheibe und das Beifahrerfenster eingeschlagen. Fassungslos starrte sie auf ihr Auto. Der Wagen war sieben Monate alt, der erste Neuwagen ihres Lebens und leuchtend gelb, wie sie es sich immer gewünscht hatte. Glitzernde Glassplitter lagen im Innern, wie Edelsteine, in denen sich das Sonnenlicht brach. Das Handschuhfach stand offen, und die Sitze waren aufgeschlitzt. Eva ließ den mit Medikamenten gefüllten blauen Müllsack sinken.

»Sieht so die neue Welt aus?«, fragte sie Beck und zeigte auf das, was von ihrem Auto übriggeblieben war. »Muss ich mich daran gewöhnen? Müssen wir jetzt mit Mord und Sterben, Diebstahl und Zerstörung leben? Sagen Sie doch etwas! Sie sind doch Polizist, Sie müssen doch wissen, was hier los ist! Sagen Sie mir, wie es weitergeht! Erklären Sie mir diese Welt! Bitte«, schluchzte sie, »bitte erklären Sie es mir. Ich versteh das alles nicht. Bitte.«

Joachim Beck nahm Eva in die Arme. Konnte er ihr sagen,

dass er selbst nichts verstand, dass auch er nach einer Erklärung suchte, nach einer Antwort und nach einem Wegweiser? Er sagte nichts, hielt sie nur in seinen Armen und betrachtete über ihre Schulter hinweg den Parkplatz, auf dem neben Evas gelbem Wagen noch ein halbes Dutzend andere Fahrzeugwracks standen. Die Stadt selbst sah still und friedlich aus, wären da nicht die dunklen Rauchschwaden gewesen, die aus Westen heranzogen.

»Kommen Sie«, sagte er schließlich. »Wir müssen los. Zu Fuß können wir vielleicht bis Sonnenuntergang bei Ihnen zu Hause sein. Vielleicht finden wir unterwegs auch Fahrräder oder ein anderes Auto.«

»Ich habe Angst«, sagte Eva. Sie rührte sich nicht von der Stelle.

»Das hab ich auch«, gab Beck zu. »Aber wir können nicht hierbleiben.«

Eva berührte wie zum Abschied ihren Wagen und nickte. Das, was vor ihnen lag, empfand sie als einen Irrgarten, ein Labyrinth aus Ungewissheit und Angst. Hinter jeder Ecke konnten Bedrohungen lauern, nichts war mehr, was es schien, keiner der, als den man ihn kannte. Was wartete in Wellendingen? Wie ging es Lea, wie Hans?

»Ja, gehen wir.«

Pong-pong-pong.

Das machen wir aber schön, lobte Nummer drei. Er flüsterte. *Die Musik zu unserer Beerdigung. So lieblich und so zart.*

Thomas Bachmann saß auf dem Boden der engen Kabine und klopfte mit seiner Thermosflasche gegen die Wand. Pong-pong. Wie die junge Bisamratte in ihrer Falle. Pong.

Nummer zwei schwankte zwischen *Du klopfst zu laut! Wer weiß, wen du damit aufweckst?!* und *Du machst viel zu leise. So wird uns niemals jemand retten.* Die Stimme hatte Angst um die Thermoskanne. *Du weißt genau, was*

Mutter sagen wird, wenn du die Flasche zerbeulst! Du stehst dann wieder nur betreten im Hausflur und kaust an deinen Fingern … Aber ich, ich muss mir ihr Gejammer und die bösen Unterstellungen anhören! Also hör jetzt auf damit. Außerdem beschädigst du Krankenhauseigentum. Die Wand gehört dem Aufzug und der Aufzug gehört dem Krankenhaus.

Aber Thomas klopfte weiter. Was sollte er sonst auch tun? Er hatte Hunger, und er wollte in sein Bett. Wenn er hier rauskäme, wollte er nach Hause gehen und sich in sein Bett legen und lange, sehr lange schlafen.

War es Abend oder Nacht oder ging soeben die Sonne auf? Pong-pong-pong. Es gab keine Zeit mehr, *pong-pong, ticktack, hihi, die Zeit vergeeeht!*, es gab nur die Unendlichkeit des dunklen, einsamen Jetzt.

Pong-pong, klopfte er weiter, die Augen geschlossen, und lauschte auf die Worte in seinem Kopf.

Gedanken sind wie kleine Lichtblitze, die plötzlich aufleuchten und das Auge kurz blenden. Danach tanzt noch minutenlang das Echo des Blitzes über allem, was man sieht, und macht es unmöglich, das Wesentliche deutlich zu fixieren. So ungefähr ging es in diesem Moment Eva. Beck hatte ihr seine wiedergefundene Dienstpistole gezeigt. Er hoffte, sie damit ein wenig zu beruhigen, ihr ein Gefühl von Sicherheit zu vermitteln. Aber in Eva löste der Anblick der Waffe Folgendes aus: Die Erwähnung des Fundortes, unten in der Großküche, ließ sie noch einmal die Momente der letzten Nacht erleben, die Schüsse, ihre Flucht durch die Klinik und wie sie sich schließlich hinter einem Berg Leichen verbarrikadiert hatte. Als Nächstes fiel ihr wieder ein, dass die drei Männer jetzt gefangen im OP saßen, dass sie keine Gefahr mehr darstellten. Dann sah sie Aleksandr Glück vor sich, und wie er und seine Frau an den Mitteln starben, die sie den beiden gegeben hatte. Und dann, dies nun der grelle

Gedankenblitz, sah sie plötzlich Ritter, Mehmet und Fuchs, sah, wie die Männer in einem engen, vielleicht fensterlosen Operationssaal lagen und langsam verhungerten und verdursteten. Während Eva und Beck die schier endlose Güterstraße entlanggingen, parallel zur Bahnlinie und vorbei an einem leerstehenden Hotel, sah sie, wie die Männer irgendwann übereinander herfielen, gierig und fast wahnsinnig vor Hunger und Durst und Todesangst. Den kleinen Türken, der fast wie ein Mädchen aussah, würde es sicher als Erstes treffen. Ritter und Fuchs würden ihn packen und töten, um dann Stücke aus seinem Fleisch herauszuschneiden und es zu essen, nur um zu überleben. Fuchs wäre dann der Nächste, gegen den Bodybuilder hatte der keine Chance. Aber auch der Bodybuilder würde sterben, später zwar, aber mit der gleichen Gewissheit, mit der die Nacht dem Tag folgte, wartete auf ihn der Tod. Wenn er Glück hatte, wurde er vorher verrückt.

Und die Schuld daran trug sie! Sie hatte nicht nur Olga und Aleksandr Glück beim Sterben geholfen. Indem sie jetzt fortging, ließ sie zu, dass drei Menschen ein qualvolles Sterben bevorstand, ein langsamer Tod, der sich viele sadistische Tage Zeit nehmen würde. Und sie hatte es nicht verhindert.

»Wir müssen zurück!«, sagte sie plötzlich und blieb stehen.

»Wir müssen was?!«, fragte Beck.

»Zurück zum Krankenhaus.«

»Wenn wir jetzt umkehren, können wir es gerade vergessen, dann kommen wir heute wahrscheinlich nicht mehr im Hellen nach Wellendingen. Wieso überhaupt? Brauchen Sie noch etwas aus der Klinik? Ist etwas mit den Medikamenten nicht in Ordnung, die Sie den Glücks gegeben haben?«

»Nein«, schüttelte Eva den Kopf, »damit hat alles seine Richtigkeit, und wahrscheinlich sind die beiden bereits bei ihren Söhnen (Lieber Gott, lass sie glücklich sein!). Aber«, sie ahnte, wie der Polizist gleich reagieren würde, »aber ich kann nicht zulassen, dass die drei Kerle im OP sterben. Die haben keine Chance, dort jemals wieder rauszukommen. Wir gehen zurück und lassen sie frei. Sie haben doch die Pistole – wenn sie die sehen, werden sie uns in Ruhe lassen und verschwinden.«

Mit Vielem hatte Joachim Beck gerechnet, aber damit nicht. Sie waren ungefähr einen Kilometer vom Krankenhaus entfernt, seine Arme schmerzten jetzt schon von dem schweren Müllsack voller Lebensmittel und seine Füße brannten. Und sie verlangte allen Ernstes, dass er wieder zurückgehen sollte, nur um diese drei Breckskerle zu befreien? Was war falsch daran, weiterzumarschieren? Sollten sie doch verrecken, der Welt würde nichts fehlen, wenn es diesen Ritter und seine Kumpane nicht mehr gäbe! Sollten sie doch übereinander herfallen, wer weiß, wem sie alles das Leben retteten, wenn sie die drei in Ruhe sterben ließen.

Beck setzte sich auf eine niedrige Mauer, hinter der erste Lupinen ihre bunten Kerzen emporhielten, und zog die Schuhe aus.

»Bitte«, sagte er schließlich, »wenn Sie unbedingt barmherzig sein wollen, nur zu. Ich werde hier auf Sie warten. Geben Sie mir den Sack mit den Medikamenten und beeilen Sie sich.« Er suchte in seinen Taschen nach seiner zerknüllten Zigarettenschachtel und zündete sich die letzte an, die er noch hatte.

»Das geht nicht.« Eva setzte sich zu ihm, nahm ihm die Zigarette aus der Hand und inhalierte tief. »Ohne Waffe würde ich die Tür in den Operationssaal niemals öffnen und mit der da«, sie deutete auf Becks Pistole, »kann ich nicht umgehen.« Sie gab nach einem weiteren Zug die Zigarette zurück. »Sie müssen gehen!«

Joachim Beck ließ die Hand mit der Zigarette sinken und betrachtete sein Gegenüber. Er durchsuchte seinen Kopf nach einer Erwiderung, aber Eva kam ihm zuvor.

»Bitte, versuchen Sie mich zu verstehen. Die Geschichte mit Glücks ist schwer, aber es war ihr eigener Wille, ihre freie Entscheidung. Das war Sterbehilfe, was ich getan habe, nicht mehr, aber eben auch nicht weniger. Vorgestern hätte man mich dafür noch vor Gericht gestellt. Aber die drei Männer eingesperrt zurückzulassen, das ist Mord. Und egal, was die auch immer getan haben mögen, ich bin keine Mörderin, nein, das bin ich nicht!« Sie nahm die beiden blauen Müllsäcke und legte sie hinter die Mauer in ein Gebüsch. »Wir gehen zusammen, ja?«

Pong-pong-pong. Pong …

Ich halte es hier nicht mehr aus!, schrie Nummer zwei und unterstellte Thomas umgehend, schuld am Steckenbleiben des Aufzuges zu sein. *Du hättest wissen müssen, dass vier Personen viel zu viele sind für diese kleine Kiste! Du bist schuld an dem Stromausfall, und du bist schuld, dass ich mich so miserabel fühle. Wenn mit diesem Geklapper nicht bald Schluss ist, werde ich wahnsinnig! Ich kann das nicht mehr ertragen! Wie lang macht ihr das jetzt schon? Eine Stunde, einen Tag, ein Leben? Ich krieg Migräne, sag ich euch, und ihr wisst, was das bedeutet!*

Thomas unterbrach sein träges Pong-pong auf der Stelle.

Migräne!

In ihm läuteten sämtliche Alarmglocken, Nummer drei jaulte wie ein getretener Hund und zog sich umgehend in den hintersten Winkel seines Denkens zurück, und Nummer eins räusperte sich vernehmlich: *Ich glaube, wir machen jetzt besser Schluss, bevor noch ein Unglück geschieht.*

Uaaahhh, bitte, bitte keine Migräne. Bitte nicht, wimmerte Nummer drei.

Migräne bedeutete, dass Nummer zwei zu schreien begann. Und wenn sie schrie, brachte dies selbst Panzerglas zum Bersten! Sie schrie in Thomas' Kopf im höchsten nur vorstellbaren Ton, so lang und so laut, bis sie ihren Willen durchgesetzt hatte und Thomas ohnmächtig zusammenbrach. Ohnmacht wiederum bedeutete für Nummer eins und Nummer drei, dass ihnen im Prinzip der Stecker gezogen wurde. Sie befanden sich dann für ungewisse Zeit in einer Art Scheintod, der sie nicht nur von der Außenwelt, sondern auch von Thomas abschnitt. Und damit von dem, was sie am Leben hielt. Auf die schreiende Stimme selbst wartete zwar dasselbe Schicksal, aber um ihren Willen durchzusetzen war sie hin und wieder durchaus bereit, eine existenzielle – oder besser nichtexistenzielle – Auszeit einzulegen.

Thomas hielt die Thermosflasche etwa dreißig Zentimeter über dem Boden, sehen konnte er es nicht. Er hielt sie mit Daumen und Zeigefinger der rechten Hand und dachte noch über das Gehörte nach, als Eva Seger und Joachim Beck das Krankenhaus erneut durch den offenen Haupteingang betraten. Sie gingen durch den Wartebereich und an den Aufzügen vorbei ins Treppenhaus.

Gottes Wege sind unergründlich!, schrie plötzlich Nummer drei. Thomas schrak zusammen. *Kommt, lasset uns zusammensitzen und bööööten …*

Thomas' Finger zuckten. Die Flasche sprang ihm aus der Hand und polterte auf den Kabinenboden. Nummer zwei schrie sofort los: *Iiiiiiiiiiiiiiiihhhhhhhhhhhhh!*

Ruhe! Alle sofort ruhig sein!, donnerte Nummer eins, während Nummer drei mitten in seinem Gebet, in dem er eigentlich für Einigkeit in Thomas' Kopf und die sofortige Durchtrennung der Stimmbänder einer gewissen anwesenden Stimme bitten wollte, innehielt und unter Wimmern zurück in sein nutzloses Versteck verschwand.

IIIIiiiiiiiiiiiiiiiiiiiiiiihhhhhhhhhhhhhhhhhhhhhhhh hhhh!!!

Thomas hielt sich die Ohren zu und rollte über den Kabinenboden. »Nein! Bitte nicht! Hör auf, bitte hör auf! Ich werde es nie wieder tun! Niemals wieder, versprochen! Ich gebe dir mein Ehrenwo…«

Er brach mitten im Satz ab und wurde ohnmächtig.

»Haben Sie das gehört?« Eva kehrte auf dem Absatz zwischen erstem und zweitem Stockwerk um und rannte zu den Aufzugtüren. Zwei von ihnen waren fest verschlossen, eine dritte einen kleinen Spaltbreit aufgehebelt und leer. »Da hat doch jemand gerufen!«

Beck kam ihr hinterher und hämmerte mit beiden Fäusten zuerst gegen die linke, dann gegen die mittlere Tür. Sie hielten den Atem an und lauschten.

Nichts.

»Sie haben es doch auch gehört?«

»Hab ich«, antwortete Beck und klopfte erneut.

»Vielleicht die hinteren Aufzüge? Die Lastenaufzüge.«

Eva rannte aus dem Treppenhaus, bog zweimal links ab und erreichte die glänzenden Metalltüren der größeren Lastenaufzüge. Auch hier waren zwei Türen fest verschlossen, eine dritte stand offen, war aber mit einem Betttuch verhängt, darüber ein provisorisches Schild: Außer Betrieb!

Joachim Beck riss das Laken zur Seite und sprang im selben Augenblick zur Seite: Anton Banholzer, der Hypochonder, der am gestrigen Vormittag im Beisein seiner überforderten Krankenschwester hier im Bett sitzend verstorben war, grinste ihn verquollen an. Aus dem rechten Mundwinkel hing seine Zunge. Auf ihr saß eine Fliege und putzte sich. Die Zunge sah aus, als hätte sich ein Künstler nicht zwischen Grün und Grau entscheiden können und schließlich beide Farben benutzt. Eine zweite Fliege leckte von der Flüssigkeit, die Banholzers Augäpfel ausschwitzten. Nach ihrem Mahl wollte sie bergeweise Eier in beiden Augen ablegen.

Eva nahm Beck das Laken aus der Hand und brachte es wieder vor der halb offenen Tür an. Beck war kreidebleich, und Übelkeit stieg in ihm auf.

»Kommen Sie. Setzen Sie sich einen Moment hin.« Sie brachte ihn in den Wartebereich der Etage, und Beck ließ sich in einen der abwaschbaren Sessel fallen. »Ich bin gleich zurück.«

Eva hämmerte an die verschlossenen Türen der anderen beiden Lastenaufzüge, aber auch diesmal ohne Antwort. Thomas Bachmann lag anderthalb Etagen tiefer zusammengerollt in seiner kleinen Kabine und konnte dank Nummer zwei in diesem Augenblick nichts hören.

»Nichts«, sagte sie und setzte sich zu Beck. Die Farbe kehrte langsam in dessen Gesicht zurück, und er atmete tief durch.

»Vielleicht noch ein übriggebliebener Patient?«, mutmaßte Beck.

Eva nickte. Es war gut möglich, dass noch Patienten im Haus waren, Menschen, die niemand abgeholt hatte, Menschen, die warteten.

»Kommen Sie.« Beck erhob sich. »Lassen wir endlich die Typen frei, und dann nichts wie weg. Es ist unheimlich hier.«

Sie erreichten einen Stock höher den Flur zur Intensivstation und zu den Operationssälen. Beide sagten kein Wort, beide erlebten noch einmal die Bilder der vergangenen Nacht. Da war die halb offene Eingangstür zur Intensivstation, eines der oberen Fenster zerstört und an den Wänden Mehmets Einschussspuren deutlich zu erkennen. Am Boden lag ein Feuerlöscher.

Beck ging voraus in den OP-Trakt. Zielsicher bog er zweimal ab, dann hielten sie vor der massiven, abgeschlossenen Tür, unter deren Klinke der kleiner Wagen stand. Hinter dieser Tür warteten also Ritter, Fuchs und Mehmet.

Beck legte einen Finger auf seine Lippen. Er zog mit einer Hand seine Waffe und entsicherte sie. Mit der anderen schob er den Wagen zur Seite. Kein Geräusch drang aus dem Gefängnis, nichts, was auf die Anwesenheit der drei

Männer hindeutete. War ihnen inzwischen doch die Flucht gelungen? Waren sie bereits tot?

Leise, ganz vorsichtig, drehte Eva den Türriegel auf. Die Pistole im Anschlag stand Joachim Beck schussbereit zwei Schritt entfernt und zielte auf die Tür. Gleich würde sie auf sein Zeichen hin die Tür aufreißen und zur Seite springen. Er hielt drei Finger in die Luft und klappte einen nach dem anderen langsam ein: drei-zwei-eins!

Hermann Fuchs lag rechts in der einzigen sauberen Ecke des Operationssaales. Die sinkende Sonne hatte sich ein wenig zurückgezogen, dabei aber eine unerträgliche Schwüle im Raum zurückgelassen. Vor einer halben Stunde hatte Fuchs den letzten lauwarmen Schluck Kochsalzlösung getrunken. Mehmet lag der Tür gegenüber vor dem Regal, beide Hände um den Trokar in seiner Brust geschlungen. Seine toten Augen starrten durchs Deckenfenster. Zwischen ihm und der Tür stand der Operationstisch, schräg davor die Leiche des letzten Operierten. Daniel Ritter lag in der Fuchs gegenüberliegenden Ecke. Er hatte seit der Sache mit dem Bengel kein Lebenszeichen mehr von sich gegeben, nicht einmal, als Fuchs ihm vor einer halben Stunde die schwere Goldkette vom Hals und die leise tickende Armbanduhr vom Handgelenk genommen hatte. Lebte er noch? War er bereits seinem kleinen Türkenfreund in die ewigen Jagdgründe gefolgt? Wen interessiert das schon, mich auf jeden Fall nicht, dachte Fuchs.

Fuchs hatte sich seinen Mantel unter den Kopf gelegt, eine Zigarette im Mundwinkel und Ritters Uhr am Arm. Er betrachtete das wertlose Bündel Euroscheine in seiner Hand. Das Leben kann schon ungerecht sein, dachte er. Endlich einmal war das Glück auf seiner Seite, endlich besaß er einen Haufen Geld, und dann das hier.

Ein Geräusch hinter der Tür ließ ihn innehalten. Er setzte sich auf und blinzelte zu der Klinke. Während er noch überlegte, ob dieser Polizist, der sich offensichtlich ein Vergnügen daraus machte, hin und wieder vor der Tür zu erscheinen, vielleicht noch einmal gekommen wäre, flog diese auf!

Der Polizist erschien fast augenblicklich im Eingang und fuchtelte wie ein Irrer mit seiner Pistole rum. Wie im Film, dachte Fuchs, dann hatte Beck ihn im Visier.

»Bleib liegen!«, brüllte Beck und kam einen Schritt näher. Die Waffe zielte auf Fuchs' Kopf. Fuchs ließ sich zurücksinken. »Bleib liegen und streck die Arme zur Seite!« Fuchs kam dem Befehl nach, das Geld weiter fest in der Hand. Sollte es doch einen Ausweg geben, oder war dies jetzt das Ende, die Hinrichtung? Aber so schnell wollte er nicht aufgeben! Und als er die Krankenschwester, jetzt in Zivil, eintreten sah, ihr Entsetzen erkannte, und wie sie sich umblickte, da wusste er, dass noch nicht aller Tage Abend war.

»Endlich seid ihr da!«, begann Fuchs. Seine Stimme war mit Zucker angedickter Honig. »Die beiden hätten mich fast umgebracht!«

»Sei still!«, herrschte ihn Beck an und ging langsam um den Operationstisch herum zu Mehmet. Fuchs ließ er dabei keine Sekunde aus den Augen. Er stieß den Jungen mit dem Fuß an. Mehmets Hände rutschten zur Seite und gaben den Trokar frei.

»Und was ist das?« Beck zeigte mit dem Kinn auf Mehmet. »Hat er sich vielleicht selbst das Leben genommen?«

Fuchs vergaß Becks Befehl und setzte sich auf.

»Hinlegen!«, brüllte Beck.

»Wir haben versucht, das Fenster da oben mit den Eisenspitzen aufzubekommen«, erklärte Fuchs. »Der Junge stand auf meiner Schulter. Das erste Ding ist stecken geblieben und als er mit dem zweiten ausholte, hat er das Gleichgewicht verloren. Er landete hier auf dem Tisch und ist genau auf die Spitze gefallen«, log Fuchs und versuchte, so mitfühlend wie möglich zu klingen.

»Und wer ist das?«

»Ein Patient«, antwortete Eva an Fuchs' Stelle. Auf der Brust des Mannes klebten noch die EKG-Elektroden, und um seinen nackten Arm lag eine Blutdruckmanschette. Aus seinem offenen Bauch stank es abscheulich.

»Was ist mit eurem Anführer?«

Fuchs zuckte mit den Schultern. »Keine Ahnung. Der liegt schon seit Stunden so da. Und als er das letzte Mal wach war, hat er nur noch Stuss geredet.«

Joachim Beck ging zu Fuchs zurück.

»Na, wie wär's«, flüsterte er, »soll ich dich jetzt abknallen?« Eva blickte auf. »Was meinst du … werde ich dich erschießen? Oder nehme ich mir einfach nur dein Geld und verschwinde wieder und lass dich hier ganz langsam von der Sonne ausdörren? Ihr wart doch so dicke Freunde, ihr drei, jedenfalls seit gestern Morgen. Freunde bis in den Tod. Klingt doch gut, oder?«

Fuchs hielt es für das Beste, zu schweigen, und Beck kam noch einen Schritt näher.

»Mach die Beine breit.«

»Was soll ich?«

»Beine breitmachen!«, brüllte Beck.

Fuchs kam dem Befehl nach.

»Was, was wollen Sie?«, stotterte er. Zum ersten Mal hatte er Angst vor diesem Polizisten, der – klein, mit schmalen Schultern und dem dünnen Bärtchen um den Mund – so gar nicht gefährlich aussah. Aber in seinen Augen konnte Fuchs Hass flackern sehen, nackten, primitiven Hass, und außer der Krankenschwester war niemand da, der ihm Einhalt gebieten konnte, um ihn an dem zu hindern, was er augenscheinlich fest vorhatte. Fuchs wurde mit einem Mal klar, dass sich die Welt nicht nur für Leute seines Schlages geändert hatte. Die Gesetze und Gepflogenheiten, die das Leben so ruhig und sicher organisiert hatten, waren auch für diesen Polizisten und seine Begleiterin nicht mehr gültig. Er war dem Polizisten vollkommen ausgeliefert. Die einzige Chance war die Krankenschwester.

Er dachte noch darüber nach, wie er sie am besten von seiner Unschuld überzeugen könnte, als ihn Becks Turnschuh mit voller Wucht zwischen den Beinen traf. Der Schmerz überfiel Fuchs vollkommen unvorbereitet. Es war, als würden beide Hoden funkensprühend durch seinen Unterleib rasen. Fuchs' Schrei blieb in seinem Hals stecken. Er zog die Beine an, griff mit beiden Händen zwischen sie, wobei ihm das Geldbündel, das plötzlich an Bedeutung verloren hatte, aus der Hand glitt, und rollte mit leisem Jammern zur Seite. Der hohe, stechende Schmerz vibrierte durch seinen Körper, und sein Blick verschwamm. Er war einer Ohnmacht nahe.

»Musste das sein?« Eva zog Beck von Fuchs zurück.

Beck bückte sich nach dem Geldbündel.

»Deswegen sind wir nicht hierhergekommen!«, fauchte sie.

»Das war das Mindeste, was ich für meine Kollegen tun konnte.« Beck wog die Geldscheine in der Hand, dann steckte er sie ein. »Und jetzt mach, dass du von hier verschwindest, bevor ich es mir doch noch anders überlege!« Er trat einen Schritt zur Seite und gab den Weg zur Tür frei.

Fuchs öffnete die Augen und blinzelte Richtung Ausgang. War das nur ein Trick? War die Hoffnung Teil seiner langsamen Hinrichtung? Es klopfte wild zwischen seinen Beinen. Er richtete sich auf, zögerte und sah immer wieder zu Eva herüber.

»Los! Worauf wartest du noch?!« Beck visierte Fuchs' schmerzendes Körperzentrum an. »Stell meine Geduld lieber nicht auf die Probe. Raus hier!«

Unter Ignorierung der Schmerzen und seines abhandengekommenen Schatzes sprang Hermann Fuchs auf. Er packte seinen Mantel.

»Danke, Schwester«, flüsterte er Eva zu, dann rannte er aus dem Operationssaal. Er lief den langen Flur entlang, durch den Wartebereich und ins Treppenhaus. Drei, vier Stufen nahm er mit jedem schmerzenden Schritt und sah sich immer wieder nach dem Polizisten um. Erst vor dem Haupteingang hielt er an. Tief sog er die frische Luft in seine Lungen und betrachtete kurz den blauen Himmel. Er blickte sich um, als suche er etwas, dann legte er sich hinter eine niedrige Hecke, so, dass er den Eingang zur Klinik sehen konnte. Er massierte gegen den dumpfen Schmerz zwischen seinen Beinen an. »Das werde ich dir heimzahlen, du mieses Bullenschwein.«

Sie hat mit ihrem Gequietsche aufgehört, flüsterte Nummer drei. *Ich glaube, sie genießt gerade ihre Ohnmacht.*

Tu ich nicht!

Pah! Nummer drei zog sich in sein Versteck zurück und ließ Thomas mit seinem Erwachen allein.

Thomas setzte sich, kurz orientierungslos, auf, dann erinnerte er sich. Er erinnerte sich an den Aufzug, die Dunkelheit und die Thermosflasche. Melissentee! Seine Kehle war staubtrocken, aber er wagte es nicht, nach der irgendwo am Boden liegenden Flasche zu tasten. Er zog sich an der quer an den Wänden verlaufenden Metallstange hoch und lauschte, nach innen und nach außen.

Stille.

»Gehen wir.« Joachim Beck trat durch die Tür. Aber Eva zögerte.

»Was wird aus ihm?«, fragte sie und zeigte auf Ritter. Sie hatte an seinem Handgelenk einen unregelmäßigen, sehr schwachen Puls ertastet.

»Jetzt ist es aber genug!« Beck war kurz davor, zu explodieren. »Sie wollten, dass wir noch einmal zurückkehren und die drei freilassen. Und, haben wir das getan?«

Eva nickte.

»Also, das war es dann. Die Tür steht offen, und wenn

er gehen will, kann er das jetzt jederzeit tun. Ich habe Ihnen Ihre Bitte erfüllt, Eva, der Rest ist nicht mehr meine Sache.«

»Aber die Wunde an seinem Bein.«

»Die habe ich ihm zugefügt, als er versuchte, mich zu ermorden. Wie meine Kollegen.« Er zeigte auf den Verband an seiner Hand und das verquollene Auge. »Ich hätte Lust, ihm eine Kugel in den Kopf zu jagen, aber das wäre viel zu gnädig. Vielleicht hat er ja Glück und erholt sich wieder. Vielleicht kommt auch der Alte zurück und hilft seinem Freund, wenn ich mir das bei diesem Pack auch nicht vorstellen kann. Machen Sie, was Sie wollen. Ich gehe jetzt.« Er steckte die Pistole in seinen Gürtel und drehte sich um.

»Warten Sie!« Eva rannte ihm nach. »Danke, dass Sie noch einmal mit mir hierher zurückgekommen sind.«

»Schon gut«, knurrte Beck.

»Jetzt bleibt nur noch eins.«

»Was denn nun schon wieder?« Joachim Beck verzog die Mundwinkel. Er war mit seiner Geduld am Ende. »Man könnte fast meinen, Sie wollen hier gar nicht weg!«

»Doch. Ich will weg. Aber nicht, bevor ich weiß, wie es Glücks geht.« Sie standen auf dem Flur vor der Tür zur Intensivstation. »Bitte sehen Sie nach. Ich warte hier.«

Beck wusste inzwischen, dass gegen Evas Willen kein Kraut gewachsen war. Sie würde das Haus erst verlassen, wenn er sich davon überzeugt hatte, dass da drin alles in Ordnung war. Er wollte zu einer Erwiderung ansetzen, holte aber nur tief Luft und nickte. Wozu Zeit vergeuden?

Er stieß die schwere Tür zur Station auf und steuerte das Zimmer an, in dem sie Aleksandr Glück und dessen Frau zurückgelassen hatten. Eva wartete derweil im Flur und starrte an die Decke. Waren die beiden tot? Hatten sie leiden müssen? Sie wurde die Vorstellung nicht mehr los, dass die Infusion, welche die Atmung lähmen sollte, vielleicht zu früh gewirkt hatte und beide bei vollem Bewusstsein erstickt waren oder dass die Dosierung zu niedrig war und Glück und seine Frau noch wach im Bett lagen.

Beck kam zurück. Er nahm Eva an der Hand und zog sie gegen ihren Willen durch die Tür und in Glücks Zimmer. Sofort schossen ihr Tränen in die Augen: Olga und Aleksandr Glück lagen eng aneinandergeschmiegt in Glücks schmalem Bett und hielten sich bei den Händen. Sie hatten die Augen geschlossen und waren tot, waren endlich bei ihren Söhnen.

»Sind Sie jetzt zufrieden?«

Beck hielt Eva im Arm. Sie nickte. Dann trat sie an das Bett der beiden und deckte sie zu. Schließlich öffnete sie ein Fenster.

»Jetzt können wir gehen.«

Ich spüre Gevatter Tod in unserer Nähe! Aber wehe, wenn er uns nicht findet! Dann wartet die Unendlichkeit auf uns, und die Unendlichkeit wird in diesem dunklen, blechernen Kasten sein. Ouuhhh, jaulte Nummer drei, *ihr könnt euch nicht vorstellen, wie unendlich die Unendlichkeit ist! Hörst du ihn da draußen, von da, wo früher einmal die Welt war? Ich höre ihn! Ich lausche seiner sonoren Stimme, hihi, und seinem klackenden Pferdefuß. Hört ihr ihn auch? Er sucht nach uns, aber wenn wir so still sind, wird er uns niemals mehr finden. Hörst du, hörst du ihn, er ist da, so nah, so naaah.*

Thomas tastete sich zur Fahrstuhltür. Tatsächlich, da draußen, irgendwo, redete jemand.

Nehmen wir doch einfach noch einmal unser Kännchen und veranstalten wir ein nettes kleines Todeskonzert!, schlug Nummer drei fröhlich vor.

Nein!, quiekte Nummer zwei. *Wir werden uns still verhalten. Ich höre nichts da draußen, ich kann nichts hören. Ich will nichts hören. Niemals. Ich will meine Ruhe, und zwar sofort.*

Und was ist, wenn da draußen Rettung ist?, dachte Thomas.

Sehr gut, lobte Nummer eins. *Und weiter?*

Dann muss ich mich bemerkbar machen.

Richtig.

Rettung, Rettung, Rettung! Vielleicht hat der Verrückte recht, und es ist wirklich der Tod, der nach uns sucht. Oder eine Putzfrau, die hier nur schnell durchfegt, und rums, ist die Tür wieder zu. Oder die Pfleger stehen da und nehmen uns wieder mit in die Psychiatrie oder, oder …

Du musst rufen, Thomas.

Jaaa, rufe, rufe unser Ende herbei. Rufen wir alle, so laut wir nur können, auf dass Gevatter Tod uns nimmt und zwischen seinen knorrigen Händen zerbreche. Er soll langsam die Luft aus unseren Lungen pressen und sich aus unserem Gedärm ein Haarnetz flechten. Er soll uns die Zungen herausreißen und auf einem Haar auffädeln, er wird mit unseren Knochen und einem blank genagten Schädel kegeln, und wir werden mit ihm verschmeeelzen.

Hör sofort damit auf! Meine Migräne kommt zurück!

Still jetzt!, knurrte Nummer eins.

Der Zorn in seiner Stimme ließ die anderen beiden augenblicklich verstummen. Und, wieder sanft und milde: *Mach dich bemerkbar, Thomas. Rufe, damit wir gefunden und befreit werden. Wie damals die Bisamratte. Rufe. Jetzt!*

Thomas lauschte weiter an der Tür. Er konnte deutlich Worte hören, aber durfte er sie wirklich auf sich aufmerksam machen? Durfte er sein sicheres Versteck verraten? Wenn nun wirklich Gevatter Tod da draußen wandelte …

Er ist es!

… wenn tatsächlich die Pfleger nach ihm suchten, um ihn erneut anzuschnallen und mit Medikamenten Einsamkeit und Leere in ihn zu spritzen …

Sie sind es bestimmt!

… wenn nun …

Rufe!

»Hilfe«, flüsterte Thomas.

Er hatte Angst vor dem Klang seiner eigenen Stimme, Angst vor dem, was danach geschehen musste. Und irgendetwas würde geschehen.

Rufe lauter!

»Hilfe«, sagte Thomas, abgehackt und fremd.

Noch lauter! Los!

»HIIILFEEE!!!«, schrie er. Er schrie, so laut er nur konnte. Er zuckte vor dem Wort zurück in die Mitte der engen Kabine. Sein Fuß trat gegen die Thermosflasche, die zur Seite polterte.

Lärm, Lärm, Lärm, wir machen Lärm, Lärm, Lärm, sang Nummer drei fröhlich.

Noch einmal, Thomas. Ruf nach Hilfe und schlag gegen die Wand!

Thomas hob wie in Trance die Faust, wollte der Aufforderung seiner Stimme nachkommen.

Neiiin! Wenn du das tust, dann schreie ich!

Lasst ihn! Rufe nur, rufe. Ich beschütze dich.

»Hilfe! HIIILFEEE!!!« Und er schlug, so laut er nur konnte, mit beiden Fäusten gegen die Wände des Fahrstuhls, er rief und schlug und trat mit den Füßen gegen die seit einem halben Leben verschlossene Tür.

Eva und Joachim Beck waren gerade im Begriff, das Treppenhaus zu verlassen, als sie Thomas' Schreie hörten.

»Da! Es kommt doch aus den Aufzügen!« Beck kniete vor dem linken der drei Personenaufzüge nieder und lauschte.

»Hier ist es!« Er winkte Eva zu sich. Sie nickte. Beck sah sich um. Werkzeug, eine Brechstange, irgendetwas, womit er die Fahrstuhltür aufhebeln könnte.

»Hattet ihr Handwerker im Haus? Gibt es hier irgendwo eine Werkstatt?«

»Ja, natürlich. Unten im Keller!« Schon war sie auf den Beinen und rannte vor ihm her in das dunkle Untergeschoss. Die drei Werkstatträume am Ende eines langen Flurs standen offen. Schnell hatte Beck gefunden, wonach er suchte: einen Hammer und ein Stemmeisen.

Zurück am Aufzug setzte er das Eisen in den Türspalt. Dann schlug er es vorsichtig tiefer. Hinter der Tür hörten sie eine Stimme wimmern und klagen: »Nein. Bitte nicht. Ich will doch noch nicht sterben.«

»Sie müssen nicht sterben!«, rief Eva, so laut sie konnte, aber Thomas hielt sich die Ohren zu und hörte sie nicht mehr. Nummer zwei stöhnte bei jedem Schlag gegen das Stemmeisen auf, und Nummer drei klatschte im Takt dazu und freute sich auf ihr baldiges Ende. *Da ist es! Das göttliche Licht des Todes!*

Beck hatte es geschafft, die Tür einen winzigen Spalt weit zu öffnen. Ein schmaler Lichtkegel schwappte von oben her in Thomas' zwischen Keller und Erdgeschoss festsitzendes Gefängnis. Thomas sank augenblicklich auf die Knie. Er faltete die Hände und betete stumm.

Gemeinsam hebelten Beck und Eva die Fahrstuhltür so weit auf, dass ein Mensch hindurchpasste.

»Kommen Sie!«, rief Beck und warf das Stemmeisen zur Seite. Thomas zuckte bei dem Geräusch zusammen, behielt aber seine Augen weiter fest geschlossen und bewegte leise die Lippen. Tränen rannen ihm über die Wangen, das schwarze, struppige Haar stand wild vom Kopf ab und von der vorstehenden Unterlippe tropfte Speichel.

Yippi-ya-ya, yippi-yippi-jooo, der Tod befreit uns und spült uns durch sein Klooo!

»Hallo Sie, es ist vorbei!« Eva streckte Thomas ihre Hand entgegen. Der presste die Augen zusammen. Unter ihm bildete sich eine warme Pfütze.

»Auch das noch!«, rief Beck und trat einen Schritt zurück. »Der hat sie doch nicht alle!«

»Hätten Sie auch nicht nach über dreißig Stunden in diesem finsteren Loch!«, wies ihn Eva zurecht und kletterte zu Thomas Bachmann in den Aufzug.

Eine Putzfrau. Ich wusste es! Geh zur Seite und lass sie ihre Arbeit machen.

Thomas zitterte am ganzen Leib. Als Eva sich neben ihn kauerte und ihre Hände auf seine Schultern legte, sprang er auf und riss die Augen auf.

»Nein!«, schrie er laut, so dass Beck sich nach dem Stemmeisen umsah und an die Tür trat. »Geh weg von mir! Lass mich bitte, ich will doch noch nicht sterben!«

»Sie müssen nicht sterben, nicht jetzt.« Eva stand auf. »Sehen Sie mich an, sieht so jemand aus, der Ihnen Leid zufügen möchte?«

Der Tod hat tausend Gesichter und Millionen Schatten. Er wandelt als liebliches Blümchen unter uns, bevor er sich die Maske vom Gesicht reißt und seine hässliche Fratze enttarnt. Und dann wird er sein verfaultes Gebiss offenbaren und seine braunen Zahnstummel in unsere Hälse rammen, hohoho.

»Ich heiße Eva. Ich bin Krankenschwester.« Eva legte ihre Hand in seine gefalteten Hände. »Es ist vorbei«, versuchte sie Thomas zu beruhigen. »Sie können herauskommen und gehen, wohin Sie wollen.«

Mein Bett, ich will in mein Bett!

Thomas blinzelte an Eva vorbei nach oben. Die Tür hatte sich geöffnet, aber da der Aufzug zwischen zwei Etagen festsaß, flutete das Licht nur aus der oberen Hälfte in die Kabine. Dort stand Joachim Beck und beobachtete, was unten vor sich ging. Bereit, Eva beim kleinsten Anzeichen von Gefahr zu Hilfe zu eilen. In der Hand hielt er das Stemmeisen.

»Wer ist das?«, fragte Thomas schließlich unter Aufbietung all seines Mutes.

Gevatter Tod natürlich, wer sonst!

Das hier ist die Putzfrau, und da oben wartet ihr Aufseher.

»Joachim Beck. Er ist Polizist, und er ist ein Freund.«

Ein Polizist? Polizisten waren die Guten. Der Tod war böse. Also konnte ein Polizist nicht der Tod sein, denn gut war nicht böse. Wenn es wahr war, was die Frau da sagte, dann war es vielleicht wirklich vorbei.

»Kommen Sie nach draußen. Wir helfen Ihnen.« Eva nahm Thomas an der Hand und zog ihn zur Tür.

»Meine Tasche! Und mein Tee!« Er riss sich los, packte die Thermoskanne in die schwarze Aktentasche und klemmte diese unter seinen Arm. So, jetzt war er bereit. Jetzt konnte er gehen.

Er nahm Becks ausgestreckte Rechte und ließ sich von ihm aus dem Aufzug helfen. Wieder begann er zu weinen, aber diesmal aus Freude. Das Gefängnis war verlassen, der Tod besiegt. Jetzt wollte er nach Hause und sich in sein Bett legen. Und essen. Und viel, viel trinken.

Fuchs beobachtete, wie der Bulle und sein Mädchen (sicher war sie sein Mädchen) durch den Haupteingang das Krankenhaus verließen. Aber sie hatten noch jemanden bei sich, einen mageren, seltsamen Kerl mit unsicherem Gang. Und einem großen Fleck in der Hose! Fuchs lächelte. »Scheint heute der Tag der Bettnässer zu sein«, murmelte er und dachte an Ritter und dessen durchweichtes Beinkleid.

Die drei setzten sich auf eine Bank, und der Neue genoss sichtlich die wärmende Spätnachmittagssonne. Der Bulle stand auf und setzte sich wieder. Und stand erneut auf. Er gestikulierte mit beiden Händen und redete auf sein Mädchen ein. Schließlich schienen sie sich einig. Sie erhoben sich alle drei, nahmen den Neuen wieder in ihre Mitte und gingen davon. Ganz langsam.

Fuchs wartete, bis sie hinter der nächsten Kurve verschwunden waren. Dann verließ er sein Versteck.

»Da läuft mein Geld«, flüsterte er, als er sie wieder sah. »Aber du hast es nicht mehr lange. Das versprech ich dir, Bulle! Nicht mehr lange.«

46

19:12 Uhr, Wellendingen

Als Anne Gehringer der fast vollständig versammelten Dorfbevölkerung das Wahlergebnis vorlas, konnte Frieder Faust seinen Ohren kaum glauben: Er lag mit ziemlich großen Abstand vorn.

Jetzt, kurz nach neunzehn Uhr, saßen er und die anderen vier gewählten Mitglieder des neuen Rates zusammen bei Roland Basler auf der Terrasse. Auch Basler hatte man wie erwartet in den Rat gewählt, wenn auch mit deutlich weniger Stimmen. Das schien ihm aber nicht allzu viel auszumachen. Gleich nachdem sein Name und die ausreichende Stimmenzahl dazu verlesen war, sprang er auf und hatte sich, ganz Weltmann und Politiker, lautstark bedankt.

Basler lud kurzerhand die Mitglieder des Rates für den Abend zu sich nach Hause ein. Seine Frau Frederike hatte eine Schale Obst auf den Tisch gestellt, Gläser und zwei Flaschen Wein.

Bea Baumgärtner erschien als Erste. Ihr gutes Wahlergebnis war keine allzu große Überraschung, hatte sie als Vorsitzende der Wellendinger Landfrauen schon viele der weiblichen Stimmen bereits im Vorfeld so gut wie sicher. Überraschender war da schon Christoph Eiseles Wahl.

Eisele, der mit Ende zwanzig immer noch bei seinen Eltern lebte, hatte vor vier Jahren sein Germanistikstudium abgebrochen und war in den Schoß der Familie zurückgekehrt. Seine Eltern hatten ihm geholfen, in Bonndorf einen kleinen Laden mit Bioprodukten aufzubauen. Dieser hatte ihn in den letzten Jahren mehr schlecht als recht ernährt und war in den gestrigen Abendstunden geplündert und verwüstet worden. Vielleicht war es sein neuer Job als Beerdigungsunternehmer, der ihm die spontanen Sympathien der Wähler eingebracht hatte, vielleicht auch die Intelligenz seiner dunklen Augen – jedenfalls hatte er das fünftbeste Ergebnis erzielt.

Faust kam mit seinem Pick-up vom anderen Ende des Dorfes hierher ins Neubaugebiet am Hardt. Und er hatte das Überraschungsmitglied neben sich sitzen. Hildegund Teufel, siebenundachtzigjährig, hatte das viertbeste Ergebnis erhalten.

Faust half ihr aus dem Wagen, gab ihr die beiden Stöcke und ging langsam hinter ihr her um Baslers beeindruckendes Anwesen herum zur Terrasse.

»Wenn sonst keiner da ist, der es übernimmt«, begann Basler, als Hildegund Teufel endlich Platz genommen hatte, »dann mache ich es eben.« Er erhob sich und nahm sein Weinglas. »Glückwunsch uns allen!«

»Weiß nicht, ob es da viel zum Beglückwünschen gibt.« Bea Baumgärtner griff trotzdem nach dem Glas vor sich und nippte an dem teuren Rotwein. »Ich kann mir vorstellen, wir werden einige Dinge entscheiden müssen, mit denen wir uns nicht unbedingt neue Freunde machen werden.«

»Das ist richtig«, stimmte ihr Basler zu und setzte sich. »Aber zuerst, bevor wir uns ans Eingemachte wagen, sollten wir einen Vorsitzenden wählen.«

»Faust. Der hat die meisten Stimmen bekommen.« Für Eisele stand fest, dass Faust der Richtige war. Faust hatte nach der Flugzeugkatastrophe gestern Morgen nicht viele Worte gemacht. Er hatte angepackt und den Überblick behalten. Genau das brauchte das Dorf jetzt.

Aber Faust schüttelte den Kopf. Im Rat mitmachen –

seinetwegen, aber als Vorsitzender für alles und jede Entscheidung den Kopf hinzuhalten, das war nicht seine Welt. Er schüttelte den Kopf und stellte das leere Weinglas ab. »Wenn es euch nichts ausmacht, würde ich auf diese Ehre gern verzichten. Es wäre …«

»Als derjenige mit den zweitmeisten Stimmen«, fiel Basler Frieder Faust ins Wort, »bin ich dann wohl der nächste Kandidat! Und«, er legte eine feierliche Pause ein, »ich nehme die Aufgabe an.«

Die beiden Frauen sahen sich verwundert an, auch Eisele wirkte überrascht. Die alte Teufel zuckte schließlich mit den Schultern. Sollte er es doch machen, wenn er sich so danach drängte. Einer musste den Job schließlich übernehmen. Und war es nicht die logische Konsequenz nach Frieders Absage, dass der nachrückte, der das nächstbeste Ergebnis erzielt hatte?

Trotzdem hinterließen Baslers offensichtliche Politikerambitionen bei den anderen ein unangenehmes Gefühl. Sie waren hier, um vorübergehend ein paar für die Gemeinschaft im Dorf wichtige, vielleicht sogar existentielle Dinge zu regeln, nicht, um Karrieren zu beginnen.

»Also, wenn das nun geklärt ist, können wir jetzt endlich anfangen?« Faust schenkte sich nach, dann blickte er in die Runde. »Was muss – neben deinem Massengrab, Christoph – als Nächstes angepackt werden?«

»Unsere Sicherheit!«

»Trinkwasser!«

»Hilfe in Albickers Stall!«

»Wir brauchen einen Arzt!«

»Halt, halt, halt!« Faust hob beide Hände und brachte so die anderen zum Schweigen. »Das bringt nichts, wenn wir alle durcheinanderreden.«

»Richtig«, fuhr Basler fort, nahm Zettel und Stift und schob beides Bea Baumgärtner hin. »Jetzt noch einmal von vorn und bitte einer nach dem anderen. Und wenn wir damit fertig sind, können wir in Ruhe Beas Notizen durchgehen und entscheiden, was als Nächstes zu erledigen ist. Einverstanden?«

Da keiner widersprach, wurde es so gemacht.

Hildegund Teufel fand, dass die Organisation der Arbeiten in Albickers Stall oberste Priorität genießen sollte. »Wir wissen nicht, wann es wieder etwas zu kaufen geben wird, wann die Banken wieder öffnen. Schließlich brauchen wir Geld, um einzukaufen. Und wenn nicht alle mitanpacken, werden die vierzig Tiere kaum die nächsten Tage überleben. Bei zweien, die nicht ordentlich abgemolken wurden, haben sich bereits die Euter entzündet.«

»Ich finde, nach dem, was heute Morgen mit Adelheid und Eugen Nussberger geschehen ist, sollte unsere Sicherheit ganz oben stehen.« Basler legte Bea die Hand auf den Arm. »Schreib: Sicherheit und mach ein dickes Ausrufezeichen dahinter.«

Faust bereitete das Trinkwasser Sorgen. »Vom Ehrenbach abgesehen haben wir nur noch zwei oder drei alte Brunnen im Dorf, über deren genauen Zustand keiner Bescheid weiß. Von dem des Wassers ganz abgesehen.«

Bea schrieb »Trinkwasser«.

»Außerdem sollten wir feststellen«, fuhr Faust fort, »was wir an Nahrungsmitteln im Dorf haben, und anschließend deren Verteilung organisieren.«

»Du meinst, wir sollen alle unsere Vorratsschränke öffnen?« Basler war überrascht.

»Natürlich, oder willst du etwa die bestrafen, die vielleicht erst gestern oder heute einkaufen wollten, und diejenigen belohnen, die das Glück hatten, ihre Einkäufe schon vor zwei Tagen erledigt zu haben?«

»Das klingt einleuchtend.« Die alte Teufel nickte. »Aber es wird Ärger geben.«

»Dafür wurden wir gewählt.«

»Zum Ärgermachen?«, fragte Basler.

»Nein, zum Organisieren. Und zwar im Sinne der Masse, nicht des Einzelnen.«

»Hört sich jetzt doch verdammt nach Kommunismus an«, warf Christoph Eisele ein.

Faust zuckte mit den Schultern. »Mir egal, nach was es klingt. Aber wenn wir unsere Sache richtig machen wollen, müssen jetzt eben ein paar Tage die ganzen Einzelinteressen zurückstehen. Halt so lange, bis alles wieder wie gewohnt funktioniert.«

Es herrschte einige Sekunden Schweigen. Schließlich sagte Eisele: »Aber wir leben nun mal in einer Gesellschaft, die …«

»Ich persönlich finde, da …«, unterbrach ihn Roland Basler.

»Jetzt lass den Jungen ausreden!« Hildegund Teufels Augen funkelten. Basler brach mitten im Satz ab. Die ehemalige Haushälterin der Pfarrei drohte ihm mit dem Stock. »Du willst doch auch, dass wir dich zu Ende sprechen lassen, oder nicht?« Und zu Eisele: »Was wolltest du uns über unsere Gesellschaft erzählen, mein Junge? Komm, red weiter.«

»Also, was ich sagen wollte, ist«, begann Eisele und suchte einen Moment nach dem verloren gegangenen Faden, »unsere Gesellschaft. Wir leben in einer Gesellschaft, die permanent individuelle Wünsche und Begierden erzeugt, die anschließend befriedigt werden wollen. Ganz bewusst erzeugt, denn darauf beruht die ganze Ökonomie unserer Zeit. Für die Masse, mich eingeschlossen, ist das tägliche Überleben eine Selbstverständlichkeit und die Erfüllung irgendwelcher fragwürdigen, von Werbestrategen erzeugten Träume zum Lebenszweck geworden. Das, was du gerade gesagt hast, Frieder, bedeutet nichts anderes, als dass jeder von uns ab jetzt ein völlig anderes Leben führen soll. Ich glaube, die wenigsten können sich solch ein Leben überhaupt vorstellen, geschweige denn leben.«

»Hat dieses neue Leben nicht längst begonnen?« Faust

drehte sich um, und die anderen folgten seinem Blick hinauf aufs Hardt. Dort ragte der ausgebrannte Rumpf der Unglücksmaschine in die fortschreitende Dämmerung. »Haben wir überhaupt eine Wahl?«

Wohl kaum, dachte Bea Baumgärtner beim Blick auf das Mahnmal.

Roland Basler fand, dass dies ein guter Augenblick sei, die Honorierung ihrer Arbeit im Rat zu besprechen. Letztendlich opferten sie Zeit und Energie, die alle anderen für ihre eigenen Zwecke einsetzen konnten, während sie hier zusammensaßen und versuchten, das Rad einer kleinen Gesellschaft neu zu erfinden. Er wollte gerade den Mund aufmachen, als ein Wagen mit offensichtlich defektem Auspuff vorfuhr. Wenig später führte Frederike Bubi Faust und Martin Kiefer zu der fünfköpfigen Versammlung. Kiefer hielt etwas in den Händen, lang und in ein Stück Stoff eingewickelt.

»Ist etwas passiert?« Frieder Faust war aufgesprungen und packte seinen Sohn bei den Schultern. »Komm, sag schon!«

»Alles in bester Ordnung«, beschwichtigte Kiefer. Faust ließ Bubi los und wandte sich Kiefer zu.

»Und was wollt ihr dann hier?«

»Wieso stört ihr unsere erste Sitzung?« Basler, der Hausherr, hatte sich erhoben und ging um den Tisch herum zu den beiden Störenfrieden. »Was wir hier zu besprechen haben, ist nicht unbedingt für Außenstehende bestimmt!«

»Außenstehende?« Kiefer wiederholte das Wort, und es klang süffisant und schmierig. »Ich dachte, es geht bei eurer Sitzung um uns alle.«

»Geht es natürlich auch.« Faust stellte sich zwischen Kiefer und Basler. »Aber nicht alles, was hier diskutiert wird, ist auch spruchreif. Was wollt ihr?«

»Wir wollten dir, Vater, äh, euch allen natürlich, etwas Wichtiges sagen. Und bringen.«

»Also, macht es kurz.«

»Wir sind nach der Versammlung heute Mittag noch mal zu Nussbergers Haus gefahren.«

»Was hattet ihr da zu suchen?«

»Wir haben zusammen mit dem alten Nussberger seine Schwester hinter seinem Haus begraben. Ich weiß, wir haben einen Friedhof, aber er wollte es so. Will auch weiter ganz allein in seinem Haus bleiben«, erklärte Kiefer und zuckte dabei mit den Schultern. Bubi trat einen Schritt zurück.

»Sehr gut!«, lobte Basler. »Aber das hättet ihr uns auch noch morgen sagen können.«

»Anschließend sind wir noch einmal zu dem Fahrzeug raus, das uns heute Morgen fast gerammt hätte.«

»Und?«

»Wir haben das hier gefunden.« Er legte, was auch immer es war, das er im Arm hielt, auf den Tisch und schlug den Stoff zurück.

»He, ist das Ding echt?« Basler beugte sich über den Tisch. »Funktioniert es?«

»Keine Ahnung. Aber wir können es ja ausprobieren.« Kiefer nahm das Maschinengewehr, das sie bei den beiden Soldaten im Wagen gefunden hatten, und hielt es in die Luft.

»Nein!«, rief Faust. »Leg das sofort wieder hin! Kennst du dich damit aus?«

Kiefer strahlte. »Natürlich! War schließlich nicht umsonst zwei Jahre beim Bund.«

»Und, habt ihr noch mehr? Auch Munition?«

Bubi und Kiefer nickten. »Wir haben alles dabei. Sechs oder sieben von denen da«, er zeigte auf die glänzende Waffe, »und 'nen ganzen Haufen Munition.« Und ein dickes Päckchen Marihuana, dachte Bubi, aber das behalte ich.

»Bringt alles ins Haus«, entschied Faust. Dann sah er zu Basler herüber. »Ist doch in Ordnung, wenn wir das Zeug erst mal bei dir hier lassen?«

»Natürlich«, nickte Basler. »Kommt«, er ging voraus, »wir schaffen es in den Keller.«

Sie brachten Kiefers Fundstücke in den Heizungskeller. Basler schloss danach die feuerdichte Stahltür ab und steckte den Schlüssel ein. Als Basler den anderen die schmale Treppe hinauffolgen wollte, hielt ihn Kiefer zurück.

»Solltet ihr jemanden suchen, der sich hier ein bisschen um Ordnung und Sicherheit kümmert, könnte ich dir vielleicht helfen.«

»Du? Wieso ausgerechnet du?«

»Ich kenne mich mit den Waffen aus.«

»Andere vielleicht auch.«

»Vielleicht. Aber stehen die anderen auch hinter dir? Vielleicht wird einer wie Mettmüller irgendwann für die Sicherheit verantwortlich sein. Oder vielleicht will Faust den Job auch selbst übernehmen?«

»Aber du wohnst in Bonndorf. Du bist kein Wellendinger.«

»Jetzt sei nicht so kleinlich. Ich bin hier, andere nicht. Wenn es in Ordnung ist, kann ich mir doch hier im Ort etwas suchen, inzwischen stehen ja genügend Häuser leer.«

»Die alle jemandem gehören.«

»Der nicht da ist«, fügte Kiefer mit einem Lächeln hinzu.

»Warum gehst du nicht in dein Haus nach Bonndorf?«, fragte Basler. Die Antwort interessierte ihn. Was war der Grund, dass Kiefer sein eigenes Haus aufgeben wollte, um hier in Wellendingen zu leben? Aber Kiefer antwortete nur mit einem Achselzucken.

Vielleicht, ging es Basler weiter durch den Kopf, vielleicht ist es gar keine so üble Idee, Kiefer die Sicherheit des Dorfes organisieren zu lassen. Wer weiß schon, wie sich alles entwickelt, und vielleicht bin ich irgendwann einmal froh, dass jemand, der hinter mir steht, die einzigen Schusswaffen im Dorf in der Hand hält.

»Wir werden sehen«, meinte er schließlich und schüttelte Kiefers Hand ab. »Wenn das Thema entschieden wird, denk ich vielleicht an dich. Vielleicht.«

»Dein Schaden wäre es nicht.«

»Wo waren wir stehengeblieben?« Roland Basler setzte sich wieder zu den anderen an den Tisch und griff nach seinem Glas.

»Bei unseren Problemen«, antwortete Eisele. »Und wie wir sie lösen können.«

Der Rat der Gemeinde Wellendingen, wie sie einstimmig beschlossen hatten, sich zu nennen, traf schließlich folgende Entscheidungen:

1. Christoph Eisele sollte in spätestens zwei Tagen das Massengrab geschlossen haben, und zwar so, dass für das Grundwasser des Ortes keine Gefahr zu befürchten sei.

2. Ab sofort war es untersagt, Wasser aus eigenen Sammelbehältern zum unabgekochten Verzehr zu entnehmen. In der Ortsmitte sollte der Ehrenbach an zwei Stellen angestaut werden. Die obere Stauung für die Dorfbewohner, die untere Stauung sollte Tieren als Tränke dienen. Für diese Aufgabe war noch ein Verantwortlicher zu finden.

3. Bestandsaufnahme aller im Ort vorhandenen Lebensmittel. (Über eine eventuelle Umverteilung wurde noch nicht abschließend diskutiert.)

4. Organisation von ausreichend Hilfskräften, die Albickers bei der Versorgung des einzigen Rinderbestandes im Ort unterstützten. Hierzu gehörten melken (zweimal täglich), misten, füttern und tränken. Bea Baumgärtner übernahm diese Aufgabe.

5. Für die Sicherheit sollte vorerst jeder selbst durch mehr Aufmerksamkeit und Vorsicht, vor allem Fremden gegenüber, sorgen. Jürgen Mettmüller, der Förster, sollte am nächsten Tag gefragt werden, ob er Straßensperren errichten könne. Hierbei war an die drei Zufahrtsstraßen nach

Bonndorf, den Ehrenbach hinab nach Weizen und Richtung Obere Alp gedacht. (Letztere verwarf man, da die Straße nach dem Flugzeugabsturz bereits unpassierbar war).

Eine bewaffnete Schutztruppe, wie von Roland Basler kurz vor Ende der Sitzung vorgeschlagen, wurde abgelehnt. Die von Bubi und Kiefer abgegebenen Waffen sollten vorerst in Baslers Keller unter Verschluss bleiben.

Auf Eiseles Vorschlag hin wurde noch ein letzter Punkt aufgenommen:

6. Alle Benzin- und Dieselvorräte sollten Albickers zur Verfügung gestellt werden, mit der Maßgabe, dass diese damit ihren landwirtschaftlichen Betrieb fortführten. Christoph Eisele selbst wollte sich, sobald das Grab auf dem Hardt geschlossen war, um diese Aufgabe kümmern.

»Ich fühle mich wie in einem schlechten Film«, sagte Bea beim Aufbruch.

»Oder einem Buch«, schloss sich Eisele ihren Gedanken an. »So wie in Stephen Kings ›The Stand‹. Bloß, dass dort die Menschen durch eine Krankheit fast komplett dahingerafft wurden, alle Technik aber weiter ordentlich funktionierte. Bei uns scheint es genau umgekehrt zu sein!«

Faust nahm Hildegund Teufel in seinem Wagen mit.

»Morgen werden wir uns bei dir treffen«, sagte er, als sie vor ihrer Tür hielten, »damit du dich nicht zu Fuß durch das ganze Dorf quälen musst. Ich darf dann schließlich nicht mehr fahren.« Die alte Frau lächelte.

»Weißt du, Frieder, ich habe einen Krieg erleben müssen. Wir hatten zwar Glück, anders als die in den Großstädten oder dort, wo die Kriegsindustrie saß, aber das hier – das gestern und das heute –, es erinnert mich an Krieg. An den Beginn eines Krieges vielleicht. Und im Krieg«, sie kratzte sich an der Nase, »im Krieg tun Menschen Dinge, zu denen sie sonst niemals fähig wären. Im Positiven wie im Negativen. Wenn ich mich nicht irre, müssen wir uns nicht nur darauf einstellen, dass diese Katastrophe, so wie bei dir oder beim Eisele, gute Eigenschaften hervorspült – nein, nein, Frieder, lass mich zu Ende sprechen –, es kann gut möglich sein, dass der eine oder andere die Situation zu seinen Gunsten ausnutzen wird.«

»Du meinst, wie …«

»Ich meine gar nichts. Aber vielleicht ist es ratsam, vorsichtig zu sein und nicht blind darauf zu vertrauen, dass die Menschen hier morgen noch so sein werden, wie sie vorgestern einmal waren. Ein bisschen Vorsicht kann auf jeden Fall nicht schaden, mein Junge. Glaub einer alten Frau, Vorsicht hat noch keinem geschadet.«

Noch während der Versammlung, um die Mittagszeit, hatten Jochen und Karola Schlesinger Wellendingen verlassen. Mit ihren drei Kindern und Freddy, einer fetten Perserkatze, waren sie erst im letzten Herbst nach Wellendingen gezogen. Ursprünglich kamen sie aus Oberbayern, wohin sie jetzt zurückwollten. Am frühen Abend schlich sich Enrico Müller davon. Der Siebzehnjährige verließ das Dorf im Wagen seiner Eltern. Neben ihm saß Nikola, Enricos erst fünfzehnjährige Freundin. Sie wollten nach Italien. Oder nach Indien. Hauptsache weg.

Roland Basler und seine Frau trugen Lebensmittel aus der Küche in den Keller.

Frederike bestand darauf, dass sie von allem immer eine Packung (mindestens) in Reserve hatten. In der Waschküche, neben dem Heizungskeller gelegen, in dem die von Bubi und Kiefer gefundenen Waffen lagerten, versteckten sie Zucker, Mehl, zwei Stück Butter, Reis und Nudeln, Kartoffeln, ein paar Bananen, Käse, eine Salami und eine Tüte Salz. »Sicher ist sicher«, sagte Basler. Er half seiner Frau, einen Berg Wäsche, scheinbar achtlos in die Ecke geworfen, so über den Vorräten zu drapieren, dass niemand auf die Idee käme, hier Lebensmittel zu vermuten. »Wer weiß schon, was denen noch alles einfällt! Vielleicht schlägt Eisele morgen Hausdurchsuchungen vor! Kommunistenquatsch!«

Zum Glück war er in den Rat gewählt worden. So hatte er wenigstens die Möglichkeit, wenn schon nicht alles so zu lenken, wie er es gern hätte, so doch wenigstens rechtzeitig reagieren zu können. Und den anderen würde er die Flausen schon noch austreiben. Es gab schließlich nicht nur Faust und Eisele und die senile alte Teufel.

47

19:14 Uhr, irgendwo auf dem Balkan

Jahrelang hatten UN-Blauhelmsoldaten die verfeindeten Volksgruppen auf Distanz halten können, jetzt aber brach sich der jahrhundertealte und zuletzt erzwungenermaßen gebändigte Hass Bahn.

Die fremden Soldaten sicherten einen fragilen Frieden, der doch nur ein Luftholen zwischen zwei Kriegen war. Zu tief saß der gegenseitige Hass, zu schwerwiegend war, was die eine Volksgruppe der anderen angetan hatte, zu fremd die Religion des Nachbarn. Gegenseitig gaben sie sich die Schuld an dem, was mit dem Morgen des 23. Mai begonnen hatte.

Heute nun zog eine Horde von etwa vierhundert Männern und Frauen auf das kleine Dörfchen zu. Sie wollten die Schuldigen zur Rechenschaft ziehen.

Die zweiunddreißig Blauhelmsoldaten, von ihren Kommandostellen abgeschnitten und seit gestern ohne Nahrung und Trinkwasser, räumten den Checkpoint zum Dorf ohne lang zu verhandeln. Die zwölf Familien des Dorfes – dreiundzwanzig Männer, einunddreißig Frauen und zweiundzwanzig Kinder – trieb man in dem schäbigen hölzernen Gotteshaus in der Ortsmitte zusammen und verriegelte alle Ausgänge. Das anschließende Feuer regelte all das, was die Vereinten Nationen und ihre Soldaten, was Politiker aus aller Welt und sieben Kriege in den letzten beiden Jahrhunderten nicht hatten regeln können. Ab sofort gab es in diesem Landstrich keine ethnische Minderheit mehr.

48

19:22 Uhr, Donaueschingen

Du musst mit ihnen gehen. Geh, lauf ihnen nach, egal wohin. Nur hier können wir nicht bleiben. Nummer eins sprach eindringlich.

Thomas hatte Eva und Joachim Beck nur seinen Namen (ausschließlich seinen!) und die Straße verraten, in der seine Eltern lebten. Das kleine Einfamilienhaus lag auf dem Weg der beiden, am Ortsrand Donaueschingens, neben der Tankstelle.

Was von der Tankstelle übrig war, erreichten sie fünfzig Minuten nachdem sie das Krankenhaus verlassen hatten.

Am Abend zuvor, dem ersten Tag der Katastrophe, hatte ein gutes Dutzend Personen gewaltsam die unterirdischen Tanklager aufgebrochen und damit begonnen, ihre Fahrzeuge auf recht unkonventionelle Art zu betanken. An Seilen und Ketten ließen sie Eimer hinab und füllten anschließend das Benzin in ihre Fahrzeuge oder in Kanister um. Zur Katastrophe kam es, als Leonhard Schiller den Halt verlor und in einer lustig schillernden Benzinlache ausrutschte. Dabei ließ er die Kette mit dem gefüllten Eimer am anderen Ende los. Der Eimer fiel in den Tank zurück, wobei die Kette über die eiserne Einfassung der Öffnung schrappte.

Ein winziger Funken hatte genügt. Bereitwillig entzündete sich das Gemisch aus Luft und Benzingasen. Keiner der Benzindiebe überlebte das Inferno.

Thomas' Elternhaus hatte einmal unmittelbar neben dieser Tankstelle gestanden.

Es ist verbrannt, jammerte Nummer drei, *und wir waren nicht dabei. Huuuuhh, wir waren nicht drin.*

Thomas hatte vor den Trümmern gestanden – Eva wollte ihn trösten, und Beck hatte ständig auf die Uhr gesehen und sie zum Weitergehen gedrängt. Thomas hatte auf ein Gefühl gewartet, auf Trauer oder Angst oder beides. Aber da waren nur Leere und Enttäuschung. Er hatte sich so auf sein Bett gefreut.

Die Explosionen hatten das kleine Gebäude wie ein Kartenhaus fortgeblasen. An der der Druckwelle abgewandten Seite standen die Grundmauern noch etwa zwei Meter hoch, die anderen Mauern waren ebenerdig abgetragen. Was nach der Detonation noch übrig geblieben war, hatte der anschließende Feuersturm vernichtet.

Thomas verfiel in eine Art Starre, und Beck hatte die Frau, die ihn aus dem Aufzug befreit hatte, weggezogen und mit ihr geflüstert. Sie hatten ihre blauen Müllsäcke genommen, die Frau hatte ihm Äpfel und ein halbes Brot in seine Aktentasche gestopft, und dann waren sie zusammen fortgegangen.

Wenn wir hier stehen bleiben, gab Nummer zwei zu bedenken, *werden wir irgendwann sterben …*

Ja! Ja! Ja!

… wenn wir weitergehen, sterben wir vielleicht auch. Allerdings könnte es auch sein, dass dies hier alles nur ein Trugbild ist. Vielleicht liegen wir noch immer in dem engen Aufzug und träumen. Bevor wir etwas unternehmen, müssen wir gründlich überlegen …

Geh, Thomas.

… nichts will überstürzt werden. Denn immerhin wäre es möglich, dass …

Geh!

Als Thomas sich langsam umdrehte, waren Eva und Beck nur noch winzige Figuren am Kreisverkehr Richtung Hüfingen.

Wenn du jetzt nicht gehst, sind sie verschwunden, und du bist allein!

Thomas ging ihnen langsam nach. Er setzte einen Fuß vor den anderen – der Beginn einer Reise mit ungewissem Ziel und ebenso ungewissem Ausgang.

Zweites Buch

– Der Weg –

Der Weg (Althochdeutsch wec, verwandt mit bewegen) ist ein Streifen im Gelände zum Begehen oder Befahren, weniger ausgebaut als Naturweg und befestigt als Bauwerk. Die Benutzung eines Weges als Verkehrsweg erleichtert die Erreichbarkeit eines Ortes für Materialien und Personen.

(Quelle: Wikipedia)

49

24. Mai, 20:28 Uhr, Malmö, Südschweden

Der Mann lag am Morgen dieses 24. Mai einfach so am Strand. Mit dem Gesicht im Sand lag er dort, neben sich Jacke und einen kleinen Aktenkoffer. Wahrscheinlich, vermutete Hans Seger, der am Fenster seines Hotelzimmers stand, wahrscheinlich war der Mann in der vergangenen Nacht extra zum Sterben hierhergekommen, wollte mit seinem Anblick auch noch den letzten Funken Hoffnung aus Hans Segers Herz vertreiben.

Oder war er gar nicht tot?

Hans Seger hatte in den vergangenen siebenunddreißig Stunden Malmö im Chaos versinken sehen. Nach seinem unterbrochenen Telefonat mit Lea war er ins Erdgeschoss des Hotels gerannt und hatte es mit dem Telefon an der Rezeption versucht. Bevor er aber mit dem Portier ein Gespräch über die unterbrochenen Telefonleitungen anfangen konnte, zerriss eine Explosion den Morgen. Ein Flugzeug, im Anflug auf den nahegelegenen Kopenhagener Flughafen in Dänemark, stürzte mitten in die südschwedische Stadt und ging in Flammen auf.

Hans Seger beschloss, in seinem Zimmer zu bleiben, wenigstens so lange, bis die Kommunikation wiederhergestellt war und er wusste, ob es sich um einen Terroranschlag handelte oder ob es nur ein Unfall war. Zu diesem Zeitpunkt glaubte er noch, dass, was auch immer hier vorging, ein auf den Raum Malmö beschränktes Phänomen war. Den Glauben daran hatte er aber mittlerweile verloren. Spätestens seit der Sache mit dem Tanker.

Segers Hotel lag am Hafen, nur von einer breiten Straße und dem anschließenden groben Strand vom Öresund getrennt. Der Öresund, eine vielbefahrene Meerenge, verband

Nord- und Ostsee. Seit Juli 2000 waren die beiden großen Städte der Region – Kopenhagen auf dänischer und Malmö auf schwedischer Seite – durch die Öresundbrücke miteinander verbunden.

Die *Freedom of the Sea* war ein unter der Flagge Panamas fahrender britischer Öltanker. Am 23. Mai, 07:00 Uhr, fielen an Bord zeitgleich Navigation, Steuerung und sämtliche Kommunikationseinrichtungen aus. Zu dieser Zeit wollte der Meeresriese gerade im Kopenhagener Ölhafen anlegen.

In den nun folgenden Stunden trieb der randvolle Tanker führerlos um eine dem Hafen vorgelagerte Insel und wieder zurück in den Öresund.

Am Nachmittag des 24. Mai erreichte der Tanker die Öresundbrücke. Punkt fünfzehn Uhr stieß der Koloss vor den Toren Malmös gegen einen der Pfeiler der fast achttausend Meter langen Konstruktion. Die achtzehnköpfige Besatzung hatte sich schon eine Stunde zuvor in Sicherheit gebracht, als die Kollision bereits absehbar war. Jetzt musste sie zusehen, wie die *Freedom of the Sea* auf einen unterseeischen Schutzwall auflief, emporgehoben wurde und kurz darauf zerbrach. Sekunden später schossen Flammen in die Höhe, es folgte eine ohrenbetäubende Detonation. Die Wucht der Explosion ließ einen Pfeiler der Brücke wegbrechen. Ihm folgten zwei Brückensegmente aus Stahl und Beton, jedes über einhundert Meter lang. Auf den beiden Etagen des betroffenen Brückenabschnitts befanden sich zum Zeitpunkt des Einsturzes achtundsechzig Personen.

Hans Seger beobachtete all dies von seinem Hotelfenster aus. Er wusste: Skandinavien war nun wieder eine Halbinsel – zu Fuß nur noch über Finnland und Russland zu erreichen. Oder zu verlassen. Mit dem Einsturz der Brücke löste sich sein Vorhaben, zu Fuß über die Brücke nach Dänemark und von da aus weiter nach Deutschland zu gelangen, in Luft auf. Oder in Rauch, wenn man so wollte.

Denn inzwischen hatte er einsehen müssen, dass es sich hier weder um einen kurzen noch um einen lokal beschränkten Zivilisationsausfall handelte. Nein, wurde ihm klar, da war etwas Größeres im Gange, etwas, das aus braven Bürgern Plünderer, aus Familienvätern Mörder und aus Zivilisation Chaos machte. Willkommen in der Urzeit.

Segers Hände zitterten, kräftige Hände, die gepflegten und sauberen Hände eines Mannes, der sich und seine Familie als Einkäufer ernährte. Schwedische Fischereiprodukte für Deutschland. Seine Schweigsamkeit war dabei nur auf den ersten Blick von Nachteil. Bei Verhandlungen deuteten seine Partner Segers Schweigen oft als Zögern und gingen von sich aus mit ihren Preisen herunter. So lange, bis Seger irgendwann nickte und das Geschäft beschlossene Sache war.

Er hatte sein Zimmer seit siebenunddreißig Stunden nicht mehr verlassen. In der vergangenen Nacht hatten die Plünderungen auch das kleine Familienhotel erreicht und das Foyer verwüstet. Seger verbarrikadierte daraufhin seine Zimmertür. Als die Sonne aufging, schlief Seger endlich ein. Nach drei Stunden Schlaf erwachte er, und der Mann lag am Strand.

Ein Hund näherte sich dem Toten (Seger war sich mittlerweile sicher, dass dieser tot war) und zog immer engere Kreise um den Mann. Er schnüffelte mit angelegten Ohren und sicherte immer wieder mit erhobenem Fang in alle Richtungen. Plötzlich zog er den Schwanz ein und verschwand hinter einer Hausecke. Eine alte Frau hatte ihn aufgeschreckt und vertrieben. Sie kam die Strandpromenade entlang, entdeckte den Mann und blieb stehen. Nun war es an ihr, sich umzusehen. Sie ging hinunter, und Hans war froh, dass sich nun endlich jemand um den Toten kümmerte. Die Frau würde ihm sicher helfen, wenn noch zu helfen war, oder wenigstens dafür sorgen, dass ihn die Polizei oder ein Krankenwagen von da wegbrächte.

Polizei? Krankenwagen?

Die Frau zeigte keinerlei Interesse an dem Mann selbst. Jacke und Koffer hatten es ihr angetan. Mit einer ernüchternden Gründlichkeit untersuchte sie sorgsam seine Habseligkeiten, griff zuletzt noch in all seine Hosentaschen, dann marschierte sie weiter, ohne auch nur einmal in das Gesicht des Toten geblickt zu haben.

Eine halbe Stunde später kam der Hund zurück. Das Tier hatte jetzt alle Scheu abgelegt und begann, an der Hand seines Opfers zu nagen. Wenig später erschien ein zweiter Hund, dann ein dritter und ein vierter. Hans schätzte, dass sich inzwischen ein gutes Dutzend Tiere in wechselnder Zusammensetzung um den Toten kümmerte. Er sah dem Treiben fasziniert und gleichzeitig angewidert zu und plünderte nebenher die Vorräte des winzigen Kühlschranks in seinem Zimmer: schales Mineralwasser, lauwarmer Whiskey und versalzene Erdnüsse sowie ein paar Schokoriegel. Er beobachtete dabei den Strand und lauschte den fremden Geräuschen, die plötzlich die Stadt beherrschten: Explosionen und Gewehrfeuer, Schreie. Er sah am Stadtrand Rauch aufsteigen und immer wieder Plünderer. Und während all der Zeit ließ sich kein einziger Polizist sehen, keine Armee, die endlich wieder Ordnung und Sicherheit herstellte. Keine Flugzeuge am Himmel und ein leergefegter Öresund. Stündlich nahm Hans Seger sein Handy und wählte Evas Nummer in Wellendingen oder die im Krankenhaus. Er versuchte es bei Faust, aber die Leitungen blieben tot, so tot wie der Mann am Strand. Und Segers Handy war ein seelenloses Etwas. Unnütz, ein Relikt. Erinnerung an eine funktionierende Welt. Seit einer Stunde lag das Handy nun vor ihm auf dem Schreibtisch. Der Akku war endlich leer und Hans Seger beinahe erleichtert.

Als die Hunde den Kopf des Toten vom Rumpf abgetrennt hatten und dieser über den Sand ins Wasser rollte, zog Hans die Vorhänge zu und setzte sich an den Schreibtisch. Während in Wellendingen der neugewählte Rat des Dorfes zu seiner konstituierenden Sitzung im Haus von Roland Basler zusammenkam und seine Frau in Begleitung zweier Männer – und von einem dritten verfolgt – Donaueschingen verließ und Hausen vor Wald, ein kleines Dorf auf dem Weg nach Wellendingen, fast erreicht hatte, nahm Hans Seger einen Bogen Briefpapier mit dem Logo des Hotels in der rechten oberen Ecke.

Mein kleiner Liebling, begann er.

Schade, dass wir gestern, als du mir gerade von dem Frosch erzählt hast, unterbrochen wurden. Du warst bestimmt genauso erschrocken wie ich. Geht's dir gut? Mit mir ist so weit alles in Ordnung, nur die Leute hier in Malmö, die spielen alle ein wenig verrückt. Aber das wird sicher wieder. Hoffe ich, mein Schatz.

Auf dem Briefbogen des Hotels glänzten jetzt zwei Tränen und verzogen das Papier.

Ich hoffe auch, ich habe dir oft genug gesagt, dass ich dich lieb hab, Lea, und dass du das tollste Kind bist, das man sich nur wünschen kann! Ich weiß nicht, wie alles weitergeht, vielleicht sehen wir uns bald wieder, vielleicht aber auch nie mehr. Und vielleicht bekommst du diesen Brief auch nie – wer weiß, wann der Briefkasten unten im Foyer mal wieder geleert wird.

Wenn er überhaupt noch da ist, dachte Seger bei der Erinnerung an die vergangene Nacht.

Vorhin musste ich daran denken, wie schön es Neujahr war, als wir zusammen den Schneemann gebaut haben und du unbedingt erst noch eine Frau – mit riesigen Brüsten – und dann auch noch ein Kind wolltest. Weißt du noch? Und danach – mhh, Mamas leckerer Punsch! Im Moment habe ich ein bisschen Angst, Lea, deshalb klingt der Brief vielleicht auch etwas komisch, aber da ich euch telefonisch nicht erreichen kann und auch keine Flugzeuge und Schiffe verkehren, weiß ich nicht, wann und ob wir uns wiedersehen!

Nein: Ich weiß nicht, wann wir uns wiedersehen! Dass wir uns wiedersehen, steht fest! Ich wollte dir nur noch sagen, bevor ich gleich versuche, etwas zu schlafen, wie lieb ich dich habe und dass ich dich so sehr vermisse, Lea, und dass wir uns bestimmt bald wiedersehen! Pass bitte auf Mama auf und sei lieb zu ihr. Machst du das? Und gib ihr einen dicken Kuss von mir!

Ich hab dich lieb! Ganz sehr.

Dein Papa

50

20:44 Uhr, Hausen vor Wald

Eva Seger, Joachim Beck und Thomas Bachmann erreichten Hausen vor Wald kurz vor Sonnenuntergang. Ihren ursprünglichen Plan, noch an diesem Abend bis nach Wellendingen zu kommen, hatten sie inzwischen aufgegeben. Nicht zu Unrecht gab Beck ihrem neuen Begleiter die Schuld an dieser Verzögerung. Zuerst Thomas' Rettung aus dem Aufzug, dann sein langsamer Gang und schließlich die langen Minuten vor dem, was einmal sein Elternhaus gewesen war, hatten ordentlich Zeit gefressen.

In Hausen vor Wald, so Eva, wohnte Luisa Singer, eine Kollegin aus dem Krankenhaus. Eva hoffte, dass Luisa sie eine Nacht bei sich aufnahm. Dann wären sie morgen, vielleicht schon gegen Mittag, endlich bei Lea!

Nach Hüfingen hin wurde das Dorf von einer Bahnlinie abgeriegelt. Sie schützte mit ihrem Damm den kleinen Ort, nur von einer schmalen Unterführung für die Landstraße zwischen Hüfingen und Bonndorf unterbrochen. Als die drei näher kamen, sahen sie, dass ein wuchtiger Anhänger die Unterführung blockierte. Die Dorfbewohner hatten ihn nach den Erfahrungen der vergangenen Nacht so postiert, dass kein Fahrzeug mehr in den Ort kam. Auf dem Brückenbogen standen zwei bewaffnete Männer.

»Was wollt ihr?«, fragte einer der beiden von oben herab. Misstrauisch musterte er Eva, vor allem aber Joachim Beck. In der vergangenen Nacht hatte es im Ort eine Entführung gegeben, ein junges Mädchen. Außerdem war da noch ein Einbruch, bei dem der Bestohlene nur mit knapper Not entkommen konnte.

»Wir wollen zu Luisa Singer«, sagte Eva.

»Und wo soll sie wohnen?«, fragte einer der Männer.

»Im Pfarrhaus«, antwortete Eva.

Offenbar war das die richtige Antwort. Die Männer flüsterten miteinander, dann kletterte einer von ihnen herab. Er stieß mit der Fußspitze gegen Evas Plastiksack.

»Was habt ihr in den Tüten?«, wollte er wissen. »Waffen?«

»Blödsinn!«, antwortete Beck. Eva funkelte ihn an. Sie hatten, kurz bevor sie den Ortsrand erreichten, abgemacht, dass Beck seiner Begleiterin das Reden überlassen sollte.

»Natürlich haben wir keine Waffen«, sagte Eva mit honigsüßer Stimme. »Nur ein paar Lebensmittel und Medikamente. Wir wollen eigentlich nach Wellendingen, hatten aber Probleme unterwegs.«

»Wer hat die zurzeit nicht«, sagte der Mann. Dann stieß er erneut gegen den Sack. »Medikamente und Lebensmittel«, sagte er, dehnte dabei die Worte wie ein Gummiband und überlegte.

Die Männer nahmen schließlich einen Teil der Medikamente, als Wegzoll sozusagen. Beck wollte schon diskutieren, aber Eva griff in ihren Vorrat und gab den Männern, was diese wollten. Die Alternative wäre ein kilometerweiter Umweg und eine Nacht im Freien gewesen.

Luisa Singer wohnte im alten Pfarrhaus, und sie war zu Hause. Und sie öffnete ihnen die Tür, was in einer Zeit wie dieser keine Selbstverständlichkeit mehr war. »Ihr könnt die Wohnung behalten, wenn ihr wollt«, sagte Luisa und stürmte durch ihre Küche. Sie war am Packen. Auf dem Boden lagen zwei Koffer. Luisa schloss einen von ihnen und winkte Beck zu sich heran. »Setzen Sie sich mal drauf«, bat sie. Beck setzte sich, aber erst als Eva dazukam, schafften sie es, den Koffer zu verschließen. »Ich verschwinde!«, sagte Luisa. »Ich bleibe keine Nacht länger!«

»Willst du jetzt noch los? Die Sonne geht gerade unter«, warnte Eva.

»Mir egal«, antwortete Luisa und nahm ihre Koffer. »Ihr könnt bleiben, solange ihr wollt. Im Kühlschrank steht noch was zu essen. Mineralwasser ist im Abstellraum. Na, ihr werdet euch schon zurechtfinden.« Dann ging sie, ohne Gruß und ohne verraten zu haben, was sie zu ihrer Flucht bewogen hatte. Das Letzte, was sie von Luisa Singer sahen, war ihr Kleinwagen, als sie den Hof verließ.

Nachdem Eva, Thomas und Beck eine Kleinigkeit gegessen hatten, nahm Eva Thomas an der Hand und verließ mit ihm das Haus. Unmittelbar hinter dem Pfarrhaus, nur durch eine kleine Wiese mit hundertzwanzigjährigen, riesigen Linden getrennt, stand die weiß gestrichene Kirche.

Die untergehende Sonne verabschiedete sich mit einem mohnfarbenen Himmel. Eva wuchtete die schwere Eichentür auf.

Bei ihrem ersten Besuch hier hatte sie der übervolle Raum fast erschlagen. Bunte Deckengemälde von der Erschaffung der Welt, eine Reihe Ölbilder mit dem Leidensweg Christi in Goldrahmen, dazu Kruzifixe und Marienstatuen in inflationärer Stückzahl. Alles sollte dem Besucher die Größe Gottes nahebringen. Und ihn erschlagen.

Am heutigen Abend interessierte Eva weder die Decke noch Bilder oder Schnitzereien. Sie bekreuzigte sich und Thomas mit Weihwasser. Dann führte sie ihn zwischen Kirchenbänken hindurch ganz nach vorn an einen kleinen

Metalltisch für die Andachtskerzen der Gläubigen. Sie entzündete ein Teelicht und gab es Thomas.

»Für deine Eltern?«, fragte Eva.

Thomas nickte und stellte die Kerze ab.

Wann entzündet endlich jemand eine Kerze für uns?, maulte Nummer drei.

Eva nahm eine zweite Kerze. Thomas sah sie an.

»Die ist für Lea, meine Tochter, und für Hans. Hans ist mein Mann. Er ist gerade in Schweden.«

Sie stellte das kleine Licht zwischen all die ausgebrannten leeren Metallschalen. Gab es Hoffnung?

Sie fühlte sich allein wie schon lange nicht mehr.

»Wieso lasst ihr mich nicht durch?«

»Weil du nicht hierher gehörst.« Außerdem siehst du nicht gerade vertrauenerweckend aus, dachte der Mann auf der Brücke.

»Aber ich bin nur auf der Durchreise.«

»Ja klar, auf der Durchreise.« Der andere lachte. »Und dann wird mal eben auf der Durchreise jemand umgebracht oder ausgeraubt. Vergiss es! Wenn du weiterwillst, lauf um den Ort herum. Hier geht's für dich jedenfalls nicht weiter!«

»Und warum habt ihr vorhin die drei durchgelassen? Waren die was Besseres als ich?«

»Was geht dich das an, he? Aber damit du nicht denkst, wir haben was gegen dich persönlich: Die drei bleiben nur eine Nacht bei Bekannten. Morgen ziehen sie weiter nach Wellendingen. So, und jetzt mach, dass du fortkommst, bevor wir die Geduld verlieren.« Der Mann auf den Bahngleisen spielte demonstrativ mit einer doppelläufigen Flinte.

Aber Hermann Fuchs hatte gehört, was er wissen wollte. Er bog nach rechts in einen Wald ab, überquerte in etwa einem Kilometer Entfernung vom Ort die Bahngleise. Dort, wo die Landstraße Hausen vor Wald wieder verließ, richtete er sich in einem kleinen Wäldchen sein Lager für die Nacht. Hier wollte er warten.

Als Hermann Fuchs kurz nach Mitternacht sein kleines Schlaflager durchgefroren verließ und sich einem einzelnen Gebäude am Ortsrand näherte, fuhr Eva aus dem Schlaf. Sie war in ihrem Traum einen steilen Hang hinabgerutscht, Meter um Meter, und selbst jetzt – sie saß schweißgebadet auf ihrer Bettkante – spürte sie noch die Panik in sich, ihre Todesangst. Sie hatte nach einem Halt gesucht, aber ihre Finger waren immer wieder vom glatten Gestein abgeglitten, Kies rutschte ab und zog sie wie ein Strudel immer weiter nach unten. Sie stürzte auf eine Grube zu, in der sie Männer entdeckte, Männer, die mit ausgestreckten Armen auf sie warteten. Hässliche Männer. Böse Männer. Kurz vor ihrem unvermeidlichen Sturz in die Grube fühlte sie sich plötzlich an der Hand gepackt. Und gerettet!

Als sie erwachte, verschwanden der Berg und die Männer. Aber das Gefühl, dass etwas oder jemand am Handgelenk sie hielt, blieb. Ihre kleine Taschenlampe, die sie aus dem Krankenhaus mitgenommen hatte, half ihr beim Sehen: Thomas war herübergekommen. Eigentlich sollte er wie Beck unter einer wollenen Decke auf dem Küchenboden schlafen. Er war durch die dunkle Wohnung gekommen und hatte sich neben Eva gelegt. Im Schlaf hatte er nach ihr gegriffen. Und sie aus ihrem Alptraum gerettet.

Eva setzte sich auf. Die Fäden der Angst, die ihr Traum um sie gewoben hatte, spannten sich. Sie wollte nicht allein sein. Sie schmiegte sich an Thomas, ganz vorsichtig, um ihn ja nicht zu erschrecken, ihn nicht zu wecken.

Nach wenigen Minuten griff Thomas' Hand nach ihrem Arm und zog ihn unter seinen Kopf. So entfernte er das Spinnwebengeflecht der Angst von Eva. Keiner war allein. Eva schlief in Thomas' Armen und wünschte sich, dass es Hans' Arme wären.

Hermann Fuchs drückte das Küchenfenster eines kleinen Bauernhauses auf. Er fror, Feuchtigkeit klebte in seinen abgetragenen Kleidern, und sein Magen war ein riesiges, knurrendes Etwas. Er hatte nicht vorgehabt, jemandem etwas anzutun, aber als der alte Mann plötzlich vor ihm stand und ihm mit einer alten Taschenlampe direkt ins Gesicht leuchtete, konnte er nicht anders, er musste zuschlagen. Wäre der Alte doch in seinem Bett geblieben! Er musste lange zuschlagen, bevor der andere endlich Ruhe gab und seine Arme schlaff von Fuchs' Hals abrutschten. Doch dann konnte er sich endlich ums Wesentliche kümmern! Er fand einen großen Schinken, dazu Brot, wenn auch nicht mehr ganz frisch, und mehrere Flaschen Bier. Und vielleicht hatte er doch eine Glückssträhne, der Alte hatte dieselbe Kleidergröße wie er!

Er zog sich um, Unterwäsche, Socken, eine derbe Arbeitshose, ein Hemd und einen Pullover und wurde, indem er seinen fahlen Mantel um sich legte, doch wieder zu Hermann Fuchs. Seine alten, stinkenden Kleider warf er unter das Bett des Mannes. Dann legte er sich im Wohnzimmer auf eine schmale Couch, öffnete die zweite Flasche Bier und zündete sich endlich eine Zigarette an! Er inhalierte tief und genoss den leichten Schwindel, den diese erste Zigarette seit fast zwei Tagen bei ihm hervorrief. In diesem Augenblick war er glücklich.

Er blies kleine Rauchwölkchen in die Dunkelheit. Der einzige Wermutstropfen an seiner Glückssträhne war, dass seine zwanzigtausend Euro im Moment die Taschen eines anderen füllten. Aber Fuchs war entschlossen, diesen kleinen Makel beim Zusammenbau seines neuen Lebens zu beheben. Es waren andere Zeiten angebrochen, Zeiten, die ihm jetzt endlich das Leben ermöglichen konnten, welches er verdiente.

Fuchs warf die leere Flasche zu Boden. Sie rollte über den Holzboden. Er stand auf und strich seine neuen Kleider glatt. Dann nahm er eine Umhängetasche, die im Flur an der Garderobe hing, und füllte sie mit dem angeschnittenen Schinken, der köstliches Buchenholzaroma verströmte, einem Stück Käse, dem alternden Brot und zwei Flaschen Bier. In einer Tasse im Küchenschrank fand er sechsundvierzig Euro, im Kleiderschrank, versteckt in einem alten Strumpf, weitere zweihundert.

Sichtlich zufrieden verließ er das Haus und schlich zurück in sein Versteck. Er hatte noch ein paar Stunden Zeit, vor Sonnenaufgang würden die drei bestimmt nicht aufbrechen. Er breitete eine Decke auf dem Waldboden aus und kuschelte sich in seinen Mantel. Die neuen Kleider rochen frisch nach Weichspüler und Frühling und der Pullover wärmte angenehm. Er drückte die Umhängetasche an seine Brust und schlief Sekunden später ein. Er war zufrieden. Vielleicht würde ja doch noch alles gut werden, sogar für einen dreiundfünfzigjährigen Ausgestoßenen wie ihn. Bestimmt.

51

25. Mai, 08:02 Uhr, Hausen vor Wald

Eva und die beiden Männer verließen das ehemalige Pfarrhaus. Auf einen alten Handwagen, den sie hinter dem Haus gefunden hatten, packten sie die beiden Säcke mit den Lebensmitteln und Medikamenten. Beck durchsuchte die Wohnung, aber außer ein paar Feuerzeugen, einer Packung Streichhölzer, einer Wanderkarte Südschwarzwald und zwei Taschenmessern fand er nicht viel Brauchbares. Eva legte noch drei Plastikbecher und Luisas letzte Flasche Mineralwasser dazu. Zusammen mit drei Decken schnürte Beck alles auf dem Handwagen fest.

»Wozu die Decken?«, fragte Eva. »Heute Nachmittag sind wir längst bei mir zu Hause.«

»Haben wir gestern auch schon gedacht«, antwortete Beck. »Man weiß nie.«

Als sie aus dem Haus traten, standen auf der gegenüberliegenden Straßenseite acht Männer und Frauen und beobachteten die Fremden. Evas Gruß erwiderten sie nicht.

Beck trug seine Dienstpistole hinten im Gürtel. Evas Vorschlag, sie in ein Handtuch einzuwickeln und unter ihrem Gepäck zu verstecken, lehnte er ab. »Wer weiß, auf wen wir noch alles treffen, bis wir endlich am Ziel sind.« Nach dem, was er in Donaueschingen erlebt hatte, war er nicht bereit, die Waffe, die ihm Schutz und Sicherheit versprach, anderswo als direkt am Körper aufzubewahren.

Sie verließen Hausen vor Wald auf der Landstraße nach Mundelfingen. Nur zu gern gaben ihnen die Männer an der Straßensperre den Weg frei, schließlich verließen sie das Dorf. Auf der anderen Seite warteten ein vollbeladener Kleinbus und zwei mindestens ebenso überladene Pkw. Die Fahrer versuchten die Männer, die die Zufahrt zum Dorf sicherten, zum Öffnen der Barrikade zu bewegen. Aber vergeblich. Nachdem man am frühen Morgen Albert Steiner erschlagen in seiner Wohnung am Ortsrand aufgefunden hatte, war erst recht niemand mehr bereit, Fremden zu trauen. Mit Erleichterung sah man Eva und den beiden Männern nach. Kaum, dass sie das Dorf verlassen hatten, wurde Luisa Singers kleine Wohnung im alten Pfarrhaus von den Nachbarn, die sie in den Jahren ihres Hierseins fast täglich gesehen und gegrüßt hatte, mit einem handelsüblichen Stemmeisen aufgebrochen.

Nach eineinhalb Stunden erreichten die drei Mundelfingen. Am Eingang des kleinen Dorfes stand die Ruine eines niedergebrannten Bauernhofes, und auf den Wiesen davor weideten einige obdachlose Pferde. Wie zu erwarten, wurden sie auch hier von Männern abgefangen. Mit Mistgabeln bewaffnet hinderten sie jeden an der Durchreise. Bestimmt verwiesen sie Eva und ihre Begleiter auf einen Feldweg. Der führte um das Dorf herum und wieder zurück auf die Landstraße.

Sie folgten dem Weg, umgingen das Dorf und kamen zurück auf die Asphaltlinie der Landstraße. Hier kam ihnen ein hellblauer Ford Escort entgegen, derselbe, der sie wenige Minuten zuvor überholt hatte. Der Fahrer winkte ihnen zu und fuhr davon.

Wenige hundert Meter nach Mundelfingen änderte sich die Landschaft schlagartig. Die sanften Hügel und das frische Grün keimender Felder, kleine Waldgruppen und saftige Wiesen blieben zurück, und ihr Weg führte sie in steilen Kurven hinab in die Wutachschlucht. In vielen Jahrtausenden hatte Wasser einen hier einhundertsiebzig Meter tiefen Canyon in die Erde gegraben. Dichte Buchen- und Tannenwälder schluckten die schmale Straße, es wurde angenehm kühl, und Beck genoss sichtlich, dass ihm der schwer beladene Handwagen nun fast von allein folgte.

Eva freute sich, dass sie so gut vorankamen – vier Kilometer in etwas über zwei Stunden schienen ihr – in Anbetracht der Last, die Beck unbedingt allein ziehen wollte, und der Tagträumerei ihres anderen Begleiters – ein ganz annehmbarer Schnitt. Außerdem waren da noch ihre Schwangerschaft und ein fast leerer Magen.

»Warum geben Sie – gibst du – den Handwagen nicht auch mal uns? Deine Hand … Hast du keine Schmerzen?«

Natürlich hatte er Schmerzen, aber im Gegensatz zu Ritters infizierter Wunde (die ihm inzwischen hoffentlich schon einen raschen Abflug in eine gerechtere Welt verschafft hatte!!!) waren die Schnittwunden in seiner rechten Hand in Ordnung. Dank Dr. Stillers Hilfe verheilten sie langsam, ohne sich zu entzünden. Beck konnte sogar wieder halbwegs durch sein rechtes Auge sehen und die Blutergüsse an Auge und Nase schwollen langsam ab.

»Geht schon«, antwortete er schließlich und ließ sich den Frühling ins Gesicht wehen. Es roch würzig nach Bärlauch. Die Grünschattierungen des Waldes erschienen ihm fremd, eine andere Welt. Wann war er zuletzt durch einen Wald gegangen? Er überlegte, konnte sich aber nicht erinnern. Vielleicht vor fünf Jahren oder sechs, vielleicht war es auch noch länger her.

Die Straße schlängelte sich immer steiler bergab. So auf der unterbrochenen weißen Linie in der Fahrbahnmitte dahinzumarschieren war ungewohnt, etwas Verbotenes. Anfangs hatte er seinen Handwagen korrekt ganz eng an der rechten Straßenseite entlanggezogen, immer auf der Hut vor vorbeijagenden Fahrzeugen, noch ganz Polizist. Aber die wenigen Autos, denen sie begegneten, fuhren ausnahmslos langsam, sie schlichen fast. Seit nun auch die Tankstellen geschlossen hatten, war jeder Tropfen Benzin ein wahrer Schatz, und jeder unbedachte Tritt auf ein Gaspedal bedeutete einige Meter weniger Fahrt. Also tat Beck es irgendwann den wenigen anderen Fußgängern nach und benutzte ganz selbstverständlich die Fahrbahnmitte. Es machte fast Spaß.

War es vielleicht doch keine Katastrophe? Er sah sich um und entdeckte Dinge und Farben, die er bis dahin nur im Fernsehen gesehen hatte: Schmetterlinge und Vögel, den Schatten eines Fuchses, der weit hinter ihnen im Dickicht verschwand. Und Orchideen.

Joachim Beck verharrte plötzlich. Eva, die völlig in Gedanken hinter dem Handwagen hertrottete und dabei den Blick auf das Grauweiß der Mittellinie gerichtet hielt, stieß mit dem Schienbein gegen den Wagen.

»Au! Warum bleibst du denn stehen?« Sie bückte sich und griff sich ans Bein. »Was ist lo…?«

Dann sah sie den Grund für Becks abruptes Bremsmanöver.

In der spitzen Haarnadelkurve, die vor ihnen lag, standen die Überreste eines Reisebusses. Der Bus, ein Mercedes-Benz Eurostar, war vor zwei Tagen ungebremst in die Leitplanke gerast und hatte Feuer gefangen. Der Fahrer hatte unglücklicherweise in genau dem Moment festgestellt, dass weder Autoradio noch Navigationssystem noch sein Handy funktionierten, als die Spitzkehre vor ihm auftauchte. Ein weiterer kurzer Augenblick der Unaufmerksamkeit reichte dann. Ein nachfolgender Lkw war in den Bus gerast, hatte diesen wie eine Barrikade quer auf die Straße geschoben und war selbst in die Tiefe gestürzt. Links eine steil aufragende Felswand, rechts ein fast senkrechter Abhang, über den das Fahrerhaus des Busses jetzt fast sechs Meter hinausragte. Der Lkw hatte den vierzehn Meter langen Dreiachser auf die Seite geworfen und das Hinterteil dabei im Fels verkeilt. Ein Weiterkommen am Bus vorbei schien somit ausgeschlossen. Von den fast vierzig Passagieren war weit und breit nichts zu sehen.

Beck ging an die Stelle, wo das Heck des Eurostars die Felswand berührte, und lehnte sich mit dem Rücken an die verkohlte Unterseite, die ihn mit zweieinhalb Metern deutlich überragte. »Wenn ihr mir auf die Schultern klettert, kommt ihr hoch. Dann geb ich euch die Sachen und den Wagen und drüben lassen wir alles wieder eins nach dem anderen runter. So müssten wir es schaffen.«

»Scheint die einzige Möglichkeit zu sein. Auf den Abschleppdienst zu warten, hat wohl wenig Sinn. Na, dann los.« Eva stieg in Becks vor dem Bauch gefaltete Hände, kletterte ihm auf die Schulter und von da aus weiter auf die Seitenfläche des Eurostars, die jetzt zuoberst lag.

»Sei vorsichtig«, sagte Beck.

Unter ihren Füßen glänzten die Reste der ursprünglichen Lackierung des Busses – die grellgelbe und hellblaue Farbe hatte Blasen geworfen, die jetzt bei jedem Schritt knirschten wie splitterndes Eis. Von einem überdimensionierten Werbeslogan waren nur noch die Fragmente … *anen-Rei* … und … *mburg* … übrig geblieben. Da, wo im Normalfall getönte Fenster hingehörten, befanden sich fünf quadratische Löcher. Die vordere Tür stand offen, während die hintere, vom Zusammenstoß mit dem Lkw deutlich deformiert, fest verschlossen war.

Eva tastete sich bis an das hintere Fenster. Ihre Augen brauchten einen Moment, bis sie im Wirrwarr aus verbrannten Sitzen und Scherben Einzelheiten erkennen konnte, doch dann schrak sie zurück, als hätte ihr jemand ins Gesicht geschlagen. Aus dem Leib des riesigen Fahrzeuges stieg Verwesungsgeruch auf, und alles im Bus schien zu leben, sich in winzigen, ruckartigen Erschütterungen zu bewegen wie auf einem Ameisenhaufen. Überall im Fahrzeug entdeckte Eva verkohlte Menschen. Eine Gestalt – es war unmöglich zu sagen, ob es sich um einen Mann oder eine Frau handelte – lachte sie mit blinkenden Zähnen an, die Lippen waren verbrannt und die Kunstfasern der Kleidung klebten als glänzendes Schwarz am ganzen Körper, fest verbacken mit der Leiche. Andere lagen übereinander, vor allem an der verschlossenen hinteren Tür, und die bis auf das versengte Haar unversehrte obere Gesichtshälfte einer Frau erzählte selbst jetzt noch von den Qualen, die sich im Fahrzeug abgespielt haben mussten.

Eva wandte den Kopf ab und hielt sich die Nase zu. Der Gestank war bestialisch. Sie kämpfte gegen einen unerträglichen Brechreiz an – und gewann. Sie richtete sich auf und holte tief Atem.

»Und, wie sieht es aus?« Beck blickte zu ihr auf, während Thomas etwas abseits am Fahrbahnrand saß und wie zufällig herübersah.

»Wird schon irgendwie gehen«, log sie.

Joachim Beck hatte mittlerweile die Verschnürung gelöst und warf nach und nach all ihre Habseligkeiten zu Eva auf den Bus. Zum Schluss hob er noch den Handwagen empor.

Eva zog ihn an der langen Deichsel herauf und Beck winkte Thomas zu sich.

»Komm«, rief er, »du bist dran.« Aber Thomas blieb sitzen. Die Aktentasche fest im Arm und mit unbeweglichen Augen, starrte er den Polizisten unter dichten Brauen hervor an. »Na los doch, wir haben nicht ewig Zeit. Ist ganz leicht, du musst nur auf meine Schultern klettern und schon bist du oben. So wie Eva.«

Thomas blieb sitzen.

»Thomas! Bitte!« Eva öffnete den Sack mit den Lebensmitteln und holte einen rot leuchtenden Apfel hervor. Den hielt sie Thomas hin. »Wenn du ihn dir holst, gehört er ganz allein dir. Versprochen!«

Was den Angesprochenen nicht weiter zu interessieren schien. Der lauschte in sich hinein, hin- und hergerissen von dem, was ihm erzählt und geraten wurde.

»Joachim! Nein!«, schrie Eva plötzlich. Beck rannte mit Riesenschritten auf Thomas zu. Der sank in sich zusammen. »Lass ihn!«

»Aber wir können keine psychotherapeutische Überredungssitzung abhalten, bis es unserem jungen Herrn irgendwann einmal genehm ist, auf den Bus zu klettern.« Neben Thomas blieb er stehen und drehte sich zu Eva um. »Oder wir lassen ihn hier. Fände ich sowieso die beste Lösung.«

Aber bevor Eva antworten konnte, hatte Beck Thomas die Aktentasche schon aus dem Arm gerissen, rannte zurück zum Bus und warf sie zu Eva hinauf.

»So. Wenn du sie wiederhaben willst«, er baute sich erneut zur Räuberleiter auf, »bitte schön, deinem Aufstieg steht nichts im Wege.«

Thomas war aufgesprungen und dem Dieb ein paar Schritte nachgerannt. Jetzt blieb er stehen, und sein unsteter Blick hastete zwischen Beck und Eva – vor allem aber ihrer Hand, an der seine Tasche hing – hin und her.

Tasche weg, Leben weg, höhnte jemand in ihm.

Thomas' Augen flogen zwischen Tasche und Beck hin und her. Hinaufklettern? Der Bus schien so unüberwindlich, so hoch, aber dort war die Tasche – seine Aktentasche und darin die Thermoskanne. Sein Blick traf auf den von Joachim Beck. Einen kurzen Moment sahen sie sich in die Augen.

»Komm schon, dir wird nichts passieren. Versprochen.«

Kaum versprochen, schon gebrochen, kommentierte Nummer drei. *Immer versprechen sie uns etwas und dann?*

Thomas dachte einen Moment nach, dann straffte sich plötzlich sein Körper, und er ging einen ersten Schritt nach vorn, auf Beck zu, der sich mühte, freundlich zu lächeln. Nichts würde ihn jemals von den heiligen Knöpfen in seiner Hose trennen – er hatte Beck erreicht und setzte wie in Trance einen Fuß in dessen verschränkte Hände – und nichts von den Bildern seiner drei Stimmen, die er sicher bei sich trug – er spürte, wie Beck ihn nach oben stieß, direkt auf Eva zu – und erst recht nicht von seiner Tasche – er streckte die Hand nach ihr aus, nach seiner Tasche und Eva packte ihn unter den Armen und zog ihn zu sich auf den Bus. Er riss ihr seinen Schatz aus der Hand, hockte sich hin und vergrub das Gesicht an seiner Tasche.

Ging doch ganz einfach.

Aus einem Augenwinkel perlte eine einzelne Träne.

52

11:14 Uhr, bei Trelleborg, Südschweden

Hans Seger saß am Ostseestrand. Nur ein paar Kilometer trennten ihn noch von Trelleborg. Er weinte wie ein kleines Kind. Vor ihm lagen ein leerer Stoffbeutel und ein Laib Brot.

Seine Kleider hingen in Fetzen an ihm, er stank nach saurem Schweiß und in seiner blutverkrusteten Rechten hielt er ein zerknittertes Foto von Eva und Lea. Die Ärmel seines weißen Hemdes hatte er aufgeschlagen, so dass die behaarten Unterarme zu sehen waren. Das dazugehörende Sakko hatte er irgendwo auf den dreißig Kilometern von Malmö hierher gegen eine Flasche Apfelsaft getauscht. Seine Hände zitterten. So schnell wurde man also zum Mörder.

Noch vor Sonnenaufgang hatte sich Hans aus dem Hotel geschlichen und die Stadt Richtung Süden verlassen. Er wollte nach Trelleborg und hoffte, dort ein Schiff zu finden, das ihn nach Deutschland brächte, einhundert Kilometer über die Ostsee. Die Tankerexplosion an der Öresundbrücke, die für eine der schlimmsten Ölkatastrophen der Ostsee verantwortlich war, hatte den sicheren Rückweg nach Dänemark und Deutschland unpassierbar werden lassen. Ihm blieben nur noch der Weg über die Ostsee oder aber die Tausende von Kilometern lange Alternative durch Skandinavien, an Sankt Petersburg vorbei durch das Baltikum und Polen.

Kurz vor Trelleborg war er vor einer Stunde auf einen alten Mann getroffen, der unter einem Baum saß, vor sich zwei Weißbrote und eine Flasche Rotwein. Die Brote waren alles andere als frisch, knochentrocken und an einigen Stellen bereits von hellgrünem Schimmel überzogen.

Ole Gustavson hatte die Brote in seiner Bäckerei in der nahen Stadt gebacken und – kurz bevor die Computerviren aktiv geworden waren – an Karla Lindblom verkauft. Die wurde am selben Abend in ihrem Haus überfallen und beraubt. Der neue Eigentümer der Brote hieß daraufhin Sven Carlund. Der tauschte sie noch in derselben Nacht gegen eine Flasche Wodka. So kamen die Brote zu Lasse Andersson, der mit seinem Wagen Trelleborg verließ. Vor den Toren der Stadt kam er beim Versuch, einem hässlichen Unfall auszuweichen, von der Straße ab, verlor die Kontrolle über das Auto und raste frontal gegen eine Betonmauer. Er war auf der Stelle tot.

Als Nils Svensson vor zwei Stunden an der Unfallstelle vorbeikam, fand er auf dem Beifahrersitz die beiden Brote sowie im Kofferraum kistenweise Wein und Schnaps, von denen aber nur eine einzige Flasche Wein das Unglück überstanden hatte. Eine Fügung, dachte der ausgehungerte Svensson, nahm Brote und Wein und suchte sich ein sonniges Plätzchen unter einem alten Baum, wo er in aller Ruhe das unverhoffte Geschenk genießen wollte. Seitdem war noch keine halbe Stunde vergangen.

Hans Seger hatte nur noch Augen für die schimmligen Brotlaibe im Schoß des Alten. Er hatte sich hinter einem niedrigen Busch versteckt und beobachtete sie. Das Wasser lief ihm im Mund zusammen.

Hans hatte vor vierundzwanzig Stunden das letzte Mal etwas gegessen – einen halben Schokoriegel und fünf Erdnüsse. Seine Wangen waren bereits ein wenig eingefallen und den Gürtel seiner Jeans hatte er seit dem 23. Mai ein Loch enger schnallen müssen. Was er in den letzten Jahren so oft vergeblich versucht hatte (abnehmen), geschah nun quasi nebenher, Abfallprodukt eines kleinen Computerproblems. Computer waren schuld, dass er allein hier durch Südschweden irrte, dass er abnahm, dass er Angst hatte. Und Computer waren auch an dem schuld, was danach geschah.

Der Alte hatte eines der Brote auseinandergebrochen und kratzte den Schimmel mit einem Taschenmesser ab. Nur nicht zu viel entfernen! Dann öffnete er den Wein und nahm mit geschlossenen Augen einen tiefen Schluck.

Als er die Augen wieder öffnete, stand Johannes Seger vor ihm. Und Hans sah zum Fürchten aus! Unrasiert, mit verfilzten Haaren, Hemd und Hose schmutzig und von Dornen zerrissen. In den Augen des Fremden glaubte Svensson Angst und eine Spur zu viel Gier zu sehen. Gier nach seinem Brot. Er erschrak dermaßen, dass er sich an seinem Rotwein verschluckte. Svensson wurde kreidebleich, hustete und griff sich mit beiden Händen an den Hals. Wein und Brote fielen ins Gras.

Das war Hans' Gelegenheit! Er rannte an dem noch immer hustenden Alten vorbei und griff nach einem der Brote. Der Wein war ihm egal. Aber wo war das zweite Brot? Hans kniete im Gras und musterte die Umgebung. Wo war es? Eben hatte es doch noch im Schoß des Alten gelegen! Das Husten erstarb, aber Hans nahm keine Notiz davon. Jede Faser seines Körpers war jetzt direkt mit seinen Augen verbunden, und diese Augen suchten nach dem zweiten Brot. Es war hier, irgendwo im Gras musste es sein, hier, ganz nah.

Als ihn ein Schatten zum Aufsehen zwang, wäre es fast zu spät gewesen. Nils Svensson hatte sich von seinem Hustenanfall erholt und stürzte mit gezogenem Taschenmesser auf den Dieb zu. Die Sonne spiegelte sich in der sauberen Klinge. Als Hans die Gefahr erkannte, blieb ihm gerade noch genügend Zeit, um sich mit einem Sprung zur Seite zu retten. Die kurze Klinge des Messers sauste nur wenige Zentimeter neben seiner Wange durch die Luft, dann stach sie in den Sandboden. Svensson fluchte, stand erneut auf und ging auf Hans zu. Der lag im Gras, das Brot fest im Arm, im Rücken einen sandigen Abhang. Er sah sich um. Er saß in der Falle! Vor ihm der wütende Alte, offensichtlich zu allem entschlossen, nur um sein Brot zurückzuerobern. Hinter ihm erhob sich der Hang.

Er streckte dem Alten die leeren Handflächen entgegen, zeigte ihm, dass er unbewaffnet war und keinen Kampf wollte, aber Nils Svenssons Jähzorn, der ihn vor vier Jahrzehnten für mehrere Monate ins Gefängnis gebracht hatte, kannte nun kein Halten mehr. Seiner Kehle entrang sich ein tiefer, grollender Schrei, er senkte den Kopf und kam mit der Wucht einer Dampfwalze auf Hans zu.

Der Alte warf sich mit seinem Körper auf Hans, drückte

diesen ins Gras und lachte. Dann sah Hans die Klinge erneut auf sich zukommen! Er riss den Kopf zur Seite, das Messer stach in den Boden und Svensson beugte sich tief über ihn.

Ohne nachzudenken schlug Hans (er hatte sich als Teenager das letzte Mal geprügelt) dem Mann seine Faust ins Gesicht. Nils Svensson sah zu Hans, dann zu seinem Messer. Da traf ihn der zweite Schlag, Hans hatte Todesangst, zielte besser und landete einen sauberen Treffer an Svenssons Kinn. Der kippte zur Seite, die Waffe noch immer in der Hand.

Fast synchron rappelten sich beide Männer erneut auf, taxierten einander.

»Geben Sie mir eines Ihrer Brote, und ich verschwinde!«, schrie Hans. Er war außer Atem und hatte Angst, dass etwas passieren könnte, was einer von beiden später bereute. Aber Svensson, selbst wenn er den Deutschen verstanden hätte, wäre zu diesem Geschäft – das für ihn keines war – niemals bereit gewesen. Es waren seine Brote. Er hatte sie gefunden und aus dem Wagen mit der stinkenden Leiche geholt. Sie gehörten ihm, nur ihm!

»Bitte!« Hans wollte dieses Brot! »Ich will mich nicht mit Ihnen schlagen! Ich …«

Seine Worte gingen in Nils Svenssons Angriffsschrei unter. Rasend vor Zorn stürzte er sich nochmals auf ihn.

Aber diesmal hatte Hans es erwartet. Er packte Svenssons hoch erhobenen Arm und riss ihn zur Seite. Svensson griff nach Hans' Kehle, als der sich ins Gras fallen ließ und den Alten mit sich zog. Svensson griff ins Leere. Und er verlor sein Messer!

Hans fand es unmittelbar neben sich im Gras, zögerte, es aufzuheben, als der Alte erneut heranstürmte wie ein Terrier. Ohne lange zu überlegen, packte Hans das Messer und hielt es Svensson mit beiden Händen und geschlossenen Augen entgegen. Zu spät erkannte Nils Svensson sein eigenes Messer in der Hand des Deutschen, zu spät, um noch ausweichen zu können. Ungebremst rannte er in die acht Zentimeter lange Klinge, die sich bis zum Heft in seinen Bauch bohrte. Hans spürte Blut über seine Unterarme rinnen, Svensson starrte auf ihn herab. Dann sagte der Alte etwas auf Schwedisch, lächelte und fiel zur Seite. Rums. Einfach so. Tot.

Das war vor einer halben Stunde geschehen.

Hans Seger hatte mehrere Minuten wie in Trance auf den Alten gestarrt und gewartet. Darauf, dass der sich erneut erheben und um sein Brot kämpfen würde, auf schreiende Nachbarn und heranjagende Polizeisirenen. Aber nichts dergleichen geschah. In der neuen Wirklichkeit gab es keine Polizei mehr. Das Gesetz bestimmte der Stärkere und diesen Kampf hatte er, Hans Seger, als der Stärkere beendet. Punkt.

Ohne weiter nach dem zweiten Brot zu suchen, nahm Hans seine Beute und die Weinflasche und rannte hinunter zum Strand. Er ließ sich in den Sand fallen und weinte. Er schluchzte wie ein kleines Kind, das erste Mal seit Leas Geburt. Warum hatte ihm der Alte nichts abgeben wollen? Warum? Nur ein winziges Stück, und er wäre zufrieden gewesen und gegangen. Alles wollte der für sich behalten, dieser dumme alte Mann, alles … Hans betrachtete das zerknitterte Bild seiner Familie. Eva. Er liebte Eva, wie er noch niemals einen Menschen geliebt hatte, und er liebte Lea. Er sollte bei ihnen sein, in Wellendingen, und nicht hier mit blutbesudelten Händen am Meer sitzen, elfhundert Kilometer von zu Hause. Wäre er nur einen einzigen Tag eher zurückgeflogen! Hätte er sich nur schon am ersten Tag aus dem Hotel gewagt und wäre über die damals noch intakte Öresundbrücke hinüber nach Dänemark! Wäre. Hätte. Wenn.

Eva würde zurechtkommen, irgendwie, das wusste Hans. Hoffte es. Die anderen im Dorf würden sich um sie kümmern, sollte es da genauso schlimm zugehen wie hier.

Würden sie dies wirklich? Wer würde sich um Lea und Eva kümmern, solange er weg war? Frieder Faust vielleicht oder Albickers? Er wusste es nicht, wusste nicht einmal mehr sicher zu sagen, ob sich überhaupt jemand seiner Frau und ihrer Tochter angenommen hätte. War sich inzwischen nicht jeder selbst der Nächste? Er betrachtete das Blut des Alten an seinen Händen. Diese Hände hatten getötet, sie zitterten, und er wusste, dass Überleben heute wichtiger war als Freundschaft oder Mitmenschlichkeit. Um zu überleben, um ein angeschimmeltes Weißbrot zu ergattern, hatte er eben erst einen Mann getötet, einen Fremden, der ihm niemals etwas getan hatte. In normalen Zeiten hätten sie sich nicht einmal beachtet.

Er musterte den stillen Spiegel der Ostsee, in dem einige wenige leuchtende Wolkenfetzen ihr Abbild im Wasser betrachteten. Irgendwo dahinten, einhundert Kilometer südlich, lag Rügen. Dort wollte er hin, musste er hin! Dies war der kürzeste Weg zurück nach Deutschland. Nur unbedeutende einhundert Kilometer Salzwasser.

Er hatte Angst.

Er konnte seinen Blick nicht von diesen Händen reißen, die zu ihm gehörten und ihm in diesem Augenblick so fremd vorkamen. Er hatte Angst, weil er die Welt, in der er lebte, nicht mehr kannte. Er hatte Angst, weil der Mann, der er war, etwas getan hatte, was nicht zu diesem Mann passte. Er hatte Angst, weil Eva nicht bei ihm war, weil ungewiss war, ob und wann sie sich wiedersahen.

Er legte das Brot zur Seite, legte es zwischen Muscheln und von den schwachen Gezeiten rund geschliffene Steine. Dann ging er zum Wasser. Er wusch sich das Blut von den Händen, die Farbe des Sonnenuntergangs. Und des Sonnenaufgangs! War dies das Ende oder ein Anfang, die Apokalypse oder die ersten Tage einer erneuten Schöpfung? Klares Wasser perlte über seine Hände, nahm das Blut mit ins Meer, wo es mit Licht verschmolz. Seine Hände zitterten. Er war ein Mörder. Wie so viele in diesen Tagen. Ein Mörder. Und hatte Hunger.

Hans ging mit reingewaschenen Händen zu seinem Brot, setzte sich so in eine Düne, dass er die Ostsee beobachten konnte, und brach ein kleines Stück von seiner Beute ab. Fast feierlich führte er die trockenen Krümel zum Mund. Es schmeckte wunderbar! Er aß, riss Brocken für Brocken ab und verschlang ohne innezuhalten fast die Hälfte des Brotes. Er schmeckte das Salz im Teig, Mehl und Wasser, die Hitze des Ofens, in dem es vor Tagen gebacken worden war.

Beinahe andächtig kostete er den Wein.

53

11:49 Uhr, Wellendingen

Am späten Vormittag dieses 25. Mai beendete Christoph Eisele seine kurze, aber sehr erfolgreiche Karriere als Beerdigungsunternehmer. Er verspürte einen Anflug von Stolz auf das Geleistete. Alles hatte reibungslos geklappt, und fast alle Männer des Dorfes hatten irgendwann einmal mit angefasst. Gemeinsam hatten sie das Grab ausgehoben, es mit Planen ausgelegt, gekalkt und schließlich die Leichen eingesammelt. Dieses erste gemeinsame Projekt nach dem Stromausfall war nun beinahe abgeschlossen.

Eisele sah gerade zu, wie Uwe Sigg mit dem von Albickers geliehenen Traktor und einem hinten angebrachten Schieber das Grab schloss, als Jakob Kühne neben ihm auftauchte. Der Pfarrer hatte den steilen Anstieg zu Fuß bewältigen müssen. Jakob Kühne brauchte einige Zeit zum Verschnaufen.

»Ich dachte«, begann er schließlich und musste dazwischen immer wieder nach Luft schnappen, »ich dachte, wir sollten den Opfern der Katastrophe ein ordentliches Begräbnis ermöglichen.«

»Wie?« Eisele erschrak. In seinem Kopf sah er sich schon das Massengrab wieder öffnen und jedes einzelne Opfer separat zu Grabe tragen.

»Ich dachte an einen Gottesdienst morgen Vormittag. Hier, am Grab.«

»Ja. Natürlich. Von mir aus.« Eisele war erleichtert. »Würde sicher auch dem einen oder anderen im Dorf gut tun, nach dem, was alles so geschehen ist, gerade auch letzte Nacht.« Eisele spielte auf einen Einbruch an, der vergangene Nacht stattgefunden hatte und im Ort für einige Aufregung sorgte. Edeltraud Winterhalder, die Frau des Krone-Wirtes, hatte ihren Mann am frühen Morgen besinnungslos im Vorratskeller des Gasthauses gefunden. Er hatte einige blaue Flecken, vor allem im Gesicht und am Hals, sonst aber keine sichtbaren Verletzungen, die seinen Zustand – er war noch immer ohne Bewusstsein – erklärten. Im Moment lag er in seinem Bett, seine Frau Edeltraud und Hildegund Teufel wachten bei ihm. Im Keller, hatte Edeltraud Winterhalder festgestellt, fehlten die meisten Lebensmittel und sämtliche Spirituosen. Wer, fragte man sich zu Recht im Ort, wer war überhaupt noch sicher, wenn jemand völlig unbemerkt und von einem zahnlosen Gesetz unbehelligt in der Mitte des Ortes einbrechen konnte? Basler, den man sofort gerufen hatte, nahm dies zum Anlass, seinen am Vorabend von den anderen Ratsmitgliedern noch abgelehnten Vorschlag einer Sicherheitstruppe zu erneuern, diesmal allerdings vor den empfänglichen Zuhörern, die sich vor dem Gasthaus versammelt hatten. Wir werden das heute Abend im Rat klären und eine Lösung finden, hatte er leutselig versprochen. Dann hatte er Kiefer zu sich gewinkt.

»Könntest du heute vielleicht einmal bei mir in der Kirche vorbeikommen?«, fragte Kühne.

»Seh ich aus, als ob ich's nötig hätte?« Eisele lachte und

klopfte sich den Staub aus den Kleidern. »Obwohl, wenn man's recht bedenkt – ich hab zwar nichts zu beichten, aber ein wenig seelischer Beistand wäre nach dem hier«, er nickte Richtung Massengrab, »bestimmt nicht verkehrt.«

»Ich meinte eher die Kirchenglocken. Ich fände es schön, wenn wenigstens eine von ihnen morgen zum Gottesdienst zu hören wäre. Aber da ja sogar die Glocken auf Knopfdruck funktionieren – ach, du weißt ja selbst.«

»Und was soll ich da machen?«

»Ich dachte, du könntest mal auf den Turm raufsteigen, vielleicht kann man ja irgendwo ein Seil befestigen und von Hand läuten, wie früher.«

Eisele kratzte sich am Kopf und dachte nach. »Irgendwas kann man da sicher machen. Aber auf mich wartet, wenn wir hier fertig sind, schon die nächste undankbare Aufgabe. Wir haben gestern Abend beschlossen, alle Benzin- und Dieselvorräte den Albickers zur Verfügung zu stellen. Ich darf heute Nachmittag also durchs Dorf ziehen und versuchen, die Leute davon zu überzeugen, dass sie zu Lydia und Andreas hochfahren und sich dort den Tank leer pumpen lassen. Vielleicht sind sie ja bereit, gegen Milch zu tauschen. Damit kann zwar keiner fahren, aber …« Überleben, dachte er den Satz zu Ende.

Dem Pfarrer musste Ähnliches durch den Kopf gehen, denn er betrachtete nachdenklich sein Dorf unter sich.

»Frag doch mal Bardo. Der müsste das hinbekommen, als alter Tischler.«

»Gute Idee!« Kühne atmete zweimal tief durch, dann wandte er sich dem Heimweg zu. »Aber wenn du schon bei jedem im Ort anklopfst«, rief er im Gehen, »dann sag ihnen doch auch, dass morgen früh um neun Uhr hier oben ein Gottesdienst stattfindet. Würdest du das übernehmen?«

Eisele nickte.

»Gut, dann bis spätestens morgen.«

Frieder Faust hatte Jürgen Mettmüller am frühen Morgen abgeholt. Gemeinsam war er mit dem Förster ein Stück Richtung Bonndorf gefahren, um nach einer geeigneten Stelle für eine provisorische Straßensperre zu suchen. Gestern und auch noch in der vergangenen Nacht waren die durchfahrenden Autos zwar deutlich weniger geworden, dafür kamen nun aber immer mehr Fahrradfahrer, mit zum Teil abenteuerlich beladenen Gefährten, und kleinere Gruppen Fußgänger durch den Ort. Am Abend hatte es einen unschönen Zwischenfall gegeben, als zwei Familien im Dorf eine kurze Rast einlegten und Bernhard Hall eines der Kinder dabei beobachtete, wie es in den Ehrenbach urinierte. Der Alte war daraufhin mit einem Knüppel bewaffnet zu dem Kind gerannt und hatte es vor sich hergetrieben, bis er sich plötzlich dem nicht minder wütenden Vater des Kleinen gegenübersah. Die Lage hätte leicht eskalieren können, denn das Geschrei des Kindes und Halls Rufe hatten schnell ein Dutzend Menschen angelockt. Dass nichts geschah, hatten sie den beiden Müttern in der kleinen Gruppe zu verdanken. Rasch packten die ihre wenigen Habseligkeiten zusammen und verließen mit ihren Kindern das Dorf, die beiden Männer sicherten den Rückzug.

»Aber glaubst du wirklich«, fragte Mettmüller und die Sonne ließ sein rotes Haar kräftig leuchten, »glaubst du, dass wir mit Straßensperren Reisende zur Umkehr zwingen können?«

»Bestimmt nicht«, antwortete Faust. »Aber wenigstens zum Ändern ihrer Reiseroute. Sollen sie doch, wenn sie Richtung Donaueschingen wollen, nach Brunnadern oder Dillendorf ausweichen. Und Richtung Waldshut geht's auch wunderschön durchs Steinatal. Wir wollen nur, dass so viele wie möglich Wellendingen umgehen. Stell dir vor, Hall hätte das Kind gestern geschlagen – ich weiß nicht, was dann passiert wäre! Und dann das mit Winterhalder letzte Nacht oder Nussberger.« Faust ging zu einer mächtigen Buche unmittelbar am Straßenrand. »Was hältst du von der?«

Mettmüller nickte. Zum achten Mal an diesem Vormittag warf er seine Kettensäge an. Der Motor zerriss die friedliche Stille, dann fraßen sich die scharfen Zähne der Säge in den alten Baum. Wenige Minuten später fiel die Buche auf die Straße.

Mettmüller stellte das Ungetüm ab und sah zurück nach Bonndorf. Er war zufrieden. Acht Bäume lagen in unregelmäßigen Abständen über der Straße – keine einzelne Barriere, wie sie inzwischen andere Ortschaften an ihren Zufahrten errichtet hatten, sondern eine jeden Reisenden entmutigende Abfolge kleinerer Hindernisse. Jedes für sich war zwar mehr oder weniger leicht zu überwinden, wenn man allerdings vor dem ersten Stamm stand und Richtung Wellendingen blickte und dort einen gefällten Baum nach dem anderen sah, dann würde es sich wohl jeder zweimal überlegen, ob er weitergehen oder doch lieber einen anderen Weg einschlagen sollte. Ein weiterer Vorteil dieser Art Straßensperre war, dass sie keiner Bewachung bedurfte.

»Das müsste reichen.« Faust ging zu seinem Pick-up und Mettmüller legte die Säge auf die Ladefläche. »Jetzt machen wir noch die Straße nach Schwaningen dicht, vielleicht ab Abzweig Brunnadern, dann sollten wir Ruhe haben.«

Faust ließ den Motor an.

»Von Eva immer noch nichts gehört?«, fragte Mettmüller.

Faust schüttelte den Kopf. »Nichts«, sagte er.

»Was wird dann aus der Kleinen?«

»Was wohl?« Faust spuckte aus dem Fenster und legte den ersten Gang ein. »Sie bleibt bei uns. Es gibt ja sonst niemanden, zu dem sie könnte. Und uns kennt sie, seit sie auf der Welt ist.«

»Aber wird euch das nicht zu viel? Der aus dem Flugzeug ist doch auch bei euch, oder?« Faust nickte.

»Das reinste Asylantenheim, ich weiß. Aber es hat auch etwas Gutes. Lea ist durch ihren Herrn Mittwoch ein bisschen abgelenkt. Ich glaube, wenn er nicht wäre, hätte sie ein echtes Problem. Aber so ist sie beschäftigt und ist felsenfest davon überzeugt, dass ihre Mutter noch im Krankenhaus gebraucht wird und sich deshalb verspätet. Na ja, Kinder eben. Susanne scheinen die neuen Familienmitglieder aber auch nicht zu schaden. Nur«, Faust warf einen überflüssigen Blick auf sein Navigationsgerät, »nur mit dem Essen dürfte es irgendwann knapp werden. Wenn kein Wunder geschieht, jedenfalls.«

»Wenn du was brauchst, komm einfach vorbei. Ja?«

Bei ihrer Rückfahrt durch das Dorf sahen sie Bardo Schwab bis zu den Knien im Ehrenbach stehen. Vom trockenen Ufer aus redete der Pfarrer auf ihn ein. Schwab winkte den Vorbeifahrenden zu und zeigte stolz auf die kleine Staustufe, die er mit vier anderen am Vormittag hier errichtet hatte. Faust hupte.

»Wenn man so sieht, was wir hier alles unternehmen, könnte man meinen, wir wären allein auf dieser Welt«, sagte Mettmüller.

Vom Hardt, wo inzwischen alle Arbeiten abgeschlossen waren, tuckerte der ausgeliehene Bagger zurück zu Sven-Waldemar Wünsches Baustelle, und Klara Hall zog eine von Albickers widerspenstigen Kühen hinter sich her vom Bach zurück Richtung Stall. Die Tiere hatten ihr Lebtag den Stall noch nicht verlassen und reagierten dementsprechend panisch auf die ungewohnte Freiheit. Sie rannten in wilden Bocksprüngen umher und waren kaum noch zu bändigen, weshalb man schließlich darauf kam, die Tiere – nur die ersten zwei oder drei Tage, bis sie sich an den neuen Lebensraum gewöhnt hatten – einzeln zur Tränke zu führen.

»Was meinst du mit ›allein auf dieser Welt‹?«, fragte Faust etwas später.

»Isolation. Abschottung. Stell dir vor, einer, der nichts

vom 23. Mai weiß, kommt hier vorbei und sieht uns. Der denkt doch, ein paar zivilisationsmüde Aussteiger versuchen hier, koste es, was es wolle, einen auf autonomes Dorf zu machen oder so.«

»Wollen wir ja auch. Oder besser, wir müssen«, sagte Faust und steuerte seinen Wagen an den Straßenrand. Sie hatten die Kreuzung erreicht, an der sie den ersten Baum fällen wollten. Faust stellte den Motor ab, beide blieben aber sitzen.

»Indem wir unser Leben selbst in die Hände nehmen, geben wir einerseits zu, dass diese Katastrophe wirklich geschehen ist, und andererseits, dass wir nicht in der Lage sind, alles wieder geradezubiegen. Der alte Weg, unser gewohnter Weg, ist unpassierbar geworden, und weil wir ihn nicht freiräumen können, bauen wir uns eben einen anderen Weg. Mit jeder Minute, die vergeht, mit jeder Aktivität, entfernen wir uns mehr vom Alten. Wir machen Dinge wie die Vertreter einer primitiven Urwaldgesellschaft und vor allem – diese ganze Abschottung und selbst gewählte Isolation ist doch genau das Gegenteil von dem, was bisher Usus war. Alles drehte sich um Mobilität und Freiheit und Informationen. Und jetzt?« Mettmüller stieg aus und nahm die Kettensäge vom Wagen. »Jetzt sägen wir fleißig Bäume um, damit ja keiner unser schönes Dorf betritt, lustig nicht?« Der Motor heulte auf, Mettmüller klappte das Visier herunter und setzte das Sägeblatt an eine riesige Tanne.

Lorenz Sutter lebte mit seiner Frau Petra und den Kindern Marvin und Jessika in einem kleinen Haus im Neubaugebiet Wellendingens. Die achtjährige Jessika hatte seit gestern Morgen Durchfall und erbrach sich, inzwischen aber wenigstens nur noch stündlich und nur noch galligen grünen Schleim.

Die ganze Nacht hatten die Eltern an ihrem Bett gesessen, abwechselnd kurz geschlafen und feuchte Tücher auf

Jessikas Stirn und um ihre Beine gelegt. Die beiden Eimer, die neben dem Bett standen, mussten heute nur noch selten geleert werden, im Körper des Kindes gab es kaum noch etwas, das auf dem einen oder anderen Weg hinausgelangen wollte. Nur schien dies ihr glühender Körper selbst nicht zu wissen. Immer wieder würgte sie oder setzte sich auf den Plastikeimer, von heftigen Bauchkrämpfen gezwungen.

Sutter hatte in der Nacht über einem kleinen Feuer hinter seinem Haus Wasser, das er in zwei Gießkannen aus dem Ehrenbach geholt hatte, abgekocht und seiner Kleinen Kamillentee bereitet, aus Teebeuteln, die mittlerweile aufgebraucht waren. Auch die Zwiebackpackung war leer, ohne dass es auch nur ein Bissen länger als fünf Minuten in Jessikas Körper ausgehalten hätte. Medikamente besaßen sie keine und Ärzte waren unerreichbar fern.

Das Kind war am Morgen das letzte Mal aufgestanden und hatte sich da kaum noch auf den Beinen halten können. Seine Augen hatten geglüht, aus jeder Pore drang kranker Schweiß. Flüssigkeitsmangel und Fieber führten dazu, dass Jessika Mühe hatte, ihre Eltern wiederzuerkennen. Immer wieder fiel sie in einen unruhigen Halbschlaf, phantasierte und als Petra Sutter ihr am Morgen das Gesicht wusch, fühlte sie den unrhythmisch dahingaloppierenden Puls ihres Kindes.

Das wenige Essbare, das sie noch im Haus hatten, legten sie für Jessika zurück, für morgen oder übermorgen, wenn es ihr endlich etwas besser ginge, oder gaben es ihrem Bruder.

Am späten Vormittag schließlich, das Fieber schien immer weiter und weiter zu steigen, wusste Sutter sich nicht mehr zu helfen. Er ging drei Häuser weiter und klopfte an der Tür von Frederike und Roland Basler.

Frederike öffnete. Kauend und mit fettigen Fingern sah sie ihn an.

»Hallo Rike. Ist Roland da?« Frederike nickte, bat ihn mit

einer Handbewegung zu warten und verschwand wieder im Haus. Wenig später kam Basler. Auch er schien gerade gegessen zu haben. Während er auf Sutter zuging, suchte sein Finger noch nach einer Fleischfaser zwischen den Zähnen. Mit lautem Schmatzen zog er Speichel zwischen den Zähnen hindurch, dann wischte er sich die Hände an der Hose ab und begrüßte den Besucher.

»Lorenz, was treibt dich zu mir? Willst du mir auch zur Wahl gestern gratulieren? Waren schon einige da heute Morgen, vor allem nach dem Einbruch beim Winterhalder letzte Nacht. Warst du gestern in der Krone? Kann mich gar nicht erinnern, dich gesehen zu haben.«

Sutter schüttelte den Kopf.

»Na, nichts für ungut. Trotzdem danke, dass du gekommen bist!« Und Basler, der dachte, er habe den Besucher abgewimmelt, wollte sich in den Schutz seines Hauses zurückziehen.

»Warte. Warte, Roland. Ich bin wegen Jessika da. Sie ist krank.«

Obwohl Basler anzumerken war, dass er die Geschichte eigentlich nicht hören wollte, erzählte Lorenz Sutter von Jessikas Fieber, ihren Durchfällen und dass sie weder Medikamente noch ausreichend Nahrungsmittel hatten. »Kannst du uns helfen?«, fragte er Basler zuletzt.

»Wie?«, fragte der zurück. Er kratzte sich im Nacken. »Ich weiß nicht, was ich da machen kann.«

»Ich dachte«, begann Sutter endlich und es war ihm sichtlich unangenehm, »ich dachte, ihr habt vielleicht noch etwas zu essen da, wenigstens für die Kleine.«

»Ich denke, sie bricht alles sofort wieder aus?«

»Schon, aber irgendetwas müssen wir doch tun. Ich wollte ihr eine Brühe kochen, nur haben wir kein Fleisch. Und Medikamente, die ihren Durchfall stoppen, auch nicht und allein mit Wadenwickeln bekommen wir das Fieber nicht runter. Vielleicht habt ihr irgendwelche Arznei da?« Lorenz

Sutter stand mit hängenden Schultern vor Basler und blickte ihn voller Hoffnung an. »Was meinst du, könnt ihr Jessika irgendwie helfen?«

Inzwischen hatte Basler die Fleischfaser zwischen seinen Zähnen gefunden. Jetzt hing sie an seinem Fingernagel. Er betrachtete sie zufrieden, dann leckte er sie ab. »Oh, Lorenz«, begann er endlich und schob Sutter vor sich her zu einer kleinen Bank vor dem Haus. »Wenn du wüsstest, wer heute Vormittag bereits alles hier war und Hilfe wollte. Plötzlich scheint jeder zu denken, nur weil ich jetzt unserem Rat vorstehe, wüsste ich auf jedes Problem eine Antwort oder hätte die Lösung schon im Keller parat liegen. Hab ich aber nicht, Lorenz.« Er fühlte sich satt und zufrieden und hatte Sehnsucht nach einem kleinen Mittagsschläfchen. »Es ist sicher schlimm, das mit deiner Kleinen. Aber die wird schon wieder. Für die nächsten zwei, drei Tage wirst du schon irgendwo etwas Essbares auftreiben und spätestens dann läuft der Laden hier wieder«, sagte Basler.

»So, wie Jessika in ihrem Bett liegt, weiß ich nicht, ob sie das dann noch erlebt, wenn ihr keiner hilft.« Aus Sutters übernächtigten Augen stahlen sich Tränen, die er verlegen wegwischte.

»He«, sagte Basler plötzlich ernst, »nicht auf die Tour, klar? Ich bin ganz bestimmt der Letzte, der nicht alles hergibt, wenn andere in Not sind. Aber im Augenblick habe ich selbst nur das Nötigste, Lorenz. Also komm mir jetzt bitte nicht mit deinen Krokodilstränen!« Er stand auf und Sutter tat es ihm nach. »Warst du schon mal bei den anderen in der Nachbarschaft? Oder frag doch mal bei Albickers oder unten in der Krone. Dort kann dir bestimmt jemand helfen. Tut mir leid.« Er gab dem Bittsteller noch einen Klaps auf die Schulter, dann verschwand er im Haus und zog die Tür hinter sich zu. Er drehte den Schlüssel zweimal um und legte die Kette vor.

Sutter blieb allein zurück.

Dreißig Minuten später klopfte Lorenz Sutter an die Tür von Susanne und Frieder Faust.

»Frieder ist noch mit dem Förster unterwegs«, sagte Susanne. Einige Sekunden lang sahen sie sich an, aber keiner sagte etwas. »Du kannst aber ruhig reinkommen und hier warten«, meinte Susanne schließlich. Sutter nahm an.

Susanne stellte Sutter ein Glas und eine Kanne Wasser auf den Küchentisch. »Trink das ruhig«, nahm sie seine Frage vorweg. »Ist abgekocht.« Dann ging sie zurück ins Wohnzimmer, zurück an die unterbrochene Arbeit. Sie kniete sich auf den Teppichboden, griff eine kleine, harte Handbürste und fuhr fort, Staub, Krümel und Flusen in mühevoller Kleinarbeit aus der teuren Auslegware zu klauben. »Der Staubsauger geht nicht«, sagte sie, als sie Sutters fragenden Blick sah. »Und so einfach zusammenrollen und über dem Balkongeländer ausschütteln, wie unsere kleinen Läufer …«, sie zuckte die Schultern, ließ den Satz unvollendet und kümmerte sich wieder um die wichtigen Dinge des Lebens.

Sutter sah sich in der hellen Küche um. Alles war sauber, jedes Ding stand korrekt an seinem Platz. Eine Uhr tickte im Hintergrund, nur das Summen des Kühlschranks fehlte, ebenso die kleinen Digitalanzeigen an Mikrowelle und Herd. In einem Korb auf der Anrichte entdeckte Sutter ein paar Äpfel und Bananen. Die Bananen hatten sich dunkel verfärbt, waren braun und die Frucht unter der Schale mit Sicherheit so süß wie es nur überreife Früchte sein konnten. Ihm lief das Wasser im Mund zusammen und erst jetzt merkte er, dass er seit gestern Nachmittag nichts mehr gegessen hatte. Durch das Küchenfenster sah er Lea Seger und den einzigen Überlebenden der Flugzeugkatastrophe. Lea führte den Mann an der Hand durch den Garten, zeigte hierhin und dahin und schien ihm dabei etwas zu erklären.

Dann kam Bubi in den Garten.

Bubi trat neugierig näher. Er kannte Lea seit ihrer Geburt und mochte die Kleine, wenn er auch nicht gerade viel für deren Vater übrighatte. War seiner Meinung nach nicht schlimm, dass der gerade für längere Zeit in Schweden war.

Bubi setzte sich neben Assauer und betrachtete ihn mit unverhohlenem Interesse. Der einzige Überlebende der Flugzeugkatastrophe vom Hardt machte noch immer keinerlei Anstalten, aus seinem Dämmerzustand zu erwachen. Bubi stieß die flache Hand vor Assauers Augen, aber der Mann blieb unbeweglich. Nichts deutete darauf hin, dass er etwas von seiner Umgebung wahrnahm.

Bubis Körper steckte noch immer in der verblichenen Jeans und dem inzwischen mehr als streng riechenden T-Shirt, das er nun schon den dritten Tag trug. Und seine strohblonden Haare schrien förmlich nach Wasser und Shampoo. Aber er tat dies mit einem Kratzen ab und griff sich einen kleinen Stock, der neben der Bank lag. Lea kämmte jetzt ihre Puppe.

»Macht der wirklich gar nichts?«

»Nein.«

»Läuft nie weg?«

»Nein.«

»Und hat noch kein Wort gesagt?«

»Nein.«

Bubi piekste Assauer mit dem Stock in die Seite, ohne dass Assauer reagierte.

»Ist ja ein richtiges Haustier.«

»Herr Mittwoch ist kein Haustier«, stellte die Siebenjährige richtig. »Onkel Frieder hat gesagt, er wird irgendwann wieder aufwachen, das ist nur wegen dem Sock oder so, weil er doch mit dem Flugzeug da drüben abgestürzt ist.«

»Schock, Lea, das heißt Schock.«

Bubi hatte Assauer, seit er ihn mit seinem toten Enkelsohn im Arm gefunden hatte, nicht wiedergesehen. Was ihn an dem Mann interessierte, lag digital abgespeichert in den Tiefen seiner Kamera versteckt. Die Hoffnung, mit den Bildern vom Trümmerfeld viel Geld verdienen zu können, hatte er inzwischen aufgegeben, nichtsdestotrotz gierte alles in ihm, sein Werk endlich auf dem Computerbildschirm in seinem Zimmer sehen zu können. Irgendwann.

Er piekste ein weiteres Mal, diesmal etwas fester. Assauer zuckte leicht, der Gesichtsausdruck aber blieb gleich.

»Glaubst du«, fing Lea an, während sie ihre Puppe weiterkämmte und den beiden Männern den Rücken zuwandte, »glaubst du, dass der Strom heute Abend wieder funktioniert? Heut kommt doch Momo im Fernsehen und Mama hatte mir versprochen, dass ich das angucken darf, ich hab ja morgen keine Schule, morgen ist ja Wochenende.« Lea sprang plötzlich auf, gab Bubi ihre Puppe und stürmte durch die offene Terrassentür in Susanne und Frieder Fausts Wohnzimmer. Zurück kam sie mit dem Fernsehprogramm dieser Woche. »Schau mal«, sie zeigte ihm die Voranzeige für den Film, auf den sie sich so freute. Ein kleines Bild zeigte Momo. »Das ist Momo. Sieht sie nicht lustig aus?«

Bubi nickte.

Nach zwanzig Minuten, in denen Lorenz Sutter Susanne bei ihrem Kampf mit dem Teppichboden beobachten durfte, kam Frieder zurück. Sägespäne hingen an seiner Hose, und als er die Stiefel auszog, rieselte eine gute Handvoll von ihnen in den Flur. Klaglos nahm Susanne den an der Wand hängenden Handfeger und putzte hinter ihrem Mann durch die Wohnung.

»Lorenz«, begrüßte der seinen Gast, »was treibt dich zu mir? Hast dich ja seit Ewigkeiten nicht blicken lassen.« Sutter nickte. Frieder hatte recht, seit der ihm vor einigen Jahren beim Bau seines Hauses geholfen hatte, hatten sie sich kaum noch gesehen.

Sutter erzählte von Jessika und Faust hörte zu. Als Sutter

mit seiner kurzen Schilderung geendet hatte, schwieg Faust, in der Hand hielt er sein Handy. Macht der Gewohnheit, hatte er es während Sutters Erzählung aus der Tasche gezogen. Wie immer, wenn er selbst nicht weiterkam, wusste er doch stets jemanden, der helfen konnte. Jetzt wäre der Notarzt angeraten.

Er steckte das silberne Relikt wieder ein.

»Mit ein paar Kleinigkeiten zum Essen könnte ich schon aushelfen. Aber Medikamente?« Er ging zu Susanne ins Wohnzimmer und brachte ihr einige Sägespäne mit.

»Haben wir noch irgendetwas gegen Durchfall? Und gegen Fieber?«

Susanne erhob sich, nahm einen Schlüssel vom Schlüsselbrett im Flur und öffnete ein kleines Schränkchen. Seit Bubi als Elfjähriger einmal eine ganze Flasche Hustensaft ausgetrunken hatte und ihm daraufhin der Magen ausgepumpt werden musste, waren die Medikamente unter Verschluss, selbst heute noch.

»Das hast du letztes Jahr bekommen, als du deine Magen-Darm-Grippe hattest.« Susanne legte ein angebrochenes Briefchen dunkler Tabletten auf den Küchentisch. »Und die sind gegen Fieber.« Eine ganze Packung.

»Und könnte ich vielleicht eine Banane haben?«, fragte Sutter. Sein Blick lag auf der Tischplatte. »Wegen der Vitamine … und die stopfen doch auch, hab ich gehört.«

»Natürlich! Nimm!« Faust gab Sutter die drei Bananen. »Hoffentlich hilft das. Wenn nicht, kommst du wieder, hörst du!« Dann gingen sie zusammen in den Keller an die Gefriertruhe. Faust nahm eine Tüte Fleisch.

»Da, koch der Kleinen eine anständige Suppe.«

»Aber das ist zu viel, Frieder! Das kann ich unmöglich annehmen!«

»Und ob du kannst. Seit der Strom weg ist, ernähren wir uns fast ausschließlich von dem Fleisch aus unserer Truhe, ich kann es schon nicht mehr sehen. Aber sollen wir es vergammeln lassen? Nimm es, und wenn du noch etwas brauchst, komm einfach wieder.«

Wieder liefen Sutter Tränen übers Gesicht, diesmal aus Dankbarkeit.

»Mach kein Theater und verschwinde.« Faust schob ihn zur Tür hinaus. »Heute Abend sehe ich Hildegund, ich werd sie fragen, ob sie vielleicht noch ein paar Kräuter für euch hat. Den Kindern vom Lehrer konnte sie auch helfen, jedenfalls können sie schon wieder Fleischbrühe bei sich behalten.«

»Danke.«

»Und sag Petra, sie soll zu Albickers in den Stall kommen und beim Melken helfen. Und eine Kanne mitbringen.«

»Mach ich, Frieder. Und danke noch mal«, sagte Lorenz Sutter und ging.

Faust ging zurück in die Küche und sofort an den Kühlschrank.

»Keins mehr da«, rief Susanne aus dem Wohnzimmer. »Wein auch nicht.«

Sie wusste, was ihr Mann suchte. Seit der gestern Abend die letzte Flasche Bier geleert hatte, vor allem aber, seit ihm bewusst geworden war, dass dies die letzte Flasche war, hatte er unruhig das Haus nach vorhandenen Alkoholreserven durchforstet. Aber außer dem billigen Korn aus dem Aldi und der Flasche Schnaps, die er und Bubi vorgestern noch aus dem Supermarkt ergattert hatten, fand sich nichts. Faust öffnete den Korn und roch daran. Er verzog das Gesicht, füllte aber trotzdem ein Wasserglas zu einem Drittel. Den Rest goss er mit Wasser auf, gab einen Spritzer Zitrone dazu und leerte das Glas in einem Zug. Er schüttelte sich.

»Ich muss noch mal zu Basler«, rief er Susanne zu und verließ das Haus.

Auf seinem Weg zu Basler – er ging erstmals seit Jahren am helllichten Tag zu Fuß durchs Dorf – traf er Anne Gehringer. Sie hatte Beas Bitte nachgegeben und lief nun von Haus zu Haus und fragte die Leute nach ihren Lebensmittelvorräten.

»Und, kommst du voran?«

Anne verdrehte die Augen und versuchte ein Lächeln. Es sah miserabel aus, und Anne wusste, dass es miserabel aussah und lachte nun wirklich. »Jetzt weiß ich endlich, wie sich Vertreter fühlen müssen. Da fällt mir ein – seit Mittwoch habe ich keinen einzigen Vertreter mehr gesehen.«

Beide lachten.

»Wie sieht's aus? Sagen die Leute, was sie haben?«

»Keine Ahnung. Manche bitten mich in ihre Wohnung oder ins Haus und öffnen alle Schränke. Andere wieder behandeln mich wie besagte Vertreter, lassen mich nicht ein und diktieren mir an der Haustür oder durchs Fenster, wie wenig sie angeblich haben. Und Werner war richtig feindselig und hat mir die Tür vor der Nase zugeschlagen.«

Anne hatte bisher ein knappes Drittel aller Haushalte abgeklappert. Die Vorräte der allermeisten beschränkten sich auf das, was sie selbst in zwei, spätestens drei Tagen verbrauchen würden.

»Einzig Zucker und Mehl gibt es etwas mehr, aber bei Brot sieht es ziemlich schlecht aus, und Obst und Gemüse scheinen völlig aufgebraucht zu sein. Viele sagen, dass sie am Mittwoch hätten einkaufen wollen oder dass sie bei den Plünderungen in Bonndorf Pech hatten und einfach zu spät dran waren.«

»So wie ich.«

»Ach übrigens, ich hab vorhin Pfarrer Kühne getroffen – morgen früh will er um neun Uhr einen Trauergottesdienst für die Absturzopfer abhalten. Oben am Massengrab.«

»Gute Idee.« Faust zog einen Apfel aus der Tasche und gab ihn Anne. »Da, für deinen Vertretereinsatz.«

54

14:27 Uhr, Wutachschlucht

Thomas Bachmann hatte sich eine Stunde lang geweigert, vom Bus herabzusteigen, dann ging es endlich weiter.

Plötzlich näherten sich Stimmen: Yilmaz Özdemir und seine Familie aus Bonndorf.

In der ersten Nacht ohne Strom, der Nacht, in der Jugendliche in kleinen Gruppen plündernd auch durch Bonndorf zogen, flogen plötzlich Steine durch die Fenster von Yilmaz Özdemirs Wohnung. Danach Brandsätze. »Grillt das Türkenpack«, riefen sie auf der Straße, fast noch Kinder. Sie lachten und rannten davon.

Yilmaz konnte gerade noch die beiden Töchter aus ihren Betten holen. Das Feuer raste in Windeseile durch die kleine, vollgestellte Wohnung, loderte an den Vorhängen hinauf. Er, seine Frau und die fünf Kinder mussten mit ansehen, wie das, was sie sich in Jahrzehnten in dem fremden Land aufgebaut hatten, ein Raub der Flammen wurde. Sie retteten ihre Leben, sonst nichts. Freunde nahmen sie auf und Nachbarn meldeten sich am nächsten Tag, brachten Kleidungsstücke und ein paar Lebensmittel.

Heute, kurz nach Sonnenaufgang, hatten sie sich aus Bonndorf davongeschlichen. Sie hatten Angst vor dem, was noch kommen konnte, davor, dass wieder Steine flogen. Im vierzig Kilometer entfernten Villingen lebte ein Bruder von Yilmaz. Dort erhofften sie sich für den Anfang eine Bleibe, und so waren sie aufgebrochen, zu Fuß, da das Auto ebenfalls ein Opfer der Flammen geworden war, und fast ohne Gepäck.

»An eurer Stelle würde ich Bonndorf umgehen«, riet Yilmaz' ältester Sohn. Auf Evas Karte zeigte er ihnen, wie sie über Feldwege und durch einen kleinen Wald problemlos an Bonndorf vorbei direkt nach Wellendingen kämen. »Ist außerdem fast noch eine kleine Abkürzung.«

»Ich kenn den Weg«, sagte Eva. »Als Kinder haben wir oft dort oben auf dem Hardt gespielt. Und Orchideen gepflückt.«

Am tiefsten Punkt der Wutachschlucht führte sie eine breite Brücke über den wild rauschenden Gebirgsfluss hinweg. Auf der anderen Seite begann die Straße ihren gewundenen Aufstieg nach Ewattingen. Sie wuschen sich im klaren kalten Fluss, füllten drei Flaschen mit Wasser und marschierten weiter, aber nicht der Straße nach. Sie bogen nach rechts ab, laut Karte ein Weg, auf dem sie das Dorf umgehen konnten. Als sie nach zwei Kilometern steilem Aufstieg endlich die Schlucht verlassen und wieder offenes Land vor sich hatten, rasteten sie am Waldrand. Thomas aß einen Apfel, während Beck mit dem Versuch, eine Wurstbüchse zu öffnen, kläglich scheiterte. Die Verbände, die Eva ihm angelegt hatte, störten, und immer wieder rutschte der Büchsenöffner ab.

»Lass mich das machen«, sagte sie und nahm Beck Büchse und Öffner aus der Hand.

Jetzt saß sie neben ihrem Begleiter zwischen weißem Wiesenschaumkraut und dem strahlenden Lila erster Storchschnabelblüten, dazwischen gelber Hahnenfuß. Eva genoss die Pause, die Ruhe und die warmen Sonnenstrahlen.

»Willst du ihn«, Eva wusste, wen er meinte, »wirklich mitschleppen?«

Sie nickte mit vollem Mund. »Was soll ich denn machen?«

Thomas, der außer Hörweite über die Wiese lief, betrachtete seine Umgebung mit dem Interesse eines Forschungsreisenden. Noch nie war er, ohne dass unter dem Einfluss starker Medikamente die Stimmen in seinem Kopf mundtot gewesen wären, über eine Wiese wie diese hier gelaufen. Ohne seine Stimmen war es nur Gras, was er sah.

Aber jetzt, jetzt zeigten die drei ihm alle Geheimnisse, die sich hier verbargen. Es war ihm eine Offenbarung, sich von dem, was sie ihm präsentierten, herumführen zu lassen, zu Blüten, die jemanden in seinem Kopf an französische Lilien erinnerten, zu Farben, die Nummer eins zufrieden träumen ließen, zu Formen, in denen Nummer drei Anzeichen der bevorstehenden Apokalypse entdeckte.

»Er würde sich verlaufen ohne uns, nicht nur hier, vor allem wohl in seinem Kopf. Ohne unsere Hilfe, Joachim, wird er nicht überleben. Wir haben ihn befreit und bis hierher mitgenommen, er vertraut uns. Wir sind für ihn verantwortlich.«

»Du vielleicht, ich nicht. Außerdem hat er uns ganz schön aufgehalten vorhin am Bus.«

Sie warf ihm einen Blick zu, der mehr war als Missbilligung oder Kritik. »Wenn wir anfangen, einer dem anderen die guten oder schlechten Taten aufzurechnen, brauchen wir gar nicht weiterzugehen, du jedenfalls nicht. Oder was würdest du davon halten, wenn ich jetzt damit anfange? Zuerst habe ich dich versteckt. Später neue Kleider gegeben und, als du zurückgekommen bist, unseren Arzt dazu gebracht, deine Hand zu versorgen.«

»Ja, hör auf, du hast ja recht.« Beck schloss die Wurstbüchse, er hätte drei davon verschlingen können, und verstaute sie auf dem Wagen. »Es ist ja auch nicht, dass ich Thomas nicht helfen will. Aber wenn ich vor der Entscheidung stünde, sein oder dein Leben zu retten, würde ich mich natürlich für dich entscheiden.«

»Wieso ›natürlich‹? Ist er weniger wert, nur weil er nicht so tickt wie du und ich? Und welchen Wert hatte dann die Familie eben? Wo rangieren Türken auf deiner Wertigkeitsskala?«

»Jetzt verdreh mir nicht das Wort im Mund!« Beck hatte die Stimme erhoben und Thomas sah zu ihnen herüber. »Ich habe weder was gegen Ausländer noch gegen, gegen …«

»Behinderte?«

»Richtig. Aber es ist nun einmal so, dass, wenn wir weiterhin so gütig durch die Weltgeschichte laufen, unsere Chancen nicht gerade steigen. Wenn er wenigstens irgendwas Sinnvolles beitragen könnte, zur Abwechslung vielleicht auch einmal den Handwagen ziehen oder so, dann …«

»… könnte man das gut gegen seine Defizite aufrechnen. Wolltest du das sagen?«

»Nicht wortwörtlich, aber so ungefähr.«

Eva stand auf und sah zu Thomas hinüber, der sich immer weiter entfernte.

Beck sah sich ebenfalls zu Thomas um. Er ärgerte sich, dass er, was er eigentlich sagen wollte, nicht so ausdrücken konnte, dass es verständlich und klar bei Eva ankam. Er mochte Thomas sogar ein ganz klein wenig, es stand aber zweifelsfrei fest, dass der sie Zeit und Vorräte kostete und selbst nichts zu ihrer kleinen Gemeinschaft beitrug. Er war sozusagen der Luxus innerhalb ihrer winzigen Gesellschaft. Beck hatte das Gefühl, dass es noch lange dauern konnte, bis die Lichter wieder angingen, Geschäfte und Tankstellen wieder öffneten, vor allem aber: bis die Menschen wieder Vernunft annahmen. Und bis dahin ging es, so fremd sich dies auch für einen verwöhnten Mitteleuropäer anhören mochte, ums nackte Überleben. Der Querflötenunterricht war unwichtig, ebenso der wöchentliche Kegelabend, das allabendliche Joggertreffen war abgesagt, genauso wie die Reit- und Tennisstunden. Und seiner Meinung nach ganz bestimmt auch alle Auswüchse unangebrachter Barmherzigkeit. Thomas mitzuschleppen war barmherzig. Und dumm. Was wollte sie mit ihm in ihrem Dorf machen?

Sie packten ihre Sachen zusammen. Es war inzwischen kurz nach vier und die Sonne schon merklich tiefer gesunken. Sie hatten länger gerastet als eigentlich vorgehabt und waren weniger schnell vorangekommen als am Morgen noch so optimistisch geplant, aber sie hatten die Pause gebraucht.

Eva ging über die Wiese zu Thomas. Die schwarze Aktentasche unter dem Arm, kauerte der neben einer Blume und betrachtete ein Insekt, das über zarte Blätter krabbelte. Als er Eva näher kommen hörte, richtete er sich auf und schraubte schnell den Verschluss auf seine Thermosflasche. Seit ihrer kurzen Pause an der Wutach befand sich in ihr endlich wieder kristallklares Wasser.

»Komm, Thomas, wir müssen weiter.« Eva nahm ihn am Arm und führte ihn zurück zum Wagen. Dort nahm sie Beck die Deichsel aus der Hand und legte sie in Thomas' Hände. Und gemeinsam zogen sie nun den Wagen über einen holprigen Feldweg an Ewattingen vorbei, und Joachim Beck folgte ihnen langsam und in Gedanken versunken.

Gegen sechs kamen sie nach Münchingen. Jetzt waren es nur noch wenige Kilometer bis Wellendingen. Eva hielt es kaum noch aus. Wie ging es Lea? War Hans zurück? Gab es irgendwelche Nachrichten? Am liebsten hätte sie Beck, den Handwagen und auch Thomas stehen lassen, um zu rennen, zu rennen und zu rennen und erst mit Lea in den Armen wieder anzuhalten.

In dem kleinen Dorf, das sie durchquerten, war bisher offenbar noch niemand auf die Idee gekommen, die Straßen zu versperren. Sie konnten Münchingen unbehindert passieren. Bis auf eine alte Frau, die ihre rheumatischen Knochen von der Abendsonne wärmen ließ, schien der Ort wie ausgestorben. Die Alte erzählte ihnen, dass so ziemlich alle Einwohner ein Stück außerhalb damit beschäftigt waren, den längst verschütteten Brunnen ihrer Vorfahren zu finden und, wenn möglich, wieder nutzbar zu machen. Das winzige Rinnsal, welches den Ort durchquerte, reichte vorn und hinten nicht aus, um Mensch und Vieh mit Wasser zu versorgen.

»Aber morgen früh sind wenigstens die Regentonnen wieder voll«, sagte sie und rieb sich die schmerzenden Gelenke.

Nachdem sie die letzten Häuser der kleinen Siedlung hinter sich gelassen hatten, stiegen Eva, Thomas und Joachim Beck eine Anhöhe hinauf. Von da aus konnten sie in der Ferne bereits die ersten Häuser Bonndorfs erkennen, links fiel das Land nach wenigen Kilometern steil zum Rhein hin und zur Nordschweiz ab. Dazwischen drehte sich ein Windrad.

Sie kamen gut voran und je später es wurde, desto schneller drehte sich das Windrad. Der Wind hatte merklich aufgefrischt, und von Westen näherten sich über den Gipfeln des Schwarzwaldes dunkle Wolkenberge.

»Vielleicht sollten wir uns so langsam nach einem trockenen Plätzchen für die Nacht umsehen«, schlug Beck vor und beschleunigte seinen Schritt.

»Übernachten?« Evas Stimme war nacktes Entsetzen. »Bist du verrückt? So kurz vor dem Ziel! Es sind höchstens noch drei Kilometer. Wenn es sein muss, schwimme ich sie!«

»Du vielleicht, aber der da …« Beck zeigte auf Thomas, der den Himmel immer ängstlicher musterte. Bei jedem Donner zuckte er zusammen. Thomas kroch fast auf allen vieren, so sehr duckte er sich. Die Augen hatte er weit aufgerissen.

Im Süden leuchteten noch schneebedeckte Alpengipfel, aber direkt über ihren Köpfen türmten sich bereits pechschwarze Wolken.

»Wir schaffen es!«, schrie Eva dem plötzlich einsetzenden Wind entgegen.

Das Windrad kam langsam näher, wuchs Stück für Stück in den Himmel. Donnergrollen lag in der Luft und erste Blitze zuckten. Eva zog Thomas hinter sich her, Joachim Beck den Handwagen. Sie hatten gerade ein kleines Wäldchen durchquert und endlich wieder freies Feld vor sich, da sahen sie linker Hand eine winzige Scheune, nicht größer als eine Doppelgarage. Dahinter das Windrad. Plötzlich öffnete der Himmel seine Schleusen.

»Schnell, da rüber«, rief Beck und ohne Evas Reaktion abzuwarten, rannte er auf die Scheune zu.

Aber die Scheune war abgeschlossen. Ein rostiges Vorhängeschloss sicherte das zweiflüglige Tor.

»Lass mich mal.« Eva rüttelte am Tor.

Vergeblich. Der Regen peitschte ihnen in den Rücken, sie waren bereits völlig durchgeweicht, und Thomas ließ mit geschlossenen Augen alles über sich ergehen. Er kniete in einer wachsenden Pfütze. Das war das Ende.

Beck schob Eva zur Seite. Er nahm einen der zusammengelesenen Feldsteine neben der Scheune, hob den Brocken über seinen Kopf und ließ ihn mit aller Kraft auf das Schloss niedersausen. Noch ein zweiter Schlag, ein dritter, dann riss das Scharnier aus dem Holz. Beck schob Eva und Thomas vor sich her ins Trockene, dann folgte er mit dem Handwagen. Das Tor zog er hinter sich zu.

»Geschafft.« Er riss sich die nassen Kleider vom Leib und wickelte sich in eine ihrer Decken. Die anderen warf er Eva und Thomas zu.

»Na macht schon oder wollt ihr eine Erkältung riskieren?« Eva drehte sich um und zog sich ebenfalls aus, einzig Thomas schien durch den aufs Dach trommelnden Regen hindurch einer wichtigeren Botschaft zu lauschen. Als Eva ihm das Hemd öffnete, schrak er regelrecht zusammen.

Pfui, nimm die Finger weg, Weib, schrie Nummer zwei in ihm. *Sie will uns, ich weiß genau, was sie will! Letzte Nacht erst und jetzt schon wieder! Als ob das eine Kind in ihr nicht reicht!*

Thomas ging einen Schritt zurück.

»Es ist alles gut, Thomas«, flüsterte Eva. Der Wind rüttelte am Tor und pfiff durch die fingerdicken Spalten zwischen den alten Brettern, mit denen die Scheune verkleidet war. »Du musst dich ausziehen, Thomas, sonst wirst du krank.« Sie selbst hatte sich eine Decke, wie ein Badetuch, um den Körper geschlungen und über den Brüsten ineinandergesteckt. »Schau doch, Joachim hat sich auch in eine Decke gewickelt. Er will nicht krank werden und du doch auch nicht.«

Behalten wir die Kleider an, zischte Nummer drei. *Erst ein leichtes Frösteln, dann Husten und Fieber, dann wird es warm in unserm Kopf. Die Lungen werden bald schmerzen, ooohhh jaaaa, und der Schmerz und die Hitze breiten sich aus, langsam und im ganzen Körper, fressen uns von innen auf. Nein, wir ziehen uns nicht aus!*

Sie hatte es schließlich mit viel Geduld geschafft, ihm das Hemd zu öffnen. Aber als sie seine Hose oben am Bund berührte, katapultierte ihn etwas in die hinterste Ecke der Hütte. Er sprang vor Eva zurück, stolperte dabei über ein paar im Halbdunkeln liegende Stangen Holz und schlug der Länge nach auf den Rücken. Die Aktentasche flog ihm aus dem Arm, genau vor Becks Füße.

Das Miststück will uns an die Wäsche!

Die Tasche! Unsere Tasche!

Beck hob die Tasche auf. Thomas, der in der größer werdenden, aus seinen Kleidern tropfenden Wasserlache saß, beobachtete jede von Becks Bewegungen.

»Entweder ziehst du dich jetzt aus oder …« Beck tat, als wollte er die Aktentasche öffnen.

»Nein!«, schrie Thomas und sprang auf die Beine. Er wollte zu Beck stürzen und ihm die Tasche entreißen, aber der ging sofort einen kleinen Schritt zurück und versteckte die Tasche hinter seinem Rücken.

»Ausziehen!«, befahl er.

»Los, Thomas, mach jetzt. Bitte.«

Sie hat »bitte« gesagt.

Thomas drehte den Kopf zu Eva hin und blickte ihr zum

ersten Mal direkt in die Augen. »Bitte« hatte seit Jahren niemand mehr gesagt. Jedenfalls nicht zu ihm. Es hatte ehrlich geklungen.

Ohne ein weiteres Wort, ohne jede eigene Bewegung, ließ er sich von Eva ausziehen. Hemd, Hose, Unterwäsche. Dabei ließ er Beck keine Sekunde aus den Augen. Als ihm Eva dann endlich die verbleibende Decke um die Schultern gelegt hatte, bekam er seine Tasche zurück und setzte sich schmollend auf ein leeres Ölfass.

Zwei der Holzstangen, über die Thomas gerade eben noch gestolpert war, legte Beck quer über die Balkenkonstruktion der Scheune. Darüber breiteten sie ihre Sachen zum Trocknen aus. Der Sturm heulte dazu um das schwankende Gebäude wie ein Raubtier, das nach einem Weg sucht, die in der Falle sitzende Beute zu reißen.

Plötzlich flog das Tor auf! Peng, schlug es mit voller Wucht gegen die Außenwand und peng!, trieben es die Elemente wieder zurück. Beck bekam es gerade noch zu fassen, bevor es erneut aufflog. Er hatte Mühe, sich gegen den Gewittersturm zu behaupten, doch dann warf dieser Tor und Beck zurück. Regen peitschte auf das Dach, aber wenigstens war es dicht.

»Schnell, gib mir das Seil.«

Eva reichte ihm das Seil, mit dem sie die Ladung auf dem Wagen festgezurrt hatten, und Beck band das Tor von innen zu, während draußen Blitze zuckten und aus allen Richtungen gleichzeitig Donnergrollen anrannte. Erschöpft setzte er sich nach dem dritten Knoten auf einen Balken.

»Hier, trink was.«

Er nahm die angebotene Flasche und trank – viele, tiefe Züge.

»Ich wusste gar nicht mehr, wie gut Wasser schmecken kann.«

Die Scheune, in die sie sich geflüchtet hatten, wurde durch einen Bretterboden in zwei niedrige Etagen unterteilt. Unten lagen einige leere Ölfässer und Hölzer, an der Seite stand ein verrosteter Pflug. Eine schmale, offensichtlich schnell zusammengezimmerte Leiter führte durch eine breite Öffnung auf einen winzigen Heuboden darüber. Von reichlich Staub, den der durch die Scheune pfeifende Wind immer wieder neu aufwirbelte, und einem kleinen Haufen altem Heu abgesehen, war der Boden leer.

»Hier oben könnten wir schlafen«, rief Beck hinunter. »Ist sogar noch etwas Heu da als Unterlage. Oder hast du Heuschnupfen?« Er sah durch die Luke zu ihr hinunter. Sie schüttelte den Kopf.

»Ich will hier nicht schlafen«, sagte Eva. »Ich will zu Lea.«

Sie beobachtete Thomas, der mit seiner Tasche noch immer auf dem Ölfass saß – ein Fakir, weltfremd und zu etwas anderem berufen als nur zum bloßen Leben. Zu gern hätte sie gewusst, was im Kopf dieses Mannes vorging, was er erlebt hatte, was ihn zu dem gemacht hatte, was er heute war. Wer er war.

»Die Alte vorhin hat recht behalten«, sagte Beck, »die Regentonnen dürften morgen früh nun wirklich überall voll sein.«

Bis auf die Knochen durchweicht saß Hermann Fuchs in einem kleinen Wäldchen. Von da aus hatte er freien Blick auf die Feldscheune, in der seine Beute saß. Er hatte sich seinen Mantel über den Kopf gezogen, damit ihm das Wasser wenigstens nicht mehr als Sturzbach ungehindert den Nacken hinunterlief. Seine Zigaretten waren durchgeweicht und das Bier zu kalt. »Heißer Tee mit Rum wäre gut«, murmelte er und klapperte dazu mit den Zähnen.

Er könnte Feuer legen, überlegte er und lächelte dazu. Er könnte das Tor von außen verrammeln, mit einem Baumstamm vielleicht, und dann ihrem Schreien lauschen. Aber so verlockend die Vorstellung auch war, er wusste, selbst wenn die durchweichte Scheune brennen sollte, würden sich dann nicht nur diese drei Gestalten in Rauch auflösen, sondern auch sein Geld!

Nein, er wollte diesen Polizisten lebend. Das Weib und der Komiker aus der Klinik waren ihm egal. Obwohl – das letzte Zusammensein mit einer Frau lag Jahre zurück …

»Ein Feuer wäre nicht schlecht«, sagte Eva und wickelte sich noch etwas fester in die dünne Decke. Sturm und Regen hatten weiter zugenommen, und an ein Weitergehen war nicht zu denken. Schon gar nicht, wenn man einen Reisebegleiter wie Thomas Bachmann an seiner Seite wusste.

Beck nickte. Seine Gedanken aber waren bei dem, was morgen auf ihn wartete. Wie sollte es in Wellendingen für ihn weitergehen? Bleiben? Oder weiterlaufen? Aber wohin? Zu wem?

»Weißt du, auf was ich jetzt Appetit hätte?«, fragte Eva. »Auf Schweinebraten. Mit Klößen. Und Rotkraut!«

»Ich hätte gern Nummer dreiundsechzig – Bandnudeln mit Lachs und einer Estragon-Sahne-Soße – und dazu ein Glas von Ihrem besten Weißwein. Aber bitte den halbtrockenen vom letzten Mal«, mimte Beck den hungrigen Gast und sah zu einem imaginären Kellner auf, der neben ihm stand und alles notierte.

Eva sah ihm dabei amüsiert zu. Doch dann wurde sie plötzlich nachdenklich. »Denkst du, es wird irgendwann einmal wieder so wie, wie – früher?« Ihr war die Überwindung anzumerken, die es sie kostete, dieses Wort zu benutzen. Als sie es schließlich doch gebrauchte, gab sie zu, dass ein Vorher und ein Nachher existierten. Vor der Katastrophe und nach der Katastrophe, so wie vor und nach Christus.

»Ich hoffe es. Aber vorstellen …« Beck stand auf und kontrollierte zum fünften oder sechsten Mal das Seil, mit dem er das Tor verschlossen hatte. »Damit heute Nacht keine Tiere reinkommen«, erklärte er. »Die können ihre

Scheune morgen wiederhaben.« Er blieb an der Tür stehen, offensichtlich ging ihm Evas Frage noch durch den Kopf. »Aber selbst, wenn alles irgendwann wieder funktionieren sollte, wird nach dem, was inzwischen geschehen ist, nichts mehr so sein wie früher. Wir haben gesehen, welch kleiner Funke ausgereicht hat und alles bricht zusammen. Wer soll später einmal diejenigen anklagen und verurteilen, die, wie vorgestern in Donaueschingen, plötzlich Amok laufen? Wie solche Typen wie diesen Ritter und seine Kumpane. Oder die Jugendlichen, die den Türken das Dach überm Kopf angesteckt haben?«

»Der Staat? Unsere Regierung?«

»Sicher. Klar. Aber wo sind unser Staat und unsere Regierung jetzt, wo wir sie am nötigsten hätten? Wer weiß, ob wir überhaupt noch einmal solch einen Staat wollen? Vielleicht erfinden wir auch eine ganz andere Gesellschaftsordnung, später einmal, wenn alles wieder funktioniert.« Verwundert stellte er fest, dass er noch immer am Tor stand und das Seil in den Händen hielt.

»Es wird schon irgendwie weitergehen.«

55

18:41 Uhr, Louvre, Paris

Jacques de Gaulle war allein im Museum, das erste Mal seit dreiundvierzig Jahren.

Im Alter von achtzehn Jahren war er aus der Provinz in die Hauptstadt gekommen und hatte einige Jahre an der Sorbonne im 5. Arrondissement Kunst und Geschichte studiert. Finanziert hatte er sein Studium mit Gelegenheitsarbeiten, einmal als Briefträger, dann als Lagerarbeiter, Barkeeper und Fremdenführer. Als er von einem Studienfreund erfuhr, dass die Sicherheitsabteilung des Louvre Mitarbeiter suchte, hätte er niemals gedacht, dass der Louvre sein Leben werden sollte. Er bekam den Job, studierte noch ein Semester ohne rechtes Interesse weiter, dann kehrte er der Sorbonne und all seinen Ambitionen den Rücken. Er nahm sich eine winzige Wohnung ganz in der Nähe seines Arbeitsplatzes und beschloss, fortan zufrieden zu sein. Mit Anfang zwanzig hatte er gefunden, wonach viele ein Leben lang vergeblich suchen – den Ruhepunkt, um den sich alles Weitere drehen sollte, den Sinn der eigenen Existenz, das Ziel eines Lebens, welches gleichzeitig Ausgangspunkt und Weg an sich war. Denn er hatte da Vincis Mona Lisa gesehen – ein paar Quadratzentimeter, die alles veränderten.

De Gaulle wurde von allen respektiert, belächelt manchmal, vielleicht auch beneidet. Seine Wohnung diente ihm einzig als Schlafplatz, als eigentliches Zuhause bezeichnete er seinen Louvre und dort zuallererst die Stelle, an der ihn Mona Lisa durch eine zentimeterdicke Panzerglasscheibe hindurch anlächelte. Er konnte nach Dienstschluss stundenlang zwischen den Besucherströmen ausharren – ein Fels inmitten der Touristenbrandung. Ringsum wurde bestaunt und gegafft. Ein babylonisches Stimmengewirr sezierte da Vincis Meisterwerk und versuchte, hinter die Geheimnisse ihres Lächelns zu kommen, während Jacques de Gaulle innerlich mit dem Bild zu verschmelzen schien und von seiner Umgebung nichts mehr mitbekam.

Wie jeden Tag war er auch vorgestern kurz nach sechs zur Arbeit erschienen. Dann war der Strom ausgefallen. De Gaulle hatte sofort an einen Kunstraub gedacht und war zum seiner Meinung nach einzig wahrhaftigen Werk der Kunstgeschichte geeilt. Mona Lisa lächelte.

Sie lächelte, obwohl die Pforten des Louvre geschlossen blieben. Sie lächelte auch, als nach und nach alle Mitarbeiter verschwanden, sich leise wie Diebe davonschlichen, hinaus auf die Straßen, in denen das Chaos ausgebrochen war. Sie belächelte die Uniformierten, die am Nachmittag des 23. Mai erschienen und den Haupteingang sicherten. Nach wenigen Stunden zerstreuten sich die Bewaffneten, führungslos vom Irrsinn, der die Stadt erfasst hatte, mitgerissen. Und Mona Lisa lächelte dazu.

Gestern, am Donnerstag, waren fünf oder sechs Jugendliche eingebrochen. Sie waren betrunken und hatten wahllos Bilder von den Wänden gerissen. Sie hatten sich allein geglaubt, und als de Gaulle plötzlich mit gezogener Dienstpistole vor ihnen stand, hatten sie alles stehen und liegen lassen und waren aus den heiligen Hallen gerannt. Sie blieben nicht die einzigen Eindringlinge – der Louvre wurde zum Selbstbedienungsladen.

Als die sechs mit Vorschlaghammer und Brecheisen ausgerüsteten Männer kamen, saß de Gaulle vor Mona Lisa und bewunderte ihr Lächeln. Auch nach so vielen Jahren und unzähligen Stunden mit ihr verzauberte sie ihn wie am ersten Tag. Er verachtete all die sogenannten Kunstkenner, Historiker und Kritiker, die wieder und wieder am Versuch scheiterten, dieses Lächeln zu erklären und in banale Worte zu fassen. Muskelatrophie wurde als Ursache benannt, das Fehlen ihrer Schneidezähne vielleicht oder eine Schwangerschaft. Schließlich fanden sie sogar Anzeichen einer Blutkrankheit.

Und Mona Lisa lächelte über alle und alles.

Die sechs Männer durchquerten im Schein ihrer Taschenlampen das Museum. Sie hatten ein bestimmtes Ziel, ein Ziel, das sie an millionenschweren Kunstschätzen vorbeiführte. Den drei Grazien von Jean-Baptiste Regnault hatte jemand mit schwarzer Farbe Umhänge über die nackten Körper gemalt und der Kronleuchter Napoleons III. lag zerstört am Boden. Die Männer stiegen gleichgültig darüber hinweg.

De Gaulle hörte sie kommen. Sie lachten. De Gaulle wusste, wonach sie suchten, hatte von Anfang an gewusst, dass früher oder später jemand kommen würde. Aber heute schon? Egal – sie war sein Leben und er musste sie mit seinem Leben verteidigen. Er hielt die Waffe in der Hand, die er noch niemals abgefeuert hatte, von der er nicht einmal sicher sagen konnte, ob sie überhaupt funktionierte. Er erwartete die Eindringlinge. Sollen sie doch nehmen, was immer sie wollen – dieses Bild bleibt hier!

Die Waffe gab nur ein Klicken von sich, er hatte vergessen, das Magazin einzulegen. Und während vier der Männer das Panzerglas mit ihren Werkzeugen bearbeiteten, kümmerten sich die anderen beiden um de Gaulle.

Jacques de Gaulle verteidigte Mona Lisa mit seinem Leben.

56

20:00 Uhr, Wellendingen

Hildegund Teufel war siebenundachtzig Jahre alt. Wie lange lebte sie in Wellendingen? Sie kratzte sich am Kopf. Wer weiß das schon? Wer weiß schon, wie viel Zeit wer, wo und mit wem verbringt? Ist doch alles subjektiv. Und egal ist es außerdem.

Sie deckte den Tisch, ordentlich und so, wie sie es vor vielen Jahrzehnten gelernt hatte. Denn sie erwartete Besuch. Endlich. So, dachte sie, hat diese Katastrophe also doch etwas Gutes. Ohne den 23. Mai hätte sie auch diesen Abend wieder allein verbringen müssen, so aber kamen Gäste.

Bis zu ihrem fünfundsiebzigsten Lebensjahr hatte sie im Pfarrhaus gelebt, wie es sich für die Haushälterin des Pfarrers gehörte. Vor Jahren war sie die graue Eminenz der Pfarrei gewesen. Sie hatte in vielen Jahrzehnten einigen

Pfarrern gedient, allen voran dem jungen Xaver Zenzinger. Wellendingen war seine erste Pfarrei.

Er erledigte seine Sache zur Zufriedenheit fast aller. Er war zurückhaltend, freundlich und den Traditionen verhaftet, so wie es sich gehörte.

Zenzinger, im gleichen Alter wie Hildegund Teufel, wurde die große Liebe ihres Lebens. Äußerlich attraktiv, in seiner Art ruhig und bestimmt, hatte er alles, um das Herz der damals durchaus anziehenden Haushälterin im Sturm zu erobern. Neben Gott war er das Zentrum ihres Lebens. Um ihn drehte sich jede Minute des folgenden Vierteljahrhunderts. Stand er auf, war sie bereits munter, hatte er Durst, hielt sie längst ein Glas in der Hand, und war er krank, war sie es, die ihn pflegte und darüber wachte, dass er seine Medizin pünktlich nahm. Selten wich sie von Pfarrer Zenzingers Seite. Eifersüchtig wachte sie darüber, dass ihm niemand zu nahekam, und waren doch einmal Besucherinnen im Haus, so sorgte Hildegund Teufel schon dafür, dass die Besuche sich nicht zu sehr in die Länge zogen.

Was sie für ihn empfand, gestand sie ihm nie. Sie war zufrieden mit dem, was war. Als Zwölfjährige von ihrem Onkel missbraucht, hatte sie ihr Leben lang eine tiefe Abneigung gegen jede körperliche Nähe. Als die heranwachsende Hildegund damals versucht hatte, mit ihrer Mutter über das Vorgefallene zu sprechen, hatte diese zur Tür und zu dem offenen Fenster geblickt und schnell die Hand auf Hildegunds Mund gelegt. »Sei still, Kind! Sag so etwas nicht! Nie wieder!«

Hildegund war folgsam und schwieg. Nie mehr hatte sie seitdem darüber geredet und nach der Hauswirtschaftslehre in ihrer Heimatstadt Freiburg war für sie klar, dass nur ein Pfarrhaushalt in Frage kam. Pfarrer waren in ihrer Vorstellung geschlechtslose Wesen. Ihre Zuneigung zu Pfarrer Zenzinger brachte sie so auch niemals in einen ernsthaften Konflikt mit sich selbst. Sie wollte einfach nur in seiner

Nähe sein, ihn umsorgen und auf ihn aufpassen. Das konnte sie auch, bis der angereiste Bischof anlässlich der Feier zu Zenzingers fünfundzwanzigjährigem Dienstjubiläum zur Überraschung aller verkündete, dass Xaver Zenzinger in wenigen Wochen in Mainz erwartet werde. Dort würden seiner Erfahrung und seinem Wissen und Können entsprechende Aufgaben auf ihn warten, so der Bischof. Pfarrer Zenzinger, den die Nachricht selbst völlig unvorbereitet getroffen hatte, verließ drei Wochen später Wellendingen, seine Pfarrei und Gemeinde. Und er verließ Hildegund Teufel, ohne zu wissen, was sie für ihn empfand.

Der ihm folgende und zugleich letzte Pfarrer, dem sie gedient hatte, war Pfarrer Seidler gewesen. Dieser, stets bemüht, die unerklärliche Abneigung seiner Haushälterin ihm gegenüber zu überwinden, wurde von Hildegund Teufel während der sechs Jahre seines Dienstes in Wellendingen nur gelitten. Als Seidler ernsthaft darüber nachdachte, einem Gemeindemitglied den kirchlichen Segen zu dessen Ehe mit einer Protestantin zu geben, war es nun auch mit der Duldung der Haushälterin vorbei. Sechs Monate später bat er entnervt um seine Versetzung.

Den jetzigen Pfarrer, Jakob Kühne, kannte sie nur noch aus der Kirche. Ihre Nachfolgerin im Amt der Haushälterin, Fräulein Guhl, wachte über ihn, wie sie selbst einmal über ihren Pfarrer Zenzinger. Hildegund Teufel hatte die Arbeit im Pfarrhaus aus Altersgründen aufgeben müssen. Fortan lebte sie in einem alten Bauernhaus, welches der Kirche gehörte und an dem seit Jahrzehnten keiner mehr etwas renoviert hatte. Frieder Faust hatte es einmal so ausgedrückt: »Das Einzige, was hier wirklich noch in Ordnung ist, ist das Dach. Der Rest ist abbruchreif.«

Nach und nach trafen die Mitglieder des Wellendinger Gemeinderates in Hildegund Teufels Stube ein – jedes von ihnen bis auf die Knochen durchweicht.

Ihre Stube war niedrig, mit einer Kassettendecke, die dick mit rissiger, hellgrüner Farbe bestrichen war. Faust setzte sich zu Bea Baumgärtner auf ein uraltes Kanapee, welches so niedrig und durchgesessen war, dass beide Mühe hatten, auf den Tisch zu sehen. Die anderen nahmen einer nach dem anderen auf wackligen Stühlen Platz, und die alte Teufel servierte heißen Kräutertee und Pfannkuchen, die aus ihrer kleinen Pfanne direkt auf die Teller der Gäste rutschten.

»Die Marmelade ist selbst gemacht.«

Sie hatte am Nachmittag den kleinen Holzherd in der Küche angefeuert, von dem zu trennen sie sich seit ihrem Einzug weigerte. Selbst der Schornsteinfeger hatte ihr schon vor langer Zeit nahegelegt, auf einen Elektroherd umzusteigen. Aber die Meinungen und Ratschläge der anderen hatten sie noch nie interessiert. Und wie man sieht, hatte sie am Nachmittag gedacht, als das Wasser auf dem Herd zu sieden begann, war es richtig gewesen, mir meine Unabhängigkeit zu bewahren.

Ihre Gäste stürzten sich auf die Pfannkuchen, für Bea und Eisele war es die erste warme Mahlzeit seit drei Tagen.

Christoph Eiseles Mitteilung, dass die Arbeiten auf dem Hardt nun abgeschlossen seien und am nächsten Tag um neun Uhr ein Gottesdienst stattfinden würde, brachte ihm reichlich Lob ein. Weniger gute Fortschritte hatte er allerdings bezüglich der Treibstoffreserven im Ort zu verkünden.

»Die allermeisten weigern sich kategorisch, die Tanks ihrer Fahrzeuge leer pumpen zu lassen.«

»Mit welcher Begründung?«, wollte Bea Baumgärtner wissen. Sie war den ganzen Tag bei Albickers auf dem Hof gewesen und wusste, dass deren Dieselvorrat nur noch wenige Tage reichte.

»Weil sie es selbst brauchen, für Kettensägen oder Rasenmäher, sagen sie. Ich glaube aber, es ist vielmehr die Angst, jetzt auch offiziell jegliche Mobilität einzubüßen.«

»Hat überhaupt jemand mitgemacht?«, wollte Basler wissen. Er selbst war als einer der Ersten bei Albickers aufgekreuzt. Es waren zwar nur sechs Liter, die er angeblich noch im Tank gehabt hatte, aber es war ein Anfang und er musste in seiner neuen Funktion ein gutes Beispiel geben. Möglichst eines, das nicht allzu teuer war.

Bea und Eisele nickten. »Sieben waren da. Alles in allem vielleicht einhundertachtzig Liter.«

»Was die Lebensmittel angeht, da kommt Anne etwas besser voran. Morgen oder spätestens übermorgen wird sie fertig sein und kann uns dann auch eine genaue Aufstellung der Vorräte geben.«

Danach kam der Vorsitzende des Rates ohne Umschweife auf das Thema zu sprechen, was ihm offensichtlich die ganze Zeit schon unter den Nägeln brannte. Roland Basler setzte sich aufrecht hin, räusperte sich kurz und schob den leeren Teller vor sich in die Tischmitte, wo eine dicke Kerze brannte.

»Seit wir gestern zuletzt über das Thema Selbstschutz gesprochen haben, ist wieder einiges passiert.«

Der Sturm heulte ums Haus und peitschte Regen gegen die einfachen Fenster. In unregelmäßigen Abständen bewegten sich die Vorhänge wie von Geisterhand.

»Berthold hatte Glück«, unterbrach ihn Hildegund Teufel. Sie hatte den Tag am Bett des Krone-Wirtes verbracht und ihn erst verlassen, als der – er war am Vormittag erwacht – ein paar Stunden später nicht mehr im Bett zu halten war und schließlich aufstand.

»Richtig«, Basler zog einen Zettel aus der Tasche. »Aber wenn ich mir so ansehe, was alles bei ihm gestohlen wurde, könnte ich mich ohrfeigen, dass ich gestern Abend nicht energischer auf einer Schutztruppe bestanden habe!« Er ließ den Zettel rumgehen. Bea und auch Faust machten große Augen. Dass es so viel war, hätten sie nicht vermutet. Fleisch, Kartoffeln, Gemüse und mehrere Kisten Wein und

Spirituosen. Alles in Mengen, über die sie vor drei Tagen noch gelacht hätten (dann ruf halt beim Großhändler in Waldshut an), die heute aber von unschätzbarem Wert waren.

»Und wie wichtig es ist, Durchreisende so weit wie möglich von uns fernzuhalten, hat die Geschichte mit dem Kind gestern gezeigt, das in unseren Bach gepinkelt hat.«

»Obwohl es natürlich ein zweischneidiges Schwert ist, wenn wir uns völlig abschotten«, gab Bea zu bedenken. »Es könnte ja auch mal ein Elektriker unter den Durchreisenden sein oder ein Arzt. Beides brauchen wir dringend. Aber wenn wir uns nur einigeln und auf uns selbst verlassen, schicken wir den Elektriker vielleicht nach Bonndorf und den Arzt nach Stühlingen.«

Basler hatte diesen Aspekt selbst auch schon bedacht. Er war zu einer Lösung gekommen, die ganz nebenbei auch noch die Notwendigkeit seiner Schutztruppe unterstrich.

»Hätten wir einen funktionierenden Selbstschutz, könnten wir zwei Fliegen mit einer Klappe schlagen«, begann er. Die anderen hörten ihm zu, wenn sich auch, vor allem in Faust, vieles gegen die Vorstellung einer eigenen Polizei regte.

»Erstens der Schutzaspekt. Wenn wir weiter wie das Kaninchen vor der Schlange sitzen und nur hoffen, dass es uns nicht trifft, werden wir erst recht Gesindel anlocken. Die, die letzte Nacht in unserer Gastwirtschaft eingebrochen haben, planen bestimmt schon ihren nächsten Coup, vor allem, da sie keinerlei Widerstand angetroffen haben. Vielleicht bringen sie nächste Nacht noch ein paar Kumpels mit und bleiben etwas länger, wer weiß schon, was die gerade aushecken. Aber ich verspreche euch, genauso schnell wie sich herumspricht, dass hier bei uns leichte Beute nur darauf wartet, abgeholt zu werden, genauso schnell wird sich herumsprechen, wenn wir uns das erste Mal erfolgreich gewehrt und unser Dorf verteidigt haben.«

Bea nickte. »Da könntest du richtigliegen, Roland. Ich meine, bisher hatten wir hier kaum Kriminalität. Die paar Einbrüche, die übers Jahr in unserer Gegend passieren und vielleicht mal eine Schlägerei im Suff, aber sonst? Ich denk auch, dass es sich um ganz normale Leute handelt, wahrscheinlich Bonndorfer, die wir bestimmt sogar kennen.«

»Und warum sollten die jetzt plötzlich ihren Spaß am Einbrechen entdeckt haben?«

»Weil sie Hunger haben?«, mutmaßte Bea. »Bei Albickers sind vorletzte Nacht Lebensmittel gestohlen worden und in der Krone jetzt auch.«

»Lebensmittel, die wir selbst brauchen.«

»Wenn wir also das Bisschen, was wir haben, behalten wollen, wäre eine Schutztruppe genau richtig.«

»Und was ist die zweite Fliege, die wir mit dieser Truppe schlagen könnten?«, wollte Faust wissen.

»Auslese. Auslese, wenn es darum geht, wer unser Dorf passieren darf. Wenn wir an den Straßensperren, die du mit Mettmüller angelegt hast, bewaffnete Posten aufstellen, die die Reisenden kontrollieren und befragen und es findet sich ein Arzt oder ein Elektriker darunter, können wir die ja ins Dorf bringen.«

»Hoffentlich nur, wenn sie wollen!«

»Natürlich nicht gegen ihren Willen, wir sind ja hier nicht Guantanamo. Aber wer will und uns von Nutzen sein kann, sollte ruhig kommen dürfen. Wohnraum wäre vorhanden.« Basler spielte auf die Handvoll leere Wohnungen und Häuser an, deren Besitzer inzwischen das Dorf verlassen hatten.

»Klingt vernünftig«, musste selbst Hildegund Teufel zugeben. Obwohl sich nach ihren Erfahrungen im letzten Krieg alles gegen jede Art von Gewalt und Selektion sträubte, kam sie nicht umhin, Basler zuzustimmen. Einzig die Vorstellung, dass Personen um ihr Dorf patrouillierten, die Waffen trugen, bereitete der Alten noch Magenschmerzen.

Basler hielt offenbar den Zeitpunkt für gekommen, der Diskussion ein Ende zu bereiten, und schlug einen förmlichen Ton an. »Also, wer ist dafür, dass wir zur Selbstverteidigung und zum Auffinden für uns wichtiger Personen wie Ärzte eine Schutztruppe einsetzen?« Er hob als Erster die Hand und sah in die Runde.

Faust, der auf dem Kanapee fast versank, hielt die Arme vor der Brust verschränkt.

Bea zögerte neben ihm, dann hob sie den Arm.

Auch Christoph Eisele konnte seine Zustimmung nicht verweigern, zu einleuchtend waren Baslers Argumente, zu schlimm, was bisher schon an Gewalt geschehen war.

Hildegund Teufel musterte Basler. Ihrer Meinung nach fiel ihm der Schritt, die Waffen, die sicher verschlossen in seinem Heizungskeller lagen, herauszuholen, viel zu leicht. Was, wenn die Büchse der Pandora erst einmal offen war?

Sie hatte als junge Frau mit ansehen müssen, was Waffen in den falschen Händen anrichteten, und sie war sich nicht sicher, ob Basler wirklich der Mann war, dem es in diesem Falle nur um das Wohl des Dorfes ging. Sie mochte ihn nicht, aber durfte dies ihre Entscheidung beeinflussen?

Schließlich hob auch sie die Hand.

»Und was ist mit dir?« Basler sah Faust an. »Wäre schön, wenn wir so eine wichtige Entscheidung einstimmig treffen könnten.«

»Also gut. Ich bin einverstanden.« Im Gegensatz zu Basler konnte er sich über seine Zustimmung nicht freuen. Er legte die Arme auf den viel zu hohen Tisch. »Jetzt wär ein Schnaps gut, Hildegund.«

»Oh ja, natürlich. Dass ich selbst nicht dran gedacht habe«, schalt sich die Frau und ging in die Küche. Zurück kam sie mit ihrem weitbekannten Johannisbeerlikör und fünf Gläschen.

»Darauf, dass diese Entscheidung kein Fehler ist.« Faust prostete den anderen zu und leerte sein Glas.

»Und wer soll diese Truppe anführen?« Eisele ahnte die Antwort.

»Martin Kiefer.« Basler lockerte den Krawattenknoten. »Er und Bubi haben die Waffen gefunden und bei uns abgeliefert, was für ihre Loyalität und Ehrlichkeit spricht. Außerdem kennt Kiefer sich mit den Dingern aus, und dass er in der Lage ist anzupacken und weiß, was zu tun ist, hat er bewiesen, als er Georg Sattler nach Stühlingen bringen wollte. Da fällt mir ein, hat jemand was von Sattler gehört? Ist er inzwischen zurück?«

Allgemeines Schweigen.

»Aber allein wird er unser Nest wohl kaum rund um die Uhr bewachen können.«

»Am Anfang kann ihm Bubi sicher helfen. Oder, was meinst du, Frieder? Die zwei scheinen ja sowieso fast unzertrennlich in letzter Zeit.«

Faust stellte sich seinen missratenen Sohn mit einer Waffe in der Hand vor. Ihm war nicht wohl bei diesem Gedanken. Aber vielleicht war es gar nicht schlecht, Bubi endlich einmal zu fordern und Verantwortung zu übertragen. Hieß es nicht, der Mensch wächst mit seinen Aufgaben? Und allein konnte Martin Kiefer den Job wirklich nicht schultern. Selbst mit Bubi an seiner Seite wäre die Aufgabe zu groß, sie konnten nicht gleichzeitig beide Sperren kontrollieren und den Ort im Auge behalten.

»Bubi wird ihm sicher helfen wollen«, antwortete Faust schließlich. »Aber alles in allem sollte die Truppe schon aus fünf oder sechs Personen bestehen, wenn sie effektiv arbeiten soll.«

»Darum kann sich Martin ja morgen selbst kümmern und ein paar Männer rekrutieren.«

Rekrutieren! Hildegund Teufels Magen zog sich zusammen. »Aber ich bestehe darauf, dass jeder, der eine Waffe trägt, unsere Zustimmung haben muss!« Über diesen Punkt wollte sie nicht mit sich reden lassen.

»Selbstverständlich«, nickte Basler und fuhr, an Faust gewandt, fort: »Kannst du mir dann Martin und Bubi vorbeischicken, damit sie die Waffen abholen und Posten beziehen?«

»Bubi schon. Aber Martin? Ist er nicht wieder nach Bonndorf?«

»Soviel ich weiß, hat er seit gestern ein Zimmer in der Krone. Er wollte lieber bei uns bleiben.«

»Seltsam«, murmelte Hildegund Teufel.

»Du meinst, sie sollen heute Abend schon anfangen? Bei dem Sauwetter treibt sich doch bestimmt keiner draußen rum!«

»Und was, wenn doch? Übernimmst du die Verantwortung für das, was heute Nacht vielleicht passiert?«

Roland Basler hatte kaum Zeit, Frederike seinen durchgeweichten Mantel in die Hand zu drücken, da klopfte es schon hinter ihm an der Haustür. Er öffnete. Im Schein einer kleinen Kerze, die Frederike hielt, erkannte Basler Martin Kiefer und Bubi. Faust hatte Bubi informiert und der war ins Gasthaus zu seinem Freund gestürmt.

»Kommt rein.« Basler trat einen Schritt zurück. »Aber zieht eure Schuhe und Umhänge aus, sonst versaut ihr uns noch die ganzen Teppiche.«

Gehorsam taten sie, was Basler wünschte, und folgten ihm anschließend nach unten. Basler öffnete die Tür zum Heizungskeller. Kiefer schlug die Decke zurück, in die die Waffen eingewickelt waren. Sieben Maschinengewehre und ein ganzer Berg Munition.

»Ein Gewehr für jeden und ein Magazin.«

»Aber wenn wir mehr brauchen?«, warf Bubi ein.

»Braucht ihr ganz bestimmt nicht. Ihr sollt uns bewachen und kein Schützenfest feiern.«

Kiefer gab Bubi ein Gewehr und das passende Magazin und suchte dasselbe für sich heraus.

»Du bist für ihn verantwortlich, Martin.« Basler hielt Kiefer im Keller zurück und wartete, bis Bubi, der es sichtlich eilig hatte und bereits oben im Flur stand, sie nicht mehr hören konnte. »Pass auf, dass der keinen Unsinn anstellt, verstanden?«

Kiefer nickte. »Danke übrigens.«

»Nichts zu danken. Vergiss nur nicht, solltest du den einen oder anderen Fang machen, wem du den zu verdanken hast. Verstehen wir uns?«

»Vollkommen«, beeilte sich Kiefer zu sagen. »Fifty-fifty?«

Basler nickte. »Und zu keinem ein Sterbenswörtchen! Sonst garantiere ich für nichts.«

»Fühlt sich geil an«, schwärmte Bubi und hielt das Maschinengewehr ehrfurchtsvoll in den Händen. Obwohl es noch nicht mal zehn war, herrschte stockfinstere Nacht. Eine dichte Wolkendecke lag schwer über dem Land, Wolken, aus denen es ohne Unterlass regnete. Die beiden Wehre, die unter Bardo Schwabs Bauleitung im Dorf errichtet worden waren, hielten den anrennenden Wassern des sonst eher schmalen Ehrenbaches stand. »Sei vorsichtig«, mahnte Kiefer und drückte den Lauf von Bubis Waffe nach unten. Er erklärte dem Neuling das Gewehr – Einlegen des Magazins, Entsichern, Abzug – und wie er es im Notfall zu halten hatte. »Geschossen wird erst, wenn ich es sage. Und spiel bloß nicht mit dem Ding herum oder gib damit im Dorf an! Wenn du einen kleinen Fehler machst, sind wir die Gewehre wieder los oder Basler rückt keine Munition mehr raus.«

»Wir haben ja immerhin noch die beiden, die wir nicht abgegeben haben. Plus Munition.« Zwei der Fundstücke hatte Kiefer in seinem Audi versteckt, bevor er den Rest ablieferte. Dort lagen sie noch immer.

»Die bleiben, wo sie sind, für den Notfall.«

Bubi richtete den Lichtkegel seiner Taschenlampe auf Kiefer. »Welchen Notfall? Sind wir nicht am Ziel deiner Wünsche? Du wolltest doch selbst kontrollieren. Und Macht. Das haben wir doch jetzt alles.«

»Das ist erst der Anfang, Bubi, ein erster wichtiger Schritt auf dem richtigen Weg.«

Sie waren an der Bushaltestelle angekommen und setzten sich in das kleine Wartehaus unterhalb von Pfarrhaus und Kirche.

»Und was hast du noch vor?«

»Was haben wir noch vor, lautet die Frage, Bubi. Wir.« Er zog die Kapuze seines Regencapes ab und schüttelte sich. »Ich hab das Gefühl, wenn es irgendwann einmal drauf ankommt, wirst du wissen, wo du hingehörst. Das hast du gestern bewiesen, bei der Sache mit Sattler.«

Bubi war die Erwähnung des alten Mannes unangenehm. »Hat das, was du planst, etwas mit Eva zu tun?«, wechselte er schnell das Thema.

»Eva? Wie kommst du ausgerechnet auf Eva?«

»Ich dachte nur. Immerhin hast du mich mindestens schon sieben oder acht Mal gefragt, ob sie wieder da sei. Also los, mir kannst du es doch sagen: Willst wohl Hans Segers Abwesenheit ausnutzen, was?«

Kiefer zögerte. Endlich sagte er: »Vielleicht, Bubi, vielleicht. Aber von der Sache mit meiner Exfrau einmal abgesehen, verspreche ich dir eines: Wenn wir zusammenhalten und du keinen Fehler machst, werden dir deine Träumereien von Fotos, die du an gierige Fernsehsender meistbietend verkaufst, bald selbst kindisch und billig vorkommen. Ich sag dir, das ganze Chaos und die Angst, die die Menschen umtreibt, sind unsere Chance! Wir müssen es nur richtig anstellen, dann tanzt hier irgendwann jeder nach unserer Pfeife.«

»Und wie willst du das erreichen?«

»Indem wir alles horten, was demnächst wertvoll sein wird. Überleg doch mal, die Produktion von allem, was wir kennen, steht still. Ich glaub nicht, dass irgendwo irgendjemand noch Taschenlampenbatterien herstellt, nur mal als Beispiel. Die dürften in den kommenden Wochen deutlich an Wert zulegen. Ebenso Kerzen und Feuerzeuge. Lebensmittel sowieso, hier muss ich aber noch das Problem der Lagerung lösen. Alkohol dürfte bald mit Gold aufgewogen werden – schau dir bloß deinen Vater an. Ebenso Zigaretten und Benzin.« Kiefers Augen glühten, als er Bubi von seinen Plänen erzählte und sich selbst schon als Herrn des Dorfes sah, einen Herrn, ohne dessen Einwilligung und Gnade nichts mehr lief. Und früher gab es ja auch noch so wundervolle Traditionen wie das Recht der ersten Nacht. Traditionen sollten gepflegt werden.

»Ich hoffe von ganzem Herzen, dass der Strom niemals wieder zurückkommt. Oder Telefone funktionieren! Wir müssen eine Zeitlang nur schön brav mitspielen und so tun, als wären wir die Beschützer des Dorfes. In ein oder zwei Wochen sind hier alle dermaßen gar gekocht, dass sie uns aus der Hand fressen, vorausgesetzt, wir haben etwas zu fressen für sie, wenn du verstehst, was ich meine.«

Bubi verstand. Sehr gut sogar. Bis vor ein paar Minuten hatte er noch geglaubt, dass die Beute aus dem Einbruch letzte Nacht für sie, sozusagen zum Privatverzehr, wäre. Was Kiefer jetzt aber darlegte, ließ Bubis Gehirnwindungen auf Hochtouren laufen. Wenn bald die Nahrungsmittel knapp wurden, wäre es ihnen ein Leichtes, ihren Willen durchzusetzen. Außerdem hatten sie ja noch die Waffen, die versteckten und diese hier.

»Was, wenn jemand auf die Idee kommt und wissen will, was wir ständig in Sattlers Haus zu suchen haben?«, fragte Bubi. Genau dort hatten sie nämlich die Beute aus dem Gasthaus deponiert.

»Ich werde morgen Roland dazu überreden, uns das Haus – sozusagen als Stützpunkt – zu überlassen. Jedenfalls bis der alte Sattler zurück ist. Klingt sogar logisch, da man von dort oben das ganze Dorf im Blick hat und schon von Weitem sieht, wenn sich aus Bonndorf oder über das Hardt jemand nähert.«

»Und das alles geschieht mit Baslers Wissen?« Bubi konnte den neuen Ratsvorsitzenden noch immer nicht richtig einschätzen. Er hatte gesehen, wie Kiefer vorhin mit ihm getuschelt hatte, nicht zum ersten Mal übrigens. Irgendwie schien Basler mit in der Sache drinzustecken.

»Ach was.« Kiefer lächelte und sah zu den Fenstern des Pfarrhauses auf. Hinter einem von ihnen flackerten mehrere Kerzen, Pfarrer Kühne arbeitete an seiner morgigen Predigt. »Basler denkt, er hätte alles im Griff, aber das, was er will, sind nur kleine Fische. Dem fehlt der Blick für das Große und Ganze, die Phantasie. Ihm ist das Heute wichtig, vielleicht noch das Morgen. Was übermorgen sein kann, dafür fehlt dem die Vorstellungskraft, die wir …«, er stupste Bubi den Lauf des Gewehrs in die Seite, »… aber haben!«

Es lief. Es lief wirklich gut, musste Bubi voller Bewunderung einsehen.

57

23:38 Uhr, Feldscheune bei Bonndorf

Thomas lag auf einer dünnen Unterlage aus altem Heu. Rechts von ihm schlief Eva, Joachim Beck ein Stück weiter vorn, nahe der Tür. Thomas konnte nicht schlafen. Der Regen trommelte auf das Dach und tropfte an zwei, drei Stellen in die Scheune.

Ihm ging so unendlich viel durch den Kopf, zu viel, um es noch sortieren zu können. Seit er den Aufzug verlassen hatte, waren seine Stimmen noch lauter geworden. Frech fast, als gehöre sein Kopf inzwischen ihnen. Beinahe sehnte sich Thomas nach seinen Medikamenten. In der richtigen Dosierung hatten sie es fertiggebracht, genau den goldenen Mittelweg zwischen Ruhe und Chaos zu finden. Aber er wusste, dass etwas geschehen war, was die gewohnte Welt um ihn herum vollkommen verändert hatte. Und Veränderungen, wenn sie zu schnell und zu plötzlich kamen, waren laut Dr. Meier nicht gut für ihn. Es hatte sich viel verändert. Seine Eltern und ihr Haus waren verschwunden. Aber die Knöpfe waren noch da! Er hatte keine Medikamente mehr, aber er hatte seine Tasche. Er schmiegte sich an sie, spürte das warme Schwarz an seiner Wange, ein Kopfkissen.

Thomas hatte Angst. Nichts war mehr so wie früher. Keine Medikamente, eine fremde Landschaft, kein Arzt. Kein Platz, an den er gehörte.

Dieser Platz sind wir. Nummer eins' Stimme beruhigte ihn ein wenig.

Wenigstens hatte er in ihm so etwas wie einen Freund, einen, der in seinem Kopf aufpasste und darauf achtete, dass die beiden anderen nicht alles zerstörten.

Thomas schlief endlich ein, zusammengerollt wie ein Embryo im Mutterleib.

58

26. Mai, 06:21 Uhr, Wellendingen

Samstag. Pfarrer Jakob Kühne war Frühaufsteher. Obwohl sich sein Naturell danach sehnte, die Nacht bis zum Mittagsläuten auszudehnen und den folgenden frühnachmittaglichen Morgen im Bademantel und mit einem Buch bei einem zweistündigen Frühstück zu verbringen, stand er, einem gut geölten Uhrwerk gleich, täglich kurz vor sechs am Fenster. Er betete still und suchte dabei die kleine Straße nach dem Zeitungsjungen ab. Dessen Auftauchen war das erste Amen des neuen Tages und zugleich Startschuss für den Gang ins Bad. An diesem Samstagmorgen aber würde der Junge wieder nicht kommen, das wusste Kühne. Trotzdem hielt er nach ihm Ausschau.

Die gute Seele der geräumigen Pfarrei, Fräulein Anna-Maria Guhl, war bereits in der Küche zugange. Sie war groß, spindeldürr und wusste, wie man einen Pfarrhaushalt führte. Kühne, gemütlich und mit einem Hang zur Faulheit, weckte ihren Mutterinstinkt. Seine manchmal fast peinliche Unbeholfenheit und die Unfähigkeit, sich irgendetwas zu merken, ließen Fräulein Guhls beste Seite aufblühen. Und nach der Führung des Haushaltes hatte sie mehr oder weniger auch die Leitung der Pfarrei übernommen, und Pfarrer Kühne ließ sie nur allzu gern gewähren.

Kühne putzte sich die Zähne und spritzte aus einem Eimer, der in der Badewanne stand, etwas Wasser in sein Gesicht. Fräulein Guhl brühte ihrem Pfarrer unterdessen den morgendlichen Schwarztee auf und gab einen Schuss Sahne hinzu, so wie er es liebte. Nur auf sein Weißbrot würde er heute verzichten müssen, stattdessen gab es Knäckebrot.

Die Haushälterin hatte einen kleinen Campingkocher und die dazugehörende Gasflasche aus dem Keller geholt. Beides lag noch von letztem Sommer dort, als Kühne wie jedes Jahr mit den Ministranten seiner Gemeinde drei Tage in einem Zelt hinter dem Pfarrhaus gelebt hatte. Fräulein Guhl fand dies immer albern und etwas für kleine Jungen, aber für einen Pfarrer gehörte sich dies nicht. Fand er nicht und freute sich jedes Jahr wieder neu (wie ein kleiner Junge) auf die drei Tage im Zelt, abendliche Lagerfeuer und gemütliche Spaziergänge. Er wollte den Kindern Gottes Schöpfung näherbringen; seltene Pflanzen, Tiere und das Knistern verbrennenden Holzes, das mehr von Gottes Plan offenbarte als alle Predigten oder Christusfilme zusammen. Kühne war der Meinung, dass die Schöpfung nur vor Ort, sozusagen im

Feldversuch, entdeckt werden konnte, vom Verstehen ganz zu schweigen. Dazu, sagte er immer, wären sie alle viel zu kleine Lichter.

»So, wie das noch immer regnet, werden Sie Stiefel tragen müssen, Herr Pfarrer.«

Anna-Maria Guhl stand am Fenster. Es wollte einfach nicht hell werden an diesem Morgen, Wolken hingen tief über Wellendingen. Der Wind hatte sich zum Glück im Laufe der Nacht gelegt, nicht aber der Regen.

»Wird ziemlich schlammig sein dort oben.«

Er ließ sich seine Notizen geben. Bis spät in die Nacht hinein hatte er an der Predigt gearbeitet. Es war ein fast nicht zu schaffender Spagat zwischen Trauer um die vielen Toten des Flugzeugabsturzes, der Verwirrung, die die Menschen seitdem überfallen hatte und einem Lichtblick am Horizont. Er wusste, dass man von ihm Hoffnung erwartete und Trost, nicht unbedingt einen Ausweg, aber Hoffnung. Gott gab diese Hoffnung, aber nur denen, die sie sehen und verstehen wollten. Seine Aufgabe dabei war, diese Hoffnung zu formulieren und zu den Menschen zu transportieren.

In den Tagen seit der Katastrophe war er immer wieder zu denen gegangen, die sonst niemanden hatten und allein hier lebten – vor allem Ältere und Kranke. Einige waren auch zu ihm gekommen, mit ihrer Unsicherheit und der Frage, die wie ein ehernes Gesetz früher oder später in jedem Gespräch auftauchte, dieser Frage nach dem Warum.

Warum funktioniert nichts mehr?

Warum mussten die Flugzeuge abstürzen?

Warum gerade jetzt, warum gerade wir?

Warum lässt Gott das zu? Dies war das wichtigste Warum. Und gleichzeitig ein unergründliches.

Fräulein Guhl war gestern Nachmittag ohne sein Wissen im Dorf herumgegangen und hatte um Lebensmittel für den Herrn Pfarrer (und sich) gebeten. Mit mäßigem Erfolg.

Eine Kanne Milch, eine Handvoll Kartoffeln, zwei Eier und etwas fleckiges Obst waren alles.

»Was meinen Sie, Fräulein Guhl, wird man uns behalten wollen? Behalten können?« Die Frage hatte ihn die ganze Nacht beschäftigt. Konnte sich eine Gemeinschaft in einer solchen Notzeit den Luxus geistiger Erbauung leisten? Brauchte man wirklich einen Pfarrer? Bei Bedarf stand es jedem frei, selbst in der Bibel zu lesen oder seinen Nachbarn um Rat zu fragen – wo war dann noch seine eigene Legitimation?

Die Frage machte ihm Angst, oder besser: die Unsicherheit der Antwort darauf.

Fräulein Guhl zuckte die mageren Schultern. »Was weiß denn ich, Herr Pfarrer. Ich weiß nur, dass unser Herrgott Sie nicht im Stich lassen wird. Wir werden schon irgendwie zurechtkommen.«

»Ihr Wort in Gottes Ohr, meine Liebe.«

Sie schenkte ihm Tee nach. Seit sich ihre Vorräte dem Nullpunkt näherten, hatte sie selbst immer wieder über ebendiese Frage nachgedacht. Sie und der Pfarrer würden im Dorf mitanpacken müssen, was auch immer als Nächstes kam. Oder aber doch die sonntägliche Kollekte zukünftig für sich selbst verwenden. Der Pfarrer hatte gestern Abend diesen Vorschlag zwar abgelehnt – seiner Meinung nach stand die Kollekte denen im Dorf zu, die es am nötigsten hatten –, aber in ein paar Tagen würden sie selbst zu ebendiesen Personen gehören, die es am nötigsten hatten. Dass eine aus Bargeld bestehende Kollekte momentan allerdings wertlos und nicht essbar war – daran hatte bisher keiner von beiden gedacht.

Kommt Zeit, kommt Rat, war die Devise der Haushälterin, und damit war sie bisher nicht schlecht gefahren. Man wird sehen, was das Morgen bringt. Der Vorteil einer Gemeinschaft war, dass die persönlichen Kontakte und Bindungen innerhalb dieser Gemeinschaft es den einzelnen

Mitgliedern schwer machte, einen in Not Geratenen aus ihrer Mitte abzuweisen. Und schon gar nicht das geistliche Haupt dieser Gemeinschaft. Es war bestimmt nicht leicht, einer durchreisenden Familie die Bitte um etwas Essbares abzuschlagen, aber es war möglich. Sollte jedoch der Pfarrer, der jahrelang in ihrer Mitte gelebt hatte, der ihre Kinder getauft und am Grab ihrer Alten gestanden hatte, der ihre Ehen segnete, sollte dieser Pfarrer in Not geraten, konnte die Gemeinschaft nicht wegsehen, da war sich Anna-Maria Guhl sicher. Und dies beruhigte sie.

»Hoffentlich sind die Jungs pünktlich.«

»Bestimmt, Herr Pfarrer, sie haben es Ihnen versprochen.«

Kühne erwartete zwei Halbwüchsige, die sich bereit erklärt hatten, die Glocke zu läuten. Bardo Schwab hatte gestern die größte der drei Glocken der Dorfkirche mit einer abenteuerlichen Konstruktion versehen, ein Seil daran befestigt und Stein und Bein geschworen, dass dies funktioniere. Kühne konnte ihn gerade noch davon abhalten, es auszuprobieren. Erst heute sollte der tiefe Ton der großen Glocke wieder rufen, zum Trauergottesdienst.

Er erhob sich und sah auf die Uhr. Es war kurz vor sieben, genügend Zeit, die Predigt noch einmal in aller Ruhe durchzugehen.

Frieder Faust stieg in seinen Pick-up und fuhr vom Hof. Er war der Einzige, der heute seinen Wagen benutzte, alle anderen gingen zu Fuß aufs Hardt.

Beim Frühstück eben hatte er wieder die Zeitung vom 23. Mai vor sich auf dem Tisch liegen, obwohl er jedes Wort inzwischen schon dreimal gelesen haben musste. Aber es war nun einmal so, dass ein Frühstück ohne Radio und Zeitung kein Frühstück war. Beim Radio konnte er nichts machen, die Zeitung aber musste sein. Heute war der erste Tag, an dem er nicht sofort nach dem Aufstehen das Radio angestellt und danach einige Sekunden gebraucht hatte, die neue Wirklichkeit in sein Bewusstsein zu holen. Ohne darüber nachzudenken war er am Radio vorbeigegangen und damit offensichtlich in dieser neuen Welt angekommen. Das beunruhigte ihn.

Faust fuhr zu Pfarrer Kühne, der ihn schon im Gemeindesaal, im Erdgeschoss des Pfarrhauses, erwartete. Gemeinsam luden die beiden Männer einen kleinen Altar auf Fausts Wagen, den die Pfarrei für die seltenen Gottesdienste im Freien, meist an Erntedank, besaß.

Kühne trug ein schwarzes Kollarhemd und einen schwarzen Anzug. Normalerweise stand der Pfarrer bei einer Beerdigung am offenen Grab, und was er sagte, stand im Bezug zum Verstorbenen. Heute aber würde er vor mindestens dreihundert Menschen sprechen, Menschen, die keine Grabesrede, sondern Hoffnung erwarteten. Er hatte Angst, all den Menschen gegenüberzutreten, in ihre Augen zu schauen und vielleicht zusehen zu müssen, wie die anfängliche Erwartung in ihnen während seiner Predigt langsam schwand und sich in Enttäuschung wandelte. Deshalb wollte er den Altar – nicht als Schutzschild, sondern als Halt brauchte er ihn.

Während der Pfarrer, seine Haushälterin, die im letzten Moment noch an seine Stiefel gedacht hatte, und Faust aufs Hardt hinausfuhren, half Lea Susanne Faust, ihrem Gast einen von Fausts alten Mänteln anzuziehen.

»Passt doch«, rief Lea und hüpfte um Eckard Assauer herum.

»Passen ist was anderes. Aber es wird gehen«, sagte Susanne.

Assauer war der schwarze Mantel mindestens zwei Nummern zu groß. Und auch der Rest – Fausts Schuhe, Hose und Pullover – passten nicht. Aber er hatte die allmorgendliche Ankleideprozedur wie immer über sich ergehen lassen. Er war zwar anwesend, aber nicht hier.

»Wollen wir ihm eine Blume ins Knopfloch stecken?«

»Nein, Lea, bestimmt nicht.« Dann stockte Susanne plötzlich mitten in der Bewegung und schien über etwas nachzudenken. »Aber wenn du willst, kannst du draußen im Garten einen kleinen Blumenstrauß pflücken. Für das Kind, das er im Arm hatte, als Bubi ihn fand.« Lea stürmte davon. »Aber nimm einen Schirm mit!«

Faust hatte Lea erst gestern Abend erzählt, dass ihr Gast einen Jungen, nur ein paar Jahre älter als sie selbst, im Arm gehalten hatte, oben, wo die Maschine abgestürzt war. Lea hatte wissen wollen, wer dieser Junge war, seinen Namen und wo die Mutter sei, Fragen, die ihr niemand beantworten konnte. Heute Morgen, es war noch dunkel, hatte Lea Susanne und Frieder Faust geweckt. »Wäre es nicht besser, Herr Mittwoch würde auch sterben?«, fragte sie. »Dann wäre der kleine Junge nicht so allein. Und Herr Mittwoch würde vielleicht wieder anfangen zu sprechen, wenn er bei dem Kind im Himmel ist.«

59

07:18 Uhr, nahe der Feldscheune bei Bonndorf

Er würde krank werden. Ganz sicher würde er das! Und dieses Pack war schuld daran!

Hermann Fuchs hüpfte seit Stunden mit nur kurzen Unterbrechungen auf einer Stelle. Ab und zu ging er ein paar Schritte in den kleinen Wald, in dem er die Nacht im Regen verbracht hatte, und kam gleich darauf zurück. In Bewegung bleiben, immer in Bewegung bleiben.

Diese Nacht zählte zu den längsten seines Lebens. Und das sollte was heißen! Mehrmals war er kurz davor gewesen, das Scheunentor aufzureißen, hineinzustürmen und mit seinem Messer einfach alles aufzuschlitzen, was sich ihm in den Weg stellte. Er hatte sogar schon am Tor gestanden. Und er hatte versucht, es zu öffnen, nur so, weil ihn in diesem Moment interessierte, ob es offen war. Aber der Hurensohn von einem Bullen musste es von innen irgendwie verriegelt haben!

Der Regen zermürbte ihn, schlimmer noch als der Sturm am Abend, schlimmer noch als die Kälte, die sich in ihn gefressen hatte.

Fuchs war um die Scheune herumgeschlichen, hatte an den Ritzen zwischen den Brettern gelauscht und das zufriedene Schnarchen eines Mannes gehört.

Es war kalt, diese Nacht, so unendlich kalt. Obwohl er die meisten Nächte der vergangenen Jahre im Freien zugebracht hatte, war diese doch die kälteste, die er jemals erlebt hatte. In seinem Versteck in Donaueschingen besaß er einen zerschlissenen Schlafsack, der ihn wärmte, und wenn es regnete, fand sich immer ein Unterschlupf. Aber hier?

Er hatte sich umgesehen – neben der Scheune und auch dahinter. Dort, an der Rückseite, blieb er zwei Stunden. Unter dem weit vorgezogenen Dach war er einigermaßen vor dem Regen geschützt. Als die Dämmerung so weit fortgeschritten war, dass er befürchten musste, durch die Ritzen hindurch von innen entdeckt zu werden, schlich er zurück in den Wald und wartete dort.

Um halb sieben schließlich öffnete sich das Tor und der Polizist sah heraus und inspizierte ohne große Freude den Himmel. Plötzlich steuerte Beck schnurgerade auf Fuchs' Versteck zu! Mit freiem Oberkörper lief er die zwanzig Meter über die Wiese. Fuchs sank hinter einem Baum in sich zusammen, zog rasch noch den Mantel über den Kopf und wartete mucksmäuschenstill auf den Polizisten. Er tastete nach seinem Messer.

Hatte er ihn entdeckt? Was wollte er?

Beck öffnete seinen Hosenstall und urinierte nur drei

Meter von Fuchs entfernt an eine Fichte. Dabei kratzte er sich immer wieder am Kopf, summte vor sich hin und sah sich um.

Nachdem der Bulle wieder in der Scheune war, erschien die Krankenschwester. Sie blieb am Tor stehen, sah ebenfalls kurz zum kleinen Wäldchen herüber, ging dann aber um die Scheune herum und verrichtete dort ihr Geschäft. Gut, dass Fuchs nicht da gewartet hatte.

Auch der Typ aus dem Krankenhaus kam schließlich aus seinem Versteck, ordentlich angezogen und gekämmt. Er erledigte, was zu erledigen war, einhändig und mitten auf der Wiese. Die andere Hand hielt diese Tasche, von der er sich nicht mal zum Pinkeln trennte.

Zu allem Überfluss brachten sie Kleinholz aus der Scheune und schichteten es säuberlich über zusammengeknülltes Papier. Fuchs kochte innerlich. Das werden sie büßen, alle drei, einer nach dem anderen und jeder auf eine ganz besondere Art, das schwor er, während er zusehen musste, wie ein kleines Feuer losknisterte. Das Vordach schützte es vor dem Regen, und bald dampfte es aus einem kleinen Topf, den sie an einem Stock über die Flammen hielten. Im Topf befand sich Regenwasser, das der Polizist aus der Dachrinne der Scheune aufgefangen hatte.

Der Duft nach frisch gebrühtem Kaffee brachte Fuchs fast zur Raserei! Hätte er sie doch umgebracht heute Nacht! Er könnte jetzt da sitzen, am Feuer, heißen Kaffee schlürfen und sein Geld zählen und das Weib läge gefesselt in der Scheune und erwartete ihn! Oder war schon erledigt, je nachdem, was als Erstes getan werden musste.

»Das werdet ihr bereuen!«, zischte Fuchs.

Die Vorstellung von dem, was bald kommen würde, hatte Fuchs diese Nacht überleben lassen. Der Gedanke an sein Geld und an das Winseln und Betteln des Bullen – das hatte ihn gewärmt.

Eva, Thomas und Beck verließen die Scheune erst kurz nach acht. Eva sagte kein Wort. Nur noch drei Kilometer lagen zwischen ihr und Lea. Aber fast schien es, als ob sie am liebsten hiergeblieben wäre, im Trockenen, mit einem Dach über dem Kopf und einem kleinen Feuer, das ihr die Kälte aus den Knochen trieb. Sie hatte Angst vor dem, was in Wellendingen auf sie wartete. Was sie in den vergangenen Tagen hatte erleben müssen, zeigte die Zerbrechlichkeit aller sogenannten Sicherheit. Wie sicher war ihre kleine Welt in Wellendingen? Gab es Nachricht von Hans? Wie ging es Lea?

Schließlich packten sie ihre Habseligkeiten zusammen. Eva besaß eine ganze Rolle Müllsäcke auf dem Handwagen. Drei zerrissen sie so, dass sich Kapuzen formten, und banden sie sich mit einem Strick unter dem Kinn zusammen.

Sie waren noch keine hundert Meter entfernt, als Fuchs aus dem Wald stürzte und in den säuberlich ausgetretenen und mit Wasser übergossenen Überresten des Feuers nach einem letzten Rest der Wärme suchte, die es bis eben noch verströmt hatte. Er fand einige verkohlte Holzstücke, ohne Glut und nass, aber sie dampften und er schloss die Augen. Wärme sickerte langsam durch seine Hände zurück in den Körper.

Der Feldweg mündete in ein schmales Sträßchen. Sie überquerten die Straße.

»Glaubst du das wirklich?« Eva hielt Becks Ausführungen für ziemlich weit hergeholt, Zweckoptimismus, wenn man es positiv sah, mehr auf keinen Fall.

Beck hatte gerade die Ansicht vertreten, dass diese ganze Katastrophe vielleicht sogar eine Chance sein konnte. Und zwar eine Chance, sich wieder auf das Wesentliche des Menschseins zu konzentrieren.

»Vielleicht zeigt das den Mächtigen einmal, dass nicht alles nach unserem Willen funktioniert, dass plötzlich alles, wofür man ein Leben lang gerackert hat, für die Katz sein kann. Wichtig wäre nur, dass diese Erfahrung auch Konsequenzen nach sich zieht. Denn sollten wir nach diesem ganzen Theater irgendwann wieder genauso weitermachen wie vor der Katastrophe, dann …« Er brach mitten im Satz ab, ging plötzlich langsamer und blieb schließlich ganz stehen.

»Was dann?« Aber eine Antwort war schon nicht mehr nötig. Eva sah die Antwort.

In spitzem Winkel zu ihrem Weg und genau in der Richtung, in der sich Wellendingen befand, lag die Erde in einem breiten Graben aufgeworfen, als habe ein wandernder Riese mit seinem Spazierstock einen Strich in die Landschaft gezogen. Und rechts und links davon lagen die Trümmer eines Flugzeuges, ein Airbus, das ausgebrannte Heck, eine verkohlte Tragfläche ein großes Stück weiter vorn, und eine Unzahl kleiner und kleinster Wrackteile. Der Dauerregen der letzten Stunden hatte den Graben kniehoch mit Wasser gefüllt – ein schlammiges Braun, auf dem an manchen Stellen ein undefinierbarer Brei aus Stofffetzen, Papieren und den verschiedensten Überbleibseln von und aus dem Flugzeug schwamm.

»Das muss am Mittwoch passiert sein«, flüsterte Eva, »als auch bei uns Flugzeuge abgestürzt sind. Dr. Stiller hat was davon erzählt. Aber dass es wirklich wahr ist …«

60

08:52 Uhr, Hardt bei Wellendingen, Massengrab

Assauer stand ganz vorn. In seiner viel zu weiten Kleidung, dem langen Mantel mit aufgeschlagenem Kragen und einem großen Hut, von dem das Wasser tropfte, erinnerte er von hinten an einen Mafiaboss. Wer aber sein Gesicht sah, verwarf diesen Eindruck sofort.

Am Grab an der Absturzstelle hatten sich weit über dreihundert Menschen versammelt, eigentlich das komplette Dorf. Es fehlten nur Kiefer und Bubi, die ihre neue Aufgabe äußerst genau nahmen und durch das leere Dorf patrouillierten, Petra Sutter, die am Bett ihrer noch immer stark fiebernden Tochter blieb und versuchte, ihr etwas Fleischbrühe einzuflößen, sowie eine Handvoll Alte und Kranke, die ihre Betten hüteten.

Die Menschen standen dicht an dicht um den zehn mal zehn Meter großen Erdhügel. Unter dem Hügel lagen die Toten aus dem Flugzeug, eingepackt in große Plastikplanen, mit Kalk bestäubt und nasser Erde zugedeckt. Ein Grab.

Der kleine Altar und Pfarrer Kühne dahinter standen mit dem Rücken nach Osten, die Männer, Frauen und Kinder in Hufeisenform um das schmucklose Grab.

Lea Seger hielt Assauer an der Hand. Sie hatte ihm ihren bunten Blumenstrauß in die Rechte gelegt und er hielt das Bukett, wie er auch einen Gartenschlauch gehalten hätte oder ein Stück Holz. Faust hatte die schwache Hoffnung, dass der Anblick der Absturzstelle irgendetwas in Assauer in Gang setzen könnte, ein blockiertes Zahnrad löste, einen zugezogenen Vorhang öffnete. Aber es tat sich nichts. Assauer starrte mit entspannten Gesichtszügen ins Leere und die Mundwinkel umspielte der Anflug eines Lächelns, fast wie ein Schatten oder das Echo des Gedankens oder Gefühls, das er gehabt haben musste, als die Zeit für ihn stehen geblieben war.

Etwas abseits der Menschenmenge stand Eugen Nussberger. Er zog an einer Mädchen-Zigarette, wie er die Light-Produkte abfällig nannte. Er hatte auf seinem Weg hierher Bubi und Kiefer getroffen. Sage und schreibe fünfzig Euro hatte Martin Kiefer für die angebrochene Schachtel gefordert, und Nussberger, der am Tag zuvor die letzten Zigarrenstummel aus der Mülltonne geklaubt und nun nichts mehr zu rauchen hatte, hatte gezahlt. Seine Finger zitterten, als Geld und Zigaretten den Besitzer wechselten.

Hildegund Teufel saß auf einem Klappstuhl in der ersten Reihe. Sie hatte sich den Stuhl auf den Rücken gebunden und war, mit ihren beiden Stöcken bewaffnet, langsam den schnurgeraden, steilen Weg aufs Hardt hinaufmarschiert.

Bardo Schwab grinste in sich hinein. Alles wird gut gehen, schienen seine Augen den nervösen Pfarrer beruhigen zu wollen. Ich habe die Glocke repariert, und Sie werden jetzt den Glauben der Menschen reparieren!

Pfarrer Kühne schielte auf seine Armbanduhr und zu Schwab hinüber. Seine Finger spielten mit den Notizen zu seiner Predigt, die, wie Fräulein Guhl mit Entsetzen feststellte, der Regen vollkommen aufgeweicht hatte. Und was der Regen nicht verwischt hatte, schafften die dicken, vor Nervosität zitternden Finger des Pfarrers.

Der Lehrer, Markus Thoma, dessen Söhnen es seit gestern deutlich besser ging, überlegte beim Anblick der vielen Kinder, ob er in der kommenden Woche in der kleinen Dorfschule nicht einen provisorischen Unterricht anbieten sollte.

Ein Stück weiter vorn schlief Lorenz Sutter fast im Stehen ein. Er hatte dunkle Schatten unter den Augen, war übernächtigt, hungrig und voller Angst um Jessika.

Als einer der Letzten traf Roland Basler ein. Er kam im Stechschritt durch die Menge, begrüßte diesen und jenen mit Handschlag, zuletzt den Pfarrer.

»Viel Glück, Herr Pfarrer.«

In diesem Moment war es neun Uhr. Unten im Dorf, in der kleinen Wellendinger Kirche, zogen zwei Halbwüchsige mit aller Kraft an einem dicken Seil. Weit über ihren Köpfen versetzten sie so die größte der drei Glocken langsam in Bewegung.

Eva, Joachim Beck und Thomas versteckten sich hinter einer der abgerissenen Tragflächen. Sie hatten sich dem seltsamen Schauspiel unentdeckt bis auf etwa zweihundert Meter genähert. Nur einen Steinwurf hinter ihnen duckte sich Fuchs hinter einem Sessel aus der ersten Klasse.

Eva war die Erste, der das Gewirr aus Menschen und Regenschirmen, das sich nach und nach aus dem Regengrau dieses Morgens schälte, aufgefallen war. Es schien, als ob die Passagiere der abgestürzten Maschine vor ihnen zwischen den Trümmern auf etwas warteten, sich versammelt hatten, um zu beratschlagen, wie es nun weitergehen sollte. Sie verstand nichts.

Dann läutete plötzlich eine Glocke, tief und aus weiter Ferne. Es war ein gespenstischer Ton, ein trauriger Ton.

Thomas richtete sich auf und sah zu der Versammlung hinüber. »Die Glocke des Todes«, wiederholte er die Worte, die jemand in seinem Kopf flüsterte. »Da vorn wartet der Tod. Und er wartet auf uns.«

Beim ersten Glockenschlag fuhren die Versammelten zusammen. Jeder, ohne Ausnahme. Keiner hatte diesen Ton erwartet. Sie zuckten zusammen, sahen ins Dorf hinab, dann schließlich zu ihrem Pfarrer. Der strahlte glücklich. Bardo hatte gute Arbeit geleistet!

Nur wenige hatten in diesem Augenblick keine Gänsehaut. Das unerwartete, tiefe Dong-dong-dong aus ihrer Kirche löste die verschiedensten, widerstreitenden Gefühle aus: Sehnsucht nach der Normalität, mit der jeder Glockenschlag einst verbunden war, Erschrecken und abgrundtiefe Trauer. Alles ist vorbei, dachten viele und die Glocke vibrierte in ihnen. Es wird niemals wieder so sein, wie es einmal war. Sie trauerten nicht um die Toten, an deren Grab sie sich versammelt hatten – jeder von ihnen trauerte um sein eigenes Leben, um den Rhythmus dieses Lebens, um Sicherheiten, um das Gewohnte. Viele weinten.

Dong-dong-dong.

Aber konnte wirklich alles vorbei sein, wenn dieser Ton wieder zu hören war? Gab es nicht doch einen Ausweg, eine Zuflucht, Hoffnung?

Pfarrer Jakob Kühne hob beide Hände, während, wie besprochen, nach genau drei Minuten das Geläut langsam schwächer wurde und schließlich ganz erstarb.

Kühne spreizte die Arme, als wolle er die ganze versammelte Gemeinde umarmen. Sein Herz klopfte wie verrückt, es klopfte vor Angst zu versagen, vor Freude über den Klang ihrer Glocke, vor Zuversicht. Mehr als dreihundert Augenpaare fühlte er auf sich gerichtet, keiner sagte ein Sterbenswörtchen, in vielen Gesichtern glitzerten Tränen.

»Lasst uns beten«, rief er.

Alle senkten die Köpfe und falteten ihre Hände.

»Vater unser im Himmel …«, begann Kühne.

»… geheiligt werde dein Name«, fiel seine Gemeinde ein.

Es wurde das inbrünstigste Vaterunser, das Kühne jemals gehört hatte. Noch viele Jahre später erzählte er von der Einmaligkeit dieses Momentes auf dem Hardt, der Kraft ihres gemeinsamen Gebetes, von der Zuversicht, die sich plötzlich breitmachte. Die Gemeinschaft fühlte sich mit jedem Wort, das sie zusammen sprachen, stärker und einiger. Flüsterten sie die ersten Worte noch, so sprachen sie die nächsten mit fester Stimme, den Schluss schrien sie beinahe hinaus – trotzig, mutig, willens zu überleben, als Gemeinschaft zu überleben!

»… in Ewigkeit. Amen.«

»Was gesät wird, ist verweslich, schreibt Paulus im ersten Korintherbrief, was auferweckt wird, unverweslich. Was gesät wird, ist armselig, was auferweckt wird, herrlich. Was gesät wird, ist schwach, was auferweckt wird, ist stark. Gesät wird ein irdischer Leib, auferweckt ein überirdischer Leib.«

Bewusst hatte Pfarrer Kühne auf jegliche Liturgie verzichtet und nach dem Eingangsgebet sofort mit der Predigt begonnen. Sicher, das gewohnte, seit frühesten Kindestagen geübte Ritual, welches jeden Kirchgang immer wieder gleich eröffnete und gleich beschloss, wäre etwas Vertrautes gewesen, etwas, das jeder von ihnen wiedererkannt hätte, ein geschätzter Moment zwischen all dem Unbekannten. Aber dies war kein gewöhnlicher Gottesdienst.

»Wir haben uns hier versammelt«, begann er und der einzige Laut neben seiner Stimme war das Plätschern des Regens, »um derer zu gedenken, die vor unseren Augen am Morgen des 23. Mai ums Leben kamen. Sie haben hier ihre letzte Ruhestätte gefunden und das Bestehen dieses Grabes wird uns und unsere Kinder auf ewig an diesen Tag erinnern. Dieses Grab wird uns Mahnmal sein: für die Vergänglichkeit alles Irdischen, für unsere eigene Unvollkommenheit und Vergänglichkeit. Mit dem Tod dieser Kinder, Frauen und Männer hat sich auch unser Dasein mit einem Schlag verändert, ihr alle wisst, was ich meine. Das, was unser Leben begleitete und bestimmte, nämlich die Annehmlichkeiten des einundzwanzigsten Jahrhunderts, haben sich in Nichts aufgelöst. Und keiner kann sagen, wann wir wieder zum Ausgangspunkt zurückkehren, sollte dies überhaupt noch einmal möglich sein.«

Kühne sprach frei, nur das Eingangszitat hatte er von seinen Notizen abgelesen. Was er sich in der vergangenen Nacht zurechtgelegt hatte, erschien ihm jetzt nicht mehr angemessen. Er hatte die Erwartungen in den Augen der Menschen gesehen. Diese Menschen wollten nicht nur etwas von Gott und der immerwährenden Hoffnung auf ein besseres Jenseits hören, wollten nicht nur mit der eigenen Ohnmacht konfrontiert werden. Sie brauchten etwas, an dem sie sich aufrichten konnten.

»Die, deren Körper in dieser Grube liegen, sehen jetzt vielleicht auf uns herab. Vielleicht belächeln sie uns, unsere

Furcht und unseren Zweifel, unsere Selbstsucht, unser fehlendes Vertrauen in Gottes Ratschluss. Denn im Gegensatz zu uns wissen sie wohl schon, was wirklich geschah, kennen den Plan hinter allem. Denn dass es einen Plan gibt, dass nichts ohne Gottes Willen und damit ohne einen Sinn geschieht, steht für mich fest. Nur, können wir allen Ernstes erwarten, Gottes Pläne auf den ersten Blick zu entschlüsseln? Wie lange versucht der Mensch schon, Gott und seine Taten zu verstehen. Und? Sind wir auch nur einen Schritt weitergekommen? Wir sehen hier eine Kleinigkeit, da einen Funken und dort ein Fragment und maßen uns sofort an, einen Überblick zu besitzen. Doch ist es nicht vielmehr so, dass unser unvollkommener Geist, unsere Kleinheit, ein Erkennen unmöglich macht? Wir sehen, dass Flugzeuge abstürzen und tragen die Toten zu Grabe. Wir sehen, dass Wasser und Strom in unseren Häusern versiegt sind, wir mit niemandem mehr sprechen können, der nicht unmittelbar neben uns steht, und keine Nachrichten mehr empfangen aus dem Rest der Welt. Doch verstehen wir den Sinn dahinter? Nein. Ich verstehe ihn nicht. Aber dass ich nicht verstehe, bedeutet doch nicht, dass es keinen Sinn gibt! Könnte unser Verstehen etwas an dem ändern, was nun die neue Wirklichkeit ist? Ginge irgendetwas leichter? Hätten wir deswegen mehr Lebensmittel oder etwa wieder Strom?

Paulus nennt alles Irdische verweslich, armselig und schwach. *Wir* sind verweslich, armselig und schwach und erst die Auferweckung macht aus allem Irdischen etwas Überirdisches, etwas Unverwesliches, Herrliches und Starkes. Was wir tun können, ist Gott zu vertrauen. Ohne unseren Glauben an seine Weisheit werden wir diese Prüfung nicht überstehen. Keiner von uns. Glaubt ihr allen Ernstes, die Opfer der Sintflut haben den Sinn hinter dem Untergang ihrer Welt erkannt? Aber es musste sein, damals musste diese Welt reingewaschen werden, um Gottes Schöpfung eine zweite Chance zu geben. Aber diese Erkenntnis kam erst viel, viel später. Ist dies hier die moderne Version der Sintflut? Wird man in zweitausend Jahren vielleicht von der zweiten Reinigung sprechen? Mir persönlich ist es egal. Mir ist nur wichtig zu wissen, dass Gott über alles Bescheid weiß und dass er über uns wacht. Über jeden Einzelnen von uns.

Wenn das, worauf viele aus unserer Mitte noch hoffen, nämlich ein Wunder, nicht geschieht, liegen schwere Wochen vor uns. Es werden Wochen der Entbehrung sein, Wochen der Krankheit, Wochen des Hungers, dunkle Wochen und kalte Wochen. In einigen Familien aus unserer Mitte haben diese Wochen schon begonnen.« Kühne nickte Lorenz Sutter zu. Der kämpfte gegen seine Tränen an. »Aber in den vergangenen Tagen konnte ich auch sehen, dass wir keine Gemeinschaft von Egoisten sind. Wir haben aus unserer Mitte heraus, ohne dass es einen Befehl von außen gab, angepackt, organisiert und uns gegenseitig geholfen. Wir haben gezeigt, dass wir eine funktionierende Gemeinschaft bilden, und wenn wir dies bleiben – eine Gemeinschaft –, dann werden wir das, was zweifelsohne noch vor uns liegt, mit Gottes Hilfe meistern. Gott ist mit uns, wer sollte dann gegen uns sein?«

Kühne betrachtete seine Gemeinde. Alle, vom Greis bis zum Kleinkind, hingen an seinen Lippen und jedes Wort wurde wie Wasser von einem trockenen Schwamm aufgesogen. Sie lechzten nach Trost, nach einem Fingerzeig. Kühne war sich nicht sicher, ob seine Predigt trösten konnte, aber sie sagte, was er dachte und empfand. Er selbst sehnte sich nach Hilfe, und es war schwer, nichts zu verstehen, die gewohnte Welt untergehen zu sehen und trotzdem zu vertrauen.

Hermann Fuchs hatte sich unbemerkt näher geschlichen. So gebannt starrten die drei auf die Menschenansammlung da vorn, dass sie keinen Blick zurück verschwendeten. Höchstens zehn Meter lagen noch zwischen ihm und seinem Ziel.

Die Krankenschwester erhob sich, flüsterte dem Verrückten etwas zu und verließ das Versteck. Sie ging direkt auf die Menschen da vorn zu, zuerst noch in der Deckung der Flugzeugtrümmer, später über offenes Feld.

Jetzt war der Bulle allein!

War dies die Chance, auf die Fuchs gewartet hatte?

Sie war es!

Fuchs kroch aus seinem Unterschlupf langsam Richtung Beck. Die Tasche hatte er zurückgelassen und zwischen den Zähnen hielt er sein Messer.

»Vertrauen ist das A und das O. Vertrauen in Gott, Vertrauen aber auch in uns. Ich bin mir sicher, dass unsere Gemeinschaft dieses Vertrauen aufbringen kann, dass wir Stärke besitzen und Optimismus und den Glauben an Gott, unseren Herrn. Wenn wir im Dunkeln vor unseren leeren Kühlschränken stehen und uns bedauern, sollten wir vielleicht nicht vergessen, dass wir auch in dieser riesigen Katastrophe wieder zu den Bevorzugten gehören. Oder kann sich jemand vorstellen, wie es jetzt in den Großstädten aussehen mag? Oder auf der Südhalbkugel, wo in diesen schweren Tagen der Winter beginnt? Gottes Gnade wird uns auch durch diese schwere Zeit führen, und wie ihr seht, wenn ihr sehen wollt, hält er bereits jetzt schon schützend die Hände über uns. Von nun an sind wir gefordert, so sehr, wie wohl noch nie in unserem Leben. Unsere Kraft, unsere Mitmenschlichkeit und Güte, unsere Liebe und unser Gemeinschaftsgeist sind gefordert und unser Glaube. Denn auch, wenn wir unfähig sind zu begreifen, sind wir doch fähig zu glauben und zu lieben, gerade in schweren Zeiten wie diesen. Wenn wir dies beherzigen, wird der plötzliche Tod dieser Menschen nicht umsonst gewesen sein. Gott steht uns bei – stehen wir uns auch bei. Amen.«

Hildegund Teufel weinte. Wie so viele.

Dann fiel Kühne auf, dass einige an ihm vorbeistarrten. Und es wurden immer mehr.

Fuchs sah seine Chance gekommen. Wenn er jetzt nicht handelte und es zuließ, dass seine Beute in der Anonymität der Menschenansammlung dort vorn untertauchte, war es vielleicht für immer vorbei.

Die beiden Männer blickten aus ihrem Versteck der Krankenschwester nach. Die war inzwischen bei der seltsamen Versammlung angekommen. Sie verschwand in einer Menschentraube und Hermann Fuchs war nur noch zwei Meter von seinem Ziel entfernt. Zwanzigtausend Euro – ein unvorstellbarer Betrag, ein anderes Leben! Fuchs hielt den Atem an und erhob sich. Konnten ihn die da vorn jetzt durch den Regenschleier sehen? Egal, er musste schnell handeln und er würde schnell handeln. Sofort. Jetzt oder nie.

Das Messer stoßbereit in der Hand, richtete er sich auf. Thomas drehte sich in dem Moment zu ihm um, als Fuchs absprang und auf Beck zuflog.

Endlich. Nummer drei war erleichtert. *Er kommt. Ich bin bereit.*

Aber der von einem Teil in seinem Kopf so lang ersehnte Tod wollte nicht zu ihm. Thomas sah Fuchs durch die Luft fliegen. Der weite Mantel flatterte – die Flügel des Todesengels.

Das Messer traf Joachim Becks rechtes Schulterblatt. Es kratzte über den Knochen, von Fuchs' ganzem Gewicht in den überraschten Körper des Polizisten getrieben, dann bohrte sich die Klinge zwischen zwei Rippen hindurch in Becks Lunge.

Beck wurde von dem plötzlichen Gewicht, das ihn vollkommen unvorbereitet traf, mit dem Gesicht in den Schlamm gedrückt. Er sah kleine, vom Regen aufgeworfene Blasen unmittelbar vor seinen Augen, schlammig braune Blubberbläschen. Ein Schmerz wie von einem Zahnarztbohrer jagte durch seinen Rücken, etwas hatte ihn getroffen, fraß sich in ihn, wollte ihn töten. Aber warum? Was war das? Wer war das? Thomas?

Fuchs lag auf Becks Rücken. Er packte ihn am Haarschopf und drückte Becks Gesicht mit beiden Händen in die Schlammpfütze. Die Blubberbläschen vor Becks Augen wurden größer, als er ausatmete, dann verschwanden sie und die Welt versank im fäkalienfarbenen Schlamm. Schlamm schwappte in seine Lungen. Er hörte Fuchs keuchen. Beck ahnte den Tod. Er schlug um sich. Fuchs warf sich auf das Messer, dessen Schaft wie ein Schalthebel aus dem Rücken seines Opfers ragte. Die Klinge wühlte in Blut und Fleisch. Beck wollte schreien, und er schrie.

Thomas betrachtete irritiert die großen Blasen in der Pfütze. Warum kommt der Tod zu Beck? Hat er uns verwechselt?, überlegte Thomas.

Sag ihm, dass er sich geirrt hat!, rief Nummer drei. *Hier sind wir! Hier!*

Thomas nahm all seinen Mut zusammen. Er streckte den Arm aus und berührte den Todesengel an der Schulter. Er erwartete, dass ihn die bloße Berührung töten musste, dass seine Fingerspitzen, wenn sie den Tod anfassten, erfrieren und abfallen oder Feuer ihn verbrennen würde, die Feuer der Hölle. Aber der Tod fühlte sich wie ein Mensch an, in Stoffe gekleidet, unter denen Muskeln und Knochen und Sehnen arbeiteten.

Aber diese Muskeln, Knochen und Sehnen arbeiten am falschen Opfer! Thomas schüttelte Gevatter Tod. Er hatte so große Angst, eine Angst, welche Blei in seine Glieder goss und jede Bewegung schwer und zum unbeschreiblichen Kraftakt machte. Der Tod war gekommen, gekommen um ihn zu holen, und jetzt sollte plötzlich dieser Polizist wichtiger sein?

Unerwartet heftig fuhr der Tod in die Höhe und starrte Thomas voller Hass aus einem beinahe menschlich anmutenden Gesicht heraus an. Thomas zuckte zusammen, als ihre Blicke sich trafen, dann landete die Faust des Todes mitten in seinem Gesicht. Er stolperte nach hinten und konnte sich gerade noch an einem Wrackteil festhalten. Der Tod funkelte ihm böse nach.

Dieser winzige Augenblick der Ablenkung reichte, dass Beck in einem letzten Kraftakt Fuchs am Mantel packen und zu sich in die Pfütze zerren konnte. Er erkannte ihn sofort.

Endlich brachte er das eigene Gesicht aus dem Schlamm. Frische Luft schoss in seine Lungen, aber schon war Fuchs erneut über ihm. Er warf sich auf Beck. Der fiel auf den Rücken und wieder drang die Klinge ein Stück tiefer.

Fuchs' Faust traf Becks zertrümmerte Nase und schien winzige Splitter tief in dessen Gehirn zu hämmern. Fuchs lachte, Blut schoss hervor – zwei breite Ströme, dann noch ein Schlag.

Vor Schmerz halb verrückt, tastete Beck nach seiner Waffe. Zwei Schuss, es gab noch zwei Schuss, es gab noch zwei Chancen!

Fuchs glaubte, der Kampf wäre beendet, denn sein geschlagenes Wild lag unter ihm und wehrte sich nicht mehr. Den rechten Arm seiner Beute hatte der Messerstich fast unbrauchbar gemacht, der linke Arm lag unter Beck.

Er warf über die Wrackteile hinweg einen kurzen Blick zu der Menschengruppe, aber dort machte noch niemand Anstalten, hierherzukommen. Sie standen dicht bei dicht, wahrscheinlich um die Krankenschwester.

Der Irre lungerte hinter ihm, ratlos und unschlüssig.

Fuchs tastete nach seinem Geld und fand es in der Brusttasche von Becks Jacke. Er zerrte das Bündel hervor, als sein Opfer plötzlich seine Hand unter dem Körper hervorriss. Er hörte das Klicken einer Waffe, die entsichert wird, dann blickte er in den Lauf der Dienstpistole des Polizisten.

61

09:33 Uhr, Hardt bei Wellendingen

»MAMAAA!!!«

Lea ließ Assauers Hand los. Der bemerkte es nicht einmal.

Eva war auf die Menschengruppe zugegangen. Was auch immer diese seltsame Versammlung bedeutete, hier, vor den Toren ihres Heimatdorfes, konnte es sich nur um Leute aus Wellendingen handeln.

Zuerst erkannte sie den Pfarrer. Den Blicken der Gemeindemitglieder folgend, hatte sich Kühne zu der einzelnen Person umgedreht. Das leise Murmeln Dutzender Gespräche, alle Bewegungen froren ein. Nur der Regen tropfte zeitlos weiter.

Wie ein vergessenes Opfer der Flugzeugkatastrophe tauchte Eva aus dem Regenschleier auf, eine leuchtend blaue Mülltüte auf dem Kopf. Als sie nur noch einen Steinwurf weit entfernt war, riss sie sich die Kopfbedeckung herunter.

»Mama!«

Das war Lea! Eva suchte die Gruppe nach ihrer Tochter ab. Tränen stiegen in ihr hoch und in ihrem Magen regte sich ein gewaltiger Kloß. Er kletterte nach oben und schnürte ihren Hals von innen zu.

»Lea!« Ihre Stimme klang wie das letzte Röcheln eines Erstickenden.

Eva rannte los, stolperte, schlug der Länge nach in den Schlamm, rappelte sich wieder auf. Als sie Lea endlich in den Armen hielt, war sie für einen kurzen Moment ohne Fragen. Sie war die glücklichste Frau der Welt.

»Wo warst du, Mama?« Lea wischte sich die Tränen ab. »Haben sie dich noch gebraucht, im Krankenhaus?« Aber Eva konnte nicht antworten. Sie hatte ihr Kind wieder. Sie weinte, weinte alle Angst und Einsamkeit der letzten Tage aus sich heraus. Lea hielt Eva in den Armen.

»Jetzt wird alles wieder gut, Mama.«

62

09:34 Uhr, Hardt bei Wellendingen

Beck drückte ohne Zögern ab. Er spürte, dass dies hier das Ende war. Aber er würde nicht allein gehen! Wenn heute der Tag war, an dem er sterben sollte, dann würde dieses Schwein ihn begleiten!

Fuchs zuckte zur Seite, aber es war bereits zu spät. Das Projektil streifte seine rechte Wange. Er spürte Haut zerreißen, dann wurde es warm, Blut sickerte den Hals hinab.

Wieso ist der Tod verwundbar?, überlegte Thomas und glotzte auf das verunstaltete Gesicht. Mit weit aufgerissenen Augen betrachtete er die Kämpfenden.

Fuchs schrie auf. Zorn und Schmerz tobten in ihm. So war das nicht geplant! Er trat Beck die Waffe aus der Hand. Schnell, er musste sich beeilen. Sie werden den Schuss gehört haben, gleich, gleich sind sie hier!

Schlammbeschmiert und bis auf die Knochen durchweicht, streckten sich beide Männer nach der Pistole. Beck schrie voller Wut und Schmerz. Die Welt war ein schlammverschmiertes Bild, vielleicht das letzte Bild, welches er jemals zu sehen bekam.

Fuchs trat ihm in den Magen. Er hechtete aus der Pfütze. Die Waffe lag neben den Füßen des Irren, der aber keine Anstalten machte, sich nach ihr zu bücken.

Fuchs fühlte endlich das Metall in seiner Hand, er warf sich auf den Rücken. In diesem Augenblick erhob sich Beck, um sich auf den Angreifer zu stürzen. Er schrie wie ein Tier, wie ein verwundetes Tier, Schlamm und Blut spritzten aus seinem Mund, der rechte Arm hing schlaff herunter.

Der Schuss stoppte Becks Sprung und warf ihn zur Seite. Die Kugel drang unterhalb seines Schlüsselbeines ein und zerfetzte Becks ohnehin schon lädierte rechte Schulter. Ein Schwall Blut spritzte hervor, direkt über Fuchs' Beine.

Im Fallen sah Joachim Beck noch einmal Thomas, der ihn mit schreckstarren Augen anglotzte. Joachim Beck sah Hermann Fuchs, er sah Flugzeugtrümmer und viele, viele bunte Regenschirme. Eva kam auf ihn zugerannt. Eva. Sie hielt ein Kind im Arm. Lea?

Dann wurde es dunkel. Regen prasselte ihm ins Gesicht.

Hermann Fuchs packte das Geldbündel und sprang auf. Hinter ihm stand der Verrückte und von vorn näherte sich die schreiende Krankenschwester. Ihr folgten immer mehr Menschen aus der Gruppe.

Fuchs zielte auf Thomas' Brust und drückte ab.

Klick.

Er drückte noch einmal ab. Wieder nichts.

Er warf die Pistole in den Dreck und sah sich um. Dreißig, vierzig Meter lagen noch zwischen ihm und den anderen und schnell wurde der Abstand geringer.

Fuchs ließ seine Tasche zurück und stürzte nach rechts auf ein kleines Waldstück zu. Das Geld hielt er fest in den Händen. Er klammerte sich daran und rannte, rannte um sein Leben. Adrenalin pulsierte durch seinen Körper und ließ ihn jeden Schmerz ignorieren.

Thomas blickte ihm nach (*He, du hast uns vergessen, Gevatter Tod!*), machte aber keinerlei Anstalten, Fuchs zu verfolgen.

Eva stolperte zu Beck.

Für Eva waren die Schüsse, vor allem aber der Anblick des Mannes aus dem Krankenhaus, wie ein Schlag ins Gesicht gewesen. Eben noch die glücklichste Frau der Welt, rannte sie mit Lea wie gegen eine unsichtbare Mauer. Sie konnte Thomas sehen und Fuchs, der auf ein Waldstück zuhielt. Aber wo war der Polizist, wo?

Hinter Eva und Lea setzte sich die Menschenmenge langsam in Bewegung. Hildegund Teufel hatte ihren Stuhl verlassen, Basler tänzelte zwischen den Pfützen, um seine Kleidung zu schonen, und selbst der Pfarrer näherte sich mit hochgehaltenem Ornat dem Geschehen. Alles bewegte sich, einzig Eckard Assauer blieb, wo er war. Ein vergessenes Etwas. Die Schüsse klangen wie splitterndes Metall, kleine Explosionen, die einen noch wachen Teil des Mannes an das zerreißende Flugzeug erinnerten. Etwas erinnerte sich, erinnerte sich, erinnerte sich …

Fuchs erreichte das Waldstück und verschwand im Unterholz. Dort blieb er kurz stehen, stützte sich auf die Knie und rang nach Luft. So eine Flucht ist nichts mehr für einen alten Fuchs, dachte er. Aber er konnte bereits wieder lächeln. Er lächelte und betrachtete das viele Geld – schlammverschmiert und endlich sein. Er überlegte kurz, in welche Richtung er laufen sollte. Dann entschied er sich für die, in der das Dorf liegen musste. Wenn alle hier oben waren, so seine Überlegung, konnte er dort unten vielleicht ein Auto stehlen oder wenigstens ein Fahrrad. Und dann – bye-bye, ihr Idioten, lebt wohl und fickt euch alle mal ins Knie!

Er zeigte ihnen den ausgestreckten Mittelfinger, dann tauchte er im Wald unter und rannte so schnell er konnte nach Wellendingen hinab.

Kiefer und Bubi brachen ins Haus von Jochen und Karola Schlesinger ein. Das Ehepaar hatte das Dorf vor zwei Tagen verlassen. Kiefer drückte ein Kellerfenster ein. Bubis Einwand, dass sie doch Wache halten sollten, tat er mit einer wegwerfenden Handbewegung ab.

»Selbst wenn irgendwo etwas passieren sollte«, war seine Antwort, »wir können schließlich nicht überall sein. Wir sagen, wir wären in dem Moment halt gerade am anderen Ende des Dorfes gewesen.« Klang einleuchtend.

Sie durchsuchten das Haus und deponierten das Wenige, was sie fanden, unten im Keller. Sie wollten es in einer der kommenden Nächte in ihr Versteck bringen. Während sie jede Ecke des Gebäudes durchwühlten, dachte Bubi an die Zukunft, die sein Freund ihm versprochen hatte. Dass er selbst – Bubi – bisher nicht auf die Idee gekommen war, dass scheinbar wertlose, bisher im Überfluss vorhandene Dinge zum Reichtum der neuen Zeit werden würden! Kiefer aber wusste Bescheid. Für Bubi stand fest, dass Martin Kiefer zu einem der wenigen Gewinner der Katastrophe würde. Heute war er bereits für die Sicherheit des Dorfes verantwortlich. Und morgen? Oder übermorgen? Es würde sich bestimmt lohnen, in seiner Nähe zu bleiben.

Der Schuss aus Becks Waffe krachte mitten in Bubis Tagtraum und ließ diesen wie eine Seifenblase zerplatzen. Bubi und Kiefer rannten vor das Haus. Der zweite Schuss peitschte durch den Regen.

»Es kam vom Hardt!«

Das kann böse enden, raste es durch Kiefers Kopf. Wenn während der Trauerfeier etwas passierte, wenn einem aus dem Dorf etwas zustieß, würde man ihn dafür verantwortlich machen, ganz egal, welche Ausrede er auftischte! Bestimmt würde sich schnell jemand aus ihren Reihen finden und mit dem Finger auf ihn und Bubi zeigen und fragen, wo sie waren, warum sie nicht verhinderten, was immer gerade geschehen war. Vielleicht war es aber auch nur ein Jäger?

»Komm, wir fahren aufs Hardt.«

Sie rannten zum Wagen. Der Motor sprang an und knatterte wie eine viel zu laute Kinderrassel.

»Wir sagen, wir haben den Weg nach Wittlekofen kontrolliert, verstanden? Dort ist noch keine Sperre errichtet, deswegen waren wir da.«

Bubi nickte und Kiefer gab Gas. Sie rasten ins Dorf hinab, am Gasthaus Krone vorbei, ließen die Kirche links liegen und bogen auf den schmalen Weg ein, der aufs Hardt hinaufführte.

»Da! Wer ist das dort?«

Bubi hatte Fuchs als Erster entdeckt. Fuchs rannte mit wehendem Mantel über die Wiese, genau auf sie zu. Immer wieder blickte er sich um und stolperte den steilen Hang herab.

»Das werden wir gleich erfahren.« Kiefer riss das Lenkrad herum, und das lädierte Auto setzte mit Vollgas über einen schmalen Graben. Der Motor heulte auf, als die Räder kurz den Bodenkontakt verloren. Fuchs entdeckte sie und blieb stehen. Der Wagen kam direkt auf ihn zu und irgendwo hinter ihm wartete eine wütende Menschenmenge.

»Mach dein Gewehr bereit«, befahl Kiefer. Bubi hatte Mühe, es nicht aus den Händen zu verlieren, geschweige denn es zu entsichern, so wie Kiefer über die Wiese raste.

»Jetzt haben wir ihn!«

»Er blutet am Kopf«, brüllte Bubi. Kiefer stellte den Wagen quer, stieß die Fahrertür auf und brachte seine Waffe in Anschlag. Sie stiegen aus, die Aufregung pochte in ihnen und der Fremde stand vor ihnen, Überraschung und Entsetzen im Gesicht.

»Hände hoch«, schrie Kiefer und ging auf Fuchs zu. »Hast du nicht gehört, nimm deine Pfoten hoch!«

Fuchs folgte dem Befehl. Er streckte die Arme zur Seite, zeigte seine Handflächen. Ringsum freies Feld, kein Strauch, kein Busch, hinter dem er sich verstecken konnte. Er spürte die Wölbung des Geldbündels in seiner Hosentasche. Sollte alles schon wieder vorbei sein? Was würden sie mit ihm machen, mit ihm, dem Mörder eines Polizisten?

»Ich bin unbewaffnet«, rief er und hielt ihnen die leeren Hände entgegen.

»Heb sie hoch! Weit über den Kopf! Los, Bubi, sieh nach,

ob er Waffen bei sich hat.« Und, zu Fuchs: »Wage nicht, Dummheiten zu machen. Eine falsche Bewegung und du bist ein Sieb!«

Bubi ging zu Fuchs und tastete ihn ab.

»Nichts«, sagte er schließlich und sowohl seine als auch Kiefers Gesichtszüge entspannten sich ein wenig. »Er hat nichts bei sich.«

»Sagte ich doch.« Fuchs schöpfte neuen Mut. Sie hatten ihn nicht sofort getötet, und sie wussten jetzt, dass er unbewaffnet war. Jetzt musste er rasch handeln, sie schnell davon überzeugen, ihn laufen zu lassen. Noch wussten diese beiden nichts von dem, was gerade geschehen war, wussten nicht, dass er ein Mörder war. Aber hinter ihm konnten jeden Augenblick die Krankenschwester und andere Zeugen auftauchen und alles verderben. »Lasst mich gehen«, sagte er und sah sich um. »Bitte, ich habe nichts getan.«

»Und wovor rennst du dann davon, he? Und was ist mit deinem Gesicht passiert? Beim Spaziergang aufgerissen, was?« Kiefer hielt Fuchs den Gewehrlauf unter die Nase und drehte dessen Kopf zur Seite, um die Wunde besser begutachten zu können. »Na los, sag schon, wer bist du?«

Fuchs' erste Regung war, sich mit Lügen und Beteuerungen aus dieser Lage zu befreien. Aber ihm war klar, dass es nur noch wenige Momente waren, die alle von der Wahrheit trennten. Dann war es zu spät, war nicht nur seine Beute, sondern auch sein Leben in Gefahr.

»Ich habe Geld«, flüsterte er und zeigte seine braunen Zahnstummel. »Viel Geld habe ich und ihr könnt die Hälfte davon haben, wenn ihr mich laufen lasst!«

Kiefer sah zu Bubi hinüber, der zuckte mit den Schultern. »Ich hab kein Geld gespürt.«

»Da, in meiner linken Hosentasche. Zwanzigtausend. Könnt nachzählen, alles da. Zehn für euch und zehn behalte ich und ihr seht mich nie wieder.«

»Sieh nach«, befahl Kiefer.

Bubi griff in die angegebene Tasche und tatsächlich – ein schlammverschmiertes, durchweichtes Bündel Geld.

»Schnell. Beeilt euch! Nehmt die Hälfte und schon bin ich weg, wir haben uns nie gesehen.«

Kiefer betrachtete das Geldbündel, dann Hermann Fuchs. Die Männer sahen sich lange in die Augen, schließlich senkte Fuchs den Blick. Der Klügere gibt nach, dachte er. Kiefer lächelte. Er hatte einen Entschluss gefasst.

»Lauf«, sagte er zu Fuchs. »Verschwinde!«

»Und meine Hälfte?« Fuchs klammerte sich an seine Beute wie eine festgebissene Bulldogge.

»Ich zähle bis drei.« Kiefers Augen blitzten. »Wenn du dann noch hier bist, nehmen wir dich fest. Wenn dir das lieber ist …«

Fuchs machte den Mund auf, wollte einen letzten Versuch im Kampf um sein Geld starten, erkannte aber, dass jedes weitere Wort seine Lage nur noch verschlimmern konnte. Lauf, sagte er sich, lauf und rette wenigstens dein Leben. Um das Geld kannst du dich später kümmern. Ohne ein weiteres Wort machte er kehrt und rannte davon. Kiefer nahm Bubi das Geld aus der Hand und ließ es durch seine Finger blättern.

»Netter Tagesverdienst«, sagte er.

»Hoffentlich kommt das nicht raus«, sagte Bubi. Wenn ein Dritter diesen Typen, der wie vom Teufel gejagt über die Wiese stolperte, in die Finger bekam, würde der bestimmt nicht hinter dem Berg halten und verschweigen, was Kiefer und er ihm gerade abgenommen hatten.

»Stimmt. Könnte irgendwann nach hinten losgehen.« Kiefer entsicherte seine Waffe und warf vorsichtshalber noch einen Blick aufs Hardt. Dann legte er an.

»Auf der Flucht erschossen«, lachte er und drückte ab.

63

10:09 Uhr, Wellendingen

Petra Sutter schlief in Jessikas Bett neben ihrer kranken Tochter. Ihr Mann Lorenz und ihr Sohn Marvin waren zur Beerdigung gegangen. Sie selbst hatte sich zu ihrer Kleinen gelegt, ausgelaugt von der durchwachten Nacht und einer maßlosen Angst um die Achtjährige. Ausgelaugt von ihrer Hilflosigkeit.

Jessikas Körper glühte und unter ihren sonst so fröhlichen Augen lagen dunkle Schatten. Wer sie vor drei Tagen zuletzt gesehen hatte, wie sie mit ihrem Bruder hinter dem Haus gespielt und schließlich mit vor Anstrengung roten Wangen ans Wasserfass gelaufen war und das abgestandene Wasser aus ihren Händen getrunken hatte, würde sie jetzt nicht wiedererkennen. Ihre Wangen schimmerten grau und waren eingefallen, und sie hechelte wie ein abgehetzter Hund – hastig und oberflächlich. Immer wieder beugte sie sich aus dem Bett, würgte grünen Schleim hervor und Tränen rannen dabei über ihr Gesicht. Danach fiel sie sofort wieder in diesen unheimlichen Schlaf. Dieser Schlaf machte Petra die meiste Angst. Hatte das Kind gestern noch im Schlaf phantasiert und war manchmal aus einem bösen Traum aufgeschreckt, so lag es seit den Morgenstunden nun völlig apathisch in seinem durchgeschwitzten Bett. Die Infektion tobte tief in Jessika, presste sie aus und fraß sie langsam auf.

Aus getrocknetem Wermut hatten sie Tee gekocht. Den Wermut hatten sie am Vortag von Hildegund Teufel bekommen. Jessika behielt ihn bei sich und die Übelkeit schien sich zu bessern. Tatsächlich wurden die Abstände zwischen den Krampfanfällen langsam größer und Petra hoffte, dass dies am Wermut lag und nicht an der Erschöpfung ihrer Tochter.

Die Eltern hatten sich gegenseitig Vorwürfe gemacht, weil sie ihr Kind nicht besser beschützt hatten, weil sie jetzt nicht in der Lage waren, ihr zu helfen. Aber sie hatten in einer Welt gelebt, in der sich Getränke in Flaschen oder Dosen befanden, in einer Welt, die immer und überall Ärzte und Medizin bereithielt. Jetzt waren sie plötzlich allein, allein mit Gefahren, die bis vor wenigen Tagen noch keine Gefahren gewesen wären, allein mit deren Folgen.

Lorenz Sutter riss die Kinderzimmertür auf und stürmte herein. Petra schrak zusammen und fuhr aus ihrem oberflächlichen Schlaf. Jessikas Atem stockte einen Moment, dann hechelte sie weiter.

»Eva!«, rief Sutter und griff nach Petras Händen. »Eva Seger ist zurück! Und sie hat Medikamente dabei! Einen ganzen Sack voll! Stell dir vor – Medikamente!« Er strahlte, ein glücklicher Vater, der wieder Hoffnung hatte.

Petra brauchte einen Moment, um sich zurechtzufinden. Der Enthusiasmus ihres Mannes passte so gar nicht zu ihrer eigenen Verfassung und auch nicht zum Zustand ihrer Tochter. Und was erzählte er da von Medikamenten?

»Lorenz, was ist denn los?«

»Während der Beerdigung«, sagte Sutter und Tränen liefen ihm übers Gesicht, »der Pfarrer war gerade fertig, da stand plötzlich Eva Seger im Regen. Wir haben sie zuerst nicht erkannt, sie trug eine Mülltüte auf dem Kopf. Ich glaub, Lea war die Erste, die ihre Mutter erkannt hatte. Dann fielen Schüsse und ein Mann lief weg. Martin Kiefer und Bubi haben auch geschossen. Einer der Begleiter von Eva ist verwundet, Frieder hat ihn ins Pfarrhaus gebracht und …«

»Langsam, Lorenz, ich versteh gar nichts.« Petra Sutter setzte sich auf die Bettkante.

»Eva Seger. Du kennst sie doch.«

»Flüchtig«, sagte Petra.

»Sie ist doch Krankenschwester. Seit dem Flugzeugabsturz hat niemand mehr etwas von ihr gehört. Aber jetzt ist sie zurück aus Donaueschingen. Und sie hat Medikamente dabei! Ich habe gehört, wie sie dem Pfarrer erzählte, dass es hauptsächlich Schmerzmittel und Antibiotika seien!«

»Antibiotika!« Petra Sutter nahm ihren Mann in die Arme. Endlich hatte sie verstanden. Seine Augen leuchteten und etwas sprang aus ihnen in die Augen seiner Frau über: Hoffnung, ein kleines bisschen Hoffnung. Dann fragte sie, auf wen geschossen worden war. »Jemand von uns?«

Sutter schüttelte den Kopf. »Nein, zum Glück nicht. Eva war mit zwei Männern unterwegs und irgendjemand hat auf einen von ihnen geschossen.«

»Und der ist jetzt im Pfarrhaus?«

»Alle sind dort. Eva Seger und Lea, die beiden Männer, der Pfarrer und alle aus dem Rat. Kiefer und Bubi habe ich auch gesehen.«

»Ist der Mann schwer verletzt?«

Sutter zuckte die Schultern. »Ich glaube schon. Aber das Wichtigste: Eva hat Medikamente gebracht, Medikamente aus dem Krankenhaus, einen ganzen Sack voll!«

»Medikamente.« Hoffnung.

»Genug jetzt!« Anna-Maria Guhl schob Frieder Faust, Christoph Eisele und Roland Basler einfach vor sich her aus dem kleinen Gästezimmer des Pfarrhauses.

Die Männer hatten Joachim Beck in ein weiches Federbett gelegt, viel zu schnell, als dass die Haushälterin des Pfarrers noch Gelegenheit gehabt hätte, eine schützende Decke unterzulegen. So musste sie mitansehen, wie Becks Blut und der Schlamm die schneeweiße Bettwäsche verdarben.

»Geht«, sagte sie schließlich. »Ihr habt getan, was ihr tun konntet, der Rest liegt in Gottes Hand.«

»Wenn Sie Hilfe brauchen …«, begann Faust.

»… dann wissen wir, wo wir euch finden«, vollendete

Fräulein Guhl den Satz. »Danke.« Sie schloss die Holztür des Pfarrhauses.

Die drei Männer blieben vor dem Haus stehen. Der Regen hatte weiter nachgelassen.

»Drei Esser mehr.« Roland Basler hatte die Hände in seinen Manteltaschen vergraben und sah zum Fenster hinauf, hinter dem er Beck, Thomas sowie Eva und Lea Seger wusste.

Am Vormittag war er von mehreren Frauen und Männern angesprochen worden, alle hatten sie dasselbe Anliegen: Nahrungsmittel. Aber statt eines Lkw voller Nahrungsmittel tauchten drei weitere Esser auf, drei Mäuler, die ihrer aller Probleme nur noch weiter zuspitzen würden. Und Gott ließ auch kein Manna regnen, Wunder geschahen vielleicht an anderen Orten, zu anderen Zeiten, aber bestimmt nicht heute und hier in Wellendingen. Basler selbst hatte im Augenblick noch keine Schwierigkeiten, satt zu werden, aber ihm war klar, dass dieser Zustand nicht ewig anhalten konnte.

»Eva Seger ist zurück!« In Fausts Augen funkelte es. »Und du denkst nur an drei zusätzliche Esser?« Er schüttelte den Kopf. »Lea hat ihre Mutter wieder. Und Eva hat Medikamente mitgebracht. Sie ist Krankenschwester, wie du eigentlich wissen solltest. Ist das alles nichts?« Frieder Faust kramte seinen Flachmann hervor und nahm einen tiefen Schluck. Und schüttelte sich.

»Schöne neue Welt«, ergänzte Eisele voller Sarkasmus. »Wir beerdigen einige Dutzend Leichen und Leichenteile, werden durch eine Schießerei dabei gestört und sehen in den Neuankömmlingen nicht das, was sie sind, nämlich Menschen aus unserer Mitte, sondern zuerst einmal Futterkonkurrenten!«

»Was sie ja auch sind«, sagte Basler.

»Natürlich sind sie das. Aber macht es dir denn keine Angst, wie schnell dir deine Mitmenschlichkeit abhandenkommt? Natürlich, alles hat sich verändert, und die wirklichen Probleme stehen uns allem Anschein nach erst noch bevor. Aber wenn nun in zwei, drei Tagen alles wieder funktionieren sollte, kannst du uns dann noch mit ruhigem Gewissen in die Augen sehen?«

»Denke schon«, antwortete Basler. »Leider ist kein Jesus in unserer Mitte, der Brot und Wein hervorzaubern kann, auch kein Schlaraffenland in der Nähe. Wisst ihr, ob jemals alles wieder so sein wird, wie es bis Mittwochmorgen war? Ich könnte mir nicht mehr in die Augen schauen, wenn ich wüsste, dass nur, weil wir einige Fremde aufgenommen und verköstigt haben, Menschen aus unserem Dorf demnächst verhungern. Klar, schön, dass Eva wieder da ist. Jetzt brauchst du dich auch nicht länger um die Kleine zu kümmern, Frieder, aber die beiden Männer ...« Er kratzte sich am Kopf. »Der eine Kerl ist halbtot und der Schweigsame mit der Tasche scheint mir nicht ganz richtig im Kopf. Die beiden sollten auf jeden Fall wieder verschwinden.«

»Darüber werden wir gemeinsam im Rat entscheiden«, sagte Faust. Die Art und Weise, wie Basler versuchte, im Alleingang Entscheidungen zu treffen, die sie alle angingen, war ihm mehr und mehr zuwider.

»Es ist gut, dass Eva zurück ist«, sagte Eisele. »Fast wie ein Sechser im Lotto. Wir haben Durchfälle, einen Armbruch und zwei Leute haben sich an ihren Lagerfeuern Verbrennungen zugezogen. Alles unbehandelt und sicher erst der Anfang.«

Roland Basler nickte. »Aber was machen wir mit den beiden Männern? Für sie muss eine Lösung gefunden werden. Schnellstmöglich. Wir können uns keine Fremden leisten, die der Gemeinschaft auf der Tasche liegen.«

»Widerlich!«, stöhnte Faust und wandte sich ab. »Wie auf einem Sklavenmarkt. Wir sind so kalt und so widerlich.« Aber gab es eine Alternative? Er wusste keine und diese Erkenntnis machte ihn fast noch wütender als Baslers Realitätssinn.

Musste es wirklich sein, den Tatsachen so brutal ins Auge zu sehen? Musste einer aus ihrer Mitte alles beim Namen nennen? Faust verachtete Basler in diesem Augenblick, wusste aber auch, dass es eines Mannes von Baslers Schlag bedurfte, damit ihre Gemeinschaft nicht an Sentimentalitäten und Mitmenschlichkeit unterginge. Man musste selbst entscheiden, das wusste Faust. Und, was das Schlimmste war: Man musste in der Folge mit dieser Entscheidung leben.

Faust zog seine Jacke zu und stapfte davon. Er wollte noch zu Hildegund Teufel und sie um etwas Salz bitten. Susanne hatte ihm am Morgen erzählt, dass sie keinen Krümel mehr im Haus hatte. Für ein paar Cent hatte man bis Mittwoch in jedem Lebensmittelgeschäft Salz kaufen können. Früher. Heute wusste kaum noch jemand, wo Salz natürlicherweise vorkam, von seiner Gewinnung ganz zu schweigen.

»Wir sehen uns heute Abend«, rief ihm Basler hinterher. »Punkt acht bei der alten Teufel.« Statt einer Antwort hob Faust im Weggehen die Hand zum Gruß. Natürlich würde er kommen.

64

16:33 Uhr, Wellendingen

Eckard Assauer saß im Haus von Eva und Hans Seger. Er saß am Küchentisch und starrte zum ersten Mal wirklich bewusst auf den ausgebrannten Flugzeugrumpf am Hardt. Der ragte in den Himmel, eine Silhouette, ein Echo nur – Echo seiner letzten Erinnerung.

»Eckard Assauer«, hatte er kurz auf Evas Frage nach seinem Namen geantwortet.

Auf dem Rückweg vom Massengrab, an dem er erwacht war, hatte er den zweifelnd-ängstlichen Blick eines Menschen, der plötzlich aus dem Schlaf fährt und sich in einer anderen Welt, in einer anderen Zeit wiederfindet. Um ihn herum waren fremde Leute und er war mit ihnen an einem Ort vereint, von dessen Existenz er bis zu diesem Augenblick nicht einmal eine Ahnung gehabt hatte.

Auf dem Weg vom Hardt kam er an Martin Kiefer und Bubi vorbei. Mit Maschinengewehren über den Schultern lehnten diese an Kiefers ramponiertem Sportwagen. Warum, hatte Assauer sich gefragt, warum sind die Männer bewaffnet? Die Gier in den Augen des einen, mit der dieser Eva Seger betrachtete, hatte er nur im Unterbewusstsein registriert, ebenso Evas Überraschung, als sie ihren Exmann sah.

Sie hatten Joachim Beck ins Pfarrhaus gebracht. Nachdem Eva dort seine Wunden notdürftig versorgt und ihm etwas Antibiotika und zwei Schmerztabletten eingeflößt hatte, wurden auch sie und Lea von Fräulein Guhl hinauskomplimentiert. Eva war fast glücklich, das Krankenbett verlassen zu können. Niemand sollte so etwas sehen müssen, schon gar nicht Lea.

Der Pfarrer kümmerte sich rührend um Thomas und gab ihm trockene Kleider aus seinem schmalen Fundus. In den viel zu weiten und an Armen und Beinen zu kurzen Kleidern sah Thomas wie ein Halbwüchsiger aus, der über Nacht in die Höhe geschossen war. Aber ihn selbst schien dies nicht weiter zu stören. Er wurde auf einen Küchenstuhl gedrückt, bekam eine Tasse Tee (kein Melissentee!) und zuckte nur leicht zusammen, als Eva das Pfarrhaus verließ und Kühne ihm ein kleines Zimmer zeigte, in dem er vorerst bleiben konnte.

»Habt ihr etwas von Hans gehört?« Faust war zu ihr ins Haus herübergekommen und wollte wissen, ob er ihr mit irgendetwas aushelfen könne. Faust schüttelte den Kopf auf Evas Frage. Natürlich hatte niemand etwas von Hans Seger gehört. Wie auch?

Eva hatte gleich nach ihrer Rückkehr den kleinen Schwedenofen im Wohnzimmer angeheizt und einen Topf Wasser aufgesetzt. Lea stand neben ihr und beobachtete jeden ihrer Handgriffe. Seit sie ihre Mutter auf dem Hardt im Regen erkannt hatte, wich sie keinen Zentimeter von ihrer Seite. Sie hatte Angst, alles könnte nur ein Traum sein und die Mutter im nächsten Augenblick wieder verschwinden. Immer wieder streckte Lea die Hand nach Eva aus und berührte sie. Mama war da.

Eva löffelte Instantkaffee in zwei Tassen.

»Du auch?«, fragte sie Faust. Der nickte.

Als sie bei Eckard Assauer am Küchentisch saßen, erzählte Faust zuerst von den Flugzeugabstürzen.

»Und warum waren alle da oben auf dem Berg?«, fragte Assauer.

»Es … Nun, es war die Trauerfeier für die Absturzopfer«, antwortete Faust. Er nippte an seinem Kaffee und folgte Assauers Blick nach draußen. »Wir haben alle Toten in einem Massengrab beerdigt, auch den Jungen, den Sie im Arm hielten, als wir Sie fanden.«

»Kevin«, sagte Assauer. »Er hieß Kevin. Mein Enkel.« Seine Unterlippe zitterte. Lea, die sich auf den Schoß ihrer Mutter gedrängelt hatte, rutschte herunter, ging zu Assauer und streichelte die Hand des alten Mannes.

»Er ist jetzt bestimmt im Himmel«, sagte sie. »Er kann uns sehen und vielleicht ist er schon ein Engel und sitzt mit hier am Tisch und will gar nicht, dass du traurig bist.«

Assauer weinte. Warum ich?

Assauer verstand nicht, dass er noch am Leben war, während alle anderen Passagiere seines Fluges in einer mit Plastikplanen ausgelegten Grube lagen, mit Kalk bestäubt und von feuchter, lehmiger Erde bedeckt. Warum lag er nicht dort, mit geschlossenen Augen und abgerissenen Gliedmaßen, warum seine Tochter und sein Enkelsohn, während er weiterleben musste? Er war ein alter Mann und hatte sein Leben gelebt, Kevin hingegen noch alles vor sich gehabt.

»Kevin«, begann Faust und zögerte. Sollte er dem alten Mann alles sagen? »Kevin hat Ihnen vermutlich das Leben gerettet. Sein Körper hat den Aufprall abgefangen und Sie beschützt.«

Warum?

»Die vergangenen drei Tage seit dem Unglück waren Sie völlig apathisch.«

Warum?

»Sie haben weder gesprochen noch irgendetwas getan.«

Warum?

»Lea hat sich die ganze Zeit um Sie gekümmert.«

Warum?

Assauer betrachtete das Wrack des Airbusses. Sybilla war tot. Und Kevin.

»Möchten Sie noch Kaffee?«

Die Schüsse aus Becks Dienstpistole hatten seinen heilsamen Schlaf beendet und ihn am Grab der einzigen beiden Menschen erwachen lassen, die ihm nach dem frühen Tod seiner Frau noch geblieben waren. Und jetzt war Kevin tot, damit er leben durfte, leben musste. Wieso waren die Toten auf freiem Feld beerdigt worden? Wo waren die Rettungskräfte? Wieso er selbst nicht in einem Krankenhaus?

»Herr Assauer. Möchten Sie noch Kaffee?«

»Weiß man etwas über die Absturzursache?«, fragte er schließlich und wischte sich eine Träne aus dem Augenwinkel.

»Nein.« Faust schüttelte den Kopf. »Keiner weiß irgendetwas. Nur, dass am Mittwochmorgen alle Flugzeuge abgestürzt sind, dass es seitdem keinen Strom und kein Wasser mehr gibt und dass sämtliche Telefone tot sind.«

»Auch Handys?«

Eva nickte und blickte auf die Tischplatte. »Ja, auch Handys. Es funktioniert buchstäblich nichts mehr.« Sie würde alles für ein Telefonat mit ihrem Mann geben, alles, nur um zu erfahren, ob Hans noch am Leben war, wo er sich in diesem Augenblick befand. Was war schlimmer – die Gewissheit über den Tod eines geliebten Menschen oder das unablässige Hoffen und Zweifeln, welches mit jeder Stunde schlimmer und schlimmer wurde? War dieser fremde Mann nicht besser dran als sie selbst? Die Fakten seines Lebens lagen klar auf dem Tisch, schmerzhaft zwar, aber eindeutig. Ihr Leben aber war nur mehr ein zitterndes Gebäude aus Ängsten und Alpträumen, Erinnerungen und Sorge, ein Gebäude, welches jeden Moment einstürzen konnte. Angst um Lea, Angst um das Kind in ihrem Bauch, Angst um Hans.

Assauer fuhr sich mit beiden Händen durch die schulterlangen, weißen Haare. »Und es ist niemand gekommen, um zu helfen? Keine Armee, keine Polizei?«

Faust schüttelte den Kopf.

»Dann scheint es überall so zu sein.«

»Vermuten wir auch. Wäre das alles ein lokales Phänomen, müssten Hilfsmaßnahmen angelaufen sein. Aber wie es aussieht, sind wir ganz auf uns allein gestellt.«

Eva berichtete aus Donaueschingen, vom Chaos im Krankenhaus, wie sie Beck kennenlernte und sie gemeinsam Thomas aus seinem Sarg befreiten. Eva erzählte von Patienten, die sie noch gebraucht hätten. Aleksandr und Olga Glück erwähnte sie nicht, denn sie wusste auch jetzt noch nicht, ob sie das Richtige getan hatte. Als Faust sie nach dem Mann fragte, der ihre Begleiter überfallen hatte, wurde Eva nachdenklich. Sie hatte Hermann Fuchs zweifelsfrei als den Mann aus dem Operationssaal identifizieren können, trotz des Regens und trotz der Entfernung. Aber warum war er ihnen gefolgt?

»Vermutlich war er hinter dem Geld her«, sagte Eva.

»Geld?«

Eva berichtete von den zwanzigtausend Euro.

»Meines Wissens hatte dein Freund nichts bei sich«, sagte Faust.

Also war er ihnen einzig und allein wegen des Geldes

gefolgt, dachte Eva angeekelt. Dann erzählte Eva von ihrer Wanderung hierher und dass sich die Dörfer, durch die sie gekommen waren, fast alle mit Straßensperren verbarrikadiert hatten.

»Sind wir also nicht als Einzige auf diese Idee gekommen«, sagte Faust.

»Ihr habt Straßensperren angelegt?«

Faust erzählte Eva und Assauer von den Plünderungen in Bonndorf, der Ermordung von Adelheid Nussberger und den Diebstählen der letzten Tage. »Wir konnten gar nicht anders.« Es klang wie eine Entschuldigung. Er wusste, was Eva in diesem Augenblick durch den Kopf gehen musste: Wenn – und alles sprach dafür, dass es so war –, wenn überall Sperren die Straßen unpassierbar machten, wie sollte Hans Seger dann jemals zurückkommen?!

Faust erwähnte den Gemeinderat, dem Roland Basler vorstand. Er erzählte, dass man sich im Dorf bei der Versorgung der Kühe nebenan in Albickers Stall abwechselte. Dass Kiefer und Bubi eine Sicherheitstruppe aufbauen sollten, registrierte Eva mit einer Sorgenfalte. Sie kannte ihren ersten Mann besser als jeder andere im Ort.

»Wieso ist Martin hier und nicht in Bonndorf?«

»Wollte es so. Hat irgendwas mit Basler gemauschelt und wohnt jetzt unten in der Krone. Der alte Winterhalder ist gottfroh. Außerdem darf niemand mehr ein Auto benutzen«, erklärte Faust weiter die neuen Regeln im Ort, »und alle Lebensmittel im Dorf sollen gerecht verteilt werden.«

»Und die Leute machen dabei mit?«, fragte Assauer zweifelnd.

»Mehr oder weniger«, antwortete Faust. Eva lächelte. »Wir müssen uns auf das verlassen, was uns gesagt wird. Überprüfen kann natürlich keiner, was jeder Einzelne vielleicht noch im Keller versteckt hat.«

»Mittelalter«, konstatierte Assauer nach einer kurzen Pause. »Meine letzten Erinnerungen an das abstürzende

Flugzeug scheinen keinen Wimpernschlag entfernt. Ein kurzer Schlaf und ich werde im Mittelalter wach.« Seine Stimme war traurig und unsagbar müde. Dann sah er an sich herunter. »Wessen Kleider sind das?«

»Meine«, sagte Faust. »Sie passen zwar nicht perfekt, aber ich habe nichts anderes.«

»Und Sie haben mir jetzt drei Tage Essen und Trinken gegeben, obwohl Sie selbst kaum noch etwas haben?«

»Sie haben nicht viel gegessen. Lea da futtert deutlich mehr.«

Assauers Augen füllten sich mit Tränen. Worte hätten niemals die Verwunderung und Dankbarkeit zum Ausdruck bringen können, die Faust entgegenstrahlten. Die Dankbarkeit eines Mannes, der plötzlich erkennen konnte, wie groß das Opfer eigentlich war, welches er in den vergangenen Tagen ganz selbstverständlich angenommen hatte, wenn auch ohne Bewusstsein. Assauer wünschte sich den Tod, wünschte, bei Kevin und Sybilla zu sein, wünschte sich die selige Trance zurück, die ihn seit dem Absturz beschützt hatte.

»Danke.«

Auf einmal brach alles aus ihm heraus: Angst und Schmerz, Dank und Überraschung flossen in wahren Sturzbächen aus seinen Augen. Er schluchzte wie ein kleines Kind, hemmungslos, nur noch Trauer und Einsamkeit und seine mageren Schultern bebten. Er zitterte.

Faust rutschte auf seinem Stuhl hin und her. Tränen mochte er gar nicht und erst recht nicht die Tränen eines Mannes.

Lea legte ihre kleine Hand auf Assauers Arm.

»Du kannst ruhig weinen«, sagte sie. »Mein Papa sagt immer, weinen macht den Kopf wieder sauber.«

Assauer machte gründlich sauber.

Eva ließ Eckard Assauer und Lea allein zurück. Lea konnte ihm vielleicht besser helfen, seinen Schmerz zu akzeptieren, als irgendein Erwachsener es vermochte. Für Kinder waren Tränen noch etwas Selbstverständliches, das, was sie wirklich waren: eine Gefühlsregung, ein Ausdruck. Ein Mittel, um den ersten, überwältigenden körperlichen oder seelischen Schmerz aus dem Leib zu waschen, bevor dann der zweite Schmerz kam, der, den man erkennen konnte, der durch Vernunft beherrschbar war. Später.

Eva schluckte ihre eigenen Tränen hinunter und verließ die Küche. Sie stieg die Holztreppe ins Obergeschoss hinauf und legte sich auf ihr jetzt viel zu breites Bett.

Sie vergrub ihr Gesicht in Hans' Kopfkissen. Tief sog sie den Duft in sich ein. Sie gab sich der Vorstellung hin, dass gleich die Treppe knarren müsse und Hans im Türrahmen erschiene. Er würde sich zu ihr legen und ihre Tränen trocknen.

65

27. Mai, 05:19 Uhr, bei Trelleborg, Südschweden

Hans Seger erwachte vom Geschrei der Möwen. Er blinzelte nach Osten, wo die Küstenlinie einen sanften Bogen beschrieb und der Himmel von orange über weiß ins Hellblaue überging. Dort irgendwo musste Trelleborg liegen.

Den vergangenen Tag hatte er die Gegend nach einem Boot oder einem Floß abgesucht. Aber entweder waren alle Boote plötzlich verschwunden oder er hatte einfach an den falschen Stellen gesucht. Jedenfalls konnte er nichts Brauchbares finden. Zwei Kilometer westlich von hier war er auf ein Fischerboot gestoßen. Aber es lag mit einem kindskopfgroßen Loch im Rumpf am Strand und wäre auch ohne dieses Loch eine Nummer zu groß für einen einzelnen Mann gewesen.

Jedem Kontakt mit anderen Menschen ging er aus dem Weg. Was er in Malmö – vor allem aber im Kampf um sein Brot – erlebt hatte, hatte ihn vorsichtig werden lassen.

Hans Seger setzte sich auf. Er fühlte sich alt und steif. Er streckte sich und ächzte dabei. Die ihn umlagernden Möwen erschraken und stoben zur Seite. Sie schimpften und geiferten wie alte Marktweiber, denen ein kleiner Dieb einen Apfel aus der Auslage gestohlen hatte. Die Möwen hatten das halbe Brot neben ihm entdeckt, die Wärme seines Körpers gespürt und sich auf ein leichtes Mahl gefreut. Auf ihn gefreut! Er fror. Die Sonne hatte so früh am Morgen noch nicht genügend Kraft, ihn zu wärmen, und alles, was er an Kleidern besaß, trug er am Leib. Hans stand auf, hüpfte zwei-, dreimal auf der Stelle (die Möwen wichen weiter zurück) und schlang die Arme um sich, als könne ihn dies aufwärmen. Die Ostsee lag reglos vor ihm, nur zu seinen Füßen plätscherten winzige Wellen ans Ufer. Er zog sich aus, fror noch mehr und warf seine Sachen über das halbe Brot. Nur ganz kurz dachte er an den alten Mann und wie er selbst zu diesem Brot gekommen war, dann rannte er ins Wasser, tauchte unter und wusch sich den Schmutz der letzten Tage vom Leib, vertrieb Kälte und Zweifel.

»Ich komme«, sagte er und schwamm mit weiten Zügen vom Ufer weg. Bei diesem Wetter könnte man selbst auf einem Brett, wenn es nur groß genug wäre, die Ostsee überqueren. Heute würde er ein Boot finden, sagte er sich. Irgendwas müsste sich doch auftreiben lassen, mit dem man von hier wegkam, nur weg hier, zurück nach Deutschland, zu Eva und Lea. Er drehte um und blinzelte zur Seite, in die aufsteigende Sonne. Am Ufer tanzten die Möwen um das unter seinen Kleidern versteckte Brot, äugten zu Hans hinaus aufs Meer.

Langsam spürte er seinen Körper wieder, die Bewegung im Wasser tat gut.

Er zog sich an, aß nebenher ein paar trockene Brotstücke und spülte diese mit einem Schluck Wasser hinunter. Anschließend ging er nach Osten, der aufgehenden Sonne und Trelleborg entgegen. Er würde ein Boot finden! Irgendetwas, Hauptsache, es schwimmt. Mit gierigem Gezeter stürzten sich die Möwen auf die Stelle, an der eben noch das Brot gelegen hatte.

Nach einer halben Stunde, die er barfuß am Strand entlanggegangen war, erreichte er die ersten Häuser Trelleborgs – zwei einsame Fischerhütten, Wochenend- oder Ferienhäuser, wie wahllos in sicherer Entfernung zum Meer in die Dünen geworfen. Ein rotes und ein blaues Holzhaus, mit kleinen Veranden und Bänken darauf – einem Hochglanzprospekt entliehen.

Hans Seger vergewisserte sich, dass er allein war, dann näherte er sich dem ersten der beiden Gebäude. Die sperrigen Fensterläden waren verschlossen. Nichts deutete auf Bewohner hin, kein Hund bellte. Stille. Ebenso am zweiten Haus. Beide standen leer und warteten auf Urlauber, die nicht mehr kamen. Vielleicht niemals wieder kommen würden. Keine Männerrunde, die hier ihre Kegelkasse auf den Kopf stellte und dazu grölte, keine Familienidylle mit im Sand spielenden Kindern und dem Vater stolz neben einer überdimensionalen Sandburg. Keine Angeln am Abend an die Veranda gelehnt, während im Innern der Hütte der frische Fang in Butter garte, keine Koffer, die jemand aus- und wieder einpackte.

Ohne etwas Brauchbares gefunden zu haben, hatte Hans gerade die zweite Hütte umrundet, als ihm, versteckt zwischen überhängenden Büschen, eine glänzende Plane auffiel, dunkelgrau, mit Metallösen an den Seiten, durch die ein fingerdickes Seil verlief, mit einem straffen Knoten am Ende. Eine Plane, mit der man etwas Großes abdecken konnte, etwas, das geschützt werden musste, vor Wind und Wetter, vor Dieben. Ein Auto vielleicht. Oder – Hans spürte die Aufregung in seinen Ohren klopfen – ein Boot! Er warf noch einen Blick hinunter zum Strand und zwischen die Hütten, dann bog er die überhängenden Zweige des Busches zur Seite.

Da stand etwas wirklich Großes! Er bückte sich und löste den Knoten, dann zog er die Plane herunter.

Es war ein Boot!

Langsam ging Hans heran und betrachtete es. Er kannte sich mit Schiffen nicht aus – wie auch, wenn man zwischen den Bergen und Wäldern in Süddeutschland aufgewachsen ist –, aber er sah augenblicklich ein, dass dies hier nicht das war, wonach er suchte. Seine anfängliche Freude wandelte sich in Ernüchterung. Dieser Kahn hier war einfach zu groß! Was sich da in den Büschen versteckte, konnte es locker mit einem ausgewachsenen Kleinbus aufnehmen. Mindestens. Fünf Meter, schätzte er, und fast zwei Meter breit. Am Heck ein eingeklappter, verrosteter Außenbordmotor und im Innern des Schiffes zwei lange Ruder, so lag es mit dem Kiel auf mehreren Holzklötzen. Wie sollte er (allein) dieses Ungetüm die zwanzig Meter zum Wasser bewegen? Und selbst wenn ihm dieses Wunder gelänge, könnte er damit (allein) einhundert Kilometer nach Süden rudern? Gab es Strömungen in der Ostsee und wenn ja, wie stark waren diese und wo würden sie ihn hintreiben? Hinauf ins Baltikum oder zurück in den Öresund?

Er schüttelte den Kopf und setzte sich auf die Verandastufen. Er betrachtete seinen Fund. Nein, dies war eine Nummer zu groß für einen einzelnen Mann. Dies war nicht sein Boot! Mit zwei oder drei Helfern vielleicht, aber ganz allein? Hans Seger betrachtete nacheinander das Boot, die Entfernung bis zum Wasser und die Ostsee. Hilfe, überlegte er. Hilfe gab es höchstens in Trelleborg, wenn überhaupt. Dort, am Fährhafen, warteten vielleicht noch einige Unentwegte, die ebenfalls über die Ostsee wollten.

Er wollte schon wieder gehen, als sein Blick auf einen

Stapel Holz fiel. Neben einer der Hütten lagerten lange, armdicke Rollen, jede mindestens zwei Meter lang.

Wieder schätzte er die Entfernung zum Wasser und den leicht abschüssigen Weg dahin. Mit diesen Rollen könnte es gehen. Zwanzig Meter, zweiundzwanzig vielleicht, mehr nicht.

Wenn ich einige der Rollen unter das Boot lege und dann die seitlichen Klötze, die das Schiff noch halten, wegschlage, überlegte Hans, könnte ich das Schiff mit etwas Glück auch allein bis ins Wasser bringen!

Plötzlich schien ihm die Aussicht auf Hilfe schon nicht mehr so verlockend wie noch vor wenigen Minuten. Plötzlich sah er nicht mehr freundliche, hilfsbereite Menschen, die mit ihm den weiten Weg über das Wasser anpacken wollten, sondern potentielle Gegner. Was wäre, wenn sie ihm zwar helfen, ihn dann aber am Strand zurücklassen würden? Würde er überhaupt jemanden in Trelleborg finden? Die vergangenen Tage, vor allem aber seine gestrige Begegnung mit dem Alten, hatten mehr als deutlich gezeigt, dass es in dieser Welt keine vertrauten oder berechenbaren Reaktionen mehr gab. Wie also würden Fremde mit ihm verfahren, wenn sie sein Brot sahen?

Hans betrachtete die Hölzer und das Boot. Was wog schwerer, die Gefahr, an den Falschen zu geraten oder aber die Schwierigkeit, diese Aufgabe allein zu meistern?

Hans hatte keine Ahnung, wie lange man bis Rügen unterwegs sein mochte. Vorausgesetzt, er bekam das Boot tatsächlich irgendwie zu Wasser, wie viele Kilometer (oder Seemeilen?) lagen dann vor ihm, wie viel konnte ein einzelner Mann am Tag schaffen? Und was war, wenn sich das Wetter änderte, Gegenwind aufkam und Wellengang? Er würde Vorräte brauchen und Wasser, viel Trinkwasser.

Auf seinem Weg hierher hatte er ein kleines Rinnsal überquert, ein winziges Bächlein nur, das ins Meer mündete. Er hatte den restlichen Wein ausgeleert, die Flasche ausgespült und mit kristallklarem Wasser gefüllt. Das war also nicht das Problem, vorausgesetzt, er fand noch ein paar Flaschen, um mit einem sicheren Vorrat starten zu können.

Hans stand auf und legte sein halbes Brot auf das Verandageländer. Dann suchte er sich einen geeigneten Knüppel und ging zum erstbesten Fenster. Die beiden Fensterläden waren von innen durch einen dünnen Metallbügel gesichert, stark genug, um dem Angriff eines Mannes zu widerstehen, aber sicher zu schwach, wenn sich dieser Mann eines Hebels bediente. Hans zwängte den Knüppel unter den Fensterladen, lehnte sich mit seinem ganzen Gewicht dagegen, und williger als erwartet gab der Riegel nach, die beiden Holzläden sprangen auseinander. Ohne lange zu überlegen, schlug er anschließend den Knüppel gegen das nun ungeschützte Fensterkreuz. Glas splitterte und die dünnen Holzstreben zwischen den einzelnen Scheiben brachen. Hans zog seine Schuhe an, dann kletterte er ins Innere der Hütte. Er brauchte einige Sekunden, um sich an das Zwielicht zu gewöhnen. Es war eng hier, vor ihm stand ein kleiner Tisch mit zwei Stühlen, an der Wand konnte er vier Schlafkojen ausmachen, je zwei übereinander. Der einzige Raum roch nach Rauch und Salz. Über allem lag eine dünne Staubschicht, nirgends ein Hinweis, dass die Hütte in letzter Zeit Gäste gesehen hatte. Rechts stand ein kleiner Herd mit einer Gasflasche darunter, eingerahmt von schmalen Holzschränken. Wenn es hier etwas Essbares gab, dann dort.

Er öffnete einen Schrank nach dem anderen: Töpfe polterten ihm entgegen, da standen Tassen und Teller, wahllos zusammengewürfeltes Besteck und – Hans wollte seinen Augen kaum trauen – in einem der unteren Schränke, versteckt hinter einem leeren Kanister, fünf unversehrte Konservendosen neben einer halbvollen Packung Knäckebrot!

Am liebsten hätte er sich sofort auf die Konserven gestürzt – zweimal Fisch, drei mit einem kleinen Schwein auf dem Etikett –, aber er beherrschte sich, wenn es ihn auch

Mühe kostete. Das da, er streichelte seine Errungenschaften, war seine Fahrkarte nach Deutschland. Fünf Konserven, dazu noch das Knäckebrot und den halben Laib, den er bereits besaß – das bedeutete, dass er mindestens fünf Tage auf See sein konnte, ohne sich um sein Überleben sorgen zu müssen! Und in fünf Tagen, hoffte er, müsste er es selbst mit diesem Ungetüm da hinter dem Haus geschafft haben, Rügen zu erreichen. Dies war sein Glückstag!

Er stieg durch das Fenster zurück auf die Veranda und betrachtete einen Moment das Boot, schätzte die Aufgabe ab, die vor ihm lag. Es war noch früh am Morgen, noch nicht einmal sieben. Mit etwas Glück könnte er heute Abend bereits außer Sichtweite der Küste sein, ein ganzes Stück näher bei Eva und Lea!

Diese Vorstellung beflügelte ihn. Er nahm einen Schluck Wasser, dann begann er eine Rolle nach der anderen aus dem Stapel zu zerren und zum Boot zu schleifen. Dass er dabei beobachtet wurde, merkte er nicht.

Eine Stunde später war er bereits ein gutes Stück weiter. Wie Schwellen auf einer im Bau befindlichen Eisenbahnstrecke lagen Holzrollen vom Boot bis fast hinunter zum Strand. Es fehlten nur noch die eisernen Schienen und schließlich die Lok. Auf die Schienen würde er verzichten, die Lok hingegen, sein Boot, wartete schon etwas oberhalb und fieberte der kommenden Schussfahrt ins Meer entgegen. Rollen lagen unter dem Boot, würden es empfangen und er selbst brauchte es nur noch den flachen Hang hinabzuschieben. Zwischendurch ein kurzer Halt, um das für den kompletten Weg fehlende Dutzend Rollen von hinten nach vorn zu tragen, dann wäre es geschafft. Eben noch Wanderer, in wenigen Augenblicken Lokführer und schließlich Kapitän.

Hans setzte sich in den Schatten der Veranda und schielte zu seinem Brot, nahm aber doch nur einen Schluck Wasser. Er betrachtete die Bahnstrecke. Er würde aufpassen müssen, damit das Boot auf den ersten Metern nicht zu viel Schwung bekam. Einmal richtig in Fahrt, würde er es allein nicht mehr aufhalten können. Es würde sich nur wenige Meter vom Ufer in den Sand fressen und dort für immer und ewig liegen bleiben – ein einzelner Mann könnte es dann keinen Millimeter mehr bewegen.

Er trank und grübelte, wie er das Boot unterwegs stoppen könnte, als er sich plötzlich kerzengerade aufrichtete. Vom Nacken bis zu seinen Fußsohlen bildete sich Gänsehaut.

Seit er hier war, mittlerweile eineinhalb Stunden, hatte er keine Menschenseele gesehen. Und auch keine menschlichen Spuren. Von den Abdrücken seiner eigenen, nackten Sohlen abgesehen lag der Strand glatt und jungfräulich. Kein menschlicher Laut bisher, nichts. Und doch hätte Hans Seger in diesem Augenblick schwören können, dass er dort drüben zwischen den Büschen ein Gesicht gesehen hatte. Nicht lange genug, um sagen zu können, ob Mann oder Frau, aber es war da, ganz kurz nur. Aber im selben Moment, in dem er es entdeckte, war es auch schon im Blattwerk verschwunden.

Er spürte sein Herz in der Brust hämmern. Ohne den Kopf zu bewegen, taxierte er die Entfernung zu seinen wenigen Habseligkeiten. Sie lagen neben dem Boot, zehn, vielleicht zwölf Meter mochten es bis zu ihnen sein. Bis zu seinem Messer.

Die Konserven, die er in der Hütte gefunden hatte, lagen für jeden gut sichtbar auf dem Verandageländer! Hans hätte sich ohrfeigen können. Er war ein Narr! Wie konnte man nur so unachtsam sein, so blind? Andere Menschen hungerten ebenfalls! Und wenn er, der vor über zehn Jahren seine Hand zum letzten Mal gegen einen anderen erhoben hatte (ein harmloser Schubser, mit dem er Martin Kiefer, Evas Exmann, aus dem Haus beförderte), wenn er in der Lage war, um ein Stück schimmliges Brot zu kämpfen, waren es andere auch!

Diese Erkenntnis war wie ein Schlag ins Gesicht. Wer auch immer da im Gebüsch sitzen mochte, für den gab es keinerlei Indiz, dass Hans Seger mehr als seine Fäuste zum Schutz der Auslage einzusetzen hatte. Besser ging's nicht.

Was Menschen besonders gut können, ist zweifeln. Zweifeln an den eigenen Fähigkeiten, an den Worten eines anderen, an dem, was sie selbst gesehen haben. Oder meinten, gesehen zu haben.

Hans beobachtete das Gebüsch zwei, vielleicht drei Minuten in völliger Regungslosigkeit. Dann wurde sein Arm schwer und mit dem Gefühl, sich schrecklich blöd aufzuführen, stellte er die Flasche schließlich ab, erhob sich und nahm die Konserven vom Geländer. Dabei ließ er seine Umgebung nicht länger als eine Sekunde unbeobachtet. Er versuchte, sich so normal und selbstverständlich zu geben, wie es eben ging, schlenderte betont natürlich und ohne Hast zum Boot. Er versuchte sogar ein Lächeln. Äußerlich ruhig, verstaute er die Konserven in seinem Stoffbeutel und tastete dabei nach dem Messer des Alten. Er klappte es noch im Beutel auseinander, versteckte es in seiner Hand und richtete sich auf.

Nun fühlte er sich besser. Bereit zu einer Konfrontation, wenn es denn sein musste.

Er ging auf den verdächtigen Busch zu. Hier, zwischen dessen Blättern, hatte er das Gesicht gesehen. Oder meinte, es gesehen zu haben. Zweifel?

»Sie können ruhig rauskommen«, sagte er. Er wollte selbstsicher klingen. »Ich werde Ihnen nichts tun, wenn Sie rauskommen!«

Alles blieb ruhig, kein Blatt bewegte sich, kein noch so kleiner Ast. Als seine Stimme zu hören war, stockte über ihm eine Amsel kurz in ihrem Liebeswerben. Dann begann sie mit nur noch mehr Enthusiasmus ihr Lied von vorn. Im seichten Wasser stritten drei Möwen um eine Muschel. Der Busch vor Hans aber, der stand einfach so da, ein Busch eben, weiter nichts. Nur langsam ließ die Anspannung nach. Vielleicht war es doch nur eine Spiegelung auf einem der glatten Blätter, überlegte Hans. Zweifel. Oder war es ein Tier? Das Messer in der Hand, drückte er die Zweige zur Seite. Aber wie nicht anders zu erwarten, lauerte dort nur Leere. Und ein zweiter Busch ein paar Meter weiter.

Erleichtert und mit einem Kopfschütteln ließ Hans die Zweige los und ging zurück zum Boot. Es war bereits kurz nach neun und wenn er sein selbst gestecktes Ziel, heute Abend außer Sichtweite der schwedischen Küste in seinem Boot einzuschlafen, erreichen wollte, musste er sich langsam beeilen. Nicht nur, dass das Boot noch darauf wartete, ins Wasser gebracht zu werden, er selbst würde noch einmal zu dem kleinen Bach zurückmüssen, um seine Flasche und einen in der Hütte gefundenen Kanister mit frischem Trinkwasser zu füllen. Besser wären zwei Kanister oder drei.

Er versuchte sich erneut auf das Bremsproblem zu konzentrieren. Ein Prellbock musste her. Er sah sich um und entdeckte einen neben der Hütte auf seine Entdeckung wartenden Hackklotz.

»Genau dich habe ich gesucht!«, murmelte er vor sich hin. Wie offensichtlich die Dinge oft waren.

Hans warf den Hackklotz um und rollte ihn ans Ende seiner »Bahnstrecke«. Dort legte er ihn quer, so dass das Boot, wenn es auf ihn träfe, nicht brutal aufgehalten und dabei vielleicht beschädigt, sondern vom Hindernis emporgehoben und ausgebremst werden würde. Hoffte er. Anschließend kümmerte er sich um die sechs Pflöcke, die das Gefährt an seinem Platz hielten.

Er hatte geplant, nur die Pflöcke auf der rechten Seite herauszuschlagen, weshalb er die Rollen auch nicht mittig zum Kiel, sondern ein wenig in diese Richtung ausgelegt hatte. Das Boot sollte auf die Seite fallen. Dann noch ein kleiner Schubs und den Rest des Weges ging es hoffentlich von allein.

Hans nahm eine Stange und hebelte damit einen Pflock nach dem anderen aus dem Boden. Wie erwartet, legte sich das Boot auf die Seite, auf seinen ehemals weißen Rumpf. Wie Schuppen bröselten Farbreste ins trockene Gras, und als es so vor ihm lag, bereit, die Reise ins Meer anzutreten, schien es Hans fast ein Sakrileg, das Boot von seinem Platz zu entfernen. Wer weiß, wie viele Jahre es schon hier gestanden und Wind und Wetter getrotzt hatte. Die Sonne hatte seine Haut, selbst durch den Schutz der Plane hindurch, ausgetrocknet und die dünne Farbschicht entfernt. Nur kleine rote Reste erinnerten an den verblichenen Glanz der Reling, eine einzelne Drei am Bug an eine Registriernummer. Gehörte das Boot nicht hierher?, fragte sich Hans. Bäume und Sträucher waren artig um es herumgewachsen. Sein Fehlen würde ein Loch hinterlassen.

»Blödsinn!« Mit einem letzten Akt der Anstrengung setzte er den Hebel am hinteren Teil des Bootes an und gab ihm so den entscheidenden Impuls.

Es setzte sich in Bewegung. Wie erwartet rutschte es über die Rollen, die sich unter ihm drehten, seiner Bestimmung entgegen. Hans war stolz, betrachtete sein Werk und ging langsam neben dem Boot her, die Hand am Kiel. Auf halbem Weg kam es plötzlich vom Kurs ab. Es rutschte immer weiter zur Seite. Hans stemmte sich gegen den Kiel und versuchte, es ein Stück zurückzuschieben. Aber so sehr er sich auch anstrengte, seine Kräfte reichten im Kampf gegen den Koloss nicht aus. Vier, höchstens noch fünf Rollen und der Kahn würde von seinem Gleis springen.

In letzter Sekunde gab Hans seine Bemühungen auf und rannte vor das Ungetüm. Er bückte sich und zerrte eine Stange nach der anderen zur Seite. Er verlegte das Gleisbett neu, in seinem unteren Teil fast einen Meter neben dem ursprünglichen Weg.

Zu spät erkannte Hans, dass das Boot nun den Holzklotz, der es abbremsen sollte, deutlich verfehlen musste. Dies zu korrigieren fehlte die Zeit. Mit letzter Anstrengung zerrte er gerade noch die fehlenden drei Rollen an ihren neuen Platz, das Boot schoss heran, streifte den Bremsklotz mit seiner Reling und Holz splitterte. Mit einem weiten Satz verließ Hans Segers Boot die letzte Rolle.

Hans rannte hinter dem Boot her. Er stemmte sich gegen das Heck, versuchte den Schwung, mit dem es vom Ende des Gleises schoss, auszunutzen. Jeder Meter war jetzt wichtig, jeder Zentimeter. Rutsche, du verdammtes Ding! Mach, dass du ins Wasser kommst!

Sand knirschte und bremste die Fahrt. Das Boot wurde langsamer und langsamer, egal wie Hans sich auch gegen Boot und Erkenntnis stemmen mochte. Alle Hoffnung, Schweden bald verlassen zu können, blieb schließlich nur zwei Meter vom rettenden Wasser entfernt im Sand stecken.

»Der Idiot hat alles versaut!« Nur zwei Minuten nach Hans Segers Scheitern stürzte Karol auf die kleine Lichtung. Als Zuzanna, Alicja und Patryk etwas durch die Büsche kommen hörten, hatten sie automatisch nach ihren Knüppeln gegriffen. Keiner von ihnen wollte sie noch einmal einsetzen. Aber sie waren dazu bereit, wenn es denn sein musste.

Die vier, alle Mitte zwanzig, waren vor zehn Tagen aus Polen über die Ostsee gekommen. Eine Woche Urlaub! Raus aus Warschau, die Jobs für ein paar Tage vergessen, angeln, baden, leben.

»Hat er dich gesehen?« Alicja, sie hatte Hans Seger entdeckt, war die Aufregung anzusehen.

»Nein. Aber er hat das Boot in den Sand gesetzt! Allein bekommt er es niemals ins Wasser.«

Nach dem Stromausfall waren sie nach Trelleborg aufgebrochen. Sie hofften auf eine Fähre zurück in die Heimat. Aber als sie die Stadt erreichten, war es bereits zu spät. Die Fähren, ihrer Computersteuerung beraubt, lagen manövrierunfähig im Hafen oder trieben steuerlos über die Ostsee. Die Mannschaften hatten sich zu ihren Familien abgesetzt, und auch in der beschaulichen Kleinstadt herrschten bald Chaos und Anarchie. Fischern nahm man ihre Kutter weg oder zwang sie zu einer unbezahlten Überfahrt, solange noch Treibstoff in ihren Tanks war. Die vier Freunde versteckten sich tagelang in Trelleborg, bevor sie die Aussichtslosigkeit ihres Wartens einsahen. Sie brachen auf und hofften, in einem der kleinen Fischerdörfer ein Boot zu finden.

Um ein Haar wäre ihre Heimreise bereits am Ortsrand Trelleborgs zu Ende gewesen. Es war gestern Nachmittag gewesen, als sie bemerkt hatten, dass sie von drei Männern verfolgt wurden. Einer von ihnen, seinem Auftreten nach der Anführer, trug eine speckige Latzhose, darunter war er augenscheinlich nackt. Um den Bauch hatte er einen breiten Gürtel, in dem mehrere Messer steckten. Er war unrasiert, mit einer frischen Narbe auf der Wange. Die beiden anderen rahmten ihn ein – eine Leibgarde mit dümmlichem Grinsen im Gesicht. Alle drei trugen Knüppel über den Schultern, lange Stöcke mit Ketten am einen Ende. Sie hatten versucht, sie auszurauben und Zuzanna und Alicja zu vergewaltigen – was ihnen beinahe auch gelungen wäre, hätten die jungen Polen sich nicht mit vereinten Kräften und äußerster Entschlossenheit gewehrt. Übel zugerichtet hatten die drei Schweden schließlich den Rückzug angetreten.

Das hatte sich gestern abgespielt, noch nicht einmal vierundzwanzig Stunden her und doch schon Lichtjahre entfernt.

»Was meinst du mit ›Er hat das Boot in den Sand gesetzt‹?«

Karol erzählte, dass er aus seinem Versteck hinter einer der Hütte mitansehen musste, wie Hans Seger sich gegen das Boot gestemmt hatte und trotz aller Anstrengung nicht verhindern konnte, dass es jetzt unbrauchbar festsaß. So kurz vor dem Ziel.

Es entstand eine Pause, die Enttäuschung der beiden Paare war fast mit Händen zu fassen. Ihr Plan hatte vorgesehen, den Moment abzupassen, an dem das Boot im Wasser lag und der Mann am Strand zurück zu den Hütten ginge, um seine wenigen Habseligkeiten zu holen. Dann wollten sie aus dem Unterholz brechen, zum Boot rennen und, bevor dieser Mann auch nur verstanden hätte, was da vor seinen Augen geschah, mit den Früchten seiner Arbeit Richtung Polen davonrudern. Die Möglichkeit, dass Hans Seger seine Vorräte bereits vor dem Stapellauf ins Boot gelegt haben könnte, zogen sie nicht einmal in Betracht. Aber das Problem schien sich gerade zwischen Sand, Muscheln, Kies und lachenden Möwen von selbst erledigt zu haben.

»Sollen wir uns zeigen und ihm helfen?«, brach Alicja schließlich das Schweigen.

»Schon vergessen, was gestern passiert ist? Mir ist nicht nach Fremden zumute. Im Gegenteil, je weiter weg alles Fremde ist, desto besser!«, sagte Karol.

»Aber du sagst doch selbst, dass er es ohne Hilfe niemals schaffen wird. Und da er allem Anschein nach auch über die Ostsee will, können wir doch gemeinsam fahren. Vielleicht ist er sogar Pole? Was meint ihr?« Sie wartete auf eine Antwort, sah zu Zuzanna, von der sie sich am ehesten Unterstützung erhoffte, und zu Patryk. Aber Letzterem saß die gestrige Auseinandersetzung noch zu tief in den Knochen. Er schüttelte den Kopf.

»Ich finde, wir sollten warten. Bist du sicher, Karol, dass er es allein nicht schafft?«

Karol nickte.

»Dann wird er über kurz oder lang aufgeben und weiterziehen. Er wird sich nach einer leichteren Beute umsehen. Oder vielleicht zieht er nach Malmö und über den Öresund.«

»Und wenn er auf die Idee kommt, das Boot zu zerstören? Verbrannte Erde. Was er nicht haben kann, soll auch kein anderer bekommen.« Ein Argument, das die anderen erneut verstummen ließ.

»Ich gehe zurück«, entschied Karol kurzerhand. Er nahm seinen Rucksack und versteckte ihn in einem Gebüsch. »Und ihr kommt mit. Wir beobachten einfach, was er als Nächstes unternimmt, und sollte er Anstalten machen, das Boot zu zerstören, können wir immer noch eingreifen. Und packt er zusammen und geht, sind wir zur Stelle, bevor noch ein weiterer Interessent auftaucht.«

Sie deckten ihre Sachen mit trockenem Gras ab, nahmen die Knüppel, von denen sie die Ketten entfernt hatten, und schlichen zurück an den Strand. Dort saß Hans Seger noch immer neben seinem Boot.

66

10:00 Uhr, München

Sie hatten alles probiert: Hormonbehandlungen, Kontrastmitteluntersuchungen, Sex nach Zeitplan, Sex nach Mondstand, Sex nach Körpertemperatur. Alles lustlos und ineffektiv.

Am späten Nachmittag des 22. Mai hatten die Ärzte nun ihren Eierstöcken mehrere Eier entnommen. Genau zum Zeitpunkt des Eisprungs. Die Eier kamen in eine Nährstofflösung, exakt siebenunddreißig Grad warm. Einige Stunden später gaben sie sein Sperma hinzu und das, was einmal ihr Kind werden sollte, begann zu wachsen. Der Gewebeinkubator, der ihr Kind aufnahm, imitierte das Milieu der Eileiter. Die Zellen begannen sich wie erhofft zu teilen und die werdenden Eltern fieberten dem 25. Mai entgegen, an dem ihr die befruchteten Zellen eingepflanzt werden sollten. Wenn alles gut ging, wären sie in neun Monaten Mutter und Vater!

Nichts ging gut. Als das Notstromsystem ausfiel, wurde aus dem Inkubator ein Behältnis wie jedes andere auch. Die Temperatur sank und die befruchteten Eizellen starben ab.

Den verhinderten Eltern war es egal. Sie hatten andere Sorgen.

67

10:09 Uhr, Häckeberga Naturreservat, Südschweden

Drei Lichter rasten aus der Dunkelheit auf sie zu, blendeten sie. Sie selbst saß festgeschnallt, vor Angst und Panik unfähig, sich zu befreien und zu laufen, zu laufen, weit wegzulaufen! Sie hörte den langgezogenen, schrillen Pfeifton der Lokomotive, konnte durch das halb offene Fenster die Kraft der heranbrechenden Maschine hören. Wieder ein Pfeifen, diesmal lauter, viel näher und gefährlicher. Die Lichter blendeten sie. Und das Auto bewegte sich keinen Millimeter, stand mitten auf dem Bahnübergang. Sie sah zu ihm hinüber. Hilf mir, bitte, hilf mir, wollte sie sagen – aber der Platz, an dem er vor wenigen Sekunden noch gesessen hatte, war jetzt leer. Die Fahrertür stand offen und der dicke Schlüsselbund unterhalb des Lenkrades pendelte mit leisem Klirren hin und her, hin und her, wie ein Windspiel im Abendwind.

Wo war er?! Warum war der Wagen stehengeblieben?

Sie kamen von einer Geburtstagsfeier. Es war spät geworden, viel später, als sie wollte. Aber er weigerte sich zu gehen, es war schließlich sein Bruder, der vierzig wurde, und wieder und wieder entwand er sich ihrem Griff, nahm sein

Glas und prostete dem Älteren zu. In zwei Jahren, zu seinem eigenen Vierzigsten, sollte alles genauso sein wie jetzt: Alle Freunde und Verwandte sollten kommen, ein Spanferkel, Kuchen, Bier und Musik.

Um halb drei fuhren sie endlich in die Nacht, halb betrunken, müde – und trotzdem war er dabei seltsam wach, wie es ihr im Nachhinein vorkam, fast elektrisiert. Er raste über menschenleere, wohlbekannte Straßen, blinkte vorschriftsmäßig, obwohl weit und breit kein anderes Auto zu sehen war. Sie schlief ein und wurde erst wieder wach, als der Wagen ruckelte und zum Stehen kam.

Ihr Schrei ging im Kreischen der Bremsen unter. Sie sah Funken aus den glühenden Lichtreifen sprühen, dann wieder Pfiffe, der Zug raste heran, hatte sie fast erreicht, presste die Luft zwischen sich und dem Wagen, in dem sie saß, zusammen, die Lichter blendeten sie, waren fast da, schon konnte sie zu ihnen hinaufsehen, ein Aufprall, gleich, gleich wird das Auto zermalmt, sie aus dem Auto geschleudert, damit die weißglühenden Eisenräder sie überrollen und zerteilen! Gleich!

Sie schrie aus Leibeskräften.

Eine Stimme! Eine leise Stimme kam zu ihr, wie aus einer anderen Welt, und es war so dunkel und sie spürte ihre Beine nicht mehr. Der Zug – er war da und sie selbst konnte fliegen. Die Räder, brennende Reifen, weiß und heiß.

Jemand packte sie an den Schultern und schüttelte sie.

»Du hast nur geträumt.« Henning Malow berührte seine Frau flüchtig an der schweißnassen Wange, dann ging er zurück in die Küche. Auf der Anrichte neben dem Herd hatte er zwei große Kaffeetassen stehen. Durch einen altertümlichen Kaffeefilter goss er abwechselnd heißes Wasser zuerst in die eine, dann in die andere Tasse. Dann stellte er den Wassertopf zurück auf den verrosteten Campingkocher. Als er den Gashahn zudrehte, bildeten sich auf seiner Stirn Sorgenfalten – das Gas würde keine zwei Tage mehr reichen.

Ihm war völlig schleierhaft, wie er hier, dreiundzwanzig Kilometer vom nächsten Geschäft entfernt, Ersatz auftreiben sollte.

Er gab in beide Tassen je einen Löffel Zucker, in Lenas noch etwas Kondensmilch. Dann ging er ins Nachbarzimmer zu seiner Frau und setzte sich zu ihr an die Bettkante.

»Hilf mir auf.«

Er stellte die dampfenden Tassen auf einen kleinen Tisch, packte seine Frau unter den Armen und zog sie im Bett so weit nach oben, dass sie sitzen konnte.

»Das Kissen«, erinnerte sie ihn. Sie klang gereizt.

»Natürlich. Das Kissen.« Er stopfte es zwischen Wand und ihren Rücken. Sie ließ sich nach hinten fallen und schnappte nach Luft. Henning reichte ihr den Kaffee, den sie ohne ein Wort nahm.

»Wieder derselbe Traum?«, fragte er. Sie nickte. Seit vor vier Tagen (vier Tage!) der Strom ausgefallen war und auch das Telefon nicht mehr funktionierte, waren die Träume zurückgekommen. Und sie hatte schon gedacht, sie hätte sie besiegt. Wie konnte sie nur! Träume lassen sich nicht besiegen. Nicht dieser Traum. Nicht die Realität.

Sie schlürfte laut ihren Kaffee, ekelhaft laut, dachte Malow, sagte aber nichts. Nein, er würde nichts sagen, kein Wort. Wie immer.

Henning Malow war dreiundsechzig, Lena fünf Jahre jünger. Vor drei Jahren, kurz nach seiner frühzeitigen Pensionierung, hatte sie sich endlich durchgesetzt und sich ihren Traum erfüllt, erfüllen lassen: weg aus Deutschland und in ein kleines Haus in Schweden, abgeschieden an einem See, nur Henning und sie. Henning Malow hatte nie hierher gewollt, er war ein Kind der Stadt, brauchte Menschen um sich, die wenigen Freunde, die sie ihm gelassen hatte. Er mochte diesen Platz hier nicht, nicht den See mit seinem unnatürlich klaren Wasser, nicht die lockeren Wälder, nicht die beängstigend präsente Ruhe. Es fehlte der Duft der Stadt – das Gehetze der Menschen, ihre Gerüche und die Gerüche der Fahrzeuge und Schornsteine. Motorenlärm fehlte ihm und das Rattern der Straßenbahn.

Zuletzt hatte er, der gelernte Elektriker, als Nachtwächter in einer Fabrik für Glühbirnen gearbeitet. Große Birnen, kleine Birnen, dicke und schmale, helle und andere, die auf dem Prüfstand weniger hell leuchteten. Am liebsten waren ihm die farbigen, sie erinnerten ihn an die Grillnächte im Hochsommer, unter Freunden und mit einem kühlen Glas Bier. Aber seit dem Unfall vor nun bald drei Jahrzehnten kamen diese Nächte nur noch selten zu ihm. Er konnte sie an einer Hand abzählen.

Schweden war schon immer Lenas Traum gewesen. Am besten ein See, der nur ihnen gehörte, mit einem bescheidenen Haus und einem Steg, der weit ins Wasser hinausführte, auf dem sie am Abend in ihrem Stuhl sitzen konnte, um die Mittsommernacht zu genießen. Und sich von den Mücken fressen zu lassen!

Er hatte versucht, ihr diesen Traum auszureden. (In der Stadt bist du viel besser versorgt, Lena. Hier gibt es Ärzte, die sich um dich kümmern – wer weiß, wo dort am See der nächste Arzt ist.) Vergeblich. Und mit seiner Pensionierung fiel auch die letzte von ihr akzeptierte Ausrede weg. Das bist du mir schuldig. Das weißt du. Und die Diskussion war beendet.

»Bring mir noch Zucker.« Er stand auf, blieb aber an der Küchentür stehen.

»Es ist nicht mehr viel da. Wenn wir etwas sparsamer wären oder wenn ich in die Stadt fahren könnte …«

»Du wirst noch früh genug in deine Stadt kommen.«

Sie kannten sich ein ganzes Leben lang, waren zusammen aufgewachsen und hatten im gleichen Sandkasten gespielt – sie darin, er hatte im Kastanienbaum über ihr gesessen und sie und die anderen in dicken Stoffwindeln steckenden

Hosenscheißer mit Kastanien beworfen. Was sich neckt, das liebt sich.

Er neckte sie seine ganze Kindheit und Jugend hindurch, und ohne dass einer von beiden einen anderen Partner jemals in Erwägung gezogen hätte, heirateten sie, sobald sie achtzehn war. Es war einfach so: Lena und Henning waren ein Paar, schon immer, für immer.

Ihre Ehe blieb kinderlos. Anfangs störte es beide nicht, sie waren sich selbst genug. Er arbeitete damals noch in drei Schichten als Betriebselektriker am Bahnhof, sie stand von kurz nach sieben bis fünf in der nahen Spinnerei an einer der ratternden Webmaschinen. Besucht hatte er sie dort nie, nur manchmal, wenn er nach der langen Nachtschicht ausgeschlafen hatte, holte er sie ab und wartete vor dem Werktor auf seine Frau. Der Lärm, der bis hierher aus der Werkhalle dröhnte, reichte ihm als Erklärung für ihre vorübergehende Schwerhörigkeit kurz nach Dienstschluss. So wie sie sich an den Krach gewöhnt hatte, gewöhnte er sich an ihre Schwerhörigkeit und sprach einfach etwas weniger. Und das Wenige, was er in den ersten Stunden nach ihrem Feierabend sagte, sagte er etwas lauter als normal.

Das ging zehn Jahre gut. Ihnen fehlte nichts. Bis diese Brigitte auftauchte. Und ihre riesigen Brüste. Heute überlegte Henning Malow noch oft, was ihn an dieser Frau, die eines schönen Tages vor ihm stand und als neue Mitarbeiterin vorgestellt wurde, die er einweisen sollte, so faszinierte. Ihr nettes Lächeln vielleicht oder ihre Unbekümmertheit, mit der sie ihn so offen und frech ansah? Ihr Gang? Die Art, wie sie sprach? Ihre Jugend? Er fand viele Entschuldigungen, meist die, die er auch Lena gegenüber verwandte. Aber in den wenigen ehrlichen Momenten, in denen er wagte, sich selbst in die Augen zu sehen, wusste er: Es waren einzig und allein ihre großen, festen Brüste gewesen, die ihn vier lange Jahre immer wieder zu ihr getrieben hatten. Es tat ihm leid, Brigitte nur auf diesen Reiz zu reduzieren – aber manchmal, und bei der Kombination Männer und Brüste sowieso, können die Gründe ganz offen auf der Hand liegen und Erklärungen auch. Nur ein Wort. Lena, die wegen ihrer damals noch knabenhaften Figur Komplexe hatte, verriet er den wahren Grund nie.

Wie Lena von der Sache Wind bekommen konnte, war ihm heute noch ein Rätsel. Brigitte und er hatten sich nie in der Öffentlichkeit gezeigt, immer nur in ihrer Wohnung getroffen und dies auch nur, wenn er Lena in der Fabrik wusste. Und während sie den chaotisch hin- und herspringenden Fäden im Lärm der Webmaschine zusah, hatte ihr Mann sein Gesicht zwischen zwei Gründen vergraben. Abgründen.

Egal – irgendwann war Lena nach Hause gekommen und hatte ihn mit ihrem Wissen konfrontiert. Und sie wusste viel: Seit wann das lief, wusste sie, wer die Glückliche war und dass er mindestens zweimal jede Woche bei ihr war.

»Ich werde dich nicht verlassen, Henning«, hatte sie nur gesagt. »Wir gehören zusammen, merk dir das. Für immer!«

Er sah Brigitte nie wieder. Insgeheim vermutete er, dass Lena hinter seinem Rücken mit ihr gesprochen hatte, jedenfalls kam Brigitte am folgenden Tag nicht zur Arbeit, und als er nach zwei Wochen endlich den Mut aufbrachte und an ihre Tür klopfte, öffnete nebenan eine nette, ältere Dame und erklärte ihm, dass die junge Frau vor zehn Tagen ausgezogen wäre. Wohin, wusste sie nicht, aber wohl in eine andere Stadt. Der Möbelwagen hatte eine fremde Nummer gehabt.

Es folgten ruhige Jahre, unbemerkt dahintrottende Jahre, die einfach so vergingen. Sie waren schon zu lange zusammen, um nach Malows Ausflug auf andere Weidegründe ihrer Beziehung einen wirklichen Neuanfang geben zu können. Und sie waren schon zu lange zusammen, als dass sie sich ein Leben ohne den anderen noch hätten vorstellen können. Den Mut zu einem neuen Leben hatten. Alles verlief in ruhigen, einschläfernden Bahnen, unbemerkt, still und leise. Bis zu Hermanns vierzigstem Geburtstag. Seitdem war alles anders.

Henning Malows älterer Bruder liebte große Feste. Er liebte es, im Mittelpunkt zu stehen, und das stand er in dieser Sommernacht ganz bestimmt! Alles drehte sich um ihn (Was? Vierzig? Das glaubst du doch selbst nicht! Höchstens fünfunddreißig! Höchstens!), alle liebten und bewunderten ihn. Am meisten Henning. Er vergötterte seinen älteren Bruder, dessen Art, sein Aussehen, seinen Erfolg bei den Frauen. Obwohl Lena ihren Mann seit Mitternacht zum Gehen gedrängt hatte, war er erst bereit, das Fest zu verlassen, als der Jubilar, voll wie ein Kampftrinker, schlafend neben der Festtafel lag. Henning Malow trug ihn in sein Bett, zog dem Bruder die Schuhe aus und setzte sich anschließend zu Lena in den Wagen. »Angetrunken, das schon. Aber bestimmt nicht betrunken«, diktierte er später der Polizei ins Protokoll.

Er erinnerte sich an die gesamte Fahrt. Lena hatte neben ihm aus dem Fenster gestarrt. Ab und zu musste sie eingeschlafen sein, denn zweimal sah sie ihn ganz überrascht an und fragte: »Was, wir sind schon hier?«

Er hatte an seinen Bruder gedacht und an seinen eigenen Vierziger in zwei Jahren.

Kurz nach halb drei war er auf den Bahnübergang gefahren, wie schon Dutzende Male zuvor, wenn er auf dieser Strecke unterwegs war. Der Übergang hatte nichts Besonderes, eine Straße eben, die eine schnurgerade Bahnlinie kreuzte. Schranken gab es keine, nur ein verbogenes Andreaskreuz und ein Warnlicht, das in dieser Nacht rot blinkte.

Henning war langsam herangefahren (Ich habe sogar angehalten!) und, als er weder rechts noch links die Lichter eines nahenden Zuges erkennen konnte, hatte er Gas gegeben und war auf die Gleise gerollt.

Im Nachhinein konnten weder die Polizei noch ein hinzugezogener Sachverständiger am Auto einen Grund für den unerklärlichen Halt auf den Gleisen feststellen. Der Wagen, vor allem Front und Beifahrerseite, waren bis zur Unkenntlichkeit demoliert. Ein Wunder, dass Lena überhaupt überlebt hatte.

»Ich weiß nicht«, hatte Malow in dieser Nacht den Polizisten erzählt, während zwei Ärzteteams um Lenas Leben kämpften, »ich weiß nicht, warum der Wagen stehenblieb. Vielleicht ist er einfach ausgegangen oder ich bin in einem falschen Gang angefahren oder von der Straße abgekommen und in die Gleise gefahren.«

»Sind Sie sicher, dass Sie den Motor nicht absichtlich mitten auf dem Bahnübergang abgestellt haben?«

Das Gefühl, das einen überkommt, wenn man vollkommen unvorbereitet mit einem – für sich selbst – völlig abwegigen Verdacht konfrontiert wird, packte ihn heute noch mit gierigen Fingern. Immer dann, wenn Lena ihn so seltsam betrachtete. Dann schien sie zu überlegen, ob es nicht doch Absicht gewesen war, damals, in dieser elenden Nacht. Dann fühlte er sich allein, hilflos – ein Katzenjunges, kurz bevor es an die Wand geworfen wird.

Die Polizisten fanden keine stichhaltigen Indizien für eine versuchte Tötung. Also blieb es bei einer Geldstrafe, drei Monaten Führerscheinentzug und ein paar Punkten in Flensburg sowie einem schrottreifen Wagen.

Und einer Frau ohne Beine.

Das rechte Bein hatten sie ihr noch in der Unfallnacht amputiert, das linke folgte zwei Tage später. Der Aufprall hatte ihr Becken zertrümmert und Beine und Unterleib derart zusammengepresst, dass fast alle Nerven, Sehnen und Blutgefäße zu einem unansehnlichen – und vor allem unbrauchbaren – Knäuel verklumpten. Einen Schlauch, den sie ihr durch die Bauchdecke in die Blase gelegt hatten, trug sie bis heute.

Henning hatte sie die drei Monate, die Lena in verschiedenen Krankenhäusern verbrachte, jeden Tag besucht. Wenn er Frühschicht hatte, am Abend, bei Spätschicht am Morgen und hatte er Nachtschicht, war er zweimal an ihr Bett gekommen. Er fühlte sich schuldig, fühlte es sich bis heute und sie tat nie das Geringste, um ihm dieses Gefühl zu nehmen. Im Gegenteil – ihre Augen sagten ihm immer wieder, dass er allen Grund hatte, sich schuldig zu fühlen, dass er der gottverdammte Mistkerl war, der Schuld daran hatte, dass sie nie wieder laufen, niemals Kinder bekommen und nie wieder normal pinkeln konnte! Und ihre Augen sagten auch, dass sie ihn von diesem Gefühl niemals befreien würde.

Seit sie das Krankenhaus hatte verlassen dürfen, pflegte er sie. Einen mobilen Pflegedienst lehnte sie immer ab. Er kochte nach ihren Instruktionen, er putzte und las ihr vor, denn obwohl sie Augen wie ein Adler hatte, verlangte sie, dass er sich neben ihr Bett setzte und die Überschriften der Zeitung zitierte. Fand sie eine Schlagzeile interessant, ließ sie sich den gesamten Artikel vorlesen. Mit besonderer Vorliebe Samstagabend, wenn im Fernsehen Fußball kam. Und Henning tat, was sie wünschte. Er war schuld, dass sie sich ihre Wünsche nicht selbst erfüllen konnte.

Seit dem Unfall waren jetzt siebenundzwanzig Jahre vergangen. Lange Jahre. Und einsame.

»Wo bleibt mein Zucker?!«

In den letzten Jahren war Lenas Stimme schrill geworden, vor allem, wenn sie ihren Mann an etwas erinnern musste. Sie hasste es, wenn er sie warten ließ! Er wusste doch genau, dass sie es sich lieber selbst holen würde, wenn sie nur könnte!

Jetzt hörte er diese Stimme wie aus einer anderen Welt herüberschwappen, einer Welt, die er schon längst verlassen hatte, nur sein Körper war noch anwesend. Dieser Körper verharrte hier im Haus und bei ihr, bei Lena, die ihn schon lange nicht mehr an das Kind erinnerte, das er im Sandkasten mit Kastanien beworfen hatte. Sie, die immer schlank gewesen war und auf sich geachtet hatte, war heute fett. Den Rollstuhl, den ein Herr von der Krankenkasse vorbeigebracht hatte, benutzte sie nie. »Denkst du, ich lasse mich von dir wie ein Krüppel durch die Stadt kutschieren, damit mich alle begaffen?«

Er musste sich vom Fenster, dem Anblick seines kleinen Geländewagens vor der Tür und seinen Träumen losreißen. Hätte er bei Brigitte und ihren Brüsten bleiben sollen? Hätte er mit ihr Kinder haben können?

Seit dem Stromausfall wurde das Gefühl, ihr Gefangener und Sklave zu sein, immer stärker. Das Telefon funktionierte nicht, und ohne funktionierendes Telefon wollte sie ihn nicht aus dem Haus lassen. Dann wäre sie völlig allein und hilflos. Hilflos. So hilflos wie er?

Malow brachte seiner Frau den Zucker und zeigte ihr die leere Vorratsdose.

»Dann trinken wir den Kaffee eben ohne Zucker. Kaffee haben wir doch noch?« Henning nickte.

»Aber das Gas ist bald alle. Morgen. Spätestens übermorgen.«

Lena schwieg und starrte an die Wand. Ein kleines Mädchen, mit vor dem inzwischen üppigen (fetten) Busen verschränkten Armen. »Du fährst nicht in die Stadt!« Sie zischte. Eine angriffslustige Schlange.

»Wenn du nicht willst …« Malow ließ den Satz unvollendet, setzte sich neben sie und las ihr, wie seit einer Woche jeden Morgen, die Schlagzeilen vom 23. Mai vor. Diese Zeitung war die letzte Nachricht aus einer Welt, die es vielleicht schon nicht mehr gab.

»Bring mir meine Tabletten.« Gehorsam nahm er die neben ihrem Bett stehende Medikamentenbox, in der er ihre Herz-, Zucker- und Cholesterintabletten immer für eine Woche vorrichtete, und schüttete ihr die Morgenration in die hingehaltene Hand.

»Die Blutzuckertabletten sind morgen alle.«

»Trifft sich gut«, erwiderte sie. »Wozu Zuckertabletten, wenn wir keinen Zucker mehr haben?«

»Und die Herztabletten in drei Tagen.«

»Bis dahin funktionieren die Telefone wieder!« Sie versuchte selbstsicher zu klingen, aber Henning entging das Zittern ihrer Stimme nicht.

»Das hast du vor vier Tagen schon behauptet und vor zwei Tagen und gestern.«

»Bin ich hier der Elektriker im Haus oder du? Du hast das doch dein ganzes Leben gemacht! Erzähl du mir, was los ist da draußen und wann dieser verdammte Strom endlich wiederkommt!«

Henning versuchte ihre Vorwürfe zu ignorieren und hielt seine Kaffeetasse mit beiden Händen an die Lippen. Er pustete in den kalten Kaffee.

»Mach jetzt das Wasser warm«, befahl Lena. Sie hielt ihm ihre leere Tasse hin, die er nahm und in die Küche trug. Dort schüttete er etwas Wasser in einen Topf und stellte ihn auf den Kocher. Das Wasser hatte er aus dem See geholt. Sie liebte es, sich mit heißem Wasser zu waschen. Waschen zu lassen. Malow zündete ein Streichholz an und hielt es an den Herd. Er zögerte.

»Geht es nicht auch mit kaltem Wasser? Wenigstens, bis ich aus der Stadt eine neue Gasflasche geholt habe? Oder unser Elektroherd wieder funktioniert?«

»Nein!«, kreischte Lena. »Ich will heißes Wasser!«

Ihr Haus am See war klein, nur die Küche und zwei enge Zimmer. Wo eigentlich das Wohnzimmer hätte sein sollen, standen ihr Bett und der Fernseher, oben unter dem Dach schlief er zwischen Bücherstapeln und Landkarten. An den dreieckigen Stirnseiten seines engen Reiches hatte er sich Bücherregale gebaut, die längst überquollen. Seit ihrem Unfall blockierte Lena das Wohnzimmer und bestimmte das Fernsehprogramm. Und so hatte er sich zurückgezogen und getan, was er seit seiner Kindheit nicht mehr getan hatte: gelesen. Brauchte sie ihn, schrie sie oder klopfte mit einem Besenstiel, der immer griffbereit neben dem Bett stehen musste, gegen die hölzerne Zimmerdecke. Ein Geräusch, das er zu hassen gelernt hatte, bedeutete es doch, dass er zu ihr gehen, sie ansehen, vielleicht sogar berühren musste. So wie jetzt. Wie jeden Morgen und jeden Abend wollte sie von ihm gewaschen werden.

Er nahm zwei frische Waschlappen aus dem Kleiderschrank im Flur und ein Handtuch vom Haken.

Wie gern wäre er allein, allein mit seinen Büchern über fremde Länder, über das Kolosseum und die alten Römer. Allein mit den Landkarten und Atlanten. Allein, nur nicht hier, nur nicht bei ihr!

Als das Wasser die von ihr geliebte Temperatur erreicht hatte, füllte er es in eine hellgrüne Plastikschüssel, nahm Handtuch und Lappen und ging nach nebenan.

»Und die Seife?«

»Richtig.«

»Wenn ich nicht an alles denke.«

Wie jeden Morgen half er seiner Frau aus dem verschwitzten Nachthemd. Sie schloss die Augen und streckte ihm das Gesicht hin.

Sie dazu aufzufordern, die Körperteile, an die sie selbst problemlos herankam, allein zu waschen, hatte er schon seit Jahren aufgegeben. Sie wollte es nicht und basta! Das war die Strafe für diese eine Nacht, für den Unfall und seine eigene Rettung.

Er seifte ihr Gesicht ein und musste sie dabei wohl oder übel ansehen. Was war aus ihr geworden? Wie viele Jahre waren vergangen, seit sie jung und schlank war? Und er konnte sich auch an eine ferne Zeit erinnern, in der diese Frau einmal schön war. Nicht hübsch, aber schön. Mit glatter Haut und lächelnden Augen und vollen, lachenden Lippen.

Seit Brigittes Brüsten war zuerst Lenas Lächeln verschwunden, dann das Leuchten ihrer Augen. Die Lippen wurden dünner und dünner, zuletzt nur noch schmale Striche. Ihre Augen waren heute trüb und ihre Haut, bis auf eine steile Falte auf der Stirn, straff gespannt vom Fett, das sich darunter ansammelte. Sie beugte den Kopf, damit er ihren Nacken abtrocknen konnte.

Einzig ihr Haar schien beinahe unbeschadet all die Jahre mit ihm überstanden zu haben. Fast wie am ersten Tag war es sanft gewellt und von diesem unnatürlich leuchtenden Kastanienbraun, das ihn schon als Kind zu dem kleinen Mädchen von nebenan hingezogen hatte. Nur trug sie es seit dem Unfall kurz und seit ein paar Jahren schimmerten graue Haare wie Silberfäden dazwischen.

Henning wusch einen Arm nach dem anderen, dann den Rücken und die schweren Brüste, unter die er, wie auch in den Leisten, am Bauch und unter den Armen, Tücher legte, damit sie nicht wund wurde.

»Rutsch ein Stück runter«, forderte er Lena auf, die noch immer wie ein beinloser Buddha nackt vor ihm saß. »Sonst komm ich nicht zwischen die Falten am Bauch und untenrum.«

Die ersten Male hatte er sie noch in der Annahme gewaschen, sie sei zu schwach, um es selbst ordentlich zu erledigen. Heute war es Routine, aber eine Routine, die ihn von Tag zu Tag mehr abstieß. Dies hier, die morgendliche und abendliche Ganzkörperwaschung, das Einlegen der Tücher, manchmal noch etwas Puder oder Salbe, dies waren seit dem Unfall die einzigen intimen Berührungen ihrer Beziehung. Er wusste nicht mehr, wie Küsse schmeckten, wollte sie auch nicht mehr. Und aus ihr war seit dem Unfall jedes zärtliche Gefühl für ihren Mann verschwunden.

Henning Malow bedeckte ihre von den Stümpfen eingerahmte Scham mit dem Handtuch. Dann ging er in den Flur, um ein frisches Nachthemd zu holen.

Als er zurückkam, schlief Lena. Splitternackt lag sie vor ihm, den Mund zur Hälfte geöffnet. Sie atmete schwer. Ihre Brüste fielen links und rechts zur Seite. Manchmal zuckten ihre Stümpfe, wie bei einem schlafenden Hund, der im Traum einer fliehenden Katze nachjagt. Er hatte es schon oft beobachten können. Müssen. Wem oder was mag sie wohl nachjagen, fragte er sich und knetete das Nachthemd in der Hand.

Sie wird sich erkälten, sagte eine Stimme in ihm.

Und wenn schon, antwortete eine andere. Und wenn schon.

Sie war ihm egal, diese Frau. Seine Frau. Er ekelte sich vor ihr und davor, sie zu berühren. Und doch musste er es tun, jeden Tag, morgens und abends. Jede Woche vierzehn Mal. Jeden Monat sechzig Mal. In jedem Jahr siebenhundertdreißig Mal, seit siebenundzwanzig Jahren. Nie ein freier Tag, immer zu ihrer Verfügung. Er hatte Schuld auf sich geladen, das wusste er. Wenn nicht, könnte er dieses Leben niemals ertragen. Aber, fragte er sich in letzter Zeit immer öfter, kann man eine Schuld nicht begleichen oder verzeihen? Nein! Er schüttelte den Kopf und sein Blick blieb an ihren schmalen Lippen hängen. Diese Schuld würde er niemals begleichen, nicht in hundert Leben. Lena würde nicht zulassen, dass er ihr aufrecht in die Augen sah, ohne diese versklavende Last auf seinen Schultern. Solange er bei ihr war und sie bei ihm, so lange würde sie alles daran setzen, dass er stets vor Augen hatte, was er ihr angetan hatte. Aber war das da im Bett wirklich noch seine Frau? Rein äußerlich deutete nichts mehr auf die fröhliche junge Frau hin, die er einst geheiratet hatte. Und ihr Inneres war längst ausgebrannt und kalt.

Dies war nicht Lena. Nicht mehr.

Henning Malow betrachtete seine schlafende Frau. Aus ihrem Mundwinkel hing ein dünner Speichelfaden und tropfte auf das schweißnasse Laken. Später, wenn sie wieder wach war und in ihrem frischen Hemd steckte, würde sie ihren eigenen Schweiß wahrnehmen, den Geruch der Nacht, der im Laken hing. Sie würde Henning rufen, und er musste dann das Bett frisch beziehen. Wie einen Sack Mehl, einen großen, sehr großen Sack Mehl, musste er Lena dann zuerst ans Fuß- und anschließend ans Kopfende des Bettes zerren, sie auf diese, dann auf die andere Seite rollen und dabei selbst schwitzen wie ein Boxer in der zwölften Runde.

Er wusste inzwischen so genau, wie die Tage – wie sein Leben – verlaufen würden. Überraschungen gab es keine mehr, nicht einmal eine kleine Abweichung vom Normalen. Lena ließ dies niemals zu. Und sollte er es doch einmal wagen, sollte er stöhnen oder sie bitten, etwas mehr mitzuhelfen, würde sie das Damoklesschwert seiner Vergehen hervorholen. Es lag immer griffbereit neben ihr. Sie ließ das Schwert aufblitzen und schwang es über seinem Kopf, und er wurde kampfunfähig und ganz klein. Eben schuldig.

Malow legte das Nachthemd neben ihr aufs Bett. Dann wandte er sich ab, ging durch die Küche in den Flur und stieg die schmale Treppe hinauf, die ihn in sein Zimmer führte. Hier war er allein und bei seinen Büchern. Jederzeit konnte es gegen den Boden klopfen, und er würde ihre schrille Stimme hören und zu ihr hinabmüssen, um sich um sie zu kümmern und seine niemals enden wollende Schuld abzutragen. Das war sein Leben.

Ein Leben?

Er starrte aus dem Fenster über den See und die Wälder. Irgendwo dort hinten lag der Hafen. Und damit Deutschland. Seit seiner Pensionierung war er nicht mehr dort gewesen. Würde sie eine Rückkehr jemals zulassen? Ihm wurde mit einem Mal klar, dass es schon seit Jahren keine Rolle mehr spielte, was er wollte. Danach wurde nie gefragt. Auch nicht, wie es ihm ging, was er sich wünschte, wonach er sich sehnte.

Unten im Wohnzimmer wälzte sich Lena auf die andere

Seite. Bis hierher war das Quietschen des Bettes und ihr Grunzen zu hören. Henning zuckte bei diesem Geräusch zusammen wie ein ertapptes Kind. Gleich würde sie rufen. Gleich musste er zurück zu ihr.

Er sah sich im Zimmer um. Das hier war alles. Sein Reich. Er ging an das Regal mit den Reiseführern und nahm den zerlesenen Fremdenführer von Rom heraus. Niemals würde er die Ewige Stadt erblicken, niemals. Es sei denn …

Während ihr Stumpf im Traum zuckte und sie das Skalpell spürte, mit dem die Ärzte das Fleisch um ihren Oberschenkelknochen freilegten, packte Henning Malow das Wenige, das er brauchte, in einen kleinen Wanderrucksack: Reisepass und Führerschein, einmal Wäsche zum Wechseln, seinen Marco Polo Städteführer Rom, Zahnbürste und ein paar Vorräte, um über die nächsten Tage zu kommen.

Während sie das Geräusch der Säge noch einmal hörte, jedes Wort der Ärzte und Schwestern verstand, ging ihr Mann aus dem Haus. Er ging, ohne sie noch ein letztes Mal anzusehen. Er verließ eine fremde Frau. Er stieg in den altersschwachen Suzuki und zog die Tür ins Schloss. Dann drehte er den Zündschlüssel um, gab Vollgas und raste ohne einen Gedanken oder Blick nach hinten davon, raste zurück in sein Leben. Und mit jedem Meter, den er sich von diesem Haus entfernte, strafften sich seine Schultern, polterte die Last seiner Schuld rechts und links in den Wald. Es war vorbei, die Schuld war abgetragen.

Nach wenigen hundert Metern war er ein freier Mann. Jetzt saß endlich wieder Henning Malow hinter dem Lenkrad seines Lebens. Das erste Mal seit siebenundzwanzig Jahren.

68

15:41 Uhr, bei Trelleborg, Südschweden

Ein Helfer! Wenn nur irgendjemand hier wäre, der mit anfasst! Hans Seger fühlte Tränen in sich aufsteigen. Sollte die ganze Mühe wirklich umsonst gewesen sein? So kurz vor dem Ziel?

Salzwasser plätscherte nur zwei Meter vom Holzrumpf entfernt gegen den Strand.

Wo waren nur all die Menschen? Versteckten sie sich in der Stadt? Sollte er hingehen und sie suchen, um Hilfe bitten? Aber wer sollte ihm helfen? Seit Tagen ohne Strom, Wasser und Kommunikation, hatten die Menschen andere Probleme. Eigene Probleme. Wen interessierte da schon ein Deutscher, seine Hilflosigkeit und sein Heimweh? Hans versuchte ein Lächeln und vergrub die Hand im Sandboden. Jeder musste zusehen, wie er sich und die, die ihm wirklich wichtig waren, am Leben erhielt. Klang surreal: am Leben halten.

Hans Seger dachte an das, was gestern geschehen war und suchte in sich nach einem Gefühl der Reue, nach Scham oder Schuld. Aber wieso auch immer, da war nur Leere. Er hatte einen Menschen getötet, um an ein verschimmeltes, altes Brot zu kommen. Fertig. Mehr gab es dazu offensichtlich nicht zu sagen. Denn in ihm war kein Platz für Reue und Schuld. Hans wollte zu Eva und zu Lea, das war alles. Und dieses Wollen war alles, was er denken und fühlen konnte. Vielleicht war Platz, über den alten Mann nachzudenken, wenn er endlich wieder in Wellendingen war, jetzt war dazu keine Zeit. Dieses verfluchte Boot musste ins Wasser.

So in Gedanken, hatte seine Hand inzwischen ein ansehnliches Loch in den Strand gegraben. Langsam füllte es sich mit Meerwasser.

Wer kümmerte sich jetzt um Eva, woher bekamen sie und Lea etwas zu essen? War in Deutschland überhaupt das Gleiche geschehen, lag auch dort alles lahm? Bestimmt. Der leere, saubere Himmel erzählte ihm eine bittere Wahrheit: Diese Katastrophe war kein schwedisches Phänomen, dies passierte mindestens europaweit. Mindestens!

Du vertrödelst deine Zeit! Hans schüttelte seine Gedanken ab und versuchte, sich auf das im Augenblick einzige wirklich wichtige Problem zu konzentrieren: das Boot und die Ostsee und wie er beides zusammenbringen konnte. Er stand auf und betrachtete die herumliegenden Rollen. Zuletzt fiel sein Blick auf das eben von seiner Hand gegrabene Loch. Es war nicht sonderlich tief, aber es hatte sich mit Wasser gefüllt – ein winziger See neben seinem Boot.

Das war es! Er schlug sich mit der flachen Hand gegen die Stirn. Natürlich. Graben!

Aufgeregt wie ein kleiner Junge rannte Hans Seger zu den Hütten und zwängte sich durch das offene Fenster. Es musste da sein, irgendwo, irgendwas zum Graben. Hans riss erneut jede Schranktür auf. Ohne auf den Lärm zu achten, den er verursachte, warf er Töpfe, Teller und Besteck auf den Boden. Dann, im untersten Schrank, versteckt unter einem Topf, entdeckte er endlich eine verbeulte Bratpfanne! Er hielt sie einen Moment in den Händen und lachte sie an. Graben.

Er begann systematisch. Er zog mit einem Stock eine gerade Linie vom Wasser bis unmittelbar neben das Boot. Am Boot, rechnete er, musste er vielleicht einen Meter tief graben, zum Meer hin weniger. Eine Fahrrinne – das war die Lösung. Eine Fahrrinne, ganz knapp neben dem Boot. Er brauchte den Koloss dann nur noch hineinzukippen, das war alles. Einsteigen und los geht's!

Er buddelte wie ein Besessener. Er kam gut voran und nach einer Stunde hatte er neben seinem Boot bereits ein Loch ausgehoben, in dem er einen Kleinwagen problemlos hätte beerdigen können. Er schwitzte und die Hände schmerzten von der ungewohnten Arbeit, aber er lachte dabei. So wird es klappen. Ganz bestimmt. Die Zukunft war plötzlich wieder greifbar, gestaltbar. Mit etwas Glück konnte er morgen oder übermorgen Rügen erreichen. Er hatte etwas Proviant, Trinkwasser war auch da und, erst einmal in Deutschland angekommen, waren die ihn dann noch von seiner Familie trennenden tausend Kilometer kein Problem. Was sind schon tausend Kilometer? Ein Klacks, ein Hühnerschiss! Dies hier war der eigentliche Knackpunkt und den löste er soeben auf wunderbare Weise. Drüben auf dem Festland ließe sich bestimmt ein Auto auftreiben oder ein Motorrad. Wenn es gut läuft, rechnete er, waren die eintausend Kilometer in ein, na ja, vielleicht zwei Tagen zu schaffen. Alles kein Problem mehr.

Die Aussicht, in spätestens vier Tagen bei Eva und Lea sein zu können, beflügelte ihn. Immer wieder stieß er mit der flachen Pfanne in den nassen Boden und warf den Sand in hohem Bogen aus dem Loch. Bis zu den Knien stand er im lauwarmen Wasser. Die vier Polen, die sich aus ihrem Versteck hinter den Hütten wagten, sahen nur ein Boot auf dem Trockenen und davor, wie von Zauberhand, nassen Sand aus einem Loch fliegen.

Dass er Eva liebte, das wusste er. Aber dass ihm diese Trennung und die Tatsache, nicht jederzeit mit ihr und seiner Tochter telefonieren zu können, so zusetzte, überraschte dann doch. Sie waren in all den Jahren noch nie länger als fünf Tage am Stück getrennt gewesen, die Tage, in denen er dienstlich nach Schweden musste. Aber selbst diese Tage waren, von der Entfernung abgesehen, keine wirkliche Trennung, telefonierten sie doch mindestens dreimal täglich. So war er immer bei ihnen, wusste, wie ihr Tag verlief, was Eva gemacht hatte und wie es bei Lea in der Schule war. Sie alle brauchten diese Nähe, eine Nähe, die, einen Hauch weniger Liebe vorausgesetzt, Beziehungen zerstören konnte. Aber sie waren wie zwei Einbeinige, die erst in der engen

Umarmung das Laufen gelernt hatten. Und wie sie laufen konnten!

Hans ließ die Pfanne im Boden stecken und streckte sich. Er prüfte das bisher Geschaffte. Nicht schlecht. Seine Hände zitterten von der Anstrengung. Zuletzt hatten sie so gezittert, als er Evas ersten Mann aus seinem Haus geworfen hatte. Eine Ewigkeit war seitdem vergangen.

Eva konnte es ihm nie so erklären, dass Hans es hätte nachvollziehen können, jedenfalls hatte sie diesen Kiefer geheiratet. Um von ihren Eltern wegzukommen, sagte sie. Vielleicht macht man als Frau so etwas, mit achtzehn machen andere ganz andere Dinge. Aber geliebt hatte sie Martin Kiefer nie. Sonst wäre das mit ihnen nicht passiert. Hans' eigene Hochzeit stand damals kurz bevor. Oh, was für ein Aufschrei ging durch seine Familie und das ganze kleine Dorf, als er damals den Hochzeitstermin absagte und seine Braut aus dem Haus schickte. Hätte er sich in Luft auflösen können, er hätte es getan. Kleine Dörfer können schrecklich sein. Jeder weiß alles und manche noch ein bisschen mehr. Jeder kennt jeden und Geheimnisse sind in einem Dorf wie Wellendingen so sicher aufgehoben wie ein gackerndes Huhn in einem Fuchsbau. Als Eva dann noch bei ihrem Mann aus- und bei Hans einzog, war die Sensation perfekt. Monatelang gab es kein anderes Gesprächsthema.

Aber die Wogen hatten sich geglättet, und aus der Sensation wurde nach und nach ein Stück Alltag. Sie wurden ein Teil Wellendingens.

Einzig Martin Kiefer verkraftete den Verlust seiner Frau nur schwer. Wieder und wieder sah Hans ihn zufälligerweise immer gerade dort, wo auch Eva war: vor der Bank oder beim Friseur, beim Einkaufen, selbst in der Nähe ihres Hauses war ihm sein Wagen zweimal aufgefallen. Zu den seltsamsten Zeiten läutete über Wochen hinweg das Telefon, bis Hans das Problem mit einer Geheimnummer aus der Welt schaffte.

Schließlich kam, was kommen musste. Martin Kiefer stand eines Abends vor ihrer Tür und wollte eine Aussprache mit seiner (Noch-)Ehefrau. Als Eva sah, wem Hans da gerade die Tür geöffnet hatte, war sie im Wohnzimmer verschwunden. Sie hatte abgeschlossen mit ihm, es gab nichts mehr, über das sich ihrer Ansicht nach mit Martin zu reden gelohnt hätte. Ein einziges Mal wollte sie ihn noch freiwillig sehen, an dem Tag ihrer offiziellen Scheidung in zwei Wochen. Also blieb Hans nur, den Vorgänger zum Gehen zu bewegen. Als Martin sah, dass Eva ohne ein Wort verschwand, rastete er aus. Er versuchte an Hans vorbei zu ihr zu gelangen. Er rief nach ihr, flehte sie an, bettelte um einen Neuanfang. Die Trennung war wie ein Blitz aus heiterem Himmel über ihn gekommen. Er war sich – und, so vermutete Hans, ist sich wahrscheinlich noch immer – keiner Schuld bewusst. Alles war doch gut und so, wie er es haben wollte. Vielleicht nicht in jeder Beziehung, aber doch so, dass man in diesem Zustand bis ans Ende aller Tage verharren hätte können. Warum sie ihn für Hans verließ, was dieser andere ihr bieten konnte, das er selbst nicht besaß, lag außerhalb seiner Vorstellungskraft.

Hans konnte ihn im letzten Augenblick noch am Arm packen und von der Wohnzimmertür zurückreißen. Er zerrte ihn an diesem Abend durch den Flur zur noch offen stehenden Haustür und stieß ihn aus dem Haus. Martin stolperte rückwärts die drei Stufen hinunter, verlor das Gleichgewicht und fiel auf den Rücken. Und Hans starrte auf ihn herab. Es musste der demütigendste Moment in Kiefers Leben gewesen sein.

Als Hans schließlich die Tür schloss, zitterten seine Hände. Er war randvoll mit Adrenalin. Er hatte kurz die Augen geschlossen und tief durchgeatmet. Genau wie jetzt. Noch einmal tief Luft holen. Noch war erst die Hälfte der Fahrrinne geschafft.

Als er die Augen wieder öffnete und sich gerade nach

dem Pfannenstiel bückte, standen plötzlich vier Menschen am Rand der Grube, zwei junge Frauen und zwei Männer, genau über ihm. Ohne ein Geräusch hatten sie sich herangeschlichen. Ihre Gesichter wirkten verschlossen.

Endlich, war Hans' erster Gedanke. Das war die ersehnte Hilfe! Den Rest des Grabens konnte er jetzt getrost vergessen, zu fünft würde es ein Kinderspiel, das Boot ins Meer zu ziehen.

Doch dann fielen Hans die Knüppel auf. Jeder der vier hielt einen starken, glänzenden Stock in der Hand, wie Baseballschläger. In den Händen der zierlichen Frauen wirkten sie seltsam fehl am Platz. Hans entdeckte an einem der Schläger dunkle Flecken. Getrocknetes Blut.

Die fünf musterten sich lange Sekunden, ohne dass sich einer bewegte. Schließlich brach Hans das Schweigen: »Hallo.« Es sollte freundlich klingen, seine staubtrockenen Stimmbänder brachten aber nur ein undeutliches Krächzen zustande. Gleichzeitig versuchte er, mit einem Satz aus der Grube zu springen.

Die beiden Männer reagierten prompt. Wie abgesprochen traten beide einen Schritt nach vorn. Sie kamen bis an den Rand der nassen Falle und versperrten Hans den Weg. Hinter Hans lag das Boot. Hans Seger wurde nervös. Er sah sich um. Er begriff die Situation selbst nicht, wusste nur, dass er eine gute Zielscheibe abgab. Ihm wurde klar, dass hier und jetzt vielleicht sein Ende bevorstand.

»Frag ihn, wie er heißt«, flüsterte Alicja. Ihr Herz hämmerte in der viel zu engen Brust. Es hatte geklappt, ja, es hatte geklappt! Dieser Mann da hatte sich so in seine Arbeit vertieft, dass er sie überhaupt nicht wahrgenommen hatte. Es war ein Kinderspiel, fast schon wieder zu einfach. Sie hatten Hans eine Weile beobachtet. Anfangs nährte er, so verzweifelt und ratlos wie er neben dem Boot saß, ihre Hoffnung, dass er irgendwann aufgeben und sich aus dem Staub machen würde. Dann war er aber plötzlich wie von einem Sandfloh gestochen in eine der Hütten gestürmt und zwei Minuten später zurückgekommen. Seitdem grub er wie ein Irrer. Es dauerte eine ganze Weile, bis Karol endlich klar wurde, was der Mann eigentlich vorhatte.

»Der gräbt sich einen Kanal bis zum Boot!« Diese Erkenntnis zwang sie zum Eingreifen. Sie konnten nicht tatenlos mitansehen, wie der Mann das einzige Boot weit und breit zu Wasser ließ und mit ihm am Horizont verschwand.

»Wie heißen Sie?«, fragte Patryk auf Polnisch. Der Fremde starrte aber nur zurück. Er verstand kein Wort.

»Ist doch egal, wie der heißt.« Karol stand unter Hochspannung. Die gestrige Auseinandersetzung, eine lange Nacht im Wald und die Angst um sich und Alicja hatten ihm zugesetzt. Er wollte weg hier, schnell, sofort. Nach Hause.

»Pole ist er jedenfalls nicht«, sagte Patryk.

Hans sagte etwas. Zuerst probierte er es mit Englisch, als er darauf aber keine Reaktion bekam, versuchte er sein Glück mit Deutsch.

»Deutsch. Das war eindeutig Deutsch.« Alicja lachte.

Als er die junge Frau lachen sah, fiel Hans Seger ein Stein von der Seele. Menschen, die so lachen, töten nicht. Heimlich hatte er das Messer aus seiner Hosentasche genommen und hinter seinem Rücken aufgeklappt. Jetzt lockerte sich sein Griff. Er versuchte ein Lächeln. Wahrscheinlich waren die vier Polen. Oder Russen. Irgendwas Slawisches bestimmt. So, wie sie sein Boot betrachteten, wollten sie ebenfalls über die Ostsee.

Wieder mutiger, nahm er erneut Anlauf, aus dem Loch zu klettern. Plötzlich hörte er eine der Frauen etwas schreien, nur einen Sekundenbruchteil später sah er einen der Knüppel auf sich zusausen. Er schloss die Augen und riss die Arme vors Gesicht.

»Er hat ein Messer! Ein Messer!« Zuzanna schrie wie am Spieß und zeigte auf den Deutschen.

Karol reagierte prompt. Die Keule flog von seiner Schulter durch die Luft, der Mann riss noch die Arme hoch, dann wurde er am Handgelenk getroffen. Das Messer fiel auf den Strand, der Deutsche rücklings zurück in die Grube. Salzwasser schlug über ihm zusammen.

Patryk griff nach Hans Segers Messer.

»Oh, Mist, wenn wir das Messer übersehen hätten!«

»Er wollte uns umbringen!« Zuzanna schrie noch immer. Sie schwang ihren Knüppel hin und her und lief wie verrückt um die Grube. »Wetten, er wollte uns töten?!«

»Es ist gut, Zuzanna.« Patryk griff nach ihrem Knüppel und drückte ihn nach unten. Dann zeigte er ihr das Messer. »Damit kann er uns nichts mehr tun.«

Zuzanna starrte auf das Messer, dann zu Patryk. Schließlich ließ sie den Knüppel fallen, ging selbst in die Knie und begann zu weinen. Sie weinte all ihre Angst heraus, zitterte am ganzen Körper. Alicja ging zu ihr und nahm die Freundin in den Arm.

»Was sollen wir jetzt mit ihm machen?«, fragte Patryk. »Glaubst du auch, dass er uns angreifen wollte?«

»Frag mich bitte was Leichteres!« Karol taxierte den Mann in der Grube. Der kniete im Wasser und massierte sein schmerzendes Handgelenk. »Aber wir sollten kein Risiko eingehen.«

»Kannst du noch irgendeine Waffe bei ihm entdecken?«

»Nein.«

»Vielleicht in dem Beutel da?« Patryk deutete auf Hans' Stoffbeutel, der in Reichweite neben der Grube lag. Er zog ihn mit der Fußspitze zu sich heran, bückte sich und schüttete ihn aus.

»Ja, sieh mal einer an!« Karols Miene hellte sich etwas auf. »Der Gute schleppt einen halben Supermarkt mit sich herum.« Seit gestern Morgen hatten sie nichts mehr gegessen. Beim Anblick des halben Brotes und der Konserven zog sich sein Magen zusammen. Er schluckte, dann widmete er dem Fremden erneut seine ungeteilte Aufmerksamkeit.

Einer der Männer flüsterte den Frauen etwas zu. Eine von ihnen rannte daraufhin hinter die Hütten. Nach drei Minuten kam sie zurück, in der Hand einen roten Strick. Die beiden Männer bauten sich breit am Rand der Grube auf, die Knüppel im Anschlag. Dann bedeuteten sie Hans, herauszuklettern. Hans konnte ihre Nervosität und Anspannung förmlich greifen.

Hans stieg heraus. Kaum draußen, spürte er Karols Knüppel im Nacken. Hart zwang der Hans in die Knie. Patryk tänzelte um die beiden herum. Sollte Hans auch nur die kleinste falsche Bewegung machen, war er zum sofortigen Zuschlagen bereit.

Dann kamen die junge Frau und ihr roter Strick an die Reihe. Sie bog Hans die Arme auf den Rücken und fesselte ihn. Tief schnitt der Kunststoffstrick in seine Handgelenke. Die Männer zerrten ihn auf die Füße und stießen ihn den Strand hinauf, bis zu einer der Ferienhütten. Dort fesselten sie ihn an das Verandageländer.

Die Sonne hatte ihren höchsten Punkt am Himmel lange überschritten, als Hans Seger zusehen durfte, wie Alicja, Zuzanna, Patryk und Karol sein Boot in die Wellen schoben. Sie taten es mit einer widerwärtigen Selbstverständlichkeit. Als sei es schon immer ihr Boot gewesen, als hätten sie ihr Leben lang nichts anderes getan. Erstaunlich leicht ging es. Sie hoben das Boot etwas an, so dass es auf seinem schmalen Kiel stand, dann schoben sie mit vereinten Kräften. Es waren nur zwei Meter bis ins Wasser, zwei große Schritte. Und doch waren es die schwierigsten zwei Meter in Hans Segers bisherigem Leben gewesen. Er war an ihnen gescheitert, für die beiden Pärchen waren es einfach nur zwei Meter, über die sie das Boot hinwegschoben.

Gerechtigkeit? Die Strafe für den alten Mann?

Scheiß auf Gerechtigkeit, dachte Hans. Er wollte sein Boot! Sein Boot!

Hans musste zusehen, wie sie nacheinander im Wald verschwanden und mit ihren Rucksäcken zurückkamen. Sorgsam verteilten sie diese im Boot. Anschließend nahmen sie Hans' Konserven und das halbe Brot. Patryk stand bis zu den Hüften im Wasser und hielt das Boot, während die anderen einstiegen. Alicja zögerte, sprach kurz mit den anderen, dann rannte sie aus dem Wasser und zurück zu Hans. Würden sie ihn doch noch mitnehmen? Ja, er wollte mit nach Polen. Von da konnte man Deutschland schließlich auch erreichen.

Alicja rannte an ihm vorbei und kletterte in die Hütte. Sie sah ihn nicht einmal an. Doch dann kam sie mit einem kurzen Schlauch aus der Hütte. Den steckte sie in Hans' halbvolle Wasserflasche und stellte diese neben ihn hin. Sie sagte etwas zu ihm und betrachtete ihn dabei traurig. Dann rannte sie ohne einen weiteren Blick zurück zu ihren wartenden Freunden und wurde von Patryk ins Boot gehoben. Er kletterte ihr hinterher. Rechts und links erschienen die Ruder wie Flügel und klatschten ein erstes Mal aufs Wasser. Sie richteten ihr kleines Gefährt aus, korrigierten den Kurs und die Position des Gepäcks, dann tauchten beide Ruder ins Wasser, Hans sah, wie die nackten Oberkörper der Männer sich strafften, und sein Boot nahm Fahrt auf. Meter um Meter entfernte es sich von der Küste. Platsch. Platsch. Das schlimmste Geräusch seines Lebens.

Er schrie ihnen all seine Wut und Hilflosigkeit hinterher: »Ihr Bastarde! Hoffentlich sauft ihr ab! Ihr werdet niemals ankommen! Wenigstens losbinden hättet ihr mich können, ihr Schweine! Soll ich jetzt hier verrecken? Reicht es euch nicht, mein Boot zu stehlen? Müsst ihr mich auch noch umbringen?« Er versuchte sich zu befreien, aber die Fessel saß zu fest und sein Zerren und Ziehen zog sie nur noch strammer. Die Handgelenke brannten wie Feuer, aber er spürte in diesem Augenblick nur hilflose, grenzenlose Wut in sich brodeln.

Das Boot zog Meter um Meter davon, getrieben von vier starken Armen. Hans konnte nicht ahnen, wie leid es den beiden Frauen tat und dass ihnen seine Schreie das Blut in den Adern gefrieren ließ. Die Frauen kauerten im Heck des Bootes, wandten Hans ihre Rücken zu und hielten sich die Ohren zu. Zu groß war das Risiko, ihn freizulassen. Er wäre hinter ihnen her ins Wasser gerannt und hätte vielleicht eine der Frauen gepackt oder das Boot zum Kentern gebracht. Nein, sie hatten keine andere Wahl. Er hatte ein Messer bei sich gehabt. Wer weiß schon, was dies für ein Mann war. So überlebten wenigstens sie, und Polen kam mit jedem Ruderschlag ein kleines Stück näher.

Hans sank auf den Verandastufen in sich zusammen. Er war allein und weiter weg von zu Hause als jemals zuvor. Das Boot war bereits zu einem kleinen Punkt zusammengeschmolzen.

»Ihr Schweine«, flüsterte Hans Seger und weinte. Dann trat er gegen das Verandageländer. Die mit Wasser gefüllte Weinflasche darauf torkelte einen Moment, dann entschied sie sich. Mit einem trockenen *Plopp* fiel sie neben Hans ins Gras und rollte vor seine Füße.

69

17:11 Uhr, Wellendingen

Kurz nach fünf stand Martin Kiefer vor Eva Segers Haustür. Eva wollte gerade das Haus verlassen, um gegenüber in Albickers Stall beim Abendmelken zu helfen, als es klopfte. Sie öffnete und vor ihr stand ihr erster Mann mit einem Strauß Löwenzahn in der Hand.

»Ich dachte schon, du willst mir nicht aufmachen«, sagte Kiefer, lächelte und hielt ihr die Blumen hin.

Seit er seine Frau am Vortag gesehen hatte, konnte er an nichts anderes mehr denken. Seine Frau. Für ihn war Eva immer *seine* Frau geblieben. Auch, als sie ihn für diesen Wichtigtuer aus Wellendingen verlassen hatte. Und es kribbelte noch immer, wenn er sie traf. Aber diesmal kribbelte es etwas anders. Heute war er klarer dabei. Sie war noch schöner geworden, seit sie den Balg hatte. Sogar die Zeit nach der Katastrophe schien ihr nichts anhaben zu können. Ganz im Gegenteil, dachte Kiefer.

Kiefer versuchte ein möglichst unverfängliches Lächeln und dachte dabei an Evas Mann. Beinahe täglich stellte er sich vor, wie er Hans zusammenschlagen würde, während Eva danebenstehen und zusehen müsste. Und danach wollte er sich um sie kümmern.

»Martin«, sagte Eva, »hab schon gehört, dass du jetzt hier im Dorf bist.« Der Besucher war ihr sichtlich unangenehm. Sie hatte im Moment weiß Gott andere Sorgen! Da war nicht nur das langsam, aber unaufhörlich näher rückende Problem Hunger, das die Zähne fletschte und sich anpirschte. Lea hatte darauf bestanden, dass Eckard Assauer bei ihnen bleiben sollte. In Ordnung, warum nicht. Aber das war keine Dauerlösung, denn auch ein Eckard Assauer wollte essen und trinken und, wie Faust ihr erzählt hatte, war Roland Basler weder von Assauers Anwesenheit begeistert noch von der Ankunft der beiden Männer, die sie aus Donaueschingen mitgebracht hatte. Thomas und Joachim Beck.

Beck befand sich in einem labilen Zustand irgendwo zwischen Leben und Tod, wobei er dem Tod näher war als dem Leben. Als ihm Eva im Pfarrhaus die Wunden gereinigt und verbunden hatte, war ihr augenblicklich klar gewesen, dass

Beck keine Überlebenschance hatte. Die Frage war nur, wie lange sein Sterben andauern würde.

Heute Vormittag hatte sie drei Stunden im Pfarrhaus verbracht. Sie versuchte dem Polizisten etwas Suppe und Wasser einzuflößen, wusch ihn und wechselte gemeinsam mit Fräulein Guhl das Bettlaken. Mehr war nicht zu tun. Eva konnte ihm einzig das Sterben erleichtern, und sie dachte sofort an Aleksandr Glück.

»Was willst du, Martin?«

»Gestern auf dem Hardt war nicht viel Zeit für eine Begrüßung«, sagte Kiefer. Er hielt ihr die Blumen hin. »Ich wollte dir nur sagen, dass ich mich freue, dass du wieder hier bist. Und dass es dir gut geht. Und wenn du etwas brauchst«, er druckste herum wie bei ihrer ersten Begegnung, »wenn du Hilfe oder jemanden zum Reden brauchst, ich wohne unten in der Krone.«

»Danke. Aber ich komm schon zurecht«, sagte Eva. Die Blumen beachtete sie nicht. Martin Kiefer machte ihr noch immer Angst, und seit er sie vergewaltigt hatte, war er für sie gestorben. Sie wollte nicht, dass er hier war und Hans nicht. Warum saß Kiefer nicht Tausende Kilometer entfernt? Wieso Hans?!

»Bist du dir sicher, dass alles in Ordnung ist? Ich meine, es hat sich viel verändert in den letzten Tagen. Und als Frau, so ganz ohne Mann …«

»Keine Angst, Hans kommt zurück!« Es sollte selbstsicher und fest klingen, tat es aber nicht. Sie legte beide Hände auf ihren Bauch, als müsse sie das Ungeborene vor Kiefer beschützen.

»Und wenn Hans nicht zurückkommt?« Kiefer ließ die Hand mit den Blumen sinken. »Du weißt, dass es Monate dauern kann, bis er wieder hier ist. Wenn überhaupt.« Auf diesen letzten Satz hatte er sich gefreut.

»Ich komme schon zurecht.« Evas Stimme zitterte. »Danke. War nett.« Sie schloss die Tür.

Kiefer betrachtete die Haustür mit dem bunten Salzteigschild. Hier leben, lieben und streiten Lea, Eva und Johannes Seger, hatten sie in den Teig eingeritzt und nach dem Backen mit dunkelblauer Farbe nachgeschrieben.

»Im Moment fehlt ja wohl einer«, knurrte Kiefer und ging.

Nett hatte sie seinen Besuch genannt, nett! Die Blumen ließ er einfach fallen.

Das zweite Stockwerk von Martin Kiefers Reihenhaus bestand aus einem geräumigen Bad, seinem (und Evas) Schlafzimmer und zwei sogenannten Kinderzimmern. Er hatte sich immer zwei Kinder gewünscht, zwei Mädchen vielleicht.

Kiefer ging an Albickers Stall vorbei. Der Stall hatte mittlerweile die Funktionen von Kirche, Gasthaus und Radio übernommen. Man kam nicht nur zum Melken, man kam auch, um Neuigkeiten zu erfahren. Und in diesen Tagen gab es immer etwas Neues. Wieder hatten heute zwei Familien Wellendingen verlassen. Und in Bonndorf, so war zu hören, waren vergessene Alte im Pflegeheim verdurstet.

Eines der Kinderzimmer, in denen nie ein Kind gewesen war, hatte Kiefer mit Bildern seiner Frau (sie würde immer seine Frau bleiben) tapeziert; Fotografien aus den vergangenen zehn Jahren. Als sie ihn verlassen hatte und er damit begann, sie zu beschatten, hatte er sich eine teure Spiegelreflexkamera gekauft. Dazu ein ausreichendes Teleobjektiv. Im Keller richtete er sich ein kleines Labor ein, und nach dem Besuch eines Kurses in der Bonndorfer Volkshochschule entwickelte er die Ergebnisse seiner Detektivarbeit selbst – am Anfang mit mäßigem Erfolg, später immer professioneller.

Da waren Bilder, die sie beim Einkaufen zeigten oder wie sie gerade in ihr Auto stieg. Eva auf dem Fahrrad oder beim Friseur, am Geldautomaten und beim Joggen mit wehendem Haar. Es gab Bilder, die riesengroß ihr Gesicht zeigten, grobkörnig, manchmal unscharf, im Profil oder von vorn, aber immer nur sie, niemals Hans oder den Balg. Es war eine fast komplette Dokumentation ihrer letzten zehn Jahre. Der Betrachter sah, wie sich ihre Frisuren mit der Zeit änderten, erste Fältchen auftauchten, ihr Gesicht mit den Jahren an Ausdruck und Identität gewann. Alle Wände, die Tür und die gesamte Decke beider Zimmer waren mit Evas Konterfei tapeziert, an manchen Stellen hingen vier oder fünf Bilder übereinander, und in den Ecken des Raumes, auf bunter Auslegware, stapelte Kiefer die weniger gelungenen Bilder von ihr.

Dunkle, schwere Vorhänge sperrten die Welt aus, denn hier wollte er ungestört sein, nur er und Eva.

Gegenüber der Tür, so dass es das Erste war, was er sah, wenn er den Raum betrat, hing in einem antiken, goldenen Rahmen ein besonderes Bild von ihr, von einem einzelnen Strahler beleuchtet. Vor fünf oder sechs oder sieben Jahren – wen interessierte das schon? –, kurz nachdem Eva und Hans in ihr so schmuckes Häuschen eingezogen waren, hatte er in ihrem Garten gelegen, versteckt hinter einem Haufen Bauschutt und einem Betonmischer, und gewartet. Kiefer wartete, bis die Nacht kam und ihm das An und Aus der Lichter im Haus verriet, was wo geschah. Er konnte wenig erkennen, aber Eva – Hans Seger war in Schweden – dennoch in Gedanken auf ihrem Weg durch das Haus begleiten: zuerst nur ein schwach erleuchtetes Fenster, hinter dem bunte Farben flackerten, wo sie fernsah. Gegen neun ging ein Licht im Treppenhaus an, gefolgt von einem weiteren in einem anderen Raum (Küche?) und in umgekehrter Reihenfolge löschte sie die Lichter wieder. Sie hatte sich etwas zu trinken geholt. Halb elf (Richtig, ihre Zeit!) ging wieder das Licht im Flur an, aber diesmal wurde es im Wohnzimmer dunkel. Dann ein neues Licht, direkt unterm Dach, hinter einer Milchglasscheibe. Kiefer war in einen

Apfelbaum geklettert, um einen Blick von ihr zu erhaschen. Wenig später hörte er, wie jemand die Toilettenspülung betätigte. Und dann öffnete sie das Fenster, um die laue Nacht einzulassen oder um sich ihm zu zeigen!

Kiefer konnte bis heute das Glück nicht fassen, welches er an diesem Abend gehabt hatte: Eva stand vor einem Spiegel, zog T-Shirt und BH aus und begann, sich Brust, Schultern und Hals einzucremen. Er kannte die Prozedur genauestens und hatte sich mehr als einmal darüber lustig gemacht, als sie noch mit ihm verheiratet war. Aber nie, und das wurde ihm erst bewusst, als er die Bilder entwickelte und sie schließlich in den Händen hielt, nie hatte er diesen Moment als das erlebt, was er in Wirklichkeit war: Schönheit. Er wählte unter den sechsunddreißig Aufnahmen dieses Abends eine aus, auf der sie frontal zu ihm stand. Die linke Hand lag zwischen ihren Brüsten und sie sah nach rechts in den Spiegel und hielt ihr Haar mit der Rechten über ihren Kopf. Er liebte dieses Bild, ihr Profil mit der scharf gezeichneten, vielleicht etwas zu großen Nase und die Linie ihres Nackens, wie sie in die weiße Schulter überging.

Eva.

Das zweite Kinderzimmer hatte er für Evas Rückkehr vorbereitet. Gründlich vorbereitet und ausprobiert! Ein einziges Mal, denn er wollte nichts dem Zufall überlassen und schon gar nicht, dass bei ihrer Rückkehr etwas schiefginge.

Er wusste nicht mal, wie die Frau hieß, der er die Ehre zuteilwerden ließ, diesen besonderen Raum einzuweihen. Aber manchmal sah er sie noch in der Stadt, sogar in seiner Straße, und sie grüßten sich, wie Nachbarn sich eben grüßen. Denn sie wusste nicht, dass Martin Kiefer es war. Es gab keinen bestimmten Grund, warum er sie auserkor, Evas Zimmer auszuprobieren. Er hatte sie im eigentlichen Sinn des Wortes auch nicht ausgewählt, sie hatte einfach nur Pech gehabt. Sie hatte das Pech, dass sie die Erste war, auf die Kiefer traf, als er das Zimmer endlich fertig hatte und, begierig es auszuprobieren, losfuhr und nach einer Frau suchte. Es war bereits dunkel, als sie an ihm vorbeilief. Sie trug eine Sporttasche am Arm. Ehe sie überhaupt wusste, was geschah, hatte er ihr von hinten einen Leinenbeutel über den Kopf gestülpt, sie herumgedreht und ihren Hilfeschrei, für den sie gerade den Mund hatte öffnen wollen, mit einem gezielten Schlag unterdrückt. Dann hatte er sie gefesselt und ihr die Augen verbunden. Als sie erwachte, fuhr er zwei Stunden mit ihr im Wagen durch die Gegend, um sie zu verwirren.

Mitternacht war bereits vorüber, als er sie damals in Evas Zimmer trug und auf den skurrilen Tisch legte, der in der Mitte des Raumes an Ketten von der Decke hing. Der Tisch hatte die Form eines Ypsilons. Der untere Teil war breiter und am Ende befand sich eine mittelalterlich anmutende Holzzwinge, die er aufklappte. Er legte den Kopf der Frau und ihre Hände in die vorgesehenen Mulden und schloss den Pranger. Sie lag auf dem Rücken, ihm ausgeliefert, geknebelt und mit vor Todesangst aufgerissenen Augen. So hatte er es sich schon tausendmal vorgestellt – nur, dass es in seiner Phantasie Evas Augen waren, die zu ihm aufsahen. Er trug eine Ledermaske. Während er sie auszog und schließlich auch noch ihre Füße, für die er ähnliche Vorrichtungen an den beiden freien Enden des Tisches angebracht hatte, einsperrte, sang er leise *This is the end* von den Doors. Dann hatte sich Kiefer auf den Stuhl gesetzt, an dem Handschellen an beiden Armlehnen und an den vorderen Stuhlbeinen hingen. Auf diesem Stuhl sollte einmal Seger sitzen und zusehen – hilflos und gefesselt!

Kiefer behielt die Frau zwei Tage bei sich und weidete sich an der Angst in ihren Augen. Die meiste Zeit ging er wortlos im Zimmer auf und ab oder saß im Stuhl und betrachtete sie. Und es war so, wie er es sich vorgestellt hatte: mächtig, schön und erregend.

Wie würde es erst mit Eva sein!

Er tat ihr nichts, rührte sie nicht einmal an, onanierte nur zwei Mal auf sie und brachte sie, als er sich sattgesehen hatte, in ein zwanzig Kilometer entfernt liegendes Waldstück bei Neustadt.

Wenn sie sich heute manchmal zufällig auf der Straße begegneten, grüßte er sie freundlich und dachte dabei an sie, so, wie nur er sie kannte.

70

17:20 Uhr, Neapel

Die Kanalisation Neapels war unbestritten der schönste Ort der Welt. Es war angenehm dunkel und feucht, Abfälle trieben auf den warmen, stinkenden Wassern und warteten nur darauf, dass sich eine der unzähligen Ratten auf sie stürzte. Störungen durch Kanalarbeiter waren selten und kurz.

Hier waren sie die unbestrittenen Herrscher: Ratten.

Seit vier Tagen aber war die Kloake unter der Metropole versiegt. Es hatte seit Wochen nicht geregnet und nun fehlten auch noch die Abwässer der Millionenstadt. An wenigen Stellen innerhalb des röhrenartigen Tunnelsystems standen vereinzelt letzte Pfützen – brackige Wasserlachen, in denen Abfälle vor sich hinfaulten. Plastikmüll lag auf dem Trockenen.

Eine seltsame Unruhe hatte von den Tieren Besitz ergriffen und breitete sich immer weiter aus. Deutlich spürten sie die Veränderungen hoch über ihren Köpfen, Veränderungen, die auch sie betrafen. Der stete, im Tagesverlauf mehrmals an- und abschwellende Verkehrslärm war völlig zum Erliegen gekommen, wie auch die Flüsse aus Wasser und Abfall, mit denen der Mensch sie bisher so großzügig versorgt hatte. Versiegt.

Nervosität hatte die Tiere ergriffen, sie waren hungrig und

hungrig waren auch ihre Jungen, die in Nestern aus Plastiktüten und Stofffetzen auf Nahrung warteten. Und über allem, ein Hohn, lag der verführerische Duft aus Verwesung, der von Stunde zu Stunde intensiver wurde, ein Geruch, der sie lockte, in den Nasen kitzelte und ein schier unermessliches Mahl versprach. Es war ein süßer Duft, der von den überhitzten Straßen herab in die Kanalisation sickerte, sich durch die Gitter der Kanaldeckel zwängte, um die von ihren Futterquellen abgeschnittenen Tiere zu quälen.

An diesem 27. Mai wagten sich die Tiere aus dem vertrauten Labyrinth ihrer Unterwelt. Sie stürzten sich auf überquellende Müllcontainer, Säcke voller Abfälle, die auf den Gehwegen lagen und auf eine Müllabfuhr warteten, die es nicht mehr gab. Die Tiere sicherten einen Augenblick, dann begann die Invasion, der sich niemand entgegenstellte. Hier gab es keine Fallen und kein Gift, das die Ratten innerlich verbluten ließ.

Dies war das Paradies!

In der Via San Nicola dei Caserti fanden sie den Leichnam eines Carabinieri. Sie zögerten nicht – Abfall war Abfall.

71

17:26 Uhr, Trelleborg, Südschweden

Das kleine Haus, in dem Lena und Henning Malow die vergangenen Jahre verbracht hatten, lag abgeschieden im Wald. Die schmale Zufahrtsstraße schlängelte sich sieben Kilometer an Seen vorbei, bis sie achtzehn Kilometer vor Trelleborg den Asphalt der Landstraße erreichte. Rechts säumten Holzmasten den Weg, die das kleine Anwesen und zwei, drei andere, versteckt gelegene Gebäude mit Strom und einer Telefonleitung versorgten.

Henning Malow raste über den Waldweg, hinter sich eine dicke Staubwolke. Der aufgewirbelte Staub machte jeden Blick in den Rückspiegel sinnlos. Aber für Henning Malow gab es ohnehin keinen Blick zurück. Das Leben hatte soeben erst begonnen! Er wollte nach Trelleborg, dort die nächste Fähre nach Deutschland nehmen und endlich nach Rom, der Stadt seiner ewigen Träume.

Rechts und links jagte der Wald vorbei.

Malows Augen leuchteten. Mit einer Hand steuerte er den Wagen, die andere hielt er aus dem offenen Fenster. Er hatte viel zu lange gewartet! Aber es war noch nicht zu spät. Das Leben hatte auf ihn gewartet und jetzt war er endlich bereit, sich auf dieses Leben einzulassen. Er lächelte und schaltete das Autoradio ein. In ihrem Haus hatte es kein Radio gegeben, nur den großen Fernseher, weil Lena dies so bestimmt hatte. Aber jetzt – er suchte nach einem Sender –, jetzt konnte er endlich tun und lassen, was er wollte. Und er wollte Radio hören, Musik und Nachrichten. Vor allem Nachrichten, Nachrichten aus Deutschland und der Welt. Seit dem Stromausfall hatten sie wie auf einer Insel gelebt, einer Insel mit einer hermetisch abschließenden Käseglocke darüber. Kein Fernsehen, keine Zeitung, einfach nichts. Als ob es diese wundervolle Welt hier draußen einfach nicht mehr gegeben hätte. Er drückte nacheinander die sechs Knöpfe mit den gespeicherten Frequenzen, aus den Lautsprechern kam aber nur Rauschen. Manchmal knisterte und knackte es – aber das war's dann auch schon.

Er fuhr rechts ran und stellte den Motor ab. Malow stützte sich auf den Beifahrersitz und untersuchte das Radio. Alle Lämpchen leuchteten, auch die Lautsprecher funktionierten. Er stieg aus und kontrollierte die Antenne, aber auch hier schien alles in bester Ordnung. Alles so, wie es sein sollte. Bis auf den Empfang.

Er ließ den automatischen Sendersuchlauf zweimal alle Frequenzen durchlaufen. Nichts. Seltsam, dachte er und legte eine Kassette ein. Er zuckte mit den Schultern. Was soll's, das Leben ist schön, auch ohne Radio.

Nach zehn Minuten hatte er fast die Landstraße erreicht. Noch ein oder zwei Kurven, dann würde es schneller vorangehen.

Er kam aus dem Wald. Was er dort sah, erklärte mit einem Schlag alles!

Er riss das Lenkrad herum und trat auf die Bremse. Er stieg aus. Er konnte es nicht fassen und doch geschah es, hier vor seinen Augen!

Ein Mann mit Krallen an den schweren Arbeitsschuhen, die an eine Bergsteigerausrüstung erinnerten, saß auf einem der hölzernen Strommasten, die zu seinem Haus führten. In aller Seelenruhe, als sei dies die normalste Tätigkeit, riss er die Kabel, die Malows Haus mit Strom und einer funktionierenden Telefonverbindung versorgen sollten, aus ihrer Halterung und warf sie zu zwei Männern hinunter. So weit Henning Malow sehen konnte, waren da nur noch kabellose Masten, die wie brave Schülerfinger (Ich weiß es! Ich weiß es!) in den blauen Himmel zeigten. Das war also der Grund für den Strom- und Telefonausfall! Die Kerle hier hatten ihm einfach die Leitungen gekappt und wickelten sie jetzt ganz gemütlich zu in regelmäßigen Abständen herumliegenden Rollen zusammen. Wer auch immer die drei da waren – von einer zuständigen Firma schienen sie nicht zu kommen. Sie trugen zwar Arbeitskleidung, aber ganz bestimmt keinen Overall mit Logo. Auch stand weit und breit kein Firmenwagen, nur drei Fahrräder ein Stück weiter zur autoleeren Landstraße hin.

»He, macht euch da weg«, schrie Malow. »Was fällt euch ein? Wir sitzen seit Tagen im Dunkeln und, und …« Malow suchte mit hochrotem Kopf nach Worten, Worte, die doch keiner verstand. Er müsste schon gehörig Glück haben, wenn einer der drei dort vor ihm Deutsch könnte.

Wie zu erwarten, erntete er nur verständnislose Blicke.

»Glotzt nicht so!« Er kochte. Zu viele Tage hatte er in einer licht- und, was noch schlimmer war, in einer fernsehlosen Welt allein mit Lena zubringen müssen. Hinter ihm lagen Tage, endlose Tage, an denen er die einzige Unterhaltung seiner Frau darstellte, ein Programm, das ihr offensichtlich viel Freude bereitete. Ihm nicht. Und die Kerle da waren an allem schuld!

Er stürmte auf sie zu. Ihr Schweigen, vor allem aber, dass sie nach einer kurzen Unterbrechung jetzt in aller Ruhe mit ihrem Treiben fortfuhren, machte ihn rasend. Er baute sich neben den beiden Männern auf, die aber ignorierten ihn und widmeten sich ganz dem Zusammenrollen des herabhängenden Kabels.

Was war hier los? Wieso griff der Strombetreiber nicht ein? Wo war die Polizei?

»Habt ihr mich nicht verstanden?« Einer der Männer machte eine Handbewegung, die so viel heißen sollte wie: Verschwinde. Geh und lass uns in Ruhe.

Das war zu viel für Henning Malow. Ohne sich auch nur einen Moment mit der Relevanz seines Tuns auseinanderzusetzen, packte er den Nächststehenden an der Schulter und zog ihn herum. Es ging ums Prinzip. Was sollte aus einer Welt werden, in der jeder dem anderen einfach so ungestraft die Leitungen kappen konnte? Das ging nicht. Das durfte nicht sein!

Der Mann sagte etwas zu seinen Freunden, die daraufhin lachten. Dann erhob sich der Mann und drehte sich zu Henning Malow um. Er lächelte Malow freundlich an. Irritiert betrachtete der sein Gegenüber. Der Mann redete, gestikulierte, klang freundlich. In der Zwischenzeit nahmen seine Freunde die Arbeit wieder auf. Schließlich fasste der Mann Malow bei den Schultern, drehte ihn sanft um und schob ihn zu seinem Auto.

Malow hörte es vom Mast herunter lachen.

»Nichts da!« Er riss sich los. »So einfach werdet ihr mich

nicht los! Hört jetzt sofort auf!« Henning Malow rannte zu einer der Rollen, griff hinein und zerrte die Kabel auseinander.

Nun jedoch war es mit der guten Laune und Freundlichkeit der Männer vorbei. Sie, die hier seit zwei Tagen Stromleitungen abmontierten und zum nahen Windpark brachten, wo andere versuchten, wenigstens ein erstes Dorf vom allgemeinen Stromnetz abzukoppeln und mittels Windkraftanlagen wieder mit Elektrizität zu versorgen, sie fühlten sich nun doch gehörig auf die Füße getreten. Wenn der Kerl irgendwas zu meckern hatte, bitte schön, aber ihre Arbeit wollten sie machen. Sie hatten Hunger und wussten nicht, ob die anderen heute genug Essbares würden auftreiben können, um alle Mäuler im Dorf zu stopfen, und jeder einzelne Knochen schmerzte von der ungewohnten Arbeit. Erst der Stromausfall, dann die Plünderungen und die Horden, die aus Trelleborg und Malmö wie Heuschrecken über das Dorf gekommen waren. Sie hatten Barrikaden um den Ort errichten müssen, um wenigstens eine Spur Sicherheit zurückzugewinnen. Und jetzt, nach tagelangem Chaos, jetzt, wo sich das Leben langsam neu sortierte und sie endlich wieder einer sinnvollen Tätigkeit nachgehen konnten, jetzt kam dieser Tourist aus dem Wald und wurde handgreiflich! Irgendwann war Schluss!

Sie rannten zu Henning Malow, packten ihn rechts und links am Arm und versuchten ihm das Kabel zu entwinden. Aber er ließ nicht los. Der dritte Arbeiter rutschte den Holzmast herab und eilte seinen Freunden zu Hilfe, aber die an den Innenseiten seiner Schuhe angebrachten Klettereisen verhedderten sich und er stürzte in den Straßenstaub. Henning Malow nutzte den kurzen Moment der Unaufmerksamkeit und entwand sich dem Griff. Er klammerte sich noch immer an das dicke Kabel und rannte damit aufs Feld hinaus. Und das war nun wiederum für die Arbeiter zu viel. Die störrischen Kabel zu einer Rolle zu wickeln war fast schwieriger als deren anschließender Transport auf den Fahrrädern. Henning Malow rannte immer weiter. Rasch waren sie bei ihm. Er trat und schlug nach ihnen und traf einen der Männer mit der flachen Hand mitten ins Gesicht. Postwendend schlug der zurück. Seine Faust fuhr in Malows Magengrube und der Streit war beendet. Malow erstarrte in seiner Bewegung und er vergaß zu atmen. Dann klappte er zusammen und wand sich am Boden. Das Kabel war plötzlich unwichtig.

Einer der Männer machte Anstalten, dem am Boden Liegenden in die Seite zu treten. Mitten in der begonnenen Bewegung brach er ab und bückte sich nach Malow. Gemeinsam zerrten ihn die Männer auf die Beine und zu dessen kleinem Geländewagen. Die Fahrertür stand noch offen und der Zündschlüssel steckte. Sie warfen ihn auf den Sitz, schlugen die Tür zu und gaben ihm unmissverständlich zu verstehen, dass er verschwinden solle. Sofort.

Unter Schmerzen kam Henning Malow dem Befehl nach. Er startete den Motor, legte einen Gang ein und fuhr sehr langsam davon.

Außer Sichtweite hielt er am Wegrand. Den Motor ließ er laufen. Er atmete dreimal tief durch. Solch einen Schlag hatte er seit einem Streit mit seinem Bruder um eine Kinokarte nicht mehr bekommen, und das war inzwischen fast fünfzig Jahre her. Er behielt im Rückspiegel den Weg im Auge. Aber niemand folgte ihm. Weshalb auch.

Seine Armbanduhr zeigte kurz nach halb sechs. Er musste sich beeilen, wollte er es noch zu einer der Nachtfähren schaffen – immerhin waren es noch knappe zwanzig Kilometer bis Trelleborg, und er brauchte noch ein Ticket, wollte etwas zu essen einkaufen und die Zollformalitäten warteten ebenfalls, trotz eines einigen Europa.

Viel Zeit, um über die Männer und den Zweck ihrer Arbeit nachzudenken, blieb ihm nicht. Er fuhr auf die leergefegte Landstraße und bog nach Süden ab. Er saß weit und breit im einzigen fahrenden Pkw. Mehrere Autos standen am Straßenrand, zum Teil mit eingeschlagenen Scheiben. Die wenigen Menschen, auf die er traf, waren ausnahmslos zu Fuß oder mit Fahrrädern unterwegs. Alle wirkten verschlossen und keiner erwiderte seinen anfangs noch freundlichen Gruß.

Dann traf er plötzlich auf eine Straßensperre aus zwei querstehenden Bussen. Aus jedem Bus starrten ihn Männer an, Gewehre im Anschlag. Henning Malow verstand jetzt gar nichts mehr.

Das breite Band der Landstraße wand sich hier durch ein kleines Dorf. Die Posten aber ließen keinen der Reisenden (und ihre Fahrräder) in den Ort. Offensichtlich kamen nur persönlich Bekannte in den Genuss einer Passage, alle anderen nahmen ganz selbstverständlich einen frischen Trampelpfad um das Dorf herum. Keiner widersprach, jeder fügte sich, als sei dies alles der normale Ablauf und seit ewigen Zeiten gang und gäbe. Malow befolgte die Anweisungen des Postens und setzte den Wagen ein Stück zurück. Er holperte um den Ort herum. Auf halbem Wege blieb er stehen und betrachtete das Dorf und seine Umgebung wie eine Fata Morgana. Die Fenster und Türen aller Gebäude am Ortsrand waren fest verschlossen, zum Teil sogar mit Brettern vernagelt. Trotz der ungewöhnlichen Mittagshitze quoll vereinzelt Rauch aus den Schornsteinen. Kinder beobachteten den Fremden. Auf den Feldern unmittelbar neben dem Dorfrand spielten sich Szenen aus einem fernen Jahrhundert ab – seine eigenen Großeltern mochten diese vielleicht zuletzt so gesehen haben: Ein alter Mann erklärte zwei Frauen den Gebrauch einer Sense und ein Stück weiter musste ein stolzes Reitpferd einen rostigen Pflug hinter sich herziehen. Es versuchte, das Joch abzuschütteln, und musste von einer Halbwüchsigen, die vor ihm herging, immer wieder beruhigt und zum Weitermachen motiviert werden.

Ein kleines Stück abseits lagerte eine Gruppe neben einem umgekippten Reisebus. Sie hatten ein Feuer entzündet und zwischen sich und dem nahen Bach frisch gewaschene Kleider im Gras zum Trocknen liegen.

Henning Malow starrte auf das alles. Er suchte nach Kameras, die entweder diese Szenen (ein Horrorfilm) oder aber ihn (Versteckte Kamera!) filmten. Irgendwo musste ein Regisseur auf seinem Klappstuhl sitzen.

Plötzlich klopfte es an die Fahrertür.

»Entschuldigung. Sie sind Deutscher?«

Malow benötigte einige Sekunden, um sich von der Szenerie und der nagenden Frage nach ihrer Bedeutung loszureißen. Neben seinem Wagen stand ein junges Mädchen, höchstens achtzehn und mit zwei dicken, langen Zöpfen hinter den Ohren. Ihre Nase war eine einzige Sommersprossenwiese. Sie lächelte Malow aus dunkelbraunen Augen an und zeigte ihre glänzende Zahnspange.

»Ja«, sagte er endlich. »Ja, ich bin Deutscher. Woher …?«

»Die Aufkleber.« Sie zeigte auf eine kleine Deutschlandkarte auf der Windschutzscheibe und auf einen winzigen Bären mit einer Krone. Unter seinen pelzigen Füßen stand »Berlin«.

»Ah. Natürlich, die Aufkleber.«

Eine der Frauen probierte es mit der Sense. Der Lehrmeister korrigierte sie am Anfang zweimal, schien dann aber zufrieden und sah ihr mit einem Lächeln bei der Arbeit zu. Die Magie einer längst vergangenen Zeit hier im Schweden des einundzwanzigsten Jahrhunderts. Henning Malow konnte seinen Blick kaum abwenden.

»Fahren Sie zurück nach Deutschland?«

Er nickte.

»Wie?«

»Nach Trelleborg und weiter mit der Nachtfähre.«

»Fähre?«

»Der Autofähre nach Saßnitz.«

»Es fahren noch Fähren?« Das Mädchen stellte wirklich zu dumme Fragen!

Verärgert drehte er sich wieder zu ihr um. »Mein Kind, ich weiß nicht, wie du hierhergekommen bist, aber es gibt Schiffe, auf die man hier mit dem Auto rein- und drüben in Deutschland wieder runterfahren kann. Verstehst du?«

Sie betrachtete ihn. War er ein Wesen von einem anderen Stern?

»Würden Sie mich mitnehmen? Bis zum Hafen vielleicht?«

»Wieso nimmst du keinen Bus?«

»Aber es fährt doch nichts mehr«, sagte sie. Die Entrüstung über seinen Vorschlag stand ihr ins Gesicht geschrieben. »Sie sind der Erste«, sie musste einen Moment nachdenken, »der Erste seit zwei Tagen, der mit einem Auto unterwegs ist.«

»Jetzt ist aber gut. Auf den Arm nehmen kann ich mich auch selber«, sagte er, realisierte aber im selben Moment, dass die Kleine vielleicht die Wahrheit sagte. Seit er den Wald verlassen hatte, war ihm noch kein einziges fahrendes Auto begegnet.

All das, was er hier sah, war offensichtlich doch die Wirklichkeit und kein Theater. Diese Erkenntnis war ein Schock für Henning Malow.

»Ist alles in Ordnung?«, fragte das Mädchen, sie klang besorgt. Malow war plötzlich kreideweiß. Er nickte.

»Kannst du mir sagen, was eigentlich los ist? Ich verstehe überhaupt nichts mehr.«

»Na, was schon.« Kam der Mann vom Mond? Wo hatte er in den letzten Tagen gesteckt? »Irgendwer oder irgendwas hat alles abgestellt«, sagte sie.

»Wie, alles abgestellt? Haben mein Strom- und Telefonausfall auch noch was damit zu tun?«

»Wissen Sie was?« Das Mädchen ging um den Wagen herum und öffnete die Beifahrertür. »Sie nehmen mich mit bis zum Hafen und ich erzähle Ihnen unterwegs, was ich weiß. Ist nicht sonderlich viel, aber verglichen mit Ihrem Wissensstand doch wieder eine ganze Menge. Abgemacht?«

Henning Malow zögerte, doch dann nickte er und warf seinen Wanderrucksack nach hinten. Das Mädchen stieg ein und schnallte sich brav an. Es nahm seine Tasche auf den Schoß und streckte ihm die Hand entgegen.

»Tina«, sagte sie. »Eigentlich Valentina, aber mir wäre es lieber, wenn Sie Tina sagen.«

»Sehr angenehm.« Malow stellte sich vor, dann fuhr er langsam los. Auch auf der anderen Seite des Dorfes saßen zwei Posten auf einer martialischen Straßensperre.

Als sie endlich wieder Asphalt unter den Rädern hatten und zügiger vorankamen, fing Tina an zu plappern. Sie erzählte Malow alles, was sich seit dem 23. Mai ab sieben Uhr zugetragen hatte. Der Ausfall von Strom und Telefon war nicht neu, dass dies aber flächendeckend geschehen war, schon. Sein Verhalten von eben, den drei Männern gegenüber, war ihm mit einem Mal peinlich.

»An diesem Morgen ist alles vom Himmel gefallen, was gerade unterwegs war. Nur von einem uralten Propellerflugzeug habe ich gehört, dass es noch sicher landen konnte. Fließendes Wasser gibt es übrigens auch nicht mehr. Und überall, vor allem in den Städten, wurde geplündert, was nicht bei drei in Sicherheit war. Ich glaube, in ganz Schweden gibt es keinen einzigen Laden, der nicht ausgeräumt worden ist.«

»Und die Regierung?«

Sie zuckte mit den Schultern. »Keine Ahnung. Vielleicht gibt's die schon gar nicht mehr. Wer weiß. Ich bin bloß froh, dass ich Sie getroffen habe, wissen Sie. Es ist, als hätten sich in dieser Woche alle normalen Leute versteckt und alle Verrückten und Verbrecher ihre Plätze eingenommen. Sie können sich nicht vorstellen, was die Leute alles erzählen, wenn man erst einmal mit ihnen ins Gespräch kommt. Oder vielleicht doch? In Stockholm sollen sie sogar ein Kloster ausgeraubt haben. Und die Nonnen haben sie ermordet, nachdem sie sie … Na, Sie wissen schon. Und vorgestern hat mir eine Frau erzählt, dass in Jönköping Soldaten mit einem Panzer bis vor die Stadtkirche gefahren sind und Schießübungen veranstaltet haben. Als der Turm unten war, sind sie wieder verschwunden.«

»Aber wo ist die Polizei?«

»Keine Ahnung«, sagte Tina. »Wahrscheinlich nach Hause, wie alle, die Familie haben.«

Sie plapperte und plapperte und setzte Henning Malow innerhalb einer Viertelstunde über den Verlauf der letzten Tage ins Bild. Sie sei Halbschwedin, erklärte sie, ihre Mutter stamme von hier und, wie jedes Jahr, habe sie ihre Großeltern besucht.

Die Farbe ihrer Zöpfe erinnerte ihn an Lena, an die alte Lena von früher. Er hatte Lenas Welt verlassen und sich in das Abenteuer eines eigenen Lebens gestürzt. Aber war dieses eigene Leben in dieser fremdartigen Welt wirklich die bessere Alternative?

Erst am frühen Abend erreichten sie Trelleborg. Ein paar hässliche Verkehrsunfälle, drei Straßensperren sowie mehrere von einem Gewitterschauer umgeworfene Bäume zogen die wenigen Kilometer in die Länge. Mehr als einmal freute sich Tina über Malows Geländewagen. Ein Fahrzeug mit weniger Bodenfreiheit hätte sie längst im Stich gelassen.

»Meine Großmutter wollte mich gar nicht gehen lassen. Wenn es nach ihr gegangen wäre, hätte ich so lange bei ihr im Haus bleiben müssen, bis alles wieder normal ist. Aber meine Eltern warten sicher auf mich und machen sich Sorgen. Und meine Brüder.« Nachdenklich betrachtete sie eine noch rauchende Fabrikruine, die langsam an ihnen vorbeizog. »Glauben Sie, wir haben eine Chance, über die Ostsee zu kommen?« Sie sah zu Malow hinüber und hoffte, dass der nickte. Sie wollte, dass er nickte. Sie brauchte diesen letzten Funken Hoffnung.

»Wenn hier nichts mehr gehen sollte, fahren wir die paar Kilometer bis Malmö hoch und nehmen einfach die Öresundbrücke. Hätten wir vielleicht gleich machen sollen, ist aber ein ziemlicher Umweg. Wir probieren es zuerst hier, nach Malmö können wir immer noch.«

»Benzin haben Sie genug?«

»Benzin?« Er brauchte einen Moment, bis er den aktuellen Sinn der Frage verstand. Richtig, alle Tankstellen hatten nach einem spontanen Räumungsverkauf geschlossen. Die Tankanzeige aber versprach einen fast vollen Tank. Er hatte es sich in den drei Jahren im Wald angewöhnt, niemals von einem Einkauf zurückzukehren, ohne den Wagen randvoll zu tanken. Der Tankwart verdrehte schon jedes Mal die Augen, wenn er ihn kommen sah, denn Malow hatte seit seinem letzten Besuch nie mehr als sieben oder acht Liter verbraucht, wenn überhaupt. Jetzt war er für diese Marotte dankbar.

»Sie haben nicht zufällig noch etwas Essbares in Ihrem Gepäck?« Sie musterte seinen Rucksack auf dem Rücksitz. »Wissen Sie, ich habe heute noch nichts gegessen und«, sie machte eine Pause, in der sie abwechselnd Malow, ihre Hand und den Rucksack betrachtete. Sie spielte mit dem Saum ihres Rockes, zögerte, atmete schließlich tief ein und zog ihren langen Rock weit über das Knie. Sie begann, sich zu streicheln (eine Geste, die sie irgendwann auf einem nicht gerade jugendfreien Video gesehen und seither unter dem Begriff »Verführung« abgespeichert hatte). »Und ich kann mich auch erkenntlich zeigen. Wenn Sie verstehen, was ich meine.« Ihre Stimme war kaum noch zu hören, so leise sprach das Mädchen. Die Farbe ihres Gesichtes hatte sich während ihrer Worte von Schneeweiß fast übergangslos in Krebsrot verwandelt.

Henning Malow verstand sofort. Sie lächelte ihn an, die personifizierte Verführung mit Spange. Aber ihre Augen blickten starr und kalt. Sie hatte Angst, er könne ihr Angebot annehmen.

Wer weiß, wie Malow reagiert hätte, wenn ihm noch ein paar Sekunden Zeit zum Überlegen geblieben wären. Immerhin lagen seine letzten Erfahrungen auf diesem Gebiet fast drei Jahrzehnte zurück, und ein junges Ding wie diese Tina hätte selbst weniger vernachlässigte Männer zum Grübeln gebracht. Sein Blick wechselte zwischen ihrem Knie, Tinas eingefrorenem Lächeln und der Straße hin und her. Aber gerade, als er zu einer Antwort ansetzte und dabei den Wagen um ein ausgebranntes Fahrzeug herumsteuerte, versperrten plötzlich drei Männer den Weg.

Wie aus dem Boden gewachsen standen sie mitten auf der schmalen Straße, rechts und links Häuser. Alle drei sahen mitgenommen aus, einer humpelte, die anderen hatten frische Verletzungen im Gesicht. Sie trugen Eisenstangen und ein Typ in dreckigen Latzhosen machte, als das Auto langsam näher kam, mit der Hand ein Zeichen, anzuhalten. Folgsam schaltete Malow herunter und bremste. In sicherem Abstand, zwanzig Meter, blieb er stehen. Den Motor ließ er laufen.

»Fahren Sie weiter!« Tinas Stimme zitterte wie eine angeschlagene Saite. »Die sehen nicht aus, als ob sie etwas Nettes mit uns vorhätten. Bitte! Fahren Sie!«

»Kennst du dich hier aus?«

Tina schüttelte den Kopf.

»Ich auch nicht«, sagte Malow. »Frag den Mann, wie wir zum Hafen kommen, dann verschwinden wir.«

Einer der drei war zum Beifahrerfenster gekommen. Gierig musterte er Tina und ihr nacktes Knie. Sie schob den Rock nach unten, und obwohl ihr der Mann alles andere als sympathisch war, kurbelte sie das Fenster ein Stück herunter und fragte nach dem Weg zum Fährhafen.

»Zur Fähre wollt ihr? Die fahren schon lange nicht mehr, meine Süße. Alles im Eimer, weißt du.«

»Wissen Sie, ob uns vielleicht ein Fischer über die Ostsee bringen kann?«

Statt einer Antwort riss der Fremde die Tür auf und packte das Mädchen am Handgelenk.

»Nein!«, schrie sie und versuchte sich dem Griff zu entwinden.

Die Freunde des Angreifers klatschten aus sicherer Entfernung und feuerten ihn an.

Malow gab Gas und Tina spürte, wie die Hand, die sie aus dem Wagen zerren wollte, plötzlich locker ließ. Nur mit Mühe schaffte es der Mann, neben Tina herzuhumpeln, die Freude verschwand aus seinem Gesicht. Malow schaltete in den zweiten Gang. Der Gurt hielt Tina an ihrem Platz und der Mann ließ endlich los. Er stolperte, packte im letzten Moment noch ihren Rucksack, dann stürzte er.

»Mein Rucksack!«

Sie rasten auf die verbleibenden Männer zu. Breitbeinig versperrten diese die Straße, ihre Eisenstangen erhoben. Der Rucksack war ihnen nicht genug, sie wollten mehr. Vielleicht den Wagen, auf jeden Fall aber das Mädchen. Der Typ in der Latzhose grinste dem heranjagenden Suzuki entgegen. Wer sollte ihm diesen Sieg noch nehmen? Alle hielten an. Alle. Malow konnte das breite Grinsen des Mannes deutlich erkennen. Tina schluchzte neben ihm. Sie hatte ihren Rock mit beiden Händen weit über die angewinkelten Knie gezogen. Malow trat das Gaspedal fast durch den rostigen Unterboden. Mit jedem Meter, dem er sich den Männern näherte, änderte sich der Gesichtsausdruck des Latzhosenträgers: Zuerst erstarrte das Lachen in der siegessicheren Visage. Es klappte herunter zu einer nichtssagenden, blöden Leere. Der Wagen hatte ihn fast erreicht, da tauchte auch Entsetzen in seinen Augen auf. In letzter Sekunde versuchte er zur Seite zu springen – aber es war zu spät. Der Wagen erfasste ihn und warf ihn zu Boden. Im selben Augenblick zertrümmerte die Eisenstange des anderen ihre Windschutzscheibe. Das

Glas zersplitterte in Millionen Teilchen. Malow registrierte, wie sein Wagen über ein Hindernis holperte. Vom Fahrersitz aus fühlte es sich wie ein weicher Baumstamm an. Er wusste, was es war. Er schaltete in den dritten Gang.

Die Straße führte sie an geplünderten Geschäften und Autos vorbei, die sie, ausgebrannt und auf dem Dach oder der Seite liegend, zu einem langsamen Schlängelkurs zwangen. Schließlich, die Männer waren außer Sichtweite, blieb Malow stehen, öffnete die Fahrertür und warf die Reste der Windschutzscheibe auf die Straße.

»Mit dir alles in Ordnung?«

Tina nickte. Sie rieb sich das Handgelenk. »Im Rucksack war alles, was ich noch hatte: mein Geld, Ausweis, meine Kleider und ein paar Geschenke für meine Brüder und für Mama und Papa.«

»Lieber der Rucksack als du.« Malow stieg aus. Die Stoßstange hing nur noch an einer letzten Schraube. Vorn rechts klebte Blut. Er trat einmal dagegen und die Stoßstange war Vergangenheit. Dann ging er weiter bis zur Beifahrertür, öffnete sie und betrachtete das Mädchen. »Ist wirklich alles in Ordnung mit dir und deiner Hand?«

Sie nickte. Dann konnte sie sich nicht länger beherrschen. Sie wollte stark sein, sie wollte lachen, über sich und diese beschissene Welt! Aber es ging jetzt einfach nicht mehr. Alles brach aus ihr heraus, als habe Malows wohlgemeinte Frage das Fass zum Überlaufen gebracht. Ihre Schultern bebten, der ganze Wagen vibrierte.

Malow wandte sich ab, lief zwei Schritte und kam wieder zurück. Er streckte die Hand nach ihr aus und berührte sie an der Schulter. Als hätte sie nur darauf gewartet, griff sie nach seiner Hand und zog ihn zu sich. Sie wollte von ihm umarmt werden. Wer, wenn nicht Malow, sollte sie beschützen? Sie hatte Angst. Angst um sich und ihre Familie in Deutschland. So viele Warums und Wiesos hatte diese Welt in den letzten Tagen geboren, so unendlich viele Fragen, die nagten und nagten und nagten. Sie war eine Frau, fast noch ein Kind, und diese neue Welt beschützte Menschen wie sie nicht mehr. Es gab weder Gesetze noch Gesetzeshüter, und wenn jemand etwas haben wollte, egal ob Ding oder Mensch, nahm er es sich. Die einfachste Sache der Welt, solange man der Stärkere war. In dieser Woche war sie nun schon das zweite Mal nur knapp einer Vergewaltigung entgangen, das erste Mal vor drei Tagen, als ihr ein hagerer Bauer erlaubt hatte, in seiner Scheune zu übernachten. Nachts hatte er plötzlich auf ihr gelegen und nur ihre Schreie, die die uralte Mutter des Bauern geweckt hatten, verhinderten ihr erstes Mal.

Sie hatte so unvorstellbaren Hunger. Das war nicht mehr das unbeschwerte Mädchen von vor ein paar Tagen, das hier saß. Tina registrierte genau die Veränderung, die sich in ihr vollzogen hatte und noch weiter vollzog. Vor ein paar Minuten noch hatte sie diesem Mann, der ihr Großvater sein könnte, ihren Körper für ein wenig Essen angeboten. Wozu wäre sie morgen bereit, um nicht zu verhungern? Wozu übermorgen und an den Tagen danach, sollte sie diese noch erleben? Sie hatte Angst, Angst vor sich und dem Menschen, der sich aus ihr entwickelte.

»Ist schon gut«, sagte Malow. Seine Stimme klang tief und warm und langsam beruhigte sich das Mädchen in seinem Arm. Tinas Tränen durchnässten sein Hemd.

»Werden Sie auf mich aufpassen?«, fragte sie. Sie schluckte, wischte mit dem Handrücken eine Träne fort und sah zu ihm auf.

»Glaubst du nicht, ich bin ein bisschen zu alt, um auf ein junges Ding wie dich aufpassen zu können?«, fragte Malow zurück. Es sollte wie ein Scherz klingen.

»Ich meine es ernst. Darf ich bei Ihnen bleiben, bis wir wieder in Deutschland sind? Passen Sie auf mich auf?« Ihr Blick sagte deutlich, dass sie jetzt eine Antwort erwartete. Malow zögerte. Er befand sich erst seit wenigen Stunden in seinem neuen Leben, war davongelaufen vor der Last seiner Schuld. War es nicht noch viel zu früh, schon wieder Verantwortung für einen anderen Menschen zu übernehmen? Er musste diese Welt kennenlernen, sich selbst wieder neu entdecken, ein wenn auch hübsches Mädchen konnte dabei nur stören. Sie würde Ärger provozieren.

»Bitte.«

»Also gut.« Sie sprang auf und umarmte ihn erneut.

»Langsam, langsam. Du erwürgst mich noch.« Er löste ihre Hände und drückte sie zurück auf den Beifahrersitz. »Aber nur, wenn du mir eine Sache versprichst.«

Sie nickte. »Ich höre.«

»Mach mir bitte keine Angebote mehr wie das vorhin, ja?«

Tinas Wangen entschieden sich erneut für Krebsrot.

»Ich bin zwar ein alter Mann, aber nicht so alt, als dass ich so ein Angebot nicht vielleicht doch irgendwann annehmen könnte. Und das will ich nicht. Wir würden uns beide hinterher schämen.«

Tina schwieg und sah zu Boden.

»Versprichst du mir das?«

Sie nickte.

»Gut. Und jetzt fahren wir zum Hafen.« Er ging zurück auf seine Seite des Wagens, stieg ein und startete den Motor. »Ich kann mir zwar inzwischen nicht mehr vorstellen, dass ausgerechnet die Fährverbindungen noch funktionieren, während alles andere ringsum brachliegt, aber – sehen wir einfach nach.«

In diesem Augenblick starrte plötzlich eine alte Frau durch sein Seitenfenster. Ihr Blick war glasig und die Augen versanken in tiefen, dunklen Höhlen. Sie legte die Handflächen an die Scheibe und sagte etwas, was aber im Lärm des Motors unterging. Im Rückspiegel nahm Malow eine Bewegung wahr und als er sich umdrehte, sah er auch dort eine Frau. Eine weitere tauchte auf, dann noch eine und auch ein Mann. Tina kurbelte ihre Scheibe hoch, Malow drückte den Knopf der Zentralverriegelung. Auch vor dem Wagen standen jetzt Menschen, und eine Frau, vielleicht Anfang dreißig und mit Augen, deren Trauer und Verzweiflung Henning Malow danach nie wieder vergessen konnte, setzte ein schreiendes, schmutziges Kind auf die Kühlerhaube. Das Kind kletterte auf allen vieren über das warme Metall und streckte seine kleine Hand nach ihnen aus.

»Sie haben Hunger«, flüsterte Tina.

Die Menschen, seit Tagen von kleinen Gangs terrorisiert, hatten sich in ihren Häusern versteckt. Alle Straßen der Stadt waren in einem mehrtägigen Machtkampf von verschiedenen Gangs unter sich aufgeteilt worden, mit den Herren dieser Gegend hatten sie selbst vor wenigen Minuten Bekanntschaft geschlossen.

»Nehmt das Kind weg!«, rief Malow und wedelte mit den Armen. Aber die Mutter machte keine Anstalten dazu. Der Mann, den sie sah, war gut genährt. Er trug saubere Kleider und besaß noch Benzin. Er musste ihr wie ein Engel erscheinen, und wenn sie schon nicht in der Lage war, ihr eigenes Leben zu retten, dann doch wenigstens das ihres Kindes. Ihren Mann hatte am zweiten Tag dieses Super-GAUs eine Horde Betrunkener vor ihren Augen ermordet, und vor den Augen ihres Kindes hatten diese anschließend zuerst sie, danach ihre kranke Mutter vergewaltigt. Inzwischen war ihre Mutter gestorben. Die Blutungen hatten einfach nicht mehr aufhören wollen. Sie hatte alles hinter sich.

»Nehmt jetzt den Balg weg!« Das Kind berührte inzwischen schon das Lenkrad. Malow schob es ein Stück zurück. Immer mehr Menschen kamen aus den Häusern, niemand wusste, wie viele sich hier noch versteckten. In einer Minute konnten sie vielleicht schon von einer undurchdringlichen Menschenmenge eingekreist sein.

Der Wagen schwankte, als eine andere Mutter ihr Kind auf das Dach des Wagens setzte. Eine dritte Frau drängelte sich nach vorn, einen Säugling im Arm. Die Erste ging zur Seite. Ihr Kind schrie.

Malow fuhr an. Er ließ den Motor aufheulen und der Wagen ruckte kurz. Das Kind auf dem Dach schrie noch lauter und die vier oder fünf Menschen vor dem Wagen erschraken und gingen zur Seite. Das war die Gasse, die sie brauchten!

Aus den dunklen Löchern der Häuser kamen immer mehr Menschen, fast ausschließlich Frauen, Kinder und Alte. Und alle sahen schmutzig und hungrig aus.

Tina starrte das Kind auf der Motorhaube an. Malow gab Vollgas. Er schloss die Augen und krallte sich an das Lenkrad. Nur weg hier, weg. Sie mussten weg!

Er hörte Schreie, jemand schlug gegen den Wagen.

Gas geben!

Tina schrie. »Das Kind! Das Kind auf dem Dach!«

Malow schaltete in den zweiten Gang und öffnete die Augen. Sie rasten auf eine Mauer zu. Das Kind, das von seiner Mutter auf die Motorhaube gesetzt worden war, wurde durch das plötzliche Anfahren zu ihnen ins Wageninnere geschleudert. Aus weit aufgerissenen Augen starrte es sie an. Tina nahm es und drückte es an sich. Malow riss das Lenkrad herum und folgte der Straße nach links. Dort aber warteten bereits die Herren dieser Straße auf sie. Der Lärm, der aus dem Nachbarrevier zu ihnen gedrungen war, hatte sie gewarnt. Mit Knüppeln und Ketten in den Händen warteten sieben Männer auf Tina und Henning Malow. Und auf das Kind im Arm des Mädchens.

72

18:17 Uhr, nahe Trelleborg, Südschweden

Mit jedem Zerren und Ziehen zog sich der rote Plastikstrick noch etwas fester zu und schnitt ihm noch etwas tiefer ins Fleisch. Unbemerkt war der Abend gekommen. Das kleine Boot mit den polnischen Pärchen hatte sich stetig entfernt, war endlich zu einem winzigen Punkt am Horizont zusammengeschmolzen und schließlich ganz verschwunden. Hans Seger hoffte, dass es gesunken war.

Sie hatten ihn dermaßen straff am Verandageländer fixiert, dass er keinerlei Bewegungsspielraum besaß. Er konnte sitzen, aber nicht stehen, er konnte sich anlehnen, aber sonst seine Position kaum verändern. Welchen Grund hatten die vier, ihn so ohne jede Chance auf Befreiung zurückzulassen? Weder waren andere Häuser in der Nähe – und damit Menschen – noch eine Straße. Sich selbst zu befreien schied völlig aus. Strick und Geländer hatten seinen Versuchen standgehalten. Ohne ein gehöriges Wunder bedeutete dies hier das Ende. Das war sicher.

Die Sonne wanderte über den Strand und verschwand hinter einem Waldstück. Hans saß im Schatten. Der Hunger war nicht ganz so schlimm, aber der Durst. Zehn Zentimeter fehlten und er hätte die Wasserflasche mit der Fußspitze berühren können. Noch halb voll lag sie zu seinen Füßen.

Er starrte aufs Meer. Träumte von daheim. Eva.

Eine Möwe kam auf die Veranda geflattert, kreischte Hans wie zur Begrüßung zu und setzte sich auf das Geländer. An einem Ende des Geländers saß sie, am anderen er. Sie beäugte zuerst den Mann, dann blickte auch sie kurz aufs Meer hinaus. Dann wieder zu ihm. Hans freute sich über den Besuch. Zwar nicht die erhoffte Hilfe, aber wenigstens war er nicht mehr allein.

»Na«, sagte er, »hast du nichts Besseres zu tun?«

Die Möwe betrachtete ihn aus starren, gelben Augen. Unheimlich gelb, so aus der Nähe. Vielleicht, um ihm besser zuhören zu können, kam sie auf dem Geländer zwei Möwenschritte näher. Wieder sah sie aufs Meer. Aber dort geschah nichts. Das Wasser blieb ein abgrundtiefer Spiegel, die Spur seines Bootes längst verwischt. Nirgends streitende Artgenossen, weit und breit keine lohnende Beute am Strand. Also hörte sie dem Menschen zu und putzte sich.

»Fliegen sollte man können«, sagte Hans. »Hätte ich deine Flügel, wäre ich in zwei Tagen daheim.« Seine Kehle war trocken und das Sprechen fiel ihm schwer. »Wär kein Problem, über das Meer zu kommen. Fliegen, einfach nur fliegen und wenn die Flügel lahm werden, könnte ich mich aufs Wasser setzen und treiben lassen, solange ich will. Du hast es gut, Möwe. Hat sich für dich in der vergangenen Woche irgendwas verändert?« Sie schnatterte mit tiefer Stimme. »Es ist ruhiger geworden? Für dich vielleicht, Möwe. Für dich.«

Sie trippelte noch ein Stück näher, war jetzt höchstens noch einen Meter entfernt, schräg über Hans Seger. Sie betrachtete ihn, stellte dann den Schwanz auf und ein enormer Schwall Möwenscheiße platschte hinter dem Tier auf den Bretterboden der Veranda. Sie schüttelte sich und hüpfte vom Geländer. Dann beäugte sie die Wasserflasche – Möwen sind neugierig. Ihr silbergraues Gefieder glänzte. Noch ein sichernder Blick zu Hans, dann trippelte sie zu seiner Flasche und pickte daran. Die Flasche rollte ein Stück zur Seite. Wieder der kalte Blick zu Hans. Sie wiederholte ihr Picken und den anschließenden Blick zu Hans vier Mal, dann lag die Öffnung der Flasche etwas tiefer als der Rest und das kostbare Wasser sprudelte heraus. Der Vogel hüpfte zurück, äugte zu Hans, dann zur Flasche.

»Jetzt tu nicht so unschuldig«, sagte Hans. Die Möwe trippelte sofort wieder ein Stück heran, streckte ihren Kopf vor und tauchte den kräftigen gelben Schnabel in die kleine Süßwasserpfütze. Sie trank. Von seinem unerreichbaren Wasser trank sie!

»Mach, dass du wegkommst!« Hans strampelte mit den Füßen. Das Tier flatterte zur Seite und schien den Abstand von der Flasche zu ihm zu beurteilen. »Kscht!« Wieder streckte er ein Bein aus, aber diesmal interessierte es die Möwe schon nicht mehr. Sie wusste zwar nicht warum, aber sie wusste instinktiv, dass von diesem Menschen keine Gefahr für sie ausging. Und sie trank wieder von seinem Wasser.

»Du sollst mein Wasser in Ruhe lassen, du dämlicher Vogel!« Hans streckte sich, aber das Tier blieb außer Reichweite. Mit beinahe menschlicher Gelassenheit betrachtete die Möwe seine lächerlichen Bemühungen. Obwohl es nur wenige hundert Meter weiter einen kleinen Bach gab, bevorzugte sie aus unerfindlichen Gründen das Wasser aus Hans' Flasche. Und da sie schon einmal da war und dieser Mensch ihr seine nackten Füße hinstreckte, konnte sie auch gleich von seinen Zehen kosten.

»Au! Mistvieh!«

Etwas zu schnell zog er die Beine zurück, rutschte dabei von der Veranda ab und fiel eine Stufe tiefer. Dabei wurden seine hinter dem Rücken gefesselten Arme nach oben gezogen. Die Schmerzen jagten wie Blitze durch Hans' Schultergelenke. Er verzog das Gesicht und stöhnte. Er kletterte wieder in seine alte Position zurück, der Schmerz ließ nach und langsam entspannte er sich. Die Möwe verfolgte jede seiner Bewegungen, ohne sich aber auch nur einen Schritt von ihrer Beute zu entfernen. Die Flasche und das Wasser gehörten jetzt ihr.

Hans gab auf. »Kannst sie behalten. Was will ich schon damit. Und in zwei oder drei Tagen bekommst du mich gratis dazu. Dauert es so lange, bis man endlich verdurstet ist? Oder länger? Je nach Wetter, schätze ich. Kannst du noch so lange warten?« Wieder sah die Möwe herüber und auf seine nackten Füße. Hans zog sie näher zu sich heran.

Es gab keine Chance. Entkommen ausgeschlossen.

Ein paar Minuten später schlief er ein. Die Schmerzen in den Handgelenken wichen einer dumpfen Gefühllosigkeit. Die Möwe hockte neben der Flasche am Boden. Ihre gelben Augen kehrten immer wieder zu ihm zurück.

73

19:00 Uhr, nahe Trelleborg, Südschweden

»Ich halt das nicht mehr aus!« Malow schlug gegen das Armaturenbrett. Nicht bremsen! Nicht zögern! Wer zögert, hat hier schon verloren!

Mit Vollgas raste er auf die wartenden Männer zu. Überrascht rannten die in letzter Minute auseinander und plötzlich war da das Feuer, um das sie bis eben noch gesessen hatten. Mitten auf dem Asphalt loderten Flammen und der alte Suzuki steuerte exakt auf sie zu.

»Festhalten!«, schrie Malow, dann ein Aufprall und der Schmerzensschrei des Getroffenen, gleich darauf holperte es und Funken flogen in den Wagen. Ein Knall, Reifenteile flogen durch die Luft. Der Wagen schlingerte. Malow ging kurz vom Gas und das Fahrzeug unterwarf sich wieder seiner Steuerung.

Weg! Weit weg! Irgendwohin, wo es keine Menschen gibt.

Ohne zu wissen wo sie sich befanden, steuerten sie durch die Stadt. Hinter jeder Ecke, in jedem Haus vermuteten sie Schläger und Mörder und Vergewaltiger. Nach wenigen Biegungen erreichten sie das Meer. Still und friedlich wartete es auf sie. Ein Meer ohne Schiffe. Die, sah Tina, während

Malow eine kleine Promenade ansteuerte, lagen im Hafen, aber nicht sorgsam angedockt, sondern wild durcheinander, als hätte eine Flutwelle sie da hingeworfen – hilflose Kolosse.

Nach einem letzten Kilometer verließen sie endlich die Stadt. Sie sahen sich um, aber die Straße hinter ihnen blieb leer. Niemand folgte ihnen. Und vor ihnen lag die Ostsee, still und geheimnisvoll und irgendwo dahinter Deutschland. Unerreichbar fern.

Malow bog links ab. Sie folgten einem Trampelpfad durch die Dünen, der sie bis an den Strand brachte. Dort endlich blieben sie stehen. Henning Malow legte Arme und Kopf auf das Lenkrad. Das war knapp! So hatte er sich sein neues Leben nicht vorgestellt.

Sein Herz pochte, stolperte über die eigene Geschwindigkeit. Nie wieder, schwor er sich, würde er noch einmal eine Stadt betreten. Ausgenommen Rom.

Tina hielt den Jungen noch immer fest im Arm. Das Kind mochte vielleicht zwei Jahre alt sein. Seine strohblonden Locken fielen ihm ins Gesicht – ein kleiner Engel, der Hölle Trelleborgs entrissen.

Malow betrachtete die beiden. Tina hatte die Augen geschlossen. Der Junge aber musterte unter ihrem Arm hindurch mit kindlicher Neugier den fremden Mann. Warum weinte es nicht? Vermisste es nicht die Mutter? Das also war der Preis für seinen Verrat an Lena: eine junge Frau, fast noch ein Kind, und ein kleiner, hilfloser Junge.

Er stieg aus, ging auf Tinas Seite und begutachtete den Schaden. Der rechte Vorderreifen war praktisch nicht mehr vorhanden und die Felge hatte durch die anschließende Fahrt ohne den Schutz des Reifens stark gelitten. Sie hatte einige Beulen abbekommen und war praktisch Schrott. Aber egal, der Ersatzreifen hatte seine eigene Felge.

Er wechselte das Rad, während Tina mit dem Kind am Strand entlangging und Muscheln auflas.

Als er fertig war, rief er Tina und bat sie einzusteigen. Am Strand waren, zwar in sicherer Entfernung, einige Personen aufgetaucht. Sie hielten selbstgebaute Angeln ins Meer. Ein sinnloses Unternehmen, seit vor zwei Tagen eine Handvoll (ehemalige) Soldaten hier mit Dynamit gefischt hatten. Das Meer präsentierte sich an dieser Stelle praktisch fischfrei.

Tina setzte den Jungen auf den Rücksitz. Er kaute an einem Stock und verzog das Gesicht, dann kletterte er wieder nach vorn und auf den Schoß des Mädchens.

»Geht's dir besser?«, fragte Malow. Tina nickte. Sie hatte sich wieder beruhigt, auch tat ihr das Kind gut. Der Junge lenkte ab, produzierte aber auch einen Berg neuer Probleme, einfach durch seine Existenz, aber auch im wörtlichen Sinne. Er hatte ein Tuch als Windel getragen, randvoll mit Exkrementen. Tina, die ihn im Meer wusch, besaß selbst nichts, was als Windel hätte dienen können. Also ließ sie ihn nackt.

»Wollen wir es in Malmö probieren? Über die Öresundbrücke?«, fragte Malow. Er wusste selbst nicht, ob er das wollte. Es gab ein gewichtiges Dafür, aber auch ein mindestens so gewichtiges Dagegen. Er wollte dem Mädchen die Entscheidung überlassen.

»Wird es dort so zugehen wie eben?«

»Anzunehmen.«

»Und wie weit ist es?«

»Nicht weit. Je nachdem, wie es unterwegs mit Straßensperren aussieht, könnten wir heute Nacht noch dort sein«, sagte Henning Malow.

»Nein! Heute bitte nicht mehr. Und bitte nicht in der Nacht!« Allein die Vorstellung, in der Dämmerung oder Dunkelheit durch eine Stadt fahren zu müssen, jagte ihr Angst ein. Sie fröstelte. Das Kind in ihrem Arm weinte. »Der Kleine hat Hunger.«

»Natürlich! Und du doch auch! Wie lang ist es her, dass du mich um etwas zu essen gebeten hast? Entschuldige!« Er griff in seinen Rucksack und legte nacheinander zwei Äpfel, eine Packung mit sechs eingeschweißten Scheiben Vollkornbrot, ein Stück Käse und eine ziemlich lange Salami aufs Armaturenbrett.

Tinas Augen wurden jedes Mal, wenn Malows Hand mit einer neuen Überraschung aus seinem Zauberrucksack auftauchte, ein Stück größer. Er klappte sein Taschenmesser auf und legte es daneben.

»Butter hab ich leider keine, aber die wäre sowieso geschmolzen.« Er nahm ihr das Kind aus dem Arm und setzte es auf seinen Schoß. Begeistert packte es das Lenkrad. »Komm, Mädchen, greif zu!«

»Darf ich wirklich?«

»Natürlich – oder glaubst du, ich will dir die Sachen nur zeigen? Vom Ansehen wird keiner satt.«

»Und was ist mit Ihnen? Wollen Sie nichts essen?«

»Doch, doch. Aber jetzt iss du erst mal. Ich kann warten.«

»Ich werde nur ganz wenig nehmen.« Tina hielt schon das Messer in der Hand und überlegte, was sie zuerst probieren sollte. Es war ein Wunder, dass sie Henning Malow getroffen hatte. »Und, und Sie wollen wirklich keine Gegenleistung?« In den vergangenen Tagen hatte sie lernen müssen, dass alles einen Preis besaß, jedes Ding und jedes Tun. Weshalb sollte ausgerechnet sie das Glück haben, diese Auslage hier geschenkt zu bekommen?

»Das hatten wir doch hoffentlich ein für alle Mal geklärt. Jetzt iss endlich, wir haben nicht ewig Zeit.«

»Soll ich Ihnen ein Brot machen? Mit Salami? Oder Käse und einen Apfel dazu?«

»Gib lieber dem Kleinen etwas, bevor der das Lenkrad auffrisst. Dann hätten wir nämlich wirklich ein Problem.« Tina lachte und gab dem Jungen einen Apfel. Der riss ihn ihr aus der Hand und biss hinein. Hatte seine Mutter geahnt, dass er als Einziger aus der Straße am Abend etwas zu essen bekommen sollte?

»Wir müssen ihm einen Namen geben«, sagte Tina mit vollem Mund und betrachtete das zufriedene Kind.

»Frag ihn doch. Alt genug, um seinen Namen zu wissen, sollte er wohl sein.«

»Ich habe ihn gefragt, aber er antwortet nicht. Nichts, kein einziges Wort konnte ich aus ihm rausbekommen.« Sie schnitt ein Stück Salami ab und schob es sich in den Mund. »Sie dürfen ihm einen Namen geben. Sie haben uns gerettet. Sie sind jetzt sein Großvater.«

»Nun mal langsam.« Malow fuhr dem Kind übers Haar, dann betrachtete er den Strand. Die Sonne stand tief und irgendwo dort hinten lagen Malmö und der Öresund. »Wir werden das Kind nicht behalten können.«

Tina vergaß, weiterzuessen. Sie wollte etwas sagen, hatte aber dazu den Mund viel zu voll.

»Es wird schwer genug, uns durchzubringen, geschweige denn ein fremdes Kind. Wir können doch nicht jedes Wesen, sei es auch noch so süß und hilflos, mitnehmen, dann haben wir bald einen mobilen Kindergarten. Einen Kindergarten, der uns langsam verhungert.«

»Wollen Sie ihn einfach hier am Strand zurücklassen?« Sie spürte Tränen in sich aufsteigen. Am liebsten hätte sie Malow den Jungen vom Schoß gerissen und an sich gedrückt. Sie musste das Kind beschützen, es hatte nichts und niemanden auf der Welt, noch nicht einmal eine eigene Windel.

»Weißt du, wie lange unsere Reise dauern wird, wann wir bei deiner Familie sind? Wo wohnen sie gleich noch?«

»Bei Frankfurt. Frankfurt am Main.«

»Was glaubst du, wie viele Kinder wir unterwegs noch treffen? Was ich in meinem Rucksack habe, wird nicht ewig reichen und auch das Benzin ist irgendwann alle. Dann müssen wir zu Fuß vielleicht Hunderte Kilometer durch ein Land, in dem wir uns nicht mehr auskennen. Ich befürchte, in Dänemark und in Deutschland dürfte es genauso zugehen wie hier. Und je größer die Städte, desto schlimmer die Zustände. Auf unserem Weg liegt nicht nur Malmö. Auf der anderen Seite wartet schon Kopenhagen. Willst du das wirklich mit einem Kleinkind wagen?«

Tina starrte ins Leere. Der Appetit war ihr vergangen und sie gab Malow das Messer zurück. Sie wusste, er hatte recht. Jedes einzelne Wort stimmte. Aber musste sie deshalb seinem Vorschlag zustimmen? Die Schneidezähne des Kleinen hatten schon eine schmale Schneise in den Apfel gefräst. Wenn sie ihn hier zurückließen, würde er verhungern, so einfach war das.

Malow packte alles in den Rucksack zurück.

»Wir fahren noch ein Stück am Strand entlang und suchen uns irgendwo einen Platz für die Nacht.«

»Aber ihn nehmen wir mit. Bitte.« Ihr Blick flehte ihn an, ein Blick, der selbst einen Massenmörder nachdenklich gemacht hätte. Malow stöhnte. Schließlich nickte er.

»Aber nur diese eine Nacht«, sagte er und wusste, dass dies ein Fehler war. »Morgen bringen wir ihn bis zu den ersten Häusern der Stadt. Schluss!«

Das werden wir morgen sehen, dachte das Mädchen, hielt aber den Mund. Wer weiß, was morgen ist.

Jemand zog an seinen Haaren. Nur ein Traum.

Da, schon wieder.

Hans Seger öffnete die Augen. Wo war er hier?

Alles schmerzte, er musste sich strecken, ein Stück gehen und wach werden.

Er versuchte aufzustehen, aber irgendetwas hielt ihn zurück. Hans brauchte einige Sekunden, um sich neu in die Wirklichkeit einzusortieren. Richtig, sie hatten ihn hier an das Geländer gefesselt. Und da unten lag die jetzt leere Weinflasche.

Die Schatten waren inzwischen deutlich länger, das Meer glänzte silbern.

Auf das Geländer zurückgekehrt, saß die Möwe nur wenige Zentimeter neben seinem Kopf und musterte ihn. Sie hatte ihm eine Stunde beim Schlafen zugesehen und sich dabei selbst ein wenig ausgeruht. Dann war sie zurück auf das Geländer geflogen und Schritt für Schritt zu ihm gekommen.

Sie betrachtete sein Erwachen, ein ausdrucksloser, gelber Blick.

Wenn er sich wenigstens aufrichten könnte! Nicht nur die Arme schmerzten, auch Rücken und Hinterteil. Er sah sich um. Der Pfosten, an dem sie ihn festgemacht hatten, ein massiver Balken, war zu kräftig, als dass er ihn hätte lockern und sich befreien können. Aber wenn er das Geländer herausbrechen könnte, würde er sich wenigstens aufrichten können. Er drehte sich nach hinten. Die falsche Bewegung! Er schrie vor Schmerz, die rote Plastikschnur drang tief in seine Handgelenke. Jede Bewegung war in diesem Augenblick verkehrt. Aufstehen, nur einmal kurz hinstellen, das war alles, was er wollte. Der kurze Schlaf hatte einen ekelhaften Geschmack in seinem Mund zurückgelassen.

»Achtung«, sagte er, eine freundliche Warnung an die Möwe. »Ist nicht persönlich gemeint.« Er trat gegen den unteren Teil des Geländers. Drei dünne Streben gab es, die aus dem massiven Balken herausragten und quer vor der Veranda verliefen. An ihnen waren senkrecht Bretter befestigt. Wenn er wenigstens die untere Strebe heraustreten könnte!

Die Möwe erschrak und flatterte auf. Sie schimpfte, flog um Hans herum, setzte sich dann aber erneut auf ihren alten Platz und betrachtete ihn. Ihr Blick hatte beinahe etwas Menschliches. Vorwurfsvoll.

»Geh doch weg!«

In seinem Mund spannen sich dünne, zähe Speichelfäden. Seine Kehle war ein ausgetrockneter Schwamm, der jedes

Wort zur Qual machte, vom Schlucken ganz abgesehen. Schluckte er, tanzte der vertrocknete, harte Schwamm auf und nieder.

Wieder trat er gegen die untere Strebe, sie knackte, hielt aber stand. Der Möwe wurde es zu bunt. Sie flatterte zu Segers' Wasserflasche – ein sicherer Platz.

Seine Hände, die er, so weit es nur ging, zur Seite ziehen musste, nahmen schnell eine dunkelrote Farbe an. Es kribbelte in den Fingern. Das Blut staute sich, aber das war ihm in dieser Situation egal. Was sollte er tun? Auf seinem schmerzenden Hinterteil hocken und darauf warten, dass er langsam vertrocknete und sich die Möwe auf seinem Kopf ein Nest baute? Er wollte stehen, bitte, nur einen ganz kleinen Moment.

Wieder trat er zu. Er schrie auf vor Schmerz, an den Handgelenken platzte die Haut und ein erster Tropfen Blut fiel auf die Stufe. Er hatte sich die Schulter gezerrt, ein Schmerz vom Nacken bis fast zum Ellenbogen, als der Muskelstrang sich verkrampfte. Aber das Geräusch, das durch seinen Schmerzensschrei zu ihm vordrang, ließ ihn alles andere vergessen: Die untere Strebe hatte nachgegeben. Sie war sauber vom Balken abgebrochen. Endlich. Ganz langsam erhob er sich. Er konnte stehen! Allerdings nicht mit durchgestreckten Knien, dazu war der neugewonnene Spielraum zu klein. Die mittlere Strebe bremste seine Bewegung. Aber wenn eine Strebe nachgab, warum dann nicht auch die zweite?

Diesmal benötigte er nur zwei Tritte, bei der obersten Strebe, dem Handlauf des Geländers, fünf. Zuletzt ging es ganz einfach. Es knackte und das Geländer kippte auf die Veranda. Er richtete sich auf. Im selben Augenblick hörte er ein Auto näher kommen!

Seine Schmerzen waren mit einem Schlag unwichtig. Er vergaß Durst und Hunger. Ein Auto!

Er lauschte auf das erste Motorengeräusch seit Tagen.

Die Arbeit der Kolben und Zylinder, das dabei entstehende Geräusch, der Geruch – all das, seit Geburt fester Bestandteil seines Lebens, hatte sich in den Tagen seit dem 23. Mai langsam und unbemerkt aus der Wirklichkeit zurückgezogen. Ohne dass er es bewusst wahrgenommen hätte, war Ruhe eingekehrt. Wie liebte er jetzt dieses Geräusch. Es versprach einen anderen Menschen, es erzählte von Rettung und, wie sonst sollte es plötzlich wieder Treibstoff geben, es suggerierte Normalität. Hatte das Chaos ein Ende? War das Problem gefunden? Funktionierte der Staat wieder? Hoffnung war ein unbekanntes Wort gewesen – bis dieses Geräusch auftauchte.

Er konnte es kaum noch erwarten! Langsam – für Hans Seger eine Ewigkeit – kam das Geräusch näher. Dann erschien endlich ein kleiner Geländewagen.

In ihr Gespräch vertieft, fuhr Henning Malow mit seiner ungewollten Fracht über den blanken Strand. Der war fest und gleichmäßig flach, besser als die Straßen mit ihren stehengelassenen Fahrzeugen und Barrikaden. Außerdem fühlten sie sich hier relativ sicher. Es gab nur ein paar Ferienhäuser. Sie wollten noch ein oder zwei Kilometer zwischen sich und die Stadt bringen und dann in einem der Häuser übernachten.

Tina zeigte Henning Malow gerade eine Gruppe Möwen, die irgendetwas auf dem Wasser gefunden hatte und sich darum stritt, als plötzlich ein tiefes Loch vor ihnen im sonst makellosen Strand auftauchte. Malow versuchte in letzter Sekunde, den gemütlich dahinfahrenden Wagen herumzureißen, aber zu spät. Unter dem linken Vorderrad brach der Boden weg. Abrupt kamen sie zum Stehen, dann sank das Auto langsam auf die Seite und rutschte zur Hälfte in Hans Segers' Fahrrinne.

Malow kletterte über Armaturenbrett und Motorhaube aus dem Wagen, Tina reichte ihm das Kind. »Diese verfluchten Bälger!« Eindeutig, dass hier Kinder gespielt haben mussten. Wer sonst käme auf die verrückte Idee, hier ein so riesiges Loch zu buddeln. Überall lagen Holzstangen umher. Der Motor knackte. Die Möwen auf dem Meer stritten. Aus entgegengesetzter Richtung kam ein Krächzen.

Hans Seger hatte den Unfall beobachtet. Alles in ihm jubilierte, als er einen Mann, ein kleines Kind und eine Frau aussteigen sah. Eine Familie! Und sie trugen weder Waffen noch war sonst etwas an ihnen, das gefährlich erschien. Er versuchte, sich bemerkbar zu machen und zu rufen, aber das trockene Krächzen, das er zustande brachte, erinnerte eher an Schleifpapier denn an menschliche Laute. Seger räusperte sich, alles brannte wie Feuer, und spie einen dicken, grüngrauen Klumpen aus. Versuchte es zumindest, denn das, was er nach draußen beförderte, blieb an einem dünnen Faden an seiner Lippe hängen und tropfte auf seine Hose.

»Hilfe«, rief er endlich. »Hallo. Hallo!«

Jetzt endlich bemerkte ihn Malow. Sein Kopf fuhr herum. Er zog Tina hinter sich und suchte instinktiv nach seinem Taschenmesser.

»Sehen Sie doch, da steht jemand!« Tina wollte sofort zu Seger laufen, aber Malow hielt sie zurück.

»Bleib hier!« Er sah sich um, ein Tier auf der Flucht. Er schob Tina und den Jungen hinter das nutzlose Auto. »Siehst du irgendwo noch jemanden?«

»Nein. Nur den Mann dort«, erwiderte sie. »Warum kommt er nicht her?« Der Fremde stand am Geländer eines Ferienhauses und starrte zu ihnen herunter.

»Ihr wartet hier«, befahl Malow. »Ich sehe nach, was er will. Und bleibt hier, egal, was passiert! Verstanden?«

Tina nickte.

74

19:53 Uhr, Wellendingen

Standen Thomas' Stimmen unter Schock? Seit seiner gestrigen Ankunft hier im Dorf flüsterten sie nur noch miteinander – Geheimniskrämerei im eigenen Kopf

Der dickliche Pfarrer und seine energische Haushälterin hatten Thomas in ihrem Haus einquartiert, einem riesigen Gebäude, viel zu groß für nur zwei Personen, wie Thomas fand. Er bekam eine Kleinigkeit zu essen und ein Glas Wasser und blieb im Haus und bei Joachim Beck. Der lag in einem riesigen Bett. Alles war riesig hier, bis auf den Pfarrer selbst.

Beck blutete weiter aus seiner Wunde am Rücken. Auch aus der Nase tropfte wieder Blut und zeichnete Blütenblätter auf schneeweiße Bettwäsche. Das Sterben übte, nicht nur wegen seiner dritten Stimme, einen merkwürdigen Reiz auf Thomas aus. Es zog ihn an wie ein Magnet, und er beobachtete, wie das Blut Tropfen für Tropfen aus Becks Nase fiel. Bald bildete sich ein winziger See aus Blut unter dessen Kopf.

Am späten Nachmittag klopfte Frederike Basler an die Pfarrhaustür. Ihr Mann ließ Thomas Bachmann ausrichten, dass er am Abend zur Ratsversammlung bei Hildegund Teufel eingeladen wäre, es ginge dabei um ihre persönliche Zukunft hier im Dorf. Roland Basler hatte endlich durchgesetzt, dass am Abend dieses 27. Mai über die Zukunft von Eckard Assauer und Thomas Bachmann entschieden werden sollte. Der Wellendinger Rat sollte über Bleiben oder Gehen der Männer befinden. Am liebsten hätte Basler auch Joachim Becks Zukunft auf der Tagesordnung gesehen, aber selbst einem Mann seines Schlages war klar, dass der Polizist nur noch wenige Tage, vielleicht nur noch Stunden zu leben hatte.

Ich will nicht hierbleiben, flüsterte Nummer zwei, als die dünne Haushälterin, Fräulein Guhl, ihm die Einladung ausrichtete.

Nummer eins vertrat die Meinung, dass dieser Polizist sterben würde, egal wie fürsorglich Eva auch an ihm herumdokterte. Er hatte schon zu viel Blut verloren, war weiß wie sein Laken einmal gewesen war, und der Puls, den Eva immer wieder an Handgelenk und Hals fühlte, wurde schwächer und unregelmäßiger. So hatte sie es jedenfalls dem Pfarrer gesagt, als der wieder einmal ins Zimmer kam und sich nach Beck erkundigte.

Nach uns erkundigt sich niemand, mäkelte Nummer zwei. *Wir sind wieder einmal allen egal, wie immer.*

Die dünne Frau hatte ihm seine Aktentasche wegnehmen wollen! Aber sie hatte sie nicht bekommen, und nachdem Eva ihr erklärt hatte, was es mit der Tasche auf sich hatte und wie wichtig sie Thomas war, hatte diese nicht wieder davon angefangen.

Eva war gut zu ihm. Und sie war auch zu anderen gut. Eine Frau und ein Mann, der ein krankes Mädchen auf den Armen trug, waren gekommen und hatten Eva um Hilfe gebeten. Sie hätten gehört, dass sie Medikamente dabei habe. Natürlich hatte sie Medikamente, einen ganzen blauen Plastiksack voll, und er, Thomas Bachmann, hatte diesen auf dem kleinen Handwagen bis hierher gezogen. Aber davon nahm natürlich niemand Kenntnis.

Eva hatte das Mädchen untersucht und den Eltern gesagt, dass das Schlimmste wohl bereits überstanden wäre. Trotzdem hatte sie ihnen Antibiotika gegeben, sechs riesige Tabletten, von denen sie dem Kind jeden Tag eine halbe geben sollten. Sechs Tabletten, die die Eltern glücklich machten. Aber für Beck hatte sie keine Tabletten und auch für Thomas nicht.

Bis zum Abend blieben Eva und Thomas bei Beck und lauschten seinem Atem. Eva schlief immer wieder ein und ihre Augen waren rot unterlaufen. Sie sei müde, sagte sie zu Thomas, und sie habe es satt, Menschen sterben zu sehen.

Am Abend, die Sonne, die am Nachmittag endlich die schweren Regenschleier durchbrochen hatte, stand bereits tief über den Hügeln, die das Dorf umgaben, erschien der Pfarrer und bot sich an, ihn und Eva zur Ratsversammlung zu begleiten. Eva hatte auf ihrer Teilnahme bestanden. Sie fühlte sich für Thomas Bachmann und Joachim Beck verantwortlich, denn ohne sie wäre keiner der beiden hier.

Thomas spürte, wie ungern Eva den Polizisten allein ließ. Sie bat die Haushälterin des Pfarrers, nach dem Verband zu sehen und sie sofort zu holen, sollte es Beck schlechter gehen. Dann folgten sie und Thomas dem Pfarrer durch das Haus und das Dorf bis zu einem ärmlichen Bauernhaus, vor dem erste Ringelblumen an einer Hausecke blühten. Die gelben und orangefarbenen Blüten erinnerten Thomas an den Garten seiner Großmutter, in dem es vor Ringelblumen nur so gewimmelt hatte. Im Spätsommer hatte Großmutter Salbe aus ihnen gemacht.

Der Pfarrer führte sie in einen niedrigen, dunklen Raum voller Menschen.

Thomas blieb an der Türschwelle stehen. Mit einem Mal war es in seinem Kopf still. Seine Stimmen flüsterten nicht, sie tuschelten nicht. Sie schwiegen – und das bedeutete normalerweise Gefahr!

»Herzlich willkommen!« Basler erhob sich und drückte die weiche Hand des Pfarrers. »Danke, dass Sie unsere Gäste herbegleitet haben. Und Ihre Predigt gestern – ich bin noch gar nicht dazu gekommen, Ihnen zu gratulieren!« Ohne eine Erwiderung von Pfarrer Kühne abzuwarten, ließ er die Hand los und griff nach Evas Rechter. »Wir haben uns nur kurz gesehen, Eva. Wie du vielleicht schon weißt, stehe ich unserem kleinen Rat hier vor, und das sind unsere anderen Mitglieder.« Er führte Thomas und Eckard Assauer, der unmittelbar nach ihnen eingetroffen war, nacheinander zu Hildegund Teufel, der Gastgeberin, Bea Baumgärtner, Eisele und Faust. Zuletzt stellte er ihnen Martin Kiefer vor, der im Schatten neben dem Kachelofen stand und so kaum zu erkennen war. »Er kümmert sich um die Sicherheit in unserem Ort«, erklärte Basler Kiefers Anwesenheit. Eva spürte Unbehagen.

Kiefer hatte dem Rat soeben vom Vorfall mit Hermann Fuchs berichtet und dass dieser Richtung Stühlingen geflohen wäre. Alle Nachforschungen, so Kiefer, seien vergeblich gewesen. Offensichtlich habe der Mann, der Evas Begleiter überfallen hatte, erfolgreich das Weite gesucht.

»Ich wollte gerade gehen.« Kiefer nickte den Ratsmitgliedern kurz zu, nahm sein Gewehr, das neben dem Ofen in einer Ecke lehnte, und drängelte sich am Pfarrer, an Eva und Thomas vorbei. Thomas starrte ihn an, und als sich die Augen der beiden so unterschiedlichen Männer kurz trafen, war es Thomas, als ob Eiswasser in seine Adern gegossen würde. Er fror und alle Härchen seines Körpers stellten sich auf. Aber der Blickkontakt dauerte nur einen Sekundenbruchteil, dann hatte Kiefer das Haus verlassen.

Vorsicht, flüsterte Nummer drei.

Die Stimmen waren zurück!

Roland Basler bot dem Pfarrer, Eva, Eckard Assauer und Thomas Stühle an, während die alte Frau, in deren Haus sie sich aufhielten, drei Tassen Pfefferminztee brachte. Thomas streichelte seine Tasche und wünschte sich, er hätte den Mut, die alte Frau (*Teufel! Sie heißt Teufel! Wir sind in der Hööölle!*) nach Melissentee zu fragen.

»Weswegen wir Sie zu uns gebeten haben …«

»Du hast sie hergebeten«, verbesserte Bea Baumgärtner, »wir haben erst vor ein paar Minuten von deiner Einladung erfahren.« Die Unzufriedenheit in ihrer Stimme konnte keiner überhören.

»Also«, nahm Basler erneut Anlauf. Er wandte sich jetzt

direkt an Assauer und Thomas. »Der Grund ist, dass die allgemeine Situation im Dorf Ihr Erscheinen hier zu einer Belastung für die Allgemeinheit macht. Unsere Lebensmittelvorräte gehen zu Ende. Wir können es uns also auf Dauer nicht leisten, Fremde aufzunehmen und«, er zögerte einen Moment auf der scheinbaren Suche nach der korrekten Formulierung, »durchzufüttern.«

»Was Roland sagen will«, übernahm Hildegund Teufel (Nummer drei freute sich, den Leibhaftigen sprechen zu hören), »jeder, der hier ist oder bleiben will, muss, so hart dies auch klingen mag, für die Gemeinschaft einen Beitrag leisten.«

»Ich möchte nicht bleiben«, sagte Eckard Assauer. Er hatte sich von seinem wackligen Gartenstuhl erhoben und sah in die Runde. »Das Problem ist nur, dass ich nicht weiß, wo ich hin soll. Alles, was ich hatte, liegt dort oben begraben.« Er deutete in die Richtung, in der er das Hardt vermutete. Er öffnete den Mund, als wolle er noch etwas sagen, überlegte es sich aber anders und setzte sich wieder.

»Und was ist mit Ihnen?« Basler sah Thomas an, der daraufhin hinter dem Schutz seiner Aktentasche in sich zusammensank. »Wie sehen Ihre Pläne aus?«

»Er hat keine Pläne«, antwortete Eva an Thomas' Stelle. Sie erklärte kurz, wie sie und Thomas sich kennengelernt hatten. Dann erzählte sie von seinem Elternhaus.

»Er ist …«, Baslers Lippen umspielte ein zynisches Lächeln, »er ist krank, oder?«

»Er kann arbeiten wie du und ich«, konterte Eva.

»Warum antwortet er nicht selbst? Sind Sie stumm?« Thomas rutschte noch ein Stück tiefer. »Sie machen nicht den Eindruck, als ob Ihre Anwesenheit dem Dorf viel Nutzen bringen könnte.«

Nein! Nein, wir müssen bleiben! Sie ist der Teufel! Oder des Teufels Großmutter! Wir müssen bei ihr bleiben! Hier ist unsere Heimat.

Frieder Faust spielte mit einem leeren Schnapsglas, das vor ihm auf dem Tisch stand. Ihm gefiel die Art und Weise, in der Roland Basler das Gespräch führte, nicht. »Du hast der kleinen Sutter – Jessika – helfen können?«

Eva nickte.

»Was für Medikamente hast du eigentlich mitgebracht?«, wollte Basler wissen.

Eva zögerte. Irgendetwas missfiel ihr heute an Roland Basler. Sie kannte ihn nicht sonderlich gut. Bis auf ihre Scheidung von Martin Kiefer hatte sie nie einen Anwalt gebraucht und sie und Basler waren auch nicht in denselben Vereinen. Sie kannten sich vom Sehen und hatten in all den gemeinsamen Jahren hier im Dorf selten ein Wort miteinander gewechselt. Seine neue Rolle hier überraschte Eva, aber sie hatte ihn auch nicht im Gasthaus reden hören. Was, fragte sie sich, was interessierten jetzt die Medikamente. Sollte es nicht um Assauer, Thomas und Beck gehen?

Sie zuckte als Antwort auf Baslers Frage nur mit den Schultern. »Alles Mögliche«, sagte sie.

»Männer, mein Kind«, mischte sich Hildegund Teufel ein und brachte Basler, der sie schon unterbrechen wollte, mit einem einzigen Blick zum Schweigen. »Männer denken immer nur von A nach B und verlieren so leicht den Überblick.« Sie wurde von einem kurzen Hustenanfall unterbrochen. »Männer übersehen gern, was nicht offensichtlich auf der Hand liegt. Bei euch zum Beispiel sehen sie zuerst nur drei weitere Menschen, die essen wollen, ohne selbst etwas Essbares zu besitzen.«

»Wir haben noch ein paar Kleinigkeiten«, sagte Eva. Der Sack mit den Vorräten aus der Krankenhausküche war noch halb voll.

»Genau. Kleinigkeiten. Jedem hier ist klar, dass diese nicht lange reichen werden. Sie müssen beide arbeiten, wenn sie bleiben.«

»Wenn wir bleiben wollen«, sagte Assauer.

»Wenn ich an Joachim Beck denke«, Pfarrer Kühne erhob sich, »wird Ihr Wollen nicht so entscheidend sein. Gott allein weiß, ob und wann er wieder auf die Beine kommt.«

Wahrscheinlich nie wieder, dachte Eva. Sie betrachtete Thomas, der sich hinter seiner Aktentasche buchstäblich vor den Blicken der vielen fremden Menschen verbarg. Eva wusste, dass Becks Zeit ablief. Die Wunden, die Fuchs ihm zugefügt hatte, waren viel zu schwerwiegend, als dass sie ohne eine Operation Chancen auf Heilung hatten. Wie aber sollte Thomas ohne den Polizisten weiterziehen können? Sie fühlte sich für Thomas und Beck verantwortlich.

»Sie sollten bleiben. Die Frage ist nur, was Sie beide«, Faust nickte Assauer und Thomas zu, »bereit sind, für Ihre Unterbringung und Verpflegung als Gegenleistung anzubieten.« Faust sprach schnell. Er wusste, dass Basler mit seinem Vorhaben, Thomas Bachmann und Eckard Assauer weiterzuschicken und möglichst auch Kontrolle über Evas Medikamente zu erhalten, allein dastand im Rat. Um den Männern eine faire Chance zu verschaffen, und weil er sich in gewisser Weise für Assauer verantwortlich fühlte, musste er Basler überrumpeln und das war ihm soeben gelungen. Basler sah mit offenem Mund zu Faust, dann zur Hausherrin.

»Wie eure Medikamente am besten anzuwenden und zu dosieren sind, weißt du sicher am besten. Ich selbst wäre gern bereit, dir ein paar Kartoffeln oder einen Bund Radieschen aus meinem Garten zu geben, wenn du etwas dabei hättest, das mir die Schmerzen in der Schulter ein wenig lindert. Rheuma«, meinte Hildegund Teufel mit einem resignierten Lächeln.

»Sie beide könnten bei Lydia und Andreas Albicker im Stall helfen«, schlug Bea Baumgärtner an Thomas und Assauer gewandt vor. Thomas zuckte zusammen. Die Frau hatte ihn angesprochen! Ihn angesehen!

Nie und nimmer bekommt ihr mich in einen Kuhstall,

tönte Nummer zwei. *Alles ist dreckig und stinkt und die Viecher könnten uns beißen oder nach uns treten! Nein, nein, daraus wird nichts.*

Nummer eins hingegen erinnerte sich an den Stallgeruch aus Thomas' Kindheit, erinnerte sich an die Zeit, als beide noch allein waren, zusammen bei Thomas' Großmutter und den Tieren hinter dem Haus.

»Lydia braucht dringend jemanden, der ihr hilft. Außerdem will sie einen Teil der Tiere auf die Weiden bringen, wo jemand auf sie aufpassen müsste. Die Batterien für die Elektrozäune halten nicht ewig.«

Dann könnten wir den ganzen Tag im Freien verbringen. Nur wir und ein paar Kühe und Himmel, Erde, Gräser, Insekten und Freiheit. Für Nummer eins klang Beas Vorschlag verlockend. Außerdem wäre es das erste Mal, dass Thomas für eine Arbeit entlohnt würde, dass er selbst für seinen Unterhalt sorgen konnte, jedenfalls solange der Stromausfall noch anhielt.

Ja! Sag ja! Wir bleiben hier, bei unserm alten Teufelchen! Biiitte, sag doch endlich ja, flehte Nummer drei. *Wir werden über die Wiesen ziehen und viele kleine Teufelchen hüten, Teufelchen mit Hörnern und braunen Flecken und vier Hinkefüßen!*

Nach einer langen Pause ergriff Assauer endlich das Wort: »Reicht es Ihnen, wenn ich mich morgen entscheide? Dieses Angebot kommt so plötzlich für mich.«

Basler stieß die Luft aus. Angebot!, dachte er, wenn es nach ihm gegangen wäre, hätte es kein Angebot gegeben.

»Natürlich«, antwortete Hildegund Teufel stellvertretend für fast alle im Rat.

Pfarrer Kühne erhob sich und legte seine weiche Hand auf Thomas' Schulter. »Bei mir im Haus hast du ein Dach über dem Kopf und etwas zu essen ist auch da.« Hoffte er zumindest, war sich aber sicher, dass auf seine Haushälterin Verlass sein würde.

Sie verabschiedeten sich, nachdem Assauer versprochen hatte, sich bis zum kommenden Vormittag zu entscheiden.

»Sie müssen etwas wegen Ihres Hustens unternehmen«, sagte Eva, als sie ging. Aber Hildegund Teufel winkte nur ab.

»Nur eine kleine Erkältung«, sagte sie, »nichts weiter. War gestern ziemlich nass dort oben.«

Als Hildegund Teufel auch Thomas zum Abschied die Hand geben wollte, zögerte dieser und presste seine Tasche fest an sich.

Huch, der Teufel will uns anfassen!

»Melissentee?«, fragte er plötzlich leise.

»Melisse willst du?« Sie duzte auch Thomas ganz selbstverständlich. In ihrem Alter gab es nur noch Kinder oder Kindchen. Wieder musste sie husten und spuckte etwas in ihr Taschentuch. »Komm morgen früh wieder, mein Junge, ja? Und dann schneiden wir dir ein wenig Melisse hinten im Garten.«

Sie verließen die Ratssitzung. Eva wollte Thomas noch zum Pfarrhaus bringen und ein letztes Mal nach Joachim Beck sehen. Sie liefen durch das Dorf und jeder hing seinen eigenen Gedanken nach. Pfarrer Kühne grübelte über seine morgige Predigt nach. Wegen der Ereignisse auf dem Hardt hatte er den Sonntagsgottesdienst kurzerhand auf den morgigen Montag verlegt. Der Herr würde es verstehen.

Thomas jubelte innerlich. Melissentee!

Als sie am Gasthaus Krone vorbeikamen, sahen sie Anna-Maria Guhl auf sich zu rennen.

Nachdem sich Basler und Bea Baumgärtner verabschiedet hatten, blieben Faust und Eisele noch einen Moment unter der dunklen Laterne vor Hildegund Teufels Haus stehen.

»War ganz schön missmutig, unser lieber Roland«, scherzte Eisele und zog die Jacke enger um seinen Körper. »Hat sich von dir auf die Füße getreten gefühlt.«

Faust nickte. »Zu Recht. Er denkt bestimmt, ich hätte das vorher mit ihm absprechen müssen.«

»Na ja, er wird's verwinden.« Dann wurde Eisele wieder ernst. »Sind Martin und Bubi auch heute Nacht wieder unterwegs?«

Faust nickte. »Die beiden geben sich zwar alle Mühe, aber weder der eine noch der andere hat irgendeine Ahnung, wie so ein Dorf zu beschützen ist. Das weiß keiner von uns. Und zu zweit hat das Ganze auch eher einen symbolischen Wert.«

»Ich dachte, es hätten sich noch zwei Freiwillige gemeldet?«

»Das schon, aber Martin wollte sich nicht sofort entscheiden. Frag mich nicht, wieso. Manchmal ist er seltsam, als ob etwas in seinem Kopf vorgeht, über das er mit keinem sprechen will. Aber so kennen wir ihn ja. Ich bin froh, dass er hier ist. Ohne ihn würde Bubi wahrscheinlich weiter nur faul in den Tag hineinleben. So hat er wenigstens eine Aufgabe und einen Freund, an dem er sich hoffentlich ein klein wenig aufrichten wird.«

»Wird er schon machen, dein Bubi.« Christoph Eisele streckte Faust die Hand entgegen, er wollte heim.

»Hast du vielleicht noch etwas zu trinken zu Hause? Ein Bier oder so?«, fragte Faust. Die Frage war ihm peinlich und er versuchte, sie so nebenher wie nur möglich zu stellen.

»Oh, mit Bier sieht's ganz schlecht aus. Aber eine Flasche Wein könnte ich dir geben. Susanne freut sich bestimmt, wenn du damit heimkommst und dir mit ihr einen gemütlichen Abend bei Kerzenschein machst. Lea und dieser Assauer wohnen ja jetzt bei Eva, Bubi patrouilliert durchs Dorf – ihr habt also sturmfrei!«

»Sie wird sich freuen, wenn ich ihr sage, wem sie das zu verdanken hat.«

»Also komm.«

Schweigend gingen die beiden Männer nebeneinander

her durch das stockfinstere Dorf. Hinter wenigen Fenstern flackerten noch Kerzen, die meisten Menschen schliefen bereits, erschöpft von einem weiteren Tag eines fremden Lebens. Eisele überlegte, wo man einen Waschplatz am Dorfbach einrichten könnte, während sich Faust mit feuchten Händen und schlechtem Gewissen der Vorfreude auf den Wein hingab. Er spielte in der Hosentasche mit seinem Klappmesser, öffnete und schloss mit dem Daumennagel den Korkenzieher – ein nervöser Automatismus.

»Was hältst du von der Stelle am Ortsausgang, ein Stück unterhalb Gehringers Haus?«, fragte Eisele unvermittelt.

»Wie?«, fuhr Faust aus seiner Vorfreude. »Welche Stelle?«

»Der Waschplatz. Am Ortsausgang wäre ideal, wenn auch etwas weit, für euch zum Beispiel oder die, die in der Nähe der Kirche wohnen. Aber der Platz wäre ideal. Das Wasser fließt ziemlich schnell dort, es gibt viele große Steine im Bach, auf denen man stehen kann, und die Straße führt unmittelbar daran vorbei.« In der eben zu Ende gegangenen Versammlung hatte Bea sie auf das Problem aufmerksam gemacht. Seit gestern wusch immer wieder einmal jemand seine Wäsche im Dorfbach, allerdings nicht an einer bestimmten Stelle, sondern dort, wo es gerade am bequemsten war. Dumm war dabei nur, dass für viele die bequemsten Stellen oberhalb der Trinkwasserentnahmestelle und der Viehtränke lagen. Lydia Albicker hatte deshalb heute ihre Tiere nicht am vorgesehenen Platz tränken können.

»Kannst du dich morgen mal darum kümmern? Ich muss mit meiner Treibstoffgeschichte weitermachen und Anne Gehringer braucht auch Hilfe. Es hat den Anschein, als ob keiner noch nennenswerte Vorräte im Haus hat.«

»Wohl eher keine offensichtlichen. Ich wette mit dir, neunzig Prozent der Angaben, die Anne bekommen hat, sind falsch. Und zwar falsch zum Vorteil des Einzelnen.«

Eisele nickte. »Was macht Roland eigentlich? Hat der eine Aufgabe übernommen?«

»Er regiert, vermute ich«, antwortete Faust. »Und redet den ganzen Tag mal mit diesem und jenem und gibt kluge Ratschläge. Aber die meisten finden das offensichtlich in Ordnung so, jedenfalls hat sich bei mir noch keiner darüber beschwert.«

»Ich bewundere dich manchmal. Du machst die ganze Arbeit und der erntet die Lorbeeren.«

Sie standen vor Eiseles Elternhaus. Leise, um niemanden zu wecken, öffnete Eisele die Tür. Er verschwand im Haus und kehrte wenige Minuten später mit einer Flasche billigem Rotwein zurück.

»Was bin ich dir schuldig?« Faust hielt sein Portemonnaie in der Hand.

»Spinnst du?!« Eisele spielte den Entrüsteten. »Sollten die Geschäfte irgendwann wieder öffnen, bringst du mir einfach eine neue.«

»Danke, Mann.«

»Also – komm gut heim. Und viel Spaß heute Nacht!« Eisele zwinkerte dem Älteren zu, dann schloss er die Tür hinter sich.

Faust selbst kam nicht weit. Er überquerte die ehemalige Hauptstraße, folgte einem schmalen Trampelpfad bis zur Schule und versteckte sich in einem bunten Holzhäuschen, das den Erst- und Zweitklässlern als Hauptquartier während der großen Pause diente. Dort entkorkte er die Flasche. Er trank – tiefe, durstige Züge – und setzte erst ab, als er die Flasche zur Hälfte geleert hatte. Er betrachtete das Schulgebäude, hinter dessen schwarzen Augenhöhlen die aufgesammelten Gepäckstücke aus dem Airbus lagerten. Jemand wird mit Assauer hierherkommen müssen, überlegte er, damit der seinen Koffer und die Sachen seiner Tochter und des Jungen heraussuchen kann.

Langsam fühlte er sich besser. Aber der Gedanke an den

Moment, an dem er nirgends mehr Alkohol würde auftreiben können, machte ihm Angst. Die Frage nach Abhängigkeit hatte sich ihm niemals gestellt. Was waren schon zwei oder drei Bier am Abend. Oder sieben oder acht. Und ein paar Schnäpse. Susanne hatte immer dafür gesorgt, dass weder das eine noch das andere jemals ausging, weil sie wusste, dass er es so wollte und sie seinen Zorn fürchtete.

War er Alkoholiker? Das Wort versetzte ihm eine Gänsehaut und er nahm schnell einen weiteren Schluck. Er war ein freier Mann, konnte tun und lassen, was immer er wollte! Frei? Wie frei, fragte er sich, bin ich eigentlich, wenn ich nur noch an den nächsten Schluck denke? Er hatte Angst vor dem Moment, an dem er seiner Umwelt – vor allem aber sich selbst – eingestehen musste, dass er das Zeug brauchte, in letzter Zeit bereits am späten Vormittag. Seit er wusste, dass Alkohol zur Mangelware wurde, schien ihm seine Gier plötzlich unbezähmbar, als sei das wilde Tier in ihm, welches bisher regelmäßig an jedem Abend ausgiebig gefüttert worden war, allein durch die bloße Vorstellung des Mangels zu voller Größe erwacht. Aber nein, er brauchte es nicht, keinen Tropfen! Er betrachtete im schwachen Sternenlicht den kümmerlichen Rest in der Flasche. Dies hier wird der letzte Tropfen sein. Bestimmt. Er war weder Alkoholiker noch sonst irgendwas. Er war Frieder Faust – stark, gesund und frei!

Er leerte den letzten Rest, dann warf er die Flasche neben sich ins Gras. Aber er ging nicht heim, sondern blieb in der engen Hütte hocken. Morgen würde er vielleicht mit Assauer hierherkommen und danach die Sache mit dem Waschplatz regeln. Ohne Alkohol.

Er sah nach draußen, auf die dunklen Häuser, leere, unbeleuchtete Straßen und einen leblosen Nachthimmel. Nein, er brauchte das Zeug nicht. Eine Träne rollte ihm über die Wange und blieb an grauen Bartstoppeln hängen. Er wischte sie weg, zwängte sich aus dem Versteck und begann auf allen vieren im Gras nach der leeren Weinflasche zu suchen. Als er sie gefunden hatte, setzte er an und hielt sie lange hoch über seinem Mund.

Der letzte Tropfen, wirklich der letzte.

Zur selben Zeit saß Eva Seger an Joachim Becks Krankenlager. Thomas verschmähte das ihm zugewiesene Zimmer. Er lag vor Becks Bett und versuchte zu schlafen. Aber er konnte nicht, denn der Tod war ganz nah. Thomas spürte, dass Gevatter Tod nicht zu ihm wollte. Noch nicht. Der Polizist stand vor ihm in der Reihe. Die korrekte Reihenfolge war wichtig. Immer eins nach dem anderen, zuerst das linke Bein, anschließend das rechte, so hatte er es gelernt.

Fräulein Guhl war ihnen entgegengerannt, weil sie den Puls des Patienten nicht mehr fühlen konnte und glaubte, er wäre tot. Eva aber hatte schnell gemerkt, dass es noch nicht so weit war. Noch.

Becks Atem wurde zunehmend flacher und sein Herzschlag war kaum noch spürbar. Beck hatte den Kampf verloren, wie Eva Thomas erklärte, und wahrscheinlich würde er diese Nacht nicht überleben.

Aber Thomas hatte andere Gedanken. Morgen sollte er zu des Teufels Großmutter kommen. Morgen gab es wieder Melissentee! Dieses Dorf war ein guter Platz.

Voll Dankbarkeit schlief er ein.

75

23:22 Uhr, Wellendingen

Martin Kiefer hatte wenig Erfahrung mit Geisteskranken. Eigentlich gar keine, um ehrlich zu sein. Aber dass dieser Thomas nicht von dieser Welt war (eine seiner liebsten

Wortkreationen), erkannte er mit dem ersten Blick in dessen Augen. Welche Rolle Thomas aber zukünftig noch in Kiefers Leben spielen sollte, konnte in diesem Moment noch niemand ahnen, am wenigsten Martin Kiefer.

Unangenehm berührt hatte er die Ratssitzung verlassen. Vor dem Haus hatte er dann noch einen Moment ausgeharrt, den klaren Abendhimmel geprüft und sich mit einem Lächeln auf den Lippen zu Bubi aufgemacht, denn eben hatte er Eva schon zum zweiten Mal an diesem Tag gesehen.

Als Bubi ihm öffnete, konnte er am Küchentisch Lea Seger und Susanne erkennen.

»Lea ist hier?«

»Wo sollte sie sonst sein?«, antwortete Bubi. »Solange Eva noch mit dem Verletzten beschäftigt ist, schläft Lea bei uns.«

»Sie schläft bei euch …« Kiefer starrte ins Leere. »Und Eva geht nach dem Treffen sicher wieder mit ins Pfarrhaus …«

»Genauso wird es wohl sein«, hatte Bubi gesagt. Er wollte sein Gewehr holen, um anschließend mit seinem Freund in die Nacht hinauszugehen. Bubi konnte noch immer nicht richtig fassen, was sich für ihn durch Kiefer alles geändert hatte. Und was sich in der Zukunft noch alles ändern würde. Bubi hatte zum ersten Mal ein Ziel, jemanden, der ihn an der Hand nahm und diesem Ziel näher brachte. Dass dieses Ziel aber in fast allen Punkten dem widersprach, was Frieder und Susanne Faust an Erziehung investiert hatten, störte dabei wenig, denn Kiefers Vision von einer Gesellschaft des Stärkeren übte auf Bubi eine eigentümliche Anziehung aus.

»Bring Leas Hausschlüssel mit«, sagte Kiefer.

»Ich soll was?«

»Du hast schon verstanden. Ich erklär es dir später. Beeil dich, ich warte hier.«

Eine halbe Stunde vor Mitternacht, Faust lag im Schulhof und weinte, während Eva Seger die Stirn des Polizisten kühlte, standen Martin Kiefer und Bubi Faust vor Eva Segers Haus.

»Du bleibst hier«, lautete Kiefers Instruktion für Bubi. »Wenn jemand kommt, klopfst du drei Mal gegen die Haustür und versteckst dich, verstanden?« Bubi nickte. Natürlich hatte er verstanden und natürlich würde er hier warten, wie befohlen. Aber trotzdem begriff er nicht, warum Kiefer unbedingt in Segers Haus wollte. Was hatte er da drin verloren, was interessierte ihn so brennend? Auf seine Frage hatte Kiefer nur gelächelt. »Irgendwann wirst du es verstehen, Bubi. Und bis dahin tu einfach, um was ich dich bitte.«

Ohne besondere Vorsichtsmaßnahmen ging Kiefer ganz selbstverständlich zur Eingangstür, steckte den Schlüssel ins Schloss und öffnete. Alles war so leicht. Lea hatte ihren Schlüssel auf den Herd in Fausts Küche gelegt, Bubi brauchte ihn nur zu nehmen und später wieder dort abzulegen, und keiner würde jemals etwas von diesem kleinen Ausflug erfahren.

Es gab keinen Grund sich vorzusehen, das Dorf schlief.

Kiefer zögerte einen Moment, als wolle er sich diesen besonderen Augenblick bewusst machen, dann trat er ein. Die Tür fiel leise hinter ihm ins Schloss und Martin Kiefer stand endlich in ihrem Haus. Er war bei Eva, bei seiner Frau. Und das Schönste daran: Hans Seger konnte rein gar nichts dagegen unternehmen!

Es war kühl und stockfinstere Nacht. Kiefers Taschenlampe flammte auf.

An den Wänden hingen Zeichnungen von ihrem Balg, buntes Geschmiere. Er stieß mit der Fußspitze eine angelehnte Tür auf – die Küche. Auf dem Küchentisch lagen zerrissene Zeitungen – Toilettenpapierersatz. Am Kühlschrank schon wieder Leas Schmierereien. Er sah sich um und ging zur nächsten Tür. Nur das Wohnzimmer.

Ihr Schlafzimmer musste oben liegen, natürlich.

Kiefer stieg die Holztreppe hinauf. Die Tür, auf der mit farbigen Holzbuchstaben LEA stand, ignorierte er und öffnete eine andere – das Bad. Dies war also der Spiegel, vor dem sie damals posiert hatte, als er sie heimlich fotografierte. Er betrachtete sich selbst. Der Dreitagebart stand ihm gut, fand er, besonders in Kombination mit seinem Maschinengewehr. Er lächelte sich zu.

Hinter der letzten Tür verbarg sich endlich, wonach er gesucht hatte – ihr Schlafzimmer. Er trat ein, schloss die Tür hinter sich und lehnte sich an sie, als wolle er allein sein und auf keinen Fall gestört werden. Vor ihm stand ein breites Bett, dort ein riesiger Kleiderschrank und gegenüber eine Kommode mit einem Spiegel darüber. Er betrachtete verächtlich den Spiegel und dessen Position zum Bett.

»Macht euch wohl an, wenn ihr euch beim Vögeln zusehen könnt, was?« Kiefer trat gegen das Bett und eines von einem halben Dutzend Kuscheltieren, die Lea vergangene Nacht hierhergeschleppt hatte, kullerte auf den Boden. Dann öffnete er eine Schublade der Kommode nach der anderen, ohne aber etwas Interessantes zu finden. Im Nachtschrank auf der Kuscheltierseite befanden sich nur grobe Männersocken und Unterhosen, sonst nichts. In ihrem Nachtschrank hingegen fand er zwei alles andere als jugendfreie DVDs und Spielzeug für sie und für ihn! Er konnte nicht fassen, was er sah! Er musterte den goldenen Vibrator, dann trat er gegen den Nachtschrank. »Du bist selbst schuld, du Idiot!«, beschimpfte er sich. »Wenn du in ihren Sachen wühlst, musst du damit rechnen, solchen Dreck zu finden. Aber das wird sie büßen, das Miststück!« Er ging zum Kleiderschrank, öffnete ihn und da fand er auch endlich, wonach er gesucht hatte!

Fein säuberlich lagen in Augenhöhe auf einem großen Stapel ihre Slips, genauso, wie er es noch von ihr kannte aus der Zeit, als sie noch dort war, wo sie hingehörte. Er ließ seine Finger beinahe zärtlich über die verschiedenen Stoffe gleiten, als könne er sie so erspüren und jeden einzelnen Tag, an dem sie einen dieser Stoffe am Körper gehabt hatte. Da waren bunte, weiße mit Wochentagsaufschrift und kleine, ganz knappe Slips mit Spitzen und nur einem hauchdünnen Faden als Hinterteil. Kiefer legte das Gewehr aufs Bett und suchte sich einen Slip aus dem Stapel, ein knallrotes Nichts. Den hatte sie früher manchmal getragen, früher, als sie noch gewusst hatte, für wen sie sich hübsch zu machen hatte. Diesen oder einen Slip, der dem zum Verwechseln ähnlich sah. Er roch an dem Stoff. Dann legte er ihn enttäuscht zurück. Nichts. Nur billiger Weichspüler.

Der Rest blieb uninteressant. Hosen, Blusen, Shirts und Jacken. Er schloss den Kleiderschrank und nahm sein Gewehr. Noch ein letzter Blick.

Fast schon wieder im Erdgeschoss, fiel ihm plötzlich etwas ein. Er machte kehrt, rannte zurück und ins Bad. Hinter der Tür stand ein großer Wäschekorb. Er schüttete ihn in die Badewanne und durchwühlte die getragenen Kleidungsstücke. Und da endlich wurde er fündig, wurde seine Nase fündig! Mit geschlossenen Augen vergrub er sein Gesicht in dem kleinen Stofffetzen und sog ihren Duft tief in sich ein. Das war Eva! So roch nur sie, seine Frau, seine Liebe, sein Leben. Seine Zukunft.

Eva.

Kiefer setzte sich auf den Toilettendeckel und war bei ihr. Sie war endlich zurückgekommen, Eva war in ihm, so wie er bald wieder in ihr sein wollte.

Als er zwanzig Minuten später das Haus verließ, trug er Evas Slip in seiner rechten Hosentasche. Außerdem hatte er einen Entschluss gefasst.

Nachdem ihnen am Vortag Hermann Fuchs hatte entwischen können, hatten sie die zwanzigtausend Euro Beute in Georg Sattlers leerstehendem Haus versteckt. Ab sofort war dies ihr offizieller Stützpunkt. Sie hatten Baslers Einverständnis, und dieses Einverständnis kam sie nicht einmal halb so teuer wie von Kiefer ursprünglich veranschlagt. Obwohl sich Kiefer offiziell für Wellendingen entschieden hatte, sah er doch jeden Tag nach seinem Haus in Bonndorf. Wichtiger als sein Eigentum waren ihm aber fast noch seine alten Kontakte, allen voran der zu Christian Stadler, seinem alten Schulfreund und Elektriker. Von Stadler wusste Kiefer aus erster Hand, dass man in Bonndorf ebenfalls dabei war, sich neu zu organisieren, dass ein Rat gegründet worden war, Straßensperren den Ort abriegelten und ein kleiner Sicherheitstrupp aufgestellt wurde. Es schien, als ob die Menschen überall nach einem bestimmten Schema weitermachten, einem ihnen vor Urzeiten eingepflanzten Rhythmus folgten, der sie zu bestimmten Handlungen zwang. Die einzelnen Gedankengänge und Entscheidungen waren offensichtlich nicht das Ergebnis freien Willens, sondern vorprogrammierte Notwendigkeiten, die einzig in ihrer Reihenfolge und der Gewichtung diverser Punkte variierten. Wann und Wie waren Variable, nicht das Ob.

Schon am Donnerstagabend, so Stadler, hatten er und zwei seiner Kollegen damit begonnen, die Möglichkeiten, die das Windrad hinter der Stadt bot, zu erkunden. Ihr Plan war einfach: den unterhalb der Windkraftanlage gelegenen Stadtteil vom allgemeinen Stromnetz abzukoppeln und durch Windenergie mit Elektrizität zu versorgen.

Am Donnerstag wurden er und seine Helfer noch belächelt – keiner glaubte, dass der stromlose Zustand länger als ein paar Stunden anhalten würde. Am Freitag schon meldeten sich Freiwillige und fragten, ob sie helfen könnten. Heute, am Sonntag, wollten sie damit beginnen und erste Leitungen kappen, andere zusammenfügen. Stadler war überzeugt, dass sie – günstige Winde vorausgesetzt – im Verlauf der kommenden Woche wieder Strom hätten.

Kiefer begründete sein Pendeln zwischen Bonndorf und Wellendingen damit, dass man in dem kleinen Dorf ohne seine Hilfe aufgeschmissen wäre. Er berichtete Christian Stadler, vor allem aber den Mitgliedern des Bonndorfer Rates, bereitwillig von seinen Leistungen in dem kleinen Dorf: Er, Martin Kiefer, habe die Idee eines Ortschaftsrates gehabt, der Nahrungsmittelverteilung, die Beseitigung der Leichen auf dem Hardt und, nach verschiedenen Übergriffen durch Soldaten und Plünderer, die Abriegelung des Dorfes organisiert. Er hatte Waffen für den von ihm initiierten Schutztrupp beschafft. Um es kurz zu machen: Kiefer verkaufte sich in Bonndorf als der große Macher, ohne den das kleine Nachbardorf schon längst im Chaos versunken wäre.

Den wahren Grund seines Engagements in Wellendingen verschwieg er vorsorglich. Es ging keinen etwas an, dass er noch immer an Eva hing, nach so vielen Jahren einfach nicht von ihr lassen konnte. Hätte ihn jemand verstanden? Konnten all die Bauern und Handwerker, die Samstagsrasenmäher und Musikantenstadlgucker verstehen, was er für Eva empfand, dass es wahre Liebe gab?

Christian Stadler hatte ihn mehr als einmal aufgefordert, Wellendingen sausen zu lassen und wieder nach Bonndorf zu kommen, wo er schließlich hingehöre.

»Kommende Woche vielleicht«, hatte Kiefer beim letzten Mal geantwortet. Sein Haus stand bereit.

Er sah auf die Uhr. Mitternacht war vorbei. Er musste mit Bubi noch alles Weitere besprechen.

»Und«, fragte Bubi, als Martin Kiefer aus der Dunkelheit auftauchte und beide den Weg zu Sattlers Haus einschlugen, »wie war es? Hast du gefunden, wonach du gesucht hast?«

»Ich denke schon«, sagte Kiefer. Er klang geheimnisvoll.

»Und was war es?«

»Später. Ich muss dich etwas fragen.«

»Schieß los. Was willst du?«

»Ich war heute Vormittag in Bonndorf«, begann Kiefer.

»Hast nach deinem Haus gesehen, was?«

»Unter anderem. Ganz nebenbei habe ich erfahren, dass Christian Stadler mit einer Handvoll Männer kurz davor ist, die Windkraftanlage so weit umzubauen, dass es in einigen Teilen der Stadt kommende Woche wieder Strom geben könnte.«

»Was?!« Sogar im Dunkeln konnte man Bubis Augen strahlen sehen. Das war endlich mal eine Nachricht!

»Pst! Du wirst noch das ganze Dorf wecken!«

»Hast du das meinem Vater erzählt?« Bubi flüsterte und seine Stimme zitterte vor Aufregung. »Und den anderen im Rat? Was haben sie gesagt? Wann werden wir unser Windrad umbauen und kann Stadler uns dabei helfen?«

»Langsam, Bubi, du bringst hier einiges durcheinander. Niemand in Bonndorf hat ein Interesse daran, uns hier zu Strom zu verhelfen. Im Gegenteil, denn mit dem Vorteil funktionierender Backöfen und Kühlschränke sind sie uns deutlich überlegen. Sie werden Dinge herstellen, die wir nicht haben, die wir aber brauchen. Sie werden ihre Maschinen wieder benutzen können, werden ihre Häuser heizen und beleuchten. Wir aber sind Konkurrenten für sie. Wir stecken mitten in einem Überlebenskampf. Wer weiß, wie das ganze Theater ausgeht? Aber bestimmt wird der Stärkere gewinnen, der, der in der Lage ist, die vorhandenen Mittel und Techniken zu nutzen, der über ausreichend Nahrung verfügt. Wellendingen wird dies nicht sein.«

Bubi wurde still. In seinem Kopf begann es zu arbeiten. Er hatte bisher gedacht, Kiefer wollte hier etwas aufbauen, hier früher oder später das Ruder übernehmen. Was er jetzt sagte, wollte so gar nicht zu seinem Tagtraum passen.

»Wir haben seit Mittwoch einiges geschafft, wir zwei, wir sind ein tolles Team. Wenn ich nur an die Kohle gestern denke oder an die ganzen Lebensmittel aus Winterhalders Kneipe! Stadler hat mich gefragt, ob ich nicht wieder nach Bonndorf kommen will. Auch dort bauen sie gerade eine Verteidigung auf, die aber längst nicht so effektiv arbeitet wie wir. Außerdem haben sie bis auf drei oder vier Gewehre, die sie einem alten Jäger abgenommen haben, keinerlei Waffen. Mit dem, was wir in Sattlers Haus deponiert haben, wären wir gemachte Leute da drüben. Und du könntest vielleicht bald wieder deinen Computer anwerfen und endlich deine Bilder ansehen.«

»Du meinst, ich soll mitkommen?«

»Natürlich! Du bist mein Freund und der Einzige in diesem gottverdammten Nest, mit dem man etwas anfangen kann.«

»Wann?«

»Ich weiß noch nicht. Aber es könnte schnell gehen.«

Bubi zögerte. »Und das hier? Meine Eltern, das Dorf?«

»Mensch, Bubi! Das alles hattest du die vergangenen zweiundzwanzig Jahre. Und? Hat es was gebracht?« Kiefer leuchtete Bubi ins Gesicht.

Bubi schüttelte den Kopf.

»Wer bist du heute? Was bist du? Konnten dir deine Eltern anbieten, was ich dir gerade anbiete?«

Wieder schüttelte Bubi den Kopf.

»Wenn du jetzt zu mir stehst, bist du bald einer, der von allen beneidet wird, dem die Weiber in Trauben nachlaufen, mit einem eigenen Haus und Macht! Aber du musst das selbst entscheiden, ich kann dich zu deinem Glück nicht zwingen, mein Freund. Entscheide dich ruhig, feige zu sein und weiter am Rockzipfel deines Herrn Vaters zu hängen. Hier wirst du es nie zu etwas bringen!«

»Gehst du auch, wenn ich nicht mitkomme?«

»Ja.« Kiefers Finger trommelten gegen den Gewehrlauf, mal leiser, dann wieder lauter – ein ungeduldiger Galopp in ein neues Leben. Er musterte Bubi, wartete auf dessen Entscheidung. Der sah immer wieder auf seine Uhr und über Wellendingen hinweg nach Bonndorf. Hier, vor Sattlers Haus, konnten sie alles sehen.

»Du willst jetzt eine Antwort, oder?«

»Ja.«

»Also gut.« Bubi stieß die Worte hervor wie einen zu heißen Bissen, den er schnell wieder loswerden wollte. »Ich komme mit. Wann sollen wir aufbrechen?«

»Ich geb dir Bescheid. Aber bereite die Sachen vor, die du mitnehmen willst. Wenn es so weit ist, muss es schnell gehen.«

76

28. Mai, 09:12 Uhr, bei Trelleborg, Südschweden

Über Nacht hatte sich das Wetter geändert. Der makellos blaue Himmel der Vortage hatte sich in eine graue Masse verwandelt. Unbeweglich hing diese über der Ostsee und verschmolz am Horizont mit einem ebenfalls grauen Spiegelbild.

Hans Seger konnte sein Glück kaum fassen. Eben noch zum Tode verurteilt, dann plötzlich gerettet. Malow hatte ihm etwas zu essen gegeben, während Tina aus dem nahen Bach frisches Wasser holte. Hans stürzte sich darauf, trank, gierig wie ein Hund in der Mittagssonne, und erbrach es umgehend. Erst im zweiten Anlauf ging es besser.

Sie diskutierten bis weit nach Mitternacht, wie sie zurück nach Deutschland gelangen sollten. Hans wollte nach Trelleborg, hoffte, im dortigen Hafen ein Boot auftreiben zu können. Tina und Malow aber ließen in diesem Punkt nicht mit sich reden: Nie wieder wollten sie eine Stadt betreten. Nie mehr! Und Hans zerstörte Malows Pläne, indem er von der unpassierbaren Öresundbrücke berichtete. Ohne einen konkreten Plan zu fassen, schliefen sie ein.

Henning Malow erwachte mit dem ersten Morgengrauen. Eine Möwe saß auf dem Verandageländer und äugte zu den Schlafenden in die Hütte. Malow fror. Wie die anderen auch hatte er nur eine dünne Decke, die sie in der zweiten Hütte gefunden hatten, um sich gegen die Kälte der Nacht zu schützen. Der namenlose Junge lag in Tinas Armen und träumte. Tina hatte noch einmal einen Anlauf gestartet, ihm einen Namen zu geben, aber alles in Henning Malow sträubte sich dagegen. Hatte dieser Junge erst einen Namen, verwandelte er sich in einen Teil ihrer Gemeinschaft. Jetzt handelte es sich noch um irgendein Kind, ein Name machte ihn greifbar, genauso die eigene Verantwortung für ihn.

Malow ging auf die Veranda und streckte sich. Die Möwe flatterte davon. Malows Blick fiel auf die vielen, vielen Holzstangen, mit deren Hilfe Hans Seger am Vortag das Boot zum Strand gebracht hatte. Fast hätte dieser Seger es geschafft, dachte Malow. Er betrachtete die Hölzer, und dieser Anblick setzte irgendetwas in ihm in Bewegung. Von einem Moment auf den anderen war alles sonnenklar! Das war es! Das war die Rettung!

Malow stand von einer Sekunde zur anderen plötzlich unter Hochspannung. Er schlug mit der Faust auf das windschiefe Geländer, dann rannte er zu den Stangen.

»Was ist denn mit dem los?« Tina stand am Fenster und blickte Malow hinterher.

Der sammelte die Holzstangen auf und legte sie säuberlich nebeneinander in den Sand.

»Vielleicht hatte er eine Erleuchtung, wie er sein Auto freibekommt.«

Aber die Erklärung war eine andere. Ganz einfach, wenn man draufkam.

»Habt ihr in den Hütten Seile und Stricke gesehen?«

Tina zog die Mundwinkel nach unten; ihr war nichts aufgefallen. Der Junge in ihren Armen wurde wach und sah zu ihr auf. Tina war noch da und seine Welt somit in Ordnung.

Hans Seger aber konnte sich besser erinnern. »In einer Hütte hing irgendwas neben der Tür. Aber sagen Sie mir lieber, was Sie damit wollen.«

»Holen Sie erst das Seil, dann werde ich es euch zeigen.«

Als Hans mit zwei dicken Seilen zurückkam, hatte Malow bereits ein gutes Dutzend Stangen nebeneinander aufgereiht. Die mittlere Stange zeigte am weitesten zum Wasser, die rechts und links folgenden Hölzer rückten mit jeder weiteren eine Fußlänge zurück. Es entstand ein hölzerner Pfeil, der nach Deutschland wies.

»Was wird das?« Tina ging um das Bauwerk herum und betrachtete es von allen Seiten. »Wollen Sie einen Wegweiser hinterlassen?«

»Besser. Viel besser!« Er betrachtete seine Konstruktion, dann Tina und Seger. Aber keiner der beiden konnte seine Eingebung nachvollziehen.

»Setzt euch drauf«, sagte er. Tina sah fragend zu Hans hinüber.

»Richtig! Das ist es.«

»Was ist was?«

»Ein Floß!«

»Endlich! Ich dachte schon, ihr kommt nie drauf.« Als Malow auf die Rollen kletterte, leuchteten seine Augen vor Eifer. »Wir hätten alle Platz darauf. Rechts und links noch ein Ruder und es könnte losgehen.«

»Und wie machen wir die Rollen untereinander fest?«, fragte Tina.

»Mit den Seilen natürlich«, riefen Hans und Malow gleichzeitig.

Malows Begeisterung über die eigene Idee leuchtete in seinen Augen. Er war zwar weder Seefahrer noch Meereskundler, aber so viel wusste er: Die Strömung in der Ostsee, die wie ein Sack in das Land reichte, konnte nicht allzu groß sein. Es gab nur einen einzigen, gekrümmten Zugang zum Atlantik, aber keine Abflussmöglichkeit, was den gesamten Wasseraustausch durch Öresund und Skagerrak zwang. Keine dauerhafte, konstante Strömung durch die Ostsee hindurch wie im Ärmelkanal, sondern nur ein müdes Hin und Her – ideal für eine kleine Floßfahrt.

Nach einem ärmlichen Frühstück machten sich die Männer daran, die Hölzer – so wie von Malow in den Sand gelegt – zusammenzuknoten. Tina saß mit dem Kind etwas abseits und ließ Sand durch ihre Finger rinnen. Nach und nach entstand ein kleiner Wald aus Sandtannenbäumen, die das Kind mit strahlenden Augen wieder flachdrückte.

»Sie haben die beiden wirklich erst gestern kennengelernt?«, fragte Hans Seger.

Malow nickte. »Erst das Mädchen, dann das Kind.«

»Eine richtige kleine Familie.« Hans trat gegen eine Rolle und zog mit aller Kraft einen Knoten fest. Seine blutunterlaufenen Handgelenke schmerzten noch, aber die Rettung vor Augen machte vieles erträglich.

Malow arbeitete an seinem Teil des Floßes. Die beiden Männer kamen gut voran, wie ein seit Jahren eingespieltes Team. Malows Augen blieben an Tina und dem Kind hängen.

»Ich finde, wir sollten den Jungen hierlassen«, sagte er endlich, ganz leise. Nur Hans sollte ihn hören. Hans sah auf, arbeitete aber weiter. »Es ist weder mein Kind noch das der Kleinen da. Es wird uns aufhalten und wir müssen es versorgen, ein wildfremdes Kind, das uns seine Mutter einfach auf die Motorhaube gesetzt hat.«

Hans machte weiter, als habe er nichts gehört. Natürlich hatte Malow recht: Das Kind war eine Bremse, ein Hemmschuh. Die Erwachsenen kamen mit Sicherheit leichter voran, wenn sie allein unterwegs waren. Sie konnten den

Jungen nicht mitnehmen, durften nicht – um des eigenen Überlebens willen. Aber was dann tun mit dem Kind?

Hans dachte an Lea und hoffte, dass es Menschen in Wellendingen gab, die sich um sie und Eva kümmerten, die auch in Notzeiten noch ihre Freunde waren. Er schielte zu dem blonden Jungen, der in Tinas Armen vor Freude quiekte. Wie gern hätte er heute noch einen Sohn.

»Es ist Ihre Sache«, sagte Hans endlich. »Sie sind mit den beiden unterwegs.«

»Ich bringe das Kind zurück in die Stadt.« Malow klang traurig. Jeden Tag einen Menschen im Stich lassen – war dies die Faustformel, um in dieser neuen Welt zurechtzukommen?

»Sagten Sie letzte Nacht nicht, dass Sie um keinen Preis der Welt zurück in die Stadt wollen?«

»Aber ich kann ihn doch nicht allein hier am Strand zurücklassen!«

In diesem Moment kam Tina zu ihnen und die Männer unterbrachen ihr Gespräch. Sie arbeiteten weiter und Tina betrachtete das Floß.

»Wird ziemlich eng«, sagte sie.

»Wird schon gehen«, erwiderte Malow. Ihren Blick mied er.

Kurz darauf hatten sie es geschafft. Hans fand in den Hütten Besen und kleine Bretter und auch einige rostige Nägel, was zusammen drei ganz brauchbare Ruder ergab. Rechts und links brachten sie längs jeweils ein weiteres Holz an, mit einer kleinen Vertiefung für die Ruder. Malow band sie dort fest – frei beweglich, aber gegen ein Ins-Meer-Gleiten geschützt.

»Fertig!« Henning Malow betrachtete ihr Werk. Er war zufrieden. Es würde sicher nass werden und bestimmt hätte jeder von ihnen einen dicken Schnupfen am Hals, wenn sie in zwei Tagen Rügen erreichten. Zwei Tage, so lautete die optimistische Version seiner Planung. Sollte das Wetter schlechter werden oder doch eine stärkere Strömung auftauchen – wer wusste, wie lange ihre Reise dann dauern würde.

Gemeinsam verstauten sie ihre wenigen Vorräte in der Mitte des kleinen Gefährtes. Sie hatten in den Hütten zwei weitere Kanister gefunden, die sie nun ausspülten und mit Frischwasser füllten. Zusammen mit Hans' Kanister für die Überfahrt hoffentlich ausreichend. Malows Nahrungsvorräte, über deren Umfang er sich ausschwieg, ergänzten sie mit ein paar Konserven, die sie noch in der zweiten Hütte gefunden hatten. Alles in allem genug, um zu dritt und mit viel Selbstbeherrschung eine Woche überleben zu können. Zu dritt.

Sie schoben ihr Floß ins Meer. Wasser spritzte zwischen den Hölzern hoch, pegelte sich irgendwo dazwischen ein und das Floß hob und senkte sich. Hans betrachtete die Konstruktion. Er war skeptisch. Ein falscher Knoten und ihnen würde irgendwo auf hoher See der Boden unter den Füßen auseinanderbrechen. Nur eine Unachtsamkeit. Aber es war keine Zeit, alles noch einmal zu kontrollieren.

»Hoffentlich verhält er sich ruhig«, sagte Tina. Sie nahm den Jungen und wollte ihn auf das Floß setzen. Aber der wehrte sich und schrie. Mit Händen und Füßen strampelte und trat er. Er wollte nicht auf das Floß, wollte weiter an dem Stück Brot kauen, das ihm Malow gegeben hatte und wollte weiter Tinas Sandbäume zerstören. Er schrie so laut, dass ihm Tina die Hand auf den Mund legen musste. Alle drei sahen sich um.

Henning Malow nahm Tina das Kind aus dem Arm und brachte es zurück zum Strand. Tina kauerte sich neben ihn und streichelte den Jungen. Er wurde ruhiger, seine Schreie gingen in ein verzweifeltes Schluchzen über.

»Wenn er das auf dem Floß macht, bringt er uns alle in Gefahr«, sagte Hans. Er klang traurig. Malow kramte in seinem Rucksack. Dann ging er zu einer der Hütten und legte zwei Äpfel, ein Stück Salami und ein wenig Käse auf die Veranda. Die Möwe, die offensichtlich nicht mehr von Hans Segers Seite weichen wollte, betrachtete interessiert das Tun des älteren Mannes. Auch Tina verfolgte Malow. Ihre Augen wurden dabei immer größer, jetzt endlich verstand sie!

»Nein! Das geht nicht! Das könnt ihr nicht machen!« Sie wollte Malow hinterher und die Lebensmittel zurückholen, aber Hans hielt sie am Arm zurück.

»Tina, der Kleine bringt uns da draußen alle in Gefahr!« Er zeigte aufs Meer.

»Aber ihr könnt doch kein Baby aussetzen!« Tinas Augen funkelten mit ihrer Zahnspange um die Wette. »Das geht nicht!«

»Ich habe ihm etwas zu essen hingestellt und eine Flasche Wasser. Mehr können wir nicht für ihn tun«, sagte Malow. Er sah zu Boden.

»Das ist Mord! Wenn ihr das macht, seid ihr auch nicht besser als die Typen in Trelleborg!«

»Tina. Tina, bitte.« Malow zerriss es innerlich. Neben ihm spielte das Kind bereits wieder mit ein paar Muscheln. »Selbst wenn der Kleine sich während der gesamten Überfahrt, die vielleicht eine ganze Woche dauern wird, mucksmäuschenstill verhält, wird er sich böse erkälten. Und wir mit Sicherheit auch. Vielleicht bekommt er sogar eine Lungenentzündung. Wie sollen wir ihm dann helfen? Wir können nicht Tag und Nacht auf ihn achtgeben …«

»Ich kann es!«, sagte Tina.

»Es ist nicht dein Kind, Mädchen. Gestern um diese Zeit hast du nicht einmal gewusst, dass es existiert.«

»Aber ich weiß es jetzt und er vertraut mir. Seht ihn euch doch an!« Sie ging einen Schritt zur Seite und zeigte auf den Jungen. »Wollt ihr einfach so davonfahren und ihn hier zurücklassen? Könnt ihr damit leben?«

»Es geht nicht darum, was wir wollen. Wir müssen ihn

hierlassen. Vielleicht findet ihn jemand, es ist nicht so weit bis zur Stadt. Ich will es nicht und ich weiß auch nicht, wie ich mit dieser Entscheidung in Zukunft leben werde, aber die Frage ist: er oder wir. Beides geht nicht.« Malow nahm den Kleinen auf den Arm und brachte ihn zur Veranda. Hans Seger ging zum Floß und zog Tina am Handgelenk hinter sich her. Sie folgte ihm, konnte den Blick aber nicht von den blonden Haaren lassen.

Malow rannte zu ihnen zurück, schob das Floß einige Meter ins Meer und sprang schließlich zu ihnen auf das enge Deck. Jeder der Männer setzte sich auf eine Seite und begann zu rudern. Salzwasser drang bei jeder Bewegung zwischen den Rollen hervor und nach wenigen Augenblicken waren ihre Hosen durchweicht. Tina kauerte in der Mitte des Floßes, neben dem winzigen Häufchen ihrer Vorräte, und weinte. Durch den Vorhang ihrer Tränen sah sie den Jungen auf der Veranda sitzen und mit seinen Muscheln spielen. Er schien ihr Verschwinden noch nicht bemerkt zu haben.

Schnell fanden Hans und Malow einen gemeinsamen Rhythmus. Das Floß mit den drei Personen an Bord entfernte sich Meter für Meter vom Strand. Neugierig umkreiste Hans Segers Möwe die Menschen. Jeder der drei versuchte den Blick zurück zu vermeiden. Hans Seger starrte zwischen seine Beine. Der Schritt seiner Hose hatte sich vom Wasser bereits dunkel verfärbt, als habe er eingenässt. Er dachte an Eva und an Lea. Hoffentlich befanden sich beide in Sicherheit. Er wollte zu ihnen, um jeden Preis der Welt! Aber dass dieser Preis so hoch sein musste! Rudern, stetig rudern und niemals zurückblicken.

Auch Henning Malow ruderte in ihrem Gleichklang. Er zog den Besenstiel mit dem kleinen Brett am Ende durch das dunkle Wasser. Es war, als habe das Fehlen der Sonne auch jegliches Leuchten aus dem Wasser genommen. Er dachte an Lena, die ihre erste Nacht allein in dem Haus am See hinter sich hatte. Wäre ihm bewusst gewesen, wie vollständig die Welt sich in diesen stromlosen Tagen am See verändert hatte, wäre er nicht gegangen.

Oder doch?

Tina weinte. Sie kauerte auf den schwankenden Hölzern, beide Fäuste fest gegen die Augen gepresst.

Plötzlich, sie waren inzwischen zweihundert Meter vom Ufer entfernt, hörte sie den Kleinen schreien, ganz leise nur, aber sie konnte ihn hören. Jetzt erst hatte er ihr Fehlen entdeckt. Tina konnte nicht anders, sie musste die Fäuste wegnehmen.

Nur mit einem dünnen und viel zu großen Hemd bekleidet stand er bis zu den Knien im Wasser, beide Arme nach ihnen ausgestreckt. Er schrie um sein kleines Leben.

Die Männer zögerten kurz, auch sie konnten nicht verhindern, dass sie nach dem Kind sahen, dann ruderten sie weiter. Nein, er würde sie nur aufhalten, ihre Kraft rauben, die sie selbst so nötig hatten. Das Kind war Ballast, der zurückgelassen werden musste. Vielleicht fand ihn jemand.

Plötzlich richtete sich Tina auf. Das Floß schwankte.

»Was machst du da?! Setz dich hin!« Malow beugte den Oberkörper nach hinten, um die Bewegungen, die Tina verursachte, auszugleichen. Sie ging einen Schritt zum Heck, das unter ihrem Gewicht sofort tief ins Wasser eintauchte.

»Ich kann nicht.« Ihre Stimme war traurig, aber entschieden. »Fahrt ohne mich.« Sie stieß sich ab und sprang kopfüber in das kalte Wasser.

»Tina, komm zurück!«, schrie Hans.

Aber Tina hatte nur noch Augen und Ohren für das, was vor ihr lag. Sie kraulte in langen Zügen ans Ufer. Sie konnte nicht mit diesen beiden Männern zurück nach Deutschland und das Kind hier allein zurücklassen, auch wenn sie wusste, dass die Männer recht hatten. Das Kind war eine Last. Aber nicht für sie. Sie lief die letzten Meter durch das flache Wasser auf den tränenüberströmten Jungen zu. Der fror und zitterte am ganzen Körper. Sie wusste, dass sie das

Richtige tat, als sie ihn in die Arme nahm und an ihre nasse Brust drückte. Sie spürte seine Verzweiflung, sein Schluchzen und überhäufte ihn mit Küssen. Nur langsam konnte er sich beruhigen und vergrub sein Gesicht in ihrem nassen Shirt.

»Findus«, sagte sie. Sie trug ihn aus dem Wasser, ging mit ihm in eine der Hütten und fand eine löchrige Decke. Sie zog sein Hemd aus und wickelte ihn in die Decke. »Du sollst Findus heißen, wie Petterssons Kater«, entschied sie.

Findus klammerte sich an ihren Hals. Er wollte sie nie wieder loslassen, nie wieder. Erleichtert atmete er ganz tief durch.

Jetzt erst sah Tina aufs Meer zurück. Die Männer waren weitergerudert und mittlerweile nur noch ein kleiner Punkt am Horizont. Sie winkte ihnen zu.

»Viel Glück.«

77

09:22 Uhr, Wellendingen

Gleich gehen wir zum Teufelein. / Lässt uns der Teufel wahrhaft ein? / Er will mit uns Melisse schneiden / und danach in die Hölle reiten, hihihi.

Thomas kaute an einem Zwieback und hing seinen Gedanken nach. Er freute sich darauf, Hildegund Teufel zu besuchen und mit ihr die versprochene Melisse zu schneiden.

Thomas hatte sich allein auf den Weg gemacht. Der Pfarrer war mit dem letzten Schliff seiner Predigt beschäftigt und Eva, die erst weit nach Mitternacht gegangen und bereits vor dem Frühstück zurück war, saß bei Beck.

Das Dorf gefiel Thomas immer besser. Auf seinem kurzen Weg vom Pfarrhaus zur Kate von Hildegund Teufel empfand er zum ersten Mal seit Tagen wieder so etwas wie Ruhe und Zufriedenheit. Zwar lamentierte Nummer zwei halbherzig durch Thomas' Gedankenwelt, wollte auf den Eiffelturm und nicht als Viehhirtin enden, Nummer eins jedoch verströmte angenehmes Wohlbehagen und Nummer drei überschlug sich in Vorfreude auf des Teufels Großmutter.

Der Himmel präsentierte sich fast wolkenleer und nach einer kühlen Nacht dampften Nebel über dem Bachlauf. Thomas trug den Schutzschild seiner Aktentasche vor der Brust. Er spürte darin das harte Metall der Thermosflasche, die sich nach heißem Melissentee verzehrte. So wie er.

Hildegund Teufels Haus fand er auf Anhieb wieder. Er blieb stehen. Erneut spürte er eine seltsame Geborgenheit, dasselbe Gefühl, welches ihn bereits am Vorabend verwirrt hatte. Wie kann man sich vom Unterschlupf des Teufels angezogen fühlen? Ist das recht? Darf es sein, dass der Teufel so offensichtlich zwischen Menschen lebt und noch nicht einmal seinen Namen versteckt? Und selbst wenn es sich auch nur um des Teufels Großmutter handelte – durfte er hier sein?

Ja! Ja, ja, ja! Du darfst! Du darfst!

Wie böse konnte das Böse sein, wenn es sich ihm so bereitwillig mit Namen offenbarte? Hatte sich bisher nicht immer alles versteckt, das Böse wie auch das Gute? Die alte Welt hatte aus Heimlichkeiten bestanden, aus verschleierten Plänen und Taten, die ihn verwirrten, doch jetzt – er las inzwischen schon zum zehnten Mal das emaillierte Namensschild an der verwitterten Haustür – jetzt stand da deutlich ein Name, der ihm Schauer über den Rücken jagte. War dies eine neue Welt, eine ehrliche Welt, in der sich nicht einmal mehr das Böse verstecken musste? War das, was bisher böse genannt wurde, tatsächlich böse?

»Sehr gut, mein Junge!« Hatte sie seine Gedanken gelesen? »Ich liebe es, wenn Menschen pünktlich sind. Pünktlichkeit ist wichtig, nicht nur für den Wartenden, sondern auch für sich selbst. Anstand und Disziplin, weißt du? Anstand und Disziplin hat man uns früher beigebracht. Heute mag davon kaum noch einer etwas wissen.« Mit unverhohlenem Interesse betrachtete die alte Frau den Besucher. »Aber ich halte dir hier einen Vortrag über Anstand und vergesse dabei selbst alle Höflichkeit.« Sie trat zur Seite. »Komm herein, Thomas. Du heißt doch Thomas, oder?«

Thomas Bachmann nickte, während er an seinen Fingern nagte. Er zögerte, holte schließlich tief Luft und betrat mit einem großen Schritt Hildegund Teufels Haus. Es knarrte und hinter ihm schloss sich die alte Tür.

Er folgte der Frau durch einen dunklen Hausflur quer durch das Gebäude in einen winzigen Garten, der hinter dem Haus in der Morgensonne lag. Ein hoher, an vielen Stellen kaputter Lattenzaun umschloss einen lichten Apfelbaum. Zu dessen Füßen wucherten in vielen kleinen Beeten Blumen, Gemüse und Kräuter. Neben der Tür wartete eine verwitterte Bank auf Gäste und von einem Wasserfass flogen Spatzen auf. Eine rotbraune Katze, die offensichtlich in der Sonne gelegen hatte, erhob sich, streckte sich und schmiegte sich mit einem herzhaften Miau an Hildegund Teufels Beine.

Natürlich, eine Katze! Jede teuflische Großmutter besitzt eine Katze! Und einen Kräutergarten, in dem sie giftige Pflanzen für ihr Teufelsgebräu anbaut. Dort hinten, im Gras, werden Kröten und Schlangen gezüchtet, Spinnen und faule Vogelgelege! Hier sind wir richtig! Hier bleiben wir!

»Da ist ja schon, was wir brauchen.« Sie nahm ein angerostetes Messer von der Fensterbank und hielt es Thomas hin. »Schneid ab, so viel du für einen kräftigen Tee benötigst. Wenn ich ein paar Jahre jünger wäre, würde ich es selbst machen, aber mein Rücken schmerzt und ist steif wie ein alter Baum. Geh nur und hol etwas und danach wollen wir zur Kirche. Du gehst doch in die Kirche, mein Sohn?«

Thomas nickte und griff nach dem Messer. »Das ist gut. Gerade in Zeiten wie diesen. Gott allein weiß nämlich, was los ist und vor allem, wie es weitergehen wird.«

Thomas betrachtete die alte Frau. Sie verwirrte ihn immer mehr. Der Teufel spricht von Gott, spricht gut über Gott? Was war dies für ein seltsamer Ort, überlegte er, wo der Teufel freundlich ist? Es war ein Ort der Sicherheit, der Geborgenheit und der Ehrlichkeit, und zum ersten Mal, seit er sein Fahrstuhlgefängnis verlassen hatte, gab Thomas freiwillig seine schwarze Tasche aus der Hand! Behutsam legte er sie auf die Bank, dann durchquerte er das Gärtchen. Er hatte längst entdeckt, wonach er suchte: In der hintersten, der sonnigsten Ecke des Gartens lag ein verwildertes Kräuterbeet, und neben Liebstöckel und Estragon wuchs da zwischen Pfefferminze eine dicke Staude Melisse!

Thomas begleitete Hildegund Teufel mit einem glücklichen Lächeln und einem dicken Bündel duftender Melisse im Arm zur Kirche. Am Haupteingang wartete Frieder Faust. Faust sah übernächtigt aus. Unter seinen geröteten Augäpfeln lagen dunkle Schatten und auf seiner Stirn standen Sorgenfalten, die ihn älter machten.

Wie schon vor zwei Tagen auf dem Hardt erschienen auch heute fast alle Einwohner des Dorfes zum Gottesdienst. Kaum einen störte dabei der ungewohnte Wochentag. Aber weniger der Glaube zog sie in die Kühle des kleinen Gotteshauses, es war vielmehr das Bedürfnis, in der Gemeinschaft Kraft und Hoffnung zu finden, dieses neue Leben zu begreifen, einen Platz in der neuen Welt zu finden.

Mit Faust waren auch Susanne, Lea und Eckard Assauer gekommen. Sie saßen auf einer der mittleren Bänke. Eva war bei Joachim Beck geblieben.

Hildegund Teufel und Thomas nahmen zwei Reihen hinter Susanne und Lea Platz. Die Kirche füllte sich und bald waren sämtliche Plätze besetzt. All die bekannten Gesichter ringsum, jeder von ihnen hatte das gleiche Schicksal, war auf der Suche nach Orientierung. Sie waren zusammen, eine Gemeinschaft. Was geschehen war, konnte keiner von ihnen begreifen, geschweige denn erklären. Sie mussten zusammenhalten und stark sein, dann, so fühlten viele, konnte diese seltsame Zeit überstanden werden.

Punkt zehn Uhr erstarb das Raunen in der Kirche. Ein zarter Ton, hoch, zerbrechlich und unerwartet, ließ sie schweigen. Es mischte sich ein weiterer Ton dazu, schließlich ein dritter. Bardo Schwab hatte es geschafft! Alle drei Glocken funktionierten. Sie riefen und jubilierten, dass das Gebälk hörbar ächzte, und schickten den Kirchgängern Hoffnung und ein klein wenig Licht.

Thomas betrachtete Lea, die den Fremden mit den buschigen Augenbrauen und der vorstehenden Unterlippe entdeckt hatte und nun auf ihrer Bank kniete und nach hinten zu Thomas sah. Seine Augen zogen sie magisch an.

Ein Engel, flüsterte eine Stimme. *Ein winziges Engelein. Wie schön es ist, wie rein und wie es lächelt.* Nummer zwei hauchte die Gedanken nur.

Lea zwinkerte Thomas zu. In seinem unsteten Blick erkannte sie ein Kind, einen Gleichaltrigen, eingezwängt in den viel zu großen Körper eines Erwachsenen.

Sieh doch, wie der Engel lächelt. Seht doch das lockige Haar und das Leuchten, das von ihm ausgeht. So schön, der Engel.

Und neben uns hockt des Teufels Großmutter!

Konnte es sein, dass Himmel und Hölle so eng beieinanderlagen, dass der Teufel den Tempel des Herrn betrat, ohne in stinkendem Schwefel zu vergehen? Dieser Ort musste gut sein, verstand Thomas, wenn selbst der Teufel hier gut war und ein wahrhaftiger Engel vor ihm erschien.

Plötzlich hörte Thomas Nummer eins: *Er ist gestorben.* Die so vertraute Stimme sprach ganz leise.

»Wer?«, fragte Thomas, ohne den Blick von Lea lassen zu können. Aber er kannte die Antwort bereits.

Der Polizist. Gerade eben.

Lea lächelte breit und versuchte zu verstehen, was Thomas sagte.

Jetzt musst du auf sie aufpassen.

»Auf wen muss ich aufpassen?«

Auf die Frau. Sie ist jetzt allein und du bist der Mann. Du musst auf die Frau achtgeben, Thomas, die Frau, die dich in dieses Paradies führte. Und auf den kleinen Engel dort vorn.

Joachim Becks Herz blieb mit dem ersten Glockenschlag stehen. Die Sonne schien in das Gästezimmer des Pfarrhauses und legte Wärme und Licht auf die weiße Bettdecke. Becks Gesicht lag im Schatten der Zimmerecke. Er war seit Fuchs' Angriff nur einmal kurz erwacht. Eva hatte ihn mit Medikamenten versorgt, dann war er erneut weggedämmert – ein langsames Abgleiten hinüber ins Unbekannte, der letzte Schritt seiner Reise.

Eva, die seit Stunden an seinem Bett saß, dabei Becks Hand gehalten hatte und ihm von sich und von den vergangenen Tagen erzählt hatte, sagte gerade: »Ich glaube, ich habe abgenommen. Sieh mal, meine Hose. So locker hat sie noch nie gesessen«, als die ihr bereits vor zwei Stunden aufgefallenen Atempausen länger wurden. Schließlich vergaß Beck das Atmen ganz. Wozu auch. Da, wo er jetzt hinwollte, musste er weder ein- noch ausatmen. Ein letztes Mal strömte ein wenig verbrauchte Luft aus seiner Lunge. Eva hielt selbst den Atem an und wartete auf Becks fehlenden Atemzug – zehn Sekunden, zwanzig, eine Minute, zwei und drei. Dann endete auch das unregelmäßige Schlagen seines Herzens.

Eva beugte sich zu seiner Hand und küsste sie. Es war vollbracht, er hatte es geschafft.

»Danke, dass du da warst in den letzten Tagen«, flüsterte

sie. Sie betrachtete seine gebrochene Nase und das grünblau verfärbte Auge. Die Schwellung hatte sich zurückgebildet, und er hätte mit diesem Auge in ein oder zwei Tagen vielleicht wieder richtig sehen können. »Ohne dich hätten wir es nie bis hierher geschafft. Wahrscheinlich wäre Thomas im Aufzug verdurstet und ich den Kerlen im Krankenhaus zum Opfer gefallen.« Sie strich ihm ein paar Haare aus der Stirn und fuhr mit den Fingerspitzen vorsichtig über Becks halb geöffnetes Lid. Sie schloss es, wie sie schon so oft Verstorbenen die Augen geschlossen hatte: im Dienst auf der Intensivstation und zuletzt bei Aleksandr und Olga Glück.

Beck war ein Fremder geblieben, trotz ihres gemeinsamen Weges. Das Schicksal oder Gott oder wer auch immer hatte sie willkürlich zusammengeführt, sie hatten sich gegenseitig das Leben gerettet und gemeinsam Thomas. Eva hatte kaum etwas über den Polizisten erfahren und auch wenig von sich selbst preisgegeben – ein kleines Stück gemeinsamen Weges, nun trennten sich ihre Pfade und jeder musste allein weiterziehen.

Sie fühlte sich müde. Sie wusch ihm ein letztes Mal das Gesicht, entfernte den kalten Schweiß des Todes und einen letzten Blutstropfen an Becks Nase. Dann glättete sie die Bettdecke und faltete seine Hände. Sie wusste nicht, ob er an einen Gott geglaubt hatte, an ein Leben nach dem Tod. Aber sie wusste, dass Joachim Beck in einer hoffentlich besseren Welt angekommen war, dass er geschafft hatte, was ihr selbst noch bevorstand. Fast war sie versucht, ihn um diesen Vorsprung zu beneiden, denn seine Sorgen hatten in diesem Augenblick ein Ende. Sie berührte ihren Bauch und dachte an Hans.

Dann öffnete Eva das Fenster.

Christoph Eisele fand Faust nach dem Gottesdienst in einer Menschentraube. Man wollte etwas über die gestrige Ratssitzung erfahren.

Die Leute hatten fast alle die Kirche verlassen, blieben aber noch unter den beiden uralten Kastanien stehen, die den Haupteingang säumten. Es war, wie es früher einmal gewesen sein musste, als sich Sonntag für Sonntag das ganze Dorf zum Gottesdienst traf und man, noch nicht von einer permanenten Informationsflut aus Radio und Fernsehen übersättigt, Nachrichten austauschte, Bekannte traf oder Geschäfte anbahnte. Heute zog es die Menschen zum ersten Mal seit Jahrzehnten nicht sofort wieder heim. Heute blieben sie stehen, genossen die wärmende Sonne und die Gespräche. Es war eine kleine Wohltat. Sie brauchten Kraft, dessen war sich jeder Einzelne bewusst, und sie brauchten die Kraft der anderen.

Während des Gottesdienstes hatte sich Bubi vorgenommen, mit seinem Vater zu sprechen. Er wollte ihm alles beichten: die Sache mit Georg Sattler, den sie am ehemaligen Golfplatz im Wald abgelegt hatten, von Kiefers Einbruch im Gasthaus Krone und von den zwanzigtausend Euro. Und von Kiefers Plänen Eva gegenüber. Als Bubi aber seinen Vater sah, wusste er mit einem Mal, dass dies der falsche Weg wäre. Die Wahrheit war in diesem Fall nicht von Nutzen. Die Wahrheit würde ihn auf unabsehbare Zeit an dieses Dorf fesseln, und seine Träume wären dann nicht einmal die Zeit wert, die er zum Träumen brauchte.

Faust stand im Mittelpunkt der Menschenmenge, selbst Basler wirkte eher blass. Nein, dachte Bubi, was geht mich Eva an, was Kiefers Pläne mit dieser Frau? Nichts. Er schüttelte den Kopf und ging nach Hause.

»Na, meine Kleine, bist du froh, dass deine Mama wieder da ist?« Hildegund Teufel hatte sich zu Lea hinabgebeugt und strich ihr eine Locke aus der Stirn. Aber Lea schien die Alte gar nicht wahrzunehmen, sie hatte nur Augen für Thomas.

Sie hat den Engel berührt, stöhnte es in diesem.

Als Frieder Faust sich endlich von den neugierigen Fragern befreit hatte, setzte er sich auf eine der Holzbänke vor der Kirche. Eisele ging zu ihm und setzte sich ebenfalls.

»Hat sich Susanne gefreut?«

»Gefreut?«

»Über den Wein. Ihr habt euch doch noch einen netten Abend gemacht gestern. Oder etwa nicht?«

Faust lächelte schuldbewusst. »Leider nicht. Sie schlief schon, als ich heimkam und wecken wollte ich sie auch nicht«, log er.

Die Männer saßen eine Weile nebeneinander und beobachteten die Kirchgänger, die sich langsam, fast widerwillig, zerstreuten und ihren Häusern und Wohnungen zustrebten. Viele nickten ihnen zum Abschied zu, mit einigen wechselten sie ein paar belanglose Worte. Schließlich waren sie allein.

»Hast du dir was wegen des Waschplatzes überlegt?«, fragte Eisele.

»Oh, Mist«, Faust schlug sich gegen die Stirn, »das wollte ich nach dem Gottesdienst sagen, es waren ja fast alle versammelt!«

»Mach dir nichts draus. Wir stellen einfach ein paar Schilder am Bach auf, dass Wäsche ab sofort am Ortsausgang gewaschen werden muss.« Faust brummte eine Zustimmung. »Hat Assauer schon gesagt, ob er hierbleiben will?« Faust schüttelte den Kopf. »Und dieser Thomas?«

»Auch nicht. Aber für ihn muss wahrscheinlich sowieso Eva sprechen und die ist bei dem Verletzten im Pfarrhaus.«

Eisele holte zwei kleine Fläschchen Kräuterlikör aus der Tasche und reichte Faust eine davon.

»Danke«, strahlte Faust. Sie prosteten sich zu. »Der wird ja wohl nichts dagegen haben«, scherzte er mit einem Blick auf die Kirche.

»Stimmt es«, wollte Eisele wissen, »dass sie in Bonndorf daran arbeiten, die Windkraftanlage direkt mit dem Stromnetz der Stadt zu verbinden?«

»Ich weiß nichts davon«, antwortete Faust. »Allerdings hatte ich seit Mittwoch keine Gelegenheit mehr, Neuigkeiten aus Bonndorf zu erfahren. Vorstellbar aber wäre es. Sie haben einige Elektriker drüben, und Stadler hat schon als Kind die unmöglichsten Konstruktionen erfunden, die manchmal sogar funktionierten.«

»Wir haben ebenfalls ein Windrad.«

»Ich weiß. Und?«

»Sollten wir nicht ebenfalls versuchen, den Strom für unser Dorf selbst zu erzeugen?«, fragte Eisele.

»Kennst du einen Elektriker hier?«, antwortete Faust mit einer Gegenfrage. Bedauernd betrachtete er die leere Flasche und warf sie schließlich in einen Abfallkorb neben der Bank. »Momentan ist niemand im Ort, der sich damit auskennt.«

»Glaubst du, die werden uns helfen, wenn wir fragen?«

»Die Bonndorfer?«

Eisele nickte.

»Vorstellbar. Bis vor ein paar Tagen wäre es jedenfalls kein Problem gewesen. Wir können den Punkt ja beim nächsten Mal im Rat besprechen, vielleicht fällt den anderen dazu noch was ein.«

»Schade, dass Evas Mann nicht hier ist. Er wüsste bestimmt eine Lösung.«

Fausts Augen verfolgten einen Reiher, den etwas vom nahen Bach aufgeschreckt hatte und der nach Norden davonflog.

»Was meinst du, wird Hans versuchen, zu Fuß zu seiner Familie zurückzukommen?«

»Bestimmt!«

»Von Schweden aus?«

»So wie ich meinen Nachbarn kenne«, antwortete Faust, »würde er auch aus Argentinien einen Weg zurückfinden! Er ist sicher schon unterwegs. Aber bis er wieder hier ist, müssen wir uns um seine Frauen kümmern. Er würde das Gleiche für uns tun.«

»Was, wenn er nie wieder zurückkehrt?«

»Was schon, wir werden auf Eva und Lea aufpassen. Der Rest wird sich finden.«

Der Rest wird sich finden. Fausts Worte waren Spiegel seines stoischen Optimismus. Wozu heute über Problemen brüten, die, wenn überhaupt, erst irgendwann in der Zukunft aktuell sein könnten? In der Zukunft.

»Glaubst du, dass die Lichter bald wieder angehen?«, fragte Eisele.

Faust zögerte, dann zeigte er aufs Windrad, dessen Rotorblätter sich langsam und sinnlos über dem Dorf drehten. »Wenn wir jemanden auftreiben können, der sich damit auskennt, bestimmt.«

»Vielleicht einer aus Bonndorf, vielleicht ein Durchreisender.«

Sie blieben noch eine Weile nebeneinander sitzen, dann erhob sich Faust nach einem Blick auf die Uhr. »Muss heim. Susanne wird sicher schon mit dem Essen warten.«

»Was gibt's bei euch?«

»Keine Ahnung. Tütensuppe vielleicht, wenn sie das Feuer anbekommen hat.«

»Ein richtig feudales Sonntagsessen also! Und das am Montag!«

Sie lachten, verabredeten sich für den Abend zur Sitzung und verließen den Kirchplatz in entgegengesetzte Richtungen.

Als Faust am Pfarrhaus vorbeikam, fand er Eva, die vor dem Haus auf einer kleinen Bank saß. Ihm fiel auf, wie müde sie aussah. Aber wahrscheinlich bin ich auch kein sonderlich erfrischender Anblick, überlegte er. Neben ihr saßen Eckard Assauer und Thomas Bachmann.

Eva und Assauer erhoben sich, als sie Faust kommen sahen.

»Steht das Angebot von gestern noch?«, fragte Assauer.

»Selbstverständlich.«

»Ich möchte bleiben«, sagte Assauer.

»Und Thomas auch«, sagte Eva. »Er ist ohne mich völlig allein.« Dann zeigte sie auf eines der Fenster hinter ihr, das Fenster, hinter dem Joachim Beck lag. »Joachim Beck ist eingeschlafen.«

Noch ein Toter, fuhr es Faust durch den Kopf. Noch einer mehr, der leben könnte, der keinen natürlichen Tod gefunden hatte.

»Das tut mir leid. Konnte man gar nichts tun, um ihn zu retten?«

Eva schüttelte den Kopf. »Die Verletzungen waren zu schwer.«

Sie ging mit Thomas zum Pfarrhaus und stemmte sich gegen die schwere Tür. Im Türrahmen blieb sie stehen und drehte sich noch einmal um. »Thomas freut sich. Auch wenn er seine Gefühle nicht so zeigen kann wie wir.« Hinter ihr fiel die Tür ins Schloss.

78

15:00 Uhr, Ostsee

Erst am Nachmittag riss der graue Wolkenschleier auf. Die einzige Orientierungsmarke, die sie anfangs besaßen – die Küste –, hatte sich längst im Nichts aufgelöst. Im stillen Einverständnis waren sie nach Tinas Kopfsprung weitergerudert. Sie schwiegen und bewunderten den Mut des Mädchens.

Endlich konnten sie die Position der Sonne erkennen. Sie verglichen diese mit den Anzeigen ihrer Armbanduhren. Eine schwache Strömung, die vor der schwedischen Küste zurück in den Öresund floss, hatte sie leicht nach Westen getrieben. Sie korrigierten ihren Kurs und steuerten nun wieder nach Süden.

Die Sonne tat ihnen gut. Beide spürten weder Gesäß noch Füße. Das kalte Salzwasser zeichnete weiße Krusten auf ihre Hosen. Aber es gab keine Alternative. Ringsum lag die Ostsee grau und leer, gespenstisch leer, als habe sie niemals zuvor ein Schiff befahren. Die Wolken zogen sich immer weiter zurück. Das Meer begann wieder zu leuchten. Und mit der Rückkehr des Lichtes besserte sich auch langsam die Laune der Männer.

»Wir haben richtig entschieden«, sagte Malow endlich, mehr um sich selbst zu beruhigen als zu Hans. »Der Kleine wäre niemals ruhig geblieben.«

»Vielleicht wäre er über Bord gegangen.«

Malow nickte. »Ihm beim Ertrinken zuzusehen wäre noch viel schlimmer gewesen.«

Und sie verfielen in angestrengtes Schweigen und ruderten weiter, Meter für Meter ihrer Heimat entgegen.

Bis Sonnenuntergang arbeiteten sie an ihrer Heimkehr. Jede Stunde legten sie eine kurze Pause ein, in der sie ein paar Schluck Wasser zu sich nahmen und etwas ausruhten.

Segers Möwe hatte sich ihnen angeschlossen. Der Vogel ließ sich im Wasser treiben. Wurde der Abstand zum Floß zu groß, kam er ihnen mit einigen kräftigen Flügelschlägen hinterher, drehte ein paar Runden um ihr Gefährt und ließ sich schließlich in unmittelbarer Nähe nieder. Bis ihr stetes Rudern den Abstand zwischen Männern und Vogel wieder so weit vergrößert hatte, dass es die Möwe für angebracht hielt, ihnen zu folgen.

»Weiß auch nicht, welchen Narren der Geier an mir gefressen hat«, sagte Hans. Die Sonne versank in einem milchigen Dunstschleier über dem Meer. Die Ruderstangen hatten sie eingeholt und auf dem Floß festgezurrt.

Sie entfernten die Lappen, mit denen sie ihre schwieligen

Hände umwickelt hatten, und aßen eine Kleinigkeit. Die Möwe betrachtete sie dabei und zog an einem Stück Seetang.

»Was hat Sie nach Schweden verschlagen?«

Hans Seger warf das letzte, fingernagelgroße Stück Brot aufs Meer hinaus. Sofort stieg die Möwe in die Höhe, suchte einen Moment, dann hatte sie Segers Geschenk entdeckt und jagte im Sturzflug darauf zu – ein gefiederter Torpedo. Kurz vor der Wasseroberfläche – Malow rechnete schon mit einem Einschlag des Tieres – breitete die Möwe die Flügel aus, fing ihren Fall ab und sammelte das aufgeweichte Brot ein. Elegant stieg sie erneut empor und suchte nach mehr.

»Tut mir leid.« Hans hielt ihr entschuldigend die leeren Handflächen hin.

Vorsichtig, denn jede Bewegung der Männer quittierte das kleine Floß mit heftigen Bewegungen, rutschte er so weit es ging nach hinten und urinierte ins Meer. Eine falsche Bewegung und sie und ihre Vorräte wären verloren.

»Ich war geschäftlich in Schweden«, antwortete Hans endlich. »Ich bin zwei-, dreimal jedes Jahr in Malmö. Bin Einkäufer für fast alles, was nach Fisch riecht.«

»Hm, ich liebe Fisch«, sagte Malow.

»Und ich hasse Fisch! Genauso wie den Geruch hier auf dem Meer.«

»Dann war das wohl nicht gerade ihr Traumjob?«

»War schon in Ordnung. Ich musste das Zeug ja nur einkaufen, nicht kosten. Und im Lauf der Jahre gewöhnt man sich sogar an Fischgeruch. Zuletzt hat es mir jedenfalls nicht mehr so viel ausgemacht.«

Henning Malow reichte Hans ein Seil, er selbst hielt ein anderes in der Hand.

»Was soll ich damit?«

»Sich anbinden. Sollte heute Nacht einer von uns im Schlaf über Bord gehen, bleibt er so wenigstens in der Nähe des Floßes.«

»Schlafen? Sie Optimist. Wie sollen wir hier schlafen? Wenn wir uns hinlegen, sind wir sofort völlig durchweicht.«

»Dann schlafen wir eben im Sitzen, wird schon gehen. Aber schlafen müssen wir auf jeden Fall. Und jetzt binden Sie ein Ende um Ihren Bauch, das andere hier an das Holz.«

Hans folgte Malows Beispiel. »Sie haben Erfahrung mit solchen Abenteuern?«

»Gott bewahre! Im Grunde bin ich viel zu alt für derlei Späße. Ich sollte jetzt eigentlich in meinem Haus am See sitzen und mir die alten Knochen an einem Lagerfeuer wärmen.«

»Sie haben ein Haus am See? In Schweden?«

Malow nickte.

Hans Seger hatte sich solch ein Haus immer gewünscht, wenigstens im Urlaub. Kommendes Jahr wollte er Eva und Lea einmal mitnehmen auf eine seiner Reisen und, sobald das Geschäftliche abgeschlossen war, eine Woche Urlaub dranhängen. In einem einsamen Haus am See, mit einem kleinen Boot, am Abend Lagerfeuer.

Er erzählte Malow von seinen Plänen. »Aber in den kommenden Wochen wird wahrscheinlich niemand mehr so schnell an Urlaub denken. Wenn das alles irgendwann vorbei ist, wird es Monate dauern, bis alles wieder aufgebaut ist.«

»Schon verrückt, was so ein kleiner Ausfall unserer Systeme für Auswirkungen hat.« Malow spuckte ins Wasser. Die Möwe stürzte sich auf das vermeintliche Mahl und sah dann enttäuscht und vorwurfsvoll herüber. »Hätten Sie mit solchen Auswirkungen gerechnet? Vor allem, wie die Menschen plötzlich miteinander umgehen, wenn sich jeder auf einmal selbst der Nächste ist?«

»Ich hätte mir nicht einmal vorstellen können, dass so etwas überhaupt einmal geschieht«, sagte Hans. »Alles schien sicher und vorhersehbar. Und jetzt, jetzt sind wir schon so weit, dass wir ein Kleinkind am Strand aussetzen.«

»Haben Sie eine Ahnung, was der Grund all dessen ist? Haben Sie in Malmö irgendetwas mitbekommen?«

Hans schüttelte den Kopf und erzählte Malow von den Plünderungen, die kurz nach dem Stromausfall einsetzten, den Flugzeugabstürzen und dem Toten am Strand. Malow starrte ins Leere, als versuche er sich vorzustellen, was Hans erlebt hatte.

Kurz nach Sonnenuntergang setzten sie sich Rücken an Rücken in die Mitte des Floßes und schliefen wenig später ein.

Hans Seger erwachte am nächsten Morgen als Erster. Heute war Dienstag, wenn er richtig gerechnet hatte. Dienstag, der 29. Mai. Das Erste, was er wahrnahm, war, dass er praktisch nur noch gürtelaufwärts existierte, der tieferliegende Rest seines Körpers schien sich in Luft aufgelöst zu haben. Er spürte Malows warmen Rücken an seinem. Regelmäßig hob und senkte sich der Körper des anderen im Tiefschlaf.

Hans betrachtete seine Beine. Die Hose war inzwischen komplett durchweicht. Die Kälte schmerzte nicht einmal mehr, sie hatte alles einfach nur betäubt. Er versuchte zuerst das rechte und, als dies irgendwie funktionierte, auch das linke Bein zu bewegen. Wenigstens etwas.

Im Osten leuchtete der Himmel glutrot. Letzte Wolkenreste verloren sich. Die Nacht hatte das Floß erneut unbemerkt nach Westen ausgerichtet, wahrscheinlich waren sie in den vergangenen sechs Stunden einige Kilometer abgetrieben. Hans suchte im Norden nach einer Küstenlinie und war erleichtert, dass es keine gab. Er wollte überallhin, nur nicht zurück nach Schweden.

Die Möwe hatte den Schutz der Dunkelheit genutzt und sich zu ihnen aufs Floß gesellt. Den Kopf unter einem Flügel, kauerte sie an der vordersten Stelle und schlief. Alles war so ruhig. Kein Motor, kein Luftzug, kein Vogel, keine Stimme. Das einzige Geräusch, vielleicht sogar im Umkreis von mehreren Kilometern, war Henning Malows Atem.

Hans pustete in seine klammen Hände und rieb sie leise aneinander, er wollte weder Malow noch die Möwe wecken. Aber den Vogel hatte das fremde Geräusch schon aufgeschreckt. Verstört blickte sie aus gelben Augen zu Hans, dann begann die Möwe eine ausführliche Morgentoilette. Hans betrachtete den Horizont in allen Richtungen, dann den Himmel. Nirgends ein Zeichen menschlichen Lebens. Waren er und Malow vielleicht die Einzigen, die es noch gab? Hier und jetzt konnte man leicht auf diese Idee kommen. Der Mensch und all seine Spuren waren ausgelöscht. Und die Erde drehte sich dennoch weiter.

Wann würden sie Deutschland erreichen und (Achtung: die entscheidende Frage!) was wartete da auf sie?

Hans hatte sich bisher wenig Gedanken darüber gemacht, wie es weitergehen sollte. Er wollte erst mal wieder festen Boden unter beiden, dann hoffentlich noch funktionierenden Beinen haben, bevor er Pläne schmiedete. Eigentlich lag ja auch alles denkbar einfach auf der Hand. Es gab ein Ziel: Wellendingen. Der Weg dahin würde sich finden. Außerdem hatten ihm die vergangenen zwei Tage deutlich gezeigt, wie schnell sich Hoffnung in Ausweglosigkeit und schließlich in Rettung verwandeln konnte. Das Leben war ein Chamäleon; man konnte nicht voraussagen, in welchem Kostüm es an der nächsten Ecke wartete. Wozu also Pläne schmieden?

Allerdings ließ es sich kaum vermeiden, dass sie auf ihrem Weg die eine oder andere Großstadt passieren mussten. Wo auch immer sie an Land gespült werden würden, auf dem Weg nach Süden lagen Städte wie Berlin, Leipzig, Nürnberg und Stuttgart. Seine eigenen Erlebnisse in Malmö und Malows Bericht über die Lage in Trelleborg – wobei Trelleborg eigentlich den Charakter einer friedlichen Kleinstadt besessen hatte – zeigten, dass Städte zu meiden waren. Vielleicht lag es daran, dass sich dort besonders viele Menschen auf besonders engem Raum befanden, vielleicht auch an der in Städten besonders schnell auftretenden Lebensmittelknappheit und der allgemeinen Anonymität. Wahrscheinlich war von jedem etwas schuld daran, dass Städte Anarchie und Gewalt gebaren, während auf dem Land, wo jeder noch jeden kannte, das Leben irgendwie weiterging. Seine Hoffnung: dass das Leben auch in Wellendingen irgendwie weiterging.

Neben dem Boot kam ein kleiner Fisch kurz an die Wasseroberfläche. Die Möwe unterbrach ihre Morgentoilette, das Wasser glättete sich und der Vogel kümmerte sich erneut um sein Gefieder.

Vorsichtig, um Malow nicht zu wecken, versuchte Hans, seine Sitzposition ein wenig zu verändern. Die Holzrollen waren hart, nass und kalt. Alles an ihm fühlte sich steif an, knochenhart. Fast alles.

Hans musste plötzlich an sein erstes Mal mit Eva denken und lächelte. Heute, nach zehn Jahren, konnte er darüber lächeln, damals nicht.

August und September – das waren die Monate seiner heimlichen Treffen mit Eva, die beiden heimlichen Monate, wie beide sie heute noch nannten. So oft es nur ging, trafen sie sich zu kurzen Spaziergängen, während derer sie immer wieder auf ihre Uhren sahen. Jeder hatte einen Partner zu Hause sitzen, dem anschließend zu erklären war, wo man gewesen war. An diesem Augusttag aber hatten beide Zeit, und beide wussten, dass es heute so weit war. Er erinnerte sich an Evas Befangenheit. Sie hatte Angst und seine Aufgabe war es, ihr diese Angst irgendwie zu nehmen. Hinterher lag sie neben ihm. Und weinte. Heute noch spürte er sein Erschrecken damals. Lag es an ihm? War es, weil er bei diesem ersten Mal nicht gekonnt hatte? Er wusste noch genau, wie er sie zu trösten versuchte, aber sie hatte ihn nur angelächelt und geküsst. »Ich weine, weil ich so glücklich bin, du dummer Mann.«

Henning Malow streckte sich. Die Sonne kletterte aus der Ostseesuppe und versprach einen strahlenden Tag. Malow gähnte herzhaft und laut, so als sei er allein auf dieser Welt. Die Möwe stieg auf und betrachtete aus sicherer Entfernung das Floß.

»Gut geschlafen?«, fragte Hans und streckte sich ebenfalls.

»Ging so.« Malow brummte wie ein uralter Bär, dessen Winterschlaf mitten im Dezember unterbrochen wurde. Er kroch ans Heck. »Ich muss pinkeln. Halten Sie die Balance?«

»Was machen Ihre Hände?«, fragte er, als beide ihr Geschäft erledigt hatten. »Meine brennen wie Feuer.« Er betrachtete seine Schwielen und Blasen und verglich sie mit Segers Händen. Gut, dem anderen ging es auch nicht besser. Sie öffneten eine Konserve mit fettiger Leberwurst, dazu teilten sie sich einen Apfel und eine der eingeschweißten Vollkornbrotscheiben. Trinkwasser hatten sie genug und nach der kühlen Nacht war es angenehm frisch.

»Gut, dass wir uns kein Segel gebaut haben. So windstill, wie es ist, würden wir uns totärgern.«

Sie sicherten die Vorräte und nahmen ihre Ruder.

Gegen Mittag zogen sie ihre Hosen aus und banden sie um Kopf und Nacken. Zwar verhinderte die erst fünfzehn Grad warme Ostsee, dass sie übermäßig schwitzten, aber die Sonne brannte auf sie herab, als hätte sie den Auftrag, die Überfahrt der beiden zu vereiteln.

»Wo wollen Sie eigentlich hin?«, fragte Hans. »Zu Ihrer Familie?«

Malow schüttelte den Kopf und ruderte weiter, als sei die

Frage keine Antwort wert. Aber schließlich antwortete er doch. »Ich habe niemanden«, sagte er.

»Und der Ring da? Ich dachte, Sie wären verheiratet.« Malow hatte versucht, seinen Ehering abzuziehen, aber seine Finger waren dicker geworden und der Ring saß so sicher wie ein Seemannsknoten.

»Ich war verheiratet.« Er legte sich mit aller Kraft in sein Ruder, zog es durchs Wasser und beendete so das kurze Gespräch. Malow wollte nicht zurückdenken, nicht an Lena. Er wollte nicht wissen, wie es ihr in den vergangenen beiden Tagen ergangen war, wie es ihr jetzt ging. Ob sie noch lebte. Malow wollte sich an Lena erinnern, wie sie früher einmal gewesen war: das winzige Mädchen in Stoffwindeln, der Moment, als sie ihm diesen Ring ansteckte.

»Meine Frau ist tot«, sagte er. Wie leicht das über seine Lippen kam.

»Oh, das tut mir wirklich leid.« Was muss ich auch fragen! Halt den Mund und ruder weiter. Trotzdem: »Haben Sie sie letzte Woche verloren?«

»Nein. Lena ist schon vor fast drei Jahrzehnten gestorben.« Malow zog das Ruder ein. Er kniete sich hin und trank etwas Wasser. »Es war ein Autounfall vor siebenundzwanzig Jahren.«

»Seitdem leben Sie allein?«

Malow nickte.

Hans Seger betrachtete den Horizont, der aber überall gleich aussah. Nirgends ein Anzeichen von Land.

»Und jetzt? Wo möchten Sie hin?« Als Malow nicht sofort antwortete, fuhr er fort: »Ich gehe nach Süddeutschland, bis fast an die Schweizer Grenze muss ich, einmal quer durch ganz Deutschland, wenn wir es denn jemals erreichen. Ich stamme aus einem kleinen Dorf, Wellendingen.«

»Nie gehört«, sagte Malow.

»Glaub ich gern. Aber dafür ist es der schönste Platz der Welt. Meine Frau und meine Tochter warten da.«

»Dann ist es bestimmt Ihr schönster Platz. Wie alt ist die Kleine?«

»Sieben. Erste Klasse.«

»Wir hatten keine Kinder. Wer weiß, woran es lag. Aber es war auch so schön, bis zu diesem Unfall.«

Hans Seger massierte seine schmerzenden Waden und kniete sich hin. Es war schön, Menschen zu haben, nach denen man sich sehnte. Aber in den letzten Tagen waren Menschen wie dieser Malow sicher besser dran als er. Zu lieben bedeutete auch, sich zu sorgen, Angst zu haben, wenn die Tochter das erste Mal allein zum Kindergarten geht, wenn sich diejenigen, die man liebt, aus irgendeinem banalen Grund verspäten. Hans Seger machte die Angst und die Ungewissheit fast wahnsinnig. Er war froh, etwas tun zu können, ihnen näher zu kommen. Jeder Ruderschlag, jede Kontraktion seiner Muskeln, brachte ihn seinem Ziel ein winziges Stück näher. Eine Art von Betäubung, die dem Schandmaul der Angst in ihm den Mund zuhielt, manchmal jedenfalls.

»Ein Zug hat ihren Wagen erfasst, mitten auf einem unbeschrankten Übergang. Sie starb im Krankenhaus.«

»Warum sind Sie nicht in Ihrem kleinen Haus in Schweden geblieben, wenn Sie niemanden mehr haben? Ich meine, kein Mensch nimmt dieses Risiko hier auf sich, wenn er kein Ziel hat!«

»Gut beobachtet, junger Mann.« Malow legte sich auf den Rücken und blinzelte zwischen seinen Fingern hindurch in die Sonne. »Auch wenn man so alt ist wie ich, kann man noch Träume haben. Ich denke, die ganze Katastrophe jetzt ist ein guter Zeitpunkt, sich Träume zu erfüllen. Ein Menschenleben rast an einem vorbei, und ehe man es sich versieht, ist aus dem tatendurstigen jungen Mann, der gerade eben noch seinen ersten Flaum abrasierte, ein alter Tattergreis geworden, der nachts stündlich aufs Klo wackelt und dabei seine Prostata verflucht. Haben Sie Träume?«

»Im Augenblick sind Eva und Lea alles, woran ich denken kann. Und wie ich zu ihnen komme. Alles andere ist unwichtig.« Er musste an den kleinen Jungen und Tina denken.

»Ich beneide Sie um Ihre Familie. Ich wäre froh, gäbe es einen Menschen, den ich so lieben könnte wie Sie Ihre Frau und die Kleine.«

»Und was ist das für ein Traum, der Sie von Ihrem See weggelockt hat?«

Malow zog ein dünnes Buch aus seinem Rucksack und reichte es Hans.

»Rom?«

»Mein Traum.«

»Sie wollen allen Ernstes nach Rom? Quer durch halb Europa? Jetzt?« Hans konnte es nicht fassen. Er suchte bei Malow nach Zeichen beginnenden Wahnsinns, vielleicht Altersdemenz. Wie verrückt musste man sein, um in solchen Zeiten freiwillig diese Reise auf sich zu nehmen?

»Keine Angst, ich bin nicht verrückt.« Malow schien Hans die Gedanken im Gesicht abzulesen. »Na ja, ein bisschen vielleicht schon, aber bestimmt nicht mehr als jeder andere. Es ist nur, dass ich niemanden habe, der mich vermisst, sollte mir jemand wegen eines Apfels den grauen Schädel einschlagen. Ich habe nichts zu verlieren. Wer weiß, wie die Welt in einem Jahr aussieht, ob es dann noch möglich ist, herumzureisen. Und jünger werde ich auch nicht. Also bin ich losgezogen und erfülle mir meinen uralten Traum, bevor es zu spät dazu ist.«

Hans gab das Büchlein zurück. Malow betrachtete es mit glänzenden Augen, steckte es zum Schutz gegen die Nässe in eine Plastiktüte und zurück in den Rucksack. Dann setzte er sich wieder auf und nahm das Ruder.

»Wir sollten weitermachen, sonst kommen Sie nie zu Ihrer Familie.«

»Und Sie nicht nach Rom.«

Sie ruderten einige Minuten.

»Dann haben wir bis zu mir den gleichen Weg«, sagte Hans. »Es sei denn, Sie wollen durch Österreich und so die Alpen umgehen.«

»Darüber hab ich mir noch keine Gedanken gemacht«, meinte Malow. »Wir werden sehen, wo es uns hinverschlägt. Aber ich hätte nichts dagegen, wenn wir noch eine Weile den gleichen Weg hätten.« Hans Seger gefiel ihm. Er konnte anpacken und redete nicht zu viel.

Sie erreichten Rügen am übernächsten Abend. Die schneeweißen Kreidefelsen der Insel tauchten gegen Mittag am Horizont auf. Plötzlich waren sie da und die Möwe, die offensichtlich ebenfalls nichts zurück nach Schweden zog, flog davon.

Eine Stunde später, sie hatten sich der Insel inzwischen so weit genähert, dass sie Einzelheiten am Strand ausmachen konnten, kam der Vogel zurück – ein sprachloser Späher.

Am 31. Mai betraten Hans Seger und Henning Malow deutschen Boden. Sie landeten in der Nähe von Bakenberg, einem kleinen Dorf nur einen Steinwurf weit weg vom Strand. Für die achtzig Kilometer von Trelleborg bis Bakenberg hatten sie sechsundsiebzig Stunden benötigt. Sie zogen das Floß ans Ufer und versteckten sich im nahen Wald.

79

31. Mai, 16:17 Uhr deutscher Zeit in der Wildnis Kanadas

Shayna Walker hatte sich nicht entscheiden können zu gehen. Sie blieb selbst noch, als ihre Kollegen einer nach dem anderen das Büro verlassen hatten.

Sie hatte vor zwei Jahren ihrer schottischen Heimat den

Rücken gekehrt – abgeworben von der kanadischen Regierung. Vom kanadischen Geheimdienst, um exakt zu sein. Die Regierung wusste wahrscheinlich nicht einmal, dass sie und ihr Projekt existierten. Die Siebenundzwanzigjährige war nur ein kleines Zahnrad, allerdings nicht das unwichtigste. Das Große und Ganze des Projekts blieb aber auch ihr verborgen. Geheimdienste eben. Aber sie wusste nur zu gut, welcher Auftrag sie, Louis und Jean-Pierre hier in den kanadischen Wäldern zusammengeführt hatte.

Schon zwei Jahre verbrachten sie damit, Zugang zu den geheimen Datenbanken dieser Welt zu bekommen. Alles via Internet. Wie Mitglieder aller anderen Geheimdienste dieses Planeten auch. Schon verrückt, was alles möglich war – man brauchte nur Geduld, das nötige Equipment und einen Tick gesunden Menschenverstand, und die Welt öffnete ihre Pforten und präsentierte über kurz oder lang sämtliche Heimlichkeiten auf einem Tablett aus Nullen und Einsen. Shayna und ihr Team waren gut. »Die Enthüller« wurde ihr dreiköpfiges Team genannt. CIA, MI6, Russlands FSB, Mossad – niemand war vor ihnen sicher.

Das Notstromaggregat würde wohl noch Wochen funktionieren. Diesel war jedenfalls genug da. In drei unterirdischen Tanks lagerten annähernd eine Million Liter Treibstoff. »Um handlungsfähig bleiben zu können«, so die Erklärung. »Handlungsfähig, auch in Krisenzeiten.«

Im ganzen Komplex, der von einem vier Meter hohen Stahlzaun gesichert wurde, hatte Shayna nicht einen funktionierenden Computer gefunden. Hatten die ausländischen Geheimdienste zurückgeschlagen und in der Datenflut, die sie ihnen täglich stahlen, einen Virus versteckt? Gut möglich. Schließlich waren sie nicht die Einzigen, die etwas von Computern und Internet und Viren verstanden. Irgendwann erinnerte sich Shayna an ihr altes Laptop. Es war jetzt achtzehn Monate her, dass sie es zuletzt benutzt hatte. Wozu auch – was ihr der Geheimdienst hier in die kanadische Provinz gestellt hatte, war das Neueste vom Neuen. Und das alte Laptop landete tief unten in ihrem Schreibtisch.

Problemlos war es wieder angesprungen, funktionierte tadellos. Und war doch vollkommen unnütz!

Das World Wide Web existierte nicht mehr. Kommunikation mit ihren Vorgesetzten in Ottawa und Toronto – Fehlanzeige. Sie saß auf einer grünen Insel in der Wildnis, mit Strom und einem Laptop – und das Einzige, was sie tun konnte, war eine Runde Solitär nach der anderen zu spielen.

Sie und Louis hielten es am längsten aus. Sie versuchten die anderen Computer neu zu starten und eine Verbindung zur Außenwelt herzustellen, aber ohne den geringsten Erfolg.

»Komm, Louis, es hat keinen Zweck«, sagte Shayna. »Sehen wir lieber, dass wir die nächste Stadt erreichen. Von da aus rufen wir in Ottawa an. Sollen die sich doch um den Schrott hier kümmern.«

Karim Al-Tabari raste mit einer vollgetankten NAC 6 Fieldmaster und einem »Allah'u akbar« auf den Lippen überglücklich in den achtzehnten Stock des Empire State Building in New York. Zur selben Zeit verließen einige hundert Meilen nördlich Shayna Walker und Louis ihre Station.

Nur Karim Al-Tabari und die restlichen drei Mitglieder der Organisation »Einzig wahrhaftige Gotteskrieger Amerikas« erkannten Gottes Fingerzeig! Die Zeit war gekommen, die Zeit, all die Ungläubigen und ihren Schmutz von dieser heiligen Erde zu tilgen. Allah hatte in seiner unendlichen Weisheit und Güte den Heiligtümern der Ungläubigen die Pulsadern geöffnet. Langsam blutete das Ungeheuer Amerika aus!

Allah'u akbar.

Die nur elf Meter lange NAC 6 Fieldmaster, ein nicht mehr ganz neues Agrarflugzeug, war so ziemlich die einzige

Maschine auf dem kleinen Privatflugplatz, die ohne Computerunterstützung auskam. Und die Einzige, die problemlos startete. Vollgetankt stand sie in einem der seitlichen Hangars – der Allmächtige dachte an alles.

Al-Tabari raste in den fast leeren Bürokomplex, ohne allzu große Schäden anzurichten, von der angestrebten Zerstörung des über vierhundert Meter hohen Gebäudes ganz zu schweigen. Der Märtyrer Al-Tabari bekam aber wohl dennoch seinen Platz im Paradies einschließlich der versprochenen Jungfrauen, denn der von ihm ausgelöste kleine Brand sollte sich in den kommenden Tagen durch das komplette Gebäude fressen und es so schließlich doch noch zum Einsturz bringen.

Allah'u akbar.

80

22:42 Uhr, Wellendingen

»Und jetzt schlaf, Liebling. Es ist schon ganz schön spät.« Eva Seger drückte ihrer Tochter einen letzten Kuss auf die Wange und deckte sie bis unter die Nasenspitze zu. Joachim Beck war vor drei Tagen gestorben. Seitdem hatte sie endlich wieder genügend Zeit für ihre Tochter. Und Zeit zum Nachdenken. Vor allem nachts standen die Gedanken und Sorgen Schlange. Lea durfte auch diese Nacht wieder im breiten Bett der Eltern schlafen. Eva schlug die Bettdecke rechts und links straff unter Leas Kopfkissen.

»Mama! Das ist doch viel zu warm!« Lea strampelte sich wieder frei. »Glaubst du, Papa wird sich über mein Bild freuen, wenn er wieder zurück ist?« Lea hatte am Nachmittag ihr Dorf gemalt, mit leuchtenden Wasserfarben und, auf dem Berg dahinter, ein schwarzes Flugzeugwrack. In der rechten oberen Ecke lachte die Sonne und sie trug eine dunkle Sonnenbrille! (Papa: Wann braucht eine Sonne eine Sonnenbrille? Lea: Wenn sie in den Spiegel schaut!)

»Bestimmt freut er sich. Gute Nacht.« Eva nahm die Taschenlampe und ging zur Tür.

»Ich glaub, ich hab Angst, Mama.«

»Vor was denn, Liebling?«

»Es ist so finster! Lässt du die Tür offen?«

»Natürlich.«

»Und das Licht an?«

»Lea, du weißt doch, das Licht funktioniert gerade nicht.«

»Aber meine CD! Lass bitte Räuber Hotzenplotz laufen!«

»Lea«, Eva kam zurück und setzte sich auf Leas Bett. »Der Strom ist weg«, Lea nickte, »und Wasser läuft auch nicht mehr.« Das wusste Lea und es machte ihr nicht viel aus. Im Gegenteil. Ohne Gesichtwaschen ins Bett zu gehen machte deutlich mehr Spaß.

»Und das Telefon.«

»Richtig, Lea, das funktioniert immer noch nicht.« Eva legte sich neben sie und nahm ihre Tochter in den Arm. »Es ist zwar schön, wenn wir Strom haben und Wasser und Telefon, weil es dann immer ein bisschen hell bleibt, weil du deine Märchen anhören kannst und …«

»Fernsehen!«

»… und fernsehen kannst. Weil du mit Oma telefonieren kannst oder mit deinen Freunden.« Eva streichelte das Gesicht ihrer Tochter und sah zur Decke hinauf. »Aber jetzt machen Strom und Wasser und Telefon einfach mal Urlaub. Wie lange, das weiß niemand.«

»Nicht einmal Gott?«

»Doch, Gott weiß es bestimmt. Vielleicht hat Gott sogar selbst alles so gemacht, wer weiß das schon? Aber denk mal an Papa, Liebes. Papa ist jetzt ganz allein in einem fremden

Land. Er macht sich bestimmt Sorgen um dich und mich und er möchte sicher nicht, dass du traurig bist. Schau mal, wir haben uns doch alle ganz fest lieb«, Lea nickte, »und solange das so ist, solange brauchen wir uns auch nicht vor der Dunkelheit zu fürchten. Denn Papa wird irgendwann zurückkommen.«

»Und er macht dann das Licht wieder an!«

»Bestimmt, Liebling. Ganz bestimmt.«

Eva erhob sich und ging zur Tür. »Schläfst du jetzt?« Lea versprach es. »Ich komme auch bald. Ich geh nur noch mal kurz zu Susanne.«

Die Nacht drückte gleichmäßig an alle Scheiben des Hauses. Frieder Faust lag zusammengekrümmt im Wohnzimmer auf dem Boden. Den Teppich hatte Susanne erst am Nachmittag ausgebürstet. Sie hatte auch den Staub von der Schrankwand gewischt und dabei peinlich darauf geachtet, dass jede der vielen Figuren zurück auf ihren angestammten Platz kam. Alles hatte eine Ordnung, musste seine Ordnung haben, vor allem, wenn die Ordnung rundherum zusammenbrach wie ein viel zu hohes Kartenhaus. Deshalb putzte sie sich jede freie Minute durch ihr Haus. Reinigungsmittel gab es genug unten im Keller, sie besaß einen halben Schrank voll. Mittelchen für Glas und welche für Keramik. Mittel für das Cerankochfeld, inklusive eines speziellen Schabers, der innen an der Tür des Schrankes hing, und natürlich besondere Essenzen für die verschiedenen Hölzer der Möbel. Ordnung war das Geländer in den Wirren des Lebens, ein roter Faden, der Sicherheit gab und dafür sorgte, dass man sich an all den unübersichtlichen Biegungen des Lebens nicht verirrte. Sie hatte die Schrankwand geputzt, den Teppich gereinigt, die dunkle Front des Fernsehers entstaubt und natürlich die kleine Tiffanylampe daneben behutsam poliert und sich dabei sicher gefühlt. Alles war in Ordnung. Bis Frieder zurückkam. Er stolperte ins Haus, brabbelte wie ein seniler Greis vor sich hin, fuchtelte mit den Händen herum und wankte schließlich ins Wohnzimmer, wo er zusammenbrach.

Susanne hatte sich auf die vorderste Kante des wuchtigen Sofas gesetzt. Dort blieb sie, wie ein Gast in einem fremden Raum, befangen und unsicher, was als Nächstes zu tun wäre. Bubi war bereits auf Streife und Eva mit Lea nebenan in ihrem Haus bei Eckard Assauer.

Susanne saß seit zwei Stunden ohne sich zu bewegen auf der Sofakante und beobachtete ihren Mann. Sie ließ ihn keinen Moment aus den Augen, bemerkte die Dämmerung nicht, die sich über Wellendingen legte und später in Dunkelheit verlor. Sie ignorierte ihren Durst. Obwohl nur sieben Schritte entfernt eine Kanne mit frischem Wasser auf dem Küchentisch stand, blieb sie bei ihrem Mann. Ihr war schon seit Tagen seine Unruhe aufgefallen. Irgendetwas war nicht in Ordnung.

Früher konnte er stundenlang hinter dem Haus in der Sonne sitzen. Er konnte unbeweglich auf dem Sofa liegen und fernsehen. Er konnte geduldig winzige Teile reparieren. Aber seit ein paar Tagen trieb ihn etwas um. Er rannte am Morgen wie ein gehetztes Tier aus dem Haus. Er hatte jetzt schon die zweite Sitzung des Wellendinger Rates versäumt und Roland Basler hatte ausrichten lassen, dass es vielleicht besser wäre, wenn Faust seinen Platz im Rat für jemanden freimache, der auch Interesse an der Aufgabe hatte. Aber Frieder hatte doch so großes Interesse gehabt. Sie hatten ihn, fast gegen seinen Willen und zur Überraschung aller, mit den meisten Stimmen in den Rat gewählt, denn er hatte nach den Flugzeugabstürzen als einer der wenigen einen klaren Kopf behalten und instinktiv gewusst, was zu tun war. Er hatte die erste Versammlung einberufen.

Undank ist der Welten Lohn, dachte Susanne.

Sie wartete auf Eva, vielleicht wusste die Rat. Eva wollte nur Lea ins Bett bringen und dann noch einmal vorbeischauen.

Susanne wusste, dass sie ihren Mann jetzt nicht alleinlassen durfte. Wenn doch jemand hier wäre, den sie nach nebenan schicken könnte!

Nur einmal war Frieder kurz erwacht. Er hatte sie gesehen und etwas gemurmelt, was sich nach »wegnehmen« und »böse« angehört hatte. Aber sie musste sich getäuscht haben, hier gab es nichts wegzunehmen und niemand war böse. Jedenfalls keiner von ihnen. Faust hatte offensichtlich Schmerzen. Warum sonst sollte er stöhnen, wie er stöhnte, und sich zusammenrollen wie ein Embryo im Mutterleib? Susanne kannte sich mit Kratzern und Schürfwunden aus, vielleicht auch mit einem tiefen Schnitt, aber dies hier überstieg die Künste einer Mutter. Frieder war krank, aber was fehlte ihm? Was stimmte nicht mit Frieder?

Am Vormittag waren sie, Eva und ihre kleine Lea unten am Bach gewesen. Die Frauen hatten Wäsche gewaschen und Lea hatte ihnen dabei geholfen. Auf dem Rückweg waren sie auf Frieder gestoßen, der aus Roland Baslers Haus rannte und die Haustür hinter sich zuwarf.

»Wahrscheinlich Querelen im Rat«, vermutete Eva. Vielleicht hatte sie damit recht, bestimmt sogar. Aus welchem Grund sollte Frieder auch sonst zu Basler gehen?

Vor Susanne lagen auf dem schweren gedrechselten Holztisch mit der Platte aus braunen Kacheln die frisch abgestaubten Fernbedienungen: Fernseher, Videorekorder, DVD-Player und Stereoanlage. Ein Stück weiter links das Telefon. Susanne hatte in den vergangenen zwei Stunden ein gutes Dutzend Mal nebenan bei Eva angerufen, natürlich ohne Erfolg. Es gab nicht einmal mehr ein Freizeichen. Sie versuchte, sich an den Klang des Freizeichens zu erinnern. War es nun Tuuut-tuuut oder Tuuut-tut-tut-tuuut oder Tut-tut-tut? Sie konnte sich nicht mehr erinnern. Obwohl – Letzteres könnte das Besetztzeichen gewesen sein. Aber welche Rolle spielte das. Im Schoß – sie trug einen Rock, der, spreizte sie die Beine ein ganz klein wenig, sich über den Schenkeln zu einer Hängematte aufspannte – hatte sie die kleine Taschenlampe liegen, die Frieder für das Wohnzimmer eingeteilt hatte. Frieder hatte an alles gedacht. Wie immer. Die größte und lichtstärkste Lampe stand im Flur, gleich neben der Haustür, eine ähnliche in der Küche. Außerdem hatte er Susanne aufgetragen, die kleine Solarlampe, die zur Dekoration im Garten steckte, jeden Abend zu holen und in den Blumentopf im Flur zu stecken. Am Morgen musste sie die Lampe zurück in den Garten bringen und am Abend erneut holen. Dann verströmte die Lampe einige Stunden kaltes Licht im Flur, ein Licht, welches minütlich schwächer wurde und schließlich ganz verschwand. Die kleine Taschenlampe in Susannes Schoß hatte Frieder ins Wohnzimmer gelegt, weil dies jetzt am seltensten benutzt wurde. Seit dem Stromausfall eigentlich gar nicht mehr, erinnerte sich Susanne. Die Lampe auf dem Tisch hatte sie die ganzen letzten Tage gestört, sie gehörte nicht hierher und brachte das gesamte Arrangement dieses Zimmers durcheinander.

Die Taschenlampe wegzuräumen, vielleicht in eine der unteren Schubladen der Schrankwand, zu Motorradzeitschriften und dem Lametta vom vergangenen Jahr, traute sie sich nicht. Frieder würde es sofort bemerken.

Eva Seger kam kurz nach elf zurück zu Susanne.

Seit Eva wieder im Dorf war, hatte sie alle Hände voll zu tun. Sie musste nicht nur ihr Haus in Ordnung halten und sich um Lea kümmern. Jeden Abend ging sie in Albickers Stall zum Melken. Lea war sowieso die meiste Zeit dort oder mit Thomas unterwegs beim Kühehüten, und auch Eckard Assauer hatte im Stall eine Aufgabe gefunden.

Zum Glück verlief die Schwangerschaft problemlos. Ihr war kaum noch übel und auch ihr Kreislauf hatte sich stabilisiert. Die Milch aus Albickers Stall taten ihr und dem Kind in ihr gut.

Eva Segers Hauptaufgabe war jetzt die Krankenversorgung. In erster Linie kümmerte sie sich um Durchfallerkrankungen. Es gab immer wieder vor allem Kinder, die abgestandenes Wasser aus Regentonnen tranken. Die zweithäufigste Diagnose, die sie zu stellen hatte, waren entzündete Wunden an Händen und Füßen. Die ungewohnten Arbeiten forderten von vielen ihren Tribut und führten zu Blasen und kleinen Rissen an den seltsamsten Stellen. Wer seit Jahrzehnten gewohnt war, morgens im Auto ins Büro zu fahren, dort acht Stunden Akten und Papiere zu wälzen und eine Computertastatur zu traktieren, um am Abend im bequemen Autositz zurück zu Fernseher und Sofa zu eilen, der hatte seit dem 23. Mai erhebliche Probleme, die neuen Aufgaben körperlich zu meistern. Wer war daran gewöhnt, seine Wäsche von Hand in einem eiskalten Bachlauf zu waschen? Wer konnte problemlos zwei Eimer Wasser durch das halbe Dorf tragen? Wer ein größeres Stück Gartenboden mit einfachen Werkzeugen bearbeiten? Wer konnte mal eben ein metertiefes Loch hinter seinem Haus ausheben, das die Fäkalien der Hausbewohner aufnehmen sollte?

Der Rat hatte vergangenen Montag die dringende Empfehlung ausgesprochen, alle privaten Gemüsegärten mindestens zu verdoppeln und alles an Saatgut auszubringen, was man bekommen konnte. Die Zeit, Ende Mai, war noch günstig, und wenn es auch niemand hören wollte, musste man doch ernsthaft darüber nachdenken, dass die Stromversorgung im kommenden Winter vielleicht immer noch nicht wieder funktionieren würde. Was, wenn ihnen dann ein Winter ohne gefüllte Supermarktregale bevorstand? Was, wenn sie von dem leben sollten, was sie im Lauf des Sommers an Vorräten anlegen konnten? Es gab eine Handvoll Alte, die sich noch an Zeiten der Selbstversorgung und Vorratshaltung erinnerten. Aber woher bekam man die nötigen Samen, wie machte man die Ernte haltbar? Es war ein Glück im Unglück, dass die Katastrophe nach den Eisheiligen gekommen war, dem allgemeinen Startschuss für die frostsichere Freilandgartensaison. In den allermeisten Gärten wuchsen bereits kleine Schösslinge, die seither gehegt wurden wie der eigene Augapfel. Was da wuchs, sicherte vielleicht einmal das eigene Überleben.

»Eva?«

»Moment. Ich trinke nur schnell einen Schluck Wasser.«

»Dann komm aber bitte«, sagte Susanne und nahm ihre alte Position wieder ein. Ihr Mann zuckte im Schlaf. Oder waren es Krämpfe? Es war unheimlich.

»So. Was ist los, Susanne? Wieso sitzt du hier im Dunkeln?« Evas Taschenlampe flammte auf der Suche nach Susanne kurz auf. Frieder hatte allen untersagt, die Lampen länger als unbedingt nötig zu benutzen. Vorgestern hatte er die letzten Batterien eingelegt. Eva setzte sich zu Susanne, Frieder hatte sie noch nicht bemerkt.

»Also?«

Statt einer Antwort nahm Susanne ihr die Taschenlampe aus der Hand. Frieder erschien wie ein außerirdisches Wesen, zusammengerollt auf dem Teppich vor Susannes Schrankwand. Ein Bein zuckte rhythmisch zu einer nur ihm zugänglichen Musik.

Eva sprang auf. »Was ist mit Frieder?« Sie ging zu ihm und fühlte seinen Puls. »Sein Herz ...« Es raste wie ein vollbeladener Güterzug ohne Bremsen. Frieder Faust schwitzte, eine kalte, klebrige Ausscheidung. Der Teppich schimmerte an manchen Stellen feucht – er hatte eingenässt.

»Was ist mit ihm?«

Susanne zuckte nur mit den Schultern. Sie behielt die Hände im Schoß und betrachtete die Teppichfransen. Morgen würde sie diese mit einem breiten Kamm neu ausrichten müssen.

»Wieso hast du mich nicht geholt?«

»Ich wollte Frieder nicht allein lassen.«

»Ist er Epileptiker?« Bei der Untersuchung seines Mundes war ihr die blutige Zunge aufgefallen. »Hatte er schon einmal Anfälle, Krämpfe?«

Susanne brauchte einen Moment, um sorgsam die gemeinsamen Jahre zu durchforsten. Endlich schüttelte sie den Kopf. »Nein«, sagte sie. »So was macht er nicht.« Sie betrachtete ihren Mann, der ihr plötzlich so fremd vorkam. Es verunsicherte sie, ihn hilflos und still am Boden ihrer guten Stube zu sehen. Frieder war immer der Starke gewesen, der, der wusste, was zu tun war. Er hatte doch noch lange nicht das Alter erreicht, in dem man so daliegen durfte, war noch keine fünfzig und gesund wie ein Stier.

Fausts Stirn fühlte sich heiß an. Und klebrig wie ein vollgerotztes Taschentuch. Eva untersuchte den Mann, er roch nach Schweiß und seinem eigenen Urin. Seine Pupillen jagten unter den geschlossenen Lidern. Fausts Beine zuckten und wenn die Krankenschwester ihn berührte, stöhnte er auf. Äußerlich unbeteiligt wartete Susanne im Türrahmen. Was sollte sie ohne Frieder nur anfangen? Er war der Ernährer, er sagte, was zu tun und was zu unterlassen sei.

»Trinkt Frieder?« Eva versuchte die Frage so beiläufig wie möglich zu stellen. Alles an ihrem Nachbarn hatte sie sofort an Alkoholentzug erinnert. Sie hatte in den Jahren im Donaueschinger Krankenhaus mehr als einen Alkoholiker im Entzug erlebt und erkannte die Symptome an Faust wieder. Als Susanne nicht sofort antwortete, wiederholte sie ihre Frage: »Trinkt er regelmäßig?«

»Natürlich.« Es klang tonlos. »Jeder muss trinken. Mindestens zwei Liter täglich, sagt unser Arzt.«

»Susanne! Ich meine Alkohol. Trinkt Frieder regelmäßig Alkohol?«

Susanne starrte in die Dunkelheit. Natürlich trank Frieder regelmäßig Alkohol, wer tat das nicht? Machten das nicht alle Männer? Sie überlegte, wer aus ihrem spärlichen

Bekanntenkreis nicht jeden Abend sein Bier oder ein Glas Wein trank, aber Eva unterbrach sie.

»Alle Symptome deuten darauf hin, dass ihm Alkohol fehlt. Wie viel hat Frieder zu normalen Zeiten getrunken?«

»Drei oder vier Bier«, sagte Susanne. »Manchmal auch ein oder zwei Flaschen mehr. Du weißt doch, er hat den ganzen Tag gearbeitet und sein Feierabendbier hatte er sich hart verdient. Das war ihm wichtig, dass immer genug Bier da war.«

»Und Schnaps oder Wein?«

Susanne schüttelte den Kopf. »Nein. Wein mochte er gar nicht. Außer …« Sie überlegte und ließ die vergangenen Tage Revue passieren. »In den letzten Tagen hat er auch mal ein Glas Wein getrunken oder einen Schnaps mit etwas Wasser. Es ist ja nirgends mehr Bier zu bekommen.«

Fast synchron mit den letzten Worten seiner Frau begann Faust plötzlich, am ganzen Körper zu zittern. Er hechelte, würgte und Arme und Beine zuckten. Eva versuchte seinen Kopf zu halten. »Schnell«, rief sie. »Gib mir irgendetwas, was ich ihm zwischen die Zähne schieben kann. Ein Holzbrettchen aus der Küche. Schnell!«

Aber das war schon nicht mehr nötig. Noch bevor Susanne ihren Platz verlassen konnte, erbrach Faust einen Schwall halbverdauter Speisereste. Der säuerliche Brei klatschte auf Susannes Teppich. Eva spürte Übelkeit aufsteigen und einen unwiderstehlichen Würgereiz.

Plötzlich öffnete Faust die Augen. Sein irrer Blick wanderte zwischen Eva und seiner Frau hin und her. Die Lampe blendete ihn. Langsam kroch er vor ihnen zurück. Er hatte Angst.

»Weg«, sagte er. »Nehmt das weg.« Wieder musste er sich übergeben. Eva wollte ihn stützen, aber die Berührung wirkte wie ein Stromschlag auf ihn. Er sprang auf und stieß Eva weg. Sie stolperte nach hinten, blieb am niedrigen Couchtisch hängen und landete mit dem Kopf voran auf dem Sofa.

»Was wollt ihr von mir? Ihr wollt mich umbringen!« Faust flüsterte. Er sah sich nach einem Fluchtweg um. Aber ein Schatten an der Tür versperrte den einzigen Ausweg. Alles um ihn schien böse und ihm nach dem Leben zu trachten. Sie wollten ihn umbringen, alles tat weh und er vermochte nur mit Mühe aufrecht zu stehen. Faust versuchte sich an der Schrankwand abzustützen, rutschte ab und räumte im Fallen Susannes entstaubte Porzellanfigurensammlung von ihrem Platz. Sie fielen zu Boden und zerbrachen. Auf allen vieren krabbelte Faust durch das Wohnzimmer, aber überall waren diese Dinger, die nach seinem Leben trachteten. Sie hatten Helfer mitgebracht: Kleine, gelbe Wesen saßen in den Ecken, unter dem Teppich und hinter dem Schrank und kicherten und beobachteten ihn. Er konnte sie alle sehen, selbst durch die Möbel und Stoffe hindurch. Er fiel auf den Rücken und blieb wie versteinert liegen. Von der Decke seilten sich riesige Insekten herab. Fühler, so groß wie ein Kinderarm, zitterten in seine Richtung, an den Enden rasiermesserscharfe Scheren. Faust schrie und fuchtelte mit beiden Händen durch die Luft. Susanne schrak zurück und verschwand in der Küche. Das war nicht ihr Mann!

»Was ist mit Frieder?«, flüsterte sie aus sicherer Entfernung.

»Er halluziniert«, sagte Eva. »Wer weiß, was er sieht, aber er hat offensichtlich Todesangst. Wir dürfen ihm nicht zu nahe kommen!«

Faust bekam einen Blumentopf zu fassen, schrie, als könne er mit seinem Schrei die Geister vertreiben, und schleuderte den Topf quer durch das Zimmer. Eine Handbreit neben Eva traf er sein Hochzeitsbild, und der Blumentopf zerschmetterte an der Wand.

»Weg!« Der böse Schatten, der eben noch im Türrahmen stand und ihm den Weg versperrt hatte, war verschwunden. Aber dafür gebaren die gelben Monster sekündlich Nachwuchs. Aus allen Ecken, unter dem Sofa, aus geschlossenen

Schranktüren quollen ständig neue Wesen hervor und kamen auf ihn zu. Er saß in der Falle! Er krabbelte in den Flur, aber auch hier war es nicht besser. Schatten warteten auf ihn, sie flüsterten und tuschelten in fremden Sprachen, griffen nach ihm, wollten an seinen Hals, wollten ihn würgen, in ihn hineinklettern und seinen Körper von innen verbrennen. Ein paar von ihnen mussten es schon geschafft haben, waren wohl, während er geschlafen hatte, in ihn eingedrungen. Alles schmerzte und er hatte den Geschmack der Wesen im Mund – ein widerlich saurer Hauch des Bösen. Sie tobten in ihm.

Faust erbrach sich zum dritten Mal. Dann stolperte er zur Haustür, riss sie auf und verschwand in der Nacht.

81

01. Juni, 11:43 Uhr, bei Wellendingen

Hermann Fuchs lag um die Mittagszeit dieses ersten Junitages am Waldrand. Er starrte ins Leere und lächelte. Die Welt drehte sich weiter. Sein Grinsen wurde breiter. Die Welt drehte sich einfach weiter, und sie schien es offensichtlich recht gut mit ihm zu meinen. Er streichelte seine rechte Wange. Die Wunde wollte und wollte einfach nicht heilen. Er beobachtete einen Marienkäfer, der vor ihm an einem Grashalm emporkletterte, und lächelte dabei. Er dachte an den Bullen und wie er es ihm gezeigt hatte. Schade nur um das viele schöne Geld.

Nachdem Kiefer und Bubi die kurze Freude an seiner Beute auf so abrupte Art und Weise beendet hatten, war er Hals über Kopf in den Wald geflohen. Hoffentlich brachte ihnen das Geld Unglück.

Die Verletzung, die ihm Beck zugefügt hatte, war zum

Glück nicht tief – ein oberflächlicher Streifschuss nur. Aber in den vergangenen Tagen war Schmutz in die Wunde eingedrungen. Sie nässte, und kaum hatte sich eine dünne Kruste gebildet, kratzte Fuchs diese wieder ab. Und so nässte sie wieder und ein dünnes, gelbliches Sekret lief ihm über die Wange.

Seit dem Zusammentreffen auf dem Hardt und seiner anschließenden Flucht versteckte er sich im Wald zwischen Wellendingen und Bonndorf. Schließlich war seine Beute noch hier irgendwo und wartete auf ihren rechtmäßigen Besitzer. Nach Donaueschingen zog ihn nichts mehr zurück.

An das stete Hungergefühl hatte er sich ein wenig gewöhnt. Er ernährte sich von Beeren und Rinde. Gestern hatte er eine Maus gefangen, ein erstes (ekelhaftes) Stück Fleisch seit Tagen. Fleisch? Eigentlich bestand das Tier nur aus Knöchelchen mit etwas struppigem Fell darum. Schlaf war die beste Medizin. Er schlief tagsüber und kroch am Abend erst aus seinen wechselnden Verstecken, streckte sich und schlich ins Dorf und in die schon nicht mehr so gepflegten kleinen Gärten. Diese Jahreszeit war eine denkbar schlechte für einen hungrigen Fuchs wie ihn. Ein paar Erdbeeren waren schon reif, alles andere würde noch Wochen oder Monate in der Sonne hängen müssen, bevor er es sich endlich holen konnte. Wenn es ihn dann noch gab. Doch nach der vergangenen Nacht war er wieder optimistischer; bestimmt würde es ihn dann noch geben.

Hermann Fuchs hatte Zeit und sein seit Jahren nur unregelmäßig und spartanisch ernährter Körper war zäh. Er wusste, dass er auch Monate so leben konnte. Das Einzige, was er wirklich vermisste, war eine Zigarette, aber auch die würde es irgendwann mal wieder geben.

Die beiden Kerle, die ihm das Geld abgenommen und ihm hinterhergeschossen hatten, patrouillierten durch den Ort, mit Gewehren und äußerst wichtiger Miene. Jeden Abend erschienen sie in der Dämmerung auf der Bildfläche und waren im Dorf unterwegs. Fuchs konnte mal hier, dann wieder am anderen Ende Wellendingens ihre Taschenlampen aufblitzen sehen und wusste so, welche Gärten er dann lieber meiden sollte. Und welche gerade unbewacht waren. Sobald aber die Kerzen in den Häusern erloschen, zogen sich die Wächter in ein Haus am Ortsrand zurück. In der vergangenen Nacht war Fuchs ihnen gefolgt.

Er hatte sie durch das Küchenfenster im Schein ihrer Taschenlampen herumhantieren sehen. Kiefer schleppte anschließend einen großen, offensichtlich sehr schweren Rucksack aus dem Haus. Zu gern hätte Fuchs gewusst, was der Mann da wegtrug und was vielleicht noch alles in dem Haus lagerte. Vielleicht sein Geld?

Die beiden Männer flüsterten.

»Alles wird gut«, hatte Kiefer gesagt und dem Jungen ins Gesicht geleuchtet. »Ich sammle in Bonndorf ein paar Männer, denen ich bedingungslos vertrauen kann. Du weißt, dass du natürlich dazugehörst. In einer, vielleicht in zwei Wochen ist es so weit und ich versprech dir, alles, wovon wir jemals geträumt haben, werden wir uns erfüllen! Dann holen wir Eva und machen, dass wir von hier wegkommen.«

Der Kleine hatte gelächelt und Martin Kiefer war, an Hermann Fuchs vorbei, im Wald Richtung Bonndorf verschwunden.

Wer weiß, wozu es noch einmal gut sein konnte, zu wissen, dass die beiden unter einer Decke steckten. Offensichtlich spielten sie ein doppeltes Spiel – im Dorf die gesetzestreuen Wachmänner, hier draußen aber, im Schutz der Nacht, träumten sie von anderen Dingen.

Hermann Fuchs kratzte an seiner Wunde und dachte nach. Er musste schlafen, auch wenn die Sonne zwischen den Zweigen der Bäume tanzte und sein Gesicht suchte, denn kommende Nacht wollte er an Sattlers Haus auf Kiefer und Bubi warten. Es gab sicher noch viele Geheimnisse zu erfahren. Vielleicht sogar, wo sie sein Geld versteckten.

82

13:30 Uhr, Wellendingen

Alle Mitglieder des Wellendinger Rates fanden sich bei Hildegund Teufel ein. Fast alle, nur Frieder Faust fehlte. Und er war heute auch der Grund ihrer frühen Zusammenkunft.

Martin Kiefer war bei Sonnenaufgang zurück ins Gasthaus Krone gegangen. Bubi, als er von seiner Streife zurückkam, wurde von Eva bereits erwartet. Bubis Mutter saß am Küchentisch und schlief. Eva berichtete, was sich in der Nacht zugetragen hatte, und Bubi informierte die Ratsmitglieder. Ein Treffen war unumgänglich.

Kurz nach Mittag hatten sich alle versammelt. Bea Baumgärtner und Christoph Eisele, zum Schluss kam ihr Vorsitzender. Roland Basler sah verschlafen und gereizt aus.

Bubi hatte seine Mutter mitgebracht. Sie nahm auf der schmalen Ofenbank Platz, Eva Seger blieb stehen.

Keiner wusste, wo Faust sich im Moment aufhielt und wie es ihm ging. Eva berichtete von letzter Nacht. Ihr Verdacht, Faust könne alkoholabhängig sein und durch den plötzlichen Mangel an Nachschub Entzugserscheinungen haben, löste unterschiedliche Reaktionen aus. Bea Baumgärtner setzte sich zu Susanne und nahm sie in den Arm, während Hildegund Teufel auch ihr eine Tasse Pfefferminztee brachte. Die alte Teufel erinnerte sich auf einmal, wie gern Frieder ihren Johannisbeerlikör getrunken hatte. Es war schon zu einem Ritual geworden, zum Abschluss jeder Versammlung ein kleines Gläschen Likör zu trinken. Faust hatte immer auch ein zweites Glas genommen.

Eisele fingerte an seiner Tasse herum. Er hatte Frieder erst vor ein paar Tagen eine Flasche Wein aus dem Vorrat seiner Eltern gegeben.

Roland Baslers Gesicht wirkte unbeteiligt. Er hörte sich

den Bericht der Krankenschwester an und machte sich dabei sehr eigene Gedanken. Basler hatte Faust noch nie besonders leiden können. Eigentlich hatte er ihn bis zur Katastrophe nicht einmal sonderlich beachtet. Faust war ein einfacher Handwerker aus einfachen Verhältnissen, er selbst ein recht erfolgreicher Anwalt und immerhin Mitglied des Bonndorfer Gemeinderates. Jedenfalls bis zum 23. Mai. Aber in seinen Augen waren die Menschen nun einmal nicht gleich, auch wenn die neue Zeit alle vor dieselben Probleme stellte. Es gab Unterschiede, und ein Frieder Faust war nun einmal nicht mit ihm zu vergleichen. Die Katastrophe aber hatte sie an einen Tisch geführt und Faust, mit seinen auf das sogenannte Allgemeinwohl gerichteten Plänen und Vorschlägen, hatte dabei immer wieder Baslers eigene Pläne durchkreuzt. Faust hatte einfach keinen Sinn für den persönlichen Vorteil. Natürlich sollte es allen gut gehen, aber wenn man immer nur an andere dachte, konnte man es selbst niemals wirklich nach oben schaffen – eine simple Tatsache, die dieser Faust wahrscheinlich niemals in seinen dicken Handwerkerschädel hineinbekommen würde.

Während die anderen diskutierten und beratschlagten, was zu unternehmen sei, ging Roland Basler in Gedanken die verschiedenen personellen Möglichkeiten durch. Kiefer, sinnierte er, wäre die Idealbesetzung für Fausts frei werdende Stelle. Aber Kiefer lebte erst seit der Katastrophe im Ort, ihn wollte bestimmt keine Mehrheit im Rat. Auch hatten Hildegund Teufel, Eisele und Bea Baumgärtner nie einen Hehl aus ihrer Abneigung Kiefer gegenüber gemacht. Es war ein Wunder, dass er überhaupt die Sache mit dem Sicherheitstrupp durchbekommen hatte, überlegte Basler.

»Was hältst du von Beas Vorschlag, Roland?«

Bea wollte vier Gruppen zu je fünf Personen losschicken, welche die umliegenden Waldstücke durchsuchen sollten. Weit, so Eva, konnte Frieder Faust in seinem Zustand nicht gekommen sein. Wer nicht zu den Suchtrupps gehörte, sollte im Ort nach Faust suchen. Am wahrscheinlichsten war Evas Ansicht nach, dass er sich in einem Schuppen, einem Gartenhaus oder in einer Scheune verkrochen hatte.

»Der schläft noch«, sagte Hildegund Teufel, als Basler nicht reagierte. Zu sehr beschäftigte ihn die Nachfolge Fausts. Als er schließlich doch bemerkte, dass alle ihn anstarrten und offensichtlich eine Antwort erwarteten, räusperte er sich.

»Was war die Frage?«

»Wir wollen das Dorf und die nähere Umgebung absuchen. Was meinst du als unser Vorsitzender?«, fragte Eisele.

»Natürlich werden wir nach ihm suchen. Aber«, er fügte eine kleine Pause ein, in der er sich erhob und einmal zur Tür und wieder zurück ging, »aber wir dürfen bei aller Sucherei unsere anderen Aufgaben nicht vernachlässigen.« Bevor einer etwas erwidern konnte, fuhr er, jetzt lauter, fort: »Die Arbeiten im Stall und in unseren Gärten müssen wie geplant erledigt werden. Du«, er stand jetzt vor Eva Seger, »du musst nach unseren Kranken und Alten sehen und du«, Basler ging zu Bubi, »du gehst ins Bett, damit du heute Abend fit bist.«

»Aber …«

»Kein aber, Bubi. Das Dorf ist darauf angewiesen, dass du nachts wach bist. Nach deinem Vater können auch andere suchen. Verstanden?«

Bubi nickte.

Die Anwesenden erhoben sich und wollten das Haus verlassen, aber Basler versperrte ihnen den Weg.

»Ihr könnt schon gehen«, sagte er zu Susanne, Eva und Bubi und ließ sie hinaus. »Wir vom Rat haben noch etwas zu besprechen.«

»Jetzt? Wir sollten machen, dass wir rauskommen und nach Frieder suchen«, sagte Bea und versuchte, sich an Basler vorbeizudrücken.

»Nicht so eilig.« Basler hielt die Frau zurück. »Nur ganz kurz.«

Bea setzte sich wieder an den Tisch. Alle sahen Basler an; ihre Ungeduld war fast mit Händen zu greifen.

»Frieder hat die letzten Sitzungen versäumt.«

»Das wissen wir«, sagte Hildegund Teufel und bekam einen Hustenanfall. In den letzten Tagen war ihr Husten deutlich schlimmer geworden.

»Und wir wissen jetzt auch, warum Frieder nicht hier war«, sagte Eisele.

»Richtig«, fuhr Basler fort. »Wir wissen jetzt auch, warum. Und wir werden natürlich alles daransetzen, Frieder zu finden und ihm zu helfen. Aber bis er so weit hergestellt ist, dass er hier wieder mitarbeiten kann – wenn er das dann noch will –, können Wochen oder Monate vergehen. So viel Zeit haben wir aber nicht. Wir brauchen eine fünfte Person hier bei uns. Gibt es Vorschläge?«

Hildegund Teufel, Bea und Eisele sahen sich an. Hatten sie sich eben verhört, oder wollte Basler tatsächlich Frieder aus ihrer Runde ausschließen?

Die alte Teufel war es schließlich, die Roland Basler daran erinnerte, dass Faust die mit Abstand meisten Stimmen bei der Wahl zum Rat bekommen hatte. »Er ist genauso gewählt wie du und ich. Er kann zurücktreten oder wird vielleicht bei der kommenden Wahl in vier Wochen abgesetzt. Das kann dir übrigens auch passieren«, sagte sie und funkelte Basler an. »Aber ganz bestimmt werden wir keinen Nachfolger für Frieder aussuchen, das ist Sache der Dorfgemeinschaft. Und jetzt gehen wir und hoffen, dass wir Frieder lebend finden!« Sie quetschte sich an Basler vorbei und öffnete die Tür. »Los, macht, dass ihr rauskommt.«

Eva ging am Gasthaus Krone vorbei zum Pfarrhaus. Der im Erdgeschoss gelegene Pfarrsaal diente ihr als eine Art Praxisraum und war Anlaufstelle für die Kranken des Dorfes.

Als sie die schwere Eichentür des Pfarrhauses aufwuchtete, wurde ihr plötzlich bewusst, dass seit Joachim Becks Tod schon wieder vier Tage vergangen waren. Die Zeit raste dahin, und die Folgen der Katastrophe taten ihr Übriges dazu. Eva hatte vom Morgengrauen bis tief in die Nacht hinein zu tun, wie fast jeder hier im Dorf. Erst abends im Bett kam sie zur Ruhe. Und dann stürzten die Gedanken auf sie ein. Die Gedanken und die Sorgen.

Nach Becks Tod am Montag hatte sie den Leichnam gewaschen und ihm einen viel zu weiten Anzug aus dem Bestand des Pfarrers angezogen. Dann hatten sie ihn am Abend auf dem kleinen Friedhof Wellendingens beigesetzt. Christoph Eisele und Bardo Schwab hatten eine tiefe Grube ausgehoben und waren neben ihr, Thomas, dem Pfarrer, seiner Haushälterin und Frieder Faust die Einzigen gewesen, die am Grab des Polizisten standen. Pfarrer Kühne hatte ein paar Worte gesagt, etwas über Gott und seine Wege und diese neue Zeit. Eva konnte sich später nicht mehr an sie erinnern.

Der Pfarrer und seine Haushälterin erwarteten Eva. Thomas hatte wie jeden Tag das Haus im Morgengrauen verlassen, um zuerst in Albickers Stall zu helfen und anschließend eine kleine Herde Kühe auf eine der nahen Weiden zu treiben. Auf dem Tisch dampften heiße Milch und frische Pfannkuchen, an denen nur die Eier fehlten. Eva blieb am offenen Fenster stehen. Die frische Luft tat ihr gut. Sie berichtete dem Pfarrer und Fräulein Guhl von Fausts Problemen und seinem Verschwinden, dann von der Zusammenkunft des Rates.

»Es sollen mehrere kleine Gruppen die Umgebung absuchen und alle anderen auf ihren Grundstücken nach ihm sehen.«

»Ich habe schon immer vermutet, dass Frieder trinkt«, sagte Anna-Maria Guhl aus tiefster Überzeugung. Sie stand an ihrem kleinen Campingkocher und gab dünnen Teig in eine Pfanne. »Auch nach dem Gottesdienst letzten Montag. Da saß er noch eine Weile mit diesem Eisele vor der Kirche auf einer Bank. Im Mülleimer habe ich später zwei leere Schnapsfläschchen entdeckt. Können Sie sich das vorstellen – vor der Kirche!«

»Wenn sie ihn finden, können Sie ihm dann helfen, Eva?« Der Pfarrer putzte seine glänzenden Lippen mit einem Tuch ab und kam zu ihr ans Fenster. Eva konnte nur die Schultern heben.

»Keine Ahnung. Wirklich nicht. Selbst auf unserer Intensivstation, mit all den Überwachungsmöglichkeiten, den Medikamenten, Ärzten und Schwestern, selbst da konnten wir nicht jedem helfen. Es weiß auch keiner, wie viel er trank und wie lange das schon so geht.«

»Bestimmt schon eine ganze Weile«, kam es vom Herd. »Bestimmt. Können Sie mir glauben.«

»Wenn wir ihn aber haben, müssen wir ihn entweder fesseln oder in einen gepolsterten Raum einsperren.«

»Wieso das denn?«

»Weil er Gespenster sieht. Heute Nacht hat er keinen von uns erkannt, noch nicht einmal seine eigene Frau. So, wie es Frieder Faust heute Nacht ging, können wir von Glück reden, dass er die Haustür gefunden hat und nicht durchs Fenster gesprungen ist. Und dass uns der Blumentopf nicht getroffen hat.«

»Er hat Sie angegriffen?« Fräulein Guhl drehte sich endlich um, beide Hände in die schmalen Hüften gestützt. Alles an ihr war Entrüstung. »Das geht aber nicht!«

»Fesseln oder einsperren.« Der Pfarrer dachte über Evas Worte nach.

»Sie haben ein weiteres Problem vergessen.« Fräulein Guhl gab Eva den Pfannkuchen.

»Und das wäre?«

»Wie lange wird es im günstigsten Fall dauern, bis er wieder der Alte ist?«

»Drei, vier Wochen. Oft länger.«

»Und wovon soll er in dieser Zeit leben?«

»Susanne und Bubi werden sich um ihn kümmern«, sagte Pfarrer Kühne. »Und dann sind wir schließlich auch noch da, genau wie der Rest des Dorfes.«

Aber seine Haushälterin ließ nicht locker. »Glauben Sie wirklich, Herr Pfarrer, jemand will das, was er gar nicht hat, mit einem Säufer teilen?«

»Erstens ist Frieder kein Säufer, sondern krank, und zweitens ist er einer von uns. Und den werden wir hoffentlich nicht im Stich lassen. Vergessen Sie nicht, was Frieder Faust vergangene Woche für uns alle getan hat, wie er sich für uns alle eingesetzt hat. Da werden wir ihn doch wohl drei, vier Wochen aushalten können!«

»Wollen ist das eine«, erwiderte Fräulein Guhl, »können etwas ganz anderes. Wir haben noch ein wenig Mehl, etwas Reis, eine Packung Nudeln und ein paar Gewürze. Mehr nicht. Unsere Pfannkuchen werden jeden Tag ein bisschen dünner, und das Salz reicht auch nicht mehr lange. Zucker ist seit gestern alle und unsere letzten Kartoffeln haben Sie selbst mit mir hinten im Garten vergraben. Hoffentlich wachsen sie an.« Sie gab Eva einen kleinen Klecks Marmelade auf ihr Mittagessen. »Es ist ein Glück, dass Sie bei uns sind, Eva. Ohne Ihre Arbeit und den Lohn, den Sie dafür erhalten, könnten wir uns kaum über Wasser halten.« Was durchaus nicht übertrieben war, denn mittlerweile blieb fast die Hälfte der Naturalien, die Eva für ihre Arbeit erhielt, im Pfarrhaushalt. Zwar bekam der Pfarrer noch immer, wenn er Alte und Kranke in ihren Häusern besuchte, zum Abschied eine Kleinigkeit zugesteckt, in den letzten Tagen waren diese Gaben an ihren Hirten aber immer kleiner geworden. Die Vorräte im Dorf gingen langsam, aber sicher zu Ende. Was, wie Kartoffeln, eventuell wachsen und Früchte tragen konnte, hatte man schweren Herzens in den Gärten ausgebracht. Der Versuch, die Nahrungsmittelvorräte des

Dorfes zu erfassen und unter allen gerecht zu verteilen, war kläglich gescheitert. Es war eine berechtigte Frage, die Versorgung eines Frieder Faust im Delirium anzusprechen.

Der Ton untereinander hatte sich geändert. Plötzlich fühlte sich jeder selbst von seinem Nachbarn bedroht, und wer noch etwas Essbares versteckt hatte, sah überall gierige Finger, die ihn bestehlen wollten. Nicht wenige wachten nachts in ihren Häusern oder schliefen neben dem bisschen, das sie die kommenden Tage am Leben erhalten sollte.

»Wie wir Frieder durchbekommen, sehen wir, wenn wir ihn haben«, sagte der Pfarrer. Dann verließ er den Tisch.

Martin Kiefer war ins Gasthaus und dort sofort in sein Zimmer gegangen. Wann war es endlich so weit?! Er hielt es kaum noch aus! Am liebsten hätte er Eva sofort gepackt und nach Bonndorf geschleppt. Und manchmal, wenn er sie auf der Straße oder abends bei Faust traf, war er kurz davor, durchzudrehen und sein Maschinengewehr von der Schulter zu reißen. Aber das durfte er nicht. Noch nicht.

In Bonndorf war man froh, dass Kiefer sich für Wellendingen entschieden hatte. In ihren Augen wäre er nur ein Esser mehr, einer, den man bereits abgeschrieben hatte. Kiefer hatte in Bonndorf weder Freunde noch Verwandte. Seit seine Ehe mit Eva gescheitert war, hatte er sich immer mehr in seine eigene Welt zurückgezogen – eine Welt der Rachsucht, der Vergeltung, eine Welt, die auf das Morgen hoffte. Die beiden mit Evas Fotografien tapezierten Zimmer im Obergeschoss des Reihenhauses waren der Mittelpunkt, um den sich seit Jahren alles drehte, und hierher zog er sich stillschweigend zurück, wenn er alle ein, zwei Tage nach dem Rechten sah.

Nichts von dem, was er Bubi Nacht für Nacht erzählte, entsprach der Wahrheit. Es gab keine Gleichgesinnten, die er um sich versammeln wollte, und auch Bubis Zukunft bedeutete ihm herzlich wenig. Kiefer hatte keine Pläne für die Zukunft, jedenfalls keine für die Zukunft der anderen. Zukunft bedeutete für ihn Eva; ein Morgen ohne sie konnte keine lebenswerte Zukunft sein.

Kiefer lächelte. Dann erhob er sich. Ein neuer Tag. Ein neuer Abend. Eine neue Nacht!

83

16:11 Uhr, Wellendingen

Thomas Bachmann war glücklich. So sehr er sich auch anstrengte, er konnte sich nicht erinnern, dass er jemals so zufrieden gewesen war wie jetzt. Selbst seine drei Stimmen aalten sich in wohliger Herzensruhe. Sie meldeten sich nur noch selten und wenn, so kam es ihm vor, dann nur, um ihn über ihr Wohlbefinden zu unterrichten.

Nummer eins war einfach nur glücklich. Die anderen beiden schwiegen, und waren sie still, war er es sowieso. Ihm gefiel das Dorf und ihm gefielen die Menschen hier. Was wollte er mehr?

Nummer zwei hatte einen Narren an Lea Seger gefressen, ihrem kleinen Engel. Sie vergaß in den Stunden, die Thomas mit dem Kind beim Kühehüten verbrachte, sogar Paris, die Stadt ihrer Träume. Überhaupt dachte sie in letzter Zeit sehr wenig an Paris, die allgemeine Ruhe in Thomas' Kopf tat ihr ausnehmend gut, ein Gefühl, meinte sie einmal vor dem Einschlafen, an das sie sich gewöhnen könnte.

Selbst Nummer drei, Thomas' Alptraum, gab sich – allerdings mit deutlichem Widerwillen – diesem neuen Gefühl der Zufriedenheit hin. Was wollte er mehr? Hier lebte eine alte Frau, die Teufel hieß und sich offen im Ort, ja sogar in der kleinen Kirche bewegte. Er durfte sie sogar manchmal sehen und gemeinsam mit Thomas in ihr Haus. Nummer drei vergaß über seinem unverhofften Glück sogar seine allgegenwärtige Todessehnsucht.

Während das halbe Dorf nach Frieder Faust suchte, hatte Thomas am Morgen sieben Kühe aus dem Stall getrieben. Die Tiere hatten sich inzwischen an die neugewonnene Freiheit gewöhnt. Gern liefen sie vor Thomas und Lea her, trotteten durch das Dorf und auf die Wiese, die heute für sie vorgesehen war.

Lea und Thomas hatten sich angefreundet. Schon ihr erstes Treffen hatte Thomas fasziniert. Oder besser, zwei seiner Stimmen waren fasziniert. Nummer zwei, weil Lea all die weiblichen Instinkte in ihr weckte, Nummer drei, weil dieser kleine Engel, den sogar des Teufels Großmutter einmal berührt hatte, auf ihn eine unheimliche Anziehungskraft ausübte. Er sah in Lea so etwas wie einen Gegenspieler zu Hildegund Teufel. Gut und Böse. Ein Engel und die Leibhaftige.

Lea fand in Thomas einen äußerlich Erwachsenen, allerdings einen, der sie verstand. Natürlich, ihre Eltern verstanden sie auch – oder gaben sich jedenfalls viel Mühe, sie zu verstehen –, aber Thomas war anders. Er verstand sie einfach, und er sprach ganz normal mit ihr und so, dass sie ihn auch begriff, nicht wie die Großen, die das eine sagten, aber etwas anderes meinten und sich anschließend wunderten, weil Lea nicht folgen konnte. Thomas war anders, Thomas war wie sie. Ein Kind.

Zufrieden trottete sie neben ihrem Freund aus dem Dorf und musterte dabei die Umgebung. Sie hatte ihrer Mutter versprechen müssen, sobald ein Fremder sich näherte, nach Hause zu rennen und sich zu verstecken. Nur unter dieser Bedingung hatte Eva Seger schließlich mit einigen Bauchschmerzen Leas Bitte nachgegeben und sie Thomas Bachmann anvertraut. Und auch ihm nahm sie dasselbe Versprechen ab.

»Bist du wirklich verrückt?«, fragte Lea. Sie saßen auf

der Wiese, die ihnen Andreas Albicker gestern gezeigt hatte, und ließen die Tiere laufen. Thomas suchte den Boden nach Spinnen ab. Anschließend pflückte er sich einen besonders langen Grashalm, an dem er den Rest des Tages kauen würde. Seine schwarze Tasche lag neben ihm im Gras. Die Tatsache, dass in ihr seine Thermoskanne mit frischem Melissentee lag, beruhigte ihn.

Leas Frage beantwortete er mit einem Achselzucken. Er redete nicht gern, meist verstand ja doch keiner, was er sagte – die Worte schon, aber nicht, was sie bedeuteten. Außer Lea, die war anders. Vielleicht, weil sie ein Kind war. Das erste Kind, das er kennenlernte.

»Bubi hat gesagt, du wärst zwar nicht ganz richtig im Kopf, aber trotzdem ganz nett. Und er findet es lustig, dass wir so gut miteinander auskommen.«

Während der Tage auf den Wiesen bei Wellendingen war es fast immer Lea, die sprach und Thomas ihr geduldiger Zuhörer. Thomas sagte nie »Sei still!« oder »Ich hab jetzt keine Zeit.«

»Was bedeutet eigentlich verrückt?« Sie sah ihn an und Thomas wusste, dass er diesmal um eine Antwort nicht herumkam.

»Wenn du Dinge denkst oder siehst oder hörst, die alle anderen nicht denken, sehen oder hören.«

»Dann ist man verrückt?« Leas Stimme überschlug sich vor Überraschung. »Dann bin ich auch verrückt«, entschied sie.

Wieso, fragten seine Augen.

»Ich höre manchmal ganz deutlich, wie meine Tiere mit mir sprechen. Abends im Bett. Mama oder Papa hören das nicht. Und manchmal sehe ich Ungeheuer an den Wänden in meinem Zimmer.«

»Das ist nicht das Gleiche«, entschied Thomas. »Bei Kindern nennt man es Phantasie. Das ist ganz normal. Und bei ganz alten Leuten heißt es Demenz.«

Lea betrachtete ihren Freund. Er sah gar nicht verrückt aus. Im Gegenteil, er schien Dinge zu verstehen, die die wenigsten Großen verstanden.

»Woher weißt du das alles?«

»Ich hatte eine Großmutter«, sagte er. Er kramte in seinen geheimnisvollen Hosentaschen. Als er die Hand hervorzog und öffnete, lag ein unscheinbarer, kleiner Knopf auf seiner Handfläche. »Das ist alles, was ich noch von ihr habe. Ich besitze zwar noch viele, viele Erinnerungen, aber dies hier ist das Einzige, was man anfassen kann.«

»Was ist das?«

»Ein Knopf von ihrem Totenhemd.« Thomas küsste den Knopf, bevor er ihn wieder versteckte.

»Und was ist ein Totenhemd?«

»Das, was die Menschen angezogen bekommen. Wenn sie tot sind. Ein Totenhemd eben.«

»Puh!«, rief Lea und sprang auf. Sie rannte über die Wiese, trieb die Kühe zur Seite und kam in weitem Bogen zu Thomas zurück. »Puh. Ein Knopf von einem Totenhemd – das ist ja unheimlich.« Sie ließ sich neben Thomas ins Gras fallen und fuhr mit der Hand über ihren Bauch. »Ich hab Hunger.«

Seit einigen Tagen gab es nur noch Getreidebrei bei ihnen. Eckard Assauer hatte zusammen mit Susanne aus der Mühle im Dorf einen Sack Mehl geholt. Milch erhielten sie für die Arbeit in Albickers Stall, und so gab es nun täglich zwei-, dreimal Getreidebrei, mal mit einer Prise Salz, mal mit etwas Zucker. Lea hasste den Brei, der Fäden zog und sie an den Inhalt ihres Taschentuches erinnerte, aber sie hatte Hunger.

»Dann iss«, sagte Thomas.

»Was soll ich essen?«

Thomas deutete auf die Wiese.

»Ich soll Gras essen?«

Thomas nickte.

»Aber ich bin doch keine Kuh!« Trotzdem krabbelte sie auf allen vieren im Spiel durchs Gras und tat, als ob sie fressen würde. Sie lachte dabei.

Thomas riss einige Blätter ab und gab sie dem Kind.

»Die kannst du essen.« Lea sah ihn an. Wollte Thomas sie auf den Arm nehmen? Erst, als Thomas selbst von den Blättern aß, nahm sie eines und kostete.

»Das schmeckt ja ganz sauer!« Sie verzog das Gesicht, aß aber weiter. Es schien ihr zu schmecken.

»Sauerampfer«, erklärte Thomas. Er zeigte ihr die Pflanze und er zeigte ihr auch junge Löwenzahnblätter. »Das kannst du alles essen.«

»Glaubst du, dass unser Fernseher heute Abend wieder funktioniert?« Sie fragte ihn das fast täglich und erhielt immer die gleiche, unbefriedigende Antwort – sein Achselzucken. Auch die zweite wichtige Frage konnte Thomas nicht beantworten: »Und Papa? Kommt Papa heute zurück?«

»Vielleicht«, antwortete Thomas. Leas Augen leuchteten auf. Bisher hatte Thomas diese Frage noch nie beantwortet.

»Meinst du, er kommt heute?«

»Das weiß niemand, Lea.« Thomas lächelte. »Aber du musst jeden Tag damit rechnen und immer daran glauben, dass dein Papa es schafft und bald wieder bei dir ist.«

Leas Vorfreude verflog und sie sackte in sich zusammen. Ohne große Lust kaute sie weiter und betrachtete das Flugzeugwrack am gegenüberliegenden Hang. Sie musste an Eckard Assauer denken, den einzigen Überlebenden aus diesem Flugzeug. Er würde seine Tochter und seinen Enkelsohn nie wiedersehen. Im Himmel natürlich schon, irgendwann, aber nicht hier in Wellendingen. Sie fragte sich, was nun eigentlich schlimmer war: zu wissen, dass jemand gestorben war oder, so wie sie und ihre Mutter, auf jemanden zu warten und keine Ahnung davon zu haben, wie es dem, auf den sie warteten, eigentlich ging? Zwar sagte ihre Mama ihr jeden Abend, wenn sie sie ins Bett brachte, dass der Vater noch lebte, aber woher wollte das die Mutter wissen? Konnte sie etwas sehen und wissen, das andere Menschen nicht sahen und wussten? Dann, so schlussfolgerte Lea, musste ihre Mutter ebenfalls verrückt sein. Aber das würde sie für sich behalten.

Eva hatte Lea ein kleines Bild ihres Vaters neben das Bett gestellt. Lea hatte ihre Mutter vor drei Tagen nach der Augenfarbe ihres Vaters gefragt und sich dabei geschämt, weil sie diese vergessen hatte. Auch an den Klang seiner Stimme konnte sie sich schon nicht mehr erinnern. Das machte ihr Angst. Wieso ging alles weiter, obwohl er nicht hier war? Wieso verblasste die Erinnerung an ihn? Wieso konnte sie lachen, wieso immer öfter *nicht* an ihn denken?

Am Spätnachmittag trieben sie ihre kleine Herde zurück ins Dorf. Die Euter der Tiere waren prall, ihre Milch eine der wenigen Hoffnungen, die das Dorf noch besaß. Die restlichen Tiere Albickers hatten den Tag auf einer eingezäunten Koppel auf der anderen Seite des Ortes verbracht und standen, als Thomas und Lea zurückkamen, bereits an ihren Melkplätzen. Vor dem Stall warteten schon ein paar Dorfbewohner, die die Tiere versorgen und melken wollten und als Lohn eine Kanne Milch mitnehmen durften. Wegen der bisher erfolglosen Suche nach Frieder Faust kamen heute deutlich weniger Helfer als sonst.

Auch den Pfarrer und seine Haushälterin hatten die leeren Vorratsschränke zum Stall getrieben.

Thomas führte die einzelnen Tiere an ihre Plätze, unnötig eigentlich, wusste doch jede Kuh besser als er, wo sie hingehörte.

Dann nahm er Lea an die Hand und steuerte Fausts Haus an, um sie, wie versprochen, abzuliefern. Lea stürzte sich in Evas Arme und berichtete von Sauerampfer und Löwenzahn. Thomas ging weiter zum Pfarrhaus. Unterwegs musste er an Hildegund Teufels Haus vorbei, ein Moment, den er jeden Morgen und jeden Abend herbeisehnte, sich aber gleichzeitig auch davor fürchtete. Er wusste nie, welches Gefühl ihn erwartete. Je näher er an das Haus herankam, desto langsamer ging er und lauschte dabei den Worten seiner Nummer drei. Die Stimme schwelgte in Glück, und wenn des Teufels Großmutter manchmal vor ihrem Haus stand, konnte Nummer drei dieses Glück kaum noch fassen und hüpfte durch Thomas' Kopf, was jeden anderen Gedanken unmöglich machte.

Heute aber verhielten sich die Stimmen in seinem Kopf völlig anders. Er lauschte.

Er ist hier, flüsterte Nummer drei. Die Stimme zitterte. *Das Böse ist angekommen.*

Auch ohne die Worte in seinem Kopf merkte Thomas, dass heute etwas anders war. Das Haus und seine unmittelbare Umgebung, der kleine Kräutergarten und die allgegenwärtige Katze, all das, was ihm sonst einen angenehmen Schauer über den Rücken trieb, ängstigten ihn heute. Er senkte den Kopf und beeilte sich, die seltsame Stimmung zu durchqueren. Als er das Pfarrhaus erreichte, rannte er, hatte Angst vor dem, was ihm folgte. Er sah noch einmal zurück, zog die Tür zu und überzeugte sich danach mehrmals davon, dass die schwere Eingangstür auch wirklich verschlossen war.

In der folgenden Nacht weckte ihn Nummer eins.

Die Suche nach Frieder Faust hatte der Sonnenuntergang vorerst beendet. Lorenz Sutter vermutete, dass Faust in seinem Wahn vielleicht nach Bonndorf gelaufen wäre, Anne Gehringer wollte morgen eine bestimmte Stelle im Wald aufsuchen, weil irgendetwas in ihr sagte, dass er dort sei. Alles in allem wollte oder konnte sich am kommenden Tag nur noch ein gutes Dutzend an der Suche beteiligen, es gab viel zu viel Arbeit, die nicht warten konnte. Albickers mussten das gute Wetter nutzen und mit dem ersten Grasschnitt beginnen. Noch hatten sie ein wenig Diesel für die Traktoren, das regelmäßige Wenden des Grases aber sollte von Hand erfolgen.

Du musst zurückgehen, sagte Nummer eins.

Zurückgehen? Thomas versteckte sich unter seiner Decke und versuchte, die Worte zu ignorieren. Zurückgehen? Niemals! Niemand würde ihn jemals wieder nach Donaueschingen bringen! Nie wieder wollte er diesen Weg zurückgehen, nicht noch einmal über den Bus und all die Leichen klettern. Und überhaupt, was sollte er in Donaueschingen? Die Explosion der Tankstelle hatte sein Elternhaus zerstört. In Donaueschingen gab es kein Zuhause, niemand, dem etwas an ihm lag.

Du *sollst nicht nach Donaueschingen*, sagte Nummer eins. Seine Stimme war wie immer voller Geduld. *Steh auf und geh zurück zu ihr.*

Zur Großmutter! Zur Großmutter! Wir gehen nachts zur Großmutter!

Gehen wir lieber zu unserem Engelchen. Ich möchte wissen, ob es ihr gut geht. So gern, ach so gern möchte ich sie im Schlaf beobachten, ihre Reinheit, ihr kindliches Glück. Ich will sie streicheln und immer in ihrer Nähe sein und …

Du hast es doch auch gespürt, sagte Nummer eins eindringlich. *Du hast es vorhin deutlich gespürt, Thomas, als wir an ihrem Haus vorbeikamen. Geh jetzt zurück. Geh in den Kräutergarten und sieh nach.*

Thomas spürte die Angst in seinem Hals klopfen. Er hatte keine Ahnung, was Nummer eins von ihm wollte, warum der ihn in die Nacht hinausschickte. Thomas kam sich begriffsstutzig vor und dumm. Alles hatte sich in den letzten Tagen zum Guten gewendet. Er wurde gebraucht und in seinem Kopf blieb es leise und geordnet. Wie aber würde alles weitergehen, wenn das Chaos zurückkäme? Eva hatte keine Medikamente für seinen Kopf, nichts, das den Stimmen das Wort verbieten konnte. Und weit und breit kein Arzt, von dem er Hilfe erwarten durfte. Thomas war allein. Er klammerte sich an seine Aktentasche. Schlafen. Bitte, lasst mich endlich schlafen!

Aber Nummer eins gab nicht auf. *Hab keine Angst,* versuchte er Thomas zu beruhigen. *Uns wird nichts passieren.*

Schaaade.

Alles wird gut. Alles ist gut. Vertrau deinem Gefühl. Nur ein kleiner Spaziergang durch die Nacht, dann wird alles wieder gut.

Thomas ahnte – nein, er wusste –, dass sie ihn nicht schlafen lassen würden. Er hatte keine Wahl. Er stand auf und zog sich im Dunkeln an. Dann nahm er die Aktentasche und schlich in die Küche, wo eine letzte Taschenlampe lag. Er verließ das Haus.

Es war inzwischen kurz nach halb eins und das Dorf schlief. Viele hatten noch lange im Gasthaus, an dem Thomas gerade vorbeirannte, zusammengesessen und über Frieder Fausts Verbleib Vermutungen angestellt. Evas ernstes Gesicht und ihre Worte, wonach Faust, wenn man ihn nicht bald fand und ihm half, wenig Überlebenschancen hätte, setzten allen zu, am meisten natürlich seiner Frau. Susanne fühlte sich so allein. Einzig die Hoffnung, dass Bubi seinen Vater auf seiner nächtlichen Runde finden könnte, gab ihr etwas Kraft.

Als Thomas vor Hildegund Teufels Haus stand, war das Gefühl wieder da, wie ein Ruf.

Erinnerst du dich?, fragte Nummer eins, aber Thomas wusste nicht, was die Stimme meinte. *Du hast gesehen. Die Kräuter, unsere Melisse.*

Jetzt erinnerte sich Thomas! Wenn auch »erinnern« das falsche Wort war, konnte man sich doch nur erinnern, wenn man etwas bewusst wahrgenommen hatte. Er sah jetzt mit einem Schlag, was er am Abend schon gesehen, aber nicht erkannt hatte und wusste jetzt auch, warum ihn Nummer eins hierhergeschickt hatte!

Thomas rannte um das Haus. Er stieß die Gartenpforte auf und nahm die Lampe aus seiner Aktentasche. Der schwache Lichtkegel erhellte einen kleinen Trampelpfad und einige Blumen. Auf der Bank hinter Thomas streckte sich eine Katze und beobachtete den seltsamen Besucher. Thomas beachtete weder das Tier noch einen kleinen Lichtpunkt, der für einen kurzen Moment am Ortsrand, wo das einsame Haus Sattlers lag, aufflackerte. Thomas hatte ein Ziel und ging zwischen Gemüsebeeten und Blumen zu seiner Melisse. Tief sog er den Duft der Kräuter ein. Er wusste jetzt, wonach er suchte, wusste genau, weshalb er hier war.

Die hohen Kräuter lagen umgebogen halb auf dem Weg.

Er hatte Frieder Faust gefunden.

Hermann Fuchs lag auf der Lauer. Er hatte ein paar Stunden geschlafen und war rechtzeitig erwacht, um im letzten Licht des Tages einige Walderdbeeren zu finden. Jetzt, vierzig Minuten nach Mitternacht, versteckte er sich hinter Georg Sattlers Haus und wartete auf Martin Kiefer und Bubi Faust. Sie waren pünktlich.

»... ich denke, ihm fehlt sein Bier«, sagte Bubi gerade, als sie in Hörweite kamen. Kiefer öffnete die Haustür. »Wie ein eingesperrtes Raubtier ist er durch unser Haus gelaufen und hat nach Alkohol gesucht. Letztens hab ich ihn mit einer Flasche Rasierwasser erwischt. Er sagte zwar, er wolle sich rasieren, aber sein Bart war danach keinen Zentimeter kürzer. Und jetzt ist Vater weg.«

»Hättest ihm ja ein oder zwei Flaschen von unserem Vorrat mitnehmen können«, meinte Kiefer gönnerhaft. Unten, im Keller des Hauses, hatten sie die Beute aus dem Einbruch im Gasthaus Krone gelagert: neben reichlich haltbaren Lebensmitteln auch einige Kisten Wein, Hochprozentiges und Bier.

»Dazu ist es jetzt ja zu spät, wer weiß, wo er sich gerade rumtreibt.« Bubi klopfte sich wie gewohnt den Staub von den Schuhen, bevor er eintrat. »Aber ich fand die letzten Tage ganz gut so. Mein Vater war mit seinen Problemen beschäftigt und hat mich endlich mal in Ruhe gelassen.«

Kiefer zuckte mit den Schultern. »Wenn du was brauchen solltest, du weißt ja, wo alles ist. Aber vergiss nicht: Auch unsere Vorräte sind nicht unerschöpflich. Wenn du was rausgibst, sieh zu, dass dabei was für uns herausspringt.«

Bubi nickte.

Die beiden Männer gingen ins Haus und nahmen am Küchentisch Platz. Kiefer zündete eine Kerze an. Bubis Maschinengewehr lag zwischen ihnen. Kiefer hatte die schweren Vorhänge zugezogen. Niemandem im Dorf durfte der Lichtschein in dem unbewohnten Haus auffallen. Hermann Fuchs sah sich plötzlich ausgesperrt.

»Warst du heute eigentlich in Bonndorf?«, fragte Bubi. »Wie geht's bei denen mit dem Strom voran? Ich warte jeden Tag darauf, dass dort die Lichter wieder angehen.«

Kiefer lachte. »Stadler ist scheinbar doch nicht so helle, wie er immer tut.«

Christian Stadler, Elektriker aus Bonndorf, arbeitete mit einem eigenen Team nun schon den fünften Tag an der Stromversorgung der Stadt. Seinem Vorschlag, das unterhalb des Windrades gelegene Viertel vom allgemeinen Stromnetz abzukoppeln und durch die Windkraftanlage mit Elektrizität zu versorgen, hatten die Vertreter der Stadt mit reichlich Bauchschmerzen zugestimmt. Es bedeutete, dass der größte Teil des Ortes vorerst aufgegeben werden musste. Aber schließlich sah fast jeder ein, dass der Strom, den dieses einzelne Windrad produzierte (Schick uns Wind, lieber Gott. Jeden Tag ein bisschen Wind!), niemals ausreichen konnte, allen Haushalten zu Licht und Wärme zu verhelfen. Also wurde Stadlers Vorhaben abgesegnet. Außerdem war es jedem Einwohner der Stadt gestattet, in dieses kommende Stromviertel umzuziehen; schließlich sollte keiner benachteiligt werden. Ab sofort standen jeder Familie, die unterhalb des Windrades lebte, nur noch zwei eigene Zimmer zu. Küchen und Bäder sollten gemeinschaftlich genutzt werden.

Christian Stadler aber hinkte seinen eigenen vollmundigen Versprechungen hinterher.

»Vielleicht hätte er seine Pläne schon realisiert, wer weiß. Nur leider, sein Pech, steht einer seiner Helfer auf meiner Gehaltsliste.« Kiefer grinste und Bubis Augen wurden immer größer.

Hermann Fuchs' Gebete, dass die Haustür unverschlossen und bitte, bitte geölt wäre, wurden beide erhört. Ohne sich zu verraten, schlich er in das Haus, drückte die Tür hinter sich zu und versteckte sich unter der Treppe zum oberen Stockwerk. Hier, in absoluter Dunkelheit, hatte er die Küchentür im Blick und konnte jedes Wort der beiden Männer hören.

»Du sabotierst Stadlers Arbeit?!«

»Sabotieren klingt ein wenig hart. Sagen wir lieber: Ich sorge dafür, dass die Lichter erst dann wieder angehen, wenn ich es will.«

»Aber warum?« Bubi hatte keinen blassen Schimmer, was Kiefer jetzt wieder plante. Dessen Gedankengänge waren ihm fremd, aber, das gestand er neidlos ein, Kiefer war einfach cleverer als er selbst. Martin Kiefer würde immer und überall auf die Füße fallen! Diese neue Zeit war für ihn wie geschaffen.

»Warum das alles?«, fragte Bubi noch einmal, als Kiefer nicht sofort antwortete. »Es wäre doch gut für die Bonndorfer, wenn die wenigstens in einem Teil der Stadt wieder Licht hätten.«

»Stimmt schon, aber was hätten wir davon? Die bekommen ihr Licht schon noch früh genug, aber die Lorbeeren sollen nicht Stadler oder die im Rat ernten, sondern wir, Bubi. Und bis dahin wird Stadler bei jedem neuen Versuch vor seinen Stromkabeln und Verteilern und Klemmen stehen und sich fragen, was zum Teufel er nur falsch gemacht hat.« Kiefer lachte. Plötzlich aber wurde er wieder ernst. Er beugte sich über den Tisch. Stadler war ihm egal, wie jeder dieser aufgeregten Wichtigtuer in der Stadt. Und auch hier in Wellendingen interessierte ihn kein Basler und kein Frieder Faust und wie sie alle heißen mochten. Ihn interessierte nur eins. Nur eine.

»Wie geht es Eva? Hast du sie heute gesehen?« Er beugte sich nach vorn, starrte Bubi an und wartete auf dessen Antwort. »Jetzt sag schon. Lass dir, verdammt noch mal, nicht jedes Wort einzeln aus der Nase ziehen! Ich bin nicht zum Popeln hergekommen. Wie geht's ihr? Ich hab sie seit zwei Tagen nicht gesehen. Und wenn, geht sie mir aus dem Weg.«

Bubi zögerte. Kiefer, Vater. Vater, Kiefer. Scheiße, das alles! Er hätte schreien können, weinen, wegrennen und dem ganzen Spuk am liebsten ein Ende bereitet! Er hatte sich vorgenommen, mit seinem Vater über alles zu sprechen. Über wirklich alles. Aber Frieder Faust hatte aus besagten Gründen in den letzten Tagen für niemanden mehr Zeit. Noch nicht einmal für seinen Sohn. Bubi hatte seinen Vater beobachtet, wie dieser immer unruhiger wurde und schließlich nur noch Ohren für die Schreie nach Alkohol hatte, Schreie, die sein Körper immer lauter hinausbrüllte. Bubi fühlte sich hin- und hergerissen und schwankte ständig zwischen Kiefers Versprechungen und dem eigenen Gewissen. Mal schlug das Pendel zu der einen, dann wieder zur anderen Seite aus. Seit er wusste, dass sein Freund nicht nur eine neue Ordnung als Ziel hatte, sondern auch Eva Seger entführen wollte, hatte Bubi ein Problem. Zwar kein sonderlich großes, aber doch immerhin ein Problem. Eva war ihm egal, mehr oder weniger jedenfalls. Lea hingegen ganz und gar nicht. Lea, für Bubi fast so etwas wie eine Schwester, durfte nichts geschehen. Natürlich, Kiefer hatte ihm versprochen, dass der Kleinen nichts passierte, aber konnte man Martin

Kiefer wirklich trauen? Am liebsten wäre es Bubi, er und Kiefer könnten Wellendingen sofort, noch in dieser Nacht, verlassen!

»Willst du sie nicht endlich aufgeben? Die Frau bringt dir bestimmt Unglück. Ich fühle es«, fügte Bubi hinzu. Er gab selten etwas auf seine verkümmerte innere Stimme, aber diesmal rief diese Stimme ziemlich laut. Viel lauter als sonst.

»Aufgeben? Ich?« Wieder lachte Kiefer sein böses Lachen. In seinem Haus wartete etwas auf Eva, wartete seit Jahren, so wie er. »Nein, Bubi, Eva werde ich niemals aufgeben. Entweder du akzeptierst diese kleine Marotte von mir oder, wenn du dazu nicht fähig bist, bitte, dann kannst du ja gehen.«

Diese Reaktion Kiefers hatte Bubi befürchtet. Trotzdem überraschte ihn die Schärfe, mit der ihn Kiefer ins Bild setzte. Akzeptieren oder gehen.

Bubi akzeptierte. Den einzigen Freund, der Einzige, der ihn ernst nahm und wie einen gleichwertigen Partner behandelte, wollte er nicht verlieren. Und er hatte die mögliche Zukunft an der Seite dieses Freundes nicht vergessen, eine Zukunft, die Martin Kiefer Bubi mehr als einmal in den herrlichsten Farben ausgemalt hatte.

Hermann Fuchs' Wunde juckte. Er kauerte in seinem Versteck und hoffte, dass die beiden endlich zum Ende kamen. Sein Plan sah vor, sich hier einschließen zu lassen und im Morgengrauen das Haus zu durchsuchen. Sie hatten von Vorräten im Keller gesprochen, und beim Gedanken an etwas Essbares, was nicht nach Wald und Moder und Moos roch oder schmeckte, zog sich sein Mund zusammen. Doch weder dieser Kiefer noch sein milchgesichtiger Zögling machten Anstalten, das Haus endlich zu verlassen.

Vielleicht könnte er in der Küche eine Kerze und Streichhölzer finden, überlegte Fuchs. Dann wollte er gleich in den Keller steigen. Zu seinen Vorräten. Das Geld war plötzlich nicht mehr ganz so wichtig.

Kiefer und Bubi schwiegen zwei, drei Minuten. Kiefer starrte in die Kerze, als könne sie ihm erzählen, wie er Eva in seine Gewalt bekommen konnte.

»Du überlegst, wie du an Eva rankommst?«

Kiefer nickte.

»Keine Chance im Moment.«

»Ich kann warten«, sagte Kiefer. »Eva wird mir nicht davonlaufen. Sie kann nirgendwo hin. Und von Hans gibt es keine Spur. Oder?«

Wie erwartet, schüttelte Bubi den Kopf.

»Nichts. Wer weiß, ob er noch lebt.« Kiefer grinste.

»Wäre schade, wenn er irgendwo in Schweden abkratzt und niemals erfährt, dass sein Evchen wieder bei mir weilt! Wäre wirklich schade. Ich möchte nicht derjenige sein, der ihm die frohe Botschaft ihrer Rückkehr zu mir überbringen muss. Aber sein Gesicht dabei, das möchte ich schon ganz gern sehen. Das wäre fast so viel wert wie Eva selbst.«

Bubi rutschte auf seinem Stuhl hin und her. Das Gespräch über Kiefers große Sehnsucht war ihm unangenehm. Er verstand Kiefer in dieser Beziehung nicht, wollte es auch gar nicht. Und er wollte auch ganz bestimmt nichts von dem erfahren, was sein Freund mit Eva vorhatte! Er verabscheute dieses Thema. Aber Kiefer war nun mal der Boss.

Da legte Kiefer plötzlich den Zeigefinger auf seine Lippen. Sein eben noch verträumter Blick war mit einem Schlag hellwach und konzentriert.

»Was …« Kiefer unterbrach Bubi mit einer unwilligen Geste. Er hat etwas gehört. Ein Kratzen und Schaben. Jetzt war es weg.

Hermann Fuchs saß wie versteinert in seinem Versteck. Die Wunde an seiner Wange juckte. Er konnte sich auf nichts anderes mehr konzentrieren. Und wollte es doch vergessen. Aber Fuchs hatte sich kratzen müssen, und das Geräusch, das er dabei in seinem unrasierten Gesicht verursachte, hatte das Gespräch in der Küche mit einem Schlag unterbrochen. Es war das Kratzen. Bestimmt! Ganz bestimmt sogar!

Das Jucken wurde stärker. Jetzt, wo er wusste, dass er sich unter keinen Umständen mehr kratzen durfte, war es, als ob sich die Wunde zu neuen Höchstleistungen in Sachen Juckreiz aufschwingen wollte. Fuchs hielt seine Hände zwischen den Knien versteckt. Nein! Lass sie dort, egal, wie stark der Magnet im Gesicht auch zieht.

Fuchs legte den Kopf auf die Seite und presste die verschorfte Wunde auf seine Schulter. Aaah, so ging es besser. Das Kribbeln ließ etwas nach und Hermann Fuchs entspannte sich ein wenig.

»Eine Maus«, sagte Martin Kiefer. Er lächelte Bubi an. »Hast du das Scharren nicht gehört?«

Bubi schüttelte den Kopf.

»Ich dachte schon, uns wär' einer aus dem Dorf gefolgt. Aber es war wohl nur eine Maus.«

Auch Kiefer entspannte sich.

»Was hast du als Nächstes vor? Und wie lange wird es noch dauern, bis wir uns aus dem Staub machen?«, fragte Bubi. »Weißt du, ich bin kein so guter Schauspieler wie du. Irgendwann wird mich jemand durchschauen. Im Moment dreht sich alles um Vater, aber …«

»Es gibt in Bonndorf einige Leute, die wie ich gern eine ganz neue Ordnung aufbauen möchten«, log Kiefer. »Unsere Ordnung, Bubi, du weißt, wovon ich rede. Eine Ordnung, in der du auf der Sonnenseite stehen kannst. Es sind bis jetzt zwölf Männer und Frauen und du und ich. Die Frage ist nur, wo wir uns niederlassen. Bonndorf scheidet aus, viel zu groß für den Anfang. Ich denke, irgendein kleineres Dorf hier in der Umgebung wäre fürs Erste genau richtig. Es sollte gut zu verteidigen sein.«

»Und die Einwohner?«

»Die werden mitmachen und schön für uns arbeiten«, freute sich Kiefer. »Wer will in diesen Zeiten schon allein sein und mit seiner Familie davonlaufen, he? Die bleiben lieber dort, wo sie zu Hause sind und sich auskennen.«

Hermann Fuchs konnte nicht mehr. Er presste die Wange gegen seine Schulter, aber es half nichts. Der Juckreiz fraß ihn auf. Es war zum Verrücktwerden. Kratze. Los doch, kratze und alles wird gut, rief er ihm zu. Fuchs hielt die Augen geschlossen. Dann riss er die Hand zwischen den Knien hervor und scharrte den trockenen Schorf vom Gesicht. Er atmete tief durch, sein Atem zitterte. Oh, tat das gut!

Das war keine Maus!

Martin Kiefer sprang vom Stuhl und packte das Gewehr. Der Stuhl stürzte auf den Steinboden, dann das bekannte Geräusch, als Kiefer die Waffe entsicherte.

Hermann Fuchs versuchte sich so klein wie möglich zu machen. Er zog den Mantel über seinen Kopf. Warum hatte er nur nachgegeben? Die Wunde hatte ihn verraten, die böse Wunde, die ihm die Kerle da zugefügt hatten. Als riefe diese Wunde nach ihrem Herrn.

»Nimm die Lampe«, flüsterte Kiefer. Er sicherte den Flur. Nichts, alles leer.

Fuchs hielt die Luft an. Diesmal würden sie ihn nicht laufen lassen, so viel Glück hatte man nur einmal im Leben! Sie würden ihn töten, gleich hier, in ihrem heimlichen Lager. Er wusste alles: das mit dem Lager, dieser Eva und den Plänen der beiden Männer für eine neue Ordnung. Unter anderen Vorzeichen hätte er sich ihnen vielleicht anschließen können, hätte er möglicherweise sogar auf sein Geld verzichtet, aber sollten sie ihn jetzt entdecken – und Hermann Fuchs wusste, dass es gleich so weit war –, dann konnte er nur noch um Gnade winseln.

Kiefer riss die Tür zur Stube auf und Bubi leuchtete hinein. Nichts. Dann ins Bad mit demselben Ergebnis. Der Lichtkegel streifte Fuchs und ging die Treppe hinauf. Fuchs hörte, wie einer der Männer schon den Fuß auf die erste Stufe setzte. Gab es etwa doch noch Hoffnung? Wären sie oben, könnte er hinausstürzen und sich in die Dunkelheit flüchten, wäre wieder einmal gerettet!

Ein Schritt auf die zweite Stufe. Sie knarrte über Fuchs' Versteck und versprach Erlösung. Geht! Geht weiter. Am liebsten wäre er sofort losgerannt, an ihnen vorbei. Aber sie waren zu zweit.

Da, die dritte Stufe. Sie schlichen und sicherten und lauschten nach jedem Schritt in Georg Sattlers leerem Haus.

»Warte«, hörte Fuchs eine Stimme über sich, dann drei Schritte, die die Treppe wieder herunterkamen. Diese Schritte bedeuteten Gefahr! »Leuchte da drunter«, befahl dieselbe Stimme.

Im Schein der Lampe erschien Hermann Fuchs oder besser sein Mantel, ein fleckiges, graubraunes Etwas.

»Nur ein Sack«, sagte Bubi. Er wollte sich schon wieder der Treppe zuwenden, aber Kiefer hielt ihn am Handgelenk zurück und dirigierte den Lichtkegel zurück auf Fuchs.

»Nur ein Sack«, wiederholte Kiefer. »Und seit wann tragen Säcke Schuhe?«

Jetzt fiel es auch Bubi auf. Unter dem Sack ragte die Spitze eines Schuhs hervor!

Hermann Fuchs gab auf. Sie hatten ihn, es war vorbei. Wozu also noch länger warten? Er streckte die leeren Handflächen aus seinem Mantel und hob den Kopf. Der Mantel rutschte zurück auf seine Schultern.

»Mach keine Dummheiten«, schrie Bubi. Seine Hand zitterte.

»Sieh mal an. Du hattest recht, Bubi, es ist nur ein alter Sack. Wenn auch ein ziemlich mieser Sack und ein bekannter Sack noch dazu.«

Hermann Fuchs kroch aus seinem Versteck. Ganz langsam richtete er sich auf, er durfte niemanden provozieren.

Nun erkannte ihn auch Bubi. Richtig, das war der Typ vom Hardt, der den Bullen aus Donaueschingen abgemurkst hatte und dessen Geld unten im Keller sicher verstaut war. Wie hatte er sie nur gefunden?

»Dass du dich noch in unsere Nähe traust!« Kiefer ging zu Fuchs, der mit erhobenen Händen an der Treppe stand. Kiefer leuchtete ihm ins Gesicht, betrachtete die jetzt wieder nässende Wunde im Gesicht des Landstreichers.

»Bitte, lasst mich gehen, ja? Ihr könnt meinetwegen auch mein Geld behalten. Versprochen, ich schenk es euch.«

Kiefer lachte. »Wüsste nicht, dass du noch über nennenswerte Geldreserven verfügst. Du bist ein mittelloser Penner, mein Guter, ein Niemand, den keiner vermissen wird.« Kiefer drückte Fuchs die Mündung seiner Waffe an die Nase. »Halt den Kopf still, Alter!« Er schob die Mündung in Fuchs' linkes Nasenloch. »Du bist ganz schön dreist, Alter, weißt du das? Anstatt dankbar zu sein, dass du noch lebst, spionierst du uns hinterher. Und als sei das nicht genug, willst du dich auch noch mit Geld freikaufen, das dir schon ein paar Tage nicht mehr gehört. Eine Frechheit ist das, eine Frechheit, meinst du nicht auch, Bubi?« Kiefer lachte und zog Fuchs hinter sich her in die Küche wie einen Fisch am Haken. Bubis Antwort interessierte ihn nicht. »Du stinkst, du Penner! Wo hast du die ganzen Tage zugebracht, he? In einem Grab? Na, dann wirst du dich ja nachher nicht sonderlich umgewöhnen müssen, wenn du dein neues Zuhause beziehst.«

Fuchs wimmerte wie ein geschlagenes Kind. »Bitte, lasst mich laufen. Sag mir, in welche Richtung ich rennen soll und schon bin ich verschwunden. Auf Nimmerwiedersehen. Ich schwöre es.« Der Gewehrlauf, den Kiefer ganz langsam tiefer in sein Nasenloch schob, machte Fuchs wahnsinnig. Es war unmöglich, einen klaren Gedanken zu fassen! Der Schmerz hatte selbst den quälenden Juckreiz der Wunde vertrieben.

»Du hast deine Chance gehabt«, sagte Kiefer und, um die Grausamkeit seiner Antwort zu unterstreichen, verstärkte er nochmals den Druck seiner Waffe. »Du hättest vorgestern laufen können, wohin du wolltest. Gestern auch. Selbst vor einer Stunde standen dir noch alle Himmelsrichtungen offen. Aber nein, der Herr Stinkmorchel zieht es vor, in unserer Nähe zu bleiben und uns zu belauschen. Und wahrscheinlich hattest du vor, unsere Vorräte zu stehlen. Stimmt's?«

»Nein«, winselte Fuchs. Kiefer zog die Waffe in die Höhe und zwang Hermann Fuchs damit auf die Zehenspitzen. »Nein. Bitte, glaub mir doch.«

»Ob der alte Sattler hier wohl irgendwo Hacke und Spaten hat?«

»Bestimmt. Wofür brauchst du das Zeug?« Bubi leuchtete jetzt Kiefer an.

»Ihn sollst du im Auge behalten, nicht mich!« Der Lichtkegel schwenkte zurück auf Fuchs' von Angst und Schmerz entstelltes Gesicht. Tränen rannen darüber und hinterließen dünne, weiße Linien auf dessen verstaubter Haut.

»Der hat seine Gartengeräte in dem alten Schuppen. Ist bestimmt auch ein Spaten dabei.«

»Und eine Hacke?«

»Die auch. Und wozu?«

Ohne zu antworten, wandte sich Kiefer der Haustür zu und zog Hermann Fuchs hinter sich her.

»Wie heißt du eigentlich?«, fragte Kiefer. »Wir wissen gar nicht, was wir auf deinen Grabstein schreiben sollen. Stinkmorchel? Penner? Los, sag schon: Was soll auf deinem Grabstein stehen?«

Kiefer ging voraus und Fuchs folgte dem Zug des Gewehrlaufes in seiner Nase hinter das Haus.

Bubi brachte wie befohlen Spitzhacke und Spaten. Kiefer nickte, zog mit einem Ruck den Gewehrlauf aus Fuchs' Nase und Bubi drückte dem Verurteilten Hacke und Spaten in die Hand. Aus dessen Nasenloch strömte frisches Blut. Seine Hände zitterten, als er das Werkzeug nahm.

»Soll, soll ich mein eigenes Grab schaufeln?« Er konnte

nicht glauben, was die beiden Männer ganz offensichtlich mit ihm vorhatten.

»Könnte man durchaus so formulieren«, sagte Kiefer. Er hatte Spaß an diesem netten, kleinen Zeitvertreib. Wer hätte gedacht, dass diese Nacht eine so unterhaltsame Wendung nehmen würde?

Bubi hingegen ging das Spiel des Freundes langsam zu weit. Wieder war es für ihn an der Zeit, sich unwohl zu fühlen. Kiefer, fand er, konnte in der einen Minute der beste Freund der Welt sein, jemand, der sich fraglos für ihn opfern würde. Eine Minute später war er ein Sadist, ein wirklich irres Arschloch, vor dem selbst er Angst bekam.

»Sollten wir ihn nicht lieber doch …«

»Nein!« Kiefer kniff die Augen zusammen. »Und du«, er trat Fuchs in die Kniekehle, »fang jetzt endlich an zu graben.«

Hermann Fuchs legte den Spaten zur Seite und begann, den lockeren Gartenboden aufzuhacken. Er schaufelte junge Möhren und Ringelblumen auf einen Haufen, mitten in Sattlers Bohnenkultur.

Er arbeitete langsam. Er brauchte Zeit zum Überlegen. Heute war kein guter Tag zum Sterben. Er hatte Hunger, kein Geld und stank fürchterlich. So wollte er nicht abtreten.

Kiefer und Bubi beobachteten ihn. Sollte er ihnen eine Ladung Erde ins Gesicht schleudern und weglaufen?

»Du hast uns immer noch nicht erzählt, wie du heißt«, nahm Kiefer den Faden wieder auf. »Was soll nun auf deinem Grab stehen?«

»Fuchs.«

»Wie bitte? Ich hab dich nicht verstanden!«

»Fuchs«, sagte er laut und deutlich. »Hermann Fuchs.«

»Fuchs! Na, dann dürftest du doch keine Schwierigkeiten damit haben, dir eine gemütliche Erdhöhle zu bauen, oder?«

Fuchs ließ das Werkzeug sinken und ging in der noch

flachen Grube auf die Knie. »Bitte, lasst mich doch gehen! Niemandem werde ich etwas verraten. Oder lass mich für dich arbeiten.« Er sprach jetzt nur noch mit Kiefer, als wäre Bubi gar nicht anwesend. »Ich kann dir wertvolle Dienste leisten in Bonndorf. Keiner kennt mich, niemand weiß, dass ich zu dir gehöre.«

Kiefer hörte mit unbeweglicher Miene zu, nicht einmal Bubi wusste in diesem Moment, was in seinem Freund vorging.

Und Fuchs redete um sein Leben.

»Oder ihr könnt mich in Wellendingen einschleusen. Da hat mich auch noch niemand gesehen. Wenn du willst, erledige ich die Drecksarbeit für dich.«

»Die Krankenschwester, Eva, sie wird dich wiedererkennen«, sagte Bubi.

»Aber nicht, wenn ich mich wasche und rasiere und ihr mir andere Kleider gebt. Und die Narbe ist ebenfalls neu!« War das der rettende Strohhalm? Irrte er sich oder hörte dieser Mann ihm plötzlich zu? »Ihr könnt mich im Ort unterbringen, und wenn du willst, kann ich im Stall arbeiten.« Er wandte sich an Bubi: »Sagtest du nicht, dass sie dort jeden Abend Milch holt? Ich könnte sie beobachten, diese Eva, die dir so wichtig zu sein …« Mit dem Gewehrlauf beendete Martin Kiefer Fuchs' Monolog. Er schlug dem Mann den Lauf in die Magengrube. Was fiel diesem Bastard ein, Evas Namen in den Mund zu nehmen?

»Du wärst es nicht einmal wert, ihr als Fußabtreter zu dienen, du mieses Stück Scheiße«, schrie Kiefer.

»Psst! Leise! Willst du, dass uns jemand hört? Es reicht schon, dass wir hier mit der Lampe rumfuchteln. Zum Glück sind wir hinter dem Haus!«

»Dann wird man den Schuss auch nicht so einfach hören und, wenn doch, nicht wissen, aus welcher Richtung er kam.« Kiefer hielt Fuchs die Mündung an die Schläfe. »Oder willst du mal, Bubi, he? Wär deine Feuertaufe.«

Bubi ignorierte die Frage. Ihm war ein anderer Gedanke gekommen. »Vielleicht ist die Idee des Alten doch nicht so dumm?« Kiefer sah zu seinem Freund hinüber. Seit wann hatte der eigene Gedanken? »Er könnte tatsächlich im Stall arbeiten. Und dort Eva beobachten. Vielleicht ergibt sich was und wir kommen endlich voran!« Das wäre die Lösung, dachte Bubi. Dieser Fuchs, der tatsächlich abscheulich stank, müsste nicht sterben, er selbst musste Eva nicht verraten und, sollte Kiefer dann endlich seine Exfrau zurückhaben, wäre es endlich vorbei mit Wacheschieben, während der Rest des Dorfes schlief. Dann war es endlich an der Zeit für Kiefers neue Ordnung!

»Was meinst du, Martin? Sag schon! Der Kerl wird keinen Verdacht auf sich lenken und Eva ist sowieso ziemlich beschäftigt. Sie hat doch im Pfarrhaus ihre kleine Arztpraxis, in der sie ihre Patienten untersucht und verarztet. Außerdem glaubt niemand, dass der hier noch in der Nähe ist.«

Martin Kiefer ließ sich Bubis Worte durch den Kopf gehen. Zu gern hätte er zugesehen, wie dieser Fuchs sich sein Grab schaufelte. Aber Bubis Argumente leuchteten ihm ein. Es ging um Eva – sie war der Dreh- und Angelpunkt, um den alles rotierte, dieser Fuchs nur ein unbedeutendes Häufchen Hühnerdreck. Aber konnte er wirklich von Nutzen sein?

Warum eigentlich nicht?

»Was hast du von unserem Gespräch vorhin im Haus alles mitbekommen?«

»Nichts. Ich schwöre es, ich habe kein Wort verstanden!«

»Und woher kennst du dann Evas Namen?« Kiefers Gesicht kam näher. »Wenn du auf eine Überlebenschance hoffst, solltest du endlich mit deinen dreckigen Lügen aufhören! Kapiert?«

»Ja, natürlich, ich werde nicht mehr lügen, nie wieder, auf keinen Fall, ich …«

»Was hast du nun gehört?«

»Alles. Ich habe unter der Treppe jedes Wort verstanden«, sagte Fuchs. Die Wahrheit machte ihn kleinlaut.

»Dacht ich mir's doch.« Kiefer zögerte, spielte mit der Waffe. Er betrachtete diesen Fuchs und das Blut unter dessen Nase. Noch immer lag der auf den Knien in seinem zukünftigen Grab und sein Blick bettelte um Gnade. Aber in dieser Nacht hatte er wieder einmal Glück.

Dann bemerkten sie mehrere Lichter im Dorf.

Thomas hatte Hildegund Teufel nicht geweckt. Er ignorierte das Flehen seiner Nummer drei und war zu dem nicht weit entfernten Haus gerannt, in dem er die Krankenschwester wusste. Er weckte Eva. Für Thomas stand fest, dass nur die Krankenschwester diesen Mann retten konnte.

Er führte Eva zu Faust, während Assauer Susanne weckte.

Eine Viertelstunde nach Thomas' Fund wurde Faust in einer Schubkarre zu seinem Haus gefahren und hineingetragen. Sie legten den Bewusstlosen auf sein Bett.

Eva schickte alle aus dem Zimmer, nur Susanne sollte bleiben. Anschließend untersuchte sie Faust. Er war unterkühlt und roch nach Erbrochenem und seinen Exkrementen, schien aber unverletzt. Gemeinsam zogen ihn die Frauen aus, wuschen ihn mit kaltem Wasser und packten ihn anschließend wie ein Baby in dicke Decken. Kurz darauf erschienen Bubi und Kiefer.

Die Unruhe im Dorf war den beiden nicht verborgen geblieben. Kiefer hatte Fuchs daraufhin in den Arm genommen, ihm etwas ins Ohr geflüstert und gelacht. Fuchs strahlte! Sie ließen ihn laufen und verabredeten sich mit ihm für den nächsten Abend.

Als sie eintrafen, schickte Eva ihren ersten Mann zum Pfarrer, so ernst nahm sie Fausts Zustand. Bubi wollte Kiefer begleiten. Als sie am Gasthaus vorbeikamen, blieb Kiefer stehen. »Schaffst du doch auch allein, oder?«

Bubi nickte.

»Hab keine Lust, wieder mit zurückzukommen.«

»Wegen Eva?«

»Genau. Also, wir sehen uns morgen.«

Als Bubi mit dem Pfarrer im Elternhaus eintraf, empfing ihn seine Mutter. Sie saß zusammen mit Thomas am Küchentisch, zwischen ihnen brannte eine Kerze. Als sie Bubi sah, ging sie ihm entgegen und nahm ihn in den Arm.

»Thomas hat Papa gefunden. Stell dir vor, er lag die ganze Zeit im Kräutergarten der alten Teufel.«

Er wand sich aus ihrem Arm.

»Wo ist er jetzt?«

»Oben. Eva ist bei ihm.«

Frieder Faust war in den vierundzwanzig Stunden, die er allein und unter freiem Himmel zugebracht hatte, um Jahre gealtert. Der fehlende Alkohol hatte seinen kräftigen Körper in ein zitterndes Etwas verwandelt, aus dessen Öffnungen giftige Ausscheidungen sickerten. Immer wieder erbrach er sich und würgte grünen Schleim auf das weiße Betttuch. Jeder Tropfen Urin, den seine Nieren produzierten, tröpfelte sofort aus ihm heraus, als gäbe es in ihm keine Blase mehr. Als sie ihn gefunden hatten, war sein Gesäß von Kot verkrustet gewesen.

Bubi ging zu seinem Vater. Er setzte sich auf einen Stuhl neben Fausts Bett. Einen Moment spürte er den Wunsch, dessen Hand zu nehmen. Diese Hand war das Einzige, das neben dem Gesicht aus dem Wust an Decken und Tüchern herausragte. Aber Bubi überwand diesen Wunsch und leuchtete seinem Vater nur kurz ins Gesicht. Bubi erschrak bei seinem Anblick. Eingefallene Wangen und Falten, die sich über Nacht in tiefe Furchen verwandelt hatten, zeigten einen alten Mann. Vor ihm lag ein Kranker, unrasiert und mit schweißnassen Haaren, die fremd wirkten, wie auf den Kopf geklebt. Augen rasten unter geschlossenen Lidern wild umher und aus einem Mundwinkel tropfte Speichel.

Eva hatte Faust auf die Seite gelegt, damit er, sollte er sich wieder übergeben, das Zeug nicht in die Lunge bekam. »Wahrscheinlich«, erklärte sie später Bubi und Susanne, »hat er aber schon was davon abbekommen.« Sie hatte ihr Ohr auf seinen Brustkorb gelegt und ihr Blick war noch ernster geworden. »Sobald er wach wird und etwas schlucken kann, muss er Antibiotika nehmen, sonst bekommt er eine Lungenentzündung.« Faust hatte einen vollen Tag lang schutzlos und halbnackt im Freien gelegen, seine Stirn glühte. Er fieberte. In seinem Inneren tobte ein Kampf, der sein Blut auf mehr als vierzig Grad aufgeheizt hatte, schätzte Eva. Wer den Kampf letztendlich gewinnen sollte, wusste auch sie nicht.

Bubi blieb bei seinem Vater, während die anderen in der Küche beratschlagten. Die Gesellschaft seines Vaters war ihm angenehmer als das Geschwätz der Frauen und des Pfarrers. Er wollte nichts von ihren Zukunftsängsten hören, auf die der Pfarrer immer gleich mit Gottes Plan antwortete, und er wollte nicht in Evas Nähe sein.

Faust stöhnte und riss Bubi aus seinen Gedanken. Aber es war nur ein Traum, der nicht reichte, den Mann aus seiner Bewusstlosigkeit zu holen.

Fausts brauner Teint hatte sich in ein krankes Grau gewandelt. Die Augen lagen tief in ihren Höhlen, dunkel umrandet. Bubi ekelte sich vor dem scharfen Geruch, den sein Vater verströmte, ein Geruch, der das Zimmer vergiftete und ihm fast die Luft zum Atmen nahm. Er öffnete das Fenster.

Zum ersten Mal dachte er an die Möglichkeit, dass sein Vater das hier alles nicht überleben könnte. Er betrachtete ihn und fragte sich, wer sich dann um seine Mutter kümmern sollte, wenn Vater tot und er selbst mit Kiefer verschwunden war. Vielleicht kann ich Mutter mitnehmen, überlegte er, oder ab und zu nachts zu ihr ins Dorf schleichen und ihr ein paar Vorräte bringen. Es wird sich schon irgendeine Lösung finden, sollte – er fürchtete sich, den Gedanken zu Ende zu denken –, sollte Vater den Kampf verlieren.

Faust schlief zwei Tage und zwei Nächte. Die, die in dieser Zeit abwechselnd an seinem Bett wachten – Susanne, Bubi und Eva – erinnerte sein Schlaf aber mehr an eine tiefe Bewusstlosigkeit denn an eine erholsame Ruhe. Am Vormittag des 4. Juni wurde er wach und starrte mit irrem Blick in das Gesicht seiner Frau.

»Frieder«, flüsterte sie. In ihrem Gesicht kämpften Überraschung und Schrecken. Sie hatte irgendwie geglaubt, dass sein Schlaf ewig so weitergehen müsse und sie selbst für immer und ewig hier an seinem Bett wachen würde. Sie hatte seit seiner Rückkehr kaum etwas gegessen und die wenigen freien Stunden nicht wie die anderen im Stall geholfen, sondern ihr Haus geputzt.

Frieder musste sie wiedererkannt haben. Sein Gesicht glättete sich ein wenig. Als er ihre Stimme hörte, blieb sein Blick einen Moment an ihr hängen. Man konnte die Anstrengung beinahe mit Händen greifen, die es ihn kostete, die Puzzleteile dieser vertrauten Stimme und des auch irgendwie bekannten Gesichtes zu einem Ganzen zusammenzufügen. Er versuchte, aus den Einzelteilen ein erklärendes Großes zu schaffen, aber es gelang ihm nicht. Irgendetwas passte nicht in das Bild, etwas in ihm verhinderte die korrekte Montage aller Puzzleteile. Die Stimme, das Gesicht, dieser Raum – es wollte und wollte einfach keinen Sinn ergeben. Fausts Blick, zuerst fragend, dann leer, wurde schließlich wütend. Er versuchte sich im Bett aufzurichten. Aber sie hatten ihn fest in warme Decken gewickelt, die jede Bewegung behinderten. Das machte ihn noch wütender. Er spürte seine Schwäche, fühlte seine ausgetrocknete, rissige

Kehle und das Zittern der Hände. Was hatten sie mit ihm gemacht? Wer hatte das getan?

Plötzlich ganz ruhig, musterte er Susanne, sein Blick war jetzt eiskalt. Susanne erschrak, fuhr zurück und der Stuhl quietschte über den Boden. Er hasste dieses Geräusch und trotz der wärmenden Decken spürte er, wie sich jedes einzelne Haar seines Körpers aufstellte. Wer auch immer diese Frau da war, sie gehörte dazu! Sie musste eine von den Bösen sein, eine von denen, die seinen Körper verbrannten und ihn fesselten, die seine Kraft wie Vampire aus ihm heraussaugten. Sie wollen mich töten, dachte er. Und die dort, er überlegte noch immer, woher er Susanne kannte, sie gehörte dazu!

Diese Erkenntnis, verbunden mit dem Gefühl des Ausgeliefertseins, gab ihm Kraft. Er zog beide Beine an, zerrte an den Decken, strampelte, denn es ging um sein Leben, es ging um seine Angst und um seinen grenzenlosen Durst. Die fremde Vertraute stand an der Tür. Hinter der Tür vermutete Faust ganze Kolonnen seiner Peiniger. In Fausts Augen erschien alles ganz klar: Dies hier musste ein Gefängnis sein und diese Frau an der Tür eine Wärterin. Aus unerfindlichen Gründen kam sie ihm bekannt vor. Wahrscheinlich hatten sie es extra so eingerichtet, damit ihn das Bekannte an ihr beruhigte, sollte er aus der Bewusstlosigkeit erwachen. Sie hatten ihm einen Schlaftrunk gegeben.

Die Angst gab ihm die nötige Kraft, sich aus den Decken zu befreien. Er stolperte aus dem breiten Ehebett und gegen einen Nachtschrank, der umstürzte. Eine Taschenlampe polterte über den Boden. Und da waren auch wieder die gelben Monster! Faust fiel aus dem Bett und landete genau zwischen ihnen. Er bekam die Taschenlampe zu fassen, wollte aufstehen und fliehen, aber seine Beine versagten und er klappte zusammen wie nach einem Schlaganfall.

Susanne hielt es nicht mehr aus. Ihr Mann, beziehungsweise das, was man ihr als ihren Mann ins Bett gelegt hatte, saß vor ihr auf dem Boden und schlug mit der Taschenlampe um sich. Immer wieder schlug er zu. Er schrie um Hilfe, winselte, flehte sie an, die Dinger wegzunehmen. Sie hielt die Angst in seiner Stimme nicht mehr aus. So kannte sie ihn nicht. Er sollte schweigen und sich wieder ins Bett legen. Dass er nicht mehr aussah wie der Mann, mit dem sie verheiratet war, konnte sie irgendwie ertragen, diese Schreie nicht.

So verhält sich kein Frieder Faust. So nicht!

Sie riss die Tür auf und stolperte direkt in Evas Arme. Die war vor wenigen Minuten gekommen, um Susanne abzulösen. Der Lärm, den Frieder machte, hatte sie nach oben gerufen, ein paar Sekunden später stürzte Bubi aus seinem Zimmer, in fleckigen Unterhosen und mit dem Gewehr in der Hand. Die Verwirrung stand ihm ins Gesicht geschrieben. Überfall? Ist der Strom wieder da?

Faust krabbelte aus seinem Schlafzimmer. Er hatte Angst. Sie wollten ihn töten! Wieder und wieder sah er sich um. Zum Schluss warf er die Taschenlampe auf eine Schar gelbe Monster, winzige eklige Wesen, die sich nur ihrem Opfer zu erkennen gaben. Immer mehr von ihnen krochen unter dem Bett hervor, selbst in der noch warmen Decke, mit der man ihn gefesselt hatte, musste ein Nest dieser Ungeheuer sein – sie marschierten in einem endlosen Band aus seiner Decke und fielen auf den Boden. Das leise Knacken ihrer Panzer, das Klappern der Scherenfühler und ihr Zirpen und Summen, mit dem sie sich unterhielten, trieb Faust in die Arme des Wahnsinns. Die Lampe lag im Zimmer und die Tiere kletterten darüber hinweg, kamen näher und näher.

Er trat nach ihnen, versuchte, vor ihnen zu fliehen. Zentimeter um Zentimeter zog er sich zurück und kam dabei der Treppe gefährlich nahe. Eva hielt Susanne im Arm. Susanne zitterte. Sie hatte Angst vor Frieder, vor einer Zukunft mit ihm, aber auch vor einer Zukunft ohne ihren Mann.

Frieder hatte die erste Stufe fast erreicht – nur noch wenige Millimeter und seine Hände mussten ins Leere greifen. Endlich reagierte Bubi. Er legte die Waffe auf den Boden, packte seinen Vater am Fuß und zog ihn zurück. Faust schrie, schlug um sich. Warum zerrte ihn der Mann zurück zu den Monstern? Was taten sie nur, was hatte er ihnen nur getan, dass sie solchen Hass verspürten und ihn diesen ekelhaften Kreaturen auslieferten? Er trat mit dem freien Bein nach seinem Sohn und traf Bubi an der Schulter. Gleich hatte er es geschafft, nur noch ein gut gezielter Tritt und der Mann würde zwischen die gelben Wesen stürzen. Faust strampelte, aber Bubi war auf der Hut und wich den Füßen seines Vaters aus.

»Mutter. Bring mir irgendwas zum Fesseln!«

Susanne schluchzte an Evas Schulter. Unfähig zu einer Bewegung klammerte sie sich an die Frau. Sie wollte ihren Sohn nicht hören.

»Hast du gehört! Einen Bademantelgürtel. Los, egal was!«

Eva löste Susannes Umarmung und schob sie in Bubis Zimmer. Dann rannte sie ins Bad, zog die Gürtel aus den dort hängenden Bademänteln und warf sie Bubi zu.

»Hilf mir. Ich schaff es nicht allein!« Bubi hatte beide Füße seines Vaters zu fassen bekommen und sich zwischen die Beine geklemmt. Aber Faust gab nicht auf. Die Angst um sein Leben und das völlige Unverständnis der ganzen Situation gegenüber verliehen ihm Kräfte, die seinem Gesundheitszustand in keiner Weise entsprachen. Seine Augen, schreckensweit, glühten vor Fieber und Angst.

»Komm her und binde die Beine zusammen.«

Faust schrie, als er die Fessel spürte. Seine Stimme hatte nichts mehr mit der Stimme zu tun, die Bubi großgezogen hatte; diese Stimme war ein tiefes, kehliges Brüllen, mehr Tier denn Mensch.

Eva knotete beide Beine zusammen. Sie konzentrierte sich auf den Knoten, der unbedingt halten musste, Bubi brauchte all seine Kraft, um gegen den Vater zu bestehen.

Faust richtete seinen Oberkörper auf. Sein Gesicht war eine Maske. Er packte Eva an den Haaren und riss sie von den Füßen. Sie stolperte über Faust und fiel ihm auf die Brust.

»Bleib so!« Bubi kämpfte, bekam die Linke seines Vaters zu packen und wickelte den Gürtel um dessen Handgelenk. Faust aber zerrte an Evas Haaren und versuchte, das Gewicht von seinem Körper zu werfen. Doch all seine Gegenwehr half nicht: Bubi fesselte ihm die Hände auf dem Rücken und verband mit einem dritten Gürtel Hand- und Fußfessel. Faust lag verschnürt wie ein Weihnachtspaket vor ihm. Er schrie, fluchte, bettelte und weinte. Susanne hatte sich in Bubis Kinderzimmer versteckt, hockte in der hintersten Ecke und presste beide Hände gegen ihre Ohren. Sie war nicht hier, nicht in diesem Haus und nicht in dieser fremden Welt.

Bubi und Eva zogen Faust von der Treppe weg und zurück in das Zimmer mit den gelben Monstern. Seine Schreie ignorierten sie. Als er seinen Kopf wieder und wieder auf den Boden schlug, zogen sie die Matratze aus dem Ehebett, legten sie auf den Boden und Frieder Faust darauf.

84

05. Juni, 15:02 Uhr deutscher Zeit, Osaka

Ein Erdbeben der Stärke 8,6 zerstörte am späten Abend Ortszeit weite Teile Osakas. Das Beben dauerte siebenundzwanzig Sekunden. Das Epizentrum lag nördlich der japanischen Millionenstadt in einer Tiefe von fünfzehn Kilometern. Auch in Kobe – bereits 1995 bei einem schweren Erdstoß zerstört – und im nördlich gelegenen Kyoto waren die Schäden enorm. Durch die Naturkatastrophe starben

18413 Menschen, über Hunderttausend wurden verletzt, mehr als eine Million obdachlos.

Unmittelbar danach brachen drei Dutzend Großfeuer aus, von denen einige mehrere Tage toben sollten und weiteren achthunderttausend Menschen das Zuhause nahmen. Krankheiten folgten.

Die Anteilnahme der Welt blieb aus. Keine Kamerateams, keine Spendenkonten, keine Suchhunde.

85

06. Juni, 10:16 Uhr, westlich von Berlin

Sie sahen Silvia Hofmuth und waren sich sofort einig: Dies war die hässlichste Frau der Welt!

Seit ihrer Landung auf Rügen waren sechs Tage vergangen. Hans Seger und Henning Malow kamen deutlich langsamer voran als gehofft und erwartet.

Nach ihrer ersten Nacht, die sie in einem kleinen Kiefernwäldchen bei Bakenberg verbracht hatten, war der erste Tag in Deutschland recht gut verlaufen, schon am Abend hatten sie Stralsund erreicht. Ihre vage Hoffnung, Strom- und Telefonausfälle könnten eventuell doch nur ein skandinavisches Problem sein, wurde schnell enttäuscht: überall das gleiche Bild, die gleiche Verwirrung. Einzig die Art und Weise, mit der die Menschen auf die Katastrophe reagierten, variierte, dies allerdings nach einem Muster, welches sie bereits aus Schweden kannten. Auf dem Land verhielten sich die Menschen gelassener. Sie bewahrten sich ein Mindestmaß an Zivilisation, hielten zusammen und befanden sich meist in der glücklichen Lage, auf den einen oder anderen Lebensmittelvorrat, vor allem aber auf Nutztiere und deren Produkte, zurückgreifen zu können. Sie kapselten ihre kleinen Gemeinschaften nach außen ab und versuchten mehr oder weniger erfolgreich, ihre abgeschiedene Welt zu organisieren.

Ganz anders in den Städten. Hier hatten fast flächendeckend lose organisierte Banden das Kommando übernommen. In Raubrittermanier kontrollierten sie bestimmte Stadtviertel und plünderten alles, was noch nicht verfault oder bereits geplündert war. Die wenigen Menschen, die sich noch in ihrem Herrschaftsbereich aufhielten, wurden wie Sklaven behandelt. Der Nachteil dieser kurzfristigen Gesellschaftsordnung lag im kontinuierlichen Nehmen. Die Banden fraßen sich wie Heuschreckenschwärme durch die spärlichen Vorräte, vergewaltigten und mordeten und hinterließen buchstäblich verbrannte Erde. Sie organisierten sich um eine Führerfigur, regelmäßig der körperlich Stärkste oder Gerissenste aus ihrer Mitte, der auf seinem Weg an die Spitze der jeweiligen Gang für alle unmissverständlich seinen Führungsanspruch bewiesen hatte. Normalerweise geschah dies durch das Ausschalten etwaiger Mitbewerber.

Anfang Juni verließen diese Gruppen nach und nach die Städte. Sie gingen dahin, wo sie noch Essbares vermuteten: aufs Land. Wie eine zweite Woge folgten sie der ersten Flutwelle, die bereits kurz nach dem 23. Mai Hunderttausende aus den Städten hinaus aufs Land gespült hatte.

Eine solche Bande kontrollierte den Rügendamm, die einzige feste Verbindung zwischen Deutschlands größter Insel und dem Festland, der wie ein Nadelöhr alle Reisenden nach Norden und Süden bündelte. So wie Hans Seger und Henning Malow schafften es täglich einige Dutzend, die Ostsee auf Flößen oder in gestohlenen Fischerbooten, Kanus oder Schlauchbooten zu überqueren. Mit ihnen kam die Kunde von der unpassierbar gewordenen Öresundbrücke nach Deutschland, was viele, die nach Skandinavien unterwegs waren, auf den kürzesten Weg, also nach Rügen zwang. Auf dem Rügendamm wurden sie von Schwerbewaffneten Tag und Nacht kontrolliert und von all dem Ballast befreit, der gemeinhin Nahrung genannt wird.

Um ihre Vorräte zu retten, wandten sich Seger und Malow nach Osten und durchschwammen bei Drigge den hier nur knapp zwei Kilometer breiten Strelasund. Aber wie sich herausstellte, waren sie nicht die Ersten, die so den Rügendamm umgehen wollten. Als sie aus dem Wasser kletterten, wurden sie bereits erwartet. Eine zweite Bande kontrollierte diesen Strandabschnitt, und die beiden Männer wurden auf diese Weise all ihre Habe los. Seger durfte nur das Bild von Eva und Lea behalten, Malow seinen durchweichten Stadtführer von Rom. Jetzt waren sie wirklich frei, vogelfrei. Es stand ihnen frei, zu gehen wohin sie wollten, man hatte sie vom Gewicht ihres wenigen Gepäcks befreit. Sie hatten die Freiheit zu verhungern.

Sie verbrachten die Nacht ungeschützt unter freiem Himmel und lauschten dem Knurren ihrer Mägen.

Am nächsten Morgen folgten sie den Hinweisschildern zur Autobahn. Deren Band schlängelte sich in einem überflüssigen Schlenker erst nach Osten und schließlich Berlin zu, dem nächsten Ziel der beiden Männer. Sie hofften auf ein Auto oder wenigstens ein Motorrad. Aber selbst, wenn sie das Glück gehabt hätten und auf einen fahrbaren Untersatz gestoßen wären – die Völkerwanderung auf der Autobahn hätte jedes Vorankommen mit einem Fahrzeug unmöglich gemacht. Überall waren Menschen unterwegs, allein oder in kleinen Gruppen. Es mussten Tausende sein, die die mehrspurigen Fahrbahnen bevölkerten und aneinander vorbei ihren Zielen zuliefen. Keiner beachtete mehr den anderen – weder die Lebenden noch die Kranken noch die Toten am Fahrbahnrand. Aufmerksamkeit und gierige Blicke ernteten nur die unvorsichtigen Kinder, die vor den Augen der Karawane in einen Apfel oder ein Stück Wurst bissen, weil sie es bis zur abendlichen Rast und dem damit verbundenen heimlichen Mahl nicht mehr aushielten.

Nicht selten verursachte die Sorglosigkeit dieser einzig mit ihrem Hunger beschäftigten Kinder eine Massenschlägerei um einen angebissenen Apfel. Nicht selten gab es dabei Verletzte oder Tote.

Rechts und links, oft aber auch mitten auf den Fahrbahnen, standen Fahrzeuge mit leeren Tanks. Und überall hatte es Unfälle gegeben. Bei Völschow einen besonders schlimmen. Ein Kleinbus war hier in einen querstehenden Lkw gerast. Die Insassen, ein Ehepaar und ihre vier Kinder, saßen noch immer angeschnallt auf ihren Plätzen und glotzten aus leeren Augenhöhlen auf die Anhängerkupplung des Lasters, der ihren Familienausflug beendet hatte. Jemand hatte den Kofferraum geöffnet und das Gepäck untersucht. Überall auf der Straße lagen Koffer und Reisetaschen, Kleidungsstücke und eine Transportbox für Katzen. Das Tier war inzwischen verdurstet. Durch die zersplitterten Scheiben waren Vögel, vielleicht auch Marder oder Hunde, in das Auto gekommen. An Hals, Händen und in den Gesichtern hatten die Leichen Bissspuren, die Vögel hatten ihnen die Augen herausgepickt. Ein Mädchen hielt noch immer ihre Puppe im Arm.

Hans Seger hatte sich übergeben müssen. Das Mädchen, vor allem aber ihre Puppe, erinnerte ihn an Lea. Er bekam einen Weinkrampf und Malow brauchte fast eine Stunde, um Seger zu beruhigen und zum Weitergehen zu bewegen.

An einem zweiten Unfallort, nur drei Kilometer vom ersten entfernt, verließen sie die Autobahn. Die Fahrbahn war hier mit Nägeln und Scherben übersät. Mehrere Fahrzeuge standen mit geplatzten Reifen umher. Aber im Gegensatz zu den bisherigen Unfällen, bei denen die Opfer immer sichtbar an den Folgen eines Zusammenstoßes gestorben waren und sich noch in ihren Fahrzeugen befunden hatten, waren hier alle Autos leer. Sie fanden Blut in und neben den Fahrzeugen, aber nirgendwo deren Besitzer. Türen und Kofferräume standen weit offen, vom Gepäck keine Spur.

Die Erklärung fand Malow, als er einer blutigen Schleifspur an den Fahrbahnrand folgte. Wie auf einer Mülldeponie, achtlos am Fuß des Dammes aufgetürmt, auf dem die Fahrbahn verlief, stapelten sich Leichen. Männer, Frauen und Kinder in einem wilden Durcheinander aus leeren Gesichtern, Armen und Beinen. Die wenigsten waren noch bekleidet. Malow entdeckte zwei Ratten. Sie stritten um etwas. Ein Stück Fleisch, einen Finger vielleicht. Beide an dem Etwas hängend, zogen sie sich hin und her, kamen sich nahe, richteten sich aneinander auf. Im Gegenlicht der tiefstehenden Sonne hatte die Szene beinahe etwas Romantisches – zwei tanzende Ratten im Sonnenuntergang.

»Kommen Sie weiter. Das wollen Sie nicht sehen.« Malow hatte Hans gerade noch rechtzeitig abgefangen und verhindert, dass der die Leichen erblickte. Und die Ratten, die sich um das stinkende Fleisch stritten. Was Malow gesehen hatte, wollte er Seger nicht zumuten. All die Toten hatten eingeschlagene Schädel. Keiner war wohl an den Folgen eines Unfalls gestorben. Jemand hatte die Straße kurz nach dem 23. Mai, als noch Autos unterwegs waren, mit Scherben und Nägeln präpariert, die Insassen getötet und sie und ihre Autos ausgeraubt. Jetzt waren die Täter längst über alle Berge, ungestraft und – sollte die Welt jemals wieder zur Normalität zurückfinden – namenlose Mörder in den vielen Akten, die den Vermerk »Ungeklärtes Verbrechen während des Stromausfalls« tragen würden.

Malow und Hans Seger schlugen sich von nun an auf Landstraßen und Feldwegen weiter nach Süden voran. Unterwegs ernährten sie sich von Beeren, Baumrinde und den wenigen essbaren Kräutern, die sie kannten. Die Gürtel ihrer Hosen näherten sich ihrem letzten Loch. Sie hatten mehrmals versucht, in Dörfern etwas Essbares zu erbetteln, waren aber jedes Mal ziemlich heftig abgewiesen worden.

Gestern jedoch, in einem Nest namens Glambeck, hatten sie Glück. Allerdings beschrieb Glück nicht unbedingt korrekt die Umstände, denen sie die beiden mit Lebensmitteln vollgestopften Rucksäcke verdankten, die sie bei sich trugen, als ihnen heute Silvia Hofmuth über den Weg lief. Sie hatten Glambeck kurz vor Sonnenuntergang erreicht. Aber anders als an den Vortagen waren sie nicht offen auf die Barrikade zugegangen, die fast jeden bewohnten Ort nach außen hin abschottete, sondern hatten sich in einem kleinen Waldstück versteckt. Von hier aus hatten sie den winzigen Ort im Blick, ohne selbst gesehen zu werden. Die Gebäude klebten an einer staubigen Dorfstraße, dazwischen uralte Bäume.

Sie beobachteten, wie die Bewohner des kleinen Ortes am Abend fast ausnahmslos in eine bewachte Scheune am Ortsrand kamen. Mit ein paar Lebensmitteln und zufriedenen Gesichtern verließen sie das offensichtliche Lager kurz darauf wieder. Hinter der Scheune stand ein riesiger Lebensmittellaster. Als niemand mehr kam, wurde die Scheune verschlossen und zwei Männer patrouillierten, mit Mistgabeln bewaffnet, vor dem Gebäude.

»Was meinen Sie, ist das unsere Chance?«, fragte Malow. Hans nickte. Er konnte den Blick nicht von der Scheune abwenden und kam kaum noch nach, den Speichel in seinem Mund zu schlucken. Sie suchten sich zwei starke Knüppel und schlichen sich wenig später an die Rückseite der Scheune. Die Dämmerung war nur noch ein hauchzarter Schimmer im Nordwesten. Die Kerzen und Lampen in den kleinen Gebäuden waren nach und nach ausgegangen und die beiden Wachposten hatten sich ein paar Meter vor dem Scheunentor ins Gras gesetzt. Vor ihnen brannte ein kleines Lagerfeuer.

Felix Schneck, Fahrer einer Berliner Spedition, hatte am Morgen des 23. Mai seinen Lkw mit den Bestellungen einer ganzen Reihe verschiedener Supermärkte beladen. Pflichtbewusst hatte er nach dem Stromausfall sein erstes Ziel angesteuert, einen Markt in Oranienburg. Er erreichte ihn kurz vor neun, gerade rechtzeitig, um Augenzeuge dessen

Plünderung zu werden. Als die, die bei dem Einbruch leer ausgegangen waren, seinen Laster entdeckten und Anstalten machten, auch ihn aufzubrechen, gab Felix Schneck Gas. Mehrfach versuchte er den Disponenten in der Zentrale zu erreichen, doch sein Handy war tot, ebenso Radio und Navigationssystem. Er steuerte noch den zweiten Markt an, der auf seiner täglichen Route lag, aber auch hier das gleiche Bild: eingeschlagene Schaufenster und ganz normale Menschen, die mit Armen voller unbezahlter Waren den Laden verließen. Felix Schneck wusste nichts anderes als heimzufahren. Natürlich, er hätte zurück nach Berlin gekonnt, aber die Sorge um seine Frau und die Kinder ließ ihn die Pflichten vergessen. So kam ein Lastwagen voller Lebensmittel nach Glambeck, wo sie ausgeladen und danach als tägliche Ration an die einhundertdreißig Bewohner verteilt wurden.

»Wie weit sind Sie bereit zu gehen?« Sie hatten die Rückseite der Scheune nach einem losen Brett oder einem Fenster untersucht. Vergeblich, alles war dicht. Sie duckten sich hinter einen Strauch und sahen zu den Wachen hinüber. Denen waren die Köpfe auf die Brust gesunken und ihr Feuer ging langsam, aber sicher aus.

Hans verstand Malows Frage nicht auf Anhieb. Wohin gehen?

»Um an die Vorräte zu kommen«, flüsterte Malow. »Können Sie Ihren Knüppel auch einsetzen? Unsere einzige Chance ist das Überraschungsmoment. Entweder, wir überwältigen sie schnell und möglichst lautlos, oder wir können das, was in der Scheune ist, vergessen.«

Hans Seger wog den Knüppel in seiner Hand. Er hatte wie Malow seit Tagen nichts Richtiges mehr gegessen und fühlte sich schwach. Bis sie die Scheune entdeckt hatten, stand er kurz vor der Aufgabe. All sein Denken war Essen, selbst Eva und Lea waren in den Hintergrund getreten. Sie würden verhungern, namenlos, irgendwo bei Berlin. Vögel würden kommen und ihnen die Augen auspicken, hoffentlich erst, wenn sie auch wirklich tot waren. Krähen, die allgegenwärtigen Profiteure der Katastrophe. Sie wurden fett in dieser Zeit und flogen in lärmenden Scharen von Leiche zu Leiche und wohl bald auch zu ihnen.

»Also, was ist, sind Sie bereit, das Ding auch wirklich einzusetzen?«

Hans Seger nickte. »Bin ich«, sagte er und stand auf.

»Sie rechts rum, ich links. Und bitte nicht nett sein. Wenn wir das hier nicht schaffen, können wir uns gleich einen Platz zum Sterben suchen.«

Seger hatte verstanden. Er erinnerte sich an den alten Mann in Schweden und sein schimmliges Brot.

Jeder schlich auf seiner Seite um das Gebäude. Beide Wachen schliefen, ihre Mistgabeln im Schoß. Sie rechneten nicht damit, dass sich jemand hierher verirren könnte, wähnten sich in Sicherheit.

Hans sah aus dem Augenwinkel, wie Malow seine Keule hob, dann ein dumpfes Klock, verbunden mit einem leisen, unangenehmen Knirschen. Hans schlug nur einen Sekundenbruchteil später zu. Am nächsten Tag, mit vollem Bauch und neuem Lebenswillen, wunderte er sich selbst, wie leicht alles gegangen war.

Sie wussten nicht, ob sie die Wachen getötet oder nur verletzt hatten, es war ihnen auch egal. Sie hatten die Frage, ob sie mit reinem Gewissen verhungern oder aber überleben sollten, beantwortet.

Malow öffnete das Tor. Sie traten ein. Im Schein der Taschenlampe, die sie in einem der Rucksäcke der beiden Wachen gefunden hatten, erschien das Paradies. Sie brauchten einige Sekunden, um zu begreifen, wo sie waren. Vor ihnen, mitten in der Scheune, zwischen Heuballen vom letzten Jahr und Maschinen, standen palettenweise Lebensmittel, genug, um das Dorf Monate am Leben zu halten. Die verderblichen Sachen wie frisches Brot, Obst und Butter waren bereits verbraucht, aber es gab noch genügend Kisten und Kartons, Plastikboxen und Tüten, deren Inhalt sie fast um den Verstand brachte: Vollkornbrot, eingeschweißt zu je sechs Scheiben, Orangensaft in Flaschen und Kartons, zig verschiedene Käsesorten, Schokolade und Pralinen, riesige Salamiwürste und Konserven voller Fischspezialitäten.

Überwältigt von all dem Überfluss, starrten sie auf ihre Schätze. Schließlich hielt es Hans nicht mehr aus. Er brach eine Salami auseinander und biss hinein, die andere Hälfte hielt er Malow hin. Der schloss die Augen und roch an ihr. Für einen kurzen Moment war er in Italien, nur eine Tagesreise vor den Toren Roms. Morgen endlich, morgen würde er das Kolosseum sehen.

Sie stopften die beiden Rucksäcke wie Weihnachtsgänse, zum Schluss hatten sie Mühe, sie zu verschließen.

Auf Silvia Hofmuth trafen sie schließlich westlich von Berlin. Die Frau, Anfang dreißig, versteckt in einem knöchellangen, figurlosen Kleid, saß mit ihrer sieben Monate alten Tochter an der Brust auf einem Stein.

Silvia war Musikerin, Cellistin bei den Berliner Philharmonikern. Am Abend des 22. Mai hatte sie ihren letzten Auftritt, die Probe am nächsten Tag besuchte niemand mehr.

Mit sechs Jahren hatten ihr ihre Eltern, beide Musiker, ihr erstes Instrument geschenkt. Und die Musik war fortan ihr Freund, der einzige echte Freund, den sie jemals haben sollte. Das Cello lag nachts neben ihrem Bett und beschützte sie und vertrieb ihr am Tag die Einsamkeit. Sie spielte das Instrument vom ersten Tag an mit der Ernsthaftigkeit und Zuneigung eines Erwachsenen. Die Trauer der Saiten lag bereits in ihr, und in den folgenden Jahren lernte sie, diese Traurigkeit in Musik zu verwandeln, Musik, die die Zuhörer ihr Äußeres vergessen ließ.

Silvia hörte Schritte und wandte sich zu ihnen um.

Henning Malow blieb stehen, Hans versuchte, schnell weiterzugehen und an dieser Frau vorbeizukommen.

Die Männer rochen wie eine Fata Morgana. Etwas an ihnen stieg Silvia in die Nase, und sie stand plötzlich in einem Laden voller überquellender Regale. Seit Tagen ernährte sie sich von dem, was sie fand, was ihr das Mitleid anderer zuwarf oder – sie schämte sich dafür – was sie verdiente.

Silvia war hässlich. Sie hatte rotblondes, dünnes Haar. Seit dem 23. Mai ungewaschen, klebte es ihr in fettigen Strähnen am Kopf. Die Brille, die sie trug, verformte ihre ohnehin bereits hervorquellenden Augen zu kleinen Tellern. Diese Teller sorgten regelmäßig zuerst für Erschrecken, danach für Belustigung. Sie hatte es sich deshalb angewöhnt, mit gesenktem Kopf durchs Leben zu gehen und in Gesprächen, in Geschäften oder in der Philharmonie auf die Hände ihres Gegenübers zu sehen statt in dessen Gesicht. Seitdem ging es ein wenig leichter.

Sie hatte hellgrüne Augen und eine Hasenscharte, die, wenn sie sprach, ein feuchtes Zischen produzierte, ähnlich dem Schniefen einer Dampflok. Ihr Kinn war lang und spitz, wie auch Silvias Nase. Ihr Gesicht und ihre klanglose Stimme berührten jeden auf unangenehme Weise, und den komplizierten Weg zum Bahnhof hätte ihr nur ein Blinder ausführlich erklärt. »Gott ist ein Geizkragen«, sagte Malow am Abend, als er mit Hans allein war. »Die Frau sah aus, als hätte es ihrem Schöpfer leidgetan, all die aussortierten Augen, Nasen und Haare, die bei der Herstellung seiner Ebenbilder anfallen, einfach so wegzuwerfen. Und aus den scheußlichsten Einzelteilen hat er dann ihr Gesicht zusammengezimmert.« War vielleicht etwas übertrieben, entbehrte allerdings nicht jeder Grundlage. Sie zählte nicht zu den Meisterwerken der Schöpfung, ein Umstand, der sie einsam machte und ihr die Musik gebracht hatte. Während andere Kinder mit Gleichaltrigen auf dem Spielplatz tobten, versteckte sie sich und ihre empfindliche, schneeweiße Haut in ihrem Zimmer und klammerte sich an ihr Cello. Das Instrument verstand sie, dem Instrument war ihr Aussehen egal.

Silvia hatte die ersten Tage nach der Katastrophe in ihrer Wohnung am Stadtrand Berlins ausgeharrt und sich abwechselnd um Larissa, ihre Tochter, und das Cello gekümmert. Als aber irgendwann alle Schränke in der Küche leer waren, sie es vor Hunger kaum noch aushielt und Larissa an Brüsten saugte, die kaum noch einen Tropfen Milch hergaben, hatte sie das Nötigste zusammengepackt und die Stadt verlassen. Sie wollte ins Ruhrgebiet zu ihren Eltern.

Ihre Hässlichkeit, vor allem aber das weite, sackartige Kleid, das ihren Körper versteckte, rettete sie und die Kleine auf ihrem Weg durch die Stadt. Immer, wenn sie von enthemmten Männern angehalten wurden, brauchte sie nur den Kopf zu heben und konnte unbehelligt weiterziehen. Vielleicht hatte Gott, als er sie mit diesem Gesicht strafte, bereits ihren Auszug aus Berlin vor Augen, wusste natürlich um jeden Moment dieser Zukunft. Und wollte Silvia und ihre Tochter unbedingt retten. Gottes Wege waren eben doch unergründlich.

Silvia hatte sich, abgesehen von Larissas Vater, nie von einem Mann berühren lassen. Weder hatte sie Sehnsucht nach einer solchen Berührung noch gab es Männer, die sie berühren wollten. Jedenfalls nicht, nachdem sie gesehen hatten, wem dieser Körper gehörte. Und das, obwohl ihr Körper jeden Mann um den Verstand bringen konnte – das absolute Gegenteil zu ihrem Gesicht. Perfektion in jeder Hinsicht. Bei Silvia hatte Gott keine halben Sachen gemacht, weder in die eine noch in die andere Richtung.

Hans und Malow gingen an ihr vorbei und zwinkerten sich zu. Sie waren nach ihrem ausgiebigen Frühstück satt und fühlten sich so gut wie seit zwei Wochen nicht mehr.

Silvia legte ihre Tochter auf eine Decke ins Gras, rannte den Männern hinterher und überholte sie. Sie stellte sich ihnen in den Weg, den Blick auf ihre nackten Füße.

»Haben Sie vielleicht etwas zu essen für mich?« Sie wischte sich mit dem Handrücken die feuchte Oberlippe ab und wartete auf eine Antwort.

»Tut uns leid«, sagte Malow und zog Hans Seger am Arm. »Tut uns wirklich leid.«

Sie waren schon fast an ihr vorbei, als sie ebenfalls nach Hans' Arm griff.

»Wenn schon nicht für mich, dann doch wenigstens für meine Kleine. Sie liegt da drüben, hören Sie sie?« Larissas Schreie waren nicht zu überhören. »Ich habe nicht mehr genug Milch in meinen Brüsten. Und es gibt nichts, was ich ihr sonst geben könnte. Bitte.«

»Es tut uns wirklich leid. Aber wir müssen weiter«, sagte Malow und zog wieder an Hans' Arm, diesmal heftiger.

Aber Silvia Hofmuth war nicht bereit, so einfach aufzugeben. Die Männer rochen nach vollen Bäuchen, sie dufteten, als kämen sie geradewegs aus einem Supermarkt. Sie war sich sicher, dass sie in ihren Rucksäcken irgendetwas hatten, etwas, das sie selbst so dringend brauchte, sollte ihre Tochter nicht verhungern.

»Sehen Sie!« Sie ließ Hans Segers Hand los, griff sich an die Schultern und streifte ihr Kleid ab. Der unförmige Sack rutschte von ihr und sie stand splitternackt vor ihnen. Und sie hatte den schönsten und reinsten Körper, den beide Männer jemals gesehen hatten. Ihre Haut war eine Mischung aus Marmor und Samt.

»Ich bezahle auch.« Sie flüsterte. Sie schämte sich, wie seit Tagen, und hoffte, die Männer würden ihr Angebot ablehnen. Sex war etwas Grässliches und dieses eine Mal, als sie sich freiwillig und das erste Mal einem Mann hingegeben hatte, war grauenhaft gewesen. Aber sie hatte ein Kind haben wollen, hatte sich jahrelang auf diese abstoßende Nacht vorbereitet und den Termin sorgsam ausgerechnet. Mit etwas Glück, hatte sie vor eineinhalb Jahren gehofft, würde sie in dieser Nacht schwanger werden. Hätte es in dieser Nacht nicht geklappt – die Kraft für einen zweiten Versuch hätte sie niemals aufbringen können.

»Bitte, ich bezahle Sie beide, wenn Sie das möchten. Aber nacheinander.« Die Mühe, mit der sie die Worte und deren ekelhafte Bedeutung herauspresste, war Silvia anzumerken. Allein die Vorstellung, sich von diesen beiden Fremden berühren zu lassen, ihre Hände und Zungen und sabbernden Lippen zu spüren, die statt Larissa an ihren Brüsten saugten, verursachte ihr Übelkeit. Aber sie hatte es in den vergangenen vier Tagen bereits dreimal getan, und es würde auch heute irgendwie vorübergehen, hoffte sie. Wenn sie nur nicht so brutal waren und sie nicht hinterher schlugen oder ihr ins Gesicht spuckten wie der Kerl gestern Morgen. Weil du so abgrundtief hässlich bist, hatte er hinterher gesagt, sie angespuckt und zwei wurmstichige Äpfel nach ihr geworfen. Sie hatte sie im Gras suchen müssen. Mit dem Gesicht kannst du Tote aufwecken! Aber ihren Körper hatte er gern genommen und sie gezwungen, sein T-Shirt über ihren Kopf zu ziehen. Damit ich mir vorstellen kann, dein Gesicht wäre so schön wie deine Titten.

Hans entzog ihr seine Hand und ging einen Schritt zurück und sah zur Seite.

»Zieh dich an!«, sagte Henning Malow einen Tick zu scharf. Und, diesmal sanfter: »Zieh dich wieder an. Du hast nichts, was wir kaufen wollen.«

»Aber, ich ...« Sie kämpfte gegen die aufsteigenden Tränen. Wenn die beiden jetzt gehen, dachte sie, wird es vielleicht wieder Stunden dauern, bis ein anderer alleinreisender Mann vorbeikommt. Und wenn einer kam, war es am wahrscheinlichsten, dass er selbst Hunger hatte. »Gehen Sie bitte nicht. Meine Kleine, sie hat so großen Hunger. Bitte, schlafen Sie mit mir, wenn Sie wollen auch gleichzeitig. Wenn Ihnen das gefällt, ist es mir recht. Sagen Sie mir nur, was ich tun soll, ich kenne mich nicht so gut au...«

»Haben Sie nicht gehört?! Ziehen Sie das Kleid wieder

hoch!« Hans hätte schreien können. Was unternahm Eva in diesem Moment, um Lea eine Handvoll Reis oder einen Apfel zu beschaffen? Und er war hier, immer noch knappe tausend Kilometer von ihnen entfernt!

Als Silvia keine Anstalten machte, der Aufforderung nachzukommen, ging Hans zu ihr und zog das Kleid selbst wieder nach oben. Er hasste sich für die Empfindung, als seine Hand ihre Brust beruhrte und fühlte sich erst wieder besser, als Silvia weinend in ihrem schmutzigen Sack vor ihnen stand. Er nahm seinen Rucksack ab und gab ihr eine Salami und zwei Stück Käse.

»Da. Nehmen Sie, bevor ich es mir anders überlege.«

»Spinnen Sie? Sie können doch nicht jeder Frau mit einem Kind unsere Vorräte geben! Vielleicht hockt irgendwo dahinten ihr Mann und Zuhälter und freut sich schon auf das Festmahl.« Malow wollte Hans Wurst und Käse aus der Hand nehmen, aber Silvia war schneller. Ihre riesigen Augen lächelten ihn durch ihre Hornbrille dankbar an. Hans wusste, diese Frau war wirklich allein mit ihrer Kleinen. Es gab weit und breit niemanden, auf den sie zählen konnte. Und das einzige Kapital, das sie hatte, war ihr wunderbarer Körper.

Sie drückte das Geschenk an ihre Brust und versuchte ein (hässliches) Lächeln. Hans nickte ihr zu, dann drehte sie sich um und rannte zu ihrer Kleinen.

»Danke!«, rief sie.

»Wenn Sie so weitermachen und den barmherzigen Samariter spielen, stehen wir in ein paar Tagen erneut mit leeren Taschen da!« Malow war zornig. Zu Recht, wie er fand und wie auch Hans Seger eingestand. Aber was sollte er machen? Er war noch nicht so weit, dass er an einer Mutter – und sei sie auch noch so hässlich – vorbeigehen konnte, im Wissen, dass er hätte helfen können, dass er dem Kind hätte helfen können. Er hatte um diesen Rucksack voll Essen gekämpft, wenn man einen hinterhältigen Schlag mit einem Knüppel als kämpfen bezeichnen wollte, also hatte er auch das Recht, seinen Anteil der Beute zu verschenken.

In den folgenden Stunden wanderten sie ohne viele Worte nebeneinander her. Hans dachte an Eva und Lea und an den Hunger der Kleinen von eben. Wie verzweifelt musste eine Mutter sein, dass sie ihren Körper zwei wildfremden Männern anbot? Allein, nur für sich verantwortlich, wäre sie sicher lieber verhungert, als auf diese Weise zu überleben. Aber sie war für das schreiende Bündel dort im Gras verantwortlich.

Malow dachte an Lena. Wie viele Tage waren vergangen, seit er sie allein zurückgelassen hatte? Eine Woche? Mehr, weniger? Es war auch egal. Inzwischen musste sie tot sein, und er brauchte nicht mehr zu lügen, wenn er erzählte, dass er verwitwet war. Er suchte nach einer Entschuldigung für seine Flucht, Worte, die einem Außenstehenden alles erklären konnten. Er hätte sich Hans gern anvertraut, wusste aber, dass niemand – und sei er auch noch so phantasiebegabt und wohlwollend – die vergangenen siebenundzwanzig Jahre würde nachempfinden können. Und damit auch nicht seine Flucht. Was sollte sich auch ändern, wenn er darüber redete wie ein altes Weib? Er empfand keine Last und keine Schuldgefühle, die ein Gespräch ihm abnehmen konnte. Was er getan hatte, war feige, war Verrat. Und er hatte viel zu lange damit gewartet. Fast wäre es zu spät gewesen, zu spät für einen Neuanfang und ein eigenes Leben. Aber nur fast.

Am Abend suchten sie sich an einem kleinen See westlich der Hauptstadt ein Nachtlager. Sie aßen bedächtig und hielten Wurst- und Käsestücke in ein kleines Lagerfeuer. Als sie satt waren, kramte Henning Malow in seinem Rucksack und zauberte zu Hans' Erstaunen zwei Flaschen Cabernet Sauvignon hervor. Malow lächelte, die Überraschung war ihm gelungen.

»Wie unromantisch«, sagte Malow, als er den Schraubverschluss öffnete. Er schnupperte, kostete einen winzigen Schluck, dann gab er die Flasche Hans.

»Auf uns!«

Henning Malow und Hans Seger tranken. Sie betrachteten den purpurnen Abendhimmel und seine Spiegelungen im See und ließen das Feuer niederbrennen. Ihnen stand eine milde Nacht bevor.

»Ich heiße übrigens Henning. Aber nenn mich ruhig Malow.«

»Hans. Eigentlich Johannes, aber auf diesen Namen höre ich schon gar nicht mehr.«

Im Wald hinter ihnen, der sich langsam in eine schwarze Mauer verwandelte, raschelte es im Unterholz.

»Sollen wir nach Berlin abbiegen und mal im Kanzleramt nachfragen, wer den ganzen Schlamassel verbockt hat?«, fragte Hans.

»Und wann sie gedenken, den Schalter wieder auf ON umzulegen?«

»Glaubst du, der Schalter wird irgendwann wieder umgelegt?«

»Ich gestehe es mir ungern ein«, sagte Malow, »aber wenn es irgendwo noch eine funktionierende Regierung gäbe, wäre sie schon aktiv geworden. Vielleicht ein Hubschrauber, der Lebensmittel in besonders betroffenen Regionen verteilt. Oder ein Abgesandter, der die Leute beruhigt und ihnen erklärt, was geschehen ist.«

»Dann ist das also die Welt, mit der wir uns arrangieren müssen«, konstatierte Hans. Er klang traurig.

»Die Welt ist die gleiche, wir haben uns nur verändert.«

»Unser Zusammenleben.«

»Was vermutest du«, Malow kratzte sich mit beiden Händen am Kopf und sehnte sich nach einer Dusche, »wie wird sich alles organisieren? Was für eine Gesellschaft wird sich aus diesem ganzen Chaos entwickeln?«

»Schwer zu sagen.« Die Menschen, die sie auf ihrem Weg hierher getroffen hatten, gaben wenig Anlass, auf eine neue Gesellschaft zu hoffen. »Ich denke, es wird erst mal ein Nebeneinander winziger Einheiten geben. Die besten Überlebenschancen haben sicher die kleinen Dörfer. Wie das Nest, aus dem wir unsere Rucksäcke haben.«

»Und dann?«

»In ein paar Wochen oder Monaten, wenn jeder einen Platz gefunden hat, an dem er leben kann und will und darf, werden die Dörfer sicher Kontakt zueinander suchen. Aber nicht, bevor nicht all die marodierenden Banden verschwunden sind.«

»Aber genau die scheinen das Problem zu sein.«

Sie waren an Dörfern vorbeigekommen, verbrannt und ausgeraubt von fast militärisch organisierten Banden, wie einer der wenigen Überlebenden berichtet hatte.

»Wer soll es mit diesen Gruppen aufnehmen? Bauern mit Mistgabeln im Kampf gegen Maschinengewehre?«

»Die Munition wird nicht ewig reichen«, erwiderte Hans. »Vielleicht werden sich diese Gruppen irgendwann gegenseitig dezimieren, was weiß denn ich. Ich hoffe nur, dass es bei mir daheim besser aussieht.« Hans nahm noch einen Schluck. Der Wein zeigte bereits seine Wirkung und Hans fühlte sich körperlich schwer, gleichzeitig flatterte sein Geist munter und so unbeschwert wie seit Tagen nicht mehr. Alles war gut in Wellendingen. Alles musste gut sein.

»Wie viele wohl inzwischen gestorben sind? Das ganze Chaos am Anfang, die Flugzeugabstürze müssen Tausende das Leben gekostet haben. Dann die Plünderungen und die Gewalt.«

»Und der ganze Spaß fängt ja jetzt erst so richtig an, interessant zu werden. Zuerst die eigentliche Katastrophe mit ihren unmittelbaren Folgen, danach – und das wird wohl genau jetzt sein – die mittelbare Folge Hunger. Von der ganzen Stadtbevölkerung wird wohl kaum jemand überleben.«

»Wenn sie in den Städten bleiben, sicher nicht – aber hier, auf dem Land?«

»Auch hier nicht. Freiwillig wird kein Dorf etwas rausrücken, und mit ihrer Hände Arbeit können sie ebenfalls nicht überleben. Im Moment werden Bauern gesucht, schätze ich, Leute, die wissen, wie man ein Brot bäckt, wie man eine Säge schärft und welche natürlichen Mittel es gegen Kartoffelkäfer gibt. Schuhverkäufer, Computerexperten und Wissenschaftler können getrost ihren unbezahlten Urlaub genießen, die braucht keiner mehr.«

Malow dachte einige Sekunden über Hans' Worte nach. Alles lief auf eine Vielzahl winziger Agrargesellschaften hinaus, die sich gegeneinander abschotteten und auf eine bessere Zukunft hofften. Dazwischen die Heere organisierter Plünderer und Millionen umherziehende Menschen auf der Suche nach ein paar Krümeln, Würmern oder Blättern.

»Weißt du, wie lange es dauert, bis ein Mensch verhungert?« Hans musste an Silvia und Larissa denken. Hatten beide eine Chance auf ein Leben in dieser neuen Welt? Wie lange konnte ihr Körper beide ernähren? Hatte er ihnen wirklich einen Gefallen getan, als er ihnen von seinen Vorräten gab oder damit nur ihr Leiden um ein paar Tage verlängert?

»Wenn man ausreichend Wasser hat, kann man durchaus einige Wochen dahinsiechen.«

»Das Schlimmste wäre, wenn ich zusehen müsste, wie meine Familie langsam verhungert. Ich wäre wahrscheinlich zu allem bereit, nur um meiner Tochter einen Apfel oder ein Stück Brot zu beschaffen.«

»Womit wir bei der Gewalt wären, die nicht von kriminellen Horden verübt wird, sondern die sich in den kommenden Wochen hinter jedem Baum und jeder Wegbiegung verstecken kann. Die Verzweiflung wird in Resignation, danach wahrscheinlich in Wut und Gewalt umschlagen. Es wird ein paar Tage dauern, bis all die zivilisierten Bürger begriffen haben, dass sie, um zu überleben, genau zu den Methoden greifen müssen, die in jeder funktionierenden Gesellschaft verpönt sind: Gewalt, Selbstjustiz, Diebstahl. Viele werden sich wahrscheinlich nicht dazu überwinden können und nach und nach verhungern oder Selbstmord begehen. Aber einige, und das dürften aller Voraussicht nach Männer und Frauen mit Kindern sein, werden als letztes Mittel zur Gewalt greifen; weniger um sich als um ihre Kinder zu retten. Kinder sind unsere einzige Hoffnung, Hans. Alles, was wir jetzt noch haben.«

Sie starrten in die Glut. Hans beneidete Malow um dessen Unabhängigkeit. Malow war ein freier Mann, der für niemanden die Verantwortung trug und sich um nichts zu sorgen brauchte.

»Wir sollten uns morgen nach ein paar Decken umsehen«, sagte Hans und zog ein paar Zweige zu sich heran.

Es stimmte, die Welt drehte sich weiter, unbeeindruckt von der Katastrophe auf ihrem Rücken. Oder war es gar keine Katastrophe? Evolution? Natürliche Auslese? Ein moderner Meteoriteneinschlag? Die Welt drehte sich weiter und mit ihr der Sternenhimmel.

Sie schliefen mit ihren Rucksäcken im Arm ein, satt und müde, während zur selben Zeit überall auf der Welt Menschen starben. In Krankenhäusern und Altenheimen vertrockneten Tausende Vergessene, in ihren Wohnungen erschlugen Familienväter ihre Frau und ihre Kinder, bevor sie sich neben ihnen erhängten. Frauen verkauften ihre Körper.

Im Einschlafen sah Hans Seger einen Schatten am Seeufer. Er war zu müde, um sich darüber Gedanken zu machen, bestimmt nur ein Tier. Nur ein Schatten.

Am nächsten Morgen, dem 7. Juni, einem Donnerstag, erwachten beide mit einem gehörigen Brummschädel. Der billige Wein hatte seine Wirkung nicht verfehlt. Sie badeten im See, dann packten sie ihre Sachen. Der Himmel hatte sich über Nacht mit dicken Wolken bezogen und aller Voraussicht nach gab es heute noch Regen.

Sie kamen gut voran, fühlten sich, von ihren Köpfen abgesehen, kräftig und gesund und hofften, an diesem Tag den Gürtel aus Hunger und Gewalt, der Berlin wie ein Schatten umgab, zu verlassen. Sie benutzten ausschließlich unbefestigte Wald- und Feldwege oder schlugen sich querfeldein nach Südwesten und gingen jedem menschlichen Kontakt konsequent aus dem Weg. Sahen sie einen einzelnen Reisenden oder eine Gruppe Menschen, versteckten sie sich im Unterholz und warteten, bis diese vorüber waren. Entdeckten sie ein Haus oder Dorf, wanderten sie in einem sicheren Bogen um dieses herum. Dass diese Art der Fortbewegung sehr viele Umwege mit sich brachte und kostbare Zeit verschlang, war ihnen klar, aber vor der Wahl stehend, langsam, aber sicher oder schnell und gefährlich zu reisen, hatten sie sich für die langsame Variante entschieden. Lieber so, als mit eingeschlagenem Kopf im Unterholz zu verrotten wie so viele andere.

Sie stießen immer wieder auf Leichen, selbst hier auf ihrem abgelegenen Weg. Einigen war die äußere Gewalteinwirkung deutlich anzusehen, andere mussten an Krankheiten, Erschöpfung oder Hunger gestorben sein. Es waren vor allem Alte, die schon vor Tagen mit dem Sterben begonnen hatten und jetzt langsam am Wegrand verwesten. Gegen Mittag fanden sie ein altes Paar, das Arm in Arm leblos an einem Baum lehnte. Das Gepäck der beiden bestand aus zwei großen Reisetaschen. In einer entdeckten sie zwei Wolldecken, die andere war bis oben mit lose zusammengepressten Geldscheinen gefüllt. Sie nahmen die Decken und zogen dem Mann seinen Mantel aus. Dann legten sie seine Hand zurück in ihre.

Die Nacht verbrachten sie nahe der Stadt Brandenburg auf einem seit Jahren verlassenen Schrottplatz. Er lag in einer ehemaligen Kiesgrube, von außen kaum zu erkennen. Eine rot-weiß gestrichene Kette und ein verbogenes Schild (»Betreten verboten! Eltern haften für ihre Kinder«, darunter: »LEBENSGEFAHR«) waren die einzigen Warnungen. Erst, als sie unmittelbar an der Abbruchkante standen, sahen sie, wo sie gelandet waren. Sie rutschten eine Böschung hinunter.

Der Schrottplatz war von seinem bankrotten Besitzer schon vor Jahren aufgegeben worden. Seitdem rosteten die Relikte der sozialistischen Kraftfahrzeugkultur stapelweise vor sich hin. Worauf die Bürger der damaligen DDR oft zwei Jahrzehnte hatten warten müssen, verlor nach der Wende 1989 über Nacht seinen Wert. Die gegen VW, Opel und Toyota eingetauschten Trabants, Wartburgs und Co. landeten hier.

Im Fahrerhaus eines verrosteten Lkws, ein 1972er W50, fanden sie einen trockenen Platz. Sie kletterten über zwei Etagen Schrott zu dem Fahrzeug und krochen durch die eingeschlagene Windschutzscheibe in die Kabine. Als sie in ihrem Versteck waren, aßen und unter ihren neuen Decken einschliefen, ahnten sie nichts von der Katastrophe, die noch in dieser Nacht über sie hereinbrechen sollte.

Silvia Hofmuth verfolgte sie seit ihrer Begegnung am Vortag. Sie hatte die Männer am See beobachtet und, nach deren Aufbruch am Morgen, die Überreste ihres Lagers nach Essbarem durchsucht. Zwar besaß sie noch die komplette Wurst und hatte auch erst die Hälfte des Käses gegessen, trotzdem hoffte sie auf mehr.

Während sie Hans und Malow folgte, hielt sie einen Abstand von mindestens fünfhundert Metern und ihre Tochter dabei fast ununterbrochen an der Brust. Larissa war ihre größte Sorge. Sie hatte Angst, dass die Kleine sie verriet, aber der Abstand zwischen Verfolgten und Verfolgerin war groß genug. Larissa meldete sich nur drei Mal, ohne dass einer der Männer aufmerksam geworden war.

Sie folgte ihnen über eine Wiese. Aber plötzlich waren die Männer verschwunden! Silvias Herz begann zu klopfen. Wo waren sie?

Sie rannte los, sie musste die beiden wiederfinden!

Plötzlich öffnete sich vor ihr der Boden zu einem riesigen Krater. Noch ein Schritt und sie wäre mit dem Kind im Arm den Abhang hinuntergestürzt, den wenige Minuten vor ihr Malow und Hans Seger passiert hatten. Sie konnte im letzten Moment abbremsen und ließ sich ins Gras fallen.

Gut zehn Meter unter sich sah sie die Männer zwischen Fahrzeugwracks umherlaufen. Offensichtlich waren sie auf der Suche nach einem trockenen Platz für die Nacht. Schließlich entschieden sie sich für einen Lkw, dessen einmal blaue Lackierung von breiten Rostflecken übersät war. Sie kletterten in das Fahrzeug. Wie ein Adlernest thronte es auf dem höchsten Punkt des Schrotthaufens. Silvia zog sich vom Rand der Grube zurück. Der Regen wurde langsam stärker, und als sei dies noch nicht genug, war ein böiger Wind aufgekommen. Er durchdrang mit Leichtigkeit ihr dünnes Kleid und klebte es an ihren Körper. Der Stoff modellierte jede Rundung – ein grob gewebter Marmorklotz, aus dem der Regen eine Venus herausmeißelte.

Sie suchte unter einem Baum Schutz, gab Larissa die Brust und nahm sich ein Stück Käse. Sie war Hans und Malow gefolgt, weil sie sonst niemanden hatte. Sie hatte nicht einmal mehr ein wirkliches Ziel. Was sollte sie im Ruhrgebiet? Gab es auch nur einen einzigen Anhaltspunkt, der dafür sprach, dass es dort besser war als hier? Nein. Gab es wirklich die Hoffnung, bei ihren Eltern Hilfe zu finden? Wieder nein. Gab es überhaupt eine realistische Chance für eine alleinreisende Frau mit Kind, Deutschland unbeschadet von Ost nach West zu durchqueren? Natürlich nicht.

Der jüngere der beiden Männer, der ihr die Lebensmittel geschenkt hatte und dem sie dafür ihren Körper hatte geben wollen, schien ein netter Kerl zu sein. Warum also nicht in seiner Nähe bleiben? Diese Nähe konnte sie vielleicht beschützen und vielleicht – die Hoffnung stirbt bekanntlich zuletzt –, vielleicht gab es am Ziel der beiden auch einen Platz für sie und für Larissa. Die saugte an Silvias Brust und schlief später auf ihrem Schoß ein. Sollte das Kind überleben, würde es in einer Welt aufwachsen, in der man sich abends Geschichten aus der alten Welt erzählte. Geschichten über diese längst vergangene Zeit. Vielleicht gab es dann wieder Elektrizität und in langen Winternächten flimmerten auf den antiken Fernsehgeräten DVDs, die verklärte Geschichten von früher erzählten. Wenn Larissa überlebte. Dann schlief auch Silvia ein.

Weit nach Mitternacht weckte sie ein Waldkauz, der nach einer Partnerin rief. Silvia sah auf die Uhr, dann legte sie das Kind ins Gras, deckte es zu und steckte ihm den herausgefallenen Schnuller in den Mund. Wunschlos glücklich schmatzte Larissa.

Silvia ging leise zurück zur Abbruchkante. Sie wollte sich im Schutz der Nacht zu Hans und Malow schleichen und sich ein paar von deren Vorräten stehlen. Nicht viel, auf keinen Fall alles, nur, was sie und Larissa in den kommenden drei oder vier Tagen benötigten. Sie wollte sich den Männern nicht zu erkennen geben, aber sie brauchte etwas von den Lebensmitteln, wollte sie ihre Kleine ruhig halten während der Verfolgung.

So leise wie möglich rutschte sie den Hang hinab. Sie landete hinter einem verbeulten Kleinwagen, duckte sich und wartete hier einige Sekunden. Alles blieb still. Der Regen tröpfelte in monotoner Regelmäßigkeit – ein leises, einschläferndes Rauschen.

Als sie sicher sein konnte, dass Hans und Malow nichts bemerkt hatten, kroch sie auf allen vieren über den freien Platz, der sie von dem Fahrzeugstapel trennte, auf dem das Nest der Männer hockte. Sie schürfte sich beide Knie und Hände auf, und als sie sich wieder aufrichtete, war sie von oben bis unten mit Schlamm beschmiert. Sie setzte den nackten Fuß auf den Kofferraumdeckel des untersten Wagens, ein leichtes Vibrieren, mehr nicht. Sie kletterte weiter auf sein Dach und zum Wagen darüber. Sie konnte jemanden schnarchen hören, ganz nah. Sie zog sich auf das Auto, ein glasloser Außenspiegel brach ab, schepperte zweimal gegen Metall und fiel schließlich mit einem lauten Platsch in eine Pfütze. Das Schnarchen setzte aus.

Silvia erstarrte. Reglos kauerte sie vor dem Führerhaus, in dem Hans und Malow schliefen, und wartete auf ihre Entdeckung. Nach wenigen Sekunden setzte Malows Schnarchen wieder ein und das Fahrzeug schwankte leicht, als Hans sich auf die andere Seite drehte. Vorsichtshalber wartete Silvia noch einige Minuten. Sie lehnte am Kühlergrill, direkt über sich die beiden Windschutzscheiben des Führerhauses. Als sie glaubte, mindestens eine Stunde reglos gewartet zu haben – ihre Uhr sagte, dass es genau vier Minuten gewesen waren –, richtete sie sich auf. Sie wollte sich in das Fahrzeug zwängen, wie sie es am Abend bei den Männern beobachtet hatte, dann nach den Rucksäcken tasten und anschließend ebenso leise wieder verschwinden.

Sie stieß sich vom Dach des unter dem Lkw liegenden Fahrzeugs ab. Aber anstatt dass sie ihrem Ziel näher kam, entfernte sich dieses plötzlich von ihr!

Silvia spürte, wie das durchgerostete Dach unter ihrem Gewicht nachgab. Sie drohte in den Kleinwagen zu stürzen und versuchte, sich an dem Lkw festzuhalten. Die dunkle Leere unter ihren Füßen machte Silvia Angst. Sie kämpfte gegen den Absturz, ihre Hände umklammerten den Kühlergrill und sie musste sich auf die Lippen beißen, um nicht loszuschreien vor Schmerz und Angst. Schließlich gab der Grill mit einem trockenen Plopp nach. Er riss aus seiner korrodierten Verankerung und klappte nach unten. Silvia stürzte in den darunterliegenden Wagen und fiel zur Seite.

Die abrupte Gewichtsverlagerung brachte die gesamte

unsichere Schrottkonstruktion ins Schwanken. Vielleicht wäre nichts weiter passiert und das Kartenhaus hätte sich noch einmal gefangen, als aber Hans und Malow wach wurden, glaubten sie, bereits zu fallen. Gleichzeitig versuchten sie ihr Versteck zu verlassen und erst jetzt, durch ihre Mithilfe, neigte sich der Lkw nach vorn. Er rutschte ein Stück, dann brach ein Vorderrad durch das Dach des Wagens, in dem Silvia lag.

Dann ging alles blitzschnell. Das Adlernest stürzte vom Baum. Der gesamte Schrotthaufen geriet ins Rutschen. Silvia sah, wie sich das Loch im Dach plötzlich verschloss, sah, wie sich der Käfig, in dem sie saß, verbog. Scheiben splitterten, der Lkw rollte über sie hinweg. Er überschlug sich und Regen nieselte wieder in ihr Gefängnis. Sie hörte den infernalischen Lärm, mit dem der Laster in die Tiefe polterte, und unmittelbar darauf ein dumpfes Krachen und die Schreie der Männer.

Der Krach musste Larissa geweckt haben. Silvia wusste nicht, ob die Männer etwas von ihrer eigenen Anwesenheit mitbekommen hatten. Sie blieb mucksmäuschenstill in ihrem Versteck. Die Vibrationen und Schwankungen des Schrottberges hörten nach und nach auf. Hier und da noch ein leises Poltern. Schließlich war alles still. Totenstill.

86

07. Juni, 01:30 Uhr, Wellendingen

Die kurzen Momente, in denen Frieder Faust erwachte und sich auf so etwas wie die Wirklichkeit besann, waren fast noch schlimmer als die endlosen Stunden im Delirium. Wenn er sich in dieser Traumwelt befand, der Welt, die das fehlende Gift des Alkohols in ihn hexte, passte alles auf grauenhafte Weise. Es war nur natürlich, dass er gefesselt war, denn er war der Gefangene einer wabernden Insektenmasse. Kleine gelbe Monster umlagerten ihn, schnüffelten und aus ihren Mäulern tropfte leuchtender Schleim. Sie hatten sicher einen Grund, gerade ihn zu quälen. Faust wusste in diesen Momenten nicht, warum sie ihn gefangen hielten, was sie von ihm wollten, aber die Fesseln, die seine Hände und Füße umklammerten, waren nur folgerichtig, ein böser Tupfen in einem bösen Bild. Die Fesseln spreizten Arme und Beine ab und es war ihm unmöglich, sich zur Seite oder auf den Bauch zu drehen. Wenn sie ihr Gift in ihn injizierten (die Lust dazu überkam seine Peiniger fast stündlich), schüttelten ihn Krämpfe, und das Gift zerfraß sein Gedärm. Auf seine Schreie reagierte niemand.

Er hatte Angst um sein Leben, Angst vor den seltsamen Menschen, die immer wieder zu ihm kamen und mit den wartenden Monstern unter einer Decke stecken mussten. Denn öffnete sich die Tür, stoben die kleinen Wesen auseinander und warteten anschließend in den vier Ecken des Raumes, bis die Person die Tür wieder hinter sich schloss. Dann kamen sie erneut zu ihm. Es lief ein grausames Spiel mit ihm als Hauptakteur, eine Art Folter mit dem Ziel, ihn am Leben zu erhalten, einzig für das Vergnügen der gelben Wesen.

Frauen suchten ihn in regelmäßigen Abständen auf. Faust vermutete, dass ihre Besuche einem Rhythmus folgten, genau sagen konnte er es nicht. Der Raum war lichtlos, bis auf ein sich immer wieder wandelndes, diffuses Leuchten vor ihm und das giftige Strahlen seiner tausend Wächter. Befand er sich im Delirium, ohne Wissen um sich, sein Leben und die Gründe seiner Gefangenschaft, blieb alles unverständlich, aber doch wieder passend: Wer auch immer er selbst war, was auch immer er getan haben musste und wo er sich befand – er war Gefangener dieser Wesen, sie hatten ihn gefesselt und würden ihn früher oder später töten. Er vermutete, dass er schon Tage, wenn nicht Wochen so lag. Die Frauen, die ihm Essen (einen leblosen Brei), hauptsächlich aber Wasser brachten, reinigten auch seinen Körper und wechselten die Decke, auf die er seine Ausscheidungen laufen ließ. Sie schienen an diese Arbeit gewöhnt, verrichteten sie zügig und erwiderten seinen irren Blick mit einem Lächeln. Ihn anzulächeln aber passte nicht. Oder war es Teil seiner Folter? Hoffnung in einer hoffnungslosen Situation?

Eva hatte empfohlen, Faust für die Zeit, die sein Zustand andauern würde, zu fesseln. Nur so konnte man eine erneute Flucht verhindern und nur so kamen sie und Susanne nah genug an Frieder heran, ohne Gefahr, von ihm angegriffen zu werden. Sie hatten Fausts Schlafzimmer komplett ausgeräumt und den Boden mit Matratzen ausgelegt. Aus dem ganzen Dorf hatte Bubi weitere Matratzen angeschleppt, bis Boden und Wände des Raumes abgepolstert waren. Auch das Fenster hatten sie abgedeckt und geschützt.

»Jetzt können wir nur noch hoffen. Und beten.«

Wirklich schlimm war sein seltenes Erwachen, die kurze Rückkehr in seinen wirklichen Körper. Im diffusen Tageslicht, das sich zwischen den Matratzen hereinzwängte, erkannte er die flache Lampe an der Decke. Dann wusste er, wer er war und wo er sich befand. Faust konnte sich sogar an den Flugzeugabsturz erinnern und daran, dass die Lampe über ihm ein sinnloses Relikt war. Faust wusste, dass er in einem Rat mitarbeitete und die Nahrungsmittel knapp wurden.

Aber er wusste nicht, weshalb er hier lag.

Wer hatte sein Schlafzimmer in eine Zelle verwandelt? Und WARUM, zum Teufel?

Als er jetzt erwachte, konnte er nichts erkennen. Kein Licht, keine Monster.

Er fror. Die dünne Wolldecke war zur Seite gerutscht. Splitternackt, gefesselt und unfähig, sich selbst zu helfen, starrte er ins Nichts. Unter ihm lag eine zweite Decke – völlig nass geschwitzt. Sie zog in den seltenen fieberfreien Intervallen zusätzlich Wärme aus seinem Körper. Die verrutschte Decke bildete keine glatte Unterlage mehr, sondern einen Wust aus Falten, die ihn zusätzlich peinigten. Wer tat ihm das an? Wer war hierfür verantwortlich? Fausts Schultern und Hüften schmerzten, ebenso Hand- und Fußgelenke. Die unnatürliche Haltung und sein tagelanger Kampf gegen die Fesseln hatten seine Muskeln verkrampft und in eine einzige brennende Masse verwandelt. Steinhart loderte sie in ihm. Steinhart, wie auch Fausts randvolle Blase.

Faust wusste nicht, welche Möglichkeit ihm seine Aufseher zum Urinieren gaben. Wie hatte er es in den Tagen davor getan? Oder gab es keine Tage davor, war er erst seit wenigen Minuten hier und erwachte gerade aus dem Schlaf, in den sie ihn versetzt hatten, um ihn fassen zu können?

Er tastete den schmalen Halbkreis ab, den seine Fesseln als Spielraum hergaben. Es war wenig, viel zu wenig, höchstens zwanzig Zentimeter auf beiden Seiten. Aber er bekam wenigstens einen Zipfel der Decke zu fassen, auf der er lag. Er versuchte, an ihr zu ziehen – ein Ding der Unmöglichkeit.

Welchen Grund gab es für diese Veranstaltung? Der Grund, wenn er doch nur das Warum wüsste!

Der Umstand, dass er in seinem eigenen Schlafzimmer lag, legte eine Beteiligung Susannes an der ganzen Geschichte nahe. Oder Bubis. Vielleicht hatten auch beide damit zu tun. Der Grund für diese Entwürdigung musste also mit seiner Familie im Zusammenhang stehen, schlussfolgerte er. Doch was hatte er ihnen angetan, dass sie dies hier mit ihm machten? Susanne war aus eigenem Antrieb zu solch einem Spiel nicht fähig, Faust kannte sie schon viel zu lange, um auch nur einen Augenblick an sie als Initiatorin zu glauben. Bubi? Nein, auch sein Sohn war nicht der

Auslöser dieser Situation. Kiefer vielleicht, dem würde er es sofort zutrauen. Auch Basler.

Faust hielt noch immer den Zipfel der Decke in der rechten Hand. Eine besonders harte Falte drückte gegen seine Wirbelsäule, wie die Knöchel einer Hand. Faust versuchte, mit den Füßen die Decke zu erreichen und nach unten zu strampeln. Aber vergebens. Sie lag als Wust aus Furchen, Knicken und Kälte unter ihm und so würde es bleiben, bis irgendwann jemand kommen und ihn davon befreien würde. Er könnte um Hilfe rufen, doch wer immer seine Schreie auch hörte, musste dazugehören, war mit Sicherheit Teil dieser Verschwörung, die Faust nicht verstand. Seine Kehle war ausgetrocknet, er fror auf seiner zerknüllten Unterlage, und wenn kein Wunder geschah, musste er in wenigen Augenblicken auf sein Lager urinieren.

Ein Flackern ließ ihn den Kopf wenden. Faust riss die Augen auf. Sein Körper erstarrte und aus seinem Innern kletterte ein Kloß in seinen Hals. An der Wand, schräg über ihm, saß ein kleiner gelber Punkt. Faust versuchte zu erkennen, um was es sich handelte, als der Punkt sich plötzlich bewegte. Er wurde größer. Er wanderte die Wand herunter und blieb in der Zimmerecke sitzen. Dann erschien ein zweites lebendes Licht. Dies hatte Scherenarme und zog eine leuchtende Spur hinter sich her, quer über die Wand.

Das Monster Delirium hatte Mitleid und schickte eine erste Vorhut gelber Ungeheuer in den Raum. Sie näherten sich ihrem Opfer, vertrieben die Fragen aus seinem kranken Geist. Nach und nach erfüllten sie alles erneut mit ihrem (irren) Sinn.

Gegen halb zwei in der Nacht sah Susanne nach ihrem Mann. Nachts war sie hier mit ihm allein. Eva musste sich ausruhen und Bubi war im Dorf auf Streife.

Als sie eintrat, war der kurze Augenblick der Wirklichkeit bereits vorübergezogen. Fausts Augen leuchteten wie Glas. Er beobachtete, wie die Frau die von Schweiß und Urin getränkte Unterlage wechselte, seine Fesseln überprüfte und ihn schließlich zudeckte. Er fror nicht mehr, aber nicht wegen der dünnen Decke – die Hitze saß in ihm, eine fiebernde, irrsinnige Glut, die es ihm unmöglich machte, seine Wärterin zu erkennen und sie nach einem Grund zu fragen. Aber war der Grund nicht ganz einfach? Tausend kleine gelbe Ungeheuer umlagerten ihn und waren Erklärung genug.

87

02:15 Uhr, Schrottplatz südwestlich von Berlin

Der Schmerz saß in Hans Segers Wade und er saß tief. Sehr tief. Seger versuchte, das Bein zu bewegen, ein Fehler, den er umgehend bereute. Die Schmerzen schlugen auf ihn ein und trieben Seger an den Rand der Bewusstlosigkeit. Sofort hielt er das Bein still und ließ sich wieder zurück in die dunkle Pfütze fallen.

Der stürzende Lkw hatte Hans Seger ausgespuckt. Kurz vor dem Fahrzeug landete er im Schlamm der ehemaligen Kiesgrube. Ehe er begriff, was geschehen war, war der Lkw auch schon über ihm. Im selben Moment, in dem das Wrack in den Schlamm krachte, setzte dieser Schmerz ein – ein Faustschlag, ein Knirschen. Hans spürte, wie etwas in seinem Bein brach und das Fleisch um diese Stelle herum wie in einem Schraubstock zusammengepresst wurde.

Das war's, fuhr es ihm durch den Kopf. Ende der Reise. Bitte alles aussteigen, dieser Zug endet hier.

Der Lkw war auf dem Dach der Fahrerkabine gelandet und hatte Hans Segers linken Unterschenkel eingequetscht. Gefangen unter einer riesigen schwarzen Faust.

Seger hielt das Bein still und versuchte sich zurechtzufinden. Der Regen wurde stärker, von seinem eigenen Atem abgesehen war er das einzige Geräusch. Seger erinnerte sich, dass er sich auf einem Schrottplatz befand, sie hatten in einem alten Lkw die Nacht verbringen wollen, er und Henning Malow. Er richtete den Oberkörper auf. »Henning?« Die erhoffte Antwort blieb aus. Seger versuchte etwas zu erkennen, aber die Nacht hier unten in der alten Kiesgrube war so undurchdringlich, dass jede Kontur im Schwarz des Dahinterliegenden ertrank. Und eine dichte, tiefe Wolkendecke sperrte das Sternenlicht aus.

Hans rutschte an die Fahrzeugkabine heran. Er schob seine Fingerspitzen unter das Dach und obwohl er wusste, dass es blanker Unsinn war, versuchte er es anzuheben. Er stöhnte, als es sich wenige Millimeter bewegte und wie zur Strafe den Druck auf sein gebrochenes Bein verstärkte. Dann fiel er zurück in den Schlamm.

»Henning Malow!«, schrie er. »Mach, dass du herkommst!« Der Regen, der auf die Fahrzeugwracks und in die Pfützen trommelte, blieb die einzige Antwort. Er spürte Panik in sich aufsteigen, die Angst vor der Dunkelheit, gepaart mit Schmerz und dem Gefühl des Ausgeliefertseins. Und Angst um Malow. Er starrte in die Nacht und auf den eisernen Koloss, der auf seinem Bein lag. Irgendetwas musste den Schrotthaufen zum Einsturz gebracht haben. Ihn selbst hatte es aus dem Fahrzeug geschleudert, warum nicht auch Malow? Das Ungetüm hatte sein Bein erwischt und Malow schien wie vom Erdboden verschwunden. Seger musste sich zur Ruhe zwingen. Er wollte schreien, am Fahrzeug zerren, sein Bein befreien, wollte fort von hier.

»Henning? Bist du hier irgendwo?« Wieder keine Antwort.

Vielleicht liegt er direkt neben meinem Bein, schoss es ihm durch den Kopf. Malows Beine ragen auf der anderen Seite der Kabine in die Nacht und der Rest ... Er versuchte den aus seiner Panik geborenen Gedanken abzuschütteln, aber vergebens. Es war ein Ding der Unmöglichkeit, dem

Bild, das sich da aus dem Nichts erhob, zu entkommen: Malow, von ihrem Nachtlager zerquetscht. Zwei Beine, die in die Dunkelheit ragten und Blut, sehr viel Blut, welches der Regen verdünnte. Und er selbst, Hans Seger, lag mitten darin, hatte Angst und war allein.

»Nein, ihm ist nichts passiert«, flüsterte Hans in die Nacht. Er drückte beide Fäuste gegen seine Augen – winzige Lichtblitze, die nichts erhellten.

Ein Hebel! Eine Stange!

Vielleicht lag hier irgendwo ein Werkzeug, das er unter das Dach schieben und mit dessen Hilfe er mit etwas Glück und noch mehr Kraft die Kabine eine Winzigkeit anheben könnte. In dem engen Radius, den ihm seine Fußfessel ließ, tastete er den Schlamm um sich herum ab: Steine, eine Radkappe, sonst nichts. Er rutschte ein Stück in die andere Richtung. Jede Bewegung steigerte dabei die Schmerzen in seinem Bein, die beiden Enden eines zerbrochenen Knochens schabten aneinander und gaben sich alle Mühe, den Mann zur rettenden Ohnmacht zu überreden.

Er legte eine Pause ein. Schweiß perlte von seinem Gesicht und vermischte sich mit feinen Regentropfen. Wieder fiel er nach hinten in den Morast, und als er die Arme wie zum Zeichen der Kapitulation ausbreitete, berührte seine linke Hand etwas Weiches. Er bekam es zu fassen und zog. Es war sein Rucksack.

Er öffnete ihn. Für einen kurzen Moment vergaß er den Schmerz. Er durchwühlte den Rucksack und warf dabei einen Teil der Vorräte in den Schlamm. Dann endlich hatte er die Taschenlampe gefunden. Und in ihrem Lichtschein sah er Henning Malow nur zwei Meter neben sich auf dem Bauch liegen. Besinnungslos. Er wirkte schlaff, wie tot, aber sein Brustkorb hob und senkte sich in regelmäßigen Abständen. Er lebte.

Noch.

Hans Seger erkannte sofort die Gefahr, in der Malow

schwebte. Er lag mit halb offenem Mund in einer Pfütze. Von Malows Stirn wanderte ein dünner Blutfinger über sein Gesicht, und das schlammige Wasser hatte bereits seine Unterlippe erreicht. Es regnete weiter und von den Hängen der Kiesgrube plätscherten winzige Rinnsale zu ihnen herunter. Malow lag in einer kleinen Senke, die keinen Abfluss hatte. Selbst wenn der Regen augenblicklich aufhörte, musste der Wasserspiegel der Pfütze noch lange ansteigen. In ein paar Minuten würde das Wasser in Malows Mund schwappen und ihn entweder mit einem Hustenanfall wecken oder aber ersticken. In einer Pfütze nahe der deutschen Hauptstadt ersoffen. Leb wohl, Rom.

Seger wusste, dass er nicht abwarten und auf einen Hustenanfall Malows hoffen durfte. Malow war seine Hoffnung. Die einzige. Sollte er hier liegen bleiben und nicht mehr erwachen, besiegelte das auch Hans Segers Schicksal. Ohne die Hilfe seines Begleiters war die eigene Befreiung ein Ding der Unmöglichkeit. Er musste Malow retten, um sich selbst zu retten.

Seger warf den Rucksack zur Seite und streckte sich zu Malow hinüber. Kopf und Schulter lagen ihm am nächsten. Aber so sehr er sich auch abmühte und die eigenen Schmerzen ignorierte, es fehlten zwanzig Zentimeter. Von weither weinte ein Kind.

»Wach endlich auf, du blöder, alter Mann!« Hans warf kleine Steine nach Malow, er schrie ihn an und schlug ihm schließlich mit der Taschenlampe gegen die Schulter. Aber all das nützte nichts – Malow blieb in seiner Bewusstlosigkeit gefangen wie ein lebenslänglich Verurteilter in seiner engen, kalten Zelle.

Seger sah sich um. Es musste eine Rettung geben, irgendeinen Ausweg!

Silvia hörte ihr Kind schreien. Weit weg, außerhalb der Grube, aber trotzdem nah genug. Jetzt hielt die Frau nichts mehr in ihrem Versteck. Sie kletterte aus dem zerbeulten Autowrack. Eine Radkappe löste sich, fiel in die Tiefe und neben Seger in die Pfütze. Bevor der erfasste, was um ihn her geschah, glitt Silvia wie eine Katze über die ausrangierten Fahrzeuge. Schon war sie neben ihm, packte Segers Rucksack und verschwand in der Dunkelheit, bevor der Lichtkegel sie erreichte. Sie musste zu ihrem Kind, sofort. Seger hörte ihren Atem, hörte sie den Hang hinaufklettern. Losgetretener Kies und Schlamm rutschte nach unten, dann hatte sich ihr Schatten auch schon in der Nacht aufgelöst und mit ihm sein Rucksack.

Wenig später erstarb das Schluchzen des Kindes.

Aber Hans Seger blieb keine Zeit, über das Geschehene nachzudenken. Schon bildeten sich an Malows Mund kleine Bläschen beim Ausatmen. Es regnete weiter und das Wasser in der Pfütze stieg und stieg immer noch weiter.

Er hielt die Lampe in der Hand. Er betrachtete sie einen kurzen Moment, dann wusste er, was zu tun war. Er schlug den Griff der Lampe in den aufgeweichten Boden. Das war die Rettung. Wenn das jetzt nicht funktionierte, würde bald gar nichts mehr funktionieren.

Seger musste sich weit um die eigene Achse drehen, um wieder und immer wieder Kies und Schlamm zur Seite zu schieben. Sein Bein klopfte und wehrte sich mit Schmerz gegen die Bewegungen. Aber gab es eine Alternative? Wieder und wieder stieß er die Lampe in den Boden und grub so nach und nach eine schmale Rinne von der Senke, in der er selbst lag, hin zu Malows Pfütze. Mit einem letzten gezielten Schlag öffnete er dessen nasses Grab und das Wasser ergoss sich das leichte Gefälle herunter zu Hans. Zufrieden beobachtete er das Sinken des Wasserspiegels um Malows Gesicht, schon verschwanden die Bläschen um dessen Mund. Sein Brustkorb hob und senkte sich weiter – ruhig und gleichmäßig, ohne Wissen um den nahen Tod.

Seger sank in sich zusammen. Die unterdrückten Schmerzen waren zurück in seinem Bewusstsein und forderten ihr Recht. Alles wurde schwarz.

Henning Malow erwachte fünfzehn Minuten später. Seine Nase blutete und auf der Stirn hatte er ein paar kleine Kratzer, sonst war er unverletzt. Er hustete, sah sich um, dann hörte er Segers Stöhnen.

»Was ist mit dir?« Sein Kopf dröhnte, als habe jemand neben ihm eine Rakete in die Luft gejagt.

»Ich kann mich nicht bewegen. Unser Nachtquartier liegt auf meinem Bein.« Hans schaltete die Taschenlampe ein.

»Mist, verdammter!«, fluchte Malow, als er Hans' Bein und den Lkw sah. Aber, erkannte er, Hans hatte auch Glück gehabt. Die Kiste hätte Hans ebenso gut am Kopf treffen können. Oder auch ihn selbst. Dann lägen sie jetzt bis zum Sankt-Nimmerleins-Tag mit dem Gesicht im Dreck. Mindestens.

Malow packte Hans unter beiden Armen und Hans drückte mit dem unverletzten Bein gegen das Fahrzeug. Aber so sehr sich die Männer auch anstrengten, Hans' Bein saß fest. Und er lag in einer großen Lache aus Regenwasser und Schlamm, die ihn langsam auskühlte.

»Wie schlimm sind die Schmerzen?«

»Reicht für zwei.« Hans versuchte ein Lächeln, welches der Regen sofort wieder von seinem Gesicht spülte. Er wusste nicht, was schlimmer war: der Schmerz seines gebrochenen Beines oder die Zukunftsaussichten. Wie sollte es weitergehen? Selbst wenn Malow ihn freibekommen sollte, wusste Hans, gab es kein Danach. Es gab keine Ärzte oder Krankenhäuser mehr, keinen Zug, der ihn nach Wellendingen bringen würde. Weit und breit niemand, den er kannte. Zu Hause, bei Eva und seinen Freunden im Dorf, wäre dies ein blöder Unfall, mehr nicht. Hier aber bedeutete ein gebrochenes Bein das Ende.

Malow begann mit bloßen Händen den Schlamm rechts

und links neben Hans' Bein wegzukratzen. Er wollte es so weit unterhöhlen, dass er Hans herausziehen konnte. Aber es kam anders. Was wie tiefer Schlamm aussah, war nur wenige Zentimeter dick. Darunter fand er den harten Boden der Kiesgrube, und dieser bestand aus kleinen und großen Gesteinsbrocken, festgefahren in Jahrzehnten und härter als Beton.

Malows Fingerkuppen bluteten. Als ein Fingernagel abbrach, hielt ihn Hans zurück.

»Lass gut sein«, sagte Hans. Nässe und Kälte hatten den Schmerz aus seinem Bein getrieben, aber auch das Gefühl aus seinem Rücken. Malow hatte mit seiner Aktion eine kleine Vertiefung geschaffen, in der sich das Regenwasser sammelte, während sich im Osten das Schwarz der Nacht in ein diffuses Grau verwandelte.

Malow ließ sich neben Hans in den Dreck fallen und reichte ihm einen Schluck Wasser.

»Und jetzt?« Malow starrte in den Morgen wie auf einen ungeliebten Besucher. »Scheißwetter.«

Hans betrachtete das Ungetüm, unter dem sein Bein begraben lag, dann seinen Begleiter. Malow war zwar nicht gerade in seinen besten Jahren, sah aber kräftig genug aus.

»Mit einem Hebel könnte es klappen«, sagte Hans.

»Natürlich! Ich brauche die Kiste ja nur ein paar Zentimeter anzuheben. Nur so viel, dass du rausrutschen kannst.« Er sah sich um, rannte um den Schrottberg herum und hatte nach wenigen Minuten ein geeignetes Werkzeug gefunden. Am Rand der Grube lagen auf mehreren Bergen die Einzelteile ausgeschlachteter Wagen. Ein Haufen mit Scheinwerfern, einer mit Türen und ein Berg Achsen. Sie erinnerten an ein Riesenmikado. Malow grub eine Handbreit neben Hans' Bein ein kleines Loch unter das Fahrzeugdach und steckte die Achse hinein, dann stemmte er sich dagegen und versuchte, das Fahrzeug anzuheben.

»So wird das nichts«, meinte Hans. Der Lkw hatte sich

kaum bewegt. »Wir brauchen etwas zum Unterlegen. Damit du die Achse wie einen Hebel nach unten drücken kannst.«

Diesmal musste Malow etwas länger suchen, aber schließlich kam er mit einem Stück Gusseisen zurück. Er legte es unter die Achse. Dann warf er sich mit seinem ganzen Gewicht auf ihr freies Ende. Und tatsächlich, ganz leicht hob sich das Fahrerhaus.

»Ja. Es klappt. Du schaffst es!«

Hans spürte, wie der auf seinem Bein lastende Druck langsam nachließ. Malow kämpfte, an seinen Schläfen erschienen dicke Adern, und Millimeter um Millimeter schaffte er das Unmögliche. Hans versuchte, sein Bein herauszuziehen, feuerte Malow an und bemerkte nicht, dass sie vom Rand der Grube aus beobachtet wurden.

Plötzlich rutschte die Achse von ihrer Unterlage und der Lkw in seine alte Position. Hans schrie auf, dann wurde er ohnmächtig und klatschte wie ein nasser Sack nach hinten in die Pfütze.

Silvia beobachtete, wie Malow Hans Seger schüttelte, ihm schließlich seine zusammengerollte Decke unter den Kopf legte und ihn mit einem Mantel zudeckte.

Dann setzte sich Malow neben Hans. Er wirkte ratlos. Die ganze Situation erinnerte ihn an Lena. So wie jetzt Hans, hatte auch Lena ohne ihn keine Überlebenschance gehabt. Sie hatte er verlassen. Jetzt war Hans auf ihn angewiesen. Malow war klar, dass es für einen einzelnen Mann unmöglich war, Hans zu befreien. Aber selbst, wenn dies gelingen sollte, was dann? Wer sollte das Bein versorgen? Es musste sicher geschient werden, und er selbst kannte sich damit ungefähr ebenso gut aus wie mit Einsteins Relativitätstheorie. Er fühlte Hans' Puls, dann zog er seinen Rucksack aus dem Schlamm und legte ihn auf eines der Fahrzeuge. Er blickte sich um. Hier irgendwo musste auch der zweite Rucksack liegen. Er ging um den Lkw, sah in ihm nach, aber das Gepäckstück blieb wie vom Erdboden verschluckt. Und damit auch die Hälfte ihrer Vorräte.

Hans kam wieder zu sich. Er stöhnte. In seinem Bein hämmerte etwas.

»Wenigstens blutest du nicht«, sagte Malow. Er hatte das Wasser beobachtet, in dem das Bein lag und kein frisches Blut gefunden.

»Ist doch schon mal ein guter Anfang.«

»Anfang von was? Ich schaff es nicht, dich unter dem Ungetüm rauszuholen«, sagte Malow. Er klang mutlos.

Sie schwiegen einige Minuten, dann richtete sich Hans auf und fingerte sein Portemonnaie aus der Hosentasche. Er nahm seinen Ausweis und hielt ihn Malow hin.

»Was soll ich damit?«

»Meine Adresse. Auf der Rückseite steht meine Adresse. Geh zu Eva, meiner Frau, und erzähl ihr, was passiert ist und …«

»Ich glaube, du spinnst!« Malow sprang auf und warf Hans den Ausweis auf die Brust. »Deinen dämlichen Ausweis kannst du dir sonst wohin stecken! Denkst du, ich lass dich hier im Stich und in der Pfütze langsam verrecken?«

»Genau das würde ich an deiner Stelle machen«, log Hans. »Ich würde meinen Rucksack schnappen, dir viel Glück wünschen und schleunigst aus dem Loch rausklettern.« Hans wusste nicht, welche Wunde er soeben in seinem Begleiter aufriss. »Du musst an dich denken. Ich bin nur ein Klotz an deinem Bein und du kannst mir nicht helfen.«

Malow sprang zu Hans hin und packte ihn am Kragen. »Entweder du hältst jetzt die Klappe oder, oder …« Malows Augen funkelten und es war nicht zu übersehen, dass das nächste falsche Wort das Fass zum Überlaufen bringen musste. Er ließ Hans zurück auf die Decke fallen. »Ich – lasse – dich – nicht – allein!« Einmal genügte. Diesmal würde er nicht davonlaufen. Diesmal nicht.

Er wollte gerade die Achse neu ansetzen, als ihn ein Geräusch und ein leiser Aufschrei stocken ließen. Dann rollte Hans Segers vermisster Rucksack vor seine Füße. Larissa fest im Arm, rutschte Silvia im ersten Morgenlicht hinterher. Verlegen zog sie ihr Kleid nach unten und murmelte ein »Guten Morgen.«

Hans und Malow starrten sie an wie einen Geist. Sie brauchten einige Sekunden, um das schmutzige Gesicht zu identifizieren, aber dann wussten sie, wer vor ihnen stand.

»Sie?« Malow ließ die Achse los und Hans verzog folgerichtig das Gesicht. »Was machen Sie denn hier?«

»Ich bin Ihnen heimlich gefolgt«, sagte Silvia so leise wie möglich. Sie wusste auch nicht, warum sie ihre Tarnung aufgab und die Beute, für die sie Kopf und Kragen riskiert hatte. Mitleid, vermutete sie. Hans Seger hatte vor zwei Tagen Mitleid mit ihr gehabt, jetzt war sie an der Reihe. Hätte Malow an Hans' Stelle gelegen, wäre ihre Entscheidung mit Sicherheit anders ausgefallen. Sie hatte Mitleid mit Hans Seger, außerdem hatte sie dieses Unglück ausgelöst.

Malow betrachtete die Frau, dann den fehlenden Rucksack und zählte eins und eins zusammen. »Sie waren heute Nacht auch schon hier, oder?« Silvia nickte. »Dann ist wegen Ihnen die ganze Scheiße hier zusammengestürzt?« Wieder ihr stummes Nicken.

Malow sprang zu Silvia hinüber und packte sie an den Schultern. Wäre Larissa nicht gewesen, er hätte sie in den Dreck geworfen und getreten und geschlagen. Sie war an allem schuld, sie, die hässlichste Frau der Welt und ihr unnützer Balg.

Er schüttelte sie und packte sie an den Haaren.

»Da, sehen Sie hin. Schauen Sie sich genau an, was Sie angerichtet haben!« Er drückte ihr Gesicht nach unten, so dass ihre Nase fast Hans' Bein berührte. Larissa fing an zu weinen.

»Lass sie!«, hörte er Hans schreien. »Lass sie in Ruhe! Jetzt ist es zu spät.«

Malow spuckte auf den Lkw. Dann ging er zur Seite und trat gegen einen Reifen.

»Gemeinsam könnten wir ihn vielleicht befreien.« Silvia stand auf und sah Malow an. »Wenn wir uns gemeinsam auf die Stange lehnen …«, sagte sie. Sie sprach leise und hatte Angst.

»Achse«, korrigierte sie Malow. Er wollte sie bereits aufs Neue beschimpfen (so dumm konnte auch nur eine Frau sein), als ihre Worte in sein Bewusstsein drangen. Er sah zu Hans hinüber, der neue Hoffnung geschöpft hatte und auf Malows Reaktion wartete.

»Von mir aus«, knurrte er und nahm die Achse. »Leg das Kind weg.«

»Geben Sie her«, sagte Hans. »Ich werde sie so lange halten.«

Malow setzte die Achse neu an. »Fass hier an.« Gemeinsam legten sie ihr ganzes Gewicht auf den Hebel. Das Fahrerhaus bewegte sich, ganz langsam, aber deutlicher als bei Malows erstem Versuch. Hans spürte, wie der Druck auf seinem Bein verschwand, schon konnte er es ein kleines Stück bewegen.

»Noch ein bisschen. Nur ein paar Millimeter. Ihr schafft es.« Er stemmte sich vom Boden ab, so fest er nur konnte. Noch hielt ihn etwas fest, dann war er plötzlich frei. Hans rutschte aus der Gefahrenzone. Larissa lag auf seiner Brust und starrte ihn an.

88

10. Juni, 11:19 Uhr, Wellendingen

Nach dem sonntäglichen Gottesdienst versammelte sich ein Großteil der verbliebenen Einwohner Wellendingens im Gasthaus Krone. Pfarrer Kühne hatte im Anschluss an seine

Predigt (Nächstenliebe, Teilen, Vergeben und Hoffen) eine kurze Botschaft des Wellendinger Rates verlesen. Basler, der sich am Vorabend durchgesetzt hatte und die anderen davon überzeugen konnte, Fausts Platz im Rat vorerst einem anderen zu geben, hatte ihn darum gebeten. Hildegund Teufel hatte darauf bestanden, dass dieses neue Ratsmitglied vom Dorf gewählt werden musste. Auch durfte sein Mandat nur bis zu Fausts Rückkehr oder dessen endgültigem Abschied aus dem Rat gelten. Wohl oder übel musste sich Basler den anderen beugen, hoffte aber insgeheim, Bubi den Posten zuschanzen zu können. Fausts Sohn wäre sein geeigneter Kandidat.

Der von Roland Basler angeführte Tross aus der Kirche passte problemlos in die Wirtsstube. Am 23. Mai, dem Tag, an dem die Lichter ausgingen, zählte das Dorf 403 Einwohner, am heutigen 10. Juni noch 232. Acht Personen, die am 23. Mai außerhalb des Dorfes unterwegs gewesen waren, darunter Hans Seger, wurden noch vermisst. Dreizehn Todesfälle hatte es gegeben, darunter den Mord an Adelheid Nussberger. Artur Wehinger starb bei Baumfällarbeiten, weitere Personen an ihren chronischen Krankheiten, die aufgrund fehlender Medikamentengabe außer Kontrolle geraten waren. Eine gestern beerdigte Vierundfünfzigjährige war, so befürchtete Eva Seger, Wellendingens erste Hungertote. 167 Frauen, Männer und Kinder hatten Wellendingen verlassen, darunter auch Georg Sattler. Seit er zu Fuß ins Stühlinger Krankenhaus aufgebrochen war, um sich Insulin zu besorgen, hatte keiner mehr etwas von ihm gehört.

Zugezogen waren in dieser Zeit nur zwei Personen: Eckard Assauer und Thomas Bachmann. Die von Jürgen Mettmüller und Frieder Faust errichteten Straßensperren sorgten für eine effektive Umlenkung fast aller Reisenden, und wenn sich doch einmal ein Fremder in den Ort verirrte, wurde er ohne Wenn und Aber bis zur nächsten Sperre geleitet und weitergeschickt. Man wollte keine Fremden, im

Gegenteil: Jeder Einwohner, der das Dorf verließ, erhöhte die Überlebenschancen der Bleibenden.

Das Äußere der Menschen hatte sich in den vergangenen neunzehn Tagen dramatisch verändert. Die Kleidung war jetzt durchweg praktischer Natur, ohne Tribut an den Zeitgeist und die Meinung der anderen. Und man sah den Kleidungsstücken an, dass sie in kaltem Wasser mit zunehmend weniger Waschmittel behandelt wurden; sie waren fleckig und ausnahmslos voller Falten. Erst das tagelange Tragen machte sie ein wenig glatter.

Unter den Männern trugen nur diejenigen keinen Bart, die sich vor der Katastrophe nass rasiert hatten. Wer vormals Elektrorasierer bevorzugt hatte, dem wuchs inzwischen ein mehr oder weniger langes Etwas im Gesicht, nur gelegentlich mit einer Schere gestutzt. Ein fast dramatischer Wandel hatte sich im Erscheinungsbild der Frauen vollzogen, und hier vor allem in der Altersgruppe von Mitte dreißig bis um die sechzig. Vor zwei Wochen noch makellos schwarzes Haar wurde plötzlich an den Ansätzen grau oder weiß; Lack blätterte von Fuß- und Fingernägeln und darunter erschien der Dreck, den die ungewohnten Stall-, Garten- oder Feldarbeiten hinterließen. Lidschatten hatte ausgedient und die erprobte Faltencreme war längst alle. Lockiges und sorgsam gelegtes Haar war jetzt glatt und hing in dünnen, zunehmend fettigen Strähnen herab. Augenbrauen wurden weder gezupft noch nachgezogen – es gab heute Wichtigeres.

Wenige hatten sich in den ersten Tagen nach dem Flugzeugabsturz vorstellen können, dass dies nun das neue Zeitalter war, mit dem sie sich arrangieren mussten. Erst nach und nach waren sie in der Wirklichkeit angekommen. Niemand, der weder Krieg noch Hungerjahre erlebt hatte, hatte sich vorstellen können, wie schnell es ging, dass alle Vorräte aufgebraucht waren, dass das Brot gegessen oder so hart und verschimmelt dalag, dass es ohne Gefahr für Magen und Zähne nicht mehr gegessen werden konnte. Niemand hatte sich ein Leben ohne Zucker und Kartoffeln vorstellen können, niemand wusste, woher man Salz bekam, hatte der Großhandel über längere Zeit Nachschubprobleme. Wie lange dauert es, bis der Mensch allein ist, allein mit sich und dem, was ihm die Natur HEUTE gibt – ein wenig Milch vielleicht, ein Ei – wenn er Glück hat –, und eine Handvoll Beeren.

Unter den Frauen, Männern und Kindern, die sich im Gasthaus versammelten, gab es nur wenige, die keinen Hunger hatten. Roland Basler und seine Frau gehörten dazu. Obwohl sie selten bei körperlicher Arbeit gesehen wurden und das tägliche Melken für den eigenen Bedarf die einzige Arbeit war, für die Frederike Basler ihr Haus verließ, waren beide wohlgenährt. Noch besaßen sie einen nicht unerheblichen Vorrat Lebensmittel, den sie erfolgreich vor den anderen verbargen und dessen Herkunft zu einem Großteil auf Martin Kiefers Arbeit zurückging. Aber auch sie mussten sich einschränken und Basler wusste, dass er sich schleunigst eine eigene Einnahmequelle erschließen musste, wollte er sich nicht in das kleine Heer der Arbeitenden einsortieren.

Basler kletterte auf einen Tisch und hob beide Arme. Der Saal kam zur Ruhe und alle warteten auf das, was ihnen der Rat mitzuteilen hatte. Natürlich hatte man auf dem Weg zwischen Kirche und Gasthaus Vermutungen angestellt: Vielleicht gab es Nachrichten aus Stuttgart oder Berlin oder jemand hatte in einem der verlassenen Häuser einen Keller voller Kartoffeln gefunden. Pessimisten vermuteten, dass trotz aller Vorkehrungen das Massengrab auf dem Hardt undicht war, Gift ins Grundwasser sickerte und sie das Dorf aufgeben mussten. Vielleicht war auch eine ansteckende Krankheit ausgebrochen.

Basler lächelte weltmännisch in die Runde. Als Einziger trug er einen Anzug, ein fast faltenfreies Hemd und eine Krawatte. Er wirkte wie ein Fossil, ein Besucher aus einer

Welt, an die sich jeder zwar noch erinnerte, die aber schon so weit weg war, dass Baslers Auftritt schon fast kurios wirkte.

»Wie ihr sicher alle wisst, geht es einem aus dem Rat, den ihr gewählt habt, nicht besonders gut.« Im Saal erhob sich ein leises Murmeln. Fausts Name wurde geflüstert und dass er ein Trinker sei und ihn das krank mache. Manche hatten seine Schreie gehört, andere wussten, dass er wahnsinnig geworden war und demnächst sterben würde. Susanne, die mit Eckard Assauer und dem Pfarrer in einem dunklen Winkel des Schankraumes saß, senkte den Kopf und sah auf die fleckige Tischplatte. Sie schämte sich für ihren Mann. Ein Alkoholiker. Bisher hatte es noch nie etwas Ähnliches in ihrer Familie gegeben. Susanne wusste, dass man über Frieder redete – und natürlich auch über sie. Alkoholiker, so bisher ihre eherne Ansicht, waren verkommene, schmutzige Gestalten, die vor Supermärkten hockten, das Pfand der Einkaufswagen erbettelten und es anschließend in eine Flasche billigen Fusel umsetzten. Alkoholiker waren Ausgestoßene. Susannes Ohren glühten; sie spürte das Mitleid in den Blicken der anderen.

»Keiner weiß, wie lange es noch dauert, bis Frieder wieder im Rat mitarbeiten kann. Wir vermissen ihn sehr, vor allem seine Ideen und seine anpackende Art.« Wieder Murmeln. »Warum wir euch hier zusammengerufen haben: Für die Zeit, die Frieder noch ausfällt, brauchen wir im Rat ein fünftes Mitglied, einen Vertreter für Frieder Faust. Zu viert ist es schwer, Entscheidungen zu treffen, denn im ungünstigsten Fall entsteht bei Abstimmungen ein Patt, das uns nicht weiterbringt. Außerdem gibt es wichtige Fragen, die wir bisher aufgeschoben haben, die aber dringendst geklärt werden müssen.«

»Zum Beispiel?«

Die Dunkelheit in dem niedrigen Raum und das grelle Tageslicht, das durch die offenen Fenster einfiel, blendeten

Basler. Aber er wusste auch so, wer der Frager war. Eugen Nussberger, dessen chronischer Husten in den letzten Tagen deutlich besser geworden war. Ein Leben ohne Zigarren hatte er sich niemals vorstellen können. Genauso wenig wie ein Leben ohne seine Schwester. Aber beides ging.

»Wir müssen an den Winter denken, Eugen.«

Wieder Unruhe im Saal. Niemand war hier, der sich vorstellen wollte, dass diese Katastrophe noch bis zum Wintereinbruch andauern könnte. Aber hatte es vor zwei Wochen noch Entsetzen oder Gelächter gegeben, wenn jemand diese Vermutung ausgesprochen hatte, blieb es heute still. Niemand hatte diese Katastrophe für möglich gehalten. Und sie war doch gekommen. Niemand hatte daran geglaubt, dass es länger als ein paar Stunden, höchstens Tage dauern würde, bis alles wieder normal wäre, und es war doch ganz anders gekommen.

»Wir müssen Vorräte anlegen, wenn die Erntezeit einsetzt. Wir müssen uns um Holz für den Winter kümmern. Und wir müssen das alles organisieren. Es geht nicht, dass jeder sein eigenes Ding macht. Wir müssen unsere Arbeit noch besser koordinieren. Bubi und Martin bewachen uns momentan jede Nacht allein. Sie brauchen mindestens noch zwei Helfer, die sie unterstützen. Und und und. Alles Punkte, über die wir im Rat diskutieren und entscheiden müssen.«

»Ich schlage Markus Thoma vor«, kam es aus dem Dunkeln.

»Genau.« Eugen Nussberger war aufgestanden und kratzte sich am Bart. »Genau«, sagte er noch einmal und setzte sich wieder.

Thoma, der Lehrer der kleinen Wellendinger Grundschule, hatte seit vier Tagen wieder mit dem Unterricht begonnen. Außer am Wochenende unterrichtete er jeden Vormittag vier Stunden, weniger um den Kindern, die das Angebot dankbar annahmen, etwas beizubringen, als ihnen ein kleines Stück Normalität zurückzugeben. Inzwischen zählte seine Klasse achtzehn Schüler zwischen sechs und dreizehn Jahren und fast täglich erschien ein neues Kind.

Der Vorschlag, Thoma in den Rat aufzunehmen, wurde zwar nicht mit Begeisterung aufgenommen, aber außer von Nussberger auch noch von zwei oder drei anderen unterstützt. Sichtlich unangenehm berührt erhob sich der Lehrer und schüttelte den Kopf.

»Ich werde es machen, wenn ihr es wollt und wenn wir keinen Besseren finden. Aber eigentlich möchte ich nicht. Ich kann gut mit Kindern umgehen, aber die Arbeit in unserem Rat«, er spielte mit einem Bierdeckel, »ich glaube, dazu bin ich nicht geschaffen.«

»Lydia, wie wär's mit dir?«

Aber auch Lydia Albicker schüttelte den Kopf. »Ich hab genug mit meinen Tieren zu tun.«

Im Saal wurde es ruhig. Es hätte sicher noch eine Reihe geeigneter Kandidaten gegeben, aber jeder von ihnen, Bardo Schwab, Jürgen Mettmüller oder Anne Gehringer, wehrte ab. Durch die Arbeiten, die sie hier im Dorf übernommen hatten, durch die Sorgen um sich und ihre Familien hatten sie weder Zeit noch Lust, im Rat mitzuarbeiten.

Auf diesen Moment der Stille hatte Roland Basler gewartet. Das war Frederikes Zeichen. Baslers Frau wollte soeben das verabredete Stichwort geben, als Berthold Winterhalder, der Wirt, auf den Tresen klopfte. Von den blauen Flecken in seinem Gesicht und am Hals, Folge des nächtlichen Überfalls auf seinen vollen Keller vor zwei Wochen, war kaum noch etwas zu sehen. Die Vorräte, die nach dem Einbruch noch übrig gewesen waren, hatten er und seine Frau in der Zwischenzeit selbst verbraucht, einen verschwindend kleinen Teil, vor allem leicht verderblicher Lebensmittel, der Allgemeinheit zur Verfügung gestellt. Seit zwei Tagen lag ihm seine Frau in den Ohren. Edeltraud Winterhalder wollte nicht verhungern.

»Mich interessiert eigentlich nicht, ob ihr zu zweit, zu viert oder fünft abends bei Hildegund hockt. Mich interessiert auch nicht, was ihr da redet. Meine Frau und mich interessiert im Grunde nur, wie wir überleben können.«

Im Saal erhob sich Zustimmung, einige klatschten.

Uwe Sigg, früher arbeitslos, heute mit dem Leerpumpen der wenigen Heizöltanks beauftragt, strich sich die blonden Locken aus der Stirn und stand auf. Seine Frau Lisa versuchte, ihn zurückzuhalten. Er schüttelte ihren Arm ab.

»Ich will auch mal was sagen.«

»Dann mach doch«, kam es aus der Runde. »Beeil dich, zu Hause musst du wieder die Klappe halten.«

Gelächter.

Aber Sigg ließ sich nicht beirren. »Wir kümmern uns viel zu viel um die, die selbst nichts beisteuern.« Im Saal wurde es still. Sigg zögerte, bereute schon, aufgestanden zu sein. »Ich, also ... ich finde, jeder sollte mitarbeiten und etwas beisteuern.«

»Und wer gehört deiner Meinung nach zu denen, um die wir uns zu sehr kümmern?« Sigg entging die Drohung in Bea Baumgärtners Stimme nicht, aber was soll's, er hatte sich nun einmal bis hierher vorgewagt, jetzt wollte er es auch zu Ende bringen. Er schielte zum Tisch, an dem Eckard Assauer neben dem Pfarrer und Susanne Faust saß.

»Aber ich kümmere mich doch um Frieder.« Susanne brach in Tränen aus. »Und ich halte das Haus sauber und ich ...« Die Tränen erstickten ihre Stimme.

»Nein. Susanne, ich meinte nicht dich. Ich ...« Der Schreck stand Uwe Sigg ins Gesicht geschrieben. Er mochte Faust, mit dem er manches Bier getrunken hatte, und er konnte auch dessen Frau ganz gut leiden. Im Gegensatz zu seiner Frau ließ Susanne einen Mann wenigstens noch ausreden. Er suchte nach Worten, um das Missverständnis aufzuklären, aber bevor er die fand, hatte ihn Lisa schon auf seinen Platz zurückgezogen.

»Sei jetzt endlich still«, fauchte sie ihren Mann an. »Wenn du den Mund aufmachst, kommt nur Blödsinn raus!«

Dafür erhob sich nun Eckard Assauer. Er hatte Siggs Anspielung sehr wohl verstanden. Der Siebzigjährige wusste, dass Siggs Worte durchaus berechtigt waren. Nach der Katastrophe und den Tagen seines Schockzustandes hatte sich vor allem Faust, später dann Eva Seger um ihn gekümmert. Jetzt, wo es ihm besser ging, fühlte er sich in erster Linie auch nur Faust und Eva und ihrer Kleinen verpflichtet. Er bewachte ihr Haus und kümmerte sich um den kleinen Garten dahinter, ab und zu ging er auch hinüber zu Albickers und half im Stall. Aber er war Wissenschaftler, Professor für mittelalterliche Geschichte und Freizeitarchäologe, und kein Bauer. Der ungewohnte Umgang mit Mistgabel und Schaufel hatte seine Hände mit Blasen übersät und sein Rücken schmerzte. Sigg hatte recht, Assauers Beitrag für die Dorfgemeinschaft war gleich null.

Er räusperte sich. Aber bevor er etwas sagen konnte, legte ihm Pfarrer Kühne die Hand auf die Schulter und stand selbst auf. Auf Baslers Stirn glänzten Schweißperlen. Die Versammlung drohte ihm zu entgleiten.

»Uwe?« Kühnes Augen funkelten. »Von was habt ihr beide, du und deine Frau, vor dem Stromausfall gelebt?«

»Aber das war doch etwas ganz anderes!«

»Etwas anderes? Soso. Ich verstehe zwar nicht, was daran anders war, aber du kannst es uns sicher allen erklären. Der einzige Unterschied, den ich sehe, ist der, dass du über Jahre arbeitslos warst und keinerlei Anstrengungen unternommen hast, wieder Arbeit zu finden. Was dir die Allgemeinheit an Arbeitslosenunterstützung gezahlt hat, habt ihr gern genommen, und nebenher hast du noch schwarz etwas dazuverdient.«

»Aber was kann ich denn dafür, dass ich meinen Job verloren habe? Und auf das Geld vom Arbeitsamt hatte ich einen Anspruch. Ich habe schließlich jahrelang eingezahlt!«

»Jeder hier weiß, dass du wegen Arbeitsbummelei entlassen wurdest. Herr Assauer kümmert sich wenigstens um Lea, während Eva in ihrer Praxis arbeitet. Wer im Glashaus sitzt, Uwe, der sollte lieber nicht mit Steinen herumspielen, sondern sich ganz still verhalten.«

Die Zustimmung, die Kühnes Worte fanden, ließen Uwe Sigg in seinem Stuhl zusammenschrumpfen. Am liebsten wäre er aufgesprungen und aus dem Gasthaus gerannt. Zu seinem Glück aber blieb niemandem viel Zeit, den Worten des Pfarrers eigene hinzuzufügen. In das allgemeine Murmeln und Gelächter hinein kam Frederike Basler nun endlich zu ihrem geplanten Einsatz.

»Bubi«, rief sie. »Ich schlage Bubi Faust vor«, und schon war sie wieder in der Anonymität ihrer dunklen Ecke verschwunden.

»Ein sehr vernünftiger Vorschlag«, rief Roland Basler. »Der Sohn vertritt seinen Vater. Wer dafür ist, hebt bitte die Hand.« Basler wollte das Überraschungsmoment nutzen. Überrumpeln war immer noch die beste Methode, eine Zustimmung zu erhalten. Wenn die Masse erst nachdachte und jeder seinen Senf dazugab, konnte eine solche Zusammenkunft ganz leicht aus dem Ruder laufen. Mit ungewissem Ausgang. »Also, Hände hoch. Wer ist dafür, dass Bubi Faust vorerst im Rat mitarbeitet?«

Noch zögerte der Großteil der Anwesenden, aber schon reckten die Ersten ihre Arme. Allen war Bubi zwar noch als unentschlossener Faulpelz im Gedächtnis, als einer, der seine Zeit lieber vor dem Fernseher oder mit Computerspielen verbrachte anstatt seinem Vater auf der Baustelle zu helfen. Aber nach der Katastrophe hatte offensichtlich eine Wandlung eingesetzt. Er hatte an der Seite Kiefers Verantwortung übernommen und kümmerte sich jetzt quasi im Alleingang jede Nacht um ihrer aller Sicherheit. Warum also nicht Bubi? Immer mehr Hände wurden gehoben. Viele wollten endlich zu einem Ende kommen und nach Hause, sie hätten jetzt fast jeden Kandidaten unterstützt.

Plötzlich erhob sich Eugen Nussberger. Ein Hustenanfall verschaffte ihm die nötige Aufmerksamkeit. Er spuckte in ein Taschentuch.

»Hat Bubi nicht so schon genug um die Ohren?«, fragte er. »Der arme Kerl streift jede Nacht durchs Dorf und verschläft den Tag. Außerdem ist er gar nicht hier. Vielleicht will er den Posten überhaupt nicht.«

»Er wird schon wollen.« Basler ließ Nussberger stehen und wandte sich erneut an die anderen. Einige hatten ihre Hände bereits wieder fallen lassen. »Also, wer ist für Bubi?«

Aber Nussberger hatte nicht vor, Basler so einfach gewähren zu lassen. »Ich schlage ihn vor. Entschuldigung, ich hab Ihren Namen vergessen.« Nussberger zeigte auf Eckard Assauer, der glaubte, der neben ihm sitzende Pfarrer wäre gemeint. Aber die Reaktion des Pfarrers klärte diesen Irrtum umgehend auf.

»Assauer. Eckard Assauer«, antwortete Pfarrer Kühne.

»Richtig. Ich schlage Herrn Assauer vor.« Wieder Gemurmel im Saal. Einige, die sich bereits Richtung Tür aufgemacht hatten, blieben stehen oder kamen neugierig zu ihren Plätzen zurück.

Assauer wollte abwiegeln, aber Kühne beugte sich zu ihm. »Nehmen Sie an.«

»Aber ich kenne kaum jemanden im Ort.«

»Ich unterstütze Eugens Vorschlag.« Hildegund Teufel hob einen ihrer Stöcke. »So können Sie Schwätzern wie dem da«, sie zeigte mit dem Stock auf Uwe Sigg, »den Mund stopfen. Und Zeit hätten Sie doch auch, oder?«

Assauer nickte. »Aber ich habe doch viel zu wenig Ahnung von den Umständen hier im Ort. Und wen kenne ich denn schon?«

»Muss ja kein Nachteil sein, wenn Sie nicht mit der einen

Hälfte des Dorfes verwandt sind und die andere Hälfte nicht leiden können«, sagte Thoma, der Lehrer.

Basler musste zusehen, wie ihm die Versammlung nun doch entglitt. Viele der Anwesenden zögerten, aber je länger über Nussbergers Vorschlag diskutiert wurde, desto mehr Zustimmung erntete der. Ungern hätte man Bubi das Mehr an Verantwortung aufgebürdet, vor allem, da die Ratssitzungen meist am Abend stattfanden, wo Bubi normalerweise zu seiner eigentlichen Arbeit aufbrach. Assauer schien da vielen eine ideale Alternative. Der Mann wirkte intelligent und er hatte Zeit.

Basler startete einen letzten Versuch: »Nichts gegen Herrn Assauer, aber wir wissen doch gar nicht, ob Sie überhaupt im Dorf bleiben wollen. Vielleicht packen Sie morgen Ihre Tasche und ziehen weiter. Schließlich gibt es hier nichts, was Sie hält.«

»Doch.« Assauer hatte sich erhoben, und im Saal wurde es augenblicklich still. Viele kannten den in sich gekehrten Mann nur von seinem Eintreffen im Ort, als Bubi ihn auf dem Hardt gefunden und mit ihm in eine der ersten Dorfversammlungen geplatzt war – zerlumpt und mit dem Blut seines Enkels befleckt.

»Es gibt etwas, das mich hier hält: Hier ist das Grab meiner Tochter und meines Enkels. Wo auch immer ich hingehen könnte, ich wäre allein. Die beiden waren alles, was ich hatte. Ich werde Wellendingen nicht verlassen, es sei denn, Sie fordern mich eines Tages dazu auf.« Er sah zuerst Roland Basler in die Augen, bis dieser den Blick senkte, dann in die Runde. »Ich dränge mich nicht nach dieser Aufgabe. Aber sie gibt mir die Möglichkeit, Ihnen allen etwas von dem zurückzugeben, was Sie mir Gutes getan haben.«

Noch am selben Abend trafen sich die alten und das neu gewählte Mitglied des Rates in Hildegund Teufels kleiner

Wohnstube. Es gab Tee, das Einzige, was derzeit noch im Überfluss verfügbar war.

Assauer betrat den Raum in Christoph Eiseles Begleitung. Im Türrahmen blieb er stehen. Er wartete, bis jeder seinen angestammten Platz eingenommen hatte, dann setzte er sich aufs Sofa und hatte – ebenso wie vor ihm Faust, den er vertreten sollte – Mühe, über die Tischkante zu blicken. Aber der Platz gefiel ihm – er war weich und warm und die tiefe Position hatte den für einen Neuen nicht zu unterschätzenden Vorteil, ein wenig aus dem Blickfeld der anderen zu geraten. Er wollte ihnen zuhören. Zuerst schauen war seit jeher seine Devise. Schauen und, wenn man genug gesehen hatte, sich ein Bild von der Sache und den Menschen machen. Und erst dann war Zeit für eigene Ideen und vor allem die Zeit für Worte.

»Schön, dass Sie hier sind.« Hildegund Teufel lächelte. Der Kräutertee duftete und auf dem kalten Kachelofen blinzelte ihre Katze in die Runde.

»Wie sieht's aus, Roland«, begann Bea Baumgärtner. »Was gibt's Neues? Hast du Pläne oder Vorschläge?«

Basler, der ansonsten bei jedem Treffen automatisch die Eröffnung der Runde übernommen hatte, wirkte heute Abend erstaunlich abwesend. Statt wie gewohnt von seinen Leistungen der vergangenen Tage zu prahlen, spielte er mit seiner Tasse. Als Bea ihn ansprach, war ihm deutlich anzusehen, dass er Mühe hatte, in das Jetzt zurückzukehren. Widerwillig ließ er seine Gedanken ziehen. Sein erster Blick fiel auf Assauer, den Grund seiner schlechten Laune. Bubi hätte hier sitzen sollen! Bubi und alles wäre viel leichter. Die Niederlage bei der Abstimmung um Fausts Vertretung hatte ihm gründlich den Abend verdorben. Mehr noch, sie konnte vielleicht der Anfang vom Ende sein. Basler war Anwalt und zu den Grundvoraussetzungen dieser Art Broterwerb gehörte es, Situationen und vor allem Menschen möglichst schnell und möglichst treffend einzuschätzen. Sein Instinkt verriet ihm, dass er bei der nächsten Abstimmung nicht noch einmal in dieses Amt gewählt werden würde.

Sie wollen einen Messias, der ihnen Brot und Wein tonnenweise vor ihre Türen schleppt, dachte er voll Zorn. Vielleicht war ja dieser Assauer der erhoffte Retter.

»Hunger«, sagte er schließlich. »Wir müssen etwas gegen den Hunger unternehmen.«

»Das wissen wir selbst!« Bea funkelte ihn über den Tisch hinweg an. »Wir wissen seit zweieinhalb Wochen, dass dies unser größtes Problem ist. Euer größtes Problem ist …« Sie hatte sich erhoben, wollte offensichtlich noch etwas sagen, aber plötzlich brach sie in Tränen aus, zwängte sich an den anderen vorbei zur Tür und rannte aus dem Haus.

»Bea!« Eisele wollte ihr hinterher, aber Hildegund Teufel hielt ihn zurück.

»Lass sie«, sagte Hildegund Teufel. »Es ist wegen ihrer Jungs.« Bea Baumgärtner hatte seit der Katastrophe nichts mehr von den beiden Älteren gehört und heute, am 10. Juni, hatte der Mittlere Geburtstag.

Eisele setzte sich wieder hin und wartete wie die anderen darauf, dass einer etwas zu sagen hatte. Aber Hildegund Teufels Hüsteln, das sie vergeblich zu unterdrücken versuchte, blieb das einzige Geräusch in der Runde.

Schließlich erhob sich Roland Basler. »Bevor wir uns hier anschweigen, gehe ich lieber zu Rike nach Hause. Danke für den Tee.« Die Tür fiel hinter ihm ins Schloss und sie waren nur noch zu dritt.

»Und schon ist die schlechte Aura entschwunden.« Hildegund Teufel nahm mit einem schelmischen Lächeln Baslers Tasse und brachte sie in die Küche. Zurück kam sie mit einem Teller voller Kekse. »Die hatte ich ganz vergessen«, erklärte sie. Tatsächlich hatte sie die Kekse, die letztes Weihnachten als Geschenk gedacht waren, wie gewohnt in ihrem Kleiderschrank versteckt und nicht mehr an sie gedacht.

»Nehmen Sie doch!«

Eisele kaute bereits, seine Augen leuchteten. Nun hielt die Hausherrin Assauer den Teller unter die Nase. Der zögerte, streckte schließlich aber doch die Hand aus.

»Ich selbst möchte keine«, lehnte er ab. »Mein Magen. Ich bekomme davon immer Sodbrennen. Aber kann ich Lea ein paar mitnehmen?«

»So viele Sie wollen! Wenn Ihnen der da«, sie lächelte Eisele zu, »noch etwas übrig lässt.«

Eisele wischte sich die Krümel von den Lippen und schob den Teller zurück in die Tischmitte. Konnten Kekse vom letzten Jahr so wundervoll duften? »Nehmen Sie keinen?«

»Einen vielleicht«, antwortete die Alte. »Wenn es euch nicht stört, dass ich ihn in meinen Tee tunke. Wissen Sie, seit ein paar Tagen ist meine Haftcreme alle.« Sie lutschte an dem Keks und lächelte in sich hinein. »Das sind also die Problemchen der Zukunft: Haftcreme und dieser vermaledeite Husten.« Ein Hustenanfall beförderte die Hälfte ihres Kekses zurück auf den Tisch. Sie fegte die Reste auf den Boden, die Katze streckte sich, stieg von ihrem Ausguck und näherte sich betont desinteressiert der unverhofften Mahlzeit.

»Was sollen wir jetzt tun? Zu dritt?«, fragte Assauer. Die Kekse hatte er in seiner Jacke verstaut. Er freute sich schon auf Leas Freudenschrei am nächsten Morgen, wenn sie das Gebäck in ihren Pantoffeln finden würde. »Ohne die anderen können wir nichts entscheiden.«

»Ihr leistet einfach einer alten Frau ein wenig Gesellschaft. Erzählt mir, was es Neues gibt. Was macht Eva? Ich habe sie seit Tagen nicht mehr gesehen. Vielleicht sollte ich einmal zu ihr, wegen meines Hustens.«

Christoph Eisele berichtete Hildegund Teufel von Eva und dass die Medikamente, die sie aus Donaueschingen in Sicherheit bringen konnte, inzwischen einigen hier das Leben gerettet hatten. Vorerst jedenfalls. Aber der Vorrat, der bei ihrer Ankunft noch so unerschöpflich erschienen war, schmolz täglich zusammen, und es war nur noch eine Frage weniger Tage, bis sie wieder mit leeren Händen dastanden. Basler hatte sie einmal gebeten, doch die Medikamente bevorzugt für die wichtigen Personen im Dorf zu reservieren. Auf ihre Frage hin zählte er diese auf: die Ratsmitglieder natürlich und auch Lydia Albicker, die sich um ihre Herde kümmern musste. Der Pfarrer, er war für das Seelenheil zuständig. Dann musste er kurz überlegen, bevor er noch drei oder vier andere Namen nannte, Namen von Menschen, die seiner Meinung nach wichtig waren. Nur ließ er offen, ob wichtig für ihn persönlich oder für die Allgemeinheit. Zum Schluss noch beeilte er sich zu sagen, sie selbst, Eva Seger, gehöre natürlich ebenfalls dazu.

Eva hatte ihn einfach stehen lassen und sich um einen unwichtigen alten Mann gekümmert, dessen Wunde am Schienbein die Luft in ihrer kleinen Praxis im Pfarrhaus verpestete. Beim Holzhacken hatte er daneben geschlagen. Und anschließend vier Tage gewartet und der Wunde Zeit gegeben, sich zu entzünden und seinen Körper mit Gift zu überschwemmen. Gestern Abend mussten sie ihm das Bein oberhalb seines Knies amputieren. Eisele war einer der vier Männer, die den Alten gehalten hatten. Selbst jetzt hatte er beim Gedanken daran noch Mühe, seinen spärlichen Mageninhalt bei sich zu behalten.

»Wir haben ihn gehalten und er hatte ein Stück Holz im Mund, auf das er beißen konnte. Eva Seger hat eine Säge abgekocht und dann gesägt. Sie war kreidebleich. Obwohl sie ihm das Bein mit einem Seil abgebunden hatte, hat er geblutet wie ein Schwein und mindestens genauso laut geschrien. Dann ist er zum Glück in Ohnmacht gefallen und hat nichts mehr gespürt. Selbst als wir den Stumpf mit einem glühenden Messer verödeten, hat er nur kurz gezuckt.«

Hildegund Teufel schob den Teller mit ihrem angefangenen Keks zurück in die Tischmitte.

»Wird er überleben?«

»Wohl eher nicht«, antwortete Eisele. »Eva meint, dass sie sich nicht vorstellen kann, dass die Amputation etwas nützt. Er hat zu lange gewartet, und wahrscheinlich haben sich die Keime schon im ganzen Körper verteilt. Aber ohne die Amputation wäre er auf jeden Fall gestorben.«

Sie schwiegen. Die Hausherrin dachte an den letzten Krieg und an die vielen, vielen jungen Männer, denen reihenweise Gliedmaßen entfernt werden mussten. Viele von ihnen hatten überlebt, aber es waren auch junge, ansonsten kerngesunde Menschen gewesen.

Assauers Gedanken wanderten zu dem, worin er sich auskannte wie nur wenige: dem Gestern, der Vergangenheit. Geschichte und Archäologie waren sein Leben. Oft war er zu den Originalschauplätzen seiner Studien gereist und hatte sich vorgestellt, wie es hier einmal vor Hunderten oder Tausenden von Jahren ausgesehen haben mochte. Er hatte sich die Menschen vorgestellt, ihre Behausungen und Tiere und die Gesellschaft, in der sie gelebt hatten. Er lächelte bitter – seine Wünsche hatten sich auf makabere Weise erfüllt: Die Welt war heute ein grandioses Studienobjekt. Das Mittelalter des einundzwanzigsten Jahrhunderts.

»Ich habe das Gefühl, dass jetzt erst alles endgültig zusammenbricht.« Eisele und Assauer hatten Hildegund Teufel ins Bett geschickt und ihr versprochen, am kommenden Tag nach ihr zu sehen. Jetzt standen sie unter der lichtlosen Laterne vor ihrem Haus und flüsterten. Als Assauer nicht antwortete, fuhr Christoph Eisele fort: »Seit Frieder krank ist, gibt es niemanden mehr, der die Probleme sieht und auch anpackt. Vor zwei Wochen – ja, selbst noch vor einer Woche – waren wir hier wie ein Mann, jetzt macht jeder seins, und viele, von denen ich sicher weiß, dass sie noch im Dorf sein müssen, habe ich seit Tagen nicht mehr gesehen.«

»Warum gehen Sie nicht einfach zu ihnen und sehen nach?«

Eisele ließ sich mit der Antwort lange Zeit. Er starrte die Dorfstraße hinunter auf Konstantin Fehrenbachs Geburtshaus. Da war er geboren, der große Sohn Wellendingens, der es bis zum Reichskanzler gebracht hatte. Wüsste der Rat? Könnte er mit dieser Zeit umgehen?

»Weil ich Angst habe«, sagte Eisele endlich. »Ich habe Angst, dass ich auf Leichen treffe. Oder auf hungernde Kinder, denen ich nichts geben kann. Ich habe vor Krankheiten Angst.«

»Nein«, widersprach Assauer. »Sie haben weder vor dem Tod noch vor Krankheit oder Hunger Angst.« Eisele wandte den Kopf und betrachtete den Älteren. »Das Einzige, glaube ich, was Sie zurückhält, ist Ihre Hilflosigkeit. Was sollen Sie bei den Menschen, wenn Sie doch nur mit leeren Händen kommen?«

Eisele nickte, Assauer hatte den Nagel auf den Kopf getroffen.

»Wie lange wird das bisschen Getreide unten in der Mühle noch reichen?«, fragte Assauer.

Eisele überlegte einen Moment. »Mit etwas Glück bis Ende August, wenn die Einwohnerzahl stabil bleibt.«

»Die Einwohnerzahl wird weiter abnehmen, glauben Sie mir. Wir werden noch viele von uns zu Grabe tragen, bevor die Erntezeit einsetzt. Aber wenigstens haben wir noch die Milch.«

»Und was sollen wir bis zur Ernte unternehmen? Wir können doch nicht tatenlos dasitzen und hoffen, dass Faust bald wieder gesund wird und uns sagt, was zu machen ist!«

»Wir könnten uns auf den Winter vorbereiten. Holz sammeln. Und wir sollten einen Elektriker finden und uns endlich um das Windrad kümmern.«

»Bindet das nicht zu viel wertvolle Arbeitskraft? Und selbst, wenn es klappt und wir mit dem Windrad ab und zu ein wenig Strom erzeugen, können wir den nicht essen«, sagte Eisele.

»Da haben Sie natürlich recht, aber unterschätzen Sie nicht den psychologischen Aspekt. Ich kann mir vorstellen, dass es die Moral der Masse deutlich anhebt, wenn sie am Abend in ein helles Haus zurückkehrt. Und wenn dann auch noch ihr Lieblingslied aus einem Lautsprecher kommt, werden sie am nächsten Tag mit doppeltem Elan bei der Arbeit sein! Aber wir müssen uns auch an die Alten wenden, die noch am ehesten wissen, welche Beeren essbar sind, welche Wurzeln und Pilze. Wir müssen Bubi und Martin Kiefer unterstützen und endlich zwei, drei Männer für sie abkommandieren. Und wir müssen unbedingt die Arbeiten im Stall und auf den Feldern besser organisieren.«

»Stimmt. Am Anfang konnten wir uns vor Freiwilligen kaum retten, heute hilft jeder gerade noch so viel, wie für die Kanne Milch, die er braucht, notwendig ist.«

»Genau das meine ich. Wir müssen den Jungen und Gesunden erklären, dass sie es sein können, die morgen schon auf die Hilfe aller angewiesen sind. Ich will bestimmt keinen sozialistischen Staat hier aufbauen, ich kann aber auch nicht zusehen, wie sich jeder in seinen Bau zurückzieht und die Augen vor dem Elend der Nachbarn verschließt.«

»Oder sein eigenes Elend versteckt. Weil er sich schämt.«

»Glauben Sie, wir können uns noch einmal motivieren?«

»Wenn Frieder hier wäre …«

»Ist er aber nicht!«, unterbrach ihn Assauer. »Wir müssen aufhören, Faust nachzuweinen. Keiner weiß, ob und – wenn ja – wann er wieder einsetzbar sein wird. Aber wir müssen uns um ihn kümmern. Auch um Susanne und Eva und Lea und und und. Die Reihe ließe sich endlos fortsetzen. Auch um Hildegund Teufel müssen wir uns mehr sorgen. Ihr Husten klingt nicht gut.« Wie zur Bestätigung seiner Worte drang durch das geschlossene Fenster über ihnen das Bellen der Alten.

»In Zeiten wie dieser«, sagte Eisele, »wäre ein freundlicher Diktator das richtige Rezept, einer, der den anderen sagt, wo es langgeht. Ende der Diskussion. Punkt. Fertig. Aber so? Jeder hat eigene Wünsche und Vorstellungen, und wenn selbst unser Vorsitzender kaum noch Interesse an der gemeinsamen Sache zeigt, steht es mit uns allen offensichtlich schon ziemlich schlecht.«

»Genau das ist unser Problem.«

»Basler?«

»Nein. Ich meine den Einzelnen mit seinen eigenen Vorstellungen und Interessen. Dieses Problem müssen wir beseitigen.«

»Und wie? Wir alle sind Individuen, die …«

»Jetzt nicht mehr«, unterbrach ihn Assauer erneut.

»Wie?«

»Individuen. Die Zeit des Individuums ist erst mal vorbei.«

»Soll das heißen, wir sehen alle bald gleich aus, Uniform und so?«

»Es ist eine Definitionssache. Wenn wir Äußerlichkeiten und Vorlieben zugrunde legen – gut, dann bleiben wir Individuen. Aber dann sind auch Kühe oder Vögel Individuen. Ihre Flecken oder Federn unterscheiden sich voneinander, die Form ihrer Hörner. Die eine frisst lieber Löwenzahn, eine andere bevorzugt Beifuß.«

»Das lässt sich ja wohl nicht miteinander vergleichen«, sagte Eisele. »Oder wollen Sie behaupten, dass wir uns zu Tieren entwickeln?«

»In gewisser Weise schon. Natürlich hat Individualität auch etwas mit Selbstbewusstsein zu tun. Nur wer sich seiner selbst bewusst ist und sich gestaltet, erlangt Individualität. Wie ausgeprägt diese letztendlich ist, wird zum einen von der Persönlichkeit des Einzelnen, vor allem aber auch vom Faktor Zeit bestimmt, den er zur Verfügung hat, um seine Individualität zu entwickeln. Individualität ist die höchste Form des Luxus. Wir können ihn entwickeln und pflegen und fördern, aber nur, solange das menschliche

Überleben gesichert ist. Erst diese Sicherheit gibt den Raum für Individualität. Im Moment aber sind wir nichts anderes als ein Ameisenstaat.«

»Ein saumäßig organisierter.«

»Ich hätte es vielleicht etwas anders formuliert, aber wahrscheinlich nicht treffender«, sagte Assauer. »Wissen Sie, wir alle haben ein Ziel: unser Überleben. Das Überleben unserer Kinder. Arterhaltung nennt man das wohl in der Tierwelt. Arterhaltung definiert auch exzellent den einzigen Antrieb aller Lebewesen. Es geht nicht um den Einzelnen, niemals. Die kleinste biologische Maßeinheit ist die Sippe, dann die Rasse und die muss überleben, auch wenn für dieses Ziel vielleicht das eine oder andere Individuum sterben muss. War sein Tod hilfreich für das Überleben der Sippe oder Rasse, dann war dieser Tod gerechtfertigt. Wir wollen überleben, also tritt der Einzelne ganz automatisch in den Hintergrund, muss zurücktreten und Einzelinteressen müssen warten. Ich weiß, es ist ein schwieriger Lernprozess, vor allem für die Generationen, die Hunger und Krieg nur aus dem Fernsehen kennen. Aber darauf dürfen wir keine Rücksicht nehmen. Mit zunehmender Existenzsorge wächst die Anzahl der Einzelpersonen, aus denen *ein* Individuum besteht. Haben wir keine Angst, besteht ein Individuum aus einer Person, bei großer Angst, einer Angst, die alle betrifft, muss ein Individuum aus einer Familie, einem ganzen Dorf oder gar Staat bestehen, um zu überleben.«

»Und wie wollen Sie diese These in unsere sturen Schwarzwaldschädel bekommen?«

»Die, die gewillt sind, vorerst auf ihre Einzelinteressen zu verzichten, müssen sich zusammentun. Wir dürfen niemanden dazu überreden oder gar zwingen – aber wir haben auch nicht mehr die Möglichkeit, Schmarotzer, welcher Couleur auch immer, durchzuziehen. Vielleicht sind wir am Anfang nur eine Handvoll, aber der Pfarrer, Bardo Schwab oder Albickers werden sich bestimmt anschließen.«

»Und was wird aus denen, die einen anderen Weg wählen?«, fragte Eisele.

Assauer, dessen Gesicht glühte, zuckte mit den Schultern. »Die werden früher oder später zugrunde gehen. Wahrscheinlich früher«, beantwortete er Eiseles Frage. »Mit Sicherheit früher.«

Eisele blieb keine Zeit, um auf Eckard Assauers pessimistische Vision zu reagieren. Ein Geräusch und eine Bewegung hinter ihnen ließen sie herumfahren. Das Licht einer Stabtaschenlampe flammte auf und blendete sie.

»Ach, ihr seid es.« Die Erleichterung in Bubis Stimme war mehr als deutlich. Er und Kiefer sicherten ihre Gewehre, welche sie schussbereit im Anschlag hatten, und gingen zu dem vermeintlichen Gesindel. »Keine besonders gute Idee, nachts und ohne Licht flüsternd an Hausecken herumzulungern«, sagte Kiefer.

»Wir haben uns nach der Ratssitzung verquatscht«, erklärte Eisele. »Übrigens, wäre heute alles nach Basler gegangen, hättest du deinen Vater vertreten dürfen.«

»Ich? Wo?«

»Im Rat. Basler – oder besser Rike, die er vorgeschickt hat – wollte dich haben.« Bubi kratzte sich am Kopf. Eisele und Assauer erzählten ihm vom Verlauf der Versammlung am Vormittag und der Ratssitzung am Abend.

»Es wird Zeit, Bubi, dass dein Vater wieder auf die Beine kommt«, sagte Eisele. »Sonst zerbröselt hier alles wie ein ausgetrocknetes Stück Kuchen.«

Bubi und Kiefer verabschiedeten sich. Sie wollten ihren nächtlichen Kontrollgang fortsetzen.

»Wir sollten wenigstens mit Basler sprechen, bevor wir mit der Neuorganisation der Feldarbeiten und Holzsammlung anfangen. Außerdem habe ich da so eine Idee wegen unseres Windrades, aber dazu will ich lieber erst mit ihm reden. Immerhin ist er so was wie unser Bürgermeister. Wir informieren ihn und bitten ihn mitzumachen. Sollte er sich weigern, kann er später wenigstens nicht behaupten, von nichts gewusst zu haben.«

»Jetzt?«, fragte Assauer.

»Warum warten? Er ist zu Hause und im Fernsehen kommt heute eh nichts.«

Sie verließen Hildegund Teufels Haus, nur ihr Husten folgte ihnen noch eine Zeit lang.

»Wie ich Roland Basler einschätze, werden ihm unsere Vorschläge gar nicht gefallen. Und was Sie zum Thema Individuum gesagt haben, erst recht nicht.«

89

11. Juni, 19:48 Uhr, Bonndorf

Martin Kiefer fuhr aus einem unruhigen, schwarze Augenringe zeichnenden Schlaf. Das Bettlaken roch nach Schweiß und sein T-Shirt, *Champion* stand in knallroten Lettern auf der Brust, klebte wie eine zweite Haut an ihm.

Er brauchte einige Sekunden, dann wusste er wieder, wo er sich befand. Er lag in seinem eigenen Bett in Bonndorf.

Er zog sich die schmutzigen Kleider vom Vortag an und strich sich mit der Hand durch das struppige Haar. Während er noch ein paar Kleidungsstücke für Hermann Fuchs in eine Plastiktüte stopfte, fiel ihm sein eigener beißender Geruch auf. Er roch wie der vergorene Furz eines senilen alten Hundes, der unter dem Wohnzimmertisch liegt, auf sein Ableben wartet und dabei seine Umwelt schon einmal geruchlich auf den kommenden Hundezustand vorbereitet.

Kiefer stank.

Er ließ den Beutel fallen, ging zurück ins Bad und sprühte sich ausgiebig sein Lieblingsdeo unter beide Arme. Frauen assoziierten mit diesem Geruch unweigerlich Männer im

Unterhemd, bewaffnet mit einer Flasche Bier und Sportschau glotzend, er aber fand den Duft erotisch. Anschließend kontrollierte er sein Maschinengewehr, dann verließ er das Haus.

Er musterte den Himmel. Aus einer tief liegenden Wolkendecke begrüßte ihn feiner Nieselregen. »Scheißschafskälte«, murmelte er und zog den Reißverschluss seiner Jacke bis unters Kinn.

Die Stadt Bonndorf zählte vormals fast fünftausend Einwohner. Vormals. Der 23. Mai hatte diese Zahl deutlich nach unten korrigiert. Der Brand des Schlosses, bei dem auch achtzehn umliegende Gebäude in Flammen aufgegangen waren, Plünderungen, Vergewaltigungen und Morde vertrieben die Menschen. Und kaum einer von ihnen kehrte zurück. Heute lebten in Bonndorf gerade noch fünfzehnhundert Frauen, Männer und Kinder.

Als eine Woche nach dem 23., in den letzten Maitagen, noch immer keine Aussicht auf eine Rückkehr zum gewohnten Leben bestanden hatte, setzte eine zweite Fluchtwelle ein. Aber jetzt gingen – wie überall in Deutschland, Europa und der Welt – nicht die, die zu Verwandten wollten; die waren längst unterwegs. Hunger löste den zweiten Aufbruch aus, eine Fluchtwelle, die Millionen zur Wanderschaft trieb und für einige Tage dafür sorgen sollte, dass die Straßen überall von Umherirrenden bevölkert wurden. Ihren Höhepunkt erreichte die Massenwanderung Anfang Juni. Von da an waren täglich weniger Menschen unterwegs, stieg im Gegenzug die Zahl der unbeerdigt am Wegesrand verrottenden Leichen.

In Bonndorf hatte man gerade noch rechtzeitig, dem Beispiel Wellendingens folgend, großräumig Straßensperren angelegt und Wachen an den Hauptverkehrsadern postiert, die auch nicht zögerten, von ihren Waffen Gebrauch zu machen. Den Fehler des 30. Mai wollte keiner noch einmal begehen.

Am 30. Mai hatte man eine Gruppe, die angeblich aus Neustadt kommend weiter nach Schaffhausen wollte, passieren lassen. Sieben oder acht Männer, einige Frauen und drei Kinder. Kaum waren die Fremden in der Stadt, hatten sie Maschinengewehre aus ihrem Gepäck gerissen und ohne Vorwarnung um sich geschossen. Anschließend waren sie in das Rathaus gestürmt, hatten einen alten Mann, der sich ihnen entgegenstellte, aus dem Fenster geworfen und – nachdem sie hier nichts Verwertbares gefunden hatten – ein Gasthaus nebenan überfallen. Hier erbeuteten sie ein paar Nahrungsmittel und töteten vier weitere Personen: den Wirt, seine Frau und ihre beiden Söhne.

Seit diesem 30. Mai wurde jeder, der mit Gewalt versuchte, in die Stadt zu kommen, erschossen. Am Anfang waren es Dutzende, heute hingegen schreckte allein der Anblick der verfaulenden Leichen vor den Barrikaden die wenigen ab, die noch unterwegs waren.

Kiefer ließ das Stadtgebiet hinter sich, überquerte eine morastige Wiese und erreichte schließlich das Waldstück, welches er erst wieder kurz vor seinem Ziel verlassen musste. Er verschwand zwischen Strauchwerk und eng stehenden Tannen.

Als er in der Nähe seines Zieles aus dem Wald trat, versperrten noch immer Wolken den Blick auf die untergehende Sonne. Ein paar Meter nach rechts, dann nahm er unter einer weit überhängenden Fichte auf einer feuchten Bank Platz. Von hier aus hatte er einen grandiosen Blick auf Wellendingen, das auf dem Bergrücken dahinter liegende Bonndorf und die anschließenden Schwarzwaldhügel. Kiefer wusste: Wäre nur der Wille da, könnte er es in Bonndorf zu etwas bringen. Die Wellendinger hatten auf ihn gehört, obwohl er eigentlich nie richtig einer von ihnen gewesen war, warum also nicht auch die Bonndorfer? Aber für ein solches Leben in der Gemeinschaft hätte er das Wichtigste aufgeben müssen, was es gab. Oder aber aufschieben. Doch er hatte über ein Jahrzehnt auf eine Gelegenheit wie diese gewartet, und wenn er sie jetzt ungenutzt verstreichen ließe, wäre er ein noch größerer Idiot als dieser Fuchs oder Bubi oder all diese Schwachköpfe zusammen. Eva war allein, Seger lebte hoffentlich schon nicht mehr, und es galten weit und breit nur noch die Gesetze, die man selbst proklamierte. Jetzt zu zaudern hieße verlieren, er aber wollte kein Verlierer sein!

Er überlegte, was es eigentlich war, das ihn so stark mit Eva verband, dass er für sein Ziel sogar bereit war, das eigene Leben zu riskieren. Liebe? Er fror und Regen tropfte von den Zweigen über ihm direkt auf Kiefers Kopf und Schultern. Trotzdem musste er lächeln, als die Frage nach Liebe in ihm auftauchte. Es war ein bitteres, ein zynisches Lächeln. Nein, er liebte Eva nicht. Wahrscheinlich hatte er sie noch nie richtig geliebt. Aber es hatte trotzdem einmal eine Zeit gegeben, da war sie seine Frau und sie war es heute noch immer! Und keinem Mann der Welt stand das Recht zu, sich an der Frau eines anderen zu vergreifen. Einen anderen Mann zu bestehlen. Die Frage nach dem Grund seiner Bindung an Eva war mit Bestimmtheit vielschichtiger, das leuchtete selbst ihm ein, ihm, der doch nur noch dieses eine Wort denken konnte, nur diese drei verfluchten Buchstaben. Seger hatte ihn bestohlen und Eva hatte zugelassen, dass sie seine Beute wurde. An den Hals geworfen hatte sie sich ihm geradezu, war zu ihm gerannt wie eine läufige Hündin. Und sie hatte seinen Balg empfangen als ob es ihn, Martin Kiefer, niemals gegeben habe.

Plötzlich stand Hermann Fuchs hinter der Bank. Lautlos, wie sein Namensvetter, hatte er Kiefer verfolgt. Er war Kiefer jetzt so nahe, dass er nur die Hand auszustrecken brauchte, um ihn zu berühren. Er konnte Kiefer atmen hören, hörte die Regentropfen, die auf dessen Jacke fielen, und roch dessen aufdringliches Deodorant.

Fuchs erinnerte sich an Kiefers Gesichtsausdruck, damals

oben auf dem Hardt, als er ihm das Geld abgenommen hatte. Er erinnerte sich an seine Entdeckung und an Martin Kiefers sadistische Freude, während Fuchs sein eigenes Grab ausheben musste. Wäre Bubi nicht gewesen …

Nur die Hände ausstrecken und dem Widerling um den Hals legen. Oder den Stock, den er in der Hand hielt, benutzen. Es wäre ganz einfach. Kiefer hatte sicher den Schlüssel zu dem Bauernhaus einstecken, dem Haus, in dem sich nicht nur sein Geld, sondern auch Nahrung befand. Ganz einfach.

Aber Fuchs widerstand dem Lockruf. Die Versuchung, über Kiefer herzufallen, war zwar groß, aber nicht groß genug. Schwerer wog die Hoffnung auf das neue Leben, von dem Martin Kiefer letzte Nacht gesprochen hatte. Sollte der Plan aufgehen, diese Krankenschwester zu entführen, dann standen ihm alle Tore dieser neuen Welt offen. Dieser unscheinbare Mann auf der Bank, der nach Schweiß stank, hatte eine Vision. Und er hatte die Kraft, diese Vision in die Tat umzusetzen. Zwei nicht unwesentliche Voraussetzungen, über die er selbst nicht verfügte. Fuchs war zwar nicht der Hellste, aber er war schlau genug, um erkennen zu können, wenn ihm jemand überlegen war. Kiefer war ihm überlegen, und wenn es für Menschen wie Fuchs einen Platz gab, der Reichtum und Macht versprach, dann an der Seite solcher Männer wie Martin Kiefer. Männern mit Visionen.

Fuchs schlich in die Anonymität des Waldes zurück und brach wenige Sekunden später einige Meter weiter rechts bewusst geräuschvoll aus dem Unterholz. Als er Kiefer sah, tat er erschrocken und überließ dem anderen gern den Triumph.

Zusammen gingen sie die letzten Meter bis zu Sattlers Haus. Bubi wartete bereits. Sie traten in die Küche, Kiefer kontrollierte die Vorhänge, dann entzündete er eine Kerze. Schließlich warf er Fuchs die Plastiktüte vor die Füße.

»Hier. Zieh dir etwas Gescheites an. Aber wasch dich vorher. Du stinkst wie ein Riesenhaufen Katzenscheiße!«

Bubi zeigte Fuchs ein Wasserfass im Garten hinter dem Haus. Fuchs schrubbte den Dreck der letzten drei Wochen von seinem Körper.

»Seit wann trägst du den Bart?«, fragte ihn Kiefer.

»Schon immer.«

»Eva, also die Krankenschwester, kennt dich demnach nur mit Bart?« Fuchs nickte. »Dann rasier ihn ab. Wenn du willst, kannst du einen Schnauzer stehen lassen, aber der Rest muss weg. Wenn das erledigt ist, schneidet Bubi dir noch die Haare.«

Zwanzig Minuten später saß ein Mann mit Kiefer und Bubi am Tisch, den selbst sie nur mit Mühe als Hermann Fuchs wiedererkannten. Er hatte seinen Bart komplett abgenommen und Bubi ihm die schulterlangen, verfilzten Haare auf ein paar Zentimeter Länge gestutzt. Er trug eine verwaschene, aber saubere Jeans, einen leichten Pullover und über der Lehne seines Stuhles hing eine Lederjacke. Er trug frische Unterwäsche, saubere Socken und eine Nummer zu große Turnschuhe.

»Perfekt!« Kiefers Augen strahlten. Er ging zum Küchenschrank, nahm einen eingeschweißten Käse und eine halbe Salami heraus und warf beides, zusammen mit einem Messer, vor Fuchs auf den Tisch. Und Bubi brachte drei Flaschen Bier aus dem Keller! Fuchs stürzte sich auf das Festmahl. Er schlang so schnell und so viel er nur konnte. Aber schon nach wenigen Bissen hielt er im Kauen inne. Er wurde weiß wie das Bettlaken einer Nonne, sprang auf, rannte hinaus in die Nacht und übergab sich.

»Röhrt wie ein Hirsch, der alte Fuchs«, amüsierte sich Kiefer.

In den frühen Morgenstunden dieses 12. Juni brachte Bubi Hermann Fuchs nach Wellendingen. Sie hatten lange über das Wie und ein begründetes Warum diskutiert, eine Geschichte, die Fuchs einen plausiblen Grund gab, nach Wellendingen zu kommen und dort auch zu bleiben. Schließlich hatte Kiefer den rettenden Einfall. Kiefer, Bubi und Fuchs gingen ohne Umwege zu Roland Basler und klopften an dessen Tür. Nach Minuten hörten sie seine verschlafene Stimme.

»Ja.«

»Ich bin's. Bubi.« Der Schlüssel wurde umgedreht und die Tür öffnete sich einen Spaltbreit, nur wenige Zentimeter, mehr ließ die Vorhängekette nicht zu.

»Was willst du? Weißt du nicht, wie spät es ist?« Im Innern des Hauses war Rikes Silhouette zu erkennen.

»Wenn es nicht wichtig wäre, hätte ich dich nicht geweckt.« Bubi zog Fuchs zu sich heran, so dass ihn nun auch Basler sehen konnte. »Hier«, sagte er und zielte weiter mit seiner schussbereiten Waffe auf Hermann Fuchs, »den haben wir heute Nacht am Ortsrand aufgegriffen. Sagt, er sei Georg Sattlers Sohn!«

»Ein Sohn vom alten Sattler?« Basler betrachtete Fuchs von oben bis unten. Dann schüttelte er den Kopf. »Sattler hat seit eh und je allein gelebt. Keiner hier weiß etwas von einer Frau, geschweige denn von Kindern!«

»Ist auch ein paar Jahre her.« Fuchs' Einsatz hatten sie genau geplant. Kiefer hatte ihn diesen Auftritt drei Mal in ihrem Versteck üben lassen. Alles, nicht nur Fuchs' Zukunft – nein, auch Bubis Glaubwürdigkeit, vor allem aber Kiefers Pläne –, hing von diesem kurzen Moment jetzt ab.

»Ich heiße Fuchs. Hermann Fuchs. Meine Mutter, Luise Fuchs, hat mir erst letzte Woche, kurz vor ihrem Tod, von meinem richtigen Vater erzählt. Und dass er hier in Wellendingen lebt.«

»Wo kommen Sie her?«

»Waldshut.«

»Und wieso wissen wir nichts von diesem Kind? Sattler hat nie etwas erwähnt.«

»Er weiß es selbst noch nicht. Sie haben sich auf einem Fest hier in der Nähe kennengelernt und nach dieser einen Nacht nie wieder etwas voneinander gehört. Mein Vater weiß nicht, dass es mich gibt, und wäre die Katastrophe nicht gekommen, hätten ich und er es wahrscheinlich niemals erfahren. Sehen Sie.« Er zog unter den scheinbar wachsamen Augen seines Aufsehers sein Portemonnaie hervor und entnahm ihm ein vergilbtes Foto. Es war die einzige Erinnerung an seine leibliche Mutter. »Sehen Sie.« Er hielt Basler das Foto unter die Nase. Seine Finger zitterten. »Meine Mutter. Und ich auf ihrem Arm. Das ist über fünfzig Jahre her. Wenn ich meinem Vater das Bild zeige, wird er Mutter erkennen und sich erinnern.« Fuchs verstaute das Bild behutsam. Er behandelte es wie ein Heiligtum.

»Ihr habt ihn aber ganz schön hart angefasst«, sagte Basler.

Martin Kiefer hatte Fuchs zum Abschied die Faust ins Gesicht geschlagen und ihn in den Dreck geworfen. Ein bisschen Dreck und ein wenig Blut passen besser in diese Zeit, hatte er dazu gesagt. Außerdem wirkt es so glaubwürdiger.

»Er wollte sich nicht festnehmen lassen«, entgegnete Kiefer.

Basler zog den Bademantelgürtel fester. Dass er fror und lieber wieder zurück zu Rike und in sein warmes Bett wollte, war offensichtlich. Und Teil ihres Planes.

»Kann ich jetzt zu meinem Vater? Ihre Soldaten hier meinten, Sie wären der Bürgermeister und nur Sie könnten das entscheiden.«

»Ihr habt es ihm nicht gesagt?«

Bubi zuckte mit den Schultern. Wieso ich, konnte das heißen. Du bist doch der Chef.

»Was nicht gesagt?« Fuchs spielte den Besorgten. »Ist etwas mit meinem Vater?«

Aber Basler beachtete ihn nicht weiter. »Zeigt ihm Sattlers Haus. Und erzählt ihm, was er wissen muss. Mir ist kalt.«

»Und wie lang kann er bleiben?«, fragte Bubi.

»Was weiß ich. Heute und morgen erst mal. Dann sehen wir weiter.« Ohne einen Gruß schloss er die Tür, lag wenige Augenblicke später wieder in seinem Bett und berichtete seiner Frau die Neuigkeit.

»Georg Sattler hat einen unehelichen Sohn?!«

Sie brachten Fuchs zurück zu Sattlers Haus. Bubi führte Fuchs in die Küche. Dort hatte Georg Sattler gestanden und ihn und Kiefer für die Fahrt ins Krankenhaus bezahlt, für seine letzte Reise. Die neue Welt und seine neue Aufgabe hatten Bubi seither ablenken können, und in den wenigen Momenten der Reue, die meist wie ein Blitz aus heiterem Himmel beim Einschlafen oder in Form eines Traumes über ihn herfielen, hatte er ihr Tun immer irgendwie rechtfertigen können. Es waren nun einmal andere Zeiten. Eine Ära des Egoismus hatte begonnen, so Kiefer. Und die hohe Zeit der Verachteten, Geschundenen und Benachteiligten. Georg Sattler war ein erstes Opfer, eine erste Opfergabe für diese Ära. Ein erster Stein im Mosaik ihrer besseren Zukunft.

»Bleib erst mal hier«, sagte Kiefer. »Basler und seine Frau werden dafür sorgen, dass sich die Sensation bis zum Abend im Ort herumgesprochen hat. Bubi kommt so gegen fünf. Er nimmt dich mit und stellt dich seiner Mutter vor. Und Eva Seger.«

Bubi wollte schon gehen, machte aber an der Schwelle noch einmal kehrt. Er hielt Fuchs die Mündung seiner Waffe ans Kinn. »Du wirst auch Lea kennenlernen. Lea ist Evas Tochter. Sollte der Kleinen auch nur ein Haar gekrümmt werden, wirst du dafür bezahlen! Hast du mich verstanden?«

Fuchs nickte. Natürlich hatte er verstanden. Er hatte sofort und sehr gut verstanden, auch die Worte hinter den Worten.

Jeder Mensch hat einen schwachen Punkt und dieses Kind war offensichtlich Bubis Achillesferse. Gut zu wissen.

Alles verlief nach Kiefers Plan. Basler (man hatte ihn Bürgermeister genannt!) sorgte tatsächlich dafür, dass bis zum Abend fast jeder im Dorf von der Ankunft des unbekannten Sohnes erfuhr. Nach einem gehaltvollen Frühstück ging er von Tür zu Tür und überbrachte die Neuigkeit. Konnte es einen besseren Anlass geben, jeden Einzelnen gezielt anzusprechen und so auch die anstehende Neuwahl des Rates vorzubereiten? Sicher, er hatte gestern eine empfindliche Niederlage bei der Abstimmung im Gasthaus hinnehmen müssen, aber dies durfte kein Grund sein, aufzugeben. Ein Roland Basler gibt nicht auf, das hatte Rike gestern Abend mehr als einmal zu ihm gesagt. Es gab schließlich auch keine Alternative zur Arbeit im Rat. Sollte man ihn irgendwann absetzen, waren die schönen Zeiten vorbei, bevor sie richtig angefangen hatten.

Er hatte gestern Abend noch lange mit seiner Frau zusammengesessen. Im Nachhinein hätte er sich am liebsten geohrfeigt – so einfach die Zusammenkunft bei der alten Teufel zu verlassen und Eisele und diesem Assauer das Feld zu überlassen. Dass dies kein guter Entschluss war, hatte sich noch am selben Abend bestätigt. Beide, Assauer und Eisele, waren spätabends noch zu ihm gekommen und hatten etwas von Neuorganisation, Windrad und Vorräten für den Winter gefaselt. Als ob dieser Zustand bis zum Winter anhalten konnte! Ein halbes Jahr war bis dahin noch Zeit, ein halbes Jahr, in dem die Regierung die Sache schon in den Griff bekommen würde. Aber bis dahin wollte er, auch wenn es noch den einen oder anderen Rückschlag gab, seine Position hier so weit gefestigt haben, dass er schließlich als Retter in diesen schweren Zeiten dastand. Mit diesen Lorbeeren auf dem Kopf, meinte Rike, wäre die Zukunft dann ein Kinderspiel.

Basler sprach mit fast allen: Zuerst ging er zum Pfarrer. Er, seine Haushälterin und dieser Verrückte aus Donaueschingen saßen beim Frühstück (Haferschleim, eine Handvoll Erdbeeren und Melissentee), als er ihnen die Neuigkeit überbrachte. Nebenher streute er ein, dass er Christoph Eisele und Eckard Assauer beauftragt hat, einen Plan für die Nutzung des Windrades zu entwickeln.

Danach ging er ins Gasthaus Krone, zu Berthold Winterhalder.

»Ist es nicht ein gutes Zeichen«, sagte er, »dass es jemanden zu uns nach Wellendingen zieht? Offensichtlich kommen wir hier besser mit der Situation zurecht als anderswo. Ich habe gehört, inzwischen sind schon ganze Dörfer entvölkert und überall an den Straßen türmen sich Leichen.«

»Kann diese Jugendsünde Sattlers irgendwas? Oder will er sich hier nur durchfressen?«

»Keine Ahnung, was er ist oder kann. Aber er sieht gesund und drahtig aus. Ich denke, wenn er bleiben will, kann er uns bestimmt nützlich sein. Er macht den Eindruck, als könne er anpacken.« Und mir seine Stimme geben, wenn es so weit ist. »Übrigens habe ich deine Worte gestern nicht vergessen, Berthold. Wir alle haben Hunger …«

»Nur dass man es dir und Rike nicht ansieht …«

»Wir alle haben Hunger. Ich habe mir gestern lange Gedanken gemacht. Wir werden die Arbeiten im Stall und auf den Feldern neu organisieren. Und vorsichtshalber, nur für den unwahrscheinlichen Fall, dass bei Wintereinbruch immer noch nichts funktioniert, werden wir uns einen ausreichenden Holzvorrat anlegen. Was meinst du, das wäre doch eine Aufgabe für dich und all die, die im Moment nicht mit auf den Feldern helfen.«

Den Abschluss bildete sein Besuch bei Frieder Faust. Hier hoffte er auch Christoph Eisele zu finden, den er weder bei seinen Eltern noch sonst irgendwo im Ort angetroffen hatte. Er, der stets präsent schien und überall irgendwas zu tun hatte, war heute wie vom Erdboden verschwunden und keiner wusste, wohin. Basler wollte Eisele und Assauer von Sattlers Sohn berichten, aber auch davon, dass der Krone-Wirt sich wegen eines Holzvorrates für den Winter einbringen wollte. Wahrscheinlich musste er es für Eisele nur noch etwas einfacher formulieren.

Bei seinem Rundgang durch Wellendingen fiel Basler auf, wie viele unbewohnte Häuser es inzwischen gab. An vielen Türen hingen Zettel, Nachrichten an Reißnägeln. Botschaften wie: »28. Mai – sind heute nach Reutlingen zu Lisas Mutter aufgebrochen. Uns geht es gut. Sollten die Telefone wieder funktionieren, ruft uns auf dem Handy an. Holger und Lisa« oder »Haben gehört, dass es südlich der Alpen noch Strom und Lebensmittel gibt. Gehen nach Mailand und weiter nach Rimini. Fam. Frick. 01. Juni«.

Aber es gab auch die anderen Häuser – Häuser ohne Zettel, aber ebenfalls mit seit Tagen verschlossenen Türen und Fenstern. Es waren Gebäude, die nach Tod rochen, nach Untergang und Niederlage. Es roch nach dem Versagen der Gesellschaft und ihrer Gemeinschaft. Es roch nach Schicksal, entschied Roland Basler. Es war Schicksal, und einige hatten eben das Pech, krank zu werden oder schon seit Jahren krank zu sein, andere hatten (noch) Glück und wieder andere, zu denen zweifellos er selbst gehörte, kämpften um ihr Überleben.

Basler legte noch einen kurzen Stopp bei Andreas Albicker ein, der vor seinem Stall saß. »Ich werde dafür sorgen, dass ihr mehr Personen zur Verfügung habt. Hast du noch Diesel?«

»Schon seit zwei Tagen nicht mehr«, sagte Albicker und massierte sein gelähmtes Bein. »Wir können von Glück reden, dass all das nach der Aussaat passiert ist.«

»Ich kümmere mich darum«, versprach Basler. Er ging über die Straße und klopfte an Frieders Haus.

Susanne öffnete. Sie hatte abgenommen und unter den

Augen dunkle Schatten. Sie erwiderte Baslers Gruß mit einem Kopfnicken und ging vor ihm her in die Küche.

»Mach leise«, sagte sie. »Bubi schläft noch und Frieder …« Sie musste nicht weitersprechen. Von oben, aus ihrem Schlafzimmer, drang Fausts Stöhnen bis zu ihnen herab. Susanne schloss die Augen. Ihre Hände zitterten, ebenso das Staubtuch, das sie festhielt, als hätte sie einen Krampf in der rechten Hand. Sie befand sich am Rand eines Zusammenbruchs. Seit Tagen hatte sie das Haus nicht mehr verlassen, einzig um ihre Notdurft zu verrichten ging sie am frühen Morgen und am Abend im Schutz der Dunkelheit in die hinterste Ecke ihres Gartens. Dort hatte Faust, als er noch Alkohol besessen hatte, eine Grube ausgehoben. »Ich renne nicht wegen jedem Scheißhaufen die zweihundert Meter runter an den Bach und schleppe Wasser hier rauf!«, hatte er auf Susannes vorsichtigen Einwand, die Toiletten könne man doch weiterhin benutzen, geantwortet.

Zwischen diesen seltenen Ausflügen in den Garten saß Susanne neben ihrem Mann oder putzte stundenlang das Haus. Sämtliche Reinigungsmittel hatte sie inzwischen aufgebraucht, aber sie putzte weiter, sie brauchte diese Routine, das Einzige, was ihr noch Halt gab. Sie schlich wie ein Schatten durch die Räume, hauchte gegen Glas oder spiegelnde Hölzer und polierte, wo alles bereits glänzte, und ihr Spiegelbild sah ihr dabei traurig zu.

»Wie geht's Frieder?«

»Etwas besser«, antwortete sie. Ihr Lächeln wirkte aufgesetzt. »Eva meint, er habe das Schlimmste jetzt hinter sich. Aber wir müssen ihn noch anbinden. Manchmal erkennt er mich und Eva, manchmal phantasiert er.«

»Ist sie jetzt bei ihm?«

»Eva?«

Basler nickte.

»Ja. Sie sitzt oben. Lea ist mit Thomas Bachmann und den Kühen draußen.«

»Und wo ist Eckard Assauer?«

»Bei seinem Enkel. Wie jeden Tag. Ist vor einer halben Stunde mit einem Strauß Blumen hinüber aufs Hardt. Auf dem Rückweg wollte er noch zu Hildegund Teufel.«

Basler blieb unschlüssig in der Küche stehen. Susanne knetete weiter das Staubtuch, und von oben war Fausts Stöhnen zu hören, mal leiser, dann, wie jetzt, laut und gequält. »Wenn Bubi wach wird, soll er sich mit Sattlers Sohn bei mir melden«, sagte er.

»Georg Sattler? Einen Sohn?« Susanne schien zu erwachen. Zum ersten Mal, seit Basler im Haus war, hob sie den Kopf, sah ihm in die Augen und vergaß einen kurzen Moment, was sie Wichtiges in den Händen hielt.

»Kann dir Bubi nachher selbst erzählen. Er hat ihn letzte Nacht am Dorfrand aufgegriffen.«

Susannes Augen versanken wieder hinter dem bekannten Schleier. Die Geräusche von oben wurden lauter.

»Also, ich muss weiter. Vergiss nicht, Bubi Bescheid zu geben. Und grüß deinen Mann von mir.«

Wie verabredet öffnete Bubi Punkt fünf die Haustür, hinter der nun Hermann Fuchs wohnte. Kiefer wollte heute kurz nach Bonndorf in sein Haus. Dort war man froh, dass Kiefer sich für Wellendingen entschieden hatte. Er war weder beliebt noch besaß er Kenntnisse, die gebraucht wurden. Die regelmäßigen Besuche in seinem Haus gestattete man gern, solange er nicht bleiben wollte.

Fuchs hatte den Tag verschlafen, war gegen drei aufgewacht und hatte sich erneut an der Salami versucht, diesmal langsamer und mit kleinen Bissen. Jetzt saß er am Küchentisch und erwartete Bubi.

»Wir sollen gleich zu Basler kommen«, begann Bubi grußlos. »Wahrscheinlich will er dir seinen offiziellen Segen geben und dich für irgendeine Arbeit einteilen. Du weißt, was du zu sagen hast?«

»Dass ich Erfahrung mit Tieren habe«, sagte Fuchs.

»Richtig.«

Fuchs war motiviert. Immer wieder gingen ihm Kiefers Worte durch den Kopf. Kiefer hatte Fuchs letzte Nacht kurz zur Seite genommen, so dass Bubi nichts verstehen konnte: »Wenn du mir hilfst, Eva zu bekommen, lass ich dich am Leben. Und vielleicht bekommst du auch deine zwanzigtausend Euro zurück! Aber wenn du Mist baust …« Der Rest blieb ungesagt.

Wie erwartet, spielte Basler den Alleinherrscher. Von oben herab, in der Garageneinfahrt seines Hauses, gestattete er Fuchs großzügig, die Bleibe seines angeblichen Vaters in Besitz zu nehmen. Hier könne er auf dessen Rückkehr warten. Bedingung für diese Großzügigkeit war natürlich Fuchs' Mithilfe im Dorf. Wie geplant, brachten sie Basler dazu, den Neuankömmling Albickers zuzuteilen.

Hermann Fuchs war vom nächsten Tag an der Erste, der bei Sonnenaufgang im Stall erschien und am Abend der Letzte, der ging. Für ihn, der seit Jahren weder körperliche Arbeit noch einen geregelten Tagesablauf kannte, war es eine Tortur, allerdings eine Tortur, die er selbst kaum als solche wahrnahm. Er war am Leben und die Aussicht auf eine Zukunft, vielleicht in Kiefers Gefolge, verliehen ihm Kraft und Ausdauer. In seiner Jugend hatte er drei oder vier Jahre, jeweils in den langen Sommerferien, in einem Stall geholfen, und so dauerte es nicht lange und Albickers überließen ihm zuerst das Ausmisten des Stalls, bald auch die Fütterung und das Melken.

Fuchs war stets hellwach. Erschienen Thomas Bachmann und seine kleine Freundin am Morgen, um die Tiere auf ihre Weiden zu führen, verschwand er still in einem Schatten oder hinter einem Heuhaufen. Obwohl ihn der Irre, wie er Thomas nannte, nur mit Mantel, zerzaustem Haar und Bart kannte, war Fuchs das Risiko, welches ein direktes Aufeinandertreffen in sich barg, zu groß. Eva Seger sah er die ersten Tage nur aus der Ferne. Er erinnerte sich noch gut an die Schwester aus dem Donaueschinger Krankenhaus. Ihr hatte er sein Leben zu verdanken.

Eva Seger hatte nur am Abend kurz Zeit für die Arbeit im Stall. Die Zahl der Patienten, die sie mehr schlecht als recht betreuen konnte, war für eine einzelne Person kaum noch zu schaffen. Und es kamen täglich neue Krankheitsfälle hinzu: Kinder, die unreife Äpfel und Birnen gegessen hatten und sich nun in Bauchkrämpfen wanden, Erkältungen, die aufgrund der Mangelernährung ihrer Besitzer zu lebensbedrohlichen Zuständen führten. Viele verletzten sich bei dem für sie ungewohnten Umgang mit Sense, Hacke, Axt und Säge. Außerdem war Eva sehr oft bei Frieder Faust. Und nicht erst seit Hildegund Teufel mit einer schweren Lungenentzündung im Bett lag, bestand ihr Tag von der ersten bis zur letzten Minute aus Krankheit, Leid und Sterben. Die Erfolgserlebnisse wurden immer seltener. Je weniger Vorräte und Kraft die Menschen noch besaßen, desto leichter erlagen sie früher unbedeutenden Wehwehchen und Gebrechen. Inzwischen verging kaum ein Tag, an dem man nicht mindestens ein frisches Grab aushob. Da war Sattlers Sohn im Ort ein willkommener Helfer. Ein gesunder Mann, der anpacken konnte – vielleicht nicht mehr der Jüngste, aber doch wenigstens ohne Frau und Kinder und die Sorgen um diese.

Das erste Zusammentreffen mit Eva kam für Fuchs völlig unerwartet. Er war in seine Arbeit vertieft und träumte von einer goldenen Zukunft, einer Zigarette und einer Flasche Schnaps, als sich plötzlich jemand hinter ihm räusperte. Als er sich umsah, stand Eva vor ihm. Fuchs spürte sein Herz in die Hosentasche rutschen. Er durchsuchte seinen Kopf nach einer Erklärung für die Ähnlichkeit zwischen ihm und dem Mann, der sie von Donaueschingen bis hierher verfolgt hatte. Aber Eva erkannte ihn allem Anschein nach nicht.

Sie streckte ihm ihre Hand entgegen. »Sie sind Georg Sattlers Sohn?« Fuchs nickte. Sein Herz klopfte, und er wischte sich vor dem Händedruck nicht den Schmutz, sondern den Angstschweiß am Hosenbein ab.

»Hermann Fuchs.«

»Schade, dass Sie Ihren Vater nicht angetroffen haben. Gab es im Haus keinen Hinweis? Einen Zettel vielleicht, eine Notiz oder Landkarte?«

»Nein, nichts.«

»Wie lange wollen Sie bleiben?«

»Ich weiß es nicht«, log Fuchs. »Ich habe meine Mutter letzte Woche beerdigt, es gibt niemanden, der mich vermisst.«

»Ich muss zu den Tieren.« Eva zeigte zum anderen Ende des Stalls. Die Kühe hatten sie und den Eimer entdeckt, und ihr Brüllen wurde von Minute zu Minute lauter. Die vollen Euter schmerzten, und sie wussten inzwischen, dass die Frau ihnen half. Sie war schon halb durch den Stall, als sie sich noch einmal zu ihm umwandte. »Sollte Ihnen irgendwann die Decke auf den Kopf fallen, dann kommen Sie doch nach der Arbeit bei uns vorbei. Wir haben zwar nichts, was wir Ihnen anbieten können, aber manchmal tut es einfach nur gut, nicht allein zu sein.«

Fuchs bedankte sich und versprach zu kommen.

In den folgenden Tagen beschränkte sich ihr Kontakt auf einen kurzen Gruß, ein Gespräch kam nicht mehr zustande. Fuchs beobachtete sie, ging ihr aber aus dem Weg. Er verrichtete seine Arbeit unauffällig, nicht besonders schnell, auch nicht übertrieben ordentlich, aber doch so, dass Lydia Albicker einigermaßen zufrieden war. Fuchs hielt sich im Hintergrund und feilte an seinem Plan.

Morgen vielleicht, spätestens übermorgen.

Es waren noch ein paar Kleinigkeiten zu bedenken. Seile und ein Knebel mussten bereitliegen, ein erster Unterschlupf gefunden werden.

Fuchs sah Eva Seger beim Melken zu. Er war zufrieden. Kiefer würde sich freuen und sein Geschenk entsprechend würdigen.

90

15. Juni, 09:36 Uhr, Schrottplatz südwestlich von Berlin

Der Schrottplatz war nun seit acht Tagen Hans Segers Gefängnis! Aber das sollte sich heute ändern.

Wie Hans, Henning Malow und Silvia Hofmuth im ersten Morgengrauen nach dem Unglück erkannten, besaß die zum Schrottplatz umfunktionierte Kiesgrube nur einen einzigen schmalen und sehr steilen Zugang. Die vielen Jahre, die dieser Ort nun schon vergessen in der Landschaft lag, hatten den lockeren Untergrund des schmalen Weges weggespült. Hinzu kam wild abgeladener Müll und, dies war der entscheidende Punkt, der eingestürzte Schrotthaufen. Dieser blockierte wie eine Barriere den kleinen Pfad, der den einzigen Ausweg aus der Grube darstellte.

Malow und Silvia konnten kommen und gehen wie sie wollten, denn für einen Gesunden war das Verlassen der Grube kein Problem. Hans hingegen wurde von seinem gebrochenen Bein dort festgehalten. Er saß in einem Gefängnis.

Silvia Hofmuth und Henning Malow hatten inzwischen einen brüchigen Burgfrieden geschlossen, der Konflikt zwischen beiden flackerte allerdings fast jeden Abend wieder neu auf. Malow konnte und wollte der jungen Frau nicht verzeihen. Nicht ganz zu Unrecht gab er ihr die Schuld an der ganzen Misere. Sie war ihnen gefolgt, sie hatte sich an die schlafenden Männer in der Grube herangeschlichen, sie war zu ihnen hinaufgeklettert, um sie zu bestehlen, und sie hatte so den Schrotthaufen ins Rutschen gebracht. Wäre sie, die hässlichste Frau der Welt, nicht gewesen – Malow hätte mit Seger längst den Südschwarzwald erreicht.

Nachdem Malow mit Silvias Hilfe Hans befreit hatte, streckten sie gemeinsam sein gebrochenes Bein. Seger wurde ohnmächtig und bekam nicht mehr mit, wie sie es schienten. Als er aus seiner Ohnmacht erwachte, sah sein Bein von außen fast normal aus. Es war wieder gerade und zwei Stöcke, rechts und links ans Bein gebunden, hielten es in dieser Position. Hans Seger hatte Glück im Unglück: Es handelte sich um einen sauberen, glatten Bruch und nichts deutete darauf hin, dass eine Entzündung zu erwarten war. Silvia entschied sich, mit Larissa bei den beiden Männern zu bleiben. Ein Verletzter und ein Mann, der sie offensichtlich nicht ausstehen konnte, schienen ihr immer noch sicherer als Chaos und Gewalt außerhalb der Kiesgrube. Malows Proteste gegen diesen Entschluss ignorierte sie mit der Nonchalance einer Frau, die es gewohnt war, weggeschickt zu werden.

Anfangs ernährten sie sich von dem, was von ihrem Raub in Glambeck noch übrig war. Als dies fast aufgebraucht war – trotz Malows Einspruch teilte Hans Seger seine Rationen mit Silvia und ihrer Tochter –, verwandelte Malow seine oft mehrstündigen Erkundungstouren in die Umgebung in kleine Raubzüge. Aber was er ihnen mitbrachte, konnte sie auf Dauer nicht ernähren. Malow plünderte Vogelnester, während Silvia wilde Erdbeeren sammelte und Hans auf Larissa aufpasste. Und auch wenn Henning Malow manchmal im Gepäck der vielen Toten, die überall herumlagen und langsam in der Sonne verfaulten, ein vergessenes oder aufgespartes Relikt aus besseren Zeiten fand (ein paar eingeschweißte Scheiben Wurst, eine Tüte Haferflocken, eine Cola), war ihnen doch allen klar, dass sie bis zu Hans' Genesung hier niemals würden überleben können.

Seit der Unglücksnacht, in der Malow ohne Hans' Hilfe in

einer Pfütze ertrunken wäre, hatte es nicht mehr geregnet. In den umliegenden Kiefernwäldern und einsamen Alleen stank es bestialisch. Obwohl sie einige Kilometer abseits der (ehemaligen) Autobahn, die die Hauptstadt mit Leipzig, Nürnberg und München verband, lagerten und sich im Umkreis von zehn Kilometern nur drei winzige Dörfer befanden, schienen sich doch Tausende zum Sterben hierher zurückgezogen zu haben. Malow wagte sich nicht vorzustellen, dass dies ein weltweites Phänomen sein sollte. Und doch war es so. In der Hoffnung, auf dem Land etwas Essbares zu finden und der rohen Gewalt in den Ballungsräumen zu entkommen, waren Millionen Menschen auf der Flucht. Aber wo immer sie auch hinkamen, das, wovor sie flohen – der Hunger – wartete bereits auf sie. Es war wie bei der Fabel vom Hase und dem Igel; man konnte laufen so schnell es nur ging, der andere war doch vor einem selbst da.

Die Dörfer schotteten sich überall ab und bewachten gemeinsam ihre Äcker und Gärten und ihr Vieh. Das Vieh war vielen inzwischen wichtiger als die eigenen Kinder. In den Tagen direkt nach der Katastrophe konnten die Reisenden mit etwas Glück noch auf Gastfreundschaft und Großzügigkeit hoffen. Mit jedem Tag aber, der verging, spuckten die Städte mehr und mehr Hungernde aus ihren Leibern. Auch in den Dörfern wurden die Vorräte knapper und Gastfreundschaft von Äxten, Mistgabeln und Knüppeln abgelöst.

Gewinner dieser ersten vier Wochen schienen kleine Gruppen zu sein, die, oft mit martialischem Äußeren und bis an die Zähne bewaffnet, an besonders frequentierten Straßen lauerten oder aber marodierend die Umgebung ihrer Lager terrorisierten. Sie überfielen ganze Dörfer, raubten und vergewaltigten und brannten zum Schluss alles nieder. Wer überlebte, verhungerte Tage später.

Immer wieder aber trafen diese Banden auch auf Dörfer, die sich bewaffnet hatten und wild entschlossen waren, diese Waffen einzusetzen. Egal, ob man sich als Einzelner oder in

Gruppen einem Ort näherte, die Begrüßung fiel stets feindselig aus und Malow gab die Hoffnung, etwas erbetteln zu können, nach zwei misslungenen Versuchen wieder auf. Er war sogar beschossen worden und konnte nur mit knapper Not entkommen.

Alle jene, die sich aufgemacht hatten, schien eine innere Stimme von großen Menschenansammlungen wegzulocken, und so kam es, dass auf Feld- und Waldwegen bald mehr Menschen unterwegs waren als auf Autobahnen und Fernstraßen. Vielleicht schickte sie auch ein uralter Instinkt zum Sterben dahin, wo sie erwarteten, allein zu sein. Familien schleppten sich so lange weiter, wie es der Schwächste der kleinen Gemeinschaft zuließ. Dann blieben sie, wo sie gerade waren und verhungerten langsam einer nach dem anderen. Malow hatte Dutzende Männer und Frauen gesehen, die, mit ihren Kindern in den Armen, am Straßenrand verfaulten. Krähen, Möwen, Füchse und streunende Hunde wurden fett in dieser Zeit des Überflusses. Wildschweine mussten, um auf reichlich Aas zu treffen, den Schutz des Waldes nicht mehr verlassen. Überall stank es nach Tod und Verwesung. Es war eine schleichende Apokalypse und die Frühsommersonne tat ihr Möglichstes, das Faulen und Verderben zu beschleunigen.

Seit einigen Tagen, erzählte Henning Malow nach der Rückkehr von einer seiner Touren, waren kaum noch Reisende unterwegs. Gestern hatte er nur zwei Wanderer gesehen und keiner von beiden sah nach einem Morgen aus. Wahrscheinlich waren sie jetzt bereits tot. »Wenn wir hier bleiben, wird uns entweder irgendwelches Raubgesindel finden und erledigen oder wir verhungern.« Er hielt einen jungen Kiebitz, den er am frühen Morgen seiner entrüsteten Mutter aus dem Nest gestohlen hatte, an einem Spieß über das kleine Feuer. Er stieß mit der Fußspitze gegen seinen nun fast leeren Rucksack. »In zwei, drei Tagen haben wir nur noch das, was die Natur uns gibt.«

»Und das ist definitiv zu wenig«, sagte Hans. Er spielte mit einer Maschinenpistole, die Malow vor vier Tagen im Wald gefunden hatte. Malow war an einer Wegbiegung auf ein Schlachtfeld gestoßen. Überall lagen zerschossene Körper. Die Täter hatten offenbar die Leichen durchsucht, ihnen die Kleider ausgezogen und das wenige Gepäck im weiten Umkreis verteilt. An einem Baum hing an den Füßen ein Mann – nackt und mit abgeschnittenem Penis. Blut war ihm über Bauch, Brust und Gesicht gelaufen und bildete eine schwarze Lache unter ihm. Sein Glied fand Malow im Mund einer alten Frau, die man mit gespreizten Beinen auf einen armdicken Baum, der etwa einen Meter über dem Boden abgebrochen war, gesetzt hatte. Auch sie war verblutet.

Dann entdeckte Malow den Grund für diese unglaubliche Brutalität: Gegenwehr. Alles hier deutete auf einen Kampf hin. Offensichtlich war etwas schiefgegangen und das übliche »Hände hoch! Nahrung und Geld her!« hatte sich zu einer wahren Schlacht gewandelt. Malow fand drei junge Männer, fast noch Kinder, mit rußgeschwärzten Gesichtern. Sie trugen einen primitiven Lendenschurz und blaue Stirnbänder mit einer gelben Raute, anscheinend das Zeichen ihrer Vereinigung. Alle drei wiesen Stichverletzungen auf. Unter einem der Männer hatte Malow die Maschinenpistole gefunden.

»Ich an eurer Stelle wäre schon lange gegangen«, sagte Hans.

»Ich weiß, ich weiß. Erzähl doch zur Abwechslung mal was Neues.«

Tatsächlich hatte Hans Seger seine Begleiter schon mehr als einmal zum Gehen aufgefordert. Er wusste, dass er es war, der nicht nur sein, sondern auch Malows, Silvias und das Leben der Kleinen gefährdete. Seine Verletzung hinderte sie daran weiterzuziehen. Und bis zu seinem ersten unsicheren Schritt würden noch Wochen vergehen, Wochen, die sie nicht hatten.

»Du wirst nie nach Rom kommen, wenn du mich nicht zurücklässt, du sentimentaler alter Sack.«

Silvia musste sich beherrschen, um nicht laut loszulachen.

»Ich lass dich nicht im Stich.« Malow allein wusste, was ihn daran hinderte, Hans Seger zu verlassen. »Wir müssen dich hier rausholen. Wenn wir dich erst dort oben haben«, er zeigte mit dem mageren Küken an seinem Spieß auf die Abbruchkante, »kommen wir schon irgendwie voran.« Er riss dem Kiebitz ein Bein aus und gab es Hans. Der reichte es weiter an Silvia und wurde von Malow dafür mit einem finsteren Blick bedacht.

»Das war für dich!«

»War doch nur ein kleiner Knochen mit ein bisschen verbrannter Haut.«

Malow verzehrte seine Beute, ohne Hans oder Silvia noch etwas abzugeben. Selbst die winzigen, noch weichen Knochen des Vogels aß er. Dann stand er auf und nahm Hans die Waffe aus der Hand.

»Ich hol dich hier raus«, versprach er. »Verlass dich drauf: Heute Abend sitzen wir beide dort oben.«

»Wir vier«, verbesserte Silvia.

Malow überging ihren Einwurf.

»Und wie willst du das anstellen?«, fragte Hans.

»Wirst schon sehen.« Malow lächelte, klopfte Hans auf die Schulter und kletterte den Hang hinauf. Zweimal hatten sie bisher versucht, Hans ebendiesen Hang hinaufzuschaffen. Zweimal war Hans auf halbem Weg zurückgerutscht. Für Malow waren diese Gefängnismauern aus Erde und Kies kein Problem. Mit wenigen Schritten hatte er die zwölf Meter Höhenunterschied überwunden, grüßte kurz mit einem Winken und verschwand.

Henning Malow marschierte nach Westen. Dort hatte er vor Tagen eine Handvoll Häuser entdeckt – ein winziges Dorf mit inzwischen kaum mehr als vierzig Bewohnern. Malow wusste, dass es in diesem Dorf alles gab, was sie zu Segers Befreiung benötigten, die erzwungene Wartezeit hatte ihm reichlich Gelegenheit gegeben, die Umgebung auszukundschaften.

Hans Segers Rettung aus der Kiesgrube war eine Notwendigkeit, auch eine Notwendigkeit für ihn. Dies gestand er sich zwar nur ungern ein, aber es war nun einmal so. In aller Ruhe hatte Malow die Möglichkeit durchdacht, Hans einfach zurückzulassen. Er selbst war alles andere als jung und kräftig, aber er fühlte sich stark genug, die Reise nach Rom zu schaffen. Und von diesem Ziel würde ihn auch nichts und niemand auf der Welt abbringen. Aber ebenso wenig war er heute noch in der Lage, einfach davonzumarschieren und Hans seinem Schicksal zu überlassen. Nein, Hans Seger musste gerettet werden – für Henning Malow.

Malow erreichte das erste Haus der Siedlung kurz vor Mittag. Die Sonne stand hoch und ihm rann der Schweiß in Strömen vom Körper. Der Trageriemen der schweren Waffe scheuerte seine Schulter wund und er hatte Durst. Aber weder das eine noch das andere schien in seinem Bewusstsein anzukommen. Er versteckte sich in einem nahen Gebüsch und wartete.

Henning Malow wartete vier Stunden. Er beobachtete zwei Männer, die in seinem Alter sein mussten und mit Flinten – oder Knüppeln, die wie Flinten wirkten – ihren kleinen Ort beschützten. Sie umrundeten den Ort auf Feldwegen, und für die Zickzackbahn dieser Runde benötigten sie zuerst eineinhalb gemütliche Stunden, danach wurde es mehr. Aber dies war auch zweitrangig. Malow wusste, dass er für seinen Überfall nicht mehr als ein paar unbeobachtete Minuten brauchte.

Auf der anderen Seite des Dorfes war ein Dutzend Männer und Frauen mit zwei Pferden auf einem Feld beschäftigt, eine zweite Gruppe versuchte in der Ortsmitte den vor Jahren zugeschütteten Dorfteich neu anzulegen. Den kleinen Bach, der sich zwischen den Häusern hindurchwand, hatte die Trockenheit der vergangenen Woche in ein trauriges Rinnsal verwandelt, welches kaum noch ausreichte, Mensch und Vieh zu versorgen. Die schmale Straße, die von Norden die Häuser erreichte und hier endete, hatte man mit mehreren Autos blockiert, davor hing zwischen zwei Bäumen quer über das Sträßchen ein Brett: »BETRETEN VERBOTEN«.

Nach vier Stunden endlich geschah, was Malow erstmals vor drei Tagen, bei einem Kontrollgang gestern dann ebenfalls beobachtet hatte. Die Arbeiten auf dem Feld wurden eingestellt, die Gruppe kam zurück und zerstreute sich zwischen den Häusern. Bald war nur noch eine Frau in mittlerem Alter übrig, die ihre beiden Pferde hinter sich zu ihrem Haus führte. Ihren Mann, der die beiden Tiere im letzten Sommer gekauft und es geliebt hatte, mit seiner Frau am Abend über die endlosen Felder der Umgebung zu galoppieren, hatte sie vor acht Tagen beerdigt. Er hatte schon vor der Katastrophe, die man hier die GROSSE SCHEISSE nannte, Probleme mit seinem Weisheitszahn gehabt. Damals hätte er noch zu einem Arzt gehen können, keine zwölf Kilometer von hier gab es in der Kreisstadt einen guten Zahnarzt. Der hatte jetzt wahrscheinlich geschlossen, aber es war eh zu spät. Der vereiterte Zahn hatte ihren Mann umgebracht.

Malow robbte durch einen trockenen Abflussgraben. Keine zehn Meter vom Stall entfernt, den die Frau inzwischen von der anderen Seite her ebenfalls erreicht hatte, sprang er hervor und lief zum Gebäude. Im Schatten des weit vorstehenden Daches wartete er einen Moment. Er rang nach Atem und seine Kehle brannte. Von den beiden Bewachern war nichts zu sehen. Malow schlich um das Haus herum. Er hörte das Quietschen der zweiflügeligen Stalltür.

»Na, kommt, ihr Braven«, sagte die Frau zu ihren Tieren. »Kommt. Lass das, Schwarzer! Meine Haare sind nichts für dich. Weißchen, komm, du auch, Schwarzer. Ich muss euch abtrocknen. Dann bring ich euch Futter. Wenn noch etwas da ist. Schwarzer, Weißchen …« Sie hatte die Pferde in den Stall getrieben und wollte die Tür von innen verschließen, als Malow plötzlich vor ihr stand. Er hielt ihr die Waffe an die Kehle.

»Sei still!«, zischte Malow.

Er stieß die Frau in den Stall und zog die Tür hinter sich zu. Die Tiere betrachteten den Fremden, blieben aber in der Nähe ihrer Tröge und warteten auf das versprochene Futter. An der Wand lehnte ein Sack Kartoffeln.

Malow sah sich um. Er musste sich beeilen. Er sah Seile an einem Haken an der Wand, Sättel, Pferdegeschirr.

»Sie können mich ruhig umbringen«, sagte die Frau. Sie schien weder Angst vor Malow noch vor dem Tod zu haben. Sie klang traurig und was sie sagte, war ein Singsang in immer derselben Stimmlage, ohne Nuancen und Leben. »Erschießen Sie mich ruhig, ich habe nichts mehr.«

»Ich will Sie nicht töten«, sagte Malow.

»Nicht?« Ihre Stimme schaffte eine Hebung. Dann schien sie zu verstehen. Sie legte sich auf den angenehm kühlen Lehmboden und öffnete ihre kurze Hose. Was konnte ein Mann sonst wollen?

»Lassen Sie den Blödsinn!« Malow bückte sich, packte sie am Arm und zerrte sie auf die Beine. Er war ärgerlich. Dachte etwa jede Frau, der Wille eines Mannes sei auf diese eine Aktivität zu reduzieren? Er schob die Fremde vor sich her zu den beiden Pferden, die voller Erwartung schnaubten. Malow musterte die Tiere, während er die Frau, die vor ihm in einer Ecke stand und sich die Hose wieder hochzog, mit seiner Waffe in Schach hielt.

Malow hatte von Tieren im Allgemeinen und von Pferden im Besonderen keinerlei Ahnung. Für ihn gab es nur essbare Tiere und unnütze Tiere. Aber die neue Weltordnung hatte eine dritte Gattung hinzugefügt: Arbeitstiere. Mit Hilfe eines der Pferde würde er Seger retten können. Danach konnte der auf dem Tier reiten und im schlimmsten Fall konnte man den Gaul auch noch essen oder eintauschen.

Malow betrachtete die Pferde. Der Schwarze war kleiner, dafür stämmig und kräftig. Das andere, Weißchen nannte es die Frau, tänzelte durch den Stall. Aufgrund seines Temperaments, vor allem aber wegen seines auffälligen weißen Fells, hielt Malow es für die schlechtere Wahl.

»Legen Sie dem Schwarzen das Zaumzeug an!«, befahl Malow.

Die Frau gehorchte. Als sie fertig war, fragte sie: »Auch den Sattel?«

Malow nickte. Malow musterte die Frau, während sie dem Tier den Sattel anlegte. Was sollte er jetzt mit ihr machen? Die Gefahr, dass sie, sobald er aus dem Stall war, um Hilfe rief, war zu groß. Und sie würde nach Hilfe rufen, schließlich stahl er ihr gerade die Hälfte von dem, was sie noch hatte. Sie fesseln und knebeln barg die Gefahr, dass sie erstickte. Frühestens am nächsten Morgen würde sie jemand vermissen und nach ihr sehen. Sie mitzunehmen, wenigstens bis sie außer Rufweite zum Dorf waren, hielt er für lästig. Außerdem wüsste sie dann seine ungefähre Fluchtrichtung und zu einem Umweg hatte er keine Lust. Natürlich gab es auch noch die Möglichkeit, bis zum Einbruch der Nacht zu warten, aber in diesen verbleibenden sechs Stunden konnte zu viel passieren.

Für sich fast ebenso unerwartet wie für die verdutzte Frau schlug er ihr die Faust ins Gesicht. Er traf sie am Kinn und konnte sie gerade noch auffangen. Ihre Beine knickten wie Streichhölzer unter dem tonnenschweren Gewicht der Ohnmacht zusammen. Malow legte sie ins Heu. Dann fühlte er ihren Puls, der schlug kräftig und regelmäßig. Alles war in Ordnung.

Henning Malow nahm zwei dicke Packen Seil von ihren Haken und befestigte sie am Sattel. Dann fiel sein Blick auf den Sack Kartoffeln. Auch ihn lud er auf. Schließlich öffnete

Malow die Stalltür einen winzigen Spalt und spähte hinaus. Alles war ruhig und weit und breit niemand zu sehen, nur vom Dorf klang das regelmäßige Klopfen und Kratzen der Arbeiten am zukünftigen Dorfteich zu ihm herüber.

Nachdem er die Tür hinter sich verriegelt hatte, ging Malow mit dem Tier um das Gebäude. Es folgte ihm zwar über den Graben, schnaubte aber und wendete immer wieder den Kopf Richtung Stall. Es wollte zu seinem Gefährten, zu der Frau, die Futter brachte. Aber Malow trieb es bis zu einem nahen Kiefernwäldchen. Gemeinsam verschwanden sie zwischen den Stämmen und der weiche Waldboden dämpfte jedes Geräusch.

Malow erreichte eine Stunde später das Versteck. Hans Seger fand er im Schatten des Lasters, der ihm das Bein gebrochen hatte, Larissa lag auf seinem Bauch und schlief. Von Silvia keine Spur. Malow band seine Beute an einen Baum und rutschte zu Hans in die Grube.

»Geschafft!« Malow warf die Seile neben Hans auf den Boden, dann nahm er eine der mit klarem Wasser gefüllten Plastikflaschen, die Silvia jeden Morgen neu füllte, und trank. Den Rest schüttete er sich über den Kopf und lachte dabei.

»Heute Abend schlafen wir dort oben«, sagte er und zeigte die bisher unüberwindliche Abbruchkante hinauf. Dann setzte er sich neben Seger und erzählte von seinem Raubzug.

Hans Seger streichelte Larissas Kopf. Das Kind atmete tief und bekam von den Problemen der Großen nichts mit. Hans spürte seinen Atem. Dankbar lächelte er Malow an. Sein einziges Verlangen – endlich wieder bei Eva und Lea zu sein – war durch diesen Mann plötzlich wieder greifbar. Sicher, es gab noch unzählige Gefahren zwischen hier und Wellendingen, aber mit dem Pferd und den Seilen auch wieder Hoffnung.

»Glaub jetzt bloß nicht«, wiegelte Malow Hans' Dankbarkeit ab, »ich hätte das für dich getan. Ich will endlich weiter, das ist der einzige Grund, sonst nichts.«

Silvia erschien kurz darauf. Sie hatte die Gegend abgesucht und ein paar frühe Pilze, die keiner von ihnen kannte und die sie wegwarfen, eine Tüte Sauerampfer und, im Gepäck eines in der Nacht verhungerten Reisenden, ein dickes Bündel Geldscheine gefunden.

»Damit kannst du deiner Kleinen den Arsch abputzen«, sagte Malow. Er blätterte die Scheine durch, dann warf er sie achtlos über die Schulter. Silvia hob sie auf. »Was willst du mit dem Geld?«, fragte Malow. Er stand auf, nahm die beiden Seile und verknotete sie miteinander. »Glaubst du, es wird wieder eine Zeit des Geldes geben?«

Silvia schüttelte den Staub aus dem Bündel und steckte es in ihre Tasche. Sie hatte eigentlich keine andere Reaktion dieses Mannes erwartet. Wie sollte er die Überwindung verstehen, die es sie gekostet hatte, die Leiche und deren Sachen nach Brauchbarem zu untersuchen?

»Wenn irgendjemand diesen ganzen Müll überlebt, wird es sehr, sehr lange dauern, bis Papiergeld die künftige Tauschgesellschaft wieder ablöst. Kannst deiner Kleinen Papierflieger daraus basteln, zu mehr taugt es nicht.« Er band das eine Ende des Seiles an eine lose herumliegende Autotür.

»Was hast du vor?«, fragte Hans.

»Ich bau dir einen Schlitten«, sagte Malow. »Ich binde dich auf die Tür und die wird von dem Pferd ganz langsam nach oben gezogen.«

Und so machten sie es. Nachdem Hans sicher auf der Autotür lag, kletterte Malow mit dem anderen Ende des Seiles nach oben, knotete eine Schlinge und legte sie dem Tier um den Hals.

»Alles klar bei dir?«

Hans nickte. »Von mir aus kann es losgehen.«

Silvia hatte sein gebrochenes Bein zum Schutz in mehrere Decken gewickelt und es nach allen Seiten gut abgepolstert. Nur für den Fall, dass etwas schiefgehen sollte, erklärte sie. Aber Malows Plan funktionierte tadellos. Von Malow angetrieben, zog der stämmige Schwarze Hans Seger ohne große Anstrengung auf seinem Schlitten aus dessen Gefängnis. Hans spürte, wie er sich Stück für Stück aus seinem Grab entfernte. Silvia kletterte nebenher und hob zweimal, als die Tür sich an einem Stein verhakte, den Schlitten mit einem Knüppel etwas an.

Hans konnte den Schrotthaufen sehen, der den Ausgang versperrte. Alles wurde kleiner und kleiner und dann kippte der Schlitten plötzlich nach hinten und Hans Seger war endlich frei. Die tief stehende Sonne blendete ihn.

Hans Seger, Silvia und ihre Tochter sowie Henning Malow verließen am Morgen des 16. Juni den Schrottplatz. Es war ein Samstag.

»Vermutlich gibt es drei Sorten Menschen heutzutage. Na, um ehrlich zu sein, inzwischen nur noch zwei«, sagte Malow. Er ging neben Hans Seger, der auf einer Art zweirädrigem Anhänger von dem kleinen schwarzen Wallach gezogen wurde. Malow hatte zwei fünf Meter lange, schlanke Baumstämme, die am Rande eines Holzschlages gelegen hatten, oben mit dem Seil, unten mit der Autotür verbunden. Eine ähnliche Konstruktion hatte er in alten Indianerfilmen gesehen. Von einem im Wald gefundenen Kinderwagen nahm er zwei Räder und schon lag eine halbwegs bequeme Reisemöglichkeit für den Verletzten vor ihnen.

Hans ging es mittlerweile von Tag zu Tag besser. Der Knochen schien gut zu verheilen, und er hoffte, bald die ersten Gehversuche unternehmen zu können.

»Welche Sorten Mensch meinst du?« Hans hielt Larissa auf seinem Schoß. Die Kleine, bald ein Jahr alt, quiekte vergnügt und genoss allem Anschein nach den Ausflug. Solange sie satt war, bedeutete alles Abenteuer und Vergnügen.

»Den da zum Beispiel.« Malow zeigte auf eine Leiche im Straßengraben. Sie musste eines der ersten Opfer dieser neuen Zeit gewesen sein, denn schon war nicht mehr einwandfrei zu erkennen, ob es sich um eine Frau oder einen Mann handelte. Die Augenhöhlen waren leer und an mehreren Stellen schimmerten blanke Knochen zwischen den letzten schwarzen Geweberesten hervor.

»Ich vermute«, nahm Malow den Gedanken wieder auf, »dass die erste Gruppe inzwischen nicht mehr existiert. Zu ihnen zähle ich die, die in Panik gerieten und drauflosrannten, wohin, wussten sie wahrscheinlich selbst nicht. In der überwiegenden Mehrzahl wahrscheinlich Städter ohne tiefere soziale Bindungen. Leute eben, deren absolutes Zentrum in der Anonymität einer Großsiedlung lag. Und so eine war in den ersten Tagen sicher der schlechteste Ort zum Leben. Oder, Silvia? Hab ich recht?«

Silvia, die den Schwarzen am Zaumzeug führte, ignorierte Malows Frage. Sie wollte nicht über die Tage in der Stadt sprechen. Nicht über die Plünderer und Mörder, nicht über ihre Einsamkeit, Angst und Todessehnsucht. Wäre Larissa nicht gewesen, hätte sie sich das Leben genommen. Aber das musste Malow nicht wissen. Nur, weil er sie seit gestern ab und zu in die Gespräche mit einbezog, war er noch lange nicht ihr Vertrauter.

»Du glaubst, von denen lebt keiner mehr?«

»Vielleicht hatte der eine oder andere Glück und jemand hat sich seiner erbarmt. Aber glaubst du, eine Chemielaborantin aus Leipzig oder ein Hochschulprofessor aus Berlin wissen, wie man in diesem seltsamen Leben zurechtkommen soll? Das Gros von ihnen dürfte inzwischen verhungert sein. Und aus den Übriggebliebenen rekrutierte sich dann Gruppe zwei.«

»Die da wären?«

»Die Banden, die überall umherziehen. Oder umherzogen.« Malow spielte auf die Tatsache an, dass sie in den letzten Tagen tatsächlich kaum noch lebende Mitglieder dieser zweiten Gruppe gesehen hatten. Eine logische Folge des Aussterbens ihrer Beute. Die zweite Gruppe hatte sich auf Raub und Gewalt spezialisiert, am Anfang der Katastrophe eine durchaus probate Überlebensstrategie. In dem Maße aber, in dem sie die Zahl und den Besitz ihrer Opfer dezimierten und der Hunger anschließend das Seinige tat, entzogen sie sich die eigene Lebensgrundlage. Die Städte waren weitgehend menschenleer und die kleinen bewohnten Dorfgemeinschaften auf dem Land hatten inzwischen eine funktionierende Selbstverteidigung aufgebaut. Sie bildeten in Malows Augen die dritte Gruppe und verteidigten sich bis aufs Blut, wussten sie doch, dass nur der Zusammenhalt ihrer Gemeinschaft das eigene Überleben sicherte. Sicher gab es auch Ortschaften, die sich auf keinen gemeinsamen Weg einigen konnten und wo jeder sein eigenes Süppchen kochte. Hier fiel man früher oder später selbst übereinander her oder wurde von den letzten verbliebenen Mitgliedern der zweiten Gruppe ohne Rücksicht überrannt.

»Und zu welcher Gruppe gehören wir?«, fragte Hans.

»Wir treiben noch im Niemandsland. Silvia gehörte einmal zur ersten Gruppe, du, wärst du in deinem Wellendingen, zur dritten. Aber wenn ich mir unser Transportmittel und seine Ladung ansehe«, auf dem Rücken des Pferdes lag der Sack Kartoffeln, »dann gehören wir im Moment wohl eher zur zweiten Gruppe, den Banditen und Wegelagerern.« Die Waffe in Malows Hand gab ihm recht.

»Könnte man ja fast an einen göttlichen Plan hinter dem ganzen Chaos denken, wenn am Ende nur die Guten übrig bleiben«, sagte Hans. »Hosianna.«

»Von *Guten* habe ich nichts gesagt. Es werden wohl die übrig bleiben, die sich am ehesten mit den neuen Gegebenheiten arrangieren können, zum Positiven oder Negativen. Überhaupt geht es um positiv und negativ. Die Zeit der Entscheidung ist gekommen.« Er selbst hatte sich auch entscheiden müssen. »Solange die Welt in Ordnung war – was wir in Ordnung nannten –, solange konnte jeder den guten, aber auch den weniger guten Seiten in sich Raum geben. Man war quasi ein Zwitter und in Balance. Aber ich glaube, dass diese Katastrophe Entscheidungen einfordert. Wahrscheinlich ist es nicht immer ein bewusster Prozess, aber am Ende stehen die Leute entweder rechts oder links. Entweder lässt man den positiven oder aber den animalischen Anlagen in sich freien Lauf.«

Hans Seger, Henning Malow, Silvia und ihre Tochter hielten sich so gut es ging von allen menschlichen Siedlungen fern. Sie kamen zügig voran und nachdem Silvia Hans' Unterlage mit Decken und Moos abgepolstert hatte, war für ihn die Fahrt fast ein Vergnügen. Nur selten trafen sie auf andere Reisende und wenn, hatten die meisten von ihnen nur Augen für das Pferd. Sobald Silvia eine Gestalt am Horizont erkannte, auf die sie treffen mussten, ging Malow zwei, drei Meter vor den anderen, das Gewehr gut sichtbar vor der Brust. Den Fehler von heute Vormittag wollten sie kein zweites Mal wiederholen.

Es war zwei Stunden nach ihrem Aufbruch von der Schrottplatz-Kiesgrube gewesen. Malow war neben Seger hergelaufen und beide unterhielten sich über die voraussichtliche Dauer der Reise. Silvia hatte den Schwarzen geführt. Sie genoss es, endlich wieder unterwegs zu sein. Und sie genoss den Schutz der beiden Männer. Was wäre sie ohne Seger und Malow? Tot, vergewaltigt, Prostituierte? Verrückt, vermutete sie, wahrscheinlich wäre sie durchgedreht. Zu ihren Eltern ins Ruhrgebiet wollte sie schon lange nicht mehr. Warum auch? Sie waren nur die einzigen Menschen, die ihr neben Larissa nahestanden, oder einmal nahegestanden hatten, wenn überhaupt. Zu ihnen hatte sie sich nur in Ermangelung einer besseren Alternative aufgemacht und aufgebrochen war sie nur wegen Larissa.

Silvia betrachtete Hans. Die meiste Zeit hatte der Larissa

bei sich auf dem Wagen. Die Kleine vertraute ihm, vielleicht liebte sie ihn sogar. Sie war ein Kind und durfte das. Die Woche in der Kiesgrube hatte die beiden, Larissa und Hans Seger, einander nahegebracht. Während Silvia den Wald nach Nahrung absuchte, nahm Hans ganz selbstverständlich das Kind und – Silvia hatte vor Glück und vor Trauer, nicht dabei gewesen zu sein, geweint – bei Hans sagte sie ihr erstes Wort: Aoo, was so viel wie Auto bedeuten sollte. Dazu zeigte sie, als wüsste sie um den evolutionären Schritt, den sie soeben unternommen hatte, auf den uralten Lastwagen, unter dem Hans' Bein gebrochen war. Das war drei Tage her. Fortan war alles Aoo: Bäume, das kleine Lagerfeuer am Abend, sogar sie selbst war ein Aoo. Aoo, Auto, überlegte Silvia, so ziemlich das sinnloseste Wort dieser Zeit. Jetzt, auf der Reise, sah das Kind viele Aoos: kaum ein Kilometer Wegstrecke ohne ein liegen gebliebenes Fahrzeug am Straßenrand. Viele von ihnen hatte man aufgebrochen, oft steckte noch ein Schlauch im Tank. Larissa freute sich über jedes weitere Aoo, egal ob es neu oder alt, ob es unversehrt oder ausgebrannt, leer oder voller Leichen war. Es war ein Aoo und nur dies schien wichtig.

So in Gedanken versunken führte Silvia am Vormittag den Schwarzen aus einem kleinen Kiefernwald, als sie plötzlich vor einem einzelnen Mann stand, der ihnen auf seiner Wanderschaft entgegenkam. Er hatte nur Augen für das Pferd, Hans und Malow dahinter wollte oder konnte er nicht sehen. Blitzschnell zog er ein Messer aus dem Gürtel und stieß Silvia zur Seite. Der Schwarze schnaubte und wich rückwärts aus. Er warf den Kopf zur Seite und der erste Angriff verfehlte das Tier knapp am Hals.

Malow hatte die Situation als Erster erfasst. Er stürzte nach vorn. Das Gewehr im Anschlag, baute er sich vor Silvia und dem Schwarzen auf. Aber dem Angreifer schien dies egal. Er hatte sich seit Tagen nur von bitteren Wurzeln, Gras und Moos ernährt. Gestern hatte er eine ziemlich frische

Leiche entdeckt, sie war sogar noch lauwarm und bis auf ein nässendes Geschwür am Arm völlig unversehrt. Er hatte lange vor der Leiche gesessen, die Fliegen verscheucht und ein kleines Feuer entzündet. Er hatte sich einen langen Spieß geschnitzt. An der Toten war nicht mehr viel dran. Das sah er, als er sie auszog und überlegte, welches Stück wohl am zartesten sei. Oberschenkel und Hüften fand er ganz brauchbar.

Zwei Stunden betrachtete er den Leichnam. Er hielt das Messer in der Hand und das Feuer brannte nieder. Hungrig legte er sich schließlich neben den Körper und schlief ein. Heute Morgen war die Tote steif wie ein Brett.

Malow schoss in die Luft. Der Angreifer blieb stehen und erkannte offensichtlich erst jetzt, dass er nicht allein war mit diesem überreichen Mahl. Fleisch, so viel Fleisch.

»Verschwinden Sie!«, sagte Malow und drohte mit der Waffe. Er ging einen Schritt auf den Fremden zu, der wich einen zurück. Sein Blick war wild, sprang hin und her und kam doch immer wieder zu der Mahlzeit zurück. Fleisch, so viel Fleisch. Es würde Tage, sogar Wochen reichen! Ihm lief das Wasser im Mund zusammen. Was hatte er zu verlieren? Nichts. Aber er konnte gewinnen – Fleisch, Leben, Zukunft.

Plötzlich stürzte er sich erneut auf den Schwarzen, Malow und dessen Waffe waren ihm egal. Mit hoch erhobenem Arm versuchte er, sein Ziel zu erreichen. Malow schlug ihm mit dem Gewehr gegen den herabsausenden Arm, dem Angreifer fiel das Messer aus der Hand. Es gab ein furchtbares Knirschen, als der Unterarm des Fremden brach.

Bevor der wusste was geschah, war Malow bei ihm und stieß ihn zur Seite in den Straßengraben. Blut lief dem Fremden in einem breiten Strom aus der frischen Wunde, die rechte Hand hing wie ein totes Anhängsel herab.

»Mein Fleisch!«, schrie er. »Gebt mir mein Fleisch, ihr verfluchten Diebe!«

»Los! Weiter!«, befahl Malow.

»Bleibt hier!« Und als das nichts nützte: »Bitte. Verlasst mich nicht. Ihr könnt doch das meiste behalten. Gebt mir nur ein kleines Stück, ein Bein vielleicht oder ein Stück vom Hals. Verlasst mich bitte nicht. Ich bin doch euer Freund. Erinnert ihr euch nicht mehr? Damals, als wir noch jung waren und es noch essen und trinken und Strom und Telefone gab – wir waren gemeinsam mit dem Bus unterwegs. Bleibt hier! Verdammt noch mal! Ihr elendes Dreckpack! Ich will mein Fleisch! Ich will leben! Hört ihr, ich will nicht verhungern, ich will L-E-B-E-N! Seid brav, seid liebe Menschen. Bitte, bitte. Nehmt mich mit. Lasst mich nicht allein.« Er weinte und betrachtete seine nutzlose Hand. Malow trieb inzwischen ihren kleinen Tross voran. »Ich verfluche euch! Verrecken sollt ihr! Ich wünsche euch Krankheiten und Unfälle und viele böse Menschen, die euch genauso schlecht behandeln wie ihr mich. Verflucht sollt ihr sein! Ich werde euch melden. Ich zeige euch an, wegen unterlassener Hilfeleistung und wegen Körperverletzung und …« Die Rufe wurden immer leiser. Sie beeilten sich von hier wegzukommen. Hans drückte Larissa an sich. Er konnte noch lange den Fremden im Straßengraben erkennen, dessen unversehrte Faust, die ihnen drohte. Schließlich lag ein Hügel zwischen ihnen und der Mann war verschwunden.

Sie erreichten den Fläming und am späten Nachmittag ohne weitere besondere Vorkommnisse eine Anhöhe bei Jüterbog. Hier schlugen sie ihr Nachtlager auf. Larissa krabbelte über die Wiese und Malow spannte mit Silvias Hilfe eine Plane, die sie unterwegs von einem Militärlaster abmontiert hatten, zwischen drei Bäume. Bald knisterte ein kleines Feuer, darüber ein Topf mit drei Handvoll Kartoffeln. Der Schwarze graste und war zufrieden.

Nachdem sie gegessen hatten und Larissa an Silvias Brust eingeschlafen war, fragte Hans die anderen, ob einer von ihnen einen Stift dabei habe. Malow schüttelte nur den Kopf, aber Silvia nickte.

»Hinten in meinem Rucksack.«

»Auch Papier?«

Sie stand auf, legte Larissa ins Gras und ging zu ihrem Gepäck, aber außer zwei unbezahlten Rechnungen – sie datierten vom 18. und 22. Mai – fand sie nichts. Sie gab Hans die beiden Blätter und einen Kugelschreiber.

»Hier. Was willst du aufschreiben, wenn ich fragen darf?«

»Keine Ahnung. Irgendwas an Lea-Maus, meine Tochter. Vielleicht einen Brief, damit sie weiß, wie sehr sie mir fehlt. Oder so etwas wie ein Reisetagebuch.«

»Dann kommst du mit dem da«, Malow zeigte auf die Rechnungen, »nicht besonders weit.«

»Vielleicht sollten wir Dinge aufschreiben, an die sich später niemand mehr erinnert? Damit sie nicht vergessen werden«, schlug Silvia vor. »Geld zum Beispiel.« Sie hatte das Bündel Geldscheine in ihrem Rucksack entdeckt und hielt es in der Hand. Hans nahm es und betrachtete es. Augenblicklich fühlte er sich in seine Kindheit zurückversetzt. Damals hatten er und seine Freunde unter sich eine Art Geheimwährung erfunden, Geld, das nur ihnen gehörte und um dessen Wert kein Erwachsener wusste. Kleine bunte Papieretiketten, die an jedem Teebeutel hingen, verwandelten sich in den Kinderhänden in bares Geld. Jedes Etikett besaß einen festen, allgemein akzeptierten Wert und konnte problemlos gegen Süßigkeiten, Comics oder eine Probefahrt auf dem neuen Rad eines Freundes getauscht werden.

Aber irgendwann kam die Zeit, als einer nach dem anderen erkannte, wie wertlos ihre Währung in der wirklichen Welt war. Hans selbst an seinem neunten Geburtstag. Er ging mit einer erheblichen Sammlung seiner Teebeuteletiketten nach Bonndorf in den einzigen Spielzeugladen der Gegend. Wenig später fand er sich mit hängenden Schultern vor der Tür. Was er als einen großen, kaum ermesslichen Schatz angesehen hatte, war wertlos. So wertlos wie dieses Geldpaket hier.

»Geld ist ein guter Anfang.« Hans nahm Zettel und Stift. Sorgfältig und so klein wie möglich schrieb er *Worte und ihre Bedeutungslosigkeit* eng an die obere Kante des Blattes. Daneben: Für Lea-Maus. Er unterstrich die Überschrift, danach notierte er den Begriff Geld. Dann sah er Malow an. »Und, alter Schwede, fällt dir noch etwas ein?«

»Flugzeug«, sagte Malow. Hans schrieb es auf.

»Parkplatzsuche«, sagte Silvia und erklärte den beiden Männern, dass sie oft mehr als dreißig Minuten die Straßen in der Nähe ihrer Wohnung hatte abfahren müssen, bevor sie eine kleine Lücke für ihren Wagen fand. An Glückstagen wurde sie schon nach zehn Minuten fündig, an schlechten dauerte es eine Dreiviertelstunde.

»Börsencrash«, sagte Hans.

»Selbstverwirklichung«, kam von Silvia. Malow lächelte, und Hans schrieb Selbstverwirklichung und dahinter Emanzipation.

So ging es die nächsten zwei Stunden, und Silvia fühlte, dass Malow sie endlich akzeptierte, ihre Anwesenheit akzeptierte. Es war das erste Mal in den vergangenen vier Wochen, dass sie ein paar Minuten keine Angst vor dem Morgen hatte. Sie hatte das Gefühl, mit den richtigen Menschen am richtigen Ort zu sein, und auch wenn der Ort sich in den kommenden Wochen noch oft ändern sollte und sie keine Ahnung hatte, wo sie einmal leben würde, war doch alles in Ordnung, solange Hans und auch Henning Malow da waren.

Gemeinsam sammelten sie all die Begriffe, die mit dem 23. Mai plötzlich ihre Bedeutung verloren hatten, entweder weil es sie nicht mehr gab – wie Auto, Eisenbahn oder Telefon – oder weil jetzt Wichtigeres existierte als Selbstverwirklichung und Emanzipation. Sie erzählten sich gegenseitig die Geschichten, die sie mit den jeweiligen Begriffen verbanden – manchmal lustige, manchmal nachdenkliche. Es waren Begriffe wie Talkshow und Vorsorgeuntersuchung, Kaufrausch, Langeweile und Weltwirtschaft, Raumfahrt, Supermarkt, Reizüberflutung, Bundestagswahl und Fernreise. Als Fernreise fiel, legte Malow Protest ein.

»Was glaubt ihr, was ich gerade mache, he? Als Wochenendausflug kann man das ja wohl nicht bezeichnen!«

Hans strich Fernreise, aber so, dass man es noch lesen konnte.

»Freizeitkultur«, sagte er dann.

»Oh ja, das ist gut!«, freute sich Silvia. »Da stecken gleich zwei Es-war-einmal drin: Freizeit und Kultur, und für beides dürfte vorerst keiner mehr allzu viel Zeit besitzen.«

»Swingerclub.« Das kam von Malow. Silvia und Hans sahen ihn an. »Was glotzt ihr so?«, lachte der und spielte den Entrüsteten. »Ich habe gehört, dass es so was gibt.«

»Gehört.« Hans zog das Wort unnatürlich in die Länge. »Natürlich, das hast du gehört.«

Silvia, die zuerst bis über beide Ohren errötete, versteckte ihren Mund hinter der vorgehaltenen Hand. Sie wusste, wie sehr ihr Lachen sie zum Negativen veränderte.

»Anzeigen. Habt ihr noch nie diese Anzeigen gesehen, in Schweden meist auf den Rückseiten irgendwelcher kostenloser Wochenzeitschriften? Swingerclub – scheint ja wohl ziemlich normal gewesen zu sein, wenn man dafür ungestraft inserieren durfte.« Sie einigten sich, dass der Begriff an sich zwar korrekt war, Hans ihn aber trotzdem nicht notieren sollte. Schließlich war der Zettel in erster Linie für Lea bestimmt.

»Lea-Maus klingt schön«, sagte Silvia. »Vielleicht gibt Larissa auch einmal jemand einen Kosenamen. Wieso nennst du sie Maus?«

Hans zog sein Portemonnaie mit den vielen unnütz gewordenen Papieren aus der Hosentasche. Ausweis, Führerschein, Krankenversicherungskarte, dachte er, alles Begriffe für unsere Liste. Er fand das Foto von Eva und Lea. Auf der Rückseite klebte – sein Reiseandenken aus Schweden – ein blutiger Fingerabdruck. Er gab das Bild Silvia. Leas obere Schneidezähne hatten tatsächlich etwas von einer Maus. Einem Mäuschen. Einen winzigen Tick zu groß, so dass, hatte Lea die Lippen geschlossen – was äußerst selten vorkam, erinnerte sich Hans –, doch meist das Weiß dieser beiden Zähne zu sehen war. Nannten er und Eva sie deshalb Maus, wegen dieser Zähne? Hans versuchte sich an den Tag zu erinnern, an dem er sie das erste Mal so genannt hatte und konnte es nicht. Aber mit Sicherheit hatten sie sie bereits Mäuschen genannt, als ihr Lachen noch zahnlos und unbeschwert war.

»Vielleicht sind die Zähne so gewachsen, wie sie gewachsen sind, weil wir unsere Tochter immer nur Maus und Mäuschen nannten.« Hans betrachtete das Bild. Ging es den beiden gut? Konnten sie noch lachen?

»Sei froh, dass du die Kleine nicht Schweinchen oder Rattenfürzchen oder Würmchen genannt hast. Bei dem Einfluss, den deine Worte offensichtlich auf ihr Wachstum hatten!«

91

14:11 Uhr, Grenzgebiet zwischen Brasilien und Kolumbien

In den frühen Morgenstunden, kurz vor Sonnenaufgang, hatte sie ihm ihr viertes Kind geboren. Der das Dorf umgebende Regenwald hatte die Rückkehr des Lichtes begrüßt, sein Kind begrüßt. Es war eine Tochter, endlich. Seit drei Jahren, seit ihrer ersten Schwangerschaft, hatte er darauf gewartet.

Er prüfte seinen Köcher, Pfeile und den Bogen, dann verstaute er alles. Heute war ein guter Tag, sie würden genügend Wild erlegen und vielleicht sogar etwas Honig finden. Wenn die Geister des Waldes mit ihnen waren.

Er gehörte zum Volk der Maku, der wilden Maku, wie sie auch genannt wurden. Im Gegensatz zu den anderen, die mit dem weißen Mann Handel trieben, hatten sie sich tief in den Urwald zurückgezogen und gingen allen Fremden aus dem Weg. Hier irgendwo verlief die von den Eroberern gezogene Grenze zwischen Brasilien und Kolumbien, eine Grenze, die keinen seines Stammes interessierte. Flüsse bildeten Grenzen, der Waldrand vielleicht, mehr nicht.

Er blinzelte zu seiner Frau hinüber, die, das Baby an der Brust, in ihrer Hängematte lag und döste. Sie musste erschöpft sein. Hoffentlich würde der Wald genug Nahrung hergeben, genug Kraft, um die Kleine am Leben zu erhalten. Die letzten beiden Kinder waren nach wenigen Tagen gestorben. Aber sie würde es schaffen, sie hatte die Kraft ihrer Mutter in der Stimme.

Heute war ein guter Tag. Und bis auf die Geburt seiner Tochter war es ein Tag wie jeder andere, ein Tag wie die vielen schon vergangenen Tage, ein Tag wie die ungewisse Anzahl derer, die hoffentlich noch auf ihn und seine Familie warteten. Ein weiterer glücklicher Tag, den die Götter ihm geschenkt hatten.

Drittes Buch

– Das Ziel? –

Der Begriff Ziel bezeichnet einen in der Zukunft liegenden, gegenüber dem Gegenwärtigen im Allgemeinen veränderten, erstrebenswerten und angestrebten Zustand (Zielvorgabe). Ein Ziel ist somit ein definierter und angestrebter Endpunkt eines Prozesses, meist einer menschlichen Handlung. Mit dem Ziel ist häufig der Erfolg eines Projekts bzw. einer mehr oder weniger aufwendigen Arbeit markiert.

(Quelle: Wikipedia)

92

18. Juni, 08:33 Uhr, Wellendingen

»Sie haben auch noch nichts von Christoph gehört?« Roland Basler verließ Hildegund Teufels Haus und wäre an der Tür fast mit Eckard Assauer zusammengestoßen.

»Nein«, antwortete der. Er versuchte sich an Basler vorbeizuschieben, aber der verstellte ihm den Weg.

»Sie verheimlichen etwas«, sagte Basler. Er kniff die Lippen zusammen und betrachtete aus schmalen Augenschlitzen heraus den Weißhaarigen.

Christoph Eisele war jetzt bereits den sechsten Tag verschwunden und keiner wusste, wohin. Oder wollte es wissen. Seine Eltern nicht, niemand im Rat (Pah, welcher Rat?). Und Assauer, mit dem Eisele vor seinem Verschwinden mehr und mehr Zeit verbracht hatte, machte sich ganz offensichtlich weder Sorgen noch beteiligte er sich am allgemeinen Wettbewerb um Gründe und Erklärungen für das plötzliche Verschwinden des jungen Mannes. Assauer, und das brachte Basler an den Rand der Explosion, spielte den Weisen, der die Dinge laufen ließ.

»Ich weiß so viel wie Sie. Eher weniger.« Aber Basler ließ ihn noch immer nicht in das alte Bauernhaus.

»Ich bin mir sicher, Sie beide hecken etwas aus! Können Sie sich noch an Ihren Besuch bei mir erinnern, nach unserer Sitzung? Eiseles Verschwinden hat etwas damit zu tun, ich hab's im Urin. Wenn Sie eingeweiht sind, haben Sie die verdammte Pflicht, mich zu informieren! Ich werde nicht zulassen, dass irgendwer im Ort hinter meinem Rücken ein doppeltes Spiel treibt!«

»Hinter Ihrem Rücken«, wiederholte Assauer. »So, so. Wenn es also nicht hinter Ihrem Rücken wäre, würden Sie ein doppeltes Spiel zulassen?«

»Hören Sie auf mit Ihrer Wortklauberei«, schrie Basler. Über ihm wurde ein Fenster geöffnet. Evas Gesicht erschien. Sie räusperte sich und als Basler und Assauer zu ihr aufsahen, legte sie den Zeigefinger auf die Lippen.

»Wenn ich herausfinde, dass Sie etwas mit Eiseles Verschwinden zu tun haben und mich nicht informierten, können Sie Ihre Zelte abbrechen. Noch bin ich hier Bürgermeister!«

»Hören Sie endlich auf.« Assauer schob Basler jetzt einfach zur Seite. »Sie sollten sich schämen, in diesem Moment nur an sich und Ihr gekränktes Selbstwertgefühl zu denken. Es gibt heute Wichtigeres als Sie und Ihre Allüren.« Damit trat er ins Haus und ließ Basler wie einen begossenen Pudel auf der Straße zurück.

Assauer ging nach oben in Hildegund Teufels Schlafzimmer. In den letzten Tagen waren er, Eva und Thomas täglich für ein paar Stunden bei ihr gewesen. Auch Susanne Faust war zweimal gekommen, aber Frieder Fausts Zustand verhinderte, dass sie länger bleiben konnte.

Eva hatte eine Lungenentzündung diagnostiziert, für die Siebenundachtzigjährige das sichere Todesurteil. Sie war heute, in den frühen Morgenstunden des 18. Juni, friedlich in ihrem Bett gestorben. Ihr Tod läutete einen Tag ein, an dem sich in Wellendingen die Ereignisse überschlagen sollten.

Assauer trat in den niedrigen Raum. Es roch nach Krankheit. Um das Bett herum standen Susanne, Bea Baumgärtner und Eugen Nussberger sowie Berthold Winterhalder und seine Frau Edeltraud. Winterhalders wollten gerade gehen. Hinter der Tür, an die Wand gepresst, verharrte Thomas Bachmann. In der einen Hand hielt er einen Strauß Ringelblumen, im anderen Arm seine schwarze Aktentasche. Eva hatte die Nacht bei der Sterbenden verbracht. Jetzt saß sie an Hildegund Teufels Bett und streichelte die langsam kälter werdende knochige Hand der Alten. Sie hatte wie immer das Fenster einen kleinen Spalt geöffnet und der freien Seele den Weg gezeigt, anschließend die Frau gewaschen und ihr die Lider geschlossen. Sie wusste inzwischen selbst nicht mehr, wie vielen Menschen sie nun schon beim Sterben zugesehen hatte. Hildegund Teufel war der vorläufige Schlusspunkt.

Der Krone-Wirt und seine Frau gingen und verabschiedeten sich mit einem Kopfnicken, Eugen Nussberger schloss sich ihnen an. Auch Susanne drängte hinaus. Schließlich waren Assauer, Eva und Thomas Bachmann, der weiter steif auf seinem Platz stand und die Tote betrachtete, allein mit Hildegund Teufel.

Eva faltete der Alten die Hände. Dann ging sie zu Thomas und nahm ihm eine einzelne Ringelblume aus der Hand und legte sie der Toten auf die Brust.

»Ich bin müde«, sagte sie. »Hier gibt es für mich nichts mehr zu tun.« Sie legte beide Hände auf ihren Bauch. Dessen leichte Wölbung war inzwischen schon sichtbar, aber noch wusste keiner von ihrer Schwangerschaft.

»Hat Basler gesagt, wer sich um ihre Bestattung kümmert?«

Eva schüttelte den Kopf. »Nur, dass jetzt schon wieder ein neues Ratsmitglied gewählt werden müsse.« Sie klang traurig. »Komm, Thomas. Lea und deine Kühe warten.«

Thomas Bachmann aber rührte sich nicht. Er betrachtete weiterhin nur die Leiche und lauschte in sich hinein.

»Thomas. Komm!« Eva wollte seine Hand nehmen, aber Thomas lief zum Bett und kniete daneben nieder.

»Darf ich noch bleiben? Bitte, nur fünf Minuten.«

»Natürlich.« Eva legte ihm die Hand auf die Schulter, dann ging sie zur Tür. Assauer folgte ihr nach einem kurzen Gebet.

»Er hing an der Alten«, sagte Assauer, als sie auf der Straße standen.

»Thomas hat sie verehrt, seit er hier im Ort ist. Manchmal dachte ich, die alte Frau war das Zuhause, das er wohl immer gesucht hat. Und nun auch wieder suchen muss.« Sie warf einen Blick hinauf zu dem Fenster, hinter dem sie Thomas Bachmann wusste. »Seit seinem ersten Besuch bei ihr ist er viel ausgeglichener, man hätte ihn fast normal nennen können. Die Frau und meine Kleine … war er nicht bei der einen, dann aber ganz bestimmt bei der anderen. Hildegund Teufel hatte ihm ein paar junge Melissepflanzen geschenkt, die er hinter dem Pfarrhaus eingepflanzt hat und hütet wie seinen Augapfel. Ich hoffe, der Tod der alten Frau wirft ihn nicht wieder aus der Bahn.«

Thomas kniete sich neben das schwere Holzbett. Er schlug das Betttuch, mit dem Eva das Gesicht der Toten bedeckt hatte, zurück und betrachtete das fremde Gesicht. Was war es, überlegte er, was war es, das jetzt fehlte? Ihr Gesicht schien noch das gleiche, die vielen Falten, die dünnen Lippen.

Thomas streckte seine Hand nach Hildegund Teufels Gesicht aus. Er zögerte – als wäre es ein Sakrileg, der alten Frau, die er zu ihren Lebzeiten niemals im Gesicht berührt hatte, so nahe zu sein.

Fass sie an, hörte er Nummer eins. *Sie würde es wollen, dass du sie so berührst.*

Er konnte sich noch gut an den Tod seiner Großeltern erinnern. Thomas' Hand verschwand in seiner Hosentasche und suchte nach den beiden Knöpfen. Er fand sie und auch seinen Stempel.

Lag es an ihm, dass scheinbar alle Menschen, die ihm nahestanden und ihm etwas bedeuteten, starben? Am Beginn dieser seltsamen neuen Zeit waren seine Eltern ums Leben gekommen und obwohl sie ihm niemals seine Großmutter ersetzen konnten, waren sie doch seine Eltern – etwas Einmaliges, das wusste er, etwas, das man sich nicht zurückholen oder ersetzen konnte.

Dann war auch noch der Polizist gestorben. Thomas

wusste, dass Joachim Beck ihn mehr als einmal am liebsten irgendwo zwischen Donaueschingen und Wellendingen zurückgelassen hätte. Trotzdem vermisste er ihn, etwas jedenfalls. Beck hatte ihn schließlich aus seinem Aufzuggefängnis befreit und hierhergebracht. Er hatte ihm viel Gutes getan. Ob er es gern getan hatte, spielte keine Rolle, wichtig war einzig das Ergebnis. Wahrscheinlich hatte er es nur für Eva getan. Aber das interessierte Thomas nicht. Waren die Beweggründe einer guten Tat auch egoistisch oder eitel oder gierig, vielleicht sogar böse, dachte Thomas, was zählte, war das Ergebnis. Und der Polizist hatte gute Ergebnisse erzielt. Bis ihn das Böse dort oben, wo die Flugzeugtrümmer lagen, gefunden hatte und in einem wehenden Mantel verkleidet über ihn hergefallen war. Das Böse lauerte überall. Thomas wusste, dass man sich vor ihm in Acht nehmen musste. Das Böse kam und kam und kam – so lange, bis es sein Opfer in einem unbeobachteten Augenblick von hinten anfallen und zerreißen konnte. Dies war das Naturell des Bösen, das sagten ihm auch seine drei Stimmen, die miteinander flüsterten, während er auf den Knien lag und mit den Fingerspitzen an der Wange der Toten hing.

Thomas lächelte. Es kam selten vor, dass die drei flüsterten. Entweder sprachen sie in normaler Kopflautstärke miteinander oder aber sie schrien sich an (Nummer zwei und Nummer drei). Geflüstert wurde nur in Ausnahmesituationen. Also musste dies eine Ausnahmesituation sein. Der Tod war eine Ausnahmesituation. Sollte es sein. Aber war er es wirklich?

Thomas betrachtete hinter seinen geschlossenen Augen die Parade der Leichen seines Lebens: Großvater und Großmutter, seine Eltern, Beck und nun also auch noch Hildegund Teufel, die alte Frau mit dem wunderschönen Namen. Des Teufels Großmutter. In seinem Leben stellte der Tod (der anderen) keine Ausnahmesituation dar, eher schon Normalität. Die Gestorbenen, die er sah, gingen dem Heer der Leichen voraus, denen er nicht nahegestanden hatte: Dutzende dort oben im Grab bei den Flugzeugtrümmern und jeden Tag gesellten sich weitere hinzu: Männer, Frauen und Kinder, die diese seltsame Zeit aussortierte. War es wegen ihm? Wenn der Tod eigentlich zu ihm wollte, warum nahm er dann nicht den direkten Weg, kam ins Pfarrhaus, packte ihn und ging?

Wollte er alles und jeden um Thomas herum mit sich nehmen, bevor er sich endlich ihm zuwandte? Dann war Hildegund Teufels Tod ein folgerichtiger Schritt auf dem Weg zum eigenen Ableben. Dann würden alle im Ort ums Leben kommen, nicht nur die ihm Unwichtigen, sondern auch Eva, der Pfarrer und, Thomas erschrak und riss die Augen auf, auch Lea!

Nein! Leas Tod wollte er nicht verschulden! Wenn der Tod es nur auf ihn abgesehen hatte, sollte er seinen Willen haben. Aber Lea durfte nichts geschehen! Sie war ein Engel, ein zerbrechliches Geschöpf von einem anderen Stern. Er verehrte sie, seit sie sich das erste Mal in der Wellendinger Kirche begegnet waren. Lea war ein Engel. Sie war so viel mehr und so ganz anders als all die anderen Menschen, die Thomas kannte. Sie verstand ihn, ihn, den Verrückten und seine drei seltsamen Stimmen. Manchmal erzählte Thomas ihr laut, was Nummer eins, Nummer zwei und Nummer drei in ihm sprachen. Draußen, auf den Weiden, hatten sie alle Zeit der Welt, probierten fremde Blätter und Wurzeln und Lea lauschte voller Faszination dem, was in Thomas' Kopf vor sich ging. Sie war der einzige Mensch auf dieser Welt, der außer Thomas jemals die Gespräche in dessen Kopf zu hören bekam. Aber sie war ja kein Mensch.

Thomas beschrieb ihr den Klang jeder seiner Stimmen. Dies hatte er bisher weder in der Psychiatrie noch gegenüber seinem Arzt – ja, noch nicht einmal vor seiner Großmutter – getan. Er beschrieb den Klang der Stimmen und wie sie sprachen, schnell oder langsam, laut und leise, den

Klang hinter dem Klang: Zorn, Ruhe, Ausgeglichenheit, Unruhe, Sehnsucht.

Und Lea lauschte, auf dem Rücken im Gras liegend und den Zug der Wolken beobachtend. Sie verstand ihn und manchmal, wenn sie am Abend einsam und ohne den inzwischen schon nicht mehr so schmerzlich vermissten Singsang ihrer Märchen-CDs in ihrem Bett lag, wünschte sie, sie wäre wie Thomas. Denn insgeheim beneidete sie ihn um diese Stimmen. Sie hätte sich die Stimme ihres Vaters gewünscht. Dass sie sich diese schon nicht mal mehr vorstellen konnte, machte sie traurig. Fast einen Monat hatte sie ihn nicht gesehen und seine Stimme bereits vergessen. Sie fühlte sich dafür schuldig und wusste, dass sie ohne die Bilder von ihm, die sie mit ihrer Mutter täglich ansah, auch sein Gesicht längst vergessen hätte.

Lea durfte nichts geschehen!

Du kannst sie retten, sagte Nummer eins. Thomas nahm die Finger vom Gesicht der alten Frau (*Nein, lass sie da! Berühre des Teufels Großmutter!*) und spürte, wie etwas oder jemand seinen Blick auf den Kopf der Toten lenkte.

Du kannst den Engel beschützen, Thomas. Denk an die alten Märchen. Großmutter hat sie dir alle erzählt, wenn du bei ihr warst. Erinnerst du dich nicht mehr? Im Sommer war es, draußen, hinter dem Haus, auf der verwitterten Bank zwischen Phlox und Jasmin. Die Märchen, Thomas, erinnere dich an die Märchen.

Nein, träumte Nummer zwei, *vergiss die Märchen. Ich muss Paris sehen, den Eiffelturm, den Louvre. Wir müssen Paris sehen, bevor, bevor …*

… er uns endlich holen kommt, ergänzte Nummer drei und Nummer zwei widersprach nicht.

Thomas versuchte sich zu erinnern. Der Duft seiner Großmutter, ihre Wärme und der Klang ihrer Stimme. In einem verstaubten Regal in der nur an besonderen Feiertagen genutzten Stube stand das Buch. Ein alter Lederband mit altertümlich anmutenden Buchstaben, die er erst viel später lesen lernte.

Großmutter.

Er saß neben Großmutter. Auf ihrem Schoß hielt sie das Buch mit einer Hand und im anderen Arm Lea.

Der Teufel.

Lea durfte nicht sterben. Er wollte nicht schuld sein, wenn ihr etwas geschah, wenn sie traurig war, weinte, Schmerzen hatte. Lea sollte leben, egal, was dabei aus ihm selbst wurde.

Plötzlich roch er Großmutter. Ihre Haut, das Fußpulver und die Rheumacreme, Gewürze und Gartenerde. Dann ihre Stimme – warm, etwas rau und so bekannt: Es war einmal eine arme Frau, die gebar ein Söhnlein, und weil es eine Glückshaut umhatte, als es zur Welt kam, so ward …

Thomas erinnerte sich: an diese Stimme, das Haus, an sich und er erinnerte sich an das Märchen: der Mann mit der Glückshaut, der, um seine Liebe zu bekommen, in die Hölle gehen und dem Teufel drei seiner goldenen Haare stehlen musste. Plötzlich konnte er sich an alles erinnern. Und wusste, was Nummer eins von ihm erwartete.

Thomas liefen Tränen über das Gesicht. Er lächelte und weinte, als er endlich aufstand und die Finger erneut nach Hildegund Teufel ausstreckte. Mit dem Erinnern fiel die Last von ihm. Seine Finger zitterten. Er berührte ihre Wange, die geschlossenen Augen. Und er riss ihr drei Haare aus, einzeln und ohne Hast. Seine Stimmen schwiegen, während er die Haare in eine kleine Tablettendose legte, die auf dem Nachtschrank lag. Thomas beugte sich über Hildegund Teufel und küsste sie auf die Stirn. Dann bedeckte er ihr Gesicht mit dem Laken.

Als er das Haus verließ, fühlte er sich stark. Lea konnte nun nichts mehr geschehen. Er trug drei magische Haare bei sich, drei Haare von einer alten Frau, einer Großmutter. Einer Großmutter, die Teufel hieß.

93

09:02 Uhr, Wellendingen

Hermann Fuchs mistete den Stall aus. Er hatte schlecht geschlafen, zu viele Gedanken schwirrten ihm durch den Kopf.

Da war zum einen seine ständige Angst, dieser Krankenschwester noch einmal im Stall oder auf dem Heimweg zu begegnen. Er wusste, dass ihm sein neues Äußeres zwar hinreichend Schutz bot, er wusste aber auch, dass es manchmal ziemlich dumm laufen konnte. Manchmal war es nur ein Blick oder eine Geste, die eine ganze Kaskade von Erinnerungen anstoßen konnte. Und am Ende dieser Erinnerungskaskade …?

Hermann Fuchs missachtete die Schmerzen im Rücken und schaufelte die dampfenden Exkremente der Rinder in eine Schubkarre. Aus den Augenwinkeln beobachtete er Lydia Albicker. Die stand am Tor und unterhielt sich mit dem weißhaarigen Alten, der als Einziger den Flugzeugabsturz überlebt hatte. Die Bäuerin wirkte nach der Unterhaltung verstört. Hildegund Teufel war also tot.

Irgendetwas stimmte heute nicht, stimmte überhaupt nicht. Erst wenige Menschen waren bisher zum Melken erschienen, obwohl die Zeit dafür längst vorüber war und die ersten Tiere bereits riefen. Ihre vollen Euter schmerzten. Auch vom Verrückten und der kleinen Göre war noch nichts zu sehen. Sonst kamen die beiden jeden Morgen pünktlich in den Stall, die Bäuerin sagte ihnen, wo sie die Tiere hinbringen sollten, anschließend trieben sie ihre Herde ins Freie. Heute nicht.

Seit Roland Basler ihm das Bleiben großzügig gestattet und ihn zur Stallarbeit eingeteilt hatte, hatte sich Hermann Fuchs gut eingelebt. Der Stall war der ideale Standpunkt im

Ort. Alles lief hier zusammen, jeder, der noch am Leben war, erschien hier irgendwann. Der Stall hatte Kirche und Gasthaus als zentralen Ort für den Austausch von Neuigkeiten längst erfolgreich abgelöst.

Bubi, von dem Fuchs noch immer nicht hundertprozentig wusste, was er von ihm halten sollte, kam jeden Abend zu Beginn seiner Nachtschicht bei ihm vorbei und erkundigte sich nach dem Stand der Dinge. Manchmal kam auch Kiefer. Aber der hielt sich erstaunlich bedeckt und blieb offensichtlich lieber im Hintergrund. Kiefer und Bubi wollten wissen, ob Fuchs inzwischen eine Möglichkeit gefunden hatte, an Eva heranzukommen. Kiefer drängte und laut Bubi war es nur noch eine Frage von Tagen, dass ihrem Chef der Geduldsfaden riss und er nun doch selbst etwas unternahm. Dies wiederum hätte Fuchs und seine Dienste überflüssig gemacht. Fuchs musste handeln und seit gestern hatte er nun auch einen konkreten Plan. Er hatte die Zeit im Stall gut genutzt. Fuchs kannte inzwischen die Ordnung dieser chaotischen Zeiten hier im Dorf recht gut. Er wusste fast auf die Minute genau, wann wer mit wem im Stall erschien, wusste, wer zu wem gehörte und wer wiederum wen nicht sonderlich leiden konnte. Er erkannte die Hierarchien und versteckten Vorlieben und Antipathien. Fuchs wusste nun, wie Wellendingen und seine Menschen funktionierten. Und er kannte sich auch auf dem Hof wie in der eigenen Hosentasche aus.

Kiefers Schutztrupp gehörte seit vorgestern Jürgen Mettmüller an, auch deshalb drängte es Kiefer und Fuchs zur Eile. Mit Mettmüller an ihrer Seite konnten sie nun nicht mehr mir nichts, dir nichts die Nächte bei Kerzenschein und einem gedeckten Tisch verbringen. Auch mussten sie sich einen triftigen Grund einfallen lassen, wollten sie in ihrer Dienstzeit Fuchs einen privaten Besuch abstatten.

Bubi bedrängte Hermann Fuchs, wollte alles ganz genau wissen. Aber Fuchs hielt die Klappe. Es war nicht sonderlich schwer, den Zwiespalt, in dem der Junge steckte, zu erkennen. Selbst Fuchs, dessen Menschenkenntnis sich auf seinesgleichen beschränkte, spürte, dass Bubi auf einem Drahtseil balancierte und es war längst nicht ausgemacht, auf welcher Seite er aufkommen würde, sollte er abstürzen. Fuchs hielt das Risiko, Bubi einzuweihen und zum Mitwisser seiner Pläne zu machen, für deutlich zu groß. Er wollte die Sache allein durchziehen, wahrscheinlich am nächsten oder übernächsten Tag. So lange konnte Kiefer ja wohl noch warten, umso größer wäre dann die Freude über Fuchs' Geschenk!

Fuchs hatte hinter dem Stall, wo der Fuhrpark der unnützen Traktoren, Anhänger, Aussaat- und Erntemaschinen, Pflüge und Eggen lagerte, einen vergessenen Keller entdeckt. Den mit Koppelpfählen und Brettern zugestellten Eingang hatte er heimlich so präpariert, dass er zügig hindurchschlüpfen, in den Keller gehen und die Tür hinter sich (und Eva) zuziehen konnte, ohne dass von außen jemand Verdacht schöpfte. Denn nur wer von diesem Keller und seinem Zugang wusste und nur der, der unmittelbar vor der verwitterten Holztür mit dem von Fuchs aufgebrochenen Riegel stand, konnte auf die Idee kommen, diese Tür zu öffnen. Und wer sollte das sein?

Fuchs' Plan war einfach, genial einfach. Wenn Eva am Abend in den Stall kam, war dieser fast menschenleer. Vom Haus gegenüber, in dem sie wohnte, sah sie wohl, wie der Irre und Evas Tochter mit den Tieren von den Weiden zurückkamen. Kurz darauf erschien sie, nahm ihre Kleine in den Arm, schickte sie nach Hause und begann mit ihrer Arbeit. Wer sonst noch Interesse an einer Kanne Milch hatte – und das waren nicht wenige –, erschien meist später. Eva befand sich fast jeden Abend mindestens für zehn Minuten allein im Stall, allein, wenn er von sich selbst und der Bäuerin absah. Doch Lydia Albicker hatte meist anderes zu tun und Fuchs musste schließlich im Stall sein. Auf einem der

Balken hatte er gestern Abend einen Knüppel deponiert – einen abgebrochenen Schaufelstiel, der gut in der Hand lag und mit dem Fuchs auf den Zentimeter genau zuschlagen konnte; er hatte es an zwei Katzen ausprobiert, von denen der Hof einen schier unerschöpflichen Vorrat bot. Die beiden Viecher lagen jetzt irgendwo unter dem Mist. Er durfte nur nicht zu fest zuschlagen, Kiefer hätte sonst mit dem Ergebnis wahrscheinlich so seine Probleme. Aber ein Hermann Fuchs war nicht dumm. Das eine Ende des Knüppels hatte er mit einem Lappen umwickelt, der den Schlag auf Evas Kopf etwas abmildern sollte.

War das erledigt, wollte er sie in den Keller schleppen und mit den dort bereitliegenden Seilen fesseln und knebeln. Und zurück an seine Arbeit gehen. Diesen Teil seines Planes fand er den cleversten. Genau das war das richtige Wort: clever. Kiefer musste erkennen, dass ein Mann, der einen solchen Plan aushecken und im Alleingang umsetzen konnte, mehr war als nur ein Penner auf der Suche nach zwanzigtausend Euro.

Fuchs wollte weiterarbeiten. Irgendwann, hoffentlich erst nach Einbruch der Dunkelheit, würde irgendjemand das Weib vermissen. Mit etwas Glück fiel der Verdacht auf die Bonndorfer, schließlich war Bonndorf die größte Siedlung im weiten Umkreis. Und somit war die Wahrscheinlichkeit, dass der Täter dort zu finden war, recht groß. Die anschließende Suche würde sich dann auf die Feldwege dorthin konzentrieren. Fuchs rechnete auch damit, dass Kiefer und Bubi nach Bekanntwerden von Evas Verschwinden umgehend zu ihm kommen würden – nur diesen beiden dürfte sofort klar sein, dass Fuchs hinter dem Ganzen steckte. Aber das war gut so, denn jetzt erst, und keine Minute früher, wollte Fuchs seinen Auftraggeber einweihen. Kiefer und Bubi sollten dafür sorgen, dass die Suche vom Stall und Georg Sattlers Haus wegführte. Und waren die Suchenden erst einmal unterwegs, konnte Hermann Fuchs in aller Seelenruhe das Päckchen aus dem Keller holen und im Schutz der Nacht in das gemeinsame Versteck und zu seinem Empfänger schleppen.

Fuchs stach einer besonders störrischen Kuh die Mistgabel in die Flanke und trieb sie aus dem Weg. Er lächelte. Dann steckte er die Mistgabel zuoberst in die übervolle Karre, aber statt sie aus dem Stall nach hinten zum Misthaufen zu schieben, ließ er sie stehen und ging nach vorn zur Straße. Beiläufig, die Hände in den Hosentaschen, wollte er eine kleine Verschnaufpause simulieren und nach dem Rechten sehen. Als er aus dem Stall trat, stand wie aus dem Boden gewachsen der Irre vor ihm.

Thomas, unterwegs von Hildegund Teufels Totenlager zu seinen Tieren, erstarrte. Seine Augen weiteten sich und er war unfähig, Fuchs' gemurmelten Gruß zu erwidern. Auch als Fuchs im Stall verschwand, blieb Thomas stehen. Er hatte den Teufel gesehen, die Augen des Teufels!

»Gottverfluchte Scheiße, elende!« Fuchs packte die Mistkarre und rannte durch das hintere Tor aus dem Stall. Voller Zorn warf er den Mist von der Karre. Wieso bin ich aus dem Stall getreten?, schalt er sich. Der Irre, dem er bisher erfolgreich aus dem Weg gehen konnte, hatte etwas erkannt, hatte ihn erkannt!

Hatte er ihn wirklich erkannt?

Natürlich! Wie der die verrückten Augen aufgerissen hat! Das tut man nur, wenn man etwas erkennt! Und davor erschrickt!

Und jetzt?

Fuchs ließ die Karre neben dem Misthaufen stehen und schlich sich zurück. Der Irre, dem er bei seinem Kampf mit dem Polizisten so nahe gewesen war, war noch immer da. Aber warum unternimmt er nichts, wenn er mich doch erkannt hat?, fragte sich Fuchs. Er lehnte sich an einen Balken im Schatten und wartete. Aber nichts geschah. Thomas Bachmann stand wie erfroren vor dem Stall und lauschte in sich hinein, als könne er dort eine Wahrheit oder eine Erkenntnis finden.

Genau das, wusste Fuchs, waren die verdammten Zufälle, die alle Pläne zum Scheitern bringen konnten. Sein ganzer schöner Plan war umsonst, wenn diese verrückte Missgeburt ihn erkannt hatte. Am liebsten wäre er mit der Mistgabel in der Hand nach draußen gerannt und hätte ihn aufgespießt.

In die Sorge um seine Pläne und Zukunft vertieft, bemerkte er weder Eva noch Lea, die aus ihrem Haus herüberkamen.

»Thomas«, rief Lea und sprang wie ein junger Hund an ihrem Freund hoch. »Komm, wir müssen melken helfen.«

Thomas erwachte aus seiner Erstarrung. Er streichelte Lea, zog etwas aus seiner Hose und zeigte dem Kind eine kleine Dose. Dann legte er den Zeigefinger auf seinen Mund und Lea nickte ernst.

Fürs Erste beruhigt, verließ Fuchs sein Versteck. Der Irre hatte ihn offensichtlich nicht erkannt! Aber er hatte ihn gesehen, ihm tief in die Augen geblickt und Fuchs war nicht entgangen, dass da irgendetwas war. Der Verrückte hatte etwas entdeckt, aber wusste im Moment wohl noch nichts mit seiner Entdeckung anzufangen. Irgendetwas an Fuchs irritierte ihn, so viel war klar. Im Moment schien er den Mann vom Hardt und Georg Sattlers unbekannten Sohn noch nicht miteinander in Verbindung zu bringen. Vielleicht würde es dieser kranke Geist nie schaffen, vielleicht würde er aber auch schon in fünf Minuten eine plötzliche Erhellung erfahren, wer wusste das schon?

Die Zeit des Beobachtens, des Abwartens und Planens war vorbei, Fuchs hatte einen Entschluss gefasst! Man konnte auch zu lange planen, irgendwann musste es einmal gut sein und für ihn waren Evas Verspätung, vor allem aber das Zusammentreffen mit Thomas Bachmann, Warnung genug. Sein Plan musste heute Abend noch umgesetzt werden, bevor der Zufall ihm einen weiteren Strich durch die schöne Rechnung machte!

Alles war vorbereitet. Alles wartete nur auf Eva.

94

17:14 Uhr, Wellendingen

Hildegund Teufels Beisetzung fand noch am selben Tag statt. Der Sommer hatte in den letzten Tagen mit aller Kraft Einzug gehalten und es war heiß – nicht die richtige Zeit, eine Leiche mehrere Tage aufzubahren.

Hildegund Teufel war eine der wenigen, die in diesen Tagen eines halbwegs normalen Todes gestorben waren. Natürlich, in der alten Zeit hätten Antibiotika ihr Leben vielleicht noch um ein paar Wochen verlängert, aber die Uhr ihres Lebens war abgelaufen und sie starb nicht an Hunger und auch nicht eines gewaltsamen Todes – ein Privileg, welches den meisten der überreichlich vermodernden Leichen versagt geblieben war.

Am späten Nachmittag ließen Bubi Faust, Jürgen Mettmüller, Markus Thoma und Thomas Bachmann den leichten Leichnam in die von Bardo Schwab ausgehobene Grube hinab. Särge wurden schon lange nicht mehr benutzt. Am Kopfende ihres Grabes stand Pfarrer Kühne und besprengte die Verstorbene mit Weihwasser. Ihr in Laken gewickelter Körper sank in die Tiefe. Thomas ließ den neben ihm stehenden Jürgen Mettmüller nicht aus den Augen und versuchte, dessen Bewegungen genau zu imitieren. Er wollte nichts falsch machen.

Die fast übermenschliche Anstrengung, die es ihn gekostet hatte, Eva zu bitten, die Tote mit zum Friedhof tragen zu dürfen, war ihm noch immer im Gesicht abzulesen. Thomas hatte Eva gefragt und sie wiederum die Männer vor Hildegund Teufels Haus. Keiner hatte gelacht oder auch nur in Erwägung gezogen, Thomas' Bitte abzuschlagen. Jeder im Ort wusste, dass Thomas in der kurzen Zeit, die er erst im Dorf war, eine besondere Beziehung zu der Alten aufgebaut hatte und es ihm offensichtlich wirklich wichtig war, sie zum Friedhof zu begleiten. Sie lag auf einem breiten Brett, das fast schwerer war als die Frau darauf.

Der Pfarrer betete laut und die meisten beteten mit ihm. Wieder war jemand gegangen, wieder musste man an einem Grab stehen. Wer, fragten sich viele, würde der Nächste sein?

»Amen.« Jakob Kühne bückte sich. Wie leicht ihm dies plötzlich fiel … Er hatte in den vergangenen Wochen den Gürtel seiner Hose drei Löcher enger stellen können und langsam tauchten aus dem verbrauchten Körperfett seine wahren Konturen auf. Fräulein Guhl hatte alle Hände voll zu tun, seine Kleider enger und enger zu nähen.

Kühne hielt eine kleine Schaufel in der Hand und betrachtete lange die Menschen, die wiederum alle zu ihm herübersahen. Kaum einer fehlte. Sattlers Sohn, fiel ihm auf, war nicht da und ein paar, von denen er wusste, dass sie krank in ihren Häusern lagen. Was hätte Sattlers Sohn hier auch gesollt, dachte Kühne, er kannte die Alte kaum. Kühne warf ein wenig Erde auf Hildegund Teufel. Dann trat er zur Seite. Roland Basler, der unaufgefordert nach vorn getreten war und es als sein natürliches Recht ansah, unmittelbar nach dem Pfarrer Erde in das Grab zu streuen, streckte seine Hand aus. Aber der Pfarrer ignorierte Baslers wartende Rechte und gab die kleine Schaufel Thomas.

Thomas nahm die Schaufel, ganz langsam. Dass der Pfarrer ihn, einen Verrückten, dem Bürgermeister vorzog, verwirrte ihn. Er hielt die Schaufel wie ein Schild vor der Brust und wusste nicht, was zu tun sei. Schließlich nahm ihn Kühne am Handgelenk und führte seine Hand zum Aushub neben dem Grab, dann darüber. Langsam rieselte schwarze Erde auf Hildegund Teufels Körper.

Schwupp, weg ist sie.

Thomas gab die Schaufel an Lea weiter. Er war traurig wie seit Millionen Leben nicht mehr. Traurig für vier.

Von Lea wanderte die Schaufel zu Eva, Eva gab sie Eckard Assauer und der sie an Roland Basler weiter, der hinter ihm wartete. Nach ihm kam Eugen Nussberger, dann der Krone-Wirt und schließlich Susanne Faust. Susanne tat es den anderen nach und warf ein wenig Erde in das frische Grab. Ihre Blicke folgten den Krumen. So endet also alles, schien sie zu denken. Eva nahm ihr die Schaufel aus der Hand.

Plötzlich ging Susanne durch die Wartenden zum Pfarrer.

»Warum lässt Gott das zu, Herr Pfarrer?«

Jakob Kühne, der sich mit Bea Baumgärtner über den beginnenden Mangel an Kochsalz unterhielt, brach mitten im Satz ab. Susanne wartete auf seine Antwort, ihr liefen Tränen über die Wangen.

»Sie war eine sehr alte Frau«, sagte er.

»Ich meine nicht Hildegund. Ich meine das alles!« Sie zeigte auf die vielen frischen Gräber ringsum. Assauer kam mit Thomas und Lea dazu. »Ich meine Frieder. Warum unternimmt Gott nichts? Sie müssen das doch wissen, Herr Pfarrer. Mit mir redet Gott nicht. Redet er mit Ihnen? Was hat er gesagt?«

»Komm, Susanne. Wir müssen nach Frieder sehen.« Eva legte den Arm um Susanne und versuchte, sie wegzuziehen. In dem Maße, wie es ihrem Mann langsam besser ging, schien sie in sich zusammenzufallen. Heute hatten sie Frieder erstmals für eine Stunde allein gelassen.

»Nein«, wehrte die Freundin sie ab. »Ich will jetzt endlich eine Antwort!«

»Ich weiß keine Antwort«, sagte Kühne. »Ich weiß nur, dass wir wirklich verloren sind, sollten wir unsere Hoffnung verlieren.« Eva nahm Susanne in den Arm und führte sie weg.

»Es wird nicht das letzte Mal sein, dass man Sie nach Gottes Plänen fragt.« Eckard Assauer, der das Gespräch zwischen Susanne und dem Pfarrer mitgehört hatte, trat dazu. Gemeinsam sahen sie den Frauen und Männern des Dorfes nach, die den Friedhof verließen und sich zerstreuten.

»Ich wäre froh, wüsste ich etwas von seinem Plan«, erwiderte Kühne. »Aber vielleicht können wir auch einfach wieder einmal nicht verstehen. Oder was, wenn es nun nicht *sein* Plan war, sondern der der anderen Seite?«

»Sie meinen den Teufel?«

Kühne nickte.

Assauer sah den Pfarrer an, dann erneut auf die Gräber. Er lächelte bitter und schüttelte den Kopf. »Gott, Teufel, gut, böse … Immer die anderen! Haben Sie schon mal die Möglichkeit in Betracht gezogen, dass weder Gott noch sein ewiger Gegenspieler was mit dieser Geschichte zu tun haben?«

»Gott hat mit allem etwas zu tun!«

»Von mir aus, wenn Ihnen dieser Glaube hilft, warum nicht.« Assauer fuhr sich mit der Hand durch den weißen Bart. »Aber mir gibt die Vorstellung, dass irgendein Gott uns jetzt zusieht und nicht eingreift, wenig Hoffnung für die Zukunft. Wissen Sie, Herr Pfarrer, in meinen Augen ist dies alles Menschenwerk. Irgendwo ist irgendwas verdammt schiefgelaufen. Und jetzt ist es zu spät für eine Reparatur.«

»Vielleicht wollte uns Gott so von unserer zunehmenden Technikgläubigkeit wegbringen?«, überlegte der Pfarrer. »Von der Gier des Menschen nach immer mehr und noch mehr. Uns ging es doch wirklich gut und trotzdem war Zufriedenheit fast schon ein Makel. Wer nicht sofort nach Feierabend an seinem Haus bastelte, sondern sich zufrieden an dem freute, was er besaß, wurde als Exot belächelt. Vielleicht war das der Grund.«

»Aber dann muss man doch nicht gleich zu solchen Maßnahmen greifen«, sagte Assauer und zeigte auf die Grabhügel. »Ein kleiner Warnschuss hätte es doch auch erst mal getan.«

»Wahrscheinlich gab es diesen Warnschuss, wie Sie es ausdrücken. Und wahrscheinlich haben wir nur mal wieder nichts bemerkt oder wir dachten, wir hätten alles im Griff. Wie immer halt. Gott lässt seinen Geschöpfen die Freiheit zuzuhören und zu entscheiden. Gott schreibt nichts vor, aber er sieht auch nicht ewig tatenlos zu.«

»Bitte, Herr Pfarrer, bitte kommen Sie jetzt nicht mit der Geschichte vom freien Willen. Der liebe Gott und der böse Teufel! Schwarz und weiß und alles ist klar und die Zuständigkeiten einwandfrei zugeordnet. Nichts und niemand ist nur schwarz oder nur weiß. Wenn es einen Gott gibt …«

»Es gibt ihn.«

»… dann ist er im besten Falle hellgrau und sein Kontrahent dunkelgrau, aber nicht schwarz. Und Gott ist bestimmt nicht so unschuldig wie Ihre Fraktion, Herr Pfarrer, immer tut. Wer war zuerst da, Gott oder seine Engel?«

»Gott natürlich.«

»Und die Engel? Sind das seine Geschöpfe? Wenn ja, dann hat Gott auch den Teufel geschaffen, was zu einer gehörigen Mitschuld an dessen späteren Aktivitäten führt. Also ich an Gottes Stelle hätte heftige Bauchschmerzen.« Der Pfarrer wollte etwas erwidern, aber Assauer redete sich in Rage. »Warum lässt Gott die Menschen frei entscheiden, wenn er doch um deren Unvollkommenheit weiß? Warum vernichtet er nicht einfach den Teufel und damit das Böse? Von einem Tag auf den anderen wäre die Welt in Ordnung. Wissen Sie, was in meinen Augen die logischste Erklärung ist? Sollte ich mich irren und Gott und der Teufel existieren tatsächlich, dann sind sie Geschwister. Zwei Brüder im ewigen Wettstreit. Gott schuf die Welt und der Teufel schuf den Menschen. Und das eine passt nicht zum anderen.«

Nach der Beerdigung ging Thomas zurück zum Stall. Den Tieren war egal, ob Hildegund Teufel lebte oder ob sie ein, zwei Meter tief unter den Hufen der Rinder lag. Die Tiere wollten fressen und sie mussten gemolken werden. Und das Dorf brauchte ihre Milch dringender denn je.

Bea Baumgärtner hatte gemeinsam mit einigen anderen Frauen damit begonnen, überschüssige Milch zu Quark und Käse zu verarbeiten. Sie hatten in den Kochbüchern ihrer Mütter und Großmütter alte Rezepte gefunden und Bardo Schwab, Tischler ohne die Gabe, ein eigenes Unternehmen zu organisieren, fertigte ihnen nach Abbildungen aus einem dieser Bücher die dafür notwendigen Gerätschaften. Uwe Sigg half ihm ohne allzu große Begeisterung. Aber diese Arbeit war angenehmer als mit dem Krone-Wirt durch die umliegenden Wälder zu ziehen und Holz zu sammeln. Überhaupt fühlte er sich im Ort sicherer, denn einige Heimatlose, die nirgendwo mehr aufgenommen wurden, streunten wie Hunde durch die Gegend und suchten nach Essbarem.

Bevor Thomas den Friedhof verließ, hatte er Bardo Schwab dabei beobachtet, wie der ein einfaches Holzkreuz mit dem Namen der alten Frau in die lockere Erde am Kopfende ihres Grabes steckte. Thomas hatte währenddessen den makellos blauen Himmel beobachtet und mit einem eindeutigen Zeichen der Missbilligung von oben gerechnet. Aber nichts dergleichen geschah. Es ist ein seltsamer Ort hier, dachte Thomas, wenn ungestraft ein Symbol der Christenheit auf das Grab eines Teufels gesteckt werden darf.

Thomas hatte seine morgendliche Begegnung mit Hermann Fuchs vergessen. Als er in Fuchs' Augen gesehen hatte, waren die Bilder vom Hardt und die Gefahr, in der er augenblicklich wieder schwebte, sofort gegenwärtig gewesen, aber etwas in ihm zog den Schleier des Vergessens zu.

Hermann Fuchs hingegen hatte nichts vergessen. Auch nicht, wozu er hier war und dass heute der Tag war, an dem sich sein Leben entscheiden sollte. Während alle die alte Frau zu Grabe trugen, hatte er noch einmal seine Vorbereitungen überprüft: den mit Stoff umwickelten Knüppel, den Zugang zum Keller und die dort bereitliegenden Stricke und einige Lappen, mit denen er Eva fesseln und knebeln wollte. Er betrachtete immer wieder den Zugang zum Keller. Sah alles natürlich aus? Lag der Eingang gut verborgen?

Im Stall selbst spielte er mehrfach durch, was am Abend geschehen musste. Er schlenderte mit dem Knüppel hinter dem Rücken mal an diese, dann an jene Stelle des Stalles, wusste er doch nicht, wo Eva am Abend melken würde. Dann zog er die Waffe hervor und schlug mit ihr auf ein imaginäres Opfer vor sich ein. Jedes Mal hielt er kurz inne und betrachtete seine Umgebung. Aber es war fast egal, wo es geschehen sollte, sehen konnte ihn immer jemand. Gäbe es eine Möglichkeit, Eva allein abzupassen, hätte er nicht gezögert – aber leider gab es nur den Stall. Außerdem drängte die Zeit. Bubi hatte Fuchs auch heute wieder nach dessen Ergebnissen gefragt. Lange konnte er Bubi und Kiefer nicht mehr hinhalten, aber das würde nach dieser Nacht auch nicht mehr nötig sein. Wichtig war, dass alles schnell ging. Bevor auch nur einer der Menschen, die bestimmt mit im Stall waren, verstand, was vorging, musste er Eva auch schon in den Keller getragen haben. Wieder und wieder lief er die Wege von den in Frage kommenden Tatorten zum Versteck ab und räumte im Weg stehende Utensilien zur Seite. Als Eva schließlich den Stall betrat, ihm wie immer freundlich zunickte und mit ihrer Arbeit begann, wusste er: Was menschenmöglich war, hatte er getan.

Nach dreißig Minuten war die Gelegenheit da. Die meisten anderen hatten den Stall mit einer Kanne Milch verlassen. Thomas war mit Lea in Fausts Haus gegangen und Lydia Albicker damit beschäftigt, die letzten Krümel Kraftfutter, die sie noch hatte, möglichst gerecht unter den Tieren zu verteilen. Den Hauptanteil erhielten drei trächtige Tiere, auf denen die Hoffnungen aller lagen, denn sollte unter den erwarteten Kälbern kein kleiner Bulle sein, musste die Tierpopulation über kurz oder lang aussterben. Es gab weit und breit keine Zuchtbullen.

Fuchs stellte die Mistgabel zur Seite und ging zu Eva hinüber. Unterwegs nahm er den Knüppel aus seinem Versteck. Er war aufgeregt wie ein kleiner Junge, der auf der Suche nach den von den Eltern versteckten Weihnachtsgeschenken durch das dunkle Haus streift. Fuchs konnte sein Weihnachtsgeschenk deutlich sehen. Eva kauerte neben einem Tier auf einem winzigen Schemel. Sie hatte sich schnell an die neue Arbeit gewöhnt und war dankbar. Mit Arbeit verging die Zeit, die unendlich langen Stunden des Wartens auf Hans. Und diese Arbeit hier gab ihr das Gefühl, wichtig zu sein, war doch Milch die einzige verlässliche Nahrungsquelle des Dorfes. Hier im Stall hatte ihre Arbeit einen Sinn und sie sah einen Erfolg, ein Erlebnis, welches sie in ihrer kleinen Praxis nur noch selten hatte. Eva arbeitete länger, als für ihren und Leas Bedarf nötig war. Assauer bekam etwas ab und natürlich Susanne, Frieder und auch Bubi, der die Tage verschlief und nachts auf sie alle aufpasste. Was noch übrig war, gab sie Bea.

Fuchs schlug kurz und trocken zu. Er musste sich zurückhalten, um sie nicht aus Versehen zu töten. Das mit dem Lappen umwickelte Ende des Knüppels traf Eva am Hinterkopf – ein trockenes, sattes Geräusch. Sie stürzte von ihrem Schemel nach vorn, gegen den warmen Bauch des Tieres. Die Kuh erschrak, tänzelte zur Seite und warf den Eimer um. Der rollte über den Steinboden. Das Geschepper musste Tote erwecken, dachte Fuchs. Er blieb stehen und sah sich um.

»Eva? Alles in Ordnung?« Lydia Albicker befand sich am anderen Ende des Stalles.

»Ich bin's«, antwortete Fuchs. »Eva ist kurz rüber ins Haus.«

Die Kuh betrachtete die Bewusstlose. Sie machte weder

einen neugierigen noch sonst einen sonderlich beteiligten Eindruck. Nach einer kurzen Unterbrechung setzte sie ihr Wiederkäuen fort und in ihren dunkelbraunen Augen lagen Desinteresse und Verständnislosigkeit. Aus einer winzigen Wunde an Evas Hinterkopf sickerte ein Tropfen Blut. Fuchs ließ den Knüppel fallen, packte Eva unter den Armen und richtete sie auf. Er bückte sich und kippte sich die Frau über die Schulter. Noch ein letzter Kontrollblick durch den Stall – aber alles war ruhig, die Bäuerin hatte nichts bemerkt.

Fuchs schleppte seine Beute in das vorbereitete Versteck und zog die Tür hinter sich zu. Erst jetzt hatte er Zeit, die Qualität seines Schlages zu überprüfen. Lebte sie noch? Er nahm ihr Handgelenk und suchte ihren Puls. Und er fand ihn. Er ließ sich auf den Boden sinken. Durch die Ritzen der Holztür fielen die letzten Sonnenstrahlen dieses Tages. Er fesselte Eva und band ihr ein Tuch um den Mund, verschnürte sein Geschenk an Martin Kiefer. Dessen Dankbarkeit war Fuchs gewiss und das Gefühl des Triumphes, die Vorfreude, die er empfand, ließ seine Hände vor Aufregung zittern. Wie leicht alles gegangen war! Sein Plan hatte perfekt geklappt.

Zum Schluss stülpte er Eva einen Sack über den Kopf.

Kurz vor neunzehn Uhr saß Martin Kiefer im Gasthaus Krone beim Frühstück. Bubi saß neben ihm und berichtete von Hildegund Teufels Beerdigung.

»Du und Fuchs – ihr seid so ziemlich die Einzigen, die nicht auf dem Friedhof waren.«

»Was geht mich die alte Teufel an?«, raunzte Kiefer ihn an. Er hatte am Morgen Eva getroffen. Sie war auf dem Weg ins Pfarrhaus, er kam von seiner Nachtschicht und wollte nur noch ins Bett. Er hatte Eva den Weg verstellt. »Komm wieder zu mir«, hatte er gesagt. Sie versuchte, sich an ihm vorbeizuschieben. »Hans wird nicht zurückkehren. Ich bin hier. Ich kann dich ernähren! Ich bitte dich nur einmal! Nur dieses eine Mal!« Eva war einfach losgerannt. Kein Wort, nicht einmal ein Blick! Oh, wie er sie hasste. Und wie er sie liebte!

Kiefer spuckte ein Getreidekorn auf den Boden. Edeltraud Winterhalder, die Wirtin, hatte stolz zwei Scheiben ihres ersten selbst gebackenen Brotes serviert, dazu ein Spiegelei. Dem Ei fehlte Salz und das Brot war hart und voller Körner. Vollkornbrot nannte sie es. Sollte gesund sein.

Bubi hatte eine Kanne Milch mitgebracht und sich neben seinen Freund gesetzt. »Gibt's was Neues in Bonndorf?«, fragte er. »Wie lange kannst du die dort noch hinhalten und sabotieren?«

Kiefer kaute und lächelte Bubi an. »Ein paar Tage vielleicht, länger nicht.« Er leckte den Teller ab und schob ihn zur Seite. Dann setzte er sich gerade hin. »Heute ist Montag. Ich gebe diesem Fuchs noch bis Ende der Woche. Spätestens Freitag will ich von ihm wissen, wann und wo wir Eva am gefahrlosesten schnappen können.«

»Also verschwinden wir spätestens Freitag!« Bubis Augen leuchteten. Endlich! Endlich gab es ein konkretes Datum. Aber was, wenn Fuchs bis dahin keine verwertbaren Informationen beschaffen konnte?

»Dann gehen wir zu Eva nach Hause, irgendwann in der Nacht, klopfen und nehmen sie einfach mit. Gut, da ist noch dieser Assauer, aber mit dem alten Sack werden wir zwei schon fertig. Und der lästige Balg bekommt einen Tritt.« Kiefer lachte. Er brauchte nur an die Visage ihres verschollenen Vaters zu denken und war sofort bis in die Haarspitzen motiviert.

»Lea wird kein Haar gekrümmt, verstehst du?!« Bubi war plötzlich ernst. »Du kannst machen, was du willst, ich helfe dir sogar dabei. Aber von Lea lässt du die Finger!« Bubi hatte nach dem Gewehr gegriffen, das auf seinem Schoß lag, und Kiefer war sich einen Moment nicht mehr sicher, ob Bubi wirklich rückhaltlos hinter ihm stand. Aber das war nur eine kurze Regung. Natürlich war Bubi sein Mann. Bubi war ein hilfloses Etwas ohne ihn. Gut, Lea war sein Schwachpunkt, aber den konnte man verzeihen.

»Keine Angst. Dem Balg wird nichts passieren.« Bubis Finger entspannten sich.

Bubi wollte Kiefer noch nach ihrem Ziel fragen. Bis jetzt war Kiefer einer Antwort immer aus dem Weg gegangen. Bubi wusste nur von einer Handvoll Männer und Frauen, die er angeblich in Bonndorf angeworben hatte und als seine künftige Elitetruppe bezeichnete. Mithilfe dieser Truppe und der Waffen, die sie in Sattlers Haus versteckt hatten, wäre die Zukunft, so Kiefer, ein Kinderspiel. Aber wie genau diese Zukunft aussehen sollte, wusste Bubi noch immer nicht, auch nicht, welche konkrete Rolle ihm dabei zugedacht war. Einerseits vertraute er seinem Freund, andererseits war es nun doch langsam an der Zeit für eine handfeste Information. Bubi beugte sich also gerade über den Tisch, um Kiefer nach seinen Plänen zu fragen, als die Tür aufflog und Hermann Fuchs eintrat, besser gesagt, er schoss förmlich in den Schankraum, stolperte über einen Fußabtreter und wäre der Tresen nicht im Weg gestanden, an dem er sich festhalten konnte, wäre er vermutlich irgendwo zwischen den Stühlen auf den Boden geschlagen. Er brauchte einen Moment, bis sich seine Augen an das Zwielicht gewöhnt hatten, dann entdeckte er Kiefer und Bubi und kam sofort herüber.

»Was willst du hier?«, zischte Kiefer. »Hab ich dir nicht gesagt, dass wir in der Öffentlichkeit nicht zusammen gesehen werden dür…«

»Ich habe Eva!«

»Du hast was?!« Kiefer sprang auf. Sein Stuhl kippte nach hinten und schlug auf die Holzdielen. Umgehend erschien Edeltraud Winterhalder und fragte, ob alles in Ordnung wäre.

»Ist es, ist es«, sagte Kiefer und wedelte mit der Hand, um sie wegzuscheuchen.

»Du hast was?« Kiefer drückte Fuchs auf einen Stuhl und beugte sich weit über den Tisch, um ja kein Wort zu verpassen.

»Ich hab deine Eva!« Hermann Fuchs' Augen strahlten. Das war der lang erwartete Triumph! Oh, wie er sich auf sein Geld freute! Wie er sich auf das Morgen und Übermorgen freute! Diese Eva war, so glaubte Fuchs, seine Eintrittskarte in eine bessere Zukunft, eine Zukunft mit Männern wie Kiefer und Bubi Faust.

»Wieso hast du es allein gemacht? Wie hast du es gemacht? Wo ist sie jetzt?«

»Sie ist noch oben im Stall. Oder besser: unter dem Stall in einem vergessenen Keller. Weißt du, die Gelegenheit war einfach zu günstig. Sie und ich waren ganz allein und nachdem ich heute Morgen dem Verrückten über den Weg gelaufen bin, wusste ich, dass wir uns beeilen müssen. Ich bin mir nicht sicher, vielleicht hat er mich erkannt, vielleicht auch nicht. Aber wenn er mich erkannt hat, dann geht er bestimmt zu seiner Krankenschwester.«

»Hast du sie gefesselt?«

»Natürlich!«

»Und wenn sie schreit?«

»Ich hab sie fein säuberlich gefesselt und geknebelt. Sie hat keine Chance, sich bemerkbar zu machen. Außerdem ist der Eingang zu dem alten Keller ziemlich ab vom Schuss. Da kommt niemand zufällig vorbei.«

»Du bist auch dort vorbeigekommen.«

»Ich hab auch gesucht. Ich hab ein Versteck gesucht und gefunden.«

Kiefer lehnte sich zurück. Das ging alles ziemlich schnell. Er spielte mit dem Milchglas und nahm immer wieder einen winzigen Schluck daraus. Abwechselnd sah er zu Fuchs, zu Bubi und zum Fenster hinaus. Jetzt war der Moment also gekommen! Eva war nun wieder sein. Er überlegte, wie er mit ihr unauffällig nach Bonndorf und in sein Haus kommen konnte. In Bonndorf kannte man sie natürlich und es würde mit Sicherheit dumme Fragen aufwerfen, wenn sie plötzlich mit ihrem Ex und ohne Kind anmarschiert käme. Aber im Schutz der Nacht würde sich schon etwas machen lassen. Noch ein Schluck Milch. Und was wird mit Bubi und diesem Fuchs? Sie erwarten bestimmt, dass ich meinen Worten nun auch Taten folgen lasse und sie ins gelobte Land – sprich eine Welt, in der sie einmal die Herrscher sind – führe. Wenn diese armen Trottel wüssten, dachte Kiefer. Wenn sie wüssten, dass es nur um Eva geht und um nichts weiter. Eva musste in die geheimen Zimmer seines Reihenhauses und dann wollte er dort mit ihr ein paar Tage allein sein. Über ein Danach hatte er sich bisher keinerlei Gedanken gemacht. Denn nach dieser Tat gab es wahrscheinlich kein Danach mehr, so einfach war das.

»Dann können wir heute Nacht verschwinden!« Bubi hielt es kaum noch auf seinem Stuhl.

Ich muss die beiden Idioten loswerden, dachte Kiefer. Aber wie?

»Man wird wahrscheinlich bald bemerken, dass sie weg ist«, sagte Fuchs.

Wie um seine Worte zu unterstreichen, flog die Tür ein weiteres Mal auf und Eckard Assauer kam herein. »Schnell«, rief er und hielt die Tür offen. »Eva Seger ist verschwunden! Kommt schnell zum Stall!«, und schon war er wieder weg. Hermann Fuchs, der mit dem Rücken zur Tür saß, erkannte er nicht.

Kiefer griff seine an der Wand lehnende Waffe und erhob sich. »Du«, sagte er zu Fuchs, »du siehst zu, dass du unauffällig zu Eva kommst. Bleib bei ihr und beschütze sie. Verstehst du? Beschütze sie! Wenn ihr etwas passiert, mache ich dich dafür verantwortlich! Wir bemühen uns, die Suche nach Eva in die Wälder zu verlagern. Sobald uns das gelungen ist, komme ich zu dir.« Fuchs beschrieb Kiefer die Lage des Verstecks. Kiefer nickte. »Jetzt weg mit dir! Und wir«, sagte er jetzt an Bubi gewandt, »wir schauen da oben mal nach dem Rechten. Und dann locken wir sie aus dem Dorf.«

»Und was weiter? Wann verschwinden wir?«

»Ich verschwinde mit Eva heute Nacht. Erst, wenn sie in Sicherheit ist, hole ich dich nach, Bubi. Du musst so lange noch hier bleiben und mir den Rücken freihalten.«

»Und wie lange?«

»Weiß ich jetzt noch nicht. Vielleicht ...«, er hatte Mühe, an sich zu halten. Er konnte nur an Eva und die kommenden Stunden und Tage mit ihr denken, und dieser Idiot löcherte ihn mit völlig unwichtigen Fragen! »Vielleicht zwei Tage, Bubi. Zwei oder drei, mehr bestimmt nicht.«

Bubi knurrte so etwas wie ein Einverständnis.

Lydia Albicker hatte den umgeworfenen Eimer und die wertvolle Milch am Boden entdeckt. Ihr Gefühl sagte ihr sofort, dass etwas nicht stimmte. Als auf ihre Rufe hin weder Sattlers Sohn noch Eva Seger antworteten, war sie über die Straße zu Evas Haus gerannt. Sie wünschte sich, Eva hier zu finden, aber etwas in ihr behauptete felsenfest, dass es Selbsttäuschung war, so etwas zu hoffen.

Als Kiefer und Bubi zu der Gruppe vor dem Stall stießen, hatte Mettmüller bereits einen Suchtrupp zusammengestellt. »Endlich«, empfing er seine Kollegen. Mettmüller sah verschlafen aus. Der ungewohnte Rhythmus, in der Nacht zu arbeiten und am Tag zu schlafen, machte ihm mehr zu schaffen, als er es vermutet hatte. Dass er das Angebot, in der Schutztruppe mitzuwirken, angenommen hatte, bereute er seither in fast jeder freien Minute. Schließlich musste er sich weiterhin um seine Bienen kümmern und jetzt, Mitte Juni, hatte ein Imker mit achtzehn Völkern alle Hände voll zu tun. So kam es, dass er, wenn Bubi und Martin Kiefer längst in ihren Betten lagen und schliefen, noch auf den Beinen war und Honig schleuderte und Waben präparierte.

»Keine Spur von Eva. Nichts! Wir haben die Umgebung des Stalles abgesucht, aber ohne Erfolg. Sie ist wie vom Erdboden verschluckt!« Mettmüllers Hilflosigkeit lag auf der Hand.

»Ist sie weggelaufen?« Kiefer fragte dermaßen scheinheilig, dass sich Bubi umdrehen musste, um nicht loszulachen.

»Weggelaufen? Und lässt Lea zurück?« Mettmüller, Albickers und noch ein paar Umstehende schüttelten den Kopf. »Wenn, dann wäre sie zusammen mit Lea gegangen. Und sie hätte ein paar persönliche Dinge mitgenommen. Ich meine, jeder könnte verstehen, wenn sie nach Norden aufbricht, um Hans zu suchen. Es wäre zwar der reinste Schwachsinn und Selbstmord, aber in diesen Tagen haben wir schon manches Pferd kotzen sehen.«

»Dann bleibt nur eine Entführung.« Bubi warf das Schlüsselwort so beiläufig wie nur möglich in die Runde. Trotzdem hatte er das Gefühl, jeder müsste sofort mit dem Finger auf ihn und Kiefer zeigen und losschreien: Genau! Entführung! Und ihr zwei steckt dahinter! Stimmt's oder hab ich recht?

Aber seltsamerweise schrie keiner auf und niemand zeigte mit dem Finger, weder auf Kiefer noch auf ihn. Jeder hier sah ziemlich mitgenommen aus. Offensichtlich waren Bubis Worte genau das, was alle dachten und doch keiner zu sagen gewagt hatte.

»Genau.« Nussberger spuckte auf die Straße.

»Aber wer soll am helllichten Tag Eva aus unserem Dorf verschleppen?«, fragte Kiefer. Achselzucken.

»Dieser angebliche Sohn vom alten Sattler ist ebenfalls verschwunden«, sagte Lydia Albicker.

Betroffenheit machte sich breit. Man hatte diesen Mann, der sich ohne einen Beweis als Georg Sattlers Sohn ausgegeben hatte, bereitwillig aufgenommen. Sogar das Haus seines angeblichen Vaters hatte er beziehen dürfen. Und jetzt?

»Aber welches Interesse sollte der an Eva haben?«, fragte Mettmüller.

»Ich glaub nicht, dass er es war«, warf Bubi ein. Martin Kiefer trat ihm dafür auf die Zehenspitzen. Sei still, dachte er, sei bitte still! Wenn Hermann Fuchs verdächtigt wurde, hieß das, dass sie selbst vorerst aus dem Schussfeld waren!

»Aber er hat Eva immer so seltsam angesehen«, fiel es Lydia Albicker auf einmal ein. »Die beiden haben kaum miteinander gesprochen, aber Fuchs hat immer zu Eva rübergesehen, wenn sie im Stall war. Fast so, als hätte er sie beobachtet.«

»Warum hast du das nicht früher gesagt?!«

»Es ist mir eben erst eingefallen!«

»Vielleicht hätte das hier verhindert werden können, wenn …«

»Wenn und vielleicht bringen jetzt auch nichts mehr!«, sagte Nussberger.

»Wir müssen die Umgebung absuchen, bevor er einen zu großen Vorsprung hat«, sagte Kiefer. »Wo könnte er hin sein?«

»Was sagte er, wo er bisher gelebt hat? Waldshut?«

Kiefer und Bubi nickten, schließlich war es ihre Geschichte.

»Dann wird er sich bestimmt auch dahin auf den Weg machen!«

»Mit einer Gefangenen?«

»Was, wenn er unseren Verdacht vorausgesehen hat und in die entgegengesetzte Richtung unterwegs ist?«

»Nach Bonndorf?«

»Nach Bonndorf oder nach Donaueschingen. Was weiß denn ich?!«

»Es bringt nichts, wenn wir hier stehen und Vermutungen anstellen«, unterbrach Kiefer die Diskussion. »Er kann überall sein. Aber fest steht, dass er mit Eva, die sich bestimmt wehrt, nicht sonderlich schnell unterwegs sein kann. Wir müssen uns trennen. Wir bilden zwei Gruppen. Die erste Gruppe sucht Richtung Bonndorf. Die führst du, Jürgen.« Mettmüller nickte. »Die zweite Gruppe durchkämmt den Wald zur Oberen Alp hin. Diese Gruppe leite ich.«

»Und ich?« Bubi ahnte zwar etwas. Aber was genau erwartete Kiefer jetzt von ihm?

»Du gehst zuerst in Sattlers Haus. Vielleicht findest du dort irgendeinen Hinweis. Wenn ja, kommst du zu uns. Solltest du nichts entdecken, suchst du auf eigene Faust zwischen beiden Gruppen. Also los, wir müssen uns beeilen, in ein, zwei Stunden ist es dunkel!«

Als sich beide Gruppen in Bewegung setzten, nahm Kiefer seinen Schützling zur Seite. »Du wartest in Sattlers Haus, bis es dunkel ist. Dann gehst du zum Stall und ihr bringt Eva gemeinsam aufs Hardt hoch. Dort sucht niemand. Wir treffen uns am Flugzeug. Ich bin spätestens Mitternacht bei euch.«

Lea schrie. Sie zappelte in Assauers Armen, der Mühe hatte, das Kind zu bändigen.

Eckard Assauer war mit Lea zu Susanne gegangen. Er wurde der Kleinen kaum noch Herr und hoffte, Susanne könne ihm helfen. Aber das stellte sich schnell als Irrtum heraus. Susanne hielt schon nach wenigen Minuten das Geschrei der Kleinen nicht mehr aus. Sie presste beide Hände auf die Ohren und rannte aus der Küche die Treppe hinauf. Auf halbem Weg blieb sie stehen. Ihr fiel ein, wer in ihrem Schlafzimmer lag, wie es da aussah und roch, dass sie dort seit Tagen nicht mehr geputzt hatte. Sie lief zurück, an Assauer vorbei hinunter in den Keller.

»Lea. Lea, hör auf! Sie werden deine Mama finden, Lea, bestimmt finden sie sie.«

Das Kind schien ihn nicht zu hören. Lea wand sich und schrie dabei immer wieder nach ihrer Mutter. Assauer trug sie ins Wohnzimmer und ließ sich mit ihr auf das Sofa fallen. Er drückte sie an sich und redete leise auf sie ein. Nach einer Ewigkeit, wie er meinte, tat seine sonore Stimme ihre Wirkung, die Kraft schien Lea zu verlassen. Ihre Schreie gingen in ein Schluchzen über. Sie legte ihren Kopf auf die Schulter des alten Mannes, ihre Tränen durchnässten sein Hemd.

»Alle suchen nach ihr, meine kleine Lea. Sie werden deine Mama finden und dir wieder zurückbringen.« Hoffentlich, dachte er. Hoffentlich wird sie gefunden und hoffentlich ist ihr nichts passiert.

Plötzlich sprang Lea von Assauers Schoß.

»Ich will auch nach Mama suchen!«, rief sie und rannte aus dem Zimmer. Ehe Assauer recht begriff, was sie tat und vom Sofa hochkam – die Schmerzen in seinem Rücken wurden von Tag zu Tag schlimmer – war sie schon an der Haustür und verschwunden. Assauer folgte ihr und sah gerade noch, wie das Kind über die Straße rannte und im Stall verschwand. Es war inzwischen fast dunkel, aber Leas weißes Nachthemd leuchtete wie ein Wegweiser.

»Lea! Bleib hier!«

Hinter Assauer erschien Thomas in der Tür.

Nach Evas Verschwinden hatte er sich geweigert, wieder mit zurück ins Pfarrhaus zu kommen. Weder der Pfarrer noch seine Haushälterin hatten ihn überreden können und schließlich willigte Assauer ein und Thomas konnte bleiben.

Als Assauer mit Thomas' Engel ins Nachbarhaus ging, war er ihnen hinterhergetrottet und wenig später am Küchentisch eingeschlafen; Hildegund Teufels Tod und die Beerdigung hatten ihn erschöpft. Und Leas Schreie und Assauers Rufe jetzt wieder geweckt.

»Lea will ihre Mutter suchen und ist in den Stall hinübergerannt.«

Mehr musste Thomas nicht hören. Seine schwarze Aktentasche fest unter den Arm geklemmt, folgte er der Kleinen.

Niemand durfte dem Engel etwas antun. Und außer ihm war niemand hier, der auf ihn aufpassen konnte. Während er über die Straße lief, durchwühlte er seine Hosentaschen und fand die kleine Dose aus Hildegund Teufels Schlafzimmer. Er war gewappnet. Weder dem kleinen Engel noch ihm konnte etwas geschehen!

Thomas rannte zum Stall. Der Duft dampfender Kuhleiber, vermischt mit dem Geruch von Stroh und Dung, hing in der Sommernacht. Die Tiere im Stall stampften. Ihre Ketten klirrten, während einige von ihnen ihren Unwillen hinausbrummten. An der Stalltür blieb Thomas stehen.

Erst des Teufels Großmutter, dann unser kleiner Engel. Und bald, seeehr baaald sind auch wir endlich an der Reihe. Vielleicht noch in dieser heiligen Sommernacht, sie ist wie gemacht für unser Ende. Komm, beeilen wir uns. Wir müssen die nächsten sein und dann kommt der kleine Engel erst dran. So finden wir vielleicht zwischen Engel und Teufel unsere letzte Ruhestätte.

Thomas trat in den Stall. Nirgends konnte er das Kind entdecken. Assauer, der ihm gefolgt war, zeigte in den Hof hinunter. »Ich gehe nach hinten, du durch den Stall. Sie muss hier irgendwo stecken.«

Thomas ging weiter. Es wurde noch dunkler und nur mit Mühe konnte er die dunklen Leiber der Tiere erkennen.

Das Schattenreich, stöhnte Nummer drei.

Seine Aufregung sprang auf Thomas über, aber während die Stimme in ihm von der Aussicht auf ein baldiges Ende überwältigt wurde, klopfte in Thomas' Kehle die Angst um Lea. Er tastete sich durch den Stall auf das weit offen stehende zweiflügelige Tor am anderen Ende zu. Wie ein Bild aus Blauschattierungen mit schwarzen Akzenten und einem letzten, kaum noch wahrnehmbaren Hauch Rosa hing es vor seinen Augen und wurde mit jedem Schritt darauf zu ein wenig größer. Die Tiere betrachteten den späten Besucher, der wie ein Schlafwandler mit ausgestrecktem Arm zwischen ihnen hindurchschritt. Thomas spürte seine Tasche und die Kontur der Thermoskanne, die ausgestreckte Hand hielt die Dose mit Hildegund Teufels Haaren. Er erreichte das Tor und wurde Teil des immer dunkler werdenden Bildes.

Plötzlich hörte er den kleinen Engel dicht neben sich schreien. Im selben Moment fiel etwas Schweres ganz in der Nähe zu Boden und ein Mann fluchte.

»Gottverdammte Scheiße, elende!«

Auch Bubi, der sich von Georg Sattlers Haus her näherte, hörte Leas Schreie, für Fuchs' Flüche war er noch zu weit entfernt.

Bubi hatte wie befohlen in Sattlers Haus gewartet. Von hier aus konnte er die beiden Suchtrupps in entgegengesetzten Richtungen aus dem Dorf marschieren und schließlich in den umliegenden Wäldern verschwinden sehen. In ihm tobte ein einziges, aufgeregtes Jubilieren! Nur noch ein paar Stunden, nur noch Minuten, dann begann ein neues Leben! Wie er sich freute, endlich mit dem Theater aufhören und wieder er selbst sein zu können! Lügen und Verstellen waren nicht sein Ding. Bubi wusste: Jetzt war der Moment gekommen, um endgültig aus dem Schatten seines Vaters zu treten und ein eigenes Leben zu beginnen. Und dass Martin Kiefer dabei an seiner Seite stand, begeisterte ihn regelrecht.

Als er meinte, es wäre dunkel genug, um zum Stall zu schleichen und Hermann Fuchs' Tribut an Martin Kiefer abzuholen, war er aufgebrochen. Zuerst, im Gasthaus am Tisch, hatte ihn Fuchs' Mitteilung ziemlich verstört. Abgemacht war, dass Fuchs nur Kundschafter war, die eigentliche Entführung sollte gemeinsam durchgezogen werden. Bubis erste Vermutung ging dahin, dass Fuchs versuchte ihn auszubooten. Fuchs war ihm nicht sonderlich sympathisch, ganz im Gegenteil. Hermann Fuchs war ein Verbrecher. Er war hinterhältig, ein Duckmäuser und ohne eigene Prinzipien und Ideale. Bubi fühlte sich ihm um Längen überlegen.

Aber auf ihrem Weg vom Gasthaus zu Albickers Stall hatte Kiefer seinen Freund beruhigt. Niemand, so Kiefer, konnte einen Keil zwischen sie treiben. Wenn Eva in Sicherheit wäre, wollte er Fuchs ohnehin wegjagen. Aber so, sagte Kiefer, hatte sich wenigstens keiner von ihnen beiden die Finger schmutzig machen müssen. Das hatte Bubi einigermaßen beruhigt.

Als er jetzt Leas Schreie hörte, rannte er los. Bisher war er fast gemütlich durch den Ort geschlendert, hatte dabei in jede dunkle Ecke geleuchtet und auf jedes Geräusch geachtet und den engagierten Suchenden gespielt. Man wusste schließlich nie, wer hinter welchem Fenster die Straße beobachtete.

Als er den Hof erreichte, stieß er beinahe mit Assauer zusammen.

»Was ist los«, fragte er. »Hat Lea geschrien?«

»Ja«, sagte Assauer. »Sie muss hier irgendwo sein. Wollte nach ihrer Mutter suchen.«

»Da!« Bubi hatte die Silhouette eines Mannes im Stalltor entdeckt. Er riss die Waffe nach oben.

»Nein!«, schrie Assauer. »Das ist Thomas!«

»Verrückter Idiot«, brüllte Bubi und ließ die Waffe sinken. Seine Taschenlampe flammte auf. »Geh zurück ins Haus, zu meiner Mutter«, befahl Bubi, aber Thomas hörte ihn nicht. Er lauschte in die Nacht. Er musste den kleinen Engel finden.

Da schrie Lea erneut auf und unmittelbar darauf erklang das Klatschen einer groben Männerhand in ihrem Gesicht.

»Halt die Klappe, du Balg!«, zischte Fuchs. Lea wimmerte. Am Boden lag Eva, noch immer ohne Bewusstsein und für den Abtransport bereit.

Fuchs hatte ursprünglich noch eine weitere Stunde in seinem Versteck abwarten wollen, während das halbe Dorf die Umgebung absuchte. Dann aber kam ihm ein Gedanke. Was, wenn dieses Milchgesicht, dieser Bubi Faust, plötzlich

Gewissensbisse hatte und ihn und Kiefer verpfiff? Nein, sagte er sich, das wird Bubi nicht tun, dafür ist er Martin Kiefer viel zu sehr ergeben. Fast wie ein Hündchen. Aber der Gedanke ließ sich nicht so einfach wieder vertreiben.

Fuchs sagte sich immer wieder, dass es Blödsinn war, dass keine Gefahr bestand. Eva lag friedlich neben ihm und hier im Keller war es angenehm kühl. Er musste nur warten, geduldig abwarten, wie es Kiefer befohlen hatte. Der kannte den richtigen Zeitpunkt.

Aber wann, fragte er sich, wann war der richtige Zeitpunkt? War er bereits vorüber oder kam er in einer Stunde oder erst im Morgengrauen?

Er hörte den Lärm, den Lea verursachte, ihre Rufe und das Klappern von Hufen über sich.

Jetzt war der richtige Zeitpunkt!

Fuchs' Vermutung, dass die Suchenden zurückgekommen waren und nun den Stall und die Umgebung nach Spuren absuchten, trieb ihn zu fataler Eile. Er wuchtete sich Eva auf die Schulter und stieß die Kellertür auf. Kiefer sollte sein Geschenk bekommen.

Er trat aus seinem sicheren Versteck und stand plötzlich Lea gegenüber. Das Kind erkannte Hose und Schuhe seiner Mutter und schrie.

Als Bubi und Assauer Fuchs und sein Kellerversteck erreichten, kauerte Lea vor Fuchs auf dem Boden und hielt sich die rechte Wange. Der Schlag brannte wie Feuer. Bubi leuchtete Fuchs direkt ins Gesicht. Er sagte kein Wort und überließ Assauer das Sprechen. Noch durfte niemand erkennen, dass er und Fuchs unter einer Decke steckten. Erst musste das Kind in Sicherheit sein.

Als habe Fuchs Bubis Gedanken erraten, packte er Lea plötzlich an den Haaren, zerrte sie auf die Beine und stellte sich hinter sie. Er fingerte ein Messer aus seiner Tasche und hielt es der Kleinen an den Hals.

»Noch einen Schritt«, sagte er, »und ich stech zu. Habt ihr

mich verstanden? Ich stech wirklich zu! Ich mach den Balg fertig und die Alte gleich noch mit.« Seine Blicke hetzten umher, aber der grelle Strahl aus Bubis Lampe machte ihn praktisch blind.

Bubi überlegte. Er könnte Assauer den Gewehrkolben in den Bauch schlagen, Thomas bedeutete keine Gefahr. Und anschließend könnte er gemeinsam mit Fuchs die Beute zu Kiefer aufs Hardt bringen. Aber Fuchs war nicht zu trauen. Erst die einsame Entführung und jetzt das noch!

»Lassen Sie die Kleine los«, sagte Assauer. Er trat aus der schützenden Dunkelheit und ging auf Hermann Fuchs zu.

»Weg! Mach dich weg!«, kreischte der. Seine Stimme überschlug sich. Fuchs hatte Angst und die Angst verwandelte ihn in ein keifendes Weib mit schriller Stimme. Er hatte Angst vor den Personen, die ihn und seinen Schatz bedrohten und er hatte Angst vor Martin Kiefer. Denn sollte diese Sache jetzt und hier schiefgehen, war er praktisch schon tot. Er suchte nach einem Ausweg, aber hinter ihm befanden sich nur die Grundmauern des Stalles mit seinem jetzt nutzlosen Versteck, vor sich der ebenso nutzlose Fuhrpark Albickers und die Menschen, die ihn wie ein Stück Wild in die Enge getrieben hatten.

Aber ein Hermann Fuchs gab nicht auf, niemals und schon gar nicht so dicht vor dem Ziel! Da lag das Pfand für ein besseres Leben. Er würde es gegen sein Geld und einen Platz in Kiefers Truppe eintauschen. Nein, dachte Fuchs, ein Fuchs gibt nicht auf.

Bubi entsicherte sein Gewehr, der Lichtstrahl seiner Lampe zitterte.

»Lass das!«, schrie Fuchs. Noch hatte er Bubi nicht erkannt. »Ich mach ernst, auch wenn du auf einem Panzer sitzt! Wenn ihr mich wollt, müsst ihr leider auf das Kind verzichten!«

Thomas stand schräg oberhalb dieser Szenerie und hörte jedes Wort. Noch immer verharrte er im Torrahmen, unfähig zu einer Bewegung, von einem klaren Gedanken ganz zu schweigen. In ihm tobte ein Kampf aus Worten und Gedankenfetzen.

Es ist aus. Endlich ist alles vorbei. Wir werden kleine schwarze Flügelein bekommen und munter durch die Hölle flattern …

Nicht, bevor wir in Paris waren!!

Paris ist blöd! Paris ist blöd, Paris ist …

Es war noch ein kleiner Rest Melissentee in der Kanne, noch ein letzter Rest Hoffnung.

Pah, Hoffnung, sagte seine dritte Stimme abfällig. *Wo bitteschön, wo haben wir denn unseren leckeren Tee her? He? Vom Teufelchen und seinem fauligen Großmütterchen! Und so, wie an ihr bereits die ersten gierigen Maden und Würmer schnuppern, werden wir selbst bald recycelt. Erde zu Erde und Asche zu Asche,* zelebrierte Nummer drei feierlich, *wir fahren mit leeren Augenhöhlen hinab in ein besseres Jenseits. Und wir werden mit des Teufels Großmutter an einer feierlich brennenden Tafel Platz nehmen und mit ihr literweise Melissentee saufen! Hihihi. Jaaa, das werden wir, werden wir! Bloß, dass die Alte etwas merkwürdig aussehen wird, so ganz ohne Haare. Wir haben sie ihr alle ausgerissen! Eins nach dem anderen! Zack und raus, zack und raus, zack …*

Thomas spürte die Dose in der Hand. Sollte jetzt bereits der Zeitpunkt gekommen sein, sie einzusetzen? Um Lea zu beschützen hatte er die Haare genommen. Und Lea war in Gefahr. Da unten kauerte sie und weinte. Hermann Fuchs drückte eine Klinge an ihren Hals. Engel dürfen nicht sterben!

Ohne zu wissen warum, hob Thomas die Hand und schleuderte die Dose in Leas Richtung. Er verfehlte Lea und Fuchs deutlich. Das winzige Metalldöschen mit den drei Haaren traf einen abgestellten Traktor. Dann schepperte es gegen einen Pflug. Fuchs fuhr herum und machte automatisch einen Schritt zurück. Im selben Moment sprang Eckard Assauer vor. Er bekam Lea zu fassen, riss sie Fuchs aus dem Arm und warf sich schützend auf das Kind. Er stöhnte auf, die abrupte Bewegung war Gift für seinen Rücken.

Plötzlich stand Fuchs allein und ohne Geisel im Licht von Bubis Taschenlampe. Er zitterte, schielte zu Eva hinüber. Freikaufen, dachte er plötzlich, ich werde mich freikaufen. Den Mann hinter der Taschenlampe hatte er immer noch nicht erkennen können. »Lass mich laufen. Bitte, lass mich frei. Dann sage ich dir, wer hinter allem steckt. Ich war nicht allein. Ich weiß 'ne ganze Menge. Martin Kiefer steckt hinter allem.« Assauer verstand trotz Leas Weinen jedes Wort! »Und dann ist da noch dieses Milchgesicht, Bu…« Was er noch sagen wollte, ging in der nun folgenden Maschinengewehrsalve unter. Als Bubi sah, dass für Lea keine akute Gefahr mehr bestand, wollte er sich schon zu erkennen geben, stand kurz davor, mit Fuchs und Eva das Dorf endgültig zu verlassen. Doch dann diese Worte. Verräter, dachte er, schloss die Augen und ohne sich klar zu sein, was er tat, krümmte er den Zeigefinger und schoss das Magazin seiner Waffe leer. Die Hülsen flogen zur Seite gegen ein leeres Ölfass. Assauer bedeckte Lea mit seinem Körper und das erste Projektil aus Bubis Gewehr traf Fuchs genau zwischen die Beine. Bubi wusste nicht, was er tat, wusste nur, dass es richtig war und ihn befriedigte. Fuchs hatte Lea als Geisel genommen, wollte ihr etwas antun. Er hatte immer gesagt: Lasst die Kleine in Ruhe. Eva von mir aus, aber Finger weg von Lea!

Bubi behielt die Augen geschlossen. Ein Geschoss nach dem anderen fand seinen Weg in Fuchs' Körper.

So fühlt es sich also an, so ist es, wenn man tötet, dachte Bubi. Ganz einfach, wenn es so ein Arsch wie dieser Fuchs ist.

95

23. Juni, 16:21 Uhr, Bleilochtalsperre

Hans und seine Begleiter kamen gut voran, im Schnitt schafften sie an die vierzig Kilometer täglich. Schon rechneten sie sich aus, wie lang die Reise bis Wellendingen noch dauern konnte. Neben dem Wetter, dem Zustand der Straßen und Wege und neben ihrer Gesundheit gab es allerdings mindestens noch eine große Unbekannte auf dieser Rechnung, die sie nicht auf dem Plan hatten: den Glücklichsten Mann der Welt.

Vor allem wegen Hans legten sie regelmäßig Pausen ein. Aber auch Larissa verlangte ihr Recht, wollte spielen und über Wiesen rollen. So wohl sie sich auch in Hans' Armen fühlte, gab es doch rechts und links ihres Weges unendlich viel Neues zu entdecken, so viel Unbekanntes und Fremdes. Außerdem bevorzugte die kleine Gruppe weiterhin Nebenstraßen und Feldwege. Da diese Straßen regelmäßig durch Ortschaften führten, mussten sie täglich weite Umwege in Kauf nehmen. Deshalb hielten sie sich nun westlich, um irgendwann auf die Autobahn nach Süden zu treffen.

Je weiter sie sich von Berlin entfernten, desto weniger Leichen fanden sie, bis sie eine Art Scheitelpunkt erreichten, von dem an die Zahl der Toten wieder stieg. Sie näherten sich Leipzig.

Bei Prettin überquerten sie die Elbe. Die Brücke war intakt und eine Straßensperre aus den Anfangstagen der neuen Ordnung inzwischen von ihren Erbauern verlassen. Hier irgendwo stießen Sachsen, Brandenburg und Sachsen-Anhalt aneinander oder das, was man früher einmal so genannt hatte. Sie durchquerten die Dübener Heide, passierten Bitterfeld und erreichten am vierten Tag nach Verlassen der Kiesgrube die Autobahn bei Brehna.

Von da an ging es zügiger.

Am dritten Tag auf der Autobahn, am Samstag, dem 23. Juni, trafen sie auf den Mann, der sich selbst als Glücklichsten Mann der Welt bezeichnete.

Die kleine Karawane hatte die Nacht auf einem der vielen Autobahnparkplätze verbracht. Sie waren problemlos zwischen Halle und Leipzig hindurchgekommen. Die Namen der Autobahnabfahrten und die Anzahl der liegen gebliebenen Fahrzeuge und Leichen auf ihrem Weg erzählten ihnen von der Entfernung zur nächsten Großstadt. An manchen Stellen versperrten Unfälle die Fahrbahn auf ihrer gesamten Breite und zwangen sie, die Straße kurz zu verlassen, die Stelle zu umgehen und hundert Meter weiter wieder auf die Autobahn zurückzukehren. Zum Glück waren diese Umwege selten, kosteten allerdings ordentlich Zeit und Kraft. Der Schwarze musste von seiner Last befreit und zu einem Sprung über die Leitplanke motiviert werden. Silvia zeichnete sich dabei besonders aus, wahrscheinlich wäre es ohne sie bereits am ersten Unfall mit der bequemen Reise auf Deutschlands Autobahnen vorbei gewesen. Silvia aber hatte ein besonderes Gespür für das Tier.

War der Schwarze endlich auf der anderen Seite der silbernen Begrenzung, folgte der beräderte Schlitten, danach Hans.

Ab und zu trafen sie andere Reisende. Die meisten von ihnen konnten sich kaum noch auf den Beinen halten. Es waren aber auch Gruppen darunter, die ganz offensichtlich Glück gehabt hatten. Mager, wie fast alle heutzutage (sie trugen noch immer die inzwischen viel zu weiten Kleider aus der Vorzeit), gingen sie dennoch zügig an ihnen vorbei. Es herrschten Misstrauen und Angst und so bildete in der Regel ein kurzes Nicken den einzigen Gruß zwischen beiden Parteien. Es kam aber auch vor, dass man kurz anhielt und Neuigkeiten austauschte. Woher und wohin, wie sieht es da aus und wie dort? Wisst ihr, was geschehen ist? Habt ihr Neuigkeiten aus Berlin, gibt es unsere Regierung noch? Habt ihr was zum Tauschen?

Am Nachmittag hatten sie so erfahren, dass zwei Autobahnbrücken bei München nicht mehr existierten (von Gott weiß wem gesprengt), dass vor fünf Tagen noch selbsternannte Zollbeamte die Straßen um Nürnberg kontrolliert hatten und dass Hans und seine Freunde ein bestimmtes Dorf in Franken lieber nicht besuchen sollten, denn dort hatte die andere Gruppe die beiden Kühe ausgeliehen, die ihren Wagen zogen. Außerdem sei ein Stück Autobahn südlich von Schleiz praktisch nicht mehr vorhanden. Aber wenn sie die Abfahrt Schleiz nähmen und an der Bleilochtalsperre vorbei nach Süden gingen, könnten sie sich die Sucherei der anderen Gruppe sparen und ohne deren Zeitverlust in Lobenstein zurück auf die Autobahn. Sie tauschten ein paar ihrer Kartoffeln gegen zwei Liter Milch in Plastikflaschen, wünschten sich gegenseitig Glück und eine gute Reise und zogen weiter, die einen nach Norden, Silvia, Hans, Henning Malow und Larissa nach Süden.

Sie passierten Gera (mehr Leichen), dann stieg die Straße langsam empor und schickte sich an, das Vogtland zu durchqueren, bevor Bayern erreicht war. Kurz vor der früher undurchdringlichen, heute nur noch von Kenneraugen auffindbaren Grenze zwischen Ost- und Westdeutschland mussten sie, wie von der nach Norden ziehenden Gruppe angekündigt, die Autobahn verlassen. Sie hatten die Abfahrt Schleiz passiert und waren, da sie vor sich ein kilometerlanges, intaktes Asphaltband sahen, schließlich auf der Autobahn geblieben. Nach fünf Kilometern mussten sie ihren Fehler einsehen und umkehren. Von den beiden riesigen Raststellen, die hier einmal den immer hungrigen Lindwurm der Reisenden mit Benzin, Essen, Trinken und Toiletten versorgten, waren nicht einmal mehr Ruinen übrig. Beide Tankstellen waren in die Luft geflogen – gewaltige Explosionen, welche die Fahrbahnen in ein mehrere hundert Meter langes Gewirr aus Asphaltplatten, Erde, zerrissenen und ausgebrannten Fahrzeugen und Felsbrocken verwandelt hatten. Ein Durchkommen war hier unmöglich, eine Umgehung aufgrund der Topographie ebenfalls. Also gingen sie zurück und nahmen den Weg, den sie schon eineinhalb Stunden zuvor hätten nehmen sollen.

Am späten Nachmittag erreichten sie die Bleilochtalsperre und mit ihr den Glücklichsten Mann der Welt.

Die Bleilochtalsperre war mit ihren zweihundertfünfzehn Millionen Kubikmetern Fassungsvermögen die größte Talsperre Deutschlands. Achtundzwanzig Kilometer lang wand sich der Stausee zwischen bewaldeten Hängen. Als sie aus dem Wald traten, fiel ihnen sofort ein Mann auf, der aufgeregt auf der fünfundsechzig Meter hohen Sperrmauer herumturnte. Am anderen Ende der über zweihundert Meter breiten Mauer stand ein Lastwagen, von dem er Pakete lud und auf die Mauer schleppte.

Auf ihrer Seite der Mauer befand sich ein einzelnes Haus, das auf einem kleinen Hügel stand. Es überragte seine Umgebung und war offensichtlich seit Jahren unbewohnt. Das Ziegeldach besaß einen beachtlichen Knick und die Fenster mussten ganzen Heerscharen als Ziel gedient haben: Keines besaß mehr als einige winzige Glasreste. Die von Schimmel und Salpeter fleckigen Hausmauern waren mit bunten Graffiti beschmiert.

Hans bat um eine Rast. Wie jeden Tag war auch heute sein Bein durch die tiefe Lage während des Transportes erneut angeschwollen. Auch konnte er Larissa kaum noch bändigen. Also erlösten sie den Schwarzen von seiner Last und Silvia führte ihn ins Wasser. Sein Schnauben und Wiehern erregte die Aufmerksamkeit des Sperrmauertänzers. Er richtete sich auf, beschattete die Augen mit der Hand und betrachtete die Reisenden. Plötzlich ließ er die angefangene Arbeit Arbeit sein und rannte den Neuankömmlingen entgegen.

Der Glücklichste Mann der Welt war eine seltsame Erscheinung. Blond und vielleicht Mitte vierzig, wahrscheinlich jünger, ließ ihn aber der graue Bart älter aussehen. Er trug nichts bis auf ein Paar viel zu weite Boxershorts und die Sonne hatte seine früher sicher blassen Schultern verbrannt. Er aber schien die Hautfetzen und das glühende Fleisch nicht zu bemerken, die Hitze, die in ihm brannte, war weit stärker. Um den Hals trug er ein Gewirr verschiedenster Ketten: Gold glitzerte in der Sonne neben einer meterlangen, dreimal um seinen dürren Hals gewundenen Perlenschnur. Daneben trug er Amulette an Lederbändern und – Silvia nahm sofort Larissa auf den Arm und versteckte sich hinter Malow – ein Band, an dem er eindeutig menschliche Ohren aufgefädelt hatte. Ohren unterschiedlichen Alters. Ganz rechts, wahrscheinlich das erste seiner bizarren Sammlung, hing ein kleines, vertrocknetes Ding, ganz links ein Ohr, das gestern wohl noch fest mit seinem eigentlichen Besitzer verbunden gewesen war. Dazwischen drei weitere Trophäen unterschiedlichen Mumifizierungsgrades.

Der Mann kam barfuß über den Kiesstrand gesprungen und wedelte mit beiden Armen.

»Und?«, rief er. »Gefällt sie euch?«

Hans hielt sein Messer griffbereit, Malow das Gewehr.

»Die Talsperre?«, fragte Malow. »Ganz nett.«

»Ach was!« Der Fremde stand inzwischen unmittelbar vor Malow. Obwohl von seinem kurzen Spurt ganz außer Atem, lächelte er und schien sich über die Gäste zu freuen. Seine Augen leuchteten irgendwo zwischen Kraft und Wahnsinn. Mit gebeugtem Oberkörper blieb er stehen, die Arme pendelten wie zwei Gewichte. »Talsperre, Talsperre, Talsperre! Hier redet niemand mehr über eine Talsperre!« Er machte einen weiteren Schritt auf Malow zu und versuchte an ihm vorbei die anderen Neuankömmlinge in Augenschein zu nehmen. Malow aber versperrte ihm die Sicht. »Also komm, sag doch endlich. Wie gefällt sie euch?«

»Was, verdammt noch mal?«

»Die Welt natürlich! Unsere schöne, neue Welt!« Er wandte sich ab, breitete die Arme aus und richtete sich auf. »Ist sie nicht herrlich? So habe ich es mir immer gewünscht – eine Welt ohne Menschen. Oder fast ohne, denn ganz ohne Menschen wäre es auch langweilig.« Er nahm seine alte Haltung wieder ein und sprach nun erneut direkt mit Henning Malow. »Aber so, wie es jetzt ist, passt es perfekt. Stellt euch vor, ich habe seit vorgestern keine Lebenden mehr gesehen, ist das nicht herrlich?«

»Wie man's nimmt«, sagte Malow. »Auf manche Zeitgenossen könnte man tatsächlich problemlos verzichten!«

Der Fremde überhörte die Anspielung, kratzte sich an der Schulter und zog dabei einen breiten Streifen Pergamenthaut ab. Der Wind trug die Haut auf den See. »Die Welt ist so wunderschön«, schwärmte der Fremde. »Die Menschen sind verschwunden, jetzt müssen nur noch ihre Bauwerke weg. Wart ihr zufällig auf der Autobahn?« Malow nickte. »Gut, nicht? Die Raststelle. War ich. War ganz leicht, kinderleicht. Nur eine Zündschnur, ein Streichholz, habt ihr zufällig ein Streichholz oder vielleicht ein Feuerzeug für einen armen Wanderer? Nicht? Auch gut. Ja, und dann hat es Bumm gemacht und keiner kann mehr tanken. Sogar die Autobahn ist kaputt, hätte man früher nicht machen dürfen, aber heute …«

»Du hast die Autobahn zerstört?« Malow legte an und ging einen Schritt auf den Fremden zu. »Wegen dir verlieren wir einen Tag!«

»'tschuldigung.« Der Mann verbeugte sich und die Ketten und Anhänger berührten den Kies. »Hätte ich gewusst, dass ihr noch kommt, hätte ich natürlich gewartet. Aber was ist schon ein Tag? Ihr habt noch so viele, viele Tage, die nur darauf warten, gelebt zu werden, was kümmert uns dann dieser eine mickrige Tag? Außerdem hätten wir uns niemals kennengelernt, wäre die Autobahn noch intakt.«

»Auf deine Bekanntschaft könnten wir verzichten.«

»Na na, nicht so unfreundlich.« Der Fremde drehte sich zur Staumauer um. »Wenn ihr ein wenig freundlicher wärt, könnte ich euch vielleicht an einer der größten Befreiungsaktionen der jüngeren Geschichte teilhaben lassen. Aber nur, wenn ihr freundlich seid, verstehen Sie?«

»Befreiungsaktion. Wen willst du denn befreien? Ich sehe weit und breit niemanden, der deine Hilfe braucht!«

»Oh, Sie sind noch einer aus der alten Welt. Sie sind noch nicht im neuen Leben angekommen, oder? Wer redet denn von Menschen? Der Mensch ist unwichtig. Tibet ist frei und der Krieg in Darfur beendet. Und? Wen interessiert's? Wahrscheinlich nicht mal die Tibeter und die Darfurianiker oder wie die da unten heißen. Die Welt ist wichtig, die Natur und ihre Unversehrtheit, sonst nichts. Hören Sie nicht das Klagen des Wassers?« Er hielt die Hand an sein linkes Ohr und beugte sich zum Wasser. Als Malow etwas sagen wollte, zischte er wie eine Schlange und legte den Finger auf seinen Mund. »Hören Sie doch«, flüsterte er. »Wie können Sie nur hier stehen und das Leid dieses Wassers übergehen? Nur, wer sich auf die Natur einlässt und ihr dient, wird das Anrecht auf ein Weiterleben in dieser neuen Welt besitzen. Fürchten Sie nicht, dass die Natur Ihnen dieses Recht entzieht?«

Malow schüttelte den Kopf.

Hans, der mit Silvia und Larissa gute zehn Meter entfernt am Waldrand saß, konnte jedes Wort verstehen. Er stieß Silvia in die Seite und machte mit der Hand eine eindeutige Scheibenwischerbewegung vor seiner Stirn. Silvia nickte und drückte Larissa nur noch enger an sich.

»Wenn Sie vielleicht morgen, spätestens übermorgen nochmals vorbeischauen könnten, dann sehen Sie, wie die Natur hier wirklich ist, nicht, was der Mensch aus ihr gemacht hat.«

»Was hast du vor?«

»Oh, es interessiert Sie! Sie interessieren sich wirklich für meine Befreiungsaktion? Das wird man Ihnen hoch anrechnen, bestimmt! Gute Taten werden niemals vergessen und allein Ihr Interesse an der gerechten Sache der Natur ist bereits eine gute Tat. Eine kleine vielleicht, aber jeder fängt ja mal klein an. Ein Anfang eben, aber ein Schritt in die richtige Richtung. Wissen Sie, die Richtung ist etwas Entscheidendes. Man kann leben und leben und leben, doch ohne Richtung lebt man nur so im Kreis. Aber ich habe ein Ziel.« Er scharrte mit den Füßen im Kies. »Ich bin der Glücklichste Mann der Welt, müssen Sie wissen. Das ist allerdings auch nicht sonderlich schwierig in diesen wundervollen Zeiten. Sehen Sie«, er hielt Malow das Band mit den menschlichen Ohren unter die Nase. Malow wich einen Schritt zurück – der Schmuck stank fürchterlich. »Die waren dumm genug, an das Alte zu glauben. Wollten sich einfach nicht besinnen. Ich wollte sie zur Umkehr bewegen, aber nein, die alten Zeiten waren ja sooo viel besser. Jetzt gehören sie mir.«

»Du hast sie umgebracht?!«

»Nichts hab ich! Böses Wort. Würde nie jemanden umbringen. Haben sich alle selbst ins Jenseits befördert. Ich habe mir nur ein Andenken von ihnen geholt. Aber ich schweife ab. Sie haben schließlich Interesse an unser aller Zukunft bekundet.« Der Glücklichste Mann der Welt zeigte auf den Lkw am anderen Ende der Staumauer. »Wissen Sie, was ich darin habe?« Er kicherte wie ein kleiner Junge und rieb sich in diebischer Freude die Hände. »Nein? Keine Ahnung? Na, zum Glück bin ich ja hier. Ich werde es Ihnen verraten.« Er beugte sich zu Malow hinüber und flüsterte: »Sprengstoff.« Malow trat einen Schritt zurück und sah sich nach seinen Begleitern um. »Eine ganze Wagenladung feinster Sprengstoff tschechischer Produktion. Gut, nicht? Wenn Sie sich bekehren lassen, schenke ich Ihnen vielleicht ein Päckchen. Aber mehr nicht, das meiste brauche ich hier selbst.«

»Du willst die Staumauer sprengen?«

»Bingo!«, rief der Fremde und tanzte über den Strand. »Sind ein helles Köpfchen, mein Herr. Sie werden überleben, glaube ich. Oh, es wird ein wundervoller Moment. Ich muss nur noch ein paar Päckchen verteilen und die Zündschnüre miteinander verbinden. Wissen Sie, früher war ich Friseur, aber ich bin nicht dumm und Mutter Natur hilft mir mit immer neuen Einfällen. Ach, ich bin so froh, dass Sie mich verstehen.«

»Davon kann keine Rede sein«, sagte Malow. Er hatte genug gehört. Er wollte nur noch so schnell wie möglich von hier verschwinden. Langsam ging er rückwärts zu den anderen.

»Morgen ist der große Tag, der Tag der Befreiung. Wie werden die Wasser jubilieren und die Mauer hinwegspülen! Und mit dieser elenden Gefängnismauer wird auch das hässliche Kraftwerk darunter verschwinden – braucht eh keiner mehr. Wozu Strom, wenn wir doch Mutter Natur haben und ihren Reichtum, ihre Gnade und Großzügigkeit!« Er fiel auf die Knie, legte den Kopf in den Kies und spreizte beide Arme im rechten Winkel ab. »Ich liebe dich, Mutter Natur und gelobe dir, dich und deine Kinder Wasser, Erde und Feuer zu befreien. Die Welt sei wieder dein, in alle Ewigkeit. Amen.« Er küsste den Boden, nahm mit geschlossenen Augen einen Kiesel mit den Lippen auf, erhob sich und spuckte den Stein in den See. Dann erst öffnete er die Augen wieder, sie strahlten in einem nur von ihm erfassbaren spirituellen Glücksmoment.

»Ich glaube, wir müssen heute noch weiter«, sagte Malow und riss den Glücklichsten Mann der Welt aus seiner Ekstase.

Verständnislos betrachtete der Malow.

Der ging zu Hans und Silvia. »Kommt«, sagte er, »wir brechen auf.« Er trat das kleine Feuer aus.

»Sollen wir den Verrückten mit all dem Sprengstoff hier zurücklassen?«, fragte Silvia. »Wenn der seinen Plan umsetzt, werden vielleicht Tausende flussabwärts ertrinken. Wer weiß, wie viele Dörfer die Flutwelle wegspült.«

»Willst du ihn erschießen?« Malow hielt Silvia das Gewehr hin. »Bitte. Ich werde dich nicht daran hindern.«

Natürlich nahm Silvia die Waffe nicht. Malow ging in den Wald, wo der Schwarze angebunden wartete. Als er zurückkam, versetzte der Anblick des Tieres den Glücklichsten Mann der Welt in helle Aufregung.

»Ihr habt ja ein Pferd, ein schönes, schwarzes Hottehüpferdchen!« Er lief am Strand hin und her, ohne dabei den Schwarzen aus den Augen zu lassen. »Ihr habt nicht zufällig ein Stück von ihm übrig?« Er betrachtete hingerissen das Tier. Man musste kein Hellseher sein, um seine Gedanken zu erraten. »Nur ein winziges Stückchen vielleicht? Nein? Auch gut. Fragen kann man ja mal.« Dann überzog plötzlich wieder Erleuchtung sein Gesicht – wie eine Computeranimation, die sich auf Knopfdruck und ohne Übergang von Gier in Entrückung verwandeln ließ. »Gepriesen sei Mutter Natur für solch wundervolle Geschöpfe der Vollkommenheit und Freiheit. Es ist doch frei oder etwa nicht?«

»Selbstverständlich ist es frei. Es kann gehen, wohin es will.«

»Warum geht es dann nicht? In die Freiheit?«

»Wir haben zufällig denselben Weg. Und da wir es mitnehmen und ihm den Weg zeigen, hat es uns angeboten, im Gegenzug unser Gepäck zu ziehen.«

Der Fremde legte den Kopf schief und betrachtete Malow. Wollte man ihn hier verarschen?! Dazu war er gar nicht aufgelegt! Er war ein ernsthafter Mann und in dieser Funktion – und in der des Retters der Natur – wusste er, dass Pferde nun einmal nicht reden können. Allerdings hatte er seit der Zeitenwende kein Pferd mehr gesehen und, wenn auch unwahrscheinlich, war es doch nicht von vornherein auszuschließen, dass sich da etwas geändert hatte. »Wenn ihr wartet, bis ich hier alles erledigt habe, könnte ich euch vielleicht ein kleines Stück begleiten. Euch und euer Pferd.«

»Muss nicht sein.«

»Jetzt aber!« Er fand Malows ehrliche Unfreundlichkeit reichlich unangebracht, stemmte die Hände in die Seiten. »Sonderlich groß ist heutzutage die Auswahl an Reisegefährten nicht mehr! Jedenfalls außerhalb der Dörfer, aber dort will ja keiner mehr was von unsereins wissen. Also, was ist? Nur ein Stück. Ein paar Kilometer, wenn hier alles getan ist. Ich hab euch eh bald über und will wieder meine Ruhe.«

»Die wollen wir jetzt schon.« Malow wandte sich ab. Gemeinsam mit Silvia wuchtete er den Aufleger von Hans' Schlitten auf den Pferderücken.

»Pah, dann geht eben. Dem, was kommen wird, dem kann eure billige Gesellschaft doch keine Konkurrenz machen!« Der Fremde spuckte auf den Boden, dann rannte er zurück auf den Damm. Wenige Minuten später war er bereits wieder völlig in seiner Arbeit versunken.

»Den sollte man einsperren!«, sagte Malow.

»Sollte man«, sagte Hans. »Typen wie der machen es noch schwerer, zum Alten zurückzukehren. Wenn in einem halben Jahr irgendein findiger Nobelpreisträger den Schalter wieder umlegt, ist wahrscheinlich nichts mehr da, was funktioniert.«

Malow und Silvia beeilten sich. Sie packten ihre Sachen zusammen und luden sie auf Schlitten und Pferd. Immer wieder warfen sie einen Blick hinüber zum Glücklichsten Mann der Welt, aber der schien sie längst vergessen zu haben. Schon kletterte er wieder in seinen Lkw und lud ein weiteres halbes Dutzend Päckchen auf den Damm.

»Wollen wir wirklich einfach abhauen?« Silvia, die gerade Hans' Unterlage abpolsterte, hielt mitten in der Bewegung inne. Sie versuchte sich die Wucht der bevorstehenden

Explosion vorzustellen, die Flutwelle und das Leid, welche diese Flut den ohnehin schon leidenden Menschen bringen musste.

»Abhauen ist das Beste«, sagte Malow. »Der Typ ist völlig irre. Der bringt es fertig und sprengt uns alle in die Luft.«

Silvia sah zu Larissa herüber. Hans hielt sie auf seinem Schoß und kitzelte sie abwechselnd rechts und links am Hals. Silvia kam das Wort Verantwortung in den Sinn. Natürlich, sie war Larissas Mutter und somit automatisch für ihr Kind verantwortlich. Aber war damit dieses Thema schon erschöpft? Die Zeit von Recht und Ordnung und zuständigen Beamten, die Verrückte wie den auf der Staumauer aus dem Verkehr zogen, existierte nicht mehr. Jeder war sich selbst der Nächste, jeder war aber auch ausschließlich für sich und das, was er tat oder auch nicht tat, verantwortlich.

»Gib mir das Gewehr!« Silvia hatte einen Entschluss gefasst.

»Wie bitte?«

»Das Gewehr. Ihr achtet bitte auf die Kleine, während ich zu dem Kerl gehe und ihn zwinge, und ihn zwinge …«

»Zu was willst du ihn zwingen, Mädchen? Wenn du dich schon mit so einem anlegen willst, solltest du wenigstens einen Plan im Kopf haben.« Malow warf dem Schwarzen den halb leeren Kartoffelsack auf den Rücken.

»Aber sie hat recht«, sagte Hans. »Kannst du jetzt einfach so weiterziehen? Mit dem Wissen um den da und das, was er plant?«

»Ja, kann ich.« Malow klang wütend. Er wollte weg von hier. Dies war kein guter Ort. Obwohl rein äußerlich alles anders war, fühlte er sich doch ständig an die Kiesgrube und den einstürzenden Schrottberg erinnert. Selbstverständlich sollte man etwas tun, aber war er etwa der Retter der Welt? Nein, war er nicht und wenn er die Dammsprengung jetzt verhinderte, würde es in zwei Wochen wahrscheinlich der nächste Verrückte probieren. Überall standen Bauwerke, die nach Zerstörung gierten – Dämme, Brücken, Treibstofflager. Und Sprengstoff und Munition befanden sich längst nicht mehr unter Verschluss; jeder, der wusste, wo er zu suchen hatte oder einfach nur darüber stolperte, konnte sich alles Nötige problemlos besorgen. Lag buchstäblich auf der Straße, das Zeug.

»Okay. Einer von uns geht also zu ihm auf den Damm und knallt ihn ab. Guckt nicht so – das ist es doch, was getan werden muss, oder? Wir können ihn nirgendwo einsperren, keiner staatlichen Gewalt übergeben oder all den Blödsinn. Wenn wir verhindern wollen, was auch immer er plant, muss er getötet werden, so einfach ist das.«

»Aber wir müssen doch etwas unternehmen!«, sagte Silvia. Ihre riesigen Augen wanderten hinter dicken Brillengläsern hin und her.

»Malow hat recht«, sagte Hans. »Wir können es nun mal nicht regnen lassen, ohne dabei selbst nass zu werden. Die Frage ist nur, können wir damit leben, wenn wir den dort, ähh …«

»Töten.«

»Ja!«, rief Silvia, und die Festigkeit in ihrer Stimme überraschte. »Lieber so als die Schuld an dem tragen, was der Kerl sonst noch alles anrichtet.«

»Jetzt hör mir einmal gut zu, junge Frau.« Malow tätschelte den Hals des Pferdes, dann baute er sich vor Silvia auf. »Wir werden noch viele Verrückte treffen. Vielleicht ist das jetzt ihre Welt. Jeder kann tun und lassen, was er will, sei es auch noch so abartig. Willst du etwa jeden, der nicht ganz klar in der Birne scheint und damit eine potentielle Gefahrenquelle darstellt, willst du jeden erschießen? Wir hätten viel zu tun und kämen wahrscheinlich nie in den Schwarzwald.«

»Aber bei dem hier weiß ich, was er plant. Ich bin praktisch beteiligt!«

»Was sagst du, Hans? Sollen wir zusammenpacken und

verschwinden – was sehr vernünftig wäre – oder sollen wir den Kerl bitten, seine Pläne zu ändern?«

Hans Seger betrachtete abwechselnd Larissa, die Staumauer und seine Begleiter. Silvia hatte recht, Hunderte Unschuldige würden sterben, auch viele Kinder wie Larissa. Wie Lea.

»Hab's verstanden«, sagte Malow. Er drückte Silvia die Zügel in die Hand, packte sein Gewehr. »Scheiße«, murmelte er. »Scheiße, Scheiße und nochmals Scheiße!«

»Pass auf dich auf.«

Henning Malow ging zur Staumauer. Hatte er Lena in Schweden zurückgelassen, um hier Verrückten hinterherzujagen? Das Beste war, sich von allen Menschen fern- und aus allen Dingen herauszuhalten. Hätten sie sich mit dem Kerl, überlegte er, während er einen ersten Schritt auf die Mauer setzte, hätten sie sich mit dem Kerl gar nicht erst unterhalten und so auch nichts von seinen Plänen erfahren, wäre dieser ganze Kack überhaupt nicht entstanden. Wissen belastet. Wissen bringt Verantwortung, Entscheidungen, Taten. Gesegnet seien die Unwissenden.

Zwischen Malow und dem Glücklichsten Mann der Welt lagen nur noch zwanzig Meter, als der ihn bemerkte. Er war gerade damit beschäftigt, einen Wust Drähte zu sortieren und entsprechend seiner Pläne zu verbinden. Überall lagen Schnüre und Drähte und Sprengladungen auf der breiten Mauerkrone herum, ein Ding der Unmöglichkeit, hier Ordnung und System zu erkennen. Plötzlich hielt der Glücklichste Mann der Welt in seiner Arbeit inne und drehte sich zu Malow um. Malow blieb mitten im Drahtgewirr stehen. Zwei Sekunden musterte der Fremde Malow, vielleicht versuchte er die Ursache von Malows Besuch zu ergründen, dann richtete er sich auf, ließ die Drähte fallen und rannte mit ausgebreiteten Armen auf ihn zu.

»Halleluja!«, schrie der Glücklichste Mann der Welt. Die umliegenden Berge warfen seinen Schrei dutzendfach zurück und für einen Moment war das Tal von den langsam schwächer werdenden Jubelrufen erfüllt. »Sie hatten eine Erkenntnis, richtig? Es ist nie zu spät, zur Natur zurückzukehren! Wissen Sie, Mutter Natur ist geduldig. Kommen Sie!« Er winkte Malow zu sich, bückte sich und hielt ihm die Drähte entgegen. »Kommen Sie, packen Sie mit an! Gemeinsam werden wir bis zum Sonnenuntergang alles erledigt haben. Es wird ein phantastischer Sonnenuntergang – rot und heiß und mit vielen befreienden Explosionen und den wilden Wassern der Erkenntnis! Heiliges Wasser wird die Welt läutern und alles Menschliche hinwegspülen. Hier, nehmen Sie den Draht. Los!«

Malow aber blieb ohne ein Wort zu erwidern vor dem Glücklichsten Mann der Welt stehen. Mit wenigen Blicken hatte er die Zahl der Sprengstoffpäckchen überschlagen. Es mussten an die einhundert sein. Mindestens. Hier, auf der Mauerkrone, lagen immer im Abstand von zwei, drei Metern Sprengladungen. Und das dicke Bündel der über das Geländer hängenden Zündschnüre ließ nur erahnen, was der Glücklichste Mann der Welt dort noch angebracht haben musste. Wer wusste, was sich noch am Fuß der Mauer befand. Die Zündschnüre hingen über die Brüstung und fielen ins Nirgendwo.

Der Glücklichste Mann der Welt hielt Malow noch immer die Drähte entgegen. Warum nahm der sie nicht? Warum zögerte er? »Eigentlich bin ich Friseur, wissen Sie. Besser: Ich war einmal Friseur. Aber ich bin nicht schwul. Denken alle, wenn man sagt, dass man anderen die Haare schneidet und wäscht und den Kopf massiert. Nein, nein, schwul bin ich ganz bestimmt nicht. Aber das hier ist besser! Viel besser! Es ist Wahrheit und Erleuchtung und …«

»Leg das weg!«, befahl Malow. Er kam einen Schritt nach vorn, hielt dem Fremden die Mündung der Waffe in das vor Begeisterung und Sonne gerötete Gesicht. »Aufstehen! Und leg diesen ganzen verfluchten Scheiß weg!«

Der Glücklichste Mann der Welt schien nicht zu verstehen. Schien, wohlgemerkt. Denn er hatte sehr wohl verstanden. Die Botschaft lautete: Dieser ungläubige, alte Bastard, der sich da angeberisch mit Waffe und einer grauenvollen Frisur vor ihm aufgebaut hatte, wollte ihn (Ihn!) an seiner Mission hindern! He, was sollte das? Da waren die Jahre wie zähe Fäden aus Harz langsam dahingesickert, ohne Sinn, ohne Aufgabe, ohne Glauben, und jetzt, wo er endlich sehen konnte und der große Plan deutlich ausgebreitet lag, jetzt sollte er klein beigeben? Der Glücklichste Mann der Welt wusste, dass er Malows Befehl nicht nachkommen konnte. Selbst, wenn er dazu bereit gewesen wäre – es gab nun einmal Dinge, die mussten erledigt werden und das, was er vorhatte, gehörte selbstverständlich zu diesen Dingen.

Er hielt ein Bündel Schnüre in der Hand, die Enden all der Fäden seines Kunstwerkes. Es waren Nervenstränge, die nur noch verbunden werden mussten und auf sein Zeichen warteten, um diesen Betonkoloss zu zerstören und Freiheit zu verschenken. Malow stand mitten im Gewirr der Zündschnüre.

Der Glücklichste Mann der Welt lächelte. Langsam erhob er sich.

Plötzlich sprang er zur Seite und zog mit aller Kraft an den Schnüren. Wie Tentakel packten sie Malows Füße, Malow versuchte einen Schritt nach hinten, verhedderte sich, verlor das Gleichgewicht. Er riss die Arme nach oben, der Glücklichste Mann der Welt zog erneut, die Waffe fiel aus Malows Hand. Er selbst stürzte. Bevor er wusste, was eigentlich geschah, war sein Gegner schon über ihm, hielt das Gewehr in den Händen und Malow ins Gesicht.

»Sehen Sie, so endet jeder, der sich Mutter Natur und ihrem Jünger in den Weg stellt.« Er lächelte breit, ein glückliches Lächeln, ein zufriedenes Lächeln. »Drehen Sie mal den Kopf zur Seite. Los, ich will Ihr Ohr sehen, ohh – schön! Es wird sich gut in meiner Sammlung machen.« Er stieg von Malow herab.

Am Waldrand war Silvia aufgesprungen und machte Anstalten, zur Staumauer zu laufen. Hans hielt sie zurück.

»Mutter Natur wird sich freuen, wenn Sie Ihr Ohr für sie opfern, ein Opfer für die gerechte Sache ist nicht umsonst und wird niemals vergessen. Sehen Sie!« Er zeigte auf seine Ohrenkette. »Alles heilige Ohren – die Opfergaben ihrer ehemaligen Widersacher.« Er ging zu Malow und trat ihm in die Seite. Malow krümmte sich und ihm wurde schwarz vor Augen. Sein Gegner ließ das Gewehr fallen und stürzte sich auf Malow, bog dessen Arme auf den Rücken und wickelte die Schnüre, die er noch immer hielt, um dessen Handgelenk. Seine Mission gab ihm Kräfte, von deren Existenz er vor seiner Bekehrung zum wahren Glauben nicht das Geringste geahnt hatte. Der wahre Glauben aber stattete seine Jünger mit allem aus, was die Mission erfordert: Kraft, Ohren und Dynamit.

Als er Malow – zwar unprofessionell, aber äußerst effektiv – verschnürt hatte, winkte der Glücklichste Mann der Welt Silvia und Hans. Hans lag im Gras, seine Finger umklammerten das Messer. Silvia hatte Larissa im Arm und wäre am liebsten davongerannt. Der Schwarze knabberte Gänseblümchen.

»Na, wenn deine Freunde nicht zu mir kommen wollen, muss ich wohl zu ihnen. Ihr sollt schließlich zu dritt der Befreiung des Wassers beiwohnen. Von hier«, er deutete auf die Fahrbahn unter seinen Füßen, »vielleicht wird genau hier euer Platz sein? Ihr erhaltet einen Platz in der ersten Reihe. Und vorher bekomme ich ein paar Ohren mehr.«

Malow, der noch immer nach Luft rang, versuchte zu schreien und Silvia und Hans zu warnen. Da trat der Glücklichste Mann der Welt erneut zu.

Silvia und Hans zu überwältigen stellte den Glücklichsten Mann der Welt vor kein allzu großes Problem. Silvia rannte am Ufer davon, aber Larissas Gewicht und ein kleiner Zwischenspurt ihres Verfolgers beendeten den Fluchtversuch, noch ehe er recht begonnen hatte.

Hans versuchte zuerst in den Wald zu hüpfen. Nachdem er stürzte, kroch er weiter und war, als ihm das Messer aus der Hand getreten wurde, kaum zwanzig Meter von seiner Ausgangsposition entfernt. Der folgende Tritt in seinen Unterleib war zwar nicht ganz so schmerzhaft wie das, was Malow kurz vorher widerfahren war, aber in seinem Ergebnis dasselbe: Hans' Widerstand zerbrach. Der Glücklichste Mann der Welt fesselte seine Opfer und ließ sie achtlos am Ufer liegen.

»Wegen euch muss ich alles noch einmal neu verkabeln! Seht euch diese Sauerei an!«

Tatsächlich hatte der Kampf mit Malow die Arbeit von zwei Tagen annähernd zerstört. Aber was soll's, dachte sich der Glücklichste Mann der Welt, dafür gab es drei neue Opfergaben. Vier, um genau zu sein, das Kind hatte schließlich ebenfalls Ohren. Klein, aber fein. Und der Glücklichste Mann der Welt hatte alle Zeit der Welt.

Der Schwarze ließ sich von ihm problemlos einfangen. Der Glücklichste Mann der Welt nahm ihm den Schlitten ab. »Den brauchst du nicht mehr zu schleppen, mein Lieber«, sagte er und streichelte das Tier. »Mutter Natur will nicht, dass du für Menschen arbeitest. Oder willst du das etwa?« Er hielt sein Ohr dem Schwarzen ans Maul und lauschte. Das Pferd schnaubte und versuchte, den Kopf abzuwenden, aber der Glücklichste Mann der Welt drehte dessen Kopf immer wieder zurück an sein Ohr. »Dachte ich's mir doch! Sie haben mich belogen! Von wegen, du hättest es ihnen gesagt. Nichts hast du gesagt. Sprichst ja nicht einmal mit mir.«

Er führte den Schwarzen zum Waldrand und band ihn

fest. Danach wandte er sich den Resten des kleinen Feuers am Strand zu. Er bückte sich und pustete in die von Malow ausgetretene Glut, legte frische Zweige nach. Bald prasselte ein fröhliches Feuer. Der Glücklichste Mann der Welt lachte – es war ein wirklich guter Tag. Mutter Natur sah nach ihrem Jünger, kümmerte sich um ihn und versorgte ihn mit Intelligenz und sicheren Händen und allem, was er zum Leben brauchte.

Er ging wieder zu dem Pferd, eine Hand hinter seinem Rücken, als verberge er etwas vor dem Tier. Er tätschelte dessen Hals und flüsterte ihm etwas ins Ohr. Dann stieß er dem Schwarzen eine breite Klinge in den Hals.

Noch am selben Abend zerlegte der Glücklichste Mann der Welt das Tier. Hans, Silvia und Malow hatte er jeweils an einen anderen Baum gefesselt. Der dilettantische Eifer, den er an den Tag legte, als er das Pferd zerteilte, wurde nur noch von seiner Vorfreude übertroffen. Er freute sich auf das Fleisch, freute sich auf den Moment, in dem er die Zündschnüre entzündete, freute sich auf die Befreiung des Wassers!

Er briet ein großes Stück Fleisch und steckte jedem seiner Gefangenen etwas davon in den Mund. Dabei konnten sie sehen, dass inzwischen auch ein Ohr des Schwarzen an seinem Hals baumelte. Danach schnitt er das restliche Fleisch in dünne Streifen, spießte es auf Stöcke und hielt es zum Räuchern über das Feuer. Die unteren Fleischstücke verbrannten dabei und die oberen blieben annähernd roh. Irgendwann gegen Morgen schleppte er das Fleisch in den Wald und vergrub es. Danach zog er sich auf seine Mauer zurück und schlief dort ein.

Kurz nach drei fuhr Silvia aus dem Schlaf. Es war stockfinster und im Erwachen hörte sie etwas scharren und grunzen. Im ersten Augenblick wusste sie noch nicht, ob dies die letzten Fetzen ihres Traumes waren oder bereits die ersten Puzzleteile der Realität, die noch unsortiert durch Silvias Bewusstsein stolperten. Silvia hatte von der Kiesgrube geträumt, aber diesmal war es Larissa, die unter dem einstürzenden Schrotthaufen vergraben lag. Weder Hans noch Malow hatte es in ihrem Traum gegeben, nur sie und das Wimmern ihres Kindes. Larissa von den tonnenschweren Teilen zu befreien war unmöglich und in ihrem Traum stand sie gerade vor der Entscheidung, ihre Tochter ihrem Schicksal zu überlassen oder ihr unausweichliches Ende zu beschleunigen, als sie geweckt wurde. Sie versuchte, ihre Arme zu bewegen und aufzustehen. Als sie sich an ihre Fesseln und den Ort, an dem sie sich befand, erinnern konnte, war sie wieder im Jetzt. Und mit ihr diese Geräusche.

Im Wald hinter ihr saß ein Ungeheuer!

Silvia versuchte, ruhig zu atmen und eine vernünftige Erklärung für das zu finden, was sie hörte – aber es gelang ihr nicht. Das gewaltige Schnauben passte zu keiner Erinnerung. Irgendetwas scharrte den Waldboden auf, war ganz nah und kam noch näher. Was auch immer es war, das da grunzte und scharrte, Silvia registrierte es als Gefahr – Gefahr für sich und Hans und auch Malow, vor allem aber bedeutete es eine Gefahr für Larissa! Alles in ihr sträubte sich, sie wollte sich nicht bewegen, durfte sich nicht bewegen, um ja keine Aufmerksamkeit zu erregen. Aber sie musste.

Der Glücklichste Mann der Welt hatte Larissa mit einem drei Meter langen Seil an den Baum ihrer Mutter gebunden. Das Letzte, woran Silvia sich erinnern konnte, war, dass ihre Tochter zusammengerollt neben dem Feuer lag und schlief. Der Glücklichste Mann der Welt hatte sie mit einem dünnen Stück Stoff zugedeckt, bevor er auf die Mauer ging.

Ein Bein auszustrecken kostete Silvia schier übermenschliche Anstrengungen. Aber sie schaffte es. Sie tastete mit dem Fuß nach dem Seil, an dem Larissa hing. Als sie dabei einige Kiesel zur Seite schob, verstummten die Geräusche aus dem Wald. Aber das war nur ein kurzer Hoffnungsschimmer. Unmittelbar darauf setzten sie mit unverminderter Intensität wieder ein.

Silvia fand das Seil. Sie musste Larissa beschützen. Etwas Unbekanntes bedrohte ihre Tochter. Behutsam, ganz leise fuhr sie mit den nackten Zehen unter dem Seil hindurch, hob es an und drehte ihr Bein so, dass sich das Seil einmal um ihre Wade wand. Dann winkelte sie ihr Bein an, bis sie einen Widerstand spürte. Wie eine Nabelschnur spannte sich das Seil zwischen ihrem Fuß und dem Kind.

Die Geräusche in ihrem Rücken kamen näher, aber es war unmöglich, Entfernungen und eine genaue Richtung einzuschätzen. Würde doch endlich einer der Männer erwachen! Aber von Hans und Malow konnte sie augenscheinlich keine Hilfe erwarten. Beide schliefen tief und Silvias Angst, durch Rufe eine unbekannte Lawine loszutreten, war größer als ihr Wunsch, sie zu wecken.

Die Frage, was sie unternehmen wollte, wäre Larissa erst bei ihr, stellte sich Silvia nicht. Sie konnte ihr Kind nicht in die Arme nehmen, nicht vor dem Unbekannten beschützen oder davonlaufen. Aber Larissa war in Gefahr!

Sie zog, so vorsichtig sie nur konnte, am Seil. Alles schmerzte – Schultern, Handgelenke, ihr Gesäß, jetzt auch noch ihr Fußgelenk. Sie spürte, wie etwas nachgab und über den Kies rutschte.

Hoffentlich wird sie nicht wach, dachte Silvia.

Plötzlich ein lautes Quieken unmittelbar neben ihr, dann trampelte etwas über den Strand. Gleichzeitig prallte etwas gegen den Baum, an dem sie gefesselt saß. Silvia spürte Haare über ihren Unterarm streichen. Nein, es war eher ein Kratzen, ganz kurz nur.

Jetzt zog Silvia so stark sie nur konnte am Seil und Larissa zu sich heran. Das Kind wurde wach. Sofort begann es zu schreien.

Die Schreie des Kindes wirkten wie eine Sirene. Mit einem Schlag tobte der Wald. Überall hinter Silvia Getrampel und Grunzen. Die Männer wurden wach, setzten sich auf, Silvia schrie aus Leibeskräften – sie wollte das Fremde vertreiben, die Bedrohung, die zu ihrem Kind wollte.

Larissa lag auf dem Rücken zwischen den Beinen ihrer Mutter, strampelte und schrie und ein Schatten rannte aus dem Wald, über den Kies. Gleichzeitig entfernten sich die Geräusche hinter Silvia. Sie trampelten davon.

»Wildschweine«, rief Malow.

Er hatte recht. Angelockt vom Geruch des Fleisches, hatte sich eine Rotte Wildschweine über die vergrabenen Reste des Schwarzen hergemacht.

Es dauerte lange, bis sich Larissa beruhigte. Silvia streichelte sie mit ihren rauen Fußsohlen.

»In zwei, drei Tagen werden sie sich über unsere Überreste hermachen«, sagte Malow.

96

25. Juni, 21:23 Uhr, Bleilochtalsperre

Bei Sonnenuntergang hatte der Glücklichste Mann der Welt seine Arbeit fast erledigt.

Hinter ihm lag wieder ein wundervoller Tag, makellos und rein. Über zwei Wochen hatte es schon nicht mehr geregnet und die Saale, der Fluss, der die Talsperre speiste, bildete nur noch ein trauriges Rinnsal. Aber das sollte sich heute ändern. Heute war der 25. Juni – der Tag der großen Explosion.

Hans, Silvia und Malow saßen jetzt schon den zweiten Tag in einem Keller. Larissa genoss das zweifelhafte Privileg, angebunden auf der Staumauer zu sitzen und den Glücklichsten Mann der Welt bei seiner Arbeit beobachten zu dürfen. Er hatte die Erwachsenen nach dem Besuch der Wildschweine zu dem Gebäude geschleppt, das auf dem kleinen Hügel neben der Staumauer thronte. Einen nach dem anderen hatte er sie durch eine aus den Angeln gehobene Tür geschubst und eine von Feuchtigkeit glänzende Steintreppe hinabgeführt. Silvias Weinen und Flehen waren Musik in seinen Ohren.

Ihr neues Gefängnis war ein niedriger Gewölbekeller. Der Boden bestand aus gestampftem Lehm. Von den Wänden sickerte Wasser und sammelte sich in einer flachen Rinne. Diese Rinne führte einmal im Quadrat an den Wänden entlang und mündete in einer Ecke des Kellers in einem kaum armdicken Loch. Licht drang nur durch zwei schmale Fensteröffnungen zu ihnen herab. Beide Öffnungen befanden sich etwas über zwei Meter oberhalb des Lehmbodens, unmittelbar unter der Decke. Durch sie verirrten sich erst am Abend ein paar Sonnenstrahlen in das Gefängnis. Vor wenigen Minuten waren die Strahlen verschwunden.

Der Glücklichste Mann der Welt hatte ihnen in seiner grenzenlosen Güte alle Kleidungsstücke und Decken, die er in ihrem Gepäck gefunden hatte, hinabgeworfen. Die Holztür hatte er von außen abgesperrt und – so sehr vertraute er dem altersschwachen Riegel nun doch nicht – zusätzlich mit einem Balken gesichert. Ob und, wenn ja, welche Pläne er mit ihnen hatte, verschwieg er. Bei seinen kurzen abendlichen Besuchen beschränkte er sich darauf, etwas Fleisch des Schwarzen durch die Fenster zu werfen und von seiner Berufung zu schwärmen. Die Anspannung der vergangenen Tage stand dem Glücklichsten Mann der Welt dabei ins Gesicht geschrieben. Er schlief kaum noch und von Sonnenauf- bis zu ihrem Untergang arbeitete er an seinem Projekt »Freiheit für die Wasser der Welt«. Solange die Sonne schien, waren seine Gefangenen für ihn vergessen, erst am Abend kam er von der Staumauer zurück – erschöpft, seine Hände bluteten, aber die Augen strahlten.

Das Fleisch, das er ihnen in den Keller warf, war zäh und ohne Salz kaum genießbar.

Hatte er die beiden Männer und die Frau versorgt, kümmerte er sich zärtlich um das Kind. Für Larissa kaute er etwas Fleisch vor und fütterte sie anschließend wie einen kleinen Vogel.

»Bist ein süßer kleiner Piepmatz«, sagte er.

Larissa schien den Fremden zu mögen. Sie kletterte inzwischen schon auf seinen Schoß und spielte mit den Ketten um dessen Hals, am liebsten aber mit der Ohrensammlung.

»Ohren sind wichtig, mein Vögelchen. Du musst hören, weißt du. Wer nicht hören will, muss fühlen, heißt es. Deswegen ist auch alles kaputtgegangen, weil niemand hören wollte. Aber jetzt ist es zu spät, mein Kind. Jetzt nützt alles Jammern und Bereuen nichts mehr, denn Mutter Natur hat entschieden und dem ganzen Firlefanz ein Ende gemacht. Jetzt müssen nur noch die Details in Ordnung gebracht werden, von Jüngern wie mir.« Er spuckte ein besonders zähes Stück Fleisch aus, gierig streckte Larissa die kleinen Arme danach aus. Überall waren Fliegen.

»Nein, nein, meine Kleine, das ist nicht für dich. Hier, nimm das. Ist jetzt schön weich«, und er steckte ihr den Finger, an dem zerkaute Fleischfasern klebten, in den Mund. Larissa saugte und war zufrieden. »Es gibt bestimmt noch mehr Jünger wie mich«, fuhr er fort. »Wir werden uns in einer anderen Welt zusammenfinden und ein ganz neues Leben beginnen. Mutter Natur wird uns führen. Sie weiß Bescheid und sagt uns, was wir machen müssen. Auch du könntest einmal ein Jünger werden. Obwohl«, er lachte, »bis du alt genug bist, haben wir bestimmt schon alle Wasser befreit und alle Brücken gesprengt und all das giftige Öl und Benzin vergraben. Öl gehört tief unter die Erde. Mutter Natur wird sich was dabei gedacht haben, als sie es dort versteckte. Wenn es gut wäre, Öl zu verbrennen und in die reine Luft zu pusten, hätte sie es selbst erledigt. Die Menschen waren sehr dumm, kleiner Vogel. Aber damit ist es jetzt vorbei. Ja, iss du nur, musst groß und stark werden.«

Aber Larissa war satt.

Der Glücklichste Mann der Welt ignorierte all die Bitten und Drohungen seiner Gefangenen. Weder wollte er der Mutter ihr Kind zurückgeben noch Freigänge erlauben oder ihnen Wasser bringen. Und so waren sie gezwungen, ihren Durst von dem Wasser zu stillen, das von den Wänden sickerte und ihre Notdurft dort zu verrichten, wo die Rinne im Nichts verschwand.

Larissa aber hatte er splitternackt ausgezogen. Am Abend stieg er mit dem Kind in den klaren See und badete sie sorgfältig, bevor er sie in eine Decke wickelte. Silvia musste mit ansehen, wie ihre Tochter im Arm des Verrückten einschlief. Sie saß auf Malows Schultern und starrte aus dem kleinen Fenster hinab zu ihrem Kind.

Heute nun aber sollte der große Abend sein. Der Glücklichste Mann der Welt hatte all seine Sprengladungen verteilt. Die langen Zündschnüre liefen in der Mitte der Mauerkrone zusammen.

»Sie müssen alle gleich lang sein«, erklärte er Larissa. Mit großen Augen hörte sie ihm zu. »Damit alles im selben Moment explodiert, weißt du? Wär wirklich schlecht, wenn nicht alles gleichzeitig hochgeht. Wird dir gefallen, mein Vögelchen.«

Larissa spielte mit der Ohrenkette. Neugierig biss sie in das Ohr des Schwarzen. Der Glücklichste Mann der Welt setzte das Kind auf den Boden und nahm ein Seil. Er band ein Ende Larissa um den Bauch und das andere an einen Baum. Larissa fing an zu weinen.

Silvia beobachtete alles. Allem Anschein nach war er mit seiner Arbeit am Ende. Aber ihre Vermutung, dass er sie nun einen nach dem anderen aus ihrem Verlies und auf die Mauerkrone bringen würde, entpuppte sich als falsch.

Silvia, Hans und Malow hatten viel Zeit gehabt, sich über das, was der Verrückte mit ihnen vorhatte, zu unterhalten. Am wahrscheinlichsten schien ihnen die nicht ganz so erbauliche Vorstellung, dass er sie auf die Mauer schaffen und seiner Göttin als Opfergabe darbringen würde. Aber sicher nicht, ohne zuvor seine Reliquienkette um einige weitere Exemplare zu erweitern. Die einzige Hoffnung, und dies war ihr magerer Plan für diesen Abend, lag in dem Moment, in dem er sie aus dem Keller holen und auf die Mauerkrone bringen wollte. Malow sollte einen Befreiungsversuch starten, er war der Einzige, der eine halbwegs reelle Chance auf Erfolg besaß. Sie hatten sich auf höchstens fünf Prozent Erfolgsaussichten geeinigt.

Der Glücklichste Mann der Welt spuckte einen Klumpen zerkautes Pferdefleisch auf ein Blatt. Dann legte er das Blatt neben Larissa.

»Musst hierbleiben, mein kleiner Jünger«, sagte er. Er streichelte Larissa und gab ihr einen Kuss. »Kann dich heute nicht frei umherlaufen lassen. Zu gefährlich.« Er richtete sich auf und betrachtete das Kind. Dann ließ er es allein und stieg auf den Hügel. Er kniete sich vor eine der Kelleröffnungen und räusperte sich.

»Heute ist der große Tag, die große Nacht, um genau zu sein. Ich werde dieses Wasser da befreien. Und ihr werdet meine Zeugen sein.«

»Werden Sie uns nicht … töten?« Silvia sah den Strohhalm.

»Nein«, sagte der Verrückte. Er ließ eine gehörige Pause. Dann: »Ich habe lange darüber nachgedacht, warum Mutter Natur euch geschickt hat.« Der Glücklichste Mann der Welt klang wie ein ganz normaler Mensch. »Wisst ihr, es geschieht nichts mehr ohne Sinn und Verstand. War früher auch schon so, aber früher konnte kaum noch jemand den Sinn hinter den Dingen erkennen. Zu laut war es, zu viel Hektik, zu viele Bilder, Pflichten, Ziele. Doch heute kann hören, wer hören will. Warum wurdet ihr zu mir gebracht? Eine große Frage, entscheidet die Antwort doch, was aus dem Vögelein, euch und auch aus mir wird. Zuerst dachte ich, Mutter Natur wünscht euch als Opfergaben am Tag der Befreiung. Aber je länger ich darüber nachdachte – und ich hatte viel Zeit zum Nachdenken –, desto mehr zweifelte ich an dieser Vermutung. Eine hässliche Frau, ein Krüppel und ein alter Mann wären ein Opfer, das Mutter Natur gern nähme. Aber mein kleines Vögelein?« Sein Blick wanderte hinunter zum Waldrand. Er betrachtete das Kind, streckte seine Finger nach ihm aus. »Mutter Natur hatte andere Gründe, euch zu mir zu bringen! Ich kenne jetzt die Gründe. Fleisch war der erste, deshalb hattet ihr das Pferd dabei und«, er hatte Henning Malow im Dunkel des Kellers erkannt, »Sie sind ein Schelm, wissen Sie das? Mir einfach zu erzählen, das Pferd könne reden! Wer glaubt denn so etwas! Ich denke, Sie sind verrückt. Machen Sie so etwas bitte nicht noch einmal.« Er drohte Malow mit dem Zeigefinger. Aber er lächelte dabei, schließlich hatte er Malow durchschaut und endlich auch den tiefen Sinn hinter allem erkannt. Wieder an alle, erzählte er dann vom zweiten Grund ihres Kommens. »Mutter Natur will euch nicht als Opfer. Das habe ich erkannt. Nie würde sie wollen, dass ich ihr die Unschuld eines Kindes opfere. Ein Kind darf nicht geopfert werden, das weiß ich genau! Aber warum ist dann das Pferd nicht allein gekommen, wenn es nur um Fleisch ging? Das ist die entscheidende Frage und gestern Abend, als ich von der Mauer zu euch herüberschaute, wusste ich plötzlich die Antwort! Und ich bin so dankbar, sie gefunden zu haben.« Er drehte sich um, dem See zu, und fiel auf die Knie. »Mutter Natur will mich«, flüsterte er, noch immer auf den Knien.

»Wie bitte?«

»Sie will mich zu sich holen!«, schrie der Glücklichste Mann der Welt und sprang auf die Füße. Jetzt war er wieder krank, verrückt. Seine Augen leuchteten wie im Fieber. In beiden Händen hielt er Kieselsteine, Erde und Gras. Er streckte sich und hob die Hände hoch über sein zum Himmel gewandtes Gesicht. Dann spreizte er die Finger und Steine, Erde und Gras fielen auf seine Stirn, Augen, seine verbrannten Schultern. Er genoss den Regen, ward eins mit sich und seinem Glauben und der erwarteten Erlösung. »Mutter Natur will ihr Kind zurück – sie will mich zurück. Es ist so einfach, wie vor zweitausend Jahren schon einmal. Es soll ein Opfer geben – mich – und es soll Zeugen geben – euch. Deshalb hattet ihr auch das Vögelein dabei, damit ich den wahren Willen von Mutter Natur erkenne. Oh, wie klug sie ist, wie vorausschauend und gütig.« Wieder fiel er zu einem Stoßgebet auf die Knie. »Ich soll das Wasser befreien und ich werde das Opfer sein – ein Märtyrer, um den sich Legenden und Erzählungen ranken. Ihr werdet es alle mit eigenen Augen sehen. Ihr sollt die künftigen Zeugen meiner Person und meines Tuns sein. Mutter Natur wünscht, dass ihr es seht und in die Welt hinaustragt. Ihr sollt Zeugnis ablegen über die Größe unserer Allmutter und über den unwürdigen Mann, den sie auserwählt hat, ihre Pläne zu erkennen. Ich bin unwichtig, aber ich bin es, durch den sie sich den Menschen offenbart. Meine Befreiung des Wassers wird, dank eurer Erzählungen, noch in Tausenden von Jahren allgegenwärtig sein. Dieser Tag wird der Ausgangspunkt einer neuen Weltreligion sein. Man wird sich zu Gottesdiensten auf Waldlichtungen treffen und dort Mutter Natur und den Sohn, der sich heute für alle Übriggebliebenen opfern wird, anbeten.«

»Wenn wir nun niemandem etwas erzählen? Was dann?«, fragte Malow.

»Still!«, zischte Silvia. Was musste Malow diese Frage stellen?! Er würde alles kaputt machen!

Aber der Glücklichste Mann der Welt ließ sich nicht beirren. Zu tief saß sein Glaube. Wissen füllte ihn aus und dieses Wissen konnte ein dummer alter Mann nicht ins Wanken bringen.

»Ihr werdet erzählen, wenn Mutter Natur es will. Will sie es nicht, werdet ihr schweigen, so einfach ist das. Aber ihr werdet sprechen und Zeugnis geben. Sie will es so und ihr seid nur Werkzeuge.«

Er winkte Larissa ein letztes Mal zu.

»Und was wird aus uns?«, rief Malow, als der Glücklichste Mann der Welt ohne ein weiteres Wort wegging. »Sollen wir hier verhungern?«

»Bitte, lassen Sie uns frei! Wenn Sie es schon nicht für uns tun, machen Sie es für meine Kleine.«

Aber der Glücklichste Mann der Welt ging weiter.

»Geben Sie mir mein Kind!«

Er hörte nur den Lockruf seiner Göttin.

Silvia kletterte auf Malows Schultern. Sie streckte beide Arme aus der schmalen Öffnung, bekam Gras zu fassen. Sie riss es aus und warf es dem Glücklichsten Mann der Welt hinterher. »Gib mir mein Kind!«

Die Gefangenen zu befreien hieße sich der Zeugen zu berauben, die alles der Nachwelt berichteten. Natürlich würden sie sofort im Wald verschwinden und sein bevorstehendes Opfer bliebe unbeobachtet. Die vier konnten alles sehen, also mussten sie auch bleiben. Um alles Weitere würde sich Mutter Natur kümmern.

»MEIN KIND!!!«

Er ging zum Strand und nahm ein loderndes Scheit aus dem Lagerfeuer. Dann schritt er hoch erhobenen Hauptes auf die Staumauer. Es war an der Zeit, kaum waren noch die umliegenden Hügel zu erkennen. Aber die Nacht, diese Nacht war wie geschaffen für den Beginn einer neuen Religion. Es war eine wundervolle Nacht zum Sterben.

Der Glücklichste Mann der Welt erreichte die Staumauer. Er, der Würdenträger, lief bis in die Mitte des Bauwerks. Er betrachtete die vielen dünnen Zündschnüre und war ganz offensichtlich zufrieden. Dies hier war das Nervensystem seiner Konstruktion. Durch all die Schnüre würde bald eine erlösende Botschaft eilen. Und er selbst war das Gehirn. Er kniete nieder. Die Rufe, die vom Haus herüberklangen, existierten nicht in seiner Welt. Er hatte seine Instruktionen und diese mussten ausgeführt werden. Seine Hand zitterte, als er die Flamme an die Zündschnüre hielt. Diese taten, was Nervenfasern tun sollten: Sie nahmen den Befehl und brachten ihn an seinen Bestimmungsort. Dutzende winzige Flammen leuchteten gleichzeitig auf. Überall sprühten Funken, dann liefen die Informationen auseinander. Jeder Faden hatte sein Ziel und an jedem Nerv kletterte eine leuchtende Information davon. Was folgte, war die längste Minute im Leben des Glücklichsten Mannes der Welt.

Ein ganzes Leben passt in eine solche Minute, alle Entscheidungen und Fehler, Ängste und Hoffnungen. In seiner letzten Minute hatte auch Mutter Natur noch Platz. Er hatte all ihre verschlüsselten Botschaften erkannt, was sicherlich nicht jeder vermochte. Er hatte sich ihr unterworfen, brachte sich nun als Opfer dar und würde in wenigen Augenblicken seinen gerechten Lohn erhalten. Glaube war gut, der Glaube an die eine Wahrheit noch besser. Er glaubte an die eine Wahrheit, würde in ihr aufgehen und selbst zur Wahrheit. Die Zeugen würden es berichten.

Der Glücklichste Mann der Welt richtete sich auf und stieg auf den breiten Rand, der den Weg über die Mauer säumte. Er sah nach unten. Fast senkrecht fiel die Mauer in die schwarze Tiefe ab. Dort unten, jetzt schon nicht mehr zu erkennen, wusste er ein kleines Kraftwerk. Überall hingen seine Päckchen, besonders große am Fuß des Bauwerks, und durch das glühende Spinnengeflecht der Zündschnüre raste die eine Information davon: Freiheit!

Er breitete die Arme aus.

»Ich liebe dich, Mutter Natur!«, schrie er so laut er nur konnte. »Ich komme zu dir! Nimm mich auf und verzeih mir mein böses altes Leben! Ich gebe mich dir hin, sei meine Braut, ich bin dein Bräuti…« Den Rest verschlang eine Kaskade großer und kleinerer Explosionen.

Es war göttlich, ein Stakkato herrlichster Detonationen, das Trommelfeuer eines riesigen Maschinengewehrs. Es waren die Salutschüsse, die etwas Altes verabschiedeten und das große, heilige Neue begrüßten. Es war das würdige Abschiedskonzert, welches der Glücklichste Mann der Welt komponiert hatte und dessen erste Töne wie Musik in seinen weit offenen Ohren erschollen. Er konnte hören, hatte gehört und alles ganz genau verstanden.

Die gewaltige Staumauer erwies sich für den tschechischen Qualitätssprengstoff als eine Nummer zu groß. Vielleicht war es ein Fehler, viele kleine Päckchen anzubringen statt einer einzigen großen Ladung, überlegte der Glücklichste Mann der Welt. Aber Zweifel hielt er in diesem Moment für unangebracht, schließlich hatte er seine Instruktionen von einem schlaueren Hirn erhalten. Er spürte das Bauwerk zittern. Aber die Mauer unter seinen Füßen wurde nicht weggerissen! Das Einzige, was unmittelbar in sich zusammenbrach, war das Haus auf dem Hügel.

Das eigentliche Ziel, die Staumauer, hielt stand.

Aber jeder Schlag im Trommelfeuer der Befreiung schickte Erdbeben durch den Beton. Der Glücklichste Mann der Welt hatte Mühe, sich auf den Beinen zu halten. Überall Explosionen, Rauch und Staub. Dann ein besonders schwerer Schlag, der ihn auf den Boden warf. Es war der letzte Schlag seiner Komposition. Wind stieg an der Staumauer empor und trug den Rauch der Explosionen in den klaren Sternenhimmel. Kleine Wellen liefen von der Mauer weg über den See und das enthusiastische Hoffen in ihm war verstummt. Zwischen den Hügeln rollten die Donner der Explosionen über das Wasser.

Der Glücklichste Mann der Welt richtete sich auf. Wieso stand die Mauer noch? Wieso waren die Wasser nicht frei? Was stimmte hier nicht? Er stürzte an den Rand der Mauer – alle Sprengladungen waren hochgegangen. Am Fuß der Mauer brannte das kleine Kraftwerk, ebenso der Wald an mehreren Stellen. Zum Teil hatten die Explosionen kleine Löcher in den Beton gerissen, überall war die Mauer schwarz verfärbt.

Was war schiefgelaufen?

Er starrte in die Tiefe. Zweifel, Angst, Versagen.

Da sah er mit einem Mal etwas, das vorher noch nicht da war! Im selben Moment spürte er ein neues Zittern unter seinen Füßen. Was er sah, gab ihm neue Hoffnung. Alles würde sich doch noch zum Guten wenden!

An mehreren Stellen schoss Wasser in dünnen Strahlen aus Ritzen im Beton. Mauerteile lösten sich und fielen in die Tiefe. Wieder ein Zittern, die Risse weiteten sich und neue Fontänen schossen aus dem Beton. Danach ging alles sehr schnell. Das entscheidende Beben rollte durch das Bauwerk. Der Glücklichste Mann der Welt registrierte es und Zufriedenheit machte sich in ihm breit. Seine Dankbarkeit war unendlich und er wurde ruhig, so ruhig wie niemals zuvor in seinem Leben. Es war vollbracht.

Die Mauer konnte dem immensen Druck des kilometerlangen Stausees nicht länger standhalten. Die Risse brachen auf, Betonbrocken schossen wie Kanonenkugeln davon und überall spritzte Wasser durch immer neue Risse. Schließlich brach das Konstrukt aus Stahl und Beton in sich zusammen. Wassermassen packten die Mauerteile und stießen sie vor sich her in die Tiefe. Der Glücklichste Mann der Welt spürte, wie ihm nun endlich der Boden unter den Füßen weggerissen wurde. »Halleluja!«, schrie er, dann packten ihn die Wasser, drückten ihn zusammen, pressten alle Luft aus ihm und zermalmten ihn zwischen den Resten der Staumauer.

Larissa unterbrach ihr Spiel mit einem der Hufe des Schwarzen und begann zu weinen.

Eine gewaltige Springflut, so schoss die Flutwelle davon.

Sie riss Bäume aus und trieb Fels und Geröll vor sich her. Sie brandete gegen Berghänge und riss alles mit sich. Das seit Jahrzehnten gebändigte Bett der Saale trat über die Ufer und es dauerte Stunden, bis all das Wasser abgeflossen war. Zurück blieben, dort wo einmal der See gewesen war, ein tiefer schlammiger Graben, unterhalb der Mauer Zerstörung und Tod. Die wenige Kilometer flussabwärts gelegene Hohenwarthetalsperre lief innerhalb kürzester Zeit voll und über. Eine Stunde konnte sie dem Druck standhalten, dann brach auch sie.

Die drei erwachsenen Zeugen des spektakulärsten Selbstmordes der jüngeren deutschen Geschichte aber saßen unter einem Berg aus Schutt und Steinen. Die eine Hälfte des Kellers war wenige Minuten nach dem endgültigen Bruch der Staumauer in sich zusammengefallen. Zuerst rieselten nur Staub und kleine Mauerstücke herab und trieben Hans, Silvia und Malow unter die beiden Fenster, dann brach die Decke ein. In das Rauschen der befreiten Wassermassen mischte sich das Krachen herabstürzender Steine und Balken.

»Ich habe meine Frau umgebracht.«

Eine Ewigkeit verging, bis sich der Staub einigermaßen gelegt hatte; bis das Husten erstarb, eine weitere. Eine absolut perfekte Dunkelheit lag auf ihnen, nein, sie waren Teil dieser Dunkelheit. Keiner von ihnen bezweifelte, dass sich daran nie wieder etwas ändern würde.

»Lass das!« Hans kniete am Boden und tastete nach der Abflussrinne. Sein Mund war voll Staub und jedes Wort kostete Mühe.

»Es stimmt aber«, flüsterte Malow. Er saß mit dem Rücken zur feuchten Wand. Das ist nun also das Ende, dachte er. Gefangen in einer einsamen Hütte. Wie Lena. »Ich hab sie umgebracht. Meine Frau. Sie hatte keine Beine mehr. Im Schlaf verfolgt sie mich, seit wir Schweden verlassen haben.

Sie liegt in ihrem verschwitzten Bett und ihre Beine stehen daneben. Einfach so an die Wand gelehnt, wie Prothesen, aber sie leben noch und …«

»Halt's Maul!«, schrie Silvia.

Wie durch einen schweren Theatervorhang hörten sie das Rauschen des Wassers, unter dem Schutthaufen hörte es sich wie ein ferner Landregen an. Das Geräusch wurde unmerklich leiser. Umso besser hörten die drei jetzt Larissa schreien.

»Hör auf …« Silvia verfiel in hysterisches Schluchzen. Sie krabbelte auf allen vieren durch das enge Gefängnis, schob wahllos Gesteinsbrocken zur Seite und weinte.

Hans hatte die Rinne gefunden. Die Wand, in der sich der einzige Ausgang und das Abflussloch befanden, war zusammengebrochen. Das Wasser aber sickerte weiterhin aus den Wänden. Bald hatte sich die Rinne mit kaltem Wasser gefüllt.

»Wenigstens werden wir nicht verdursten«, sagte Hans. Er schöpfte mit beiden Händen etwas Wasser, spülte seinen Mund und spuckte aus.

»Das war's dann wohl«, sagte Malow und es war klar, was er meinte. Außerhalb ihres Gefängnisses gab es nur noch einen einzigen anderen Menschen. Und dieser eine Mensch war noch nicht einmal ein Jahr alt und saß, mit einem Strick an einen Baum gebunden, wie ein Hündchen in der Nacht und klagte.

Der Wasserspiegel der Bleilochtalsperre sank rapide und das Rauschen der Kaskaden unterhalb der ehemaligen Mauer wurde schwächer. Aber noch sprang hier Wasser über riesige Betonteile und erfüllte die wieder klare Nachtluft mit unheimlichen Tönen. Wo noch vor Kurzem ein glatter Wasserspiegel die gegenüberliegenden Ufer des Sees verbunden hatte, kam nun zügig das darunterliegende Saaletal zurück. Vereinzelt ragten schon schwarze Baumstümpfe aus dem Boden und reckten ihre Geisterfinger in die Nacht.

»Das war's«, sagte Malow noch einmal. »Hier findet uns keiner.«

Der Glücklichste Mann der Welt hatte die einzigen Zeugen seines glorreichen Abgangs in einer aussichtslosen Situation zurückgelassen. Mutter Natur würde sich um sie kümmern. Aber so, wie es kommen sollte, hatte er es weder vorhergesehen noch geplant.

»Wir werden verhungern«, sagte Hans.

»Wenn wir nicht zuvor ersticken.« Malow trat gegen einen Stein.

Silvia kämpfte noch immer gegen Mauerreste, Bretter und Geröll. Das in sich zusammengefallene Haus hatte eine Seite des Kellers zum Einsturz gebracht und eine Gerölllawine in das Gefängnis geworfen. Silvia tastete sich über den Haufen und kletterte unter die Decke. Dort suchte sie nach einem Ausgang, einem schmalen Spalt vielleicht, den sie vergrößern konnte. Aber alles, was sie fand, waren immer neue Steine. Zog sie einen heraus, rutschten zehn andere nach. Schließlich fand sie das morsche Ende eines Balkens. Sie weinte, als sie mit beiden Händen danach fasste. Larissas Klage war vor zwei, drei Minuten verstummt. Silvia zog, der Balken brach und die Frau rutschte ab und langsam nach unten.

»Hör jetzt endlich auf!«, schnauzte Malow sie an. »Der Dreck hat sich gerade gelegt, da musst du wieder neuen aufwirbeln! Was soll das überhaupt? Wir kommen hier nicht wieder raus! Das war's!«

Silvia setzte sich mit bis unter das Kinn gezogenen Beinen neben Hans und starrte ins Leere. Malows Worte waren wie ein Todesstoß. Der Mann und seine Staumauer waren wahrscheinlich im Nichts verschwunden. Auch ihr war klar, dass sie diesen Ort niemals wieder verlassen konnten. Weder sie noch Hans oder Malow. Und auch Larissa nicht. In einer Woche hatte Larissa Geburtstag, den ersten. Aber den würde sie wohl nicht mehr erleben. Das Letzte, was sie von ihrem Kind gesehen hatte, war, wie der Glücklichste Mann der Welt es am Ufer des Stausees abgelegt hatte. Jetzt musste Larissa am Rand einer Schlucht sitzen, einer Schlucht voller vermoderter Pflanzenreste, tief und schwarz und böse. Warum hatte er ihr ihr Kind nicht zurückgegeben? Warum? Es ergab keinerlei Sinn, Larissa am Seeufer anzubinden! Hier im Keller könnten sie wenigstens gemeinsam sterben.

Was, wenn die Wildschweine zurückkamen? Was, wenn ihnen die vergrabenen Reste des Schwarzen nicht mehr gut genug waren, wenn sie frisches Fleisch witterten? Was, wenn ein Fuchs oder einer der vielen herrenlosen Hunde vorbeikam, die überall herumstreunten? Silvia fühlte sich dem Wahnsinn nahe. Es kostete sie all ihre Kraft, nicht wieder aufzuspringen und Steine zur Seite zu werfen. Etwas tun, irgendetwas unternehmen! Aber was?

Der Glücklichste Mann der Welt hatte Larissa etwas vorgekaute Fleischfasern und auch ein wenig Wasser gegeben. Und er hatte sie am Morgen, als es den Bleilochstausee noch gegeben hatte, gebadet. Das Seil schützte sie davor, zu nahe an die wieder auferstandene Schlucht heranzukrabbeln und abzustürzen, aber es konnte Larissa nicht retten. Nicht vor dem Verhungern und Verdursten. Nicht vor dem, was im Wald lauerte. Silvia weinte und außerhalb ihrer Gruft erzählten erste gelbgrüne Wolkenfetzen im Osten vom kommenden Tag.

Als Silvia das Kind vor nun fast einem Jahr in einem Berliner Krankenhaus zur Welt gebracht hatte, hoffte sie auf ein neues Leben. Die Hoffnung, die durch das Zusammentreffen mit Hans Seger und Henning Malow in ihr wuchs, hatte der Glücklichste Mann der Welt mit in seinen sinnlosen Tod genommen. Hoffnung ist ein seltsames Gewächs, dachte Silvia. Hoffnung kann Berge versetzen und einen Menschen sogar die eigene Hässlichkeit vergessen lassen. In dieser Welt ohne Spiegel und ohne Fremde und deren

Blicke war sogar das Leben nach der Katastrophe erträglich. Ach was, erträglich! Das Leben war schön, seit sie mit den beiden Männern unterwegs war und es gab nichts, was sie vermisste. Ihr Instrument vielleicht, aber mehr auch nicht.

»Was macht dein Bein?«, fragte Malow.

»Ist gut.« Es war noch immer geschient, aber Hans konnte es ohne Schmerzen bewegen. »Die Ruhe hat ihm, glaub ich, gut getan. Ist deutlich abgeschwollen.«

»Vielleicht hast du auch abgenommen.«

»Abgenommen? Bei der Verpflegung?« Sein Lachen klang müde.

»Wären wir nur weitergezogen, so wie ich es gesagt habe!«

»Bringt uns das jetzt noch was?«

»Natürlich nicht. Aber man wird es ja wohl noch sagen dürfen. Wir haben niemanden flussabwärts retten können und sind nun auch selbst bald hinüber. Danke, Silvia, vielen, vielen Dank!«

Silvia schluchzte laut auf und zog den Rotz hoch.

»Hör auf!«, sagte Hans.

»Wir könnten schon sonst wo sein, wenn ich mich nicht von dir hätte erpressen lassen!«

»Hör auf, Malow! Hättest dich eben nicht erpressen lassen dürfen. Du bist mindestens genauso schuld wie jeder andere hier. Larissa mal ausgenommen. Zu allem gehören immer zwei: einer, der erpresst und einer, der sich erpressen lässt. Fertig!«

Malow zog es vor, den Mund zu halten und Hans versuchte, Silvia zu trösten.

»Solange wir leben, gibt es Hoffnung«, sagte er. In ihm zog sich alles zusammen. Er log und das Schlimme daran war: Er wusste, dass er log. Es lag völlig klar auf der Hand, er würde Eva und Lea niemals wiedersehen. Selbst in einer funktionierenden Welt wäre diese Situation eine Katastrophe.

»Hoffnung?« Silvias Lachen war bitter. »Du bist gut, Hans. Dein Bein ist gebrochen und du sitzt buchstäblich im Dreck. Und du sprichst von Hoffnung?«

»Wir könnten schreien«, schlug Hans vor. »Vielleicht ist irgendwo jemand in der Nähe und hört uns. Hoffnungslos wird es erst, wenn wir aufgeben.«

Malow schüttelte den Kopf. »Das Rauschen des Wassers wird jeden Ruf wegspülen.«

»Wisst ihr, was ich als Erstes mache, wenn ich wieder in Wellendingen bin? Ich gehe in die Krone, das ist unser Gasthaus. Und dort trinke ich ganz in Ruhe ein kühles Bier!«

»Und ich dachte, du willst zu Frau und Kind«, lachte Malow. »Sieh mal an, so kann man sich täuschen.«

»Du weißt genau, was ich meine! Natürlich gehe ich erst in die Krone, nachdem ich bei Eva und Lea-Maus war!«

»Ja ja, von wegen. Der nahe Tod löst die Zunge, was?« Malow fand Spaß an der eigenen Ironie. »Wir haben also die Ostsee auf einem Floß überquert und ziehen nun quer durch ganz Deutschland, damit du ein kühles Bier bekommst. Prima.«

»Was hast du vorhin gemeint, als du gesagt hast, du hättest deine Frau getötet? Ich denke, du bist seit dreißig Jahren Witwer?«

Malow wurde still. Er starrte vielleicht eine halbe Minute in die Dunkelheit und Hans und Silvia dachten schon, er werde nie antworten. Dann sagte er: »Sie hieß Lena. Früher, als wir heirateten, war sie die schönste Frau der Welt. Wir kannten uns eine Ewigkeit, schon als Kinder haben wir zusammen gespielt. Aber dann hatten wir den Unfall und sie verlor ihre Beine.« Malow erzählte von ihrer Ehe, von der anderen Frau und seinen Schuldgefühlen. Er sprach leise und spielte dabei mit einem feuchten Stein und warf ihn von einer Hand in die andere. Er erzählte von den Jahren in Schweden, wie er sie gepflegt hatte und sie ihn immer neu schikanierte. »Wahrscheinlich würde ich es noch einmal genauso machen«, sagte Malow. »Sie einfach verlassen, meine ich. Wisst ihr, ich denke, ich habe für meinen Fehler ausreichend Buße getan. Siebenundzwanzig Jahre habe ich sie gepflegt. Wisst ihr, was das bedeutet? Nach siebenundzwanzig Jahren war meine Schuld abgetragen. Oder was meint ihr? Habe ich meine Schuld gesühnt? Hatte ich das Recht, zu gehen?« Hans und Silvia schwiegen. Es gab nur einen, der Henning Malow die Absolution erteilen durfte, sie waren es nicht.

»Ich bin fortgegangen, während sie schlief. Wahrscheinlich ist sie lange tot. Und jetzt steht mir dasselbe bevor.« Malow lachte, ein bitteres, gequältes Lachen. »Ironie des Schicksals, würde ich sagen. Wie du mir, so ich dir.«

»Was wird das hier? Die Stunde der Wahrheit? Ja? Noch schnell einmal beichten, bevor die Lichter ausgehen?« Während Malow erzählte, hatten sich Silvias Wangen gerötet. Auch am Hals hatte sie große rote Flecken – deutliches Zeichen ihrer Aufregung. Diese Flecken bekam sie, wenn sie unter Menschen gehen musste, wenn ein Auftritt bevorstand, die Flecken hatte sie gehabt, als Larissa gezeugt wurde. Aber jetzt konnte niemand diese Flecken sehen. »Interessiert dich seine Lebensbeichte, Hans? Mich nicht. Ich will nur weg von hier!«

»Meinst du, ich nicht?« Malow war wieder im Jetzt. Es hatte gut getan, alles zu erzählen. Silvia hatte recht, es war eine Beichte und die kam naturgemäß am leichtesten über die Lippen, wenn man nichts mehr zu verlieren hatte. Sollten Silvia und Hans doch denken, was sie wollten, wichtig war nur, dass es endlich raus war. Malow war dreiundsechzig, da durfte man sich ruhig einmal mit dem eigenen Ende beschäftigen und seiner Seele Luft verschaffen. Wenn man dazu noch im Keller unter einem zusammengestürzten Gebäude saß, erst recht. Schade nur, dass es nun Essig war mit Rom und dem Kolosseum.

»Glaubst du, meine Frau und mein Kind leben noch?«

»Bestimmt!«, sagte Malow. »Sie leben und es geht ihnen sicher gut. Du erzählst doch immer wieder von deinen Freunden in deinem Wellendingen. Sie werden sich um die beiden kümmern.«

»Sie werden warten.«

Wie lang, überlegte Hans, wie lang würden sie auf ihn warten, bis sie ihn für tot erklärten? Ein paar Wochen, Monate, ein Jahr? Und was kam danach?

Larissa schlief ein. Sie hatte sich müde geweint. Der Schlaf kam wie eine Erlösung und befreite das Kind vorerst von Hunger, Durst und seiner Einsamkeit. Hoffentlich schläft sie und hoffentlich kann sie lange schlafen, dachte Silvia, als das Weinen ihrer Tochter erstarb. Hoffentlich muss sie nicht wieder erwachen.

Silvia hatte Angst. Sie hatte Angst vor Larissas Erwachen, dem Weinen und der Verzweiflung ihrer Tochter. Wie gern hätte sie die Kleine in den Arm genommen. Sie wünschte sich, sie hätte damals ihren Egoismus hintangestellt und auf Larissa verzichtet. Larissas Existenz war bloßer Egoismus. Es gab sie nicht um ihrer selbst willen noch war sie ein Produkt der Liebe. Aber es war das schönste Jahr in Silvias Leben gewesen, dieses Jahr mit ihrem Kind.

Als Silvia einen Streifen ihres Kleides abriss, wurde Malow wach.

»Hans? Was machst du?«

»Ich? Wieso ich? Ich mache nichts!«

»Ich war's.« Silvia sprach noch leiser als sonst.

»Silvia?«

»Ja!«

»Was machst du?«

»Ich …, ich habe ein Stück von meinem Kleid abgerissen.«

»Ach ja. Willst du dir eine Serviette basteln?«

»So ungefähr.«

»Und was heißt das?«, fragte Hans.

»Ich … ich habe meine Tage bekommen.« Sie klang verschämt, wie eine Dreizehnjährige, die mit dieser ersten verwirrenden Entdeckung ihrer Weiblichkeit nach langem Überlegen zu ihrer Mutter geht und deren Reaktion fürchtet.

»Muss das jetzt sein?!« Malow nahm einen Stein und warf ihn auf gut Glück durch den Keller. »Einen blöderen Zeitpunkt konntest du dir wohl nicht aussuchen, he?«

»Aussuchen?« Konnte ein einzelner Mann wirklich so dumm sein? »Glaubst du allen Ernstes, ich mache das auf Knopfdruck?«

»Was weiß denn ich! Ich weiß nur, dass wir hier unten andere Probleme ha…«

»Lass gut sein, Malow«, sagte Hans. Er riss einen Ärmel seines Hemdes ab und streckte ihn in der Dunkelheit dahin, wo er Silvia vermutete. »Hier, nimm das. Und sag es, wenn du mehr brauchst.«

»Danke.«

»Weiber!«

Als die Dämmerung heraufzog, war das Rauschen der Saale nur noch ein Flüstern aus Tiefen, die es vor ein paar Stunden noch nicht gegeben hatte. Die Geräusche der Nacht verstummten eins nach dem anderen. Die Gefangenen im Keller schliefen. Immer wieder zuckte Hans in seinen Träumen zusammen. Er sprach im Schlaf. Einmal hörte Silvia deutlich den Namen seiner Frau.

Hans Seger erwachte. Jetzt war er für den nahen Tod bereit.

Die wenigen Stunden Schlaf hatten gut getan. Er hatte von Eva geträumt und sie berührt – eine letzte Berührung vor dem Sterben. Aber als er die Augen öffnete (Wozu? Es ist stockfinster.), hatte er plötzlich einen Kloß im Hals. War es das, was er zu sehen glaubte? War er bereits tot und dies die Eingangspforte zum vielgepriesenen Danach?

Hans lehnte neben Malow an der feuchten Wand. Sein Bein fühlte sich so gut an wie seit Tagen nicht, dafür war sein Rücken ein einziges kaltes, hartes Brett. Malow schlief noch. Seine tiefen, regelmäßigen Atemzüge waren das einzige Geräusch im Keller. Fast das einzige. Hans konnte Vögel zwitschern hören, gedämpft und fern zwar, aber eindeutig Vögel. Und er konnte sehen! Und zwar nicht einfach nur einen dämmrigen Schatten, der sich einen verwinkelten Irrweg zwischen den Trümmern gesucht hatte, sondern er konnte einen grellen, gleißenden Lichtstrahl sehen! Direkt über Hans warf die eben aufgegangene Sonne einen Gruß in den Keller! Es war das schönste Licht, das Hans jemals zu Gesicht bekommen hatte!

Ohne den Blick abzuwenden, stieß er Malow den Ellenbogen in die Seite. Dessen Atem stockte, Malow brummelte etwas Unverständliches – und schlief weiter.

Wenn es jemals einen Moment gegeben haben sollte, der Licht und den Begriff Hoffnung miteinander verband, so war er wie dieser. Licht bedeutete Leben. Und Leben bedeutete, dass man noch nicht tot war, dass Hoffnung bestand. Wenn dieser einzelne breite Lichtstrahl einen Weg hier hineingefunden hatte, dann musste es auch einen Weg hinaus geben!

Hans blickte sich im Keller um. Der ohnehin schon kleine Raum hatte die Hälfte seiner Fläche durch das durch die Decke gebrochene Geröll eingebüßt. Hereingestürzt war eine wilde Mischung aus Feldsteinen, die das Mauerwerk des Hauses gebildet hatten, aus Brettern und Balken, aus Dachziegeln. Dort, wo sich bis zur Nacht die verriegelte Eingangstür befunden hatte, stieg der Schutt wie eine Pyramide auf und endete im Deckengewölbe. Auf dem Schutt lag Silvia auf der Seite und schlief. Ihre Hände, konnte Hans erkennen, hatten in der Nacht geblutet. Ihr Kleid war verrutscht. Sie hatte die Beine wie ein kleines Kind angewinkelt und blutverkrustete Knie. Ihre dicke Brille saß schief auf ihrer Nase.

Hans genoss diesen Augenblick, in dem er mit seiner Hoffnung noch allein war. Alles war wieder möglich! Dann stieß er Malow den Ellenbogen erneut zwischen die Rippen, diesmal etwas heftiger.

»Wach endlich auf! Es gibt Arbeit!«

Eine Stunde später hatten sie eine Öffnung freigelegt, die es Silvia erlaubte, einen ersten Blick auf die Reste der Staumauer zu werfen. Ihre Tochter war noch hinter einem Steinhaufen verborgen, aber ihr Weinen, welches vom ohrenbetäubenden Geschrei beim Erwachen inzwischen in müdes Schluchzen übergegangen war, gab Silvia Kraft. Larissa lebte! Kein wildes Tier hatte die Gunst der Nacht genutzt und das Seil um den Bauch der Kleinen beschützte sie vor einem Sturz in den fast leeren Stausee.

Die anfangs kaum faustgroße Öffnung, durch die die Morgensonne in das Verlies schien, war der Rest eines der beiden Kellerfenster. Malow nahm Silvia auf seine Schultern. Einen Stein nach dem anderen zog sie heraus und warf ihn hinunter. Bald hatte das Geröll unter der Öffnung den Boden so weit angehoben, dass Silvia absteigen konnte und alle drei nun gemeinsam anpackten. Aber das, was zu Anfang noch wie ein beschauliches Steine-aus-dem-Weg-Räumen ausgesehen hatte, entpuppte sich schnell als eine nicht ungefährliche Knochenarbeit. Immer wieder rutschten von der Ruine oberhalb des Kellers Bruchstücke nach und verschütteten die Öffnung abermals. Einmal brach ein Stück der Decke auf der anderen Seite des Kellers ein und eine weitere Welle Stein und Holz polterte herein.

»Was, wenn die hier auch bricht?« Silvia zeigte auf die Risse über ihrem Kopf. Inzwischen arbeiteten die drei mehr oder weniger auf den Knien.

»Was wohl«, antwortete Malow. Er rollte einen Brocken aus drei festgebackenen Mauersteinen zur Seite. Obwohl sie sich jetzt schon drei Stunden abmühten, war das Loch kaum größer geworden. Aber es war da und mit ihm auch Hoffnung. Von Larissa hatten sie in der letzten Stunde nichts mehr gehört, entweder war sie eingeschlafen oder …

Silvia wollte nicht daran denken. Sie schuftete für zwei. Was bedeuteten schon blutende Hände und abgebrochene Fingernägel gegen die Umarmung einer Tochter?

Gegen Mittag hatten sie das Loch endlich so weit vergrößert, um einen ersten Ausbruchsversuch zu wagen. Silvia zwängte sich durch die schmale Öffnung. Ohne Probleme konnte sich die schlanke Frau hinauswinden. Als sie draußen war, schlug ihr warmer Sommer ins Gesicht. Aus den Wäldern empfing sie ein Vogelkonzert.

»Wie sieht es aus?«, fragten Hans und Malow aus dem Keller. Aber Silvia war schon weg. Sie rannte den Hügel hinunter, vorbei an dem asphaltierten Weg, der jetzt im Nichts endete, und weiter über den Kies. Hier irgendwo musste Larissa sein!

Rechts stürzte der Kiesstrand unvermittelt in die Tiefe. Pechschwarz dehnte sich eine Zone leblosen Bodens aus, nach oben wie mit einem Lineal abgeschnitten. Darüber üppiges Grün. In wenigen Wochen würde auch der Kosmos, den der Glücklichste Mann der Welt in dieser Nacht befreit hatte, wieder leben. Erstes Grün würde sprießen, Insekten und Vögel das zurückgewonnene Land bevölkern. Aber im Moment gab es nur schwarzen Schlamm. Und kein Hinweis auf Larissa!

»Larissa!« Keine Antwort. »Larissa!«

Silvia suchte alles ab. Hier irgendwo war es doch. Sie drehte sich zum Haus um, da bemerkte sie eine Bewegung zwischen den Bäumen.

Larissa war, so weit es ihr das drei Meter lange Seil gestattete, in den Wald gekrabbelt. Sie hatte einen blanken

Knochen des Schwarzen entdeckt. »Aoo, Aoo!«, rief sie ihrer Mutter zu und zeigte auf das Spielzeug. Sie scharrte mit den Füßen im Dreck, reckte ihren verschmierten Po. Sie gab alles, um den Knochen zu erreichen. Er lag nur wenige Zentimeter vor ihren Fingerspitzen und war in diesem Augenblick das Wichtigste der Welt. »Aoo!« Das Kind ächzte, strengte sich an, aber alles war vergebens. Larissa fiel zurück, eine Armada Schmeißfliegen umschwirrte sie. Sie weinte.

Silvia stürzte auf ihre Tochter zu. Sie fiel neben ihr auf die Knie und eine schwarze Fliege setzte sich auf ihre Brille. Sie umarmte Larissa. Als sie weinte und ihre Tränen zuerst über Silvias, dann über Larissas schmutzige Wangen rollten, wusste sie, dass das Leben weiterging. Silvia hielt ihre Tochter in den Armen und lebte.

Larissa schien die Mutterlosigkeit der letzten Nacht und dieses Morgens bereits vergessen zu haben. Wenn sie sich denn über die Rückkehr der Mutter freute, behielt sie es für sich. Sie wand sich in deren Armen und wollte unbedingt einen Blick auf diesen wundervollen Knochen erhaschen. Vorwurfsvoll sah sie mit tränenüberströmtem Gesicht auf die Mutter. Gib ihn mir, sagten ihre großen Augen.

Aber Silvia erinnerte sich an Hans und Malow. Sie löste das Seil und rannte mit Larissa zurück auf den Hügel. Sie setzte das Kind ins Gras. Das sah sich kurz um, dann hatte es etwas entdeckt.

»Bumm«, sagte Larissa und zeigte auf die Überreste der Staumauer.

Silvia arbeitete wie eine Besessene. Mit beiden Händen rollte sie mal größere, dann wieder kleinere Mauerstücke zur Seite. Schließlich bekam sie einen Balken zu fassen, hob ihn an und zog ihn wie einen Zirkel zur Seite. Das war der entscheidende Handgriff. Minuten später hatten Hans und Malow ihrerseits die Öffnung so weit vergrößert, dass zuerst Hans, dann sein Begleiter aus dem Verlies klettern konnten. Beide bluteten an Händen und Knien und waren von einer dünnen Staubschicht überzogen. Ihr Schweiß hatte Linien in den Staub gezogen. Sie schützten die Augen vor der ungewohnten Helligkeit. Dann entdeckten sie, was der Glücklichste Mann der Welt angerichtet hatte und gingen in die Knie.

Die Sonne stand schon tief über den Hügeln, alle vier schliefen. Sie hatten den vergrabenen Fleischvorrat gefunden, ebenso ein paar ihrer wenigen Habseligkeiten, und ein kleines Feuer entfacht. Nachdem sie etwas gegessen und getrunken hatten, war zuerst Larissa im Arm ihrer Mutter eingeschlafen. Silvia, Hans und Malow folgten ihrem Beispiel. Erschöpfung, Angst und Kampf der vergangenen Stunden forderten ihren Tribut. Und so bemerkten sie die vier Frauen und zwei Männer auch erst, als diese direkt neben ihnen standen.

Die Menschen kamen aus einem kleinen Dorf, keine vier Kilometer von hier.

Die Sprengung der Staumauer war in der Nacht wie die Donner der Apokalypse über sie hinweggerollt. Nachdem die wenigen Menschen im Dorf bis in den frühen Vormittag hinein beratschlagt hatten, hatten sich schließlich sechs Personen aufgemacht, den Grund der Explosionsgeräusche zu ermitteln. Sie schwankten zwischen Angst und Hoffnung. Angst, dass sich zu den Katastrophen der letzten Wochen eine weitere hinzugesellte, Angst vor einer ernüchternden Wahrheit. Aber sie trieb auch Hoffnung.

Silvia erwachte, als ihr eine der Frauen gegen den Fuß trat.

Nur ein Traum. Wildschweine und Menschen, vielleicht ist das Deckengewölbe endlich ganz eingestürzt. Träume.

Zwei Stunden später erreichten sie das Dorf. Silvia trug Larissa im Arm und Hans wurde von den beiden Männern auf seinem Schlitten gezogen, Malow stolperte hinterher.

97

11. Juli, 15:09 Uhr, Wellendingen

Bubi Faust hatte Eva Seger das Leben gerettet! Bubi Faust war ein Held! Aber das war mittlerweile über drei Wochen her und, die direkt Beteiligten ausgenommen, schon fast vergessen. Alles wurde von Christoph Eiseles Rückkehr überschattet. Oder überstrahlt, wenn man so will. Die Hoffnung, die Eisele im Gepäck hatte, versetzte das kleine Dorf für kurze Zeit in einen wahren Freudenrausch.

Nach seinem Sieg über Hermann Fuchs war Bubi Faust der erste wirkliche Held der neueren Geschichte Wellendingens. Wieder und wieder musste er den Ablauf des Zusammentreffens beschreiben und weder Thomas noch Assauer korrigierten ihn, wenn er die Geschichte zu sehr zu seinen Gunsten ausschmückte.

Eckard Assauer sorgte dafür, dass Martin Kiefers Verstrickungen in den Fall umgehend bekannt wurden. »›Martin Kiefer steckt hinter allem.‹ Das waren Hermann Fuchs' letzte Worte«, erzählte Assauer später im Rat. Bubi konnte diese Aussage bestätigen. Und er hatte seinen Freund rechtzeitig warnen können. Nicht auszudenken, wenn Kiefer irgendwann ahnungslos ins Dorf spaziert wäre.

Bubi und Kiefer trafen sich in der Nacht noch wie vereinbart auf dem Hardt. Im Schutz des erhobenen Flugzeugfingers erzählte Bubi, wie Fuchs ohne auf ihn zu warten das Versteck viel zu früh verlassen und zu allem Überfluss auch noch Lea als Geisel genommen hatte. Bubi berichtete vom Verrat des Landstreichers und dass er ihn hatte töten müssen. »Ich hatte keine andere Wahl«, entschuldigte sich Bubi in jener Nacht. »Aber ich war zu langsam. Assauer hat genau verstanden, wen Fuchs beschuldigte. Und jetzt erzählt er es überall herum.«

Kiefer hörte zu. Unter seiner versteinerten Miene bewegte sich kein Muskel, nur ein Mundwinkel zuckte. Dann fragte er: »Deinen Namen hat er auch genannt?«

»Nein. Dafür waren meine Kugeln zu schnell. Bevor er auch noch mich verraten konnte, war er tot.«

»Dann bist du jetzt der große Retter, was?«

Bubi wurde rot, eine Mischung aus Scham und Stolz. Er hatte in dieser Nacht etwas Gutes getan. Und jetzt saß er hier, um dieses Gute wieder zu zerstören.

»Dich verdächtigt also niemand?«

»Bis jetzt nicht. Glaub ich.«

Kiefer starrte in die Nacht. Seltsam, dachte Bubi, dass er nicht einmal wissen will, wie es Eva geht.

»Was hast du jetzt vor?«, fragte Bubi, als ihm die Pause zu lang wurde. »Ziehst du unsere Sache durch? Auch ohne Eva?«

Kiefer schüttelte, wie nicht anders zu erwarten, den Kopf.

»Natürlich nicht! Glaubst du, ich investiere so viel Arbeit und verzichte dann auf den Lohn? Ich gehe nach Bonndorf. Du bleibst hier. Was einmal fast geklappt hat, funktioniert bestimmt beim zweiten Mal. Aber noch einmal verlassen wir uns nicht auf andere, Bubi. Jetzt machen wir es selbst!«

»Das mit Bonndorf dürfte keine so gute Idee sein«, warf Bubi ein.

»Wieso?«

»Mettmüllers Suchtrupp war an der Stadtgrenze. Als die dort gehört haben, was passiert ist, haben sich fünf oder sechs Mann Mettmüller angeschlossen. In Bonndorf weiß man also, dass du hinter allem steckst.«

»Scheiße!« Kiefer war aufgesprungen und trat gegen das Flugzeugwrack. Es gab einen tiefen, hohlen Ton von sich, fast wie eine Glocke. Ruß blätterte ab und rieselte auf Kiefer und Bubi Faust. Seine Faust hielt Evas Slip. »Dann bleibe ich eben in Sattlers Haus«, entschied er. »Am Tag schlafe ich und wenn du auf Streife gehst, treffen wir uns. Sieh aber zu, dass Mettmüller dem Haus fernbleibt!« Das war in der Nacht vom 18. auf den 19. Juni gewesen, fast ein Monat war seither vergangen.

Eva Seger konnte sich an die versuchte Entführung nicht erinnern. Von Fuchs niedergestreckt, war alles an ihr vorbeigeflogen. In den folgenden Tagen bat sie Bubi täglich, ihr alles ganz genau zu erzählen. Auch fragte sie ihn wieder und wieder über Kiefer aus. Sie hoffte auf ein Wort, auf eine Begebenheit, die ihr Kiefers Verhalten erklären konnte. Doch Bubi sagte nichts, jedenfalls nichts, was Eva wirklich weitergeholfen hätte. Jedes Mal nahm sie beim Abschied ihren Retter in den Arm und dankte ihm. Aber sie bedankte sich nicht für die eigene Rettung, sondern für das, was Bubi für Lea getan hatte.

Eva und Lea schliefen seit dem Überfall in Fausts Gästezimmer unter dem Dach. Tagsüber lebten sie nebenan in ihrem eigenen Haus, die Nächte erschienen ihnen aber in Fausts Haus sicherer. Sollte Martin Kiefer einen weiteren Versuch starten, dann wahrscheinlich im Schutz der Dunkelheit. Aber nachts gab es im Hause Seger nun nur noch einen weißhaarigen alten Mann, keine Eva, keine Lea.

Da niemand wusste, wo sich Kiefer aufhielt, vermied es Eva, allein das Haus zu verlassen. Assauer brachte sie am Morgen ins Pfarrhaus und am Abend der Pfarrer oder seine Haushälterin zurück. Selbst den kurzen Weg in den Stall ging sie nicht mehr ohne Begleitung.

Inzwischen konnte sie auch ihre Schwangerschaft nicht mehr verheimlichen. Sie war jetzt im fünften Monat und schleppte einen gut sichtbaren kleinen Bauch mit sich herum. Lea freute sich. Sie würden das erste Baby der neuen Zeitrechnung bekommen!

Nachdem ihre Mutter sie eingeweiht hatte, rannte Lea auf den Dachboden, wo ihre eigenen Babysachen lagerten, und schleppte eigenhändig die Einzelteile ihres Gitterbettes in ihr Zimmer. Eckard Assauer baute es auf und Lea befestigte ihre alte Spieluhr über dem Bett.

»Da wird Papa aber staunen!«, sagte Lea und strahlte. »Der wird vielleicht gucken, wenn er plötzlich zwei Kinder hat!«

Eva war daraufhin aus dem Zimmer und zum Weinen in die Küche gerannt.

Hermann Fuchs' Leiche wurde außerhalb der Friedhofsmauern verscharrt. Dass er wirklich Georg Sattlers unehelicher Sohn war, glaubte inzwischen niemand mehr. Mehr als einmal wurde Bubi nach seinem Wissen befragt, aber er verstand es, den Eindruck des Unwissenden zu vermitteln. Bubi erzählte nur, dass Martin Kiefer oft von seiner geschiedenen Frau gesprochen hatte, aber nie im Leben hätte er, Bubi, mit einer Entführung gerechnet. Und dass Fuchs Sattlers Sohn sei, habe er ebenso leichtgläubig hingenommen wie der Rest des Dorfes.

In der folgenden Nacht zog Martin Kiefer in Georg Sattlers Haus ein. Da Roland Basler es ihm und Bubi einst als Stützpunkt überlassen hatte und der alte Sattler sicher kein Problem mehr darstellte, war Kiefer hier relativ sicher. Bubi versorgte ihn nachts mit frischer Milch, Wasser und den neuesten Nachrichten. Als er von Eiseles Rückkehr – vor allem aber von dem Projekt, welches dieser jetzt anstieß – berichtete, war Kiefer aufgesprungen, hatte einen Stuhl gepackt und diesen am Küchenschrank zertrümmert.

Christoph Eisele hatte Wellendingen klammheimlich verlassen, nicht einmal seine Eltern wussten, wo er sich befand. Der Einzige, den der junge Mann in seine Pläne eingeweiht hatte, war Eckard Assauer gewesen.

Eisele hatte sich nach Bonndorf geschlichen, nachts, und dort an Christian Stadlers Tür geklopft. Bonndorf war Eiseles zweite Heimat. Hier hatte er nach seinem abgebrochenen Studium einen kleinen Laden betrieben, hier hatte er Jahre zuvor die Schule besucht. Er hatte in der Stadt weitläufige

Verwandte und viele Bekannte, von denen heute aber nur noch eine Handvoll in der Stadt lebten. Wie in Wellendingen und jedem anderen Ort auch zählte hier keiner mehr die Weggegangenen und die Toten. Zu sehr beschäftigte alle der Kampf ums eigene Überleben, um nach hinten sehen zu können.

Eisele hatte gehofft, dass Stadler noch in der Stadt war. Stadler war Elektriker. Sein ursprünglicher Plan sah vor, sich von Stadler alles Nötige erklären und aufschreiben zu lassen, was zur Nutzung des Wellendinger Windrades wichtig sein könnte. Aber es kam anders. Der Rat in Bonndorf hatte Stadler einige Tage zuvor untersagt, sein eigenes ehrgeiziges Projekt weiterzubetreiben.

»Wir können es uns nicht länger erlauben«, sagte ihm ein Abgeordneter des Rates, »drei kräftige Männer an dem Windrad herumspielen zu lassen. Herumspielen, genau das ist es nämlich, was ihr dort macht. Welchen Sinn hat das Ganze? Was nützt uns Strom, wenn wir verhungern? Wir haben kaum noch etwas zu essen und von diesem wenigen müssen wir dich und deine Helfer auch noch ernähren.« Christian Stadler wurde jede Unterstützung entzogen, er und seine Helfer wurden zu anderen Arbeiten abkommandiert. Diese Wendung machte Stadler den Entschluss, seine Heimatstadt zu verlassen und ins nahe Wellendingen zu gehen, relativ leicht und Wellendingen empfing ihn mit offenen Armen. Manche feierten ihn bereits als den zukünftigen Heilsbringer. Elektrisches Licht wäre ein Anfang, ein erster Schritt zurück ins gelobte Land.

Heute nun arbeitete Christian Stadler schon den vierten Tag am Windrad auf dem Hardt. Getreide wuchs dort zwischen verstreuten Flugzeugtrümmern.

Bevor sich Stadler an die eigentliche Arbeit am Windrad und in Wellendingen machen konnte, musste allerdings ein anderes Problem gelöst werden. Die vom Wellendinger Windrad erzeugte Energie floss unterirdisch auf direktem

Wege nach Bonndorf und wurde da, gemeinsam mit dem Strom der dortigen Anlage, ins allgemeine Netz eingespeist. Eine direkte Stromleitung vom Hardt hinab nach Wellendingen existierte nicht. Noch nicht.

Stadler ordnete den Abriss einiger Holzmasten an. Diese hatten abgelegene Aussiedlerhöfe früher einmal mit Elektrizität versorgt und wurden nun entlang des Feldweges auf das Hardt hinauf neu aufgestellt. Es war ein Knochenjob und die hungernden Männer schafften selten mehr als zwei oder drei neue Pfosten am Tag. Es mussten von Hand tiefe Löcher ausgehoben werden und zum Aufrichten der Masten war ein Dutzend Menschen nötig. Aber Stück für Stück wuchs das erste Wellendinger Bauwerk der neuen Zeit und die Menschen waren stolz auf ihre Arbeit. In knapp einer Woche könnte, so Stadler, die Leitung stehen und spätestens im Herbst hätten sie dann und wann auch mal wieder Strom. Je nach Windstärke.

Eckard Assauer organisierte alles. Er teilte die Menschen zu den jeweiligen Arbeiten ein und achtete darauf, dass man keinen vergaß. Nicht einmal ein Uwe Sigg, der es ein Leben lang verstanden hatte, der Arbeit tunlichst aus dem Wege zu gehen, konnte sich länger verstecken. Die Arbeit unter dem Kommando von Bardo Schwab hatte er nicht lange ausgehalten und sich dann doch zum Holzsammeln gemeldet. Dieses glich bei Sigg jedoch eher einem gemütlichen Spaziergang denn Arbeit. Aber um das Holz kümmerten sich nun ältere Einwohner und Sigg durfte fortan am Stromprojekt mitwirken.

Einzig Roland Basler schaffte es auch weiterhin, nur dann aufzutauchen, wenn er glänzen konnte und genügend Publikum in der Nähe war, das ihn auch sah. Kam er vorbei, hielt er die Männer und Frauen von ihrer Arbeit ab. Aber er erzählte ihnen von der nahen Zukunft, der Zukunft unter seiner Leitung und dass Stadlers Ankunft nur ihm zu verdanken wäre. Überhaupt war er es, der die Idee mit dem

Windrad hatte und eins, so Basler, war sicher: Solange er dem Wellendinger Rat vorstand, konnte, wie schwer die Zeiten auch waren, nichts schiefgehen.

Frieder Faust verließ am Nachmittag des 11. Juli das erste Mal seit Wochen wieder sein Zimmer. Die Monster und Ungeheuer seines Deliriums hatten ihn genauso plötzlich verlassen, wie sie gekommen waren. Eva war zufrieden, denn die von ihr befürchtete Lungenentzündung war ausgeblieben. Faust hatte fast zwanzig Kilo abgenommen, er passte jetzt problemlos in Bubis Kleider. Eckard Assauer und Christoph Eisele nahmen ihn an der Schlafzimmertür in Empfang und führten ihn die steile Treppe ins Erdgeschoss hinunter. Zweimal knickten Fausts Beine wie Gummifäden weg. Es würde noch lange dauern, bis er wieder auf die Straße hinauskonnte, von arbeiten ganz zu schweigen.

Sie führten Faust an den Küchentisch. Susanne hatte zur Feier des Tages gemeinsam mit Eva und Lea einen Kuchen gebacken. Die Frauen hatten in der Mühle ein halbes Pfund Mehl erhalten, Milch gab's im Stall und Eier von Bea Baumgärtners Hühnern. Das eigentliche Problem war das Backen des honigsüßen Teiges. Zum Glück hatten sie sich an den alten Holzherd in Hildegund Teufels Haus erinnert.

Susanne hatte ihre letzte Kerze für diesen Tag aufgespart. Jetzt flackerte sie in der Mitte des Küchentisches. Den Tisch zu decken, das Tischtuch auszubreiten und ein paar Blumen aus dem Garten um den Teller ihres Mannes herum zu verstreuen, war ihr größtes Glück seit Wochen. Die Arbeiten verliehen ihr das Gefühl von Normalität. Es gab etwas zu feiern.

Außer Frieder Faust und seiner Frau waren Assauer, Eisele und Lea gekommen. Eva verspätete sich einige Minuten – man hatte sie aufs Hardt gerufen, wo sich jemand beim Setzen eines Strommastes den Fuß verstaucht hatte. Pfarrer Kühne ließ seine Grüße ausrichten und kündigte sich für den kommenden Tag an. Basler hatte niemanden von Fausts Genesung informiert.

Faust fiel auf seinen angestammten Platz. Die wenigen Schritte vom Schlafzimmer in die Küche hatten ihn erschöpft.

»Willst du Kaffee?« Susanne sah ihn an.

Zu ihrer Freude nickte Faust. Einer nach dem anderen setzte sich an den Tisch und Susanne verteilte ihren frisch gebrühten Kaffee. Oft, dachte sie, wird es so etwas nicht mehr geben.

Trotz aller Proteste aß Faust nur ein halbes Stück Kuchen. Dafür trank er literweise Wasser. Er betrachtete seine Frau und seine Freunde wie ein Geschenk. Und es war auch ein Geschenk, hier sitzen zu dürfen, das wusste er. Eva hatte es ihm erzählt, ihm erklärt, was mit ihm geschehen war, wie viel Zeit inzwischen vergangen war und wer sich in diesen langen Stunden seines Alptraumes um ihn gekümmert hatte.

Nach einer halben Stunde klopfte Lydia Albicker, um Eva abzuholen. Lydia gratulierte Faust zu dessen Wiedergeburt, wie sie sich ausdrückte. Lea begleitete ihre Mutter und Susanne brachte die Küche in Ordnung.

»Viel passiert.« Faust konnte von seinem Platz aus das Dorf, das Hardt und das Flugzeug sehen. Unterhalb der Absturzstelle nahm Christian Stadlers Projekt Gestalt an. Winzige Menschen waren zu erkennen, Männer und auch Frauen, die soeben einen weiteren Mast aufrichteten. »Stadler glaubt an seine Sache, was?«

»Und wie!«, bestätigte Eisele. »Er war von der Entscheidung der Bonndorfer dermaßen enttäuscht, dass er ohne Zögern auf meinen Vorschlag eingegangen ist. Eigentlich wollte ich ja nur sein Wissen, aber so ist es natürlich noch viel besser!«

»Hat er prophezeit, ob der Strom für den ganzen Ort ausreicht?«, wollte Faust wissen.

»Wahrscheinlich nicht«, antwortet statt Eisele Eckard Assauer. Er fuhr sich mit der Hand durchs Haar. »Stadler meinte, dass es vielleicht für die Hälfte reicht, vorausgesetzt, wir haben Wind. Keine Ahnung, wie er das alles bis zum Herbst geschafft haben will.«

»Ihr seid euch sicher, dass wir ins richtige Projekt investieren?«, fragte Faust. In seinen Augen gab es Wichtigeres als ein bisschen Strom. Noch dazu Strom, der nicht kontinuierlich und nicht in einer gleichmäßigen Stärke floss.

Eisele zuckte mit den Schultern. »Seit Stadler bei uns ist, ziehen alle endlich wieder am selben Strang, nicht nur beim Windrad, auch sonst. Wir haben plötzlich wieder Hoffnung, Frieder. Als es dir schlechter ging und du nicht mehr zu unseren Treffen kommen konntest, war die Luft raus aus unserem Dorf. Basler hatte niemanden mehr, der ihn mit Ideen versorgte und zeigte, wo die Probleme waren. Er ist heillos überfordert. Wie wir alle.«

»Aber jetzt bist du ja wieder bei uns.« Susanne wischte den Tisch ab und gab ihrem Mann einen Kuss auf die Wange.

»Stimmt es wirklich, dass gerade noch einhundert Menschen am Leben sind?« Bubi hatte seinem Vater diese Neuigkeit überbracht. Faust weigerte sich, seinem Sohn zu glauben.

»Eher weniger«, sagte Assauer. »In den vergangenen drei Tagen haben wieder einige den Ort verlassen, drei sind gestorben.«

»Aber damit ist jetzt Schluss!«, prophezeite Christoph Eisele. »Weggehen wird nun kaum noch jemand, wo wir doch bald wieder Strom haben. Außerdem bist du zurück, Frieder.«

Faust rührte in seinem Kaffee. Vor fünf Wochen hatten hier noch mehr als vierhundert Menschen gelebt. Konnte das sein? Achtzig Prozent einfach weg, verschwunden? Fortgelaufen oder unter der Erde?

Es konnte sein und es war so.

»Und dich hat man also an meiner Stelle in den Rat gewählt?«

Assauer nickte und erzählte Faust die Geschichte von der letzten Wahl und Baslers Versuch, Bubi in den Rat zu holen.

»Wieso wollte er meinen Sohn?«

»Keine Ahnung.« Eisele zuckte die Schultern. »Vielleicht dachte er wirklich, dass der Sohn den Vater ersetzen sollte. Vielleicht steckt auch was ganz anderes dahinter. Weder Basler noch Bubi haben jemals wieder darüber gesprochen.«

»Seltsam.«

»Bubi schläft noch?«, fragte Assauer.

»Ist spät heimgekommen«, antwortete Susanne aus dem Wohnzimmer. Der Fernseher glänzte und trotzdem polierte sie ihn mit ihrem Antistatiktuch. Sollte er irgendwann wieder angehen, wollte sie bereit sein.

»Wie steht's mit Nahrungsmitteln?«, wollte Faust wissen.

»Jetzt geht es.« Assauer spielte mit seinem Kaffeelöffel.

»Jetzt?«

»Nachdem uns so viele verlassen haben«, fügte Assauer hinzu. »Jedes Ding hat zwei Seiten. Achtzig Prozent sind gegangen oder gestorben. Aber so reichen unsere Vorräte vielleicht bis zum Herbst. Es wird zwar niemand mehr satt, aber vielleicht muss auch niemand mehr sterben. Jedenfalls nicht an Hunger.«

»Ist Hildegund Teufel verhungert?«, fragte Faust. Er hatte Angst vor der Antwort, aber er musste wissen, ob man die Alte einfach vergessen hatte.

»Gott bewahre!« Eisele rutschte auf seinem Stuhl hin und her. »Es war eine Lungenentzündung, sagt Eva. Und seit sie krank wurde, ist immer jemand von uns bei ihr gewesen.«

»Sogar Roland«, rief Susanne. Sie hielt sich an ihrem Putzlappen fest.

»Roland Basler kam aber erst, als die alte Teufel schon tot war.«

»Aber er war da«, beharrte Susanne.

»Und noch immer weiß niemand, was geschehen ist?« Eisele und Assauer schüttelten den Kopf. »Überall das Gleiche?«

»Leider.« Assauer erzählte von einem jungen Schweizer, der vor vier Tagen an die Dorfgrenze gekommen war. Er stammte aus Zürich. Was er berichtete, ließ das eigene Leid in Wellendingen fast wie das Paradies erscheinen. »Zuerst Plünderer, dann Mord und Vergewaltigung, schließlich Hunger. Ich denke, der Mann war ehrlich, wenn ich auch nicht glauben kann, dass Zürich inzwischen annähernd menschenleer ist.«

»Aber es wäre logisch«, sagte Eisele. »Wie will jemand in der Stadt überleben, wo es doch keine Geschäfte mehr gibt?«

Assauer und Eisele berichteten noch von anderen Reisenden. Es waren wenige, die Wellendingen passierten, aber was sie erzählten, zeigte, dass niemand mehr auf Hilfe von außen hoffen durfte. Es wäre die größte Dummheit, still dazusitzen und auf den großen Retter zu warten. Basler war inzwischen der Einzige, der noch die Rückkehr zum Alten predigte. Noch immer war er felsenfest überzeugt, dass bis zum Wintereinbruch die Welt wieder zivilisiert, hell und warm sein würde. Er belächelte die Ängste der anderen und besonders deren Anstrengungen. Holzvorräte waren in seinen Augen ebenso überflüssig wie Stadlers Stromprojekt, aber das hütete er sich öffentlich zu sagen.

»Und so einer steht unserem Rat vor!« Eisele verdrehte die Augen. »Basler sollte uns Mut machen, statt falsche Hoffnungen zu schüren.«

»Aber Hoffnungen lassen sich eben besser verkaufen als Arbeit«, sagte Faust. »Und man macht sich dabei nicht die Hände schmutzig.« Faust schüttelte den Kopf. »Als ich langsam wieder wach wurde und viel Zeit hatte, über alles nachzudenken, hatte ich gehofft, dass in Basler doch etwas mehr als nur ein Politiker steckt. Aber da habe ich wohl falsch gehofft.«

»Er schielt bereits nach der nächsten Abstimmung«, sagte Assauer. »Das war jedenfalls das Erste, was ihm nach Hildegund Teufels Tod einfiel.«

»Vielleicht sollten wir tatsächlich wieder abstimmen«, sagte Faust. Er machte sie neugierig. »Aber nicht über den freien Platz der alten Teufel, sondern über den gesamten Rat. Es wäre jedenfalls an der Zeit.«

»Das wird Basler aber gar nicht gefallen!«, lachte Eisele.

»Ist auch nicht unsere Aufgabe, ihm eine Freude zu bereiten. Arbeitet er irgendwo mit?«

»Nein.«

»Und wovon lebt er?«

»Rike geht ab und zu mal in den Stall und holt sich eine Kanne Milch. Mehr weiß niemand.«

»Kann er einen so vollen Keller haben, dass er und seine Frau damit Wochen überleben?«, fragte Faust.

»Anscheinend schon. Die beiden haben jedenfalls kaum abgenommen und Roland passt noch immer in seine Anzüge. Wieso – frag mich nicht.«

»Heute ist Mittwoch«, sagte Assauer. Er überlegte einen Moment. »Wir könnten am Sonntag nach dem Gottesdienst alle in die Krone bitten und neu über den ganzen Rat abstimmen lassen.«

»Ohne Basler vorher zu informieren?«

Assauer nickte.

»Das gibt gehörig Krach«, sagte Faust.

»Den gibt es bestimmt.« Assauer lächelte. »Aber so hat Basler keine Zeit für seine Intrigen. Er kann niemanden beschwatzen. Ihr wisst, wie schön er reden kann und wie bereitwillig man auch heute noch an Versprechungen glaubt, von denen man eigentlich ganz genau weiß, dass sie sich niemals erfüllen werden. Aber man hört sie eben gern. Wenn dann so ein Politiker wie Basler kommt und dir verspricht, was immer du willst ... Da sind schon ganz andere schwach geworden. Wir haben, entgegen besseres Wissen, unsere wirklichen Politiker auch alle paar Jahre wiedergewählt und warum? Weil wir die Hoffnung nicht aufgeben wollten, dass sie doch einmal irgendwas auf die Reihe bringen und nicht nur an die kommende Wahl denken.«

»Er wird Frieder durch den Dreck ziehen«, gab Eisele zu bedenken. »Vielleicht als Alkoholiker bezeichnen.«

»Ich glaube, ich *bin* Alkoholiker. Sagt jedenfalls Eva.«

»Und wenn er behauptet, dass du uns schon einmal im Stich gelassen hast und dies bestimmt wieder tun wirst?«

»Soll er doch.« Faust winkte ab. »Ich habe kleine, gelbe Monster gesehen, die im Dunkeln leuchteten, da wird mir doch ein Roland Basler keine Angst machen.«

»Bist du bis Sonntag kräftig genug, in die Krone hinunterzugehen und zu den Leuten zu sprechen? Wenn wir die Sache dadurch vermasseln, dass du noch zu schwach bist und mitten im Saal zusammenbrichst, können wir unseren Plan vergessen. Basler wird die Situation für sich ausnutzen und am Ende als der große Retter dastehen. Wie immer. Und alle werden ihm glauben«, sagte Eisele.

Faust zögerte mit seiner Antwort.

»Du hast recht, Christoph. Vielleicht sollten wir noch eine Woche warten. Wenn ich bis dahin noch nicht selbst hinunterlaufen kann, könnt ihr mich notfalls in einer Schubkarre in die Kirche und zum alten Winterhalder karren. Ich bin nicht krank. Nur schwach.«

»Aber scheinbar nicht mehr schwach genug.« Susanne kam aus der Stube herüber und wischte noch einmal über den Küchentisch. Sie sprach leise, wie sie es gewohnt war, und in der Stimme schwang ein leichter Vorwurf, als sie sagte: »Jetzt bist du noch nicht einmal richtig bei Kräften und willst dich schon wieder mit Roland anlegen. Müssen

Männer das machen? Immer verdrängen und kämpfen und schauen, wer der Stärkere ist?« Sie hielt inne, fast erschrocken wartete sie mit gesenktem Blick auf Fausts Reaktion. Früher wäre er schon lange aufgesprungen. Aber Faust, mindestens ebenso erschrocken über die unverlangte Meinungsäußerung seiner Frau, suchte noch nach einer passenden Antwort, da war sie längst wieder verschwunden. Sie ging zu Bubi hinauf, es war Zeit, ihn zu wecken. Er sollte noch etwas essen und seinen Vater begrüßen und bei Sonnenuntergang Jürgen Mettmüller abholen.

Als Eckard Assauer und Christoph Eisele gut gelaunt Fausts Haus verließen, saß Susanne bei Bubi am Bett und erzählte diesem von den soeben geschmiedeten Plänen.

Für Eckard Assauer gab es keine Erinnerungen an die Tage unmittelbar nach dem Flugzeugabsturz. Alles bis zu seinem Erwachen war nie geschehen, waren Geschichten, die ihm fremde Menschen erzählten, Märchen vielleicht, in denen er keine Hauptrolle gespielt hatte, nicht einmal eine unbedeutende Nebenrolle. Er war tagelang nur Statist gewesen, so unwichtig wie ein Strauch in einer Filmszene, ein Mann, der, ob er nun existierte oder nicht, dem Verlauf des Geschehens keinerlei Stempel aufdrückte. Drei Tage in Eckard Assauers Leben, die nicht existierten und niemals wieder existieren würden. Die Erinnerungen, die er an diese erste Zeit nach der Katastrophe hatte, waren die Betrachtungen anderer, Worte, von diesem und jenem erzählt, Worte, die in seinem Kopf zu einer imaginären Erinnerung verschmolzen, um die notwendige Brücke zu bauen zwischen Vergangenheit und Jetzt. Eine Verbindung, die ihm half, das Unfassbare zu begreifen.

»Der liebe Gott passt bestimmt auf dich auf!« Für Lea, die nur ungern von seiner Seite weichen wollte, war alles so einfach. »Gott passt auf jeden auf. Auf Mama und Papa, auf das Baby. Und auf dich!«

Assauer und Eva saßen im Schein zweier Kerzen im Wohnzimmer. Der kleine Schwedenofen verströmte etwas Wärme und auf seiner Platte stand ein Topf mit heißem Wasser. Sie tranken Tee. Lea lag seit einer Stunde im Bett ihres Vaters und schlief endlich.

»Sie glauben nicht an Gott?«, fragte Eva. Als Lea von Gott gesprochen hatte, konnte Eva beobachten, wie Assauer die Augen verdrehte, dem Kind zuliebe aber auf die Antwort, die ihm auf den Lippen lag, verzichtete. Jetzt schüttelte er den Kopf und fuhr sich durch den frisch geschnittenen, weißen Bart.

»Ich bin Wissenschaftler«, begann er, »kein Theologe.«

»Auch Wissenschaftler können an Gott glauben.«

»Sicher. Die Frage ist nur, was wir unter Gott verstehen.« Er nahm einen Schluck Tee und verbrannte sich die Lippen. »Wenn Gott das allwissende Genie sein soll«, sagte er, als der Schmerz etwas nachgelassen hatte, »wenn er ein Genie ist, welches immer und jederzeit alles im Blick hat und unsere Geschicke lenkt, dann glaube ich nicht.«

»Wie sieht Ihr Gott aus?«

»Sie denken, ich habe einen?«

Eva nickte.

»Vielleicht haben Sie recht. Mein Gott ist jedoch kein bestimmtes Wesen, keine Lehre und erst recht kein Ritual, für das man Kirchen und Priester benötigt.«

»Sondern?«

»Das Göttliche steckt in allem und jedem. In Ihrer Tochter zum Beispiel. In Ihrer Schwangerschaft. In Ihnen.«

»Was soll an uns göttlich sein, außer, dass Gott uns geschaffen hat?«

»Das, was Sie tun. Ihr Mann ist verschollen, aber Sie machen weiter. Sie wurden beinahe entführt und haben trotzdem noch die Kraft, sich um einen alten Kerl wie mich zu kümmern. Ohne mich zu kennen und ohne zu wissen, ob ich jemals wieder aufwache, haben Sie mich aufgenommen und das wenige, was ihr habt, mit mir geteilt. Das ist göttlich. Blumen sind Gott oder ein Sonnenaufgang, Kinder und ihre Unschuld, ihre Reinheit. Der Gesang einer Amsel am Abend und Wolken, die sich verlieren, um gleich darauf wieder neu zu entstehen. Das ist für mich Gott, ohne dass ich ihm einen Namen gebe oder eine Gestalt.«

Eva betrachtete die Kerzen und dachte über Assauers Worte nach. So weit waren ihr eigener Gott und der des alten Mannes gar nicht voneinander entfernt. Nur, dass ihr Gott einer Religion entsprang, seiner hingegen eigenem Erkennen und Fühlen.

Er wollte noch etwas hinzufügen, als es an der Tür klopfte und gleich darauf Bubi eintrat. Er fragte, ob alles in Ordnung wäre, dann verschwand er wieder in der Nacht.

Susanne hatte es ihrem Sohn erzählt und der berichtete es kurz nach Mitternacht seinem einzigen wirklichen Freund, Martin Kiefer.

Kiefer sah verheerend aus. Fuchs' Versagen hatte ihm mehr zugesetzt, als er bereit war zuzugeben. Er hatte so viel Hoffnung in die Arbeit des alten Penners gesteckt, wie er Fuchs nannte, dass die Enttäuschung ihn fast um den Verstand brachte.

Kiefer trug inzwischen wie fast jeder Mann einen Vollbart. Seine Haare klebten in fettigen Strähnen am kantigen Kopf und sein Körpergeruch zwang Bubi Abstand zu halten.

»Damals, auf dem Hardt, hätte ich den Wichser schon erschießen sollen!«, fluchte Kiefer. »Spätestens als wir ihn dort unter der Treppe fanden, hätte ich ihm ein Ende machen müssen!«

»Wann gehen wir von hier weg?«, fragte Bubi. Aber auch heute, wie in jeder Nacht zuvor, antwortete der Freund nicht.

»Zum Glück hast du ihn jetzt erledigt«, sagte Kiefer halbwegs zufrieden. »Ein ganzes Magazin hast du leer geschossen?«

Bubi nickte. Jede verdammte Nacht seit Fuchs' Hinscheiden musste er Kiefer die gleiche Geschichte erzählen. Immer wieder wollte der von Fuchs' Ende hören. Und jedes Mal kam er anschließend zu Bubi und klopfte ihm anerkennend auf die Schulter.

»Was wird jetzt, wo du nicht mehr nach Bonndorf kannst? Was wird aus uns und unseren Plänen?«

»Unsere Pläne?« Kiefer musste sich zusammenreißen. »Ja, unsere Pläne.« Er setzte sich an den Küchentisch und stützte den Kopf in beide Hände. »Man muss flexibel sein heutzutage, Bubi. Aber mach dir keine Sorgen – nichts hat sich geändert. Meine Leute in Bonndorf halten nach wie vor zu mir und warten nur auf ein Zeichen von mir. Weißt du, wir haben außerhalb der Stadt ein kleines Lager angelegt. Eine alte Feldscheune. Dort sind all unsere Vorräte und Waffen. Ein Wort von mir und wir sind weg. Aber nicht ohne Eva. Das weißt du. Glaub mir, Bubi, alles wird genau so, wie ich es dir immer versprochen habe. Ich und du in Bonndorf …«

»In Bonndorf?«

»Bonndorf? Habe ich wirklich Bonndorf gesagt? Wo waren wir? Ja, richtig – Eva!«

»Nein, es ging um unsere Pläne«, widersprach Bubi.

»Unsere Pläne sind die Zukunft und die Zukunft heißt EVA!«

»Ja, deine Zukunft. Aber was wird aus mir?«

Kiefer fiel es sichtlich schwer, sich zu konzentrieren. »Ich vergesse nichts, am wenigsten einen treuen Freund. Wir werden zu den Großen gehören, wenn aus den Ruinen des Alten eine neue Zeit aufersteht. Du und ich, Bubi, wir sind nicht zur Feldarbeit geboren. Andere sollen Kühe melken und pflügen und Holz sammeln, wir wollen die sein, die alles lenken.«

»Mein Vater will auch wieder mitlenken.« Bubi sagte es

beiläufig, als würde es ihn nicht sonderlich interessieren. In ihm aber kochte es. Kaum war Vater wieder auf den Beinen, drängte es ihn nach vorn und Eisele und dieser Assauer (den er, Bubi, gefunden hatte!) unterstützten ihn auch noch dabei. Wahrscheinlich erhofften sie sich Vorteile, wollten rechtzeitig auf den richtigen Gaul setzen. Ihn hatte offensichtlich keiner auf der Karte. Da hatte er nun Eva das Leben gerettet, aber zu mehr als ein wenig Schulterklopfen hatte es dann doch nicht gereicht. Er war gut genug, Nacht für Nacht ihren Schlaf zu beschützen – aber mehr auch nicht. Sie hatten ihn nicht in den Rat gewählt, aber sein Vater, da war sich Bubi absolut sicher, würde wieder ein überragendes Ergebnis erzielen. Und sich diesmal nicht von Basler um den Chefsessel bringen lassen. »Übernächsten Sonntag will Vater eine überraschende Abstimmung ansetzen. Basler wird ziemlich dumm dastehen.«

»Dein Vater will was?«

Bubi erzählte, was er von seiner Mutter gehört hatte. Als er geendet hatte, arbeitete es unter Kiefers fettigem Haar.

»Was ist jetzt, Martin, wann holst du endlich Eva, damit wir verschwinden können? Martin, ich halte es langsam nicht mehr aus! Ich muss so tun, als ob ich funktioniere, wie sie es im Dorf von mir erwarten. Aber ich kann das nicht mehr lange! Du hast hier deine Ruhe, du darfst Martin Kiefer sein, aber ich, ich …« Bubi brach in Tränen aus. Als Kiefer ihn in den Arm nehmen wollte, wehrte Bubi ab. »Lass mich!« Er wischte sich das Gesicht ab. Zum Glück brannte nur eine einzelne Kerze. Ein Mann weint nicht.

»Lass mir noch Zeit, Bubi. Bis Montag nach der Wahl, ja? Ich will abwarten, wie die Wahl ausgeht und dann entscheiden. Notfalls greife ich mir Eva am helllichten Tag und verschwinde mit ihr. Aber frühestens Montag.«

»Ich frage mich, was die Abstimmung mit uns und Eva zu tun haben soll. Wieso können wir sie nicht früher holen? Warum nicht sofort?«

»Vertrau mir nur noch ein letztes Mal, Bubi. Frühestens Montag. Lass mir bis dahin Zeit. Ich überlege mir einen Plan, der so ungefährlich wie möglich ist. Und sicher. Hätte Fuchs nicht alles versaut, wären wir schon längst über alle Berge. Aber was soll's, Fuchs hat seine gerechte Strafe erhalten und wir beide bekommen bald unseren verdienten Lohn. Versprochen.«

In der folgenden Nacht, der Nacht von Freitag auf Samstag, klopfte Martin Kiefer kurz nach drei an Roland Baslers Haus. Niemand reagierte. Er ging um das Haus herum und pochte nacheinander an jede Fensterscheibe. Er musste lange warten. Trotz der warmen Sommernacht waren alle Fenster dicht verschlossen – die Angst, die ein schlechtes Gewissen mit sich bringt, verriegelte das Haus.

Kiefer hatte nachgedacht, lange, gründlich und mit einem grandiosen Ergebnis, wie er fand! Vielleicht hatte er in der Vergangenheit immer zu kompliziert gedacht, wenn es um Eva ging. Kiefer wollte sie, sie war der Sinn seines Lebens. Aber warum durch die Hintertür schleichen und sie stehlen wie ein Dieb? Eva war schließlich noch immer seine Frau und wenn sie Tausend Kinder von diesem Seger hatte, sie war sein. Wenn er schon einen berechtigten Anspruch auf sie hatte, überlegte er, warum dann nicht durch den Haupteingang marschieren, Eva an der Hand nehmen und mit ihr weggehen? Und das meinte er nicht einmal im übertragenen Sinne. Er wusste jetzt, wie er und Eva endlich wieder eins werden konnten und, das Schönste an seinem Plan: Eva würde freiwillig zu ihm kommen! Und das ganze Dorf sollte es sehen! Roland Basler sollte dabei zu seinem Werkzeug werden, mit Baslers Hilfe würde er Eva endlich wieder besitzen.

Kiefer sah, wie ein Vorhang zur Seite geschoben wurde und Rikes Gesicht, kurz darauf Basler erschien.

»Bist du's wirklich?« Basler starrte Kiefer an. Kiefer nickte. »Geh nach vorn. Aber pass auf, dass dich niemand sieht«, zischte Basler und schloss sofort wieder das Fenster.

»Wer soll mich um diese Zeit sehen«, murmelte Kiefer und ging zur Haustür. Dort wartete Basler bereits. Er hatte die Tür nur wenig geöffnet und die Kette eingehängt gelassen. Seit Kiefers Flucht aus Wellendingen hatte er ihn nicht mehr gesehen.

»Willst du mich nicht reinlassen, Roland?«

»Warum sollte ich? Und nach dem, was du dir mit Eva erlaubt hast, weiß ich sowieso nicht mehr, was ich von dir halten soll.« Basler trug einen viel zu warmen Bademantel. Er roch nach Schlaf und Parfüm, welches seit einiger Zeit die gewohnte Dusche am Abend ersetzte, da ihm der Weg zum Bach zu weit war.

Kiefer nahm seinen schweren Rucksack ab. »Vielleicht um der alten Zeiten willen? Wir haben schließlich gemeinsam einiges auf die Beine gestellt, oder?«

»Kann schon sein. Aber bei der Sache mit Eva bist du eindeutig übers Ziel hinausgeschossen.«

»Dein gutes Recht, das so zu sehen«, sagte Kiefer und grinste übers ganze Gesicht. »Ich allerdings sehe das anders. Aber wahrscheinlich würde man im Dorf auch manche Kleinigkeit aus deiner – oder soll ich sagen, unserer Vergangenheit – anders sehen als du. Und ich.«

»Willst du mir drohen?«

»Ich doch nicht.« Kiefer bückte sich nach seinem Rucksack. »Ich wollte nur mal wieder vorbeischauen. Und dir ein kleines Geschäft vorschlagen.« Er öffnete den Rucksack und hielt ihn Basler hin. Basler versuchte, etwas zu erkennen, griff schließlich hinein. Was er spürte, ließ ihm das Wasser im Mund zusammenlaufen. Schnell öffnete er die Tür, zog Kiefer in sein Haus, vergewisserte sich, dass sie nicht beobachtet wurden und verriegelte hinter sich die Tür.

»Was hast du da? Ist es das, was …«

»Natürlich ist es das! Glaubst du, ich vergesse einen

Freund?« Rike kam mit einer schwachen Taschenlampe. Was Kiefer aus seinem Rucksack auf den Wohnzimmerteppich schüttete, verschlug ihr die Sprache: eine Salami, zwei Fleischkonserven, zwei Gläser eingewecktes Obst aus Sattlers Altbestand und eine Packung Zwieback.

Basler und seine Frau knieten auf dem Boden und strichen fast zärtlich über die Lebensmittel. Sie hatten seit zwei Tagen nichts Richtiges mehr zu sich genommen. Nichts hielt ewig, selbst ihre Vorräte hatten sich erschöpft. Aber noch waren sie zu stolz, um Hilfe zu erbitten, zu stolz, um zu arbeiten.

»Mein Gott! Martin, wo hast du all die Sachen her?« Frederike Basler hatte bereits ein Glas Birnen geöffnet und aß mit bloßen Fingern. Saft tropfte ihr vom Kinn in den Schoß.

»Ist doch egal, wo das Zeug her ist, oder? Wichtig ist nur, dass du es jetzt hast.«

Basler biss in die Salami. Mit vollem Mund fragte er: »Gibt's davon noch mehr?«

»Dort, wo ich diese Sachen herhabe, gibt es noch reichlich. Wenn wir zwei uns vielleicht unter vier Augen unterhalten könnten und du mir demnächst einen kleinen Gefallen tust, zeig ich euch, wo das Schlaraffenland liegt.«

»Einen Gefallen? Klar. Alles, was du willst!«

Als Martin Kiefer eine Stunde später Baslers Haus verließ, sah er sehr zufrieden aus. Im Osten versprach zartes Licht einen herrlichen Tag. Kiefers Rucksack war federleicht, Lebensmittel waren in Zeiten des Hungers das perfekte Zahlungsmittel. Mit Lebensmitteln konnte man heutzutage beinahe alles kaufen. Er hatte soeben Basler gekauft und ihm obendrein auch noch über eine Woche Zeit geschenkt, sich auf Frieder Fausts hinterhältigen Plan zu Baslers Absetzung vorzubereiten. Basler hatte sich als sehr dankbar erwiesen.

Kiefer schlich an Sutters Haus vorbei. Lorenz und Petra

Sutter und ihre beiden Kinder Jessika und Marvin schliefen tief. Petra Sutter war die zweite Schwangere im Ort. In dieser Nacht spürte sie zum ersten Mal, wie sich das Kind in ihr bewegte. Aber Martin Kiefer wusste weder von dieser noch von der anderen Schwangerschaft im Dorf.

98

26. Juni bis 20. Juli, Bleilochtalsperre

Zweieinhalb Wochen waren seit ihrer Rettung an der Bleilochtalsperre vergangen. Was genau den Ausschlag dafür gegeben hatte, dass man sie nicht einfach ihrem Schicksal überlassen hatte, darüber rätselten sie heute noch. Malow fand, dass es einfach nur Glück war, von besonders menschenfreundlichen Personen gefunden worden zu sein. Menschenfreundlichkeit und Nächstenliebe waren zwar nicht unbedingt das, was man in diesen Tagen erwarten durfte – aber, so Malow, wahrscheinlich hatte die Abgeschiedenheit der Gegend ihren Teil dazu beigetragen, dass die Menschen des Dorfes, in das man sie gebracht hatte, nicht nur an sich dachten. Natürlich wurden Silvia und ihr Kind, wurden Hans und Malow nicht mit offenen Armen empfangen, aber sie wurden empfangen. Auch wenn ihnen die Männer des Dorfes schon bei ihrer Ankunft unmissverständlich klarmachten, dass sie spätestens am übernächsten Tag wieder weiterziehen mussten, so gab man ihnen doch immerhin zwei Tage Erholung, frische Kleider, die Möglichkeit, sich zu waschen und – und dies war das wirklich Außergewöhnliche – sie bekamen etwas zu essen.

Hans glaubte, dass die vollkommene Hilflosigkeit ihrer Situation den Ausschlag gegeben hatte, Silvia, dass sie ihre Rettung einzig und allein Larissa zu verdanken hatten.

Wahrscheinlich war, dass in jeder Meinung ein Funken Wahrheit lag.

Sie verbrachten zwei Tage in Künsdorf, verbrannten ihre schmutzigen und zerrissenen Kleidungsstücke und badeten eine Stunde in einem kleinen Weiher ein Stück außerhalb des Ortes. Künsdorf war es in den vergangenen Wochen nicht anders als dem Rest des Landes ergangen. Viele hatten das Dorf verlassen, kaum jemand war neu hinzugekommen und der kleine Friedhof platzte inzwischen aus allen Nähten. Trotz eines nicht unerheblichen Getreidevorrates und reichlich Vieh in den Ställen rechts und links der Dorfstraße waren vierzig Prozent der Einwohner innerhalb kürzester Zeit an Durchfallerkrankungen gestorben. Als Ursache wurde schnell der Dorfbach ausgemacht, in dem Exkremente und Abfälle aus einer kleinen, bachaufwärts gelegenen Siedlung das Trinkwasser Künsdorfs verseuchten. Die Männer Künsdorfs waren daraufhin dem Bachlauf folgend aus dem Dorf gezogen und zwei Tage später zurückgekehrt. Zwei von ihnen fehlten. Seitdem aber war der Bach kristallklar und Durchfall und Erbrechen praktisch ausgerottet.

Am 28. Juni hatten Hans und die anderen Künsdorf verlassen. Den Schlitten mit Rädern, auf dem Hans weiterhin transportiert werden musste, baute Malow derart um, dass er ihn gemeinsam mit Silvia ziehen konnte. Als sie aus dem Dorf marschierten, lag Larissa angebunden auf Hans' Bauch und am Fußende ein kleiner Sack Mehl, sechs Flaschen Milch und ein großes Stück geräucherter Schinken.

Sie kamen zügig voran, denn jetzt, siebenunddreißig Tage nach dem Beginn der Katastrophe, hatten sich die Zustände in Deutschland, vielleicht auch weltweit, normalisiert – wenn es denn überhaupt angebracht war, im Zusammenhang mit Isolation, Hunger und Krankheiten von Normalität zu sprechen. Die, die nicht wussten, wohin, gab es nicht mehr. Städte lagen leer und die Dorfgemeinschaften achteten sorgsam auf sich und ihr Hab und Gut, welches ihnen eine Zukunft garantieren sollte. Hans und seine Gefährten sahen nur noch selten einzelne Reisende, Gruppen nie. An einem sicher drei Meter langen Stock, der neben Hans senkrecht nach oben ragte, hing ein weißes Tuch und signalisierte den Dörfern, denen sie sich näherten, friedliche Absichten. Aber meist hatten sie keine Probleme mehr, ein Dorf zu betreten. Die Zeiten der Straßensperren und Wachposten schienen mehr oder weniger vorbei, denn es gab kaum noch Bedrohungen. Wer bis jetzt seinen Platz noch nicht gefunden hatte, der fand ihn wohl auch nicht mehr und war in der Regel allein und dermaßen geschwächt, dass auch ein Frauenkloster mit ihm fertig geworden wäre. Sie konnten alle zwei bis drei Tage einen Ort nahe der Autobahn betreten, ohne auf offene Feindseligkeiten zu stoßen. Und fast nie gingen sie mit leeren Händen. Hans' Schilderung ihrer Reise von Schweden über die Ostsee bis hierher, der Anblick seines geschienten Beines, vor allem aber Larissa, die alles und jeden in Beschlag nahm, öffnete der kleinen Gruppe die Vorratsschränke der Menschen. Es war nicht viel, was sie erbetteln konnten, aber es sicherte ihnen das Überleben.

Sie folgten der A9 an Hof und Bayreuth vorbei bis Nürnberg und bogen dort auf der A6 Richtung Westen nach Heilbronn ab. Hier trafen sie auf die A81, die Stuttgart passierte und nach Süden führte. Als sie am 16. Juli Stuttgart hinter sich hatten und in der Nähe Herrenbergs ihr Nachtlager aufschlugen, waren sie nur noch wenig mehr als einhundert Kilometer von Wellendingen entfernt.

»Weißt du, dass wir jetzt schon fast sieben Wochen zusammen sind?«

»Sieben erst? Mir kommt es wie eine Ewigkeit vor«, sagte Malow. Er half Hans beim Aufstehen und gab ihm seine Stöcke. Vor zwei Tagen hatten sie endlich die Schiene abgenommen. Der Bruch war offensichtlich sauber verheilt, das Bein weder geschwollen noch in einer unnatürlichen Haltung. Rechts und links von Silvia und Malow gestützt, hatte er einen ersten Schritt gewagt und war sofort weggeknickt. Sie hatten ihn gerade noch abfangen können. Malow war in ein Waldstück gegangen und mit zwei Stöcken zurückgekommen. Die oberen Enden der Stöcke, Astgabeln, die Hans sich unter die Arme klemmen konnte, hatte er mit Tüchern abgepolstert und fortan musste Hans in den kurzen Zeiten zwischen Schlaf und Reise Selbstständigkeit üben. Während Malow und Silvia ihr Lager auf- oder abbauten, humpelte Hans umher und lernte wieder gehen.

»Doch, es sind schon sieben Wochen. Oder erst, wie immer du willst.« Hans humpelte mit angezogenem Bein über eine kleine Wiese, während Malow eine Regenplane zwischen Obstbäumen anbrachte. Seit einigen Tagen begleiteten sie dunkle Regenwolken und durchnässten sie mehr als einmal bis auf die Knochen.

»Die Zeit rast«, sagte Hans, als sie wenig später alle um ein kleines Lagerfeuer saßen. Jeder kaute auf einem Stück Schinken. Silvia hatte wie jeden Tag aus Wasser und Mehl einen faden Teig angerührt und briet ihn auf flachen Steinen, die sie ins Feuer gelegt hatte, zu knusprigen Fladenbroten.

»Wahrscheinlich, weil wir ständig unterwegs sind. Und so viel erlebt haben«, vermutete Silvia. Sie gab Larissa ein Stück Brot. »Früher, als Kind, waren Tage eine Ewigkeit, ein halbes Leben. Mein Gott, könnt ihr euch noch an die Ferien erinnern? An die Zeit ohne Schule und Lehrer? Ich kann das Gefühl manchmal noch ganz genau spüren, die Freude über die unermesslich lange freie Zeit, die am ersten Ferientag vor mir lag.«

»Und nun reicht ein Tag kaum, um richtig wach zu werden und sich im Jetzt zurechtzufinden, stimmt's?«, sagte Malow.

»Bingo.«

Wie schon zuvor bei Nürnberg und Leipzig hatten sie auch im Großraum Stuttgart in der Ferne Flugzeugwracks gesehen. Diese besaßen die seltene Gabe, immer dann am

Horizont aufzutauchen, wenn sich im Denken von Hans und den anderen so etwas wie Normalität einstellen wollte. Sie hatten sich an die Zeitreise ins Mittelalter gewöhnt, aber an ausgebrannte Flugzeuge und die Ruinen, die vom Chaos der ersten Tage übrig geblieben waren, gewöhnten sie sich nicht. Es war jedes Mal wie ein Schuss vor den Bug. Halt, ihr Lieben, rief das Schicksal, fühlt euch nur nicht zu wohl. Ich kann auch anders, wie ihr seht!

»Welcher Tag ist heute?« Silvia, die noch ein paar Brote mehr gebacken und zum Abkühlen ausgelegt hatte, kam zu Hans und Malow unter die Plane. Larissa spielte mit einer Puppe. Hans hatte sie ihr aus einem alten Hemd, Bindfaden und Stroh gebastelt. Voller Hingabe spielte sie mit ihrer Buppa.

»Montag, wenn meine Uhr nicht lügt«, sagte Malow.

»Ich meine, welches Datum ist heute? Der vierzehnte oder fünfzehnte?«

»Der sechzehnte.«

Hans nickte. »Sagt meine Uhr auch.«

»Was? Der sechzehnte schon?«

»Und? Ist doch egal, welcher Tag heute ist«, sagte Malow. »Wichtig ist nur, dass wir in ein paar Tagen endlich in Wellendingen sind.«

»Aber heute ist ihr erster Geburtstag«, erwiderte Silvia. Sie streichelte Larissa. »Und ich habe nicht einmal ein Geschenk für dich.« Silvia war plötzlich wieder am Ufer der Bleilochtalsperre. Larissa wurde von einem Seil festgehalten, lag auf dem Rücken und weinte. Wie lange war das her? Drei Wochen? Waren erst drei Wochen seit dem Wunsch vergangen, Larissa möge am nächsten Morgen nicht mehr erwachen? Vor einem Jahr hatte Larissa in einer Berliner Klinik ihr Leben begonnen und nun lag sie hier im Gras neben einem Lagerfeuer und kaute an ihrer Puppe. Wo würde Larissa sein, wenn ein weiteres Jahr Vergangenheit war? Wo würde sie selbst dann sein?

Silvia schluchzte.

»Ich hab vielleicht noch was!« Hans zog sich an seinem Stock hoch und humpelte zu seinem Rucksack. Er ließ sich auf die Knie nieder und durchsuchte den Inhalt, bis er endlich gefunden hatte, was er eigentlich für Lea aufgehoben hatte.

»Da. Gib das Larissa.«

Es war eine winzige Tüte mit kleinen, bunten Gummibären – ein Werbegeschenk aus der alten Zeit. Ein Leuchten ging über Silvias Gesicht. Sie öffnete die Tüte und gab sie ihrer Tochter.

»Alles Gute zum Geburtstag«, sagte sie.

Larissa betrachtete die bunten, unbekannten Dinger. Sie drehte die Tüte hin und her und die Gummibären fielen ins Gras. Auf allen vieren krabbelte sie von einem zum anderen, leckte am ersten, verschluckte den zweiten und verschlang schließlich den Rest. Voller Erwartung sah sie zu ihrer Mutter auf, sie wollte mehr.

»In deinem Wellendingen wird es ähnlich aussehen wie in all den Dörfern unterwegs«, sagte Malow.

»Anzunehmen.«

Hans wollte dieses Gespräch nicht, nicht dieses Thema. In den letzten Tagen war er jedem Versuch Malows, über das zu reden, was in Hans' Heimat geschehen sein könnte, aus dem Weg gegangen.

»Du weißt, dass Eva nicht die besten Karten hatte in den letzten Wochen. So ohne Mann und mit Kind, meine ich.«

»Müssen wir das jetzt besprechen? In drei, spätestens vier Tagen sind wir da. Dann sehen wir, was los ist.«

»Klar«, sagte Malow. »Nur solltest du die Möglichkeit, dass Eva und Lea etwas passiert sein könnte, nicht permanent verdrängen. Nach dem, was wir unterwegs gesehen haben, hatten sie vielleicht eine Chance von drei zu eins. Gegen sich, versteht sich. Mit etwas Glück zwei zu eins, was immer noch ziemlich mies ist, wenn du mich fragst.«

»Ich frag dich aber nicht, Malow!« Die Antwort kam schärfer als beabsichtigt. »Entschuldige.«

»Schon in Ordnung.« Malow stocherte mit einem Stock in der Glut herum.

»Welchen Sinn hätte diese Reise, wenn ich nicht felsenfest davon überzeugt wäre, dass es Eva und Lea gut geht? Wozu das dann alles?« Mit zwei gesunden Beinen wäre er jetzt aufgesprungen und hin und her marschiert, so aber musste er neben Malow sitzen bleiben und in die Glut starren. »Ich habe mir sicher hnundert Mal vorgestellt, wie es sein wird, wenn wir nach Hause kommen und glaub mir, ich habe von ihren Gräbern geträumt und wie sie gestorben sind. Durch was oder wen. Ich weiß, dass sie keine besonders rosigen Chancen hatten. Und? Ändert das irgendwas? Nein! Ich will, nein, ich muss glauben, dass sie leben und es ihnen gut geht, sonst könnte ich mich gleich an Ort und Stelle umbringen. Dann wärt ihr endlich frei und du könntest auf dem kürzesten Weg nach Italien.«

Es war das erste Mal in all den Wochen, die er mit Malow unterwegs war, dass er ihm gegenüber von seiner Angst sprach. Festgebunden auf seinem Schlitten hatte Hans zu viel Zeit gehabt, über das, was ihn erwartete, nachzudenken. Und auch über das, was ihn vielleicht nicht mehr erwartete. Was sie, vor allem in den letzten zwei Wochen, gesehen hatten, zeigte, wie wohl auch der Alltag in Wellendingen aussehen musste, immer vorausgesetzt, es gab sein Heimatdorf und die Menschen dort noch. Es war Ruhe eingekehrt, Alltag, wenn man so wollte. Kaum jemand in all den Dörfern unterwegs hoffte noch auf eine Rückkehr zum Alten. Die Katastrophe hatte augenscheinlich nur diejenigen am Leben gelassen, die sich anpassen konnten, die dieses Leben annahmen und eben das Beste daraus machten. Und es war inzwischen schon zu viel Zeit vergangen, zu viel geschehen, was unumkehrbar schien. Überall kümmerten sich Hausfrauen und Fernfahrer, Pfarrer und Computerspezialisten,

Lehrer und Beamte um Felder, Wiesen und Tiere. Deutschland hatte sich in eine Agrarnation verwandelt. Mit abenteuerlichen Geräten wurden Wiesen gemäht und das Gras zum Trocknen ausgelegt, wurde die erste reife Wintergerste geschnitten. Hans lächelte bei der Vorstellung, dass auch Eva und Lea mit Sicheln und Küchenmessern bewaffnet Getreide schnitten und die Garben wahrscheinlich in Albickers Scheune schleppten. Es war ein bitteres, ein trauriges Lächeln.

»In drei, vier Tagen wissen wir Bescheid, Hans«, sagte Malow. »Dann hast du endlich Gewissheit.«

Hans sah Lea, die gemeinsam mit den anderen Kindern des Dorfes mit Knüppeln auf die Getreideähren einschlug, um die Körner zu lösen. »Was ist wohl schlimmer«, fragte er, »Tatsachen, die jede Zuversicht zerstören oder Ungewissheit, die aber wenigstens noch Raum für Hoffnung lässt?« Hans sah Malow in die Augen und wartete auf eine Antwort.

»In dem Augenblick, wo die Hoffnung zerstört werden würde, wäre Ungewissheit sicher besser. Aber wenn man selbst überleben will, muss man irgendwann der Realität ins Auge schauen, so schlimm sie auch sein mag. Lieber ein Ende mit Schrecken als ein Schrecken ohne Ende, so heißt es doch, oder?« Hans nickte. »Aber was soll's. Wir können hier noch ewig über alle Wenns und Abers dieser Welt nachdenken, wissen werden wir's erst in Wellendingen.« Malow stand auf und breitete die Decken zum Schlafen aus. Dann gab er Hans dessen Krücken. »Hier. Statt nachzugrübeln solltest du lieber üben. Ich an deiner Stelle würde mein Haus auf eigenen Beinen betreten wollen.«

Hans lächelte. Er nahm die Stöcke, stemmte sich an ihnen hoch und humpelte einige Runden um ihr Lager. Am liebsten wäre er jetzt losgelaufen, nach Süden, ohne Pause, ohne Halt. Je näher er Wellendingen kam, desto ungeduldiger wurde er, wie ein Pferd, das den nahen Stall wittert. Er wusste, dass Malow recht hatte, aber wie gewichtig waren die Ratschläge eines Mannes, der die eigene Frau in der Einsamkeit zurückgelassen hatte?

Sehr wichtig, entschied er mit einem Blick auf Malow.

In der Nacht setzte Nieselregen ein. Als sie im ersten Morgengrauen erwachten, berührten die Wolken fast den Boden, von den Bäumen tropfte es und alles erinnerte an November. Aber es war Juli, Hochsommer.

Sie schafften an diesem Tag etwas über dreißig Kilometer und übernachteten am Rand der Autobahn in der Nähe von Vöhringen. Am übernächsten Tag passierten sie Rottweil, kurz darauf Schwenningen. Zwischen beiden Städten verließen sie die Autobahn und schlugen ihr Lager kurz hinter Bad Dürrheim auf. Als sie dieses am 19. Juli abbrachen, konnte Hans seine Ungeduld kaum noch bändigen.

»Wenn nichts dazwischenkommt, sind wir heute Abend zu Hause!«

»Dann mal los«, sagte Malow und sicherte Hans auf dessen Gefährt.

Früher als sonst, es war fast noch Nacht, brachen sie auf. Sie umgingen auf der Bundesstraße Donaueschingen und Hüfingen, wo einige schwere Verkehrsunfälle ein Durchkommen beinahe unmöglich machten, und erreichten die Orte Behla und Hausen vor Wald. Hausen vor Wald lag gespenstig und menschenleer rechts und links der Dorfstraße. Das Gros der Gebäude war niedergebrannt und auf der Dorfstraße lagen Leichen und abgeschlachtetes Vieh. Selbst die Kirche hatte man nicht verschont.

Als der Hunger auch nach Hausen vor Wald gekommen war, hatten sich die wohlhabenden Bauern des Ortes geweigert, ihr Vieh und ihre reichlichen Vorräte der Dorfgemeinschaft zur Verfügung zu stellen. Sie schlossen sich gegen den hungernden Rest des Dorfes zusammen und verteidigten ihre Habe.

Ausgelöst wurde die Katastrophe in Hausen vor Wald durch Harald Kunze. Kunze lebte mit Frau und drei kleinen Kindern seit zwei Jahren im Dorf. Am 6. Juni, dem Tag, an dem Hans und Malow auf Silvia trafen, starb Kunzes Jüngste, Miriam, drei Jahre alt. Er nahm seine Tochter und rannte mit ihr im Arm über die Dorfstraße zu Fielringer, dem größten Bauern im Ort.

»Hier, siehst du, was du getan hast, Fielringer?«, schrie er und trug seine Tochter ums ganze Anwesen. Alle Türen und Fenster waren verschlossen und Fielringer hatte in seiner ungelenken Handschrift überall Warntafeln angebracht: *Betreten Verboten! Es wirt geschosen!* Eine Drohung, die nicht nur so dahingesagt war, wie drei Tage zuvor eine Familie aus Bräunlingen hatte erfahren müssen, die es gewagt hatte, seine Stalltür zu öffnen.

»Ich verfluche dich, Fielringer! Was du uns antust, soll dir passieren und all deinen fetten Freunden!«, brüllte Kunze. Dann legte er Miriam auf die Schwelle zu Fielringers Haus.

In der Nacht kam Kunze zurück. Zu Hause saßen zwei weitere Kinder. Sie hatten den Tod der kleinen Schwester nicht beweint, im Gegenteil. Der erste Gedanke des Großen war, dass, da nun ein Maul weniger zu stopfen war, mehr für die anderen übrig bliebe. Mehr von was? Von nichts? Kunze wollte nicht zusehen, wie auch noch seine anderen Kinder und seine Frau verhungerten. Er wusste, dass Fielringer Milch und Eier besaß, Getreide in einem großen Speicher hinter dem Haus und Kartoffeln unten im Keller.

Kunze erwachte aus einem unruhigen Schlaf und wusste augenblicklich, was zu tun war. Er hatte nichts mehr zu verlieren, Ausharren bedeutete den Tod.

Mit einem Vorschlaghammer klopfte er drei Mal gegen Fielringers Haustür, danach stand er plötzlich in dessen dunklem Flur. Sekunden später wurde auf ihn geschossen. Die Schrotflinte verwandelte sein Gesicht in ein Sieb. Fielringer zerrte den Leichnam auf die Straße und wollte gerade die eingeschlagene Tür vernageln, als aus der Dunkelheit Gestalten auftauchten. Kunzes Schläge gegen die Haustür und die anschließenden Schüsse hatten das Dorf geweckt.

Danach ging alles sehr schnell. Fielringer schoss. Aber er hatte beide Patronen bereits für Kunze verbraucht. Fielringer wurde auf offener Straße erschlagen. Seine beiden Söhne konnten ihm nicht helfen und teilten wenig später das Schicksal des Vaters. Fielringers Frau sah, dass Mann und Kinder tot auf der Straße lagen und der Mob sich anschickte, das Haus zu stürmen. Daraufhin rannte sie in den Heuboden oberhalb des Stalles und legte Feuer. Was sie nicht haben durfte, sollte auch kein anderer besitzen.

Den Rest der kurzen Nacht verbrachte das Dorf in einem wahren Wettstreit, bei dem offensichtlich dem der Sieg winkte, der zuerst den Nachbarn erschlug und dessen Haus zerstörte. Als am Morgen die Sonne über Hausen vor Wald aufging, gab es keine Sieger, nur Verlierer. Alle Höfe waren niedergebrannt, Vorräte vernichtet und das Vieh krepiert oder in Panik in die Wälder geflohen. Die wenigen Überlebenden verließen das, was sie einmal ihre Heimat genannt hatten.

Hans umklammerte Larissa. Silvia und Malow lenkten den Schlitten um Leichen und eingestürzte Giebel herum. Sie hetzten durch den kleinen Ort, an einer zur Seite geräumten Straßensperre vorbei und verlangsamten ihr Tempo erst, als sie eine kleine Anhöhe zwischen sich und die Ruinen gebracht hatten und sie Hausen vor Wald nicht mehr sehen konnten.

Sie stellten den Schlitten am Fahrbahnrand ab. Die Flucht hatte sie erschöpft. Malow glänzte der Schweiß auf der Stirn. Silvia kam zu Hans und nahm ihm Larissa aus dem Arm. Silvia weinte und drückte ihr Kind an sich.

»Nur eine kurze Pause, Hans.« Malow setzte sich zu Hans auf den Schlitten. Er nahm einen Schluck Wasser. »Wie weit ist es noch?«

»Zwanzig Kilometer ungefähr.« Hans' Hände zitterten und alles Blut war aus seinem Gesicht verschwunden. Er kannte Hausen vor Wald von früher, war hier zu Dorffesten eingeladen gewesen oder wenn die Fußballmannschaften aus Bonndorf und Hausen vor Wald aufeinandertrafen. Den einen oder anderen hatte er gekannt, oberflächlich nur, aber gekannt, mit Namen, Familie.

Sie rasteten zehn Minuten, in denen keiner mehr ein Wort sprach. Als sie schließlich weiterzogen, dachte, Larissa ausgenommen, jeder dasselbe: Was erwartet uns in Wellendingen?

Nur noch zwanzig Kilometer! Wenn nichts Unvorhergesehenes passierte, könnten sie Hans' Heimat am Abend erreichen. Mehr als acht Wochen waren seit dem 23. Mai vergangen, sieben Wochen waren Hans und Malow nun gemeinsam unterwegs und seit sechs Wochen gehörten Silvia und Larissa dazu. Heute sollte die Reise zu Ende gehen. Musste!

In Mundelfingen war die Straßensperre nach wie vor intakt und bewacht. Es war dieselbe Straßensperre, die schon Hans' Frau, Thomas Bachmann und Joachim Beck um den Ort herum gezwungen hatte. Ein einzelner, älterer Mann ließ sich auf keinerlei Diskussionen ein. Auch wollte oder konnte er ihnen nichts über Wellendingen erzählen. Das Beispiel Hausen vor Wald hatte die Mundelfinger vorsichtig gemacht. Alles Fremde war in ihren Augen nach wie vor gefährlich, eine Bedrohung ihres mageren Lebens. Woher sollten sie auch wissen, dass die Katastrophe in der Nachbargemeinde hausgemacht gewesen war?

Die Gruppe umging den Ort. Die Straße verlief noch ein kurzes Stück über freies Feld, dann begannen die engen Windungen hinunter in die Wutachschlucht. Nach wenigen hundert Metern standen sie vor dem ausgebrannten Reisebus, der nach wie vor quer über der Straße lag und diese blockierte.

»Warum halten wir?« Hans, den Blick nach hinten gerichtet, sah das Ungetüm erst, als er sich auf seinem Schlitten umdrehte. Alle Hoffnung, heute noch nach Wellendingen zu kommen, verschwand in den verfaulten Innereien des Busses. »Da komme ich nie rüber.«

»Gibt es noch einen anderen Weg?«, fragte Malow.

»Mehrere«, antwortete Hans. »Aber jeder kostet uns mindestens einen Tag.«

»Den du nicht hast, oder?«

Hans schüttelte den Kopf.

Malow ging zum Bus. Ein Baumstamm lehnte an ihm, der offenbar als eine Art Leiter diente. Der Steilhang, links vom Bus, war teilweise abgebrochen. Überall lagen Felsbrocken und Schutt.

Malow kletterte auf den Bus, auch auf der anderen Seite lehnte ein Baum. »Dich bringen wir rüber«, sagte er zu Hans. »Nur mit deinem Schlitten sieht es schlecht aus, der ist zu schwer und ihn auseinander- und wieder zusammenzubauen dauert zu lange, da könnten wir auch gleich den Umweg nehmen.«

»Dann laufe ich eben!«

Sie brachten zuerst ihr spärliches Gepäck über das Hindernis, dann Hans' Stöcke, schließlich ihn selbst. Sie banden ihm ein Seil unter den Schultern vor der Brust zusammen, warfen es über den Bus und zogen ihn von der anderen Seite aus Stück für Stück nach oben. Als er fast oben war, knoteten sie das Seilende an der verbogenen Leitplanke fest, Malow kletterte zurück auf den Bus und half Hans die letzten Zentimeter hinauf. Silvia warf das Seil herauf, stieg hoch zu Malow und zusammen ließen sie Hans hinunter. Der Bus kostete sie fast eine Stunde, die Zeit, die sie durch ihre nun folgende Langsamkeit einbüßen würden, nicht mitgerechnet.

Hans lotste sie, wie es Wochen zuvor bereits Eva mit Thomas und Joachim Beck gemacht hatte, an Ewattingen vorbei nach Münchingen. Die Einwohner Münchingens hatten ihr Dorf vor zehn Tagen endgültig aufgegeben. Alle Bemühungen, die zugeschütteten alten Brunnen freizulegen, waren fehlgeschlagen. Die Trockenheit der letzten Wochen hatte den ohnehin kärglichen Dorfbach vollends versiegen lassen, so dass es keine andere Wahl gab als Vieh und Vorräte zusammenzupacken. Da sie nicht mit leeren Händen kamen, wurden sie in den umliegenden Dörfern aufgenommen.

Als sie Münchingen hinter sich hatten, setzte die Dämmerung ein. Das Hardt oberhalb Wellendingens erreichten sie gegen Mitternacht. Hans' Hände waren von Blasen überzogen, seine Achseln schmerzten und in seinem verletzten Bein klopfte es verdächtig. Malows Taschenlampe spendete kaum noch genügend Helligkeit. Fassungslos betrachtete Hans die herumliegenden Flugzeugtrümmer, dann kamen sie am Massengrab vorbei, auf dem frische Blumen standen. Das Getreide, das überall zwischen den Trümmern wuchs, war vor wenigen Tagen geschnitten worden.

99

20. Juli, 00:18 Uhr, Wellendingen

Sie hatten die ersten Häuser Wellendingens fast erreicht, als plötzlich Licht aufflammte und sie blendete.

»Halt!«, schrie es ihnen entgegen. Zeitgleich hörten sie ein Klicken. Jemand entsicherte seine Waffe.

100

00:32 Uhr, Wellendingen

Eva Seger konnte nicht wieder einschlafen. Fausts Gästezimmer, in dem Eva und Lea seit dem 18. Juni schliefen, war nicht sonderlich groß. Immerhin war es gemütlich. Aber es war nun einmal nicht ihr Bett, in dem sie die einsamen Nächte ohne Hans verbrachte. Das dort war nicht ihr Schrank, es war nicht ihr Haus. Aber die Angst vor Martin Kiefer wog eben schwerer als der Wunsch nach den eigenen vier Wänden.

Neben Eva lag Lea. Sie atmete tief und regelmäßig. Eva streichelte ihren Kopf, an das ungewohnte Gefühl der nur wenige Millimeter langen Haare hatte sie sich nach zwei Tagen noch immer nicht gewöhnt. Aber Leas Locken würden nachwachsen, tröstete sie sich, wie auch ihr eigenes Haar.

Vor einer Woche waren die ersten Läuse aufgetaucht und hatten zügig alle Köpfe des Dorfes okkupiert. Mit Kämmen und Fingerspitzen war ihrer nicht Herr zu werden und so wurde das Problem nach Altvätersitte bekämpft. Kurzerhand hatte man alle Köpfe und Bärte kurz geschnitten und die lausverseuchten Haare verbrannt. Eva und Lea hatten ihre Locken verloren, Eugen Nussberger seinen Bart, Bea Baumgärtner ihren schwarzen Pagenkopf, dessen seit dem 23. Mai nachgewachsene Haare schneeweiß waren und Assauer seinen aristokratischen Kopfschmuck. Nicht einmal den Pfarrer und seine Haushälterin konnte man verschonen.

Eva war gegen Mitternacht aufgewacht. Im Haus war alles still, Bubi auf Streife und Susanne und Frieder Faust lagen in ihrem wiederhergerichteten Schlafzimmer. Den übriggebliebenen Gestank von Fausts Delirium zu vertreiben hatte einige Tage Lüftung und einen Eimer Wandfarbe gekostet. Aber schlussendlich war es gelungen.

Faust, freute sich Eva, erholte sich erstaunlich schnell. Er kam wieder zu Kräften und je mehr er wieder der Alte wurde, desto entschlossener stürzte er sich auf alle möglichen Arbeiten. Vielleicht tat er dies, um nicht an Alkohol denken zu müssen. Aber Eva kannte Faust lange genug und wusste, dass Faust einfach so war, wie er war. Er brauchte Arbeit wie andere ein gutes Buch oder das Gespräch mit einem Freund. Ohne Arbeit war Faust ein ungegossenes Pflänzchen, das verkümmern musste und ungenießbar war.

Susanne hatte Eva im Vertrauen vom Plan der Männer berichtet, Basler am kommenden Sonntag abzusetzen. Fast tat ihr Basler ein bisschen leid; immerhin war er, als bekannt wurde, dass Faust wieder auf den Beinen war, mit einem Strauß Blumen und (wie unpassend) einer Flasche Wein vorbeigekommen. Den Wein hatte Susanne geöffnet und in den Ausguss geschüttet, während Basler am Küchentisch saß und erzählte, wie gut alles im Ort organisiert wäre. Da schien Basler erst zu bemerken, welcher Fauxpas ihm unterlaufen war. Ein Gespräch kam danach nicht mehr in Gang und Basler verabschiedete sich bald.

Seit Bubi Georg Sattlers angeblichen Sohn erschossen hatte und seit Eiseles Rückkehr aus Bonndorf hatte niemand mehr etwas von Martin Kiefer gehört. Eigentlich gab es, bis auf Fuchs' letzte Worte, keine Beweise, dass dieser Hermann Fuchs und ihr Exmann etwas miteinander zu schaffen gehabt hatten. Aber Evas Instinkt sagte ihr, dass hinter Fuchs' Entführungsversuch nur einer stecken konnte. Wieso sonst sollte ein wildfremder Mann sein Interesse an ihr auf solch barbarische Art zeigen? Fuchs, den sie täglich im Stall getroffen hatte, hätte alle Zeit der Welt gehabt, ihr Offerten jeglicher Art zu machen – wenn er denn gewollt hätte. Aber nie, erinnerte sich Eva und streichelte Lea weiter, nie hatte er mehr als ein Hallo oder Tschüss von sich gegeben.

Seit Bubi sie gerettet hatte, war es ruhig geblieben. Vielleicht hatte Martin endlich aufgegeben, vielleicht war sein richtiger Hunger inzwischen stärker als sein Hunger nach ihr, vielleicht war er weggegangen. Vielleicht war er tot. Jedenfalls blieb er wie vom Erdboden verschluckt. Und das, fand Eva, war gut so. Aber manchmal, vor allem nachts, wenn sie wach lag und sich nach Hans sehnte, spürte sie, dass Martin noch lebte – nicht irgendwo, sondern ganz in der Nähe.

Lea fragte nur noch selten nach ihrem Vater. Sie war fast ausschließlich mit Thomas unterwegs. Beide waren unzertrennlich und Lea berichtete jedem, der es hören wollte, vom Moment der Befreiung aus Fuchs' Krallen. Eva konnte sich an nichts erinnern und musste Bubis, Assauers und Leas Schilderungen glauben. Thomas Bachmann selbst erzählte nichts, war aber, wenn man Lea glaubte, ausschlaggebend für ihre Rettung gewesen.

Um halb eins klopfte es an Fausts Haustür. Eva lag noch immer wach. Ihr erster Gedanke war: Martin!, ihr zweiter: Es ist etwas passiert! Instinktiv zog sie Lea zu sich heran. Im Haus blieb alles still.

Es klopfte wieder, nein, diesmal hämmerte jemand an die Tür. Eva hörte Frieder fluchen und die Treppe hinuntergehen. Kurz darauf hörte sie Frieders Stimme: »Eva!«

Eva Seger hätte sich am liebsten in Luft aufgelöst. Aber das ging nicht. Sie blieb unbeweglich liegen und umklammerte Lea noch ein bisschen fester, ließ aber sofort wieder nach, als sie merkte, dass ihre Umarmung zu eng war und Lea im Schlaf nach ihr schlug.

»Eva! Komm runter. Besuch für dich!«

Brauchte jemand im Dorf ihre Hilfe? War etwas passiert, gab es Verletzte? Nein, Eva wusste, dass der nächtliche Besuch etwas mit Hans zu tun haben musste. Sie hatte Angst. War das jetzt der Moment, vor dem sie sich seit Wochen fürchtete? Wenn Hans etwas zugestoßen war, in Schweden oder auf seinem Weg hierher, wollte sie es nicht wissen! Sie wollte weiter hoffen und jeden Abend mit Lea für ihn beten und annehmen, dass Hans unterwegs war zu ihnen.

Frieder Faust stand jetzt vor ihrer Tür und klopfte.

»Mach auf, Eva! Komm runter. Und bring Lea mit.«

Sie tat, als wäre sie im Moment erst erwacht.

»Ich komm gleich. Ich zieh mir nur schnell was über.« Ihre Stimme zitterte.

Nichtwissen bedeutete Glück. Nichts von Hans' Zustand zu wissen, Hoffnung. Wenn jetzt jemand da unten in der Küche saß und ihr eine Nachricht überbringen wollte, war dies das Ende. Eva wollte keine Gewissheit.

Sie zog ihr weites Kleid an, Lea ließ sie schlafen.

Es gab kein Morgen ohne Hans, dies stand fest. Ohne ihn gab es keine Normalität, keinen Alltag – einfach kein wirkliches Leben.

Sie verließ das Gästezimmer. An der Treppe zögerte sie. Sie versuchte, sachlich über das, was sie erwartete, nachzudenken. Aber sie konnte sich noch tausendmal sagen, dass sie sich irgendwann einmal der Wahrheit stellen musste, sie wollte es einfach nicht. Eine Wahrheit wird erst zur Wahrheit, wenn man sie als solche akzeptiert. Sollte Hans etwas zugestoßen sein, würde sie es nie und nimmer akzeptieren können.

Sie hörte fremde Stimmen, hörte Frieder und auch Jürgen Mettmüller. Die Stimmen verströmten gedämpfte Fröhlichkeit.

Auf dem Küchentisch flackerte eine einzelne, dicke Weihnachtskerze, tiefrot und ringsum mit wulstigen Tannenzweigen aus Wachs verziert, am Tisch saßen eine Frau und zwei Männer. Mettmüller stand an der Küchentür, lächelte und machte Eva nur zu gern Platz. Faust stand ebenfalls, auch seine Gesichtszüge wirkten entspannt, so weit sich das nachts um halb eins, mit einer einzelnen Kerze als Lichtquelle, beurteilen ließ. Aber er kam nicht zu ihr, nahm sie nicht in den Arm und sagte nicht »Du musst jetzt stark sein« oder solches Zeug. Das war ein gutes Zeichen.

Als Erstes fiel Eva die Frau auf, die der Tür gegenübersaß. Sie war alles andere als schön und in ihren dicken Brillengläsern spiegelte sich die Kerze. Im Arm hielt sie ein schlafendes Kind. Rechts neben ihr saß ein alter Mann, unrasiert, abgemagert und offensichtlich hundemüde. Er hatte den Kopf auf seine Hände gestützt und die Augen offen zu halten kostete ihn sichtlich Überwindung. Als Eva die Küche betrat, sah er sie kurz an, dann zu dem Dritten, der mit dem Rücken zur Tür saß.

Eva blieb stehen. Sie wusste, wem diese Schultern gehörten, wem der Kopf! Ihre Stimme zitterte.

»Hans?«

Hans blieb sitzen, drehte sich aber zu ihr um. Faust hatte ihn auf die neue Frisur seiner Frau vorbereitet, trotzdem erschrak er, dann musste er lächeln.

»Hans! Du bist es wirklich.«

Er war es, wenn auch mit längeren Haaren, Bart und von der Sonne verbranntem Gesicht.

»Ja. Ich bin's.«

Endlich! Seine Stimme! Erst jetzt schien sie zu glauben, was sie sah.

Hans Seger stand auf. Er versuchte sich den Schmerz nicht anmerken zu lassen. »Und ich gehe nie wieder weg.« Er nahm sie in den Arm und küsste ihre Tränen weg. Ihre kurzen Haare kratzten an seinem Hals.

Susanne brachte einen Krug Milch, Gläser, ein Brot, das sie am Vortag gebacken hatte und einen Klumpen Butter. Butter und Käse, die die Frauen des Dorfes herstellten, wurden immer besser, wie auch Susannes Brote. Das Rezept hatte sie noch von Hildegund Teufel.

Eva und Hans hielten sich minutenlang in den Armen. Keiner sagte ein Wort. Der fehlende Körperteil war wie durch ein Wunder zurückgekehrt. Erst jetzt waren sie wieder sie selbst.

»Wo ist Lea?«

»Oben im Gästezimmer«, antwortete Faust statt Eva.

»Sie schläft.« Eva wischte sich die Tränen vom Gesicht, mit dem Handrücken, wie ein kleines Kind. Verlegen betrachtete sie ihren Mann.

»Wieso seid ihr hier? Was ist mit unserem Haus?«

Mettmüller merkte, dass jetzt die Zeit der Gespräche und Erklärungen anbrach. Er verabschiedete sich. »Ich muss wieder. Mal sehen, ob ich Bubi irgendwo finde. Er wird sich freuen, wenn er hört, dass du wieder da bist, Hans.« Mettmüller nickte Hans Seger zu und verschwand.

»Mit unserem Haus ist alles in Ordnung. Ist 'ne lange Geschichte.« Sie hielt seine Hand, konnte ihre Finger einfach nicht wegnehmen. »Aber jetzt ist alles gut. Du bist da.« Vorsichtig, als könne sein Bild zerplatzen, wenn sie ihn zu fest berührte, streichelte sie sein Gesicht, als sei es das erste Mal.

»Bringst du mich zu Lea?«

»Komm.« Nur ungern löste sie sich aus der Umarmung und zog ihn an der Hand die Treppe hinauf.

Lea schlief.

Hans ging zu ihr, kniete sich neben das Bett und küsste sie. Er weinte. Aber es waren gute Tränen. Er hatte mehr wiedergefunden, als er jemals erwarten durfte. Gehofft hatte er es immer, aber dass beide tatsächlich noch am Leben waren, dass es beiden gut ging, grenzte an ein Wunder. Ein mindestens ebenso großes Wunder wie das seiner Rückkehr. Das Leben war schön.

»Soll ich sie wecken?«, fragte Eva. Sie stand im Türrahmen. So ruhig wie in diesem Augenblick hatte sie sich seit Wochen nicht gefühlt.

»Nein.« Hans zog die dünne Decke über Leas nackte Schultern. »Das hat Zeit bis morgen.«

Sie gingen wieder nach unten.

»Du humpelst ja.«

»Halb so wild«, wiegelte Hans ab und ließ sich auf seinen Stuhl fallen. Die Anstrengung des mehr als zehn Kilometer langen Fußmarsches heute hatte seinem Bein alles andere als gut getan. Aber davon musste Eva nichts wissen. Noch nicht. Die Zeit für solche Kleinigkeiten wird kommen, morgen vielleicht oder übermorgen, dachte Hans. Jetzt wollte er wissen, wie es Lea und Eva seit dem 23. Mai ergangen war, wieso sie hier in Fausts Haus lebten und was es mit den Flugzeugtrümmern oben auf dem Hardt auf sich hatte. Aber Eva weigerte sich standhaft, auch nur ein Wort zu sagen, bevor er nicht alles von seiner Reise quer durch Deutschland berichtet hatte.

»Mit einem Floß?« Faust hob die Augenbrauen. »Mit einem Floß über die Ostsee?! Hätt ich mir nicht zugetraut.«

»Ach was. Du hättest Himmel und Hölle in Bewegung gesetzt, um zu Susanne und Bubi zurückzukommen.«

»Und was ist mit deinem Bein passiert?«, fragte Eva. Sie hatte schon die dritte Scheibe Brot dick mit Butter bestrichen und schob sie ihm hin.

»Gebrochen«, antwortete Hans mit vollem Mund. »Also, vermutlich gebrochen. Röntgen konnten wir es nicht und ein Arzt hat es auch nicht gesehen. Habt ihr einen Arzt hier?«

»Nur eine Krankenschwester«, sagte Faust. »Deine Eva hat die Rolle einer Ärztin übernommen. Sie praktiziert im Pfarrhaus.«

»Gibt es viele Tote?« Hans dachte an all die Dörfer, die sie unterwegs gesehen hatten, an die Gewalt der ersten Tage. Und er dachte an den Hunger, der der Gewalt gefolgt war wie ein treuer Hund und alles und jeden mit seinem giftigen Urin anpinkelte.

»Leider«, antwortete Faust. »Viele sind gestorben, mindestens ebenso viele weggegangen. Ist aber überall das

Gleiche. Seit kurzem sind wir wieder mit den Bonndorfern in Kontakt. Bei denen ist es fast noch schlimmer. Und in Wittlekofen und Brunnadern sieht's auch nicht viel besser aus. Aber jetzt scheint es sich irgendwie eingependelt zu haben. Gestern und vorgestern waren die ersten zwei aufeinanderfolgenden Tage, an denen niemand gestorben oder weggegangen ist.« Faust klang fast ein wenig stolz.

»Eingependelt«, wiederholte Henning Malow. »Das ist es. Wie auf einer Waage. In der einen Schale sitzen wir, in der anderen liegt das, was man uns zum Leben gibt. Makaber, aber nur weil so viele tot sind, leben wir.«

Silvia hatte Mühe wach zu bleiben. Nach einer Stunde hatte sie verloren und schlief am Küchentisch ein.

»Wo können Silvia und Malow schlafen?«, fragte Hans.

»Sie können heute Nacht in unserem Haus bleiben«, sagte Eva. »Assauer wird sich freuen, dass er nicht mehr allein ist in dem großen Haus.«

»Wer?«

»Stimmt, ihn kennst du ja noch nicht. Eckard Assauer.«

Eva brachte Silvia und Malow ins Nachbarhaus. Als sie zurück war, erzählte sie Hans von Donaueschingen, ihrer Wanderung hierher. Faust berichtete vom Flugzeugabsturz und was danach geschehen war. Anschließend musste Eva auch von Martin Kiefer berichten, obwohl sie diesen Punkt am liebsten für immer unbesprochen gelassen und vergessen hätte.

»Was hat er?!« Hans sprang auf – etwas zu heftig, wie er sofort feststellen musste. Die Schmerzen verzerrten sein Gesicht und er fiel zurück auf seinen Stuhl. »Er wollte dich entführen?!«

»Aber Bubi hat es vereitelt«, sagte Faust. Fast klang er stolz. »Und er hat auch Eckard Assauer in den Flugzeugtrümmern gefunden. Ja, Bubi war zur Stelle, als die Sache mit Sattlers Sohn passierte.«

»Georg Sattler?«

Faust nickte.

»Der hat doch keinen Sohn!«, sagte Hans.

»Dachten wir auch. Bis er plötzlich vor uns stand.«

Faust und Eva berichteten. Sie schilderten Hermann Fuchs' Anschlag auf Eva und auch Fausts Delirium. Sie erzählten von Roland Baslers Rolle im Ort und dem Rat, dem Basler mehr schlecht als recht vorstand.

»Wenn ich den Bastard in die Finger kriege …!«

»Lass gut sein.« Eva nahm seine Hand. Sie zitterte. »Wir haben schon lange nichts mehr von Martin gehört. Die letzte Neuigkeit hat Eisele aus Bonndorf mitgebracht, das war vor vier Wochen. Martin musste Hals über Kopf fliehen.« Von den beiden mit Fotografien von ihr tapezierten Zimmern, die man mittlerweile entdeckt hatte, und dem Tisch, der keine Zweifel an seiner geplanten Funktion offenließ, erzählte sie nichts und als Faust davon berichten wollte, trat sie ihm unter dem Küchentisch auf den Fuß. »Vielleicht ist Martin fortgegangen. Oder tot. Auf jeden Fall aber ist er weg.«

Erst jetzt realisierte Hans, in welcher Gefahr Eva und Lea all die Wochen geschwebt hatten. Wenn er auf dem langen Weg hierher an Dinge gedacht hatte, die seiner Familie zustoßen könnten, dann waren es Hunger, Krankheit oder Fremde. Niemals wäre ihm der Gedanke gekommen, dass ihnen von jemandem aus ihrer Mitte Gefahr drohen könnte. Aber jetzt, wo er Bescheid wusste, war es plötzlich nicht mehr so abwegig. Kiefer hatte schon lange nicht mehr alle Tassen im Schrank, wie er es mehr als einmal Eva gegenüber ausgedrückt hatte. Kiefer war nach seiner Scheidung nie wieder mit einer anderen Frau gesehen worden. Und seine Nachstellungen hatten auch erst nach Hans' klärenden Worten nachgelassen. All das war schon so lange her, dass es kaum noch existiert hatte. Bis jetzt.

»Es ist vorbei«, sagte Eva. Sie gab Hans einen Kuss und erhob sich. Vor dem Fenster dämmerte ein neuer Tag.

»Legt euch hin. Ich geb euch noch eine Decke«, sagte Faust. »Erzählt aber morgen bitte noch niemandem, dass du wieder da bist, Hans. Heute ist Freitag. Wenn es dir nichts ausmacht, dann verlass bis Sonntag bitte nicht das Haus. Und sagt auch Lea, dass sie die frohe Botschaft für sich behalten soll.«

»Warum?«

Faust berichtete Hans vom Plan, Basler am Sonntag kurzerhand abzusetzen. »Wenn er weiß, dass du wieder zurück bist, wird er das mit Sicherheit für sich ausnutzen. Ich weiß nicht wie, ich bin nur ein Handwerker und kein Winkeladvokat und Politiker wie Roland – aber er wird es ausnutzen.«

»Könnte es euch helfen, wenn ich vielleicht während der Versammlung auftauche?«

Faust überlegte, dann hatte er eine Idee. Als er sie Hans erklärt hatte, lächelten beide Männer.

»Nicht schlecht, mein Guter, gar nicht übel. Basler wird sich wundern.«

Eva und Hans legten sich auf den Boden des Gästezimmers. Lea schlief und wusste noch nichts von ihrem Glück.

»Ich muss dir endlich etwas sagen.«

»Was?«

»Ich wollte es dir schon am Tag deiner Abreise erzählen. Dann wollte ich auf deine Rückkehr warten. Na ja, das habe ich nun ja wohl auch.«

»Jetzt sag schon«, flüsterte ihr Hans ins Ohr, »was willst du mir sagen?«

Eva drehte sich zu ihm um und legte ihren Mund an Hans' Ohr. »Ich bin schwanger. Im fünften Monat.«

Eva und Hans liebten sich auf dem Fußboden – vorsichtig und leise.

Eva schlief in seinen Armen ein, er selbst lag noch lange wach und dachte nach. Er war der glücklichste Mann der Welt.

Hans streichelte Evas Schultern, ihr Gesicht, ihre Brüste. Hans streichelte Evas Bauch.

Gemeinsam mit den ersten Sonnenstrahlen dieses 20. Juli öffnete Lea die Augen. Ihr erster Blick fiel auf den kräftigen, braunen Arm ihres Vaters. Er hob sich wie ein Schatten von den schneeweißen Brüsten ihrer Mutter ab. Ein Schatten. Nur ein Traum.

Lea schloss die Augen und versuchte, sich an ihren Traum zu erinnern. Jeder träumte, auch wenn er es am nächsten Morgen nicht mehr wusste. Als sie Minuten später erneut ihre Augen öffnete, lag der Schatten noch immer da. Sie folgte seinem Verlauf und blieb am Gesicht ihres Vaters hängen. Lea setzte sich auf. Er war es! Er war es wirklich! Sie kletterte aus ihrem Bett und drängelte sich zwischen ihre nackten Eltern.

»Papa«, flüsterte sie. Mehr nicht. All die vielen Dinge, die sie ihm erzählten wollte, blieben ungesagt. Sie schloss die Augen. Sie konnte ihm später noch vom Flugzeugabsturz berichten und von Herrn Mittwoch oder Eckard, wie sie ihn mittlerweile nennen durfte. Auch von Thomas musste sie erzählen und dass es Gras gab, das man essen konnte. Und noch so vieles mehr. Später.

»Papa.« Dann schlief Lea wieder ein.

101

22. Juli, Wellendingen

»Seger ist wieder zurück?!« Kiefers Stimme überschlug sich. Entsetzen stand in seinen Augen, Wut und Hass – und auch ein Anflug Panik. Als Bubi in der Nacht zu diesem alles entscheidenden Sonntag zu ihm in den Unterschlupf kam und wie ein Erstklässler herumdruckste, der in die Hosen gemacht hatte, war Kiefers erster Gedanke: Basler. Basler hat in letzter Minute kalte Füße bekommen und macht einen Rückzieher. Oder Bubi selbst wollte nicht mehr oder Eva war krank und bei der Versammlung, die heute nach dem Kirchgang stattfinden sollte, nicht mit von der Partie. Schöne Scheiße wäre das – der Samstagabend-Megasuperturboblockbuster ohne die freundliche Hauptdarstellerin. Mit allem hatte Martin Kiefer gerechnet, aber nicht mit der Rückkehr seines ärgsten Widersachers!

»Was will der Wichser hier?« Kiefer quiekte, seine Stimme war hoch und überschlug sich. Bubi zuckte mit den Schultern. Woher sollte ausgerechnet er das wissen. »Warum kommt der Sack nicht eine Woche später? He? Warum, Bubi? Oder einen Tag? Nur ein einziger Tag und alles wär in Butter!« Martin Kiefers Verzweiflung wurde nur noch von seiner Wut übertroffen. Er hatte sich Wochen im Hintergrund gehalten, hatte die Zähne zusammengebissen und gewartet und gewartet und noch mal gewartet. Und die Gelegenheit, auf die er gehofft hatte, sie war gekommen. Ganz von allein war sie in seinen Schoß gefallen wie eine reife Frucht. Und jetzt, Sekunden bevor er in den saftigen Apfel beißen konnte, stand plötzlich der Gärtner im Weg.

Kiefer lief in Sattlers niedriger Küche auf und ab. Bubi wartete am Küchentisch. Irgendwann, dachte er, würde sein Freund sich beruhigen und wieder zu klarem Denken fähig sein.

Freund? Bubis Blicke folgten Kiefer durch den Raum. War Martin Kiefer noch der Freund, den er wollte? Bubi wusste es nicht. Martin hatte sich verändert, vor allem seit die Sache mit Fuchs schiefgegangen war und er hier und allein die endlosen Tage und Nächte verbrachte. Manchmal sprach Kiefer noch von seinen Leuten in der Nachbarstadt, von ihren Waffen und Lebensmittelvorräten und dass es nur seines Fingerzeigs bedurfte, sie zu mobilisieren. Bubi zweifelte aber schon lange an diesen Worten. Er hatte mit Eisele und Stadler gesprochen, aber so geschickt er es auch anstellte und den Namen Kiefer dabei vermied – beide wussten nichts zu erzählen, was Kiefers Versprechen untermauern konnte.

Aber es war sowieso egal. Ob nun mit Martin Kiefer oder ohne ihn – Bubi war fest entschlossen, Wellendingen zu verlassen. Die Wochen, in denen sein Vater im Delirium gelegen und gegen Tod, gelbe Monster und seinen inneren Schweinehund gekämpft hatte, empfand er als die schönsten Wochen seines Lebens. Er war froh, dass Faust überlebt hatte, aber die Stärke, die er ohne seinen Vater besaß, hatte sich im selben Maße verzogen, in dem Faust gesünder wurde. Wahrscheinlich wäre alles viel einfacher, wäre er, Bubi, ein Mädchen. Ein Frieder Faust duldete keinen Mann neben sich, jedenfalls keinen starken Mann. Bubi hatte sich stark gefühlt. Er war für kurze Zeit Hausherr, Kiefers Freund, Beschützer Wellendingens und, vielleicht zum ersten Mal, wirklich Volker Bubi Faust. Aber das war vorbei. Sein Vater hatte ganz selbstverständlich seinen angestammten Platz wieder eingenommen.

»Vater wird mir nie vertrauen oder mich unterstützen.«

»Was faselst du?«

Bubi hatte nicht bemerkt, dass er laut gedacht hatte.

»Ist auch egal«, sagte Kiefer. »Wird Seger mit zur Versammlung kommen?«

Bubi nickte. »Hans soll Basler den Todesstoß versetzen, wenn man so will. So hat es jedenfalls mein Vater genannt. Er soll sich in der Krone verstecken und, wenn die Menge sich nicht zwischen Roland und meinem Vater entscheiden kann, wie aus dem Nichts auftauchen und selbstverständlich für Vater Partei ergreifen.« Bubi lachte auf. »Mich hat Vater kein einziges Mal gefragt, was ich über alles denke. Er hat nicht einmal nach meiner Meinung gefragt oder ob ich vielleicht einen anderen Plan parat hätte. Hätte mir meine Mutter nicht von seinem und Assauers Vorhaben erzählt, wüsste ich heute noch nichts. Aber kaum ist Hans ein paar Stunden im Haus, weiht Vater ihn ein, fragt ihn um Rat und macht ihn sogar zu einem Teil seines Plans. Komisch, nicht? Hans ist ihm wichtiger als der eigene Sohn. Na ja, so sind sie halt.« Bubi spielte an seinem Gewehr herum.

»Seger ist zurück.« Martin Kiefer hatte Bubi nicht weiter zugehört. Es gab Wichtigeres als dessen Vater-Sohn-Beziehung. »Nun gut. Wenn Seger schon mal da ist, soll er auch am Unterhaltungsprogramm teilhaben dürfen.«

»Was meinst du?«

»Es wird der i-Punkt an diesem Sonntag. Seger wird zusehen müssen, wie Eva zu mir zurückkommt. Was hältst du davon, Bubi? Los, sag schon, ist das nicht genial, he?«

»Und danach verschwinden wir von hier?«

»Klar doch. Du und ich und Eva. Und meine Leute aus Bonndorf. Wie versprochen, Bubi, wie versprochen. Aber erst müssen wir uns noch Eva holen. Basler hat sich nicht bei dir gemeldet?« Bubi schüttelte den Kopf.

»Sehr gut, dann hält er Wort.«

Bubi erhob sich und ging zur Tür. »Dann machen wir alles so wie besprochen?«

»Wie besprochen«, bestätigte Kiefer.

Thomas Bachmann saß in der Kirche und war traurig. Lea war gestern nicht in den Stall gekommen. Leas Mutter, die zum Melken erschienen war, sagte, es sei alles gut und er brauche sich keine Sorgen zu machen. Aber das stimmte nicht. Thomas spürte, dass sie ihn belog. Wie die meisten Erwachsenen konnte auch Leas Mutter lügen und ihm dabei auch noch ins Gesicht lächeln. Lernten sie das auf irgendeiner Schule, auf die Leute wie Thomas nicht gehen durften? Musste man so sein, um als normaler Erwachsener anerkannt zu werden?

Vielleicht ist das Engelchen krank?, fragte zu allem Überfluss Nummer zwei.

Aber warum lächelte dann ihre Mutter? Nein, wusste Thomas, Lea war nicht krank. Das war das Gute. Das Schlechte war, dass er gestern allein die Kühe hüten musste und dies auch heute, nach dem Gottesdienst, würde allein tun müssen.

Thomas saß neben Fräulein Guhl, der Haushälterin des Pfarrers, und tat so, als ob er der Predigt folge. Leas Mutter war als eine der Letzten gekommen. Und mit ihr auch der kleine Engel!

Thomas hatte sie bemerkt. Beide schlüpften in den kühlen Kirchenraum und setzten sich sofort in die hinterste Reihe, aber Thomas entgingen sie nicht.

Doch wenn Lea gesund war und sogar in die Kirche kommen konnte, wieso ließ sie ihn dann allein?

Auf dem Schoß hielt er seine schwarze Aktentasche. Die Thermoskanne darin war voll mit frischem Melissentee.

Am Ende seiner Predigt verlas Pfarrer Kühne eine Mitteilung Fausts. Fausts Name fiel nicht. Offiziell bat der Rat Wellendingens alle Einwohner im Anschluss an den Gottesdienst zu einem Treffen ins Gasthaus Krone.

Basler spielte den Überraschten. »Was soll das?«, fragte er Christoph Eisele im Hinausgehen. »Wieso setzt ihr eine Versammlung an, ohne vorher mit mir darüber zu sprechen?«

»War nicht meine Idee«, sagte Eisele. Er beeilte sich wegzukommen und ließ Basler einfach stehen.

Als die Prozession von der Kirche zum Gasthaus angekommen war und alle ihren Platz gefunden hatten, waren noch viele Stühle leer. Frieder Faust saß am Tresen, wie schon so oft in seinem Leben. Aber diesmal ohne Alkohol. Er betrachtete die Menschen im dämmrigen Gastraum. Wie wenige es waren.

Durch die weit geöffneten Fenster schien die Sonne. Irrgärten aus Staub tanzten in ihrem Licht. Winterhalder, der Wirt, hatte schon lange keine Zeit mehr, die Wirtsstube in Ordnung zu halten. Wozu auch? Außer zu den Versammlungen wurde sie nicht mehr genutzt. Staub bedeckte Gläser und leere Flaschen. Überall auf den Tischen lagen kleine Zettel und Stifte.

Faust begrüßte Lorenz Sutter. Der hatte seine Frau an der Hand. Petra war im vierten Monat, vielleicht auch schon im fünften, so genau konnte das keiner mehr sagen. War auch egal, Hauptsache, es ging alles gut. Sie hatten Angst vor einer Entbindung ohne Ärzte, ohne Narkose und Medikamente, aber so war das neue Leben nun einmal. Faust lächelte Petra zu. Ihre und Evas Schwangerschaft waren Hoffnung für das Dorf und die Frauen wurden umsorgt und bekamen mehr Milch, als ihnen eigentlich zustand.

Faust hatte in der letzten Nacht lange mit Assauer, Eisele, Bea Baumgärtner und Hans über den heutigen Tag gesprochen. Die Reaktion der Menschen ließ sich nicht voraussagen, immerhin hintergingen sie Roland Basler, der, mochte er sein wie er wollte, nun einmal demokratisch gewählt worden war und ihrem Rat vorstand. Wie also würde ihr Alleingang ankommen?

Hans saß hinten in der Küche des Gasthauses und wartete dort auf seinen Einsatz. Während die anderen in der Kirche waren, hatte er sich hierhergeschlichen und versteckt.

Die letzten Wochen hatten jeden im Raum verändert – sein Äußeres und sein Denken. Keiner wollte – nach dem Flugzeugabsturz und dem Ende der Zivilisation – über eine Zukunft ohne Strom, Telefon und fließendes Wasser nachdenken. Niemand denkt gern über das nach, was ihm Angst macht. Alles, was dem Menschen seine Verletzlichkeit vor Augen führt, ihm die Zerbrechlichkeit seiner spärlichen Existenz aufzeigt, wird mit aller Kraft verdrängt. So war es bei ihrer ersten Versammlung hier in der Krone gewesen, als die Vorstellung, die Katastrophe könne etwas Endgültiges sein, Kopfschütteln erntete. So war auch Faust selbst mit seinem Hauptproblem umgegangen. Ein verdrängtes Problem existiert nicht, braucht also auch keine Lösung.

Die Gewalt der ersten Tage und der anschließende Hunger waren ein Desaster. Aber das wirklich Traumatisierende waren nicht Gewalt und Hunger an sich, sondern die vollkommene Überraschung, mit der die Menschen ihnen begegneten. Als die neuen Lebensumstände bei ihnen angeklopft hatten, war keiner vorbereitet gewesen. Nachrichten aus dem Irak und Reportagen aus Afrika können nicht vorbereiten.

Als sich alle im Gastraum versammelt hatten und die Gespräche langsam verstummten, erhob sich Eckard Assauer. Ihm hatte man die Rolle des Rebellen zugedacht, der den Versammelten offenbaren durfte, um was es heute ging. Assauer wollte gerade zu einer Begrüßung ansetzen, als ihm Roland Basler zuvorkam.

»Sicher fragt ihr euch, warum der Rat euch hierher gebeten hat?« Zustimmung und Gemurmel. Heute war der einzige freie Tag der Woche, die Sonne schien endlich wieder und jeder im Raum hatte Pläne für diesen Tag. Viele hatten Hunger und waren müde von den Arbeiten der letzten Tage und Wochen. »Morgen ist es schon wieder fünf Wochen her, dass Hildegund Teufel gestorben ist. Seitdem ist ein Platz im Rat frei. Jetzt, wo es Frieder wieder bessergeht, wollten wir euch fragen, ob Frieder wieder im Rat mitarbeiten soll. Oder soll er sich besser noch darauf konzentrieren, wieder zu Kräften zu kommen? Die Arbeit könnte ihn leicht überfordern und zu einem Rückfall führen, den …«

»Wir möchten geschlossen zurücktreten und euch bitten, den Rat komplett neu zu bestimmen!«, fiel ihm Eckard Assauer ins Wort. Er erntete einen wütenden Blick Baslers und einiges an Aufregung im Saal.

»Nicht schon wieder«, stöhnte Uwe Sigg. Gewohnheitsmäßig wollte er sich mit der Hand durch die blonden Locken fahren. Das Kratzen in der Handfläche erinnerte ihn an seine neue Frisur. »Brauchen wir überhaupt einen Rat, der alle paar Tage neu gewählt werden will?« Seine Frau Lisa zog ihn am Ärmel.

Siggs Frage erntete spontan Zustimmung.

»Es läuft doch alles einigermaßen«, sagte eine Frau. »Wozu einen Rat?«

»Weil wir ohne Rat erst recht keine Chance haben werden, den kommenden Winter zu überstehen.« Faust hatte sich erhoben und es wurde still. Heute brauchte er nicht mehr auf den Tresen zu klettern, um von allen gesehen zu werden, er hätte auf seinem Stuhl sitzen bleiben können und wäre trotzdem der Mittelpunkt gewesen. »Ich wäre heute nicht mehr am Leben, wenn der Rat sich nicht um mich gekümmert hätte. Und einige von euch auch nicht. Ich will keinem etwas Böses unterstellen, aber es ist nun einmal so, dass nicht jeder im Ort über alles Bescheid wissen kann. Das geht nicht. Deshalb ist ein Rat so wichtig. Ihr habt mir geholfen, jeder Einzelne von euch. Aber nicht auf eigene Faust – der Rat hatte es so organisiert. Wenn du, Uwe, wenn du heute krank wirst, was glaubst du, wer sich um dich kümmert? Lisa kann nicht gleichzeitig an deinem Bett sitzen und dich umsorgen und nebenher noch für euch beide arbeiten. Der Rat hat die Aufgabe, den Überblick zu bewahren, zu sehen, wer Hilfe benötigt und wer helfen kann. Der Rat muss entscheiden, welche Arbeiten dringlich sind, was warten kann und was überflüssig ist. Der Rat …«

»Der Rat ist eure Fahrkarte zurück in eine bessere Zukunft«, unterbrach ihn Basler und stand ebenfalls auf. Er blieb dem Tresen gegenüber stehen, trat einen Schritt zur Seite und befand sich nun exakt vor einem der Fenster. Die Sonne wärmte seinen Rücken. Er verwandelte sich in eine schwarze Silhouette, von Sonnenstrahlen umspielt und als er nun auch noch die Arme ausbreitete, war die Inszenierung perfekt. »Ihr wisst, dass wir erste Kontakte zu den Nachbarorten aufgenommen haben«, sagte Basler. »Wir können uns nicht ewig isolieren. Die Zeit der Gewalt scheint vorbei zu sein, vorerst jedenfalls. Ihr wisst, dass ich in Bonndorf meine Kanzlei hatte. Ich habe ausgezeichnete Kontakte dahin, Kontakte, die ich für uns alle nutzen kann. Wir können nicht allein all die Felder Wellendingens abernten und wieder neu bestellen. Aber wir könnten die Felder, die wir nicht selbst bestellen, nach Bonndorf verpachten und uns mit einem Teil der Ernte bezahlen lassen. Ich verspreche euch, dass …«

»Für Versprechungen ist heute ausnahmsweise keine Zeit.« Eckard Assauer stand auf. »Versprechungen sollten der Vergangenheit angehören. Wenn wir alle unser Bestes geben, brauchen wir keine Versprechungen.«

»Genau«, pflichtete ihm Nussberger bei und spuckte an Basler vorbei aus dem Fenster.

Markus Thoma, der Lehrer, von dessen Pummeligkeit nichts mehr zu sehen war, räusperte sich. Seine Klasse bestand aus nur noch sieben Kindern. Er unterrichtete sie ohne feste Zeiten. Regnete es, fand man sich von ganz allein im Schulhaus ein, schien die Sonne, traf Thoma seine Schützlinge auf den Feldern und während sie zusammen Garben bündelten und ins Dorf trugen, fragte er sie nebenher in Englisch über Winkelfunktionen und die (ehemaligen) Mitgliedsstaaten der Europäischen Union aus.

»Es ist schön, dass du wieder da bist, Frieder«, sagte er leise. Er hatte sich angewöhnt, leise zu sprechen, das zwang die Schüler, ihm zuzuhören und selbst leise zu sein. »Ihr habt bisher wirklich gute Arbeit geleistet. Ich weiß nicht, was aus uns allen geworden wäre, wenn ihr den Job nicht übernommen hättet.« In der Gaststube hätte man eine Stecknadel zu Boden fallen hören können. »Vielleicht ist es ein ganz natürliches Verhalten, dass der Mensch in Notzeiten seine Probleme gern jemandem aufbürdet und dann, wenn es ihm besser geht, diesen Jemand nicht mehr kennt. Aber ich finde, uns geht es zwar besser, aber noch lange nicht gut genug, um auf unseren Rat zu verzichten. Wenn wir jetzt so überheblich sind und denken, jeder könne allein zurechtkommen, dann begehen wir einen großen Fehler. Jetzt ist es warm und alle haben einigermaßen zu essen. Aber was wird im Winter? Sind wir auf einen Winter vorbereitet?«

»Weihnachten können wir wieder telefonieren und haben auch wieder Strom«, widersprach Basler trotzig. Ausnahmslos alle im Saal sahen ihn an. Einige schüttelten den Kopf, andere lachten offen. Einige aber sogen Baslers Worte wie Manna in sich auf. Hätte Basler doch recht, dachten sie. Ihre Augen leuchteten bei der Vorstellung, endlich nicht mehr Bäume mit Äxten fällen zu müssen, den leeren Kühlschrank im nächsten Supermarkt aufzufüllen und diesen Zustand hier wie einen bösen Traum einfach vergessen zu können.

»Wenn du den Leuten so etwas versprichst«, rief Bea Baumgärtner, »bist du ein Lügner! Schäm dich, falsche Hoffnungen zu wecken! Komm lieber mit Rike raus aufs Feld und hilf uns bei der Ernte. Der nächste Winter wird kommen, das ist so sicher wie das Amen nach jeder Predigt unseres Herrn Pfarrer. Und wenn wir uns nicht vorbereiten, brauchen wir nicht jammern, wenn wir im Frühjahr alle verhungert und erfroren sind oder uns totgehustet haben.«

»Dazu wird es nicht kommen«, sagte Basler. Seine Nervosität war offensichtlich, immer wieder sah er auf die Uhr. Er wirkte unkonzentriert. »In Berlin ist man bestimmt schon viel weiter als wir hier, im hintersten Eck Deutschlands. Unsere Regierung arbeitet sicher schon auf Hochtouren. Es braucht eben seine Zeit, bis alle Gegenden erreicht sind.«

»So einen Blödsinn habe ich schon lange nicht mehr gehört«, sagte Nussberger. »Du solltest dich besser nach einem anderen Job umsehen, ich jedenfalls wähle dich nicht noch einmal.«

»Glaubt mir doch. Vielleicht fliegen noch keine Flugzeuge, aber Strom haben die bestimmt schon wieder! Vielleicht funktionieren in Berlin bereits die Telefone und …«

»Nichts funktioniert.« Hans Seger hielt es in seinem Versteck nicht mehr aus. Als er anhören musste, mit welch billigen Lügen und Versprechungen Basler die Menschen in die Irre führen wollte, war er aus der Küche gekommen und stand nun hinter dem Tresen. Es dauerte einige Sekunden, bis man ihn erkannte.

»Mein Gott! Das ist Hans! Hans Seger!«

»Komm her! Lass dich umarmen!«

»Wir dachten, du bist in Schweden! Du warst doch in Schweden, als es passierte? Bist du den ganzen Weg hierher gelaufen?«

Hans Seger humpelte um den Tresen.

»Nichts von dem, was Roland euch verspricht, kann ich bestätigen«, sagte er, nachdem sich der erste Überschwang gelegt hatte. »Ich wünschte, ich könnte euch anderes berichten, aber es geht nicht. Alle Städte sind verlassen und rechts und links der Straßen stapeln sich die Leichen. Überall in Deutschland. Wer darauf hofft, dass jemand anders die Arbeit übernimmt, ist ein Narr. Zuerst dachte ich, es wäre ein Problem begrenzt auf Schweden oder Skandinavien, aber das ist es nicht. Es ist überall dasselbe. Irgendetwas oder irgendwer hat unserer Zivilisation das Rückgrat gebrochen, und zwar gründlich.«

Früher hätte man dem Überbringer solcher Nachrichten den Kopf abgehackt, dachte Basler grimmig.

Das Nachdenken über Segers Worte hatte noch nicht richtig eingesetzt, da wurden diese scheinbar schon Lügen gestraft. Ein Geräusch, seit Wochen nicht mehr gehört, näherte sich. War es das, wofür man es hielt? War es das wirklich?

»Na endlich«, murmelte Basler und sah auf die Uhr. Martin Kiefer hatte sich um acht Minuten verspätet.

Man hörte Kiefer lange, bevor man ihn sehen konnte. Der

defekte Auspuff des alten Kleinwagens knatterte wie eine metallene Kinderrassel. Kiefer kam näher, jagte über die Wiesen, um die Straßensperren zu umfahren und aus der Kinderrassel wurde ein heiseres Dröhnen. Als er die enge Dorfstraße entlangschoss, warfen die Gebäude rechts und links der Straße das Dröhnen zurück. Kiefer hupte – jeder sollte ihn hören, alle sehen, wozu er fähig war.

Als Kiefer demonstrativ am Gasthaus Krone vorbeifuhr, waren bereits alle Fenster besetzt. Durch den zweiflügeligen Ausgang quollen Menschen. Hans Seger war vergessen.

Kiefer sah die Menschen mit Befriedigung. »Ja! Kommt nur raus aus euren Löchern, ihr primitiven Wichser! Ich bin da!« Er wendete vor der Kirche und raste zurück. Unmittelbar vor dem Gasthaus brachte er Sattlers knallroten VW-Polo zum Stehen, allerdings auf der anderen Straßenseite. Er brauchte Platz zwischen sich und den Leuten. Sie sollten ihn sehen und ihn hören, aber sie durften ihm nicht zu nahe kommen. Der Wagen gab einige Fehlzündungen von sich, Kiefer ließ den Motor noch einmal aufheulen und hupte wieder.

»Das ist doch ein Polo, oder? Gehört der nicht Georg Sattler?«, fragte Lydia Albicker.

»Nein. Der hatte kein Gewehr auf dem Dach.«

Der Anblick, den Martin Kiefer und sein Fahrzeug boten, erschien wie die schlechte Kopie eines noch viel schlechteren Films. Kiefer hatte die Kofferraumklappe des Kleinwagens abmontiert, ebenso Fahrer- und Beifahrertür. Die getönte Scheibe im Dach, einmal Georg Sattlers ganzer Stolz, hatte er herausgeschlagen und auf dem Dach eine der Maschinenpistolen montiert, die er und Bubi in dem verunglückten Militärfahrzeug gefunden hatten. Auf dem Beifahrersitz lagen zwei frische Magazine, ein weiteres steckte in der Waffe. Kiefer trug Jeans und ein T-Shirt, von dem man nicht unbedingt behaupten konnte, dass es in letzter Zeit einmal gewaschen worden wäre. Es war von

Kiefers Schweiß getränkt, unter den Achseln mäanderten diverse Ränder und erzählten Geschichten wie die Jahresringe eines Baumes.

Kiefer hatte den Wagen mit dem offenen Heck zum Eingang hin postiert – jeder sollte sehen, welche Schätze er ihnen brachte. Er legte den Leerlauf ein, zog die Handbremse an, sprang auf seinen Sitz und schob Kopf und Oberkörper zum Dachfenster hinaus. Noch ehe die Frauen, Männer und Kinder begriffen hatten, was hier vor sich ging, zielte er mit der Maschinenpistole auf sie. Mit einer Hand hielt er die Waffe, mit der anderen packte er sein Baseballcap und drehte den Schirm nach hinten.

Eva Seger kam als eine der Letzten aus dem Gasthaus. Sie stützte Hans. Als sie Martin Kiefer erkannte, zuckte sie zusammen.

Auch Kiefer hatte sich in den vergangenen Wochen verändert und war kaum wiederzuerkennen. Seine schwammigen Gesichtszüge hatten sich verloren, fast sah er abgehärmt aus. Deutlich konnte man die Wangenknochen erkennen. Den Bart musste er gestern, vielleicht auch erst heute Morgen geschnitten haben – er war höchstens einen Zentimeter lang. Wie bei Bubi hatte ihm der verkehrte Schlafrhythmus alle Farbe aus dem Gesicht gestohlen. Er war leichenblass, unter den weit aufgerissenen Augen lagen Schatten.

»Wer ist das?«, flüsterte Hans Eva ins Ohr. Die Menge war zum Stehen gekommen und hatte jetzt nur noch Augen für das, was ihnen aus dem Kofferraum des alten Polos entgegenlächelte.

»Martin Kiefer«, sagte Eva. Ihre Stimme zitterte. Am liebsten wäre sie davongelaufen.

»Was?!« Hans wollte nach vorn stürzen, aber Eva hielt ihn zurück und zog ihn in den Schutz des Gebäudes.

»Nicht, Hans! Hast du nicht die Waffe gesehen? Und seinen irren Blick?«

»Was will er hier?«

»Was wohl«, sagte Eva und senkte den Kopf. Hans sah sie einen Moment an, dann verstand er.

»Er ist wegen dir hier?«

Eva nickte. Es konnte keinen anderen Grund geben.

Wie um Evas Verdacht zu bestätigen, übertönte jetzt Kiefers Stimme das Blubbern des alten Motors.

»Was glotzt ihr so?«, fragte Kiefer. »Habt ihr noch nie ein Auto gesehen, he?« Er lachte als Einziger über seinen Witz. Er spielte den Coolen. Alle gafften ihn und das Auto an und das machte ihn noch nervöser, als er ohnehin schon war. Die vergangene Nacht hatte er kaum ein Auge zugetan. Er wusste: Dies war die allerletzte Chance! Wenn er das jetzt vermasselte, dann tschüss, Eva. Tschüss, Martin Kiefer. Es gab viele, vielleicht zu viele Unbekannte in dem Spiel, das nun begann. Wie würde sich Eva verhalten, wie Hans, der Bastard, und wie Faust? Wie der kümmerliche Rest des Dorfes?

Aber trotz all dem, was er nicht berechnen hatte können, hatte er sich doch bestmöglich vorbereitet. Wie besprochen stand Basler genau gegenüber, auf der obersten Stufe zum Gasthaus, wie der Anführer der ganzen Bande. Bubi wartete etwas abseits. Faust schwankte und wurde von Eisele und dem alten Mann, den Bubi im Flugzeugwrack gefunden hatte, gestützt. Armer, alter Frieder, dachte Kiefer mit gespieltem Mitleid, was ist nur aus dir geworden. Aber Kiefer hatte auch für Frieder Faust etwas dabei. Faust hatte es längst entdeckt und es fiel ihm schwer, sich nicht loszureißen, zu dem Wagen zu stürzen und die Flasche zu packen, mit dem Feuerzeug zu öffnen und zu trinken, zu trinken, zu trinken.

Martin Kiefer hatte den Wagen mit dem größten Teil der Vorräte vollgestopft, die er und Bubi in Sattlers altem Haus deponiert hatten. Da waren zwei Kisten Bier, dazu Wein, Schnaps und eine Flasche Champagner, die Berthold Winterhalder für seine goldene Hochzeit im kommenden Februar weggelegt hatte. Am Hals der Flasche glänzte eine goldene Schleife, die dem Krone-Wirt half, die Flasche umgehend als sein Eigentum zu identifizieren. Und Winterhalder entdeckte noch mehr Sachen, die aus seinem Keller stammen mussten: zwei große geräucherte Schinken, Obstkonserven und Gemüse in Großabnehmerdosen. Außerdem ein durchsichtiger Plastikeimer mit Bonbons und Lutschern sowie ein Stapel Schokoladenquadrate verschiedenster Geschmacksrichtungen. All das war bis zum 25. Mai, dem Tag des Einbruchs, sein Eigentum gewesen!

»Das sind ja alles meine Sachen!«, rief Winterhalder.

»Waren, mein Lieber, waren.«

Zwischen der Beute aus Winterhalders Vorratskeller lagen auch Gläser mit eingeweckten Früchten aus Sattlers Fundus. Außerdem einige Dauerwürste, ein Käse und ein gutes Dutzend Fischbüchsen.

Es gab niemanden, dem beim Anblick all der seit zwei Monaten vermissten Lebensmittel nicht das Wasser im Mund zusammenlief. Überall wurde geschluckt. Jessika Sutter zog ihre schwangere Mutter am Ärmel: »Mama! Da sind Lutscher!«

»Was willst du, Martin?«, fragte Roland Basler schließlich. So hatten sie es besprochen. Erst jetzt, als Kiefers Name fiel, erkannten ihn die Leute.

»Pfui!«, sagte Eugen Nussberger und spuckte auf die Straße. »Dass du dich noch hierher traust!«

»Na, na, Alter. An deiner Stelle würde ich mein zahnloses Maul nicht so vollnehmen«, schrie Kiefer. Am liebsten hätte er dem alten Nussberger eine Salve aus seiner Maschinenpistole geschenkt. Er zwang seine Konzentration wieder auf Basler. Genau das waren die unberechenbaren Dinge, die alles in Frage stellen konnten, dachte Kiefer. Er durfte sich nur nicht provozieren lassen. Höchstens ganz am Schluss, wenn Eva sicher neben ihm auf dem Beifahrersitz saß. »Ja, Roland, warum könnte ich wohl hier sein? Wollen wir's doch mal so ausdrücken: Ich konnte euer Leiden und den Hunger im Dorf nicht mehr mit ansehen und habe mich – schließlich ist heute der heilige Sonntag – entschlossen, euch mit einer kleinen Spende aus meinem übervollen Keller unter die Arme zu greifen. Steht nicht irgendwo in der Bibel, man solle das Brot unter den Armen verteilen?«

Pfarrer Kühne räusperte sich. »In der Bibel handelt es sich aber nicht um gestohlenes Brot.«

»Wer wird denn so kleinlich sein, Herr Pfarrer? Wollen Sie Ihre Schäfchen verhungern lassen, nur weil es gestohlenes Brot ist? Schauen Sie doch in die Augen der Kinder! Denen ist es egal, wo die leckeren Süßigkeiten herkommen.« Ehe jemand begriff, was Kiefer tat, war der durch das Dachfenster im Wageninnern verschwunden, hatte etwas aus dem Kofferraum gegriffen und erschien mit einem breiten Lächeln und einer Handvoll bunter Lutscher am alten Platz.

»Für die Kinderlein«, rief er und warf die Lutscher auf die Straße. Sofort sprangen einige Kinder aus den Reihen der Erwachsenen und stürzten sich auf das Geschenk.

»Lea!« Eva drängte sich nach vorn und rannte zu Lea. Wie die anderen, die sich von ihren Eltern losgerissen hatten und der Verlockung erlagen, hatte auch Lea nur noch Augen für die kleinen klebrigen Dinger, an deren zuckersüßen Geschmack sie sich kaum noch erinnern konnte. Das Kind kniete auf dem Asphalt und seine Augen strahlten, als es den Lutscher auswickelte. »Lea!« Eva stürzte zu ihrer Tochter. Plötzlich lagen zwischen ihr und dem roten Polo weniger als drei Meter. Auspuffgase waberten ihr entgegen. Lea kniete neben ihr und riss die Folie von ihrem Lutscher.

»Dieser kleine Glatzkopf da ist also euer Balg!«, sagte Kiefer ernst und leise.

»Komm, Lea«, flüsterte Eva und nahm Lea an der Hand. Mit einem Schlag war alles ruhig. Alle spürten die Spannung zwischen Kiefer und seiner Exfrau. Jeder, der hier stand, wusste von Kiefers Entführungsversuch.

Aus dem Augenwinkel bemerkte Kiefer eine Bewegung. Er riss die Maschinenpistole herum und feuerte eine kurze

Salve über die Köpfe der Wartenden. Augenblicklich duckten die sich, Eva packte Lea unter beiden Armen und flüchtete mit ihr ins Gasthaus. Einzig Thomas Bachmann, dem Kiefers Schüsse gegolten hatten, blieb kerzengerade stehen, als hätte er die Schüsse nicht gehört. Aber er hatte richtig gehandelt! Jetzt war sein kleiner Engel in Sicherheit. Die Gefahr war vorüber.

Auf der Straße richteten sich die Ersten wieder auf, neugierige Gesichter kehrten in die Fenster zurück.

»Was soll das?«, fragte Basler. »Warum schießt du auf uns?« Das hatten sie nicht ausgemacht.

»Ach, sei doch still!«, schrie Kiefer. Er suchte nach Eva, aber die Beute war wie vom Erdboden verschwunden.

»Was ist jetzt mit den Sachen da?«, fragte Uwe Sigg und zeigte auf Kiefers Polo. Seit Tagen, nein, seit Wochen kochte Lisa nichts anderes als einen zähen, kaum genießbaren Getreidebrei. Das Brot, an dem sie sich versucht hatte, wurde hart wie Stein und hing jetzt, versehen mit der Aufschrift »1. Versuch Brot« als mahnendes Beispiel über der Küchentür. Er schielte auf den Schinken. Er nahm all seinen Mut zusammen und kam einen Schritt nach vorn; er wollte als einer der Ersten in den Kofferraum greifen. Aber Berthold Winterhalder zog ihn zurück.

»Die Sachen gehören mir!«, sagte der.

»Das muss Martin entscheiden«, erwiderte Sigg und trat an Winterhalder vorbei wieder nach vorn.

»Nichts da.« Winterhalder packte Uwe Sigg am Arm und riss ihn herum. »Edeltraud, komm, hilf mir«, rief er nach seiner Frau. Die aber stand am Fenster und verschwand in der Dunkelheit der Gaststube, als ihr Mann nach ihr rief.

»Hört auf!«, riefen Basler und Frieder Faust fast zeitgleich. Frieder stolperte zu den Streitenden hin und versuchte, sie zu trennen. Sigg schüttelte ihn wie ein lästiges Insekt ab und Faust, noch viel zu schwach für eine körperliche Auseinandersetzung, fiel zu Boden.

»Hört auf!«, schrie Kiefer und zielte auf die Männer, die sich viel zu nah an seinen Wagen herangewagt hatten. »Streiten könnt ihr später. Im Moment ist die einzige Frage, was ihr mir geben könnt!«

Verwundert sahen Sigg und Winterhalder auf. Geben? Eckard Assauer kam nach vorn, half Faust auf die Beine und führte ihn zurück.

»Was wir dir geben können?«, wiederholte Uwe Sigg. »Wir haben nichts. Das weißt du doch selbst.«

Kiefer lächelte. »Stimmt nicht ganz, was du da sagst, Uwe. Ihr habt sehr wohl etwas, das ich gern zurückhätte, so wie du den Kram aus deinem Keller, Berthold.«

»Und was soll das sein?« Roland Basler spielte den Unwissenden.

»Eva.« Es war heraus. »Gebt mir Eva und ich lass euch all das Zeug da und verrate euch, wo es noch mehr davon gibt.«

»Du hast ja nicht mehr alle Tassen im Schrank!«, schrie Faust. Und, zu den Umstehenden: »Kommt, wir gehen.«

Assauer und Eisele führten Faust weg, aber kaum jemand folgte ihnen. Da waren nur der Pfarrer und seine Haushälterin, Thomas und noch eine Handvoll Männer, Frauen und Kinder. Der überwiegende Teil aber blieb vor und in dem Gasthaus, als hätte es Fausts Aufforderung nicht gegeben.

»Was ist?«, rief Faust. »Wollt ihr mit dem da verhandeln? Sind wir hier auf einem Sklavenmarkt? Ihr könnt doch nicht ernsthaft in Erwägung ziehen, Eva gegen ein paar gestohlene Lebensmittel einzutauschen!«

»Natürlich nicht«, sagte Basler. Er trat nach vorn. »Aber davon könnten wir uns endlich mal wieder alle richtig satt essen.« Er wandte sich an Kiefer. »Komm, Martin, wir können doch über alles reden. Gibt es nicht noch etwas anderes, was wir dir geben könnten? Muss es denn wirklich Eva sein?«

Kiefer lachte. »Oh, Roland. Wenn du dich nur reden hören könntest! So viel leeres und dummes Gefasel. Ich will Eva, das weißt du! Ihr könnt euch entscheiden zwischen Eva und dem hier.« Er zeigte auf die Sachen im Kofferraum.

»Du bist eine Schande!«, rief Pfarrer Kühne empört. Er kam aus der abseits stehenden kleinen Gruppe derer, die Fausts Aufforderung Folge geleistet hatten, zurück. Fräulein Guhl versuchte, ihn zurückzuhalten.

Kiefer riss die Waffe herum und feuerte dem Pfarrer vor die Füße. Der Pfarrer sprang zurück, im selben Moment Schreie. Vor dem Gasthaus brach Isabell Dörflinger-Perucci zusammen. Ein Querschläger hatte die zweiundsechzigjährige Schweizerin in die Brust getroffen.

»Mir reicht es! Ihr seid selbst schuld, wenn noch mehr sterben!«, schrie Kiefer. »Die Alte ist doch tot, oder?« Niemand antwortete. »Eva, wo immer du dich versteckt hältst, mach, dass du rauskommst und steig in den Wagen. Ich habe nicht ewig Zeit. Oder soll ich noch mehr von euch Schlappschwänzen umlegen?« Er zielte auf die Gruppe um Frieder Faust.

Niemand sagte ein Wort. Kinder versteckten sich hinter ihren Eltern. Einige suchten Deckung hinter dem Gebäude, aber die meisten standen wie angewurzelt da und starrten abwechselnd auf die Frau, die in einer immer größer werdenden Blutlache lag, und den Kofferraum des Polos.

Kiefer hörte Stimmen aus dem Gasthaus. Dann öffnete sich zwischen den Wartenden am Eingang ein schmaler Korridor.

»Nein. Du musst niemanden mehr töten.«

Eva Seger kam aus dem Haus, kurz nach ihr erschienen Lea und Hans. Hans Seger humpelte mit schmerzverzerrtem Gesicht die Stufen hinab und versuchte, seine Frau aufzuhalten. Lea weinte. Eva überquerte den freien Raum zwischen Gasthaus und Kiefer.

»Bleibt stehen!«, schrie Kiefer und schoss erneut, diesmal

Hans Seger vor die Füße. Alle warfen sich auf den Boden. Nur Lea rannte weiter, erreichte ihre Mutter und klammerte sich an ihre Beine.

»Nein, Mama. Bleib hier! Mama!« In ihrem Gesicht standen Angst und Panik. Sie hatte die Augen weit aufgerissen.

»Bleibt, wo ihr seid!«, rief Kiefer den Menschen zu und sprang vom Fahrzeug. Er packte Eva und wollte sie in den Wagen schieben, aber Lea klammerte sich an ihre Mutter. Die Knöchel an Leas Fingern waren weiß.

In diesem Moment quälte sich Hans Seger auf die Beine und wollte seiner Frau zu Hilfe humpeln, als Bubi ihm ein Bein stellte. Seger schlug auf den Asphalt.

»Mama! Nein!«

Thomas Bachmann sah nur noch Lea, seinen kleinen Engel. Sie hatte ihre Locken verloren, aber sie war ein Engel, der Engel, den die Großmutter des Teufels berührt hatte. Thomas sah Lea und den Fuß, der nach dem Kind trat. Kiefer zerrte an Evas Arm, am Bein der Frau hing der Engel und wurde getreten.

Nein, Thomas, sagte Nummer eins zwischen seinen Ohren. *Du hast die drei Haare nicht mehr. Du kannst ihr nicht helfen.*

Die Dose mit den drei Haaren, die er Hildegund Teufel ausgerissen hatte, war seit der Nacht, in der Hermann Fuchs gestorben war, unauffindbar. Sie lag versteckt unter einem verrosteten Pflug.

Thomas ignorierte die Worte in seinem Kopf.

Sollte der Engel heute und hier sterben, so trug er die Schuld daran! Schließlich war es seine Aufgabe, den Engel zu beschützen. Es gab nur noch so wenige Engel. Es gab viel mehr Leichen, der Friedhof konnte sie kaum noch fassen und auch wenn Nummer drei bei jedem Toten jubilierte und gleichzeitig tief betrübt das eigene Überleben bedauerte, wusste Thomas, dass es nicht richtig sein konnte, wenn man starb. Nicht, wenn es sich um Kinder handelte. Nicht, wenn es ein Engel war.

Der böse Mann tritt sie!, kreischte Nummer zwei. *Nein! Er darf das nicht!*

Wir können nichts tun.

Oooh, das glückliche glatzköpfige Engelchen. Wie ich es beneide. Noch sieben Mal atmen, dann ist es beim Teufel und seiner haarlosen Großmutter, dort, wo wir hingehören!

Kiefer hatte Lea noch immer nicht von ihrer Mutter trennen können. Er sah sich um. Die Sache stand kurz davor, ihm aus den Händen zu gleiten. Er hatte Eva und hatte sie doch noch nicht. Schon richteten sich Uwe Sigg und Berthold Winterhalder auf und gierten nach den Lebensmitteln. Und auch Hans kroch auf ihn zu.

Bubi trat einen Schritt nach vorn. Hatte er Kiefer nicht mehr als einmal gesagt, dass Lea nichts geschehen durfte?

»Dann kommt ihr eben beide mit.« Kiefer drängte Eva in den Wagen, Lea ließ ihre Mutter noch immer nicht los. »Bleib sitzen!«, schrie Kiefer und rannte auf die andere Seite des Fahrzeugs. Lea kletterte ihrer Mutter auf den Schoß.

Fast zeitgleich stürzten Bubi und Thomas nach vorn. Hans kam auf die Beine. Der Schmerz zerriss ihn fast und machte ihn langsam.

»Ich hab dir gesagt, du sollst Lea in Ruhe lassen!«, brüllte Bubi und warf sich auf Kiefer. Thomas rannte zur Beifahrerseite und wollte Lea packen, griff aber ins Leere. Kiefer hatte Bubis Angriff abwehren können, ihn zur Seite gestoßen und sich in den Wagen geschwungen. Er legte den ersten Gang ein, löste die Handbremse und gab Gas. Was danach kam, ging so schnell, dass später niemand mehr den genauen Ablauf rekonstruieren konnte und wie es zur Katastrophe kam.

Kiefer wollte den Wagen aus dem Dorf steuern, aber Frieder Faust versperrte ihm den Weg. Hinter Kiefer stand eine Horde ausgehungerter Gestalten, die dem fliehenden Fahrzeug wenigstens einen Teil seiner Schätze aus dem Inneren reißen wollten.

Thomas kam wieder auf die Beine und rannte Lea hinterher. Und wenn er bis ans Ende seines Lebens rennen müsste, Lea durfte nicht mitgehen. Nicht sein kleiner Engel!

Kiefer ließ den Motor aufheulen und steuerte auf den Pfarrer, Faust und die anderen zu. Nur ein paar Meter lagen zwischen ihnen. Eva sah Menschen zur Seite springen, hörte Kiefers Kampfgeheul und die Schreie ringsum. Irgendwo hörte sie Hans rufen, Lea klammerte sich um ihren Hals und schluchzte.

Dann sah sie Frieder Faust. Faust blieb auf der Straße stehen und versperrte ihnen den Fluchtweg. Kiefer zögerte keine Sekunde, weder korrigierte er die Fahrtrichtung noch ging er vom Gas. Er lachte irre, als Faust und der knallrote Polo zusammenstießen. Faust wurde emporgehoben und gegen die Windschutzscheibe geschleudert.

»Arschloch!«, kreischte Kiefer, dann zersprang, wie eine Antwort auf seinen Ruf, die Windschutzscheibe in Tausende kleine Splitter. Die Splitter klammerten sich fest aneinander. Kiefer konnte nichts mehr sehen, Faust fiel leblos wie eine Schaufensterpuppe von der Motorhaube. Kiefer beugte sich nach vorn und hämmerte mit der nackten Faust gegen die Scheibe, berührte mit dem Vorderrad die Bordsteinkante und riss das Steuer herum. Aus dem Kofferraum fielen Lebensmittel, eine Flasche Wein zerplatzte auf dem Asphalt und vermischte sich mit dem Apfelkompott vom letzten Herbst. »Ihr kriegt mich nicht!«, schrie Kiefer. Im selben Moment raste er frontal gegen eine Hauswand.

Von den Schüssen angelockt, kamen Henning Malow und Silvia Hofmuth ins Dorf gerannt. Silvia hielt Larissa im Arm und blieb in sicherer Entfernung zum Polo stehen. Unter der Motorhaube des Wagens stieg weißer Dampf auf und es zischte leise, während der Motor noch knackte.

Thomas erreichte vor allen anderen das Fahrzeug. Er ging vor Eva und Lea in die Knie.

Der Engel lebt, stöhnte Nummer zwei.

Nummer drei wirkte verstört. *Nicht doch. Was soll das? Zum Teufel. Wir müssen zum Teufel, wir alle.*

Hans stieß Thomas zur Seite. Keinem der Insassen war etwas passiert, die Airbags hatten sich geöffnet und den Aufprall abgemildert. Hans umarmte Eva und Lea.

Kiefer sah zur Beifahrerseite, sah Hans Seger, seinen Erzfeind, und den Irren, der am Boden kniete, die Hände vor der Brust gefaltet hielt und Lea anstrahlte. Seine Lippen bewegten sich wie in einem glückseligen Gebet. Kiefer musste weg. Er kletterte aus dem verbeulten Fahrzeug, richtete sich auf, als ihn eine Faust mitten ins Gesicht traf.

Bubi ließ Kiefer neben dem Wagen liegen. Er lief zurück zu seinem Vater, um den sich eine Menschentraube gebildet hatte. Er hörte seine Mutter schreien. Bubi drängelte sich zwischen Assauer und dem Pfarrer hindurch.

Seine Mutter lag auf ihrem Mann und weinte.

»Was ist? Was ist mit meinem Vater?« Bubi packte seine Mutter an beiden Schultern und schüttelte sie.

»Er … er ist tot.«

Jemand nahm ihn in den Arm.

Frieder Faust lag mit eigentümlich verbogenem Körper auf der Straße. Die Stoßstange des alten Polos hatte ihm beide Beine gebrochen, der Aufprall gegen die Windschutzscheibe das Genick. Er war tot gewesen, noch bevor er mit dem Gesicht auf dem Asphalt aufkam.

Bubi befreite sich aus Assauers Umarmung. Er kniete neben seinem Vater nieder. Jetzt bin ich der Herr im Hause, dachte er. Er nahm Fausts Hand. Noch fühlte sie sich warm und rau an.

»Ich hätte das verhindern können«, flüsterte Bubi.

Hätte er sich seinem Vater oder wem auch immer anvertraut, wäre das alles nicht geschehen. Bubi wusste, dass er genauso viel Schuld am Tod seines Vaters und dem Isabell Dörflingers hatte wie Martin Kiefer oder auch Roland Basler.

»Was hast du gesagt?«, fragte Assauer.

»Ich hätte, ich hätte …« Bubi sprang auf, quetschte sich durch die Umstehenden und rannte davon. Uwe Sigg, zwei Fischkonserven in den Hosentaschen und eine Flasche Wein unter dem Hemd, machte den Weg frei.

Sie trugen Frieder Faust ins Gasthaus. Auf einem der wuchtigen Tische wurde ein sauberes Tischtuch ausgebreitet. Sie legten Faust darauf. Eckard Assauer führte Susanne in den Saal. Teilnahmslos ließ sie sich von ihm auf einen Stuhl drücken.

Nach und nach kamen fast alle zurück. Auf einem zweiten Tisch lag Isabell Dörflinger. Das Tischtuch unter ihr verfärbte sich rot. Der Pfarrer ging zu ihr und schloss ihre auch im Tod noch erschrocken dreinblickenden Augen. Niemand sagte etwas, zu tief saß der Schock über das eben Geschehene.

Roland Basler blieb an der Tür stehen und behielt den qualmenden VW Polo im Auge, aber außer Uwe Sigg hatte niemand Interesse gezeigt. Und Sigg war zusammen mit seiner Frau bereits verschwunden. Martin Kiefer lag noch immer besinnungslos neben dem Fahrzeug, keiner kümmerte sich um ihn. Basler wusste, dass, sollten sie Kiefer ausfragen, dieser unweigerlich Baslers Beteiligung gestehen würde. Aus reiner Bosheit wird Kiefer mich preisgeben, dachte er. Er spähte ins Gasthaus – alle waren mit den beiden Toten und dem eigenen Entsetzen beschäftigt. Hier und da wurde geschnieft und Nasen geschnäuzt, aber auf ihn achtete keiner. Roland Basler ging rückwärts die Eingangsstufen hinunter. Als er vom Eingang weg war, rannte er die wenigen Meter bis zu Martin Kiefer und sah sich noch einmal um. Dann trat er Kiefer in den Magen. Einmal, zweimal und noch einmal.

»Was soll das?!« Christoph Eisele hatte zufällig aus dem Fenster gesehen und beobachtet, wie Basler davonlief und war ihm gefolgt. »Lass Kiefer in Ruhe. Mit dem werden wir uns noch unterhalten!«

»Wozu unterhalten.« Basler versuchte, sich freizumachen. Er wollte zu Kiefer zurück und ihn für immer zum Schweigen bringen. »Er soll büßen.«

»Das wird er auch«, sagte Eisele. »Aber nicht so, verstehst du, nicht auf diese Art. Sonst sind wir auch nicht besser.«

Der Streit zwischen den Männern lockte andere an. Gemeinsam brachten sie Basler weg. Martin Kiefer trug man in den Keller des Gasthauses. Er verschwand hinter einer festen Holztür in einem fensterlosen Gewölbe. Um ihn wollte man sich später kümmern.

Eva zitterte. Sie saß auf den Stufen zum Gasthaus. Hans hielt sie und Lea fest umschlungen, Hans war bei ihnen, beschützte sie, während Martin Kiefer in seinem Gefängnis erwachte, es abtastete und gegen die Tür trat. Das dumpfe Echo seiner Tritte war bis in den Gastraum hinauf zu hören – gedämpfte Glockenschläge aus einer anderen Welt.

Eva zitterte, obwohl alles vorbei war. Erst jetzt schien sie die wirkliche Gefahr zu begreifen, die Gefahr, in der sie geschwebt hatte. Martin Kiefer war vor langer Zeit einmal ein Teil ihres Lebens gewesen, umso unbegreiflicher waren sein Hass, seine Wut und Besessenheit. Eva suchte die Schuld bei sich. Womit hatte sie Martin dermaßen verletzt? War es ihre Trennung von ihm? War es die Hochzeit mit Hans, die Geburt Leas?

»Geht's dir gut?«

Eva nickte.

»Dem Baby auch?«

»Ja.«

»Gott sei Dank, Liebes«, sagte Hans. Er legte seine Hand auf die Rundung ihres Bauches. »Jetzt ist es vorbei.« Aber nichts war vorbei. Nichts war gut.

»Frieder ist tot?«

Hans nickte.

»Weil er für mich eintrat?«

»Ja. Weil er dich beschützen wollte.«

»Ich will ihn sehen.« Eva befreite sich aus Hans' Umarmung.

Hans führte sie und Lea ins Haus und an den Tisch, auf dem Frieder Faust lag.

Faust lag auf dem Rücken. Seine Hosen waren zerrissen, genau da, wo sich Beine und Stoßstange getroffen hatten. Eine mitleidige Seele hatte seine Beine möglichst gerade hingelegt, aber an beiden Schienbeinen klafften hässliche Wunden und bei genauerem Hinsehen sahen Fausts Beine aus, als hätten sie unterhalb beider Knie ein weiteres Gelenk. Im Nacken breitete sich schnell ein riesiger Bluterguss aus. Fausts Gesicht war vom Aufprall auf dem Asphalt mit Kratzern übersät, auf der Stirn klaffte ein breiter Riss, in dem kleine Steine klebten.

Eva ging zu Faust und Susanne. Die saß teilnahmslos auf einem Stuhl neben ihrem Mann. Eva gab Susanne einen Kuss. Dann beugte sie sich über Fausts Gesicht. Sie zögerte, überall glänzten frische Schürfwunden und Blut, schließlich küsste sie Frieder Faust auf den Mund.

»Danke«, flüsterte Eva.

Faust hatte sie in sein Haus aufgenommen, Faust war heute für sie eingetreten. Mit Faust, wusste sie, ging nicht nur ein Mann, sondern auch viel der gerade aufkeimenden Hoffnung im Ort.

»Danke.«

102

12:52 Uhr, Wellendingen

Schuldgefühle machten die kleine Gemeinde sprachlos. Ohne auf eine Anweisung zu warten, ging Bardo Schwab auf den Friedhof und nahm dort Hacke und Spaten. Am Ende der Gräberreihe, die sich außen an die Rückseite der Friedhofsmauer schmiegte, hob er das Grab für Isabell Dörflinger aus. Als ihm die Grube tief genug schien, ging er zurück in den umfriedeten Bereich und sah sich um. Alle möglichen Grabstellen waren belegt, in der überwiegenden Zahl von frischen Erdhügeln. Auf manchen standen hastig zusammengezimmerte Holzkreuze, mit Name, Geburts- und Sterbedatum. Es gab aber auch Gräber ohne Bezeichnung, weil keine Angehörigen oder Freunde mehr hier waren, die sich darum gekümmert hatten. Oder weil damals einfach keine Zeit war. Heute wusste nicht einmal mehr Bardo Schwab mit Gewissheit zu sagen, wer sich in welchem Grab verbarg.

»Was suchst du?« Hans war aus dem Ort zum Friedhof gehumpelt, Eva und Lea folgten ihm in einiger Entfernung.

»Eine Stelle für Frieders Grab. Ich dachte, es wäre schön, wenn wir ihn wenigstens innerhalb der Friedhofsmauern beerdigen könnten. Aber sieh selbst, es ist alles belegt.« Schwab nahm die Hacke und wollte schon zurück und neben Isabell Dörflingers Grab ein weiteres Loch für Faust ausheben, als ihn Hans zurückhielt.

»Wie wäre es hier?«

»Wo?«

»Hier. Genau da, wo wir stehen«, sagte Hans und zeigte mit dem Finger nach unten.

»Mitten auf dem Weg?«

»Warum nicht? Wozu brauchen wir die breiten Kieswege? Und hier läuft jeder, der den Friedhof betritt, genau auf Frieders Grab zu. Ich finde die Stelle angemessen.«

Bardo Schwab ließ sich den Vorschlag kurz durch den Kopf gehen. Dann trat er zurück, hob die Hacke hoch über den Kopf und begann, Fausts Grab mitten auf dem breiten Hauptweg des Friedhofes anzulegen. Hans nahm die Schaufel und warf die Erde auf die Seite. Sie hatten die Grube etwa zur Hälfte fertig, als Eckard Assauer und Christoph Eisele auftauchten.

»Guter Platz«, nickte Assauer. Er nahm Hans die Schaufel aus der Hand, Eisele griff sich von Schwab die Hacke.

Dann kam Eugen Nussberger und auch er wollte helfen. Bea Baumgärtner erschien zusammen mit der Haushälterin des Pfarrers. Auch sie stiegen in das Erdloch.

Thomas hatte sich nur mit Mühe von den aufgebahrten Toten im Gasthaus losreißen können. Jetzt saß er auf der Friedhofsmauer, im hintersten Eck unter einer ausladenden Kastanie, die sich von außen gegen die Mauer lehnte und weit über die Gräberreihen ragte. Schon oft hatte man Anläufe unternommen, den uralten Baum zu fällen. Regelmäßig spalteten die fallenden Herbstblätter die Gemeindemitglieder in zwei Parteien. Die einen fanden die Kastanie schön. Das waren die, deren Gräber am anderen Ende des Friedhofes lagen. Die anderen ärgerten sich jeden Herbst über fallendes Laub, welches ihren Grabschmuck verbarg, über Unmengen Kastanien und, im Schlepptau der Flut brauner Kugeln, über Kinder, die ohne Rücksicht über die Gräber trampelten.

Thomas liebte diesen Platz auf der Friedhofsmauer. Die starken Zweige des Baumes lagen auf dem Sims auf und dichtes Laub verbarg ihn hier vor den meisten neugierigen Blicken. Er beobachtete, wie Menschen einzeln, seltener paarweise oder zu dritt, aus dem Dorf heraufkamen und wie einer dem anderen das Arbeitsgerät aus der Hand nahm und in Fausts künftiges Grab stieg. War das so, dass man sich zuerst feige versteckte und anschließend, wenn es längst zu spät war, die fröhlich keimende Reue durch überflüssige Taten zu bekämpfen versuchte? Thomas wusste keine Antwort, auch die Stimmen in seinem Kopf konnten sich auf keinen vernünftigen Konsens einigen.

Thomas sah sogar Eva kurz ins Grab steigen, die Krankenschwester, der er so viel zu verdanken hatte. Thomas suchte den Pfarrer, konnte ihn aber nirgends entdecken. Wahrscheinlich war er noch bei den Toten. Lea war auch hier. Sie stand neben ihren Eltern am Grab. Es war gut, dass ihr Vater wieder bei ihr war. Lea winkte ihm zu und Thomas winkte zurück. Morgen, hoffte Thomas, morgen würden sie wieder gemeinsam mit den Tieren auf die Weiden ziehen und die Welt wäre wieder in Ordnung.

Eva kam zwischen den Gräberreihen zu Thomas herüber. Sie streckte ihm die Hand entgegen. »Komm. Du kannst auch mitmachen. Frieder Faust hat viel für uns alle getan. Es wird ihm gefallen, wenn er sieht, dass du an seinem Grab hilfst.«

»Kann … kann er mich denn sehen?« Thomas blickte sich um, blieb aber sitzen. Es widerstrebte ihm, seinen sicheren Ausguck zu verlassen und unter Menschen zu gehen.

Eva zuckte nur mit den Schultern. »Keine Ahnung, ob er uns jetzt zusieht. Aber ich finde es eine schöne Vorstellung, dass er bei uns ist.«

»Aber er liegt doch tot auf dem Tisch«, sagte Thomas.

»Sein Körper schon. Aber was aus seiner Seele wird …« Sie ließ den Satz unvollendet.

Dann kommen wir ja doch noch nach Paris, flüsterte Nummer zwei. *Wenn wir tot sind, fliegen wir gemeinsam nach Paris, ja?*

Nummer drei hatte offenbar einen neuen Anhänger gefunden.

Thomas sprang von der Mauer und ging hinter Eva her zu Fausts Grab. Fräulein Guhl kletterte gerade aus der Grube und hielt Thomas die Schaufel hin. Thomas ignorierte sie und blickte zu Boden. Erst als Lea die Schaufel nahm und ihm hinhielt, klemmte er sich die schwarze Aktentasche unter den Arm, griff nach dem Werkzeug und stieg in das Grab.

Halleluja!, schrie Nummer drei sofort. *Leg uns hin! Schnell, auf den Bauch! Oder nein, besser auf den Rücken, dass wir die Gesichter sehen und die Erde, die auf uns rieselt, wenn sie das Grab verschließen. Bitte, leg uns hin. Wir sind sooo nahe, so nah waren wir unserem Ziel noch nie!*

Aber Thomas ignorierte das Flehen. Umständlich, die Tasche unter seinem Arm behinderte ihn, warf er zwei, drei Schaufeln Erde aus dem Loch, dann streckte Assauer ihm die Hand hinunter und half ihm heraus.

Eine Stunde später kam der Trauerzug aus dem Dorf herauf. Zuerst versammelte man sich an Isabell Dörflingers Grab, dann wurde Frieder Faust zur letzten Ruhe gebettet. Mit Ausnahme von Uwe und Lisa Sigg hatte sich das gesamte Dorf versammelt. Nachdem der Pfarrer eine kurze Predigt gehalten hatte, wollte Roland Basler etwas sagen, aber Eckard Assauer hielt ihn am Arm zurück und legte seinen Zeigefinger auf die Lippen. Basler blieb stumm.

Susanne Faust verfolgte die Beerdigung teilnahmslos. Bubi hielt ihren Arm. Aber er konnte ihr nicht den Halt geben, den Frieder ihr ein halbes Leben lang gegeben hatte. Die Kirchenglocke läutete, auf das Tuch, welches Fausts Gesicht verbarg, fiel Erde. Dann gingen die Menschen auseinander.

103

19. August, 07:00 Uhr, Wellendingen

Das Geräusch, das Eva weckte, erinnerte sie an etwas. Irgendetwas daran kam ihr bekannt vor. Müdigkeit und ein Traum, der noch wie eine klebrige Spinnwebe in ihrem Kopf hing, verhinderten, dass sie dieses Geräusch sofort identifizieren konnte.

Es war Mitte August und Frieder auf den Tag genau vier Wochen tot. Neben ihr lag Hans und schlief. Auch er hatte seine Haare schneiden müssen.

Nach Kiefers Überfall war das Dorf für Tage einer Art kollektiver Trance verfallen. Das Zögern eines Großteils ihrer Gemeinschaft, Eva gegen einen Kleinwagen voller Lebensmittel einzutauschen, nagte bis heute am Selbstbewusstsein fast aller. Die wenigen, die Kiefer versucht hatten, die Stirn zu bieten, wussten, dass ihr Verhalten sie nicht zu besseren Menschen machte. Sie alle hatten diesen Tag zugelassen.

Hans hatte als einer der Ersten zur Tagesordnung zurückgefunden. Er half auf den Feldern und war schon bald derjenige, dem Frieder Fausts Rolle zufiel. Hans wurde um Rat gefragt, wenn es um den Bau von Dreschflegeln ging, mit denen das Korn aus den geernteten und trockenen Ähren gelöst werden konnte. Hans hatte auch die Idee mit der Ewigen Flamme, wie das kleine Lagerfeuer in der Dorfmitte bald genannt wurde. Als Feuerzeuge und Streichhölzer zur Neige gingen und es immer öfter vorkam, dass jemand bei seinem Nachbarn klopfte und um etwas Glut bat, entzündete Hans gemeinsam mit Jürgen Mettmüller ein kleines Feuer neben dem Ehrenbach. Hans teilte zwei Halbwüchsige zur Feuerwache ein. Ihre Aufgabe war es, die Flamme am Leben zu erhalten und den dicken Baumstamm, der quer in dem

Feuer lag, Stück für Stück weiterzuschieben. Hierher konnte fortan jeder kommen, wenn der eigene Herd kalt war.

Zu Hans ging man auch, um nach dem Stand der Arbeiten am Windrad zu fragen, ihn bat man um Rat, wenn es untereinander Probleme gab. Aber seit Fausts Tod waren solche Probleme selten. Als ob die Scham über das eigene Tun alle ein wenig friedlicher und hilfsbereiter gemacht hätte.

Kurz nach Fausts Beerdigung war eine kleine, aber offizielle Abordnung aus Bonndorf in Wellendingen erschienen. Sie trugen eine weiße Fahne. Die Schüsse vor dem Gasthaus und das anschließende Glockengeläut hatte der Wind ins nur drei Kilometer entfernte Bonndorf getragen und dort zu einigem Rätselraten geführt. So hatten Fausts und Isabell Dörflingers Tod doch noch etwas Gutes bewirkt.

Den Kontakten nach Bonndorf folgten bald ebensolche in die umliegenden Dörfer. Hans organisierte einen Tausch zweier Kühe gegen zwei Arbeitspferde. Fortan war der Getreidetransport fast eine Kleinigkeit und auch die Arbeiten im Wald gingen nun bedeutend zügiger voran.

Über den Rat wurde nicht mehr gesprochen. Basler spielte zwar offiziell noch das Oberhaupt, Hunger und der Druck der Gemeinschaft zwangen ihn und seine Frau aber, sich in den Tross der Arbeitenden einzuordnen; Rike in Albickers Stall, Roland Basler zuerst im Wald und als ihm dies zu schwer wurde, half er auf den Feldern. Wie von Basler vor vier Wochen vorgeschlagen, wurde tatsächlich ein Großteil der Felder Wellendingens nach Bonndorf verpachtet. Als Pachtzins vereinbarte man ein Viertel der Ernte. Das sicherte den Bonndorfern ihr Überleben und spülte in Albickers Scheune und Silo ordentlich Vorräte.

Der Hochsommer meinte es gut mit den wenigen Menschen, die den 23. Mai und seine Folgen überstanden hatten. Es gab weder länger anhaltende Trockenperioden noch zu viel Kälte, Stürme oder Gewitter. Die Obstbäume des Ortes brachen unter der Last von Pflaumen, Birnen und Äpfeln schier zusammen und die Spanne zwischen Sonnenauf- und Sonnenuntergang reichte kaum aus, all die anfallenden Arbeiten zu erledigen. Obst wurde eingekocht und, als keine Gummiringe mehr auffindbar waren, zu Saft verarbeitet oder in der Sonne getrocknet.

Eugen Nussberger war einer der wenigen im Ort, der schon immer seine Sämereien selbst gezogen hatte. Jetzt wollte jeder von ihm wissen, wie man an Lauch- oder Kohlrabisamen kam, welche Kartoffeln am besten fürs kommende Jahr zurückgelegt werden sollten und wie sie haltbar gemacht werden konnten.

Jürgen Mettmüller hatte den Job des Hilfssheriffs an den Nagel gehängt und kümmerte sich um das, was er wirklich konnte und verstand: Waldarbeit und Imkerei. Seine leuchtend roten Haare waren überall dort zu sehen, wo Brennholz für den kommenden Winter zusammengelesen wurde, wo Bäume fielen. Er erklärte, wie man mit einer Handsäge einen Baum fällte, ihn mit Keilen spaltete und anschließend die stumpfen Sägen wieder schärfte. War Mettmüller nicht im Wald, traf man ihn mit Sicherheit an einem seiner zahlreichen Bienenstöcke und der Honig, den er herstellte, wurde ihm förmlich aus den Händen gerissen.

Eines der großen Probleme des Dorfes bestand in der Versorgung mit Salz. Sämtliche Speisesalzvorräte hatten sich mittlerweile erschöpft und auch aus den anderen Orten war keine Hilfe zu erwarten. Alle standen vor dem selben Problem. Je ein Mann aus Wellendingen, Bonndorf und Wittlekofen bildeten die kleine Delegation, die vor zwei Tagen nach Bad Dürrheim aufgebrochen war. Sie sollten herausfinden, ob man in den dortigen Solequellen, die früher als mineralreiches Trinkwasser abgefüllt beziehungsweise im Thermalbad genutzt wurden, mit der Salzgewinnung begonnen hatte. Und was im Austausch verlangt wurde. Für Wellendingen gehörte Henning Malow der Delegation an.

Er hatte seine Weiterreise nach Rom bis zum kommenden Frühjahr verschoben (sagte er).

Ein weiteres Problem, welches unbedingt gelöst werden musste, hieß Martin Kiefer. Noch immer saß der in dem sommers wie winters konstant acht Grad kühlen Gewölbe und wartete. Er wurde mit dem versorgt, was auch alle anderen im Ort zu essen bekamen und ein paar Matratzen und wärmende Decken sollten ihn vor der Kälte schützen. In ein anderes Quartier wollte ihn niemand bringen und Roland Basler war der Einzige, der auf eine zügige Lösung dieses Problems pochte. Eva wusste aber, dass dieser Zustand nicht ewig so andauern konnte, es sei denn, man wollte das Problem mittels einer Lungenentzündung lösen. Egal, was Martin Kiefer Eva auch angetan hatte, wenn sie daran dachte, dass er jetzt in seinem Kot im Keller unterhalb des Gasthauses lag, wurde ihr übel. Aber heute, hatte Hans ihr beiläufig erzählt, wollten er, Eckard Assauer, Roland Basler, Bea Baumgärtner und Christoph Eisele über Kiefers Zukunft beraten.

Eva streckte sich. Das Geräusch, das sie geweckt hatte, nahm an Intensität zu. Dann wurde es schwächer – ein Summen wie von einem eingesperrten Insekt. Aber dieses Summen war lauter, weckte angenehme Assoziationen und kam aus der Küche.

Eva schmiegte sich an Hans. Beide waren nackt und sie genoss den Kontakt ihrer Haut mit der seinen. Ihr Bauch wurde dicker und dicker und sie freuten sich auf das Kind. Anfang Dezember musste es so weit sein. Gedanken an Steißlage oder vorzeitige Wehen verdrängten sie erfolgreich – alles würde gut gehen. Ganz bestimmt! Hans roch angenehm nach Schlaf und einer winzigen Prise Schweiß. Eva lächelte bei der Erinnerung an den gestrigen Abend und das Wissen, woher dieser Schweiß kam. Hans lag zusammengekrümmt auf der Seite, den Rücken seiner Frau zugewandt. Eva kroch noch ein Stück näher. Die endgültige

Befriedigung, dachte sie, musste das Verschmelzen mit ihm zu einer einzigen Person sein. Sie küsste seine Schulter und fuhr mit den Fingerspitzen über seine behaarte Brust, den Bauch und noch weiter hinab. Sie küsste ihn und, als sie merkte, wie er langsam erwachte, streichelte sie ihn da, wo er es am liebsten hatte und seine einzige erogene Zone lag.

»Nie wieder lass ich dich weg«, flüsterte sie und biss ihm sanft ins Ohrläppchen.

Plötzlich, die Lippen noch an seinem Ohr, erstarrte sie. Ihre Hand hielt inne.

»Mach weiter.«

Aber sie konnte nicht. Sie wusste jetzt, woher das Geräusch kam, das sie geweckt hatte!

Eva sprang aus dem Bett.

»He, was soll das? Du kannst mich doch nicht erst scharfmachen und dann so liegen lassen?!«

Eva rannte in die Küche hinunter und zum Kühlschrank. Der Kühlschrank funktionierte! Das Brummen kam von ihm!

»Hans! Komm runter! Schnell! Wir haben Strom!«

Evas Worte selbst waren reine Elektrizität. Hans Seger sprang aus dem Bett und rannte mit einer gehörigen Erektion in die Küche. Gemeinsam starrten sie den Kühlschrank an. Fast drei Monate hatte er geschwiegen. Eine kleine grüne Lampe flackerte in der Funktionsleiste über der Tür. Eva öffnete diese Tür ganz langsam und gemeinsam starrten sie auf eine kleine Glühbirne, die mal stärker, mal etwas schwächer leuchtete. Sie flackerte ordentlich, wie eine Kerze im Wind, aber sie brannte! Immerhin.

»Ich glaub's nicht«, sagte Hans. »Stadler hat es tatsächlich geschafft!«

»Und keinem was davon erzählt. Macht einfach die Lichter an und sagt nichts.«

»Keinem.«

Sie standen einige Minuten Arm in Arm splitternackt vor

dem Kühlschrank und bestaunten das Wunder, das Christian Stadler klammheimlich bewerkstelligt hatte. Eigentlich hatte er die fehlende Hauptverbindung zwischen dem Windrad und dem kleinen, abgetrennten Stromkreis im Dorf bereits gestern Abend hergestellt, doch hatte die Windstille seinem Plan einen Strich durch die Rechnung gemacht. Er hatte bis kurz nach Mitternacht auf dem Hardt gewartet, dann war er zu Eisele gegangen, wo er wohnte, und hatte sich schlafen gelegt. Jetzt, in diesen Minuten, wurde er von einem vergessenen Radiowecker aus dem Schlaf gerissen. Knistern und Rauschen erinnerten daran, dass nirgendwo mehr ein Sender in Betrieb war. Aber ein Anfang war gemacht.

Susanne Faust wurde von ihrem Fernseher geweckt. Sie wankte ins Wohnzimmer, wo bereits Bubi auf sie wartete. Dann kam auch Silvia aus ihrem Zimmer. Sie und Henning Malow wohnten seit Frieders Tod bei ihr und in letzter Zeit wurden dank Larissa die Phasen der Lethargie und Hilflosigkeit bei Susanne immer seltener.

Susanne erschien gerade noch rechtzeitig im Wohnzimmer, um kurz die grauen Lichtpunkte auf dem Bildschirm bewundern zu dürfen. An ihr lag es nicht, der Fernseher war sauber. Dann ging das Gerät einfach aus. Ein Blick zum langsam austrudelnden Windrad genügte, um den Grund zu wissen. Der Fernseher ging aus, ebenso Segers Kühlschrank, der Radiowecker neben Stadlers Bett und all die anderen Relikte, die Wellendingen für ein paar Minuten in glücksselige Melancholie gestürzt hatten.

Am späten Nachmittag traf man sich wie verabredet bei Hans Seger hinter dem Haus. Eva hatte eine Schale frisches Obst auf den Tisch gestellt, dazu eine Kanne kalten Pfefferminztee und Honig. Stadlers gelungenes Windradexperiment verdrängte zunächst jeden Gedanken an den eigentlichen Grund ihres Treffens. Schließlich ließ sich das Thema aber nicht länger umgehen.

»Ihr wisst, warum wir heute zusammen sind?« Nicken. »Ich hab auch keine Ahnung, was aus Kiefer werden soll, aber ich weiß, dass die jetzige Situation kein Dauerzustand sein kann.«

Eva stand im Türrahmen zur Terrasse und hörte ihrem Mann zu. Sie hatte ein ungutes Gefühl in der Magengegend. Es ging hier indirekt auch um sie, nicht nur um Martin.

»Habt ihr euch schon Gedanken gemacht? Was sollen wir mit Kiefer tun?«

Vier Wochen saß Kiefer nun in Haft, vier Wochen, die den ersten Zorn hatten verrauchen lassen. Nicht, dass Hans nicht sofort hätte in den Keller gehen und Kiefer zu Tode prügeln können – dies könnte er, ohne dabei mit der Wimper zu zucken. Und wie ihm ging es fast allen hier am Tisch. Aber es waren inzwischen vier Wochen vergangen. Hätte man ihn noch vor dem Gasthaus gelyncht – es wäre in Ordnung gewesen. Jetzt aber wäre der Gang in Kiefers Verlies und die anschließende Tat kein Affekt mehr, sondern ein wohlüberlegter Mord, wenn auch ein gerechtfertigter.

»Weiß keiner, was wir mit ihm machen sollen?«

»Lassen wir ihn in seinem Loch«, sagte Basler. Er stellte sein Glas ab und rückte an den Tisch, damit auch ja alle seine Hände und seine Gesten sehen konnten. »Er hat nichts Besseres verdient. Bis zum Frühjahr wird sich das Problem von allein erledigen und wir müssen uns nicht die Hände schmutzig machen.«

»Darum geht es nicht«, widersprach Assauer. »Wir werden uns auf keinen Fall die Hände schmutzig machen. Die Frage ist nur, und dies wird entscheidend sein für unser künftiges Zusammenleben: Kann jeder machen, was er will, ohne eine Bestrafung fürchten zu müssen oder halten wir uns an die Normen und Werte, mit denen wir aufgewachsen sind?«

»Natürlich werden wir uns daran halten«, entgegnete Basler.

»Sehr gut. Dann haben wir aber das Problem der Bestrafung. Soviel ich weiß, ist kein Richter unter uns.«

»Ich bin Anwalt. Wenn auch für Familienrecht«, sagte Basler.

»Also. Welche Strafe hätte Kiefer unter den alten Verhältnissen zu erwarten gehabt?«

»Lebenslang. Bei guter Führung wäre er nach fünfzehn oder zwanzig Jahren wieder rausgekommen.«

»Können wir es uns leisten, einen Martin Kiefer zwanzig Jahre lang einzusperren, zu ernähren, zu kleiden, auf seine Gesundheit zu achten?«

»Niemals!«, rief Eisele.

»Was also dann?«, fragte Hans. »Wir müssen ihn bestrafen. Angemessen bestrafen, das sind wir Frieder schuldig. Und Eva«, fügte er mit einem Blick auf seine Frau hinzu.

Basler fühlte sich nicht sonderlich wohl in dieser Runde. Pro forma war er zwar noch der Ratsvorsitzende, aber inzwischen gab kaum noch jemand etwas auf seine Meinung. Es war ein Wunder, dass Hans ihn überhaupt zu dieser Besprechung eingeladen hatte. Obwohl Hans sich niemals einer Abstimmung hatte stellen müssen, hatte er – in stillem Einvernehmen mit, wie es schien, dem kompletten Dorf – Baslers Führungsposition eingenommen. Aber Basler war schlau genug, dies im Moment zu akzeptieren. Es gab gerade Wichtigeres. Zum Beispiel die Frage, wie er Kiefer loswerden konnte, ohne dass dieser vorher noch einmal die Möglichkeit zu einer Aussage erhielt. Und sollte doch etwas von seinen, Baslers, Verstrickungen durchsickern, musste Martin Kiefer unglaubwürdig erscheinen, ein von Rachsucht und Hass verbogener Lügner. Deshalb hatte er in letzter Zeit seine Geschichte über Kiefer lanciert.

»Stimmt es, Roland, dass Kiefer dich noch ein paar Tage vor seiner Tat nachts besucht hat?«, fragte Hans unter Anspielung auf eben diese Geschichte.

Basler mimte den unangenehm Berührten. Er rutschte

auf seinem Stuhl erst nach vorn, dann wieder zurück. Alle sahen ihn an, jeder hatte die Geschichte inzwischen gehört und wollte nun endlich aus erster Hand erfahren, was wirklich geschehen war.

»Ja«, sagte Basler. »Er klopfte mitten in der Nacht an unsere Fenster. Ich hab ihm nicht geglaubt, dass er nur so vorbeigekommen war. Er hatte eine Flasche Wein und ein paar Lebensmittel dabei, die wir aber ausgeschlagen haben. Er soll sie zu denen bringen, die sie wirklich brauchen, habe ich noch gesagt. Ich überlege heute noch, was er wirklich wollte. Er hatte keine konkreten Fragen gestellt, nicht einmal, wie es Eva geht.«

»Also weißt du nicht, was er wollte?«, fragte Hans.

»Sag ich doch. Es war wie ein Traum: Kiefer klopfte ans Fenster, dann ein paar belanglose Worte an der Haustür und schon war er wieder verschwunden.«

Eckard Assauer goss sich Tee nach und gab etwas Honig hinzu. Andächtig rührte er um.

»Wenn wir ehrlich sind«, sagte er endlich in die Ratlosigkeit nach Baslers Worten, »wenn wir ehrlich sind, spielt es doch keine Rolle mehr, was er wirklich von Roland Basler wollte. Wir haben Tatsachen und wir haben einen Gefangenen.«

»Den wir bestrafen werden.« Eisele hatte sichtlich Mühe, seine Wut zu bändigen. »Er hat es verdient. Wir müssen ihn verurteilen, je schneller, desto besser.«

»Und wie soll die Bestrafung aussehen?«, fragte Assauer. »Sollen wir ihm die Zunge herausreißen? Oder die Hände abhacken? Ihn hinrichten? Wollen wir das, wenn wir von Bestrafung reden? Wir könnten ihn auch auspeitschen oder kastrieren oder brandmarken – alles Bestrafungen, wie sie im Mittelalter gang und gäbe waren. Aber können wir das auch? Ich meine, können wir unsere Gedanken in die Tat umsetzen – und, wenn ja, wer soll das Urteil vollstrecken?«

»Wenn man dich so reden hört, könnte man meinen, du

stehst auf Kiefers Seite und nicht auf unserer«, sagte Bea. »Willst du uns die Sache ausreden?«

»Natürlich nicht. Das Problem, das wir jetzt vielleicht noch nicht in seiner Gänze sehen oder unterschätzen, ist, dass wir, egal wie wir entscheiden, mit diesem Urteil leben müssen. Wir, unser Gewissen und all die Menschen nach Kiefer, die denken, diese Zeit gehört dem, der sie sich nimmt. Wir stellen hier gerade Weichen. Nicht nur für Martin Kiefer, vor allem stellen wir die Weichen für unsere zukünftige Gesellschaft. Diese Entscheidung ist zu schwerwiegend, um von einer Handvoll Frauen und Männer allein gefällt zu werden. Vor allem aber ist sie zu schwerwiegend, als dass sie von nur einem halben Dutzend Menschen verantwortet und ertragen werden kann.« Assauer lehnte sich zurück und hielt sich weiter an seinem Teeglas fest. Die anderen schwiegen betroffen. Von dieser Seite aus hatten sie es bisher noch nicht gesehen. Es war leicht, nach Kiefers Verurteilung zu schreien, ohne ein konkretes Bild vor Augen zu haben und, natürlich, wer sollte dieses Urteil vollstrecken? Jeder hier war gewohnt, dass eine dritte Instanz Straftäter verfolgte und verurteilte und das Strafmaß war eine in Dutzenden Bänden niedergeschriebene Wahrheit, die man nur nachschlagen brauchte. Das Schöne an diesem System: Niemand machte sich die Hände schmutzig. Aber diese Art der Bestrafung gehörte dem Gestern an, heute war alles anders.

»Ich habe mir früher oft gewünscht, Kinderschänder oder Mörder sollten an einen Pfahl gebunden und dem Mob überlassen werden«, sagte Christoph Eisele. Assauers Worte hatten seine Wut gebändigt. »Es hat mich immer aufgeregt, dass solche Leute nur weggeschlossen werden und nach ein paar Jahren wieder rauskommen. Was ist das für eine Strafe, bei der das ganze ungelebte Leben eines Kindes, vielleicht siebzig oder achtzig Jahre, wenn's gut geht, mit ein paar Lebensjahren des Mörders verrechnet wird? Ist ein Kinderleben so wenig wert?, habe ich mich immer gefragt. Von den

Schmerzen und der Todesangst, die das Kind in seinen letzten Stunden erleiden musste, ganz zu schweigen. Ich verstehe, wenn Eltern den Täter im Gerichtssaal erschießen. Vielleicht hätten wir es mit Kiefer ebenso machen müssen.«

»Wie?«

»Wir hätten ihn am selben Tag noch, sozusagen im Affekt, erschießen oder erschlagen sollen. Jetzt haben wir das Problem, dass wir denken und uns der Konsequenzen dessen, was wir entscheiden, bewusst sind.«

»Entscheiden werden wir gar nichts«, sagte Hans Seger. »Wir haben nicht das Recht, Martin Kiefer im Alleingang abzuurteilen.«

»Warum sind wir dann hier?«, fragte Basler.

»Ich wollte mit euch besprechen, wie es weitergehen könnte. Irgendwann mussten wir das Thema angehen, warum also nicht heute?«

»Und wie geht es jetzt deiner Meinung nach weiter?«, fragte Eisele.

Hans Seger hob ratlos die Hände.

»Darf ich antworten?«, fragte Assauer. Hans nickte dankbar. »Das Urteil über Martin Kiefer ist das erste Urteil, das wir hier im Dorf fällen. Vielleicht werden wir uns später einmal eine Art Gericht zulegen, das über kleine und große Vergehen berät und angemessene Bestrafungen findet – dies wäre jedenfalls der normale Lauf der Geschichte. Dieses erste Urteil aber muss von allen gemeinsam gefällt und getragen werden. Wir dürfen uns hier nicht auf einen Alleingang einlassen oder die anderen im Ort für nicht urteilsfähig ansehen. Jeder ist mehr oder weniger betroffen. Jeder kennt Kiefer, jeder kennt Eva und dich, Hans. Jeder kannte Frieder Faust und Isabell Dörflinger. Fast jeder hat die Sache vor der Krone mit eigenen Augen gesehen. Keiner darf hinterher zu seinem Nachbarn sagen können: Ihr habt ihn verurteilt. Wir müssen gemeinsam ein Urteil finden und dieses dann auch gemeinsam vollstrecken. Wir müssen uns aber auch bewusst sein, dass es sich um eine Hinrichtung handeln kann.«

Bei Einbruch der Dunkelheit verließen die Mitglieder des Rates Eva und Hans Seger. Am kommenden Freitag, also schon in fünf Tagen, sollte im Gasthaus Krone von allen Einwohnern Wellendingens über Martin Kiefers Zukunft beraten werden.

Am nächsten Morgen war Roland Basler ausnehmend früh unterwegs. Obwohl er für landwirtschaftliche Arbeiten eingeteilt war, ging er geradewegs zum Treffpunkt der Waldarbeiter. Er tat so, als sei er rein zufällig vorbeigekommen, erzählte brühwarm die Nachricht von der bevorstehenden Gerichtsverhandlung und, als Bubi als einer der Letzten erschien, nahm er diesen zur Seite.

Bubis Tage als Wächter des Dorfes waren vorüber. Nach Kiefers Festnahme und den im Anschluss zustandegekommenen Kontakten mit den Nachbargemeinden wurde Bubis Aufgabe überflüssig und er, nach zwei Tagen Ruhepause, zur Arbeit im Wald eingeteilt. Die Arbeit war schwer, vor allem für einen jungen Mann, der seit Jahren seine Zeit nur mit Schlafen, Computerspielen und Fernsehen verbracht hatte. Aber frische Luft und das abendliche Gefühl, endlich einmal etwas wirklich Nützliches getan zu haben, gaben ihm die Kraft, seine ungezählten Schwielen, Rückenschmerzen und kleineren Blessuren zu überstehen. Jetzt tat er wirklich etwas für die Allgemeinheit, ohne Hintergedanken, ohne doppelten Boden. Bubi war froh, dass er sich nicht mehr mitten in der Nacht zu seinen Treffen mit Martin Kiefer aus dem Dorf schleichen musste und wenn er am Abend von Arbeit halb betäubt in sein Bett und einen traumlosen Schlaf fiel, war er viel zu erledigt, um über Kiefers Zukunft nachzudenken. Er erstickte seine Schuldgefühle am Tod des Vaters ebenso wie seine Angst vor dem, was Kiefer vielleicht erzählen könnte. Einmal hatte er einen Anlauf unternommen und wollte seiner Mutter die eigene Beteiligung an allem erzählen. Aber als er ihr abgehärmtes Gesicht sah, brachte er es doch nicht übers Herz. Wozu auch, fragte er sich – Vater war tot, daran konnte auch sein Geständnis nichts mehr ändern.

Als er an diesem 20. August zum Treffpunkt der Waldarbeiter kam, die Axt über der Schulter und ein paar grobe Handschuhe am Gürtel, sah er Roland Basler auf sich zukommen. Er wusste sofort, dass es wegen Martin Kiefer war. Bubi hatte noch am Abend von Hans die Neuigkeiten erfahren.

»Bubi, hast du einen Moment?«

»Ich muss in den Wald«, sagte Bubi nach einem Nicken und wollte an Basler vorbei.

»Ich muss auch gleich aufs Feld, aber wir sollten uns trotzdem kurz unterhalten. Am Freitag soll gegen Martin verhandelt werden.«

»Ich weiß«, sagte Bubi. Er nahm die Axt von der Schulter und stellte sie neben sich ab. »Also, was willst du?«

»Was ich will?« Basler lachte. »Du weißt genau, dass für uns die Kacke am Dampfen ist, wenn Kiefer auspackt. Klar, wir können so tun, als lüge er und vielleicht glaubt man uns auch, aber ein Makel bleibt bestimmt.«

»Ein Makel«, wiederholte Bubi. Martin Kiefer hatte ihm fast zwei Monate das Blaue vom Himmel versprochen. Vielleicht hatte Kiefer ganz am Anfang sogar selbst an das geglaubt, was er Bubi erzählt hatte, aber irgendwann hatte sein Wahn, der Eva hieß, alles vernebelt. Bubi hatte mit Kiefer zusammen den alten Georg Sattler bewusstlos im Wald abgelegt und durch Kiefer hatte er schließlich seinen Vater verloren. Vielleicht, hatte Bubi schon Hunderte Male in den letzten Wochen gedacht, vielleicht gehört zu Schuld wirklich auch Sühne, vielleicht muss alles herauskommen, um frei zu sein.

»Verstehst du nicht, Bubi, wenn Kiefer plaudert, sind wir erledigt. Dann kann ich meinen Job im Rat vergessen.«

»Na und? Ein bisschen Arbeit schadet keinem, auch wenn man sich nicht zum normalen Fußvolk zählt, wie du es einmal ausgedrückt hast.«

»Ach, hör auf, darum geht es doch jetzt gar nicht. Dir ist es vielleicht egal, aber ich habe etwas zu verlieren. Wo sollen Rike und ich hin, wenn Kiefer auspackt? Was wird aus meinem Haus, was aus meiner Kanzlei?«

»Hätten wir uns das nicht vorher überlegen sollen?«, fragte Bubi.

»Hätte, wenn und aber bringen uns jetzt auch nicht weiter. Wenn wir auf Nummer sicher gehen wollen, müssen wir etwas unternehmen, bevor alles zu spät ist.«

»Und an was denkst du? Mach's kurz, die anderen werden langsam ungeduldig.«

»Bubi kommt gleich«, rief Basler den Wartenden zu. Zu Bubi sagte er: »Wir sollten noch vor Freitag zu Martin und, und …«

»Und was?«

»Und ihn zum Schweigen bringen«, sagte Basler endlich. »Halt. Lauf nicht gleich davon!« Er hielt Bubi am Arm fest. »Es ist unsere einzige Chance, sauber aus der Sache rauszukommen.«

»Ohne mich«, sagte Bubi. »Wenn Kiefer reden wollte, hätte er es längst machen können.«

»Vielleicht wartet er nur auf ein großes Forum? Viele Gesichter, vor allem unsere Gesichter?«

»Dann ist es eben so. Ich werde nichts unternehmen, ich lasse es darauf ankommen.«

»Dann eben nicht.« Der Ärger über Bubis rigorose Ablehnung zeichnete eine tiefe, senkrechte Falte auf Baslers Stirn.

Bubi beeilte sich, zu der kleinen Gruppe zu kommen, die noch immer auf ihn wartete. Plötzlich blieb er stehen.

»Moment noch«, rief er ihnen zu und ging zu Basler zurück. »Wenn Martin Kiefer etwas zustößt in seinem Verlies, weiß ich, wieso. Und ich werde es diesmal nicht für mich behalten. Du musst mich also gleich mit beseitigen, wenn du auf Nummer sicher gehen willst.«

104

22. August, 19:00 Uhr, Wellendingen, Gasthaus Krone

Roland Basler brachte weder den Mut zu einem heimlichen Besuch bei Martin Kiefer auf noch befand sich Bubi in den Tagen zwischen ihrem letzten Gespräch und der heutigen Verhandlung in irgendeiner Gefahr. Roland Basler war ein Mann des Wortes, nicht der Tat.

Die Versammlung im Gasthaus fand um sieben Uhr am Abend statt. Alle hatten sich beeilt und die Arbeiten im Stall und im eigenen Haus etwas zügiger als sonst erledigt. Viele hatten, bevor sie ins Gasthaus gingen, noch einmal Fausts Grab besucht und sich so zusätzlich für die bevorstehende Gerichtsverhandlung motiviert. Schließlich waren fast alle Einwohner Wellendingens an dem Ort versammelt, der für die Geschicke des Dorfes so wichtig war – der Gaststube. Es fehlten nur die wenigen Kranken und einige Kinder. Auch Eva blieb zu Hause. Trotz Hans' Beteuerung, dass Kiefer ihr nichts mehr antun könne, zog sie die Sicherheit des eigenen Hauses vor. Sie schloss die Tür hinter Hans ab und legte sich hellwach ins Bett.

Eckard Assauer eröffnete die Verhandlung. Er schien am ehesten zur Neutralität fähig. Als er sich erhob und zum Tresen ging, wurde es augenblicklich still.

»Ich hätte es lieber«, begann er, »wenn wir heute hier zusammensäßen, um uns über Christian Stadlers Meisterleistung zu freuen und ihm dafür zu danken.« Alle Blicke gingen zu den kleinen Leuchtern über den Tischen. Sie verströmten warmes Licht, mal etwas stärker, dann wieder schwächer. Aus dem Publikum kamen Bravorufe und tosender Applaus. Obwohl ihm in den vergangenen Tagen schon jeder mindestens einmal gratuliert und voller Anerkennung auf die Schulter geklopft hatte, war Stadler augenblicklich von Händeschüttlern umringt. Unter Stadlers Leitung hatten sie gemeinsam die erste große Meisterleistung des neuen Zeitalters geschafft. Man war stolz auf ihn und man war mindestens ebenso stolz auf die eigene Leistung, die Stadlers Arbeit erst möglich gemacht hatte. Elektrizität war ein Symbol, mehr nicht. Die Stromspannung und die Zahl der abnehmenden Geräte waren viel zu schwankend, um eine konstante Stromversorgung zu ermöglichen. Aber darum ging es auch gar nicht. Es war ein erster Schritt nach vorn in die Vergangenheit. Der gemeinsame Jubel schweißte sie zusammen.

Als es wieder still war, ging Assauer zu Susanne Faust. Die saß steif und mit Tränen in den Augen auf einem Stuhl, die Hände im Schoß und sah zu Boden.

»Wir wissen alle, was sich vor fast fünf Wochen genau hier abgespielt hat. Martin Kiefer (Buh-Rufe) sitzt seitdem hier unten im Keller.«

»Bring ihn raus! Wir erledigen ihn gleich hier!«, rief jemand und erntete Beifall.

Assauer breitete beide Arme aus und sorgte wieder für Ruhe.

»Eben das ist das Problem.«

»Wo ist da ein Problem?«, kam es vom selben Rufer. »Kiefer hat den Tod verdient und den soll er haben!« Wieder Beifall. Diesmal dauerte es etwas länger, bis Assauer weitersprechen konnte. »Wenn wir beschließen, dass Martin Kiefer mit dem Tod bestraft werden soll, dann wird es so sein. Aber dies müssen wir beschließen. Wir können ihn nicht aus dem Keller zerren und steinigen, auch wenn das wahrscheinlich am ehesten unserer Gemütslage entspräche. Wenn wir so handeln, sind wir keinen Deut besser als Leute wie Martin Kiefer. Wir leben nicht im Mittelalter, auch wenn vieles von den neuen Lebensumständen darauf hindeutet. Wir kommen aus dem einundzwanzigsten Jahrhundert, leben im Herzen Europas. Wir haben Traditionen und Werte, die wir beibehalten müssen.«

»Müssen wir das wirklich?«, kam es aus dem Saal. »Müssen wir wieder alles regeln und festschreiben? Warum erst lange reden, wenn es doch klar auf der Hand liegt? Wieso braucht dieser Bastard eine Verhandlung? Hatte Faust eine Verhandlung?«

»Die Verhandlung ist weniger für den Angeklagten. Sie ist für uns.« Assauer musste die Stimme erheben, um die Unruhe im Saal zu übertönen.

»Soll ich Kiefer jetzt holen?«, fragte Eisele leise.

»Bloß nicht! Wenn wir ihn jetzt hereinführen, reißen sie ihn in Stücke«, flüsterte Assauer zurück.

Eisele setzte sich und Assauer ging in die Mitte des Saales. Laut sagte er: »Wir entscheiden heute, ob wir uns an allgemeingültige Normen halten werden oder ob jeder nach Gutdünken handeln und verurteilen kann, wie es ihm gerade passt. Natürlich werden wir andere Urteile fällen als die, welche bisher Usus waren. Wir haben weder Gefängnisse noch Psychiatrien. Aber es muss jedem im Saal bewusst sein, dass unser Urteil ein gemeinsames Urteil ist, dessen Vollstreckung auf jedem von uns lastet. Überlegt genau, bevor ihr nach Hinrichtung und Steinigung ruft, ob ihr morgen mit dieser Tat leben könnt. Darum geht es.«

Im Saal wurde es still. Vielen sickerte erst jetzt die Tragweite dieses Tages ins Bewusstsein. Als sie begriffen, dass sie persönlich es waren, sie und die Frauen und Männer neben ihnen, die über Leben und Tod entscheiden würden, stellte sich ein flaues Gefühl in der Magengegend ein. Andererseits war Kiefers Verbrechen derart kaltblütig und brutal gewesen, war die Erinnerung daran noch so frisch, dass kaum einer im Saal an der Rechtmäßigkeit eines Todesurteils zweifelte. Aber es waren eben zwei Paar Schuh, der Ruf nach einer Verurteilung und die Ausführung dieses Rufes. Ratlosigkeit.

Da erhob sich der Pfarrer. Er ging zu Assauer. »Ich weiß, dass Sie sich die Sache nicht leicht machen«, sagte er zu ihm. Dann wandte er sich an alle im Saal. »Aber ich vermisse ein kleines Wort, das bisher noch niemand hier in den Mund genommen hat.« Er legte eine sehr effektvolle Pause ein und sah fast jedem der Anwesenden in die Augen, bevor er fortfuhr: »Gnade. Keiner von euch …« Kühne wurde von wütendem Protest unterbrochen. Mehrere Männer sprangen auf, jemand schlug auf einen Tisch, Stühle wurden gerückt.

»Bitte!«, riefen Assauer und Hans gleichzeitig. »Lasst ihn aussprechen. Jeder soll sagen dürfen, was er denkt.«

»Aber Gnade für Kiefer! Das ist ja wohl das Letzte!«

»Das mag deine Meinung sein«, sagte Hans.

Eugen Nussberger erhob sich, schnäuzte in sein kariertes Taschentuch und es wurde still.

»Bei allem Respekt, Herr Pfarrer, und ich respektiere Sie und Ihre Arbeit wirklich, rollen sich mir bei der Vorstellung, Kiefer laufen zu lassen, die Fußnägel auf.«

»Nicht nur dir, Eugen. Nicht nur dir.«

»Im Neuen Testament«, unternahm der Pfarrer einen zweiten Anlauf, »steht nichts von Todesstrafe. Vergebung kostet viel mehr Kraft als blinde Selbstjustiz. Wir nennen uns Christen, oder?« Niemand widersprach. »Die Säulen des Christentums sind Liebe, Vergebung, Gewaltlosigkeit. Natürlich werden wir niemals die Kraft aufbringen, die Jesus hatte, als er seinen Henkern vergab, aber wir können es wenigstens probieren.«

»Können Sie den Mörder meines Mannes laufen lassen?« Susanne Faust hatte sich erhoben. Alles an ihr war Trauer.

»Wir sind Christen. Wir …«

»Sagen Sie mir, ob sie ihn freilassen können«, beharrte Susanne. Kaum einer hätte ihr diese Frage zugetraut.

»Ja«, sagte der Pfarrer leise.

»Und Sie können auch damit leben, dass Kiefer vielleicht nach Wittlekofen oder Stühlingen geht und dort alles von Neuem beginnt? Was ist, wenn er zurückkommt und noch einmal bei Eva einbricht? Was ist, wenn er noch jemanden tötet? Könnten Sie mit dieser Schuld leben?«

»Das weiß ich nicht«, sagte der Pfarrer. »Aber ich weiß, dass ich niemals einen Menschen zum Tode verurteilen könnte. Ich kann es nicht, auch wenn in mir alles danach schreit. Ich habe seit Frieders Tod Gott jeden Tag um Weisheit gebeten, um ein Zeichen, einen Ausweg. Ich bin Christ und als solcher fällt es mir schwer, ein anderes Geschöpf Gottes zu verurteilen und zu richten.«

»Kiefer hatte dieses Problem nicht«, sagte Hans Seger. Seine Hände zitterten, er hatte Mühe ruhig zu bleiben. So sehr er den Pfarrer als Mensch auch mochte, dessen Gerede von Gnade und Nächstenliebe gehörte in die Kirche und nicht in die Verhandlung über Kiefer!

»Das ist richtig, Martin Kiefer hatte dieses Problem nicht. Aber dafür wird Gott ihn richten. Ihm ist er Rechenschaft schuldig, nicht dir oder mir.«

»Und so lange darf er also noch frei umherlaufen und weitermorden?«, fragte Uwe Sigg.

Der Pfarrer hob beide Arme zum Zeichen seiner Ratlosigkeit und ließ sie wieder sinken. »Ich kann nur wiederholen: Ich bin nicht in der Lage, zu richten. Aber ich werde auch keinen von euch verurteilen, wenn die Versammlung zu einer anderen Entscheidung kommt.«

Nachdem Kühne sich gesetzt hatte, herrschte im Saal Stille.

Eckard Assauer räusperte sich. »Wie ihr seht, ist es gar nicht so einfach, im wirklichen Leben über einen Menschen zu richten. Aber es geht nun einmal nicht anders.« Er trat an den Tresen, wo Eisele, Stadler und Schwab warteten. »Zu einer ordentlichen Verhandlung gehört auch, dass der Angeklagte selbst zu Wort kommen darf.«

»Wozu denn das?«, rief Roland Basler. »Es liegt doch alles ganz klar auf der Hand!«

»Du als Anwalt, du solltest doch am ehesten die gängigen Gepflogenheiten einer Gerichtsverhandlung kennen«, sagte Hans Seger.

»Aber wir haben doch alle gesehen, was Kiefer getan hat.« Basler wollte nicht aufgeben. »Soll Susanne alles noch einmal erleben müssen?«

»Er hat recht. Lasst ihn in seinem Loch. Wir holen ihn, wenn wir wissen, was wir mit ihm machen.«

»Das werden wir nicht!«, sagte Assauer. Dann drehte er sich zu Susanne um. »Es tut mir leid. Wenn du es nicht erträgst, kannst du draußen warten.« Susanne nickte, stand auf und ließ sich von Bubi vor die Tür führen.

Als Bardo Schwab Martin Kiefer, gefesselt und mit einem Strick um den Hals wie ein Tier, aus dem Keller holte und hinter den Tresen führte, wäre die Situation um ein Haar eskaliert. Etliche sprangen auf, es wurde geschrien und einige Aschenbecher und Blumenvasen, die noch immer auf den Tischen standen, flogen Richtung Kiefer. Erst als sich Assauer, Eisele und Stadler schützend vor den Delinquenten stellten, war damit Schluss. Aber die Rufe blieben.

»Verrecken sollst du Schwein!«

»Du wirst gleich sehen, was wir mit so was wie dir machen!«

Bardo Schwab war am Nachmittag die unangenehme Aufgabe zugefallen, Kiefer zu waschen und ihm frische Kleider anzuziehen. Kiefer selbst hatte alles mit einem düsteren Lächeln über sich ergehen lassen. Er sagte kein Wort, fragte nicht, was man mit ihm vorhatte und stand auch jetzt, als ginge ihn das alles nichts an, an seinem Platz und wartete. Von Eisele und Stadler flankiert, mit gefesselten Händen und Füßen, musterte er die Anwesenden. Er kannte jeden Einzelnen von ihnen. Dies also, dachte er, ist der kümmerliche Rest, der eine neue Weltordnung errichten soll. Er hatte Mitleid mit diesen hilflosen Gestalten, die nicht erkannten, welche Chance ihnen die sogenannte Katastrophe bot. Kiefer war überzeugt, dass er der Einzige hier im Raum war, der den 23. Mai ganz klar als das sehen konnte, was er in Wirklichkeit war: der Beginn des wahren Zeitalters. Nur er wäre in der Lage, diese Menschen zum wahren Leben hinzuführen. Sie alle brauchten Führung, einen starken Mann, der sich vor sie stellte und ihnen sagte, wer gut, wer böse, was falsch und was richtig war. Der Durchschnittsmensch – und ihn selbst ausgenommen, war hier alles nur Durchschnitt – war von sich aus nun einmal nicht in der Lage, klarzusehen. Die tumbe Masse brauchte Führung! Ein wirklich starker Mann war dazu vonnöten, nicht diese verweichlichten Demokraten, die hier das Wort führten.

Er hätte es sein können.

Es gab einige, die er vermisste: Frieder Faust zum Beispiel und Hildegund Teufel, Bubi, Susanne und …

Eva!

Als Martin Kiefer Evas Fehlen bemerkte, wurde er unruhig. Seine zur Schau gestellte Würde fiel wie eine zweite Haut von ihm ab. Zum Vorschein kamen nervöse Augen, die den Saal absuchten. Er sackte in sich zusammen, die Schultern hingen plötzlich und sein Mund blieb halb offen stehen.

»Eva?« Es wurde mit einem Schlag ruhig im Saal. »Eva, wo bist du, meine Schöne? Komm, zeig dich mir.«

»Haben Sie zu dem, was am 22. Juli dieses Jahres hier vor dem Gasthaus Krone geschah, etwas zu sagen?«, fragte Assauer.

Kiefer starrte ihn einen Moment an, als könne er den

Sinn der Frage nicht verstehen, dann eilte sein Blick wieder davon. »Eva. Ich bin's, dein Mann. Lass uns …«

»Geben Sie zu, dass Sie versucht haben, Eva Seger zu entführen?«

»… glücklich. Nur du und ich. Und …«

»Haben Sie etwas zu den Morden an Isabell Dörflinger und Frieder Faust zu sagen?«

Faust war tot? Faust war tot. Es gab Wichtigeres. »Wo steckst du, meine Liebe? Ich will mit dir weggehen. Weit weg. Ganz weit weg.«

Die Verhandlung, vor allem aber die Urteilsfindung, zog sich bis weit nach Mitternacht hin. Allein Christian Stadlers Stromversorgung und einem gnädigen Westwind war es zu verdanken, dass die Verhandlung nicht vertagt werden musste, sondern am 25. August um zwei Uhr dreizehn zu einem Ende kam.

Martin Kiefer wurde unter lang anhaltendem Jubel zum Tode durch den Strang verurteilt. Das Urteil sollte in den Abendstunden dieses 25. Augusts vollstreckt werden.

105

25. August, 14:30 Uhr, Wellendingen

Henning Malow erreichte Wellendingen gerade noch rechtzeitig. So konnte er Hans Seger und Silvia vom Ergebnis seiner Reise nach Bad Dürrheim berichten, bevor Kiefers Hinrichtung alles andere in den Schatten stellen würde.

Henning Malow und seine zwei Begleiter waren ohne Probleme nach Bad Dürrheim gelangt. Sie waren nicht die Ersten, die um Salz baten. Überall hatte man die gleichen Probleme: Die Salzvorräte gingen zu Ende, Speisen schmeckten fade, Fleisch und Fisch konnten nicht gepökelt werden und, nachzulesen in jedem Heilkundebuch, sollte das Problem über längere Zeit Bestand haben, warteten auf die Menschen Mangelerscheinungen wie Übelkeit, Krämpfe, Austrocknung und Kreislaufbeschwerden bis hin zum Kollaps.

In Bad Dürrheim reagierte man auf die Nachfragen aus den Umlandgemeinden. Als Malows Delegation in dem kleinen Ort eintraf, war er überrascht, dass weit und breit nichts auf eine normale Landwirtschaft hindeutete. Im Gegenteil, die Menschen hatten ihr Vieh eingetauscht und konzentrierten sich ausschließlich auf die Salzgewinnung. Das aus den Tiefen unter der ehemaligen Kleinstadt geschöpfte salzhaltige Wasser wurde auf Wiesen geleitet, wo es der Sonnenkraft überlassen war, das Wasser zu verdunsten. So entstanden die ersten, noch recht primitiven Salinen der neuen Zeit. Das Produkt fand reißenden Absatz und wurde gegen Lebensmittel eingetauscht. Der kleine Beutel, dessen Inhalt Malow auf den Küchentisch schüttete, war nicht mehr als eine erste Probe. Wollte man mehr, musste man die Reise ein zweites Mal unternehmen, dann allerdings mit einem Gespann voller Getreide, Obst und Fleisch.

»Wie viel wollen die für ein Kilo Salz?!« Hans Seger konnte den horrenden Preis nicht fassen.

»Einen halben Sack Getreide oder einen Sack Obst oder sieben Kilo Fleisch«, wiederholte Malow. Er selbst hatte, als er die Preise erfuhr, nicht anders reagiert. Als man ihm aber zeigte, wie mühselig die Salzgewinnung war, erschien der geforderte Lohn in einem anderen Licht. »Wir können bezahlen oder wir können es lassen und uns vielleicht in Bad Zurzach umsehen«, sagte Malow. »Aber ob wir es dort billiger bekommen …?«

»Ist momentan auch zweitrangig«, sagte Hans. Er fuhr mit der Handkante über die Tischplatte, schob das Salz zusammen und ließ es zurück in den Beutel rieseln. Dann erzählte er Malow von der Versammlung in der vergangenen Nacht und dem Urteil gegen Kiefer.

»Es soll noch heute vollstreckt werden?«

»Am frühen Abend. Bardo zimmert gerade den Galgen, du musst daran vorbeigekommen sein.«

Malow nickte. »Wer soll den Henker spielen?«

Hans lächelte gequält. Diesen Punkt zu klären, hatte sich als das wirkliche Problem der letzten Nacht herausgestellt. Fast noch schwieriger als die Verurteilung Kiefers selbst. Ein Todesurteil war schnell gesprochen, die Hände wollte sich allerdings niemand schmutzig machen.

»Uwe Sigg wird die zweifelhafte Ehre zuteil, Wellendingens erster Henker zu sein.«

»Sigg? Ist das nicht der, der sich aus Kiefers Wagen bedient hat und auch nicht zu Fausts Beerdigung gekommen ist?« Malow war Siggs Verhalten noch gut im Gedächtnis. Wenn er auch Mühe hatte, sich all die neuen Namen und die dazugehörigen Gesichter zu merken, Uwe Sigg und seine Frau Lisa hatten sich ihm eingeprägt.

»Genau das ist er. Als es darum ging, Kiefer zum Tode zu verurteilen, hat er als einer der Lautesten nach Vergeltung und Gerechtigkeit geschrien. Als es um die Vollstreckung ging, wollte er sich davonstehlen. Wir kennen Uwe hier alle schon seit seiner Geburt und jeder weiß, was man von ihm und seinen Worten zu halten hat. Und von seinen Taten.« Hans verzog das Gesicht, als habe er in einen sauren Apfel gebissen. »Nussberger hat ihn vorgeschlagen, in der ihm eigenen, trockenen Art. Und er hat Sigg auch an dessen Verhalten nach dem Mord an Frieder erinnert. Zuerst hat Sigg gewinselt, als hätte man ihn zum Tode verurteilt und nicht Kiefer, dann wurde er ruhig und schließlich hat er das Unausweichliche akzeptiert. Hoffe ich jedenfalls. Sollte er sich aus dem Staub machen, haben wir dann natürlich ein Problem.«

»Wie hat deine Frau das Urteil aufgenommen?«, wollte Malow wissen.

»Sie war nicht mit dabei. Ich habe es ihr sagen müssen.« Eva hatte es mit einer Art resignierter Niedergeschlagenheit aufgenommen, erzählte Hans. Sie hatte weder gejubelt noch geweint noch sonst wie emotional reagiert. Sie hatte nur genickt. »Wann und wie?«, hatte sie gefragt und Hans erzählte ihr von den Beschlüssen.

»Ich frage mich«, sagte Hans, »wo sie die Kraft hernimmt. Die Sorge um mich, dazu der Kampf um ihr und Leas Überleben, die Schwangerschaft und dann auch noch Kiefer.«

»Wo ist sie jetzt?«

»Sie schläft endlich.«

»Will sie mit dabei sein, wenn Kiefer …«

»… hingerichtet wird?«

Malow nickte.

»Ja. Sie hat darauf bestanden. Ich habe es ihr auszureden versucht, aber sie will unbedingt mitkommen. Vielleicht braucht sie den Anblick, um darauf vertrauen zu können, dass jetzt wirklich alles ein Ende hat. Wenn sie es nicht mit eigenen Augen sieht, wird sie sich vielleicht auf immer und ewig vor Kiefer fürchten.«

»Da mag was dran sein«, sagte Malow und kratzte sich am Hinterkopf.

»Auch Läuse?«, fragte Hans, aber Malow schüttelte den Kopf.

»Nichts da. Nur Dreck.«

»Soll ich sie dir waschen?«, fragte Silvia, die das Gespräch der Männer verfolgt hatte. »Ich hab noch Kernseife. Und ein Topf Wasser ist schnell heißgemacht.«

Henning Malow ging zuerst hinunter ins Dorf und wusch sich im Bach. Eine kleine, hinter Weidenbüschen versteckte Staustufe zwischen den Stellen, an denen man sauberes Trinkwasser entnehmen konnte und der Viehtränke gelegen, diente als Badeplatz. Malow wusch sich den Schmutz der Reise vom Körper, zog frische Sachen an und kam gerade rechtzeitig zurück, um Larissa zu begrüßen. Sie hatte ihren Mittagsschlaf beendet und krabbelte fröhlich über die Wiese hinter Fausts Haus. In letzter Zeit richtete sie sich immer öfter auf, zog sich an Stühlen und Tischen hoch auf ihre noch unsicheren Beine. Als sie Malow sah, flog ein Lachen über ihr Gesicht, sie streckte ihm ihre Arme entgegen, verlor das Gleichgewicht und plumpste auf den Po.

»Mallo!«, rief sie.

Malow bückte sich, nahm das Fliegengewicht in die Arme und hob es über seinen Kopf.

»Bist du groooß geworden!« Er küsste sie auf die Stirn, dann warf er sie in die Luft, Larissa quiekte, er küsste sie noch einmal und setzte sie schließlich zurück ins Gras.

»Nomma! Nomma!«, forderte Larissa.

»Später, mein Schatz. Versprochen. Erst muss mir deine Mama die Haare waschen.«

Silvia hatte die Begrüßung der beiden mit einem flauen Gefühl in der Magengrube verfolgt. Larissa hatte die raue Schale des alten Mannes mit der Leichtigkeit eines Kindes geknackt. Kindern ist das Gestern egal, ist die Zukunft einerlei. Wichtig ist nur das Jetzt. Larissa interessierte nicht, dass Malow seine Frau verlassen und in den ersten Tagen ihrer Begegnung am liebsten auch sie und ihre hässliche Mutter irgendwo am Wegrand zurückgelassen hätte. Larissa war die bevorstehende Hinrichtung ebenso egal wie die Sorgen der Erwachsenen, die sie nicht verstand. Sie wollte nur satt sein, spielen und geliebt werden und, wie es aussah, wurde sie von Malow geliebt.

Malow ging ins Bad, Silvia folgte ihm mit zwei Eimern lauwarmem Wasser. Er kniete sich hin und hielt den Kopf über die Wanne.

»Larissa mag dich«, sagte Silvia, während sie seinen Kopf einseifte.

»Schon möglich«, knurrte Malow. Seifenwasser lief ihm in den Mund, er verschluckte sich und spuckte in die Wanne. »Kinder mögen jeden, der sich mit ihnen abgibt.«

»Es ist gut, wenn ein Kind jemanden hat, der es liebt. Kinder brauchen Geborgenheit und Wärme.« Sie massierte Malows Kopfhaut. Für sein Alter hat er noch bemerkenswert volles Haar, dachte sie. »Ich war zehn«, begann sie plötzlich, »als ich auf dem zugefrorenen See hinter unserem Haus rutschen war. Meine Eltern konnten sich keine Schlittschuhe für mich leisten, also habe ich mir auf dem Eis eine Rutschbahn gebaut. Allein, wie immer. Die anderen Kinder spielten zusammen hundert Meter entfernt. Es war ein herrlicher Tag und ich glaube, ich bin so weit gerutscht wie nie zuvor. Dann bin ich eingebrochen. Ein Spaziergänger hat mich gerettet. Er hat mich mit einem Stock aus dem Wasser gezogen und mir in den Magen geboxt, das jedenfalls erzählten die anderen Kinder. Als ich alles Wasser erbrochen hatte und wieder atmete, hat er seinen Mantel aufgeknöpft, seinen Pullover hochgezogen, mir die nassen Sachen vom Körper gerissen und mich an sich gepresst und gewärmt. So bin ich aufgewacht. Es war der schönste Moment meines Lebens. Bis zu Larissas Geburt hatte sich nichts daran geändert.«

Sie fand, Malow hatte schönes Haar.

Punkt sechs am Abend versammelte sich das komplette Dorf in der Ortsmitte. Treffpunkt war die kleine Wiese gegenüber dem Gasthaus. Die Wiese, neben dem Bach gelegen, diente drei Ziegen als Weide. Die Ziegen hatte Lydia Albicker gegen eine ihrer Kühe bei Friedbert Frey in Brunnadern eingetauscht und es war Aufgabe der Kinder im Dorf, die beiden weiblichen Tiere vor und nach dem Unterricht zu melken, sie zu füttern und den kleinen Unterstand, der vor Regen und Kälte Schutz bot, zu misten. Die Milch bekam Bea Baumgärtner, die sie zu einem gefragten Käse verarbeitete.

Bardo Schwab und seine Helfer hatten in aller Eile einen Galgen errichtet. Die Konstruktion aus alten Balken erhob sich drei Meter hoch über ein mehr als mannshohes Podest. In dieses Podest wiederum hatte Schwab eine Falltür eingelassen. Mit etwas mehr Zeit, erzählte er jedem, wäre der Galgen gerade, würde die Falltür sauberer schließen und wären die groben Bretter auf dem Podest glatt wie ein Kinderpopo abgehobelt.

Markus Thoma, der Lehrer, war am Nachmittag mit allen Kindern unter sechzehn Jahren in den Wald aufgebrochen, unter ihnen auch Lea Seger. Thomas hatte sich den Kindern angeschlossen, auch wenn Nummer drei sich kaum beruhigen konnte, zeterte, schrie, Thomas beschimpfte und um nichts auf der Welt auf das göttliche Schauspiel einer Strangulation verzichten wollte. Aber Thomas hatte gelernt, diese Stimme zu ignorieren. Bei den Kindern fühlte er sich geborgen und verstanden.

Pfarrer Kühnes erster Impuls war, die Hinrichtung betend in der Kirche zu verbringen. Aber Fräulein Guhl bat ihn zu kommen, erinnerte ihn daran, Martin Kiefer die Möglichkeit zur Reue und Beichte zu geben. Wenn Kühne das Urteil schon nicht verhindern konnte, so seine Haushälterin, sollte er Kiefer wenigstens den nötigen Beistand geben, auch wenn der ihn vielleicht nicht wollte.

Uwe Sigg trug einen schwarzen Anzug über einem schwarzen Hemd. Er und seine Frau hatten lange überlegt und dabei den halben Kleiderschrank auf ihren Betten verteilt, ehe Sigg sich schließlich für diesen Anzug entschied. Der Anzug war viel zu warm und er schwitzte wie ein Siebzehnjähriger beim ersten Mal, ohne dass er auch nur eine anstrengende Bewegung unternommen hätte. Die Alternative, in seinen Alltagskleidern zu erscheinen, schien in seinen Augen der Bedeutung seines Amtes nicht angemessen. Siggs Panik vor der übertragenen Aufgabe war, je länger er darüber nachdachte, zuerst einer Von-mir-aus-Stimmung gewichen, im Laufe des Vormittags dann in Stolz umgeschlagen. Er, Uwe Sigg, sollte der erste Henker Wellendingens sein, wenn das nichts war. Sogar Lisa gewöhnte sich schneller als gedacht an den Gedanken, an diesem Abend mit einem aktiven Henker ins Bett zu gehen. Es erregte sie sogar, dass ihr Mann dann, vor den Augen aller, einen anderen getötet hatte. Seinen Vorschlag, sich eine Maske oder Kapuze aufzusetzen, verwarf sie. Lisa wollte nicht, dass ihr Mann wie die billige Kopie eines mittelalterlichen Henkers aussah. Sie wollte seine Augen sehen, wenn er den Hebel betätigte, der die Falltür unter Kiefers Füßen öffnen und ihn in den verdienten Tod fallen lassen würde. Und so erschien Sigg unvermummt.

Zwei Männer führten Martin Kiefer aus seinem Gefängnis über die Straße. Die Menschenmenge teilte sich vor ihnen. Eine Frau spuckte Kiefer ins Gesicht, eine andere verfluchte ihn. Kiefer schien den Speichel nicht zu bemerken, der ihm über die Wange lief und vom Kinn tropfte. Er wurde weitergestoßen und zum Fuß des Podestes geführt. Dort, an einer kleinen Leiter, wartete Pfarrer Kühne auf ihn. Kühne hielt dem Verurteilten die Bibel entgegen. Kiefer beachtete sie nicht, er suchte Eva.

»Bereust du deine Sünden, Martin Kiefer?«

Kiefer schien den Pfarrer nicht zu verstehen, sah ihn nicht einmal an. Er suchte zwischen all den Gaffern und sensationslüsternen Mienen nach seiner Eva. Die Liebe zu ihr hatte ihn hierhergebracht. Dies war das Ziel der Reise. Aber wo war sein Preis, wo waren ihre Augen?

»Ich frage dich noch einmal.« Die Bibel kam ein Stück näher. »Bereust du, was du getan hast?«

Kiefer sah zum Podest hinauf, wo Eckard Assauer, Roland Basler und Uwe Sigg warteten. Von da oben, dachte er, müsste er einen viel besseren Überblick haben und Eva sehen, egal hinter wem sie sich auch versteckte. Er stieß den Pfarrer zur Seite, dem fiel die Bibel aus der Hand. Kiefer trat auf das Buch und stolperte die schmale Leiter hinauf auf das Podest. Mit gesenktem Kopf, wie ein sprungbereites Raubtier, stürzte er an den Rand des Gestells. Die Menge fuhr zurück, erwartete seinen Sprung. Und da, ganz hinten, zwischen Hans und Henning Malow, fand er sie. Sie versuchte, seinem Blick auszuweichen, aber der kurze Augenkontakt hatte gereicht, um Kiefer mit neuer Kraft zu erfüllen. Er spürte neue Kraft in sich aufsteigen und entsprechend seines Empfindens veränderte sich auch seine Körperhaltung. Alles straffte sich, er stand aufrecht am Rand des Podestes und lächelte in Evas Richtung. Er wusste in diesen letzten Minuten, dass sie ihn liebte, immer lieben würde, ob sie nun bei ihm war oder nicht. Das Leben war ein seltsames Theater; jemand zog den Vorhang zur Seite und man wurde in eine Aufführung geworfen und hatte von dem geheimen Drehbuch so viel Ahnung wie Dreck unter dem Fingernagel. Irgendwann kamen dann Regieanweisungen, die keiner verstand, es wurde die Beleuchtung abgestellt und man durfte morden und stehlen und auch selbst ermordet werden. Ein seltsames Spiel, wusste Kiefer, aber eben nur ein Spiel.

Er freute sich, dass Eva hier war und sein Opfer sehen konnte, mit ihren eigenen, strahlend schönen Augen. Es war ein Opfer und dieses Opfer war nicht umsonst, davon war Martin Kiefer felsenfest überzeugt. Und die gleiche Überzeugung sagte ihm, dass Eva sein Martyrium verstand. Sie wird mir folgen, dachte Kiefer. Nur ein paar Augenblicke und wir sind endlich vereint. »Ich gehe vor, Eva. Ich warte auf dich«, flüsterte er. Aber jeder verstand ihn, selbst die in den hinteren Reihen. Auch Eva Seger vernahm jedes einzelne Wort und sie versteckte sich vor Kiefers irrem Blick hinter den Schultern ihres Mannes.

Roland Basler stieß Uwe Sigg nach vorn. »Du bist dran«, sagte er.

Sigg ging, wie ihm befohlen. Er nahm Kiefer am Arm und führte ihn unter den Galgen. Ohne Gegenwehr ließ Kiefer sich die grobe Schlinge um den Hals legen. Die Sonne schien ihm ins Gesicht, ein Hahn krähte und das Letzte, was er sah, bevor Sigg ihm einen Sack über den Kopf stülpte, war eine Amsel, die mit lautem Zetern vom Dach des Gasthauses aufflog.

Dann trat Eckard Assauer nach vorn.

»Wir alle haben Martin Kiefer für seine Taten zum Tode verurteilt. Keiner hier will das, was nun geschehen wird. Aber wir können den Mord an mindestens zwei Menschen und alles andere, was Martin Kiefer dem Dorf angetan hat, nicht ungestraft lassen. In einer anderen Zeit wäre ihm und uns dieses Urteil erspart geblieben, hätten andere Menschen für uns gerichtet und eine andere Strafe gewählt. Aber wir sind allein und auf uns gestellt und so, wie wir uns gegenseitig helfen und unterstützen müssen, sind wir auch verpflichtet, Unrecht zu bestrafen. Martin Kiefer hat Unrecht begangen. Zur Strafe haben wir ihn zum Tod durch den Strang verurteilt.«

Assauer stand der innere Kampf ins Gesicht gemeißelt. Er trat zurück und nickte Uwe Sigg zu. Siggs Hände zitterten. Er bückte sich und griff nach dem aus dem Podest ragenden Hebel, der den Riegel unter der Falltür zurückziehen sollte. Sigg spürte Dutzende Augenpaare auf sich gerichtet. Alles hielt den Atem an.

»Nein!« Eva konnte nicht mehr. »Nein, wartet! Ich begnadige Martin! Hört ihr, ich begnadige ihn!« Sie bahnte sich einen Weg durch die Masse. Uwe Sigg kniete neben dem Hebel und blickte zu Assauer hinüber. Was jetzt?!, fragten seine Augen.

»Bitte nicht.« Eva hatte den Rand des Podestes erreicht. Vom kurzen Weg und dem Gerangel mit den Männern und Frauen, die sie nicht nach vorn lassen wollten, außer Atem, blickte sie zu Eckard Assauer auf. »Ich verzeihe ihm«, sagte sie.

Eckard Assauer brauchte einen Moment, um die veränderte Situation zu erfassen. Eva wollte Gnade und verzieh Kiefer. Dies war die eine Seite der Medaille. Aber konnten auch Susanne und Bubi verzeihen? Er sah beide mit versteinerten Gesichtern am Rand der Versammlung stehen. Auch sie starrten Assauer an, wie jeder hier.

»Was soll ich tun?«, fragte Sigg.

»Warte!«, befahl Assauer und streckte die Hand aus.

»Wozu warten?!«

Basler stieß Uwe Sigg zur Seite und trat mit aller Kraft gegen den Hebel. Der einfache Mechanismus öffnete die Falltür und Martin Kiefer spürte, wie der Halt unter seinen gefesselten Füßen verschwand. Gleichzeitig zog sich das Seil um seinen Hals zu. Eva schrie auf und schlug die Hände vors Gesicht.

Als Kiefers Genick brach, war das Knacken bis in die letzte Reihe zu hören. Hans Seger atmete aus. Es war vorbei. Er ging zu seiner Frau und nahm sie in den Arm.

Bardo Schwab und Christoph Eisele schnitten den Leichnam vom Seil. Die Menge hatte sich rasch zerstreut, fast waren sie geflohen, als seien sie überrascht und entsetzt, dass den hitzigen Worten aus der Verhandlung tatsächlich Taten gefolgt waren.

Basler war zufrieden. Kiefer konnte nun nichts mehr verraten und Bubi war in die ganze Sache selbst viel zu tief verstrickt, als dass er den Mund aufmachen konnte. Assauers öffentliche Vorwürfe und böse Blicke waren leicht zu ertragen, wenn man sich nun endlich wieder auf der sicheren Seite befand und die Zukunft neu begann. Diesmal angstlos.

Sie legten Kiefers Körper in eine Schubkarre. Seine Hosenbeine waren nass. Strick und Sack ließen sie, wo diese waren und verließen Wellendingen nach Westen, um Kiefer irgendwo außerhalb des Ortes zu vergraben.

Sie fanden eine kleine Lichtung im Wald nach Wittlekofen. Bei Sonnenuntergang hatten sie Kiefer verscharrt und eine junge Eiche auf seinem Grab gepflanzt. Pfarrer Kühne, der sie begleitete, sprach ein kurzes Gebet.

Außer diesen drei Männern wusste niemand, wo Kiefers Grab lag. Die kleine Eiche trieb im Folgejahr noch einmal aus, im Jahr darauf war sie tot.

Epilog

23. Mai, Wellendingen, Hardt

Der 23. Mai begrüßte Wellendingen mit einem reinen, blauen Himmel ohne jeden Makel. Alles duftete nach Frühling, Geburt, Wachstum und Leben. Auf dem Hardt blühten Wiesenblumen und Orchideen, von Schmetterlingen und Bienen umworben, und breiteten einen bunten Teppich zwischen den Flugzeugtrümmern aus. Der Zeigefinger des ausgebrannten Flugzeugrumpfes war Ende Februar, als der Frost aus dem Boden gekrochen war, mitsamt dem Hang, aus dem er aufragte, abgerutscht. Nun lag er wie ein gestürztes Denkmal am Fuß des Höhenzuges. Niemand beachtete ihn mehr und in zwei, drei Jahren hatten ihn bestimmt Sträucher und Unkraut für immer überwuchert.

Wie Ameisen krochen die Menschen aus den wenigen noch bewohnten Häusern in der Ortsmitte. Sie strebten den Hang hinauf, der Unglücksstelle zu, die jetzt das Symbol für dieses neue Zeitalter war. Diesen ersten Jahrestag der Katastrophe beging das Dorf auf Vorschlag ihres Bürgermeisters mit einem Gottesdienst am Massengrab auf dem Hardt. Danach wollte man unten im Dorf feiern; sie hatten dieses erste Jahr der neuen Zeitrechnung überlebt.

Pfarrer Kühne wartete bereits. Er hatte einen schlichten grauen Anzug angelegt. Seit seiner Hochzeit mit Sarah Werner trug er den offiziellen Ornat der katholischen Kirche nicht mehr.

Sarah Werner war im Frühherbst aufgetaucht. Und geblieben. Sie hatte bis zur Katastrophe als Krankenschwester in Waldshut gearbeitet. Was sie in den Monaten bis zu ihrer Ankunft in Wellendingen getan hatte, darüber schwieg sie sich aus. Aber sie kam gerade rechtzeitig, um Eva Segers Platz als Krankenschwester einzunehmen, denn Evas Zustand behinderte diese mehr und mehr und ab Oktober konnte sie kaum noch Treppen steigen.

Um Weihnachten herum wurde bekannt, dass den Pfarrer und die neue Krankenschwester mehr als nur die Sorge um das körperliche und geistige Wohlergehen der kleinen Gemeinde verband. Thomas hatte als einer der Ersten bemerkt, dass zwischen dem Pfarrer und der Frau, die wie er ein Zimmer im Pfarrhaus bewohnte, mehr war als gegenseitiger Respekt. Aber er konnte schweigen. Und er konnte sehen. Thomas besaß ein feines Gespür für das, was Menschen nicht sagen. Worte sind Luftblasen. Selten sind sie die Zeit und die Energie wert, die sie verbrauchen. Das allerdings, was nicht ausgesprochen wird, erzählt meist mehr und vor allem erzählt es die Wahrheit. Und die Wahrheit war, dass Sarah Werner und der Pfarrer ein Paar waren. Einmal hatte er sie in der Küche überrascht. Fräulein Guhl arbeitete hinter dem Haus und als Thomas auf der Suche nach einem Glas Wasser in die Küche gestürzt war, standen da Sarah Werner und der Pfarrer und zuckten auseinander. Ihre Hände hatten sich berührt.

Es gab wenige, und das waren vor allem ein paar Alte und Konservative, die sich an der ungewohnten Liaison ihres Hirten störten. Die meisten freuten sich für die beiden und ihre Hochzeit Anfang Februar wurde das erste große Fest in Wellendingen, das erste Fest der neuen Zeit.

Ein harter Winter lag hinter allen. Nicht lang, aber hart, mit Temperaturen unter minus zwanzig Grad. Ein unverbesserlicher Säufer, Alf Weber, war erfroren. Zum Glück der Einzige, der den Temperaturen zum Opfer gefallen war und er war selbst schuld gewesen. Weber hatte zu viel von seinem im Herbst angesetzten Apfelwein getrunken und war nur zwei Meter von seinem Hauseingang entfernt gestürzt, im Schnee liegen geblieben und erfroren.

Eugen Nussberger hatte wieder mit dem Rauchen angefangen. Er sammelte im Herbst jedes Kraut, das ihm in die Finger fiel, schnitt es in dünne Streifen und trocknete es. Eines der Kräuter war wohl nicht so bekömmlich gewesen, vielleicht lag es auch an der Kombination – jedenfalls starb er nach einem heftigen Hustenanfall. Das war am Anfang dieses neuen Jahres. Jetzt war er endlich wieder bei seiner Schwester.

Das Baby von Eva und Hans Seger kam am 19. November zur Welt, drei Wochen vor dem erwarteten Termin. Wie schon acht Jahre zuvor bei Leas Geburt ging auch diesmal alles glatt. Die Fruchtblase platzte, als Eva bei Susanne Faust in der Küche saß. Bubi rannte ins Pfarrhaus, um Sarah Werner zu holen, und Susanne kümmerte sich um die Sauerei auf dem Boden. Als Bubi mit Krankenschwester und Pfarrer zurückkam, war das Köpfchen schon draußen. Fünfzehn Minuten später hielt Hans Seger seine zweite Tochter im Arm. Der Pfarrer taufte sie am nächsten Tag auf den Namen Tina Hildegund Seger. Tina, weil Hans das Mädchen aus Schweden nicht aus dem Kopf ging. Oft fragte er sich, ob sie sich und den kleinen Jungen gerettet hatte. Den zweiten Namen hatte Eva vorgeschlagen, um Hildegund Teufel zu ehren. Die alte Frau hätte sich gefreut.

Auch Petra Sutters Baby gedieh prächtig. Sie brachte ihren Jungen nur neun Tage nach Eva Seger zur Welt.

Inzwischen liefen fünfzig Prozent der Frauen zwischen fünfzehn und fünfundvierzig mit einem dicken Bauch herum – das Fehlen von Pille und anderen Verhütungsmitteln machte sich bemerkbar. Vielleicht lag es aber auch an den langen Winterabenden und dem wirklich schlechten Fernsehprogramm in diesen Tagen.

Bubi Faust hatte Wellendingen am 18. März verlassen. Ohne Jochen Gude, der im Herbst in den Ort kam und blieb, wäre Bubis Mutter nun völlig allein gewesen. Aber Gude hatte keine anderen Ziele und inzwischen waren er und Susanne ein Paar und es störte ihn auch nicht, dass Susanne jeden Tag die Bilder ihres ersten Mannes abstaubte und bei Sonnenuntergang auf den Friedhof ging.

Bubi hatte erst Anfang März den Mut aufgebracht und seine Rolle bei Kiefers Tun erklärt. Hans, der im Herbst offiziell zum Bürgermeister gewählt worden war, hatte ihm still zugehört. Dann war er aus dem Zimmer gegangen und kurz darauf mit Eva zurückgekehrt. Bubi erzählte Eva die ganze Geschichte, entschuldigte sich und Eva verzieh ihm. Trotzdem zog er es vor, Wellendingen eine Zeit lang zu verlassen. Vielleicht könne er, so Bubi, an einem anderen Ort sich selbst verzeihen, hier in Wellendingen – Eva und das Grab seines Vaters stets vor Augen – könne er es nicht. Sie ließen Bubi nur ungern gehen, denn von der Person, die er noch vor einem Jahr gewesen war, war heute nichts mehr übrig. Er hatte sich zu einem drahtigen Arbeitstier entwickelt, zu einem Mann, den man oft um Rat und Hilfe bat, der wenig sprach und überall anpackte.

»Er wird seinem Vater immer ähnlicher«, sagte man zuletzt im Dorf und hoffte, dass er irgendwann zurückkam.

Kurz nach Bubis Geständnis hatte die Dorfgemeinschaft einstimmig Rike und Roland Basler aus Wellendingen verbannt. Man gab ihnen sechs Stunden, ihre Sachen zu packen und zu verschwinden. Wie Hans einige Tage später erfuhr, hatte Basler versucht, in Bonndorf unterzukommen, aber auch da wollte man ihn nicht mehr haben. Die Wahrheit über Basler verbreitete sich wie ein Lauffeuer. Wohin er schließlich weitergezogen war, wusste niemand.

Als der erste Schnee fiel, hatte man, um Heizmaterial zu sparen, viele Häuser aufgegeben und war in der Mitte des Ortes, zwischen Kirche und Krone, in insgesamt zwölf Häusern zusammengezogen. Man hatte den Ort nach Öfen durchsucht und die Fundstücke in die ausgesuchten Häuser eingebaut. Und ab und zu, je nach Windstärke, flackerten für ein paar Minuten oder auch Stunden die Lichter auf. Und dies war nicht das Ende der technischen Revolution! Stadler brachte von einem winterlichen Ausflug nach Waldshut fünf CB-Funkgeräte mit. In den Tagen nach dem 23. Mai hatte der eine oder andere Funker noch Kontakte aufrechterhalten können, aber eben nur, so lange sein Gegenüber noch lebte und der Akku Leistung brachte. Und sowohl das eine wie das andere war nicht ewig der Fall.

Im zurückliegenden Winter aber schafften es Stadler und seine Freunde, die Funkgeräte mit jeweils einem Solarpaddel zu verbinden. Seitdem stand Wellendingen in regelmäßigem Kontakt zu den Nachbarorten. Im April empfingen sie sogar Funksignale aus Spanien, vergangene Woche aus der Slowakei.

Die mittlerweile dreiundneunzig Einwohner Wellendingens waren stolz auf die gute Ernte des Vorjahres und dass sie diesen ersten Winter gemeinsam überstanden hatten. Zwar erschöpften sich im April und Mai die angelegten Vorräte fast vollständig und jeder ging mit knurrendem Magen ins Bett, aber anders als im Vorjahr starb diesmal niemand am Hunger.

Pfarrer Kühnes Predigt an diesem ersten Jahrestag war kurz und voller Lebenslust. Die Gemeinschaft hatte sich bewährt. Und Sarah Werner wusste seit gestern, dass nun auch sie schwanger war! Kühne konnte seine Freude während der Predigt kaum bändigen. Am liebsten hätte er sein Glück hinausgeschrien und jeden Einzelnen umarmt.

Nach dem Ende des Gottesdienstes – die Menschen waren zurück im Dorf, über einem Feuer röstete ein Kalb und Blasmusik klang bis aufs Hardt hinauf – hockte Thomas Bachmann noch immer auf einem Baumstumpf. Lea saß neben ihm und flocht aus Wiesenblumen einen Kranz. Sie setzte ihn Thomas auf den Kopf und gab ihrem Freund einen Kuss auf die Wange. Dann ließ sie sich auf den Rücken fallen. Der Himmel über ihr war kristallklar.

»Kannst du dich erinnern, wie es aussah, als die Flugzeuge noch flogen?«, fragte sie.

»Manchmal«, sagte Thomas und legte sich neben sie. »Manchmal kann ich es, dann fällt es mir wieder ein.«

»Bist du schon einmal geflogen?«, wollte Lea wissen.

»Ich?! Nein!«, rief Thomas. Der Gedanke, dass er selbst hätte fliegen können, wenn auch in einer anderen Zeit, war ihm noch nie gekommen. »Vögel sollen fliegen«, sagte er.

»Wenn ich einmal groß bin«, so die Achtjährige, »will ich fliegen. Papa sagt, vielleicht wird irgendwann alles wieder wie früher, so mit Autos und Fernsehen und Telefon. Und Flugzeugen. Ich weiß, dass Papa das machen kann, immerhin ist er Bürgermeister«, sagte sie und klang stolz.

»Warum hat er es dann noch nicht wieder so gemacht?«, fragte Thomas.

»Frag Papa. Er weiß bestimmt, wann der richtige Zeitpunkt gekommen ist. Der richtige Zeitpunkt ist nämlich wichtig. Sagt er.«

»War heute der richtige Zeitpunkt für Larissa?«, fragte Thomas.

»Bestimmt«, sagte Lea mit kindlicher Überzeugung. »Sonst wäre sie mit ihrer Mama nicht weggegangen.«

Nach dem Gottesdienst auf dem Hardt war Henning Malow nach Süden aufgebrochen. Schon seit Neujahr hatte er diesen Termin geplant. »Dann ist der Gotthardpass hoffentlich frei.« Seinen Traum von Rom hatte er nie aufgegeben, so wohl er sich auch in Wellendingen fühlte. In den Resten der Bonndorfer Bibliothek hatte er ein Wörterbuch Deutsch-Italienisch gefunden. Er büffelte den ganzen langen Winter hindurch die fremde Sprache und Silvia half ihm dabei. Als er vor zwei Tagen begonnen hatte, seine Habseligkeiten zu packen und auf einem Handwagen zu verstauen, standen plötzlich Silvia und Larissa vor ihm und fragten, ob sie mitkommen könnten.

»Ich war noch nie in Italien«, sagte Silvia.

»Wenn ihr macht, was ich euch sage, von mir aus«, knurrte Malow und die Sache war abgemacht.

In diesen Minuten verließen sie Wellendingen. Sie gingen auf der Straße nach Stühlingen aus dem Ort heraus und niemand wusste, ob sie Rom erreichen würden und ob man sich jemals wiedersehen würde.

»Ich werde immer bei dir bleiben«, versprach Lea und blickte Thomas ernst in die Augen. Das Leben war schön mit Thomas und seinen Stimmen. Wenn sie ihn nicht unterbrach, wusste sie, würde er später von ihnen erzählen, mit verstellter Stimme. Thomas konnte wunderschöne Geschichten erzählen, auch wenn er behauptete, es seien seine Stimmen, die mit ihr sprachen und sein Mund wäre nur das Werkzeug. Es war schön, hier zu sein und den Blumen beim Wachsen zuzusehen. Es war schön zu leben.

»Ich bleibe auch bei dir«, sagte Thomas. »Versprochen.«

Nachwort

Ich liebe Nachworte – auch wenn sie rein akustisch immer etwas von Nach*ruf* haben. Aber in gewisser Weise sind sie das ja auch, ein Nach-Ruf. Das Buch, welches einen über Tage und Wochen hinweg begleitete, hat sein Ende gefunden, man selbst ist ein wenig traurig darüber. Aber halt – da sind ja noch ein paar Seiten! Seiten, die den Abschied erleichtern und eine abgemilderte Rückkehr in die Realität ermöglichen. Das Buch ruft uns nach. Und vielleicht hat der Autor noch irgendwas zu sagen. So wie ich:

Mein Buch ist reine Fiktion, dies als kleiner Trost vorweg. So, wie ich es beschrieben habe, wird es (hoffentlich) niemals geschehen. Aber dazu etwas weiter hinten mehr.

Als ich die ersten Worte zu diesem Buch in meine Computertastatur tippte, hätte ich niemals mit dieser Entwicklung der Geschichte gerechnet. Zwar hatte ich einen halbwegs spannenden Plot im Kopf und auch den einen oder anderen vollgeschriebenen Notizzettel herumliegen, trotzdem entwickelte sich die Story von der ersten Seite an selbst. Charaktere zeigten plötzlich ein ganz anderes Gesicht, als ich ihnen zugedacht hatte, andere, nie geplante Personen machten sich von einer Sekunde auf die andere breit und forderten ihr Recht ein, dass von ihnen erzählt wird. Frieder Faust zum Beispiel; ihm hatte ich die Rolle des Bösewichts zugedacht, aber er wollte sie nicht. Er entwickelte sich vom ersten Tag an in eine ganz eigene Richtung und meine Planungen und Gedankengänge waren ihm dabei herzlich egal, schließlich ging es um sein Leben.

Ähnlich verhielt es sich mit der Figur von Thomas Bachmann. Ihn hatte ich überhaupt nicht auf der Rechnung beziehungsweise in meinen Unterlagen. Und eines Tages – ich stand im Türrahmen zur Küche und unterhielt mich mit meiner Frau – sah ich Thomas plötzlich ganz deutlich vor mir, hörte die Stimmen, die er hörte.

Was ich damit sagen will: Ich habe mein Manuskript nicht sorgfältig vorausgeplant, weder die Geschichte noch die Personen oder eine scheinheilige Moral dahinter. Ich hatte eine Idee, die mich über Monate nicht mehr losließ. Diese Idee führte zum Schreiben und jetzt zu Ihnen. Die Idee war: Wie überlebensfähig sind wir an Wohlstand, volle Geschäfte, Strom und was weiß ich noch alles gewöhnte Mitteleuropäer, wenn all diese Sicherheiten von einer Minute auf die andere wegbrechen? Wie stark ist unsere Gesellschaft, wie haltbar das soziale Geflecht, in dem wir unsere Leben leben? Was passiert, wenn einer den ganz großen Schalter umlegt?

Im Januar 2007 habe ich RATTENTANZ begonnen, im Dezember desselben Jahres das Wort ENDE daruntergesetzt. Ein Jahr, in dem jede freie Minute meinem Buch gehörte. Ohne meine Frau und meinen Sohn wäre dies niemals möglich gewesen! Sie haben mir den Rücken freigehalten, versuchten so selten wie möglich an die Tür zu klopfen, hinter der ich einem Traum nachjagte, und stellten die eigenen Interessen hintan. Und ließen und lassen mich immer wieder wissen, dass sie an mich und dieses Buch glauben. Es ist schön, wenn man Menschen hat, die an einen glauben und besonders schön ist es, wenn diese Menschen der eigene Mittelpunkt sind. Danke.

Und wenn ich schon dabei bin: es gibt noch (mindestens) zwei weitere Personen, ohne die dieses Buch so nicht denkbar wäre. Zum Ersten Eva Weigl, meine Lektorin. Ihr möchte ich für ihr sensibles Lektorat und für ihre Begeisterung, mit der sie dieses Projekt vorangetrieben hat, danken. Die zweite Person heißt Burkhard P. Bierschenck, mein Verleger. Ihm danke ich für sein Vertrauen. Es ist heute nicht selbstverständlich, dass ein literarischer Nobody mit einem ziemlich dicken Manuskript die Chance einer ernsthaften

Prüfung erhält. Von einer Veröffentlichung ganz zu schweigen. Danke.

Meine Frau war die Erste, der ich an jedem Tag das Geschaffte vorlegte. Aber egal, was sie auch sagte, ihr glaubte ich nicht wirklich – schließlich war und ist sie meine Frau und somit befangen. Also mussten Freunde und Verwandte dran glauben. Ich machte ein paar von ihnen kurzerhand zu Testlesern. Einige von ihnen lasen das Buch sogar doppelt, eine erste und die jetzige Endfassung. Ganz vielen Dank dafür! Ihr habt mir viele Stunden eurer Zeit geschenkt, mir Mut gemacht, mich aufgebaut und getröstet. Danke.

Jemand fragte mich – als er hörte, dass mein Roman an den Schauplätzen handelt, an denen ich lebe und arbeite –, ob ich somit auch real existierende Personen beschreibe. Und ein Arbeitskollege, der als Testleser diente, glaubte in der einen oder anderen Figur meines Buches Kollegen zu erkennen. Dem ist nicht so! Ich verstehe freilich, dass man unweigerlich zu solchen Assoziationen kommt, in diesem Fall aber liegt man damit total daneben. Natürlich hätte ich auch fiktive Orte und Landschaften benutzen können, aber das Erzählen der Geschichte war auch so schon schwer genug. Ich war und bin der Meinung, dass ich mich, indem ich alles Geschehen an mir bekannten Orten handeln lasse, besser auf die eigentliche Geschichte konzentrieren konnte und nicht immer wieder durch Überlegungen wie *Befand sich der Berg jetzt rechts oder links vom Dorf*? abgelenkt wurde. Faulheit, wenn man so will. Andererseits macht die reale Spielwiese meiner Geschichte das Ganze nachvollziehbarer und glaubhafter, wenn ich mir auch hier und da die Freiheit genommen habe und die bestehenden Gegebenheiten den jeweiligen Bedürfnissen des Buches angepasst habe (So gibt es auf dem Hardt zum Beispiel keinen alten Steinbruch. Aber wenn das Flugzeug in den Himmel ragen soll, muss es erst mal in ein Loch, eine Grube oder eben einen Steinbruch stürzen.).

Wer sagt, seine Romanfiguren seien zu einhundert Prozent erfunden, der lügt. Wer Äußerlichkeiten oder Charakterzüge und Verhaltensweisen beschreibt, erfindet nicht das Leben neu, sondern bedient sich aus dem Fundus eigener Erfahrungen und Erlebnisse. Daraus setzt er dann etwas Neues zusammen. Das ist ein Abenteuer und ich hoffe, dass keine meiner Figuren offensichtliche Ähnlichkeiten mit tatsächlich existierenden Personen hat, beabsichtigt war das jedenfalls nicht.

Eingangs schrieb ich, dass meine Geschichte so wohl niemals geschehen wird. Das bringt uns zum Wirklichkeitsgehalt meines Romans. Ich habe natürlich recherchiert. Zum Beispiel bei großen Stromkonzernen, von denen ich im Übrigen eine Empfangsmail erhielt, danach folgte das große Schweigen. Bis heute. Das Bundesinnenministerium verwies mich in einer kurzen Mail auf den *Umsetzungsplan KRITIS des Nationalen Plans zum Schutz der Informationsinfrastruktur.* Wer Lust hat, kann dessen Inhalt im Internet nachlesen (www.bmi.bund.de), erfährt aber nichts wirklich Neues. Das nett aufgemachte Heftchen besteht aus vielen Absichtserklärungen, zeigt aber auch, wie schwer es ist, das Rückgrat des Informationszeitalters zu beschützen. Tiefer gehende Auskünfte, die Situationen wie in meinem Buch beschrieben als Grundlage haben, wurden mit der Begründung abgelehnt, dass dies zeitlich leider nicht machbar sei … Ein Schelm, wer jetzt Arges denkt.

Beruhigender da schon die Auskunft des Chaos-Computer-Clubs. Dort ist man der Meinung, dass ein solcher allumfassender Computervirus wie von mir beschrieben nicht möglich sei. Zu verschieden seien Betriebssysteme, Chiparchitektur oder Treiber. Ein Computer für die Steuerungseinheit von Kraftwerken hat mit dem Windows oder Mac unserer Wald-und-Wiesen-Rechner in der Regel so viel zu tun wie ein VW Käfer mit einem Panzer … das beruhigt. Andererseits fahren beide – Panzer und Käfer – nur, wenn sie ordentlich Treibstoff im Tank haben. Und wenn niemand Zucker in diesen Tank schüttet.

Der Punkt der abstürzenden Flugzeuge scheint den Leser am Anfang besonders zu verwirren. Das kann doch nicht sein, dass die alle einfach so vom Himmel fallen!? Dazu die Aussage eines Luftfahrtingenieurs, den ich befragte: *Wir sind uns hier im Team nicht einig, doch die Mehrheit stimmt für das Chaos! Die modernen Maschinen fallen, besser gleiten vom Himmel in die Katastrophe. Einige wenige könnten es allerdings schaffen, eine halbwegs gute Notlandung auf Land und Wasser hinzulegen!? Maschinen auf dem Boden können einfach nicht starten. Propellermaschinen, also ältere und kleine Flugzeuge, fliegen einfach weiter, da passiert so gut wie nichts, eventuell verfliegen die sich, weil die Instrumente ausfallen, aber die Landung funktioniert. Geschätzte Überlebende: ca. 10 % aller dann fliegenden Menschen.*

Dieses Buch ist kein Erfahrungsbericht, sondern reine Fiktion. Es geht auch nicht vorrangig um den Computervirus, sondern um das Danach. Mir war wichtig zu erfahren, wie wir Menschen in einer solchen Katastrophe miteinander umgehen, wie stark unsere Zivilisation und unsere moralischen Grundsätze sind, nicht, wie eine solche Situation zu vermeiden oder gar zu reparieren ist. Alles ist Fiktion und bestimmt werden viele sagen *Das ist nicht möglich!* Vieles in der menschlichen Geschichte war unvorstellbar und unmöglich: eine runde Erde, Fliegen, Kommunikation um die halbe Welt mit einem nicht mal handtellergroßen Etwas, der 11. September oder Srebrenica und und und. Alles völlig unmöglich – bis es dann eben doch da ist oder einfach passiert.

Computerviren sind aber nicht die einzige Bedrohung unserer vernetzten Welt. Elektromagnetische Pulse (EMP) habe die unschöne Eigenschaft, sämtliche elektrischen Geräte außer Gefecht zu setzen. Es muss nur jemand auf die zugegebenermaßen selbstmörderische Idee kommen und eine Atom- oder Wasserstoffbombe in der Stratosphäre unseres Planeten zünden. Und schon beginnt mein Buch von Neuem. Wer es etwas einfacher haben möchte, für den gibt es aber auch noch Sonnenwinde. 2012 wird mit außergewöhnlichen Aktivitäten gerechnet.

Ich hoffe, weder das Buch noch dieses Nachwort haben Sie gelangweilt oder allzu sehr verstört. Hat es Sie nachdenklich gemacht, dann hat es seinen Zweck erfüllt, wenn es denn jemals einen Zweck hatte. Denn der Sinn meines Buches ist es nicht (und soll es auch nicht werden), eine Person, Gesellschaft oder Handlung an den Pranger zu stellen. Ich möchte auch keine (alt-)klugen Ratschläge erteilen. Dafür bin ich ein viel zu kleines Licht. Mein Anliegen ist die Geschichte und die darin vorkommenden Personen. Ich wollte, dass Lea ihre Eltern möglichst unversehrt zurückbekommt und dass Thomas so etwas wie ein normales Leben führen kann. Ich wollte Bubi helfen, wenn der es mir auch ziemlich schwer gemacht hat. Diese Geschichten sind nun erzählt. Was jetzt jeder Einzelne daraus lernt, macht oder ändert – oder eben auch nicht –, das bleibt einzig und allein ihm überlassen. Mein Job ist erledigt.

Michael Tietz
Februar 2009

Nachwort zur gekürzten Ausgabe

Als der Ullstein-Verlag mit dem Vorschlag einer gekürzten »Rattentanz«-Ausgabe an mich herantrat, war meine erste Reaktion eindeutig: Nein. Wozu auch?

Als Autor hat man eine ganz besondere Beziehung zu all den von ihm geschaffenen Personen und deren Rollen im Buch. Jede Figur, selbst die böseste und gemeinste, ist mit Herzblut geschrieben und eine jede dieser Personen trägt ein Stück ihres Schöpfers in sich (die Bösen selbstverständlich nur ein sehr kleines!). Man kann sich in manchen Fällen noch genau an die Musik erinnern, die während des Tippens lief, an die Jahreszeit mit ihren Bildern, an ein Gefühl. Umso schwerer fällt es dann, einen Teil dieses Erlebens und des Geschaffenen einfach so zu löschen.

Als Autor verfolgt man aber auch sehr aufmerksam die Reaktionen der Welt. Und einige dieser Meinungsäußerungen haben schließlich dazu geführt, dass dieses Experiment nun doch in die Tat umgesetzt wird, denn dass die Länge des Originales, Ausführlichkeit und Nebenstränge auch bei bekennenden Fans des Buches immer wieder zu Kritik Anlass gaben, konnte nicht einmal an mir – als Autor dem befangensten Menschen der Welt – spurlos vorübergehen.

Ist das Buch jetzt näher am Zeitgeist, näher am Geschmack der Massen? Ich weiß es nicht und die Antwort auf diese Frage spielt wahrscheinlich auch nicht die ganz große Rolle. Natürlich möchte ich, dass das, was ich schreibe, auch gelesen wird, im besten Fall mit Begeisterung, aber ich möchte es nicht um jeden Preis. Die Kürzungen erfolgten nicht, um sich vor einem Massengeschmack zu verbeugen, sondern um das Buch besser zu machen, denn dies sollte immer das Streben eines Schreibenden sein, auch wenn es ihm hin und wieder das Herz bricht. Zum Glück hatte ich bei dieser Aufgabe mit Carlos Westerkamp einen Lektor, der das Original liebt und dementsprechend mit sehr viel Feingefühl und Spürsinn den Rotstift angesetzt hat. Ihm möchte ich danken.

Ich bin neugierig, wie meine Leser diese »Rattentanz«-Version aufnehmen werden, denn als Autor bin ich voreingenommen und von Objektivität so weit entfernt wie ein Vater bei der Beurteilung des eigenen Kindes. Ich bin gespannt und freue mich, wenn ich Sie auf eine Reise mitnehmen konnte, wenn Sie das Buch nach der letzten Seite zuschlagen und das Ganze, vielleicht aber auch nur eine Figur, eine Handlung oder ein einziger Satz, in Ihnen nachklingen. Dann habe ich mein Ziel erreicht, egal in welcher Version.

Michael Tietz
Oktober 2011